Antonio Muñoz Molina

# Die Nacht
# der Erinnerungen

ROMAN

Aus dem Spanischen
von Willi Zurbrüggen

 PENGUIN VERLAG

Die spanische Originalausgabe erschien 2009 unter dem Titel
»La noche de los tiempos« bei Editorial Seix Barral, S.A.

MIX
Papier aus verantwor-
tungsvollen Quellen
FSC® C014496

Verlagsgruppe Random House FSC® N001967

PENGUIN VERLAG

PENGUIN und das Penguin Logo sind Markenzeichen
von Penguin Books Limited und werden
hier unter Lizenz benutzt.

Dieses Buch ist auch als E-Book erhältlich.

Für Elvira

»Was ich jetzt bin, verdanke ich Dir.«
Ford Madox Ford, *Die allertraurigste Geschichte*

»In den spanischen Ereignissen sehe ich eine Beleidigung, einen Umsturz der Intelligenz, eine völlige Entfesselung des tierhaften, ungebildeten Primitivismus, der die Grundfesten meiner Vernunft erschüttert. Mein Verstand rät mir, mich dem Konflikt zu verweigern, mich abzuwenden von allem, was die Vernunft missbilligt. Ich kann es nicht. Der trauernde Spanier in mir setzt sich immer wieder durch. Diese freiwillige Unterwerfung ist ein Teil von mir, niemals kann ich ein Entwurzelter sein. Alles Spanische empfinde ich als etwas Persönliches, und noch das Verächtlichste muss ertragen werden wie eine unangenehme Krankheit. Das hindert einen aber nicht, die Krankheit zu kennen, an der man stirbt; genauer gesagt, an der wir gestorben sind. Denn alles, was wir heute über das Geschehene sagen können, klingt nach Jenseits.«

Manuel Azaña

»Sollte es stimmen, dass das Vaterland zerstört, das Leben ausgesetzt, alles in der Schwebe ist?«

Pedro Salinas

1 Inmitten des Trubels der Pennsylvania Station ist Ignacio Abel stehen geblieben, als er jemanden seinen Namen rufen hört. Zuerst sehe ich ihn von ferne in der zu den Zügen strömenden Menge, zwergenhaft im Vergleich zur Architektur ringsum, eine männliche Gestalt, die sich nicht von anderen unterscheidet, wie auf einer Fotografie aus jener Zeit: leichte Übergangsmäntel, Trenchcoats und Hüte; Damenhüte mit schräger Krempe und kleinen Federn an der Seite; rote Schirmmützen von Gepäckträgern und Schaffnern; undeutliche Gesichter in der Ferne; offene Mäntel mit wehenden Schößen des rasch Dahinschreitenden; sich begegnende Menschenströme, die jedoch nie zusammenstoßen. Jeder Mann und jede Frau eine Gestalt, die den anderen ähnelt und dennoch eine Identität besitzt, so einzigartig wie der Weg, den sie nimmt, um an ihr Ziel zu gelangen: Richtungspfeile, Tafeln mit Ortsnamen und Abfahrts- und Ankunftszeiten, hallende Eisentreppen, die unter dem Ansturm der Schritte erbeben; Uhren, die von eisernen Bögen hängen oder vertikale Anzeigetafeln mit großen Kalenderblättern krönen, auf denen schon von ferne das Datum abzulesen ist. Man sollte sich alles genau merken: Die Buchstaben und Zahlen, vom gleichen tiefen Rot wie die Mützen der Eisenbahnbediensteten, zeigen einen Tag gegen Ende Oktober 1936. Auf den beleuchteten Zifferblättern der Uhren, die wie Fesselballons hoch über den Köpfen der Menschen hängen, ist es zehn vor vier am Nachmittag. Zu dieser Zeit geht Ignacio Abel durch die Bahnhofshalle, einen luftigen Raum mit Marmor, hohen Eisenkonstruktionen und rußigen Bogenfenstern, durch die ein gelbliches Licht herein-

fällt, in dem flirrender Staub und der Klang von Stimmen und Schritten träge dahintreiben.

Ich habe ihn immer deutlicher gesehen, wie er aus dem Nichts auftauchte, aus dem Nirgendwo kommend wie aus einem Gedankenblitz heraus, mit dem Koffer in der Hand und ermüdet vom Hinaufeilen der von den schrägen Schatten der Marmorsäulen schraffierten Treppe, benommen von der maßlosen Weite, in die er eintritt und in der rechtzeitig seinen Zug finden zu können er sich nicht ganz sicher ist. Ich habe ihn unter all den anderen erkannt, unter denen er nicht auffällt in seinem dunklen Anzug, dem gleichfalls dunklen Regenmantel und Hut. Seine Kleidung ist europäischen Schnitts und für die Stadt und die Jahreszeit vielleicht etwas zu formell, genau wie der Koffer in seiner Hand, solide und teuer, aus Leder, doch ziemlich abgenutzt schon nach all dem Reisen, mit Aufklebern von Hotels und Reedereien, mit Kreideresten von Zollabfertigungen; ein Koffer, der schwer in seiner vom Umklammern des Tragegriffs schmerzenden Hand hängt und für eine so lange Reise dennoch unzureichend scheint. Mit der Präzision eines Polizeiberichts oder eines Traums nehme ich alle Einzelheiten der Wirklichkeit wahr. Ich sehe sie in dem Moment vor mir auftauchen und Gestalt annehmen, als Ignacio Abel mitten im Geschiebe der Menge einen Augenblick stehen bleibt und sich umdreht wie einer, der gehört hat, dass man seinen Namen ruft. Vielleicht hat ihn jemand gesehen und sagt oder ruft seinen Namen, um über dem Tumult gehört zu werden, der von Marmorwänden und Eisengewölben widerhallt, über dem tönenden Wirrwarr von Stimmen, Schritten, kreischenden Lokomotiven, vibrierenden Böden, dem blechernen Echo der Lautsprecherdurchsagen und den Rufen der Zeitungsverkäufer, die die Abendblätter feilbieten. Ich erforsche seine Gedanken genauso wie seine Taschen und das Innere seines Koffers. Ignacio Abel betrachtet die Titelseiten der Zeitungen stets in der Erwartung und der

Furcht, eine Schlagzeile zu lesen, in der das Wort Spanien, das Wort Krieg oder der Name Madrid auftaucht. Ebenso schaut er auf die Gesichter aller Frauen eines bestimmten Alters und Äußeren in der unvernünftigen Hoffnung, der Zufall führe ihn zu einem Wiedersehen mit seiner verlorenen Geliebten, Judith Biely. In Bahnhofshallen und auf Bahnsteigen, in Wartesälen von Häfen, auf den Bürgersteigen von Paris und New York hat er sich durch ganze Wälder von unbekannten Gesichtern geschlagen, die ihm im Geiste immer noch entgegenkommen, wenn ihm abends die Augen zufallen. Gesichter und Stimmen, ganze Sätze auf Englisch, zufällig aufgeschnappt, die wie Wortbänder in der Luft hängen. *I told you we were late but you never listen to me and now we are gonna miss that goddamn train:* Auch diese Stimme schien ihn gemeint zu haben, der immer so langsam ist in seinen praktischen Entscheidungen, so unbeholfen unter all den Menschen, mit seinem Koffer in der Hand, seinem unauffälligen, abgetragenen europäischen Anzug, der an Leichenbegängnisse denken lässt, ganz wie der seines Freundes, Professor Rossmann, als er in Madrid auftauchte.

In der Brieftasche, die die rechte Innentasche seines Mantels ausbeult, bewahrt er ein Foto von Judith Biely auf und eines von seinen Kindern, Lita und Miguel, beide lächelnd, aufgenommen an einem Sonntagmorgen vor wenigen Monaten: die auseinandergerissenen Hälften seines Lebens, die früher unvereinbar waren und jetzt beide für ihn verloren sind. Ignacio Abel weiß, dass man Fotografien nicht zu lange betrachten darf, weil die Erinnerung dann abstrakt wird. Den Gesichtern kommt ihre Einzigartigkeit abhanden, wie dem von einem Liebhaber gehüteten Stück Intimwäsche der begehrte Geruch derer, die es getragen hat. Auf den Fotos in den Polizeiarchiven von Madrid haben sich die Gesichter der Toten, der Ermordeten, so vollständig verändert, dass sich nicht einmal die nächsten Angehörigen sicher sind, sie wiederzuerkennen. Was werden seine Kinder sehen, wenn sie in dem von ihrer Mutter so sorgsam geführten Familienalbum das Gesicht suchen, das sie seit drei Monaten nicht mehr gesehen haben und welches, falls sie es überhaupt jemals wiedersehen, nicht mehr das sein wird, an das sie sich erinnern? Der Vater ist geflohen, wird man ihnen sagen, ein Deserteur, der sich davongemacht, eines Sonntagabends den Zug genommen und so getan hat, als sei alles wie immer, als könnte er ohne Weiteres am nächsten Samstag zum Haus in den Bergen zurückkehren (obwohl er, wenn er geblieben wäre, jetzt wahrscheinlich tot wäre).

Ich sehe ihn in der Halle stehen, hochgewachsen, fremd, hagerer als auf dem Foto in seinem Reisepass, das Anfang Juni erst und dennoch in einer ganz anderen Zeit aufgenommen wurde; vor dem blutigen, dem wahnsinnigen Sommer von Madrid und dem Beginn dieser Reise, die vielleicht in wenigen Stunden endet. Er bewegt sich unsicher, verschreckt und wie verstohlen unter all diesen Leuten, die genau wissen, wohin sie wollen, die energisch auf ihn zukommen, mit einer kraftvollen Entschlossenheit in den Schultern, mit vorgeschobenem Kinn und federnden Schritts. Er hat eine unwahrscheinliche Stimme seinen Namen rufen hören und ist stehen geblieben, hat sich umgedreht und im selben Augenblick schon gewusst, dass niemand ihn gerufen hat, und trotzdem liegt diese unwillkürliche Hoffnung in seinem Blick, der nur auf die ärgerlichen Gesichter jener trifft, die sich seinetwegen auf ihrem geraden Weg aufgehalten sehen, große Männer mit hellen Augen und erhitzten Gesichtern, die auf Zigarren kauen. *Don't you have eyes on your face you moron?* Die Feindseligkeit dieser Fremden ist jedoch ohne Blick. Im Madrid dieser Tage einem durchdringenden Blick rechtzeitig auszuweichen, kann lebensrettend sein. Bloß nicht ängstlich wirken, denn das macht dich automatisch verdächtig! Die gehörte oder in einer akustischen Fata Morgana nur eingebildete Stimme hat ihn aufgeschreckt wie jemanden, der eingenickt ist, eine Treppenstufe übersehen zu haben glaubt und mit einem Ruck auffährt oder jetzt ganz in den Traum eintaucht. Aber er hat seinen Namen deutlich gehört, nicht gerufen von jemandem, der den Lärm der Menge übertönen will, sondern mit leiser Stimme gesprochen, geflüstert fast, *Ignacio, Ignacio Abel*, von einer Stimme, die ihm zwar bekannt vorkommt, die er aber nicht zuordnen kann, noch nicht. Er weiß nicht einmal, ob es die Stimme eines Mannes oder einer Frau, die eines Toten oder eines Lebenden ist. In Madrid hat er vor der verschlossenen Wohnungstür einmal eine heiser flehende Stimme seinen Namen rufen hören, und er hat keinen Laut von sich gegeben, hat die Luft angehalten, sich nicht gerührt in der Dunkelheit und die Tür nicht geöffnet.

Seit Monaten schon kann man sich bestimmter Dinge nicht mehr sicher sein, zum Beispiel ob jemand, an den man sich gut erinnert, den man vor ein paar Tagen oder einigen Stunden erst gesehen hat, noch lebt. Früher hatten Leben und Tod deutlicher markierte, weniger fließende Grenzen. Andere werden nicht wissen, ob er, Ignacio Abel, noch lebt oder schon tot ist. Man schreibt Briefe oder Postkarten und weiß nicht, ob sie ihren Empfänger noch erreichen, und wenn sie ankommen, ob der, für den sie bestimmt sind, dann noch lebt oder unter der angegebenen Adresse noch wohnt. Man wählt eine Telefonnummer, und am anderen Ende der Leitung meldet sich niemand, oder es meldet sich eine unbekannte Stimme. Man nimmt den Hörer ab, weil man dringend etwas mitteilen oder erfahren will, und die Leitung ist tot. Man dreht einen Wasserhahn auf, und es kommt vielleicht kein Wasser mehr. Ehemals selbstverständliche Verrichtungen unterlässt man, weil alles ungewiss ist. Straßen in Madrid, durch die man immer gegangen ist, enden plötzlich vor einer Barrikade oder in einem Schützengraben oder sind nach der Explosion einer Bombe von Geröllmassen versperrt. Man biegt um eine Straßenecke und erblickt im ersten Licht des Tages den schon starren Körper eines Menschen an einer Hauswand, die Augen im fahlen Gesicht noch halb offen, entblößte Zähne hinter den wie zu einem Lächeln verzerrten Lippen, die obere Hälfte des Schädels von einem Schuss aus nächster Nähe weggerissen. Mitten in der Nacht klingelt das Telefon, und man fürchtet sich, den Hörer abzunehmen. Das Geräusch des Fahrstuhls, der sich in Bewegung gesetzt hat, oder das Schrillen der Türklingel durchdringt die Nacht, und man weiß nicht, ob es wirkliche Gefahr bedeutet oder ob es nur ein Albtraum ist. Fern von Madrid, fern der schlaflosen Nächte und Monate der Angst erinnert sich Ignacio Abel immer noch im Präsens. Auf die verbale Zeit der Furcht hat die Entfernung keinen Einfluss. In dem Hotelzimmer, in dem er die letzten vier Nächte verbracht hat, weckte ihn der Lärm von feindlichen Fliegern; er riss die Augen auf, und es war nur das Rattern der Hochbahn. Immer noch hört er die Stimmen: Wer hat seinen Namen gerufen, gerade eben, als ich ihn mit offenem Mantel und dem Koffer in der Hand innehalten sah, mit dem ängstlichen Gesichtsausdruck eines Menschen, der auf Uhren und Anzeigentafeln schaut und seinen Zug zu verpassen fürchtet?, welche nicht vorhandene Stimme hat den Lärm des wirklichen Lebens übertönt und ihn gerufen, ihn gedrängt, noch schneller zu laufen oder stehen zu bleiben, umzukehren und zurückzugehen, *Ignacio, Ignacio Abel?*

Jetzt sehe ich ihn viel besser, isoliert im Augenblick des Stillstands, umgeben von schroffen Gesten, feindseligen Blicken derer, die genau wissen, wohin sie gehen, die müde aus ihren Büros kommen, eilig zu ihren Zügen wollen, getrieben von Verpflichtungen, gefangen in den Spinnennetzen persönlicher Beziehungen. Beziehungen, die ihm jetzt abhandengekommen sind wie einem Vagabunden oder Verrückten, obwohl er einen ordnungsgemäßen Pass in der Tasche hat und eine Fahrkarte in der linken Hand hält, der, die nicht den Koffer trägt, den europäisch aussehenden, vom vielen Reisen abgewetzten, aber immer noch vornehmen Koffer mit bunten Aufklebern von Hotels und Überseedampfern, die ich ebenfalls erkennen kann, wenn meine Aufmerksamkeit wie ein Vergrößerungsglas wirkt, wie die erschöpften und unersättlichen Augen von Ignacio Abel. Ich sehe die Hand, die den ledernen Koffergriff umschließt, nehme die übermäßige Spannung wahr, mit der sie ihn umklammert, den Schmerz in den Gelenken, die diesen Griff seit über zwei Wochen ständig wiederholen, seit diese hochgewachsene Gestalt eines Mannes mittleren Alters, die in der Menschenmenge hier fast untergeht, nachts allein durch eine Straße in Madrid ging, in der die Straßenlaternen ausgeschaltet waren oder das Glas zerschlagen oder blau übermalt worden war und das einzige Licht durch die Ritzen der verrammelten Läden einiger Fenster fiel. Dieselbe Silhouette, ausgeschnitten aus dem Bild der Pennsylvania Station und in eine Straße von Madrid geklebt, die Alfonso XII vielleicht (ihr Name wurde geändert, und eine Zeit lang hieß sie Niceto Alcalá-Zamora; jetzt wurde er aufs Neue geändert und heißt Reforma Agraria), auf den Gehweg mit den Hauseingängen gegenüber dem Retiro-Park vor zwei oder drei Wochen, wie sie in Richtung Atocha-Bahnhof geht, so nah an den Hauswänden entlang, dass der Koffer ab und zu gegen die Mauern schrammt, als wolle sie mit den Schatten eins werden, vor allem, wenn in der Stille der Ausgangssperre das Geräusch eines näher kommenden Autos zu hören ist, was nur Gefahr bedeuten kann, auch wenn alle Papiere in Ordnung, alle Dokumente mit Unterschriften und Stempel versehen sind. Man müsste das genaue Datum der Abreise kennen, aber nicht einmal er selbst weiß, wie viele Tage er bereits unterwegs ist, und die Zeit entfernt sich rasenden Schritts von der Vergangenheit. Eine Stadt im Dunkeln, belagert von der Angst, von Schlachtenlärm erschüttert, erbebend unter dem Brummen sich nähernder Flugzeuge, das vorerst noch klingt wie das Grollen eines fernen Gewitters. Er hat auf eine der

Uhren geschaut, die an den Eisenkonstruktionen hängen, und errechnet, dass es in Madrid seit mehreren Stunden Nacht ist, eben jetzt, als er stehen geblieben ist, weil eine Stimme seinen Namen gerufen hat, als der Minutenzeiger mit einem auf all den beleuchteten Zifferblättern identischen Ruck von zweiundfünfzig auf dreiundfünfzig rückt, ein Beben der Zeit wie ein banger Herzschlag, der Schritt ins Leere, wenn einen die Müdigkeit übermannt.

Sieben Minuten vor vier; um vier geht sein Zug, und er hat immer noch keine Ahnung, wohin er gehen muss, welche Richtung von den vielen möglichen, die sich in der Menschenmenge andeuten wie Strömungen auf einer Wasseroberfläche, jene ist, die ihn an sein Ziel bringt. Wie in einem Wachtraum kann ich jetzt sein Gesicht ganz aus der Nähe sehen, so wie er es am Morgen im Spiegel gesehen hat, vor dem er sich rasieren wollte, nachdem er mit der Handfläche das beschlagene Glas abgewischt hat im Bad seines Hotelzimmers, in dem er die letzten vier Nächte verbracht hat und in das er nie wieder zurückkehren wird. Die Türen schließen sich jetzt für immer hinter ihm, und seine Gegenwart verschwindet spurlos von den Orten, an denen er sich aufgehalten hat, wie wenn er auf dem Hotelflur um eine Ecke biegt und es schon ist, als wäre er dort nie gewesen. Ich habe gesehen, wie er sich heute Morgen vor dem Spiegel über dem Waschbecken rasiert hat, in dem Hotelzimmer, aus dem er endlich ausziehen konnte, wie er aus dem einige Stunden zuvor erhaltenen Telegramm erfahren hatte, das jetzt geöffnet auf dem Nachttisch neben der Brieftasche, der Lesebrille und dem Brief lag, der ihm gestern Nachmittag ausgehändigt wurde und den er nach dem Durchlesen beinahe zerrissen hätte. *Geschätzter Ignacio wie geht es dir den Kindern und mir geht es gut was in diesen Zeiten nicht wenig ist wenngleich es dich anscheinend kaum gekümmert hat was aus uns geworden ist.* Das Telegramm wiederum enthält eine kurze Entschuldigung für das lange Warten und Informationen über den Zug, den er nehmen muss, die Abfahrtszeit und den Ankunftsbahnhof, an dem er abgeholt werden wird. Der Brief wurde vor fast drei Monaten geschrieben und abgeschickt und hat ihn in diesem New Yorker Hotel aufgrund einer Reihe von Zufällen erreicht, die sich ihm nicht ganz erschließen wollen, als wäre diese postalische Hartnäckigkeit von demselben Groll beseelt gewesen, der auch aus den geschriebenen Worten spricht (einem Groll oder etwas anderem, das er nicht beim Namen nennen will oder kann). Nichts ist mehr so wie es war, und es gibt keinen Grund, anzunehmen, dass die Dinge nach dem Umsturz wieder zu ihrem alten Lauf zurückfinden könnten. Ein aus einem Dorf in den Bergen nach Madrid geschickter Brief geht verloren und braucht nicht zwei Tage, sondern drei Monate, um anzukommen, nachdem er bei einer Niederlassung vom Roten Kreuz in Paris und einem Postamt in Spanien gelandet ist, wo ihm jemand mehrmals den Stempel *Empfänger unbekannt* aufgedrückt hat.

So kurz erst ist Ignacio Abel von zu Hause fort, und schon ist er ein Unbekannter. Ich sehe den Brief unter der brennenden Nachttischlampe in dem düsteren Hotelzimmer, in dem man regelmäßig das Rattern einer Hochbahn hört. Ignacio Abel packte wieder einmal seinen Koffer, der aufgeklappt auf dem Bett lag, rasierte sich sorgfältiger als an den vergangenen Tagen, weil er nun wusste, dass er erwartet wurde, dass kurz vor sechs am Abend jemand an einem Bahnsteig stehen und unter den aussteigenden Fahrgästen sein Gesicht zu erkennen suchen würde, auf einem Bahnhof mit einem merkwürdig deutsch klingenden Namen, der jetzt auf seiner Fahrkarte steht: Rhineberg. Dort wird er aussteigen, und jemand wird ihn erwarten, und indem dieser Jemand seinen Namen ausspricht, wird er ihm einen Teil seiner ausgesetzten Existenz zurückgeben. Ihm liegt viel daran, nicht nachzugeben, nicht aufzugeben, jede Winzigkeit seines inneren Widerstands gegen die Zermürbung der Einsamkeit und der langen Reise zu erhalten, so wie man bei einer Architekturzeichnung oder beim Zurechtsägen und Abschmirgeln eines Holzklötzchens des maßstabgetreuen Modells auf in der Praxis zu vernachlässigende Kleinigkeiten achtet. Man muss sich jeden Morgen rasieren, auch wenn die Rasierseife zu Ende geht, das Messer seine Schärfe verliert und der Rasierpinsel seine Haare. Man muss darauf achten, dass der Hemdkragen sauber bleibt. Aber er hat nur drei Hemden, und die verschleißen zusehends vom vielen Waschen, die Manschetten- und Kragenränder vor allem, die am meisten der Reibung ausgesetzt sind, mit wund gescheuerter oder verschwitzter Haut in Berührung kommen. Die Hosenränder fransen aus, die Schnürsenkel werden dünner und zerreißen irgendwann beim Binden. Beim Zuknöpfen des Hemdes heute Morgen stellte er fest, dass sich ein Knopf gelöst hatte, und selbst wenn er ihn wiederfände, wäre er nicht imstande, ihn anzunähen.

Ich sehe Ignacio Abel, als sähe ich mich selbst, mit seiner manischen Aufmerksamkeit für jedes Detail, seinem nie nachlassenden Bestreben, alles zu erfassen, und seiner Furcht, etwas Entscheidendes zu übersehen, seiner Angst vor dem schnellen Verrinnen der Zeit, ihrer bedrückenden Langsamkeit, wenn sie Warten heißt. Er betastet sein Gesicht nach dem Rasieren, reibt es mit einem Wasser aus dem fast leeren Fläschchen ein, das er mit sich führt, seit er Madrid verlassen hat, und ich spüre die Berührung meiner Finger auf meiner eigenen Haut. Im Lauf der Reise wird alles schlechter oder geht verloren, es fehlt an Zeit, Dinge zu ersetzen, oder man weiß nicht, wie, und auch nicht, wie lange es noch dauert, bis man an sein Ziel gelangt, wie lange das Geld noch reicht, die Scheine in der Brieftasche, die Münzen in der Hosentasche, die mit dem Kleingeld anderer Länder durcheinandergeraten und den kleinen Dingen, die man ohne besonderen Grund aufbewahrt und die irgendwann unterwegs verloren gehen: U-Bahn- oder Telefonmünzen, eine Zugfahrkarte oder eine nicht benutzte Briefmarke, eine Eintrittskarte fürs Kino, in dem man vor dem Regen Unterschlupf suchte und einen Film sah, den man nicht verstand. Ich will diese Dinge aufzählen, so wie er es in vielen Nächten tut, wenn er in sein Hotelzimmer zurückkehrt, wenn er den Inhalt seiner Taschen methodisch auf dem Tisch ausbreitet, wie er es auf dem Schreibtisch seines Arbeitszimmers in Madrid getan hat, in seinem Büro in der Universitätsstadt; ich will die Taschen von Ignacio Abel mit seinen eigenen Fingern durchwühlen, das Schweißband seines Hutes und das Futter seiner Jacke abtasten; ich will in der Manteltasche das nutzlose Klimpern von Schlüsseln hören, die in die Schlösser seiner Wohnung in Madrid passen. Ich will jeden Gegenstand kennen und jedes Stück Papier, das er auf dem Nachttisch und dem Garderobentisch seines Hotelzimmers zurückgelassen hat, all die Gegenstände, die er hastig eingesteckt hat, als er zur Pennsylvania Station aufgebrochen ist, und die, die jetzt zurückbleiben und im Papierkorb landen, in den das Zimmermädchen sie wirft, welches das Bett macht und das Fenster öffnet, um die nach Ruß und Fluss, nach Wäscherei und fettiger Küche riechende Oktoberluft hereinzulassen: vergängliche Dinge, in denen ein Vorkommnis, ein unauslöschlicher Moment enthalten ist, der Name eines Kinos, der Beleg von einem Imbiss in einer Cafeteria, ein Kalenderblatt mit einem bestimmten Datum und einer hingekritzelten Telefonnummer auf der Rückseite.

In einer Schublade seines Schreibtisches, die er stets verschlossen gehalten hat, verwahrte er Judith Bielys Briefe und Fotos, aber auch Kleinkram, der mit ihr zu tun oder ihr einmal gehört hatte. Eine Streichholzschachtel, einen Lippenstift, einen Untersetzer aus der Bar des Palace Hotels mit dem Abdruck des Glases, aus dem Judith Biely getrunken hatte. Die Seele der Menschen findet man nicht auf Fotos, sondern in den kleinen Dingen, die sie angefasst haben, denen die Wärme ihrer Handflächen zuteilgeworden ist. Mithilfe der Lesebrille suchte er ihren Namen in den winzigen Einträgen des Telefonbuchs von Manhattan und war gerührt, als er ihn unter all den fremden Namen tatsächlich fand, als hätte er in einer Menschenmenge ein vertrautes Gesicht entdeckt, eine vertraute Stimme gehört. Ähnlich klingende Namen verkomplizierten die Suche: Bily, Bialy, Bieley. In einer der hölzernen Telefonkabinen hinten in der Hotelhalle verlangte er die Nummer, die hinter dem Namen Biely stand, und lauschte dem Freizeichen mit pochendem Herzen, fürchtete, genau in dem Augenblick aufzulegen, in dem jemand abnahm. Doch die Telefonistin sagte ihm, dass niemand antworte, und er hockte mit dem Hörer in der Hand in der Telefonkabine, bis ärgerliches Klopfen an der Glasscheibe ihn aus seinen Gedanken riss.

Was zählt, ist extreme Genauigkeit. Nichts, was wirklich ist, ist vage. Im Koffer führt Ignacio Abel sein Architektendiplom mit sich, unterschrieben von den Professoren Walter Gropius und Karl Ludwig Rossmann im Mai 1924 in Weimar. Er kennt den Wert der exakten Messungen und der Berechnungen von Materialwiderstand, des Gleichgewichts zwischen gegenläufigen Kräften, die ein Gebäude am Stehen halten. Was mag aus dem Ingenieur Torroja geworden sein, mit dem er sich so gern über die physikalischen Grundlagen des Bauens unterhalten und von dem er beunruhigende Dinge über die letztliche Substanzlosigkeit der Materie gelernt hat, die irrsinnige Unruhe von Partikeln im leeren Raum. Die Skizzen in dem Heft, das er in einer seiner Taschen dabeihat, wären nichts wert, wenn die Disziplin der Physik und Geometrie nicht ihr Licht auf sie würfe. Wie lauteten die Worte von Juan Ramón Jiménez, die als Synthese einer Abhandlung über die Architektur gelten konnten? *Das Reine, Richtige, auf den Punkt Gebrachte, die Synthese.* Ignacio Abel hatte sie auf einen Zettel notiert und bei seinem Vortrag vorgelesen, den er im vergangenen Jahr in der Residencia de Estudiantes gehalten hatte, am 7. Oktober 1935. Nichts passiert in einer abstrakten Zeit oder einem leeren Raum. Ein Bogen ist ein auf einem Blatt Papier gezogener Strich und die Lösung einer mathematischen Aufgabe, Schwere durch das Zusammenspiel gegenläufig wirkender Kräfte in Leichtigkeit verwandelt; visuelles Nachdenken wird zu bewohnbarem Raum. Eine Treppe ist eine künstliche Form, ebenso notwendig und ebenso puristisch wie die Spirale einer Seemuschel, so organisch wie die verästelten Nervenstränge eines Blattes. An jenem Ort, an dem Ignacio Abel noch nicht gewesen ist, wird sich auf der Kuppe eines bewaldeten Hügels das weiße Gebäude einer Bibliothek erheben, das in seinem Geiste und seinem Skizzenbuch bereits existiert.

Unter den eisernen Bögen und den Fensterwölbungen der Pennsylvania Station, in der von Staub und Qualm durchwogten und vom Brausen konkaver Räume erfüllten Luft zeigen die Uhren eine präzise Zeit: Der Minutenzeiger ist mit einem für das Auge kaum wahrnehmbaren Zucken auf fünf Minuten vor vier vorgerückt. Die Fahrkarte, die Ignacio Abel in der etwas schwitzenden Linken hält, gilt für einen Zug, der um Punkt vier von einem Gleis abfährt, das er immer noch nicht gefunden hat. In der Innentasche seines Mantels steckt der Reisepass, der am Morgen auf dem Nachttisch neben der Brieftasche und einer beschriebenen und frankierten Ansichtskarte lag, die er später in den Hotelbriefkasten zu werfen vergessen hat und die jetzt in seiner Jackentasche steckt zusammen mit dem Brief, den er eigentlich in kleine Stücke reißen wollte. *Zwei Kinder die im schwierigsten Alter und in diesen Zeiten in denen wir leben ohne Vater aufwachsen und die ich jetzt ganz allein durchbringen muss.* Die Ansichtskarte zeigt ein koloriertes Foto vom Empire State Building bei Nacht, mit Reihen erleuchteter Fenster und einem Zeppelin, der an der Spitze des mächtigen stählernen Masts verankert ist. Immer wenn er auf Reisen war, hat er seinen Kindern täglich eine Ansichtskarte geschickt. Diesmal ebenfalls, obwohl er nicht weiß, ob sie ihre Adressaten überhaupt noch erreichen. Wie eine Beschwörung schreibt er Namen und Anschrift, als würde er mit der Beharrlichkeit des Postkartenschreibens verhindern können, dass sie verloren gehen, so wie ein Pfeil, der von der Sehne schnellt und sein Ziel erreicht, oder der tiefe Groll, mit dem seine Frau im Brief ihre Klagen aneinanderreiht. *Liebe Lita, lieber Miguel, hier seht Ihr das höchste Gebäude der Welt. Wie gern säße ich mit Euch in einem Zeppelin, dann könnten wir uns New York von oben ansehen.* Im Tintenblau der Ansichtskarte steht ein gelber Vollmond, und Scheinwerfer richten ihre konischen Strahlen auf die futuristische Silhouette des Zeppelins.

Postkarten und Briefe verirren sich heute in der aufgewühlten Geografie des Krieges oder verspäten sich und kommen erst an, wenn der, der auf sie wartet, schon tot ist, oder wenn unter der Adresse auf dem Umschlag niemand mehr wohnt. Adelas Brief und das Telegramm haben Ignacio Abel vorübergehend aus seiner fortschreitenden Nichtexistenz in dem Hotelzimmer gerettet, in dem vier Tage lang das Telefon nicht geläutet und niemand auch nur das beiläufigste Gespräch mit ihm angeknüpft hat. Er trägt sie in irgendeiner Tasche seines Mantels oder seiner Jacke bei sich: das Telegramm mit dem späten Willkommensgruß von Professor Stevens, dem Vorsitzenden der Abteilung Architektur und Kunst im Burton College, und den Brief, auf dem er durch eine von Wunschdenken getragene optische Täuschung die Handschrift Judith Bielys für ein paar Sekunden genauso deutlich erkannt hat wie in der Pennsylvania Station die Stimme, welche die ihre hätte sein können. Die Schrift weist jedoch keinerlei Ähnlichkeit auf. Gestern Abend hat Ignacio Abel, bevor er das Licht ausschaltete, Adelas Brief ganz gelesen und dann wieder in den Umschlag gesteckt, ihn auf den Nachttisch neben Reisepass, Brieftasche und Lesebrille gelegt und mühelos der Versuchung widerstanden, ihn in kleine Stücke zu zerreißen. In der unvollkommenen Dunkelheit des Hotelzimmers, eingehüllt im heiseren Vibrieren der Stadt, das ihn umfing wie das unablässige Stampfen der Schiffsmotoren während seiner sechstägigen Fahrt über den Atlantik, sah Ignacio Abel die altmodisch anmutende Schrift seiner Frau an seinem inneren Auge vorüberziehen, und in der Schlaflosigkeit nahmen die Wörter des Briefes den eintönigen Klang ihrer Stimme, mit der sie Vorwürfe auflistete, an und zugleich den einer eigenartigen Zärtlichkeit, die unzerstörbar war und der er sich nicht zu entziehen vermochte.

Nach Tagen des Wartens beschleunigt sich die Zeit jetzt wieder auf beängstigende Weise. Es war fast halb vier, als er noch in seinem Hotelzimmer auf die Uhr schaute, und um vier fährt der Zug nach Rhineberg ab. Die Zeit ist ihm so davongelaufen, dass er den Koffer auf dem Bett zuknallte und erst, als er schon die Tür aufriss, bemerkte, dass der Reisepass noch auf dem Nachttisch lag. Ein kalter Schauer lief ihm über den Rücken bei dem Gedanken, dass er beinah ohne ihn losgegangen wäre. In der Unachtsamkeit einer Sekunde lauert das Ausmaß einer Katastrophe. Es fehlte vielleicht weniger als eine Minute, dann wäre er umgebracht worden in jener Nacht Ende Juli, von der er oft träumt und in der eine Stimme, die in der Dunkelheit seinen Namen aussprach, ihn gerettet hat. *Ganz ruhig, Don Ignacio, alles in Ordnung.* Der blaue Pass mit dem Wappen der Spanischen Republik war ihm Mitte Juni ausgestellt worden; das Jahresvisum für die Vereinigten Staaten trägt ein Datum von Anfang Oktober (doch alles dauerte so lange, dass er das Gefühl hatte, niemals anzukommen). Das Foto ist das eines kräftigeren, nicht unbedingt eines jüngeren, wohl aber weniger scheu und unsicher dreinschauenden Mannes, dessen Blick zwar immer etwas Verstohlenes haben wird, jetzt jedoch offen ins Objektiv der Kamera gerichtet ist, mit einem Hauch von Hochmut sogar, der noch unterstrichen wird durch den ausgezeichneten Schnitt seiner Jacke, in deren Brusttasche ein sauber gefaltetes Tüchlein und die Kappe eines Füllfederhalters zu sehen sind, durch den Seidenglanz der Krawatte, der sichtbaren Qualität des maßgeschneiderten Hemdes. An den Grenzposten, die Ignacio Abel in den vergangenen Wochen passiert hat, haben die Wachen jedes Mal mehr Zeit darauf verwandt, das Gesicht im Pass mit dem des Mannes zu vergleichen, der ihn mit immer nervöserer Beflissenheit präsentierte. In dieser beschleunigten Zeit dauert es nicht lange, bis Fotografien veraltet wirken. Ignacio Abel betrachtet sein Foto im Pass und sieht das Gesicht eines Mannes, der ihm selbst fremd geworden und, im Grunde genommen, auch nicht sympathisch ist, ihn nicht einmal wehmütig macht. Wehmut, oder besser eine Sehnsucht, die so körperlich ist wie eine Krankheit, hat er nach Judith Biely und nach seinen Kindern, aber nicht nach der Person, die er vor einigen Monaten gewesen ist und weniger noch in der Zeit vor dem Krieg, die ganz normal war, während man sie erlebte, in der Erinnerung jedoch unerträglich. Der Unterschied liegt nicht allein im Zustand der Kleidung, sondern im Blick. Ignacio Abels Augen haben Dinge gesehen, die der Mann auf dem Foto nicht für möglich gehalten hat. Seine Selbstsicherheit ist Anmaßung; schlimmer noch: Blindheit. Einen Schritt vor dem Hereinbrechen der Zukunft, die alles umstürzen wird, ahnt er nichts von ihrer Nähe und ist unfähig, sich ihren Schrecken vorzustellen.

Exakte Details: Der Pass ist demselben Verfallsprozess unterworfen wie Kleidung und Koffer, er ist durch zu viele Hände gegangen, hat den unnötig harten Anprall vieler Gummistempel aushalten müssen. Der Ausreisestempel aus Spanien trägt in roter und schwarzer Stempelfarbe die schlecht lesbaren Initialen der Iberischen Anarchistischen Föderation, und sieht man genauer hin, entdeckt man den Abdruck schmutziger Finger. Die Hände des französischen Gendarmen, der ihn nur wenige Meter weiter inspizierte, waren bleich und knochig, mit glänzenden Fingernägeln. Die Finger blätterten so widerwillig durch den Pass, als wäre er etwas Ansteckendes. Auf der spanischen Seite hatte der anarchistische Milizionär Ignacio Abel mit bedrohlichem Glanz in den Augen, mit Sarkasmus, ja,

Verachtung angestarrt und ihm zu verstehen gegeben, dass er ihn für einen Drückeberger und Deserteur hielt und ihn zwar passieren ließ, doch bis zum letzten Moment noch von seiner Befugnis Gebrauch machen konnte, ihm den Pass, der für ihn keine Geltung besaß, aus der Hand zu reißen. Der französische Gendarm hatte ihn erhobenen Hauptes über dem steifen Uniformkragen mit unbewegter Miene angestarrt, ohne ihm dabei in die Augen zu schauen, ihn dieses Privilegs für würdig zu erachten (es bedarf einiger Übung, jemandem ins Gesicht zu sehen, ohne einen Blick mit ihm zu wechseln). Der französische Stempel, mit einem Griff aus braunglänzendem Holz, traf den aufgeschlagenen Pass mit dem schnalzenden Geräusch einer Stahlfeder. An jeder Grenze gibt es jemanden, der sich Zeit lässt beim Studieren eines Passes oder sonst eines Papiers, das zu fordern ihm in den Sinn kommt, der einen über den Brillenrand hinweg argwöhnisch mustert und sich einem Kollegen zuwendet, unverständliche Worte murmelt oder hinter einer Tür verschwindet und das mit einem Mal verdächtige Dokument mitnimmt; jemanden, der sich zum Wächter aufschwingt, zum Herren über die Zukunft jener, die warten müssen, der einige durchlässt, andere aus unerforschlichen Gründen zurückweist, der sich in aller Ruhe eine Zigarette anzündet oder dem Kollegen am Nebentisch einen Witz erzählt, bevor er sich wieder dem Schalterfensterchen zuwendet und einen weiteren abschätzenden Blick auf den Wartenden wirft, auf den, der sich am Rande der Rettung oder der Verdammnis weiß, des Ja oder des Nein.

Gerade heute ist der Feind vielleicht in Madrid einmarschiert, und der Pass ist nichts mehr wert. Auf dem Boden des Hotelzimmers, neben dem Bett, hat Ignacio Abel eine zerfledderte Zeitung liegen lassen, die das Zimmermädchen in den Müllsack werfen wird, ohne sie eines Blickes zu würdigen. INSURGENTS ADVANCE ON MADRID. Die Meldung ist drei

Tage alt. INCENDIARY BOMBS ON A BATTERED CITY. Im Radio auf der Kommode hat er in den späten Stunden einer schlaflosen Nacht Nachrichten gehört, hastig verlesen von einer nasalen, aufgeregten Stimme, sodass er nur das Wort Madrid verstanden hat. Zwischen der Musik der Werbung und dem statischen Pfeifen des undeutlich zu empfangenden Senders klang der Name wie der einer fernen, exotischen, vom Feuerschein der Bomben erleuchteten Stadt. Vielleicht ist sein Haus zu dieser Zeit nur noch eine Ruine, und das Land, zu dem der Reisepass gehört und von dem seine rechtliche Identität abhängt, existiert gar nicht mehr. Aber wenigstens standen die Worte Spanien oder Krieg oder Madrid nicht auf den Titelseiten der Blätter, die er aus den Augenwinkeln frisch ausgestellt an einem der Zeitungskioske im Bahnhof gesehen hat. Er schaut auf Pfeile und Hinweisschilder, hört im Vorbeigehen Fetzen banaler Gespräche, die er durchschaut, die sich auf ihn zu beziehen oder böse Ahnungen zu bestätigen scheinen. Er schaut jeder einzelnen Frau ins Gesicht, nicht weil er die Hoffnung hegt, plötzlich Judith Biely vor sich zu sehen, sondern weil er gar nicht mehr anders kann, als nach ihr Ausschau zu halten. Trotz seiner Eile, der Angst, den Zug zu verpassen, findet er würdigende Blicke für die Form und Dimension der Architektur, die aufstrebende Kraft der Stahlträger, den Rhythmus der Bögen. *Das Reine, Richtige.* Das reife Licht des Nachmittags fällt diagonal durch die Bogenfenster der Kuppel und zieht in gleichen Abständen breite, staubflirrende Lichtbahnen über die Köpfe. Er will einen Dienstmann in dunkelblauer Uniform und roter Mütze etwas fragen, doch seine Stimme geht im Tumult unter, und seine Geste wird nicht bemerkt. Ein Strom von Menschen drängt in Richtung eines Durchgangs, über dem ein großes Schild hängt, darunter ein Pfeil: DEPARTING TRAINS.

Wie lange schon hat er niemanden mehr seinen Namen aussprechen hören! Wenn niemand dich erkennt und niemand deinen Namen nennt, hörst du nach und nach auf zu existieren.

Er hat sich umgedreht, obwohl er weiß, dass ihn unmöglich jemand gerufen haben konnte, doch für einige Sekunden hat ihm ein impulsiver Reflex versichert, was sein klarer Verstand verneinte. Die Stimmen der Vergangenheit, die, die ihn auf seiner Flucht einholen, verdichten sich zu einem Brausen, so gewaltig wie das unter den Bogenfenstern und Eisenbögen der Pennsylvania Station. Die räumliche und zeitliche Ferne ist seine akustische Kamera. An einem Sonntag im Juli ist er im Haus in den Bergen nach dem Mittagessen eingeschlafen, und er hört die Stimmen seiner Kinder, die vom Garten her nach ihm rufen, aus der Richtung, aus der in seinem Traum das Quietschen der rostigen Schaukel kam. Sie sagen ihm, dass es Zeit sei, dass der Zug nach Madrid bald komme. Er hat den Hörer des Telefons abgenommen, das in der Mitte des langen Hausflurs steht, und die ausländisch klingende Stimme, die seinen Namen ausspricht, ist die von Judith Biely. Er hat sich in den Markisenschatten des Cafés neben dem Europa-Kino in der Calle Bravo Murillo geflüchtet und tut so, als würde er die Stimme nicht hören, die hinter ihm seinen Namen ruft, die Stimme von Professor Rossmann, seinem alten Lehrer aus dem Bauhaus in Weimar. Er hat überhaupt keinen Grund, ihm aus dem Weg zu gehen, aber er will ihn nicht sehen. Er weiß nicht, dass dies das letzte Mal sein wird, dass er ihn lebend antrifft, an diesem Vormittag im September; das letzte Mal, dass Professor Rossmann auf einer Straße mitten in Madrid seinen Namen ruft. Die Stimme geht in einem Chor martialischer Hymnen unter, die, von wüsten Trommeln und Trompeten begleitet, aus den aufgestoßenen Türen des Kinos dringen, zusammen mit dem Schwall von Dunkelheit und dem Geruch von Reinigungsmittel. Aber dann ist sie wieder da, spricht noch einmal seinen Namen, als ihm Professor Rossmann die Hand auf die Schulter legt, mein lieber Professor Abel, so eine Überraschung, ich dachte, Sie seien schon in Amerika.

Akustische Wahnbilder (nur die Stimme, die jenseits der verschlossenen Tür seinen Namen rief, hat er nicht geträumt: *Ignacio, um Himmels willen, mach auf, sonst bringen sie mich um*). Ignacio Abel vermutet im menschlichen Hirn einen Instinkt, der vertraute Stimmen zu hören verlangt, damit das Bewusstsein seine Verankerung in der Wirklichkeit nicht verliert, der nachgemachte Stimmen erzeugt, wenn der Hörnerv lange Zeit keine Signale mehr empfangen hat. Er hat sie in diesem Sommer in Madrid gehört, nachts im dunklen Haus, das, seit Anfang Juli unbewohnt, so viel größer wirkt, nachdem die Dienstmädchen die meisten Möbel und Lampen zum Schutz vor dem Staub mit weißen Tüchern abgedeckt haben, die er, seit mehreren Monaten allein, abzunehmen sich nicht die Mühe gemacht hat. Er glaubte, im Bügelzimmer am anderen Ende des Hauses das Radio zu hören, und brauchte ein paar Sekunden, um zu begreifen, dass das nicht möglich war, oder dass seine Erinnerung den Klang eines Radios aus der Nachbarschaft manipuliert und aus einem Echo der Vergangenheit eine gegenwärtige Wahrnehmung gemacht hatte. Er glaubte Miguel und Lita zu hören, die sich in ihrem Zimmer stritten, oder Adela, die gerade ins Haus gekommen war und die Tür hinter sich ins Schloss fallen ließ. Die Kürze des Täuschungsmoments und auch das unerwartete Auftreten verstärkten noch dessen Intensität. Vor allem, wenn er sich in einem unruhigen Schlaf verlor, konnte es jederzeit passieren, dass er Judith Bielys Stimme seinen Namen flüstern hörte, so nah, dass er den Hauch ihres Atems und die Berührung ihrer Lippen an seinem Ohr spürte.

In Paris, an seinem ersten Morgen fern von Spanien und immer noch erstaunt, sich in einer Stadt zu befinden, die keinerlei Spuren eines Krieges zeigte, waren zu den aufschreckenden Stimmen noch flüchtige Erscheinungen getreten. Er sah von ferne eine Gestalt, den Umriss einer Person hinter dem Fenster eines Cafés, und war eine Sekunde lang sicher, einen Bekannten aus Madrid vor sich zu haben. Seine Kinder, von denen er lange nichts gehört hatte, spielten auf einem Sandweg im Jardin du Luxembourg Fußball. Am Tag vor seiner Abreise hatte er sich von José Moreno Villa verabschiedet, der allein und vorzeitig gealtert in seinem winzigen Büro im Nationalpalast über einem verstaubten Aktenbündel gebeugt saß; trotzdem hatte er ihn auf dem Boulevard Saint Germain ein paar Schritte vor sich hergehen sehen, verjüngt, in aufrechter Haltung, bürgerlich elegant wie einige Monate zuvor, in einem seiner geliebten Anzüge aus englischer Wolle, den Filzhut keck in die Stirn geschoben. Eine Sekunde später löste sich die Fata Morgana auf, als er der Person, die sie hervorgerufen hatte, näher kam, und Ignacio Abel konnte kaum begreifen, dass solch eine optische Täuschung überhaupt möglich war. Die Jungen, die im Jardin du Luxembourg spielten, waren viel älter als seine Kinder und sahen ihnen auch gar nicht ähnlich; der Mann, den er für Morena Villa gehalten hatte, war vor einem Schaufenster stehen geblieben und hatte ein nichtssagendes Allerweltsgesicht, einen geistlosen Blick und trug einen Anzug von mittelmäßigem Schnitt. Hinter dem runden Fensterchen zur Küche eines Restaurants erblickte er eine Sekunde lang – und erstarrte – das Gesicht eines der drei Männer, die in einer Nacht Ende Juli gekommen waren, um sein Haus zu durchsuchen.

Doch die Erfahrung, sich geirrt zu haben, feite ihn nicht vor weiteren optischen Täuschungen: Kurz darauf sah er am Tresen eines Cafés oder auf einem Bahnsteig wieder einen Bekannten aus Madrid, sogar jemanden, von dem er wusste, dass er gestorben war. Anfangs prägen sich die Gesichter der Toten intensiv in seine Erinnerung ein und kehren in Träumen und Sinnestäuschungen des Tages wieder, um sich gleich darauf in nichts aufzulösen. Den ovalen Kahlkopf von Professor Karl Ludwig Rossmann, den er in einer Nacht im September im Leichenschauhaus von Madrid im Licht einer trüben Glühbirne, die an einem von Fliegen wimmelnden Kabel hing, nur mit Mühe wiedererkannt hatte, sah er eines Tages unter den Passagieren, die an Deck des Dampfers, der ihn nach New York brachte, in der Sonne saßen: Ein kahlköpfiger älterer Mann, Jude vermutlich, lehnte im Segeltuch eines Liegestuhls und schlief mit offenem Mund, den Kopf zur Seite geneigt. Die Toten in seinen Träumen schliefen in einer merkwürdigen Haltung, so schien es, oder sie lachten, oder der Tod überraschte sie im Schlaf, oder sie schlugen die Augen auf und waren schon mehr tot als noch lebendig, oder sie hatten ein Auge offen, das andere halb geschlossen, ein Auge schwarz oder zu Brei geschossen. Jähe Erinnerungen scheinen in seinem gegenwärtigen Blick auf wie irrtümlich in einen Film montierte Bilder, und obwohl er weiß, dass sie falsch sind, kann er sie nicht verscheuchen, ihrem Versprechen und ihrem Gift nicht entgehen.

Auf dem Boulevard, der zum Hafen von Saint Nazaire hinunterführte – am Ende einer langen Reihe von Kastanienbäumen ragte die gewölbte Stahlwand eines Ozeandampfers auf, an der in frisch gemalten weißen Lettern der Name S.S. Manhattan in der Sonne glänzte –, sah er einen Mann mit flächigem Gesicht und tiefschwarzem Haar und mit einem hellen Anzug bekleidet vor einem Café in der Sonne sitzen: Wieder spielte die Erinnerung ihm einen Streich, und es war der Dichter García Lorca, den er an einem Morgen im Juni flüchtig auf dem Paseo de Recoletos in Madrid gesehen hatte, als er mit dem Taxi zu einem seiner heimlichen Treffen mit Judith Biely fuhr. Einem der letzten. Im zeitlichen Abstand sind die Einzelheiten der Erinnerung so unmittelbar wie körperliche Empfindungen: die Junihitze im Taxi, der Geruch vom weich sich wellenden Leder der Sitze. Lorca stand mit lässig gekreuzten Beinen am Marmortresen und rauchte einen Zigarillo, und einen Moment lang dachte Ignacio Abel, der Dichter habe ihn gesehen und wiedererkannt. Gleich darauf bog das Taxi an der Cibeles in die Calle de Alcalá ein, wo es aus irgendeinem Grund nicht weiterging, wegen eines Leichenzuges vielleicht, denn an den Straßenecken standen bewaffnete Polizisten. Er schaute auf seine Armbanduhr, auf die Uhr am Postgebäude, sah ungeduldig jede einzelne Minute verrinnen, die er von seiner Zeit mit Judith verlor, die ihm gestohlen wurde von der Langsamkeit des Taxis, von der Menge, die dem Begräbnis mit Fahnen und Plakaten folgte und in deren Gesichtern sich politische Trauer spiegelte. Jetzt denkt er an den toten García Lorca und sieht ihn in demselben hellen Sommeranzug, den er an jenem Morgen trug, mit derselben Krawatte und den zweifarbigen Schuhen, tot und zusammengekrümmt wie eine Puppe aus Putzlumpen, in der Haltung, die manche Körper von Erschossenen einnehmen, als ob sie sich zum Schlafen auf die Seite gelegt hätten, die Beine angezogen und den Kopf auf einem halb ausgestreckten Arm ruhend; Schlafende, in einen Straßengraben geworfen oder zusammengesunken vor einer von Kugeleinschlägen zerhackten und mit Spritzern von getrocknetem Blut befleckten Mauer.

Dieselbe Eile wie damals treibt ihn voran, jetzt in Richtung des Unbekannten, eines Ortes, der nur ein Name ist: Rhineberg, eines Hügels über einem Fluss, so breit wie ein Meer, einer Bibliothek, die nicht existiert, die nicht mehr ist als eine Reihe von Bleistiftskizzen und eine Rechtfertigung für seine Flucht; die Eile, die ihn mit Höchstgeschwindigkeit in seinem kleinen Auto durch die Straßen von Madrid zu seinen Pflichten treibt, die ihn noch zu nächtlicher Stunde aufwachen lässt, voller Ungeduld den Tag erwartend, voller Ungeduld über die sich dahinziehende Zeit, die unwiderrufliche Zeitverschwendung, die die unfähige spanische Langsamkeit erzwingt, die Lustlosigkeit, der uralte dumpfe Widerstand gegen jede Art von Veränderung. Jetzt wirkt sie immer noch nach, diese Eile, obwohl sie kein Ziel mehr hat, so wie ein

Phantomschmerz den Amputierten quält; wie ein bedingter Reflex, der ihn einem Ziel entgegentreibt, an dem er Judith Biely nicht finden wird und über den hinaus er nichts sieht: die geträumten und die wirklichen Stimmen, den Minutenzeiger, der sich ruckartig auf allen Uhren der Pennsylvania Station bewegt, die Treppe mit Metallstufen, die zu den hallenden Gewölben hinunterführt, wo die Züge abfahren, den Koffer in der Hand mit den schmerzenden Knöcheln, den Pass in der Innentasche der Jacke, eine Sekunde lang betastet von der Hand, in der er die Fahrkarte hält, den Schaffner, der nickt, als er ihm seinen Bestimmungsbahnhof zuruft und die Stimme verschüttet wird unter den Vibrationen einer Elektrolok, die schön wie die Nase eines Flugzeugs anzusehen und zu erbarmungslos pünktlicher Abfahrt bereit ist, dabei aufheulend wie die Maschinen und die Sirene der S. S. Manhattan, als sie sich langsam von der Mole löste. Manchmal entschleunigt sich die Hast, aber ihr Druck lässt niemals nach. Die einzige Pause ist die Zeit vor einer Abreise, die Absolution einiger Stunden oder Tage, in denen man sich ohne Gewissensbisse der Passivität des Reisens hingeben kann: sich mit geschlossenen Augen und ohne sich die Schuhe auszuziehen aufs Hotelbett legen, mit angezogenen Beinen auf der Seite und an nichts mehr denken, nicht wieder die Augen öffnen müssen. Doch dann ist die Zeit vorbei, und die Unruhe kehrt zurück: Der Koffer muss wieder gepackt oder vom Gepäckband genommen, die Papiere bereitgelegt werden; sich vergewissern, dass nichts zurückbleibt. Im Moment jedoch, nachdem Ignacio Abel den noch wartenden Zug bestiegen hat, sitzt er unendlich erleichtert auf seinem Platz am Fenster, geschützt, gerettet, zumindest für die nächsten zwei Stunden. Den Koffer hat er auf dem Nebensitz abgestellt, und noch im Mantel tastet er all seine Taschen ab, die Fingerkuppen erkennen Oberflächen, Beschaffenheiten, den harten Umschlag des Reisepasses, die gewölbte Brieftasche, in der sich die Fotos von Judith Biely und seinen Kindern befinden, sowie das dünne Bündel Dollarscheine, das ihm noch geblieben ist, das Telegramm, das er gleich hervorholen wird, um sich noch einmal die Reiseinstruktionen durchzulesen, der dicke Umschlag mit den zahllosen Blättern von Adelas Brief, den er vielleicht in kleine Stücke hätte reißen sollen, bevor er aus dem Hotel gegangen ist, oder einfach auf dem Nachttisch liegen lassen. Etwas, das er nicht gleich erkennt, ein kartonierter Rand in der rechten Jackentasche, die Ansichtskarte vom Empire State Building mit einem an der Spitze vertäuten Zeppelin, die er vergessen hat in einen der Briefkästen im Bahnhof einzuwerfen, auf denen mit Goldbuchstaben die Namen verschiedener Länder stehen.

Als er jetzt die Beine übereinanderschlägt, bemerkt er, wie schmutzig und abgetragen seine Schuhe sind, denen noch der Staub von Madrids Straßen anhaftet, die handgenähten Sohlen so verschlissen wie die Hosenränder und Hemdmanschetten. Das Spannendste an einem Bauwerk beginnt dann, wenn es fertiggestellt ist, hatte Ingenieur Torroja lächelnd gesagt, als er die Baulichkeitsberechnungen der Gebäude in der Universitätsstadt überprüfte, und dabei eine Brücke mit engen, hohen Bögen gezeichnet, die an ein Bild von Giorgio de Chirico erinnerte: das Vergehen der Zeit, der Zug der Schwerkraft, all die Kräfte, die aufeinander einwirken in diesem prekären Gleichgewicht, das man Stabilität oder Festigkeit nennt, im Grunde aber nicht stabiler ist als ein Kartenhaus und früher oder später zusammenbrechen wird. Entweder durch seine inneren Gesetze, sagte Torroja, an den Fingern abzählend, durch eine Naturkatastrophe – Überschwemmung, Erdbeben – oder durch die Begeisterung der Menschen fürs Zerstören.

Die Tür am Ende des Waggons geht auf, und eine blonde junge Frau tritt ein, schlank, ohne Kopfbedeckung, schaut suchend über die Fahrgäste und macht ein gehetztes Gesicht, als müsse sie wieder aussteigen, bevor sich der Zug in weniger als einer Minute in Bewegung setzt. Einen Moment lang,

kaum mehr als einen Wimpernschlag, erkennt Ignacio Abel
ganz deutlich Judith Biely in ihr, erfindet mit der Präzision
einer Bauzeichnung, was er so vollkommen intakt in seiner
Erinnerung nicht für möglich gehalten hätte, was ist und sich
dann in nichts auflöst, als die fremde Frau näher kommt und
keinerlei Ähnlichkeit mit ihr hat: das Oval ihres Gesichts, ihre
Augenbrauen, ihre Lippen, ihre rotblonden Locken, die er so
oft gestreichelt und gerochen hat, ihre rot lackierten Fingernägel, ihre Schultern, muskulös wie die einer Schwimmerin,
die biegsame Gestalt mit der schmalen Taille einer Schneider-
puppe im Schaufenster eines Geschäfts oder eines Mannequins
in einer Modezeitschrift.

2 Dann ist das Wunder der Erscheinung vorbei. Dass Judith Biely in diesem Augenblick wirklich existiert, erscheint ihm ebenso unwahrscheinlich wie dass sie vor einem Moment den Waggon des gleich abfahrenden Zuges betreten und ihn gezwungen hat, das Melodram ihrer Ankunft in letzter Minute auf dem Bahnhof zu erfinden. Er erinnert sich nicht mehr, wann genau er Madrid verlassen hat, aber er weiß exakt, wie viele Tage vergangen sind, seit er sie zum letzten Mal gesehen hat. Vier Tage lang ist er durch ihre Stadt gelaufen, mit Straßenbahnen gefahren, mit der Metro, in Hochbahnzügen, und nie hat er aufgehört, sie in jeder jungen Frau zu suchen, die ihm entgegenkam oder die er von ferne sah, und die immer neue Enttäuschung hat ihn nicht vor den Wahnbildern des Wiedererkennens gefeit. Auf dem Union Square sah er ein Plakat, auf dem eine Solidaritätsveranstaltung für die Spanische Republik und den glorreichen Kampf des spanischen Volkes gegen den Faschismus angekündigt wurde, und er bahnte sich einen Weg durch die Plakate und Fahnen schwenkende und Hymnen intonierende Menge, allein in der Hoffnung, ihr dort zu begegnen. Vom Schiffsdeck aus sah er die Türme einer Stadt, die sich wie eine leuchtende Steilwand aus dem Nebel schälte, und neben der Angst und dem Schwindelgefühl hatte er nur den einen Gedanken, dass irgendwo in diesem Labyrinth Judith Biely sein konnte. In den endlosen Namensspalten des Telefonbuchs von New York fand er drei Mal ihren Nachnamen, und zwei Mal sagten ihm ungehaltene Stimmen, die er kaum verstand, dass er sich verwählt habe, und beim dritten Mal klingelte das Telefon lange, ohne dass jemand abhob.

Aber der Verstand sondert Bilder und Fiktionen ab, so wie die Mundhöhlendrüsen Speichel absondern: Judith, die ihn in der Bahnhofshalle der Pennsylvania Station sucht, ihn in jedem dunkel gekleideten Mann mittleren Alters zu erkennen glaubt, die trotz ihrer hohen Absätze und ihres engen Rocks die hallenden Eisenstufen mit sportlicher Behändigkeit hinuntereilt, um noch rechtzeitig zu kommen. So hat er sie in Madrid unter allen Reisenden gesucht, die auf die Abfahrt ihrer Schnellzüge warteten in jener Nacht des 19. Juli, die immer noch eine ganz gewöhnliche Nacht sein konnte und nicht eine endgültige Trennlinie in der Zeit, trotz der voll aufgedrehten Radios in aufgerissenen und erleuchteten Fenstern, trotz der grölenden Massen in den Straßen und der Schüsse überall, die man noch mit Fehlzündungen oder Feuerwerksknallern verwechseln konnte. Wenige Sekunden vor Abfahrt des Zuges würde er sie entdecken, ihre blonde Mähne durch eine von starken Scheinwerfern gelblich gefärbte Dampfwolke hinter einem Abteilfenster der *Wagons-Lits* erblicken, und wenn auch sie ihn sah, würde sie ihren Entschluss, mit ihm zu brechen und Spanien zu verlassen, aufgeben und in seine Arme fliegen. Kindische Vorstellungen, unbewusst von Romanen und Filmen inspiriert, in denen das Schicksal die Liebenden kurz vor dem Ende doch zueinanderfinden lässt. Musicals, die er mit ihr in riesigen dunklen, neu und desinfiziert riechenden Madrider Kinos gesehen hatte, wo das Gold von Brokat und Balustraden im flimmernden Licht der Leinwand funkelte.

Sie verabredeten sich in einer Loge des Europa-Kinos in der Calle Bravo Murillo, und obwohl es wenig wahrscheinlich war, dass jemand in diesem von der Stadtmitte weit entfernten Wohnviertel sie erkannte, betraten sie das Kino getrennt zur ersten Nachmittagsvorstellung, in die noch nicht so viele Leute gingen. In der belebten, staubigen Straße herrschte die Hitze eines verfrühten Sommers, und die Sonne blendete; kaum war man durch die granatrot gepolsterte und mit

Bullaugen versehene Doppeltür getreten, umfingen einen die künstlichen Wonnen der Dunkelheit und der gekühlten Luft. Sie mussten sich an das Dunkel gewöhnen und suchten einander in den lichtesten Szenen: in der plötzlichen Helligkeit eines Mittags auf dem Oberdeck eines falschen Ozeandampfers, der vor dahinter projiziertem Meer daherzog, mit einer von elektrischen Ventilatoren erzeugten Meeresbrise, die die blonden Locken der Heldin wehen ließ; zwei Millionen Menschen, die am Tag der Arbeit mit Olivenzweigen in den Händen und geschultertem Arbeitsgerät unter den Klängen von Marschmusik durch die Straßen von Berlin marschierten; eine andere, ähnlich ozeanische und genauso disziplinierte Menge, die auf dem Roten Platz von Moskau Waffen, Blumensträuße, Fahnen und Bildnisse schwenkte; Radrennfahrer mit den harten Gesichtern von Landarbeitern, die sich auf den steinigen Wegen der Vuelta Ciclista die Berge hinaufquälten. Seine Hände suchten im Halbdunkel begierig die ihren, die nackte Haut der Oberschenkel über der straffen Seide ihrer Strümpfe, die köstliche Stelle, an der das Gummi sich leicht ins Fleisch grub; er gab sich den verschwiegenen und schamlosen Zärtlichkeiten ihrer Hand hin, das Aufleuchten der Leinwand erhellte ihr lächelndes Gesicht.

Vor dem kürzlich eroberten Palast des Negus in Addis Abeba paradierten hochmütig blickende italienische Legionäre mit schwarzen Piratenbärtchen und federgeschmückten Tropenhelmen. Nach seiner Vereidigung zum Präsidenten der Spanischen Republik verließ Don Manuel Azaña das Gebäude der Abgeordnetenkammer im Frack, mit einer Schärpe um den massigen Leib und einem absurden Zylinder auf dem Kopf, sein Gesicht ein Ausdruck des Erstaunens, als wohne er dem eigenen Begräbnis bei (Judith hatte den Festzug auf der Straße miterlebt und erinnerte sich an den Kontrast zwischen Azañas farblosem Gesicht und den roten Federbüschen der berittenen Kürassiere, die die offene Limousine eskortierten).

Ginger Rogers und Fred Astaire glitten schwerelos über eine glänzende Bühnenfläche, umschlungen in einer Tanzpose, die exakt jener auf dem grellbunten Transparent über dem Eingang des Europa-Kinos glich.

Die offensichtliche Falschheit des Kinos – Münder, die sich bewegten, ohne wirklich zu singen; ein Mann und eine Frau, die durch die Straßen einer Stadt gingen, sich unterhielten und im nächsten Augenblick sangen und tanzten und sich vor einem offensichtlich künstlichen Regenguss in Sicherheit bringen mussten – weckte in Judith wahrhafte Gefühle, denen sie sich ohne Vorbehalt hingab. Sie kannte alle Lieder auswendig, sogar die Erkennungsmelodien der spanischen Radiosender, und lernte sie ebenso gewissenhaft wie die alten Romanzen oder die Gedichte von Rubén Darío im Unterricht bei ihrem Lehrer Don Pedro Salinas. Sie sagte ihm die Liedtexte auf Englisch und wollte dafür von ihm wissen, was Imperio Argentina in *Morena Clara* sang; ein Lied, das sie aus einem Grund, den er nicht verstand, genauso mochte wie *Top Hat*. Auf dem Grammofon in ihrem Zimmer erklangen Lieder, die sie aus Amerika mitgebracht hatte, ebenso wie die von der Platte, auf der García Lorca die Argentinierin auf dem Piano begleitete. Dass Judith die wirren Filme mit Zigeunern und Schmugglern und den schrillen Gesang darin mochte, irritierte Ignacio Abel weniger, als dass sich sein zwölfjähriger Sohn Miguel ebenfalls dafür begeisterte. Bevor er sie kennenlernte, hatte sich ihre Gegenwart schon durch Musik angekündigt, die auf so natürliche Weise von ihr auszugehen schien wie ihre Stimme oder der Glanz ihres Haares oder der zwischen sportlich und erdig changierende Duft ihres Parfüms. Eines Abends Ende September betrat Ignacio Abel die Aula der Residencia auf der Suche nach Moreno Villa, und in dem leeren Saal spielte mit dem Rücken zu ihm eine Frau auf dem Klavier und sang leise vor sich hin, und das rötlich goldene Licht der untergehenden

Sonne, das den Raum erfüllte, hielt sich in seiner Erinnerung wie in einem Bernsteintropfen gefangen, das Licht des sich neigenden Tages des 29. September.

Es kommt ihm vor, als sei es gestern passiert, und auch, als sei viel mehr Zeit vergangen. Jetzt weiß er, dass die persönliche Identität einem Turm gleicht, der viel zu zerbrechlich ist, um sich aus eigener Kraft zu halten, ohne Zeugen, die sie beglaubigen, und wiedererkennende Blicke. Die Erinnerungen an das, was ihm am wichtigsten ist, sind so fern, als gehörten sie einem anderen Menschen. Das Gesicht auf dem Foto in seinem Pass ist beinahe das eines Fremden: Das Bild, an welches er sich beim Blick in den Spiegel gewöhnt hat, würden Judith Biely oder seine Kinder vielleicht nur mit Mühe identifizieren. In Madrid hat er Gesichter von Menschen, die er seit Langem zu kennen glaubte, über Nacht sich verändern sehen: Gesichter von Henkern oder Erleuchteten oder Fluchttieren oder Rindern, die sich widerstandslos zur Schlachtbank führen ließen; Gesichter, die nur noch aus aufgerissenen, aus Begeisterung oder Panik schreienden Mündern bestanden; Gesichter von Toten, noch halb zu erkennen, halb blutiger Brei nach dem Einschlag einer Gewehrkugel; wächserne Gesichter hinter einem nur von einem Lichtstrahl beleuchteten Schreibtisch, die über Leben und Tod entschieden, während flinke Finger auf einer Schreibmaschine Namenslisten tippten. Wie sieht das Gesicht eines Menschen im Licht von Autoscheinwerfern aus, kurz bevor er tödlich getroffen wird oder sich verwundet im Todeskampf am Boden windet, bis ihm der Pistolenlauf zum Gnadenschuss ins Genick gedrückt wird? Der Tod in Madrid ist manchmal eine jähe Explosion oder ein peitschender Schuss, dann wieder ein zähes Prozedere, das in bürokratischer Prosa und mit mehreren Kohlepapierdurchschlägen verfasste Berichte erfordert, die mit Stempeln und Unterschriften beglaubigt werden müssen.

Und als er nun an jenen Tag vor etwas mehr als einem Jahr zurückdenkt, an dem er Judith Biely zum ersten Mal gesehen hat, kommt auch kaum ein Verlustempfinden auf, weil das Verlorene so vollständig aufgehört hat zu existieren wie der Mensch, der einen solchen Verlust empfinden könnte. Es ist eher die Sorge um eine illusorische Genauigkeit; der Wunsch, durch die Kraft der Einbildung die Existenz einer ganzen Welt zu bezeugen, die ausradiert worden ist und nur noch winzige materielle Spuren hinterlassen hat, so zart und zerbrechlich, dass sie bald ganz verschwunden sein werden. Aber er gibt sich nicht zufrieden mit seinen Versuchen, diesem Moment die Qualität des Gegenwärtigen zurückzugeben, ihn von den Zusätzen und Überlagerungen der Erinnerung zu befreien, wie der Restaurator, der mit einfühlsamer Geduld an einem Fresko arbeitet, um ihm den Glanz seiner ursprünglichen Farben zurückzugeben. Er will jeden der Schritte lebendig werden lassen, die ihn, ohne dass er es ahnte, zu dieser Begegnung führten, die ebenso gut nicht hätte stattfinden können; Schritt für Schritt will er den ganzen Nachmittag wieder erstehen lassen, das Präludium, die Stunden, die ihn insgeheim an eine Grenze seines Lebens führten.

Er sieht sich selbst wie in einer Momentaufnahme an einer Zeitgrenze verharrend, so wie ich ihn unter den Menschen in der Pennsylvania Station auftauchen sah, oder wie ich ihn jetzt sehe, leichter im Blick zu behalten, weil er sich nicht bewegt, sich in dem Zug, der sich soeben in Bewegung setzt, in seinem Sitz zurücklehnt, erschöpft, erleichtert, immer noch im Mantel, den Hut auf den Knien, den Koffer auf dem Nebensitz abgestellt. Die Zeichen des Verfalls bleiben einem aufmerksamen Auge nicht verborgen: der schiefe Krawatten-knoten und der verschlissene Hemdkragen, der ein wenig angedunkelt ist, nicht so sehr wegen der Hitze des sonnigen Oktobertages mit seinem klaren goldenen Licht, das dem von

Madrid außergewöhnlich ähnlich ist, sondern weil er auf dem Weg zum Bahnhof geschwitzt hat aus Angst, den Zug zu verpassen. Wenn er in Rhineberg ankommt, wird ihn auf dem Bahnsteig Professor Stevens erwarten, den er im vergangenen Jahr in seinem Büro in der Universitätsstadt kennengelernt hat. Er wird sich über die Veränderung wundern, die er an ihm wahrnimmt, und er wird sie mitfühlend den Entbehrungen des Krieges zuschreiben; mitfühlend, aber auch mit einem gewissen Widerwillen, einem Impuls der Ablehnung, den Ignacio Abel vor allem als Unbehagen empfinden wird, wie es die zu große Nähe von Missgeschick hervorruft. Mit einem ähnlichen Gefühl, das er sich in seinem Mienenspiel nicht anmerken zu lassen suchte, hatte Ignacio Abel Professor Rossmann betrachtet, als dieser nach einer qualvollen Reise von Moskau durch halb Europa plötzlich in Madrid auftauchte und so verändert war, dass nur noch die Brille mit den runden Gläsern und dem Schildpattgestell sowie die große schwarze Aktentasche unter dem Arm mit seinem einstigen Aussehen übereinstimmten.

Doch an jenem Nachmittag Ende September 1935 ist Ignacio Abel noch völlig ahnungslos. Am schwersten fällt es ihm, überhaupt eine Vorstellung vom Ausmaß des eigenen Unwissens zu bekommen, wie wenn man den Gesichtsausdruck eines Menschen auf einem Foto von damals betrachtet, sich die lächelnden Gesichter jener anschaut, die auf der Straße flanieren oder sich in einem Café unterhalten; obwohl sie direkt ins Objektiv schauen und es so aussieht, als sähen sie uns an, können sie nicht über die Grenze der Zeit hinwegschauen, sehen sie nicht, was ihnen zustoßen wird, was in ihrer unmittelbaren Nähe vielleicht schon geschieht, ohne dass sie es bemerken oder auch nur ahnen, dass dieser ihnen allen gemeinsame Tag eine unheilvolle Bedeutung in den Geschichtsbüchern einnehmen wird. Ignacio Abel, so in Gedanken versunken, dass ihm nicht auffiel, dass er der Letzte im Büro war, stand mit aufgekrempelten Hemdsärmeln am Zeichentisch vor dem großen Fenster, durch das der Blick auf die Bauarbeiten der Universitätsstadt fiel und dahinter auf die in der Ferne zerfließenden Steineichenwälder an den Hängen des Gebirges. Aufschauend, die Augen mit einem Mal müde, fiel sein Blick auf die Reihen der wie Schulpulte geneigten Zeichentische mit darauf ausgebreiteten blassblauen Bauplänen, mit Büchsen voller Bleistifte, Tintenfässern, Linealen; die Bürotische, auf denen bis vor wenigen Minuten noch Telefone schrillten und Sekretärinnen auf Schreibmaschinen tippten. In einem der Aschenbecher qualmte noch eine vergessene Kippe. Genauso wahrnehmbar fast wie der Zigarettenrauch war kurz zuvor noch das Gewirr von Stimmen und emsiger Geschäftigkeit durch den Raum gezogen, in dessen Mitte auf einem zwei Handbreit hohen Sockel das Modell von dem zu sehen war, was auf der anderen Seite des Fensters Gestalt anzunehmen begann: baumbestandene Alleen, Sportplätze, Fakultätsgebäude, die Universitätsklinik, maßstabsgetreue Unterführungen und Geländeabstufungen. Im Dunkeln tastend, hätte Ignacio Abel sie erkennen können wie ein Blinder, der mit den Händen Räume und Umfänge wahrnimmt. Einige der Modelle hatte er selbst gezeichnet und aufgefaltet. Er hatte aufmerksam die Aufrisse der Pläne studiert, mit Geduld dem geschickten Tun des Modellbaumeisters zugesehen, den er jedes Mal, wenn eine neue Arbeit in Auftrag zu geben war, in dessen Werkstatt aufsuchte, nur um sich an der Geschicklichkeit seiner Hände zu erfreuen, den Geruch von Karton, frischem Holz und Pergament einzuatmen. Mit kindlichem Vergnügen hatte er sogar einige von den Bäumen und den kleinen Menschenfiguren, die die noch nicht existierenden Alleen belebten, gezeichnet, koloriert und ausgeschnitten; hatte Spielzeugautos und -straßenbahnen dazugestellt, wie er sie seinem Sohn manchmal als Geschenk mitbrachte (mit Schrecken fiel ihm ein, dass der ja heute Namenstag hatte und er ihn beinahe vergessen hätte; heute war San Miguel, der Tag des hl. Michael).

Während der letzten sechs Jahre hatte er viele Stunden des Tages zwischen dem einen und dem anderen Raum verbracht, als würde er in zwei parallelen Welten leben, in denen unterschiedliche Gesetze und Größen galten: der Universitätsstadt, die dank der Arbeit von Hunderten von Männern langsam Gestalt annahm, und ihrem Modell, das in einem ebenso verkleinerten wie trügerischen Maßstab auf einem Sockel stand und einer Vervollkommnung entgegenstrebte, die der körperlichen Anstrengung enthoben und doch von einer greifbaren und zugleich schwärmerischen Beschaffenheit war, wie die Bergdörfer und Bahnhöfe und die durch Tunnel gleitenden Züge in den Schaufenstern der teuren Spielwarenläden in Madrid. Das Architekturmodell war ebenso Schritt für Schritt gewachsen wie die tatsächlichen Gebäude, wenngleich mit zeitlichen Verschiebungen. Manchmal stand ein Gebäude aus bemaltem Karton oder Sperrholz schon an seinem exakten Platz auf dem Modell im Zeichenraum, lange bevor der Bau, den es vorwegnahm, existierte; andere Male hatte eines jahrelang seinen genau ausgemessenen Platz auf dem großen imaginären Baugrundstück innegehabt, doch dann hatte man sich aus dem einen oder anderen Grund entschieden, das geplante Gebäude, welches es darstellte, doch nicht zu bauen, ohne dass man das Modell entfernt hatte: eine unmöglich gewordene Zukunft, dennoch vorhanden; das gespenstische Überbleibsel von etwas, das nicht zerstört, sondern nie gebaut worden war. Im Gegensatz zu den konkreten Gebäuden besaßen die Modellbauten eine Abstraktheit, die seine Hände ebenso wie seine Augen zu schätzen wussten, klare Linien, polierte Oberflächen, Einschnitte von Fenstern oder rechte Winkel von Ecken und Traufen, über die mit den Fingerkuppen zu fahren eine Lust war. In einer Abstellkammer neben seinem Büro bewahrte er das Modell der Volksschule auf, die er vor fast vier

Jahren für sein Wohnviertel entworfen hatte, dem Latina, in dem er geboren war, nicht dem Salamanca am anderen Ende von Madrid, in dem er jetzt wohnte.

Der Arbeitstag war auch hinter den Fenstern des Baubüros zu Ende gegangen, in dem Ignacio Abel sich zum Gehen anschickte, sich die Krawatte gerade zog und Papiere in seiner Aktentasche verstaute. Die Arbeiter verließen das Baugelände in Grüppchen, gingen auf ausgetretenen Pfaden zwischen Haufen von ausgehobener Erde zu weit entfernten Haltestellen von Metro oder Straßenbahn. Gesenkte Köpfe, lehmfarbene Kleidung, Brotbeutel über den Schultern. Ignacio Abel erkannte mit einem aufwallenden Gefühl uralter Zuneigung die Gestalt von Eutimio Gómez, dem Vorarbeiter des Bautrupps, der an der Medizinischen Fakultät arbeitete, sah, wie er zu ihm hinaufschaute und grüßend die Hand hob. Eutimio war groß und stark und trotz seines Alters gerade und geschmeidig wie der Stamm einer Pappel. In jungen Jahren hatte er als Stuckateurlehrling im Bautrupp von Ignacio Abels Vater gearbeitet.

Zwischen den Betonpfeilern eines Gebäudes, in dem noch keine Böden eingezogen waren, sah der Architekt im schrägen Licht der sinkenden Sonne das Gewehr eines uniformierten Wachmanns aufblitzen. Ein Mannschaftswagen der Bereitschaftspolizei fuhr langsam über die Hauptallee, die, wenn sie einmal fertiggestellt war, Allee der Republik heißen würde. Sobald es dunkel wurde, strichen Banden von Materialräubern um das Baugelände, Saboteure, die Maschinen umstürzten oder in Brand setzten, weil sie ihnen die Schuld daran gaben, dass nicht mehr Arbeiter eingestellt wurden, getrieben von demselben archaischen Denken wie die Weber, die in einem anderen Jahrhundert die dampfgetriebenen Webstühle angezündet hatten. Bagger, Planierraupen, Asphaltiermaschinen und Betonmischer wirkten in ihrem feierabendlichen

Stillstand ebenso massig und solide wie die Rohbauten, auf denen im Abendlicht der letzten Septembertage stolze Trikoloren wehten.

Bevor er ging, strich Ignacio Abel mit einem roten Bleistift das Datum auf dem Kalender durch, der hinter seinem Schreibtisch hing, neben einem identischen vom kommenden Jahr, auf dem nur ein einziges Datum angestrichen war, der Tag im Oktober, an dem die Einweihung der Universitätsstadt stattfinden sollte, an dem das Baumodell im Zeichenraum und das darauf vorweggenommene Universitätsgelände draußen fast vollkommen übereinstimmen würden. Schwarze und rote Zahlen maßen diese Zwischenzeit seines Lebens, ein Raster von Arbeitstagen, durchzogen von einer geraden Linie wie die Flugbahn eines Pfeils, die beklemmend und zugleich beruhigend war. So schnell die Zeit, so langsam und schwierig die Arbeit, der Vorgang, der aus sauber gezogenen Linien auf einem Bauplan und den Spielzeugwürfeln der Modellbauten Fundamente, Mauern und Dächer machte. Die ineinander verschwimmenden Tage seines Lebens in den vergangenen sechs Jahren: Zahlen in den Tagesquadraten der Kalender, einer Front gleich großer Fenster, in der Rundung des Zifferblatts der Uhr an seinem Handgelenk und der an der Wand des Büros, die jetzt gerade sechs zeigte. »Der Präsident der Republik besteht darauf, dass die Einweihung noch während seiner Amtszeit stattfindet«, hatte Dr. Negrín, der oberste Bauleiter, durchs Telefon gedröhnt. Dann schafft mehr Maschinen herbei, stellt mehr Arbeiter ein, seht zu, dass das Baumaterial pünktlich eintrifft, die Formalitäten rascher erledigt werden, jeder Schritt ist so zäh; und seht zu, dass nicht immer gleich die Arbeit niedergelegt wird, nur weil wieder ein Regierungswechsel stattfindet, dachte Ignacio Abel, sagte aber nichts. »Wir tun, was wir können, Don Juan«, antwortete er, und Negríns Stimme dröhnte noch lauter, seine kanarischen Vokale so mächtig wie seine äußere Erscheinung:

»Nicht was Sie können, Abel, sondern was getan werden muss.«
Er knallte den Hörer auf die Gabel, mit seiner großen Hand
konnte er die ganze Hörmuschel umfangen, stellte Ignacio
Abel sich vor, jede seiner Bewegungen von einer treibenden
Kraft, als stemme er sich ständig gegen den Wind auf offenem
Deck.

Er mochte diesen Moment am Ende eines Arbeitstages: die
tiefe Ruhe an Orten, wo hart gearbeitet worden ist, die Stille
nach dem Dröhnen und Stampfen der Maschinen, dem Schrillen der Telefone, den lauten Rufen der Männer, die Einsamkeit
eines Raumes, in dem es eben noch von Menschen wimmelte,
jeder seiner Aufgabe nachging, präzise Expertenarbeit verrichtete als Teil eines großen allgemeinen Unternehmens. Als
Sohn eines Baumeisters von Kind an gewöhnt, mit Maurern
umzugehen und selbst mit anzupacken, hegte Ignacio Abel
immer noch eine praktische und gefühlsmäßige Zuneigung
zu den speziellen Kenntnissen, die ein Beruf erforderte und
die zu Charakterzügen wurden bei jenen, die sie pflegten. Der
Zeichner, der einen rechten Winkel mit Tusche auf den Bauplan übertrug; der Maurer, der den Mörtel mit der Kelle glatt
strich, bevor er den Ziegelstein hineinlegte; der Schreiner, der
die Rundung eines Treppengeländers schmirgelte; der Glaser,
der eine Glasscheibe so exakt zurechtschnitt, dass sie genau in
die Fensteröffnung passte; der Vorarbeiter, der sich mit Lot und
Faden der Vertikalität einer Mauer vergewisserte; der Stein-
hauer, der einen Pflasterstein oder die Kante eines Bordsteins
bearbeitete oder den Sockel eines Pfeilers. Seine eigenen
Hände wären nicht hart genug für den Umgang mit rauem
Baumaterial, und er hatte nie das Fingerspitzengefühl besessen, das er als Kind bei seinem Vater beobachtet hatte und bei
den Männern, die mit ihm zusammenarbeiteten. Seine Finger
berührten weichen Karton und Papier, hielten Lineal, Zirkel,
Zeichenstifte und Aquarellpinsel, waren schnell auf den Tasten

einer Schreibmaschine und wählten geschickt die Nummern eines Telefons, schlossen sich um das glatte schwarze Rund seines Füllfederhalters für Unterschriften, die Anweisungen waren und konkrete Auswirkungen hatten.

Doch irgendwo hegte er noch eine taktile Erinnerung, die sich nach dem freien Umgang der Hände mit Werkzeugen und Gegenständen sehnte. Er besaß eine außergewöhnliche Geschicklichkeit für den Zusammenbau von Baukastenkonstruktionen oder das Auseinandernehmen von Spielzeugen, und auf seinem Arbeitstisch standen immer Häuser, Schiffchen oder Vögel aus Papier herum. Die Fotos, die er mit einer kleinen Leica machte, um jeden Bauabschnitt eines Gebäudes zu dokumentieren, entwickelte er selbst in einer winzigen Dunkelkammer, die er sich zu Hause eingerichtet hatte, neugierig beobachtet und bewundert von den Kindern, besonders von Miguel, der im Gegensatz zu seiner Schwester eine ausschweifende Fantasie besaß und beim Anblick des Fotoapparats seines Vaters sogleich beschloss, wenn er groß war, einer dieser Fotografen zu werden, die in die entlegensten Winkel der Welt reisten und dort die Fotos schossen, die man auf den Titelseiten der Illustrierten sah.

Mit einem wohligen Gefühl von Müdigkeit und Erleichterung nach getaner Arbeit durchquerte er das leere Büro und trat nach draußen, spürte im Gesicht die frische Luft, die von den Bergen kam und schon eine Andeutung der Gerüche des Herbstes in sich trug: Pinien und Steineichen, Zistrose, Thymian und angefeuchtete Erde. Um ihn nicht zu verlieren, drehte er das Fenster seines kleinen Fiats hinunter, als er losfuhr. Nur einen Steinwurf von Madrid entfernt würde die Universitätsstadt einmal die geometrische Harmonie einer städtischen Anlage mit dem weiten Blick auf bewaldete Hänge verbinden. Nach wenigen Jahren schon wären dicht belaubte Baumkronen der Kontrapunkt zu den geraden Linien der Architektur. Das unaufhaltsame Fortschreiten der Arbeiten, der Drang, die Realität mit den Formen des Modells und der Baupläne in Übereinstimmung zu bringen, ging einher mit der Langsamkeit des organischen Wachsens. Die Neubauten wurden erst dadurch geadelt, dass sie der Witterung widerstanden, der Abnutzung durch Wind und Regen, durch die Schritte der Menschen und das anfangs noch allzu hallende Echo ihrer Stimmen in den weiten Räumen, in denen es immer noch nach Gips und Farbe riecht, nach Holz und frischem Firnis. Als großer Freund technischer Neuerungen hatte Ignacio Abel in seinem Auto ein Radio eingebaut. Er schaltete es jedoch nicht ein, um sich durch nichts von dem Vergnügen ablenken zu lassen, langsam durch die geraden, menschenleeren Alleen der zukünftigen Stadt zu fahren, mit prüfendem Blick auf Bauten und Maschinen und den Fortschritt der letzten Tage, sich dahintreiben zu lassen in aufmerksamem und zugleich träumerischem Betrachten, denn sein Expertenblick erfasste sowohl das, was er vor Augen hatte, als auch das, was noch nicht existierte außer auf Plänen und als maßstabsgetreue Modellbauten auf dem großen Podest in der Halle des Baubüros.

Inmitten all des Unfertigen stach das Gebäude der Philosophischen Fakultät ins Auge, das vor knapp zwei Monaten eingeweiht worden war und dem noch der Glanz des Neuen anhaftete, des hellen Steins und der roten Ziegel, die in der Sonne leuchteten wie die Fahne über dem Portal und die Kleider der Studenten, die dort ein und aus gingen, vor allem der Mädchen mit ihren kurzen Haaren und engen Röcken, mit immer noch sommerlichen Blusen und Büchern und Heften unter dem Arm. In einigen Jahren würde seine Tochter Lita wahrscheinlich eine von ihnen sein.

Als er sich in Richtung Madrid entfernte, sah er die farbenfrohen Gestalten im Rückspiegel kleiner werden, wiewohl er keine Eile hatte und auch nicht den schnellsten Weg wählte. Am liebsten näherte er sich der Stadt von Westen und später von

Norden, am Monte del Pardo vorbei und durch die mit einem Mal sich endlos weitende Ebene mit der Straße nach Burgos, über der schwerelos das massige Gebirge schwebte, dunkelblau und violett, gekrönt von unbeweglichen Wolkenhaufen. Madrid, so nah, verschwand in der Ebene, tauchte wieder auf als Dorfsilhouette mit niedrigen, weiß getünchten Häusern, kahlen Flächen und spitzen Kirchtürmen. Nur wenige Autos kamen ihm auf der Straße entgegen, einer geraden Linie, heller als das Erdbraun des Landes, durch das sie führte, und mit verkümmerten Bäumchen an den Rändern. Hauptsächlich waren von Maultieren gezogene Karren unterwegs, manche voll beladen mit Körben frisch gelesener Weintrauben, andere mit zu unwahrscheinlicher Höhe aufgeschichtetem Abfall und Schrott, da er sich jetzt dem am äußersten Stadtrand gelegenen Lumpensammlerviertel näherte. Ärmliche Hütten am Straßenrand, eine lange Reihe gekalkter Lehmwände, dunkle Türen wie Höhleneingänge, daneben verhärmte, dumpf blickende Frauen und Kinder mit kahl geschorenen Köpfen, die dem Auto mit offenen Mündern nachstarrten, die klebrigen Mundwinkel voller Fliegen. Rauchsäulen, die aus den Öfen der Ziegelbrenner aufstiegen, aus gärenden Abfallbergen entwichen. Um den Gestank nicht hereinzulassen, drehte er das Fenster hoch. Durch die Weite des klaren Himmels zogen erste Schwärme von Wandervögeln gen Süden. In der bleichen Sonne des späten Septembers glänzten die trockenen Stoppeln der abgeernteten Felder. Die ersten Anzeichen des nahen Herbstes versetzten Ignacio Abel in einen Zustand hoffnungsfroher Erwartung, für den es keinen besonderen Grund gab und der vielleicht nichts anderes war als der klimatische Nachhall einer lang zurückliegenden glücklichen Schulzeit mit neuen Heften und Bleistiften, das reine Vibrieren einer unbeschwerten Zukunft von den Tagen der Kindheit bis zu den ersten Ungewissheiten des Erwachsenenlebens.

Die Landstraße veränderte jetzt ihren Charakter, sichtbares Zeichen waren Strom- und Telefonleitungen, die sie auf ihrem Weg in die Stadt begleiteten. Durch die unbebauten flachen Randgebiete Madrids zogen sich die Alleen ihrer zukünftigen Ausdehnung so streng und abstrakt, als sähe man sie eingezeichnet auf einem Plan. Kolonien kleiner Hotels entstanden wie Inseln zwischen Brachland und bestellten Feldern, Oberleitungen von Straßenbahnen folgten dem kurvigen Verlauf der Straßen, erste urbane Vorposten inmitten des Nichts. Er konnte sich Blocks von Mietshäusern für die Arbeiter vorstellen, dazwischen Grünzonen und Sportanlagen, wie er sie vor zehn Jahren in Berlin gesehen hatte, in einem weniger rauen Klima und unter einem grauen, niedrigeren Himmel, Wohntürme zwischen Rasenflächen wie in einer der fantastischen Städte von Le Corbusier. Architektur war ein Kraftakt der Imagination: Das, was noch nicht ist, deutlicher sehen, als es einem vor Augen steht; das Hinfällige, das, was allein aufgrund seiner materiellen Hartnäckigkeit überdauert hat, wie Religion oder Malaria überdauert oder der Hochmut der Mächtigen, oder das Elend derer, die alles entbehren. *Erhebt euch, Arme dieser Welt, steht auf, Sklaven ohne Brot.* Im Fahren sah er, ganz so, wie er die fantastischen Wolkenformationen über den Berggipfeln sah, Reihen sozialer Wohnungsbauten, die in seinen Skizzenheften längst Gestalt angenommen hatten, mit breiten Fenstern, Terrassen, Sportanlagen und Kinderspielplätzen, mit Versammlungszentren und städtischen Bibliotheken. Auf baumlosen Flächen und von Erosion zerschnittenen Hängen über den Narben ausgetrockneter Wasserläufe sah er leuchtende grüne Inseln, ein Gemüsefeld, eine Reihe von Pappeln an den Ufern eines Bachs. Mehr Bewässerung und weniger Worte, mehr Bäume, deren Wurzeln das fruchtbare Erdreich festhalten, mehr Wasserleitungen für sauberes, frisches Wasser, mehr in der Sonne glänzende Schienen, auf denen bunt bemalte Straßenbahnen dahingleiten.

Er sah Baracken, in Müllkippen wühlende Menschen, Scheunen mit eingesunkenen Dächern, von dürrem Gestrüpp überwucherte Gehege, einen Hund, mit viel zu kurzer Leine an einen Baum gebunden, sodass sein Hals wund gescheuert wurde, einen mit Lumpen oder zottigen Fellen bekleideten Hirten, der eine Ziegenherde hütete, als befände er sich in einer biblischen Wüstenei und nicht nur knappe zwei Kilometer von der Madrider Innenstadt entfernt. Als er an ihm vorbeifuhr, starrte der Mann ihm nach, als hätte er noch nie ein Auto gesehen, winkte mit seinem Hirtenstock, ein zahnloses Lachen im bärtigen, kupferbraunen Gesicht.

In vereinzelten Anzeichen sah er die Zukunft: in der sprießenden Kraft dessen, was da aufgebaut wird, solide im Boden verankert in der noch brachen, jedoch schon gerodeten Ebene, in der rechte Winkel abgesteckt sind für Straßen mit angedeuteten Gehwegen, Reihen von Laternen und Masten für die Oberleitungen von Straßenbahnen, durchzogen von Tunneln und ausgeschachteten Gräben für unterirdische Leitungen. In der nackten Horizontalität trat die Vertikale einer halb hochgezogenen Mauer umso deutlicher hervor, die gewaltigen, von Gerüsten umgebenen Silhouetten dessen, was die Leute jetzt schon, als gäbe es sie bereits, die Neuen Ministerien nannten. Eine lichtere Stadt, ganz anders als Madrid, obwohl sie diesen Namen trüge, würde sich bald über das Ödland im Norden erstrecken. Inseln der Zukunft: Zu seiner Linken, jenseits des unbebauten Landes, hinter der Reihe von frisch gepflanzten Bäumen, die, wie mit dickem Tuschestrich gezogen, die Verlängerung des Paseo de la Castellana nach Norden markierten, lag die Residencia de Estudiantes auf der Kuppe eines von Pappelbäumen beschatteten Hügels, an dessen Fuß die Ingenieursschule stand und die überdimensionierte Kuppel des Naturwissenschaftlichen Museums in die Höhe ragte. Auf der erdbraunen Fläche der Sportplätze bewegten sich winzige weiße Gestalten. Die Sonne des späten Septembers brannte ihre goldenen Strahlen auf die nach Westen gerichteten Fenster.

Plötzlich erinnerte sich Ignacio Abel an etwas, das er vollkommen vergessen hatte: Er musste in der Residencia mit José Moreno Villa sprechen, der ihn vor Wochen gebeten hatte, dort einen Vortrag über spanische Architektur zu halten. Er könnte ihn von zu Hause aus anrufen, aber ihn persönlich aufzusuchen erschien ihm angebrachter. Moreno Villa war ein liebenswürdiger Junggeselle, sehr förmlich in seinen Manieren und seiner Art, sich zu kleiden, nicht mehr ganz so jung wie die meisten seiner Bekannten. Wahrscheinlich würde er einen Brief oder einen Besuch mehr zu schätzen wissen als ein Telefonat. In seinem Zimmer in der Residencia lebte er, umgeben von Bildern und Büchern, wie ein Mönch in der Zelle eines komfortablen weltlichen Klosters und genoss mit der Wehmut des unverheirateten Mannes die Nähe der ausländischen Studentinnen, deren klappernde Stöckelschuhe, unbekümmertes Gelächter und Gespräche auf Englisch die Korridore erfüllten.

Ohne lange nachzudenken, bog Ignacio Abel links ab und nahm den Weg zur Residencia, vorbei am Naturwissenschaftlichen Museum und den Sportplätzen, von denen die fernen Rufe der Spieler und schwacher Applaus an sein Ohr drangen. An einem Kiosk unter den Pappeln, der trotz der späten Jahreszeit noch geöffnet hatte, klang Tanzmusik aus einem voll aufgedrehten Radio, doch an den Metalltischen saß kaum noch ein Mensch. In der Eingangshalle sagte man ihm, Herr Moreno Villa sei vermutlich in der Aula zu finden. Auf dem Weg dorthin hörte er durch die geschlossene Tür leise Klaviermusik. Vielleicht sollte er lieber nicht hineingehen; es konnte ja sein, dass er dadurch eine Unterbrechung verursachte, einer Konzertprobe vielleicht. Er hätte sich umdrehen und wieder gehen können, aber er tat es nicht. Er drückte vorsichtig die Tür auf und streckte den Kopf in den Saal. Eine Frau wandte sich um, als sie hörte, wie die Tür aufging. Sie war jung und zweifellos Ausländerin. Die Sonne ließ ihr wildes blondes Lockenhaar leuchten, als sie es sich aus dem Gesicht strich. Ihren leisen Gesang hatte sie unterbrochen, doch die Klavierphrase spielte sie zu Ende. Ignacio Abel murmelte eine Entschuldigung und zog die Tür wieder zu. Als er davonging, folgte ihm das Klavierspiel mit einer gefühlvollen, doch sehr rhythmischen Melodie. Wäre er diesem Gesicht nicht noch einmal begegnet, hätte er es wohl für alle Zeit vergessen.

3 Diese Trägheit. Rasche Schritte auf dem Korridor, die sich nähern, das Klopfen an der Tür, an der in den letzten Stunden niemand mehr eingelassen werden wollte, energisches Klopfen gleich den Schritten von einem, der etwas sucht und in Eile ist und so heftig auftritt, dass man in der Stille das Knarren der sich biegenden Ledersohlen hört, wenn der Fuß sich auf den Fliesen abstößt. Jemand, der eilig etwas zu erledigen hat im Unterschied zu ihm, José Moreno Villa, der überhaupt keine Eile mehr hatte und wenn er etwas suchte, oft nicht mehr wusste, was es eigentlich war, oder es stellte sich als etwas heraus, das keinerlei Ähnlichkeit mit dem aufwies, was er kurz zuvor noch zu suchen geglaubt hatte oder dem, was er am Ende seiner Suche schließlich fand. So gut wie nichts mehr ging ihm wirklich nahe; er war sich keiner Sache mehr vollkommen sicher, begegnete allem mit einer Lauheit, die ihn manchmal beschämte und andere Male Erleichterung empfinden ließ, und die, obwohl sie ihm oft den Schwung nahm, auch Leiden erspart hatte und Irrtümer, deren er sich später geschämt hätte. Eine ungestüme späte Liebe hatte er, durch Lustlosigkeit im Grunde, verloren, und als er ihre Unwiederbringlichkeit erkannte, war der Schmerz darüber durch ein schäbiges Gefühl von Erleichterung gemildert worden. Mit welchem Gefühl tiefster Zufriedenheit, endlich wieder allein zu sein, richtete er sich in seiner Kabine auf dem Dampfer ein, der ihn von New York zurück nach Spanien brachte, die Frau, die er beinahe geheiratet hätte, hinter sich lassend; mit welch süßer Erleichterung nach all der Aufregung, all der sexuellen Vergiftung, fand er sich wieder in die

gewohnte Umgebung seines schmucklosen Zimmers in der Residencia ein!

Und nun dieses Wüten in Spanien, diese Rohheit, Verbrechen aus Leidenschaft und in Blut ertränkte anarchistische Aufstände, plumpe Kasernenparolen; all diese Heiligen, Märtyrer, Fanatiker, wie auf den Bildern im Prado, auf denen die malträtierte Haut der Asketen so kratzt und schmerzt wie das Sackleinen, mit dem sie bekleidet sind, ihre Augen fanatisiert von einer Reinheitsvision, die mit der realen Welt unvereinbar ist. Die Heiserkeit in wund geschrienen Kehlen von all den »Hoch die …« und »Tod den …«, diese aggressive Vulgarität, die sich der Stadt bemächtigt hat, die ihm so lieb gewesen ist und in die er sich nur noch widerwillig hineinwagt, dieser Mann, der nicht mehr jung ist und dem fast jede Veränderung als persönliche Beleidigung erscheint. Die Gewissenlosigkeit der Politik, die Beschmutzung von Idealen, an die zu glauben ihn schließlich niemand gezwungen hatte, die jedoch eine Zeit lang sein Herz bewegten, so voller vernünftiger Versprechungen und ästhetischer Schwärmereien waren wie die wehenden Trikoloren auf den Dächern vor einem Himmelsblau, das so rein und neu war wie sie selbst. Typisch für ihn, dass seine politischen Überzeugungen – bald indes gedämpft von Skepsis ob der Niederungen der menschlichen Seele, des kurzen Schwungs und der zutiefsten Armut spanischen Lebens – an die ästhetische Willkür geknüpft waren, an seine Vorliebe für das Rot-Gelb-Violett der Trikolore, die er weit höher schätzte als die ordinäre rot-gelbe Fahne des schurkischen Königs, den keiner brauchte, aber auch als die schwarzrote, die aus irgendeinem unbegreiflichen Grund Faschisten und Anarchisten gleichermaßen benutzten, und auch die rote mit Hammer und Sichel, für die sich einige seiner Freunde neuerdings begeisterten, genau wie für die Sowjetunion, für gestellte Fotos mit Arbeitern und Soldaten in Umhängen und mit Bajonetten, Fotos mit Wasserkraftwerken und Traktoren, mit Menschenmassen in himmelblauen Hemden, mit Koppelzeug und hochgereckten Fäusten. Vielleicht verstand er sie nicht mehr oder, schlimmer noch, glaubte nicht an die Aufrichtigkeit oder Echtheit ihrer Haltung, weil sie jünger waren als er oder erfolgreicher; am Ende eines literarischen Banketts sah er sie aufstehen und Hymnen intonieren, und es war nicht ideologische Missbilligung, die er empfand, sondern Beschämung für sie.

Er hatte nie bei öffentlicher Begeisterung mitmachen können, ohne sich dabei von außen zu beobachten. Natürlich war er ein Bourgeois, nicht einmal das, ein Funktionär und Privatier; aber einige seiner alten Freunde waren noch bürgerlicher als er, Söhne reicher Eltern, die nie hatten arbeiten müssen und jetzt mit unglaublichem Ernst von der Diktatur des Proletariats sprachen, während sie mit übereinandergeschlagenen Beinen und einem Whisky in der Hand auf der Terrasse des Palace saßen, nachdem sie sich beim Hotelfriseur die Haare hatten schneiden lassen. Sie sagten den baldigen Untergang der Republik voraus, die von der siegreichen Revolution der Arbeiter überrollt werden würde; zugleich schacherten sie sich bezahlte Geschäftsreisen ins Ausland zu oder Gehälter für vage Tätigkeiten im Kulturbetrieb.

Aber er mochte den eigenen Sarkasmus, seinen Hang zur Verbitterung nicht, misstraute der vorgespiegelten Geistesschärfe, mit der er seinem Ressentiment etwas vormachen konnte. Was die eigene Integrität betraf – welcher Verdienste sollte er sich da rühmen, wenn er nie von einer Versuchung auf die Probe gestellt worden war? Ihn hatte nie eine Theaterdiva gebeten, ein Drama für sie zu schreiben, das sie auf der Höhe ihres Könnens zeigte, wie Lola Membrives oder Margarita Xirgu das bei Lorca getan hatten. Keine leidenschaftliche Diseuse war je auf den Gedanken gekommen, seine Gedichte auf der Bühne vorzutragen wie diese unsägliche Berta Singermann, die mit ihren Körperverrenkungen Theater füllte und dabei mit argentinischem Akzent die Verse von Antonio Machado oder Lorca oder Juan Ramón deklamierte. Er würde auch niemals Gelegenheit haben, ein gut bezahltes öffentliches Amt abzulehnen, um sich mit Leib und Seele seiner Literatur zu widmen: Kein Mensch würde ihm den Posten des Generalsekretärs der Sommeruniversität von Santander anbieten, wie Pedro Salinas, der zwar immer über Zeitmangel und Überarbeitung klagte, auf den Fotos von seinen öffentlichen Auftritten aber stets strahlte und selbstzufrieden aussah.

Ich kann mir José Moreno Villa leicht vorstellen, wie er sich mit seinen fast fünfzig Jahren in der wohlwollenden Gastlichkeit der Residencia eingerichtet hat; er, der auf den Fotos von anderen, die berühmter sind als er, immer in der zweiten Reihe steht, diskret hinter ihnen, förmlich, scheu, oft genug nicht einmal mit Namen erwähnt, unerkannt, ohne das breite Lachen oder die selbstherrliche Pose, die andere zeigen, als wären sie sich ihres Platzes in der Geschichte schon sicher. Er ist nicht jung und zieht sich auch nicht so an, als wäre er es, sieht weder wie ein Literat aus noch wie ein Lehrer, eigentlich eher wie das, was er tut, um seinen Lebensunterhalt zu verdienen; ein Funktionär in einer gewissen Position, kein Büroangestellter, aber auch kein hochrangiger Beamter. Wie ein Anwalt vielleicht oder ein privatvermögender Pensionär in einer Provinzhauptstadt, der zwar nicht zur Kirche geht, aber auch seine republikanischen Sympathien nicht verleugnet, dennoch nie ohne Hut und Krawatte aus dem Haus geht; ein Mann, der schon älter aussah, als er war, bevor sein Haar grau wurde und ihm auszufallen begann, der mit seinen achtundvierzig Jahren halb wehmütig, halb erleichtert nicht mehr damit rechnet, dass ihn noch große Veränderungen in seinem Leben erwarten.

Die Schritte hatten ihn aus einer tiefen, jedoch jeder Reflexion und fast auch Erinnerung entbehrenden Geistesabwesenheit gerissen, die vor allem von Trägheit geprägt war und von noch etwas anderem, das sich nicht viel von ihr unterschied. Er war damit beschäftigt gewesen, eine kleine Leinwand aufmerksam zu betrachten, auf die er bislang nur ein paar angedeutete Kohlestriche gezeichnet hatte sowie die Umrisse einer Schale mit Obst der Saison, das er vom Mittagessen im Speisesaal der Residencia mitgenommen hatte: eine Quitte, einen Granatapfel, einen Apfel, ein Büschel Weintrauben. Er hatte einen Teil seines Schreibtisches von Büchern und Papieren freigeräumt, damit die reinen Umrisse deutlicher hervortreten konnten. Er hatte beobachtet, wie das langsam schwindende Tageslicht die Umfänglichkeit der Gegenstände durch die Verstärkung der Schatten verdichtete und die Farben verblassen ließ. Das Rot des Granatapfels wurde zu einer Farbe von glänzend poliertem Leder; das staubige Gold der Quitte bekam mit wachsendem Halbdunkel zunehmend Glanz, reflektierte das Licht nicht mehr, sondern strahlte es aus; über den Apfel glitt das Licht hinweg wie über eine Kugel aus lackiertem Holz, erlangte jedoch eine gleichsam flüssige Dichte auf der Oberfläche der Trauben. Die Trauben waren vielleicht zu zart, zu berührungsempfindlich für die Art, in der sie malen zu wollen er sich mit zusammengekniffenen Augen allmählich vorstellen konnte. Es müssten asketische Trauben im Stil von Juan Gris oder Sánchez Cotán sein, in einem Blick zu erfassen und ohne diese etwas klebrige Anmutung, welche die Abendsonne darüberlegte, eine überreife Sonne von Sorolla, gedämpft von dem gleichen feinen Staub, den die beulige Oberfläche der Quitte an Fingerspitzen und Nasenlöchern hinterließ.

Unter der Früchteschale lag ein Blatt der Zeitschrift *Estampa*. ZAUBERER AUS KAIRO HYPNOTISIERT FRAUEN VON MADRID UND SAGT ZUKUNFT VORAUS. Die Worte »Madrid« und »Zukunft« stachen ihm ins Auge wie die Formen der Früchte. Immer, wenn er etwas zu malen begann, gab es einen Augenblick der Erleuchtung und einen anderen der Entmutigung, wie wenn ihm unversehens der erste Vers zu einem Gedicht in den Sinn kam und dann die weiße, unnummerierte Seite des Notizbuchs, das Blatt des Skizzenblocks oder die leere Leinwand vor ihm war. Vielleicht konnte die Beschaffenheit des Papiers, dessen Härte oder Nachgiebigkeit, einen Hinweis geben; er machte weiter und stellte dann fest, dass der Versuch misslungen war: Der zweite Vers klang gewollt, war der plötzlichen Eingebung des ersten nicht würdig, die makellose Reinheit des Papiers durch einen sinnlosen Fleck verunziert. Der erleuchtende Moment schien sich verflüchtigt zu haben, ohne dass er ihn hatte einfangen können. Zurück blieb die Entmutigung; doch um das Projekt in Angriff nehmen zu können, musste er sie, wenn nicht überwinden, so ihr doch Widerstand entgegensetzen, weitermachen, als würde er ihr Bleigewicht nicht spüren. Doch bei allem, was er in Angriff genommen hatte, war ihm dasselbe passiert: anfängliche Begeisterung, dann ein Anflug von Ermattung, und schließlich ein Widerwille, dessen Überwindung ihm nicht immer gelang. Er war eben nur ein Sonntagsmaler. Und wenn die Malerei schon solche Konzentration und handwerkliche Geschicklichkeit verlangte, warum legte er dann nicht sein ganzes Herz und Talent hinein, sondern schwächte seine ohnehin bescheidenen Kräfte noch, indem er sich an Poesie versuchte, bei der einem nicht einmal die Absolution der handwerklichen Arbeit, der Gewissheit einer akzeptablen Beherrschung des Metiers zuteilwurde? Im Überschwang der Arbeit verschwand die Lustlosigkeit zwar, doch am nächsten Tag musste er wieder von vorn anfangen, und die Begeisterung des Vortages wiederzubeleben schien unmöglich. Die fertige Arbeit half ihm nicht weiter: Jeder Anfang war ein neuer Ansatz, und jedes Blatt Papier oder jede Leinwand, auf die er hypnotisiert und mutlos starrte, waren leerer denn je.

Eine erste vielversprechende Zeile, sehr unsicher noch, eine horizontale Linie, die eines Tisches vielleicht, auf dem die Obstschale stand, oder eines fernen Meereshorizonts, den er sich hinter dem Fenster seines Zimmers in Madrid ausmalte. Eine jähe Erleuchtung, die in reiner Antriebslosigkeit spurlos verlosch. Und trotzdem: Er wusste nie, wie; aber das Bild nahm Gestalt an, und das Gedicht wuchs Zeile um Zeile, als hielten sie sich aus eigener Kraft und mit einer Beharrlichkeit, die seinem von Zweifeln und dem schlichten Verrinnen der Zeit geschwächten Willen nur bedingt zuzuschreiben war.

Er sah sich selbst als einen Mann ohne Ehrgeiz, der zu viele zu verschiedene Dinge gewollt hatte. Man braucht Ehrgeiz, um seine Wünsche zu verwirklichen. Man kann nicht zulassen, dass Selbstzweifel und Lustlosigkeit einen von innen zerfressen. Andere hatten es verstanden, ihre Kräfte zu bündeln. Er hatte sich verzettelt, war vom einen zum andern gegangen wie ein Reisender, der nur ein paar Tage in jeder Stadt verbringt und seiner Rastlosigkeit am Ende überdrüssig ist. Andere, jüngere, waren zu ihm gekommen, um von seiner Erfahrung zu lernen, und hatten ihn nach einiger Zeit hinter sich gelassen, ohne Dank für das, was sie ihm verdankten: seine Art, zu malen, sein Wissen über moderne Kunst, seine Lyrik, die moderner war als die aller anderen, und deren Spuren, die niemand anerkannte, doch für jeden erkennbar waren bei denen, die heute heller glänzten als er. Er hätte sich gewünscht, dass ihm das alles nichts ausmachte: Sein eigener Groll ärgerte ihn mehr als der Erfolg der anderen, der ihn nur etwas verbitterte, auch wenn er ihn als gerechtfertigt ansah. Es stimmte ihn traurig, nicht seine volle Größe entfaltet zu haben, sich nicht einmal in die noble Unerschütterlichkeit der Persönlichkeit finden zu können, die er sich vorstellte: eines anderen Moreno Villa, zwar genauso enttäuscht, aber mit heiterem Herzen; eines Dichters, der nur Eingeweihten bekannt war; eines Malers, dem die

Berühmtheit ebenso verwehrt blieb wie dem bewunderten Sánchez Cotán, der in seiner Kartause geheime Meisterwerke hervorgebracht hatte, ebenso wie Juan Gris, der aller Armut zum Trotz seiner strengen Kunst treu geblieben war, welcher der obszöne, lärmende Triumph Picassos nichts hatte anhaben können.

Ohne es zu wollen, war er allein geblieben. Trotz seiner Jahre immer noch in der Residencia de Estudiantes zu wohnen, aus der die meisten seiner alten Freunde schon seit Langem ausgezogen waren, verstärkte noch sein Gefühl von überholtem Dasein und Leben am falschen Ort. Andererseits verlangte er gar nicht mehr und konnte sich nicht vorstellen, anderswo zu leben. Er hatte sein Arbeitszimmer und ein Schlafzimmer mit den paar Möbeln, die er aus Málaga mitgebracht hatte. Seinen Teil des Familienerbes hatte er den ledigen Schwestern vermacht, die es dringender brauchten als er. Es schien ihm unmoralisch, mehr als das Nötige zu besitzen, viel zu sprechen und zu gestikulieren, Begeisterung oder Leid im Übermaß zu zeigen oder sich auffällig zu kleiden. Dabei kam ihm eine Verszeile von Antonio Machado in den Sinn: *Wer zurücklässt, nimmt mit, und lebendig ist, wer gelebt hat.* Nichts war ihm mehr eigen als die Dinge, von denen er sich getrennt hatte. Leben war ein schwebender Zustand, in dem vor allem Dinge zählten, die weit zurücklagen, verlorene Gegenwärtigkeit (das hemmungslose Lachen der jungen Amerikanerin, die er in den ihr gewidmeten Gedichten beschwörend Jacinta genannt hatte, ihr flammend rotes Haar).

Ihm gefiel die Arbeit als Archivar, mit der er seinen Lebensunterhalt verdiente: Die Arbeitszeit war keineswegs erdrückend und gab den Tagesabläufen eine solide Form, rettete ihn vor der sicheren Gefahr von Überdruss und Ungewissheit. In den Gesellschaftsbereichen der Residencia ließ er sich wenig sehen, und die Aufgaben, die man ihm zuteilte, hielten sich in Grenzen: hin und wieder einen Vortrag oder eine öffentliche Lesung organisieren, berühmte Gäste begleiten. Er konnte ganze Nachmittage in seinem Zimmer zubringen, umgeben vom Luxus der stillen Einsamkeit und jeder Menge Zeit, nachdem er eine Arbeit angelegentlich und erfolgreich zu Ende gebracht hatte, lesend im Ledersessel zurückgelehnt, an dem schon seines Vaters Nacken und Arme ihre Spuren hinterlassen hatten, oder ein Stillleben ersinnend oder skizzierend. Oder nicht einmal das, nur aus dem Fenster in den von einer Backsteinmauer umgebenen Innenhof mit den von Juan Ramón Jiménez gepflanzten Oleanderbüschen schauen – das Grün der Blätter so asketisch wie das stumpfe Rot der Ziegel – oder mit offenen Ohren und halb geschlossenen Augen den Geräuschen der Stadt lauschen, die durch die Entfernung nur gedämpft zur Residencia auf dem Hügel heraufdrangen, wie verwischte Ränder einer Zeichnung, ohne die schrille Unmittelbarkeit der Straßen. Hupen, Straßenbahnklingeln, Rufe von Straßenverkäufern, Singsang der Blinden, Stierkampf-Paso-dobles, Trommeln und Trompeten militärischer Paraden, Blasmusik von Jahrmärkten und Zirkussen, Kirchenglocken, rhythmisches Stimmengewoge von Arbeiterdemonstrationen, Schießereien von Aufrührern und lang gezogene Pfiffe von Lokomotiven drangen durch sein offenes Fenster, manchmal alles zusammen wie die verschwommene Vielfarbigkeit einer Orchestrierung von Ravel, gegen welche die deutlich zu hörenden Rufe der Fußballspieler und Schiedsrichter auf den Sportplätzen der Nachbarschaft prallten und das ländlich anmutende Blöken einer Schafherde, die auf den nahen Brachflächen weidete.

Wenn er die Ohren spitzte, konnte er manchmal sogar den Wind in den Pappeln hören, das Rauschen des Wassers im Bewässerungsgraben, das an der Residencia vorbei zu den Gemüsefeldern jenseits der Castellana floss. Er war in Madrid und zugleich auf dem Land, dort, wo die Stadt endete. An keinem anderen Ort konnte er sich vorstellen, zu leben (doch in etwas über einem Jahr würde er Madrid und Spanien verlassen und nie mehr zurückkehren). Seine Unbeweglichkeit verdeutlichte noch den Kontrast zur Diaspora der anderen, die es verstanden hatten, sich auf ein einziges Vorhaben zu konzentrieren, es mit einer Intensität zu verfolgen, die allein vielleicht schon dessen Erfüllung unvermeidlich machte. Lorca war jetzt ein Erfolgsautor mit zahllosen Premieren in Barcelona und Buenos Aires und erzählte jedem, der es hören oder auch nicht hören wollte, dass er einen Haufen Geld verdiente. Er sonnte sich mit einer fast kindlichen Schamlosigkeit in seinem Triumph, als wäre er nicht schon fast vierzig Jahre alt, mit diesen grellbunten Hemden, die im krassen Gegensatz zu seinem breiten Bauerngesicht standen, als würde er gar nicht merken, wie die Leute ihn ansahen, sich, körperlich abgestoßen, von ihm abwandten. Buñuel war Filmregisseur geworden, fuhr ein großes Auto und empfing Besucher mit einer Zigarre im Mund und den Füßen auf dem riesigen Schreibtisch seines Büros im obersten Stock eines ganz neuen Gebäudes auf der Gran Vía.

Der Erfolg begünstigte oder entschuldigte die Vergesslichkeit: Wenn Moreno Villa vor den Kinos die großen Plakate der Filme über andalusische Zigeuner und aragonesische Bauern mit breiten Leibbinden und schwarz umrandeten Augen sah, die Buñuel drehte, erinnerte er sich stets an die Boshaftigkeit, mit der dieser vor noch gar nicht langer Zeit Lorcas Zigeunerromanzen lächerlich gemacht hatte. Salinas häufte Professuren, Lehraufträge, Vorträge und Staatsstellen an, sogar solche, die ihm gefielen, wie man sich erzählte; Rafael Alberti und Maria Teresa León reisten auf Kosten der Republik nach Russland und ließen sich bei ihrer Rückkehr auf dem Oberdeck des Schiffes fotografieren, als wären sie Filmstars auf Welttournee, beide mit hochgereckten Fäusten, sie blond, in Pelze gehüllt, mit grellrot geschminkten Lippen wie eine russische Jean Harlow mit spanischem Puppengesicht. Der asketische Bergamín verließ seinen Dienstwagen gar nicht mehr. Er war einer der

Ersten, der einen hatte. Eines Morgens in den Anfangstagen der Republik, die nach etwas mehr als vier Jahren schon so unendlich weit zurückzuliegen schienen, war Moreno Villa unter den Bäumen des Paseo de Recoletos dahingeschlendert, als eine riesige schwarze Limousine mit volltönendem Hupen neben ihm hielt. Die Hintertür ging auf, und drinnen saß Bergamín, angetan mit einem Cut, eine Zigarette rauchend, und forderte ihn mit breitem Lächeln auf, einzusteigen. Nicht mehr lange, und Dalí war genauso reich und despotisch wie Picasso: Nie mehr würde er ihm, Moreno Villa, eine Postkarte voller Worte der Bewunderung und Dankbarkeit und orthografischer Fehler schicken, nie seinen Namen erwähnen, wenn er von den Meistern sprach, von denen er gelernt hatte, und wer der Erste gewesen war, der ihm Fotografien dieser neuen deutschen Porträtkunst gezeigt hatte, die mit einer erstaunlichen Technik und auf eine radikal moderne Weise Holbeins Realismus wiederbelebte. Auch Lorca würde nie eingestehen, was er ihm verdankte: Aber wer war der Erste gewesen, der neben die avantgardistische Poesie die Metrik der populären Romanzen gestellt hatte! Wer war zuerst in New York gewesen und hatte von dort eine Lyrik und Prosa mitgebracht, die dem Vibrieren dieser Stadt, dem Rattern der Hochbahnen und den Dissonanzen der Jazzorchester entsprach! Mit der größten Selbstverständlichkeit hatte Lorca einmal in der Residencia eine Rezitation mit Gedichten und Prosaimpressionen über New York abgehalten, sie mit Musikaufnahmen und Fotoprojektionen illustriert, ohne das offenkundige frühe Beispiel Moreno Villas, der in der ersten Reihe saß, auch nur mit einem Wort zu erwähnen.

Die Berühmtheit der anderen machte ihn unsichtbar. Am besten wischte man seine Existenz beiseite, damit sein Schatten sich nicht verräterisch auf die triumphierenden Gesichter seiner Schuldner legte. Wenn schon keine Berühmtheit, dann lieber Rückzug. Gedichte schreiben in diesem seltsamen Konflikt zwischen Eifer und Lustlosigkeit aus dem Wissen, dass sie sich aus irgendeinem Grund dem Erfolg widersetzten. Nachforschungen anstellen im Archiv, das seit Jahrhunderten niemand mehr aufgesucht hatte, über das Leben von Zwergen und Hofnarren am düsteren Hof von Philipp IV., Karl II. Nicht an all die getane Arbeit denken und auch nicht an die ungewisse Zukunft seiner Malerei oder deren mutmaßlicher Ferne von jeder Moderne, die ihm zwar nichts bedeutete, die aber dennoch als Schmach an ihm zehrte nach all den Jahren, die er dem Malen gewidmet hatte, ohne die geringste Anerkennung zu ernten. Sich selbst nicht als Maler sehen: Erwartungen einschränken, das Sichtfeld. Sich auf das relativ einfache und doch auch unerschöpfliche Problem konzentrieren, diese Schale mit den paar Früchten auf einer kleinen Leinwand darzustellen.

Was aber, wenn er die Mittelmäßigkeit, in die er verbannt war, in Wirklichkeit verdiente? Vielleicht war es ja gar nicht so, dass Lorca verschwieg, was er ihm verdankte, sondern hatte seine Gedichte über New York schlicht nicht gelesen, und auch nicht den Prosaband über die Stadt, den er auf der Rückreise geschrieben und später in Fortsetzungen in der Zeitung *El Sol* veröffentlicht hatte, wo er auf einmütige Gleichgültigkeit gestoßen war (in Madrid schien sich kein Mensch für das Ausland zu interessieren; am Tag nach seiner Rückkehr aus New York ging er ins Café, schon ganz aufgeregt wegen all der Geschichten, die er würde erzählen müssen, und seine Freunde empfingen ihn, als wäre er gar nicht fort gewesen, stellten ihm keine einzige Frage).

Und wenn er einfach nur alt geworden war und − das war stets seine unangenehmste Vorstellung gewesen − alles mit Ressentiment vergällte? Juan Ramón Jiménez, der weit mehr Verdienste als er vorzuweisen hatte, war vergiftet von einer kleinlichen Verbitterung, die sich von der winzigsten eingebildeten oder tatsächlichen Unaufmerksamkeit nährte, die man ihm angedeihen ließ, von jedem Splitter Anerkennung, der nicht für ihn gedacht war; ein trüber Schleier, der sein leuchtendes Talent überschattete. Wie erbärmlich musste es sein, wenn es einem nicht nur an Talent mangelte, sondern auch an Edelmut; wenn der Groll desjenigen, der alt wurde, gegen jene, die jünger waren, wie eine unheilbare Krankheit in einem steckte; die Qual, sich beleidigt zu fühlen durch das eifersüchtig beobachtete Glück anderer, die ihn gar nicht mehr wahrnahmen, ihn schon dadurch beleidigten, dass sie ohne sichtbare Anstrengung erreichten, was ihm, der es viel eher verdient hätte, verwehrt blieb!

Aber hätte er wirklich so sein wollen wie Lorca mit dessen nach Stierkampf und Folklore riechendem Erfolg, dessen Hingezogenheit zu Diplomatenempfängen und Einladungen in die Häuser von Herzoginnen? Waren seine heimlichen Vorbilder nicht eher Antonio Machado oder Juan Gris? Er konnte sich nicht vorstellen, dass Juan Gris Picasso den Triumph neidete, sich gekränkt fühlte von dessen obszöner Kraftmeierei und affenartiger Clownerie; von einem Maler, der Leinwände so schnell vollpinselte, wie er Frauen verführte und wieder sitzen ließ. Aber Juan Gris, vereinsamt und lungenkrank in Paris, schon nicht mehr nur im Schatten des anderen, sondern von ihm ausgelöscht, hegte wahrscheinlich tief in seinem Herzen eine Gewissheit, die ihm, Moreno Villa, fehlte; er hatte sich einer einzigen Leidenschaft hingegeben, wie ein Mystiker oder Asket allen Annehmlichkeiten der Welt entsagt, auf die er selbst nie würde verzichten wollen, so bescheiden sie sein mochten: das Beamtengehalt, die Zweizimmerwohnung in der Residencia, seine Maßanzüge, die englischen Zigaretten. Nein, es stimmte nicht, er hatte sich nicht aus der Welt zurückgezogen. Die Erleuchtung, die ihm fast zuteilgeworden wäre, als er die Schale mit den Früchten des Herbstes und die ebenso verführerische wie ordinäre Gestaltung einer Illustrierten betrachtete, ging an ihm vorbei, weil er die fordernde Disziplin der genauen Beobachtung nicht aufbrachte, die Wachsamkeit, die seinen Blick geschärft und seine Hand sicher über das weiße Papier des Zeichenblocks geführt hätte. Jemand kam über den Flur, schritt mit einer fast rücksichtslosen Entschlossenheit aus, klopfte an die Tür, und obwohl es sich nur um einen kurzen Besuch handeln würde, war der Moment konzentrierter Andacht, jener geahnte Zustand der Gnade für ihn unwiederbringlich verloren.

»Herein«, sagte er ergeben, im Grunde jedoch erleichtert durch die Unterbrechung, den Fettstift mit der dicken cremigen Spitze noch in der Hand, dicht über der Oberfläche der Leinwand.

Ignacio Abel brach in die Stille des Zimmers ein, brachte die Hetze der Straße, des rührigen Lebens mit, als hätte er mit dem Öffnen der Tür einen kalten Luftzug hereingelassen. Mit einem Blick, der Moreno Villa nicht entging, hatte er die Unordnung im Zimmer erfasst, das niemand aufräumte, ein Zwischending zwischen Maleratelier und Gelehrtenbibliothek und auch Junggesellenbau mit an den Wänden lehnenden Bildern und Stapeln von Zeichenblättern auf dem Boden, Lappen voller Farbflecken, Ansichtskarten wild durcheinander an die Wände geheftet. Ignacio Abels Anzug mit der weit geschnittenen Hose und dem doppelreihigen Jackett, seine Seidenkrawatte, die glänzenden festen Schuhe und die teure Armbanduhr machten ihm die Armseligkeit des eigenen Äußeren bewusst: das fleckige Hemd und die Filzpantoffeln, die er zum Malen angezogen hat. Moreno Villa, der vielleicht zu viel Zeit in seinem Leben mit jüngeren Leuten verbracht hatte, tröstete jedoch, dass Ignacio Abel etwa seines Alters war, und vor allem, dass er sich nicht bemühte, jünger zu erscheinen. Aber er kannte ihn nur flüchtig: Er gehörte auch zur Welt der anderen, derer, die Karriere gemacht hatten und an Projekten arbeiteten, die die Dinge mit einer praktischen Energie anzugehen wussten, die er nie besessen hatte.

»Sie haben gearbeitet, und ich breche hier einfach so ein.«

»Keine Sorge, mein Freund Abel, ich war den ganzen Nachmittag allein hier, da kommt mir ein kleiner Schwatz gerade recht.«

»Ich werde Sie nur ein paar Minuten stören…«

Er warf einen Blick auf seine Armbanduhr, als wolle er die exakte Zeit bemessen, die er zu bleiben gedachte. Er breitete einige Papiere auf dem Tisch aus, von dem Moreno Villa die Früchteschale herunternahm, die der Architekt mit einem raschen, interessierten Blick gestreift hatte, dem ein weiterer kurzer Blick in Richtung der so gut wie noch weißen Leinwand gefolgt war, auf der die einzige Frucht mehrerer Stunden träger Betrachtung einige wenige konturierende Striche waren. Ein aktiver Mann, der einen Terminkalender konsultierte und Telefonate führte, der ein Auto fuhr und zehn Stunden täglich am Bau der Universitätsstadt arbeitete, der vor Kurzem eine Markthalle und eine Volksschule fertiggestellt hatte. Er fragte nach Einzelheiten: wie lange sein Vortrag dauern sollte, welcher Projektor für die Fotos eingesetzt würde, wie viele Plakate gedruckt worden waren, wie viele Einladungen verschickt. Moreno Villa beobachtete ihn von seinem Ufer einer langsameren Zeit, improvisierte Antworten über Dinge, die er nicht wusste oder über die er noch gar nicht nachgedacht hatte.

Um von einer keineswegs vielversprechenden Herkunft dorthin zu gelangen, wo er jetzt war, hatte es für Ignacio Abel einer außergewöhnlichen Entschlusskraft bedurft, einer moralischen und körperlichen Energie, die sich in seinen Bewegungen widerspiegelte, vielleicht sogar in seiner um eine Spur übertriebenen Herzlichkeit, als erwöge er jederzeit und vor jedem den praktischen Wert, liebenswürdig zu wirken. Moreno Villa hatte sich vielleicht nie übermäßig anstrengen müssen, daher sein Hang zum Phlegma, daher auch die Leichtigkeit, mit der er ein Vorhaben aufgab und sich einem anderen zuwandte oder sich einfach geschlagen gab; Überdruss des Erben einer mäßigen Stellung, die ihm jedoch ein Leben erlaubt, das ihm nichts anderes abverlangt, als keine hohen Ansprüche zu stellen und sich in einer schläfrigen Trägheit einzurichten, der Willenlosigkeit ländlichen spanischen Mittelstands. Er betrachtete die goldene Armbanduhr, die Hemdmanschetten Ignacio Abels, die Kappe des Füllfederhalters in der Brusttasche der Jacke neben der Spitze eines weißen Taschentuchs mit aufgestickten Initialen. Er habe vorteilhaft geheiratet, hatte er jemand sagen hören in diesem Madrid, in dem nichts verborgen blieb. Er hatte eine Frau geehelicht, die etwas älter war als er, Tochter eines einflussreichen Mannes. In Moreno Villas Zimmer nahm er einen Raum ein, der den seiner physischen Präsenz weit übertraf: die Aktenmappe aus weichem Leder, prall gefüllt mit Papieren, die dringende Lösungen anmahnten, mit Plänen von Gebäuden, die in diesem Moment draußen hochgezogen wurden, die goldenen Manschettenknöpfe seines maßgeschneiderten Hemdes; immer noch voller Energie nach vielen Stunden Arbeit, klingelnder Telefone und kurzer Gespräche, resoluter Entscheidungen, knapper Anweisungen, die tatsächliche Auswirkungen auf das Tun anderer Menschen hatten und auf das Aussehen, das diese neue, moderne Stadt annehmen würde, die aus dem Nichts am anderen Ende von Madrid entstand.

Ich kann mir leicht vorstellen, wie diese beiden Männer sich unterhalten, höre die beiden Stimmen in dem Zimmer, in dem das Licht der hinter den Dächern der Stadt verschwundenen Nachmittagssonne allmählich verblasst. Sie sind nicht gerade Freunde, denn keiner von beiden ist übermäßig gesellig, aber sie eint eine vage äußere Ähnlichkeit, beide haben einen Sinn für Förmlichkeit und Würde, nur dass Ignacio Abel etwas jünger wirkt. Sie siezen sich, worüber Moreno Villa erleichtert ist, da ihn heutzutage jeder Dahergelaufene Pepe nennt oder gar Pepito und ihn damit in dem Verdacht bestärkt, seine Jugend verloren zu haben, ohne dafür mit einem Mehr an Respekt entschädigt worden zu sein. Dazu muss er unentwegt vergleichen, dagegen ist er machtlos: nicht nur seine verschlissene, farbfleckige Bekleidung mit dem Anzug von Abel, die straffe, aufrechte Haltung des anderen, während er Zeichnungen und Fotos auf dem Tisch ausbreitet, mit der eigenen Zusammengesunkenheit eines alten Mannes in dem Sessel, der schon seinem Vater gehört hat; er denkt auch daran, dass er in zwei mehr oder weniger geborgten Zimmern haust, während Ignacio Abel eine Neubauwohnung im Salamanca-Viertel besitzt, Vater von zwei Kindern ist, während er höchstwahrscheinlich nie eines haben wird, und dass die Ergebnisse der Arbeit des anderen einen unverrückbaren und unbestreitbaren Platz in der Welt haben.

»Und was werden Sie machen, wenn die Universitätsstadt fertig ist?«

Ignacio Abel, von der Frage aus dem Konzept gebracht, brauchte eine Weile für seine Antwort.

»Ehrlich gesagt, habe ich darüber noch nicht ernsthaft nachgedacht. Ich weiß, es gibt ein Datum, und ich will den Termin einhalten, aber gleichzeitig kann ich es noch gar nicht glauben.«

»Die politische Lage ist nicht gerade beruhigend.«

»Auch daran denke ich lieber nicht. Natürlich wird es Verzögerungen geben, da mache ich mir keine Illusionen, sosehr mich Dr. Negrín auch in Sicherheit wiegen will. Alles wird später fertig werden. Nichts kommt so, wie es geplant war. Sie wissen, was Sie auf diese Leinwand malen wollen, aber in meiner Arbeit ist die Ungewissheit sehr viel größer. Bei jedem Ministerwechsel oder Bauarbeiterstreik kommt alles zum Stillstand, danach wieder anzufangen ist umso schwerer.«

»Sie haben Baupläne und die Modelle von den Gebäuden. Ich weiß nicht, wie dieses Bild einmal aussehen wird; wenn ich es überhaupt male.«

»Das Vorbild hilft Ihnen nicht weiter? Es ist beruhigend, diese Früchte anzusehen, die Sie da vor sich stehen haben, die Glasschale.«

»Aber wenn Sie genau hinsehen, verändern sie sich ständig. Sie sehen schon nicht mehr so aus, wie als Sie hereingekommen sind. Die alten Stilllebenmaler haben gern einen Fleck auf das Obst gemalt, vielleicht sogar ein Loch, aus dem ein Wurm herausschaut. Sie wollten zeigen, dass Vollsaftigkeit falsch oder vergänglich ist und die Fäulnis schon ihre Wirkung entfaltet.«

»Sagen Sie nicht so was, Moreno.« Ignacio Abel lächelte auf seine flüchtige, förmliche Art. »Ich will nicht morgen auf die Baustelle kommen und daran denken, dass ich sechs Jahre Arbeit investiert habe, um künftige Ruinen zu bauen.«

»Sie haben Glück, mein Freund Abel. Mir gefällt das, was Sie tun, was man in den Architekturzeitschriften von Ihnen sieht, und diese neue Markthalle, die Sie in der Calle Toledo gebaut haben. Ich bin da einmal vorbeigekommen und bin hineingegangen, nur um sie von innen zu sehen. So neu, so voller Leute, mit diesen starken Gerüchen, Obst, Gemüse, Fleisch, Fisch, Gewürze. Sie machen Sachen, die so formvollendet sein können wie eine Skulptur und gleichzeitig praktisch sind und den Leuten in ihrem täglichen Leben nützen. Die Verkäufer, die ihre Ware ausrufen, und die Frauen, die sie bei ihnen kaufen, haben sich in dem, was Sie gebaut haben, wohlgefühlt, ohne darüber nachzudenken. Ich wollte Ihnen an dem Tag einen Brief schreiben. Aber Sie wissen ja, man nimmt sich etwas vor, und dann tut man es doch nicht. An Zeitmangel kann es in meinem Fall nicht liegen, werden Sie denken.«

»Moreno, ich glaube, Sie gehen zu hart mit sich selbst ins Gericht.«

»Ich sehe die Dinge, wie sie sind. Ich habe geübte Augen.«

»Die Physiker behaupten, dass die Dinge, die wir zu sehen glauben, nichts mit der wahren Struktur der Materie zu tun haben. Dr. Negrín zufolge unterscheiden sich die Schlussfolgerungen Max Plancks gar nicht groß von dem, was Platon gedacht hat oder unsere Mystiker des Goldenen Zeitalters. Die Wirklichkeit, wie Sie und ich sie sehen, ist eine Sinnestäuschung ...«

»Sehen Sie Negrín häufiger? In sein altes Forschungslabor kommt er gar nicht mehr.«

»Ob ich ihn sehe? Sogar in meinen Träumen. Er ist mein Albtraum. Der einzige Spanier, der seine Arbeit ernst nimmt. Er hat seine Augen überall, kennt jeden Backstein, den wir verbaut, jeden Baum, den wir gepflanzt haben. Zu jeder Tages- und Nachtzeit ruft er mich im Büro oder zu Hause an. Meine Kinder machen sich schon über mich lustig. Sie haben sich sogar ein Liedchen ausgedacht: *Ring, ring, / Wer da? / Dr. Negrín.* Wenn er unterwegs ist und kein Telefon zur Hand hat, schickt er mir ein Telegramm. Jetzt hat er das Flugzeug entdeckt, da gibt es keine Grenzen mehr. Von den Kanaren aus hält er mir morgens um acht per Unterseekabel einen Vortrag, und um fünf Uhr nachmittags kommt er direkt vom Flugplatz in mein Büro. Er ist ständig in Bewegung. Wie eines dieser Partikelchen, von denen er immer redet, denn zu allem anderen liest er ja auch noch unablässig diese deutschen Wissenschaftszeitschriften, als wäre er immer noch mit den Forschungen in seinem Labor beschäftigt. Man kann entweder wissen, wo Dr. Negrín in einem bestimmten Moment ist, oder wohin er unterwegs ist, aber nicht beides gleichzeitig ...«

Aber es war spät geworden: In der zunehmenden Dämmerung wurden die beiden Stimmen unverständlicher und waren zugleich näher beieinander, wie die beiden Gestalten, zwei Schattenrisse jetzt, sich angleichend im schwindenden Licht, das die Einzelheiten verwischt, eine der anderen zugeneigt, getrennt durch den Tisch, auf dem die Obstschale steht und den das wenige Restlicht nicht mehr erreicht, das durchs Fenster hereindringt, während es das Weiß der kleinen Leinwand auf der Staffelei, durchbrochen von ein paar konturierenden Strichen, aber hervorhebt. Moreno Villa knipst die Lampe an, die neben seinem Bürosessel steht – auch die Lampe und der kleine Rauchtisch gehören zu dem wenigen Mobiliar, das er aus Málaga mitgebracht hat, Reliquien aus dem alten Haus seiner Eltern –, und als das elektrische Licht die Gesichter beleuchtet, ist der vertrauliche, von feiner Ironie getragene Ton, zu dem die Stimmen übergegangen waren, dahin. Ignacio Abel schaut nun unverhohlen auf seine Armbanduhr, auf die er vorher ein- oder zweimal einen verstohlenen Blick geworfen hat. Er muss jetzt los, gerade ist ihm wieder eingefallen, dass heute der Tag des hl. Michael ist und er, wenn er sich beeilt, noch rechtzeitig kommt, um seinem Sohn ein Geschenk zu kaufen, eines dieser Flugzeuge oder Dampfer aus bemaltem Blech, die er immer noch so liebt, obwohl er ja eigentlich kein kleines Kind mehr ist, vielleicht auch eine elektrische Eisenbahn, aber keine mit einer alten Dampflokomotive, sondern einen Schnellzug mit so einer stromlinienförmigen Lok, die an einen Schiffsbug oder eine Flugzeugnase erinnert. Oder eine komplette Cowboyausstattung; was allerdings heißen würde, dass er der Tochter ein Indianerkleid kaufen müsste, auch nur dem Jungen zu Gefallen, denn im Unterschied zu ihrem Bruder will sie möglichst nicht mehr als Kind angesehen werden, obwohl Miguel alles tut, um das zu verhindern, als wolle er ihr Wachstum hinauszögern, sie so lange wie möglich in der gemeinsamen Kindheit festhalten. Ignacio Abel verstaut seine Papiere und die Fotografien mit Beispielen spanischer Volksarchitektur in seiner Aktentasche, drückt Moreno Villa die Hand und hat den Kopf dabei etwas abgewendet, als wäre er schon gar nicht mehr ganz da. Moreno Villa ist zu träge, um aufzustehen und ihn zur Tür zu begleiten, sitzt tief in seinem Sessel versunken, will vielleicht auch nicht, dass der andere seine farbverschmierte Hose und die Filzpantoffeln sieht.

»Sie haben mir immer noch nicht gesagt, was Sie zu tun gedenken, wenn die Universitätsstadt fertig ist«, sagt er.

»Ich sage es Ihnen, wenn ich Zeit gefunden habe, darüber nachzudenken«, antwortet Ignacio Abel und mildert mit einem flüchtigen Lächeln die wiedergewonnene Anspannung eines überaus beschäftigten Mannes.

Die Tür fällt ins Schloss, und die energischen Schritte verklingen auf dem Flur, in die Stille des Zimmers dringen jetzt wieder die fernen Geräusche der Stadt und die näheren der Residencia, von den Sportplätzen, von denen immer noch vereinzelt Rufe von Spielern, denen es über ihr Spiel oder Training dunkel geworden ist, und die Pfiffe der Schiedsrichter herüberschallen. Noch näherbei, obwohl er nicht feststellen kann, woher genau, hört Moreno Villa Fetzen von Klaviermusik, die von anderen Geräuschen überlagert wird und dann aufs Neue an sein Ohr dringt; ein Lied, das die zwar von Schmerz, aber noch nicht ganz von Wehmut freie Erinnerung an ein rothaariges Mädchen zurückbringt, von dem er sich vor über sechs Jahren in New York für immer verabschiedet hat.

4 Kaum hat er sich gegen die Rücklehne der Sitzbank sinken lassen, da überfällt ihn der Zweifel. Und wenn er doch den falschen Zug genommen hat? In dem Maße, wie der Zug Fahrt aufnimmt, weicht die kurze Erleichterung Ignacio Abels einer zunehmenden Besorgnis. Ich sehe die unwillkürliche Bewegung der rechten Hand, die offen auf einem Oberschenkel ruhte und sich nun krümmt, um nach der Fahrkarte zu suchen; die Hand, die immerzu wühlt, erkundet, erkennt, gelenkt von der Angst, etwas vergessen zu haben; die über das kratzige Gesicht mit dem unangenehmen Stoppelbart streicht, über den verschlissenen Hemdkragen und sich dann leicht zitternd schließt, wenn das Gesuchte endlich gefunden ist; die Hand, die so lange keinen Menschen mehr berührt, das gewohnte Gefühl von Judith Bielys zarter Haut verloren hat.

Auf einem anderen Gleis sieht er einen Zug stehen, der genauso aussieht wie der, in dem er sitzt, und der vielleicht der ist, den er hätte nehmen müssen. Innerhalb eines Sekundenrucks wird die Besorgnis zur panischen Angst. Beim geringsten Aufkeimen von Bedrohlichkeit spannen sich seine erschöpften Nerven sofort bis zum Zerreißen an. Jetzt findet er seine Fahrkarte nicht. Er sucht in seinen Taschen und erinnert sich nicht, dass er sie kurz zuvor in die Brieftasche gesteckt hat, damit sie ihm nicht zufällig mit irgendwelchen anderen Dingen, die er hervorzieht, zwischen die Finger gerät und unbemerkt zu Boden fällt – Hosentaschen, Jackentaschen, Manteltaschen: Schlupfwinkel winziger, nutzloser Gegenstände, harter Brotkrümel, kleiner Münzen aus verschiedenen Ländern. Er berührt den Rand der Ansichtskarte, die er nicht abgeschickt hat. Irgendwo in den Tiefen einer Tasche klimpern die nutzlos gewordenen Schlüssel seiner Wohnung in Madrid. Seine Finger streifen das Telegrammpapier, eine Ecke des Umschlags, in dem sich der Brief seiner Frau befindet. *Ich weiß du willst gar nicht hören was ich dir alles zu sagen habe.* Als er schließlich die Brieftasche aufklappt und sein Blick auf die Fahrkarte fällt, verbindet sich sein tiefer Seufzer der Erleichterung mit der plötzlichen Erkenntnis, dass er wieder Opfer einer optischen Täuschung geworden ist: Der Zug, der sich in Bewegung gesetzt hat, ist der auf dem anderen Gleis, der genauso aussieht wie seiner und aus dem einige Sekunden lang ein Fremder zu ihm herübergeschaut hat. Noch ist also Zeit, sich zu vergewissern. Ein schwarzer Gepäckträger schleppt einen Koffer durch den Gang, und Ignacio Abel geht zu ihm und zeigt ihm seine Fahrkarte, versucht, einen Satz zu formulieren, der ihm schon klar vor Augen stand, sich jedoch zwischen Stimmbändern und Lippen verheddert, als er ihn aussprechen will. Der Dienstmann reibt sich mit einem Taschentuch, so rot wie seine Dienstmütze, den Schweiß von der Stirn und antwortet etwas, das recht einfach sein muss, das Ignacio Abel aber zunächst nicht versteht, was zum einen an der schleppenden, nasalen Aussprache liegt und zum anderen daran, dass der Schwarze beim Sprechen kaum die Zähne auseinanderkriegt. Seine Geste ist aber ebenso eindeutig wie sein erschöpftes, freundliches Lächeln, und etwas verspätet, wie ein Donner, der einem Blitz nachfolgt, dringt jedes einzelne Wort, das er gehört hat, in sein Bewusstsein vor: *You can be damn sure you're on your way up to old Rhineberg, Sir.*

Die Fahrkarte gehört zu diesem Zug und nicht zu dem anderen. Er hat es zwar gewusst, aber die Panik hört ja nicht auf den Verstand: Wie ein Eindringling hat sie sich der Handbewegungen bemächtigt, den Herzschlag beschleunigt, die

Brust beengt; der Eindringling, der, eingekapselt wie ein Parasit, die großenteils leere Schale seiner früheren Existenz bewohnt, in die jemals wieder zurückkehren zu können er nicht mehr glaubt. Wer wird das Zerstörte wieder aufbauen, das Zusammengesunkene aufrichten, das zu Staub und Asche Zerfallene restaurieren. Verfaultes Menschenfleisch unter der Erde: Was würde sich daraus erheben, wenn die Trompeten der Wiederauferstehung erschöllen. Wer wird die Worte auslöschen, die gesprochen und geschrieben wurden und zu Verbrechen ermutigt haben, die nicht nur hingenommen und sogar verklärt, sondern auch notwendig geworden und kaltblütig gerechtfertigt worden sind. Wer wird die Tür öffnen, an der jetzt niemand mehr klopft und Zuflucht erfleht. Unendlich langsam, aber dennoch wahrnehmbar dringen die Geräusche vom Ohr zu den Schaltstellen des Gehirns vor, die sie in Wörter umwandeln. Er setzt sich wieder, atmet tief durch, das Gesicht an die Fensterscheibe gedrückt, den Blick auf den unterirdischen Bahnsteig gerichtet, ein leichtes Stechen in Herznähe, erleichtert, wartend. Vor seinem geistigen Auge zeigen zwei Uhren zwei verschiedene Stunden an, wie zwei ungleiche Pulse, die er spürte, wenn er auf zwei unterschiedliche Körperstellen drückte. Es ist vier Uhr nachmittags und zehn Uhr abends. In Madrid ist es schon seit mehreren Stunden stockfinster, und in den menschenleeren Straßen gibt es kein anderes Licht als das schwache Glühen einiger Laternen mit blau bemaltem Glas oder die Scheinwerferkegel eines Autos, das plötzlich mit quietschenden Reifen um die Ecke biegt und mit hoher Geschwindigkeit vorbeirast; ein Auto, dem man mit dicken Pinselstrichen weiße Lettern auf das schwarze Blech der Türen oder der Karosserie gemalt und zum lächerlichen Schutz Matratzen aufs Dach gezurrt hat, aus den Fenstern ragen Gewehrläufe, und vielleicht sieht man das bleiche Gesicht eines Menschen, dem die Hände gefesselt sind und der weiß, dass ihn der Tod erwartet (bei ihm selbst hatten sie nicht einmal daran gedacht, sie zu fesseln; so folgsam war er, dass sie es wohl nicht für nötig gehalten hatten).

Im Wochenendhaus in den Bergen, in dem seine Kinder vielleicht noch wohnen, wird man das trockene Knacken des Pendels und des Uhrwerks der Wanduhr hören, die immer nachgeht. In den Guadarrama-Bergen sind die Nächte kalt, und der Erde entsteigt ein Geruch von Feuchtigkeit und faulendem Laub und Piniennadeln. Über der verdunkelten Stadt zeigte sich in den ersten klaren Herbstnächten, vor einigen Wochen erst, ein vergessener Glanz am Himmel, das strahlende Leuchten der Milchstraße, bei deren Anblick Ignacio Abel ein kindliches Schauern überlief, da er sich an ein Madrid vor der Zeit von elektrischen Straßenlaternen und Strömen gleißender Autoscheinwerfer erinnern konnte. Mit dem Krieg kehrten die Schatten und Schrecken archaischer Nächte aus Märchenbüchern in die Stadt zurück. Als Kind erwachte er in seinem winzigen Zimmer im Kellergeschoss, von dem er durch ein vergittertes Fensterchen auf den Gehweg schaute und das trübe, gelbliche Licht der Gaslaternen sah, auf dem Straßenpflaster die Schritte des Nachtwächters und die Schläge seines mit einer Eisenspitze beschlagenen Stockes hörte, die langsamen, Furcht einflößenden Schritte des schwarzen Mannes und der Kinderräuber aus den Märchen. Jahre später waren Schritte und Schläge im verdunkelten Madrid aufs Neue Boten der Angst: das Geräusch des Fahrstuhls mitten in der Nacht, von Stiefelabsätzen auf dem Flur, von Gewehrkolbenschlägen gegen die Tür, die in der Brust als rasender Herzschlag widerhallten, so verstörend, als schlügen zwei Herzen zur selben Zeit. Ignacio, um Himmels willen, mach auf, sonst bringen sie mich um.

Jetzt setzt sich der Zug mit sanften, energischen Stößen in Bewegung, langsam zunächst, machtvoll und majestätisch, mit der gebremsten Kraft seiner Elektrolok, und gewährt ihm das unversehrte Glücksgefühl jedes Beginns einer Reise, die vollkommene Sorglosigkeit der nächsten zwei Stunden, in denen ihm nichts Unvorhergesehenes zustoßen kann. Eine Zukunft zu haben, wenn auch nur eine kurze, in der er nicht auf einen Schrecken gefasst sein muss, ist ein Geschenk, das er zu würdigen gelernt hat bei den wenigen Gelegenheiten, an denen es ihm in den letzten Monaten zuteilgeworden ist. Dasselbe, aber noch intensiver, hatte er im Hafen von Saint Nazaire empfunden, als die S. S. Manhattan sich vom Kai löste und mit dem dumpfen Tuten ihres Nebelhorns die Luft erzittern ließ wie das Stampfen der Maschinen die Metallplatten unter seinen Füßen. Seine Hände umklammerten das Geländer der Reling wie das eines Balkons in großer Höhe, von dem er die mit Taschentüchern winkenden Gestalten auf der Landungsbrücke immer kleiner werden sah. Damals verspürte er nicht so sehr die praktische Freude, entkommen zu sein, sich unwiderruflich auf dem Weg nach Amerika zu befinden nach all den Verzögerungen, den vielen Tagen, die er in unablässiger Angst oder einfach nur gefangen in der Stumpfheit eines Wartens ohne vorhersehbares Ende verbracht hatte, als vielmehr das reine Zuendegehen der unmittelbaren Vergangenheit. Noch bewusster war ihm der Schwebezustand der unmittelbaren Zukunft, denn Spanien und Europa blieben hinter ihm zurück, und vor sich hatte er sechs oder sieben Tage einer unbezahlbaren Gegenwart, in der er zum ersten Mal seit Langem gegen nichts mehr kämpfen, nichts mehr fürchten und keine einzige Entscheidung mehr fällen musste. Das war alles, was er wollte: an Deck in einem Liegestuhl liegen, aufs Meer blinzeln, alles Denken aus seinem Geist verbannt, der jetzt so rein und leer war wie der Horizont des Meeres.

Er war ein Passagier der zweiten Klasse wie jeder andere, relativ gut gekleidet noch, wenngleich er durch die Tatsache, dass er nur einen einzigen und nicht besonders großen Koffer mit sich führte, ein wenig aus der Rolle fiel. War jemand wirklich vertrauenswürdig, der mit so leichtem Gepäck auf eine so weite Reise ging? »Sie könnten an der Grenze Schwierigkeiten bekommen, so viele Dokumente Sie auch vorweisen können«, hatte Negrín am Vorabend seiner Abreise mit gewohnt traurigem Spott und einem vor Erschöpfung und Schlafmangel aufgedunsenen Gesicht zu ihm gesagt, »also reisen Sie lieber mit wenig Gepäck, falls Sie über die grüne Grenze nach Frankreich müssen. Sie wissen ja, in unserem Land ist nichts mehr sicher.«

Mit dem Ablegen des Dampfers blieben die Wundmale des Krieges, das Pesthaus Europa zurück, zumindest vorübergehend. Über die Erleichterung der Abreise verschwamm die Erinnerung daran wie eine verwässernde Tintenschrift, von der nur noch blasse Flecken auf dem weißen Papier zurückbleiben. An der französischen Grenze war der Krieg immer noch sehr nahe gewesen, in den Cafés und den billigen Hotels von Paris, wo sich die Spanier trafen wie Kranke mit einer unaussprechlichen Infektion, die ihnen vielleicht etwas weniger schrecklich vorkam, wenn sie sie miteinander teilten. Geflohene Spanier von hier oder dort, auf der Durchreise nach wer weiß wo, mehr oder weniger offiziell mit zweifelhaften Missionen in Paris betraut – um Waffen zu kaufen, oder um in der Presse vorteilhafte Berichte über die republikanische Sache zu lancieren – und daher über ungewöhnliche Geldbeträge verfügend; um Radios geschart, um eine Nachrichtensendung zu entziffern, aus der sie Namen von Persönlichkeiten des öffentlichen Lebens oder von spanischen Städten heraushörten; auf die Abendzeitungen wartend, in denen der Name Madrid in einer Überschrift so gut wie nie auf der Titelseite erschien. Sie diskutierten lautstark mit Fäusten, die auf die marmornen Tischplatten knallten, und fuchtelnden Armen, die den Zigarettenqualm in der Luft verwirbelten, ohne Gefühl für die Stadt, in der sie sich befanden, als wären sie in einem Café in der Calle de Alcalá oder der Puerta del Sol, als sähen sie das Nächstliegende nicht, die wohlhabende, angstfreie Stadt des

Lichts, in der ihr Krieg nicht existierte, sie selbst nichts waren, Fremde wie alle anderen, nur lauter, mit schwärzeren Haaren und dunkleren Gesichtern, heiseren Stimmen und kehligen Lauten, als sprächen sie irgendeinen balkanischen Dialekt.

In den beiden Nächten, die er in einem Pariser Hotel verbringen musste, während er auf sein Transitvisum und seine Schiffspassage nach Amerika wartete, unternahm Ignacio Abel alles Denkbare, um bloß keinem Bekannten zu begegnen. Bergamín war in Paris, hatte man ihm gesagt, in einem nicht näher bezeichneten kulturellen Auftrag, der möglicherweise auch den Kauf von Waffen oder die Rekrutierung von ausländischen Freiwilligen beinhaltete. Bergamín musste immer da sein, wo es möglichst geheimnisvoll zuging. Und wahrscheinlich wohnte er in einem besseren Hotel. Das, in welches Ignacio Abel mit einem anhaltenden Gefühl tiefen Unbehagens eingezogen war, beherbergte hauptsächlich Huren und Ausländer, Abschaum aus ganz Europa, unter dem die lärmenden Spanier unfehlbar herauszuhören waren, stets unter sich und doch, ohne dass sie es merkten, den anderen immer ähnlicher, denen, die ihre Länder schon vor längerer Zeit verlassen hatten, die keine Heimat mehr hatten, in die sie zurückkehren konnten, Staatenlose mit dem Nansenpass des Völkerbundes, die sich nicht in Frankreich niederlassen durften, die aber auch kein anderes Land haben wollte: deutsche Juden, Rumänen, Ungarn, Antifaschisten aus Italien, mutlose Russen, die sich mit der Verbannung abgefunden hatten oder sich in hitzigen Debatten über ihr immer unwahrscheinlicheres Vaterland verstrickten, jeder in seiner Sprache und der ihm eigenen Art, schlecht Französisch zu sprechen, allen gemeinsam die Aura des Fremdseins, die Ungewissheit ihrer Papiere und das endlose Warten auf die Erledigung irgendeiner letzten Formalität, die groben Unverschämtheiten der Hotelbediensteten, denen sie ausgesetzt waren, die gewalttätigen Razzien der Polizei. Der gültige Reisepass mit dem amerikanischen Visum und die Passage auf der S. S. Manhattan befreiten Ignacio Abel von jedem unangenehmen Verdacht, auch eine jener umherirrenden Seelen zu sein, denen er im engen Durchgang zur Toilette begegnete oder die er durch die papierdünne Wand seines Zimmers stöhnen oder Worte in ihren unverständlichen Sprachen murmeln hörte.

Professor Rossmann hätte einer von ihnen sein können, wenn er, im Frühjahr 1935 aus Moskau zurückkehrend, mit seiner Tochter in Paris geblieben wäre, anstatt sein Glück in der spanischen Botschaft zu versuchen, wo ihm die für Aufenthaltsgenehmigungen zuständigen Beamten wohlwollender oder nachlässiger oder bestechlicher vorgekommen waren als die französischen. Einmal während dieser Tage in Paris glaubte Ignacio Abel ihn von ferne zu sehen, mit beiden Armen seine schwarze Aktentasche umklammernd oder mit seiner Tochter, die größer war als er, am Arm, als besäße er immer noch sein erstes Leben, als sei es nicht durch jenes andere ausgelöscht worden, das ihn nach Madrid in die umherirrende Not und den allmählichen Verlust seiner Menschenwürde und zuletzt in eine Blechwanne des Leichenschauhauses geführt hatte. Wäre er in Paris geblieben, würde Professor Rossmann heute in einem dieser Hotels wohnen, mit dumpfer Hartnäckigkeit Botschaften und Konsulate aufsuchen, immer lächelnd und den Hut ziehend, wenn er sich einem Schalter näherte, auf ein Visum für die Vereinigten Staaten oder Kuba oder irgendein südamerikanisches Land warten und so tun, als verstünde er nicht, wenn ein Schalterbeamter hinter seinem Rücken *sale boche, sale métèque* zu ihm sagte.

Jetzt wartet Professor Rossmann auf nichts mehr, liegt mit mehreren Dutzend hastig mit Kalk bestreuter Leichen in einem Massengrab in Madrid, ohne Grund und ohne Schuld dahingerafft von der mittelalterlich anmutenden Plage des spanischen Todes, der mit den modernsten und den primitivsten Mitteln unter die Leute gebracht wurde, mit Mauser-Gewehren, Maschinen-pistolen und Brandbomben, aber auch mit den uralten Waffen der Vorfahren, mit Messern, Musketen, Jagdflinten, Saufedern, Steinschleudern und den Kieferknochen von Tieren falls nötig, mit dröhnenden Flugzeugen und wiehernden Maultieren, mit Rosenkränzen und Kreuzen und roten Fahnen, mit aus Radio-lautsprechern wogenden Hymnen und Gebeten. In abgelegenen Cafés und schäbigen Hotels in Paris wurden von spanischen Emissären beider Seiten Waffenkäufe eingefädelt, um ihre Mit-menschen schneller und wirksamer ins Jenseits befördern zu können. Inmitten dieses spanischen Todesreigens erschien Igna-cio Abel das bleiche Gesicht von Professor Rossmann, im Traum ebenso wie am helllichten Tag, ließ ihn vor Scham erschauern und verursachte ihm Brechreiz, wie als er unter der unbarm-herzigen Sonne eines Sommermorgens zum ersten Mal einen Toten auf der Straße liegen sah.

Wenn er in dem billigen Restaurant, in dem er in Paris zu essen pflegte, eine auf Spanisch geführte Unterhaltung in seiner Nähe hörte, setzte er ein unbeteiligtes Gesicht auf und versuchte, nicht hinzusehen, als würde er dadurch der Ansteckung entgehen. In den spanischen Zeitungen war der Krieg ein täglicher Aufschrei in riesigen Lettern, triumphalen und kolossal übertriebenen Schlagzeilen, hastig auf schlechtes Papier gedruckt, ein paar Seiten voller Falschmeldungen über siegreiche Schlachten, während der Feind schon auf Madrid marschierte. In den Pariser Zeitungen, ernst und eintönig wie brave Bürgerhäuser und eingeklemmt in Zeitungshaltern aus poliertem Holz im komfortablen Halbdunkel der Cafés, war der Krieg in Spanien eine exotische und zumeist zweitrangige Angelegenheit, eine Nachricht hier und da von der Barbarei in einer fernen, primitiven Weltgegend. Er erinnerte sich an die Schwermut seiner ersten Reisen außerhalb des Landes, das Gefühl von einem Zeitsprung, kaum dass er die Grenze passiert hatte. Wieder fühlte er die Scham, die er als junger

Mann empfunden hatte, wenn er in einer französischen oder deutschen Zeitung Bilder von Stierkämpfen sah, Schindmähren mit von spitzen Hörnern aufgerissenen Bäuchen, die sich mit zuckenden Beinen in einem Sumpf aus Blut, Sand und Gedärmen wälzten; Stiere mit heraushängender Zunge, denen das Blut aus dem Maul schoss, den Degen im Nacken, der nach mehreren misslungenen Todesstößen einem Blutacker glich. Jetzt waren es keine toten Stiere oder Pferde, die er auf Fotos in den Pariser Zeitungen sah oder in den Wochenschauen eines Kinos, in dem er vor Sehnsucht nach Judith Bielys Nähe verging, nach ihren Händen im Halbdunkel, ihrem Atem an seinem Ohr, ihren nach Lippenstift und leicht nach Tabak schmeckenden Küssen; jetzt waren es Menschen, die sich gegenseitig umbrachten, Leichname wie Abfall in Straßengräben geworfen, Arbeiter in weißen Hemden und Baskenmützen, mit erhobenen Händen wie Vieh von uniformierten Reitern zusammengetrieben, schwarzen Soldaten in grotesken Uniformen, die sich grausam, angeberisch oder mit kindischer Begeisterung gebärdeten und eine ebenso finstere Fremdartigkeit ausstrahlten wie die Banditen und Wegelagerer auf den Daguerreotypien und Lithografien ein Jahrhundert zuvor.

Dem würdevollen europäischen Publikum, welches dem Massaker aus der Ferne beiwohnte, waren sie ebenso fremd wie diese Abessinier mit ihren Schilden und Lanzen, die von Mussolinis Expeditionskorps über Monate hin und vollkommen straflos mit Maschinengewehren beschossen und aus der Luft bombardiert worden waren. Eine Zeit lang hatte man die Abessinier in Zeitungen, Zeitschriften und Wochenschauen gesehen, dann waren sie wieder unsichtbar geworden, nachdem sie ihre vorübergehende Rolle als Kanonenfutter, als Darsteller im großen Maskenball weltweiter Empörung ausgespielt hatten. Jetzt sind wir an der Reihe, dachte er, im Restaurant in der Zeitung blätternd und den Kopf in die aufgeschlagenen Seiten gesteckt aus Angst, einer der Spanier an den Nebentischen könne ihn erkennen. ESPAGNE ENSANGLANTÉE – ON FUSILLE ICI COMME ON DÉBOISE. Unter den französischen Wörtern in der Bleiwüste der Zeitungsseite stachen die Namen von spanischen Örtlichkeiten wie blanke Kiesel hervor, die Geografie des unaufhaltsamen feindlichen Vormarsches auf Madrid, wo in den Bars die über Lautsprecher verstärkte Flamencomusik aus dem Radio ab und zu mit einem Trompetenstoß unterbrochen wurde und eine jubelnde Stimme wieder neue, immer ruhmreichere und immer unwahrscheinlichere Siege verkündete, die vom Publikum mit Applaus und Olés aufgenommen wurden. DES FEMMES, DES ENFANTS, FUIENT SOUS LE FEU DES INSURGÉS.

Auf einem unscharfen und unterbelichteten Foto war eine gerade weiße Landstraße zu erkennen, darauf voranschreitende dunkle Gestalten, beladene Tiere, eine Bauersfrau, die einen Säugling an ihre Brust drückt und ihn vor etwas zu beschützen sucht, das vom Himmel kommt. Er kalkulierte Entfernungen bis Madrid, die sich durch den feindlichen Vormarsch der letzten Tage wahrscheinlich schon verkürzt hatten, Stunde um Stunde. In seinem Geiste wiederholte sich, was er mit eigenen Augen gesehen hatte: die Karren, die Tiere, umgestürzte Autos in Straßengräben, Milizionäre, die Gewehre und Patronengurte von sich warfen, um schneller querfeldein fliehen zu können, Offiziere, heiser vom Befehlsgebrüll, das keiner verstand und niemand befolgte. Die Landstraße war ein über die Ufer getretener Fluss von Menschen, Tieren und Maschinen, vorwärtsgetrieben von der seismischen Unordnung, die ein naher, aber noch unsichtbarer Feind heraufbeschworen hatte. Neben ihm auf dem Rücksitz des Dienstwagens, der in einem Stau von Lastern und Bauernkarren feststeckte, zwischen denen sich absurderweise eine Ziegenherde verlaufen hatte, betrachtete Negrín das Desaster mit einer Miene erschöpfter Ergebenheit, sein klobiges Profil vor dem Seitenfenster, das Kinn auf die

Faust gestützt, während sich der uniformierte Fahrer vergebens den Weg freizuhupen suchte. Etwas abseits der Landstraße ein weißes Haus mit einer Weinlaube, ein sanft ansteigender Hügel aus dunkler, gefurchter Erde, bereit für die herbstliche Aussaat. Im Hintergrund stieg eine dichte schwarze Rauchsäule in den klaren Abendhimmel und trug einen Geruch von Benzin und verbrannten Reifen heran. »Sie sind sehr viel näher, als wir dachten«, sagte Negrín, ohne ihn anzusehen. Feindselige oder verängstigte Gesichter beugten sich zu den Seitenfenstern hinunter, um ins Innere des Autos zu schauen. Wütende Fäuste und Gewehrkolben schlugen aufs Dach und auf die Karosserie. »Ich glaube nicht, dass wir hier durchkommen, Don Juan«, sagte der Milizionär, der als Eskorte neben dem Fahrer saß.

Dass Professor Rossmann beschlossen hatte, sein Glück in Spanien zu versuchen, lag vielleicht daran, dass er auf die Hilfe seines früheren Schülers vertraute, der ihm hätte das Leben retten können, der aber nichts oder fast nichts für ihn tat – ihn noch nicht einmal warnte, ihm nicht riet, nicht immer mit so lauter, erregter Stimme zu sprechen, sich etwas mehr zurückzuhalten, nicht jedem zu erzählen, was in Deutschland passiert war, was er mit eigenen Augen in Moskau gesehen hatte. Seine Unterstützung hätte etwas überzeugender ausfallen können: ihm nicht nur bei Firmen Vorstellungsgespräche besorgen, aus denen dann nichts wurde, oder seine Tochter einstellen, damit sie Lita und Miguel in Deutsch unterrichtete. Dabei wären die nicht gewährten Gefälligkeiten am leichtesten zu haben gewesen; doch allzu sichtbare Not ruft Widerwillen hervor, je heftiger eine Bitte vorgetragen wird, umso sicherer wird sie unbeantwortet bleiben.

Professor Rossmanns Augen waren farbloser, als er sie in Erinnerung hatte, und seine Haut bleicher, wie eingeweicht, wie die eines Menschen, der daran gewöhnt ist, in einem feuchten Schattenreich zu leben, ohne den fast militärischen

Hochglanz seines kahlen Schädels unter dem elektrischen Licht eines Hörsaals im frühen Dunkel der Winterabende. Mit müden Augen blickte Ignacio Abel von seinem mit Plänen und Papieren bedeckten Arbeitstisch im Büro der Universitätsstadt auf, und der bleiche, mit der dunklen Strenge eines Leichenbegängnisses gekleidete Mann, der ihn mit Namen angesprochen hatte und ihm die Hand zur Begrüßung hinhielt, schaute ihn mit dem unsicheren Lächeln eines Menschen an, der damit rechnet, wiedererkannt zu werden. Aber Professor Rossmann war nicht die gealterte Version des Mannes, den Ignacio Abel 1923 in Weimar kennengelernt oder von dem er sich im September 1929 in Barcelona an der Estación de Francia verabschiedet hatte, nachdem sie auf der Weltausstellung durch den deutschen Pavillon geschlendert waren und danach Stunden mit lebhaften Gesprächen in einem Café verbracht hatten: Sechs Jahre später, im April oder Mai 1935, war er ein anderer Mensch, nicht verändert oder älter geworden, sondern wie umgewandelt; seine Haut so blass, als wäre sein Blut verwässert oder aus ihm herausgesaugt worden, seine Augen wie trübes Wasser, seine Gesichtszüge so zerbrechlich und seine Stimme so schwach wie die eines Genesenden, sein Anzug so abgetragen, als hätte er ihn nie abgelegt, nicht einmal zum Schlafen, seit er 1929 aus Barcelona abgereist war.

Man hat kein Badezimmer mehr, kein sauberes Bett, kein fließendes Wasser, und schon bald verkommt man. Das geht ganz schnell und geschieht doch schleichend. Der Hemdkragen wird zunehmend dunkler, obwohl man ihn hier und da in einem Waschbecken abreibt; die Schuhe beulen aus, Risse bilden sich so unübersehbar wie die Falten in einem Gesicht; die Krawatte verdreht sich und sieht am Ende aus, als wäre sie ausgewrungen worden; die Ellenbogen der Jacke und die Knie der Hosen glänzen bald wie eine alte Soutane oder die Flügel einer Fliege. Schon als Kind hatte Ignacio Abel einen Instinkt für die ganze Bandbreite der Missgeschicke, die anständige, aber verarmte Menschen treffen konnten, wie die mit der Miete in Rückstand bleibenden Mieter des Hauses, in dem seine Mutter als Türfrau arbeitete: Herren mit pomadisiertem Haar und ausgetretenen Schuhen, die sich blitzschnell bückten, um eine Zigarettenkippe aufzuheben, oder verstohlen in Mülleimer schauten; Witwen auf dem Weg zur Kirche, die auf der Treppe einen unergründlichen Geruch hinterließen, die fettigen Haarknoten mit Kämmen zusammengesteckt und geflickte Haarnetze darübergezogen; Büroangestellte mit Krawatte und Zelluloidkragen und schmutzigen Fingernägeln, deren Atem nach saurem Milchkaffee und Magengeschwüren roch.

Als er Professor Rossmann sah, der in seinem Büro in der Universitätsstadt aufgetaucht war, als wäre er aus dem Reich der Toten zurückgekehrt, verspürte Ignacio Abel dieselbe Mischung aus Mitleid und Widerwillen, die er als Kind für diese Leute empfunden hatte. Sein Lächeln wirkte so seltsam, weil ihm jetzt fast sämtliche Zähne fehlten. Das Einzige, was von seiner steifen Förmlichkeit – die Krawatte und der Zelluloidkragen, die jetzt ausgetretenen Schuhe, der Anzug mit seinem Schnitt von vor 1914 – noch übrig war, war die große Aktentasche, die er mit beiden Händen vor die Brust drückte, die er mit einem Klappern von metallenen Gegenständen und allerlei Trödelkram auf seinem Professorenpult in einem Hörsaal des Bauhauses abzustellen pflegte: verschlissener jetzt, von einer Beschaffenheit wie rissiges Pergament, das Leder so weich wie sein zahnloser Mund, dennoch in ihrer ganzen germanischen Strenge einer Professorenaktentasche mit Schnallen und Metallschließen, mit verstärkten Kanten, eine Aktentasche, aus der während seines Unterrichts die unwahrscheinlichsten Gegenstände zutage tragen, fast so wie die mit Kreide auf die Tafel gemalten Figuren in den Vorlesungen von Paul Klee: wie Tauben, Kaninchen oder bunte Tücher aus dem Zylinder eines Bühnenzauberers.

Einen nach dem anderen brachte Professor Rossmann mit der Miene eines erstaunten Stummfilmkomikers aus seiner anscheinend unergründlichen Aktentasche vollkommen alltägliche Gegenstände zum Vorschein, die in seinen Händen den wunderbaren Glanz neuester Erfindungen erhielten. Während seines Unterrichts in Weimar, in einem Hörsaal ohne Heizung, in den der kalte Wind durch die zerborstenen Fensterscheiben hereinfegte, erklärte Professor Karl Ludwig Rossmann, ohne Mantel und Schal abzulegen, das ganz gewöhnliche Arbeitsgerät, als wäre es ein frisch ausgegrabener Schatz; Gegenstände, die jeder täglich benutzte und denen niemand mehr besondere Aufmerksamkeit schenkte, weil ihre Unsichtbarkeit, sagte er, der Grund für ihre Wirksamkeit war, der Beweis, dass eine Form exakt ihrer Aufgabe entspricht: eine im Lauf der Jahrhunderte, sogar Jahrtausende, immer weiter angepasste Form, wie das Spiralgehäuse einer Schnecke oder die fast flache Rundung eines von Sand und Wasser polierten Kieselsteins am Meeresstrand.

Aus Professor Rossmanns Aktentasche kamen keine Bücher oder Skizzen oder Fachzeitschriften zum Vorschein, sondern das Arbeitsgerät von Schreinern, Steinhauern und Maurern: Lot, Kreisel, Kelle, ein Löffel, ein Bleistift, der Griff einer Kaffeemühle, eine schwarze Kautschukkugel, die vor den kindlich staunenden Augen der Studenten vom Boden abprallte und bis an die Decke sprang, ein Malerpinsel und ein Anstreicherquast, eine italienische Vase aus dickem grünlichem Glas, eine geschwungene Kurbel aus Messing, ein Päckchen Zigarettenpapier, eine Glühbirne, eine Nuckelflasche, eine Schere. Die Wirklichkeit war ein Labyrinth und ein Laboratorium wundersamer und dennoch so alltäglicher Gegenstände, dass man sich fragte, warum sie nicht in der Natur vorkamen, sondern die Frucht menschlichen Erfindungsgeistes waren. Eine horizontale Fläche, sagte er, eine Treppe. Die einzige in der Natur vorkommende horizontale Fläche sei die des unbewegten Wassers, die

Weite des Meeres. Eine Höhle oder eine Baumkrone könnten zur Vorstellung von einem Dach oder einem Pfeiler geführt haben. Aber welcher gedankliche Vorgang habe erstmals zu der Vorstellung von einer Treppe geführt? Im eisigen Hörsaal, den Hut bis zu den Augenbrauen hinuntergezogen, im Mantel und mit Wollhandschuhen an den Händen, konnte der sehr kälteempfindliche Professor Rossmann eine ganze Vorlesung damit verbringen, konzentriert und sinnlich über die Form und das Funktionieren einer Schere zu referieren, darüber, in welcher Weise sich deren Schneiden wie der Schnabel eines Vogels oder die Kiefer eines Krokodils öffneten und ein Blatt Papier gerade oder in Wellen durchschnitten oder in vollkommener Weise dem zackigen Profil einer Karikatur folgten.

Seine Manteltaschen beulten sich von all den Dingen, die er irgendwo gefunden oder vom Boden aufgehoben hatte, und wenn er mit seinen behandschuhten Fingern danach tastete, stieß er bald auf einen unerwarteten Gegenstand, der sofort seine Aufmerksamkeit beanspruchte und neue Begeisterung entfachte. Die sechs Seiten eines Würfels mit ihren eingelassenen Punkten enthielten all die unendlichen Möglichkeiten des Zufalls. Nichts sei vollkommener und schöner als eine polierte Kugel, die über eine glatte Oberfläche rollt. In einem unscheinbaren Streichholz stecke die wunderbare Lösung des uralten Problems der Herstellung und des Transports von Feuer. Vorsichtig nahm er ein Zündholz aus der Schachtel, als nähme er einen getrockneten Schmetterling heraus, dessen Flügel bei der geringsten Unachtsamkeit Schaden nehmen konnten, zeigte es den Studenten, hob es hoch mit einer Geste, in der etwas Weihevolles lag. Er rühmte seine Qualitäten, die Form des kleinen birnenförmigen Schwefelkopfes, des Stöckchens aus Holz oder gedrehtem Wachspapier. Die Streichholzschachtel selbst mit ihren komplizierten Winkeln, den Geniestreich der Intuition, die die beiden Teile so ersonnen hatte, dass sie perfekt ineinanderpassten und zugleich leicht auseinanderzuziehen waren. Wenn er das Zündholz anriss, war das winzige Geräusch der Reibung des Schwefelkopfes auf der rauen Reibefläche in der staunenden Stille des Hörsaals deutlich zu hören, und das Aufleuchten der kleinen Flamme hatte etwas von einem Wunder. Strahlend, als hätte er erfolgreich ein Experiment durchgeführt, zeigte Professor Rossmann das brennende Streichholz vor. Dann steckte er sich eine Zigarette zwischen die Lippen und zündete sie so selbstverständlich an, als säße er in einem Café; und erst wenn er das Streichholz löschte, lösten sich die seinen Ausführungen lauschenden Studenten aus der hypnotischen Starre, in die sie ohne es zu merken verfallen waren.

Professor Rossmann war wie ein Hausierer der gewöhnlichsten und der unwahrscheinlichsten Dinge. Er dozierte über die praktischen Eigenschaften der Rundungen eines Löffels genauso wie über den delikaten optischen Rhythmus der Speichen eines fahrenden Rades. Andere Professoren begeisterten sich für das Neue; Professor Rossmann zeigte das Neue und Unverbesserbare, das im Verborgenen lag und doch schon immer existiert hatte. Er räumte seinen Tisch frei und stellte einen Kreisel darauf, den er auf dem Weg zur Universität Kindern abgekauft hatte, die damit auf der Straße spielten, versetzte ihn mit einer geschickten Fingerbewegung in Rotation und schaute dem Geschehen so entzückt zu, als sähe er einen Himmelskörper kreisen. »Erfinden Sie so etwas«, rief er den Studenten lächelnd zu, »erfinden Sie den Kreisel oder den Löffel oder den Bleistift, erfinden Sie das Buch, das man in die Tasche stecken kann und das trotzdem die ganze *Ilias* oder Goethes *Faust* enthält; erfinden Sie das Zündholz, den Henkel, die Waage, das zusammenklappbare Metermaß der Zimmerleute, die Nähnadel, die Schere, vervollkommnen Sie das Rad oder den Füllfederhalter. Denken Sie sich in die Zeit, in der einige dieser Dinge noch nicht existierten.« Dann schaute er auf seine Armbanduhr – auch von dieser Neuheit, die ihm zufolge von englischen Offizieren im Krieg ersonnen worden war, war er begeistert –, suchte seine Sachen zusammen, stopfte die Gegenstände eines wahnsinnigen Erfinders oder Trödlers in die Aktentasche zurück, füllte seine Manteltaschen mit ihnen und verabschiedete sich von der Klasse mit einer knappen Verneigung und einem angedeuteten Zusammenschlagen der Hacken.

»Mein lieber Freund, erinnern Sie sich nicht an mich?«

So viel Zeit war nicht vergangen. Vor jetzt weniger als sechs Jahren hatte Professor Rossmann, etwas korpulenter und kahler als in Weimar und in einem Anzug, der vermutlich von demselben Schneider gemacht war, der ihm schon vor 1914 die Anzüge angemessen hatte, im deutschen Pavillon auf der Weltausstellung in Barcelona die letzten Einzelheiten begutachtet, jedes Detail mit raschen Blicken seiner blassen Eulenaugen hinter den dicken Brillengläsern inspiziert. Alles musste auf den Punkt genau stimmen, wenn Mies van der Rohe wie eine Prinzessin in Barcelona auftrat, mit seinem Monokel eines preußischen Offiziers, mit dem langen Ebenholzpfeifchen, in das er mit chirurgischer Präzision seine Zigaretten steckte. Professor Rossmann nahm Ignacio Abel am Arm, fragte ihn nach seiner Arbeit in Spanien, bedauerte, dass er nicht zur Schule zurückgekommen war, jetzt, da alles so viel besser geworden war, da es einen herrlichen neuen Sitz in Dessau gab. Er fuhr mit der Hand über die glänzende Oberfläche von dunkelgrünem Marmor, um festzustellen, ob sich Staub darauf befand, überprüfte die Ausrichtung von Möbelstücken oder einer Skulptur, betrachtete ein Hinweisschild aus nächster Nähe, als wolle er sich von der Fehlerlosigkeit der Typografie überzeugen. In den strengen, lichten Räumen, die noch niemand betreten hatte, wirkte Professor Rossmann mit seinem Zelluloidkragen, den hohen Schuhen wie von

1900 und der steifen Höflichkeit eines kaiserlichen Beamten besonders anachronistisch. Seine Hände jedoch berührten die Gegenstände so lustvoll wie eh und je, prüften Beschaffenheiten, Winkel und Krümmungen, und in seinen Augen stand immer noch dasselbe fragende Staunen, eine Art hemmungsloser Drang, alles zu sehen, ein kindliches Glück unablässiger Entdeckung. Seine Bereitschaft, sich unbekümmert zu geben, hatte ebenso zugenommen wie seine äußere Erscheinung; er sprach erleichtert von den noch gar nicht so lange vergangenen Zeiten der Unsicherheit, der Inflation und des Hungers, in denen er manchmal als einzige Mahlzeit des Tages eine gekochte Kartoffel in seiner unergründlichen Aktentasche oder einer Manteltasche mit sich geführt hatte, als es in den heizungslosen Hörsälen der Schule so kalt gewesen war, dass er nicht die Kreide in seinen kältestarren Fingern halten konnte. »Aber Sie erinnern sich doch auch an diesen Winter von 1923, den Sie bei uns verbrachten, mein Freund.«

Heute schaute Professor Rossmann etwas heiterer in die Zukunft, doch immer noch mit jenem Rest von Misstrauen dessen, der die Welt einmal hat untergehen sehen. »Sie sollten einmal wieder nach Deutschland kommen. Berlin würden Sie nicht wiedererkennen. Sie glauben nicht, wie viele herrliche neue Gebäude dort entstehen. Sie werden sie natürlich aus Zeitschriften kennen, aber Sie wissen, dass das nicht dasselbe ist. Berlin wirkt wie New York! Sie müssten die neuen Wohnviertel sehen, die großen Kaufhäuser, die nächtlichen Lichter. Einige der Dinge, von denen wir in der Schule geträumt haben, als die Welt brannte, scheinen Wirklichkeit zu werden. Einige, nicht viele. Aber Sie wissen, was weniges bedeutet, wenn es gut gemacht ist.«

Der Wert der Dinge, der Instrumente, des Werkzeugs. Die Schönheit dieses Pavillons, die einem den Atem nahm und die Brust beengte; etwas Greifbares, das von dieser Welt war und dennoch nicht so ganz zu ihr zu gehören schien, zu rein vielleicht, zu vollkommen, in der Makellosigkeit seiner rechten Winkel und glatten Oberflächen nicht nur unter den übrigen Gebäuden der Weltausstellung ein Fremdkörper, sondern auch in der Wirklichkeit selbst, im harten Licht und der Schroffheit Spaniens. Die Barockheit der Armut ist genauso verdorben wie die des Prunks. An einem Septembermorgen des Jahres 1929 wanderte Ignacio Abel mit Professor Rossmann durch den deutschen Pavillon, in dem immer noch gehämmert wurde und Arbeiter am Werk waren, in dem Schritte und Stimmen mit dem hohlen Klang unbewohnter Räume widerhallten, und er spürte in seiner eigenen Begeisterung einen Stachel von Skepsis. Vielleicht war es auch nur ein Anflug von Neid, weil er selbst nicht imstande war, so etwas zu ersinnen, ein Gebäude, das sein Leben gerechtfertigt hätte, auch wenn es nach wenigen Monaten wieder abgerissen würde. Wie ein musikalisches Meisterwerk, das nach seiner Erstaufführung nie wieder gespielt wird; was bleibt, ist vielleicht eine Partitur oder eine Grammofonaufnahme, eine unvollständige Erinnerung für jene, die sie gehört haben.

Ständig in Bewegung, zungenfertig, aufmerksam alles im Auge haltend, trieb Professor Rossmann die Bauarbeiten im Pavillon voran, damit alles bereit war, wenn sein Kollege Ludwig Mies van der Rohe aus Deutschland eintraf. Hinterher schaute er sich mit seiner Frau und seiner Tochter Barcelona an, fotografierte die Gebäude von Gaudí, die ihm wie ein Fieberrausch vorkamen, aber dennoch voller Schönheit waren, einer Schönheit, die ihn selbst umso mehr überraschte, als sie all seinen Prinzipien widersprach. Die Frau: klein, dick und phlegmatisch; die Tochter: groß, dünn und welk, mit großen Füßen in flachen Schuhen und einem allzu durchdringenden Blick hinter den Gläsern ihrer goldgerahmten Brille. Und zwischen ihnen Professor Rossmann, überschwänglich, einen Passanten bittend, ein Foto von ihnen zu machen, Gebäude und

Blickwinkel erklärend, für die keine von ihnen ein Auge hatte, die Köstlichkeiten der spanischen Küche rühmend, die sie gleichgültig hinunterschlangen, im Grunde jedoch ungeduldig darauf wartend, sie ins Hotel zurückbringen zu können, um sich dann in Richtung Hafen treiben zu lassen, flussabwärts im Strom der Menschen auf der Rambla.

»Ihrer Frau und den Kindern geht es gut? Ein Junge und ein Mädchen, nicht wahr? Ich erinnere mich, dass Sie mir in Weimar Fotos von den beiden zeigten, da waren sie noch sehr klein. Sie werden jetzt noch nicht in dem Alter sein, um mit Ihnen über Politik zu diskutieren. Meine Frau sehnt sich nach dem Kaiser zurück und sympathisiert mit Hitler. Das Einzige, was sie an ihm zu bemängeln hat, ist sein Antisemitismus. Und meine Tochter ist Mitglied der Kommunistischen Partei. Sie wohnt in einem Haus mit Heizung und warmem Wasser, träumt aber vom Leben in einer Kommunewohnung in Moskau. Sie hasst Hitler, aber noch mehr hasst sie die Sozialdemokraten, einschließlich mich, den sie wahrscheinlich für einen der schlimmsten hält. Welch großartiges freudsches Drama, Tochter eines Sozialfaschisten, eines Sozialimperialisten zu sein. Vielleicht bewundert meine Tochter insgeheim Hitler genauso wie ihre Mutter, und das Einzige, was sie an ihm auszusetzen hat, ist sein Antikommunismus.« Professor Rossmann ließ ein wohlwollendes Lachen hören, als schriebe er die politische Unvernunft seiner Frau und seiner Tochter einer gewissen intellektuellen Schwäche zu, wie sie dem weiblichen Verstand nun einmal eigen ist, oder als hätte er im Laufe der Jahre zu einer zwischen Resignation und Sarkasmus schwankenden Toleranz gegenüber den Extremen menschlicher Dummheit gefunden.

»Aber erzählen Sie mir, woran Sie zurzeit arbeiten, mein Freund, welche Projekte Sie verfolgen. Es freut mich jedenfalls zu wissen, dass Sie an dem ästhetischen Verbrechen des spanischen Pavillons der Weltausstellung ganz und gar unschuldig sind.« Professor Rossmanns ovaler Kopf hörte auf, wie ein Vogel zu zucken; seine von den Brillengläsern vergrößerten Augen, die Ignacio Abel verwirrten wie einen viel jüngeren Studenten, der nicht sicher ist, ob er dem prüfenden Blick des ihn sehr gut kennenden Professors standhalten kann, betrachteten ihn voll aufmerksamer Zuneigung. Was hatte er in diesen Jahren getan, in denen er sich auf der Höhe seines in Deutschland erworbenen Wissens befand, eine Zeit der Versprechen, die ihm sein Beruf und er sich selbst zu verheißen schien, ein Mann, der mit fast vierzig Jahren eine Lebensleichtigkeit entdeckte, die fast ausschließlich auf einer Form von Begeisterung beruhte, welche er in seiner Jugend nicht gekannt hatte, und der von einer Wissenslust getrieben wurde, die einem Rausch nicht unähnlich war. Die nächtlichen Lichter und kräftigen Farben Berlins, die Stille in Weimar, die Bibliotheken, das Glücksgefühl, endlich zu einer Sprache vorzudringen, die er bis dahin nur mühsam gehandhabt hatte und der sich sein Gehör mit einem Mal auf so natürliche Weise öffnete, als seien ihm Wachspfropfen aus den Ohren genommen worden, die Hörsäle der Schule, die frühen Abende mit Nieselregen und häuslichem Behagen, mit brennenden Lichtern hinter Fensterläden und Klingeln von Fahrrädern in der abendlichen Stille. Auch die Kälte und die allgemeine Knappheit, die ihn aber nicht störten oder ihm nicht besonders auffielen. Die Hufe der Polizeipferde, die Funken aus dem Straßenpflaster schlugen, die feierlichen und wütenden Demonstrationen der Arbeitslosen mit Mützen und Lederjacken und roten Armbinden, Transparente und rote Fahnen im Licht der Fackeln, auf Bürgersteigen bettelnde Kriegsversehrte, denen die Hälfte ihrer Glieder fehlten, die unter verschlissenen Uniformen Stummel und Stümpfe vorzeigten, von Kriegsverletzungen und chirurgischen Eingriffen doppelt verunstaltete Gesichter. Junge Frauen mit kurzen Röcken, getuschten Wimpern und

geschminkten Lippen, das glatte Haar auf Kinnhöhe abgeschnitten, die mit übereinandergeschlagenen Beinen auf den
Terrassen der Berliner Cafés saßen und Zigaretten rauchten,
auf denen die Spuren ihrer Lippenstifte zurückblieben, ohne
männliche Begleitung unterwegs, selbstbewusst und zielstrebig,
aktiv, unbekümmert; am Ende eines Bürotages sprangen sie
auf Straßenbahnen auf und eilten mit klappernden Absätzen
die Stufen zur U-Bahn hinab.

In jenen Monaten einzigartiger Intensität hatte er nicht ein
einziges Mal an Spanien gedacht. Er war vierunddreißig Jahre
alt und fühlte sich körperlich so leicht und geistig so wach, wie
er es mit zwanzig nicht gewesen war. Er träumte sich in ein
anderes, ebenso unbegrenztes wie unmögliches Leben hinein,
in dem der Druck der Vergangenheit nicht existierte, die Trostlosigkeit der Ehe, das nicht enden wollende Fordern der Kinder. Nach wenigen Monaten war seine Zeit in Deutschland
aufgebraucht wie ein Kapital, das einem Mann, der gewohnt
war, mit wenig Geld auszukommen, unerschöpflich erschien.
Im heißen Frühsommer des Jahres 1924 kam er nach Madrid
zurück, und nichts hatte sich in dem fast einen Jahr seiner
Abwesenheit verändert. Sein Sohn hatte laufen gelernt. Die
Tochter erkannte ihn nicht wieder und flüchtete erschrocken
in die Arme der Mutter, als sie ihn sah. Kein Mensch interessierte sich für seine Erlebnisse in Deutschland. Er ging ins
Büro des Ausschusses für Fortgeschrittene Studien, um seinen
Erfahrungsbericht abzugeben, und der Angestellte nahm ihn
entgegen, ohne einen Blick darauf zu werfen, und gab ihm
eine gestempelte Quittung.

Jetzt, in Barcelona, fragte ihn Professor Rossmann, was er
in diesen fünf Jahren gemacht habe, und sein tätiges Leben
voller Aufgaben und Verpflichtungen schien sich in nichts
aufzulösen, genau wie die fiebrigen Hoffnungen der Monate
in Weimar, wie ein Traum, in dem man eine großartige Idee

hat, die sich im Licht des Erwachens als Unsinn herausstellt. Versuche, die irgendwann aufgegeben wurden, Aufträge ohne Ergebnis, dem Verfall preisgegebene Projekte, wie er in einem Artikel von Ortega y Gasset gelesen hatte: Spanien war ein Land dem Verfall preisgegebener Projekte. Aber wenigstens gebe es etwas in Aussicht, sagte er zu Professor Rossmann und fürchtete abergläubisch, es könne allein deshalb misslingen, weil er es zur Sprache brachte: eine Markthalle in einem Madrider Wohnviertel, ganz in der Nähe der Straße, in der er geboren war, und, etwas weniger wahrscheinlich, dafür aber umso verlockender – ihm wurde ganz schwindlig bei dem Gedanken –, die Stelle des technischen Leiters bei den Bauarbeiten der Madrider Universitätsstadt. Professor Rossmann mit seinem vielseitigen Interesse und seiner mehrsprachigen Neugier hatte von dem Projekt schon gehört, einem Unternehmen von in Europa bisher ungekanntem Ausmaß, hatte in einer internationalen Zeitschrift darüber gelesen. »Schreiben Sie mir«, sagte er zum Abschied, »erzählen Sie mir, wie es gegangen ist. Vielleicht können Sie einmal nach Deutschland kommen und darüber eine Vorlesung halten. Berichten Sie mir, wie es mit Ihrer Idealstadt des Wissens vorangeht.«

Aber weder der eine noch der andere schrieb. Die Versprechen, die guten Wünsche beim Abschied waren genauso voluminös und unwirklich wie die Bündel deutscher Geldscheine, die die Taschen ausbeulten und mit denen man trotzdem nicht einmal einen Kaffee bezahlen konnte. Mit einem Mal geht alles ganz schnell, die Zeit beschleunigt sich, und die Kinder sind herangewachsen, ohne dass man es recht mitbekommen hat; auf dem ehemaligen Brachland – wo die Bäume mit Baggern aus der Erde gerissen, Unebenheiten planiert und die planen Flächen mit imaginären Linien unterteilt worden waren – gab es jetzt Straßen mit Gehwegen, doch ohne Häuser zu beiden Seiten, Reihen zerbrechlicher Bäumchen, vereinzelte Gebäude ragten auf, fertig, aber noch unbewohnt, dann wurde plötzlich eines eingeweiht und in Dienst gestellt, die Philosophische Fakultät, obwohl immer noch Maurer, Schreiner und Anstreicher darin herumwerkten, auch wenn die Studenten querfeldein liefen, Gräben und Stapel von Baumaterial umgehen mussten, um hineinzukommen. Von den Bürofenstern aus fiel der Blick jetzt auf den rötlichen Stein der Rohbauten von Medizinischer und Pharmazeutischer Fakultät, das in die Höhe strebende Klinikum und das Gewimmel von Arbeitern, Eselskarren, beladenen Lastwagen und bewaffneten Polizisten, die die Baustellen sichern. Dahinter erstreckte sich das schattige Grün der Steineichen und Pinienwälder, und darüber, in der Ferne, die Zackenlinie des Gebirges, die höchsten Gipfel noch unter Schnee.

Die große Uhr im Büro zeigt schon fast sechs Uhr; zu spät, um einen Besucher zu empfangen, der nicht einmal einen Termin hat. Der Wandkalender zeigt einen Tag im Mai des Jahres 1935, den Ignacio Abel durchstreichen wird, bevor er das Büro verlässt. Er hob den Blick vom Tisch, auf dem ein Gehilfe einen Bauplan ausgebreitet hatte, und der alte blasse Mann aus einer anderen Welt lächelte ihn mit wässrigen Augen unbeholfen an, zeigte hinter halb geöffneten Lippen ruinöse Zähne und streckte ihm die Hand hin, hielt mit der anderen die schwarze Aktentasche an die Brust gepresst, und daran erkannte er ihn, wie auch an seinem Akzent und der steifen Haltung, die zu einem anderen Jahrhundert gehörte. Die Aktentasche, in der er jetzt nicht mehr jene glänzenden Alltagsdinge aufbewahrte, mit denen er den Studenten das Geheimnis der praktischen Formen nahebrachte, die das Leben verbesserten: Jetzt enthielt sie Dokumente, Zertifikate in gotischen Lettern und mit goldenen Stempeln, die nichts mehr wert waren, Visaanträge in verschiedenen Sprachen, Kopien von Briefen an Botschaften, offizielle Schriftstücke, in denen ihm in sachlichem Ton etwas verweigert oder ein zusätzliches Dokument angefordert wurde, irgendein läppisches, aber unerreichbares Papier, der Stempel eines Konsulats, ohne den alle Verzögerungen und monatelanges Warten vergebens gewesen wären.

»Professor Rossmann, das ist aber eine Freude. Wo kommen Sie denn her?«

»Mein lieber Freund, Professor Abel, wenn ich Ihnen das erzählte, Sie würden es mir nicht glauben. Aber lassen Sie sich durch mich nicht stören, ich sehe, Sie sind ein viel beschäftigter Mann, ich kann warten, das macht mir nichts aus.«

5 Eine schwarze Silhouette huschte über das beleuchtete Rechteck der Leinwand, auf der soeben die ersten Diapositive gezeigt wurden, neben dem Pult, an dem Ignacio Abel seinen Vortrag hielt. Seine Nerven beruhigten sich erst, als er zu sprechen begann. Der klare Klang der eigenen Stimme im Mikrofon, die Festigkeit des Pults, auf das er die Hände stützte, entspannte ihn. Bevor er zum Podium geschritten war, hatte ihn der freundliche Rumor des in den Saal strömenden Publikums zuversichtlich gestimmt, nachdem er sich so davor gefürchtet hatte, dass niemand zu seinem Vortrag kommen könnte; eine ständig wachsende Furcht, je näher der Tag heranrückte. Am schlimmsten war es diesen Mittag gewesen, als er mit Adela und den Kindern beim Essen saß und die unterdrückte Angst von Minute zu Minute stärker wurde, sodass er, um wieder zu Verstand zu kommen, sagte, er würde lieber allein zur Residencia gehen und den Weg dorthin mit einem Spaziergang verbinden.

Er hatte seine Rede erst vor ein paar Minuten begonnen, und nachdem er gebeten hatte, das Licht im Saal zu löschen, war das Gemurmel des Publikums in der Dunkelheit verebbt. Eine Leselampe mit grünem Schirm auf dem Pult reflektierte das Weiß des beschriebenen Papiers auf seinem Gesicht, und die Schattenbereiche darin ließen seine Züge härter erscheinen. Er wirkte älter, als er war, so von der ersten Reihe aus gesehen, wo Adela mit der Tochter saß, beide aufgeregt, jedoch auf unterschiedliche Weise; Adela mit einer schamhaften, beschützenden Zärtlichkeit, unbehaglich ob seiner typisch männlichen Eitelkeit, das Mädchen hemmungslos stolz auf die hohe einsame Gestalt des Vaters dort vorn am Pult, vornehm mit der schmalen Krawatte und der Lesebrille, die er abnahm und wieder aufsetzte, je nachdem, ob er seine Notizen zurate zog oder frei redete und sich dann wieder mit einiger Mühe in ihnen zurechtzufinden suchte, so als wollte er zerstreuter erscheinen, als er in Wirklichkeit war. Auf das Mädchen, Lita, das vierzehn Jahre alt ist und eine etwas frühreife, von den Lehrern ihres Gymnasiums geförderte Vorliebe für die Malerei hat, wirkt die Szene wie eine bildliche Komposition, deren flüchtiges Zentrum der weibliche Schattenriss ist, der kurz über die Fotografie huscht, die ihr Vater auf einer Leinwand zeigt, der er den Rücken zugekehrt hat. Es schmeichelt ihr, dass man ihr mitzukommen erlaubt hat; zu wissen, dass ihr Vater sie bemerkt hat, vom Pult aus hat er ihr kurz zugewunken; dass diese kultivierten freundlichen Damen, die ihre Mutter hin und wieder zum Tee einlädt und die heute Abend auch gekommen sind – Doña Maria de Maeztu, Señora Bonmatí de Salinas und die Gattin von Juan Ramón Jiménez, die diesen hübschen Namen trägt, Zenobia, Zenobia Camprubí –, sie überhaupt nicht herablassend behandeln und ihr gesagt haben, sie sähe schon ganz wie eine junge Dame aus. (Adela hat die Angst ihres Mannes erraten, dass niemand seine Veranstaltung besuchen könnte, und hat, davon angesteckt, die Damen angerufen, um sicherzugehen, dass diese auch kamen, hat die Anrufe ohne sein Wissen getätigt, um seinen Stolz nicht zu verletzen.)

Hoffentlich hatte die Unterbrechung ihren Vater nicht abgelenkt, denn zu Hause beschwerte er sich immer über zu viel Lärm, über die Streitigkeiten zwischen Lita und ihrem Bruder, darüber, dass die Dienstmädchen ihr Radio so laut stellten. Er verstummte, mit der Brille in der einen Hand, in der anderen den Zeigestock, mit dem er auf Einzelheiten auf den Fotos hinwies wie ein Lehrer vor einer Landkarte, mit einer gereizten Miene, die Adela und Lita wahrnahmen, obgleich er sie nur andeutungsweise erkennen ließ, als die Saaltür aufging und eine Frau hereinkam, deren Absätze auf dem Bretterboden klapperten, obwohl sie sich behutsam bewegte. Behutsamkeit, vielleicht aber auch ein gewisses Maß an Dreistigkeit, oder nur die Benommenheit der Zuspätgekommenen, die sich in einem kinodunklen Saal zurechtfinden muss. Sie schritt durch den Lichtkegel des Projektors, ging in durchaus herausfordernder Weise an der ganzen ersten Reihe entlang zu einem freien Stuhl an deren Ende. Ich sehe die Silhouette, bewegt und doch exakt, den schwarzen Umriss auf der Leinwand wie in einem chinesischen Schattentheater, das Kleid aus einem leichten Gewebe wie ein umgekehrter Blütenstand. Ignacio Abel verharrte in angelegentlichem Schweigen, folgte der Zuspätgekommenen mit seinem Blick, mit einer Verstimmung, die Frau und Tochter nicht ohne Besorgnis bemerkten, denn für die kleinen Widrigkeiten des Lebens brachte er wenig Geduld auf, bei der Arbeit ebenso wenig wie in der Familie. An diesem Abend, in der Dunkelheit der Aula der Residencia, in der er nur einige wenige bekannte Gesichter erkennen konnte – von Adela, seiner Tochter, Señora de Salinas, Zenobia, Moreno Villa, Negrín, Ingenieur Torroja, Architekt López Otero, Professor Rossmann mit seiner ovalen Glatze im Hintergrund zwischen Damenhüten –, nahm er wohlgefällig den klaren, kräftigen Klang der eigenen Stimme wahr, die gesammelte Aufmerksamkeit, die ihm zuteilwurde und leicht euphorisierend wirkte nach den ersten Minuten tastender Annäherung an das Thema, des Rumorens und Stühlerückens im Saal und der tagelangen Unsicherheit, die er keinem Menschen eingestanden hatte.

Der Schattenriss der Zuspätgekommenen fiel, ohne dass er ihn sah, auf das Foto einer ländlich anmutenden Fassade eines Mitte des 18. Jahrhunderts erbauten Hauses, wie er mit Blick auf seine Notizen erklärte; eines Hauses in einer Stadt im Süden, das nicht von einem Architekten entworfen worden war, sondern von einem Baumeister, der etwas von seinem Beruf verstand und buchstäblich auch von dem Land, das seine Heimat war; das Land, dem der goldene Sandstein der Tür- und Fensterstürze entstammte und der Lehm, aus dem die Ziegelsteine und Dachpfannen gebrannt waren, der Kalk, mit dem die gesamte Vorderfront geweißt worden war. Mit einem bewundernswerten Gefühl für Ästhetik, sagte er, habe man nur den von einem Steinmetz sorgfältig behauenen Sandstein der Stürze ausgespart, und derselbe habe im Zenit des Eingangstorbogens einen Kelch eingemeißelt, exakt auf der Mittellinie des Gebäudes. Er gab ein Zeichen, das nächste Bild auf die Leinwand zu werfen: die Nahaufnahme eines Winkels des Türsturzes; mit dem Zeigestock deutete er auf die Diagonale des Spalts zwischen den Quadern, die die Ecke bildeten, wo sich zwei gegenläufige Kräfte mit einer mathematischen Präzision ausglichen, die umso erstaunlicher war, als die Planer und Erbauer dieses Hauses vermutlich weder lesen noch schreiben konnten. Stein und Kalk, sagte er, dicke Mauern, die sowohl gegen Hitze als auch gegen Kälte schützen; kleine, unregelmäßig verteilte Fenster, die sich am Einfall des Sonnenlichts orientieren und die offensichtliche Symmetrie spielerisch umgehen; der weiße Kalk, der das Sonnenlicht maximal zurückwirft und so die Innentemperatur selbst im Hochsommer gemäßigt hält. Aus Lehm und Schilfrohr, das an den Ufern naher Bäche wuchs, wurde eine natürliche Isolierschicht für die Decken der oberen Zimmer hergestellt; die Technik war im Wesentlichen dieselbe, die schon in Ägypten und Mesopotamien angewandt wurde.

Die Lehrer der deutschen Schule – »darunter auch ich«, sagte er schmunzelnd, wohl wissend, dass vereinzeltes Lachen im Saal zu hören sein würde – sprachen immer von organischer Bauweise, und was konnte organischer sein als jener bodennahe Instinkt, der darauf abzielte, Materialien zu verwenden, die die Umgebung bereithielt, und darauf, eine flexible immer gültige Antwort auf die unmittelbaren Bedürfnisse zu finden, auf das Klima, auf die Art, wie man seinen Lebensunterhalt verdiente, und auf das, was man dazu brauchte, indem man vorgegebene Formen immer wieder neu erfand, ohne dabei im Geringsten willkürlich vorzugehen; Formen, die aus der Landschaft herausstachen und gleichzeitig mit ihr verschmolzen, die nie nur der Zurschaustellung dienten und sich auch nicht automatisch wiederholten. Eine Bauweise, die sich im ganzen Land wiederfand, die von Generation zu Generation weitergegeben wurde wie die alten Legenden und Gesänge, die auch nicht der Niederschrift bedurften, weil sie im Volkswissen überleben, in der ehrlichen Disziplin der besten Handwerker. Trotz des Halbdunkels im Saal erriet er – sah es fast – das zustimmende Lächeln Professor Rossmanns, der sich auf seinem hinteren Platz weit vorgebeugt hatte, um keines der spanischen Wörter zu verpassen: Intuition der Formen, Redlichkeit des Materials und der Arbeitsweise; mit Flusskieseln kreisförmig gepflasterte Innenhöfe; Dachziegel, die sich mit der organischen Präzision von Fischschuppen ineinanderfügen. (Schon wieder hatte er dieses Wort gebraucht; künftig würde er es vermeiden müssen.)

Je länger er sprach, desto mehr wich eitle Selbstgefälligkeit einer ehrlichen Begeisterung, verloren seine Gesten ihre anfängliche Steifheit, die vielleicht nur Adela bemerkt hatte, wie auch sie nur bemerkte, dass seine Stimme allmählich ihren natürlichen Klang wiedergewann. Er zeigte einen gepflasterten Innenhof mit Säulen und einer Zisterne in der Mitte, den man auf Kreta oder in Rom vermuten könnte, der aber zu einem Wohnhaus in Córdoba gehörte; seine Form und Funktion verbanden sich auf so natürliche Weise, dass er in mehreren Jahrtausenden kaum verändert worden war. Licht und Schatten fügten sich genauso ein wie das Material; Licht, Schatten, Klang; der Wasserstrahl der Zisterne, der einem Innenhof die Frische gab; Mauern, durch die von außen nichts hereindringen konnte; das Tageslicht kam von oben und verteilte sich auf Zimmer und Diele. Wer wollte sich anmaßen, die funktionale Architektur – beinahe hätte er wieder organisch gesagt – als Erfindung des 20. Jahrhunderts darzustellen? Ein Schwindel war es jedoch, nachzuahmen, die äußere Form zu parodieren: Es hieß, von den Arbeitsverläufen zu lernen, nicht von den Ergebnissen; die Syntax einer Sprache, nicht einzelne Wörter; die Materialqualität von Eisen, Stahl, Stahlbeton und großen Glasflächen musste ebenso bewusst eingesetzt werden, wie der Architekt früherer Zeiten Schilfrohr oder Tonerde oder kantige Steine benutzte, um eine Zwischenwand zu errichten, wobei er unwillkürlich deren natürliche Form berücksichtigte, um einen Stein auf den anderen zu setzen, ohne auf eine äußere Gieß- oder Passform zurückzugreifen. Er zeigte das Foto einer Schäferhütte aus geflochtenen Binsen; das Innere eines Refugiums in den Bergen, dessen Natursteine ohne Zuhilfenahme von Mörtel zu einem Gewölbe geschichtet waren, das die schroffe Solidität einer romanischen Apsis besaß. Aus der zufälligen Formung eines jeden Steins wurde der Zwang zur gleichsam magnetischen Anpassung an die Form des nächsten. Dahinter stand der uralte Instinkt der Nutzung knapper Ressourcen; das Talent, Beschränkung als Chance zu erkennen und daraus Vorteil zu schlagen.

Bisher waren auf den Fotos nur Gebäude zu sehen gewesen. Nach dem nächsten Klacken des Projektors war die ganze Leinwand von einer bäuerlichen Familie ausgefüllt, die vor einer Hütte mit Strohdach posierte, das aus akkurat geflochtenen Halmen und Binsen bestand. Dunkle Gesichter blickten mit starren Augen in den Saal, barfüßige Kinder mit großen Augen und aufgedunsenen Bäuchen, in Lumpen gekleidet; eine magere schwangere Frau mit einem Kind auf dem Arm; neben ihr ein dürrer Mann mit weißem Hemd und einer Hose, die von einem Strohband anstelle eines Gürtels gehalten wurde, an den Füßen aus Espartogras geflochtene Sandalen. In der Aula der Residencia wirkte die Fotografie wie das Dokument einer Reise in ein fernes Land aus früherer Zeit.

Wie er zuvor mit dem Zeigestock auf architektonische Einzelheiten hingewiesen hatte, zeigte Ignacio Abel jetzt auf die Gesichter, die er selbst vor wenigen Monaten erst in einem Dorf von unwirklicher Armut im Hinterland von Málaga aufgenommen hatte: Architektur hieß nicht, abstrakte Formen zu erfinden; die Traditionen des ländlichen Spaniens waren kein malerisches Album, in dem man ausländische Gäste blättern ließ oder das man als dekoratives Element im Pavillon einer Ausstellung vorzeigte. Moderne Architektur musste dem großen Unterfangen dienen, das Leben der Menschen zu verbessern, Leid zu lindern, Gerechtigkeit zu bringen oder, besser noch beziehungsweise genauer gesagt, ihnen das zugänglich zu machen, was die Familie auf dem Foto nie gesehen hatte, von dessen Existenz sie nicht einmal etwas wusste: fließendes Wasser, lichte luftige Räume, Schulen, ausreichende und wenn möglich schmackhafte Nahrung; kein Geschenk, sondern eine Rückgabe; kein Almosen, sondern eine Geste der Wiedergutmachung für nie vergoltene Arbeit, für handwerkliche Geschicklichkeit und die feine Intelligenz, die die besten Binsen auszusuchen wusste, um ein tragfähiges Strohdach zu errichten oder einen Korb zu flechten, die passende Tonerde für die Lehmmauer einer Hütte zu finden.

»Was diese Menschen im Laufe von Jahrhunderten geschaffen haben, ist fast das Einzige, was wir in Spanien an Unvergänglichem und Erhabenem besitzen«, sagte er, »Originelles und Unvergleichliches, die Musik und die Dichtung und die Baukunst.« Er sprach mit bewegter Stimme, bemerkte Adela, die in der ersten Reihe mit ihm fühlte, zwar sein Gesicht nicht deutlich sah, wohl aber im Klang seiner Worte las. Ignacio Abel bemühte sich, eine Bewegtheit zu unterdrücken, die ihn überraschte und deren Ursprung er sich nicht erklären konnte, die vom Bauch her in ihm aufstieg, als würde mit einem Mal die Erinnerung an seinen Vater übermächtig, an die Maurer und Steinmetze, die mit ihm gearbeitet hatten, die Gebäude hochzogen und Straßen pflasterten, Gräben ausschachteten und Tunnel bohrten und später vom Angesicht der Erde verschwanden, ohne eine Spur zu hinterlassen; aber auch an die vielen, die früher gelebt hatten, an die Generationen von Landarbeitern, denen er selbst entstammte, die in Lehmhütten wohnten und gestorben waren wie der auf dem Foto, ebenso arm, eigensinnig und ohne Zukunft wie die Leute, deren Gesichter jetzt verblassten, als das Licht in der Aula anging, während der Projektor noch nicht ausgeschaltet war.

Irgendwo in einer verschlossenen Schublade seines Schreibtisches, deren jetzt nutzlosen Schlüssel Ignacio Abel immer noch bei sich trägt, liegt der gefaltete Zettel mit der Ankündigung seines Vortrags. Unempfindlich gegen das Vergessen und sogar das Verschwinden derer, die sie in Händen gehalten haben, können die unbedeutendsten Dinge überdauern. Ein gelbes, etwas verblichenes Blatt, die geknickten Kanten nach einigen Jahren so dünn, dass es auseinanderfallen wird, wenn jemand es auseinanderzufalten sucht, falls es nicht verbrannt oder beim Abfall gelandet ist, falls es nach der feindlichen Bombardierung im nächsten Winter nicht unter den Trümmern des Hauses verschwindet. Wochen später hatte er das Flugblatt in der Tasche seiner Jacke gefunden, die er seitdem nicht mehr getragen hatte: Aber es war schon ein heimlicher Hinweis, der materielle Beleg für die Möglichkeit eines anderen Lebens, das an diesem Abend begonnen hatte, ohne dass er es wusste; ohne dass es durch irgendetwas angekündigt worden wäre in exakt dem Moment, in dem es anfing, nicht einmal durch die Silhouette, die sich durch den Projektionsstrahl bewegte. Der Tag und das Jahr, der Ort, sogar die genaue Stunde, wie eine ausgegrabene Inschrift, die einen archäologischen Fund zu datieren ermöglicht: Dienstag, 7. Oktober 1935, 17.00 Uhr, Aula der Residencia de Estudiantes, Pinar 21, Madrid. Mit einem unbestimmten Gefühl von Heimlichkeit faltete Ignacio Abel das Blatt vorsichtig zusammen und schloss es in der Schreibtischschublade ein, in der schon die ersten Briefe von Judith Biely lagen.

Ohne dieses in der nüchternen Universitätstypografie gedruckte Blatt hätte er vielleicht keinen Beleg für das genaue Datum, an dem er zum ersten Mal ihren Namen hörte. Doch einige Minuten bevor sie ihm vorgestellt wurde, hatte er sie wie in einem Aufblitzen wiedererkannt, als am Ende des Vortrags die Lichter im Saal angingen und er sich etwas unbehaglich vor dem höflichen Applaus verneigte, der hervorgerufen worden war von seinem Eifer, den er jetzt insgeheim bereute, dessen er sich vielleicht sogar schämte, während er seinen Blick verstohlen zum Ende der ersten Reihe gleiten ließ. Dort saßen Adela und das Mädchen, die Damen de Salinas, Zenobia Camprubí und Maria de Maeztu mit ihrem schiefen Hütchen und daneben, wie ein Fremdkörper, jung, exotisch mit ihrem blonden Haar und dem hellen Teint, mit ihrem energischen Applaus, die Unbekannte, die ihn mit ihrem Zuspätkommen so geärgert hatte. Er erinnerte sich so deutlich an die Frau am Piano, die sich zu ihm umwandte, wie an das reife Herbstlicht, das auf ihrem Haar glänzte und den Raum um sie herum zu weiten schien, sich durch das große Fenster ausdehnend bis hin zum Häusermeer von Madrid.

Er umarmte seine Tochter, die ernst und bewundernd zu ihm gelaufen kam, als er das Podium verließ. »Warum ist dein Bruder nicht bei euch?« – »Er hatte Deutschunterricht bei Fräulein Rossmann. Hast du ihren Vater schon gesehen? Mama konnte ihn gar nicht mehr loswerden.« Professor Rossmann bahnte sich durch die Leute einen Weg zu ihm, umfing ihn mit seiner umständlichen germanischen Herzlichkeit, seinem ranzigen Geruch von ungewaschener Wäsche, ärmlicher Absteige und Prostataleiden. (»Professor Rossmann riecht nach

Katzenpisse«, hatte sich sein Sohn mit grausamer kindlicher Ehrlichkeit entrüstet.) »Ausgezeichneter Vortrag, mein lieber Freund, ausgezeichnet. Sie wissen gar nicht, wie dankbar ich für Ihre Einladung bin; wieder so eine Nettigkeit, für die ich mich nicht werde revanchieren können.« Hinter den dicken Brillengläsern waren die farblosen Augen Professor Rossmanns feucht vor Rührung, vor einer überschwänglichen Dankbarkeit, der Ignacio Abel lieber nicht ausgesetzt gewesen wäre. Er roch tatsächlich nach Urin, sein Anzug war mehr verschlissen als abgetragen, und seine ovale Glatze glänzte vor Schweiß. Seinen Lebensunterhalt bestritt er mit dem Verkauf von Füllfederhaltern in Bars und Cafés, vor allem jedoch mit dem bisschen Geld, das Ignacio Abel seiner Tochter zahlte, damit sie Miguel und Lita in Deutsch unterrichtete. »Aber ich will Sie nicht aufhalten, mein Freund, Sie haben hier viele Leute zu begrüßen.« Als Ignacio Abel sich von ihm abwandte, blieb Professor Rossmann allein unter all den anderen, deutlich erkennbar als armer Ausländer, dem das Unglück so spürbar anhaftete wie der Uringeruch.

Während er den Damen seine Aufmerksamkeit schenkte, Glückwünsche entgegennahm, zu Bemerkungen nickte und sich Antworten überlegte, suchte er mit Blicken die ausländische Frau unter den Gästen und fürchtete, als er sie nicht sah, sie könnte schon gegangen sein. Dass so viele Leute gekommen waren, schmeichelte seiner uneingestandenen Eitelkeit. Juan Negríns dröhnende Stimme und Körperfülle walzten die kultivierte Zurückhaltung der Gäste nieder. »Ich habe López Otero vorgeschlagen, unseren Freund Abel für die Bauleitung der Universitätsstadt anzuheuern, und wie Sie sehen, habe ich die richtige Wahl getroffen«, hörte er ihn inmitten einer irgendwie offiziell anmutenden Gruppe sagen, dabei mit vollem Mund kauend und schluckend. Kellner mit kurzen Jäckchen gingen mit Tabletts voller Kanapees umher, offerierten Gläser mit Wein und Grenadinen- und Zitronenlimonade. Professor Rossmann verbeugte sich steif vor Leuten, die ihn nicht kannten oder sich nicht erinnern konnten, dass er ihnen vorgestellt worden war, griff sich Kanapees von vorüberschwebenden Tabletts, aß einige und steckte sich andere in die Jackentaschen. Später in der Pension würde er sie sich mit seiner Tochter teilen. Ignacio Abel beobachtete ihn aus den Augenwinkeln, nahm zu viele Eindrücke gleichzeitig wahr, fühlte sich zwischen den unterschiedlichsten Empfindungen hin- und hergerissen.

»Juan Ramón hätte es gefallen, so hübsche Sachen zu hören, wie Sie heute Abend erzählt haben«, sagte Zenobia Camprubí, »... die kubistische Strenge andalusischer Dörfer«, ganz bezaubernd. Ich danke Ihnen auch, dass Sie ihn zitiert haben. Aber Sie wissen ja, wie es um seine Gesundheit bestellt ist; jeder Schritt kostet ihn Mühe.«

»Ignacio sagt immer, Ihr Gatte habe einen untrüglichen Instinkt fürs Architektonische«, sagte Adela. »Er bewundert die Komposition seiner Bücher, die Einbände, die Typografie.«

»Nicht nur das.« Ignacio Abel lächelte und schaute verstohlen über den Kreis der ihn umringenden Damen hinaus, die Verstimmung seiner Frau nicht bemerkend. »Die Gedichte vor allem. Die Genauigkeit seiner Worte.«

Moreno Villa stand am Klavier und sprach heftig gestikulierend auf die blonde Ausländerin ein, und sie, größer als er, nickte und ließ den Blick ab und zu über die Leute schweifen.

»Ich dachte, es verstünde sich von selbst, dass wir Juan Ramón nicht für die äußere Schönheit seiner Bücher bewundern«, sagte Adela, im Innersten beschämt und plötzlich eingeschüchtert wie ein junges Ding. Zenobia drückte ihre behandschuhte Hand.

»Natürlich, liebe Adela. Wir alle wissen doch, was Sie sagen wollten.«

Ein Fotograf, der sich unter die Besucher gemischt hatte, bat Ignacio Abel, eine Aufnahme von ihm machen zu dürfen.

»Es ist für *Ahora*.« Abel trat einen Schritt zur Seite und nahm wahr, dass seine Tochter voller Stolz zu ihm herüberblickte und die blonde Frau sich umdrehte, als der Blitz aufzuckte. Am nächsten Tag ärgerte es ihn, sich auf dem Zeitungsfoto mit einem allzu selbstgefälligen Lächeln abgebildet zu sehen, dessen er sich nicht bewusst gewesen war und das anderen vielleicht ein Bild von ihm vermittelte, das ihm unangenehm war. Der renommierte Architekt Don Ignacio Abel, dem die Bauleitung der neu entstehenden Universitätsstadt obliegt, hielt gestern Abend vor einem ausgewählten Publikum in der Aula der Residencia einen brillanten Vortrag über die reiche Tradition der spanischen Volksarchitektur. Zigarettenrauch, Gläserklingeln, behandschuhte Frauenhände in Bewegung, zarte Hutschleier, der Geräuschteppich zivilisierter Unterhaltung. Judith Bielys Lachen platzte hinein wie ein auf den glänzenden Bodendielen zerschellendes Glas. Am liebsten wäre er dem inbrünstigen Kreis der Damen entronnen und quer durch den Saal geradewegs zu ihr gegangen, ohne sich von jemandem aufhalten zu lassen.

»Mir hat gefallen, wie Sie die Architektur mit Musik verglichen haben«, sagte kaum hörbar Señora de Salinas, die stets ein wenig müde oder abwesend wirkte. »Sind Sie wirklich der Meinung, dass die ländliche Bautradition nahtlos in die Moderne des 20. Jahrhunderts übergeht?«

»Das 19. Jahrhundert ist nur bürgerliches Dekor und schlechte Kopie«, warf Ingenieur Torroja ein. »Tortenverzierung aus Gips statt aus Sahne.«

»Ganz Ihrer Meinung«, sagte Moreno Villa. »Das Problem ist, dass die schönen Künste in Spanien immer noch nicht im 20. Jahrhundert angekommen sind. Das Publikum ist verschlossen, und die Mäzene leben noch im Höhlenzeitalter.«

»Man muss sich nur die Villa in ihrem Pseudomudéjarstil ansehen, in der Seine Exzellenz, der Präsident der Republik, wohnt.«

»Architektur der Musikpavillons.«

»Schlimmer noch: der Stierkampfarenen.«

Moreno Villa und die blonde Frau waren herangetreten, ohne dass Abel es bemerkt hatte. Sie war nicht ganz so jung, wie sie mit ihrer Frisur und ihrer Unbefangenheit von ferne auf ihn gewirkt hatte. Ihre Gesichtszüge waren klar, wie mit einem feinen Stift gezeichnet: blasse Sommersprossen auf den Wangen und eine helle Haut, die das Gold von sonnenbeschienenem Weizen ihres Haars und das Graugrün der mandelförmigen Augen mit einem Hauch von Schläfrigkeit in den Wimpern noch verstärkte. Als alter Bekannter der Damen und ihrer berühmten Gatten erledigte Moreno Villa mit antiquierter Zwanglosigkeit das Protokoll des Vorstellens. *Ich sah dich zum ersten Mal aus der Nähe und hatte das Gefühl, dich immer schon gekannt zu haben, und außer dir sei niemand in diesem Saal.* Mit der heimlichen Treulosigkeit eines Mannes verglich Ignacio Abel die junge Ausländerin, deren fremdartig klingenden Namen er zum ersten Mal hörte, ohne ihren Nachnamen zu verstehen, mit seiner Frau: eine spanische Dame reifen Alters, durch Mutterschaft und Nachlässigkeit der Jahre auseinandergegangen, ohne es zu merken, den anderen ähnelnd, ihren Freundinnen und Bekannten, die nachmittags Tee tranken und sich im Lyzeumsclub über Kunst und Literatur unterhielten, Gattinnen von Akademikern und mittleren Staatsbeamten, Bewohnerinnen eines aufgeklärten und eher fiktiven Madrid, das nur an Orten wie der Residencia oder dem Laden für spanisches Kunsthandwerk, den Zenobia Camprubí führte, halbwegs wirklich wurde.

»Können Sie mir verzeihen, dass ich zu spät gekommen bin? Ich bin immer in Hast und habe mich in den Gängen verlaufen«, sagte Judith.

»Wenn Sie mir verzeihen, dass ich vorige Tage Ihre Probe gestört habe.«

Aber das war gar nicht in ihr Bewusstsein gedrungen oder es war ihr entfallen. Von Anfang an gab es niemanden mehr, wenn sie in seiner Nähe war. Die Gefahr bestand weniger darin, sein Begehren vor den anderen nicht verbergen zu können, als darin, in ihrer Gegenwart zu vergessen, dass andere überhaupt anwesend waren. Wie in der gerafften Zeit von Liedern oder Filmen lagen entscheidende Veränderungen ihres Lebens ab jetzt in einer einzigen kurzen Begegnung der Blicke.

»Mein lieber Abel, lassen Sie sich drücken. Sie haben zwei Ohren und einen Schwanz abgeschnitten, und das in einer sehr anspruchsvollen Arena, wenn Sie mir den Stierkampfvergleich nachsehen wollen. Ich weiß ja, dass Sie unseren Nationalsport hassen.« Negrín drang mit seiner überbordenden Körperfülle und dem physischen Hochmut eines großen Mannes in einem Land kümmerlicher Menschen in die Runde ein. Moreno Villa stellte wieder vor, und diesmal verstand Ignacio Abel den Nachnamen der ausländischen Frau.

»Biely«, sagte Negrín. »Ist das nicht ein russischer Name?«

»Meine Eltern stammen aus Russland. Sie sind zu Beginn des Jahrhunderts nach Amerika ausgewandert.« Judith sprach ein klares, sorgfältiges Spanisch. »Und Sie mögen keinen Stierkampf?«

Bei der Frage schaute sie Ignacio Abel auf eine Weise an, die ihn die Anwesenheit von Negrín und Moreno Villa vergessen ließ. Seine Tochter kam angelaufen, zog ihn an der Hand, sagte leise, die Mutter fühle sich ein wenig erschöpft. Immer würde die Zeit, die er mit Judith Biely verbrachte, bemessen sein, bedroht, stets der Inquisition von jemandem unterworfen, einem angstvollen Wuchern um Stunden und Minuten, von Armbanduhren, auf die man nicht schauen will und dennoch verstohlene Blicke wirft, öffentlichen Uhren, die sich nur langsam der Zeit einer Verabredung nähern oder gleichgültig die unwiderrufliche Minute eines Abschieds anzeigen, der nicht mehr länger hinausgezögert werden kann.

»Unserem Freund Abel geht es so wie dem berühmten Gatten der Señora Camprubí, die wir hier bei uns haben«, sagte Negrín. Adela und Zenobia waren zu der Gruppe getreten. Adela betrachtete die Ausländerin, der sie nicht vorgestellt worden war, mit einer argwöhnischen Neugier, die sie Fremden, Männern und Frauen, oft entgegenbrachte. »Seine weltlichen, antimilitaristischen und antitauromachischen Prinzipien sind so ehern, dass sein größter Albtraum aus einem Feldgottesdienst in einer Stierkampfarena bestehen dürfte.«

Negrín feierte den eigenen Witz mit lautem Lachen; sein Stimmvolumen zu kontrollieren war er ebenso wenig in der Lage wie seinen Händedruck, und er merkte auch nicht, dass Judith Biely seinen Worten nicht hatte folgen können, die sehr schnell und mit vollem Mund gesprochen worden waren, umwogt vom Stimmengewirr der Gespräche in ihrer nächsten Nähe.

»Große spanische Intellektuelle haben wunderschöne Dinge über den Stierkampf geschrieben.« Judith hatte den ganzen Satz vorher auf Spanisch gedacht, bevor sie sich ihn auszusprechen traute.

»Es wäre für alle besser gewesen, wenn sie über ernsthaftere und weniger barbarische Dinge geschrieben hätten«, sagte Ignacio Abel und bereute es sofort, als er sah, wie sie errötete, das fremde Rosa ihrer Haut sich auf Wangen und Hals wie in einer Eruption verdunkelte.

Adela machte ihm später Vorwürfe, als sie, schon in dunkler Nacht, im Taxi durch die unbewohnten Außenbezirke jenes noch im Bau befindlichen Madrids fuhren, an ganzen Zeilen unbebauter Grundstücke vorbei, mit Straßenbahnschienen, die sich hinter den letzten beleuchteten Straßenecken in einem ländlichen Dunkel verloren. »Wie schroff du manchmal bist. Du überlegst deine Worte nicht und denkst nicht darüber nach, wie finster du dreinblickst. Zuerst blamierst du mich vor Zenobia, und dann sagst du dieser armen Ausländerin, die nur höflich sein wollte, etwas Unverschämtes über den Stierkampf. Was wird sie gedacht haben. Du denkst nie darüber nach, wie sehr du einen verletzen kannst. Oder du weißt es und tust es gerade deswegen.« Doch was sie ihm nicht mit den Worten, wohl aber mit ihrem Tonfall vorwarf, war, dass er in seiner Unsicherheit bei ihr Trost gesucht, nicht aber die Zufriedenheit über seinen Erfolg mit ihr geteilt hatte, ihr nicht gedankt, ihr tiefes Mitfühlen als Ehefrau nicht einmal bemerkt hatte, das gefügig und zugleich beschützend war, ihre Bewunderung, die zu nah an ihm war und die er nicht mehr zu brauchen schien. Erschöpft und schwindlig von zu vielen Wörtern und Gesichtern saß Ignacio Abel im Taxi und schaute mit einem Anflug innerster Feindseligkeit auf Adelas Profil, das ihm ganz nahe war, viel zu vertraut, das Gesicht einer Frau, in die er, wie er mit einem Mal erkannte, nicht mehr verliebt war, die er schon seit Jahren nicht mehr mit der Vorstellung von Liebe in Verbindung brachte, wenn er es überhaupt jemals getan hatte. Er wusste es nicht mehr genau. Möglicherweise fand sich eine Spur vergangener Zärtlichkeit, wenn er in den Gesichtszügen seiner Kinder Ähnlichkeiten mit einer sehr viel jüngeren Adela wiederfand. Er dachte jedoch nur ungern an die Vergangenheit, an die Jahre der Verlobung, schämte sich vielleicht, sie mehr geliebt zu haben, als er sich jetzt eingestehen mochte, auf eine antiquierte und schwülstige Weise fast von der Art, wie sie auf handkolorierten romantischen Postkarten dargestellt wurde; die Liebe eines jungen, unerfahrenen Mannes, den hinter sich zu lassen ihn viel gekostet hatte, an den Adela jedoch mit einer Mischung aus Zärtlichkeit und Ironie eine sehr präzise Erinnerung bewahrte. Was sie in ihm sah, würde niemand vermuten können, der nur den gestandenen Mann kannte, der er jetzt war; keine der Damen, die ihn am Abend in der Residencia gesehen und gehört hatten, die hohe Gestalt auf dem Podium mit dem Nadelstreifenanzug, den handgenähten Schuhen, dem weichen Kragen des maß-geschneiderten Hemdes und der englischen Fliege, die Adela ihm gebunden hatte, kurz bevor sie aus dem Haus gegangen waren. Sie sahen nur den gemachten Mann und nicht die schwankenden Entwürfe, die diesem vorangegangen waren, den Architekten, der ihnen Bilder von alten andalusischen Häusern zeigte, von rechtwinkligen deutschen Gebäuden mit großen Fenstern und relingartigen Geländern an den Balkonen, der deutsche und englische Namen fehlerfrei aussprechen konnte und den ernsten Vortrag mit einem ironischen Schlenker aufzulockern verstand, der dem Publikum schmeichelte, weil es dessen Fähigkeit, ihn zu erkennen, voraussetzte.

Adela jedoch, die mit ihrer Tochter und den Freundinnen in der ersten Reihe saß und vom geistreichen Glanz ihres Gatten ebenso angetan war, wusste Dinge von ihm, die den anderen unbekannt waren, konnte die Entfernung bemessen, die zwischen dem Mann dort vorn und dem unfertigen Jungen bestand, der er gewesen war, als sie ihn kennengelernt hatte, und deswegen ermaß sie auch den Anteil von Verstellung in seinem weltmännischen Gehabe, denn in diesem Moment war alles an ihm viel zu untadelig, um ganz wahr sein zu können. *Auch wenn dir das nichts bedeutet gibt es doch niemanden auf der Welt der dich mehr lieben kann als ich weil es keinen gibt der dich so umfassend und ein Leben lang kennt und nicht nur ein paar Monate oder Jahre.* Der verschmähte Liebende ist ein Anachronist, der vergebens alte Rechte einklagt, an die niemand mehr glaubt. Er sieht die Zeichen nicht, ahnt nicht, was sich an seiner Seite in der noch unveränderten Gegenwart des anderen anbahnt, nimmt den leichten Anstieg von Groll nicht wahr, der in dessen Schweigen dräut, die geheime, ihm selbst noch nicht ganz bewusste Untreue dieses Mannes, der neben ihr im Taxi fährt, müde und zufrieden und erleichtert, endlich nach Hause zu kommen, im Geiste die Namen aller Bekannten aufzählend, die zu seinem Vortrag gekommen sind und die morgen im *Heraldo,* in *Ahora* und *El Sol* in Beiträgen Erwähnung finden werden, nach denen er mit versteckter Ungeduld suchen wird, denn er ist zu eitel, um seine Eitelkeit zu zeigen, und er leidet darunter, gegen diese Schwäche nicht gefeit zu sein, die ihm bei anderen so missfällt.

Das Taxi bog jetzt in die Calle Príncipe de Vergara ein, glitt langsam an der Reihe junger Bäume auf dem Mittelstreifen vorbei, zwischen denen immer noch die erloschenen Glühbirnen und Papierfähnchen eines vergangenen Jahrmarkts hingen. »Gleich sind wir zu Hause«, sagte die Tochter, die aufrecht und aufmerksam neben dem Fahrer saß, als hätte man ihr die Verantwortung für die Fahrstrecke übertragen. Auf dem Gehweg kamen ihnen ein älterer Mann und eine dünne, hochgewachsenen Frau entgegen, die an seinem Arm ging. Sie hielten sich dicht an den Hauswänden, etwas Verstohlenes in ihren Bewegungen, steuerten auf den Eingang der U-Bahn zu. »Sieh nur, Papa, da haben wir Glück gehabt. Professor Rossmann war schneller als wir und hat seine Tochter schon abgeholt.«

6 Die gleiche Musik hatte ihn zum zweiten Mal zu Judith geführt, ohne zu ahnen, dass er zu ihr ging. Im hallenden Korridor eines Madrider Bürogebäudes hatte eine ferne Melodie ihm mehrere Tage später die langsam verblassende Erinnerung zurückgebracht. Ein Gefühl von Vertrautheit anfangs, Klarinette und Klavier, deutlich zu hören, dann wieder verwehend, als hätte der Wind gedreht. Er schaute auf die nummerierten Bürotüren, hinter denen Telefone schrillten und hektisches Schreibmaschinengeklapper zu hören war, und er brauchte eine Weile, bis er herausfand, woher die Schwingungen unmittelbaren Wiedererkennens kamen. Das gleiche Lied hatte er gehört, einen Moment bevor er die Tür zum Veranstaltungssaal der Residencia geöffnet hatte, hinter der er Moreno Villa anzutreffen erwartete, an jenem Tag, dessen Datums er sich sicher war, weil es der Geburtstag seines Sohnes war.

Er hatte nicht einmal gewusst, dass sich dieses Lied in seinem Gedächtnis gehalten hatte. Jetzt wurde es ihm klar, als der zarte Schleier der Melodie die beiden Bilder, die er von Judith besaß, mit dem gegenwärtigen Augenblick verband und eine vage Hoffnung in ihm weckte, sie wiederzusehen. Obwohl er sie schon bei ihrer ersten Begegnung begehrt hatte, hatte er sie vergessen können. Bei der Besessenheit, mit der er sich zurzeit in seine Arbeit stürzte, waren seine Gemütslagen so flüchtig wie die Formen der Wolken am Himmel, und er neigte dazu, die einen so wenig wie die anderen zu beachten. Jenseits seines Zeichentisches und des großen Modells der Universitätsstadt, deren Replik auf der anderen Seite seines

Bürofensters allmählich Gestalt annahm, war die Außenwelt ein undeutliches Summen, das seine Ohren nicht betäubte, so wie eine Landschaft immer verschwommener am Abteilfenster vorüberhuscht, je schneller der Zug fährt. Politische Leidenschaften, die nie sehr tief in ihm wurzelten, waren mit den Jahren noch gemäßigter geworden, von Skepsis gedämpft, vom Misstrauen gegen große Gesten und kehlige Reden, gegen die spanischen Sturzbäche von Wörtern. Ebenso geistesabwesend, wie er die Schlagzeilen der Zeitung überflog oder beim Frühstück die Achtuhrnachrichten im Radio hörte, durchlief er seine wechselnden Stimmungen von Niedergeschlagenheit oder Ungeduld, vagem familiären Unbehagen, von schlechtem Gewissen ohne sichtbaren Grund oder von Verlangen ohne Gegenstand. Die Vielfalt seiner Aufgaben führte ihn von hier nach dort, und er fühlte sich in seiner Arbeit so wohl wie in seinem kleinen Fiat, mit dem er sich flink durch Madrid bewegte.

Das Gefühl des Hingezogenseins zu der ausländischen Frau, die sich im Profil durch den Lichtkegel des Projektors bewegt hatte, war ohne eigenes Dazutun schwächer geworden: das Erschauern, hervorgerufen durch eine fremdartige Gegenwart, die rein sinnlich war und zugleich gegenstandslos wie ein Versprechen, das sich nicht in ihren Bewegungen oder ihren Worten ausdrückte, sondern in ihrer ganzen Gestalt, in der alleinigen Tatsache, dass sie existierte, der Form ihres Gesichts, der Haarfarbe und der Farbe ihrer Augen, dem Klang der Stimme und etwas anderem noch, das nicht in ihr war – dem Versprechen eben auf all die unerfüllten und oft nicht einmal ausgesprochenen Begierden, die durch Judiths Nähe fühlbar wurden wie ein Klaps auf die Schulter oder der Klang einer Stimme, der einem die Ausdehnung eines großen dunklen Raums ins Bewusstsein rückt. In diesem Versprechen lag ein Stück Sehnsucht nach dem nie Geschehenen und vielleicht auch der vorauseilenden Niedergeschlagenheit ob dessen, was vermutlich nie geschehen würde; der eigenen Fähigkeit jugendlichen Verlangens sogar, das mit den Jahren abgestumpft war, obwohl er immer noch in heimlicher Erwartung Frauen anschaute, die ihm auf der Straße begegneten, sogar die Fotomodelle und Filmstars auf den Titelblättern der Zeitschriften, Schaufensterpuppen in gewagt sportlicher Kleidung für eine kommende Jahreszeit oder südliche Strände. Das Leben konnte nicht nur das sein, was er schon kannte. Etwas oder jemand würde in der Zukunft auf ihn warten, hinter der nächsten Straßenecke, in der beengten, schwankenden Straßenbahn, die er auf den im Sonnenlicht glänzenden, ins Straßenpflaster eingebetteten Schienen herankommen sah, oder hinter der Drehtür eines Cafés; etwas oder jemand im Nebel der Zukunft, morgen schon oder in der nächsten Minute. Er glaubte nicht mehr und wartete dennoch; Glaubensverlust oder -verfall schlossen die Erwartung des Wunders nicht aus.

Etwas würde kommen und alles auf den Kopf stellen; die Planung eines Gebäudes, das keinem anderen gliche, dessen Struktur und ästhetischer Reiz noch beseelter, noch erhabener sein würden als das, was er in einem knappen Jahr in Deutschland hatte aufscheinen sehen, fast hatte berühren können, in einer Zeit, die ihm als der Beginn des eigentlichen Lebens erschienen und doch nur ein mit den Jahren verblassendes Zwischenspiel gewesen war, das verspätete Ende seiner Jugend. Wie sie da, schlank, souverän, fremdländisch, in einer Gruppe von Männern stand und sich mit einer Selbstverständlichkeit unterhielt, die bei einer spanischen Frau kaum denkbar war, hatte er Judith Biely vielleicht besonders anziehend empfunden, weil sie ihn an die jungen Frauen in Berlin und Weimar erinnerte, die abends in Grüppchen aus Geschäften und Büros auf die Straße strömten, Sekretärinnen, Verkäuferinnen, die im Vorübergehen einen Geruch von Rouge und hellem Tabak hinter sich ließen, die Hüte bis zu den Augen hinuntergezogen, in leichten Sommerkleidern und mit elastischen Schritten zwischen Autos und Straßenbahnen kühn die

Straße überquerend. Am meisten erregte ihn diese in Spanien nie gesehene Ungezwungenheit; sie reizte und verschüchterte ihn gleichermaßen.

Mit seinen etwas über dreißig Jahren, als Familienvater und Architekt, der von der Regierung ein Stipendium bekommen hatte, um sich ein Jahr lang im Ausland fortzubilden, der sich auf spanische Art stets dunkel kleidete, weckten die Frauen auf der Straße und in den Cafés, die mit kurzen Röcken, übereinandergeschlagenen Beinen und rot geschminkten Lippen dort saßen und rauchten und tranken und sich so lebhaft unterhielten, dass ihre glatten Bubikopffrisuren wippten, in ihm eine Art von Erregung und Furcht, wie er sie in der Pubertät erlebt hatte. Das sexuelle Verlangen war von begeistertem Lernen und zitterndem Entdecken nicht mehr zu unterscheiden: die nächtlichen Lichter, das Rattern der Bahnen, die Lust, eine neue Sprache immer besser zu beherrschen, sodass er das Gefühl hatte, seine Ohren und Augen öffneten sich genau wie der von all den unausweichlichen Reizen überflutete Verstand, und so zu einer Identität zu finden, die nicht mehr ganz die beschwerliche eigene war, sondern leichter, wie sein ganzer Körper, wenn er morgens aus dem Haus ging, bereit, alles in sich aufzunehmen, sich ganz dem lärmenden Berlin hinzugeben oder der beschaulichen Stille Weimars mit seinen baumbestandenen Straßen, über die er mit dem Rad zur Schule fuhr und sich am Schnurren der Reifen auf dem Straßenpflaster erfreute, an der leichten Brise, die ihm frisch ins Gesicht wehte. In den heizungslosen Hörsälen des Bauhauses war fast die Hälfte der Studierenden Frauen, alle viel jünger als er. Auf einer Party hatte eine von ihnen, die Mitzi hieß, ihm einen Zungenkuss gegeben und in seinem Mund einen Nachgeschmack von Alkohol und Tabak hinterlassen. Hinterher kam sie heimlich mit in sein Pensionszimmer, und als er sich umdrehte, nachdem er das Buch gefunden hatte, das er ihr ausleihen wollte, hatte sie nackt auf dem Bett gelegen, schmal und zerbrechlich, sehr hellhäutig und vor Kälte zitternd. Noch nie hatte sich eine Frau auf diese Weise vor ihm entblößt. Nie zuvor war er mit einer so jungen Frau zusammen gewesen, die mit einer solch zartfühlenden und zugleich obszönen Natürlichkeit die Initiative ergriffen hatte. Unter der Bettdecke schien sie in seinen Armen zu vergehen, war so offen und saftvoll für ihn wie ihr Mund ein paar Stunden vorher auf dem Fest.

Sie sagte, sie entstamme einer großen verarmten Familie aus Ungarn. Er verständigte sich mit ihr in einem Radebrechen aus Deutsch und Französisch, und er hörte sie unverständliche Worte auf Ungarisch murmeln, die ihm wie phonetische Feuerfunken ins Ohr stoben. Sie hatte angefangen, Architektur zu studieren, doch an der Schule hatte sie festgestellt, dass die Fotografie sie viel mehr interessierte. In der Natur und im Alltagsleben suchte sie die abstrakten visuellen Formen, die zu sehen ihr Landsmann Moholy-Nagy sie gelehrt hatte, der auch ihr Liebhaber war oder gewesen war.

Sie liebte mit offenen Augen und einer Hingabe, als sei sie bei einem Menschenopfer Hohepriesterin und Opfergabe zugleich. Wenn sie selbst aktiv wurde, bäumte und streckte sie sich wie in einer methodischen Trance, die etwas von Zerstreutheit und sogar Teilnahmslosigkeit hatte. Hinterher zündete sie sich eine Zigarette an und rauchte sie ausgestreckt auf dem Bett liegend, die Beine gespreizt, ein Knie angewinkelt, und er brauchte sie bloß anzusehen, um gleich wieder vor Begierde zu vergehen. Die angebliche ungarische Exgräfin oder Exmarquise wohnte in einem Souterrain, in dem es nur eine Matratze und einen offenen Koffer mit ihrer Wäsche gab, und darüber ein Waschbecken und einen Spiegel. In einer Ecke des Zimmers köchelte auf einem pompösen Porzellanstövchen, das selten eine nur halbwegs annehmbare Wärme verströmte, ein Topf mit Kartoffeln. Ohne Salz, ohne Butter, ohne alles, nur gekochte Kartoffeln, von denen sie sich auf anarchische Weise ernährte, am Tag oder in der Nacht, die sie auf eine Gabel spießte und daraufblies, bis sie genügend abgekühlt waren, um hineinbeißen und sie kauen zu können. Er erinnerte sich an sie auf der Matratze sitzend, seinen Mantel über ihren mageren Schultern, ungekämmt, mit einer Zigarette in der Hand sich über den Topf beugend und mit der anderen Hand eine Kartoffel aufspießend, die sie vor Wonne gurrend verzehrte.

Was Ignacio Abel am meisten an ihr störte, war das Fehlen noch der geringsten Spur von Scham. Als er am ersten Abend das Licht ausmachen wollte, hatte sie laut aufgelacht. Jahrelang lag er in schlaflosen Nächten erregt, doch ohne Trost neben dem breiten, schlafenden Körper Adelas und dachte an das betrunkene Lachen, das manchmal in Mitzis Augen glänzte, wenn sie den Kopf zwischen seinen Schenkeln hochhob, um nach Luft zu schnappen oder in seinem Gesicht die Wirkung dessen zu beobachten, was sie ihm mit ihrer Zunge machte und den schmalen Lippen, auf denen das Rot des Lippenstifts verwischt war; etwas, das keine Frau ihm bisher gemacht hatte und was ihm auch in Zukunft nicht mehr zustoßen würde, während sie es mit derselben Hingabe und Selbstverständlichkeit nicht nur mit ihrem Fotografieprofessor machte, sondern auch mit anderen Bauhausschülern, wie er in einem jähen Anflug derber spanischer Eifersucht festgestellt hatte. Von einem Tag auf den anderen verschwand Mitzi dann, und er suchte sie, beleidigt und lächerlich gemacht, verletzt vor allem von dem Staunen und verhaltenen Spott, mit dem sie sich seine in unbeholfenem Deutsch vorgetragenen Klagen eines altmodischen, gekränkten Liebhabers anhörte. Niemand hatte einen Anspruch auf sie. Hatte sie irgendwelche Bedingungen gestellt? Hatte sie etwa von ihm verlangt, das Foto von seiner Frau und seinen Kindern, das auf dem Nachttisch stand, umzudrehen? Warum war er sich so sicher, sie allein befriedigen zu können? Indem er sie einzufangen suchte, war sie ihm entglitten, seiner groben männlichen Umarmung entwischt wie ein gelenkiger, schweißglänzender Körper, wie eine Taucherin, die sich mit einem Flossenschlag von einer Schlingpflanze befreit, die sich um ihr Bein zu wickeln droht. Vielleicht schlief Mitzi mit anderen Männern, weil sie hin und wieder in weniger ungastlichen Zimmern als dem ihren übernachten oder einmal etwas anderes als Kartoffeln essen wollte, oder weil sie weniger verpesteten Tabak rauchen wollte als den der Zigaretten, die sie von Kriegsveteranen mit einem Arm oder einem Bein oder einem halben Gesicht gekauft hatte, die diese sich aus den Krümeln von auf der Straße aufgelesenen Kippen zusammendrehten.

Vielleicht hatte sie nur deshalb mit ihm geschlafen, weil er riesige Geldscheine von Millionen von Mark in der Hand hatte, wenn er ein paar Franken seines bescheidenen spanischen Stipendiums umwechselte. Der Hunger trieb die kollektiven Wahnbilder zu unwirklicher Größe, ließ die Leuchtreklamen in der Nacht noch heller glänzen und die Halsketten der Damen wie Kaskaden glitzern, die vor Luxusrestaurants aus schwarzen gondellangen Limousinen stiegen. Eine schwüle Erotik lag in der Luft, die Ignacio Abel in einer Art pausenloser Brunft vorwärtstrieb, wenn er allein war und durch die Viertel mit den Cabarets und Bordellen irrte, aus denen Fetzen kreischender Musik nach draußen drangen und grelle Lichtflecke, rote, grüne, blaue, manchmal vom Nebel verschummert, auf die Straße fielen. Frauen mit platinblonden Mähnen und langen, trotz der Kälte entblößten Beinen stellten sich, wenn er abgewandten Blicks und die eindeutigen Angebote ignorierend an ihnen vorbeiging, als Männer mit schattigem Kinn und rauer Stimme heraus. Um zwei oder drei Uhr morgens klopfte er an das kleine Fenster des Souterrainappartements, in dem sie wohnte, und liebkoste sie und spreizte sie im Dunkeln und wusste nie, ob sie ganz wach war oder noch im Schlaf stöhnte und Worte flüsterte und lachte, wenn sie mit ihren mageren, elastischen Schenkeln seine Taille umfing. Danach lag er neben ihr, starr und erschrocken über sich selbst und seine jetzt besänftigte Raserei, bedrückt von einem katholisch schlechten Gewissen.

Doch manchmal suchte er sie auf und fand sie nicht vor oder, schlimmer noch, sah Licht hinter dem schmutzigen Fensterchen, klopfte mit den Fingerknöcheln dagegen und erhielt keine Antwort und spürte den körperlichen Schmerz der Gewissheit, dass sie mit einem anderen Mann im Bett lag, beide stumm auf den Schatten am Fenster starrten und sie spöttisch lächelnd den Zeigefinger auf die geschminkten Lippen legte. Ignacio Abel empfand nie wieder etwas, das dieser körperlichen Erschütterung nahekam, und er vergaß keine ihrer Einzelheiten. Er teilte sich niemandem mit, blieb stumm, wenn es in Männergesprächen um sexuelle Abenteuer ging. Erst mehrere Jahre nach seiner Rückkehr aus Deutschland sah er seinen Wahn in einem Film von Buñuel widergespiegelt, der unter großer Verlegenheit der Damen in einem kleinen Saal des Lyzeumsclubs gezeigt wurde: Eine junge Frau, in der er ohne Mühe seine ungarische Geliebte wiedererkennen konnte, lutschte lüstern den Fuß einer Marmorstatue; die beiden Liebenden suchten sich, und wenn sie sich fanden, wurden sie sogleich wieder getrennt und verfolgt, und sie begehrten einander so sehr, dass sie sich in die Arme fielen und auf der Erde wälzten, ohne sich um die empörte Menge ringsum zu kümmern.

Er war im Frühsommer 1924 nach Madrid zurückgekommen, und alle Menschen und Dinge schienen an dem Punkt stehen geblieben zu sein, an dem er sie vor einem Jahr verlassen hatte. Sogar sein altes Gemüt erwartete ihn wie ein im Schrank hängender, aus der Mode gekommener Anzug. Wie einer, der aus einem Rausch erwacht, erkannte er, dass Deutschland ein Fiebertraum aus kollektivem Wahn und Erwarten gewesen war. Kaum hatte er die Grenze überquert, Zivilgardisten mit finsteren Armeleutegesichtern unter ihren Dreispitzen seinen Pass gezeigt und einen spanischen Zug bestiegen, wurde aus der Überreizung der Sinne eine dumpfe Niedergeschlagenheit. Seine einzige Kraft bezog er aus dem Koffer voller Bücher und Zeitschriften, den er wie einen Grabstein durch halb Europa geschleppt hatte und die in den sich ankündigenden Jahren intellektueller Dürre seine geistige Nahrung sein würden. In Madrid herrschte eine Hitze wie in der Wüste, und die Straßen der Innenstadt waren von der langsamen, barocken Fronleichnamsprozession verstopft: Domherren unter schweren Messgewändern, die Kreuze in die Höhe hoben und reich verzierte silberne Weihrauchkessel schwangen; Frauen mit schwarzen Schultertüchern und afrikanischen Schleiern vor den Mündern (unter ihnen seine eigene Schwiegermutter, Doña Cecilia, und die ledigen Schwestern seines Schwiegervaters, Don Francisco de Asís); Soldaten in Galauniform, die vor der Monstranz ihre Waffen präsentierten. Er betrat seine Wohnung, und die Luft roch schwer nach dem Muskelöl, mit dem Adelas Vater sich einrieb, und nach der Knoblauchsuppe, über die er sich mit Vorliebe hermachte, wenn er bei seiner ältesten Tochter aß, bei der sich die Eltern während der Abwesenheit des Ehemannes fast ständig aufgehalten hatten. Miguel weinte pausenlos mit hochrotem Kopf, und Adela zählte die Symptome einer möglichen Darminfektion auf, als trüge Ignacio Abel oder seine Abwesenheit die eigentliche Schuld daran. Die Tochter, die schon vier war, hatte sich erschrocken in die Arme der Mutter geflüchtet, als sie den hochgewachsenen fremden Mann erblickte, der zwei riesige Koffer in der Diele abstellte und mit ausgebreiteten Armen durch den Flur auf sie zukam.

Nach so langer Zeit suchte er nun immer noch, wartete wie damals auf etwas, von dem er nicht wusste, was es war, was unterschwellig jedoch an seinem Gewissen nagte, es destabilisierte und ihn nicht wirklich zur Ruhe kommen ließ, Zweifel und Misstrauen an der sichtbaren Zufriedenheit über das bisher Erreichte in ihm weckte. In deutschen oder französischen Illustrierten sah er ab und zu neuere Fotos von seiner damaligen Geliebten, abgedruckt unter einem kurzen, klangvollen Pseudonym. Er dachte ohne Betrübnis über die wahrscheinliche Asymmetrie der Erinnerung nach: Was für ihn so wichtig gewesen war, würde für sie ohne Bedeutung sein. Die Zeit hatte der männlichen Eifersucht die Lächerlichkeit genommen, geblieben war eine heimliche Dankbarkeit. Eine jugendliche Gewohnheit seiner Seele ließ ihn immer noch suchen, war mittlerweile zu einem von den Erwartungen an die Wirklichkeit losgelösten Charakterzug geworden, der mit seiner Verfestigung auch flacher geworden war, keinen Platz mehr ließ für Risiken, aber auch nicht für Überraschungen – wie ein Projekt, das bei seiner Realisierung sichtbare, nutzbringende Gestalt annimmt und gleichzeitig das Neue und Schöne verliert, welches es zu Beginn so unwiderstehlich machte, als es noch eine Skizze war, ein Spiel von Linien auf dem Blatt eines Zeichenblocks oder, früher noch, nur der Blitz einer Eingebung, eine leere Fläche, auf der erst sehr viel später mit den Ausschachtungen für die Fundamente begonnen würde. Irgendwie war das Ende immer enttäuschend; ein Bau wurde fertiggestellt, und das Beste, was daraus hätte werden können, war nie zu sehen.

Vielleicht hatte seine Intelligenz an Schärfe verloren, so wie auch sein Sehvermögen nachgelassen hatte und seine Bewegungen unbeholfener geworden waren, sein Körper schwerer und klobiger, schon lange nicht mehr von wirklichem Verlangen durchzuckt. Die Spannung des Wartens hielt zwar unverändert an, doch würde das, was in der Zukunft auf ihn wartete, wahrscheinlich kaum mehr sein als das, was er in der Vergangenheit erlebt hatte. Die Erregung des Unbekannten, das Gefühl von unbegrenzter Möglichkeit würde er wohl nie wieder so empfinden wie während der in der Erinnerung so leuchtenden und so kurzen Zeit, die er in Deutschland verbracht hatte. Talent und Ehrgeiz wohnten jetzt in seinem Büro. An seinem Privatleben hatte er eher gedankenlos teilgenommen, wie jemand, der die niederen Ausführungen einer komplizierten Aufgabe an andere delegiert. Fast ohne fremde Hilfe – nur mit der seiner kämpferischen, analphabetischen Mutter, seines zu früh verstorbenen Vaters und dessen nie ausgesprochenen, dennoch umsichtig und tatkräftig verfolgten Willens, dem Sohn eine weniger harte Zukunft als die eigene zu ermöglichen – etwas aus sich zu machen, zuerst das Abitur und dann das Architekturstudium, währenddessen zu leben wie ein fanatischer Asket, hatte ein Maß an Kraft und Konzentration von ihm verlangt, dass ihm der Rest seines Lebens vorkam wie ein träger Traum. Nachdem er den Titel erworben und die erste Stelle angetreten hatte, konnte die jederzeitige Erfüllung dessen, was man von ihm verlangte oder erwartete, kaum mehr als Anstrengung bezeichnet werden, und er brauchte nicht mehr zu tun, als sich mit strategischem Gespür in eine vage Richtung von beruflichem Ansehen treiben zu lassen.

Vielleicht hatte er Adela, als sie beide jung waren, mehr gemocht, als es ihm jetzt in Erinnerung war. Die Zeit der Verlobung, die Ehe, die Kinder, zuerst das Mädchen und dann der Junge, alles in schicklichen Abständen; mit einer Mischung aus Berechnung und innerlichem Widerwillen hatte er sich den Regeln von Adelas Familie unterworfen, an den Taufen und Firmungen seiner Kinder und anderen kirchlichen Riten teilgenommen, zahllose Familienfeiern durchgestanden, Hochzeiten, Namenstage, Weihnachtsessen und Neujahrsessen, alles mit wohlerzogener Haltung, doch jedes Mal ein wenig abwesender. Man akzeptierte dieses Verhalten als Beweis seiner Eigenheit, vielleicht seines Talents, möglicherweise auch als einen Überrest von Gewöhnlichkeit, der seiner plebejischen

Herkunft zuzuschreiben war, die zwar niemand je erwähnte, aber auch niemand je vergaß. Obwohl er der Sohn einer Pförtnerin aus der Calle Toledo und eines Maurers war, der es zu etwas gebracht hatte, hatten sie den Großmut besessen, ihn als einen der Ihren anzunehmen, hatten ihm das vorzüglichste (wenngleich schon leicht verblühte) Kind dieser mustergültigen Familie überantwortet und ihm den Zugang zu einer Karriere geebnet, die ihm sonst verschlossen geblieben wäre, so viele akademische Meriten, Auszeichnungen und Diplome er auch vorzuweisen gehabt hätte. Man erwartete von ihm, dass er seinen Verpflichtungen nachkam, dass er ohne Verzug und für den Rest seines Lebens die beachtlichen Zinsen seiner Schuld aufbrachte: gesellschaftlich tadelloses Verhalten, sichtbarer ehelicher Eifer, baldige Vaterschaft, nutzbringenden und glanzvollen Einsatz seiner – anfangs ja nur theoretisch vorhandenen – Fähigkeiten, deretwegen man ihn ohne allzu große Vorbehalte in eine Klasse aufgenommen hatte, der er von Hause aus nicht angehörte.

Diese Rolle spielte er jahrelang so aufrecht und ohne sichtbare Mühe, dass er darüber fast vergaß, dass auch ein anderes Leben möglich gewesen wäre. Enttäuschung und Anpassung gehörten bald ebenso zu seinem Wesen wie eine tiefe Gleichgültigkeit gegenüber allem, was sich jenseits der Sphäre einsamer intellektueller Begeisterung abspielte, die er in seinem beruflichen Dasein fand. Überdruss ohne Drama, Sex ohne Verlangen sowie die geteilte und übertriebene Sorge um die Kinder bestimmten sein Eheleben. Gelassen nahm er hin, dass seine Geistesabwesenheit und Lauheit, aus denen zunehmend Gleichgültigkeit wurde, Adela nicht nur nicht störte, sondern sogar erleichterte, war sie doch immer schon eine Frau gewesen, die sich ihrer selbst unsicher schien und sich ihres Körpers schämte und ansonsten der Überzeugung anhing, Männer hätten frühmorgens aus dem Haus zu gehen, spätabends wiederzukommen und die Zwischenzeit mit rätselhaftem Tun zu verbringen, dessen einzig interessierendes Ergebnis das Wohlergehen der Familie war. Der Gedanke, Prostituierte aufzusuchen, hatte ihm nicht behagt, selbst wenn er die fraglosen hygienischen Aspekte hätte ignorieren können, die andere Männer zu seiner Überraschung keineswegs zurückhielten.

Was er in einem Zimmerchen in Weimar mit einer zielstrebigen jungen Frau erlebt hatte, die sich nackt und zitternd an ihn geklammert und ihm lächelnd in die Augen geschaut hatte, während er sich rhythmisch auf ihr bewegte und sich dem erfahrenen Schwung ihrer Hüften anpasste, das würde er ebenso unwiderruflich kein zweites Mal erleben, wie er auch seine Jugend nicht noch einmal erleben würde. Er hatte zwar einen aufmerksamen Blick für alle Frauen, doch selten fühlte er sich von einer wirklich angezogen oder drehte sich um, wenn sie vorbeigegangen war, und schaute ihr nach. Er nahm an, dass mit dem Alter das körperliche Verlangen ebenso nachlassen würde wie der fiebrige Ehrgeiz der Fantasie. Eine unbekannte Amerikanerin hatte ihm für einige Minuten sehr gefallen, er hatte ein paar Worte mit ihr gewechselt und sich dann im Dunkel des Taxis genüsslich an sie erinnert, während Adela an seiner Seite mit einem feindseligen Ton in der Stimme auf ihn einredete, als ahnte sie, als hätte sie im Blick ihres Mannes ein Aufleuchten erkennen können, das sie seit vielen Jahren nicht mehr gesehen hatte, so wie der Tochter der enge Rock und der Haarschnitt und der Akzent aufgefallen war, mit dem die Ausländerin Spanisch sprach und der so ganz anders klang als die schweren deutschen Konsonanten des Fräuleins Rossmann.

Als er in der Nacht still neben seiner Frau lag, hatte er wieder an sie gedacht, hatte sich die Einzelheiten ihres Gesichts in Erinnerung zu rufen versucht – Andeutungen von Sommersprossen auf ihrer Nase, strahlende Augen hinter einer Haarsträhne, die er unvernünftigerweise mit dem Finger zur Seite zu streichen versucht gewesen war –, was zu einem unbezweifelbaren Ansatz von körperlicher Erregung geführt hatte, die aber schnell wieder abgeklungen war; ein Flämmchen, genährt vom dürftigen Material erwachsener Fantasie. Am nächsten Tag hatte er in seinem Büro in der Universitätsstadt – auf dem Zeichentisch lag die aufgeschlagene Zeitung mit einem Bericht über seinen Vortrag, mit einem sehr dunklen Foto, auf dem sein Gesicht kaum zu erkennen war – eine telefonische Verbindung zu Moreno Villa zu bekommen versucht, während er sich den Vorwand für ein Gespräch ausdachte, das er mühelos auf Judith Biely würde lenken können. Doch unentschlossen, die Telefonistin mitten im Wort unterbrechend, hatte er wieder aufgelegt. Für solche Ränke fehlte ihm die Übung. Danach ergab sich keine Gelegenheit mehr, den Anruf zu wiederholen, und auch nicht für den vagen Vorsatz, unter irgendeinem Vorwand zur Residencia zu gehen, in der kindischen Hoffnung, sie dort anzutreffen.

Die Tage vergehen, die Möglichkeit von etwas, das beinahe geschehen wäre, zerläuft wie ein mit dem Finger gemalter Strich auf einer beschlagenen Scheibe. Ignacio Abel hätte Judith Biely niemals wiedersehen können, und keiner von ihnen hätte mehr an den anderen gedacht, beide hätten sich in den Labyrinthen ihres Lebens voneinander entfernt. Jetzt schritt er durch einen Korridor im zehnten Stock eines neuen Bürogebäudes auf der Gran Vía – im dunklen Doppelreiher, den Hut in der Hand, das grau melierte Haar flach an die Schläfen gekämmt, mit dem zerstreuten, doch energischen Gestus dessen, der nicht viel zu fürchten hat, aber auch nicht mehr erhofft als das, was ihm zusteht. Durch die zu erwartenden Geräusche von Schritten, den klappernden Absätzen von Sekretärinnen, Fetzen von Werbung aus Radioapparaten, Telefonklingeln und Schreibmaschinengeklapper hinter Türen mit Milchglasfenstern hörte er nun deutlicher die Musik, die er schon vernommen hatte, als er aus dem Fahrstuhl getreten war. Das Lied ließ ihn an Judith Biely denken, noch bevor er wusste, dass es ihn zu ihr führen würde. Er erinnerte sich an ihren Vornamen, aber nicht mehr an ihren Familiennamen; an die Sonne, die durch ein Westfenster hereinfiel, als sie den Kopf wandte, ohne ganz mit dem Klavierspiel aufzuhören; an Negrín, der sagte, dieser Name sei oder klinge russisch. Der lautlose Fahrstuhl hatte ihn schnell in einen großen Vorraum mit glänzendem Fußboden befördert, mit Wänden aus Glasbausteinen, die das Licht eines großen Innenhofs hereinließen. Der Fahrstuhlführer legte die Hand an die Mütze, als er zur Seite trat, um ihn durchzulassen. Es roch vielversprechend nach frisch vollendetem Neubau, nach Lacken und Farben und frischem Holz. Sogar die Schritte hallten wie in einem Raum, der noch nicht ganz in Beschlag genommen ist, dessen Wände noch nackt sind und ein helles Echo werfen.

Die Musik war hinter einer der nummerierten Türen des Korridors, auf dem Ignacio Abel nach dem Namensschild des Mannes suchte, der ihn eingeladen hatte; eine herzliche Stimme mit starkem amerikanischen Akzent, zwei oder drei Tage nach seinem Vortrag am Telefon, um ihm irgendetwas vorzuschlagen. »Sie wissen nicht, wer ich bin, aber ich weiß viel über Sie. Ich kenne und bewundere Ihre Arbeit. Wir haben gemeinsame Freunde. Dr. Negrín war so freundlich, mir Ihre Nummer zu geben. Er hat Sie mir vorgeschlagen.« Er hatte aus Neugier eingewilligt, weil er der Schmeichelei nicht widerstehen konnte und weil er an diesem Freitagnachmittag allein in Madrid war. Adela und die Kinder waren zum Wochenendhaus in den Bergen gefahren, um eines der großen Familienfeste vorzubereiten, den Namenstag ihres Vaters, Don Francisco de Asís.

Ignacio Abel hatte damit gerechnet, in ein Büro bestellt zu werden. In diesem Gebäude gab es eine Menge davon, von ausländischen Firmen, Filmproduktions- und -vertriebsgesellschaften, Reisebüros und Reedereien. Schreibmaschinengeklapper und Telefonklingeln drang in Wellen an sein Ohr, wie wenn eine Tür geöffnet und wieder geschlossen wird und für einen Moment das Prasseln des Regens zu hören ist. Junge Sekretärinnen kamen ihm entgegen, geschminkt und leichtfüßig wie jene, die er vor zehn Jahren in Deutschland gesehen hatte: uniformierte Pagen, Telegrammboten, Angestellte mit Aktenmappen unter dem Arm, Arbeiter bei den letzten Installationen. Ihm gefiel diese Aktivität, der Eindruck von dringenden Aufgaben, der so ganz anders war als die lethargische Trägheit in den Ämtern und Ministerien, in denen er manchmal zu tun hatte, wenn es um Angelegenheiten der Universitätsstadt ging, um verzögerte Zahlungsanweisungen, Formalitäten, die nicht erledigt wurden, weil eine Unterschrift fehlte oder eine Wertmarke, das violette Oval eines Stempels oder das mittelalterliche Rot eines Siegels auf einem Dokument.

Von außen wirkte das Gebäude edel, wie so viele Neubauten in Madrid, aber es war verwinkelt und schwülstig, mit Säulen und Simsen, die nichts trugen, und steinernen Balkonen, auf denen nie jemand stehen würde, mit Verzierungen aus Gips, deren einziger Zweck darin bestand, so schnell wie möglich den Dreck der Tauben und den Ruß von Heizungen und Autoabgasen aufzunehmen. Die Innenräume jedoch waren hell, rechtwinklig und klar gegliedert, arithmetische Sequenzen, die sich vor ihm auftaten, je weiter er voranschritt und sich der Tür näherte, von der die Musik kam, die kein Milchglasfenster und kein Firmenschild hatte, sondern eine diskrete Plakette mit einem Namen in kursiven Lettern: *P. W. Van Doren.*

Er erkannte das Lied im selben Moment, als ihm der vergessene musikalische Nachname wieder einfiel, Biely. Und gleich darauf, als die Tür aufging, sah er sie ganz unvorbereitet vor sich, als wäre ihre Anwesenheit aus der Musik und dem plötzlich erinnerten Namen hervorgegangen. Statt in einem Büro fand er sich auf einer Art Party wieder, die zu dieser frühen Stunde, noch während der Arbeitszeit, irgendwie fehl am Platz wirkte. Er hatte das Gefühl, beim Überschreiten der Türschwelle einen Raum zu betreten, der nicht die Fortsetzung des Korridors war, der ihn bis dorthin geführt hatte. Der Raum wirkte nicht spanisch, nicht einmal ganz und gar wirklich: ein großer Saal mit weißen Wänden und abstrakter Einrichtung, wie das Interieur eines modernen Films. Auch die Personen, die Gäste, hatten etwas von Darstellern, die sich, in kleinen Gruppen arrangiert, in mehreren Sprachen unterhielten und über die Tiefe des Raums verteilt waren, wie um eine Szenerie überzeugend auszufüllen.

Unerwartet, gleich wiedererkannt, ein fleischliches Wesen unter den Figuren, die die Anwesenheit des neu Hinzugekommenen nicht wahrnahmen – nicht weil sie so taten, als sähen sie ihn nicht, sondern weil sie sich auf einer anderen Realitätsebene bewegten –, erblickte Judith ihn, sobald er eingetreten war, und winkte ihm einen Gruß zu. Sie stand neben dem Grammofon vor einem großen Fenster, hinter dem ein provinzielles Madrid mit Ziegeldächern, Glockentürmen und Kirchenkuppeln zu sehen war, hielt eine glänzende Schallplatte in der Hand und wiegte den Kopf zum Rhythmus der Musik, verloren unter Fremden auch sie, was er in dem Moment allerdings noch nicht erkannte. Klarinette und Piano, Benny Goodman begleitete Teddy Wilson auf einer Platte, die erst wenige Wochen zuvor in New York aufgenommen worden war. Sie hatte sie in einem Anfall von amerikanischer Nostalgie in einem Musikgeschäft in Paris gekauft, im Frühsommer, als sie noch nicht wusste, dass sie im September nach Madrid reisen würde, als Spanien für sie noch das erträumte Land war, das sie nur aus Büchern kannte, unwirklich und so in den Bildern ihrer Jugend verankert wie die Schatzinsel oder Sancho Pansas Insel Barataria.

Das schwarz gekleidete Dienstmädchen mit der weißen Haube, das Ignacio Abel die Tür geöffnet hatte, nahm seinen Hut und Regenschirm und entfernte sich lautlos. Mit raschem, fachmännischem Blick erfasste er die Ausmaße des Raums sowie die Qualität und Anordnung der Einrichtungsgegenstände, identifizierte die Maler der Bilder und die Hersteller der Möbel, fast ausschließlich Deutsche oder Franzosen der letzten zehn Jahre, bis auf einen berühmten Wiener der Jahrhundertwende. Alles wirkte ein wenig zu arrangiert, die Unordnung allzu dosiert, glänzend wie Fotopapier, wie die Titelseiten von internationalen Hochglanzillustrierten. Ein junger Kellner mit brillantineglänzendem Haar bot ihm ein Glas mit einer durchsichtigen Flüssigkeit an, die nach geeistem Gin roch, auf einem kleinen Tablett Kanapees mit frischer Butter und Kaviar. Es schien endlos zu dauern, bis Judith zu ihm kam, sich einen Weg gebahnt hatte durch Grüppchen von Gästen, die sich ihr öffneten, ohne sie zu sehen, oder die sie umging, geleitet allein von der Melodie, die sie auf dem Klavier in der Residencia versonnen vor sich hin gespielt hatte, immer wirklicher und aufregender, je näher sie kam in ihrer schlichten weißen Bluse und der weiten Hose und ihm schließlich mit männlicher Ungezwungenheit die Hand gab. Eine warme Hand mit schmalen Fingern und zarten Gliedern, die er fühlen konnte, als er sie drückte, einen Moment in der seinen hielt, und der Moment sich hinzog, ohne dass einer von ihnen etwas unternahm, einer vom anderen etwas wusste, beide wieder allein im Gesumm unsichtbarer Menschen, genau wie vor einigen Abenden in der Residencia.

Als Ignacio Abel ihren Blick auf sich fühlte, wurde ihm voller Unbehagen das eigene Aussehen bewusst, viel zu streng und viel zu spanisch in dieser Umgebung, unter all den jüngeren, genau wie Judith leger gekleideten Menschen mit eng anliegenden Pullovern, bunten Krawatten, karierten Hosen und zweifarbigen Schuhen. Aus dem Stimmengewirr und

Klingen von Gläsern stieg hin und wieder Gelächter auf, der Ausruf einer amerikanischen Stimme.

»Der Mann, der keinen Stierkampf mag«, sagte Judith. »Ich freue mich, Sie wiederzusehen unter all diesen Fremden.«

»Ich dachte, das wären alles Landsleute von Ihnen.«

»In meinem Land hätte ich aber mit keinem von ihnen zu tun gehabt.«

»Man ist nicht derselbe, wenn man im Ausland ist.«

»Wie sind Sie, wenn Sie nicht in Spanien sind?« Judith schaute ihn über den Rand ihres Glases an, das sie vor den Lippen hielt.

»Das weiß ich kaum noch. Ich bin schon so lange nicht mehr verreist.«

»Sie sagen das mit Wehmut. Bei Ihrem Vortrag hat Ihr Gesicht aufgeleuchtet, als sie Fotos moderner Gebäude in Deutschland zeigten.«

»Ich hoffe, Sie haben sich nicht allzu sehr gelangweilt.« Der Alkohol, an den er nicht gewöhnt war, verursachte ihm bei jedem Schluck ein Brennen in der Brust. Der Geruch des Gins vermischte sich mit dem Parfüm oder der Seife, die Judith benutzte. Das körperliche Verlangen, das ihre Nähe hervorrief, war neu für ihn, so unmittelbar wie der aromatische Alkohol in seinem Blut, und es rief eine ähnliche Verwirrung hervor. Nach über zehn Jahren wachte er auf, sah ungläubig, wie lange er geschlafen und nichts von seinem Traumwandel gemerkt hatte.

»*Now you're fishing for compliments.*« Judith war unwillkürlich ins Englische verfallen und lachte ob ihrer sprachlichen Verwirrung. Sie betupfte ihre Lippen mit einer kleinen Serviette, ihr Lachen und vielleicht auch ihre Bemerkung reuten sie jetzt. »Sie wissen genau, dass sich niemand gelangweilt hat.«

Sie erschien ihm noch begehrenswerter als in seiner Erinnerung. Die genaue Farbe ihrer Augen, darin das Aufblitzen ironischer, stets wachsamer Intelligenz, das dichte Haar, das sich im rechten Winkel an ihre Wangen schmiegte und sie streichelte, wenn sie den Kopf bewegte, den lichten Klang ihrer Stimme, wenn sie Spanisch sprach – all das hatte er nicht im Gedächtnis zu halten gewusst. Und ihre Begeisterung machte sie noch schöner. Sie war seit einem Monat in Madrid und brachte der Stadt die ganze Inbrunst einer unerwarteten Liebe entgegen. Sie gehörte zu jenen fantasiebegabten Menschen, die ohne Vorbehalt genießen können und dankbar für alles Neue sind, die dem Unbekannten ohne den Schatten eines Argwohns begegnen. Als er sich an diesem Nachmittag mit ihr unterhielt, verglich Ignacio Abel sie mit Lita in deren Balance zwischen dem unbedingten Willen, etwas zu lernen, und einer unbekümmerten Bereitschaft, auch die Gaben des Unvorhergesehenen anzunehmen, das Leben auf heitere Weise so zu nehmen, wie es kam. Sie war zwei Jahre lang durch Europa gereist und hatte als Abschluss einen sechsmonatigen Aufenthalt in Spanien geplant. Doch dann hatte eine ehemalige Kommilitonin von der Columbia University, die Judith vor einigen Jahren ohne Abschluss verlassen hatte, sie im Frühsommer angerufen und ihr mitgeteilt, sie sei erkrankt und nicht in der Lage, eine Studiengruppe zu begleiten, mit der sie ein Austauschsemester in Madrid verbringen wollte. Wie viele kleine Zufälle zusammenkommen mussten, um ein Leben in eine entscheidende Richtung zu lenken!

Seit Anfang September und entgegen aller vorherigen Erwartungen war Judith Biely nun Lehrerin und wohnte, bis ein Zimmer im Mädchenwohnheim frei wurde, in einer Pension, in einem kargen, hellen Zimmerchen mit Ausblick auf die Plaza de Santa Ana. Sie vervollkommnete ihr Spanisch, das sie als Kind zu lernen begonnen hatte, seit ihr eine Schulbuchausgabe der *Erzählungen von der Alhambra* in die Hände gefallen war. In der Abteilung für Philosophie, Literatur und spanische Geschichte des Studienzentrums für Geschichte in der Calle Almagro besuchte sie Literaturvorlesungen; Vorträge,

Konzerte und Filmvorführungen in der Residencia. Sie aß leckere und schwer verdauliche Eintöpfe in den Tavernen der Cava Baja und versuchte sich die Namen aller Zutaten zu merken; abends bummelte sie durch die Parkanlagen von Las Vistillas, am Viadukt entlang und über die Plaza de Oriente, um die Sonnenuntergänge zu betrachten, die in dieser mitten im Land gelegenen Stadt manchmal aussahen, als versinke eine diesig verschleierte Sonne weit draußen im Meer. Das Violett und Grau der Berge, die sie während der ersten Regentage im Oktober von ihrem Zimmerfenster aus sah, erkannte sie später in den fernen Horizonten der Jagdbilder von Velázquez wieder. Das Glück, aus der Pension zu treten und einen Vormittag im Museum zu verbringen, unterschied sich nicht sehr von dem, hinterher auf dem Paseo del Prado ein Brötchen mit gebratenen Calamares zu essen und dazu ein Bier zu trinken, den vorübereilenden und redefreudigen Madridern zuzusehen, zu versuchen, die ungewohnten Laute ihrer Aussprache zu entziffern, in einem kleinen Notizbuch die neuen Wörter und Redewendungen zu vermerken, die sie aufgeschnappt hatte.

Mit zehn oder zwölf Jahren hatte sie, stundenlang über das Lesepult einer städtischen Bibliothek bebeugt, Washington Irving gelesen und Illustrationen angeschaut, in denen die Alhambra ein orientalischer Palast war, während der Blick aus ihrem Fenster auf Terrassen mit zum Trocknen aufgehängter Wäsche fiel, in einem Viertel italienischer und jüdischer Auswanderer, die es nach New York verschlagen hatte. Jetzt konnte sie es kaum abwarten, sich in einen Nachtzug zu setzen und am frühen Morgen in Granada zu sein. Kurz vor Beginn ihres Studiums hatte sie ein Buch von John Dos Passos über dessen Spanienreisen entdeckt, *Rosinante to the Road Again;* das trug sie jetzt bei sich und hatte es noch einmal an den Orten gelesen, die darin beschrieben wurden. Durch Dos Passos hatte sie Cervantes und El Greco kennengelernt, doch viel mehr berührt hatten sie Velázquez und Goya im Prado.

Ob sie auch schon Goyas Fresken in der Kuppel von San Antonio de la Florida gesehen habe, seine weniger berühmten, aber doch ebenso kraftvollen Bilder in der Akademie von San Fernando, seine Radierungsserien? Ignacio Abel war selbst überrascht, sich als Führer anbieten zu hören: San Fernando war nicht weit, und das Kirchlein von San Antonio war mit dem Auto in wenigen Minuten zu erreichen. Man fuhr über den Fluss, und die Landschaft des Pradera im Hintergrund der Stadt mit dem weißen Fleck des Palacio de Oriente war dieselbe, die Goya gemalt hatte. Seine eigene Kühnheit beunruhigte ihn: Es wäre ihm ein Leichtes, die Hand auszustrecken und ihr Gesicht zu berühren, die Haarsträhne aus dem Winkel ihres lächelnden Mundes zu streichen. Judith nickte, sehr aufmerksam, um jedes Wort zu verstehen; die schmalen Lippen vom Getränk benetzt, mit glänzenden Augen – oder war es nur die euphorisierende Wirkung des Alkohols und der Konversation in einer fremden Sprache? Dieselbe unverantwortliche, beschwipste Kühnheit, mit der er darauf bestand, sein Auto stehe ganz in der Nähe, außerdem kenne er das Kirchlein von seiner Arbeit her und sie könnten bis hoch zur Kuppel steigen und sich die Fresken ganz aus der Nähe ansehen? Er war noch nicht verliebt und doch schon eifersüchtig, wenn andere sie berührten, andere Männer, die dazu noch durch das Band der Sprache mit ihr verbunden waren. Ein kräftiger Mann, größer als sie, mit kahl rasiertem Schädel, umarmte sie von hinten und ruinierte ihr Gespräch unwiderruflich.

»Judith, my dear, would you please introduce me to my own guest?«

Woher kannte er sie, seit wann? Warum legte er sein kantiges Kinn auf ihre Schulter und streifte ohne jede Verlegenheit ihr Haar mit den Lippen, legte seine Arme um ihre Taille, große kurzfingrige Hände mit tiefschwarzer Behaarung (aber mit rosa glänzenden manikürten Nägeln), die sich über ihrem Hosenbund schlossen. Sie bewegte sich, als wollte sie sich ihm entwinden, nicht sehr überzeugend – vielleicht war es ihr ein wenig unangenehm, aber nicht genug, um ihr Gesicht abzuwenden, um die Hände beiseitezuschieben, die sie an den männlichen Körper zogen, der sich an ihren Rücken drängte. Wie wäre es wohl, an seiner Stelle zu sein, diesen schlanken Körper zu drücken und unter dem Stoff der Bluse den Rhythmus ihres Atmens zu spüren. Ihn überraschte die Verwirrung dieser jäh aufkommenden Innigkeitsgefühle, die seinem Willen ebenso wenig gehorchten wie Schläge des Herzens oder die rasenden Druckwellen in seinen Schläfen.

»Phil Van Doren«, sagte Judith und schaute Ignacio Abel dabei an, als bitte sie um Verzeihung. »Philip Van Doren III., um genau zu sein.«

»Ich konnte Ihren Vortrag leider nicht besuchen, aber ich habe in verschiedenen Zeitungen darüber gelesen, und Judith hat mir in allen Einzelheiten davon berichtet.«

*Am liebsten hätte ich diese Hände mit ihrer schwarzen Behaarung und den Ringen und den manikürten Fingernägeln, die dich so vertraulich berührten, beiseitegeschoben, dafür gesorgt, dass sie Dich loslassen, dass er seinen Mund nicht so nah an Deine Lippen bringt, Dich nicht immerzu streichelt mit diesem besitzergreifenden Habitus, mit dem er über alles verfügte, über sein Haus und seine Gäste, sogar über sich selbst, der nicht einmal mehr wusste, warum er mich eingeladen hatte, was mir aber egal war, weil es mir reichte, Dir wiederbegegnet zu sein.*

»Wie ich Ihnen bereits am Telefon gesagt habe, habe ich Erkundigungen über Sie eingezogen und mir einige Ihrer Arbeiten in Madrid angesehen.« Van Doren sprach ein ausgezeichnetes Spanisch mit leicht mexikanischem Akzent. »Die Volksschule in diesem Viertel im Süden; die Markthalle. Großartige Bauwerke, wenn Sie mir diese Meinung eines Amateurs gestatten.«

Er sprach das Wort »Amateur« betont französisch aus. Seine Augen waren hell, der durchdringende Blick wurde schnell argwöhnisch oder sarkastisch, und er zupfte sich die Augenbrauen ebenso sorgfältig, wie er seinen Schädel rasierte. Doch wie scharf die Rasierklinge auch sein mochte, den schwarzen Bartschatten würde sie nie zum Verschwinden bringen. Aus dem Rollkragenpullover, der Van Dorens Brustmuskulatur zur Geltung brachte, ragte ein braun gebrannter kräftiger Athletenkopf. Ignacio Abel fühlte sich sogleich erleichtert, doch ein Rest von Unbehagen blieb zurück: In den harten Männerhänden, die Judith umfingen, lag wahrscheinlich kein Verlangen, aber dieser starre Blick gefiel ihm nicht. Es war der Blick eines Mannes, der bereit war, über andere ein schnelles und unwiderrufliches Urteil zu fällen in einem Prozess, dessen alleiniger Richter er war; ein Blick voll schamloser, habgieriger, wahlloser Neugier, der stets das unter den Dingen Verborgene suchte, das Wissen, das kein anderer besaß.

»Es wird nie so, wie man es sich vorgestellt hat«, sagte Abel, nicht daran gewöhnt, Lob anzunehmen, aber geschmeichelt – vor allem, weil Judith dabeistand. »Es fehlt immer an Geld, es gibt Verzögerungen, man muss sich mit diesem und jenem herumschlagen; von Streiks ganz zu schweigen, den gerechten und den ungerechten ...«

Doch wenn Van Doren nicht selbst sprach, schweiften seine Gedanken gleich ab. Sein Blick glitt über die Gäste, die Kellner, registrierte jede Kleinigkeit mit kurzen ruckartigen Kopfbewegungen, als korrigiere er unentwegt Blickwinkel und Entfernung; er nickte häufig, als wolle er die Worte abkürzen, denen er zuhörte, seine Aufmerksamkeit lieber auf andere Dinge richten (die nervöse Bewegung einer Hand, die sich an der anderen reibt; der eine Sekunde lang abschweifende Blick). Er nahm ein Glas von einem vorüberschwebenden Tablett, grüßte jemanden kurz, schaute zu den Fenstern, als hingen auch die Helligkeit des Tages oder die Beschaffenheit der Atmosphäre von ihm ab, und bedeutete Ignacio Abel schließlich, ihn in sein Büro zu begleiten. Als er schon seinen Arm ergriffen hatte, schien er sich an Judith zu erinnern, und gab ihr ein Zeichen, mit ihnen zu kommen. Es war eine im Gehen getroffene Entscheidung, von der er nicht sehr überzeugt zu sein schien, obwohl er ihr wieder einen Arm um die Taille legte, voller Zuneigung, ihr fast leeres Glas bemerkend und mit herrischer Geste einem Kellner befehlend, ihr ein neues zu bringen, sein Gesicht von einem breiten Lächeln erhellt und im nächsten Moment ernst, mit ärgerlich gerunzelter Stirn, seine vulgären, harten Finger in Ignacio Abels Arm geschlagen. Mit einem Gefühl von Besorgnis und körperlicher Abneigung ließ dieser sich führen. Es gab keinen Grund, ihm die Richtung seiner Schritte aufzuzwingen. Die Hand führte ihn wer weiß wohin, jedoch mit derselben Macht, mit der die sexuelle Erregung und der zur Unzeit getrunkene Gin seine Selbstkontrolle schwächten, die ohnehin schon angeschlagen war von der Befremdlichkeit des Ortes, der Raumblase, in die er eingetreten war, nachdem das Dienstmädchen ihm die Tür geöffnet hatte und er Judith am anderen Ende des Saals erblickt hatte, die ihm zuwinkte, als ob sie ihn erwartet hätte. Sie hatte gewusst, dass er kommen würde. Auf irgendeine Weise war er Teil eines Vorhabens, von dem er noch nichts wusste. Sie stand am Grammofon und wollte die Platte wechseln, als sie durch die Musik und die Stimmen der Gäste die Türklingel hörte und sich umdrehte.

Van Doren schloss die Tür hinter sich heftiger, als es nötig gewesen wäre, und als er sich ihnen gegenüber auf einen mit Kalbsleder bezogenen Sessel setzte und die Hände auf seine Knie legte, zeigte er das zufriedene Gesicht eines Akrobaten, der soeben ohne sichtbare Anstrengung einen perfekten Salto vollführt hatte. Auf dem sportlichen Hosenstoff sahen seine Hände obszön plump aus. Die Partygeräusche waren jetzt nur noch gedämpft zu hören, was Ignacio Abels Gefühl für Unerreichbarkeit noch verstärkte; sein Gefühl, den Tritt zu verlieren, sich mit ausgestreckten Armen durch einen dunklen

Flur zu tasten und keinen Berührungspunkt zu finden, der ihm eine Vorstellung von der Räumlichkeit gab. Die hochgeschobenen Ärmel von Van Dorens Pullover ließen einen Teil seiner kräftigen, behaarten Unterarme sehen. Die Uhr an seinem linken Handgelenk und der Reif am rechten waren aus Gold, und beide schlenkerten, wenn er gestikulierte. Durch das Fenster sah man ganz in der Nähe das barocke Dachgesims und die Rundfunkantennen des Gebäudes der Telefongesellschaft. Judith lehnte sich auf einem großen weißen Ledersofa zurück, rauchte eine Zigarette, hielt die Beine übereinandergeschlagen und ließ den Fuß wippen. Das verblassende Licht des Oktobertages schimmerte auf ihrem Haar, auf der glatten Haut von Wangen und Kinn. Van Doren hatte einen Klingelknopf gedrückt, während er Judith beobachtete, wie sie ihre Zigarette anzündete, und sein Blick ihrer Hand folgte, die das erloschene Streichholz auf dem Glastisch ablegte. Der Kellner trat ein, und Van Doren bedeutete ihm mit einer Geste, einen Aschenbecher zu bringen, immer in Eile, ungehalten, was auch sein Lächeln nicht ganz zu verbergen vermochte, nicht weil es ihm unmöglich war, sondern weil es nicht in seiner Absicht lag. Was er möglicherweise nicht vermochte, war, ohne das behagliche Gefühl zu leben, jeden in seiner Nähe einzuschüchtern. Der Kellner nahm das nicht ganz geleerte und warm gewordene Glas Ignacio Abels und stellte ihm ein neues hin, dessen zerbrechliche Wände vor Kälte beschlagen waren. Judith nippte in kurzen Abständen an ihrem, so wie sie auch an ihrer Zigarette zog, die sie dann weit vom Gesicht weghielt.

»Die moderne Architektur ist meine Leidenschaft«, sagte Van Doren. »Die moderne Malerei ebenfalls, wie Sie bemerkt haben, aber auf andere Weise. Mögen Sie Paul Klee?«

Seine aufmerksamen Augen folgten dem erstaunten, ungläubigen Blick seines Gastes, der fasziniert fünf kleine Bilder in Aquarell und Öl von Paul Klee betrachtete, und etwas abseits ein gezeichnetes Stillleben, das vermutlich von Juan Gris stammte.

»Er war mein Zeichenlehrer, in Deutschland.«

»Sie haben am Bauhaus studiert?« Jetzt schenkte ihm Van Doren, wenn auch vermutlich nur vorübergehend, die Hochachtung, die er aus dem einen oder anderen Grund, aus Eifersucht vielleicht oder aus schlichter Arroganz, bisher nur geheuchelt hatte.

»Ein Jahr, in der ersten Zeit, in Weimar. Aber damals konnte sich kein Mensch vorstellen, dass das Bestand haben oder einmal von Bedeutung sein würde. Dort habe ich in einigen Monaten mehr gelernt als in meinem ganzen Leben danach.«

Aber Van Doren hatte bereits das Interesse verloren. Er hatte es eilig, zu viele Dinge beschäftigten ihn gleichzeitig; Gäste, um die er sich kümmern musste, Ferngespräche, dringende Telegramme nach Europa und in die Vereinigten Staaten, neue Leute, die er kennenlernen und einschätzen musste, abgezählte Minuten zwischen jeder Begegnung. Unbeweglich, immer lächelnd, doch im Geiste ganz woanders, wie wenn man die Augen schließt, kurz wegdämmert und mit einem Ruck wieder aufwacht. Sein Blick erkundete stets ein Panorama, das hinter dem Gesprächspartner lag. Dann zuckten seine Gesichtsmuskeln, und im selben Moment nahm er den unterbrochenen Faden seines Monologs wieder auf.

»Aber die Malerei ist ein sehr intimes Vergnügen, auch wenn man ihm im Museum nachgeht. Man steht allein vor dem Bild, und die Welt ringsum hat keine Bedeutung mehr. Malerei erfordert einen Grad an Betrachtung, der für aktive Menschen manchmal problematisch ist. Haben Sie nicht ein schlechtes Gewissen, wenn Sie ein paar Minuten nichts tun? Haben Sie nicht das Gefühl, etwas zu verpassen? Natürlich kann man ein Bauwerk auf ebenso intime Weise genießen wie ein Gemälde. Aber wie Sie wissen, wird das ästhetische

Empfinden durch das Privileg des Besitzes gern noch verstärkt. Architektur hingegen hat immer auch einen öffentlichen Teil, der jedermann zugänglich ist, mitten auf der Straße, unter freiem Himmel. Sie ist eine Bestätigung. Wie ein Schlag mit der Faust auf den Tisch ...«

Unwillkürlich schloss Van Doren die rechte Hand zu einer Faust und hob sie in die Luft. Er hatte die Angewohnheit, sich die Pulloverärmel fast bis zum Ellenbogen hochzustreifen, erst den einen, dann den anderen, mit energischen Bewegungen wie jemand, der eine körperliche Arbeit in Angriff nehmen will.

»Sehen Sie sich dieses großartige Hochhaus der Telefongesellschaft an. Judith hat Ihnen vielleicht erzählt, dass wir daran beteiligt sind. Meine Familie meine ich, durch die American Telephone and Telegraph. Dieser Turm verkündet etwas; die Macht des Geldes, würde unsere liebe Judith sagen, die radikale Sympathien pflegt, wie Sie wissen werden, und sie hat recht, natürlich hat sie recht, aber da ist noch etwas mehr. Das Wunder der telefonischen Kommunikation nämlich und, was noch besser ist, der Radiowellen, für die man keine Kabel mehr verlegen muss, die Wörter durch die Atmosphäre schicken, sie in der Stratosphäre wie Echos zurückschallen lassen und sie hier unten wieder auffangen. Für Menschen im Alter unserer Eltern ein Wunder, ein Akt von Zauberei. Aber dieser Turm sagt noch etwas mehr, und Sie als Architekt wissen genau, was er symbolisiert: den Kraftakt Ihres Vaterlandes, das heute so machtvoll ist wie zu der Zeit, als die Kathedralen erbaut wurden. Man nähert sich Madrid, und das Hochhaus der Telefongesellschaft ist seine Kathedrale! Ein Büroturm und ein Lagerhaus voller Kabel und Apparaturen und ebenso ein Symbol wie eine Kirche oder ein griechischer Tempel oder eine Pyramide.«

Er kippte sein Glas hinunter und schnalzte mit der Zunge, warf einen verstohlenen Blick auf seine Armbanduhr, als er sich wieder einmal die Pulloverärmel hochschob. Etwas irritiert betrachtete er Judith, die mit abwesender Miene dasaß, den Blick auf den Rauch ihrer Zigarette geheftet. Vielleicht war die Erregung gegenseitiger Nähe schon abgeklungen; vielleicht würde sich keiner mehr vom anderen angesprochen fühlen, wenn sie hinausgingen und die Wirkung des Alkohols und der körperlichen Nähe verflogen wäre.

»Aber ich sehe, Sie werden ungeduldig. Ich will weder Ihre noch meine Zeit vergeuden. Ich habe nicht vergessen, dass auch Sie keine kontemplative Seele sind. Der Name Burton College sagt Ihnen vermutlich nichts. Es ist eine kleine, sehr feine Hochschule etwa zwei Eisenbahnstunden nördlich von New York am Ufer des Hudson. Herrliche Landschaft. Der Campus mit seinen Gebäuden liegt mitten im Grünen, wie die Häuser und Farmen der ersten Siedler ...«

»Und davor der Indianer, die von den ersten Siedlern vertrieben wurden.«

Als Judith sprach, schaute Van Doren sie an, und in seinem Blick lag eine vollkommene Gelassenheit, als berausche er sich an der eigenen Geduld. Er ließ seinen Blick auf ihr ruhen, die Hände hatten in der Geste des Ärmelhochschiebens innegehalten, jetzt schaute er zu Ignacio Abel, wie um sich zu vergewissern, dass dieser auch Zeuge seiner Seelengröße wurde. Er genoss es, etwas als selbstverständlich erscheinen zu lassen, von dem er wahrscheinlich wusste, dass es nicht stimmte, dass zwischen Judith und ihm irgendeine Art von Vertraulichkeit bestand.

»Sie haben es sicher kommen sehen; natürlich musste unsere liebe Judith an dieser Stelle die Indianer zur Sprache bringen. Die leider verschwunden sind. Sie, die Spanier, haben ja auch Erfahrung damit. Aber wenn Judith es gestattet, wäre es vielleicht besser, ich erzählte Ihnen noch etwas über Burton College. In dieser Zeit werden die Wälder ganz rot und gelb. Ich bin nicht sentimental, und ich mag Madrid, aber die Herbstfarben dieses Teils von Amerika vermisse ich. Judith weiß genau, wovon ich spreche. Sie sind nie in den Vereinigten Staaten gewesen, oder, Professor Abel? Vielleicht wäre jetzt der richtige Zeitpunkt. Meine Familie ist seit mehreren Generationen mit Burton College verbunden. Es sollte sogar einmal in Van Doren College umbenannt werden. Das Gelände, auf dem es steht, hat mein Urgroßvater gestiftet. Als die Engländer in diese Gegend kamen, waren wir schon da, wie Sie wissen. Wir Holländer, meine ich. Ihr New York war vorher unser Neu-Amsterdam, wie das heutige Mexiko früher Ihr Neu-Spanien war.«

»Darum wimmelt es in diesem Teil des Staates auch so von holländischen Namen«, unterbrach ihn Judith, vielleicht ein wenig gereizt ob dieser Ausbreitung von Vorfahren, da sie selbst in Amerika keine anderen als ihre Eltern hatte; Immigranten, die Englisch mit einem furchtbaren Akzent sprachen und sich lautstark auf Russisch und Jiddisch unterhielten.

»Die Roosevelts, beispielsweise, um einmal prominente Nachbarn zu nennen«, lachte Van Doren. »Oder die Vanderbilts. Oder Van Buren. Nur dass unsere Familie sich mehr im Hintergrund gehalten hat. Keine Politik, keine Spekulantengeschäfte. Die letzte Krise hat uns kaum etwas anhaben können.«

»Uns wohl«, sagte Judith, doch Van Doren ging nicht darauf ein.

»Burton College ist immer das bevorzugte Terrain für unserere Philanthropie gewesen. Es gibt einen Van-Doren-Saal, in dem regelmäßig Konzerte gegeben werden, und einen Van-Doren-Flügel im Collegekrankenhaus, wo neue Behandlungsmethoden gegen den Krebs erforscht werden. Und seit Jahren gibt es ein Projekt, an dem mir viel liegt, weil mein Vater es realisieren wollte, aber leider zu früh verstorben ist: eine neue Bibliothek, die Van-Doren-Bibliothek, die Bibliothek Philip Van Doren II., um genau zu sein. Wir haben schon mehrere Architekten mit Plänen beauftragt, doch nichts von dem, was sie uns vorlegten, hat mir gefallen. Ich bin natürlich nicht der, der die Entscheidung trifft, aber meine Stimme hat Gewicht im Board of Trustees des College, und nicht zuletzt bin ich es, der bei den Finanzen die Fäden zieht ...«

»Das Heft in der Hand hält«, sagte Judith mit einiger Befriedigung, Van Dorens wörtliche Übersetzung des Englischen durch einen freien spanischen Ausdruck korrigieren zu können, den sie vor Kurzem aufgeschnappt hatte und der ihr sehr gefiel.

»Alles, was uns bisher vorgelegt wurde, waren *pastiches*. Sie können sich das sicher vorstellen.« Van Doren wiederholte das französische Wort mit manierierter Betonung. »Gotische *pastiches*, Abklatsch von Imitationen griechischer Tempel, römischer Thermen, klassizistischer Bahnhofsgebäude oder Weltausstellungspavillons, die griechische Tempel und römische Monumente nachahmen, Zuckerbäckerstil à la *École des Beaux-Arts*. Aber ich will nicht, dass das Gelände durch ein Monstrum entweiht wird, das einem kolonialen Postamt gleicht. Ich möchte, dass Sie es sich ansehen. Ich werde Ihnen Fotos und Baupläne schicken lassen, wenn Sie es für nötig halten. Es ist eine Waldlichtung, umgeben von Ahornbäumen und Eichen, auf einer Anhöhe hinter der westlichen Grenze des Campus, mit Blick auf den Hudson. Man wird das Gebäude von den Zügen aus sehen, die am Ufer entlangfahren, und von den Schiffen, die flussauf und flussab fahren. Sogar von der anderen Seite, vom Steilufer New Jerseys aus. Es wird von allen Collegegebäuden das sichtbarste sein. Ich sehe die Bibliothek vor mir, wie sie die Kronen der Bäume überragt, ein wenig versteckter, wenn diese in voller Blätterpracht stehen, ein Ort, an dem bis Mitternacht die Lichter brennen, am Ende eines Weges, der vom zentralen Campus fortführt, ein Pfad der inneren Einkehr und Erhebung zu den Büchern. Es wird dort Bücher geben, aber auch Schallplatten mit jeder Art von Musik, von überall auf der Welt. Judith mit ihrem ausgezeichneten Gehör wird mir bestimmt helfen, gute Aufnahmen spanischer Musik zu finden. Meine Familie ist an einigen Plattenfirmen beteiligt. Ich stelle mir schallgedämpfte Kabinen vor, in denen man sich die Schallplatten anhören kann; Kinosäle, für jeden zugänglich, der sich einen Film ansehen will. Ich finde auch das Projekt sehr interessant, das gerade hier in Spanien angelaufen ist, die Stimmen Ihrer berühmtesten Persönlichkeiten auf Schallplatte aufzunehmen. Es wird Lesesäle mit großen Fenstern geben, durch die man den Wald und den Fluss sehen kann und auch die anderen Gebäude auf dem Campus. Keine dieser düsteren Bibliotheken, wie man sie in England findet und absurderweise in Amerika nachbaut, in denen es nach Schimmel und vergammeltem Leder riecht, mit Regalen und Zettelkästen aus dunklem Holz wie von Särgen, mit niedrigen Leselampen mit grünen Schirmen, die den Gesichtern eine Totenfarbe geben. Ich sehe eine lichte Bibliothek, hell wie die Gebäude und Werkstätten, die Ihre Lehrer in Deutschland gebaut haben, wie Ihre Schule hier in Madrid. Eine praktische Bibliothek, die wie eine gute Turnhalle ist; eine Turnhalle des Geistes. Ein Wachtturm, aber auch eine Zuflucht.«

»In dieser Bibliothek will ich arbeiten«, sagte Judith, doch Van Doren hatte weder Zeit noch Lust, auf sie einzugehen. Er bewegte seine großen Hände mit den rosa manikürten Fingernägeln, schob sich die Pulloverärmel hoch, als könne er es nicht abwarten, mit der Arbeit an seiner imaginären Bibliothek zu beginnen, Fundamente auszuheben, Flächen zu planieren, Reihen von rötlichem Backstein aufzurichten oder von Blöcken des gräulichen Granits, der auf den Waldlichtungen durch die Erde stieß.

»Ich habe Sie heute eingeladen, damit Sie mir zusagen, damit Sie einen Vertrag mit mir machen. Sie sind sehr beschäftigt, und ich auch. Dr. Negrín hat mir erzählt, dass dies ein besonders schwieriges Jahr für Sie wird, weil Sie versprochen haben, die Universitätsstadt könne nächsten Oktober eingeweiht werden. Schwierig, wenn Sie mir meine aufrichtige Meinung gestatten. Beinahe unmöglich.«

»Haben Sie sich die Baustellen angesehen?«

Van Doren lächelte still in sich hinein, bevor er antwortete; wie jemand, der entschlossen ist, nicht alles preiszugeben, was er weiß, oder wie jemand, der den Eindruck erwecken will, mehr zu wissen, als er sagt.

»Das ist einer der Hauptgründe, warum ich nach Madrid gekommen bin. Ich habe mir sowohl die Baustellen aufmerksam angeschaut als auch die Pläne und Modelle studiert. Ein großartiges Projekt, das in ganz Europa seinesgleichen sucht, dessen Durchführung allerdings schleppend und vielleicht ein wenig chaotisch vonstatten geht, wenn ich das sagen darf. Sehr gefallen hat mir aber das Gebäude, das Sie ganz allein entworfen haben. Das Heizkraftwerk, wenn ich mich nicht irre.«

»Das kann man kaum ein Gebäude nennen. Ein Kasten, in dem die Maschinen und die Schaltpulte untergebracht sind. Es ist aber noch nicht in Betrieb. Wer hat es Ihnen gezeigt?«

»Diese Frage wird Phil Ihnen nicht beantworten«, sagte Judith. Van Doren schenkte ihr ein rasches Lächeln; eine Geste, mit der er nicht ohne Behagen billigte, was sie gesagt hatte. Er war ein Mann, der es liebte, Dinge zu wissen, die andere nicht wussten, bevorzugten Zugang zu dem zu haben, das anderen unzugänglich blieb. Ignacio Abel gefiel nicht, dass Judith ihn wieder mit der Kurzform seines Namens angesprochen hatte.

»Es ist ein Kubus, aber er scheint direkt aus der Erde zu kommen, ein Teil von ihr zu sein. Eine Festung, die aber nicht schwerfällig wirkt; das kräftige Herz, das heißes Wasser und die Wärme durch diese Stadt des Wissens pumpt. Man ist versucht, an die einzige Tür in der Mauer zu klopfen; man will in die Burg eintreten. Man sieht auf den ersten Blick, dass Sie mit kompetenten Ingenieuren gearbeitet haben. Und dass Sie neben Ihren deutschen Lehrern auch ein paar skandinavische

Architekten bewundern, wenn ich das einmal sagen darf. War es schwierig, Ihre Pläne durchzubringen?«

»Nicht besonders. Es ist ein Zweckbau, dem niemand große Beachtung schenkt. Da brauchte es weder Schnörkel noch Ziergesimse. Es ging nicht darum, den Escorial nachzubauen.«

»Ein grauenhaftes Gebäude, finden Sie nicht? Landsleute von Ihnen, die sehr stolz auf den Palast sind, haben mich letzte Woche mitgenommen und ihn mir gezeigt. Es war, als würde man in ein bedrückendes Bühnenbild für *Don Carlos* eintreten. Das Gewicht des Granits lastet auf einem wie die eisenbehandschuhte Faust Philipps II. Oder die der Statue des Komturs in *Don Giovanni*. Ich hoffe, Sie sind nicht beleidigt, wenn ich das sage.«

Van Doren lachte, suchte Judiths Zustimmung, und als er sie nicht fand, wandte er sich wieder an Ignacio Abel, diesmal aber in völlig verändertem Ton, als spreche er zu einer ganz anderen Person.

»Sind Sie Kommunist?«

»Warum fragen Sie mich das?«

»*Background check*«, flüsterte Judith sichtlich verärgert. Ungeduldig stand sie auf und trat ans Fenster. Was sie für den Anfang eines Verhörs hielt, für das sie sich zum Teil vielleicht verantwortlich fühlte, war ihr unangenehm.

»Einige Ihrer Kommilitonen und Professoren am Bauhaus waren es. Und Sie kommen mir wie ein Mann vor, der etwas bewerkstelligen will.«

»Muss man dazu Kommunist sein?«

»Kommunist oder Faschist, fürchte ich. Man muss große Projekte lieben und das direkte, wirksame Agieren, und man darf keine Geduld mit Geschwätz und Bedenkenträgerei haben. In Moskau oder Berlin wäre Ihre Universitätsstadt schon fertig. Sogar in Rom.«

»Aber wahrscheinlich hätte sie da überhaupt keine Funktion.« Ignacio Abel war sich Judiths Blicke und Aufmerksamkeit bewusst, obwohl sie ihn gar nicht ansah. Ohne es sich ganz bewusst zu machen, sprach er für sie: Ihr sollte gefallen, was er sagte. »Es sei denn als Kaserne oder Ausbildungslager.«

»Sie haben es nicht nötig, vulgäre Propaganda zu verbreiten. Die deutsche Wissenschaft ist die beste der Welt.«

»Wohl nicht mehr lange.«

»Jetzt sprechen Sie wie ein Kommunist.«

»Wollen Sie damit sagen, dass man Kommunist sein muss, um Hitler abzulehnen?« Judith Biely stand am Fenster, erzürnt, sehr ernst, nervös. Van Doren beobachtete sie aus den Augenwinkeln, sagte aber nichts. Seine ganze Aufmerksamkeit war auf Ignacio Abel gerichtet, der mit ruhiger Stimme sprach, obwohl er eine unwillkürliche Scheu davor empfand, eine politische Meinung zu äußern.

»Ich bin Sozialist.«

»Macht das einen Unterschied?«

»Als in Russland die Kommunisten an die Macht kamen, haben sie die Sozialisten ins Gefängnis geworfen.«

»Die Sozialisten haben 1919 in Deutschland Rosa Luxemburg erschossen«, sagte Judith. Van Doren schien die Diskussion komischerweise zu belustigen.

»Und wenn die Faschisten oder die Nazis gewinnen, landen Kommunisten und Sozialisten im selben Gefängnis, nachdem sie sich erst untereinander zerstritten haben. Sie werden zugeben, dass das nicht einer gewissen Komik entbehrt.«

»Ich hoffe, dass das in meinem Land nicht passiert. Und dass wir die Universitätsstadt termingerecht einweihen können, ohne dass es dazu eines faschistischen oder kommunistischen Putsches bedarf.« Ignacio Abel hätte das Gespräch am liebsten beendet und wäre gegangen – aber wann würde er dann Judith wiedersehen?

»Ihre Begeisterung gefällt mir, Ignacio, wenn Sie mir gestatten, Sie beim Vornamen zu nennen. Ich habe gehört, dass Sie Ihren Vortrag sehr eloquent und mit einer revolutionären

Aussage zu Ende gebracht haben. Das hat mir nicht Judith erzählt, geben Sie ihr keine Schuld daran. Ich würde mich freuen, wenn wir uns duzen und Sie mich Phil nennen würden, obwohl wir uns erst so kurz kennen und ich natürlich weiß, dass man in Spanien um einiges formeller ist als in Amerika. Ich mag es, dass es Ihnen nichts auszumachen scheint, die großen modernen Strömungen an sich vorbeiziehen zu lassen, politisch gesehen, meine ich.«

»Sie kommen mir grauenhaft primitiv vor.«

»Vor zwei Jahren habe ich die Sowjetunion besucht und bin durch Deutschland und Italien gereist. Ich halte mich für einen vorurteilslosen Menschen; einen Amerikaner, der offen ist für alles Neue, das die Welt uns bietet. *The Innocent Abroad,* um mit einem der großen Reisenden unseres Landes, Mark Twain, zu sprechen. Im Vergleich zu Ihnen, zu Europa, sind wir eine neue Nation und hegen Sympathie für alles, was einen mutigen Bruch mit der Vergangenheit darstellt. Wir sind geboren, indem wir mit dem alten Europa gebrochen, Schluss gemacht haben mit Königen, Erzbischöfen …«

»Das haben wir hier in Spanien erst vor vier Jahren gemacht.«

»Und mit welchem Ergebnis? Was haben Sie in dieser Zeit vollbracht? Ich fahre mit dem Auto durch das Land, und sobald ich Madrid hinter mir gelassen habe, sehe ich nur noch armselige Dörfer. Klapperdürre Landarbeiter auf Eseln, Ziegenhirten, barfüßige Kinder. Frauen, die draußen vor der Tür sitzen und sich gegenseitig die Flöhe absuchen.«

»Übertreib nicht, Phil. Herr Abel könnte sich beleidigt fühlen. Du sprichst von seinem Land.«

»Von einem Teil davon«, sagte Ignacio Abel sanft und verwünschte sich insgeheim, weil er nicht gegangen war, weil er sich das immer noch anhörte.

»Sie vergeuden Ihre Kraft mit Parlamentsdebatten, mit Ansprachen, mit Regierungswechseln. Sie sagen, Sie sind Sozialist.

Aber in Ihrer eigenen Partei sind Sie untereinander zerstritten! Gehören Sie nun zu den Sozialisten, die den Parlamentarismus anerkennen, oder zu denen, die sich im vergangenen Jahr erhoben haben, um die Revolution der Sowjets nach Spanien zu bringen? Vor Kurzem hatte ich das Vergnügen, auf einem Diplomatenempfang Ihrem Parteifreund Don Julián Besteiro vorgestellt zu werden, der mir ein vollkommener *gentleman* zu sein schien, aber auch ein wenig weltfremd. Verzeihen Sie, wenn ich offen spreche. Ein Teil meiner Arbeit besteht in der Beschaffung von Informationen. Wir haben viel Geld in Ihr Land investiert, und wir möchten es nicht verlieren. Wir wollen wissen, ob es angebracht ist, hier weiter zu arbeiten und Geld zu investieren, oder ob es vernünftiger ist, zu verschwinden. Stimmt es, dass es bald Neuwahlen geben wird? Letzten Monat bin ich in Madrid angekommen, und die Zeitungen waren voll mit Fotos von den Mitgliedern der neuen Regierung. Heute lese ich, dass eine Krise bevorsteht und es eine neue Regierung geben wird. Sehen Sie nur, was Deutschland in der Hälfte der Zeit erreicht hat. Sehen Sie sich die Straßen an, das industrielle Wachstum, Millionen neue Arbeitsplätze. Und das ist keine Frage von rassischen Unterschieden, wie manche glauben, von effizienten Ariern und faulen Latinos. Sehen Sie, was Italien in zehn Jahren aus sich gemacht hat. Haben Sie die Straßen dort gesehen, die großen Bahnhofshallen, seine militärische Macht? Ich habe auch keine ideologischen Vorurteile, meine liebe Judith, es geht ums Praktische. Die großartigen Fortschritte der sowjetischen Fünfjahrespläne bewundere ich genauso. Ich habe die Fabriken mit eigenen Augen gesehen, die Hochöfen, die mit Traktoren bewirtschafteten kollektiven Farmen. Vor zehn, fünfzehn Jahren war es um die russische Landwirtschaft schlechter bestellt als um die spanische. Vor zwei Jahren noch war Deutschland eine gedemütigte Nation. Heute ist es die erste Macht in Europa. Und das trotz der grausamen und ungerechten Sanktionen, die die Alliierten ihnen auferlegt haben, allen voran die Franzosen, die weniger nachtragend wären, wenn sie nicht auch noch so schrecklich unfähig und korrupt wären ...«

»Egal, welcher Preis dafür gezahlt wird?«

»Zahlen denn nicht auch die Demokratien einen schrecklichen Preis? Millionen Menschen ohne Arbeit in meinem Land, in England, in Frankreich. Der Zerfall der Dritten Republik. Kinder mit aufgedunsenen Bäuchen und den Augen voller Fliegen, direkt hier, in den Vorstädten von Madrid. Selbst unser Präsident hat sich ein Beispiel nehmen müssen an den gigantischen Arbeitsbeschaffungsmaßnahmen Deutschlands und Italiens, an der Planwirtschaft der sowjetischen Regierung.«

»Ich kann nur hoffen, dass er sich nicht auch an den Gefangenenlagern ein Beispiel nimmt.«

»Und an den Rassegesetzen.«

»Meine liebe Judith, ich fürchte, in dieser Frage hast du ein unüberwindliches Vorurteil.«

Ignacio Abel begriff nicht gleich, worüber sie sprachen. Er sah, wie Judith Biely errötete und Van Doren seine kalte Angriffslust genoss, das Gefühl, die Unterhaltung zu dominieren. Ihm war die nordamerikanische Zwanglosigkeit neu, in der Höflichkeit und Schroffheit sich mühelos miteinander abwechselten.

»Willst du damit sagen, dass ich Hitler verabscheue, weil ich Jüdin bin?«

»Ich will, bei allem Respekt, damit sagen, dass Dinge nicht überbewertet werden dürfen. Ich habe keine Vorurteile, wie du sehr gut weißt. Wenn du deine Stelle an der Universität heute aufgeben würdest, würde ich sofort empfehlen, dir einen Vertrag für Burton College anzubieten. Wie viele Juden haben vor zwei Jahren noch in Deutschland gelebt? Fünfhunderttausend? Wie viele von denen werden das Land verlassen müssen? Und wenn in Deutschland nicht Platz für alle ist, warum drängen sich dann ihre Glaubensbrüder und Freunde in Frankreich,

England und den Vereinigten Staaten nicht danach, sie aufzunehmen? Wie viele Adelige und andere russische Parasiten haben ihr Land freiwillig oder unter Androhung von Gewalt verlassen, als mit der Union der Sozialistischen Sowjetrepubliken Ernst gemacht wurde? Und als die Spanier ihre Republik errichteten, haben sie da nicht als Erstes die Kirchen angezündet und die Jesuiten aus dem Land gejagt? Wie viele Deutsche haben das Land, in dem sie geboren wurden, verlassen müssen, damit Beneš und Masaryk ihre geliebte Tschechoslowakei ganz für sich hatten? Auch wir in Amerika haben Tausende von Engländern ausgewiesen; Siedler, die so amerikanisch waren wie Washington oder Jefferson, die aber Untertanen der britischen Krone bleiben wollten. Es ist eine Frage des Verhältnisses, meine Liebe, nicht des Einzelfalls. Wie heißt es bei uns: *There is no such thing as free lunch,* alles hat seinen Preis.«

Van Doren hatte während seiner Rede verstohlen auf die Uhr geschaut. Wie der Lichtstrahl eines Suchscheinwerfers richtete sich seine Aufmerksamkeit auf alles, was um ihn her geschah, was ein Blick, eine Geste oder das Schweigen eines Gesprächspartners verriet. Eine kalte Kraft schien in allem zu liegen, was er tat und sagte, zugleich jedoch schien ein Teil von ihm abwesend zu sein, ungeduldig darauf wartend, jemand anderen zu treffen oder etwas in Angriff zu nehmen, was schon viel zu lange seiner harrte. Seinen Überzeugungen haftete etwas Unechtes an; als könnte er mit derselben Leidenschaft das Gegenteil von dem vertreten, das er gerade sagte, oder als stelle er mit seinen Reden nur die Reaktionen seiner Zuhörer auf die Probe; als lege er Leimruten aus, um zu erfahren, was sie wirklich dachten. Der Kellner mit dem Tablett trat lautlos ein und flüsterte ihm etwas ins Ohr. Ignacio Abel vermutete, dass er zur abgesprochenen Zeit hereingekommen war, um ein Treffen zu beenden, das länger nicht dauern sollte. In Judiths Blick erkannte er ein geheimes Einverständnis, das noch nicht da gewesen war, als sie das Zimmer betraten:

Etwas, das hier gesagt worden war, hatte sie auf dieselbe Seite gebracht, hatte sie Ähnlichkeiten entdecken lassen, von denen sie nichts gewusst hatten. Dass sie etwas mit ihm teilte, das Van Doren ausschloss, schmeichelte ihm nicht nur: Es verursachte ihm eine starke sexuelle Erregung, als hätte er unbemerkt von allen eine überraschende körperliche Annäherung gewagt. Van Doren warf einen Blick auf die Uhr, sprach mit dem Kellner, bemerkte nicht, was sich zwischen ihnen tat. Oder vielleicht doch, denn nichts entging seinem Zynismus oder seiner Gerissenheit, seiner Gewohnheit, andere auf subtile oder ordinäre Weise zu beherrschen.

»Es tut mir unendlich leid, aber ich muss Sie jetzt verlassen. Eine unerwartete Besprechung im Postministerium. Die Frage ist nur, ob der Minister noch im Amt sein wird, wenn ich dort eintreffe … Aber im Ernst, *my dear* Ignacio, es tut mir leid, dass wir heute über Politik sprechen mussten. Es ist immer Zeitverschwendung, vor allem, wenn es so viel wichtigere Dinge zu besprechen gibt. Judith, wie sagt man im Spanischen *to cut a long story short?*«

»Auf den Punkt kommen.«

»Bewundernswerte Frau. Um auf den Punkt zu kommen, Ignacio: Ich bin befugt, Ihnen für das Herbstsemester des nächsten Jahres eine Stelle als *visiting professor* in der Fakultät für Kunst und Architektur des Burton Colleges anzubieten, falls Ihnen das zusagt und die Universitätsstadt rechtzeitig eingeweiht werden kann, was ich Ihnen von Herzen wünsche. Ich möchte, dass Sie sich in der Zwischenzeit Gedanken um die Pläne für den Bau der neuen Bibliothek machen, der Van-Doren-Bibliothek. Das Ganze muss natürlich mit dem *board* abgesprochen werden; aber ich kann Ihnen garantieren, dass Sie dort in absoluter Freiheit werden arbeiten können. Sie sind ein Mann der Zukunft, und wenn die Zukunft, so wie Sie sie sich vorstellen, weder in Deutschland noch in Russland zu finden ist, dann ist vielleicht Amerika das richtige Land für

Sie. Jetzt muss ich wirklich gehen, wenn Sie mich entschuldigen wollen. *Make yourselves at home.* Fühlen Sie sich wie zu Hause. Ich erwarte Ihre Antwort, lieber Ignacio. *À bientôt, my dear* Judith.«

Van Doren erhob sich, streckte die Arme aus und glitt mühelos in die Sportjacke, die der Kellner ihm hinhielt. In dem scharfen Blick seiner Augen und dem Zucken seiner gezupften Brauen lag ein Anflug von Obszönität, als böte er Judith Biely und Ignacio Abel das Zimmer an, in dem er sie allein zu lassen im Begriff stand, als hätte er längst erraten und würde als gegeben voraussetzen, was sie selbst noch nicht zu entdecken wagten.

7 Judith Biely ist eine Frau am Klavier, die ihm den Rücken
zukehrt und der, als sie sich umdreht, die Abendsonne des
29. September 1935 ins Gesicht und auf das dicht gelockte
blonde Haar fällt; ist ein flüchtiger Schattenriss im bläulichen
Lichtstrahl eines Diaprojektors; ist eine aufgeregte, launige
Schrift, irgendwie den Krauselocken ihres Haares gleichend,
auf dem Umschlag, den Ignacio Abel in einer seiner Taschen
aufbewahrt, in seinem Gepäck eines Flüchtenden oder Deser-
teurs, der nur das besitzt, was er mit sich führt, der nicht weiß,
wie lange seine Reise dauern, und nicht einmal, ob er je wieder in das zerstörte Land zurückkehren wird, das er erst vor
zwei Wochen verlassen hat. Judith Biely ist die stürmische
Schrift auf den Blättern dieses Briefes, den Ignacio Abel lieber nicht bekommen hätte und der vielleicht der letzte von
allen ist; vor weniger als drei Wochen in Madrid aufgegeben,
nicht der Post anvertraut, sondern jemandem, der ihn mit der
Listigkeit und Lust dessen überbrachte, der weiß, dass er den
Schmerz einer scharfen Klinge bringt. Er sah die Raubvogel-
hände, die ihn in der Halle des Stundenhotels übergaben, wo
sie sich zum letzten Mal verabredet hatten, die rot lackierten Nägel arthritischer Finger, die mit ihrer Berührung den
Umschlag beschmutzten, auf den Judith seinen Namen mit
einer Förmlichkeit geschrieben hatte, die allein schon nichts
Gutes verhieß: *Sr. Don Ignacio Abel.*

Ein Brief kann ein später Fluch sein. Jemand, an den er
nicht adressiert ist, zieht eine Schublade auf und liest ihn irrtümlich, wenn er ihn zu öffnen gewagt hat, und es ist, als hätte
er seine Hand in eine Skorpionhöhle gesteckt. Er kann die

Schublade nicht mehr schließen, kann den Brief nicht mehr nicht aus dem Umschlag genommen und ihn nicht gelesen haben, wenn er die sprunghafte Schrift einmal entziffert und Worte gelesen hat, die seine Erinnerung für lange Zeit vergiften werden. Jemand findet den Brief viele Jahre später in einem staubbedeckten Koffer oder im Archiv einer Universität, und er bewahrt immer noch seine Glut oder sein Gift, obwohl der, der ihn schrieb, und der, der ihn bekam, längst gestorben sind.

»Sr. Don Ignacio Abel« – als wären sie mit einem Mal Fremde, als hätte es die letzten neun Monate gar nicht gegeben. Judith Biely ist jetzt eine Frau am Klavier, die sich nicht umgedreht hätte; eine unwiederbringliche Abwesenheit und ein paar materielle Überbleibsel im Besitz des Mannes, der sein Gesicht an die Fensterscheibe des Zugabteils drückt und mit zusammengekniffenen Augen auf den breiten Strom des Hudson blickt, dessen Gedanken in Erschöpfung und Betrachtung verschwimmen. Ich sehe seine rissigen schwarzen Schuhe, die sich der Form seiner Füße und der Art seines Gehens angepasst haben, die handgenähten, aber fast durchgelaufenen Sohlen, die schiefen Absätze. In ihren Nähten und Ritzen haftet noch der Staub von Madrid und der verlassenen Baustellen der Universitätsstadt (zu irgendeiner Familienfeier kam er einmal mit staubigen oder lehmverschmierten Schuhen, besonders auffällig, weil die Hosenumschläge makellos sauber waren, und Adelas Bruder oder eine Tante oder Nichte bemerkte: »In ihm steckt immer noch der alte Bauarbeiter«). Die rechte Socke hat ein Loch am großen Zeh. Im Hotelzimmer in New York fand Ignacio Abel Nadel und Faden und versuchte das Loch zu stopfen, um festzustellen, dass er es nicht konnte, dass seine Hände dazu nicht imstande waren. Auch einen abgefallenen Hemdknopf vermochte er nicht anzunähen, und voller Besorgnis sah er, dass die rechte Tasche seiner Jacke sich abzulösen begann.

Unmerklich verschleißt das Material. Die Taschen dessen, der keinen festen Wohnsitz hat, beulen aus, weil er zu viele Dinge in ihnen aufbewahrt. Sich lösende Nähte sind der erste Hinweis auf die nächste Phase des Zusammenbruchs; wie ein kleiner, kaum sichtbarer Riss in einer Mauer. Er erinnert sich an die Zeit, als die Wäsche wie durch ein Wunder in seinen Kleiderschrank kam, in die Schubladen der Kommode mit dem ovalen Spiegel, in dem das dunkle Ehebett mit dem Kopfteil aus gedrechseltem Holz zu sehen war, ein Imitat spanischer Renaissance und seit unvordenklichen Zeiten der Stil der Familie Ponce-Cañizares Salcedo. Du kannst nichts; du würdest verhungern, wenn du dir den Lebensunterhalt mit deiner Hände Arbeit verdienen, wenn du dir selbst das Essen zubereiten müsstest. Als Kind hatte sich sein Vater über ihn lustig gemacht, wenn ihm beim Erklimmen selbst des niedrigsten Baugerüsts schwindlig wurde, wenn er sich schon bei einfachsten Verrichtungen ungeschickt anstellte. »Eutimio, entweder wird mein Sohn einmal ein reicher Nichtstuer, oder er verhungert«, sagte er zu dem Lehrling, der sich wie ein großer Bruder um ihn kümmerte, wenn der Vater ihn zur Baustelle mitbrachte. Professor Rossmann war wenigstens geschickt genug, um sich selbst in seinen schlechtesten Zeiten in Madrid halbwegs über Wasser zu halten, indem er Füllfederhalter reparierte, sie auf Kommission in Bars und Cafés verkaufte, sie aus seinen Jackentaschen oder den Tiefen der unergründlichen Aktentasche hervorzauberte wie ein alter Magier, der immer denselben alten Trick vorführt.

Die Aktentasche hatte er nicht dabeigehabt, als sie ihn, unhöflich zwar, aber nicht gewaltsam oder unter Drohungen, aus der Pension holten und auf den Rücksitz eines beschlagnahmten Autos verfrachteten, eines Hispano-Suiza, erinnerte sich seine Tochter, die das Ganze von oben, durch die Ritzen der Jalousie ihres Fensters beobachtete. Man hatte weder eines der üblichen Parteikürzel mit dicken Pinselstrichen auf die Seitentüren oder die Motorhaube gemalt noch Matratzen auf das Dach gebunden, die einen lächerlichen Schutz gegen Heckenschützen oder das Maschinengewehrfeuer feindlicher Flieger abgeben sollten. Auf den Wagenschlägen war noch das Wappen des adeligen Eigentümers zu sehen gewesen, dem man das Auto beschlagnahmt hatte und der wahrscheinlich geflohen oder schon tot war. Männer mit verschlossenen Gesichtern, die keine Zeit verloren und kein Aufsehen machten und sich auch nicht wie die Gangster im Kino benahmen; die einen Befehl mit Unterschrift und offiziell aussehendem violetten Stempel vorzeigten, den das Fräulein Rossmann nicht verstehen konnte.

Genau wie Ignacio Abel jetzt im Zug hatte auch Professor Rossmann alle möglichen Dinge in seinen Jackentaschen, die ausgebeult und löchrig waren. Man ließ ihm Zeit, sich die Jacke anzuziehen, aber nicht die Weste und auch nicht den steifen Kragen, den würde er in der Madrider Hitze nicht brauchen; und entweder erlaubten sie ihm nicht, seine deutschen Schuhe mit den schiefen Absätzen anzuziehen, oder er hatte so viel Angst, dass er nicht danach zu fragen wagte, sodass er in Socken und seinen alten Cordpantoffeln mit ihnen ging. Im Leichenschauhaus in der Calle Santa Isabel trug Professor Rossmann noch einen Pantoffel am Fuß, am anderen schaute der große Zeh aus dem Loch in der Socke, gelb und steif, der Zehennagel schief und gekrümmt wie eine Kralle. Die Leichenhalle stank nach Tod und Desinfektionsmittel, und die Leichname trugen ein Schild mit einer Nummer um den Hals. Aus irgendeinem Grund verloren die Toten immer ihre Schuhe. Frühmorgens kamen die Marodeure und raubten den Leichnamen Schuhe und Uhren und Krawattennadeln und machten auch vor Goldzähnen nicht halt. Manche waren schwer zu identifizieren, weil man ihnen das Gesicht weggeschossen hatte, oder ihnen war die Brieftasche gestohlen worden, vermutlich von denen, die sie erschossen hatten. »Das ist die Gerechtigkeit des Volkes«, sagte Bergamín mit klerikaler

Miene. Er saß ihm an seinem Schreibtisch in einem Saal mit gotischem Deckengewölbe in der Allianz Antifaschistischer Intellektueller gegenüber, hielt die Hände vor dem Mund gefaltet und roch heimlich an seinen Fingernägeln. »Eine Flut, die alles mit sich reißt, alles in den Tod zieht. Aber es sind die anderen gewesen, die mit ihrem Aufstand die Pforten dieser Flut geöffnet haben, in der sie jetzt untergehen. Sogar Herr Ossorio y Gallardo, der so katholisch ist wie ich, aber noch viel konservativer, hat das verstanden und auch so geschrieben: Es ist die Logik der Geschichte.«

Das einzelne Leben zählt nicht mehr, sagte er, auch unseres nicht. Aber schützte er seines nicht im Innern dieses Gebäudes, anstatt es an der Front zu riskieren?, hätte Ignacio Abel ihn gern gefragt. Dort würde wahrscheinlich auch er den Tod finden, mehrmals verhört und mit alten Karabinern bedroht werden, die man ihm vor die Brust stieß und die jederzeit losgehen konnten, da jene, die sie in Händen hielten, kaum mehr als in groben Zügen wussten, wie sie funktionierten; oder eines Nachts vor die Scheinwerfer eines Autos gestoßen, nur Sekunden bevor die Stimme ertönte, die seine Rettung wäre, weil sie seinen Namen sagte. Er wirkte immer noch wie ein Bourgeois, obwohl er aus Vorsicht stets ohne Krawatte und Hut aus dem Haus ging und sich dabei anfangs so schutzlos vorkam, wie wenn man träumt, nackt auf der Straße zu stehen. Wenn man dem Tod ins Auge geschaut hat, nimmt man die Welt als etwas Unpersönliches wahr: Die Dinge, die man betrachtet, würden weiterexistieren, nachdem einem aus nächster Nähe die Kugel einer Mauser in den Kopf oder in die Brust gedrungen wäre.

Losgelöst von sich selbst, denkt er mit der Objektivität einer Kamera, hinter der kein Auge durch den Sucher schaut: Ich könnte jetzt tot sein, und niemand säße auf diesem Platz im Abteil neben dem Fenster, durch das man einen Fluss sieht, dessen schiere Breite die Sehgewohnheit spanischer Augen überfordert, die nur Dürre kennen, trockene Wasserläufe oder stürzende Fluten und steinige Bergbäche. »Die unaufhaltsame Flut des gerechten Volkszorns, hat Bergamín geschrieben«, sagte er laut vor sich hin, mit einer erloschenen Stimme, die kaum zu hören war, als probe er den Text eines Artikels, der am nächsten Tag veröffentlicht würde. Ignacio Abel weiß, dass er in diesem Sommer in Madrid mindestens vier- oder fünfmal hätte getötet werden können, und Judith und auch seine Kinder würden es jetzt immer noch nicht wissen. Vielleicht halten sie ihn sogar für tot, und vielleicht ist er das ja auch und weiß es nur noch nicht. Vielleicht beginnt das Vergessen der anderen ihn schon auszuradieren, während er immer noch glaubt, seine Identität sei unversehrt.

*Wie schrecklich, zu denken, dass in diesem Augenblick und ich weiß nicht wo das Vergessen gegen mich arbeitet, mich auflöst in nichts.* Diese Worte hat er geschrieben, aber er weiß nicht, ob Judith sie je bekommen wird. Hätte ich in Madrid den Tod gefunden, würde der Flusshorizont mit zunehmender Geschwindigkeit an diesem Abteilfenster vorbeirasen, ohne dass jemand darauf achtete. Man hätte mich ins Leichenschauhaus gebracht, in dem sich namenlose Tote auf den Fluren und sogar in Besenkammern stapelten, umsummt von Wolken von Fliegen. Man hätte mir ein abgegriffenes Pappschild mit einer Nummer um den Hals gehängt, genau wie Professor Rossmann. Was mir die Leichenfledderer nicht gestohlen hätten, die sich im Morgengrauen aufmachen, um die Toten der letzten Nacht zu berauben, hätte jemand in einem Aktenordner abgelegt, aber nicht ohne vorher mit Schreibmaschine eine Liste mit mehreren Kohlepapierdurchschlägen erstellt zu haben.

Ich sehe in die Taschen von Ignacio Abel und darin alles, was ein Mann, ohne darüber nachzudenken, mit sich führt, was er nicht fortgeworfen hat, was ihm nicht viel bedeutet und dennoch in seinen Kleidern bleibt, seine Taschen ausbeult und so schwer ist, dass hier und da ein Fädchen reißt, sodass über kurz oder lang ein Riss entsteht; was seine Identität zu bestimmen und seinen Weg zurückzuverfolgen hülfe und doch so unbeständig ist wie ein Blatt Papier, das der Oktoberwind durch die Straßen weht, wie der Inhalt des Papierkorbs, den die Zimmermädchen des New Yorker Hotels in den Müllschlucker leeren. Du wärst tot, und nur diese Dinge sprächen noch von dir. Die Selbstmörder in Madrid, die sich vom Viadukt stürzten, hatten allerdings die Angewohnheit, ihre Taschen zu leeren und ihre Papiere und Wertgegenstände säuberlich abzulegen, bevor sie in die Tiefe sprangen. Manche zogen sich die Schuhe aus, aber nicht die Strümpfe, und stellten sie nebeneinander wie am Fußende des Bettes (Adela hatte ihre nicht ausgezogen; sie sprang ins Wasser oder tat vielmehr einen Schritt und ließ sich hineinfallen mit ihren Stöckelschuhen und der Handtasche in den mit leichten Sommerhandschuhen bekleideten Händen und dem kleinen Hut, der nicht unterging und von ferne wie ein Papierschiffchen aussah, das auf den Wellen trieb).

Er schiebt den Gedanken mit einer unwillkürlichen Kopfbewegung beiseite. Ihm fällt Adelas Brief ein, den er in kleine Stücke hätte zerreißen sollen und stattdessen wie eine hartnäckige Erinnerung oder ein nagendes Schuldbewusstsein immer noch bei sich trägt. *Und warum soll ich so tun als wäre ich besser als du wenn das was mir wirklich Angst und mich wütend macht nicht der Gedanke ist dass diese Unmenschen die du für die Deinen gehalten hast dich umgebracht haben und deine Kinder ohne Vater aufwachsen werden sondern dass du noch lebst und in den Armen der anderen glücklich bist.* Er denkt an Judiths Briefe, die er unvernünftigerweise in einer verschlossenen Schublade seines Schreibtisches aufbewahrt hat, deren Schlüssel er eines unvermeidlichen Tages abzuziehen vergaß. *Ich wusste dass ich dir vieles das du dir ersehnt hast nicht geben konnte aber das wird auch keine andere können denn was du suchst gibt es nicht und was du hast kannst du nicht lieben.*

Archäologie des Eisenbahnreisenden, dessen Zug die Pennsylvania Station um vier Uhr nachmittags eines bestimmten Tages im Oktober 1936 verlassen hat; nicht des Koffers, der eines heruntergekommenen Weltreisenden würdig war, sondern seiner Anzug- und Manteltaschen: die Fahrkarte; ein Blatt mit Notfallinstruktionen für den Fall eines Schiffbruchs, das jedem Passagier beim Einschiffen auf die S. S. Manhattan in die Hand gedrückt wurde; eine frankierte Ansichtskarte, die er in den Briefkasten werfen will, sobald er an seinem Zielbahnhof angekommen ist, schlechten Gewissens, weil er seinen Kindern schon lange nicht mehr geschrieben hat, obwohl er nicht einmal weiß, ob sie überhaupt eine der Karten erhalten haben, die er ihnen seit dem Tag seiner Flucht aus Madrid geschrieben hat, in Valencia, auf einem palmenbestandenen Platz, der gerade gewässert worden war; dicke spanische Münzen, französische Centimes, einen kleinen Kupfercentavo in den tiefsten Tiefen einer Tasche, wo nur harte Brotkrümel überleben und kein Fingernagel hinreicht; eine Briefmarke; ein Füllfederhalter, Adelas Geschenk zu seinem letzten Geburtstag, vorgeschlagen – und mit einem kleinen Kommissionsaufschlag verkauft – von Professor Karl Ludwig Rossmann bei einem seiner letzten Besuche im Hause Ignacio Abels, als er seine Tochter abholen wollte, die den Kindern des Architekten Deutschunterricht gab; ein Hochbahnticket; zwei Briefe von zwei Frauen, die sich so voneinander unterscheiden wie die Schrift in jedem Brief (auf beiden Seiten seines Lebens kündigen beide das Ende von etwas an, auf den beiden Seiten, von denen er eine Zeit lang glaubte, sie würden sich nie berühren, sich nie vermischen, zwei nebeneinanderliegende Hotelzimmer mit einer schalldichten Zwischenwand, parallele Welten). Fotos in der abgegriffenen, von nutzlosen Dokumenten und Ausweisen überquellenden Brieftasche: Personalausweis, Mitgliedsausweis der UGT und der Sozialistischen Partei, Ausweis der Architektenvereinigung, der am 4. September 1936 ausgestellte Passierschein für eine

Reise nach Illescas in der Provinz Toledo, um wertvolle Kunstwerke in Staatsbesitz vor der brutalen faschistischen Aggression zu retten. Auf dem Passierschein ist von Aggression die Rede, nicht von Vormarsch. Man änderte die Wörter in der Hoffnung, damit würden die Tatsachen, die die Wörter nun nicht mehr benannten, ungeschehen gemacht. Der mühelose Vormarsch des Feindes, den niemand mehr aufhalten, nicht einmal behindern konnte, keine regulären Verbände, nur noch in Auflösung begriffene Haufen von Milizionären, deren Großmäuligkeit in Panik umgeschlagen war, die nach den ersten Schusswechseln kopflos die Flucht ergriffen; die mit einem ebenso selbstlosen wie nutzlosen Heldenmut starben und nicht einmal wussten, wo der Feind stand, und dass das Durcheinander, in dem sie sich plötzlich wiederfanden, eine Schlacht war; die vom Rückstoß ihrer Gewehre zu Boden geworfen wurden oder Gewehre ohne Munition oder nur Holzgewehre hatten oder riesige Pistolen, die sie bei der Plünderung der Montaña-Kaserne erbeutet hatten und mit denen sie unvernünftigerweise auf einen Tiefflieger zielten, der ein gerades Stück Landstraße mit seinen Maschinengewehren angriff, oder in die Kronen von Pappeln am Straßenrand, die, als ein Windstoß durch die Blätter fuhr, von Feinden zu wimmeln schienen. Die Stellungen, die die Aufständischen als uneinnehmbare Bastionen bezeichnen, sind von Tag zu Tag weniger zu halten, und wenn sie noch nicht überrannt worden sind, so nur deswegen nicht, weil unsere siegreichen Verbände diese Städte nicht dem Boden gleichmachen, sondern sie für die Zivilisation und die Republik zurückerobern wollen. Vielleicht sind sie schon in Madrid einmarschiert, und dies ist die erste Nacht der Besatzung, die um sechs Stunden spätere Nacht, die über den stillen Straßen der Stadt bereits ihr tiefstes Schwarz aufgezogen hat. Wenn der Zug in den Bahnhof von Burton College einläuft, gibt es am Kiosk vielleicht schon Zeitungen mit noch druckfrischen Schlagzeilen, die den Fall Madrids verkünden.

Judith Biely ist ein Foto in der Brieftasche, das aufgenommen wurde, als noch gar nicht daran zu denken war, dass sie sich begegnen könnten, in Paris, Tage oder Wochen bevor sie die unerwartete Einladung nach Madrid bekam, über Nacht sozusagen, als sie noch dachte, sie würde den Herbst in Italien verbringen und dort Artikel für eine amerikanische Zeitschrift schreiben, die zwar nur wenig zahlte, aber den doppelten Trost bot, ihr Reisebudget nicht angreifen zu müssen und etwas von ihr Geschriebenes veröffentlicht zu sehen. Vor allem ihre Mutter, die in einem Album die Fotos und Briefe aufbewahrte, welche Judith ihr in den vergangenen zwei Jahren geschrieben hatte, und die paar Artikel, die unter ihrem Namen erschienen waren, würde sich freuen; sie waren der inzwischen recht fragwürdige Ausgleich für das Opfer, das sie gebracht hatte, damit ihre Tochter die Reise unternehmen und sich in der Welt bilden konnte, wie sie es verdiente und brauchte, um ihre Bestimmung zu finden.

Die zerbrechlichsten Dinge haben eine außergewöhnliche Fähigkeit zu überdauern, zumindest im Vergleich zu den Menschen, die sie herstellen und handhaben. Irgendwo in einem New Yorker Archiv, das niemand besucht, werden einmal die kleinen radikalen Zeitschriften in gebundener Form zusammengefasst sein, in denen Judith Biely zwischen 1934 und 1936 ihre Reiseerzählungen und Schlaglichter auf europäische Städte veröffentlicht hat. Sie sind fast nie offen politisch, doch immer von einem scharfen Blick auf das tägliche Leben geprägt, geschrieben in einem schnellen, abgehackten Stil auf einer Reiseschreibmaschine, der Smith Corona, die auch ein Geschenk ihrer Mutter war, wie die gesamte Reise, wie auch der Anstoß dazu. Sie überreichte ihr die Schreibmaschine, als sie schon am Kai standen und darauf warteten, dass der Laufsteg freigegeben wurde, um an Bord gehen zu können, als die mächtige Schiffssirene schon einmal geheult hatte und einer der Schornsteine eine große schwarze Qualmwolke ausstieß.

Sie stellte ihr keine Bedingungen und forderte keine Resultate von der Reise, sie überreichte ihr einfach das Geschenk mit jener überfließenden Hingabe, mit der sie ihre Tochter neunundzwanzig Jahre zuvor zur Welt gebracht hatte, hinterher genauso ausgelaugt und erschöpft nach einem Unterfangen, bei dem sie ihre körperlichen Kräfte der Stärkung ihrer Tochter geopfert hatte.

Ihren neunundzwanzigsten Geburtstag feierte sie auf hoher See, eingeschlossen in ihrer Kabine, vor der Schreibmaschine, in die sie ein Blatt Papier eingespannt hatte, ohne ein einziges Wort darauf zu schreiben, seekrank von der Bewegung des Schiffes und der Hitze in seinem Inneren, erschlagen von der Erhabenheit des Geschenks und der Verantwortung, sich dessen würdig zu erweisen. An die Reling am Deck der ersten Klasse gelehnt, beobachtete Philip Van Doren sie während des größten Teils der Reise. Es war Judiths Leben, das als Folge des Geschenks seine entscheidende Gestalt annehmen sollte; aber es war auf eine stellvertretende Weise auch die Verlängerung des Lebens, das ihre Mutter nicht hatte haben können. Ihre Reise zu einem Europa, in dem sie noch nie gewesen war, war die Rückreise, die ihre Mutter nicht mehr antreten würde. Judith, das jüngste und gänzlich unerwartete Kind, das wie ein widriger Wind in ihr gut dreißigjähriges Leben geweht war, würde jetzt die Erwartungen erfüllen und die Möglichkeiten wahrnehmen, denen sie unter der Last der Kinderaufzucht und der Hausarbeit entsagt hatte und auch unter den Ansprüchen eines engherzigen, tyrannischen Mannes, der sich nicht erklären konnte, warum andere, ebenfalls gerade Angekommene, in Amerika den Durchbruch schafften und er nicht, jedenfalls nicht in dem Maße und der Beständigkeit, die er sich vorgestellt hatte; er, in Russland ein kluger und angesehener Geschäftsmann, der nun fassungslos feststellte, dass er in der neuen Heimat ebenso wenig ein Händchen fürs Geschäft wie für den Umgang mit der Sprache hatte, in der er sich immer wie ein stammelnder Idiot anhörte, obwohl er in St. Petersburg die größten Geschäfte auf Französisch so gut wie auf Deutsch, Polnisch oder Jiddisch abgewickelt hatte.

Die Verbitterung eines stolzen Mannes, der gedemütigt worden war, überschattete sein Wesen und lastete auf dem ganzen Haus wie ein erstickender Schatten. Da Judith ein Mädchen und außerdem noch das jüngste Kind war, blieb ihr der gewalttätige Druck erspart, den der Vater auf die beiden Söhne ausübte: Er verlangte von ihnen, dass sie wurden, was er nicht geworden war. Zugleich fühlte er sich gedemütigt, als er mit ansehen musste, wie sie ihn in seiner zweifelhaften Meisterlichkeit überflügelten. Sie sprachen akzentfreies Englisch, schämten sich seiner und kamen mit unermüdlichem Arbeitswillen immer weiter voran, handelten mit Dingen, die er in Russland verachtet hätte, Schrott, Altkleider, Baumaterial, alles, was in großen Mengen und ohne große Umstände gekauft und wieder verkauft werden konnte. Bei Tisch sprach er mit lauter Stimme und hörte niemandem zu, drängte seinen Söhnen so gebieterische wie nutzlose Ratschläge auf, die bei ihm selbst begannen und bei ihm selbst aufhörten, bei den guten Geschäftsbeziehungen, die er in ganz Europa gepflegt und deren Korrespondenz er eigenhändig auf Französisch und Deutsch geführt hatte. Er gab ihnen Ratschläge, wie Briefe zu schreiben waren, als hätte er noch nicht gemerkt, dass er in Brooklyn und nicht mehr in St. Petersburg war, wie er seine Heimatstadt immer noch nannte. Je mehr er der Welt entrückte, desto aggressiver wurde er. Je mehr es ihn schreckte, sich mit einer Stadt auseinanderzusetzen, die niemals seine werden würde, desto lautstärker weigerte er sich, den Anweisungen seiner Söhne zu folgen, wenn diese ihn mit einfachsten Aufgaben betrauten. Seine Selbstherrlichkeit hypertrophierte, blies sich auf mit der heißen Luft immer gleicher und immer übertriebenerer Erinnerungen, deren Mittelpunkt stets er selbst war.

Die Söhne schauten zur Seite, spielten mit Brotkrümeln oder rauchten, wechselten Blicke, machten sich davon, sobald sie konnten; sie waren von morgens bis abends beschäftigt, standen so früh auf, dass sie beim Abendessen über ihren Tellern einschliefen. Die Mutter, auch schon fast schlafend, blieb am Tisch sitzen, traute sich nicht, ihn ohne Publikum zu lassen, was wieder nur seinen Zorn entfacht hätte; andere Male saß sie gedankenverloren da und klimperte Tonleitern auf der Wachstuchtischdecke. Mit der Zeit war die kleine Judith die Einzige, die ihm zuhörte, sich jenen Augen nicht entziehen konnte, die auf der Suche nach einem aufmerksamen Blick, an dem er seinen Monolog verankern konnte, von Gesicht zu Gesicht wanderten. Sie verstand nicht alles, was er sagte, weil er ein schnelles Russisch sprach, manchmal ins Französische oder Deutsche wechselte, um zu zeigen, dass er die beiden Sprachen beherrschte, die für ihn die Zivilisation bedeuteten, oder um eine anerkennende Zeile zu zitieren, die vor vielen Jahren einmal jemand in einem Brief aus Paris oder Berlin an ihn geschrieben hatte. Mädchen und jüngstes Kind zu sein bescherte Judith eine Art Narrenfreiheit, die den Übrigen nicht gewährt wurde und von der aus sie alles beobachtete, befreit von den brutalen Pflichten, die der Vater und die Brüder sich auferlegten, dem Aufstehen im Morgengrauen, den Fahrten zu Schrotthändlern und Müllplätzen, den rohen und stets bedrohlich wirkenden Männlichkeitsritualen, dem Wodka, dem Bier, dem Tabak und dem sportlichen Messen. Auch war sie noch zu klein für die meisten Arbeiten, die ihre Mutter verrichtete, die in der Stille lebte wie ihr Mann in den Worten, nur noch entwurzelter, wie Judith im Lauf der Jahre erkannte, als sie erwachsen wurde und Erklärungen fand für das, was früher für sie flüchtige Phasen von Betrübnis gewesen waren, die sie als empfindsames Kind zwar mitbekam, deren Ursache ihr jedoch fremd geblieben war.

Nachdem sie den ganzen Tag mit Hausarbeit verbracht hatte, wenn schon alle anderen zu Bett gegangen waren, blieb die Mutter noch in der frisch gewischten und aufgeräumten Küche, und ihr Gesicht veränderte sich, wenn sie ihre Brille aufsetzte und sich in gerader Haltung auf einem Stuhl niederließ, um ein Buch auf Russisch zu lesen, ein sehr dickes meistens, mit schwarzem Einband, wie eine Bibel. Sie empfand nicht Furcht vor der richtungslosen, gewalttätigen Kraft ihres Mannes; vielmehr eine tiefe Geringschätzung, die ihr den täglichen Überdruss erträglich machte, nachdem ihr klar geworden war, dass er weder die Sprachen so beherrschte, wie er behauptete, noch seine Großtuerei etwas anderes war als verdrängte, peinliche Angst. Ihre Rache bestand darin, ihn als lächerliche Gestalt zu sehen, jedes Indiz seiner Vulgarität unfehlbar zu erkennen, jedes Wort seiner Abend für Abend vorgetragenen Aufschneidereien vorhersagen zu können. Wortlos schaute sie ihn mit hochgezogener Augenbraue an und konnte sich sicher sein, dass die Kinder die Geste bemerkten und als stillschweigende Übereinkunft über die Unglaubwürdigkeit des Vaters verstanden, gegen den sie schon, lange bevor er sie gezwungen hatte, die geliebte Heimatstadt mit ihm zu verlassen, einen tief sitzenden Groll gehegt hatte, der dem Lauf der Zeit widerstand.

Er war es, der alles darangesetzt hatte, sie nach Amerika mitzunehmen; seinetwegen war sie jetzt keine Dame mehr mit soliden musikalischen und literarischen Vorlieben und mit Bediensteten, die sich unauffällig und effektiv um den Haushalt kümmerten, sondern kaum mehr als eine Putzfrau. Statt in der Beletage eines Hauses in St. Petersburg wohnte sie jetzt in einem stinkenden Mietshaus voller lärmender Emigranten, in einer Wohnung mit niedrigen Decken und Wänden wie aus Karton, deren Fenster fast alle auf einen Innenhof gingen, der wie ein schwarzer Brunnenschacht voller Abfall und Geschrei war. Sie, die eine Dame gewesen war, musste sich jetzt, um ihren Platz in der Reihe vorm Waschtrog oder zum Abort nicht zu verlieren, mit keifenden Frauen mit fettigen Haaren auseinandersetzen, die sie besonders abfällig behandelten, weil sie ihre Überlegenheit und Distanz spürten, weil sie sie mit Büchern von der Stadtbücherei nach Hause kommen sahen, weil sie ab und zu russische Zeitschriften oder den Prospekt eines Klaviergeschäfts mit der Post bekam. Seit Jahren sparte sie, um sich ein eigenes kaufen zu können. Aus Russland hatte sie Partituren mitgebracht, und an manchen Abenden, wenn sie nicht las, schlug sie eine von ihnen auf dem Küchentisch auf, lehnte sie an eine Blumenvase oder eine Keksdose, klimperte mit ihren Fingern geschwind auf einer nicht existierenden Tastatur und summte die Musik so leise mit, dass Judith sie kaum hörte. Als Kind war sie wie hypnotisiert von diesem unsichtbaren Klavier, das wie durch einen Zauberspruch verschwunden, aber irgendwie doch gegenwärtig war in den seltsamen Zeichen der Partitur und der Geschmeidigkeit, mit der sich die Hände ihrer Mutter auf dem billigen Wachstuch oder dem blank gescheuerten Holz des Tisches bewegten. Sie sparte jeden Cent. Manchmal arbeitete sie auf eigene Rechnung in einer Schneiderei, in der Tag und Nacht die Nähmaschinen ratterten. Sie durfte sich die Finger nicht verletzen, es war wichtig, sie geschmeidig zu halten, die Musik im Kopf zu behalten, obwohl kein Instrument sie zum Klingen brachte, so wie Beethoven noch komponierte und seine Musik hörte, als er längst stocktaub war.

Judith beobachtete sie, wenn sie russische Bücher las, mit der Brille, die ihr ein ganz anderes Aussehen gaben, oder auf dem nicht existierenden Klavier spielte, und sie begriff, dass ihre Mutter, obwohl sie sich so um sie kümmerte – dafür sorgte, dass sie regelmäßig zur Schule ging, immer die Hausarbeiten machte, nie ungekämmt und ungewaschen aus dem Haus ging und sich stets wie eine junge Dame kleidete –, eigentlich in einer anderen Welt lebte, in der sie, ihre Tochter, genau wie ihr Mann und die Söhne, keinen Platz hatten; einer Blase der Stille, in der es nur die russischen Wörter ihrer Romane gab, die sie mit leiser Stimme las, und die Klaviertöne, die in ihrer Fantasie vielleicht schon nicht mehr so perlend hell klangen, wie sie es sich gewünscht hätte. Selbst lange nachdem das St. Petersburg ihrer Kindheit zu Petrograd und danach – barbarischerweise, ihrer Meinung nach; eine Entwürdigung, die sie als persönliche Beleidigung nahm – zum sowjetischen Leningrad geworden war, als keine Briefe von Verwandten und Freunden mehr kamen und man verspätet vom Schicksal vieler von ihnen erfuhr – deportiert, verhaftet, verschwunden, vor Kälte und Hunger in den Straßen gestorben –, selbst da führte sie noch die immer selben Klagen gegen ihren Mann, der sie ihrer Stadt und ihrem Leben entrissen hatte: einer Stadt, die es nicht mehr gab; einem Leben, das bei Weitem schlimmer geworden wäre als ihr jetziges in Amerika.

Er rühmte sich bei Tisch, schon zwanzig Jahre im Voraus erkannt zu haben, was passieren würde. Wenn man ihm zuhörte, fragte man sich, warum der Zar ihn nicht um Rat gebeten hatte; warum Kerenski sich 1917 zu dieser Dummheit mit ihren katastrophalen Folgen hatte verleiten lassen, wenn er doch auf ihn hätte hören können, der das alles vorausgesehen hatte, obwohl er schon seit Jahren nicht mehr im Land lebte, der aber die Welt kannte und ein gerissener Geschäftsmann war, der die geheimsten Beweggründe der Menschen kannte und die Lügenmärchen durchschauen konnte, die in den Zeitungen verbreitet wurden. Als Fanny Kaplan 1918 das Attentat auf Lenin verübte, behauptete er, in Wirklichkeit sei Lenin dabei umgekommen, und die Sowjets, Meister der Propaganda, versuchten nur Zeit zu gewinnen, indem sie die ganze Welt täuschten, aber nicht ihn. Als man mehrere Jahre später von Lenins tatsächlichem Tod erfuhr, sagte er den sofortigen Untergang dieses Systems asiatischer Tyrannei voraus, das von einem einzigen Mann abhing, genau wie das Reich des

Dschingis Khan nach dessen Tod zerbrochen war und sich die Reiterhorden Attilas in nichts aufgelöst hatten.

Im Gegensatz zu anderen gründete seine Meinung nicht auf Banalitäten, wie sie einem die Zeitungen verkauften; nein, eine umfassendere Perspektive war vonnöten, und dazu musste man Geschichtsbücher in mehreren Sprachen lesen können. Zu der Zeit studierte Judith schon, war eine glänzende Schülerin im City College, nicht weil sich die Mutter in ihrem Drängen auf eine bessere Bildung gegen den Vater und die Brüder durchgesetzt hätte, sondern weil keiner von ihnen sie groß beachtet hatte, während sie still und unauffällig heranwuchs, so nebensächlich wie diese schwachbrüstigen kleinen Geschwister in anderen Familien, die lange Zeiten in Krankenhäusern verbrachten oder zurückgeblieben waren, sodass niemand von ihnen forderte, sich am gemeinsamen Fortkommen zu beteiligen. Sie war die jüngste, ein sanftes, anpassungsfähiges, fast durchscheinendes Mädchen; die Einzige, die von ihnen allen in Amerika geboren worden war. Man akzeptierte als Teil ihrer Eigenart, dass sie alle Preise der Schule gewann und die Eignungsprüfung für das City College mühelos bestand. Eigentlich war das keine große Leistung; etwas für Mädchen eben oder für Männer, mit deren Männlichkeit es nicht weit her war.

Anfangs hatte sich der Vater mit ihren Erfolgen geschmückt, viel mehr als die Mutter; hatte zu verstehen gegeben, dass die Erfolge der Tochter auf die eine oder andere Weise ihm zu verdanken waren, hatte seine Erinnerungen dahin gehend berichtigt, dass sie zur neuen Version der Dinge passten. Ihr, der Mutter und den Brüdern erzählte er Dinge, von denen alle wussten, dass sie nicht stimmten, übertrieb und schmückte aus, je mehr er ahnte, dass man ihm nicht glaubte; als wollte er sie herausfordern, ihm zu widersprechen, sich einer Erinnerung an etwas zu verweigern – Judith vor allem –, das nie stattgefunden hatte: wie er sie mitten im Winter jeden Morgen

zur Schule gebracht hatte, wie er ihr daheim bei den Hausaufgaben geholfen hatte, wie ihre guten Noten im Grunde nur
ihm zu verdanken waren. Wie viele Stunden seines Schlafes
hatte er geopfert, um ihr Französisch und Deutsch beizu-
bringen? Er behauptete sogar, viele ihrer Englischarbeiten
korrigiert zu haben; er, der nach einem Vierteljahrhundert
in Amerika beim Sprechen immer noch Wort für Wort aus
dem Russischen übersetzte und der, als die Kinder noch klein
waren, eine außergewöhnliche Gabe an den Tag gelegt hatte,
sie nicht zu bemerken, vor allem, wenn sie krank waren oder
auf sonst eine Weise lästig wurden.

Als sich die Leistungen seiner Tochter auf der Universität bestätigten, zeigte er ein zunehmendes Misstrauen gegen
das, was er geringschätzig Buchwissen nannte, den Mangel an
wahrer Bildung seitens der Professoren, die ihre Posten nicht
persönlichem Verdienst, sondern familiären Beziehungen oder
dem verderblichen Einfluss des Geldes zu verdanken hatten.
Musste man die Universität besucht haben, um in St. Petersburg ein Geschäft zu führen, das Zweigstellen in den Groß-
städten Europas und den Hauptstädten des Ostens unterhielt,
aus denen er mit großem Gewinn Speiseöl, Mandeln, Oliven
und Orangen importierte? Hatte es eines akademischen Titels
bedurft, um in Amerika den Durchbruch zu schaffen, nachdem er vor jedem anderen und entgegen der Einschätzung
geschwollener Akademiker vorhergesagt hatte, dass die Tage
des Zarismus gezählt waren und nach dessen Untergang kein
demokratisches System europäischen Zuschnitts folgen würde,
wie so viele Träumer mit Doktortiteln behaupteten, sondern
ein asiatischer Despotismus?

Einer der Brüder war nach einem vierzehnstündigen
Arbeitstag am Küchentisch eingeschlafen und schnarchte mit
auf die Brust gesunkenem Kopf. Der andere rauchte und
beobachtete aufmerksam die Asche an seiner Zigarette. Die
Mutter ließ unruhig ihren Blick schweifen, die Finger der

rechten Hand klimperten imaginäre Tonfolgen auf der Tischkante, ohne dass es ihr recht bewusst war. Judith erwiderte
die Blicke des Vaters und spielte Publikum, nickte mühelos
zu seinen Fragen, in denen die Antwort immer schon enthalten war. Sie empfand keinen wirklichen Groll gegen ihren
Vater, und sie verlor nie die Geduld. Dies wiederum verletzte
die Mutter in ihrem Innersten, die sich gewünscht hätte, ihre
Tochter empörter und beleidigter zu sehen, wenn er anfing
sich aufzublasen mit der heißen Luft seiner Worte und seinen
wichtigtuerischen Gesten, wenn er nichts gelten ließ als nur
sich selbst. Hatte sie, die so viel für ihre Tochter getan hatte,
es nicht verdient, dass Judith sich offen auf ihre Seite stellte,
ihre Komplizin wurde im Bewahren vor all den Zumutungen,
die sich schon seit Jahren vor dem Ende des letzten Jahrhunderts summierten, als die Welt noch aus Korsagen, aus
Pferdekutschen und byzantinischem Pomp zu Ehren des Zaren
bestanden hatte? Aber wenn sie gegen den Vater wetterte, stand
Judith ihr nicht bei, und wenn sie ihr die Beispiele für seine
Vulgarität und seinen geistlosen Egoismus aufzählte, gab Judith
ihr recht und lächelte dabei, gab eine Bemerkung von sich,
die ihn irgendwie entschuldigte, ihn weniger despotisch und
grausam als eigenwillig oder exzentrisch erscheinen ließ.

Nie hatte er ihr auch nur einen Cent gegeben, damit sie
sich ein Heft oder einen Bleistift oder ein Buch kaufen konnte.
Dennoch grollte sie ihm nicht, und wenn sie nur den Anflug
einer Unzufriedenheit empfand, erstickte sie diesen in Reue,
als hätte sie sich eines Mangels an Mitleid mit ihrem Vater
schuldig gemacht. Vorzeitiger körperlicher Verfall machte sich
bei ihm bemerkbar; die Straßen seines Viertels ängstigten ihn,
und er traute sich kaum noch nach Manhattan hinein. Er war
nie, weder als Kind noch als Erwachsener, ein liebenswerter
Mensch gewesen; aus der Sicht seiner Frau schon gar nicht
und auch nicht aus der seiner Söhne, die weder Zeit noch
Kraft aufbrachten, sich um ihn zu kümmern, die kein anderes

Ziel hatten, als Geld zu verdienen und um jeden Preis und beinahe gewaltsam Amerikaner zu werden. Am Tag vor Judiths Abreise nach Europa strich er ihr so unbeholfen über das Haar, dass es eher wie ein Schlag oder Stoß wirkte, sagte auf Russisch »meine Kleine« und wandte sich abrupt ab, damit sie den feuchten Glanz in seinen Augen nicht sah.

Aber es war ihre Mutter gewesen, die ihr die Reise ermöglicht hatte, die sie ermuntert hatte und ihr beigestanden war, als sie jede Orientierung verloren hatte; die sie all die Jahre mit banger Erwartung beobachtet hatte, als sie sie auf dem falschen Weg glaubte, in Gefahr, lebendig begraben zu werden wie sie selbst, sie warnen wollte, aber nicht wusste, wie, denn ihre Tochter würde keinerlei Einmischung dulden, selbst wenn sie einsah, dass sie sich im Irrtum befand. Was nützte ihr die Kenntnis des Wesens und der Schwächen ihrer Tochter, wenn sie, ihre Mutter, nicht in der Lage war, das Unheil abzuwenden. Wie leicht band sich so ein junger Mensch, der noch nie eine Verpflichtung eingegangen war, der nicht wusste, wie groß der Schatz war, den er aus keinem anderen Grund als purer Eigensinnigkeit weggab, nicht einmal für eine Leidenschaft, die ihn blind machte. Anstatt ihre Doktorarbeit zu Ende zu schreiben, heiratete Judith Biely 1930 einen Kommilitonen und arbeitete fortan zehn Stunden täglich in einem kleinen Verlag für billige Kriminalromane. Anfang 1934 rief sie ihre Mutter an und teilte ihr mit, dass sie geschieden war, vielleicht eine Stelle als Kindermädchen oder Englischlehrerin in Paris annehmen und von dort aus nach Spanien fahren würde, dem Land ihrer Träume, seit sie als Kind Washington Irving gelesen hatte. Sie wolle ihr Spanisch auffrischen, das sie in der Schule und später an der Uni ganz gut gelernt hatte, vielleicht eine neue Doktorarbeit über spanische Literatur in Angriff nehmen. In den letzten Jahren hatten sie sich nur selten gesehen: Vater, Mutter und die Brüder, die dazu neigten, über alles und jedes

lauthals zu streiten, hatten sich, wenngleich aus unterschiedlichen Gründen, zu der einhelligen Meinung zusammenge-
rauft, Judiths Ehe sei eine Fehlentscheidung gewesen und ihr
Gatte ein unerwünschter Taugenichts, und Judith hatte kon-
sequent mit allen gebrochen.

Mit ihrer Mutter verabredete sie sich in einer großen
lärmenden Cafeteria an der 2nd Avenue, die mit Fotos von
Theaterschauspielern und Plakaten auf Jiddisch dekoriert war.
Ihre Mutter kam mit einer schwarzen Brieftasche aus Leder,
die sie wohlverwahrt unter ihrem Mantel trug: eine elegante,
abgegriffene Brieftasche, die sie, genau wie die Partituren, aus
Russland mitgebracht hatte. Sie hatte in den letzten Jahren
viel als Modistin gearbeitet, hatte Geld gespart und sich ein
Klavier ausgesucht. Doch als sie in dem Geschäft die Hände
auf die Tasten gelegt hatte, hatte sie gemerkt, dass es zu spät war.
Ihre Finger, die früher kräftig und beweglich gewesen waren,
waren jetzt unbeholfener, als sie sich vorgestellt hatte, mit von
Arthrose geschwollenen Gelenken. Die Musik ihrer Partituren
hatte sie sich angewöhnt nur noch im Geiste zu hören, genau
wie den weichen Klang der russischen Wörter, die sie lautlos in
ihren Romanen mitsprach, wenn sie mit der Brille, die sie jetzt
dauernd tragen musste, in der Küche saß und las. Sie schob
die Kaffeetassen und den Kuchenteller beiseite und legte die
Brieftasche auf den Tisch. Sie war ausgebeult von dem dicken
Bündel säuberlich geordneter Geldscheine, die ihre persönlichen Ersparnisse der letzten dreißig Jahre darstellten.

»Für deine Reise«, sagte sie und schob die Brieftasche zu
Judith, die sie nicht anzufassen wagte, »und komm nicht zurück,
bevor du nicht alles ausgegeben hast.« *Down to the very last
cent,* hatte sie gesagt, sagte Judith später zu Ignacio Abel und
stellte erst da, nach so vielen Jahren, erleichtert fest, dass sie die
Liebe ihrer Mutter endlich anzunehmen gelernt hatte, ohne
das Gefühl zu haben, dadurch ihrem Vater untreu zu werden,
der nie etwas nur annähernd Ähnliches für sie getan hatte.

Ich sehe sie jetzt deutlicher, nicht von hinten, sich kurz umwendend, und auch nicht als schwarzen Schattenriss: Ich sehe ihr vor Erwartung leuchtendes Gesicht auf dem Foto aus einer Fotokabine irgendwo in Paris, das Gesicht und den Blick eines Menschen, der ganz ausschließlich auf etwas wartet; nicht weil er die Schatten ignoriert, sondern weil er den Mut gehabt hat, einen Schicksalsschlag zu überwinden, und einen gesunden Geist besitzt, der sowohl Täuschung als auch Elend aushalten kann. Vielleicht aber gehört dieses Gesicht schon der Vergangenheit an oder existiert nur noch als chemisches Trugbild auf dem Fotopapier: Es ist das einer Unbekannten, die Ignacio Abel bisher noch nicht gesehen hat und durchaus nie zu Gesicht bekommen könnte; das Gesicht von jemandem, der ihr gar nicht mehr ähnlich sieht und längst in ein anderes Leben eingetaucht ist; einer Person, die in ebendiesem Augenblick an einem ganz und gar abweisenden Ort spricht, schaut und atmet, wo er ihr niemals begegnen wird; wo sie ihn nach und nach aus ihrem Leben streicht, ganz ohne Mühe, wie man eine Tafel abwischt, wenn man die Klasse betritt und seinen Unterricht beginnt, Kreidestaub zu Boden sinkt und an den Fingern weiße Spuren hinterlässt, sehr viel deutlichere Spuren als die schwindende Präsenz des Geliebten, den sie Mitte Juli verlassen hat, in einer anderen Stadt, in einem anderen Land, auf einem anderen Kontinent, falls sie nach Amerika zurückgekehrt ist, in einer anderen Zeit.

8 Er tut nichts, wartet nur ab, lässt sich entführen. Er wartet und fürchtet sich, vor allem aber überlässt er sich dem Antrieb des Zuges, der Trägheit des Befördertwerdens und des Befreitseins von Entscheidungen, an den verschlissenen Stoff der Rückenlehne seines Sitzes gelehnt, das Gesicht dem Fenster zugewandt, den Hut im Schoß; der ganze Körper registriert das rhythmische Stoßen der Räder auf den Schienen, die Fliehkraft einer Kurve, die Hände ruhen auf den Knien. So hat er sechs Tage auf dem Schiff verbracht, das den Atlantik überquerte. Seit er erleichtert die französische Küste entschwinden sah, ist er von jeder Verpflichtung und Ungewissheit befreit, zum ersten Mal seit er weiß nicht wie langer Zeit. Sechs ganze Tage, ohne Ausweispapiere vorzeigen zu müssen oder verhört zu werden, ohne die Qual, nichts entscheiden zu können, Vergangenheit und Zukunft so klar und unbeschwert wie der Horizont des Meeres. Und er, auf einem Deckstuhl hingestreckt, spürt die ganze im Körper angesammelte Müdigkeit, die tiefer geht, als er sich vorgestellt hat; eine Müdigkeit in den Lidern, die auf den Augäpfeln lasten, in den Armen und den Händen, den geschwollenen Füßen nach nächtelangen Fahrten in Eisenbahnzügen, ohne sich die Schuhe ausziehen zu können, der ganze Körper reine Erschöpfung, kraftlose Materie, die nach ihrer eigenen Bewegungslosigkeit schrie, nachdem er so endlos oft von einem Ort zum anderen gezogen war.

Er denkt an einen Genesenden, der, aus der Ohnmacht oder Anästhesie erwachend, die Augen aufschlägt und den im Kissen versunkenen Kopf zum Fenster des Krankenzimmers dreht.

Das Bild wird scharf, und es ist Adela, die dort liegt. Durch das Fenster sieht er eine mit den großen weißen Blüten der Zistrosen gesprenkelte Landschaft mit Pinien und dunklen Steineichen. Das Fenster ist nur angelehnt, und eine sanfte Brise bringt den Geruch von Zistrosen und Harz ins Zimmer, fährt leicht durch das Haar über ihrem blassen Gesicht, viele graue Strähnen darin, die er bisher noch nie bemerkt hat. Er weiß nicht, ob sie neu sind oder ob sie das Haar in der letzten Zeit nicht mehr gefärbt hat oder ob die grauen Strähnen durch das Eintauchen ins Wasser zum Vorschein gekommen sind, in dem sie beinahe ertrunken wäre. Er schaut sie an und weiß nichts von ihr. Sie ist seine Frau, mit der er fast Tag für Tag während der letzten sechzehn Jahre zusammengelebt hat, und sie ist ihm so fremd oder anonym wie das Zimmer des Sanatoriums oder das Bett mit den weißen Streben, in dem sie liegt. Weiter draußen, Richtung Madrid, das in der Ferne nur zu erahnen ist, sieht man die in der Hitze vibrierende Luft als kalkiges Licht.

Als Ignacio Abel ins Zimmer gekommen ist, hat er die Tür hinter sich ins Schloss gedrückt, ist ein paar Schritte auf das Bett zugegangen, dann aber stehen geblieben, in der einen Hand den Hut und in der anderen den Blumenstrauß, den er ihr noch nicht gegeben hat, weil er offenbar nicht weiß, wie er das tun soll: Wie übergibt man Blumen einer Frau, die sich nicht bewegt hat, als sie einen ins Zimmer kommen sah, einem nur einen kurzen Blick zugeworfen und dann die Augen wieder dem Fenster zugewandt hat, die Arme neben dem Körper auf der Bettdecke, die Hände, die keine Anstalten gemacht haben, die Blumen entgegenzunehmen. *Du bist an der Tür stehen geblieben wie bei einem Pflichtbesuch oder einer Totenwache und bist nicht einmal zu mir gekommen um mich zu umarmen und mir zu sagen dass du dich freust dass mir nichts passiert ist weil wer weiß ob es dir nicht lieber gewesen wäre dass man mich nicht gerettet und dich so von einer Last befreit hätte.* Während seine Stirn am

Abteilfenster das Vibrieren des Glases spürt, weiß er nicht, ob er sich wirklich an Adelas Stimme an diesem Junitag erinnert oder an etwas, das er mehrfach in dem Brief gelesen hat, den er bei sich trägt und längst zerrissen haben sollte; oder ob er über ihr stummes Bild die Worte legt, die er sich mit ihrer Stimme vorstellt, die Adela an jenem Tag hätte sagen wollen und nicht ausgesprochen oder nur in einem fiebrigen Halbschlaf gemurmelt hat und später, unausgelöscht, unbesänftigt und ohne Trost, niedergeschrieben hat, als der beginnende Bürgerkrieg sie schon wie ein großer erdgeschichtlicher Bruch auseinandergerissen hatte, er in Madrid und sie im Haus in den Bergen mit den Kindern und ihren Eltern. Sie war zurückgekehrt in den Schoß der Familie, in dem sie sich beschützt fühlte und den sie vielleicht nie hätte verlassen sollen, obwohl sie dann nie diese beiden Kinder gehabt hätte, die sie damals dann so liebevoll empfingen, als sie nach einer ganzen Woche im Krankenhaus nach Hause gekommen war, die kein Wort über das verloren hatten, was jeder in der Familie »den Unfall« nannte und sie mit bitterer Reue erfüllte über das, was sie sich anzutun versucht hatte und was ihr beinahe gelungen wäre. *Leid tut mir allerdings dass ich nicht an sie gedacht habe sondern nur an dich und an meinen Wunsch dir wehzutun aber in Wirklichkeit waren sie es denen ich wehgetan habe und nicht dir der du dir ja nur die Mühe gespart hättest mich weiterhin sehen zu müssen und dessen Weg dann frei gewesen wäre. Aber ich wollte dir gar nicht weh tun, dumme Gans, die ich bin, in Wirklichkeit kam ich um vor Liebe zu dir und konnte nicht mehr leben wenn du mich verließest.*

Es ist nicht die Stimme, sondern es sind die Worte, die in einer Art langer und mühevoll hinausgepresster Erregung niedergeschrieben wurden, in einer schlaflosen Nacht vielleicht, im Licht einer Petroleumlampe im Haus in den Bergen, wo die Stromversorgung um elf Uhr nachts unterbrochen wurde, und wer weiß, ob nicht unter dem gedämpften Donner der Geschütze an der Front, die gar nicht so weit entfernt ist. Die Kinder schlafend im Bett, Don Francisco de Asís und Doña Cecilia schnarchend in ihrem Zimmer, alle Lichter im Dorf gelöscht, höchstens eine Öllampe im Fensterchen einer Scheune, der Bahnhof im Dunkeln. Schon seit über einem Monat fahren hier keine Züge von oder nach Madrid mehr vorbei: genau seit dem Tag im Juli, an dem Ignacio Abel das Haus verlassen hat wie an jedem späten Sonntagnachmittag im Sommer und wie so viele andere Männer, die ihre Familie in den Bergen zurücklassen und zur Arbeit wieder in die Stadt fahren, in seinem hellen Anzug, die Aktentasche unter dem Arm, jenseits des Zauns zum Abschied mit dem Hut winkend, seine Schritte beschleunigend, weil er den Pfiff des herannahenden Zuges gehört und Angst hat, ihn zu verpassen. *Du hast gedacht ich würde deine Ungeduld nicht bemerken als du gehen wolltest und es nicht zu sagen wagtest weil du den Kindern versprochen hattest bis Montagmorgen zu bleiben aber ich wusste dass du nicht aushalten würdest was immer dich mit solcher Kraft in die Stadt zurückzog und das Einzige was dich an diesem Tag interessierte waren nicht die Nachrichten aus Marokko und Sevilla und wie gefährlich es in Madrid war mit all den Schießereien und den schrecklichen Verbrechen die dort verübt wurden sondern allein dass dieser Zug nicht ohne dich abfuhr und du dich mit der treffen konntest die auf dich wartete.*

Sie schrieb so schnell, dass sie die Interpunktion vergaß und ihre Schülerinnenschrift unregelmäßig und ungerade wurde und das Blatt bis zu den Rändern ausfüllte, Wörter durchstrich und sich nicht um Tintenflecke und Kratzer kümmerte, wenn die fast trockene Feder auf dem Papier hakte, wie in einem trockenen Mund die Wörter stecken bleiben. So begierig war sie, all das zu sagen, was sie nie ausgesprochen hatte, dass sie schamlos ihren Kleinmut und ihr Ehrgefühl fahren ließ, *sie wird Sachen mit dir machen die mir widerwärtig wären die aber offenbar alle Männer wollen und deretwegen sie diese unsäglichen Häuser aufsuchen.* Das dachte sie wahrscheinlich, als er ihr Zimmer im Sanatorium betrat und sie dem Fenster zugewandt sah, seine Anwesenheit teilnahmslos registrierend, sich von einer Erschöpfung treiben lassend, die vor allem ein Alleingelassensein war, reine Stumpfheit, ein Ertragen der Körperlast und ihrer Unbeweglichkeit nach dem Ersticken und dem Eindringen des trüben Wassers in Nase und Mund, das ihre Lungen überflutete, nach dem Strampeln gegen den Moder am Grund des Flusses, dessen stilles Wasser ihren Körper vor dem Himmel widergespiegelt hatte, bevor sie sprang beziehungsweise einen Schritt tat und sich wie ein nasser Sack fallen ließ, endlich erlöst von dem unbeholfenen und schweißtriefenden Gewicht ihrer selbst, die sie ihr eigener Bleigürtel geworden war.

Nicht wie dieser breite Fluss, an dem der Zug entlangfährt, der gegen den Strom große Lastkähne voller Gestein oder Schrott oder Abfälle mit sich führt, leichte Segler, die wie Papierschiffchen schwankend über das Wasser gleiten, die weißen Segel vom Wind geriffelt wie die Wasseroberfläche, auf der halb versunken wie der Rücken eines Krokodils ein riesiger Baumstamm treibt, vielleicht vom Ufer gerissen und mit Möwen, die sich flatternd auf seinen Ästen halten. Wer hier ins Wasser ginge, könnte nicht gerettet werden. Am liebsten würde er nur schauen – keine Erinnerungen, keine Wünsche, keine Gewissensbisse mehr haben (Wünsche, die ihm nicht mehr erfüllt werden; Gewissensbisse wegen dem, was sich nicht mehr ändern lässt), nicht mehr überschlagen, wie lange die Reise noch dauern wird, keine Sorge mehr, den richtigen Bahnhof zu verpassen oder noch nicht abfahrbereit zu sein, wenn der Zug einfährt, weil der Bahnbeamte ihm gesagt hat, der Aufenthalt sei nur kurz und er solle sich besser rechtzeitig am Ausgang einfinden. Er ist jetzt erst ein paar Minuten unterwegs und schaut schon ebenso oft auf die Uhr, wie andere besorgte Männer an ihren Zigaretten ziehen oder sich neue anzünden. Dabei hat er erst vor so kurzer Zeit einen Blick auf die Uhr geworfen, dass er denkt, sie sei stehen geblieben, und sie mit besorgter Miene ans Ohr hält.

Der Zug fährt jetzt in eine so enge Kurve, dass er den Fluss in seiner ganzen Breite zwischen den beiden Ufern sehen kann, und darüber, so leicht wie eine hingeworfene Skizze oder eine Fata Morgana, die schönste Brücke, die er je gesehen hat. Ihre Pfeiler und Bögen und die metallischen Verstrebungen der beiden Türme, die in der Sonne glänzen wie ein schwereloses Gefüge aus stählernen Lamellen, deren Spannkabel sich gegen das Blau des Himmels abheben oder im blendenden Sonnenlicht fast unsichtbar sind wie die Seidenfäden eines im Wind vibrierenden Spinnengewebes. Mit wiedererwachtem jugendlichen Staunen erkennt er die George-Washington-Brücke, die in der Wirklichkeit noch bewunderungswürdiger ist als auf Plänen und Fotografien, so strahlend, wie eine frisch vollendete gotische Kathedrale sein müsste (er erinnert sich, wie Le Corbusier von ihr schwärmte), schöner noch, delikat in ihren großartigen Abmessungen, ihrer klaren Form, rein wie ein mathematisches Axiom, so notwendig wie die fabelhaften Gegenstände, die Professor Rossmann auf seinem Tisch im Hörsaal ausbreitete, der nun nie mehr von seinen Gefühlen übermannt werden wird, wenn er ihn von Weitem auf der Straße erkennt.

Er drückt sein Gesicht ans Fenster, um besser sehen zu können, als der Zug der Brücke näher kommt. Seinem Sohn Miguel hat er vor zwei Jahren zum Namenstag einen Baukasten der George-Washington-Brücke geschenkt, und der Junge war so aufgeregt, so überwältigt, dass es ihm nicht gelingen wollte, das Modell zusammenzubauen; alles stürzte wieder zusammen, als er gerade fertig zu werden glaubte, und er brach in Tränen aus. Der durchhängende Bogen der Trägerkabel schwingt sich von einem Ufer zum anderen, zart und exakt wie der feine Strich einer Zirkelkurve auf weißem Papier. Es gibt keine Einfassungen aus Stein, um etwas zu verblenden oder um die Struktur wuchtiger erscheinen zu lassen: Das Licht fällt durch die Türme wie die filigranen Geometrien einer Jalousie. Nackte Türme, Prismen aus Stahl, ihre Streben so fest verankert wie die leicht gewölbte Fahrbahn, die sich ohne weitere Stützen von Ufer zu Ufer schwingt, die Kabel perfekte Bögen und im Wind zitternde doppelte Harfensaiten. Mathematische Reinheit: zwei vertikale Linien, durch die eine horizontale stößt, und ein umgekehrter Bogen von etwa dreißig Grad, dessen Enden sich am höchsten Punkt der Schnittstelle von Horizontale und Vertikale befinden. Je näher der Zug kommt, umso mehr wird Leichtigkeit zu Schwere, zum gewaltigen Gewicht der Stahlträger auf den sie stützenden Riesenpfeilern, die in den gewachsenen Fels unter dem Flussbett gerammt sind und an deren granitenen Sockeln sich die Bugwellen eines Frachters brechen, der soeben unter der Brücke durchgefahren ist und jetzt vom Zug überholt wird.

Vielleicht hat er sich die falsche Arbeit gesucht. Der Beruf des Architekten erlaubt Launen und Frivolitäten, welche die asketische Kunst des Ingenieurwesens verbietet (»Seid ihr Architekten nicht nur etwas bessere Dekorateure?«, hatte der Ingenieur Torroja ihn nicht nur gänzlich im Spaß gefragt). Es kann kein Gebäude geben, das schöner wäre als eine Brücke; keine Form, die reiner und zugleich künstlicher ist, über die maßlose Natur gespannt wie ein Blatt Transparentpapier, auf das ein Entwurf gezeichnet ist. Einige Sekunden lang kann er von seinem Fensterplatz aus die behauene Oberfläche der großen Quadersteine ganz aus der Nähe betrachten, so eindrucksvoll wie die eines Palazzo in Rom oder Florenz oder Blöcke von gewachsenem Fels, die Größe der Nieten auf den Stahlträgern; er hat das Gefühl, die raue Oberfläche und Risse in der von der Witterung zerfressenen Farbschicht berühren zu können, die ihn an die Rinde eines großen Baums erinnert. Er legt den Kopf in den Nacken, um die Höhe der Pfeiler ermessen zu können, deren gewaltige Strebekraft ihn schwindeln lässt. Die Abmessungen der Brücke entsprechen dem Strom, der breit und mächtig ist wie das Meer, seinen Steilufern und den Wäldern, die der Zug jetzt, da er die Ausläufer der Stadt hinter sich lässt, in zunehmender Geschwindigkeit durchfährt.

Er wird seinen Kindern eine farbige Ansichtskarte schicken, wie er ihnen schon eine von der Brooklyn-Brücke und den vor dem Hintergrund der Wolkenkratzer an den Kais aufgereihten Ozeandampfern geschickt hat, vom Chryslergebäude und dem Empire State Building, die er zwar schon frankiert, aber dann in den Briefkasten zu werfen vergessen hat. Am Fuße des einen Pfeilers der George-Washington-Brücke wird er einen Punkt auf die Karte malen, damit sie eine Vorstellung von der Größe eines Menschen bekommen, winzig wie ein Insekt im Vergleich zur Brücke, verloren in einer Welt kolossaler Ausmaße und doch beherrschend in seiner Intelligenz und Vorstellungskraft, denn nichts von dem, was ihn vor Bewunderung erstarren ließ, war Bestandteil der Natur. Diese winzigen Menschen hatten die Brücke ersonnen, hatten eine Vorstellung von ihr entwickelt und erste zaghafte Linien auf ein Blatt Papier gezeichnet; sie hatten Kräfte und Widerstände exakt bemessen, hatten danach die Erde mit Maschinen aufgerissen, waren mit Tauchanzügen und Bleischuhen in das Wasser gestiegen, hatten im Wind schwankende Metallgerüste errichtet, um Stahlstreben zu schweißen und Kabel zu spannen, mit schweren Hämmern Nieten einzuschlagen. Die Arbeit des Menschen war eine biblische Aufgabe: der Mut, sich dem eisigen Wind auszusetzen, Erschöpfung und Höhenangst zu überwinden, wurde nicht im Namen eines Ideals oder einer fixen Idee aufgebracht, sondern um einen Auftrag auszuführen und damit sein tägliches Brot zu verdienen; das einmütige Unternehmen, etwas zu errichten, wo vorher nichts gewesen war: eine Brücke, Eisenbahngleise und Schwellen, eine nach der anderen an die Erde genagelt, ein Haus, eine Bibliothek auf der Kuppe eines Hügels. Etwas aufbauen in dem Wissen, dass in dem Moment, in dem die Arbeit beendet ist, Zeit und Elemente sie auszuhöhlen beginnen, zu verschleißen durch die Ausdehnung der Materie in der Hitze oder durch die Angriffe von Wind und Regen, durch tückische Feuchtigkeit, Rosten von Eisen, Zerfressen von Holz, Zerbröckeln von Stein, die jähe Katastrophe des Feuers. Trupps von Arbeitern sind auf die Spannkabel geklettert, schwarze Punkte wie Noten auf einer Partitur oder Vögel auf einem Telefondraht, reparieren etwas, streichen vielleicht, denn in diesem Klima hält die beste Farbe nicht lange, sie ist der Salzluft des Meeres ausgesetzt, bekommt Risse von extremer Kälte und Eis, wird weich, wenn die Sommersonne den Stahl aufheizt. Die Zeit jedoch erledigt den Rest; das Vergehen von Zeit, das Licht der Sonne, Hitze und Kälte, beständiger Gebrauch: Die Zeit enthüllt oder tilgt die Schönheit einer von der Witterung zerfressenen Backsteinmauer; einer Treppe mit ausgetretenen Stufen; das Holz eines Geländers, vom unablässigen Darübergleiten von Händen zum Glänzen gebracht. Jahrelang von der Vorstellung besessen, Dinge schnell zu Ende bringen, von einer Minute zur nächsten springen zu müssen, wie man auf einem fahrenden Zug von Waggon zu Waggon springt, dämmert ihm jetzt allmählich, dass es ihm vielleicht nicht an Schnelligkeit, sondern an Langsamkeit gemangelt hat, an Geduld und nicht an hektischer Betriebsamkeit.

Aber es ist so mühsam, etwas aufzubauen. Da ist ein dumpfer Unwille gegen dieses Bemühen, eine unterschwellige destruktive Strömung: der Impuls des Kindes, seine Sandburg zu zertrampeln, die es gerade am Strand fertig gebaut hat, mit den Füßen auf die Türme zu treten, Mauern mit einem Tritt hinwegzufegen; Miguel, inmitten der Baukastentrümmer weinend in seinem Zimmer, mit gerötetem Gesicht, übertrieben weinend für sein Alter, seine Schwester schaut ärgerlich von ihren Hausaufgaben auf ihn hinunter; ganze Trupps von

Sprengmeistern, die in der Hitze der letzten Julitage und dem beginnenden Wahnsinn des Bürgerkriegs das Denkmal vom Hl. Herzen Jesu auf dem Cerro de los Angeles in die Luft sprengen wollen – aus der Stadt werden große Bohrer und Presslufthämmer auf Lastwagen herangeschafft, Milizionäre schießen Salve auf Salve gegen die riesige Statue mit den ausgebreiteten Armen; die vom Schein der Flammen beleuchtete Menschenmenge mit glänzenden Augen und der einmütige Schrei aus aufgerissenen Mündern in der Nacht des 19. Juli, als sie die Kuppel einer Kirche im Höllentanz sprühender Funken und einem Lavafluss aus schmelzendem Blei in sich zusammensinken sieht. In der Hitze der Sommernacht wirbelte das Feuer wie aus dem Schlund eines Hochofens in die Luft. Wie viel Zeit, wie viel Arbeit, wie viel Erfindungsgeist hatte es gekostet, diese Kuppel vor mehr als zwei Jahrhunderten zu erbauen; wie viele Männer, die den Stein aus dem Fels schlugen, und Maultiere oder Ochsen, die die Blöcke aus dem Steinbruch schleiften; wie viele Bäume und Äxte waren nötig für die Herstellung der Balken, wie viele Schwielenhände schabten sich blutig beim Zerren an den durch Blockrollen laufenden Seilen! In wie vielen Öfen wurde das Blei für die Dachplatten geschmolzen und in Form gebracht, der Ziegel aus rotem Ton gebacken und lasiert! Und wie schnell dann alles niederbrannte: Das Feuer sog die heiße Luft in sich hinein, um seine Gefräßigkeit zu stillen; Männer und Frauen tanzten um Ignacio Abel, als feierten sie die Krönung einer primitiven Gottheit, einige feuerten mit Gewehren oder Pistolen in die Luft; trunken vom Feuer wie von Wörtern und Hymnen, feierten sie nicht das Zusammenbrechen einer in einem Flammenmeer versinkenden Kirchenkuppel in Madrid, sondern den imaginären Untergang einer hinfälligen Welt, die es verdiente, vom Angesicht der Erde getilgt zu werden.

Er weiß noch, wie sich die Hitze des Feuers auf seinem Gesicht anfühlte, erinnert sich an den Benzingeruch und den

erstickenden Qualm, wenn der Wind sich drehte, an den Asche-
geschmack im Mund und später den Qualmgestank in den
Kleidern. Die anderen zerstören mit moderneren Methoden,
nicht mit dem mittelalterlichen Feuer der Apokalypse, sondern
mit deutschen und italienischen Flugzeugen, die die Flüchtenden auf den Straßen mit Maschinengewehren beschießen und
aus einer komfortablen Höhe ihre Bomben auf Madrid werfen,
wo es nicht nur keine Luftabwehr gibt, sondern nicht einmal
Suchscheinwerfer oder funktionierende Sirenen. Die Unseren
töten zornig und ungeschickt; die anderen mit der überlegten
Methodik von Schlächtern, zielen von fern mit unfehlbarer
Treffsicherheit auf entsetzt davonrennende Milizionäre, haben
für den Nahkampf scharf geschliffene Bajonette. Weder die
einen noch die anderen ruhen des Nachts. In der Nacht leistet
das mutmaßliche Opfer noch weniger Widerstand. Es wartet
reglos, apathisch, wie ein Tier, das gebannt in die Scheinwerfer
des Autos starrt, welches es gleich überfahren wird. Das Letzte,
was die zur Exekution Geführten beider Seiten sehen, sind
die Lichter eines Autos. Professor Rossmann, dessen Brille
sie zertreten hatten, schmerzte dieses Licht in seinen armen
farblosen Augen. Ignacio Abel hörte im Dunkeln eine Stimme,
die seinen Namen aussprach, und begriff erst gar nicht, dass er
nichts sah, weil er selbst sich mit beiden Händen die Augen
zuhielt.

Wieder einmal schaut er auf die Uhr, obwohl er gerade eben
erst einen Blick darauf geworfen hat, wie der Raucher, der
vergisst, dass er sich schon eine Zigarette angezündet hat, und
gierig zur nächsten greift. Sollte die Stadt noch nicht überrannt worden sein, hört man jetzt vielleicht die Motoren der
Flugzeuge in der schreckstillen Nacht. Moreno Villa wird sie
hinter den geschlossenen Fenstern seines Zimmers in der
Residencia hören, wo er in anderen Nächten aus nächster
Nähe die Befehle und Schüsse der Exekutionskommandos

gehört hat, das Brummen der Autos, die die Szene beleuchten und mit laufenden Motoren darauf warten, dass man endlich fertig wird. Die Flugzeuge kommen vielleicht von Norden, Miguel und Lita werden sie über die Berge fliegen hören und wissen, dass sie gekommen sind, um Madrid zu bombardieren, werden denken, dass ihr Vater noch in der Stadt ist oder schon tot, und sie ihn nie mehr wiedersehen, das letzte Bild von ihm ein im Entwicklerbad zerfließendes undeutliches Foto: der helle Anzug, die schwarze Aktentasche unter dem Arm, von der anderen Seite des Zauns winkt er mit dem Hut, während man einen weiteren Pfiff des herannahenden Zuges hört.

Mit einem Ton wie von einem Nebelhorn verlässt der Zug jetzt das Ufer, nimmt Geschwindigkeit auf und fährt in den Tunnel aus gelben, braunen, orangefarbenen, bläulichen und roten Blättern eines dichten Waldes, in den das Abendlicht kaum noch hineindringt. Der Fahrtwind des Zuges wirbelt Blätter auf, die wie verwirrte Schmetterlinge aufflattern, gegen die Fensterscheiben prallen und rasch zurückbleiben. Blätter von Eichen, Ahorn und Ulmen, von Bäumen, die er noch nie gesehen hat, immer noch dicht in den Kronen, aber auch durch die Luft trudelnd oder schon den Boden bedeckend wie eine rote, gelbe, ockerfarbene Schneedecke zwischen urwüchsigen Stämmen und undurchdringlichem Gebüsch, wo sich die ursprüngliche Natur nur wenige Schritte von den Schienen entfernt unberührt erhalten zu haben scheint, so wenige Schritte wie die auslaufenden Wellen des ozeanischen Stroms, die unterhalb des Gleisbetts ans Ufer schwappen. Der Blick verliert sich in den Tiefen des Waldes: keine Spur mehr von der Stadt, die erst wenige Minuten zurückliegt, oder von der Brücke, die, ganz nah noch, die Gegenwart von Menschen bezeugt. Als wäre der Kontinent von seinen eigenen Flüssen und Wäldern überwältigt worden und hätte alle Narben ausgelöscht, die ihre Bezwinger hinterlassen haben. Unter dieser dichten Vegetation könnten die Ruinen einer erloschenen Zivilisation verborgen liegen. Durchs Fenster dringt jetzt nicht mehr der Geruch von Algen und Meer, sondern der von Blättern, feuchter Erde und fruchtbarem Boden, in dem die pflanzliche Materie modert, beschützt von dornigem Gestrüpp. In der Sierra Morena und der Sierra de Cazorla wurden ganze Pinienwälder für den Bau der Schiffe der Armada Philipps II. abgeholzt, die dann ein Sturm vor der englischen Küste in wenigen Stunden untergehen ließ. Tiere starben, Vögel verloren ihre Zufluchtsräume, Regen spülte die Erde von den Hängen, die das Wurzelwerk der Bäume festgehalten hatte; am Ende nackter Fels, kahle Heimat von Ziegenhirten und ausgemergelten Landarbeitern, aber auch jener Aufgeklärten, die immer weiter abholzen und abbrennen wollen, bis nicht einmal mehr Skorpione einen Unterschlupf finden.

Als sie sich zum zweiten Mal trafen, führte er Judith Biely in den Botanischen Garten aus. Dankbar erkannte sie die Bäume Amerikas, die identischen Herbstfarben, war jedoch überrascht, dass der Wald schon so bald endete und von den geraden Wegen, Gittern und Laubengängen eines französischen Gartens abgelöst wurde. Sie ging an seiner Seite, und beide schwiegen, lauschten dem Knistern des trockenen Laubs unter ihren Schritten. Mit den Listen der heimlichen Liebe waren sie noch nicht vertraut. Sie waren noch nicht einmal ein Liebespaar. Mehr als ein von Begierde getriebenes unbeholfenes Streicheln während sie sich im grünlichen Halbdunkel der Bar des Hotels Florida küssten und später im Auto, in dem Ignacio Abel sie zum ersten Mal in ihre Pension brachte, war nicht gewesen; beide ungläubig still nach dieser Kühnheit. Sie hatten einander noch nicht nackt gesehen. Das Gespräch hatte sie von der Tatsache, dass sie zusammen waren, abgelenkt; so konnten sie das, was sie hinter den Worten miteinander verband, in der Schwebe halten.

Sie hatten sich vor dem Eingang des Botanischen Gartens verabredet, und der Impuls, aufeinander zuzulaufen, verebbte im Präludium der körperlichen Berührung. Sie küssten sich nicht, ob aus Unentschlossenheit oder Scham, und gaben sich nicht die Hand. Eine neu hervorbrechende Schüchternheit wischte die bereits erreichte Nähe der ersten Begegnung beiseite; es erschien ihnen unmöglich, sich schon einmal umarmt und lange geküsst zu haben. Sie mussten von vorn anfangen, die gegenseitigen Grenzen neu abtasten, die unsichtbaren Bande der guten Erziehung. Merkwürdig, dass dies alles geschehen ist; dass erst ein Jahr seitdem vergangen ist, dass das Abendlicht im Oktober jetzt fast identisch ist, so wie der Geruch und die Farben der Blätter.

»Und am seltsamsten ist, dass ich mich in Madrid wie zu Hause fühle«, hatte Judith gesagt, bevor sie verstummte und mit den Händen in den Taschen ihres leichten Sommermantels und mit unbedecktem Kopf so lustvoll und heiter die Umgebung betrachtete wie am ersten Tag, als sie zusammen auf der Straße standen, auf dem Gehweg der Gran Vía nach dem Empfang bei Van Doren, vor den Filmplakaten des Palacio-de-la-Prensa-Kinos. Im Botanischen Garten, an dem warmen, feuchten Oktobermorgen mit seinem vagen Geruch von Rauch und herabgefallenen Blättern in der Luft, lasen sie die Schildchen mit den lateinischen und spanischen Namen der Bäume. Judith sagte sie etwas verunsichert auf, ließ sich gehorsam korrigieren, beglückt über die auf ferne Ursprünge verweisenden Namen: kaukasische Ulme, Himalajakiefer, kalifornischer Mammutbaum. Sie erzählte ihm, dass sie sich in Madrid heimischer fühlte als in sonst einer europäischen Stadt, die sie in den letzten eineinhalb Jahren besucht hatte, und dass dies vom ersten Augenblick an so gewesen sei, seit sie auf dem Nordbahnhof aus dem Zug gestiegen und auf eine sonnige, im ersten Licht eines Septembermorgens noch feuchte Straße getreten war. Ein Taxi habe sie zur Plaza de Santa Ana gebracht, der ganze Platz voller mit Planen überdachter Gemüse- und Blumenstände, erfüllt von den schrillen Stimmen der Verkäuferinnen und dem Zwitschern der zum Verkauf stehenden Vögel in ihren Drahtkäfigen, von den Rufen und Pfiffen der Scheren- und Messerschleifer, dem Lärm lautstark geführter Unterhaltungen, der aus den weit offenen Türen der Bars nach draußen drang.

Das Viertel, in dem sie in New York gewohnt habe, sei genauso gewesen, als sie noch klein war, sagte sie; vielleicht etwas beklemmender in seiner Lebendigkeit, sichtbarer der Zorn bei der täglichen Jagd nach dem Lebensunterhalt oder dem Gewinn, in den nachbarschaftlichen Beziehungen zwischen Männern und Frauen, die aus fernen Weltgegenden kamen und sich vom ersten Tag an und ohne jede Hilfe ihr tägliches Brot in einer fremden Stadt verdienen mussten, die sie schier erschlug, wenn sie die ihnen bekannten Straßen verließen, in denen die Einwanderer unter sich blieben, sich kleideten wie in ihren Dörfern und städtischen Gettos an den östlichen Grenzen Europas, umgeben von Plakaten, von Geschrei und von Essensgerüchen, die sich in nichts von denen der alten Heimat unterschieden. In Madrid hatte ein Straßenhändler an der Ecke oder der am Tresen lehnende Gast in einer Taverne Judith das Gefühl gegeben, schon ewig in der Stadt zu sein, von immer derselben gleichförmigen Trägheit beseelt wie die dunkel gekleideten Männer in den Cafés, die auf die Betriebsamkeit der Straße starrten, oder die schläfrigen Wärter in den Sälen des Prado. Aber die orientalische Trägheit der Beamten und Angestellten auf den Ämtern, fragte er, habe sie wohl noch nicht kennengelernt? Sie war noch nie um neun Uhr früh auf einem Amt gewesen, um eine Formalität zu erledigen, und hatte bis nach zehn warten müssen, unter dem Bogen des Schalterfensterchens schließlich in ein sauertöpfisches oder unbewegtes Gesicht geblickt, einen nikotingelben Zeigefinger gesehen, der sich verneinend hin und her bewegte oder anklagend auf die Stelle in einem Formular zeigte, an der eine Steuermarke oder ein Stempel oder die Unterschrift von jemandem fehlte, der in einem noch abgelegeneren Büro aufgefunden werden musste, dessen Schalterfenster dann geschlossen war?

»Du darfst Rückständigkeit nicht mit Exotik verwechseln«, sagte Ignacio Abel; unsicher, ob er die zweite Person Singular als ungehörige Annäherung benutzt hatte, obwohl er sich nicht traute, Judith zu berühren, nicht einmal, sie rückhaltlos zu begehren. »Wir Spanier haben das Unglück, pittoresk zu sein.«

»Du wirkst sehr spanisch und doch wieder nicht«, sagte Judith und blieb stehen, schaute ihn mit wiedererkennendem Lächeln an, kühner als er, ungeduldig, ihm zu verstehen gebend, dass sie sich sehr wohl erinnerte; dass das beim letzten Mal Geschehene nicht vergessen war.

»Und wirke ich sehr amerikanisch?«

»Amerikanischer als jeder andere.«

»Phil Van Doren hätte da seine Zweifel. Seine Familie kam vor dreihundert Jahren nach Amerika, meine vor dreißig.«

Er mochte nicht, dass sie diesen Namen aussprach, schon gar nicht in der Kurzform. Er dachte an die starren Pupillen und den sarkastischen Blick unter den gezupften Augenbrauen, an die behaarten Hände mit den kurzen Fingern und den Ringen, die Judiths Taille umfasst hielten, an den Moment, als er, kaum aus dem Zimmer und sie allein lassend, wieder die Tür aufstieß und so tat, als hätte er etwas vergessen.

»Wir Spanier scheinen für ihn etwas bessere Abessinier zu sein. Von seinen Reisen ins Landesinnere spricht er, als hätte er dafür eingeborene Träger gebraucht.«

Er merkte, dass seine Feindseligkeit einem tiefen persönlichen Groll geschuldet war, der auf seiner Eifersucht beruhte, aus der Beziehung, die Van Doren mit Judith verband, ausgeschlossen zu sein, nach der sie zu fragen er nicht wagte, mit welchem Recht auch. Wenn er Frauen nicht mochte, warum begrapschte er sie dann immerzu? Aber was wusste er schon; er, der nicht nur für den Ehebruch, sondern für Gefühle überhaupt zu ungeschickt war! Wie konnte er unverkrampft mit ihr umgehen, wenn sie im Botanischen Garten unbekümmert und begehrenswert neben ihm ging und er sich nicht einmal traute, nicht nur sie zu berühren, sondern überhaupt ihrem Blick standzuhalten; wenn er sie ihr gewissenhaftes und immer flüssigeres Spanisch sprechen hörte und nicht an das dachte, was sie sagte, nicht einmal an das, was er ihr antwortete, sondern an die trostlose Möglichkeit, dass das einmal Geschehene sich nicht wiederholen ließe!

Er hörte das Pfeifen der Lokomotiven im nahen Bahnhof, das Bimmeln von Straßenbahnen, Motorengebrumm und Autohupen vom Paseo del Prado, gedämpft von den dicht stehenden Bäumen, wie das Knirschen des trockenen Laubs unter ihren Füßen, die leicht in die feuchte Erde einsanken, vor einem Jahr erst, einem Jahr und ein paar Tagen, in einer anderen Stadt, auf einem anderen Kontinent, in einer anderen Zeit; schläfrige Katzen sonnten sich auf steinernen Bänken. Und wenn sie es nun bereute oder schlicht der Meinung war, das Ganze sei es nicht wert gewesen, es läge etwas Peinliches oder Lächerliches im Ungestüm eines Mannes von siebenundvierzig Jahren; eines verheirateten Mannes auch noch, mit Kindern, der bekannt war, sich in der Öffentlichkeit nicht mit einer Frau zeigen konnte, die nicht seine eigene war, eine Ausländerin und viel jünger als er, ständig beobachtet von den wachsamen Gesichtern Madrids, denen an den Kneipentheken und hinter den Fenstern der Cafés.

Was tat er da eigentlich?, würde er sich fragen, wenn sie beide schwiegen und ihr Gespräch nicht mehr das Geflecht eines Vorwands wie ein Netz unter sie spannte, wenn er viel früher als üblich aus dem Büro eilte, um sich mit Judith zu treffen, und der Grund dafür etwas rührend Kindliches hatte, ihr nämlich den Botanischen Garten zu zeigen, seinen Lieblingsaufenthaltsort in Madrid, hatte er ihr gesagt, seine Wahlheimat mehr noch als der Prado, mehr noch als die Universitätsstadt, seine Heimat mit Statuen von Naturwissenschaftlern und Botanikern anstatt von blutrünstigen Generälen oder degenerierten Königen, seine Insel der Zivilisation, die nicht dem Kult des kochenden Blutes anhing, sondern dem des milden Safts der Bäume, der Weisheit und der Geduld, sich die Natur auf intelligente Weise herzurichten. Dann blieb Judith auf der anderen Seite eines jener Springbrunnen mit plätscherndem Strahl und roten Fischen im Becken vor ihm stehen, und noch bevor sie ein Wort sagte, wusste er, dass sie das bisher nicht Angesprochene zur Sprache bringen würde, den Abend in der Bar des Hotels Florida.

»Ich war gar nicht sicher, dass du mich anrufen würdest.«

»Ich dich nicht anrufen?« Ignacio Abel musste schlucken und merkte, wie er errötete. Er sprach so leise, dass sie Mühe hatte, ihn zu verstehen. »Wie bist du denn auf so eine Idee gekommen? Ich habe die ganze Zeit nur an dich gedacht.«

»Auf dem Rückweg im Auto warst du so ernst, du hast kein Wort gesprochen und mich nicht angeschaut. Ich dachte, du würdest es bereuen.«

»Ich konnte noch immer nicht glauben, dass ich gewagt hatte, dich zu küssen.«

»Würdest du es jetzt wagen?«

»Wie sagt man auf Englisch: Ich kann es kaum erwarten?«

»*I'm dying to.*«

Aber an der Kühnheit des Abends ihrer ersten Begegnung hatte nicht nur das Verlangen seinen Anteil gehabt, sondern auch der Alkohol und das Fallen von Scham, die eisgekühlte durchsichtige Flüssigkeit in den konischen Gläsern, die der Kellner mit dem weißen Jäckchen auf der Party von Van Doren anbot, dessen Anweisungen folgend, den subtilen Gesten, die keinen Widerspruch duldeten. Trunken vom Alkohol, von all dem Neuen, all den Wörtern, dem wiedererkannten Lied auf dem Grammofon, seiner eigenen, leicht veränderten Stimme, dem klaren Oktoberhimmel über den Dächern von Madrid, den Gesichtern der Gäste (von denen Judith, stellte er erleichtert fest, die meisten nicht kannte, obwohl sie Landsleute von ihr waren), den Bildern von Klee und Juan Gris, dem weißen, lichten Raum, der ihn von seiner Zeit in Deutschland schwärmen ließ, während sein Verlangen nach Judith den Teil von ihm zu neuem Leben erweckte, der seit dem Verlust seiner ungarischen Geliebten abgestumpft war. Mit einem Blick auf die Uhr sagte er, als Van Doren sie in seinem Arbeitszimmer allein gelassen hatte, »Jetzt muss ich aber wirklich gehen«, und nahm es dankbar wie ein unverdientes Geschenk, dass Judith antwortete, das müsse sie auch, mit ihm hinausging und im Fahrstuhl erleichtert aufatmete und vor dem Spiegel kurz ihr Haar in Ordnung brachte. Auf der Straße gingen sie zum ersten Mal im Hellen und inmitten von Menschen nebeneinander, ohne die Notwendigkeit besonderer Vorsicht, immer noch in der Zeit, sich verabschieden zu können, ohne dass etwas passiert wäre, auseinanderzugehen im Gewimmel eines Freitagnachmittags auf der Gran Vía, Schaufenster und riesige handgemalte Filmplakate an den Fassaden der Kinos, Hupen von Autos und die auf den Chromteilen der Karosserien blitzende Oktobersonne. Es war eine Gegenwart, die noch keine Zukunft kannte, jene unvermeidliche Zukunft, deren Richtung vielleicht ein nicht ausgesprochenes Wort bestimmte. Er konnte wahrheitsgemäß sagen, dass er dringend ins Büro zurückmusste, zu den Papieren und Plänen auf seinem Schreibtisch und den Zetteln mit wichtigen Anrufen, die auf Antwort warteten.

Er fühlte sich schwindlig: Wenn er mit offenem Fenster fuhr, würde die frische Luft ihm einen klaren Kopf verschaffen. In jedem Moment tun sich mögliche Zukünfte auf, leuchten wie Feuer in der Dunkelheit, und eine Sekunde später sind sie wieder erloschen. Aber er wollte weiterhin ihre Stimme hören, ihre besondere Art, spanische Vokale und Konsonanten auszusprechen; den Zustand leichter körperlicher Benommenheit hinauszuziehen, den ihre Anwesenheit verursachte, weniger ein Nachgeschmack des Verlangens als die reine Möglichkeit desselben, eine Art Höhensausen im Zwerchfell, das er seit über zehn Jahren nicht mehr verspürt hatte, die Macht von etwas unmittelbar Bevorstehendem, den so erregenden wie geheimnisvollen Hauch des Weiblichen. Judith betrachtete mit wiedererkennendem Lächeln das Sonnenlicht auf den Simsen der höchsten Gebäude, das klare Blau des Himmels, in das sich der wuchtige Turm des Capitol-Kinos schob.

»Ich blicke nach oben, und es ist, als wäre ich in New York.«

»Da sind die Häuser aber doch viel höher.«

»Es sind nicht die Häuser, es ist das Licht. Dasselbe Licht gibt es jetzt in Manhattan. Das heißt, in sechs Stunden gibt es das dort.«

Er könnte vorschlagen, noch irgendwo etwas trinken zu gehen, und Judith würde ihm lächelnd danken und sagen, dass sie dann zu spät zu einem Treffen mit ihren Studenten käme oder zu einem Vortrag in der Residencia oder im Zentrum für Geschichtsstudien. Er dachte an seine dunkle, leere Wohnung, wenn er in der Nacht nach Hause käme, wenn er die Tür aufschlösse und die Stimmen seiner Kinder nicht hören würde, die in diesem Augenblick vielleicht im Garten des Wochenendhauses in den Bergen spielten oder für den nächsten Tag, wenn er käme, eine Expedition planten, so eine wie in den Romanen von Jules Verne. Ganz ohne Vorsatz und in einem Ton, dessen Leichtigkeit ihn selbst überraschte und in dem ein Hauch von Furcht mitwehte, sagte er zu Judith, er lade sie auf ein Glas in die Bar des Hotels Florida ein, das ganz in der Nähe lag, gerade auf der gegenüberliegenden Straßenseite. Nach kurzem Zögern zuckte sie die Schultern und nickte lächelnd, und als sie mitten im Verkehr die Gran Vía überquerten, nahm sie kurz seinen Arm.

Worte sind nichts; das Delirium des Verlangens und die Fieberfantasien wirbeln vergebens durch die harte, unzugängliche Konkavität des Schädels: Was zählt, ist nur die Berührung, das Ertasten der anderen Hand, die Wärme eines Körpers, das rätselhafte Pochen eines Herzschlags. Seit wann hat ihn niemand mehr berührt? Seine im Sitz des Eisenbahnabteils zusammengesunkene Gestalt ist rau und versteinert wie die doppelte Schale einer verschlossenen Muschel. Er hat von Judith Bielys Stimme geträumt (an die er sich nach nur drei Monaten kaum noch im Wachzustand erinnert), aber ihr Klang war weniger wahrhaftig als das Gefühl, von ihr berührt zu werden, ihre Hand zu spüren, den Druck ihres Bauches, die straffe Haut und das gekräuselte Schamhaar, von ihren Lippen geküsst zu werden, von ihrem Haar so sanft gestreichelt wie von ihrem Atem, gleich dem durch das offene Fenster lautlos hereinstreichenden Wind.

Er ging neben ihr auf einem der Wege des Botanischen Gartens, und plötzlich schwiegen sie beide, und man hörte nur noch das Knirschen der trockenen Blätter unter ihren Schritten: der Blätter von Bäumen, die im 18. Jahrhundert als Samenkörner oder zarte Pflänzchen aus Amerika kamen, in dunklen Schiffsbäuchen darauf wartend, in dieser fernen Erde zu sprießen, die Judith Biely nach fast zwei Jahren des Reisens ein neues Zuhause ist. Eine Heimat, von der sie bis jetzt nicht wusste, dass sie sie hatte, in der sie die Baumstämme, die Formen und Farben der Blätter erkennt, ihre spanischen Namen lernt und sie auf Englisch sagt, damit er sie wiederholt, unbeholfen jetzt und viel jünger als die ersten Male, die sie ihn sah, jünger und wehrloser bei jeder Begegnung, als würde sein Leben rückwärts ablaufen: die hohe professorale Gestalt hinter einem Rednerpult in der Residencia, im dunklen Anzug, mit grau meliertem Haar und strengem Blick; der Mann, der sie etwas später durch den ganzen Saal voller Menschen hindurch ansah; der davonging, ohne sich zu verabschieden, zusammen mit seiner Frau, die sichtbar älter war als er und nicht wie die Mutter des aufrechten und aufmerksamen Mädchens wirkte, das dennoch die unwahrscheinliche Tochter der beiden war; der plötzlich in der Tür von Van Dorens Wohnung stand; der sich steif zu ihr hinüberbeugte, aber sich offenbar doch nicht traute, sie in der Nische der Bar des Hotels Florida zu küssen; der jetzt, nur ein paar Tage später, verwirrt, gelehrt, die lateinischen Namen von Bäumen aufsagte und nicht den Matsch an seinen Schuhen und Hosenaufschlägen bemerkte, der stehen blieb, weil sie stehen blieb, und ihrem Blick nicht zu begegnen wagte, weil er es vielleicht bereute und ihn die Last der Verantwortung drückte, so weit gegangen zu sein, sie wieder angerufen zu haben, dem es die Sprache verschlug und der dennoch so tat, als sei er so etwas wie ein Lehrer oder Mentor in Sachen Botanik oder spanische Lebensart und sie eine ausländische Studentin, die ein Verlangen in ihm weckte, das ihn überwältigte und mit dem er nicht umzugehen wusste, von dem er nicht geglaubt hatte, dass es das noch gab.

»I'm dying to.«

9 Gewohnt, nicht zu lügen, überraschte ihn die Leichtigkeit, mit der es ihm zum ersten Mal seit langer Zeit gelang, etwas zu verbergen. Das Neue des Sichverstellens war ebenso erregend wie das des wiedererwachten Verlangens, wie das der Begleiterscheinungen des Verliebtseins. Etwas von Unschuld lag in einer so vollkommenen Straflosigkeit. Was niemand wissen durfte, war vor wenigen Stunden erst passiert, war in seiner Erinnerung noch hell und frisch und hatte dennoch keinerlei Spuren an seiner äußeren Erscheinung hinterlassen. Das Geheimnis des Bewusstseins war eine wundervolle Gabe. Im weichen Sonnenlicht des Samstagnachmittags in den Bergen lag er im Gras und unterhielt sich zerstreut mit Adela über das kommende Schuljahr der Kinder, und obwohl sie ihm in die Augen schaute, konnte sie nicht wissen, was er dachte, was er sich genüsslich in Erinnerung rief, indem er jede Einzelheit, jede Minute noch einmal durchlebte. Seine Erinnerung war eine Dunkelkammer, in der nur er Judith Biely sehen konnte; war ein Korridor von murmelnden Stimmen, in dem keiner außer ihm ihre Stimme so nah und deutlich hörte, als flüstere sie ihm ins Ohr, sein Gesicht mit den Lippen streifend, mit ihrem Atem, in dem nach zwei Stunden angeregter Konversation ein leichtes Aroma von Whisky und amerikanischen Zigaretten lag.

Adela war wahrscheinlich dankbar für die leutselige Gesprächigkeit, mit der er am Morgen im Wochenendhaus eingetroffen war; für seine entspannte, beinahe lächelnde Art und Bereitschaft, gesellig mit Schwiegereltern, Schwägern und anderen Verwandten umzugehen, denn nicht immer war er freundlich zu ihnen. Bei Familientreffen trug er meist eine abweisende Miene zur Schau, die sie auf doppelte Weise schmerzte: Sie fühlte sich in der Liebe zu ihren Angehörigen getroffen, die sehr ausgeprägt war, und schuldig an seinem Unbehagen. Es belastete sie aber auch, durch die Augen ihres Mannes zu sehen, was sie ohne seine Gegenwart vielleicht nicht wahrgenommen hätte, was ohne einen so feindseligen Zeugen wie ihn weniger schmerzlich oder lächerlich gewesen wäre.

Sie half den Dienstmädchen in der Küche beim Abpellen der Quitten – sie mochte den goldbraunen Flaum, der an ihren Fingerkuppen haften blieb, und seinen Geruch, wenn sie sie an die Nase hielt –, als sie mit einem Schreck das Motorengeräusch seines Wagens hörte. Angenehm überrascht, dass ihr Mann früher als erwartet kam, fürchtete sie zugleich seine schroffe Haltung, von vornherein gereizt, unausgeruht. Ihr wäre es lieber gewesen, wenn sie seine wechselnden Stimmungen nicht in dieser Schärfe wahrnehmen, nicht so unmittelbar auf jedes Anzeichen einer Veränderung von Humor zu Zorn oder Erschöpfung reagieren würde, als hätte sie im Lauf der Jahre einen Instinkt geschärft, der an Prophezeiung grenzte, da er sie bestimmte Symptome erkennen ließ, noch bevor diese sich zeigten. Wie galoppierende Hufe polterten die Schritte der Kinder die Treppe hinunter. »Ah, ein Hochwillkommen dem getreuen Vasallen, der sich da nähert dem Schloss, an Schänke und Absteige vorbei, ein fahrender Ritter«, deklamierte Don Francisco de Asís, unter dem Vordach neben den gedrungenen Pfeilern aus Granitstein stehend und theatralisch gestikulierend, als seine Enkel durch den Garten auf das Törchen im Zaun zustoben. Ignacio Abel brachte den Fiat davor zum Stehen, betrachtete sich einen Augenblick im Rückspiegel, gewillt, die Neuheit des Lügens ohne Gewissensbisse zu absolvieren. Der Beifahrersitz verriet nichts mehr von der Frau, die in der vergangenen Nacht noch darauf gesessen und die Augen zusammengekniffen hatte, als sie mit ihm die Castellana hinaufgefahren war und der Fahrtwind ihr durch das offene Seitenfenster das blonde Haar aus dem Gesicht wehte. In denselben Spiegel hatte sie geschaut, um sich die Lippen nachzuziehen, bevor sie ausgestiegen und sich mit den Fingern durch das zerzauste Haar gefahren war. Die Augen, die Stunden zuvor die Frau so aufmerksam und begehrlich angeschaut hatten, verrieten jetzt nichts, dieselben Augen, die ihr Gesicht mit geöffneten Lippen, den Kopf zurückgelegt, hatten näher kommen sehen.

Seltsam, dass diese Erinnerungen keinem auffallen sollten, das Geheimnis so mühelos zu wahren war, als würde ein Dieb auf offener Straße und unter aller Augen die Hand ausstrecken, etwas Wertvolles mitgehen lassen und ungehindert von dannen ziehen. Er stieg aus dem Auto, und seine Tochter kam zu ihm gerannt, warf sich ihm an den Hals und gab ihm einen Kuss. Der Junge blieb am Zaun stehen, hoffnungsvoll und ernst, schüchterner als seine Schwester, schwächlicher, vielleicht nicht gänzlich zuversichtlich, wachsam auf jedes Anzeichen achtend, das die Anwesenheit des Vaters als nicht ganz und gar gesichert erscheinen lassen mochte, denn meistens kam er später, als er angekündigt hatte, und würde wahrscheinlich auch dieses Mal nicht so lange bleiben wie versprochen. Als er seinen Vater umarmte, klammerte er sich an ihn, als wollte er sich vergewissern, dass er tatsächlich gekommen war, als habe er insgeheim befürchtet, er könne nicht erscheinen.

Draußen vor der Veranda empfing Don Franciso de Asís Ignacio Abel mit dramatisch ausgebreiteten Armen wie in einer Parodie auf das klassische spanische Theater, das er so liebte. »O Freude, trefflicher Schwiegersohn! Deine Gegenwart ehrt dieses bescheidene ländliche Anwesen, die Heimstatt meiner Ahnen!« Er gab ihm zwei schallende, feuchte Küsse und war viel zu sehr auf sich selbst konzentriert oder zu naiv oder zu kindisch, um Abels körperlichen Widerwillen wahrzunehmen, dessen abwehrende Handbewegung: Adela bemerkte sie, die ihn in der Tür erwartete und sich die noch nach Quitten riechenden Hände an der Schürze abtrocknete. Sie hörte die altmodische Deklamation ihres Vaters mit den Ohren ihres Gatten, und was sonst nichts weiter als das aufdringliche Getue eines alten Mannes gewesen wäre, für das man nur ein bisschen liebevolle Geduld aufbringen musste, klang ihr jetzt peinlich und dumm. Sie sah ihren Mann das Gesicht abwenden und wusste, was er dachte, schämte sich der lächerlichen Marotten ihres Vaters, fühlte sich schuldig an diesem Maß von Scham und Verrat, welches die wohlwollende Resignation trübte, mit der sie sie hingenommen hätte, wenn Ignacio Abel nicht Zeuge geworden wäre. Zu empfänglich für die Stimmungen dessen, der den Seinen nicht besonders viel Aufmerksamkeit schenkte, neigte sie wie ihr Sohn dazu, allzu sehr auf eine ungewisse Zuneigung angewiesen zu sein. Die Tochter kannte solche Unsicherheiten nicht. Sie kam mit ihrem Vater den Kiesweg herauf, trug wie ein williger Diener seine Aktentasche, hegte keinen Zweifel an der bevorzugten Stellung, die sie bei ihm hatte. In seiner Gegenwart gab sie das schmeichelnde kleine Mädchen, während sie bei der Mutter herausfordernd das Recht beanspruchte, nicht mehr wie ein Kind behandelt zu werden.

Seltsam, dass sich in diesem Teil seines Lebens nichts geändert hatte durch das, was nur er und Judith Biely wussten, dass er sich gar nicht verstellen musste, um das Geheimnis zu wahren: als hätte er die unsichtbare Grenze zweier nebeneinanderliegender Welten überschritten, deren Bewohner nicht die geringste Ahnung von der Existenz der jeweils anderen hatten. Und wenngleich er Judith vermisste und am liebsten an ihrer Seite auch aufgewacht wäre, genoss er doch die Nähe seiner Kinder und den Geruch von Zistrosen und harzigem Brennholzrauch, der hier oben in der Luft lag, die ersten Herbstfarben im Garten. Der unbeschnittene Wein rankte sich wie loderndes Feuer an einer der Säulen der Veranda hinauf und weiter an den Gitterstäben des Balkons entlang. Das tiefe Rot der Blätter bildete einen lebhaften Kontrast zum Grau des Granits und zum Weiß der gekalkten Fassade des Hauses, dessen Proportionen eine rustikale Vornehmheit nicht abzusprechen war. Am Samstagmorgen war die Zeit dieser anderen Welt wie aufgehoben. Bedächtige Schläge von Kuhglocken und vereinzeltes Muhen von Kühen kam von nahe gelegenen Weiden, hin und wieder Schüsse von Jägern, die den herbstlichen Frieden in der Luft nicht zu stören vermochten.

Später saß Ignacio Abel gedankenverloren auf der nach Süden ausgerichteten Veranda, untätig, die Zeitung auf dem Schoß, die Sonne wie dickflüssiger Honig, der die Luft erwärmte und die Gegenstände vergoldete, die Insekten munter werden ließ. Am Feigenbaum sprangen die letzten Früchte auf, zeigten ihr rotes Fruchtfleisch, an dem Spatzen und Amseln pickten und die Wespen sich labten. Im Hausinnern plapperte lautstark die Familie, die schrille Stimme Doña Cecilias alle anderen übertönend, sekundiert von Don Franciscos orgelndem Bass. Es würde Wahlen geben, posaunte er in langärmeligem Unterhemd und Pantoffeln, mit an den Seiten herabbaumelnden Hosenträgern, die Zeitung schwenkend wie eine von den Unseligkeiten spanischer Politik verunglimpfte Flagge. Es würde Wahlen geben, und wenn die Rechten sie wieder gewännen, würden die Linken eine neue bolschewistische Revolution anzetteln, und wenn die Linken gewännen, wäre die bolschewistische Revolution ohnehin nicht zu vermeiden, ein Zusammenbruch der Zivilisation, genauso grauenvoll wie in Russland. Don Francisco de Asís liebte Wörter wie grauenvoll und Zivilisation. Doña Cecilia bat ihn, damit aufzuhören: Von solchen, auch noch mit der Donnerstimme ihres Mannes vorgetragenen apokalyptischen Prophezeiungen bekam sie, sagte sie, Verdauungsstörungen. Don Francisco de Asís stimmte brav für die stockkatholischen, immer ein wenig bauernschlau daherkommenden Rechten unter Gil-Robles, und in wahre Verzückung versetzte ihn die Redekunst von Don José Calvo Sotelo. Mit welchem Gefühl sprach dieser Mann vom »Lenken des Staatsschiffs« oder vom »Rückgrat der Nation«! Wie trefflich hatte er als Minister während der Diktatur von Don Miguel Primo de Rivera den öffentlichen Dienst reformiert und gestärkt!

Auf den Gartenwegen spielte der Junge mit dem Ball, stellte sich vor, berühmte Fußballspieler zu umfummeln, war glücklich, dass er im Haus in den Bergen war, dass sein Vater gekommen war. Das Mädchen saß in der sanft schwingenden Schaukel und las ein Buch, die Spitzen seiner Sandalen berührten die Erde. Bläulich schimmernde Steineichenwäldchen in der Ferne, dazwischen Weiden, Quitten auf der Erde, offene Granatäpfel mit einer rötlichen, vertrockneten Schale; die letzten Trauben an den Ranken der Schatten spendenden Laube hatten dieselbe sämige Honigfarbe wie die Oktobersonne (er musste an die Fruchtschale mit Trauben und Quitten in Moreno Villas kleinem Zimmer denken). Auf dem Tisch unter freiem Himmel, an dem die Familie im Sommer zu Abend aß, lag seine Mappe mit Dokumenten und Zeichnungen, doch Ignacio Abel war zu faul, sie zu öffnen. Die Zeit war stehengeblieben, verharrte in einer sanften Schläfrigkeit, die schwer auf den Augenlidern lag.

In Madrid würde Judith Biely sich an dieselben Dinge erinnern wie er und sich fragen, wohin er gefahren war. Sie hatten beim Abschied keine neue Verabredung getroffen – als würde ihnen genügen, was geschehen war: zuerst in der kleinen Bar, als sie nach einer sich überstürzenden Unterhaltung einander plötzlich schweigend anschauten; später im unbequemen Innern des Autos. Eine Fortsetzung suchen, Pläne machen, das wäre eine Entweihung des Paradieses gewesen, das sie so unerwartet gefunden hatten; nicht als wären sie hineingegangen, sondern als wären sie darin erwacht, ohne recht zu wissen, wo sie sich befanden. Judiths ganzer Körper spannte sich an, wenn sie auf eine eindringliche Zärtlichkeit reagierte, und ihr Kiefer gab knackende Geräusche von sich, als zerkaue sie Luft. Schon bald würde er voller Dankbarkeit in diesem Geräusch und in der Anspannung ihrer geschmeidigen Schenkel das Zeichen erkennen, dass sie kam.

Unbewusst hob Ignacio Abel Zeige- und Mittelfinger der rechten Hand an die Nase und roch daran und glaubte, noch eine Spur ihrer Feuchtigkeit zu riechen, die von der morgendlichen Dusche nicht ganz abgewaschen war oder abgewaschen und wiederbelebt worden von der Vorstellungskraft, der treuen Verbündeten seiner Erinnerung, der geheimen Komplizin. Wie einfach das Verbergen war: an Judith Bielys nackte Oberschenkel oberhalb der Strümpfe denken und zugleich Adela anlächeln, die aus dem Haus kam und ihm ein Glas Wein und einen Aperitif brachte, einen Gruß aus der Küche, in der das Abendessen bereitet wurde, Doña Cecilias legendäres Hühnchen auf Reis. Es hatte ihn auch nichts gekostet, sie bei seiner Ankunft auf den Mund zu küssen und ihr einen Arm um die Taille zu legen, eine unübliche Geste, die der wachsame Blick des Jungen wohlwollend zur Kenntnis genommen hatte. Er war so ungeübt im Lügen, dass er sich nicht einmal eine Antwort überlegt hatte, falls Adela oder der Schwiegervater oder die Kinder ihn fragen würden, wie er den vorigen Abend verbracht hatte. Aber er konnte sich mühelos etwas ausdenken, selbst erstaunt, wie leicht alles war, wie etwas Unauslöschliches so folgenlos bleiben, so flüssig über seine Lippen kommen konnte wie die Worte, die sie beide in der schummrigen Bar des Hotels Florida gesprochen, in stummer Übereinkunft ausgewählt hatten. Genauso hatten sie sich unterhalten, als sie im Palacio de la Prensa mit dem Fahrstuhl nach unten gefahren waren, als Judith Biely einen Moment lang seinen Arm genommen hatte, als sie beim Überqueren der Gran Vía den Autos ausgewichen waren.

Er erinnerte sich nicht mehr an das Gefühl des Neuen und Wunderbaren, eine begehrte Frau neben sich zu haben, des reinen Magnetismus einer weiblichen Gegenwart, einer Einzigartigkeit, die ihn erbeben ließ, was nicht nur an ihrer äußerlichen Schönheit oder der etwas fremdartigen Eleganz ihrer Kleidung oder der Natürlichkeit lag, mit der Judith seinen Arm ergriffen und sich noch etwas näher an ihn gedrückt hatte, als ein Auto mit hoher Geschwindigkeit sehr nah an ihnen vorbeigefahren war. Es war die Eigentümlichkeit einer Frau, die er berühren konnte und die plötzlich nur für ihn da war, über ein Leben verfügte, das ihm umso reicher und geheimnisvoller erschien, weil er nichts von ihr wusste, über eine Sprache und einen Akzent, wenn sie Spanisch sprach, die sie von all seinen Landsleuten unterschied, allein ihr eigen und zu ihrer Attraktivität ebenso beitragend wie die Form ihrer Wimpern oder der große Mund mit den blühenden Lippen. Ungestraft konnte er zwei Welten bewohnen. Der Gefühlstaumel vom Vorabend in Madrid übertrug sich ohne jedes Empfinden von Schuld auf seine Wahrnehmungen an diesem Morgen im Wochenendhaus in den Bergen, genauso wie auf der Landstraße nach La Coruña die Geschwindigkeit seines Autos, die er so sicher genossen hatte wie sein neu erwachtes Selbstbewusstsein. Die klare Luft des frischen Oktobermorgens, ferne Steineichenwälder und Häuser so deutlich zu sehen, als wären sie aus Diamanten geschnitten, reglose Wolkentürme über den Hügeln von El Escorial, schimmernd wie ein Abgrund aus Eis.

Judith hatte im Autoradio Musik hören wollen, als sie durch Madrid fuhren. In eitlem Hochgefühl trat Ignacio Abel aufs Gas und drehte an den Knöpfen des neu eingebauten Radios. Tempo und Musik schienen sich gegenseitig zu befeuern. Im Scheinwerferlicht erstreckten sich die geraden Baumreihen der Castellana und die Fassaden der Villen hinter Hecken und Gärten, auf dem Kopfsteinpflaster glänzten die Schienen der Straßenbahn. Er hatte das Glück, in einem Zeitalter aufgewachsen zu sein, das die außergewöhnlichsten Maschinen hervorgebracht hatte, schöner als die Statuen der Antike, unglaublicher als die Wunder der Märchen. Sie alle würden bald zusammenwirken, um seine Liebe zu Judith Biely zu erleichtern. Straßenbahnen und Automobile würden ihn geschwind zu ihr bringen und so die knappe Zeit verlängern, die er bei ihr sein konnte; Telefone würden heimlich ihre Stimme zu ihm bringen, wenn sie nicht bei ihm sein konnte und er sie zu Hause hinter vorgehaltener Hand anrief, so tat, als führe er ein Dienstgespräch, wenn jemand sich näherte. Die Kinos würden sie in ihrer Vorspiegelung von gastfreundlicher Dunkelheit aufnehmen, wenn sie sich dem Tageslicht entziehen wollten; die Telegrafenämter waren lange geöffnet, damit er ihr in einem Anfall von Gefühlsüberschwang ein Telegramm schicken konnte. Mechanische Transportbänder beförderten ihre Briefe, die sie sich bald schon schreiben und die automatisch abgestempelt würden, damit sie schnell und sicher ihr Ziel erreichten. Dank eines nagelneuen Fiatmotors war er in weniger als zwei Stunden von einer Welt zur anderen gefahren.

Adela fiel auf, dass er an diesem Morgen gesprächiger war als gewöhnlich. Er begrüßte die Schwiegermutter, die ledigen Tanten, andere Verwandte, deren Namen er immer wieder vergaß. Schon seit dem frühen Morgen bereitete sich die Familie auf die Feier des Namenstages von Don Francisco de Asís vor, die sie auf den Samstag verschoben hatten, um sie ausgiebiger begehen zu können. Aus der Küche kam das Brodeln und der Geruch des in seiner Brühe brutzelnden Geschmorten. Doña Cecilia beratschlagte mit Adela, mit den Bediensteten und mit Don Francisco de Asís, ob man den Reis schon dazugeben solle, da sie befürchtete, ihr Sohn Victor könne, wie so oft, erst später eintreffen und den Reis dann zu matschig finden, wo er ihn doch so gerne aß und der Reis so leicht verkochte. In dieser Familie gab es nichts, was nicht seit unvordenklicher Zeit Gewohnheit war, ein ewiges Gedenken: Jedes Mal, wenn Doña Cecilia ihren Schmorbraten zubereitete – den Don Francisco de Asís als »legendär« bezeichnete –, wiederholte sich fast Wort für Wort der Konflikt über den richtigen Moment, den Reis hinzuzugeben, »die brennende Frage«, wie Don Francisco de Asís es nannte. Den Reis in die brodelnde Brühe geben oder noch ein wenig warten; das Dienstmädchen hinausschicken, um nachzusehen, ob der junge Herr Victor aus Madrid schon im Anmarsch war; zumindest so lange warten, bis das Pfeifen des nächsten Zuges beim Einlaufen im Bahnhof zu hören war.

Ignacio Abel dachte an Judith Biely – aber er musste sie sich nicht in Erinnerung rufen, da sie nie aus seinem Gedächtnis verschwand – und grüßte und unterhielt sich wie ein Nebendarsteller im Film, der sich nicht besonders anstrengen muss, um die ihm zugedachte Rolle zu spielen. Er hörte zu, nickte, obwohl die Worte an seinem Ohr vorbeigingen, perfektionierte seine Fähigkeit zu Resignation und geistiger Abwesenheit. Als Victor schließlich eintraf – wie durch telepathische Eingebung hatte Doña Cecilia den Reis erst vor zwei oder drei Minuten hinzugegeben –, verkraftete er mühelos dessen übertrieben harten Händedruck, ohne sich seinen Widerwillen anmerken zu lassen. Er brauchte nicht einmal zu lügen; er sagte nur die halbe Wahrheit, erzählte Adela und den Kindern, er sei den ganzen Freitagabend bei einem amerikanischen Millionär zu Gast gewesen, der in Madrid lebte und ihn eingeladen hatte, in Amerika zu unterrichten und den Bau eines Gebäudes zu planen.

»Einen Wolkenkratzer?«, fragte der Junge. »Wie der von der Post?«

»Viel größer, Blödmann; in Amerika sind die Wolkenkratzer viel, viel höher.«

»Sprich nicht so mit deinem Bruder!«

»Eine Bibliothek. Mitten in einem Wald. Am Ufer eines sehr breiten Flusses.«

»Der Mississippi?«

»Du Kind; glaubst du, es gibt keine anderen Flüsse in Amerika?«

»Der kommt in *Tom Sawyer* vor.«

»Der Hudson.«

»Der mündet bei New York im Meer.«

»Die muss wieder damit angeben, was sie in Geografie alles weiß.«

»Nimmst du uns dann mit?«

»Wenn eure Mutter nichts dagegen hat, gehen wir heute Nachmittag zum Stausee, der liegt viel näher als Amerika.«

Er verstellte sich nicht. Es kostete ihn keine Mühe, sich mit Adela und den Kindern zu unterhalten und dabei kein schlechtes Gewissen zu haben, das ihn der Heuchelei oder des Verrats verdächtigte. Was in seinem geheimen Leben geschah, spielte in diesem keine Rolle; es gab ihm nur ein gutes Gefühl. Auch die düstere Aussicht auf ein Mitmachen bei der Feier seiner angeheirateten Familie machte ihm nichts aus, obwohl die wieder so stickig sein würde wie die Räume, die diese Leute bewohnten, mit ihren staubschweren Gardinen und Teppichen, falschen Wappengobelins, Braten- und Knoblauchdünsten, dem Geruch von frommem Kölnischwasser, Einreibemitteln gegen Rheuma und verschwitzte Blusen. Die Gewissheit jener anderen unsichtbaren Welt, in die er bald würde zurückkehren können, machte ihm die hässliche Schwerfälligkeit derer erträglicher, in der er sich jetzt befand und in der er nach all den Jahren immer noch ein Fremder war, ein Eindringling.

Die ledigen Tanten hielten sich im Nähzimmer auf, das ein Fenster nach Süden hatte. Sie kicherten hinter vorgehaltener Hand, steckten die Köpfe zusammen und flüsterten, bestickten Bettwäsche und Kissen mit romantischen Motiven aus dem vorigen Jahrhundert, zeichneten Schnittmuster mit Seifenstücken, die genauso bleich glänzten wie ihre alten Jungferngesichter. Ignacio Abel küsste jede von ihnen zur Begrüßung und hätte nicht sagen können, wie viele es waren. Ein Onkel, der Priester war, würde erst zum Abendessen eintreffen, großen Appetit mitbringen und mit finsterer Miene von Ruchlosigkeit und Kirchenfrevel berichten, die Rückkehr jener in die Regierung prophezeiend – falls es wirklich zu Neuwahlen kommen sollte –, die schon 1931 zum Brandschatzen der Klöster ermutigt hatten.

Schwager Victor, der zum Wochenende in den Bergen eine Kluft angelegt hatte, die an Jagd oder Reiten denken ließ, reichte ihm die Hand mit halb nach unten gekippter Handfläche, was er offenbar für sportlich und dynamisch hielt. »Schwager, welche Freude, dich zu sehen.« Das spärliche, an den Kopf geklatschte Haar bildete auf der Stirn einen spitzen Winkel. Er wirkte älter, als er war, was an seinem stets etwas feindseligen Blick, dem Bartschatten seines kantigen, glänzenden Kinns und seinen harten Gesichtszügen lag, die ganz und gar gewollt waren und seinem Bemühen entsprangen, eine Männlichkeit ohne Risse und Sprünge vorzuführen. Seine spanische Schwagerherzlichkeit stand in Widerspruch zu einer unterschwelligen Abneigung gegen Ignacio Abel, die nicht nur ideologischer Art war: Er wirkte, als läge er ständig auf der Lauer nach einem Anzeichen von Gefahr für die Ehre oder das Wohlergehen seiner Schwester, als deren Beschützer er sich fühlte, obwohl er zehn Jahre jünger war als sie. Adela behandelte ihn mit grenzenloser Nachsicht, mit der Gefügigkeit einer willenlosen Mutter, die Ignacio Abel aufregte.

Victor hatte eine Pistole und einen Gummiknüppel. Manchmal erschien er mit Hemd und Koppelzeug eines Falangistenführers zum Essen bei seinen Eltern. Adela war ihm gegenüber unterwürfig, aber auch beschützend: »Er war schon immer verrückt nach Uniformen, und die Pistole ist nicht einmal geladen.« Er streckte das Kinn vor, als er Ignacio Abel die Hand gab, und schaute ihm in die Augen, ob dort irgendeine Gefahr zu erkennen war, doch er argwöhnte nichts. Er zeigte ihnen das Geschenk, das er für seinen Vater mitgebracht hatte: einen pseudoantiken *Don Quijote,* in Leder gebunden, mit Goldschnitt und goldenen Lettern und den Illustrationen von Doré.

In dieser Familie herrschte ein unersättlicher Appetit auf scheußliche Dinge, auf falsche Antiquitäten, auf Pergament mit gotischen Lettern, auf opulente Einbände und nutzlose Genealogien. Hinter den Granitsäulen, die das Vordach über dem Eingang stützten, waren die Wappen der beiden Familiennamen in die Wand eingelassen, das der Familie von Don Francisco de Asís und das seiner Gattin Doña Cecilia, geb. Ponce-Cañizares y Salcedo. In der ganzen Familie wurde leidenschaftlich über auffällige Ähnlichkeiten mit diesem oder jenem Zweig debattiert. »Mein Sohn Victor hat die unverwechselbare Nase der Ponce-Cañizares.« »Die Kleine hat das Salcedo-Temperament geerbt, das sieht man sofort.« Die Kinder von Ignacio Abel und Adela wurden vom ersten Tag an vom Großvater, von den ledigen Tanten, von Schwager Victor und dem Priesteronkel hochgehoben und in Augenschein genommen, um herauszufinden, von welchem der beiden Familienzweige eine Nase oder eine Haarfarbe oder ein Grübchen stammte, von welchem Ponce oder Cañizares oder Salcedo das Kleine seine Neigung zum Schreien – »Das sind kräftige Cañizares-Lungen!« – oder zum genüsslichen Nuckeln an der Ammenbrust geerbt hatte; kaum taten sie die ersten schwankenden Schritte, erkannte man darin den unverwechselbaren Gang eines besonders würdevollen Vorfahren oder führte erbitterte Debatten über den Ponce-, den Ponce-Cañizares- oder den Salcedo-Ursprung, und dies mit der Detailfülle von Philologen, die sich in ein Streitgespräch über Etymologie verzettelten. In der Hitze dieser leidenschaftlichen Auseinandersetzungen neigten sie dazu, den unvermeidlichen genetischen Beitrag des Kindsvaters zu vergessen, es sei denn, man konnte ihn mit dem Verdacht eines Mangels in Verbindung bringen. »Dem Kleinen scheint die Sonderbarkeit des Vaters mitgegeben zu sein.«

Bei den Familienessen beobachtete Adela ihren Mann aus den Augenwinkeln und ärgerte sich über sich selbst, dass sie so angespannt darüber nachdachte, was er wohl denken mochte, was er alles sehen mochte. *Du verachtest meine Eltern die dir nichts getan haben und die dich lieben wie einen Sohn sogar noch mehr weil deine Eltern nicht mehr leben. Für dich sind sie dumm und lächerlich und dabei bedenkst du nicht dass sie schon alt sind und wunderlich werden wie alte Leute eben und wie du und ich es werden wenn wir so alt sind wie sie. Mein Bruder ist für dich ein Faschist und Parasit und wenn er das Wort an dich richtet antwortest du so kurz angebunden dass sogar ich mich dafür schäme. Das Gute an ihnen siehst du nie ihre Großzügigkeit und ihre Liebe zu deinen Kindern die sie genauso lieben. Du hast keine Ahnung wie sehr sie an dir leiden wenn sie von all den schrecklichen Dingen hören die die Deinen oder die die du für die Deinen hältst in Madrid anrichten und sie sorgen sich genau wie ich und deine Kinder um dich weil sie nicht wissen wo du bist und ob diese Unmenschen dir etwas angetan haben. Ich glaube es macht dich wütend macht dich eifersüchtig. Wie sehr haben sie sich über jeden deiner beruflichen Erfolge gefreut auch wenn du Republikaner und Sozialist bist und nicht zur Kirche gehst und auch nicht willst dass unsere Kinder religiös erzogen werden als ob meine Meinung dazu nebensächlich wäre. Du verachtest sie weil sie katholisch sind und für die Rechten stimmen und zur Kirche gehen und jeden Tag den Rosenkranz beten womit sie niemandem schaden. Aber das Geld das mein Vater uns gegeben hat als wir nichts hatten hast du nicht abgelehnt und auch die Aufträge nicht die du durch ihn bekommen hast und als dir in den Kopf kam nach Deutschland zu gehen obwohl die Kinder noch klein waren warst du dir auch nicht zu schade meinen Vater zu bitten uns während deiner Abwesenheit bei sich aufzunehmen weil du dann keine Gewissensbisse haben musstest und noch Geld sparen konntest denn allein von dem Stipendium das man dir gewährt hat hättest du nicht leben können. Du verzeihst ihnen nicht dass sie konservativ und katholisch sind und du dankst ihnen nicht dass sie dich mit offenen Armen aufgenommen haben obwohl andere aus unserer Familie und unserer Gesellschaftsschicht ihnen sagten dass du arm wie eine Kirchenmaus warst als du um meine Hand angehalten hast und der Sohn eines sozialistischen Bauarbeiters und einer Pförtnerin aus der Calle Toledo. Sie sind schäbige Reaktionäre wie ihr sie nennt aber sie waren großzügiger zu dir als du je zu ihnen gewesen bist. Und wären sie und die Kinder nicht gewesen wäre ich vor Einsamkeit umgekommen während all dieser Jahre und sag mir nun was ich tun soll wo du unbedingt nach Madrid zurückmusstest obwohl du so gut wie wir gewusst hast was dort vorgeht weil dir wichtiger war bei deiner Geliebten zu sein als bei deinen Kindern.*

Aber er hätte seiner Frau nicht erklären können, dass sein Zorn auf ihre Familie keinem ideologischen Abscheu entsprang, sondern einem ästhetischen; demselben, den er im Stillen gegen die allgegenwärtige spanische Hässlichkeit in vielen Alltagsdingen empfand, gegen eine Art nationalen Sittenverfall, der seinen Sinn für Schönheit viel mehr verletzte als sein Empfinden für Gerechtigkeit: die ausgestopften Stierköpfe in den Kneipen; die Stierkampfplakate in Paprikarot und safranersatzfarbenem Gelb; antikisierende Scherenstühle und Kommoden in spanischem Renaissanceimitat; Flamencopuppen mit in die Stirn gekämmter Haarlocke, die die Augen schlossen, wenn man sie nach hinten legte, und sie aufschlugen wie von den Toten auferstanden, wenn man sie wieder gerade hielt; die Fingerringe mit dicken Steinen, Goldzähne in den brutalen Mündern der Mächtigen; die melodramatischen weißen Kindersärge und die Todesanzeigen für Kinder in *ABC* und *El Debate* – zum Himmel aufgefahren und vereinigt mit den Engelein –; die barocken Gesimse und in Granit gehauenen Wucherungen an den vulgären Fassaden der Banken; Kleiderhaken aus Hörnern oder Hufen von Hirschen oder Bergziegen; Wappenschilder mit alltäglichen Namen auf glasierter Keramik aus Talavera; Fotos von den Jagden König Alfons' XIII. noch bis wenige Tag vor seinem Gang ins Exil, gleichgültig oder blind gegenüber dem, was um ihn herum geschah, neben dem Kopf eines armen Hirsches auf seine Flinte gestützt oder erhobenen Hauptes neben der blutigen Strecke von Rebhühnern oder Fasanen oder Hasen, umgeben von Speichelleckern in Jagdanzügen und Gamaschen und Bediensteten mit Armeleutemützen und Bastsandalen und scheuem Lächeln zahnloser Münder.

Manchmal glaubte er, dass seine Wutausbrüche mehr mit Ästhetik als mit Ethik zu tun hatten, mehr mit Hässlichkeit als mit Ungerechtigkeit. Auf der Terrasse des Palace-Hotels hoben die monarchistischen Junker ihre Teetassen mit abgespreiztem kleinen Finger, der mit einem kleinen Ring geschmückt war und einen sehr langen manikürten Nagel hatte. In den Kinos wurde das Wunder des Tonfilms durch Darsteller entweiht, die, in fürchterliche Regionaltrachten gewandet, auf Eseln reitend oder in blumenkästengeschmückten Fensterrahmen lehnend, mit breitkrempigen Hüten oder Baskenmützen und bunten Halstüchern angetan, folkloristische Weisen schmetterten. Der *Heraldo* berichtete mit patriotischem Pathos, vor der großen Corrida zum Fest der hl. Pilar von Saragossa seien die Stierkämpfer mit ihrem Tross unter den dröhnenden Klängen der Riego-Hymne um die Arena gezogen.

Im Haus der Familie Ponce-Cañizares Salcedo brannten am Ende eines düsteren Korridors winzige elektrische Kerzen, die ein grellbuntes Bildnis des Jesus von Medinaceli umrahmten, das mit einem Dächlein im Pseudomudéjarstil und einem kleinen, einem andalusischen Balkon nachempfundenen Geländer versehen war. In dem mit dunklen Möbeln in einem irgendwie gotisch-maurischen Stil vollgestellten Speisezimmer saß in einem renaissancistischen Lehnstuhl mit eingelassenen Medaillons der katholischen Könige Don Francisco de Asís Ponce-Cañizares, pensionierter Inspekteur des Provinziallandtags von Madrid, und las mit getragener Stimme die Hintergrundberichte und Parlamentsmeldungen aus *ABC* vor, und seine Frau, Doña Cecilia, hörte ihm halb schläfrig, halb ungeduldig zu, sagte »Sehr gut« oder »Selbstverständlich« oder »So eine Schande«, wenn Don Francisco de Asís mit seiner bebenden Predigerstimme einen Absatz beendete, fühlte ein Stechen im Bauch, das von ihrer Bewegtheit genauso kam wie von der Verdauungstätigkeit ihres Darms, über die sie die Familie detailliert auf dem Laufenden hielt. Don Francisco de Asís war stets hingerissen von der apokalyptischen Prosa der Ansprachen Calvo Sotelos im Parlament und der Zeitungsredakteure, die von den asiatischen Horden bolschewistischer Gesinnung sprachen oder von der mannhaften und martialischen Freude der deutschen Jugend, die den Führer bejubelte und ihm mit Palmzweigen zuwinkte, in den Stadien kraftvoll den rechten Arm hochriss.

Er mochte Wörter wie Horde, Abschaum, Abgrund, Kollaps und Konkubine, und je weiter er las und je mehr er in Fahrt geriet, desto schwülstiger wurde seine Stimme, und umso öfter begleitete er seine Worte mit tribunenhaften Gesten, mit zornigen Faustschlägen auf den Tisch oder anklagendem Zeigefinger. Er liebte klingende Redewendungen und lateinische Ausdrücke: *alea jacta est, sic semper tirannis,* wer zuletzt lacht, lacht am besten; lieber im Stehen sterben als auf Knien leben; Ehre ohne Schiff ist besser als ein Schiff ohne Ehre; die Posaunen des letzten Gerichts; der Augenblick der Wahrheit; der Tropfen, der das Fass zum Überlaufen bringt. Die inbrünstigen Berichte der Korrespondenten in Deutschland und Italien sowie die falangistischen Publikationen, die sein Sohn Victor ihm brachte, versorgten ihn mit einer poetischen Prosa, die nicht ganz so ranzig, aber genauso berauschend war und ihm das gute Gefühl gab, im Einklang mit der jugendlich-sportlichen Dynamik der neuen Zeit zu sein.

Aber es stimmte, dass er Ignacio Abel stets eine entschiedene Zuneigung entgegengebracht hatte, die sich in Handschlägen und Küssen äußerte und in der eine kuriose Mischung aus Bewunderung und milder Nachsicht eine Rolle spielte: Bewunderung für die Brillanz seines Schwiegersohns und für die Zähigkeit, mit der dieser die Schwierigkeiten seiner Herkunft und den frühen Tod seiner Eltern überwunden hatte; milde Nachsicht seinen politischen Überzeugungen gegenüber, die er, falls er überhaupt darüber nachdachte, eher einer sentimentalen Loyalität an das Andenken seines republikanischen und sozialistischen Vaters zuschrieb als wirklicher eigener Radikalität. Wie konnte man Extremist sein und gleichzeitig eine solche Vorliebe für gut geschnittene Anzüge und gute Manieren haben? Wenn Ignacio Abel Sozialist war, dann doch auf die zivilisierte und halb englische Art eines Don Julián Besteiro oder Don Fernando de los Ríos. Dem Priesteronkel zufolge durfte man sich jedoch nicht täuschen lassen, denn diese Sozialisten waren die schlimmsten, die heimtückischsten. War es nicht Fernando de los Ríos mit seinem salbungsvollen Gehabe gewesen, der als Justizminister das gotteslästerliche Scheidungsgesetz ersonnen hatte? Im tiefsten Innern verglich Don Francisco de Asís die Beharrlichkeit und Rechtschaffenheit seines Schwiegersohns, der sich, aus dem Nichts kommend, eine Stellung erarbeitet hatte, mit der Nutzlosigkeit des eigenen Sohns, dem nichts versagt geblieben war und der trotzdem nicht einmal die Rechtsanwaltslaufbahn zu Ende gebracht hatte, der seit Jahren von einer Kanzlei zur anderen wechselte, ohne etwas Richtiges zustande zu bringen, der nur Flausen im Kopf hatte, sich in aussichtslose Projekte und zweifelhafte Geschäfte stürzte und sich neuerdings von einer falangistischen Begeisterung anstecken ließ, der Don Francisco de Asís weniger Sympathie als Sorge und Misstrauen entgegenbrachte. Er fürchtete, dass seinem Sohn etwas zustoßen könnte; dass er in Schwierigkeiten geriet oder vielleicht im Gefängnis endete oder nach einer Schießerei, wie sie sich Falangisten und Kommunisten immer wieder lieferten, eines Tages tot auf der Straße lag, so linkisch, wie er war, immer noch genauso wie als Kind, und im Grunde feige trotz seines großspurigen Auftretens, seines weit aufgeknöpften blauen Hemds und der auf Hochglanz polierten Stiefel und des ganzen Riemenzeugs.

Welch ein Unterschied zum Schwiegersohn, der fast ein Sohn für ihn war, der ernst und abweisend, mit fester Haltung und seiner soliden Art, mit beiden Beinen in der Welt zu stehen schien, mit seinem doppelreihigen dunklen Anzug und den handgenähten Schuhen vom besten englischen Schuhgeschäft in Madrid den Kiesweg zum Garten heraufkam, die Aktentasche in der Hand, die die Tochter ihm abnahm, um sie für ihn zu tragen, prall gefüllt mit Dokumenten und Plänen, die selbst an diesem Festtag noch seiner Aufmerksamkeit bedurften, da er eine verantwortliche Stellung beim Bau der neuen Universitätsstadt innehatte, wie Don Francisco de Asís stolz allen Freunden und Bekannten erzählte. *El Sol* hatte vor einigen Tagen sogar sein Foto gebracht, und Don Francisco de Asís hatte diese Zeitung gekauft – gegen seine Gewohnheit, da er ein eingefleischter *ABC*-Leser war – und Doña Cecilia den Bericht über Ignacios Vortrag in der Residencia laut vorgelesen, diesen danach ausgeschnitten und in einer seiner Aktenmappen im pseudorenaissancistischen Sekretär seines Arbeitszimmers aufbewahrt.

Wenig scharfsinnig und ohne die geringste Neigung, schlecht von anderen zu denken, hätte Don Francisco de Asís – aus altersbedingter Naivität oder mangelndem Vorstellungsvermögen oder allzu großer Bewunderung von Rechtschaffenheit – für seinen Schwiegersohn »die Hand ins Feuer gelegt«, wie er es ausdrückte. Der rauchte nicht, trank höchstens ein Glas Wein zum Essen, erhob nie die Stimme, nicht einmal, wenn er sich über Politik ausließ, was höchst selten geschah, auch nicht, wenn Schwager Victor oder dem Priesteronkel bei den Mahlzeiten der Kamm schwoll und sie über die elende Republik herzogen, die anhaltende Anarchie, die Faulheit der Arbeiter, wenn sie für Spanien eine von der Vorsehung erwählte Persönlichkeit wie den Duce oder den Führer oder zumindest wie den schmerzlich vermissten General Primo de Rivera, einen eisernen Besen, herbeibeschworen. Der Schwiegersohn versagte sich dann jeden Kommentar, wurde niemals ausfällig; er war zwar Sozialist, aber dank seines Berufes konnte er sich ein Auto und eine große Wohnung mit Aufzug im vornehmen Teil der Calle Príncipe de Vergara, zwischen der Goya und Lista, leisten, nichts weniger. Seine Kinder schickte er auf öffentliche Schulen, damit sie weltlich unterrichtet wurden und ihnen das Habit der Klosterschulen erspart blieb; aber er hatte zugelassen, dass sie die hl. Kommunion empfingen und von ihrer Mutter die Gebete lernten. Er verbrachte seine Abende nicht müßiggängerisch im Café, und wenn er nicht arbeitete, verbrachte er seine Zeit mit Frau und Kindern, den beiden einzigen Enkeln von Don Francisco de Asís, die schmerzlicherweise nicht den Familiennamen Ponce-Cañizares in die nächste Generation weitertragen würden. Wahrscheinlich hatte er gestern bis spät nachts in seinem Büro in der Universitätsstadt gearbeitet und war heute Morgen schon früh losgefahren, um sie im Haus in den Bergen zu besuchen.

Unempfänglich für dessen abweisendes Wesen, stieß Don Francisco de Asís sein freudiges Hochwillkommen aus, als er seines Schwiegersohnes ansichtig wurde, und gab ihm einen feuchten Kuss auf jede Wange. Jedes der beiden Kinder wollte ihm am nächsten sein, seine Aktentasche tragen, ihm von den Abenteuern und Expeditionen der letzten Tage erzählen, Lob für gelesene Bücher einheimsen. Sie bettelten, er möge mit ihnen und der Mutter am Nachmittag zum Stausee gehen; fragten ihn, ob es stimme, was er ihnen vor dem Besuch im

Wochenendhaus versprochen hatte, dass er nicht am Sonntagabend schon zurückfahren, sondern sie am Montagmorgen im Auto mit nach Madrid nehmen würde. Er nickte, ließ sich in das geräumige Innere des Hauses ziehen. Als er seiner Frau begegnete, schaute er ihr in die Augen, gab ihr einen Kuss auf den Mund, und sein Sohn sah von hinten, wie er eine Hand um ihre Taille legte und sie leicht an sich drückte.

Die wohlmeinende Haltung, die Adelas überempfindliche Sensoren erleichtert und beinahe dankbar wahrnahmen, war just die Folge des Betrugs. Ihr Mann hätte sie vielleicht nicht geküsst und ihre Taille umfasst, wenn er nicht tags zuvor eine andere Frau in den Armen gehalten hätte. Seine Zärtlichkeitsgesten entschädigten sie für eine Kränkung, von der sie nichts wusste; sie waren die Überreste einer Gefühlsaufwallung, die eine andere geweckt hatte; die Folge der Erleichterung des Betrügers, der unentdeckt geblieben ist; der Freude dessen, der ein Verlangen in sich hat aufsteigen fühlen, das er schon nicht mehr für möglich gehalten und das ihm eine Befriedigung hat zuteilwerden lassen, die jemals in seinem Leben kennengelernt zu haben er sich nicht erinnern kann, und die, so unersetzlich sie ihm jetzt ist, ganz und gar vom Zufall abhängig war.

Wie schon so oft, als die Kinder noch klein waren, gingen sie am Nachmittag mit ihnen zwischen Pinien und Zistrosengesträuch zum Stausee, der früher einmal ein Kraftwerk gespeist hatte, von dem nur noch ein verlassenes Gebäude am Ufer geblieben war. Manchmal tauchte dort ein mürrischer Wächter auf, der den Kindern früher Angst eingejagt hatte und ihnen jetzt als Fabelgestalt ihrer Fantasiegeschichten um verwunschene Häuser am Ufer des Sees diente. Dass Ignacio Abel so leicht zu dem Ausflug zu überreden gewesen war, war schon ein Hinweis auf seine friedliche Stimmung und nicht nur auf seinen Drang, möglichst schnell der drückenden Familienatmosphäre zu entkommen, die nach den Schnarchern der

Siesta ihren Höhepunkt mit dem Beten des hl. Rosenkranzes fand, gefolgt vom stärkenden Nachmittagskakao mit Anisgebäck, einem Werk des ebenfalls legendären Talents Doña Cecilias fürs Konditorische. Es war, als würden die vier, abgesondert vom Rest der Familie, die Erinnerung an alte Zeiten wachrufen, die man sich mühelos als glücklicher vorstellen konnte; die Sommer der Kindheit von Lita und Miguel, als sie noch an der Hand gingen und so schnell müde wurden, dass der Vater sie abwechselnd auf dem Rücken tragen musste, so klein, dass man sie nie aus den Augen lassen durfte, damit sie nicht ins Wasser gingen, das an einigen Stellen sehr tief war. Sie spielten Hänsel und Gretel und ließen Brotkrumen auf dem Weg zurück, und auf dem Heimweg stellten sie fest, ob diese von den Vögeln aufgepickt worden waren. Wenn sie sich jedoch zu sehr in das Spiel vertieften, konnte es sein, dass der Junge zu weinen begann, weil er tatsächlich fürchtete, seine Eltern könnten sie alleinlassen. Dann drückte er sich mit gerötetem, tränennassem Gesicht an Adelas Beine, während seine Schwester ihn auslachte.

Das Wasser des Stausees war von einem durchsichtigen Grün, und es spiegelten sich darin die Kronen der Pinien und der dunkle Umriss des Backsteingebäudes, in dem sich früher die Turbinen befunden hatten. Die Oktobersonne stand noch hoch am Himmel, vergoldete die bläuliche Ferne, die sanften Farben des Nachmittags. Die Kinder suchten am Ufer nach flachen Steinen, die sie in gekonntem Winkel über die glatte Wasseroberfläche schleuderten. Sie stritten sich laut und waren ganz in die alte Vertrautheit des Spielens eingetaucht; obwohl dem Kindesalter schon entwachsen, ihm immer noch näher, als sie glaubten. Miguel trug den Fotoapparat seines Vaters um den Hals, und während sie durch den Wald marschierten, hatte er sich vorgestellt, ein Reporter zu sein, der sich einsam seinen Weg durch den Dschungel des Amazonas oder Zentralafrikas bahnte, da seine Schwester bei dem Spiel nicht mitmachen wollte. In der immer noch heißen Abendluft im Gras sitzend, schienen auch Ignacio Abel und Adela zu früheren Zeiten zurückgekehrt; die jungen Eltern, zu denen die Kinder aus nicht allzu weiter Entfernung hinschauen, in ihre rätselhaften Gespräche vertieft, aber auch wachsam, unruhig vielleicht, weil sie ein Missgeschick oder gar Unglück befürchten, wenn sie ihre Blicke nur einen Moment von den Kindern abwenden, die am Ufer spielen und im Wasser planschen. Schon seltsam, Adela so nah bei sich zu haben, ohne dass sie etwas weiß, ihrem arglos melancholischen Blick zu begegnen, ohne einen Verdacht in ihr zu wecken, sich ganz natürlich mit ihr zu unterhalten, ohne sich verstellen oder lügen zu müssen. Er hörte ihr zu und betrachtete sie dabei. Er sah sie an und hatte das Gefühl, sie seit einiger Zeit gar nicht mehr wahrgenommen zu haben, wie vor ein paar Tagen schon im Studentenheim; genau der Zeit, in der er, ohne es zu merken, den letzten Rest seiner Jugendlichkeit verloren hatte. Er hörte ein schnalzendes Geräusch, was daher kam, dass Miguel vom Ufer her unvermutet ein Foto von ihnen gemacht hatte.

»Fährst du nächstes Jahr wirklich nach Amerika? Und kannst du uns dahin mitnehmen?«

Sie kannte ihn zu gut, um nicht zu wissen, dass seine gute Laune jederzeit umschlagen konnte. Sie war dankbar für die Gesten lauer Zärtlichkeit, den flüchtigen Kuss auf den Mund, die Hand auf ihrer Taille, wappnete sich jedoch instinktiv gegen die Enttäuschung, genau wie die Kinder, der Kleine vor allem, der der Schwächere war und ihr am nächsten stand, der die erregbarere Fantasie besaß. Dort am Ufer des Stausees erzählte er seiner Schwester jetzt von Ozeandampfern und Flugzeugen, in denen sie nach Amerika reisen würden, gestikulierte dabei überschwänglich mit den Armen, um ihr die Größe der Dinge zu veranschaulichen, das Empire State Building, die Freiheitsstatue.

»Zuerst einmal muss ich das mit Negrín besprechen. Und ich muss sehen, was sie mir bieten; wie lange ich dortbleiben soll. Aber wenn ich fahre, kommt ihr mit mir.«

Doch da war ein Anklang von Unaufrichtigkeit in seiner Stimme, der Adela auffiel, obwohl er selbst gar nicht wusste, dass er nicht ganz die Wahrheit sagte. Er befand sich jetzt in zwei Welten, in zwei parallelen Zeiten, am gestrigen Nachmittag mit Judith und am heutigen mit Adela und den Kindern, im vorteilhaften Halbdunkel der Bar des Florida und in der wärmenden Sonne am Ufer des Stausees; er roch Zistrosen und Thymian und Harz, und er roch das Lippenstiftrot und das amerikanische Parfüm von Judith Biely, nicht geteilt, sondern verdoppelt, durch die Liebe erhitzt und zur Ruhe gekommen in der soliden Routine, die im Lauf der Jahre entstanden war und an diesem Nachmittag so etwas wie ihre visuelle Vollendung fand, wie ein fertiggestelltes Gemälde, wie die letzten reif gewordenen Oktoberfrüchte, die Quitten und Granatäpfel, die gelben Kürbisse, die Kakipflaumen und prallen gelben Weintrauben im Garten. Er hatte so wenig Erfahrung oder so eine geringe Befähigung zu aufrichtiger Selbstprüfung, dass er sich den wahrscheinlich längst gelegten Hinterhalt von Schuld und schlechtem Gewissen gar nicht vorstellen konnte. Er fragte sich nicht einmal, wie Judith Biely sich fühlen mochte. Für ihn existierte sie nicht als eigenständiger Mensch, sondern nur als Projektion des eigenen Verlangens.

»An was denkst du?«

»An nichts; an die Arbeit.«

»Du wirkst, als wärst du in einer ganz anderen Welt.«

»Vielleicht muss ich schon morgen Abend nach Madrid zurückfahren.«

»Du hast den Kindern versprochen, uns am Montagmorgen im Auto mitzunehmen.«

»Ich fahre ja nicht aus Spaß schon früher.«

»Dann sag den Kindern auch nicht, du nimmst sie mit nach Amerika, wenn du es doch nicht tust. Versprich ihnen nicht Dinge, von denen du weißt, dass du sie nicht halten wirst.«

»Und dir, würde dir so eine Reise gefallen?«

»Mir gefällt es, immer mir dir zusammen zu sein; wo, ist mir egal.«

Sie errötete, als sie das sagte, und wirkte viel jünger, glich wieder der allzu schüchternen Frau, die nicht mehr damit rechnete, einen Mann zu finden, als sie sich kennenlernten; der die Eltern das Schicksal der ledigen Tanten prophezeiten, mit denen sie an manchen Sonntagnachmittagen den Rosenkranz betete. Ihre Hüften, die im Gras am Ufer des Stausees ruhten, waren zu breit, ihre Fußknöchel neigten zum Anschwellen, ihr schwarzes Haar mit der unmodernen Welle ließ sie älter aussehen, als sie war; ihre Augen schauten jetzt jedoch wie vor fünfzehn Jahren, sie hatten einen leidenschaftlichen, verletzlichen Ausdruck, als würde sie in einen Strudel von Nichts-Erwarten zu Alles-Begehren gerissen, von der Anpassung zur Verwegenheit und von dieser zur erwartbaren Enttäuschung, zum Zweifel an dem, was das Leben ihr letztlich zu bieten hatte. Jetzt hätte sie gewünscht, die Kinder wären nicht in der Nähe, oder sie dämpften ihr Geschrei etwas, während sie am Ufer nach flachen Kieselsteinen suchten und dann zählten, wie oft sie übers Wasser hüpften, wenn sie sie schräg über den glatten See schleuderten. Es passte ihr nicht, dass sie erschöpft und hungrig zu ihnen gelaufen kamen, mit vom Hin-und-Her-Rennen und von der Bergluft geröteten Wangen etwas zu essen forderten von dem, was sie in einem Weidenkorb mitgebracht hatten.

Für Ignacio Abel war es eine Erleichterung. Die Sonne verschwand allmählich hinter den Wipfeln der Pinien, die Luft wurde etwas feuchter und verstärkte die Gerüche der Natur, des Thymians und der Zistrosen, der trockenen Piniennadeln auf dem Boden. Das Glockengeläut und das Muhen der Kühe und die Glöckchen der Schafe hoben das Gefühl von Weite und Ferne noch akustisch hervor. Bei etwas klarerer Luft hätte man Madrid als weißen Fleck am Horizont sehen können. Es würde kalt werden, wenn das Licht der schon tief stehenden Sonne den Stausee nicht mehr erreichte und einen goldenen Dunst auf dem Wasser hinterließ. Untreu im Stillen und ungestraft sich verstellend, beschloss Ignacio Abel, sich eine Ausrede auszudenken, um schon am Sonntagnachmittag nach Madrid zurückzufahren, aber nicht bis dahin zu warten, um Judith Bielys Stimme zu hören: Er würde unter dem Vorwand, etwas kaufen zu wollen, ins Dorf gehen und dort versuchen, sie vom Telefon in der Bar des Bahnhofs aus anzurufen. Aus der Selbstvergessenheit, der Reise in die andere, unsichtbare Nebenwelt zurückkehrend, blickte er um sich. Seine Tochter saß auf einem Stein, aß ein Brötchen und las in einem Buch von Jules Verne. Adela vertrat sich am Ufer die Beine und klopfte sich Piniennadeln und Grashalme vom Kleid. Sein Sohn starrte ihn mit aufgerissenen Augen an, als hätte er in seinen Gedanken lesen können und den Schwindel erkannt, als wüsste er schon, dass er am nächsten Tag allein nach Madrid zurückfahren und sie auch nicht mitnehmen würde, wenn er nach Amerika führe.

10 Woher war Judith gekommen, als sie wie ein Wirbel-
wind in sein Leben gestürmt war – wie jemand, der
unerwartet die Tür aufreißt und plötzlich im Zimmer steht,
dem die kalte Luft von draußen folgt und in Sekundenschnelle
das Klima verändert. Schon ihre Gegenwart war verwirrend,
der methodische Wirbel einer Drehtür, die Erscheinung, die
die Türglocke heftig klingeln lässt und alle Blicke auf sich
zieht, verstohlen die meisten, ärgerlich oder irritiert, neugierig,
neidvoll vielleicht und begehrlich, Blicke von dunkel gekleideten alten Männern in den von Tabaksqualm gedämpften
Schattenreichen der Cafés.

Judith Biely bewegte sich immer schnell unter viel langsameren Menschen, gleich einer Sendbotin ihrer selbst und
mit einer Fremdartigkeit, die umso mächtiger strahlte, als
sie unabhängig von ihrem Willen und ihrem Wesen war; der
leuchtende Gruß von etwas, das ein Versprechen sein konnte
auf ein anderes Leben in einer anderen Welt, die nicht so
grob war, deren Farben weniger erdig und düster waren. Eine
Frau zum Anfassen und zugleich die Fata Morgana und Synthese dessen, was für Ignacio Abel an Frauen das Begehrens-
werteste, die Substanz des Weiblichen war: beweglich, nie
vorhersehbar, zu Unzeiten hereinkommend und so schnell
wieder gehend, dass ein Bild von ihr auf der Netzhaut einzufangen und in Erinnerung zu behalten so unmöglich war, wie
die Zeit anzuhalten oder sie in der Schwebe zu lassen, damit
ein heimliches Treffen nicht so schnell zu Ende ging. So ist
Judith Biely auf dem einzigen Foto, das Ignacio Abel in seiner
Brieftasche trägt; leicht unscharf, weil sie sich im Moment

des Auslösens der Kamera zur Seite dreht, die Augen und den lächelnden Mund etwas verwaschen, mit einem lustigen Gesichtsausdruck auf etwas reagierend, das ihre Aufmerksamkeit beansprucht hat, und einen Moment lang vergessend, dass sie für ein Foto posiert, genau den Moment, der sie jetzt zeigt. Vielleicht hat sie in jener Fotokabine ungeduldig auf den Blitz gewartet und etwas oder jemand hat sie das Gesicht zur Seite drehen und lächeln, fast lachen lassen, und das Licht explodierte auf ihrem Kinn und dem Wangenknochen und dem gelockten Haar, in ihren etwas verschwommenen Augen, in denen ein glänzender Punkt zu sehen ist, genau wie auf den Lippen.

Die Unvollkommenheit des Fotos macht sie für Ignacio Abel noch begehrenswerter. Der unpersönliche Automatismus des Zufalls verleiht Judith mehr Präsenz ohne die Störung durch den Blick und die Absicht eines Fotografen; als wäre sie in diesem der Zeit entrissenen Augenblick so wirklich wie eine dieser ebenso detailreichen wie gespenstischen Impressionen von Blättern, die den ersten Fotografen gelang, ohne dass sie dafür eine Kamera brauchten: indem sie einfach ein Blatt oder einen Grashalm auf eine mit einer lichtempfindlichen Flüssigkeit bestrichene Unterlage legten. Und damit das Foto noch wahrhaftiger wird, ist es nicht einmal eines von der Judith, an die er sich erinnert, sondern von der, die noch nicht nach Madrid gereist, noch nicht von Vertrautheit und besessenem Verlangen beeinflusst war, die in ihrer Vergangenheit noch so sehr sie selbst war wie zu dem Zeitpunkt wenige Monate später, als sie in sein Leben einbricht, in eine Zukunft, von der sie noch nichts weiß, als sie auf dem Foto lächelt, weil sie noch nicht einmal weiß, dass sie bald ein Angebot bekommen wird, das all ihre Pläne umstoßen und sie ihre Reise nach Spanien vorzeitig antreten lassen wird.

Woher war sie gekommen? In einer anderen Sprache ihr Leben einem Mann zu erzählen, der ihr so ernst und aufmerksam zuhörte, beschränkte zwar ihre Ausdrucksmöglichkeiten, sorgte aber auch dafür, dass sie sich nicht mit Nebensächlichkeiten aufhielt; es verlieh ihr eine Objektivität, die sie als befreiend empfand, weil sie sich selbst aus der privilegierten Distanz ihrer Fremdheit sehen konnte. Im Erzählen bekam das wirkliche Erleben etwas von der Strenge und Vorsätzlichkeit eines Romans, der keiner Korrekturen mehr bedurfte. Das jahrelange unsichere Vorantasten im Leben fügte sich zu einem Bogen, der im Nebel der Vergangenheit seinen Anfang nahm, die Zeit überspannte und im Augenblick der Gegenwart auf der anderen Seite der Welt endete, im Madrid dieser Tage im Oktober des Jahres 1935, im Halbdunkel eines abgeschiedenen Winkels des Hotels Florida oder im sanften Schwindelgefühl des Fahrens durch eine baumbestandene Allee, die sich wie ein Tunnel im Scheinwerferlicht des Autos auftat, in dem sie erleichtert den frischen Wind über ihr Gesicht streichen ließ, der durch das geöffnete Seitenfenster hereinwehte, lächelnd und mit zusammengekniffenen Augen alles wie durch einen Nebelschleier sehend, mit einem Ausdruck, den er stets wiedererkennen würde und auf einem Automatenfoto für immer bewahren zu können hoffte.

Bilder und Wörter fließen, tauchen auf und verlieren sich genau wie die Baumkronen und die Häuserfronten und die beleuchteten Fenster der kleinen Hotels auf der Avenida Castellana. Judith Biely fährt im Auto durch ein Madrid, das auch Paris sein könnte, ein Paris, das horizontaler gebaut ist, weniger imposant. Es könnte irgendeine der europäischen Städte sein, die sie in den letzten zwei Jahren besucht hat und die ihr in der erschöpften Erinnerung jetzt durcheinandergeraten. Die Autoscheinwerfer beleuchten lackschwarz glänzende Pflastersteine und Straßenbahnschienen und Oberleitungskabel.

Sie sitzt schweigend neben dem Mann, der ernst das Auto lenkt und jetzt viel jünger ist als noch vor ein paar Stunden, als er mit befremdetem, beinahe erschrockenem Gesicht bei Philip Van Doren aufgetaucht war (wo mochte Van Doren jetzt sein? Wie scharfsinnig hatte er geargwöhnt und verstanden, beinahe prophezeit; wie boshaft wird er morgen anrufen, um etwas zu erfahren; für sein nächstes Fest wird er eine handgeschriebene Einladung schicken). Sie schweigt, und in ihrem Kopf breitet sich der Schwindel des Alkohols ebenso aus wie das Gefühl, sehr viel gesprochen zu haben. Ihr Leben, gerade erst erzählt, breitet sich vor ihr aus wie die Allee, auf der sie fahren, entfaltet sich mit einem Gefühl von Symmetrie und Vorsatz, dem sie sich gerne hingibt, genauso wie der Geschwindigkeit des Autos oder der Musik aus dem Radio, das Ignacio Abel nicht ohne jungenhaften Stolz eingeschaltet hat, was seine unverhoffte Jugendlichkeit bestätigt wie zuvor schon, scheu und schroff, sein unbeholfenes Verlangen. Die Hand, die das Radio anstellte, hing nachher reglos in der Dunkelheit, fand mühelos und wie nebenbei die Hand von Judith, die sie jetzt sanft drückt. Judith aber wendet sich ihm nicht zu, weil sie noch immer nicht ganz begreift, was mit ihnen geschieht. Seltsam, dieses Spiel der Hände plötzlich, in diesem Alter, als säße sie wieder auf einer Bank im Park oder im Kino, wo brausende Orgelklänge das erste Flackern und die Bewegungen der Bilder begleiten und ihre Hand von der männlichen so heftig gedrückt wird, dass Fingerglieder und Knochen ihre Haltbarkeit beweisen müssen, zarte Vogelfingerknochen, die sie nicht von ihrer Mutter geerbt hat, die mit ihren kräftigen Fingern ebenso geschickt mit der Nähmaschine umzugehen wussten, wie mit den Tasten des unsichtbaren Klaviers, in das sich die Kante des Küchentischs verwandelt, sobald sie die Hände darauflegt; die Hände, die jetzt ihre Briefe öffnen und genau wie die Augen die Schrift der Tochter entlangfahren, darin ihre Gegenwart ertasten.

Schlagartig sieht sie die ganze Distanz, die sie zurückgelegt hat. In einer aus Büchern gelernten Sprache, mit der sie erst jetzt allmählich vertraut wird, erzählt sie ihr Leben einem Mann, der ihr zuhört und sie ohne zu blinzeln ansieht (der manchmal abwesend wirkt und ein paar Sekunden braucht, um wieder ganz da zu sein) und sich wundert, von wie weit her sie gekommen ist und wie unwahrscheinlich es war, dass sie nun hier ist, wie selbstverständlich und beinahe vorbestimmt es erscheint. Sie ist so unstet von einem Ort zum anderen gereist, dass ihre Erinnerungen manchmal ein bisschen unscharf sind, so wie das Foto, das sie in Paris aus Spaß in einer Fotokabine gemacht hat, wie die aufgeregten Buchstaben in den Briefen, die sie ihrer Mutter schreibt, das hastige Niederfahren der Tasten, wenn sie sich an die Schreibmaschine setzt an diesen Vormittagen im Oktober, an denen die Sonne eine Lichtlache auf den Bodenfliesen ihres Zimmers ist, und sie sich nicht von der Inspiration, sondern von der reinen Bewegungsenergie ihrer Finger mitreißen lässt. Sie kommt von so weit her, dass ihr fast schwindlig wird von der Beinaheunmöglichkeit dessen, was sie dennoch erlebt.

Wenn sie erzählt, geschehen die Dinge in einer Reihenfolge, von der sie weiß, dass sie falsch ist, die sie in ihrem Bewusstsein von der Unwahrscheinlichkeit aber wohl für nötig hält. Sie kommt aus einem niedrigen Zimmer, in dem sie als Kind die Nächte lesend im Licht einer Öllampe verbrachte (wenn die schweren Schritte ihres Vater sich näherten, blies sie sie aus, wenngleich sie wusste, dass der Geruch sie verraten würde); aus Zügen nach Manhattan, die in Tunnel eintauchten und jäh wieder ans Tageslicht kamen, an den vorüberhuschenden Pfeilern einer den East River überspannenden Brücke vorbei, den Blick freigebend auf eine ozeanische Bucht mit Hochhausteilwänden und Dampfern, die unter den vibrierenden Stahlseilen der Williamsburg-Brücke an den Kais verankert waren, ein dumpfes Tuten von Nebelhörnern ausstießen und dicke Qualmwolken aus den schwarz und rot und weiß und rot gestrichenen Schornsteinen. Sie kommt von den Hörsälen und dem von riesigen Bäumen beschatteten Campus einer Hochschule für Einwandererkinder, die hin- und hergerissen sind zwischen dieser Welt, die die einzige ist, die sie kennen, und jener, die Schatten von Unsicherheit und Verfolgung auf ihr Leben wirft, obwohl sie sie niemals zu sehen bekommen werden, weil es die ferne Welt ist, die ihre Eltern mitgebracht haben.

Vor allem aber kommt sie aus dem überwältigenden Bewusstsein eines Irrtums, für den sie niemand anderen verantwortlich machen kann als sich selbst, den sie leicht hätte vermeiden können und auf dem sie nicht aus Blindheit und auch nicht aus Leidenschaft beharrte, sondern allein aus unvernünftigem Stolz, nur um einem Druck standzuhalten, gegen den aufzulehnen sie sich selbst erzogen hatte. Wie gedankenlos hatte sie den Schatz des eigenen freien Willens verschleudert! Nicht aus Liebe, sondern aus Widerspruchsgeist, weil sie unbedingt tun wollte, was ihre Eltern sie baten nicht zu tun, und was daher zur Inkarnation ihrer Freiheit wurde. Sie heiratete den Kommilitonen, der etwas älter war als sie, und sie hatte gewusst, dass es ein Irrtum war, sagte sie zu Ignacio Abel, und als sie es sagte, trat ihm wie im Aufleuchten eines Blitzlichts die Frau mit den breiten Hüften und dem wehmütigen Blick und das kleine Mädchen im altmodischen Kleidchen und einer Schleife im Haar vor Augen, die nach dem Vortrag in der Residencia zu ihm getreten waren; die Frau, neben die Judith sich gesetzt hatte und die sie einen Moment lang von oben bis unten gemustert hatte – verstohlen, wenngleich mit instinktiver Eifersucht –, als diese Moreno Villa bat, sie Ignacio Abel vorzustellen. Wer kennt schon den tiefsten Grund für das, was man tut! Noch bevor sie das desolate Gerichtsgebäude verließen, in dem sie im Vollbesitz ihres freien Willens dem Bund der Ehe zugestimmt hatte, wusste Judith Biely, dass sie einen Irrtum begangen hatte und schon der Verzicht auf ihren Familiennamen eine nicht hinnehmbare Demütigung war.

Natürlich wollte sie von alldem nichts wissen. Erstaunlich, in welchem Maße man sich in eine Blindheit verrennen konnte, die umso unerbittlicher war, als sie freiwillig war. Niemand fesselt deine Hände und stößt dich in eine Zelle und schiebt Riegel vor und schließt Schlösser ab; kein Mensch legt dir mit Gewalt ein Tuch um die Augen und knüpft es dir im Nacken so fest zu, dass du dich nicht davon befreien könntest, selbst wenn deine Hände nicht gebunden wären. Du selbst webst das Tuch und flichtst den Strick, streckst die Hände aus und wartest, bis der Knoten fest sitzt, ziehst die Mauern der Zelle hoch und schließt von innen ab, vergewisserst dich, dass der Riegel vorgeschoben ist. Du selbst legst alle nötigen Schritte zurück, einen nach dem anderen, und wenn jemand dir Zeichen macht, um dich vor einer Gefahr zu warnen, dann erreicht er damit bloß, dass du deine Anstrengungen, ins Unglück zu rennen, noch verstärkst. Manchmal bist du erleichtert, noch nicht angekommen zu sein, andere Male, dass es keinen Weg zurück mehr gibt. Der Zweifel ist derart illoyal, dass du es dir nicht einmal selbst einzugestehen wagst. Sie hatte das City College erfolgreich abgeschlossen und hätte an der Columbia-Universität, wo sie den unteren Semestern Sprachunterricht gab, bei Professor Onís ohne Schwierigkeit ihren Doktor in Spanischer Literatur machen können. Die Heldinnen bei Henry James, die ihre Fantasie entzündet hatten und denen sie gleichen wollte, als sie fünfzehn oder sechzehn Jahre alt war, erbten Vermögen, die es ihnen gestatteten, allein durch Europa zu reisen; ihr jetziges Vorbild war das eigene Zimmer von Virginia Woolf, die emanzipierte Einsamkeit einer Frau, die genug verdient, um von niemand abhängig zu sein und angstfrei ihre Vorlieben oder ihr Talent zu pflegen. Ihre Mutter hatte weder Klavier noch eigenes Zimmer besessen. In den engen Räumen stapelten sich die Kinderbetten, und sie musste warten, bis alle schliefen, um ihre geliebten russischen Romane zu lesen oder im Stillen die zerfledderten Partituren zu spielen, die vor über dreißig Jahren in einem Koffer aus St. Petersburg herübergekommen waren.

Doch von einem Tag auf den anderen verlor sie das Interesse an dem, was ihr so wichtig gewesen war. Sie sagte, sie hätte nicht Jahre mit der Abfassung einer Doktorarbeit verbringen wollen, nur um sich hinterher in einer Provinzuniversität für junge Damen begraben zu lassen. Um zur wahren Berufung zu finden, sei das Studium verstaubter Bücher weniger dienlich als das wirkliche Leben und die Arbeit (sie verzieh ihrer Mutter nicht, dass sie ihr gesagt hatte, diese Worte hörten sich nicht wie ihre eigenen an; sie, Judith, bewege zwar die Lippen, aber aus ihrem Mund spräche ein anderer). Ihr eigenes Zimmer konnte nicht mitten im Wald oder in einer verträumten Landschaft von Maisfeldern liegen. Es musste ein karges, vor unerwünschten Besuchern sicheres Zimmer sein, in dem sie sich ungestört einer Sache widmen konnte, deren Wesen sie noch nicht genau zu benennen wusste, die jedoch keinesfalls, dessen war sie sich sicher, im unvermeidlichen Überdruss einer akademischen Forschungsarbeit versanden würde. In das Zimmer müssten menschliche Stimmen und Straßenlärm dringen, das Vibrieren der Stadt, in der sie sich so wohlfühlte, das Rattern von Zügen, das Tuten der Dampfer an den Kais, die Sirenen der Streifenwagen und der roten Feuerwehrautos. Sie wollte nach Europa reisen, um sich vom Leben bilden zu lassen und sich eine Zukunft zu schmieden wie Isabel Archer in dem Roman von Henry James, den sie mehrere Male gelesen hatte – oder als Journalistin, die aus Paris Reportagen an *Vanity Fair* oder *The New Yorker* schickte –, aber mehr denn je fühlte sie sich auch dem pulsierenden Leben, der visuellen, klanglichen und geruchlichen Erregung ihrer Heimatstadt verbunden, in der sie auf nichts verzichten musste, alles genießen konnte, die am Abend aufleuchtenden Neonreklamen und den Nebel, der die Spitzen der Hochhäuser verschwinden ließ; die aus den Fähren hinausströmenden Menschen und die Schaufenster der Luxusgeschäfte auf der Fifth Avenue; Menschenmassen unter den Bäumen des Union Square, die rote Fahnen und Gewerkschaftstransparente auf Italienisch und Jiddisch schwenkten; die Sprödigkeit, die Trostlosigkeit und Herzlichkeit von Unbekannten auf der Straße; die Freude, keine Wahl treffen zu müssen und sich ohne Vorsatz, ohne Ermüdung, ohne jede Eile treiben lassen zu können; und alles mit derselben Inbrunst, die sie auch empfand, wenn sie laut ein Gedicht von Walt Whitman las.

Irgendwann fiel der Name eines Mannes, den sie vielleicht früher schon einmal erwähnt hatte, undeutlich gesprochen, oder Ignacio Abel hatte ihn nur nicht verstanden oder gar nicht gehört, weil er so von ihrer Nähe gebannt oder in einen Gedanken vertieft war, der ihn ganz woandershin führte (vielleicht verspätete er sich mit seiner Rückkehr zu der ihm plötzlich zu alt erscheinenden Gattin und zu der um Aufmerksamkeit buhlenden Tochter; ab und zu warf er einen verstohlenen Blick auf seine Armbanduhr oder hob den Kopf und schaute zur Uhr an der Wand über der Bar; vielleicht fürchtete er auch bloß, erkannt zu werden). Oder ihm behagte einfach der Gedanke nicht, dass sie verheiratet gewesen war, einen anderen geliebt, jedenfalls genügend Zuneigung zu ihm empfunden hatte, um mit der Familie zu brechen, um ihre Tätigkeit als Lehrerin und ihre Doktorarbeit aufzugeben und in einem gemieteten Zimmer zu leben, im fünften Stock, mit Gemeinschaftsklo am Ende eines Flurs, mit nur einem Kaltwasserhahn über dem Waschbecken und einer Badewanne in der Küche, die mit einem Brett abgedeckt als Schreib- und Esstisch diente. Bei der Flucht auf der Suche nach dem eigenen Zimmer fand sich Judith Biely unverhofft in einer Küche wieder, die unwirtlicher war als die ihrer Mutter, genauso einsam manchmal und andere Male genauso überlaufen. An die Stelle der Geld- und Arbeitsgier ihrer Brüder und der Geschäftsmannsdelirien ihres Vaters setzte die nun hereinbrechende ebenfalls männliche Invasion ein so rüdes wie hohles Geschwätz über Literatur und Politik. Auch der beißende Zigarettenqualm war der gleiche, die aggressive Heftigkeit des Gestikulierens.

In der Küche ihrer Familie, der zu entfliehen sie sich jahrelang ersehnt hatte, feierten ihr Vater und ihre Brüder den Ruhm des Kapitalismus wie verängstigte Anbeter eines despotischen Gottes, der sie sowohl niederschmettern als auch ins Licht führen konnte. In ihrem Zimmer ohne Warmwasser saßen die Gäste auf dem Boden und drückten ihre Kippen auf dem Linoleum aus, während sie über die revolutionäre Kunst der Zukunft diskutierten und über den kurz bevorstehenden Fall des großen Goldenen Kalbs namens Amerika, das in den Schockwellen der Depression bereits zu schwanken begann. Die Gleichheit von Männern und Frauen war die Fahne, die sie vor sich hertrugen; doch obwohl die Frauen ebenfalls rauchten und auch auf dem Boden saßen, hielten sie entweder den Mund, oder man hörte ihnen nicht zu, und wenn alle gegangen waren, war sie es, die den Boden fegte, die Gläser mit den Resten von billigem Wein und die leeren Flaschen aufsammelte und die Fenster selbst im Winter weit aufriss, damit man im Zimmer wieder atmen konnte.

Für ihren Mann sowie für jeden seiner Freunde galt es als nicht hinnehmbarer Überzeugungsverrat, dass sie eine Doktorarbeit über den spanischen Roman des 19. Jahrhunderts vorbereitete und Erstsemestern Sprachunterricht erteilte. So billig konnte man seine künstlerische Integrität nicht zu Markte tragen. Judith verließ die Universität und gab ihre Dissertation auf, fand eine schlecht bezahlte Arbeit in einem Verlag für Schundromane, wo sie von morgens bis abends Gangstergeschichten korrigieren und abtippen musste. Ihr

Mann, dessen Namen ihr zuzuordnen Ignacio Abel erst nach einer ganzen Weile gelang – ein gewöhnlicher Name, den ihre amerikanische Aussprache so gut wie unverständlich machte –, schrieb seit Jahren an einem weitschweifigen, dicht bevölkerten Roman über New York, von dem er das eine oder andere Kapitel in der einen oder anderen Zeitschrift veröffentlicht hatte. Gut möglich, dass sogar John Dos Passos sie gelesen hatte; doch seiner scheinbar fortschrittlichen Ideen zum Trotz hatte sich Dos Passos im kommerziellen Erfolg eingerichtet und würde nie den Einfluss eines so gut wie unbekannten Autors auf das Tempo und das Konstruktionsprinzip von *Manhattan Transfer* zugeben. Wenn sie sich im Village gelegentlich bei einer Literaturveranstaltung begegneten, schaute Dos Passos zur Seite und tat, als habe er ihn nicht gesehen.

Dass andere am Talent ihres Mannes zweifelten, machte Judith so wütend, dass sie ihre eigenen vagen Zweifel begrub und sich kämpferisch auf seine Seite schlug. Nach und nach wurde ihr klar, dass sie ihn nicht trotz des Widerstands ihrer Eltern und Brüder geheiratet hatte, sondern wegen desselben. Dass sie sich ihrem freien Willen entgegenstellten, beleidigte sie. Weil sie gegen den Mann waren, den sie erwählt hatte, zwangen sie sie, die eigene Unsicherheit zu leugnen, und gaben ihm dadurch eine Größe, die ansonsten weniger beeindruckend gewesen wäre. Es überraschte sie nicht, dass ihr Vater und ihre Brüder ihn schon als verachtenswertes Individuum betrachteten, als sie ihn zum ersten Mal mit nach Hause brachte und er ihnen gleich seine politischen Überzeugungen darlegte. Wenn Amerika eine Plutokratie war, die den Arbeitern keine Chance und keine Hoffnung gab, warum ging er dann nicht nach Russland zurück, woher auch seine Eltern eingewandert waren!

Mehr schmerzte es Judith, dass auch ihre Mutter ihm nicht über den Weg traute, obwohl er die russischen Titel all der Romane kannte, die sie so liebte, und so unansehnlich war und sogar kränklich wirkte, dass er an ihren Mutterinstinkt hätte rühren müssen. Wovon wollten sie leben, wenn ihm jede normale Arbeit als Verrat an seinen politischen Überzeugungen und seiner Berufung zum Schriftsteller vorkam? Und warum gab sie, Judith, so leicht auf, was zu erreichen ihr solche Mühe gekostet hatte – die vielversprechende Stelle an der Universität, den herrlichen Campus und die Freitreppe der Columbia-Bibliothek, ihre Doktorarbeit? Es war klar, dass sie mit der Familie brechen musste, sosehr es sie auch schmerzte; doch der Wunsch fortzugehen war eine Sache, eine ganz andere aber war es, sich den Rückweg zu verschließen. Verblendeter Stolz ließ sie alles ertragen. Der rasche Verfall sexueller Leidenschaft (die mehr aus Vorspielen und unbeholfenen Zärtlichkeiten bestanden hatte als aus der Erfüllung von Träumen, die nicht zuletzt durch die Literatur genährt wurden) verwirrte sie zunächst mehr, als dass es sie verbitterte, ließ sie vielleicht auch argwöhnen, nicht dem erotischen Ideal zu entsprechen, über das bei den Versammlungen ebenso offen debattiert wurde wie über die Diktatur des Proletariats, den realen Sozialismus oder über Bewusstseinsströme. Doch bei dem Mann an ihrer Seite entdeckte sie nicht Stärke, sondern Schwäche, die Gleichgültigkeit kalter Haut, eitle Empfindlichkeit hinter der zur Schau getragenen Rebellion, der Unbestechlichkeit gegenüber Versuchungen, die sich in Wirklichkeit gar nicht stellten. Auch Zorn, manchmal gegen sie selbst gerichtet; aufs Neue überfielen sie Widerwille und Panik angesichts dieser männlichen Gewalt, der blinden Raserei unter Alkohol, der dröhnenden Stimmen und auf den Tisch gehauenen Fäuste und eines mit Eitelkeit und Hader einhergehenden Realitätsverlusts. Fast alles hätte sie akzeptiert, aber nicht die Aufgabe jeglichen Taktgefühls. Es gab Worte, die nicht mehr rückgängig zu machen waren; Gesten, die kein Vergessen auszulöschen vermochte.

Und sie selbst? War der geheime Unterschied, in dem sie sich zu den Menschen sah, unter denen sie sich jetzt bewegte –

Freunde und Gesinnungsgenossen ihres Mannes, Künstler mit revolutionären Ideen, für deren Erläuterung sie mehr Zeit aufwandten als dafür, sie in die Praxis umzusetzen –, nicht der gleiche wie in ihrer Kindheit, als sie sich nur für die eigenen Dinge interessierte, wie die Vorstellung, nicht die Tochter ihrer Eltern und nicht die Schwester ihrer Brüder zu sein, und dass ihr Leben verrann, ohne ihr die Chance zu geben, dieses Geheimnis zu enträtseln? Wie als Kind berührten sie immer noch Dinge, für die die anderen nur Verachtung übrig hatten oder die sie nicht einmal sahen. Ein Etui mit Farbstiften alle genau in der gleichen Länge; ein frischer Blumenstrauß in einer Kristallvase; ein Kleid, das sich an den Körper schmiegte und zugleich so wirkte, als umschwebe es ihn; die Leuchtreklame eines *drive in,* die eingeschaltet wurde, wenn noch ein Rest Tageslicht vorhanden war und das rosafarbene Leuchten der Neonröhren darin verschwamm, sodass es kaum zu erkennen war; das Rätsel von der Flüchtigkeit der sich immer wieder neu erfindenden Mode, die unterschiedlichste Dinge ähnlich aussehen ließ, in beständigem Rhythmus und dennoch unsichtbar alles veränderte, soeben Geschehenes schon anachronistisch und alt aussehen ließ. Sie mochte manche Bilder aus den avantgardistischen Zeitschriften, die sie lasen, aber auch ein Porzellanservice, das sie in einem Schaufenster sah, oder ein Paar Riemchensandalen, die sie in einem Schuhgeschäft nur deshalb anprobierte, weil sie es genoss, ihre Füße hineingleiten zu lassen, obwohl sie wusste, dass sie sie niemals würde kaufen können. Und wem konnte sie schon gestehen, dass ihr Verfilmungen von Broadwaymusicals viel besser gefielen als Filme aus der Sowjetunion oder Deutschland, und dass sie sich ebenso hingebungsvoll in der Prosa von Henry James wie in einer neuen Nummer von Irving Berlin verlieren konnte!

Während sie diese Dinge insgeheim genoss, fühlte sie sich einer Oberflächlichkeit schuldig, die vielleicht etwas mit intellektueller Schwäche oder sogar politischer Substanzlosigkeit zu tun haben mochte. Dennoch konnte sie nicht anders, wenn sie allein unterwegs war, als vor den Schaufenstern der Modegeschäfte auf der Fifth Avenue und an den Drehtüren der Hotels stehen zu bleiben, aus denen teuer gekleidete, nach Parfüm duftende Frauen ins Freie traten, begleitet von den wehenden Klängen eines Tanzorchesters. Warum musste der Kampf um Gerechtigkeit unbedingt mit Hässlichkeit und schlechter Laune einhergehen? Sie vergaß die Zeit, wenn sie durch die Stadt schlenderte, und wenn sie nach Hause kam, konnte sie ihrem Mann nicht erklären, womit sie die letzten Stunden zugebracht hatte. Mit der Betrachtung eines bronzefarbenen Dachgesimses, das sich vor dem klaren Winterhimmel abhob; einer Reihe von Frauenköpfen im Schaufenster eines Hutgeschäfts, alle mit dem gleichen lippenstiftroten Lächeln und jeder mit einem anderen Hut; eines über einen Männerschuh gebeugten Schuhputzers, der eine Broadwaymelodie vor sich hin pfiff und dazu im Rhythmus seinen Lappen sausen ließ.

Sie glaubte nicht, dass diese Vorlieben sie zu etwas Besonderem machten; aber sie wollte deretwegen auch nicht abfällig behandelt werden. Sie, genau wie als Kind, zu verbergen gab ihr das angenehme Gefühl, einen Raum zu haben, den nur sie allein kannte. An einem Samstagabend blieb sie zu Hause und suchte im Radio einen Sender, der das Konzert eines Tanzorchesters übertrug. Dann tanzte sie mit, behutsam, dass die Nachbarn von unten nicht gestört wurden, und sie sang, die helle Stimme der Sängerin imitierend, den Text mit, den sie auswendig kannte und dessen Ahnung von Wahrhaftigkeit sie ebenso ergriff wie seine billige, zuckersüße Verlogenheit; die wohlmeinende Verlogenheit von der Erfüllung der Träume, die niemanden täuschen konnte und das Leben dennoch ein wenig leichter machte.

Eine Zeit lang konnte sie ihre Eigenheit kultivieren und damit die Erkenntnis eines Irrtums hinauszögern, der umso schwerer wog, als er unerklärlich war. Durch einen Akt der Befreiung hatte sie sich in Ketten gelegt. Ihr Bemühen um Eigenständigkeit, der Verzicht aufs Studium sowie die Anstöße und Teilnahme ihrer Mutter hatten sie, ohne dass sie hätte sagen können, wie, in eine Situation gebracht, die gar keiner Anstrengung bedurft hätte: Rückenschmerzen nach stundenlangem Sitzen vor der Schreibmaschine, die Treppen in den fünften Stock hinauf, der unansprechbare Mann, der mit der Ungerechtigkeit der Welt haderte, den die Gleichgültigkeit und die ablehnenden Briefe der Verleger in seinem Stolz verletzten. Sie schaute sich um und konnte nicht begreifen, wie sie dahin hatte kommen können, von welchem Punkt aus und nach welcher Zahl von Fehlentscheidungen, als fände sie sich nach einer langen und schwierigen Reise mit dem Koffer in der Hand auf dem falschen Bahnhof wieder, während der Zug in der Ferne verschwand und in absehbarer Zeit kein anderer kommen würde, kein Mensch im ganzen Bahnhof, nicht einmal ein geöffneter Schalter, an dem sie nach Abfahrtszeiten hätte fragen oder einen neuen Fahrschein kaufen können. Sie ganz allein hatte sich die Binde um die Augen gelegt, die Zelle ausgewählt und abgeschlossen.

Aber sie hatte nicht einmal die Willenskraft und Geschicklichkeit aufbringen müssen, den Knoten im Nacken zu ertasten und zu lösen zu versuchen. Die Augenbinde lockerte sich und fiel von allein. Bis Judith Biely sich eines Tages in einem Zimmer sah, in dem nichts Einladendes war und das nicht einmal ihres zu sein schien, in dem ein wenig attraktiver und nicht besonders gepflegter Mann saß und unablässig redete, dabei mit den Händen fuchtelte und den Kopf schüttelte, Zigaretten zwischen seinen nikotingelben Fingern hielt, deren Asche er irgendwohin schnippte und deren Kippen er auf den Boden warf. Tatsächlich war das, was er sagte, nicht besonders geistreich, und er hatte es schon oft gesagt, Wort für Wort, und es waren nicht einmal seine eigenen, nicht einmal die seiner Freunde. Sie lagen in der Luft, gingen von Mund zu Mund, von Flugblatt zu Flugblatt, manchmal vergrößert auf Plakaten und Transparenten, wurden mit kalter Leidenschaft auf politischen Diskussionen geschrien, bei denen es vor allem darum ging, den Gegner mundtot zu machen, ihm die Argumente zu rauben, ihn in eine finstere Isolation zu treiben, gleich jener, die offenbar auch Leo Trotzki eine Zeit lang verschlungen hatte.

Ohne die Augenbinde, die sie sich vor Jahren selbst angelegt hatte, sah sie den Mann, der redete, ohne sie anzusehen, das Haar wirr in der Stirn, die Hände mit nutzloser Energie Zigarettenqualm vor ihrem Gesicht aufscheuchend. Wenn er sie nicht ansah, hörte sie seine Worte wie ein Rauschen oder ein Summen und ohne etwas zu verstehen, so als trüge sie jetzt statt der Binde vor den Augen Stöpsel in den Ohren. In diesem Moment dachte sie, sie sei vielleicht schwanger. Sie hatte an den Fingern abgezählt und sich die Eintragungen der Vormonate im Kalender angesehen, hatte mit unbewegtem Gesicht versucht, sich an ein bestimmtes Datum zu erinnern. Drei, vier Tage überfällig. Während der beinahe Fremde redete, teilte sich in ihrem Bauch der von ihm gesäte Same, eine Flocke winziger Zellen, ein Samenkorn, das in der dichten Schwärze der Erde zum Leben erwacht und sich seinen Weg durch sie bahnt. Die ungeheuerliche Folge von etwas, dem sie nie viel Bedeutung beigemessen und das ihr nicht viel Vergnügen bereitet hatte, abgesehen von der Erleichterung, wenn es vorbei war.

Dann beschloss sie, zu schweigen, nichts von ihrem Zustand zu erzählen. Sie merkte, wie sie bei diesem Gedanken unwillkürlich die Lippen aufeinanderpresste. Sie würde eine Abtreibung vornehmen lassen und ihm nichts davon sagen. Möglichst bald, so schnell wie möglich, heimlich, um die Traurigkeit nicht überhandnehmen zu lassen, die bedrückende Angst. Das Kind, das sie wollte, das kräftige, zarte, edle menschliche Wesen, das sie manchmal in einer unbestimmten Zukunft an ihrer Seite heranwachsen sah, konnte nicht in all dieser Erbärmlichkeit geboren werden. Sie schlief schlecht, und am nächsten Tag aß sie zur Mittagszeit ein Sandwich auf den Stufen der Public Library, weil die Sonne schien und die Luft für Mitte März ungewöhnlich warm war. Sie sah die Menschen um sich herum und dachte, dass niemand ihr Geheimnis ahnen und ihre Niedergeschlagenheit teilen konnte: Sekretärinnen, Verkäuferinnen, Mädchen, die jünger waren als sie und sich mit einer Lässigkeit kleideten, die ihr in der letzten Zeit abhandengekommen war, die unterdrückt kichernd verstohlene Blicke mit Angestellten der umliegenden Banken wechselten, die ihre Mahlzeit ebenfalls auf den Marmorstufen und den eisernen Stühlen einnahmen.

Sie aß ihr Sandwich auf, ohne etwas geschmeckt zu haben, verschloss ihre Thermoskanne, stand auf und klopfte sich die Krümel vom Kleid. Etwas früher hatte sie beim Überqueren der Straße leichten Schwindel gespürt, ein Aufkommen von Übelkeit. Als sie jetzt die Treppenstufen hinunterging, spürte sie im Bauch so etwas wie einen leichten Krampf oder ein plazentares Reißen. Ungläubig, beschwingt und mit der Erleichterung eines über Bord geworfenen Elends, mit einer Schwerelosigkeit, die sie beinahe aus ihren Schuhen hob, denen sie in letzter Zeit auch viel zu wenig Aufmerksamkeit geschenkt hatte, fühlte sie ihre Regelblutung kommen, und das Joch der Schwermut und Resignation, unter das sie bis eben noch gespannt war, fiel von ihr ab und ließ vor ihr eine wolkenlose Zukunft aufscheinen, die sie diesmal nicht aufs Spiel setzen würde. Ganz deutlich, so wie sie den Verkehr auf der Fifth Avenue vor sich sah, die Sonne in den Fenstern und den Stahlbeschlägen eines neu gebauten Wolkenkratzers und eine Seifenwerbung an der Seitenwand einer Straßenbahn, so deutlich sah sie jeden einzelnen Irrtum ihres früheren Lebens vor sich, das jetzt zu Ende war, und jeden ihrer zukünftigen Schritte und alle Schatten, die sie mit der physischen Bedrängnis von Mauern oder in gewachsenen Fels gehauenen Tunneln umgeben hatten wie ein Nebel, den ein bisschen Wind schon auseinandertreibt.

Seit diesem Morgen war sie auf so direktem Weg zu ihm, wie sie die Fifth Avenue von der Treppe der Public Library aus überquert hatte. Mit geradem Rücken, schwingenden Schultern, den raschen, ausgreifenden Schritten der Menschen ihrer Stadt, mit geöffneten Lippen und demselben erwartungsvollen Ausdruck im Gesicht, den Ignacio Abel am Tisch hinten in der Bar von ihr sah, wo er auf sie wartete, oder in dem Zimmer, das sie für ihre heimlichen Treffen gemietet hatten, noch im Stehen, ohne die Jacke ausgezogen zu haben und oft nicht einmal den Mantel, wo er sie zum ersten Mal nackt gesehen hatte im Zwielicht schwerer Vorhänge und angelehnter Fensterläden, durch die das Tageslicht so schwach hereindrang wie der Verkehrslärm und die Geräusche des Hauses. Jeder Schritt, den sie bis dahin getan hatte, nahm die lautlosen Schritte ihrer bloßen Füße auf dem abgetretenen Teppich vorweg, hin zu dem Mann, der sich nicht bewegt und noch nicht einmal angefangen hatte, sich auszuziehen.

Erst wenige Wochen zuvor, vor etwas über einem Monat, war sie in Madrid eingetroffen, wo sie keinen Menschen kannte, in einer Pension an der Plaza de Santa Ana, übermüdet nach einer ganzen Nacht im Zug, der sie von Hendaye hergebracht hatte. Wie anders als Paris roch diese Stadt; wie anders roch die Luft seit Überschreiten der Grenze! An diesem frühen Septembermorgen roch Madrid nach dem feuchten Lehm eines Tonkrugs, den man zum Kühlen auf die Fensterbank der Küche abgestellt hatte, roch nach den Blüten und den fleischigen Blättern der Geranien, nach der Erde in den Blumentöpfen, die von der gleichen roten Farbe waren wie der Ton des Wasserkrugs. Es roch nach dem nassen Kopfsteinpflaster, das von einem städtischen Tankwagen frisch gesprengt worden war, der von zwei alten Gäulen gezogen wurde. Es roch nach dem Dung der Pferde, nach Speiseöl und staubiger Trockenheit, nach Stoppelfeldern, auf denen der Tau noch lag, als der Zug in Madrid einfuhr, nach den Zistrosen und Pinien der Berge, nach feuchten Schatten und den hölzernen Treppenstufen des Hauses, in dem sich die Pension befand, mit Waschlauge gescheuerten Stufen und Schatten, in denen sich der Geruch von Würsten und Gewürzen eines Kolonialwarenladens im Erdgeschoss festgesetzt hatte, dessen Läden hochgezogen wurden, als sie übermüdet und mit dem Koffer in der Hand auf der Straße stand und das kräftige Aroma des Kaffees, den der Ladenbesitzer vor seiner Tür mahlte und der sie wie ein Willkommensgruß umwehte, fast wie eine Umarmung.

Das Zimmer, das man ihr wies, ging auf eine Straße, die auf den Platz mündete. Von ihm drang ein vielstimmiger Lärm herauf, den sie in ihrem Taumel von Fremdheit und Müdigkeit zunächst nicht einzuordnen wusste: Stimmen von schwatzend beieinanderstehenden Menschen, die schon den Schatten suchten, Straßenhändler und Rufe von Leuten, die Schirme und Zinkeimer reparierten, Radiomusik aus Kiosken, Gesang von Dienstmädchen, die Zimmer putzten und auf den Dachterrassen Wäsche aufhängten, Teppiche klopften oder auf den Balkonen der Nachbarschaft Bettlaken ausschüttelten. Ein grundloses, jubelndes Glücksgefühl erfüllte ihre Seele, ausgelöst von der Größe ihres kargen Zimmers, das viel anheimelnder war als die immer winzigeren Zimmerchen, die sie sich in Paris hatte leisten können.

Wie die im Morgenlicht auftauchenden Landschaften, die sie aus dem Abteilfenster gesehen hatte, schienen auch die Gegenstände im Zimmer nach einer asketischen Ordnung ausgerichtet, die den Eindruck von Leere noch verstärkte.

In anderen Ländern Europas hatten ihr die Felder und auch die Städte das erdrückende Gefühl vermittelt, dass alles viel zu ordentlich, zu voll, urbar gemacht und bewohnt war. In Spanien hatten die menschenleeren Landstriche etwas von der Weite Amerikas. Über dem eisernen Bettgestell im Zimmer hing ein Kruzifix an der Wand, und auf der schlichten Kommode, in der sie ihre Wäsche in sorgfältig mit Zeitungspapier ausgeschlagenen tiefen Schubladen verstaute, stand eine Jungfrau Maria aus bemaltem Gips. Die Wände waren weiß gekalkt, mit einem bis ans Fenster reichenden schwarzen Sockel; der Boden bestand aus terrakottafarbenen Fliesen, zwischen denen kleinere aus vielfarbiger Keramik eingefügt waren. Die Gitterstäbe des Bettes endeten in goldglänzenden Messingkugeln, die unter dem Vibrieren des Fußbodens ein leichtes Klingeln von sich gaben, wenn man durchs Zimmer ging. Auf der Kommode stand neben der Hl. Jungfrau mit der flachen Brust und dem blauen Umhang, die mit ihrem zierlichen nackten Fuß den Kopf einer Schlange zertrat, eine Art Kandelaber aus Bronze oder Messing mit halb heruntergebrannten Kerzen. Das Stromkabel fürs Licht verlief von dem schwarzen Bakelitschalter über dem Bett in gerader Linie an der Wand und unter der Zimmerdecke entlang zu dem bläulichen, tulpenförmigen Glasschirm der von der Decke baumelnden Zimmerlampe. Das über die leichte Decke geschlagene Betttuch und das große Kopfkissen entfalteten einen Eindruck von feierlichem Weiß und Fülle, die Judith am selben Tag noch bei ihrem ersten staunenden Besuch des Prado in den von Zurbarán gemalten Gewändern der Mönche im Kartäuserkloster wiedererkannte.

Dem Bett gegenüber stand ein solide gebauter Tisch aus unbehandeltem Pinienholz mit stabilen Beinen, aus dessen Schublade, als sie sie öffnete, ein strenger Harzgeruch drang. Davor ein Stuhl mit gerader Lehne und geflochtenem Sitz, der einlud, sich sogleich darauf niederzulassen. Noch bevor sie ihren Koffer ganz auspackte, stellte sie die Schreibmaschine auf den Tisch, legte eine Mappe mit leeren Blättern dazu, Tintenfass und Füllfederhalter, Löschpapier, ein Etui mit Bleistiften, ihr Notizbuch und den kleinen runden Spiegel, den sie stets dabeihatte, wenn sie sich zum Arbeiten setzte. Jeder Gegenstand schien präzise und gänzlich mühelos eine genau bestimmte Ordnung einzuhalten, in der der Akt des Schreibens bereits vorweggenommen, geradezu unvermeidlich geworden war. Im roten, noch taufeuchten Licht des frühen Madrider Morgens, das durch die grün gestrichenen Lamellen der Jalousie ins Zimmer fiel, fügten sich die auf dem Holz der Tischplatte ausgebreiteten Dinge harmonisch zusammen wie Objekte eines kubistischen Gemäldes.

Der Kleiderschrank war hoch und ein wenig düster und hatte einen mannshohen Spiegel, in dem Judith sich betrachtete und befriedigt die Zeichen der Müdigkeit sowie den Gegensatz ihrer fremden Erscheinung zu der archaischen Einrichtung des Zimmers wahrnahm. Waschschüssel und Wasserkrug waren aus weißem Porzellan mit einem feinen blauen Rand. Ein Gefühl überkam sie, wie sie es auf der ganzen, vielleicht schon zu lange dauernden Reise noch nicht kennengelernt hatte: die unmittelbare Übereinstimmung zwischen ihr und dem Ort, an dem sie sich befand; ein Harmoniegefühl, das ihr den Kummer der Einsamkeit nahm und sie zugleich des Privilegs versicherte, auf niemanden angewiesen zu sein. Wenn sie aus dem Fenster schaute, sah sie auf dem gegenüberliegenden Dach eine Katze schläfrig in der Sonne liegen. Auf einer Dachterrasse dahinter hatte sich eine Frau ihr tiefschwarzes Haar gewaschen und wickelte jetzt ein Handtuch darum, die Augen halb geschlossen und das Gesicht der Sonne zugewandt, genauso zufrieden wie die Katze. Nach wenigen Tagen wusste Judith schon, welche Gebäude den rustikalen Horizont der Dächer vor ihrem Fenster überragten: der Turm mit den Säulen und die bronzene Athene des Palasts der Schönen Künste; der Kammzierrat des Postgebäudes, über dem eine Fahne wehte, die ihr sogleich und ganz ohne Grund sympathisch gewesen war, als sie sie beim Überqueren der Grenze in Hendaye zum ersten Mal gesehen hatte: Rot, gelb, violett hatte sie mit derselben volkstümlichen Unbekümmertheit in der Sonne geglänzt wie die Blüten der Geranien auf den Balkonen.

An diesem Vormittag hätte sie am liebsten alles zugleich und auf einmal gemacht, sagte sie später zu Ignacio Abel. Auf die Straße hinuntergehen, sich auf das frisch bezogene weiße Bett legen, einen Brief an ihre Mutter schreiben mit dem Wort Madrid und dem Datum dieses Tages am oberen Rand, auf der Schreibmaschine einen Bericht über ihre Reiseerlebnisse verfassen; über das Gefühl, eine andere Welt betreten zu haben, kaum dass die Grenze überschritten war; ärmeren und dunkelhäutigeren Menschen zu begegnen, die sie mit einer Intensität anstarrten, die sie anfangs verunsicherte; durch das Abteilfenster des Zuges in dunkler Nacht Schatten von nacktem Fels und Abgründe zu erahnen wie die auf den Abbildungen in den Reisebüchern; vom heftigen Rütteln eines Zuges aufzuwachen, der sehr viel langsamer und unbequemer war als die französischen Züge, und im ersten Tageslicht eine unwirkliche flache Landschaft zu erblicken, erdig braun und trocken wie eine Lage von herbstlichem Laub. Sie wollte das Buch von Dos Passos lesen, das sie mitgenommen hatte; aber auch mit einem Wörterbuch neben sich am Tisch sitzen und einen von Pérez Galdós' Romanen lesen, für die ihr Professor an der Columbia vor Jahren ihr Interesse geweckt hatte; oder mit dem Buch in der Hand durch dieselben Straßen laufen wie die Figuren des Romans.

Als sie am offenen Fenster vor der Schreibmaschine saß, erspürte sie am Rande ihres Bewusstseins und in den Fingerkuppen, die schwebend leicht auf den Tasten lagen, zum ersten Mal die Möglichkeit eines Buches, in das all die Dinge

Eingang finden würden, die sie in diesem Augenblick so lust-voll empfand. Es war kein Tagebuch, auch kein Reisebericht, kein Bekenntnis, kein Roman; die Unschlüssigkeit schmerzte sie, trieb sie aber auch an. Wenn sie wachsam blieb und sich zugleich treiben ließ, würde sie, das ahnte sie, einen Anfang finden, so zart und fein wie der Anfang eines seidenen Fadens, den sie festhalten müsste, um ihn nicht wieder zu verlieren; den sie aber auch nicht zu fest zwischen den Fingern drücken durfte, da er sonst zerrieben und abreißen und sie ihn nicht wiederfinden würde.

Durch das Fenster drangen die Stimmen der Straßen-verkäufer, das Gurren von Tauben, Glockengeläut und Stra-ßenlärm herein. Der Klang der Glocken veränderte sich alle paar Minuten, oder die Klänge vermischten sich und wurden ununterscheidbar; der Himmel über den Dächern war voller Glockentürme. Es klopfte an der Tür, und sie war so in ihren Gedanken versunken, dass sie erschrocken auffuhr. Ein Dienst-mädchen kam mit einem Tablett herein, und sie versuchte in ihrem noch unbeholfenen Spanisch zu erklären, dass es sich um einen Irrtum handeln müsse, da sie nichts bestellt habe.

»Das ist von der Wirtin, weil die Señorita von der langen Reise aus dem Ausland doch sicher großen Hunger hat.« Das Dienstmädchen war sehr jung, hatte schwarzes Haar und ein Gesicht, das Judith, die voll von Bildern war, an das Hoffräulein erinnerte, welches sich auf dem Velázquez-Gemälde *Las Meni-nas* über die Infantin neigt. Sie stellte das Tablett auf den Tisch, schob dabei mit dem Ellenbogen die Schreibmaschine zur Seite, die sogleich die Aufmerksamkeit des Mädchens erregt hatte, weil sie sie nicht mit einer Frau in Zusammenhang brachte, auch wenn diese eine Ausländerin war.

»Guten Appetit«: ein Schälchen Kaffee, ein Krug mit Milch, ein geröstetes Brötchen aus hellem Teig, in der Mitte durch-geschnitten und von grünlich-goldenem Öl triefend, das Glas mit Salz glänzte im Licht. Da bemerkte sie, wie hungrig sie war und wie erleichtert, dass nichts nach ranziger Butter roch. Das ölgetränkte Brot barst unter ihren Zähnen, die Salzkörner platzten im Mund wie Samenkapseln der Wonne. Mit einer karierten Serviette wischte sie sich das Öl von den Mundwinkeln und den sahnigen Rand, den die Milch auf der Oberlippe hinterließ. Mit einem Mal hatte sich alles zu ihrer Glückseligkeit verschworen, sogar die Erschöpfung, die süße Schläfrigkeit, die der heiße Kaffee mit Milch in ihrem Bauch hinterließ, der Lärm der Kirchenglocken, die mit dem Einsetzen ihres Läutens ganze Scharen von Tauben von den Dächern aufflattern ließen. Ohne den Koffer zu öffnen, zog sie die Schuhe aus und setzte sich auf das Bett, das nicht so weich war wie die französischen oder die deutschen, und massierte sich die von der langen Reise schmerzenden und geschwollenen Füße. Sie legte sich einen Moment lang hin, blätterte in dem Buch von Galdós auf der Suche nach Örtlichkeiten in Madrid, die nicht allzu weit entfernt lagen, und keine Minute später war sie eingeschlafen, wie als Kind, an jenen Wintermorgen, wenn ihr eine Krankheit in den Knochen steckte und die Mutter ihr – weil sie die einzige Tochter und ein unerwarteter Nachkömmling war – das Frühstück ans Bett brachte, wenn die Männer schon aus dem Haus waren und sich eine angenehme Stille in der Wohnung ausbreitete, wenn es draußen schneite und der Schneesturm an den Fenstern rüttelte.

11 Als seine Kinder noch klein waren, malte Ignacio Abel für sie Bilder zum Ausschneiden und faltete daraus Häuser, Autos, Tiere, Bäume und Schiffe. Er begann in einer Ecke des Zeichenblattes ein Hündchen zu zeichnen, und neben dem Hund wuchs eine Straßenlaterne wie eine langstielige Blume hoch, in der Nähe dann ein Fenster, aus dem schließlich ein ganzes Haus wurde, und über dem Dach mit seinem Schornstein und den Umrissen einer Katze auf dem First hing der Mond wie ein herausgeschnittenes Stück Melone. Lita und Miguel bestaunten diese wunderbaren Erscheinungen, indem sie die Gesichter fast auf das Zeichenblatt drückten, die Ellenbogen auf dem Tisch aufgestützt und so nah an ihn heranrückend, dass ihm kaum noch Platz zum Zeichnen blieb; um seine Nähe wetteifernd, die sie so selten genießen konnten, da sie sich dort, wo die Erwachsenen waren, fast nie aufhalten durften.

Ihr Reich war das gemeinsame Schlafzimmer, das ihnen auch als Lern- und Spielzimmer diente, sowie die hinteren Räume, in denen die Dienstboten herrschten und wo die strengen Regeln des Stillseins oder höchstens im Flüsterton Sprechens nicht galten: In der Küche und im Bügelzimmer, wo Miguel seine müßige Zeit verbrachte, schwatzten die Dienstmädchen in einer Lautstärke, die mit dem ununterbrochen plärrenden Radio konkurrierte, und durch das auf den Innenhof gehende Fenster drangen die Stimmen der Bediensteten der anderen Wohnungen und die Lieder und die Reklamesendungen aus dem Radio, die von allen gehört wurden. Ihre schleppenden Stimmen hallten über den Innenhof, wenn sie sich von einer

Wohnung zur anderen etwas zuriefen mit einem Akzent, den Miguel außerordentlich treffend imitierte, wobei er jedoch Sorge trug, dass sein Vater ihn nicht hörte.

In den übrigen Zimmern des Hauses mussten die Türen leise geöffnet und geschlossen und musste geräuschlos gegangen werden, vor allem in der Nähe von Vaters Arbeitszimmer. Dasselbe galt für das Schlafzimmer, in das die Mutter sich im Lauf eines Tages öfter zurückzog, hinter zugezogenen Vorhängen, mit nicht enden wollenden Kopfschmerzen oder anderen Beschwerden, die unbestimmter waren und oft nicht einmal einen richtigen Namen hatten, oder so schlimm, dass ein Arzt kommen musste. In der Küche mischten sich die Stimmen der Mädchen und die aus dem Radio mit dem Gurgeln und Brutzeln und den Dämpfen vom Herd, und am Kücheneingang wurden so malerische wie seltsame Gestalten vorstellig: Auslieferer von Läden und Geschäften, in grobes Tuch gekleidete Wanderverkäufer mit sonnenverbrannten Gesichtern, beladen mit Käselaiben, Honigkrügen, mit Hühnern und Kaninchen manchmal, die mit dem Kopf nach unten und zusammengebundenen Beinen am Strick zappelten.

Die Tür, die den Dienstbotenbereich vom Rest der Wohnung trennte, musste immer geschlossen sein, und die Kinder, Miguel vor allem, der die am wenigsten klare Vorstellung von seinem Platz im Leben hatte, waren fasziniert von dieser rigorosen Grenze innerhalb der Wohnung, die allein sie beide immer wieder neugierig überquerten. Nicht nur die Gesichter und Geräusche veränderten sich dann, sondern auch die Sprechweisen und sogar die Gerüche, die Gerüche der Dinge und die der Personen: Auf der einen Seite roch es nach Öl und Essen, nach Fisch, nach dem Blut eines frisch geschlachteten Huhns oder Kaninchens, nach dem Schweiß der Mädchen, der bei der Arbeit genauso stark roch wie der der Lieferanten, die die fünf Stockwerke über die Außentreppe hinaufstiegen, und auf der anderen Seite roch es nach Lavendelseife, mit der die

Mutter ihre Hände wusch, und nach dem Rasierwasser des Vaters, nach Möbelpolitur und nach den Zigaretten aus hellem Tabak, die Besucher manchmal rauchten.

Als sie älter wurden, beobachtete Miguel, überschritt seine Schwester diese Grenze immer seltener, was zum großen Teil daran lag, dass es nicht mehr zu der Rolle des vornehmen und auch ein wenig intellektuellen Fräuleins passte, die sie für sich erfunden hatte und so erfolgreich spielte, dass er offenbar der Einzige war, dem dieser Schwindel auffiel. Anstelle der mit Flamencowirbeln unterlegten glutäugigen Geschichten um Eifersucht und Verbrechen, die aus dem Küchenradio erklangen – und die Miguel vor dem Schlafzimmerspiegel nachspielte, wobei er einmal die Stimme von Miguel Molina und dann wieder die von Carmen Amaya imitierte –, saß Lita jetzt kerzengerade auf einem Stuhl im Wohnzimmer und lauschte mit der Mutter den Symphonieorchestern von Union Radio. Während Miguel sich atemlos in die Berichte über Filmstars und Anzeigen für astrologische Vorhersagen und Schicksalsdeutungen vertiefte, die er in den billigen Illustrierten fand, die die Dienstmädchen sich kauften (LIEBE und GLÜCK erlangen Sie GRATIS, sobald Sie im Besitz der geheimnisvollen WUNDERSALBE sind, die nach den uralten Rezepten des PAMIR und den unverrückbaren astrologischen Regeln der MAGIER DES ORIENTS hergestellt wird), las Lita Romane von Jules Verne, weil sie sich damit der Zustimmung des Vaters sicher sein konnte, und sang der Familie mit gespielter Begeisterung die Volkslieder vor, die sie im Gymnasium lernte.

Beide aber waren gleich stolz darauf, im Arbeitszimmer des Vaters zugelassen zu sein, dessen unerforschliche Größe ihre kindliche Fantasie noch erweiterte. Er handhabe den Bleistift schnell und sicher und bewies eine große Fingerfertigkeit bei den figürlichen Arbeiten für seine Kinder. Geduldig, genau und ebenso selbstvergessen bei dem, was er tat, wie die Kinder, versah er seine Zeichnungen mit einem Rand und fügte eine umknickbare Kante zum Aufstellen hinzu, dann schnitt er alles aus: Haus, Baum, Freiluftballon, Tier, Auto – mit Verdeck und Scheinwerfern und detailliert gezeichneten Rädern, sogar mit dem Profil eines bemützten Chauffeurs am Steuer –, Banditen zu Pferde, ein Motorrad mit über den Lenker gebeugtem Fahrer mit wehendem Schal und Fliegerbrille. Er zeichnete ein Flugzeug, und wenn er es ausgeschnitten hatte, imitierte er schon das Dröhnen des Motors, und das Flugzeug löste sich vom Zeichenkarton und flog zwischen seinen Fingern über die Köpfe der Kinder hinweg, die es nicht abwarten konnten, es in den eigenen Händen zu halten, wobei das Mädchen seine Kraft und Selbstsicherheit ausnutzte; und weil der Junge es der Schwester nicht wegnehmen konnte und sofort zu weinen anfing, musste auf die Schnelle ein neues Flugzeug gezeichnet und ausgeschnitten werden, das dem ersten möglichst ähnlich sah, damit der Streit aufhörte.

In Schreibwarengeschäften suchte er für seine Kinder Modelle zum Ausschneiden von berühmten Gebäuden, Brücken, Eisenbahnen und Ozeandampfern; er brachte ihnen bei, mit der Schere umzugehen, in der sich ihre molligen Kinderfinger verhedderten, sorgfältig an den Rändern der Bilder entlangzuschneiden und ihre Linien von denen der umzuklappenden Basis zu unterscheiden, nur leicht auf die Tube mit dem Klebstoff zu drücken, damit nicht mehr als ein kleiner Tropfen herauskam. Und wenn sie ungeduldig wurden oder aufgaben, weil es ihnen zu schwierig war, nahm er die Schere und zeigte ihnen aufs Neue, wie man eine Zeichnung ausschnitt, erinnerte sich dabei an seinen ehemaligen Meister in Weimar, den Professor Rossmann, der jedes Mal in eine komische Ekstase geriet, wenn er das Schneidegeräusch der Schere hörte und den Widerstand des Papiers zwischen seinen Fingern fühlte.

Aus dem Baubüro brachte er ihnen Modelle mit, die nicht mehr gebraucht wurden; fertigte selbst Zeichnungen zum Ausschneiden von Gebäuden an, die er in internationalen Fachzeitschriften studiert hatte. Wenn sie größer wären, würden sie sich vielleicht daran erinnern, dass sie als Kinder mit einem Modell des Bauhauses von Dessau und des Einsteinturms von Erich Mendelsohn gespielt hatten, den sie am liebsten mochten, weil er wie ein Leuchtturm oder ein Burgturm aussah. Aber Ignacio Abel tat dies alles nicht nur zur Unterhaltung der Kinder, oder weil er eine unermessliche Geduld besaß. Seine Liebe zur Architektur hatte selbst etwas von kindlicher Selbstvergessenheit. Er liebte das Ausschneiden und Zusammenfalten; die flexiblen Kanten einer leeren Medikamentenschachtel bescherten ihm ein unmittelbares taktiles Glücksempfinden: klare Linien, an denen die Fingerkuppen ebensolche Freude hatten wie die Augen; Winkel, Stufen, Ecken. Welch bemerkenswerte Erfindung war doch die Treppe, etwas, das in der Natur nirgends vorkam, ein zu rechten Winkeln gefalteter Raum, eine vielfach gebrochene Linie auf einem leeren Blatt Papier, im Prinzip so endlos wie eine Spirale oder wie diese zwei parallelen Linien, deren Definition ihn in der Schule so fasziniert hatte, »die, so weit sie sich entfernen, doch niemals zusammenkommen«. So nah nebeneinander und doch dazu verurteilt, sich niemals zu berühren; ein unerklärlicher Fluch, so rätselhaft wie jener, der Kain dazu trieb, bis ans Ende seiner Tage mit einem Aschezeichen auf der Stirn umherzuirren.

Von seinen forschenden, geschickt agierenden Händen, aus den Schatten von Wörtern und kindlichen Ängsten bewegte sich manchmal in Wellen ein Gefühl zurück in die Tiefen der Zeit – als würde er durch einen endlos langen Korridor einem schwachen Licht entgegengehen, sah er das Kind, das er früher einmal gewesen war, in einem niedrigen Zimmer sitzen, tief über ein Heft gebeugt, in der Hand eine billige Schreibfeder in hölzernem Schaft, die er in ein Tintenfass tauchte, undeut-

lich alles um ihn herum, jenseits des Lichtscheins der Petroleumlampe (durch das Fenster im Kellergeschoss drang kein
Sonnenlicht herein, wohl aber die Geräusche von Schritten
und Pferdehufen und knarrenden Karrenrädern, das unablässige Geschrei der Straßenhändler, der Singsang der Bettler,
die Geschichten von blutrünstigen Verbrechen herunterleier-
ten. Eines Nachts hielten Hufschlag und knarrende Räder vor
dem Haus, direkt über seinem Fenster, an, doch er hob nicht
den Kopf von seinem Heft, von seinen Zeichenblättern, bis
jemand an die Tür klopfte und er sich ärgerlich erinnerte, dass
seine Mutter ausgegangen war und er öffnen musste; und auf
dem Karren hatte etwas gelegen, das mit einem Sack zugedeckt war).

Er hob ein winziges Haus in die Höhe und sagte seinen Kindern, das sei ein Flohhaus; daneben ein Baum, ein Auto, etwas
weiter eine Brücke, deren Bogen genauso aussah wie der des
Viadukts oder der, den der Ingenieur Torroja gezeichnet hatte
und der die Steilufer eines Bachlaufs auf dem Gelände der Universitätsstadt überspannte; das Vordach eines Bahnhofsgebäudes
mit der Bahnhofsuhr, die von einem Balken herabhing, winzige römische Zahlen auf das Zifferblatt gemalt mit einem
Bleistift, den er so fein angespitzt hatte, dass die Spitze beim
geringsten Druck abbrechen würde. Mit derselben kindlichen
Freude studierte er das Modell der Universitätsstadt, das in
einem großen Raum des Baubüros herangewachsen war, eine
maßstabsgetreue Verkleinerung der Baustelle, die man durch
das Fenster sehen konnte, kein leeres Zeichenblatt zu Beginn,
sondern gerodetes und eingeebnetes Bauland, auf dem noch
einige tragische Baumstümpfe der Tausende von Pinien standen, die abgeholzt worden waren (die Erde ist nicht unendlich,
und man kann nicht bauen, ohne vorher Raum zu schaffen).
  Wie Gulliver in Liliput auf eine winzige Stadt hinunter-
blickte, in der seine Schritte wie ein Erdbeben widerhallten,

so schaute er auf die Stadt, die zuerst aus Zeichenblatt und Tinte bestanden hatte, aus Pergament und Karton, aus Holzblöcken; getreues Modell eines Stückchens Welt, das schon dreidimensional war, aber noch nicht existierte, oder doch nur langsam Gestalt annahm – zu langsam. Draußen rissen die Bagger große Gräben in die Erde, auf der nichts mehr wuchs, hoben mit ihren gezahnten Greifern Baumwurzeln wie wirres Haar in die Höhe oder wie nacktes Gezweig von Bäumen, die in die Erde gewachsen waren. Auf den Baustellen wimmelte es von Arbeitern, die auf den Gerüsten der Rohbauten herumturnten, sich in künftigen Korridoren und Hörsälen zu schaffen machten, Zement mischten und Fliesen verlegten, eine Backsteinreihe beendeten und eine neue begannen; Könige ihres Fachs, die dem eine reale Gestalt verliehen, was anfangs nur eine heillose Fantasie in einem Zeichenblock gewesen war. Sonnenverbrannte Männer mit Baskenmützen und Zigaretten im Mundwinkel; riesige Kipplaster und Eselsgespanne, die Säcke mit Gips oder Wasserbottiche in ihren Lastkörben transportierten; bewaffnete Wachen, die an den Baugruben patrouillierten, um ausgesperrte Arbeiter zu verjagen, die mit anpacken wollten, ohne dass jemand sie gerufen hätte: Uralten Instinkten folgend und verblendet, nur diesmal nicht von der Hoffnung auf ein Ende der Zeiten, sondern auf Kommunismus und Anarchie, stürzten sie die Baumaschinen um, die sie überflüssig gemacht hatten und nun dem Hunger auslieferten, und zündeten sie an.

Ignacio Abel musste seinen Verstand nicht sonderlich anstrengen, um die fertiggestellten Gebäude zu sehen, auf deren Gerüsten jetzt noch die Maurer schufteten und über denen elektrisch betriebene Kräne schwankten: stattliche, in der Sonne glänzende Würfel aus rotem Stein, mit ihrem gleichmäßigen visuellen Rhythmus der Fenster vor dem dunkelgrünen Hintergrund der Gebirgsausläufer. Er sah die Alleen mit hohen Bäumen, die jetzt noch kaum mehr als schwache

Triebe waren oder nicht einmal das, Bäume aus Karton, die er selbst ausgeschnitten und auf die Gehwege des Modells geklebt hatte. Die Studenten der Philosophie mussten über wegelose Baugrundstücke gehen, um zu ihrer Fakultät zu gelangen, die überhastet und vor der Zeit eingeweiht worden war (in den Hörsälen waren noch die Rufe und das Hämmern der Arbeiter zu hören): In seiner ungeduldigen Fantasie sah er sie in Straßenbahnen durch gerade, breite Alleen herankommen, im Schatten der Bäume, Linden oder Eichen, umherschlendern und auf den Rasenflächen liegen, die irgendwann einmal das planierte Gelände bedecken würden; junge Männer und Frauen, gut genährt, mit langen und starken Knochen dank kalziumhaltiger Milch, Kinder aus privilegierten Schichten, aber auch Arbeiterkinder, die in ordentlichen Volksschulen unterrichtet worden waren, in denen die Rationalität des Wissens nicht mehr von Religion korrumpiert und in denen persönliches Verdienst mehr zählen würde als Herkunft und Geld. Den aufsteigenden Saft der Bäume zog er der spanischen Hitze des Blutes unbedingt vor, so wie die Botanik der Politik, Bewässerungspläne den Fünfjahresplänen.

Das verbrannte Ödland, das Madrid in fast jeder Richtung umgab, mit Ausnahme des Westens, erinnerte ihn an die Wüsten fanatischer Religionen. Fließendes Wasser, elektrische Straßenbahnen, dicht belaubte Bäume, luftige Räume. »Abel, die Revolution ist für Sie eine Frage städtischer Baumaßnahmen und Grünanlagen«, hatte Negrín einmal zu ihm gesagt, und er hatte geantwortet: »Für Sie etwa nicht, Don Juan?« Er sah schon seine Tochter, nur einige Jahre in der Zukunft, wie sie diese Fakultät der Philosophie und Literatur betrat, eine junge Erwachsene, so unbekümmert wie jetzt, die Schuhe mit Absätzen und kurze Strümpfe trug, mit Büchern unter dem Arm aus der Straßenbahn sprang, die Baskenmütze schräg auf dem Kopf und mit offenem Mantel, genau wie die Mädchen, die man heute unter den Studenten sah, wenn auch immer noch selten. Nein, die Zukunft war kein nebelverhangenes Unwissen, keine Projektion unvernünftiger Wünsche, keine schwindlerische Weissagung aus Karten und Handlinien, keine finstere Prophezeiung der Prediger des Endes der Welt oder eines Lebens nach dem Tod. Die Zukunft war vorgesehen in den blauen Strichen und Linien der Baupläne und in den Modellbauten, die herzustellen er eigenhändig mitgeholfen hatte, weil er es liebte, unter seinen Händen etwas entstehen zu sehen, mit dem Lineal zu zeichnen und dann auszuschneiden und das Geräusch der Schere zu hören, die sich durch den Zeichenkarton frisst.

Der Anblick höchster Ästhetik war wie ein visueller Blitzeinschlag. Mit einem einzigen Blick etwas Vollendetes schauen, mit den Augen begreifen, eine Form durch Berührung erahnen. Ignacio Abel liebte die Bauklötze seiner Kinder, die Typografie der Bücher von Juan Ramón Jiménez, die Poesie der rechten Winkel von Le Corbusier. Die Ebenen um Madrid waren ein leer geräumter Zeichentisch, auf dem eine Stadt der Zukunft geplant werden konnte, die viel größer war als das Universitätsviertel. Perspektiven in gerader Linie, die sich vor dem Horizont der Berge verloren, Fluchtlinien von Straßenbahnschienen und elektrischen Leitungen, Arbeiterviertel mit weiß getünchten Häusern mit großen Fenstern, von Grünflächen umgeben. Sosehr er der Vieldeutigkeit von Worten, der vergifteten heißen Luft von Ansprachen misstraute, so sehr liebte er konkretes Tun, Dinge, die man anfassen konnte und die gut gemacht waren. Eine Schule mit hellen Klassenräumen, großem Pausenhof und gut ausgestatteter Turnhalle; eine Brücke, solide gebaut und schön anzusehen; ein zweckmäßiges Wohnhaus mit fließendem Wasser und Badezimmer: Er konnte sich nichts Praktischeres vorstellen, um aus der Welt eine bessere zu machen.

Einige Sachen hatte er gemacht, die messbar und beurteil-
bar waren, unbezweifelbar und anspruchslos in der Realität
vorhanden, oder die mit ein wenig Geduld und Geschick zu
tatsächlicher Existenz gelangen würden. Doch wie groß war
die Sorge, dass ihm die Zeit davonlaufen, die intellektuelle
Schärfe, die Gelassenheit und auch der Mut fehlen könnte, in
die Wirklichkeit umzusetzen, was er in Träumen erst ahnte,
in privaten Skizzen: ein Haus, in dem er mit Judith Biely
zusammenleben würde, im Getriebe der Welt und zugleich
abseits davon, in Sicherheit davor, eine Bibliothek auf einer
Waldlichtung am Ufer eines großen Flusses. Die menschlichen
Figuren, die er hier und da auf dem Modell platziert hatte, um
eine Vorstellung von den Maßstäben zu geben, sah er bereits in
Bewegung und zur Größe von erwachsenen Menschen gereift,
sportlich gekleidete junge Männer und Frauen mit Büchern
unter dem Arm, seine eigenen Kinder in der Distanz einer
nahen Zukunft, als höbe er den Blick von seinem Zeichenbrett
und sähe sie am Fenster vorübergehen.

Aber er litt unter der Ungeduld, alles schneller voranschrei-
ten sehen zu wollen, wie in den Filmen, in denen man einen
Zug fahren sah und über der Lok oder den wirbelnden Rädern
Namen von Städten oder Daten von Ereignissen aufschienen
und wieder verschwanden, in denen die Zeit dahinraste und
Gebäude in die Höhe wuchsen, ohne dass die Menschen älter
wurden und sich in ihrem Tatendrang bremsen ließen. Juan
Ramón Jiménez hatte er einmal von »einer beschaulichen
Eile«, vom »Gefallen an der Arbeit« sprechen hören. Er aber
wollte unbedingt die Universitätsklinik, die Medizinische
und die Naturwissenschaftliche Fakultät und die kurz vor der
Fertigstellung stehende Architektenschule vollendet sehen. Er
wollte, dass dieses von Gestrüpp überwucherte und von Gräben wie von Narben durchzogene Ödland schon ein Sport-
gelände war; dass die tristen Baumstämmchen schon zu dicht
belaubten Bäumen herangewachsen waren, um dem trockenen

Madrider Umland mehr Schatten spenden zu können (schon bald würden die Wunden der Landschaft verheilt sein, und man würde vergessen, wie es vorher ausgesehen hatte).

Mit welch schmerzlicher Langsamkeit die Arbeiten vorangingen! Welche Geduld man für die bürokratischen Formalitäten brauchte! Welche Menschenkraft bei diesen primitiven Baumethoden für jede Arbeit aufgewendet werden musste! Hacken, Spaten und Schaufeln, die den harten Boden Kastiliens aufrissen; schlecht genährte Arbeiter mit schweißfleckigen Baskenmützen, mit schartigen Zähnen, mit speichelschweren selbst gedrehten Kippen im Mundwinkel. Montagmorgens begannen die Arbeiten mit einem Anschein von kraftvollem Durchhalten, und am Ende der Woche stand alles still, weil es eine Regierungskrise gab oder weil wieder einmal ein Streik ausgerufen worden war.

Manchmal kam ihm der Gedanke, er könnte einer von ihnen sein; sein Sohn könnte eines Tages als Maurer beim Bau der Universitätsstadt seinen kargen Lohn verdienen oder sich mit der berittenen Polizei prügeln, anstatt eine der Fakultäten zu besuchen (was würde Miguel einmal studieren, zu was würde er überhaupt gut sein, auf was würde sich sein wankelmütiger Sinn dauerhaft richten?). Er selbst hatte als Kind während der Schulferien mit seinen Händen gearbeitet, in den Bautrupps, die sein Vater als Vorarbeiter führte, den die Maurer respektierten, weil er, obwohl er Jacke und Weste trug (aber keinen Hemdkragen mit Krawatte), immer noch gebräunt war von der Arbeit unter freiem Himmel und harte Hände hatte und geschickter als jeder andere darin war, eine Mauer mit zusammengekniffenen Augen und ohne andere Hilfsmittel als Lot und Schnur auszurichten.

Unterwegs mit seinem Vater, hatte er die körperliche Anstrengung kennengelernt, die jeder Handgriff erforderte, jede Handbreit ausgehobener Graben, weggeschaufelter Erde, jede Pflasterung, jeder Quader an seinem vorbestimmten Platz, jeder Mauerstein in seiner ausgerichteten Reihe. Auf den Plänen war alles trügerisch einfach. Mit Tusche gezogene Linien, hier und da eine aquarellierte Fläche nach Feierabend vervollständigten ein Gebäude, erfanden in wenigen Tagen eine ganze Stadt. Rechtwinklig sich kreuzende Alleen, die sich zu ihren Fluchtpunkten hin verliefen; zartgrün aquarellierte Bäume auf weißem Papier; kleine menschliche Figuren, die die Größenverhältnisse verdeutlichten. In Wirklichkeit jedoch ist diese Figur, die man vom Fenster des Baubüros aus sieht, ein Mann, den die Arbeit ermüdet, der schlecht genährt und schon vor Tagesanbruch aus seiner ungesunden und schäbigen Behausung in einer ärmlichen Siedlung am Stadtrand aufgebrochen ist, zu Fuß, um die paar Céntimos für Bus oder Straßenbahn zu sparen; der zu Mittag eine Suppe aus gekochten Erbsen mit einem Stück Speck oder einem mageren Knochen isst; der vom Gerüst fallen oder von einer herabstürzenden Mauersteinlawine zerschmettert werden, arbeitsunfähig bleiben und den Rest seines Lebens bettlägerig in einem stinkenden Zimmer irgendwo in einer Mietskaserne liegen kann, während Frau und Kinder Hunger leiden und die demütigende Hilfe der Wohlfahrt in Anspruch nehmen müssen.

Wenn Ignacio Abel einen Bau inspizierte, nahm er passiv an der körperlichen Arbeit der Männer teil und hatte ein schlechtes Gewissen wegen seines teuren Anzugs und seines nach morgendlicher Dusche erfrischten Körpers, der von schwerer Arbeit befreit war; seiner mit Staub und Zement behafteten Schuhe, die der in einem Graben schuftende Maurer bemerken würde, wenn er in Augenhöhe an ihm vorbeiging: Schuhe feiner Herren, die für jeden, der Bastsandalen trug, auffällig und beleidigend sein mussten. »Sie verstehen nichts vom Klassenkampf, Don Ignacio«, hatte Eutimio zu ihm gesagt, der Vorarbeiter, der vor vierzig Jahren als Lehrling im Bautrupp seines Vaters angefangen hatte.

»Klassenkampf ist, wenn ein paar Tropfen fallen, und schon hat man nasse Füße.«

Er empfand Scham und Erleichterung; Sehnsucht nach sozialer Gerechtigkeit und Angst vor der Raserei derer, die sie mit der Gewalt einer vermutlich blutigen Revolution herbeiführen wollten. Wie viele Menschen waren bei dem Aufstand in Asturien umgekommen, wie viele waren gefoltert worden und im Gefängnis gelandet! Warum? Im Namen welcher in die Sprache eines drittklassigen Journalismus übersetzten apokalyptischen Prophezeiungen? Zu Händen welcher brutalen, von anderen Parolen berauschten Rächer in Uniform – oder nicht einmal das: ebenso schlecht bezahlten Söldnern wie die Aufständischen, die sie jagten? Er fürchtete, dass die Grausamkeit oder das ihr folgende Unheil über seine Kinder kommen und sie in die Not stürzen könnte, der er zwar entronnen war, die aber immer noch auf der Lauer lag: eine unvermeidliche, allen sichtbare Drohung; sichtbar in den barfüßigen, verlausten Kindern, die um die Baustellen strichen und etwas suchten, das sie stehlen konnten, oder sich den Arbeitern näherten und um Essen bettelten, die mit gesenktem Kopf an der Hand eines ausgesperrten Vaters gingen. Er wollte, dass seine Kinder stark wurden, etwas von der rohen Grausamkeit des wirklichen Lebens lernten, vor allem der Junge, der viel zu weich und verletzlich war; aber er wollte sie auch über alle Ungewissheit hinaus beschützen, ihnen für immer die Entdeckung von Bosheit und Schmerz ersparen.

Manchmal nahm er die Kinder mit ins Büro, und öfter noch, seit er sich ein Auto gekauft hatte. Er ging mit ihnen auf den zukünftigen Alleen spazieren, zeigte ihnen die Gebäude, in denen sie eines Tages vielleicht studieren würden. Er gab Gas, damit sie den Wind im Gesicht spürten, raste mit ihnen dem staubigen Grün des Monte del Pardo entgegen und wieder zur Universitätsstadt zurück. Ihre Mutter richtete sie bei diesen Gelegenheit her, als ginge es zur Taufe in die Kirche:

der Junge mit seinem gerade geschnitten Pony in der Stirn, mit Bundfaltenhose und einem Jackett wie ein kleiner Mann; das Mädchen mit einer Schleife im gescheitelten Haar, mit Lackschuhen und Söckchen. Wenn die Angestellten schon gegangen waren, arbeitete Ignacio Abel immer noch, und die Kinder spielten wie plötzliche Riesen in der Modellstadt. Zu Hause wunderten sich die Dienstboten, dass der Herr des Hauses mit den Kindern spielte, während die Dame ihren gesellschaftlichen Verpflichtungen bei Vorträgen und Ausstellungen im Lyzeumsclub nachkam oder den ganzen Tag im kränklichen Halbdunkel des Schlafzimmers verbrachte; dass er auf allen vieren durch die Korridore kroch und die Kinder auf seinem Rücken reiten ließ oder den Schreibtisch freiräumte, damit es Platz für seine gefalteten Papierkonstruktionen oder die Spielzeugautorennen gab, die er mit ihnen veranstaltete.

So war es nicht immer gewesen. Es gab eine Zeit, da hatte er gewünscht, sie wären nicht geboren; aufreibende Nächte mit Weinen und Fieber, in denen er die erstickende Last einer Verantwortung fühlte, aus der es kein Entrinnen gab. Er ging weit fort, doch das Schuldgefühl folgte ihm, wurde in der Ferne noch schärfer, noch schneidender. Jedes Mal, wenn er in Weimar die Handschrift seiner Frau auf einem Briefumschlag erkannte, fürchtete er die Nachricht, eines der Kinder könnte schwer krank geworden sein (mit Sicherheit der Junge, der nicht nur der Kleinere, sondern mit Abstand auch der Zartere war). Am meisten fürchtete er die Telegramme. Manchmal, wenn er nach einem Tag anstrengenden Arbeitens und Studierens nach Hause ging und die abendliche Stille auf den Straßen genoss, überkam ihn die jähe Vorahnung, die Wirtin werde ihm, wenn er zur Pension kam, mit einem Ausdruck deutscher Gleichgültigkeit ein dringendes Telegramm überreichen. Er fürchtete den Schicksalsschlag und mehr noch die Strafe. Weil er gegangen war, weil er kein Heimweh verspürte.

Weil er sich in der heißen Umarmung seiner ungarischen Geliebten verloren hatte, die ihn hinterher von sich schob und eine Zigarette anzündete und seine Anwesenheit einfach zu vergessen schien. Weil er sich um das Stipendium bemüht hatte, ohne sich mit Adela abzusprechen, den Moment, es ihr zu sagen, immer weiter hinausgeschoben hatte in der feigen Hoffnung, es könne ihm abgeschlagen werden und ihn der aufzubringenden Mannhaftigkeit und des sicheren Melodramas entheben. Er fürchtete Telegramme, unerwartete Anrufe, das Klopfen an der Tür, alles, was darauf hindeutete, plötzlich etwas zu erfahren, und alles bräche zusammen.

Der Karren mit den eisenbeschlagenen Holzrädern hatte vor dem niedrigen Fenster der Pförtnerwohnung angehalten, das Klappern der Hufe eines Pferdes oder Maultiers war auf dem Kopfsteinpflaster näher gekommen, doch er hob immer noch nicht den Kopf von seinem Zeichenblock, auf den er eine geometrische Zeichnung übertragen musste, indem er die mit Bleistift vorgezeichneten Linien mit Tusche nachzog (zwei parallel verlaufende Linien, die sich in der Endlosigkeit verlieren und doch nie zusammenkommen), die Feder nur ganz leicht in das Tintenfass tauchte, damit es keinen Klecks auf dem weißen Blatt gab. Es war eine andere Zeit, ein anderes Jahrhundert fast, und er war dreizehn Jahre alt: im Winter 1903 (einige Monate zuvor war der König gekrönt worden, und Ignacio Abel hatte ihn in einer von goldenen Helmen mit Federbüschen umgebenen Karosse vorbeifahren sehen und überrascht festgestellt, dass der Monarch kaum älter war als er selbst und unter dem Schirm seiner hohen Offiziersmütze das lange, blasse Gesicht eines gelangweilten Jungen hatte). Es wurde an die Tür geklopft, und er hob immer noch nicht den Kopf, weil seine Mutter die Pförtnerin war. Das Klopfen wurde lauter, und da fiel ihm ein, dass die Mutter aus dem Haus gegangen war und ihm gesagt hatte, er solle aufpassen.

Ein Unbekannter mit Mütze und Maurerkittel fragte nach ihr und schaute ihn seltsam an, als er sagte, sie sei nicht da und er sei der Sohn. Er hatte noch die Schreibfeder mit dem hölzernen Schaft in der Hand. Er drückte ihn so fest, dass er ihm zwischen den Fingern zerbrach, als man ihn zum Karren führte, auf dem der mit leeren Zementsäcken zugedeckte Haufen lag. Die Räder eines Karrens hinterließen im Straßenstaub zwei parallel verlaufende Linien, die sich niemals treffen würden, so weit er auch führe und auf den über Schlaglöcher holpernden Brettern seiner Ladefläche einen mit Säcken bedeckten Leichnam transportierte.

Auf einem Sack war ein großer dunkler Fleck zu sehen, dessen Farbe er im Licht der eben aufgeflammten Gaslaternen auf der Straße nicht erkennen konnte. Sein Vater, der immer so flink und gelenkig gewesen war, immer so ungeduldig mit dem Sohn, der schon Höhenangst bekam, wenn er nur ein paar Stufen hinaufsteigen musste, war vom Gerüst gestürzt und hatte sich das Genick gebrochen. Noch viele Jahre später träumte er manchmal, dass er den staubigen Sack mit dem großen dunklen Fleck zur Seite ziehen und sein Gesicht ansehen musste. In seiner weichen Kinderhand zerbrach der Schaft der Schreibfeder, ein Splitter drang ihm in die schweißfeuchte Haut.

Das Schuldgefühl der Vaterschaft vermischte sich in ihm mit der Furcht vor dem Schicksalsschlag, der unauslöschlichen Erinnerung an eine Hilflosigkeit, für die es keine Erklärung und keinen Trost gab. Die Beklemmung angesichts dieser so zerbrechlichen Leben, für die er sich in unauflöslicher Verantwortung befand, wurde noch angefacht durch das rückwirkende Mitleid für den Jungen, der in einem ärmlichen Zimmer über seiner Zeichnung gebeugt saß; ein Mitleid, fest in der Vergangenheit verankert, in dem Augenblick, bevor man an die Tür klopfte und er noch nicht wusste, dass er da schon das einzige Kind einer Witwe war, bestimmt für ein Leben voller Genügsamkeit und Mäßigung, als vorbildlicher Schüler im konfessionellen Gymnasium seines Viertels, der körperlichen Arbeit nicht allein wegen seines Fleißes und seiner Klugheit enthoben, sondern auch wegen der Ersparnisse seines Vaters, der schon lange wusste, dass er krank war, dass er einen schutzlosen Sohn hinterlassen würde, der nicht die Stärke besaß, sich ein Leben aufzubauen, wie er es getan hatte. Er war so krank, dass er nicht vom Gerüst gestürzt war, weil er gestolpert wäre oder ein fehlendes Brett übersehen hätte, sondern weil einfach sein Herz ausgesetzt hatte.

Sehr langsam und ohne sich dessen richtig bewusst zu werden, hatte Ignacio Abel sich mit dem Dasein seiner beiden Kinder versöhnt und schließlich nicht ohne Staunen festgestellt, dass sie das Licht seines Lebens waren. Indem er an ihrem Heranwachsen teilnahm und in sich selbst ein Vorkommen von Zärtlichkeit entdeckte, das er bis dahin nie wahrgenommen hatte, lernte Ignacio Abel, die Enttäuschung nicht als etwas Gegebenes hinzunehmen, seine Aufmerksamkeit zu schärfen und dankbar zu sein für das Unerwartete. Enttäuschung konnte genauso trügerisch verheißungsvoll sein wie hohle Begeisterung. Das Leben legte der Sehnsucht und dem Planen nicht nur bittere Beschränkungen auf, sondern hielt auch nie vermutete Möglichkeiten bereit, die Geschenke des Zufälligen und Unvorhergesehenen.

Die namenlosen Meister der volkstümlichen Architektur hatten mit dem gearbeitet, was zur Hand war, mit Materialien, die sie sich nicht aussuchten, sondern die die Gegebenheiten ihnen zur Verfügung stellten: Stein, Holz oder Lehm für den Luftziegelbau. Sein Vater legte die Hand auf einen Granitquader, und es war, als streichle er den Rücken eines Tieres. Der schöne Ehrgeiz, etwas genauso zu vollenden, wie es geplant worden war, ohne einen Millimeter davon abzuweichen, hatte etwas von Striktheit, von Stolz. Als er 1929 nach Barcelona gefahren war, um sich auf der Weltausstellung den deutschen

Pavillon anzusehen, und mit Professor Rossmann durch die Räume aus glattem Marmor und Stahl und gläsernen Wänden streifte, hatte er überrascht festgestellt, dass hinter seiner Faszination und Bewunderung ein stiller Hauch von Ablehnung wehte. An der Vollkommenheit, an der es ihm nur wenige Jahre zuvor nichts infrage zu stellen gegeben hatte, störte ihn jetzt die Kehrseite, die Kälte, die jede Spur eines menschlichen Lebens von sich zu weisen schien. Er liebte den Stahlbeton, die großen Glasflächen, den festen, biegsamen Stahl; doch neidisch wurde er, wenn er die für ihn unerreichbare Geschicklichkeit und das handwerkliche Talent erkannte, welche in einer schlichten, aus Stroh und Schilf kunstvoll zusammengeflochtenen Wachhütte am Rande eines Melonenfeldes zum Ausdruck kamen, in einer Technik, die schon vor viertausend Jahren in den Sümpfen Mesopotamiens existiert hatte; oder in einer robusten Feldmauer aus Steinen unterschiedlicher Form und Größe, die sich so zuverlässig ineinanderfügten, dass es keines Mörtels mehr bedurfte.

Kein Plan konnte so vollkommen sein, dass er jede Unsicherheit ausschloss. Allein im Lauf der Zeit und im Wirken der Elemente erwies sich die Schönheit einer Konstruktion, veredelt durch Witterung und menschlichen Gebrauch, so wie der Stiel einer Axt oder die Stufen einer Treppe. Und wenn ihn die Erfüllung dessen, wovon er in jungen Jahren ohne große Hoffnung geträumt hatte, im Stillen etwas enttäuschte und sich mit den Jahren zu einem Gefühl der Lustlosigkeit auswuchs, so war das Schönste, das er im Leben gefunden hatte, stets dem Unerwarteten entsprungen: jene Frau in Weimar, die in einem Zimmer ohne Heizung ihren glatten Bauch und die mageren Schenkel an ihn gepresst hatte; Judith Biely, die ihm im Unterschied zu der anderen, der ungarischen Geliebten, in die Augen schaute, wenn sie kam, und ihm zärtliche und schmutzige Worte ins Ohr flüsterte, seinen Namen aussprach; Lita und Miguel, die möglicherweise noch keine seiner Ansichtskarten bekommen haben, die sein Gesicht und den Klang seiner Stimme allmählich vergessen und vielleicht glauben, dass er tot ist, ihn nach und nach aus ihrem Dasein streichen, wobei ihnen die großartige Kraft eines Überlebensinstinkts zu Hilfe kommt, über den er nicht mehr verfügt.

Nichts hatte ihn auf das Erscheinen von Judith Biely vorbereitet; aber von Kindern hatte er auch nie geträumt oder sie sich gar gewünscht – der Zufall hatte sie hervorgebracht, die bald schon lustlose Trägheit des ehelichen Zusammenseins. Kein verwirklichter Plan, kein erfüllter Wunsch, nicht einmal die Erfüllung jener, die er ohne große Hoffnung mit dreizehn oder vierzehn Jahren in der Pförtnerwohnung seiner Mutter gehegt hatte (Schulbücher und Hefte auf dem Wachstuch des Klapptisches, Tintenfass und Bleistifte, die stets brennende Petroleumlampe im feuchten Halbdunkel des Souterrains, das Foto des toten Vaters auf dem Kaminsims, noch mit einem schwarzen Band über einer Ecke des Rahmens), hatte ihn so glücklich gemacht, wie seine Tochter heranwachsen zu sehen, dieses unerwartete Meisterstück, an dem er sich so begeisterte, dass ihm weder der Verdacht, prahlerisch zu wirken, noch die Furcht vor Enttäuschung etwas anhaben konnten. Sie war ein eigenständiges Wesen, zwar von Eltern auf die Welt gebracht, doch unabhängig von ihnen da, mit einer vagen Familienähnlichkeit – der Haaransatz genau wie bei allen Ponce-Cañizares; das runde Näschen unverwechselbar Salcedo, genau wie die grünbraunen Augen –, von einem Fremden sofort zu erkennen, jedoch längst nicht so markant wie ihre individuelle Einzigartigkeit. Von wem hatte sie die heitere Aufmerksamkeit geerbt, mit der sie die Dinge betrachtete?

Die sensible Aufmerksamkeit den Menschen gegenüber, auch jenseits familiärer und gesellschaftlicher Kreise; ihre Gelassenheit und die Ausgeglichenheit zwischen Pflichtbewusstsein und lustvoller Fröhlichkeit – nichts davon hatte sie selbstverständlich von ihm und weniger noch von Adela oder deren Familie, obwohl vor allem Don Francisco de Asís ständig darauf verwies. Als Kind hatte sie sich beschützend und liebevoll um ihren Bruder gekümmert, und vielleicht hatte die Tatsache, dass er eineinhalb Jahre jünger als sie und stets schwächlich und kränklich war, das frühe Verantwortungsgefühl in ihr geweckt. Adela war nach der Geburt des Sohnes oft krank, die Amme hatte Schwierigkeiten, ihn zu säugen und sauber zu halten, die Dienstmädchen plapperten sorglos und geschwätzig auf den Kleinen ein und vergaßen, die Stimmen zu senken, wenn sie am Schlafzimmer der Señora vorübergingen. Nicht lange, und seine Schwester kümmerte sich um ihn, lehrte ihn laufen und spielte mit ihm, erriet seine Wünsche und lernte seine Sprache. Sie behandelte ihn mit lächelnder Nachsicht und erzieherischer Gradlinigkeit, wusste stets, was er wollte oder brauchte, wies ihm aber auch die Grenzen; wenn er seine nicht seltenen Wutanfälle oder Weinkrämpfe bekam, war sie die Einzige, die ihn ruhig stellen konnte.

Sie sorgte für ihren Bruder mit demselben bedächtigen Vergnügen, mit dem sie Seilchen sprang oder Figuren ausschnitt oder ihr Puppenhaus einrichtete. Als er noch ein Säugling war, trug sie ihn auf dem Arm, drückte ihn fest an sich und legte ihm die Hand in den Nacken, damit sein Kopf nicht nach hinten fiel, und er war so schwer für sie, dass sie schwankte, doch sie stolperte nie. Sie wiegte ihn in den Armen, drückte ihre blühenden Wangen an sein mageres Gesichtchen und küsste ihn mit einer Unbefangenheit, die seinen Eltern abging und die sie auch ihr selbst nie hatten angedeihen lassen. Der Kleine himmelte sie an und bewunderte sie so bedingungslos wie ein Hund seinen Herrn, von dem er alle Wohltaten erwartet und den er für allmächtig hält. Sie war es, die ihm die ersten Schritte beibrachte, die ihm die Nase putzte und die Tränen abwischte, wenn er wieder einmal hingefallen war. Sie spielte mit ihm Schule, setzte den kleinen Bruder auf einen Kinderstuhl in die erste Reihe neben die Stofftiere und erklärte ihnen, wie Rechnen ging, erzählte ihnen Geschichten, die sie in ihrer runden Schönschrift mit Kreide an die Tafel schrieb, die das Christkind ihr gebracht hatte. Der Junge machte ihr alles nach, war ihr altersmäßig so nahe, dass sie verschworene Spielkameraden hätten sein können, zugleich jedoch so klein und folgsam, dass er ihr gehorchte und sie sich zum Vorbild nahm. Nur ihre Umgänglichkeit lernte er nicht; ihre Fähigkeit, Freundschaften zu schließen, in denen es Umarmungen und Schwüre für die Ewigkeit ebenso gab wie dramatische Brüche und Versöhnungen.

Als die Kinder noch klein waren, hatte Ignacio Abel sie mit zerstreutem Blick und mit Sorge betrachtet, war viel zu ungeduldig, um auf sie einzugehen. Erst als sie sprechen lernten, schenkte er ihnen mehr Aufmerksamkeit. Seine nachhaltigste Erinnerung an die ersten Jahre der beiden war der Schrecken, der ihn überfiel, wenn sie krank wurden. Die Fieberanfälle mitten in der Nacht, das unaufhörliche haltlose Weinen ohne ersichtlichen Grund, nicht zu stillendes Nasenbluten, hartnäckiger Durchfall, der Husten, der nach mehreren Stunden endlich nachzulassen schien und dann doch wieder mit einer grollenden Heftigkeit hervorbrach, als wollte er die kindlichen Lungen zerreißen. Er erinnerte sich vage, dass Adela oder die Amme oder die Dienstmädchen mit der Gefahr besser umgehen konnten, die richtige Medizin kannten oder wussten, wann der Arzt gerufen werden musste. Er fühlte sich stets unbeholfen und überfordert, verging vor Angst und war so gereizt, dass es ihn innerlich zerfraß.

Der Junge war von Geburt an schwächlich gewesen; einer Geburt, die endlos gedauert hatte und in deren Verlauf es mehrmals den Anschein hatte, als würde Adela oder der Junge oder Adela und der Junge sie nicht überleben. Winzig und rot hatte die Hebamme ihn in seine Arme gelegt, die kleinen

Hände ganz faltig, mit Fingern so dünn wie die einer Maus, mit kurzen krummen Beinchen und Füßchen, die Haut wie mit Schuppen bedeckt, violett und schlaff, viel zu viel davon für das zerbrechliche Knochengerüst eines Neugeborenen. »Er ist zwar sehr klein, aber selbst wenn es nicht so aussieht, ist er doch ganz gesund«, hatte die Hebamme gesagt, während er in seinen Armen das in einen Wollschal gewickelte Bündel hielt, das kaum etwas wog, kaum zu atmen schien und sich plötzlich mit heftigem Zucken bewegte. Seine Schwächlichkeit und Kraftlosigkeit entsetzten ihn, fast schämte er sich ihrer und überhaupt dieses weinerlichen, kränklichen Kindes, dessen Augen sich nicht öffneten, dessen rosige Haut die eines lebensuntüchtigen Würflings war, eines Kätzchens oder Kaninchens, eines Maulwurfs; sein Leben ein flackerndes Flämmchen, das ein Windstoß in den ersten Monaten leicht hätte ausblasen können.

Adela lag wochenlang mit Fieber im Bett und delirierte, und nachdem sie sich langsam erholt hatte, sank sie in eine teilnahmslose Mattigkeit, aus der sie nicht einmal in Gegenwart des hilflosen Kindes herausfand, das pausenlos schrie, den Mund so weit aufgerissen, dass er das ganze Gesicht einnahm, die wimpernlosen Lider zusammengekniffen und vom Weinen angeschwollen, das Vogelbrüstchen wie in rasendem Zorn sich hebend und senkend, wie wild entschlossen, mit dem Weinen nie aufzuhören. Amme, Kindermädchen, Hebammen, zur Unzeit herbeigerufene Ärzte, Don Francisco de Asís, Doña Cecilia, die ledigen Tanten und der Priesteronkel bevölkerten die Wohnung, die damals noch nicht die sehr viel größere in der Calle Príncipe de Vergara war, liefen hektisch hin und her, erhitzten Wasser in Kesseln, legten Schnuller, Windeln, Arzneien und feuchte Tücher für Adelas Fieber bereit, Hausmittel gegen den Durchfall des Kleinen, der einfach nicht aufhörte zu weinen, beteten Rosenkränze und Gebete für Wöchnerinnen, flüchteten sich in uralte Beschwörungen.

Ignacio Abel lag nachts wach neben seiner still ermatteten Frau und verließ früh am Morgen erleichtert, erschöpft und mit schlechtem Gewissen, doch mit dem unabweislichen Alibi der wartenden Arbeit das Haus. Aus dem schäbigen Büro, in dem er zu der Zeit arbeitete, rief er zu Hause an und telefonierte mit Ärzten. Kein Mensch ahnte, dass er bei der Architektenkammer ein Stipendium beantragt hatte, um sich in Deutschland ein Jahr lang in der neuen Architektenschule fortzubilden, die Walter Gropius in Weimar gegründet hatte. Er saß neben Adelas Bett, in dem sie mit dicken Kissen im Rücken vor sich hin döste, und starrte ins Leere, während nebenan der Junge in den Armen der Stillamme brüllte und im nächsten Zimmer die ledigen Tanten, Don Francisco de Asís und Doña Cecilia mit dem Priesteronkel den Rosenkranz beteten, der jüngere Bruder mit nervös zuckendem Kinn auf den Fingernägeln kaute und dachte, dass die Schuld am Unglück, wenn es wirklich eintreten sollte, irgendwie dem Vater des Kindes anzulasten wäre, dem immer schon verdächtigen Ehemann seiner Schwester. Wurde es einmal still, fürchtete Ignacio Abel gleich, das Kind sei gestorben; oder er ging hinüber und betrachtete es in den Armen der Amme und zählte die Sekunden, bis das Weinen aufs Neue einsetzte.

»Wenn er noch ein bisschen aushält, schläft er bestimmt ein; wenn ich ihn in der nächsten Sekunde auch nicht höre, wird er die ganze Nacht nicht mehr weinen.« Voller Schuldgefühle ging er noch einmal alle Unterlagen durch, die er beim Kulturministerium vorgelegt hatte, rechnete sich die Chancen aus, eines Tages das amtliche Schreiben in der Hand zu halten, das ihm die Gewährung des Stipendiums bestätigte. Der Junge würde zu Kräften kommen, das Mädchen war fast drei und von Anfang an kräftig und gesund gewesen. Ungläubig stellte er sich vor, wie er im Nordbahnhof einen Zug bestieg, den Kopf an das kalte Glas des Abteilfensters gelehnt, die Sonne über einer Landschaft von grünen Feldern im Morgennebel aufgehen sah, während der Zug am Ufer eines sehr breiten Flusses entlangfuhr.

Er frischte seine Deutschkenntnisse auf, die er im Laufe seiner Karriere erworben hatte, weil er deutsche Bücher las, die Wörter halblaut vor sich hin sagte und im Wörterbuch nachschlug. Er bereitete sich schon insgeheim auf etwas vor, von dem er nicht wusste, ob es jemals eintreten würde; er war sich nicht einmal sicher, ob er den nötigen Mut aufbringen würde, wenn es so weit wäre. Warum hatte er so passiv auf Adelas Drängen reagiert, schwanger werden und später ein weiteres Kind haben zu wollen, weil es sie schreckte, nicht mehr jung zu sein, und sie fürchtete, den Mann nicht halten zu können?

Der Junge hatte schon seit über einer Minute nicht mehr geweint. Die Augen fielen ihm zu; vielleicht gelang es ihm ja in dieser Nacht, zwei oder drei Stunden am Stück zu schlafen. Doch dann begann das Weinen wieder, noch heftiger, unaufhörlich, unermüdlich, mit der immer gleichen, nie nachlassenden Raserei der kleinen Maus- oder Lurchlungen des noch blinden Neugeborenen, mit einer Muskelkraft, die man bei dieser Kreatur mit der schlaffen, faltigen Haut und den geschlossenen Augen, die bei der Geburt keine zweieinhalb Kilo gewogen hatte, nicht für möglich gehalten hätte. Sehr klein zwar, aber ganz gesund, hatte die Hebamme gesagt, vielleicht nur, um ihn zu beruhigen, an Notlügen gewöhnt. »Er muss so schnell wie möglich getauft werden«, sagte Don Francisco de Asís und legte seine Hände beschützend auf die Schultern des kümmerlichen Enkels, erhob sich aus dem murmelnden Halbdunkel betender Tanten und anderer Angehöriger, die in Erwartung nahenden Unglücks die Wohnung in Beschlag genommen hatten, als gehöre sie ihnen. In der Nacht kam der Priesteronkel, angetan mit dem liturgischen Gewand, begleitet von einem Messdiener, und der Geruch des Weihrauchs vermischte sich mit dem der Arzneien und des Durchfalls des Kindes. »Es ist hart, den Tatsachen ins Auge zu sehen, mein Sohn, aber wenn dieser Engel von uns geht, muss dafür gesorgt sein, dass er auf direktem Weg in den Himmel auffährt.« Sie hatten Weihwasser in einer Silberschale dabei, bestickte Tücher und eine Kerze, auf die der Name des Jungen geschrieben stand.

Ohne es mit ihm und vermutlich auch Adela abgesprochen zu haben, die der Wirklichkeit entrückt im Bett lag und die gegenüberliegende Wand anstarrte, halfen die ledigen Tanten, deren Namen und Gesichter Ignacio Abel kaum auseinanderhalten konnte, der Amme dabei, dem Säugling ein langes Gewand mit blauen Schleifen und bestickten Säumen anzuziehen, in dem sein winziger Körper verschwand, die unbezähmbare Brust jedoch den Stoff wölbte, unter dem die streichholzdünnen Beinchen, durchsichtig wie die eines jungen Froschs, strampelten, die violett angelaufenen Füßchen mit trockenem Schorf bedeckt, dem keine Salbe etwas anzuhaben vermochte. Doña Cecilia, die ledigen Tanten, die Amme und die schluchzenden Mädchen hielten Kerzen in der Hand wie bei einem vorgezogenen Begräbnis. Victor straffte sich in seiner Funktion als Patenonkel, obwohl man ihm ansah, wie sehr ihm die Schwächlichkeit und Weinerlichkeit des Kindes missfielen, die wahrscheinlich ein Hinweis darauf waren, da bei der Zeugung das schwache Blut des väterlichen Zweigs überwogen hatte; das kleinere Übel, das die Familie Ponce-Cañizares Salcedo um der Fortpflanzung willen hatte in Kauf nehmen müssen. Der Nachkomme, das erste männliche Kind, war ein weinerlicher Schwächling, der lebende Beweis, wie wenig dem wohl oder übel akzeptierten Eindringling zu trauen war, dem auswärtigen Besamer, dessen Männlichkeit ebenso fragwürdig war wie seine Ideen. »Kopf hoch, Schwager, der Junge schafft das. In unserer Familie hat es noch nie einen Fall von plötzlichem Kindstod gegeben.«

Inmitten des ganzen Trubels schien nur die Kleine gelassen zu bleiben; den Schnuller im Mund, ging sie von einem zum andern und schaute, schaute dem Mädchen zu, das dem Kleinen wieder einmal die grünliche Kacka abwischte, und dem, das unter dem Wasserhahn in der Küche die Windeln wusch, und der Amme, wie sie versuchte, das kleine gerötete Gesicht an ihre pralle weiße, von bläulichen Adern durchzogene Brust mit den riesigen dunklen Warzenhöfen zu drücken, und den breiten Händen, die über das schweißnass am Kopf klebende Haar strichen und vorsichtig versuchten, eine Brustwarze, aus der ein weißer Milchfaden rann, in den Mund des Säuglings zu bringen.

Sie lief durch den langen Flur, ohne das geringste Geräusch zu verursachen, und trat leise in das Schlafzimmer, in dem ihre Mutter benommen vor sich hin dämmerte. Sie setzte sich neben sie auf die Bettkante, die sie mithilfe eines Schemels erklommen hatte. Dann streichelte sie ihre Hände oder ihr schweißfeuchtes Haar, strich es glatt, wirr und ungewaschen, wie es nach so vielen Tagen im Bett war, und schien zu begreifen, dass sie auf ihre Fragen keine Antworten bekommen würde; sich nicht zu wundern und zu ärgern, dass die Mutter, obwohl mit offenen Augen, weder auf ihre behutsamen Berührungen reagierte, noch ihre Anwesenheit überhaupt wahrzunehmen schien. Für die Taufe ihres Bruders legten sie ihr einen weißen Schleier um und gaben ihr eine Kerze in die Hand, und sie stellte sich auf die Zehenspitzen, um genau zu sehen, wie der Priester ihm das Wasser über den Kopf mit den dünnen Härchen goss und ihn dann mit einem weißen Tuch mit bestickten Säumen vorsichtig abtupfte, mit dem er sich danach auch die Fingerspitzen trocken rieb. Sie schaute zu ihrem Vater und ahnte, dass ihm die ganze Zeremonie lästig war und er ihren Schleier und die brennende Kerze in ihrer Hand mit Missfallen betrachtete. Sie aber schien unbegrenztes Verständnis für die Marotten der Erwachsenen zu haben und sie mit einer Neugier zu sehen, die sich durch nichts ablenken ließ und frei von jedem Tadel war.

Als der Priester komische Sachen auf Latein sagte, war der Säugling einen Moment still geworden, doch als das Wasser über seinen Kopf rann, schrie er wieder los, den zahnlosen Mund weit aufgerissen, die wimpernlosen Lider fest aufeinandergepresst, blind wie ein frisch geborenes Kaninchen oder

Mäuschen, mit genauso feinem Flaum auf der vor Anstrengung geröteten Haut. Wie so oft nahm Ignacio Abel an einer Feier seiner eigenen Familie nur wie ein Gast oder ein Beobachter teil, nahm widerstandslos hin, was er nicht ändern konnte, zeigte keinen Ärger, nur abweisende Geduld, als würde nichts von allem in Wirklichkeit passieren oder auch nur das Geringste mit ihm zu tun haben. Der Atem des Priesters roch nach Tabak; Lita sah, dass die Spitzen seines Zeige- und Mittelfingers, mit denen er auch das Kreuzzeichen machte, gelb von Nikotin waren. Als ihr Brüderchen spät am Abend immer noch weinte, trat sie leise an seine Wiege, und anstatt ihn hin und her zu schaukeln, ergriff sie seine Hand, woraufhin der Kleine augenblicklich still war. Seit dieser Nacht schlief das Mädchen mit der Wiege des Brüderchens neben ihrem Bett. Ohne ganz wach zu werden, wenn er unruhig wurde, tastete sich ihre Hand durch die Gitterstäbe ihres Bettchens. Die winzige Hand des Säuglings suchte mit ausgestreckten Fingerchen in der Dunkelheit, ohne einen Halt zu finden, schon begann das Schluchzen und drohte in lautes Weinen auszuarten. Doch dann berührte er die Hand seiner Schwester und hielt sie fest, seine kleine Faust schloss sich um ihren Daumen, der Junge war beruhigt, fühlte sich sicher und schlief wieder ein.

Ignacio Abel lag wach im Schlafzimmer und zählte die Sekunden der Stille, fürchtete, dass das Weinen wieder einsetzte, bevor eine Minute vergangen war. Er stellte sich eine lange Nacht zwischen Wachen und Schlafen auf einer Zugfahrt vor und konnte sich selbst allein und ungebunden in irgendeiner Stadt in Europa sehen, so deutlich, als wäre diese Zukunft bereits Teil einer Erinnerung, so wie er sich als Kind am Tisch vor seinen Heften sitzen und die Feder zwei parallele Linien über ein Blatt Papier ziehen sah, kurz bevor es an der Tür klopfte und er schon die Räder des Karrens auf dem Kopfsteinpflaster gehört, aber nicht weiter darauf geachtet hatte im flackernden Licht der Petroleumlampe, die in den Tiefen der Zeit nie zu verlöschen schien.

12 Seltsam, dass es so lange gedauert hatte, bis sich die Schuldgefühle einstellten. Das Geschenk, auf das kein Schatten fällt, das umso süßer wurde, je mehr er es genoss. Die gemeinsam erlebte Stadt, größtenteils heimlich, aber auch grenzenlos: dunkle Kinos und Ausflugslokale in der freien Natur, von denen aus der Blick wie übers weite Meer bis zur Baumlandschaft der Casa de Campo, des Monte del Pardo und bis in die dunstige Ferne der Berge reichte. Das heimlich gemietete Zimmer in einem Stundenhotel am Ende der Calle O'Donnell (das Bimmeln der Straßenbahnen und Hupen der Autos drang nur gedämpft durch die dicken Vorhänge, die zugezogen wurden, um den der Arbeitszeit entrissenen Stunden einen Anschein von Nacht zu geben) und der weite öffentliche Raum in den Velázquez-Sälen des Prado, frühmorgens an Wintertagen, wenn das Museum gerade geöffnet hatte und noch keine Touristen dort herumliefen. Er war aufgewacht, als es noch dunkel war, hatte mit einem spontanen Glücksgefühl, das seinem Verstand zuvorkam, auf die phosphoreszierenden Zahlen des Weckers geschaut und da erst realisiert, dass es nur noch drei Stunden waren, bis er sich mit ihr traf. Seltsam, dass die Angst ihn noch nicht eingeholt hatte; die dunkle Ahnung, etwas Unerwartetes könne geschehen, und er könne sie heute nicht und überhaupt nie mehr sehen, sie könne ihm durch einen Zufall entrissen werden oder weil ein anderer Mann sie ihm genommen oder sie selbst sich entschlossen hätte, ihn zu verlassen, genauso frei und selbstbestimmt, wie sie von Amerika nach Europa gekommen und seine Geliebte geworden war.

Nach dem Duschen rasierte er sich und erfreute sich an seinem Geheimnis, als er im Spiegel das Gesicht des glücklichen Mannes sah, der in gut zwei Stunden und ohne, dass jemand davon wusste, Judith Bielys Lächeln sehen würde. Die Zeit arbeitete für ihn und die Dinge, so wie sie waren: das bereitstehende Frühstück, die braven Kinder, die in den nächsten Minuten nicht krank werden würden, die Ehefrau, die ihm an der Garderobe Hut und Aktentasche reichte und ihm sagte, er solle sich warm genug anziehen, es sei feucht und kalt draußen, die sich mit einem Kuss zufriedengab (oder wenigstens so tat), der kaum ihre Lippen streifte, und mit einem Winken zum Abschied, das weder von einem Lächeln noch von einem Blick in die Augen begleitet wurde. Unfreiwillige Gehilfen waren ihm zuverlässig zu Diensten: der neue Fahrstuhl mit seiner lautlosen Elektrik und den sanften hydraulischen Bremsen; der Sohn des Portiers, der schon sein Auto aus der Garage geholt und es vor die Tür gestellt hatte; der Fiat, der trotz der morgendlichen Kälte mit einem einzigen Dreh des Zündschlüssels ansprang; die geraden, noch wenig befahrenen Straßen, die ihn schnellsten Weges zu seiner Verabredung brachten, sodass er nicht eine Minute seiner wertvollen Zeit unnötig vertat.

Schon zu dieser frühen Stunde saß jemand hinter dem Schalterfenster des Museums, der ihm eine Eintrittskarte verkaufte, und ein schläfriger Wärter in blauer Uniform kam, um sie ihm abzureißen. In der menschenleeren Helligkeit der Hauptgalerie hallten die Schritte, noch bevor man von ferne die Gestalt sehen konnte, die sie ankündigten. Einer kam, und der andere wartete schon, fühlte sich im leeren Saal von den Personen auf den Bildern beobachtet, von Heiligen und Königen, deren Namen Judith Biely nicht kannte, von Märtyrern einer Religion, die für sie prunkhaft und exotisch war. Einer von ihnen schritt unter dem gräulichen Licht der Dachfenster durch den langen verwaisten Museumsgang, und der andere erschien zur selben Zeit auf der Schwelle einer Tür, wurde pochenden Herzens und mit dem scharfen Blick eines im Suchen geübten Auges aus der Ferne erkannt.

Als Erster kam Ignacio Abel, weil er es nicht verpassen wollte, sie kommen zu sehen. Die ausladenden Schultern, der aufrechte, energische Gang Judith Bielys, der Kopf leicht zur Seite geneigt und das Haar die eine Gesichtshälfte bedeckend. Als sie näher kam dann die großen Augen, weit auseinanderstehend, die Wangenknochen, die fein geschwungenen Lippen, an den Mundwinkeln leicht geöffnet wie in Erwartung von etwas, einem Lächeln vielleicht oder einem Wort, das auszusprechen sie im Begriff stand; das ernste, etwas kantige Gesicht, das sich jäh erhellte, sobald ein Lächeln nur angedeutet wurde, ähnlich wie das frühe Tageslicht den leichten Nebeldunst zum Strahlen brachte, durch den sie beide gegangen waren, als sie auf verschiedenen Wegen zum Museum strebten. Allein und aufrecht, selbstbewusst und fest entschlossen, sich mit der wohldurchdachten Entscheidung ihres freien Willens hinzugeben, der ihm schmeichelte und zugleich Furcht einflößte, weil er es noch nie mit einer Frau zu tun gehabt hatte, die so unabhängig über ihr eigenes Leben verfügte.

Es ängstigte ihn und verdoppelte seine sexuelle Erregung, sie nur herankommen zu sehen in ihrer provozierenden Leichtfüßigkeit, ihrer Kleidung und ihren Bewegungen, die sich keiner Norm unterwarfen. In einer Ecke, wo sie vor den Blicken der Wärter in Sicherheit waren, küssten sie sich begierig, spürten die Winterkälte auf der Haut, den Geruch der Kälte im Atem und im Haar, im Stoff der vom Morgennebel noch feuchten Mäntel. Aufrecht und wachsam im silbrigen Zwielicht von *Las Meninas* war Velázquez einziger Zeuge der obszönen Gier, mit der sie sich unter den Kleidern suchten.

An einem anderen Tag sah er sie schon von Weitem auf der Allee im Botanischen Garten auf sich zukommen und hörte das Rascheln des Laubes, das der Wind vor seine Füße wehte.

Es war ein sonniger, kalter Morgen Anfang Dezember, Raureif bedeckte die im Schatten liegenden Teile der Rasenflächen, Lichtreflexe von Eiskristallen tanzten in der Luft. Sie hatte sich gegen den Winter gewappnet, die Hutkrempe in die Stirn gezogen, den Mantelkragen hochgestellt, ein Schal bedeckte Kinn und Mund, ließ nur noch die gerötete Nase und die schimmernden Augen sehen, die vom Haar überschatteten Wangen. Er wollte ihr entgegengehen, blieb aber mit den Händen in den Manteltaschen und dem Atemdunst vorm Gesicht stehen, nahm jeden ihrer Schritte in sich auf, die jede Sekunde sich verringernde Entfernung zwischen ihnen, spürte fast schon ihren Körper an seinem, wie er sich unter dem Mantelstoff an seinen Bauch presste, die kalten Hände, die sein Gesicht umschlossen, während sie ihn immer noch anschaute und dann die Augen schloss, um ihn zu küssen, beider Atem sich vermischend und der Speichel ihrer Münder.

Mitten am Tag raubten sie den beruflichen Verpflichtungen unerwartete Schätze von Minuten, die aus der Zeit fielen, die ein Telefonanruf, eine rasche Lüge, eine Taxifahrt zur stets viel zu kurzen Klammer eines heimlichen Treffens machten. Wie seltsam, dass sie so lange brauchten, um zu ermessen, was ihnen verwehrt war, und nicht dankbar zu sein für das, was ihnen schon gewährt wurde, was sie ebenso gut nicht hätten kennenlernen können. Wenn die Zeit nicht reichte und es draußen zu ungemütlich war, flüchteten sie in irgendein Lokal zu Milchkaffee und wenigen gewechselten Worten, die es kaum verdienten, Unterhaltung genannt zu werden. Ihre Knie berührten sich, die kältestarren Hände suchten sich unter der Marmortischplatte in einem dieser abgelegenen Cafés, die von kleinen Angestellten ohne Zukunft besucht wurden, von Rentnern und manchmal auch von heimlichen Liebespaaren wie sie selbst; leere, düstere Cafés zumeist, die nie berühmt werden würden, abseits des Zentrums in Neubauvierteln gelegen, die noch nicht ganz als Vororte galten, deren Straßen vor Kurzem erst erschlossen worden waren, mit Reihen junger Bäumchen und Bretterzäunen vor unbebauten Grundstücken, an denen verblichene Plakate von Zirkussen oder Boxveranstaltungen oder von vergangenen Wahlen klebten, mit Straßenbahnendstationen und Straßenecken, hinter denen das offene Land begann.

Alles musste erzählt werden, alles erfragt, das ganze Leben eines jeden von ihnen bis zu dem nur wenige Monate zurückliegenden Tag, der der erste ihrer gemeinsamen Erinnerung war. Es gab nur eine Grenze, die keiner von ihnen überschritt, für die eine stillschweigende Übereinkunft galt, die Judith eigentlich als demütigend empfand, sie doch erst sehr spät verletzte, vielleicht erst, als ihr klar wurde, dass hauptsächlich sie es war, die sprach und Fragen stellte; eine Grenze wie ein verschlossenes Zimmer, wie das Loch einer ausgeschnittenen Person auf einem Foto, ein Name, den keiner von beiden aussprach. Manchmal erwähnte Ignacio Abel seine Kinder, niemals jedoch Adela. Wie seltsam, dass sie so lange brauchten, um ihren Namen zu nennen oder ihren Stand – »deine Frau«, »deine Gattin« –, sondern mit ihrem Schatten lebten, dem Wissen um ihre Existenz; dass sie so lange Zeit, seit sie sich kannten, sein Leben und Wohnen vollständig ausgeblendet hatten. Für ihn lebte Judith in einer unsichtbaren Welt, die so leicht zu betreten war, als könnte man mithilfe eines geheimen Schlüssels, den nur er besaß, durch einen Spiegel gehen. Manchmal war der Schlüssel irgendein Gegenstand: Er schloss seine Bürotür ab, um mit ihr zu telefonieren; in einer verschlossenen Schublade seines Schreibtisches bewahrte er das Foto von Judith und ihre Briefe auf; er schloss die Badezimmertür ab, und während Adelas Silhouette im Vorbeigehen hinter dem Riffelglas zu sehen war, duschte er sich für Judith Biely, die er eine halbe Stunde später in den Armen halten würde, und eine schmerzhafte Erektion nahm diesen Augenblick vorweg, als umfinge er ihren Körper schon in diesem Badezimmer, das Judith nie betreten würde.

Wie nah die andere Seite war, das unantastbare Geheimnis; nur wenige Minuten entfernt, ein paar Hundert Herzschläge nur, die Topografie des Verlangens wie auf einem Transparentpapier über die Landschaft des täglichen Lebens gebreitet. Er trat auf die Straße hinaus, und der Sohn des Portiers, der ihm den Wagen aus der Garage geholt hatte, wusste nicht, dass er sein Komplize war. Er gab ihm ein Trinkgeld, und bevor er ins Auto stieg, warf er einen Blick nach oben, wo Adela aus dem Fenster zu ihm hinunterschaute. Das tat sie jeden Morgen, denn für die Pistoleros war dies der Moment, ihre Attentate zu begehen (»Was du dir ausdenkst! Wer sollte denn wohl auf mich schießen!«). Er fuhr bis zur Ecke der Calle de Alcalá und parkte den Wagen vor der Barbería Moderna. Das Gesicht, welches er im Spiegel sah, während sich ein Friseur über ihn beugte, der ihn mit einer Verneigung begrüßt und respektvoll seinen Namen gemurmelt hatte, war dasselbe, das Judith Biely in wenigen Minuten sehen würde. Doch das wusste nur er. Das Geheimnis war ein Schatz und die Krypta und der Palast, die ihn hüteten, das unantastbare Haus der Zeit, das allein Judith und er bewohnten.

Anstatt die Alcalá hinunterzufahren, wendete er und nahm die O'Donnell, ließ das Auto in einiger Entfernung vor dem Stundenhotel stehen, hinter dessen hohem Zaun sich Palmen und dichte Hecken schützend vor in leuchtendem Grün gestrichene Fensterläden reckten, deren bewegliche, halb geöffnete Lamellen eine aquatische Helligkeit ins Innere ließen. Um die verborgene Welt zu erreichen, brauchte man nur wenige Minuten mit dem Auto zu fahren, durch mehrere sichtbare und unsichtbare Türen zu gehen, deren jede über ihr eigenes Sesam-öffne-dich verfügte. Nach Durchschreiten der letzten von allen erwartete Judith Biely ihn schon, in einem Sessel in der Nähe des Bettes, neben dem Nachttisch mit der Stehlampe, deren Glühbirne unter einem blauem Glasschirm brannte, im unwirklichen Halbdunkel des Morgens um neun.

Die rauschhafte Leidenschaft ohne Schuldgefühl ging mit einer gewagten Sorglosigkeit einher. Da sie nur Augen für sich hatten, handelten sie oft so unbedacht, als sähe sie niemand sonst. Nachts besuchten sie versteckte Bars in der Nähe der großen Hotels, die hauptsächlich von Ausländern und reichen Nachtschwärmern frequentiert wurden, die Ignacio Abel kaum erkennen würden. Im Cabaret des Palace-Hotels saßen sie im rötlichen Zwielicht beisammen, tranken exotische Cocktails, die einen süßlichen Geschmack auf ihren Lippen hinterließen, und unterhielten sich auf Spanisch und Englisch, derweil sich auf der kleinen Tanzfläche Pärchen im zuckenden Rhythmus einer Combo schwarzer Musiker bewegten. An einem Tisch in der Nähe saß der Dichter García Lorca laut lachend im Kreis seiner Freunde, sein breites Bauerngesicht glänzend vor Schweiß.

Ignacio Abel war an solchen Orten noch nie zuvor gewesen; wusste nicht einmal, dass es sie gab. Mit der Besorgnis eines eifersüchtigen Mannes nahm er wahr, wie ungezwungen sich Judith Biely unter diesen ungewohnten Menschen bewegte, denen sie im Grund viel ähnlicher war als ihm. Amerikaner und Engländer vor allem, junge Männer und Frauen, vereint in einer gleichmacherischen Kameraderie und einer ebensolchen Resistenz gegen den Alkohol, wie er sie noch nicht erlebt hatte; Europareisende, die sich so leicht zusammentaten und wieder voneinander ließen, wie sie von einem Land zum anderen wechselten, von einer Sprache zur nächsten, die Aussichten der französischen Volksfront ebenso hitzig diskutierten wie einen Film aus der Sowjetunion, Namen von Schriftstellern im Munde führten, die Ignacio Abel immer unbekannt waren und zu denen Judith Biely stets eine leidenschaftliche Meinung zu haben pflegte.

Voller Stolz und mit einer unerklärlichen Angst, sie verlieren zu können, beobachtete er, wie sie Roosevelt tapfer gegen einen angetrunkenen Amerikaner verteidigte, der ihn einen verkappten Kommunisten und Anhänger der Fünfjahrespläne genannt hatte. So begehrenswert und ihm gehörig, wenn sie sich ihm hingab, so vollwertig existierte sie ohne ihn, glänzte sie vor anderen, die ihn gar nicht wahrnahmen, diesen ange-jahrten Spanier im dunklen Anzug, diesen Fremden in dem polyglotten Land fließender Grenzen und zweifelhafter Nor-men, in dem sie lebten und in dem Madrid kaum mehr als eine Durchgangsstation war. Unter ihnen bemerkte Ignacio Abel hin und wieder Männer mit gezupften Augenbrauen und einer Andeutung von Rouge auf den Wangen, sah Frauen, die wie Männer gekleidet waren, und glaubte sich in eine moderne Version seiner Zeit in Deutschland versetzt.

Zwanglos und ohne Gewissensbisse schob er eine unerwartete Verpflichtung oder übermäßig viel Arbeit vor, um ein spätes Nachhausekommen anzukündigen, und wenn er den Hörer auflegte, hatte er den ungläubigen Unterton in Adelas verdros-sener Stimme bereits vergessen. Mit Judith Biely passierte ihm immer alles zum ersten Mal; das erregende Gefühl, dass die Nacht erst begann, wenn er sich früher schon auf einen lang-weiligen häuslichen Abend eingerichtet hatte; der Geschmack ihres Mundes oder die dichte Geborgenheit des Eindringens in sie oder die Dankbarkeit und Überraschung, wenn er spürte, dass ihr Körper sich wie ein Bogen spannte, wenn sie kam und sich so bedingungslos an ihn verlor, wie er es in seiner spärlichen Erfahrung mit der Liebe der Frauen noch nie erlebt hatte.

Manchmal murmelte Judith dann wie jemand, der in unruhi-gen Träumen spricht, Wörter auf Englisch, die er nicht ver-stand und die deshalb umso erregender für ihn waren. Unter ihrer Führung entdeckte er Welten und Leben, die er nie für möglich gehalten hätte in einer Stadt, in der er zu Hause war und die ihm dennoch fremd und verheißungsvoll erschien, wenn er sie des Nachts und dank einer Lüge an ihrer Seite erkundete (die Lüge war noch kein Makel, der auf ihm las-tete: Zwischen dem alten Leben und dem, das er mit Judith führte, gab es weder Schattenzonen noch Reibungspunkte; er sprang mit derselben Leichtigkeit von einem zum andern, wie er von einer Straßenbahn absprang, kurz bevor sie zum Stehen kam, sich die Jacke zurechtzog und den Hut in die Stirn drückte, vielleicht noch die Augen zusammenkniff, um sie an die plötzliche Helligkeit zu gewöhnen). Aber auch er war derselbe wie immer, der er wieder wurde, wenn er spät nach Hause kam oder zum Frühstück am nächsten Morgen (das Frühstück am Esstisch im Speisezimmer mit den Kindern, die die Schulsachen schon gepackt hatten; das Klappern der Schreibmaschinen und das Klingeln der Telefone im Baubüro der Universitätsstadt, die Pläne auf den Zeichentischen, die Bauarbeitertrupps auf den Gerüsten und in den ausgehobenen Gruben und von Kränen in die oberen Stockwerke der fast fertigen Gebäude gehoben), und war doch ein anderer, jünger, leidenschaftlich und unbesonnen, nicht ganz zurechnungsfähig in seinem Tun, in dem er sich, nicht ohne einen Anflug von Besorgnis, manchmal wie von außen betrachtete, mitgerissen von einem Impuls, dem er sich nicht widersetzen mochte.

An Judiths Hand stieg er enge Treppen zu verqualmten Kellern voller Musik hinunter, bewohnt von bleichen Gesichtern in einem grünlich-bläulich-rötlichen Zwielicht, in einem unterirdischen Madrid, von dem es am helllichten Tag keine Spur mehr gab und das nur durch Türen zu betreten war, die jedem feindlich entgegenstarrten, der ihr Geheimnis nicht kannte, durch schlecht beleuchtete Gänge, in denen er sich verirrt hätte, wäre Judith Biely ihm nicht vorausgegangen. Er war einer dieser Tagmenschen gewesen, für die es immer früher Nacht wurde: die Heimkehr nach der Arbeit, der Schlüssel im Türschloss und die vertrauten Stimmen und Gerüche, die vom Ende des Flurs zu ihm drangen, das Abendessen auf dem Tisch, über die Teller gebeugte Köpfe unter der Deckenlampe im Esszimmer, eine einschläfernde Unterhaltung, dazwischengestreut Esstischgeräusche, das Schaben einer Gabel auf Porzellan, Gläserklingeln. Vom Fenster des ehelichen Schlafzimmers aus war Madrid eine ferne Welt glitzernder Lichter, die sich im Dunkeln verloren, von der manchmal Gelächter von Nacht-schwärmern in die Stille und die Schlaflosigkeit eindrang, das Brummen von Autos und das Klopfen des Spießschafts des Nachtwächters auf dem Kopfsteinpflaster der Straßen.

Jetzt hingegen dehnte sich die Nacht manchmal wie eine kahle Traumlandschaft vor ihm, enthüllte ihm Labyrinthe unter und jenseits der Stadt, in der er aufgewachsen war, U-Bahn-Schächten gleich und unterirdischen Kanälen. Eine einfache Lüge war das Sesam-öffne-dich für ein Paradies ohne Schuld-gefühle, für ein Madrid, das ihm zugehöriger und fremder war als je zuvor, in dem die Gegenwart Judith Bielys an seiner Seite ihm ein ganz neues Bürgerrecht verlieh. Er brauchte gar nicht viel zu trinken (oder gar nichts, nur die feuchtkalte Nachtluft zu atmen und den Widerschein der Leuchtreklamen auf den Karosserien der Autos zu sehen), um wie berauscht zu lächeln, so wie es auch nur eines bestimmten Blickes, einer Berührung der Hand oder ihrer bloßen Nähe bedurfte, um sein Verlangen zu wecken. An diesen Orten war das Licht immer gedämpft, die Gesichter waren immer bleich, die Haare glänzend, die Stimmen häufig ausländisch. Alkohol und sexuelle Erregung ließen alles verschwommen erscheinen, dahinstolpernd im schnellen, abgehackten Rhythmus der Musik. In der Calle Velázquez klopfte Judith an eine Wohnungstür, die man über eine Marmortreppe erreichte, und kaum waren sie über die Schwelle getreten, tauchten sie ein in einen dunklen Raum voller Schatten, durch den harzig riechende Rauchschleier und englische Gesprächsfetzen wogten, in dem die Glut von Zigaretten junge Gesichter beleuchtete, nickend nach dem Herzschlag einer Musik, die sie schon gehört hatten, bevor ihnen die Tür geöffnet wurde.

Im trüben Licht des Hinterzimmers einer Flamencokneipe stampfte eine stark geschminkte Frau über die Bretter, die sich bei näherem Hinsehen als Mann entpuppte. Unter dem nackten Steingewölbe einer amerikanischen Kellerbar hinter der Gran Vía (eine Laterne in Form einer rot blinkenden Eule beleuchtete den Eingang) sah er besorgt mit an, wie Judith Biely einen kahlköpfigen Fremden in glitzerndem Smoking umarmte, und es war Philip Van Doren. Er sagte etwas zu ihr, doch die Musik war zu laut; die Trommelschläge so trocken und schnell wie das Getrappel auf den Brettern der Flamenco-kneipe. Ignacio Abel fühlte Judiths Hand die seine drücken, eine sichtbare und stolze Beglaubigung ihrer Liebe zu ihm.

»Ich hoffe, Sie haben schon eine Entscheidung getroffen«, sagte Van Doren mit dem Mund nah an seinem Ohr, und Ignacio Abel begriff nicht gleich, dass er nicht Judith meinte, sondern seine Einladung, das Burton College zu besuchen. Aus den Augenwinkeln sah Van Doren ihre ineinander ver-schränkten Hände, Ignacio Abels kühne Geste, Judiths Taille zu umfassen. Das zustimmende Lächeln eines Verschwörers oder Experten in Sachen menschlicher Schwäche, der zufrieden ist, dass seine Mutmaßungen zutreffend waren. Er bat sie an den Tisch zu seinen Gästen, rief mit einer lässigen doch unmiss-verständlichen Handbewegung, mit der er auch seinen Kam-merdiener zu sich gewunken hätte, einen Kellner herbei. »Wie schön, Sie zu sehen, Professor. Sie machen mich neidisch. Seit unserer letzten Begegnung sind Sie jünger geworden. Kommt das von der Hoffnung auf den Wahlsieg Ihrer sozialistischen Genossen?«

Mit einem Mal hegte Ignacio Abel einen vagen Verdacht, dass Judith Van Dorens Geliebte gewesen sein könnte, dass sie sich heimlich immer noch trafen. Mangelnde Übung im Umgang mit Alkohol und Eifersucht ließen seinen Argwohn albern erscheinen: Lag nicht etwas Spöttisches in diesem zustimmenden Lächeln, etwas Gönnerhaftes? Judith und Van Doren unterhielten sich auf Englisch, und es war zu laut, als dass er sie verstanden hätte. Er sah sie ihre Lippen bewegen, sich spitzen, wenn sie an ihrer Zigarette zog, die Van Doren ihr mit einem flachen goldenen Feuerzeug angezündet hatte. Der Alkohol machte ihn ebenso benommen wie die Musik und das Stimmengewirr und die bedrückend niedrige Decke, die viel zu nahen Gesichter all der Fremden, die ihre Ellenbogen zu Hilfe nahmen, um an die Bar zu gelangen. Er brauchte frische Luft und fürchtete zugleich, Judith könne ihm entrissen werden. Jemand sprach sehr laut auf ihn ein, und dennoch verstand er ihn nicht. Ein Rothaariger mit Brille aus Van Dorens Kreis, Sekretär in der amerikanischen Botschaft, der ihm gerade erst seine Visitenkarte überreicht hatte und sich absurderweise bemühte, eine förmliche Unterhaltung in Gang zu bringen. »Glauben Sie tatsächlich, Professor, dass die Volksfront eine Chance hat, die Wahlen zu gewinnen?«

Er antwortete irgendwas und schaute ihm über die Schulter. Ohne Glas und Zigarette aus der Hand gelegt zu haben, tanzte Judith mit Van Doren auf der winzigen Tanzfläche, beide einander zugewandt, mit identischen Bewegungen, Tanzfiguren und ihre Wiederholung in einem Spiegel. Das wirre Haar verdeckte ihr halbes Gesicht, der wirbelnde Rock enthüllte ihre seidenstrumpfbraunen Knie. Der beharrliche Sekretär sagte etwas über diplomatische Reaktionen der spanischen Regierung auf den italienischen Einmarsch in Abessinien. Ignacio Abel sah Judith Biely beim Tanzen zu und starb fast vor Verlangen und heimlichem Stolz, war eifersüchtig auf Van Doren und auf jeden, der sie anschaute. Der Völkerbund bewies wieder einmal seine bedauerliche Bedeutungslosigkeit, sagte der Sekretär mit düsterer Stimme. Trompete und Saxofon gellten Ignacio Abel in den Ohren. Glaubte er, dass es in Spanien tatsächlich zu einer neuen revolutionären Erhebung kommen könnte wie seinerzeit in Asturien, nur gewaltsamer und besser vorbereitet diesmal und vielleicht mit besseren Aussichten auf Erfolg? Als Judith sich unter Van Dorens Hand um die eigene Achse drehte, war ihr Rock hochgeflogen und hatte kurz ihre Oberschenkel sehen lassen. Und wenn bei den Wahlen im kommenden Februar die Linken gewännen, was ja durchaus möglich zu sein schien, würde es dann nicht zu einem Militärputsch kommen? Die Trommelwirbel und das metallische Prasseln der Becken dröhnten in seinem Kopf. Die Regierung der Vereinigten Staaten sähe es mit Wohlgefallen, wenn es in Spanien zu einer stabilen Mehrheit im Parlament käme, ganz gleich welcher politischen Richtung. Ein letzter Trommelwirbel und Applaus beendeten den Tanz.

Gegen jede äußere Ablenkung immun, wollte der Botschaftssekretär, sich den Schweiß von der Stirn tupfend, jetzt wissen, wie es mit dem Bau der Universitätsstadt voranging. Ignacio Abel erklärte ihm etwas, ohne darauf zu achten, was er sagte, und ohne seinen beobachtenden Blick zu kaschieren. Mit schweißglänzendem Gesicht und zerzauster Mähne kam Judith Biely zu ihm, schaute ihn an, als wären sonst keine Menschen im Raum, nur Schatten, die zur Seite wichen, um sie zu ihm zu lassen.

Auf ihn zukommend, so sah er sie stets in der Erinnerung, und deutlicher noch, als er sicher war, sie nie mehr wiederzusehen. Da sah er sie im Geiste, sah sie auf sich zukommen: von ganz hinten durch den Gang des Zuges; aus dem Bad im Zimmer von Madame Mathilde, mit gestrafften Schultern und zur Seite gelegtem Kopf, während eine Hand das Haar aus dem Gesicht strich; vom Fluchtpunkt am Ende des Saals im Prado; durch die Drehtür eines Cafés. Jeder Ort war ein Raum, in dessen Hintergrund sie erschien, sie oder ihr erinnerter oder erahnter oder gänzlich unmöglicher Anblick an Orten, an denen sie nie gewesen war. Judith Biely im Flur seiner Madrider Wohnung, in der sich im Lauf des Sommers Einsamkeit und Unordnung eingenistet hatten, in jenen Wochen und Monaten der Erschütterung, für die man noch nicht das Wort Krieg benutzte. Judith im Gegenlicht vor dem Fenster der Aula der Residencia, wo er sie vor weniger als einem Jahr zum ersten Mal gesehen hatte, in dem Saal mit dem Klavier, das jetzt abgedeckt in einer Ecke stand, weil der ganze Raum vollgestellt war mit den Matratzen und Betten eines Lazaretts, das glänzende Parkett, auf dem ihre klappernden Absätze zu hören gewesen waren. Sie kam auf ihn zu, und er sah sie von Weitem herankommen, ohne sich zu rühren, passiv in seinem Warten, voller Begehren, nur auf sein Verlangen konzentriert, auf die Gier seiner Augen, im Sofa eines Cafés sitzend, wohin er viel zu früh gekommen war, nicht nur weil er es nicht mehr abwarten konnte, sondern auch weil er es jedes Mal genoss, sie kommen zu sehen, von der Straße hereinkommen zu sehen, schlank und fremd und mit suchenden Augen, die noch an das helle Tageslicht draußen gewöhnt waren; und als er ritterlich aufstand, um sie zu begrüßen, dachte er und sagte ihr mit der antiquierten Höflichkeit eines älteren Herrn: »Ich kann mich nicht sattsehen an dir.«

Das Madrid, das sich ihnen zeigte, wenn sie sich suchten oder wenn sie zusammen waren, war nur zum Teil dieselbe Stadt, in der jeder von ihnen gelebt hätte, wenn sie sich nicht begegnet wären. Bevor sie nach Madrid kam, war die Hauptstadt für Judith Biely eine Fantasiestadt voller Versprechungen und Literatur, die Stadt der Bücher und einer Sprache, in die sie sich so bedingungslos verliebt hatte, wie nur Menschen es können, die für Sprachen schwärmen, die nicht ihre eigenen sind, und für Länder, in denen sie nie gewesen sind. Für Ignacio Abel war Madrid der heruntergekommene Schauplatz, auf dem er lustlos sein ganzes Leben zugebracht hatte und für den er eine unbehagliche Mischung aus Gereiztheit und Zärtlichkeit empfand. Am liebsten würde er Madrid und möglichst auch Spanien verlassen, doch ebenso ungestüm wollte er Projekte zur Stadterneuerung verwirklichen, die trotz Überdruss und fortschreitender Skepsis, trotz der Behaglichkeit eines bürgerlichen Lebens, in dem er sich eingerichtet hatte, ohne es richtig wahrzunehmen, immer noch für Unruhe in seinem Innern sorgten; eine Unruhe, die lebendig gehalten wurde vom Wunsch nach sozialer Gerechtigkeit, nach einer Verschönerung der Welt und des menschlichen Lebens.

Die Stadt, die Judith Biely sich beim Studieren von Karten und Fotos und in der Universität erträumte, wo sie Pérez Galdós ebenso leidenschaftlich las wie Washington Irving in der Schule, kreuzte sich mit jener, die Ignacio Abel nun wiederfand, als er sie ihr zeigte und sie mit ihren staunenden Augen neu entdeckte. Er dachte an sich selbst, als er nach Deutschland gekommen war. Wie er die trivialsten Dinge als weihevollen Akt zelebriert hatte: eine Zeitung kaufen und sie in einem Café mühsam entziffern, ein paar höfliche Worte mit seiner Pensionswirtin wechseln. Welche nie versiegende Freude es gewesen war, etwas Neues zu lernen, ein Wort oder eine Redewendung auf Deutsch, einen Kniff in der Kunst des Zeichnens oder der Geometrie, die Paul Klee unterrichtete; das rationale Wunder zu sehen, als das sich ein alltäglicher Gegenstand in den Händen von Professor Rossmann erwies. Er verstand Judith Bielys Leidenschaft für das Spanische, wenn er sich daran erinnerte, wer er selbst gewesen war; dieser Teil von sich, den er gerne wiederbelebt hätte, der vor über zehn Jahren seine Chance gehabt hatte, in dem seine besten Anlagen geschlummert hatten, die nach seiner Rückkehr dann nach und nach verkümmert waren. Die Intensität seines Verlangens nach Judith gab ihm die Begeisterung zurück, die ihn durch seine Zeit in Deutschland getragen hatte; die magnetische Kraft einer unaufhörlichen Erwartung; das Gefühl, etwas Greifbares und zugleich Grenzenloses vor sich zu haben, wieder ein großes Fenster seines Lebens aufstoßen zu können, das lange geschlossen gewesen war.

Er verstand Judith, ohne dass sie sich erklären musste. In Madrid fühlte sie sich der Schwerkraft der Vergangenheit enthoben wie er in Berlin und Weimar, und die Gegenwart gewann für sie eine sinnliche Qualität, die ganz neu für sie war. Sie war jetzt so alt wie er, als er nach Deutschland ging, und die Liebe und ihr Wissensdurst machten sie noch jünger. Von ihr angesteckt, nahm Ignacio Abel jetzt die Beschaffenheit und Dichte des Lebens um sich herum ganz anders wahr, machte sich die methodische Lust zu lernen zu eigen, mit der Judith jeden Morgen aus dem Haus ging, entschlossen, die Dinge so zu lieben, wie sie sie sah, frei von allen Schatten der Vergangenheit und bedrückenden Erinnerungen, die auf die eine oder andere Weise mit ihrer Liebe zu ihm zu tun hatten. Madrid war die lustvolle Gegenwart, in der auch sie den größten Teil der Last ihrer selbst von sich warf: Abgesehen von der Zeit, die sie ihren Studien widmete, war sie das, was Ignacio Abel in ihr sah, was sie selbst ihm erzählte, und sie war dies umso mehr, als sie, wenn sie sich Spanisch sprechen hörte, das erleichternde Gefühl hatte, partiell ein neuer Mensch zu werden, sich vorübergehend nicht nur ihrer alten Sprache, sondern ihres ganzen alten Daseins zu entledigen.

Noch unempfänglich für jede Art von Schuldgefühl und Besorgnis, in einem Zustand, von dem sie später nicht sagen konnte, ob es einer der Naivität oder der Unvernunft war – sie war dankbar, dass er so lange angedauert hatte, machte sich zugleich jedoch Vorwürfe ob des zugefügten Schmerzes, des dumpfen Mitmachens bei der Täuschung, wo sie doch bis dahin immer so gradlinig, ihr Gewissen so rein gewesen war –, erlebte sie ihr Leben in einem fremden Land und einer fremden Sprache als Roman; wie ein Eintauchen in das Buch, das sie ewig schon zu schreiben im Begriff stand, oder wie sie als junges Mädchen, wenn sie ein Buch zur Seite legte oder im Kino einen Film gesehen hatte, noch einige Zeit in der Fiktion weiterlebte, die sie mit solcher Macht verzaubert hatte. Was in diesem anderen Leben passierte, war zwar wirklich und nicht geträumt, hatte aber, wie die Geschehnisse in einem Film, keinerlei Auswirkungen auf die Welt um sie herum und war auch nicht deren Regeln unterworfen. Durch diese Stadt zu gehen, wo niemand sie kannte und nichts mit ihrer Erinnerung verbunden war, sich in ihr heimlich mit einem Liebhaber zu treffen, den ein nächstes Mal wiederzusehen sie niemals sicher sein konnte, waren Akte, die zu einem Komplex von Dingen gehörten, der ihrem Leben in Amerika so fern war wie die Kapitel eines Romans; eines Romans, der seinen Verlauf nahm, ohne dass jemand ihn schrieb, in dem sie die einzige vorkommende Figur war und auch ihre einzige Leserin; ein Film, der in einem Kino gezeigt wurde, in dem sie die einzige Zuschauerin war, und der sie so gefangen nahm, dass er einfach auslöschte, was unmöglich existieren konnte: das gleißende Tageslicht, die feindliche Umwelt draußen.

Doch obwohl sie Filme und Romane liebte und sich freiwillig von ihrem Zauber verführen ließ, war sie eine praktische Frau. Es würde ein Aufwachen geben, genauso wie es eine Rückkehr geben würde, doch fürs Erste hielt sie diese Zukunft noch vor der Tür. Ein Film dauert nicht ewig, ein Lied endet nach wenigen Minuten, ein Roman auf der letzten Seite, und man schaut mit tränenfeuchten Augen auf, und eine ganz und gar wirkliche Untröstlichkeit schnürt einem die Kehle zu. Wie seltsam, dass sie so lange brauchte, um sich gegen das Akzeptieren des vorhersehbaren Endes aufzulehnen; dass ihr ein Leben genügte, das so begrenzt und schwebend war wie zwei Stunden im Dunkel eines Kinos. Die Tatsache, dass ein Roman in anderen Raum- und Zeitdimensionen spielt, hindert niemanden, sich genüsslich in ihn zu versenken. Da Madrid über so viele Jahre eine Stadt der Literatur für sie gewesen war, hatte Judith Biely vielleicht deshalb keine Mühe, sich zu gestatten, im Innern von etwas zu leben, das einem Roman so ähnlich war. Es würde kein Preis zu zahlen sein, keinen Schaden geben, den man bereuen müsste, keinen Riss, der unter Schmerzen und nur langsam zusammenwachsen würde. Die Figuren eines Romans lernen die Bitterkeit kennen, werden enttäuscht und betrogen, verlieren alles und sterben, und dann klappt man das Buch zu, und es ist, als hätten sie nie existiert, doch wenn man es wieder aufschlägt und auf der ersten Seite beginnt, sind alle wieder jung und lebendig und bereit, es mit Glück und Mut noch einmal zu versuchen. Da es in den ausführlichen Briefen, die sie ihrer Mutter weiterhin schrieb, keinerlei Hinweis auf ihr geheimes Leben gab, war es, als würde dieses auch nicht so ganz existieren oder könnte ohne Folgen bleiben.

In Madrid glichen die Romane mehr der Wahrheit. Judith Biely hörte die Vorlesungen von Professor Salinas über *Fortunata und Jacinta* (um zu der noch unfertigen und doch schon so aktiven Fakultät für Philosophie und Literatur zu gelangen, musste sie am Baubüro der Universitätsstadt vorbei), und die Namen, die ihr dort unwahrscheinlich und fantastisch erschienen waren, las sie jetzt auf den Fahrplänen der Metro und auf Straßenschildern. In der Straßenbahn las sie ein Buch, und wenn sie an der Puerta del Sol ausstieg und ein paar Schritte ging, war sie schon mitten im Roman. Die Straßenbahnstrecke, der Weg zu Fuß und der Lärm auf den Straßen ließen sie ein irdisches Glück empfinden, welches das Buch zum Leuchten brachte und als literarische Schwärmerei hätte durchgehen können. Die Calle de Postas, die Plaza de Santa Cruz und Plaza de Pontejos waren so wirklich wie die Alhambra von Washington Irving und die Ebenen der Mancha, durch die John Dos Passos auf den Spuren des fabelhaften Don Quijote gereist war. Auf der Plaza de Pontejos wimmelte es tatsächlich von Polizeilastwagen und Polizisten in hohen Stiefeln und blauen Uniformjacken mit goldenen Knöpfen. Überklebte Wahlplakate mit ihrem dramatischen Durcheinander von Typografien, Initialen und Logos politischer Parteien bedeckten die Hauswände und reichten fast bis an die ersten Balkone.

Sie erkannte die düsteren Textilläden, die Geschäfte mit Heiligenbildern und Kultgegenständen aus dem Roman wieder, die Rufe der Straßenhändler unter den Arkaden der Plaza Mayor, an deren einer Ecke sie die Apotheke suchte, durch die Fortunata ihre Wohnung betrat. In der Calle Toledo folgte sie den Spuren des Scharlatans Estupiñá: Am Fuß der granitenen Grundmauer des Arco de Cuchilleros las sie die Beschreibung von der Ankunft des Juanito Santa Cruz in dem Haus, in dem er das Mädchen treffen sollte, das sein Leben verändern würde. Junge Frauen, ebenso hübsch, priesen mit schrillen Stimmen die Dinge an, die sie an ihren Straßenständen verkauften. Sie waren tiefbraun, hatten so dunkle Augen und volle Gesichter wie die Heiligen von Velázquez und Zurbarán auf deren Bildern im Prado, zerzaustes Haar und breite schwarze Röcke, Tücher um die Schultern, und manche saßen auf einer Treppenstufe und zeigten unbekümmert ihre pralle weiße Brust, an der ein rotgesichtiges Kind mit vollen Wangen saugte, die Augen in heiterer Schläfrigkeit halb geschlossen.

Madrid wurde Vorstadt, wurde ländlich: Der Geruch von Wurzelgras und Leder drang aus den Tiefen der Hallen, in denen Landmaschinen und Zaumzeug für Zugtiere verkauft wurde, deren Namen Judith Biely sich nicht einmal vorstellen konnte. Hämmern und zischende Dämpfe von in Wasser getauchtem Metall drangen aus dem düsteren Schlund einer Schmiede, wo Kohlenglut und Spitzen von glühendem Eisen aufleuchteten, genau wie sie es auf einem Bild von Velázquez im Prado gesehen hatte. Autobusse voller Landarbeiter mit dunklen Gesichtern hinter den Fenstern kreuzten den Weg mit Maultierkarren, auf denen die in unförmige Felljacken gekleideten Kärrner ihre Peitschen unbarmherzig auf die Tiere niedersausen ließen, Obszönitäten brüllten und gellende Pfiffe ausstießen, ohne die erloschenen, speichelfeuchten Kippen aus dem Mund zu nehmen. Wiehern, Hufgetrappel, Händlergeschrei, Hupen von Lastwagen, für die es kein Fortkommen gab in dem Durcheinander von Autos und Tieren und Karren, der Singsang von Bettlern, die vor den Türen der Tavernen hockten und romantische Geschichten zum Besten gaben, Flamencoklänge und bellende Reklame aus voll aufgedrehten Radios, barfüßige Kinder mit kahl geschorenen Köpfen, die sich schreiend und schlagend um eine weggeworfene Kippe oder eine Münze balgten, die die Büchse eines Bettlers verfehlt hatte und über das Straßenpflaster zwischen die Beine der Tiere rollte.

Plötzlich kam ein Auto mit zwei Lautsprechern auf dem Dach vorgefahren, aus denen die *Internationale* erklang, und die Luft füllte sich mit Flugblättern, die wie eine Heerschar weißer Schmetterlinge im Wind flatterten. MADRIDER! STIMMT FÜR DIE KANDIDATEN DER VOLKSFRONT! Das Lied wurde unterbrochen, und eine heisere, von scheppernden Lautsprechern verstärkte Stimme übertönte den Straßenlärm: FÜR DIE FREILASSUNG DER HELDEN DES OKTOBERS! FREIHEIT FÜR DIE UNRECHTMÄSSIG EINGEKERKERTEN! BESTRAFUNG DER HENKER VON ASTURIEN! FÜR DIE AGRARREFORM! FÜR DEN SIEG DER ARBEITERKLASSE!

Judith Biely, der Fremden, entging nichts; sie beobachtete alles mit hoch erhobenem Kopf, entdeckte Madrid mit dem Roman in der Hand und versetzte sich wieder in die Straßen New Yorks zurück, in denen sie aufgewachsen war: So weit fort auf der anderen Seite des Meeres, in einer Entfernung, die die Zeit noch unüberwindlicher machte, erkannte sie Gerüche und Stimmenklänge wieder, die drangvolle Dichte ärmlichen Lebens, den Geruch von Pferdemist, faulenden Früchten, altem Fett und schweißfleckigem Pferdegeschirr, das Nebeneinander von Stimmen, Plakaten, Geschäften und Beschäftigungen, die Sorge ums Überleben, hier vielleicht nicht ganz so beklemmend wie dort, wie auch das Gedränge der Menschen hier nicht ganz so erstickend war, was vielleicht am wohltuenderen

Klima lag; die Hufe der Tiere und die Räder der Karren und Autos versanken hier nicht im gräulichen Sumpf verrußten Schnees, hier blies kein eisiger Wind um die Hausecken, sobald sich die Sonne hinter Wolken verbarg.

Die Stadt, die sie entdeckte, war alles zugleich: Sie war real und voller Menschen, war die Handlungsstätte eines Romans und auch die älteste Erinnerung des Mannes, den sie liebte. An diesem Februarnachmittag ließ sich Judith von der Bereitschaft, in Zeit und Literatur glücklich zu sein, durch die Straßen treiben, in denen ihr Geliebter am Ende eines anderen Jahrhunderts, in einer Stadt der Pferdekutschen und Gaslaternen Kind gewesen war. Irgendwie würde in dem Buch, das sie zu schreiben hätte, auch diese Erinnerung ihr Echo hinterlassen, die zwar nicht ihre eigene, ihr aber dennoch so vertraut war. Sie hätte ihn gern an ihrer Seite gehabt und ihm Fragen gestellt. Sie sah den Durchgang durch den Arco de Cuchilleros zur Plaza Mayor und erinnerte sich, dass er ihr gesagt hatte, daran habe er sich orientiert, um sich nicht zu verlaufen, als er die ersten Male allein zur Schule gegangen sei; ein Junge, nicht viel anders als jene, die sie jetzt auf der Straße spielen sah, mit grauen Schürzen, Bastsandalen und kahl geschorenen Köpfen, mit Mützen und Schals und von der Kälte geröteten Gesichtern, die zu ihr kamen und die Hand aufhielten, angezogen von ihrer Fremdartigkeit genau wie die Männer, die hinter ihr her schauten und Worte murmelten, die sie nicht verstand, wenn sie beschleunigten Schritts an den Tavernen vorüberging.

Sie sprach die Straßennamen mit leiser Stimme vor sich hin, um ihr Spanisch zu üben, und unterstrich sie auf den Seiten ihres Buches. Ignacio Abel wunderte sich hinterher, dass Judith so viel Schönheit in ihnen sah, und war erstaunt, dass er selbst sie erst dadurch entdeckte, war allerdings unangenehm berührt, wenn sie ihn immer wieder Dinge fragte, die er seit Langem vergessen hatte. Welche Hausnummer das Haus hatte, in dem seine Mutter als Pförtnerin gearbeitet hatte; wo das Fenster oder besser gesagt die Luke war, durch die immer das graue Tageslicht in das Kellerzimmer gefallen war, in dem er beim Schein einer Petroleumlampe seine Aufgaben gemacht und über sich die Schritte der Leute auf dem Gehweg und die Hufe der Pferde auf dem Kopfsteinpflaster gehört hatte, und wo einmal der Karren angehalten hatte, auf dem sein toter Vater nach Hause gebracht worden war.

»Ich spreche nicht gern über das, was war«, hatte er zu ihr gesagt, »sondern lieber über das, was sein wird.« Er erinnerte sich nur ungern und nur ungenau; angeregt wurde seine Fantasie von dem, was er sah oder was man noch nicht sehen konnte. Judith fragte er nicht nach ihrer Vergangenheit, weil er sich nicht vorstellen mochte, dass sie mit anderen Männern zusammen gewesen war. Von seiner eigenen erzählte er ihr nur die erste Europareise und sein Jahr in Deutschland, von seinem Koffer voller Bücher und Fachzeitschriften, den er von dort mitgebracht hatte und von denen er immer noch zehrte. »So wie du jetzt in Madrid, und fast genauso jung.« Nicht er hatte ihr von den beiden Gebäuden erzählt, die er in seinem Viertel gebaut hatte und auf die er insgeheim viel zu stolz war, als dass er sich damit gebrüstet und seiner Eitelkeit geschmeichelt hätte. Philip Van Doren war es gewesen; der Mann, dem er nicht über den Weg traute, von dem er sich beobachtet fühlte, taxiert von Augen, in denen eine leidenschaftliche und zugleich kalte Intelligenz aufblitzte, die ihn verunsicherte, weil er sie nicht einschätzen konnte: die Intelligenz eines Mannes, der weiß, dass er genug Geld hat, um alles kaufen zu können, und sich vielleicht einbildet, die Leben anderer aus der Ferne beeinflussen zu können, seines und das von Judith.

Philip Van Doren hatte Judith die Fotos von der Volksschule und der Markthalle gezeigt, die Ignacio Abel für das Stadtviertel entworfen hatte, in dem er geboren war. An diesem Nachmittag suchte sie genauso eifrig die beiden Gebäude, wie sie den Spuren der Figuren von Galdós gefolgt war. Jedes von ihnen war von einer ganz eigenen Präsenz, wenn es an einem Platz oder hinter einer Straßenecke plötzlich vor ihr stand, einzigartig und doch unauffällig eingefügt in die Häuser der Nachbarschaft mit ihren Reihen einförmiger Balkone und gleich hoher Dächer. Die Schule war ein kastenförmiger Bau mit großen Fenstern: Kinder, deren Schuluniform aus blauen Schürzen bestand, strömten heraus, als sie vor dem Gebäude innehielt und sich vorstellte, mit welcher Sorgfalt Ignacio Abel die Farbe der Backsteine ausgewählt hatte, die Typografie des in weißen Stein gehauenen Namens über dem Eingang: SPANISCHE REPUBLIK. KNABEN- UND MÄD-CHENSCHULE »PÉREZ GALDÓS«.

Das Betondach der Markthalle wölbte sich nach oben wie ein großes Tier, das kraftvoll dem Wasser entsteigt, wie eine unbewegliche Welle, die gegen die Regenrinnen der Nachbardächer brandet, gegen die braunen Dachziegel, die Dachfenster und Schornsteine, wie der aufragende Bug eines Schiffes. Sie erkannte ihn darin ebenso wieder wie in den brüsken Zügen seiner Schrift, in seinem beherrschten, unter Förmlichkeit und korrektem Verhalten stets verborgenen Ungestüm, in der gierigen Ungeduld, mit der er sie entkleidete, sobald sie allein waren, sie küsste und biss, sich mit seinen Blicken, seinen Fingern und Lippen in sie versenkte. Rechte Winkel, große Fenster, Backstein und Beton, von der Witterung bereits angenagt und veredelt, Massespannungen, die auf der Leichtigkeit einer mathematischen Formel beruhten, auf purer Schwerkraft und der Solidität der in der Erde verankerten Fundamente. Wo andere eine Markthalle voller lärmender Menschen und Abfälle sahen, voll mit Bergen von Gemüse und zerteilten Tieren, deren Blut unter dem grellen Licht elektrischer Lampen über die Keramikkacheln der Theken floss, da sah sie ein persönliches Bekenntnis, die verborgenen Striche eines Selbstporträts.

Es war Nacht geworden, und sie hatte es gar nicht bemerkt. Die letzten Rollos der Markthalle rasselten mit metallischem Lärm nach unten. Den von verfaultem Obst und Fischresten glitschigen Boden bedeckten Flugblätter mit ihrer zackigen Typografie von Parteikürzeln und Rufzeichen. Sie hatte sich verlaufen und ging durch eine enge Gasse, die nur von einer trüben Lampe an der nächsten Ecke beleuchtet wurde. Den Blick nach vorn gerichtet, passierte sie erhobenen Kopfes den schmutzigen Lichtfleck einer Kneipenbeleuchtung, wo ihr ein Geruch von saurem Wein und feuchtem Dunkel und undeutliches Stimmengewirr von Betrunkenen entgegenschlugen. Ein Schatten streifte sie zur selben Zeit wie ein stinkender Atem. Eine heisere, schleppende männliche Stimme sagte etwas zu ihr, das sie nicht verstand, sie jedoch unwillkürlich den Schritt beschleunigen ließ. Jemand rief hinter ihr her, Schritte folgten dichtauf. Eine junge Frau allein, mit hohen Absätzen und offenem Haar, eine Fremde, verloren, verletzbar.

Sie ging noch schneller, und der Schatten, der ihr folgte, blieb zurück, eine fluchende Stimme, dann kamen die Schritte wieder näher und mit ihnen der übel riechende Atem, schmutzige Wörter als eintöniges Murmeln, das ihr Furcht einflößte und noch beleidigender auf sie wirkte, weil sie es in ihrer Verunsicherung nicht verstand, verängstigt und allein in einer fremden Stadt, die mit einem Mal feindselig war, alle Türen auf der Straße geschlossen, und in der Helligkeit hinter den mit Läden und Jalousien verschlossenen Fenstern die Geräusche von Stimmen, Geschirrklappern und Gläserklingeln zur Abendessenszeit. Am liebsten wäre sie losgerannt, doch die Beine versagten ihr wie in einem Traum. Wenn sie zu fliehen versuchte, würde sie damit die aufkommende Gefahr anerkennen, ihren Verfolger wütend machen, die Angst würde die Überhand gewinnen, das Entsetzen vor körperlicher Schmach, unvorstellbarer Bedrängnis. Ein Schatten oder schon zwei, sie war sich nicht mehr sicher, Schritte rechts von ihr und andere links von ihr, als wollten sie sie in die Zange nehmen, eine Berührung, die den Ekel in ihr hochsteigen ließ, den Zorn über die straflose Unverschämtheit, die sexuelle Jagd. Sie könnte sich umdrehen und Beleidigungen hinausschreien, um Hilfe rufen, an die verschlossenen Türen und Fensterläden hämmern. Wenn er jetzt herbeieilen würde, wenn sie ihn am Ende der Straße auftauchen sähe, den Schattenriss seiner hochgewachsenen Gestalt vor dem Licht der Straßenlaterne, mit ausgebreiteten Armen, die ihr Schutz böten, sie voller Zärtlichkeit umfingen; mit einer Zärtlichkeit, die anfangs furchtsam, wie ungläubig gewesen war, die Zärtlichkeit eines Mannes, der für die Liebe dankbar ist und immer noch nicht glauben kann, dass sie ihm zuteilgeworden ist.

Sie waren betrunken, das verrieten ihr Atem und die schleifende Schmierigkeit ihrer Stimmen. Der Alkohol machte sie mutig und schwächte sie. Die Straße mündete auf einen kleinen Platz, auf dessen gegenüberliegender Seite sie die beschlagenen Scheiben eines Cafés gewahrte. Eine grobe Hand ergriff ihren Arm, die betrunkene Stimme kam so nah an ihr Ohr, dass sie am Hals die Feuchtigkeit von Atem oder Speichel spürte. Sie riss sich los und rannte über den Platz, ohne sich umzublicken, wurde von einem kalten Windstoß getroffen und dem Hupen eines Autos, das sie nicht hatte kommen sehen. Im Café umfing sie eine schwere, von Qualm und Stimmen gesättigte Luft. Männerblicke hefteten sich auf sie, sie spürte sie in ihrem Rücken und im Nacken, als sie zu dem mit einem Vorhang verhängten Türbogen ging, hinter dem sich die Toiletten und die Telefonkabine befinden würden. Seine Privatnummer kannte sie auswendig, hatte sie aber noch nie angerufen. Sie bat um eine Telefonmarke und versuchte gar nicht, ihre Eile zu verhehlen, ihre Atemlosigkeit von der Flucht, die Nachwehen der Angst.

Sie stellte sich ihn in seinem anderen Leben vor wie jemanden, der durch eine dunkle Straße geht und durch ein Fenster ohne Gardinen in ein erleuchtetes Zimmer auf eine stumme Szene von Familienleben schaut. Sie würde das Café auf keinen Fall ohne ihn verlassen, nicht einmal den Schutz der Telefonkabine. Ungeduldig trommelte sie mit den Fingernägeln gegen das Milchglas der Tür, versuchte wieder zu Atem zu kommen, lauschte dem Freizeichen im Hörer. Am anderen Ende der Leitung wurde abgehoben, und Judith konnte sich gerade noch zurückhalten, seinen Namen auszusprechen. Mit dem Hörer am Ohr und den Atem anhaltend, wie jemand, der hinter einem Vorhang lauscht, hörte sie die argwöhnische Stimme einer Frau fragen, wer da anrufe; Adelas Stimme, die sie erst einmal vorher gehört hatte, vor langer Zeit, als alles begonnen hatte, die Stimme der reifen, traurigen Frau, die sie in der Residencia de Estudiantes gesehen hatte.

13 Eingeschläfert vom rhythmischen Rattern des Zuges, hat er in einem aufblitzenden Traum voller Farben seine Kinder gesehen. Vielleicht hat er auch ihre Stimmen gehört, denn er hat sie noch deutlich im Ohr, ein wenig flach, wie sie es in einer offenen Umgebung sind, dem Garten des Hauses in den Bergen oder am Ufer des Stausees; am Ende eines Tages wie ein verspätetes Echo oder eine Vorahnung von Ferne. Vergangenheit und Gegenwart sind vereint in den Stimmen der Kinder und den Geräuschen des Zuges, die in seinen oberflächlichen Traum eindringen, erhellt von einer Legierung aus dem Licht des Hudson und der Berge hinter Madrid.

Stimmen verklingen allmählich in der Erinnerung, und ein paar Jahre später sind sie vergessen, so wie man sagt, dass ein Blinder nach und nach die Erinnerung an die Farben verliert. An die Stimme seines Vaters kann sich Ignacio Abel nicht mehr erinnern, er weiß nicht einmal, seit wann nicht mehr. Die seiner Mutter ist mit bestimmten Wörtern oder Redewendungen verbunden, so wie sie »Komm ja schon!« rief, wenn ein Nachbar an die Tür oder jemand mit den Fingerknöcheln an das Fenster ihres Pförtnerzimmers klopfte. Daran erinnert er sich: das Beben des Riffelglases, das Bimmeln der Türglocke und die Schritte seiner Mutter, immer langsamer, je älter sie wurde, und schwerfälliger aufgrund der Arthrose, während die Stimme ihren hellen, jungen, regional gefärbten Klang behielt. »Komm ja schon!«, rief sie, die Vokale in die Länge ziehend und »Alte Frau ist doch kein D-Zug« brummelnd.

Wie lange wird es dauern, bis seine Kinder seine Stimme vergessen haben werden, falls er sie nicht wiedersieht; bis sie sich nicht mehr an sein Gesicht erinnern, die direkte Erinnerung nach und nach durch den auf Fotos eingefrorenen Gesichtsausdruck ersetzen. Die wachsende Entfernung macht eine Rückkehr noch schwerer. Minuten, Stunden, Tage, Kilometer: Entfernung mal Zeit. Auch in diesem Moment, auf der Sitzbank seines Abteils im Zug, das Gesicht am Fenster, entfernt er sich, geht er immer weiter fort. Entfernung ist keine feste Größe, sondern eine expandierende Welle, die ihn unaufhaltsam aus ihrer zentrifugalen Mitte reißt, immer weiter hinaus in die eisige Leere eines grenzenlosen Raums. Eisenbahnzüge, Ozeandampfer, Taxis, U-Bahn-Wagen, ziellose Schritte auf unbekannten Straßen. Spiegel in Hotelzimmern, die eines wie das andere aussehen, nachdem man die immer gleichen Treppen hinaufgestiegen und durch immer gleiche Flure gegangen ist, die alle den gleichen Geruch haben, eine universale Geografie der Trostlosigkeit.

Aber auch seine Kinder entfernen sich, genau wie Judith Biely, mit der gleichen Geschwindigkeit in andere Richtungen, und jede Minute und jeder Schritt, die der Entfernung hinzugefügt werden, machen eine Rückkehr unwahrscheinlicher. Es gibt keine Umkehr in einem Ausbruch, der alles umstürzt und mit sich reißt; das immer schnellere Verrinnen der Zeit kann nicht zurückgedreht werden. Türen schließen sich hinter ihm, von Zimmern, in denen er nie wieder schlafen wird, Korridore, Schlagbäume, Seemeilen, kilometerweite Fahrt nach Norden in dem sicheren Zug, der ihn rasch an einen unbekannten Ort bringen wird, der vorerst nur ein Name ist, Rhineberg, zu der Lichtung auf einem bewaldeten Hügel hoch über dem Fluss und zu einem weißen Gebäude, das noch gar nicht existiert, dessen erste Entwürfe er in der Tasche trägt, lustlose Skizzen für ein Projekt, das vermutlich niemals realisiert werden wird. Eine Anhäufung von Entfernungen, Landschaften, Ebenen, Bergketten, Städten, Frontverläufen, Ländern, ganzen Kontinenten, Ozeanen, Hotelzimmern, die zwar nicht menschenunwürdig, aber doch ziemlich heruntergekommen sind, genau wie die Kleidung und die Schuhe der Gäste, die mit wenig Gepäck und nur für eine Nacht oder einige Nächte darin wohnen bleiben, weil sie nie wissen, was in den nächsten Tagen aus ihnen werden wird, woher das Geld kommt, um die Rechnung zu bezahlen, welche Papiere sie benötigen, um noch ein wenig bleiben oder um fortgehen zu können.

Genau wie bei Baumaterialien wird es auch beim Gedächtnis Anzeichen oder Grade von Haltbarkeit geben, die man berechnen können müsste. Wie lange braucht es, bis eine Stimme in Vergessenheit gerät, bis man ihren einzigartigen Klang nicht mehr jederzeit wachrufen kann, ihre Betonung bestimmter Wörter, ihr Geflüster oder Rufen, ihren intimen und zugleich fernen Klang im Hörer eines Telefons, wenn sie einen Namen ausspricht und damit alles gesagt ist, ein zärtliches obszönes Wort, das auszusprechen sie sich bis dahin nie getraut hat. Oder doch: Vielleicht erkennen andere diese Stimme ebenfalls, fremde Männer, verhasste Schatten im unbekannten Land der Vergangenheit, der früheren Leben von Judith Biely, oder ihres jetzigen; Augen, die ihre selbstbewusst zur Schau gestellte Nacktheit sahen, Hände und Lippen, die sie liebkosten, denen sie sich so hingebungsvoll überließ, dass die Vorstellung davon jedes erträgliche Maß überstieg. Wem noch würde sie diese Worte gesagt haben, die umso einzigartiger und erregender waren, als sie zu einer anderen Sprache gehörten: *sweetie, honey, my dear, my love.* Zu wem würde sie sie in ebendiesem Augenblick sagen, in den drei Monaten gesagt haben, die sie nicht mehr in Spanien war, nach Amerika zurückgekehrt war oder wieder durch Europas Städte irrte und ihn nach und nach vergaß, vom spanischen Unglück unberührt blieb, davon befreit, indem sie einfach über die Grenze ging, gegen Liebesleid gefeit wie gegen die Trauer eines Landes, das letztlich nicht das ihre war.

So selbstverständlich, wie sie sich eines Abends Anfang Oktober in Madrid entschlossen hatte, seine Geliebte zu werden, beschloss sie gut acht Monate später, Mitte Juli, es nicht mehr zu sein; ein nüchterner amerikanischer Entschluss, in dem weder Platz für Zweifel noch für Gewissensbisse ist, der sie möglicherweise auch keinen Schmerz empfinden lässt. Welch kurze Zeit, wenn man es recht bedenkt! Ignacio Abel sieht sie manchmal noch in Träumen, aber ihre Stimme hört er darin nicht. Vielleicht war sie es, die er in der Pennsylvania Station so deutlich seinen Namen hat sagen hören, und doch hat er sie nicht wiedererkennen, sich nicht an sie erinnern können. Die Stimme geht eher verloren als das Gesicht, ohne die mnemotechnische Unterstützung der Fotografie. Das Foto ist Abwesenheit, die Stimme ist Gegenwart. Das Foto ist der Schmerz des Vergangenen, der Fixpunkt, der sich in der Zeit verliert. Das unbewegte Gesicht, scheinbar unveränderlich und dennoch immer weiter entfernt, immer ungenauer, das Trugbild eines Schattens, der auf dem Fotopapier fast ebenso schnell erlischt wie in der Erinnerung.

Sich die Taschen abklopfend aus Angst, eines der wenigen Dinge verloren haben zu können, die er noch besitzt, findet Ignacio Abel seine Brieftasche, und seine Fingerspitzen ertasten den Rand des Fotos, das Judith Biely ihm gegeben hat, als sie sich gerade erst kennengelernt haben. Sie lächelt darauf genauso, wie sie ihn ein paar Wochen später angelächelt hat, zutraulich und vorbehaltlos, alle ihre Erwartungen zeigen sich darin in unschuldiger Offenheit. Ignacio Abel hat dieses Foto eifersüchtig auf Judiths früheres Leben gemacht, in dem es ihn noch nicht gab, über das er am liebsten nichts wissen wollte, sie nicht befragen wollte aus Angst vor den unvermeidlichen Schatten anderer Männer darin.

Was sie lächeln und sich vom automatischen Blitzlicht abwenden ließ, war vielleicht die Anwesenheit eines anderen Mannes. Was er von Anfang an am aufregendsten an ihr fand, war auch das, was ihn am meisten ängstigte, eben das, was er ihr am Ende genommen hatte: die leuchtende Aura eines freien weiblichen Willens, wie er sie bis dahin noch nie an einer Frau wahrgenommen hatte und die in jeder ihrer Gesten und in ihrem attraktiven Äußeren erkennbar war. Das Blitzlicht der Fotokabine glänzte auf ihrem gelockten Haar, ihren weißen Zähnen, ihren lächelnden Augen und den hohen Wangenknochen. Es war das Foto, das Adela in Händen gehalten hatte; das sie benommen wie durch einen Nebel sah, der die Gesichtszüge unscharf machte, und das sie fast zerrissen hätte, doch dann, einer Ohnmacht nahe, nur zu Boden fallen ließ wie die zwei oder drei Briefe, sich am Schreibtisch festhaltend, dessen Schublade Ignacio Abel abzuschließen vergessen hatte. *Wenigstens hättest du das Foto deiner Geliebten besser verstecken und mir die Schmach ersparen können in meinem eigenen Haus und mit meinen eigenen Augen sehen zu müssen dass sie hübscher und jünger ist als ich aber natürlich betrügt kein Mann seine Frau mit einer die nicht jünger ist.*

Im Gegensatz zu Judiths Stimme war Adelas in seinem Gedächtnis noch gegenwärtig. Oft genug hat er gehört, wie sie ihn rief, wenn sie schlecht träumte und sich mit geschlossenen Augen im Bett an ihn klammerte, um sich seiner Nähe zu vergewissern. Er hat sie als klanglichen Albtraum gehört, aus dem Flur ihrer Madrider Wohnung kommend, ganz deutlich im Wachliegen wie im Schlafen, in den Sommernächten, in denen die Geräusche des Krieges bald zum Alltag gehörten, sodass er manchmal aus dem Schlaf auffuhr in der schrecklichen Gewissheit, dass Adela zurückgekommen war, den Weg durch die Linien gefunden hatte, um ihn zur Rede zu stellen, mit ihm abzurechnen. Wie verdreckt die Wohnung war, wie unaufgeräumt die Zimmer. (Aber es gab ja keine Bediensteten mehr, die sauber machten, es gab keine Köchin, die dem Herrn das Essen zubereitete, schon bald würde es nicht einmal mehr Essen geben.) Welch ein Jammer, dass er die Balkonpflanzen hatte verkümmern lassen.

Eine Schande, dass er sich nicht nachdrücklicher bemüht hatte, mit seiner Frau und seinen Kindern in Kontakt zu treten. Die Klagen in dem Brief, den er zerreißen oder wenigstens in dem Hotelzimmer in New York hätte zurücklassen sollen, die er gelesen oder sich eingebildet hat, verweben sich mit dem eintönigen Klang einer Stimme, die Adelas Stimme, aber auch die seines eigenen schuldigen Gewissens ist. Er hätte ihrer Stimme schon viel früher anhören müssen, dass sie etwas argwöhnte, etwas wusste. Wie hätte sie es auch nicht wissen sollen! Warum kann man sich nicht selbst von außen sehen, mit dem Blick von anderen, denen, die einem nahestehen und etwas ahnen, obwohl sie lieber nichts wissen würden, etwas entdecken und nicht begreifen. Der Junge, der in den letzten Monaten so ernst gewesen war, so in sich zurückgezogen, beobachtend in der Tür seines Zimmers stehend, wenn der Vater unten im Flur mit Flüsterstimme ins Telefon sprach.

Ignacio Abel drehte sich noch einmal um und winkte einen letzten Abschiedsgruß, nachdem er das Gartentörchen am Haus in den Bergen hinter sich geschlossen hatte, und Miguel, der neben seiner Mutter und seiner Schwester auf der Treppe stand, sah ihn an und doch nicht an, als könne er diesem Abschiedswinken keinen Glauben schenken, als wolle er ihm zu verstehen geben, ihm könne er nichts vormachen, denn er, der missachtete zwölfjährige Sohn, erkannte mit unangemessener Hellsichtigkeit die Ungeduld des Vaters, den Wunsch, endlich aufzubrechen, die Erleichterung, mit der er ins Auto stieg oder dem Bahnhof entgegenhastete, um bloß den Zug nicht zu verpassen, der ihn nach Madrid bringen sollte. Seine Mutter neben ihm schien in einen Dunst von Schwermut gehüllt, der sich kaum jemals vollständig verzog und für den Miguel nie einen konkreten Grund ausmachen konnte, sosehr er darin stocherte und forschte. Lita war traurig, und das vielleicht auch etwas zu aufgesetzt und mit diesem weiblichen Gefühlsüberschwang, mit dem sie ihm stets zur Begrüßung in die Arme flog und ihm gleich berichtete, welche Noten sie bekommen und welche Bücher sie gelesen hatte.

Mit retrospektiver Klarheit durchlebt Ignacio Abel jetzt eine Szene, die vor ihm steht wie das Standbild eines Dokumentarfilms: ein Abend zu Hause, das weiße Tischtuch von der Deckenlampe beleuchtet, grünlichgoldene Lichtreflexe auf dem Besteck, dem weißen Porzellan der Teller und auf den Gläsern. Im Februar, ein paar Tage vor den Wahlen. Er sieht diese Szene von ferne, wie ein einsamer Fremder sie von der Straße aus sehen mag, in einer Stadt, in der er niemanden kennt, in der ihn nichts anderes erwartet als das Zimmer im Hotel. Er selbst am Kopfende des Tisches, Adela ihm gegenüber, die Kinder an den Seiten, jeder auf seinem angestammten Platz, man spricht über nichtssagende Dinge, das Dienstmädchen hat sich ein weißes Häubchen aufgesetzt und eine weiße Schürze umgebunden, befolgt die Anweisungen der Dame des Hauses, die es mit diesen Dingen sehr genau nimmt und kurz zuvor mit der Köchin geschimpft hat, weil sie mit Hut auf die Straße gegangen ist anstatt mit Kopftuch oder Kappe, wie es ihrer Stellung angemessen gewesen wäre. Miguel wippte unter dem Tisch nervös mit dem linken Bein und bemühte sich erfolglos, seine Suppe nicht zu schlürfen. In seinem Zustand ruheloser Wachsamkeit beobachtete er verstohlen, nahm vage Ungewissheiten und Gefahren mit einer Sensibilität wahr, die weit ausgeprägter als sein Urteilsvermögen und daher besonders angetan war, Unbehagen auszulösen. Er stellte sich vor, der unsichtbare Mann aus dem Film zu sein, den er mit Lita und den Dienstmädchen vor einigen Samstagen gesehen hatte, ohne Wissen des Vaters natürlich, der Kinobesuche mit der Zuverlässigkeit eines Despoten verteufelte, wenn er nur hörte, dass sich ganz Madrid im Fieber eines bestimmten Films befand.

*Der Unsichtbare!* Wenn Miguel ein Film gefangen nahm, wurde er unruhig, konnte nicht still sitzen, beugte sich im Kinosessel vor, als wollte er der Leinwand möglichst nahe sein, in ihr eintauchen, kreischte vor Lachen oder zitterte vor Angst, kniff Lita oder stieß ihr den Ellenbogen in die Rippen, und wenn sie das Kino verließen, war er immer noch ganz berauscht und benommen, und in dieser Nacht würde es unmöglich sein, ihn zum Schweigen zu bringen, denn auch wenn das Licht im Schlafzimmer gelöscht war, wollte er mit Lita weiter über einzelne Szenen und die Darsteller sprechen, und wenn sie schon eingeschlafen war, war er immer noch viel zu aufgedreht, lebte in den Bildern, die er gesehen hatte, weiter und stellte sich vor, selbst die Hauptrolle zu spielen. Das schaudererregende Rätsel einer wissenschaftlichen Entdeckung, die dem, der sie zu nutzen versteht, übermenschliche Macht verleiht! Man konnte alles beobachten, ohne gesehen zu werden; nichts blieb einem verborgen, und doch brauchte man keine Angst vor Entdeckung zu haben.

Auf dem Heimweg von der Schule hatte er am Eingang des heruntergekommenen Kinos, in das er mit Lita und den Dienstmädchen gehen durfte, das schaurige Filmplakat mit einem schwarzen Schattenmann gesehen, der einen Briefumschlag und eine große Lupe in der Hand hielt. DER VER-SIEGELTE BRIEF *(Das Geheimnis der Dardanellen). Erstauf-führung.* Welch ein gewaltiges Wort, Erstaufführung, er wurde ganz zappelig, wenn er das Wort nur dachte, an die kurze Zeit dachte, die ihn davon trennte, daran, dass er bis dahin krank werden oder eine Fünf mit nach Hause bringen und dafür mit Kinoverbot bestraft werden könnte. Wenn der Vater entdeckte, dass er mit dem Bein wippte, würde er wieder schimpfen, doch die Hoffnung bestand, dass er es unter dem Tischtuch nicht bemerkte, aber Miguel hätte ohnehin nicht still sitzen können, seinem Bein nicht befehlen können, still zu halten. »Trittst du wieder die Nähmaschine«, würde sein Vater sagen, »der Junge wird vielleicht noch Schneider, wer hätte das gedacht.«

Jeder spielte strikt seine Rolle, sagte die vorgesehenen Worte, verfiel in die immer gleichen Gesten, beobachtete Miguel, so unfähig, nicht immer das Gleiche zu tun oder zu sagen, sein Bein still zu halten oder die Suppe nicht zu schlürfen. Und er war der Einzige, auf den sie ein Auge hatten; der Sündenbock, dachte er voller Selbstmitleid, das schwarze Schaf. Er hatte geglaubt, die Dardanellen des Filmtitels wären die Mitglieder irgendeines Geheimbundes oder Spione oder internationale Verbrecher, und Lita hatte ihn ausgelacht und einen Dummkopf genannt und ihm gesagt, die Dardanellen seien der Name einer Meerenge. »Was kümmert es dich, ob dein Sohn mit dem Bein wippt oder nicht, davon geht doch die Welt nicht unter«, würde seine Mutter sagen und dem Vater einen ebenso ängstlichen wie resignierten Blick zuwerfen; einen Blick, der anders war als der, mit dem sie den Jungen ansah, mit dem sie nachsichtig und streng zugleich sein musste, streng allein deswegen, um den Verdacht allzu großer Nachsicht zu zerstreuen.

Das Abendessen war eine Abfolge immer schwieriger werdender Prüfungen, ein verzweifelt langsames Hindernisrennen, bei dem Miguel die nächste Hürde kommen sah und schon wusste, dass er über sie stolpern würde, ein unannehmbares Geräusch mit der Suppe machen oder sich ein viel zu großes Stück Fleisch abschneiden oder einen solchen Haufen Kartoffelbrei auf die Gabel laden würde, dass sein Vater sich zu der Bemerkung veranlasst sähe: »Vielleicht sollten wir versuchen, nicht wie ausgehungerte Soldaten zu essen« (dabei konnten sie, die Erwachsenen, sich alle möglichen Marotten erlauben: Sie konnten jeden Abend aufs Neue Wort für Wort dieselben Sätze sagen und dieselben Witze erzählen, ohne dass jemand sie tadelte); möglicherweise stieß er aber auch sein Wasserglas um, weil seine Hand zu unkontrolliert vorgezuckt war, oder er verschluckte sich und hustete, bis er rot anlief, oder er machte ein Geräusch beim Trinken, das den anderen niemals unterlaufen würde, er aber aufgrund irgendeiner rätselhaften Zwangsläufigkeit nicht vermeiden konnte.

Und während er sich an dem Stolpern über Hindernisse abarbeitete, unter dem Tisch ruhelos mit dem Bein wippte, einen Juckreiz verspürte, der ihn sich zu kratzen zwang, und ein Brennen im Schritt, dass er unmöglich still sitzen konnte, schien Lita, die ihm gegenübersaß, auf einem fliegenden Teppich alle Widrigkeiten zu umsegeln, aß lächelnd und selbstgewiss, makellos und falsch und ohne jedes Zeichen von Anstrengung ihre Suppe, ohne zu schlürfen, benutzte Messer und Gabel, ohne die Ellenbogen aufzustützen »wie in einer Taverne« (diese Bemerkung kam von der Mutter), nahm jeden Bissen in genau der richtigen Größe, sodass ihr Mund nie zu voll war, lauschte wohlerzogen dem Gespräch der Erwachsenen, an dem sie sich manchmal mit einer Frage oder einer Bemerkung beteiligte, die keine ironische oder mitleidige, im Grunde jedoch gereizte Antwort zur Folge hatte, jene Sorte von Antwort, wie er sie gewöhnlich von seinem Vater zu hören bekam.

Am liebsten wäre er hinausgerannt, ohne die Serviette gefaltet neben dem Teller abzulegen, ohne um Erlaubnis zu bitten, aufstehen zu dürfen, einfach unsichtbar werdend über den Flur zu dem verbotenen Reich voller Versprechungen im hinteren Teil der Wohnung zu entschweben, der Küche und dem Bügelzimmer und dem winzigen Raum, den sich die Köchin und das Dienstmädchen teilten und aus dem jetzt deutlich der volksmusikalische Schmalz des Radios zu hören war, in dem Angelillo gerade ein Lied sang, das Miguel stets die Tränen in die Augen trieb, das Lied vom Totengräber Juan Simón, der eines schicksalhaften Tages die eigene Tochter beerdigen muss, die in der Blüte ihres Lebens verstorben ist:

*Ich bin Totengräber und muss*
*Ach, Totengräber bin ich und muss*
*Heute mein Herz hier begraben.*

Miguel wollte den Film um jeden Preis sehen. Er wollte ihn sehen, weil er das Lied so mochte und weil die Köchin und das Dienstmädchen ihn schon gesehen und in allen Einzelheiten davon erzählt hatten, beide tief gerührt und sich in der Schilderung dramatischer Momente gegenseitig überbietend. Er wollte ihn umso mehr sehen, als Vater, Mutter und Schwester sich offenbar darin einig waren, den Film verächtlich machen zu müssen, ohne ihn gesehen zu haben, und weil sie sicher nicht mit spöttischen Bemerkungen gespart hätten, wenn sie gewusst hätten, wie sehr er ihn sehen wollte. Seine Mutter vielleicht nicht, aber verteidigt hätte sie ihn auch nicht. Wenn sie ihn mit tränenfeuchten Augen am Radio überraschte, verspottete sie ihn nicht und wurde auch nicht ärgerlich. Aber sie ergriff auch nicht seine Partei, weil sie einerseits fürchtete, seine Weichlichkeit damit zu fördern, sich andererseits darüber ärgerte, dass ihr Sohn, den sie schon als kleines Kind zu klassischen Konzerten mitgenommen hatte, sich für Dienstbotenmusik begeisterte. Sie machte sich Sorgen, weil er so unmännlich war. Vor allem befürchtete sie, dass Miguel sich den Unmut seines Vaters zuzog, dessen Missfallen leicht als Verachtung erscheinen konnte.

Miguel beobachtete und erahnte mit der körperlichen Unmittelbarkeit, mit der man Feuchtigkeit oder Kälte empfindet, aber er verstand nichts. In diesem Fall schmerzte ihn am meisten, dass Lita sich auf die Seite der Erwachsenen geschlagen hatte. Sie, für die es, genau wie für ihn, nichts Schöneres gab, als sich bei den Nachmittagsvorstellungen im Kino den Bauch zu halten vor Lachen über die Marx Brothers, Dick und Doof und Charlie Chaplin, und sich bei Frankenstein und Dracula, beim Werwolf und dem Unsichtbaren zu gruseln, verachtete Filme, in denen Flamencolieder gesungen und Volkstänze aufgeführt wurden, und für genau die Miguel und die Dienstboten besonders schwärmten. Sie hatte sich rundheraus geweigert, mit ihm in *Juan Simóns Tochter* zu gehen, hatte mit wohlwollender Miene zugehört, als ihr Vater in diesem ironischen Ton, dessen er sich aus irgendwelchen Gründen immer häufiger bediente (als wäre für ihn alles ärmlich oder mittelmäßig oder leicht lächerlich: Filme, Politiker, Nachbarn, der Portier mit seiner Tellermütze und der blauen Livree mit den goldenen Knöpfen), beim Abendessen zur Mutter gesagt hatte: »Buñuel, zum Beispiel, der immer so modern und surrealistisch war, sich jetzt aber nicht zu schade ist, einen folkloristischen Mumpitz wie *Juan Simóns Tochter* zu produzieren, um damit einen Haufen Geld zu verdienen.«

Folkloristischer Mumpitz. Diese Worte würde er nicht vergessen. Aber er hatte nicht den Mund halten können. Das war sein Schicksal. Er wusste, dass er gleich etwas Katastrophales sagen oder tun würde, und eben weil er das wusste, war das Fehlverhalten umso unausweichlicher. Wie das nervöse Wippen mit dem linken Bein; wie der unausweichliche Fleck auf seinem sauberen Hemd; wie der Schluck Wasser, der dieses gurgelnde Geräusch machte, wenn er sich bemühte, besonders geräuschlos zu trinken; oder die Klassenarbeit, für die er nicht genügend lernte und deswegen eine katastrophale Fünf einheimste.

Es war wie die Gabe der Prophezeiung von Missgeschicken, die er dann selbst verursachte; die Gabe, genau das zu tun, was seinen Vater am meisten ärgerte. Nicht weil er ihm absichtlich Ärger bereiten wollte, sondern weil die Tatsache, dass er wusste, was den Vater an seinem Verhalten am meisten störte, die unselige Kraft war, die ihn antrieb. Und anstatt vor ihr davonzulaufen, bewirkte dieses Wissen um die Gefahr, dass er sich ihr umso zielstrebiger zuwandte. Wenn sein Vater gerade über etwas sehr Ernstes sprach, bekam er einen Lachanfall, fiel ihm mit lautem Geschepper die Gabel zu Boden oder musste er rülpsen. Wenn er aus einer Zeitschrift das Foto einer bekannten Schauspielerin oder eines Hollywoodhelden mit brillantineglänzendem Haar ausschnitt, befand sich mit Sicherheit auf der Rückseite gerade der Artikel, den sein Vater hatte lesen wollen.

Warum machte er nicht einfach seine Hausaufgaben oder kam endlich einmal über die erste Seite von Bécquers *Reime und Legenden* hinaus, anstatt seine Zeit mit diesem Schund zu vertun? DIE SCHRECKLICHE WAHRHEIT ÜBER DAS MYSTERIÖSE VERSCHWINDEN DER THELMA TODD. Und wäre es so schlimm gewesen, wenn er den Mund gehalten hätte, als der Vater die abfällige Bemerkung über den Film und diesen Buñuel gemacht hatte, dessen Name ab und zu in den Gesprächen der Erwachsenen auftauchte? Aber es half alles nichts; er dachte nicht einmal darüber nach; er wusste, was er sagen würde, und sagte es, und als er es sagte, war er sich bereits des Spottes gewiss, den er sich einhandeln würde und gegen den weder Mutter noch Schwester ihn in Schutz nehmen würden: »Aber die Herminia hat gesagt, in dem Film gibt es schöne Lieder, und man kann richtig weinen.«

»Die Herminia.« Sein Vater legte drolligen Ernst in seine Stimme. »Welche kinematografische Autorität!«

Das Lied kam jetzt vom Ende des Flurs, doch alle taten, als hörten sie es nicht. Vielleicht bemerkte es auch nur Miguel, der jetzt noch nervöser unter dem Tisch mit dem Bein wippte, aus den Augenwinkeln seinen Vater beobachtete und bemerkte, dass die Mutter unter ihrer gewöhnlich etwas geistesabwesenden Sanftmut angespannt wirkte; erstaunt, beinahe verwundert, dass Lita nichts zu spüren, keinen Sinn für nahendes Unheil zu haben schien und von einem kürzlichen Schulausflug zum Prado erzählte. Er bewunderte sie immer noch so bedingungslos wie als kleiner Junge, bewunderte sie sogar, wenn er mit ihr zerstritten war, wenn er sie wegen ihrer Einschmeichelei beim Vater hasste, wenn er versucht war, ein Tintenfass über ihr makelloses Hausaufgabenheft zu kippen oder so zu tun, als würde er aus Versehen auf eines ihrer Alben treten, in denen sie getrocknete Laubblätter und Blüten einklebte, die ihm selbst unter der Hand zerbröselten. In seinen Heften fanden sich krakelige Zeichnungen, die niemand verlangt hatte, seine Schrift war unstet und nicht selten voller Fehler. Wenn sie bei allem, was sie tat, so konzentriert sein und sich mühelos in gerader Linie fortbewegen konnte, dann lag das daran, dass sie sich von den Geräuschen des Unheils nicht ablenken ließ, sie nicht einmal wahrnahm, weil ihr die unsichtbaren Antennen fehlten, um schon weit im Voraus jene Störungen zu erspüren, die seine Gelassenheit immerzu erschütterten. Der Vater würde ärgerlich auffahren, weil das Radio viel zu laut war und das Dienstmädchen beim Hinausgehen die Esszimmertür nicht hinter sich zugemacht hatte und die Küchentür ebenfalls offen stand. Darum konnte Miguel sich nicht konzentrieren: weil er viel zu vielen Dingen auf einmal seine Aufmerksamkeit widmen musste; weil er die Gedanken der anderen erriet oder ihre Stimmungswechsel vorhersah, so wie die Barometer in der Schule, die mit ihren flinken Zeigern atmosphärische Turbulenzen registrierten.

Da klingelte das Telefon, just in dem Augenblick, als Miguel einen Schluck Wasser trank, so darauf konzentriert, kein Geräusch dabei zu machen, dass er beim ersten Klingeln zusammenfuhr und sich verschluckte. Lita, ihm gegenüber, hielt sich die Hand vor den Mund, um nicht loszuprusten. Das Telefon klingelte immer noch, ein Schrillen folgte dem nächsten, fast so schnell wie Miguels Bein unter dem Tisch auf und ab wippte, und in der Stille, die nach seinem Husten eingetreten war, klang es noch aufdringlicher aus dem Flur, genau wie *Juan Simóns Tochter*: Weil die Musik so laut war, würde es weder die Köchin noch das Dienstmädchen hören, obgleich es Miguel so vorkam, als würde der Ton immer schriller. Wie brachten Vater und Schwester es bloß fertig, so zu tun, als hörten sie es nicht? Sein Vater war vor Zorn erstarrt und konzentrierte sich auf das langsame Kauen seines Bissens. In Miguels überreiztem Gehirn zitterte die Seismografennadel mit höchster Frequenz, die des Barometers schwankte wie betrunken. Die Mutter legte unwirsch Messer und Gabel auf ihren Teller, stand auf und verließ das Esszimmer, und einen Moment später erstarb das Klingeln des Telefons, man hörte ihre Stimme auf dem Flur, laut vor Anspannung, weil es äußerst ungewöhnlich war, dass so spät noch jemand anrief: »Ja bitte? Von wem? Einen Moment.« Langsam kam sie zum Esszimmer zurück, mit den schleppenden Schritten einer in die Jahre gekommenen Frau, die nicht mehr die schlankste ist. Miguel kam sie ernster und matter vor als beim Aufstehen eben, und sie bedachte den Vater mit einem merkwürdigen Blick, als sie ihm sagte: »Es ist für dich. Aus dem Büro. Eine Frau, die sich wie eine Ausländerin angehört hat.«

»Zu welchen Zeiten die Leute anrufen«, sagte Lita, die gar nichts mitbekam von dem, was Miguel zwar erkannte, sein Verstand jedoch nicht erklären konnte, die keine Ungewissheit kannte, kein Unheil spürte, mit der Welt eins war. Dass sein Vater so schnell aufstand, um ans Telefon zu gehen, hatte den Vorteil, dass er Miguels freche Bemerkung nicht hörte: »Na, wenn Papa aufsteht, fällt ihm auch die Serviette auf die Erde.«

Innerhalb seiner Wohnung überschritt Ignacio Abel die unsichtbare Grenze zum anderen Leben, als er durch den halbdunklen Flur zum Wandtelefon ging, zu Judith Bielys unerwarteter Stimme; die Familienszene im Esszimmer unterbrach, hinter sich ließ, verschwimmend hinter dem Glas, das Licht und Stimmen dämpfte. In wenigen Sekunden und auf einem so kurzen Weg nahm er klopfenden Herzens seine andere Identität an, hörte auf, Vater und Ehemann zu sein, um der Liebhaber voller Verlangen zu werden. Seine Bewegungen wurden vorsichtiger, weniger zuversichtlich, seine Stimme richtete sich darauf ein, die zu sein, die Judith gleich hören würde; seine heisere, von einer Mischung aus Zweifel und Glück erwartungsvoll klingende Stimme, von einer plötzlichen Angst, dass es vielleicht doch nicht sie war, die anrief, und wenn, dann aus einem Grund, der ein ernster sein musste, weil er die unausgesprochene Abmachung verletzte.

Die Ungewissheit wurde in der kurzen Zeitspanne so drückend, dass sie schmerzte. An Adelas Verwirrung und ihren sicheren Argwohn dachte er überhaupt nicht. Seine Hand zitterte, als er den an der Wand baumelnden Hörer ergriff, seine Stimme war so leise und so heiser, dass Judith, die in der Telefonkabine eines Cafés, von dem sie nicht wusste, wo es sich befand, ebenso beunruhigt war wie er, sie nicht gleich erkannte. Auch sie sprach leise, sehr schnell, erst Englisch, dann Spanisch, abgehackte Sätze, die sie so dicht in die Membrane des Hörers flüsterte, dass Ignacio Abel ihren Atem und das Schaben ihrer Lippen hören konnte. »*Please come and rescue me. Ich weiß nicht genau, wo ich bin.* Zwei Männer haben mich verfolgt. *I want to see you right away.*«

Er wird diese Stimme immer vermissen, auch wenn er sie jetzt nicht mehr nach Belieben abrufen kann und sie auch in zufälligen Träumen nicht mehr hört, nicht mehr die Augen aufschlägt, weil er von ihr geweckt worden ist, oder sich umdreht, weil er glaubt, sie seinen Namen rufen gehört zu haben. In dem blutigen Sommer von Madrid, als er wie ein Schatten seiner selbst durch die dem Wahnsinn anheimgefallene Stadt irrte, war es nicht die ganz normale Gewissheit, nicht umgebracht zu werden, oder die solide Routine eines früheren Lebens, die über Nacht vollständig zunichtegemacht worden war; es war nicht dies, das er am schmerzlichsten vermisste, sondern etwas viel Tieferes, ihm Eigeneres, Verloreneres; es war die Möglichkeit, eine Telefonnummer zu wählen und am anderen Ende der Leitung Judith Bielys Stimme zu hören; die Hoffnung, sie zu hören, wenn das Telefon bei ihm klingelte; das Wunder, sie nach einer Fahrt mit dem Auto, mit der Straßenbahn oder nach einem ungeduldigen Fußmarsch irgendwo in Madrid anzutreffen, begehrenswerter, als sie in seiner Vorstellung je gewesen war, und ihn allein durch ihre Gegenwart mit einem Glücksgefühl überraschend, als hätte er sich in ihrer Abwesenheit nie vorstellen können, wie sehr er sich zu ihr hingezogen fühlte.

»Eine neue Sekretärin«, sagte er, ohne jemanden direkt anzusehen, als er wieder ins Esszimmer kam, seine Jacke anzog, fahrig, verlogen, gleichgültig gegenüber der Schäbigkeit seines Verhaltens. »Auf der Baustelle gibt es ein Problem. Ein Gerüst ist zusammengebrochen.«

»Ruf an, wenn es später wird.«

»So schlimm wird es nicht sein.«

»Fährst du mit dem Auto, Papa? Nimmst du mich mit?«

»Was dir einfällt, Junge. Du hast Papa jetzt gerade noch gefehlt.«

»Ich nehme ein Taxi, das geht schneller.«

Vor wenigen Minuten noch war der Tag für ihn vorbei, der Rest des Abends vorhersehbar in seiner familiären Routine: Abendessen, nichtssagende Gespräche, träges Verdauen, gedämpfte Straßengeräusche, die undramatische Resignation vor jedem einzelnen Bestandteil verdrossener Langeweile. Die einschläfernde Wärme der Heizung, das in Lethargie verdämmernde Leben, unterfüttert mit dem Filz von Pantoffeln und dem Flanell von Pyjamas, der so zäh errungene Komfort einer winterwarmen Wohnung. Und jetzt geschah mit einem Mal das Unerwartete, das ihn in die Freiheit schickte; aus Langsamkeit wurde Leichtigkeit, aus Wärme wurde schneidende

Kälte beim Hinaustreten auf die Straße, aus Resignation wurde Verwegenheit.

Die Nacht von Madrid lag vor ihm wie eine weite Landschaft, die er so schnell es ging mit dem Taxi durchquerte, um sich mit Judith Biely zu treffen, damit das Versprechen wahr werden konnte, das nicht nur in ihren Worten, sondern schon im Klang ihrer Stimme gelegen hatte: Verlangen; Dringlichkeit; die Gewissheit, sie in wenigen Minuten in den Armen zu halten und ihren Mund zu küssen. Durch die Seitenfenster des Taxis sah er die Stadt, als würde er von ihr träumen. Leichter Dunst verschleierte das Licht der Straßenlaternen und überzog das Kopfsteinpflaster und die Straßenbahnschienen mit feuchtem Glanz. Er betrachtete die einsam beleuchteten Schaufenster der Geschäfte in den menschenleeren Straßen, die anheimelnden Fenster der Cafés, die Helligkeit elektrischen Lichts in Wohnungen, in denen sich dieselbe Art von Familienleben abspielte wie das, welches er gerade hinter sich gelassen hatte, und die ihm jetzt wie peinliche Szenen einer allgemeinen Hörigkeit vorkamen, der er fürs Erste entronnen war. Nicht für immer, versteht sich, nicht einmal für eine Nacht; aber jedes Zeitmaß war ihm recht, zwei Stunden oder auch nur eine Stunde. Es gab keine Währung in Minuten, die er nicht begierig angenommen hätte; Minuten und Sekunden, die mit jedem Klacken der Zeituhr des Taxameters, mit jedem beschleunigten Schlag seines ungeduldigen Herzens weniger wurden.

Die Fassaden der Häuser an der Puerta del Sol waren mit übereinandergeklebten Wahlplakaten bedeckt. Ein gewaltiger Scheinwerferstrahl beleuchtete durch den Nieselregen hindurch das riesige runde Gesicht des Kandidaten Gil-Robles, das eine ganze Hausfront einnahm und in unfreiwilliger Absurdität von einer Leuchtreklame für Anís del Mono gekrönt wurde. *Gebt mir eure Stimme und ich gebe euch ein Großes Spanien.* Er musste an den festen Blick und die spöttische Stimme Philip

Van Dorens denken, der ihn durch den Qualm und die Klänge einer Jazzcombo gefragt hatte: »Glauben Sie, Professor Abel, wie Ihr Gesinnungsgenosse Largo Caballero, dass bei einem Wahlsieg der Rechten das Proletariat einen Bürgerkrieg vom Zaun bricht?«

Die Lampen der Straßenbeleuchtung schwangen im eisigen Wind und ließen lang gezogene Schatten übers Pflaster huschen. Das Taxi suchte sich durch ein Labyrinth von Straßenbahnen einen Weg zur Calle Mayor. Ignacio Abel sah im Geiste schon vor sich, was gleich darauf die Wirklichkeit zeigte: die Bögen und Grünanlagen des Plaza Mayor, die Straßenlaternen an den Ecken der Calle Toledo, das Café, in dem Judith Biely auf ihn wartete, deren Profil er trotz des Qualms im Innern und der beschlagenen Fensterscheiben sofort erkannte, die junge Frau, die, allein und fremd, von den Männern dreist angestarrt wurde, die sich ihr näherten, sie fast berührten und aus dem Mundwinkel Dinge zu ihr sagten. In der Stadt, in der man immer gelebt hat, können alltägliche Wege zu unergründlichen Zeitreisen werden. Als Ignacio Abel in einer ruppigen Februarnacht durch Madrid fuhr, um seine Geliebte zu finden, reiste er von seinem jetzigen Leben zu den Straßen der fernen Kindheit, die er so gut wie nie mehr aufsuchte, durch die er mit ihr zusammen noch nie gegangen war. Die Richtung, die das Taxi in die Zukunft einschlug, führte ihn in die Vergangenheit zurück. Auf dem Weg entledigte er sich der Ungewissheit all dieser Jahre, um nur mit dem wahrhaftigsten Teil seiner selbst zu ihr zu kommen.

Er löschte aus, was ihm in diesem Moment vollkommen unwichtig war, was er ohne zu zögern für die Zeit hingegeben hätte, die ihn jetzt mit Judith Biely erwartete. Seine Karriere, seine Würde, seine bürgerliche Wohnung im Stadtteil Salamanca, seine Frau, seine Kinder. Noch bevor die Fahrt zu Ende war, kramte er schon in seinen Hosentaschen nach den Münzen für den Taxifahrer, beugte sich weit vor, um möglichst

früh die Straßenecke und das Café und die ersehnte Silhouette von Judith Biely zu erblicken. Überrascht stellte er fest,
dass er genauso nervös mit dem linken Bein wippte wie sein
Sohn Miguel, der so ernst hinter ihm hergeschaut hatte, als er,
sich die Krawatte richtend, fahrig nach wie vor und verlogen,
aus dem Esszimmer gegangen war und sich dabei vergewissert hatte, dass sich die Hausschlüssel in seiner Hosentasche
befanden.

Er sagte: »Ich bin bald wieder da«, und in Miguels ausdrucks-
losem Blick sah er eine Ungläubigkeit, die besonders deshalb schmerzte, weil sie ganz und gar gefühlsbedingt war und
wie ein plötzlich vorgehaltener Spiegel die Erbärmlichkeit
seiner heuchlerischen Verstellung enthüllte, die Gestik eines
Schauspielers, der niemanden überzeugt. Doch dieser Anflug
von Besorgnis und Verstimmung über sich selbst war schnell
unterdrückt, fortgewischt von der Eile, der körperlichen Erregung, die ihn die Treppe hinuntertrieb, ohne dass der Wille
etwas dazutun musste, hinaus in die belebende Kälte, die seine
Lungen füllte, als er über die Straße zur nächsten Ecke ging,
weil er viel zu ungeduldig war, um still zu stehen und auf ein
Taxi zu warten. Später stand Miguel im Pyjama schlaflos am
Fenster seines Zimmers, während Lita schon schlief, sah auf
die verlassene, von einer Straßenlaterne beleuchtete Ecke der
Calle Príncipe de Vergara hinunter, hörte ab und zu Schritte
auf dem Bürgersteig, die von ferne die seines Vaters zu sein
schienen, dann aber doch dem eingemummelten Nachtwächter gehörten, der die Hauseingänge im Auge behielt und in
regelmäßigen Abständen die Eisenspitze seines Nachtwächter-
stabes auf das Pflaster stieß.
   *Er war im Dunkeln aufgewacht, weil er gehört zu haben glaubte,
dass der Fahrstuhl auf ihrem Stockwerk stehen geblieben war, und
hatte sich an etwas erinnert, das er vor dem Einschlafen gelesen
hatte; die Zeitschrift hatte er unter dem Kopfkissen versteckt, als die*

*Mutter ins Zimmer gekommen war, um ihnen eine gute Nacht zu wünschen, eine Reportage über lebendig Begrabene, in der er ein Wort gelesen hatte, dessen Klang allein schon ängstigend war, Katalepsie, ein Wort, dessen Bedeutung Lita natürlich kannte. Wie viele Menschen sind schon lebendig begraben worden? Wie viele haben ihren Todeskampf – den schrecklichsten Kampf von allen – an der Stätte ihrer letzten Ruhe ausfechten müssen?* Lange stand er unbeweglich am Fenster, versuchte die Geräusche von der Straße und aus dem Haus zu unterscheiden, die im gleichen Maß erkennbar wurden wie die Umrisse der Möbel und Gegenstände im Zimmer. *Katalepsie.* Die Entdeckung, dass es für wachsame Augen und Ohren weder wirkliche Dunkelheit noch wirkliche Stille gab, faszinierte ihn. Je länger er in das Zimmer voller Schatten schaute, desto heller wurde es, genau wie wenn langsame Wolken den vollen Mond freigaben. In einem der billigen Blätter, die die Dienstboten kauften, hatte er gelesen, dass Wissenschaftler eines geheimen Laboratoriums in Moskau eine Röntgenbrille entwickelten, durch die man in tiefster Dunkelheit sehen, sowie eine Magnetwellenpistole, mit der man lautlos töten konnte. *Das Rätsel der GEHEIMNISVOLLEN STRAHLEN, die aus der Ferne den Tod bringen.*

Was im Moment des Aufwachens noch bedrückende Stille gewesen war, entwickelte sich zu einem Dschungel von Geräuschen: Litas Atemzüge, das Knarren von Holz, das Erzittern der Fensterscheiben, wenn auf der Straße ein Auto vorbeifuhr, die Schläge des Nachtwächters mit seinem Stock, das Gurgeln in den Leitungen der Heizung, das dumpfe Echo der verbissen gegeneinanderwirkenden Kräfte, die nach der besorgniserregenden Erklärung seines Vaters das ganze Gebäude zusammenhielten, niemals ruhten, sich ausdehnten und wieder zusammenzogen wie ein großes atmendes Tier; und in größerer Entfernung, oder zumindest in einem Raum, den er nur schwer bestimmen konnte, ein anderes dumpfes regelmäßiges Geräusch, von dem Miguel nicht wusste, was es war, das aufhörte und nach einer Weile wiederkam, ähnlich dem Pochen des Blutes, wenn er sein Ohr fest aufs Kopfkissen drückte. Er richtete sich lautlos im Bett auf, vergewisserte sich, dass es nicht der Fahrstuhl war, den er gehört hatte. Vorsichtig stand er auf, spürte die Kälte des Holzbodens unter seinen Füßen, den Drang, zu urinieren, wozu er in die Unwirtlichkeit des Flurs hinaustreten müsste. Vater und Mutter warfen ihm vor, dass er nicht las, doch wenn er schlaflos im Bett lag, brodelte es in seinem Kopf von beunruhigenden Dingen, die er in der Zeitung gelesen hatte und die wörtlich in seinem Gedächtnis haften blieben. SCOTLAND YARD UNTERSUCHT VER-BRECHEN, DIE VON SCHLAFWANDLERN BEGANGEN WORDEN SEIN SOLLEN.

Das heisere Geräusch war wieder zu hören, ein mühsames, stoßweises Atmen, etwas, das nicht ganz das Murmeln einer menschlichen Stimme war, aber doch etwas Klagendes hatte. Als er aus dem Zimmer trat, war er der Unsichtbare: unsichtbar in der nächtlichen Stille, barfuß auftretend, ohne ein Geräusch zu verursachen, Türgriffe drückend, die von allein nachgaben. Er fürchtete, in Wirklichkeit ein Schlafwandler zu sein und zu träumen, während er zu einem Opfer schlich, das man bei Tagesanbruch tot auffinden würde, *das Gesicht vor Entsetzen verzerrt*. Die Uhr im Wohnzimmer schlug fünfmal; dröhnende Schläge, deren Echo noch lange nachklang. Vom Ende des Flurs, der lang und schwarz wie ein Tunnel war, drang das doppelte Schnarchen von Hausmädchen und Köchin, gleichmäßig wie ein Blasebalg, mit gelegentlichem Gurgeln von Leitungsroh-ren dazwischen und abruptem Husten eines altersschwachen Motors, unterbrochen von stillen Phasen, in denen wieder das andere Geräusch zu hören war, das stoßweise Atmen, der kla-gende Ton. Unbeweglich wie der Unsichtbare vor der Tür des Elternschlafzimmers und von der Schwerkraft befreit durch eine andere, nicht minder bedeutende Erfindung *(eine Antischwer-krafttinktur macht Reisen in den Weltraum möglich)*, beugte er sich vor, um besser zu hören, sich zu vergewissern, dass es die Stimme seiner Mutter war, die er vernahm, die vertraut und doch fremd klang, befremdlicher war als die Gerüche in den Schlafzimmern der Erwachsenen, wenn man sie als kleiner Junge betrat. Sie sagte etwas oder jammerte, ließ ein helles Stöhnen hören, das gleich darauf dunkel klang, als käme es aus der Kehle eines anderen Menschen; ein langes Wimmern, im Kissen erstickt, ein Klagelaut, der in Schluchzen endete oder in einzelnen Wörtern, die er nicht verstehen konnte, wie im Schlaf gesprochen.

Vielleicht schlief seine Mutter und würde an irgendeinem Anfall sterben, wenn er nicht hineinging und sie weckte. Vielleicht jammerte sie wegen der Schmerzen einer schrecklichen Krankheit, die sie vor allen geheim gehalten hatte. Er wollte bleiben, und er wollte davonlaufen. Er wollte sie vor der Krankheit beschützen oder vor einem Leid, dessen Natur er sich nicht vorstellen konnte und von dem er lieber nichts mitbekommen hätte, so wie er lieber nicht wach geworden wäre und lieber nicht mit bloßen Füßen vor der Tür stehen würde, sondern entspannt im Bett liegen und schlafen wie seine Schwester, die von alldem nichts merkte, die für alle Unannehmlichkeiten und Gefahren unempfänglich war. Und wenn sein Vater zurückgekommen war und seine Mutter nun leise mit ihm schimpfte? Mit einem Anflug von Panik sah er im Spalt unter der Wohnungstür das Licht im Treppenhaus angehen und hörte, wie sich der Fahrstuhl in Bewegung setzte. Das fehlte noch, dass sein Vater nach Hause kam und ihn um fünf Uhr morgens auf dem dunklen Flur erwischte. Er musste so schnell wie möglich ins Schlafzimmer zurück; doch dazu musste er an der Wohnungstür vorbei, und wer wusste, ob sein Pech und seine Ungeschicklichkeit, die sich beide immer gegen ihn verschworen, den Rückzug nicht zu einer Falle werden ließen.

Auf keinen Fall konnte er, starr vor Angst und zitternd vor Kälte, im Flur stehen bleiben und gebannt dem näher kommenden Aufzug lauschen, der mit einem metallischen Schnalzen Stockwerk um Stockwerk passierte. Von Angst getrieben, lief er blind tastend los. Er schloss die Schlafzimmertür hinter sich, als der Fahrstuhl vor ihrer Wohnung hielt. Das Herz dröhnte in seiner Brust wie Paukenschläge in einem Horrorfilm. Sein Vater drehte behutsam den Schlüssel im Schloss. Wie der Unsichtbare war Miguel ein Spion, den niemand bemerkte. Sein Vater ging langsam durch den Flur, ohne das Licht angemacht zu haben, ließ zwischen jedem seiner Schritte ungewöhnlich viel Zeit vergehen, sodass sie sich wie die eines Fremden anhörten, eines Eindringlings, der im Schutz der Dunkelheit von wer weiß woher in die Wohnung gekommen war. Mit eiskalten Füßen starr auf seinem Bett liegend, die Hände über der Brust gefaltet und die Augen fest geschlossen, befand sich Miguel nun in einem Zustand vollkommener Katalepsie.

**14** Es gab Anzeichen, doch er sah sie nicht oder wollte sie nicht sehen. Nur ein paar Schritte jenseits der unmittelbaren Umgebung von Judith Biely wurde die Wirklichkeit so verschwommen wie der Hintergrund einer Fotografie; jenseits der Minuten oder Stunden oder Tage, bis er sie wiedersah, der flüchtigen Zeit, die er mit ihr zusammen verbrachte. Heute wundert er sich über seine Blindheit. Fern von ihr und fern von Madrid, nachdem er dort ganz undramatisch alles verloren hat, was er für selbstverständlich und ihm eigen hielt, was sich wie Salz im Wasser in nichts aufgelöst hat, versucht Ignacio Abel jetzt hartnäckig, in der Rückschau Klarheit zu gewinnen, was jedoch die Vergangenheit nicht ändert und schon gar nicht sein Gewissen beruhigt. Er hätte gern gewusst, in welchem Augenblick die Katastrophe unabwendbar geworden war; wann das Ungeheuerliche normal zu erscheinen begann und so unsichtbar wurde, wie die alltäglichsten Verrichtungen es waren; wann aus den Worten, die zu verbrecherischem Tun ermunterten und auf die kein Mensch mehr achtete, weil sie sich immer wiederholten und schließlich ja nur Worte waren, wann aus ihnen verbrecherische Taten wurden; wann die Verbrechen so zur Gewohnheit wurden, dass sie zum gesellschaftlichen Alltag gehörten.

Heute ist die Armee Fundament und Rückgrat des Vaterlands. Wenn der Bürgerkrieg ausbricht, werden wir ihre feige Auslöschung nicht hinnehmen, unsere Kehle nicht dem Feind hinhalten. Es gibt nur einen Moment und sonst keinen; einen Punkt, hinter dem es keine Rückkehr mehr gibt. Eine Hand hebt eine Pistole und setzt sie jemandem in den Nacken, und noch gibt es Sekunden, in denen der Schuss nicht loszugehen braucht; selbst wenn der Zeigefinger sich um den Abzugbügel legt, besteht noch die Möglichkeit, dass er sich wieder löst, doch im nächsten Moment ist es dafür zu spät. Wasser tropft beständig durch ein Dach, das niemand repariert, monatelang, jahrelang, doch es gibt nur den einen Moment, in dem sich Entscheidendes verändert, ein morsch gewordener Balken bricht und das ganze Dach einstürzt. In Bruchteilen einer Sekunde lodert die erlöschende Flamme wieder auf, erfasst die Gardine oder eine Handvoll Papiere, die dem Brand Nahrung geben, der alles vernichtet. Im Übergang vom Kapitalismus zum Sozialismus herrscht die Diktatur des Proletariats, um den Widerstand der ausbeutenden Klasse zu brechen. Es ist immer möglich, dass Dinge nicht passieren oder auf andere Weise passieren; sie entwickeln sich langsam oder rasen ihrer Erfüllung entgegen oder schlagen eine Richtung zur Unmöglichkeit ein, aber immer gibt es den einen Moment, in dem sie sich noch ändern können, in dem das, was dem Verderben anheimgegeben ist, gerettet, der Einbruch des Unheils gestoppt werden kann, das Heraufziehen der Apokalypse.

Wenn die unbeugsame Justiz des Volkes zum Zuge kommt, werden die Ausbeuter und ihre Anhänger nicht in ihren Betten sterben. Ein Mann verlässt wie jeden Morgen zur gleichen Zeit sein Haus, es ist Mitte März und noch so kalt und so dunkel wie mitten im Winter. Jemand hinter dem Steuer eines Autos sieht ihn in der Haustür stehen bleiben, wo er sich den Hut aufsetzt und die Handschuhe anzieht, und er gibt anderen jungen Männern ein Zeichen, die in der Nähe in einem Auto warten, dessen Seitenfenster trotz der Kälte heruntergedreht sind, damit der Zigarettenqualm abziehen kann. In ihren schwitzenden Händen halten sie Pistolen, doch sie sind keine Experten im Töten und könnten immer noch den Mut verlieren, tatsächlich abzudrücken; in dem Moment, in dem sie es doch tun, könnte sich ein Lastwagen zwischen sie und das Opfer schieben, sodass dieses Zeit hätte, die Flucht zu ergreifen; der als Leibwächter zugeteilte Polizist, der den Angriff bemerkt, könnte sich nicht mit unwillkürlichem Heldenmut dazwischenwerfen und würde nicht sterben, nicht einen Schwall Blut erbrechen und mit aufgerissenem Mund im Rinnstein liegen bleiben.

Im Verlauf eines rauen Frühlings mit stürmischen Regenschauern, die die frisch erblühten Kastanienbäume und Akazien entlaubten und die Straßen mit den wie weiße Blüten aussehenden Samenkapseln der Ulmen bedeckten, schickte Professor Rossmann fast täglich Zeitungsmeldungen an Ignacio Abel, die er ausgeschnitten, verschiedenfarbig unterstrichen und mit Frage- und Ausrufezeichen versehen hatte. Es waren großenteils von der Zensur amputierte Nachrichten von Schießereien und Überfällen, delirierende Sensationsnachrichten, aufgeblasen durch die Größe ihrer Schlagzeilen und die Lautstärke der Lautsprecher auf den Versammlungen und über der Menge im Rund der Stierkampfarena. Wenn wir zum zweiten Mal auf die Straße gehen, soll man uns nichts von Großmut erzählen und uns nicht die Schuld geben, wenn in den Auswüchsen der Revolution keine Menschen und keine Leben mehr respektiert werden. So lief Professor Rossmann durch Madrid, die Aktentasche vollgestopft mit Zeitungen in mehreren Sprachen und Flugblättern mit unsinnigen Aufrufen, die er von der Straße aufsammelte, besessen vom Ausmaß des kollektiven Wahns und den Lügen der deutschen oder italienischen oder sowjetischen Propaganda, die außer ihm offenbar alle Welt hinnahm, ohne in heiligen Zorn zu geraten, wenn sie sie nicht sogar glaubten, als handelte es sich um überfällige Wahrheiten.

Die UdSSR ist der Leuchtturm, der unseren Weg erhellt, das freie Volk, das weder Ausbeutung noch Hunger erdulden muss, das sich selbst befreit hat und nun an der Spitze der proletarischen Massen marschiert. Er merkte selbst, dass das Ausmaß der Lüge so erdrückend war, dass Skepsis kaum eine Chance hatte. In den Cafés versuchte er jeden ins Gespräch zu ziehen, und wegen seiner profunden Bildung und seines fehlerhaften Spanisch verlor er sich in weitschweifigen Ausführungen über internationale Politik, die niemand verstand, und für die sich auch kein Mensch interessierte. Die Spanier, hatte Professor Rossmann beobachtet, hatten nur sehr vage Vorstellungen von der Welt um sie herum, ihre Neugier darüber hielt sich in Grenzen und war wohl auch eher höflicher Natur. Er aber hatte alles mit eigenen Augen gesehen, kannte die Lügen aus erster Hand, und trotzdem nahm man ihn als Zeugen nicht ernst, fragte ihn nicht, was er zuerst in Deutschland und danach in der Sowjetunion gesehen hatte. Man betrachtete ihn mit einer gewissen Ungläubigkeit, wenn es hoch kam, meistens jedoch begegnete man ihm voller Ungeduld und Verärgerung, hielt ihn für einen lästigen alten Spinner.

Wenn Ignacio Abel von der Arbeit nach Hause kam, sah er in der Diele die Post durch und fand fast immer einen Briefumschlag mit Professor Rossmanns Handschrift, in dem sich oft nicht mehr als ein aus einer spanischen oder europäischen Zeitung ausgeschnittenes Rechteck befand, eine winzige Meldung, die außer ihm niemandem aufgefallen war: ein politischer Mord in irgendeiner entlegenen Provinz; eine Schießerei zwischen sozialistischen und anarchistischen Fischern im Hafen von Málaga; eine Verwaltungsmaßnahme gegen jüdische Professoren an einer deutschen Universität; eine obskure Erklärung Stalins auf dem Kongress des kommunistischen Jugendverbandes; eine Meldung über das Eindringen japanischer Truppen in die Mandschurei; ein Artikel von Luis Araquistáin in der Zeitung *Claridad,* worin er der bürgerlichen Republik in Spanien den baldigen Sturz prophezeite sowie die unvermeidliche Nachfolge der Diktatur des Proletariats; ein Foto vom kleinen König Viktor Emanuel III., der sich, umgeben von bildgewaltigem römischem Prunk, selbst zum Kaiser von Abessinien ernannte.

Manchmal waren die Umschläge nicht einmal frankiert. Professor Rossmann, mit der übellaunigen Ungeduld alter Leute, gab sie lieber persönlich beim Pförtner des Hauses ab, in dem Ignacio Abel wohnte, damit der sie so schnell wie möglich zu lesen bekam. Pfaffen und Nonnen wimmeln im ganzen Land wie schwarze Fliegen über einem nach Verwesung stinkenden Volk. Die Fahne der spanischen Rechten weht über dem unverrückbaren Fundament der Wiederherstellung christlicher Geistigkeit gegenüber dem gesellschaftlichem Materialismus, der von internationalen Geheimbünden unter den Symbolen von Hammer und Sichel, dem Dreieck der Freimaurer und dem Goldenen Kalb der Juden befördert wird. Zugleich aber widerstand Professor Rossmann der Versuchung, ihn anzurufen oder in seinem Büro aufzusuchen oder die Wohnung seines ehemaligen Schülers zu betreten, wenn er seine Tochter nach dem Deutschunterricht abholte. Mit Schere und Stiften bewaffnet, saß er tief über alle möglichen Zeitungen gebeugt, die er auf dem Kaffeehaustisch vor sich ausgebreitet hatte, schob sich die Brille auf den kahlen Schädel und hielt sich die Blätter so nah an die Augen, dass er beinah mit der Nase dagegenstieß, und wenn er fertig war, stopfte er alles in seine schwarze Aktentasche und stürzte in nutzloser Hast nach draußen, um jemanden zu treffen oder in einem Büro oder einer der Botschaften aufzusuchen, in denen er noch Angelegenheiten zu regeln hatte, um seine Warnungen über den Zustand der Welt unter die Leute zu bringen, solange es noch nicht zu spät war.

Doch wer dämmt die Feuersbrunst ein, wenn die Flammen bereits an den Wänden lecken und die Fensterscheiben in der Hitze bersten, wer besänftigt den Zorn des ungerecht Behandelten oder beendet die Spirale des Tötens. Wer zählt die Toten, führt die Liste der Namen, die minütlich anwächst wie die Einträge im Telefonbuch einer Großstadt, der spanischen Totenstadt, die sich immer noch ausdehnt – während der Zug am Ufer des Hudson in Richtung Norden fährt, während seine Räder rhythmisch über die Schienen rattern – in der fernen Madrider Nacht, über das Ödland der Vorstädte und die Gräben beiderseits der Fronten, obwohl man es nicht glauben kann, es für unmöglich hält, wenn man jenseits des Fensters den breiten Fluss, das Kupfer und Gold der endlosen Wälder schimmern sieht, dass zur selben Zeit Finsternis und Frevel ein ganzes Land erdrücken, über das die Nacht schon vor mehreren Stunden hereingebrochen ist.

In den schrecklichen Nächten des Madrider Sommers lag Ignacio Abel in seinem verdunkelten Zimmer und wartete vergebens auf den Schlaf, hörte von ferne Gewehrsalven und aufheulende Motoren von Autos, die durch die menschenleeren Straßen jagten, rebellierte in zu spätem und vollkommen nutzlosem Zorn gegen die Anpassung an das Unvermeidliche, gegen die Schicksalhaftigkeit der notwendigen Katastrophe. Das eigene Ohnmachtsgefühl beschämte ihn so, dass er im Geiste anfing, die Vergangenheit umzugestalten: er ganz allein im Kampf gegen Gespenster, die eigenen Handlungen verändernd und die der Menschen, die er kannte, sogar die von Personen des öffentlichen Lebens, indem er sich gegen die eigene Blindheit auflehnte, sich viel zu spät für sie schämte, jemandem hitzig widersprach, mit dem er sich Monate zuvor nicht hatte auseinandersetzen mögen; jemandem, den er dasselbe sagen hörte, was alle Welt sagte: dass in Wirklichkeit nichts passierte und die Lage so schlimm gar nicht war, man sich also keine Sorgen machen müsse, oder dass etwas Schreckliches passieren würde, von dem jedoch niemand wusste, was es war, das aber unabwendbar wäre, und vielleicht auch besser so war, denn dem Dräuen eines heraufziehenden Gewitters, das sich nie entlädt und die Luft vergiftet, dass man nicht mehr atmen kann, ist der explosive Ausbruch desselben vorzuziehen. Der unvermeidliche Gang der Geschichte ist nicht aufzuhalten, hieß es. Jetzt oder nie; keinen Schritt zurück; Revolution oder Tod; zertretet die bolschewistische Hydra; die Arbeiterklasse wird mit Blut und Schmerzen ein neues ruhmreiches Spanien gebären; die Streitkräfte werden das neue Rückgrat des Vaterlandes sein.

An den Hauswänden Plakate mit großen roten oder schwarzen Lettern; muskulöse Arme, kantige Gesichter, offene Hände oder geballte Fäuste; Hakenkreuze, Liktorenbündel und Pfeile, Hammer und Sichel, Adler mit ausgebreiteten Schwingen; Cognacwerbung und Stierkampfplakate; überdimensionale Konterfeis auf riesigen Leinwänden an Fassaden verkünden die Revolution oder die Premiere eines Films mit andalusischen Banditen; die Radios spielten bis zum Überdruss feierliche Hymnen und Marschmusik, und eine schrille Stimme sang Flamencoweisen, *Mein Pony* oder *Juan Simóns Tochter*, heisere Ansprachen dröhnten im Rund der Arena. Macht alles dem Erdboden gleich, damit aus den Trümmern die Anarchistische Revolution erblühen kann! Vernichtet die, die euch vernichten wollen! Aus dem Blut unserer Märtyrer, die unter den hinterhältigen Kugeln der bolschewistischen Mörder fallen, wird die kraftvolle Saat eines neuen Spanien erwachsen.

Wie alle hatte auch er gedankenlos und ängstlich in den Tag hineingelebt, mit Anfällen von Ekel und Ablehnung, von Furcht und auch von Gleichgültigkeit, gefangen im Netz seiner Pflichten und Begierden, keine Zeit, sich umzusehen, vielleicht einige Anzeichen erkennend, aber doch nicht innehaltend, um zu ergründen, worauf sie deuteten. Jetzt ist die Zeit der Abrechnungen gekommen, die total sein werden und absolut. Was konnte er wissen oder ändern, wenn er nichts sah; wenn er nicht einmal hatte vermeiden können, dass Adela den kleinen Schlüssel im Schloss seiner Schreibtischschublade entdeckte; wenn er nicht gesehen hatte, wie sich ihr Gesichtsausdruck über Monate hin allmählich veränderte, der Klang ihrer Stimme, ihr Blick. Was hätte vermieden werden können, war eingetreten. Verräter dürfen keine Gnade erwarten. Am 12. März um halb neun Uhr morgens schaut der von der Polizei als Leibwächter abgestellte Polizist José Gisbert in das Gesicht des sozialistischen Professors Luis Jiménez de Asúa, dem er soeben das Leben gerettet hat, indem er sich gegen ihn warf, um ihn aus der Schusslinie zu bringen. Ein Schwall Blut quillt aus seinem Mund, doch bevor er stirbt, krallt er seine Hände in die Jackenaufschläge des Professors, und es klingt ein wenig erstaunt, als er sagt: »Sie haben mich erschossen, Don Luis.«

Die Toten, denen niemand das Leben zurückgeben würde, waren eine Minderheit, verglichen mit all denen, die jetzt noch würden sterben müssen. Leutnant Reyes ist ein Zivilgardist von fünfzig Jahren kurz vor dem Ausscheiden aus dem aktiven Dienst, als er in Zivilkleidung an der Parade zum Tag der Republik teilnimmt. Er befindet sich in der Nähe der Präsidententribüne, als plötzlich etwas passiert, von dem niemand genau weiß, was es ist, ein unerklärliches Aufstieben von Menschen, ähnlich den plötzlichen Windwirbeln dieses launischen Frühjahrs. Unbekannte schießen den Leutnant nieder und verschwinden unerkannt in der Menge. In der schon sommerwarmen Nacht des 7. Mai geht Hauptmann José Faraudo, bekannter Republikaner und Sozialist, nach dem Abendessen mit seiner Frau auf der Calle de Lista spazieren. An der Ecke zur Calle Alcántara nähern sich von hinten ein paar junge Männer und schießen ihm aus nächster Nähe in den Rücken. Seine Frau ist so überrascht, dass sie im ersten Moment glaubt, das Krachen eines Feuerwerkskörpers gehört zu haben, und dass ihr Mann über irgendwas gestolpert ist.

Lawinen oder Einstürze oder Erdrutsche gehorchen eigenen dynamischen Gesetzen. Ab einem bestimmten Punkt gerät ein Brand außer Kontrolle, bis er alles verzehrt hat, was ihm als Nahrung dient. Winzige menschliche Gestalten gestikulieren am Rand seines Feuerscheins, schütten Wasser hinein, das verdunstet, bevor es die Flammen erreicht oder sie sogar noch anfacht; sie schreien, was die Lungen hergeben, und das Prasseln des Feuers übertönt ihre lächerlich illusorischen Stimmen. Hauptmann Faraudo fiel vornüber auf die Straße, ganz in der Nähe des beleuchteten Schaufensters eines Reisebüros, in dem Lita Abel und ihr Bruder jeden Tag das Modell eines Ozeandampfers der Linie Hamburg – New York bestaunten und sich vorstellten, dass so ein Schiff sie im Herbst mit nach Amerika nähme. Ein Gefühl körperlichen Unbehagens, das wie eine Warnung war, hatte Ignacio Abel zum ersten Mal 1923 empfunden, als er gerade in Deutschland angekommen war und dort mit Wörtern konfrontiert wurde, die durch Typografie oder Lautsprecherverstärkung gigantisch vergrößert waren; Wörter auf den Plakaten und Spruchbändern der Demonstrationen, Wörter in einer Lautstärke, die ganze Stadien erfüllte und die er nie zuvor erlebt hatte; Wörter wie Gebell, wie das Knallen von Schüssen, die die Menschenmassen aufbrüllen oder sie verstummen ließen, wenn sie mit der blechernen Gewalt der riesigen Lautsprecher über sie hereinbrachen, vervielfacht und allgegenwärtig in den Radios. Davon gab es in Spanien erst wenige und nicht besonders leistungsfähige, als er nach Deutschland ging. In Berlin und später in Weimar machten seine anfänglichen Sprachschwierigkeiten und sein Unwissen über die Zustände im Land jeden politischen Aufmarsch und jede Parade zu einem Spektakel von roher, ursprünglicher Bedrohlichkeit: Fahnenmeere, kriegerische Marschmusik von Militärkapellen, millionenfacher Gleichschritt und Massen von Kriegsveteranen in abgetragenen Uniformen, die bedenkenlos die entsetzliche Vielfalt ihrer Verstümmelungen vorführten; und auf einem Balkon im Hintergrund, fast unsichtbar, ein gestikulierender Zwerg, der kaum zu erkennen war, dessen Rufe aber von Lautsprechern über der bewegungslosen Menge akustisch aufgebläht wurden und sich gleich darauf verloren wie der Widerhall einer fernen Schlacht.

Dreizehn Jahre später sah Ignacio Abel voller Entsetzen seine Stadt und sein Land von der gleichen Welle überrollt. In der Mittagshitze eines Tages im Mai verkünden die heiseren Kehlen anarchistischer Redner in der Stierkampfarena von Saragossa die baldige Abschaffung des Staates und des Militärs, die Errichtung des libertären Kommunismus und der freien Liebe. In der Arena von Madrid beschwört Don Francisco Largo Caballero – aus Tausenden von Kehlen als der spanische Lenin bejubelt – wie ein apokalyptischer Prophet vor einem Meer von Fahnen und unter einem riesigen Leninporträt die Union der Sozialistischen Iberischen Republiken, die Kollektivierung des Landes und der Fabriken, die Abschaffung der Bourgeoisie und der Ausbeutung des Menschen durch den Menschen.

Allein in Madrid, fast heimlich Tätigkeiten nachgehend, die großenteils unnütz waren – während der ersten Kriegsmonate ging er fast täglich in sein Büro in der Universitätsstadt, studierte nutzlose Pläne und Dokumente, die zunehmend Staub ansetzten, inspizierte verwaiste Bauabschnitte, auf denen niemand mehr arbeitete –, verbrachte er den Sommer zurückgezogen in feiger, menschenfliehender Stummheit. Selbst Worte der Vernunft, die er mit deutlich vernehmbarer Stimme hätte aussprechen mögen, kümmerten jetzt keinen mehr, vergessen das leichte Geschwätz eines früheren Lebens. Manchmal sprach er laut mit sich selbst, um in seiner leeren Wohnung eine Stimme zu hören, in seinem verwaisten Büro, stellte sich vor, mit seinen Kindern zu sprechen, und mit Adela, denen er von seinem einsamen Leben in Madrid erzählte, von den Veränderungen draußen und in der Kleidung der Leute, von neuen Angewohnheiten, die man vor Kurzem noch nicht kannte und die doch schon Bestandteil einer verrückt spielenden Normalität waren.

Er stellte sich Gespräche mit Judith Biely vor, die so nutzlos waren wie die Briefe, die er ihr schrieb und für die er keine Adresse hatte, die oft nicht einmal zu Papier gebracht wurden. Vielleicht gab es ein Wort, das er nicht gesagt hatte und das Judiths Fortgehen verhindert hätte. Vielleicht stand er in der Nacht des 19. Juli im Begriff, sie aufzuspüren und mit ihr auf einen Zug zu springen oder sie davon zu überzeugen, ihn nicht zu nehmen. Die Dinge sind stets im Begriff zu geschehen und geschehen nicht. Die erste Flamme erlischt, ohne die Feuersbrunst auszulösen. Der mit der Pistole in der Tasche zieht die Waffe nicht, weil er Angst hat, weil er nervös ist oder weil er glaubt, jemanden gesehen zu haben, der wie ein Zivilpolizist aussieht und ihn angestarrt hat, und so zieht sein anvisiertes Opfer von dannen und ahnt nicht, wie knapp es dem Tod entronnen ist.

Am Freitag, den 10. Juli, zur selben Zeit, als Ignacio Abel endlich mit Judith Biely am Telefon sprechen kann, nachdem er zwei Wochen nichts von ihr gehört hat, und er sie endlich zu einem Treffen überreden kann, sitzt Leutnant José Castillo von der Stadtpolizei – schlank, straff zurückgekämmtes Haar, Brille mit runden Gläsern, makellose Uniform und glänzende Stiefel – in einem Café und bemerkt am anderen Ende der Theke ein paar Unbekannte, die ihm verdächtig vorkommen und ihn unwillkürlich nach der Pistole tasten lassen. Anonyme Drohungen bekommt er oft und weiß auch, dass er jederzeit getötet werden kann, so wie vor zwei Monaten sein Freund, Hauptmann Faraudo, getötet worden ist, doch sein Stolz gebietet ihm, weiterhin jeden Tag zu Fuß und allein durch die Innenstadt zu seiner Dienststelle zu gehen. Die Unbekannten trinken ihre Tassen leer und verschwinden. Im letzten Moment haben sie einen Anruf bekommen und werden kein Attentat auf Leutnant Castillo verüben.

Auch für sich selbst fand er keine Entschuldigung. Weder die Tatsache, dass er verloren hatte, was ihm am wichtigsten war, noch das Wissen, selbst als Nächster einer der Ermordeten sein zu können, gab ihm ein Recht auf Unschuld. Wann begann er, ohne Mühe und ohne Gewissensbisse zu lügen; wann gewöhnte er sich daran, Schüsse zu hören und ihre Entfernung abzuschätzen, ohne aus dem Fenster schauen zu müssen; wann sah er zum ersten Mal eine Pistole aus der Nähe, nicht in einem Film und nicht bei einem Polizisten, sondern in der Hand eines Bekannten, die eine Manteltasche wölbte oder die Brusttasche einer Jacke ausbeulte; eine Pistole oder einen Revolver, mit derselben Selbstverständlichkeit vorgezeigt wie ein Feuerzeug oder ein Füllfederhalter. Im Mai, im Café Lion, einige Tage nach dem Mord an Hauptmann Faraudo, tastete Dr. Juan Negrín, nachdem er sich den rötlichen Saft der Garnelen, die er gerade aß, von den Fingern gewischt hatte, die Taschen seiner für seine massige Gestalt viel zu engen Jacke ab, und statt des Zigarettenpäckchens, das Ignacio Abel erwartet hatte, zog er eine Pistole hervor und legte sie neben seinen Teller auf den Tresen; eine unwahrscheinlich kleine Pistole, die wie ein Spielzeug aussah.

»Sieh nur, was sie mich bei mir zu tragen zwingen«, sagte er, »dabei kann ich nicht einmal einen Schritt allein auf die Straße tun.« Er deutete auf den Zivilbeamten, der an einem Tisch am Eingang saß und gedankenverloren auf einem Zahnstocher kaute. In den Gangsterfilmen, die er sich mit Judith Biely manchmal in Vorstadtkinos ansah, waren Pistolen immer unwirkliche, silberglänzende Gegenstände von symbolischer Qualität, wie Laternen oder Taschenlampen, deren Glanz eine verwunschene Starre, einen abstrakten Tod ohne erkennbare Spuren herbeiführte, ohne ein Loch oder einen Riss in dem taillierten Anzug desjenigen, der getroffen wurde, im seidenen Abendkleid der schönen Frau, die jedoch eine Verräterin war und den Tod am Ende verdient hatte.

Nach und nach hatten die Pistolen den Alltag erobert, ohne dass es ihm aufgefallen wäre, ohne dass er sein Augenmerk darauf gerichtet hätte. Er wollte Negrín im Parlamentsgebäude aufsuchen – er sei gerade gegangen, sagte ihm eine Sekretärin lächelnd, er sei vor Hunger umgekommen und habe sie gebeten, ihm zu sagen, dass er ihn im Café Lion erwarte – und sah auf der Garderobentheke einen Holzkasten voller Pistolen stehen, davor ein Schild, auf dem mit säuberlicher Schrift geschrieben stand: *Die Herren Abgeordneten werden darauf hingewiesen, dass es nicht erlaubt ist, im Parlament Feuerwaffen zu tragen.* Als er im Wartezimmer der Modistin, bei der Adela und die Kleine Kleider anprobierten, in der Illustrierten *Mundo Gráfico* blätterte, entdeckte er unter Werbungen für Hautcremes und Pillen gegen Menstruationsbeschwerden, für Brustvergrößerungen und Zahnpasten für ein strahlenderes Lächeln auch eine Anzeige für Pistolen der Marke Astra. *Schützen Sie Ihr Eigentum und das Leben Ihrer Lieben.*

Auf den Fotos von der Beerdigung Leutnant Reyes', der bei der Militärparade zum Tag der Republik ohne erkennbaren Grund inmitten der Zuschauermenge erschossen wurde, sieht man, dass viele der Uniformierten wie Zivilisten, die den Sarg begleiten, ihre Waffen offen tragen. Obwohl man den 16. April schreibt und an den Bäumen des Paseo de la Castellana bereits das erste Grün sprießt, tragen alle dunkle Winterkleidung. Von einem Baustellengerüst aus wird mit Pistolen und Maschinenpistolen das Feuer auf den Trauerzug eröffnet, die Menschen fliehen in alle Richtungen, suchen Schutz in Vorgärten und hinter Bäumen, und einige Minuten lang steht der Sarg von Leutnant Reyes allein und verlassen zwischen den Pfützen auf der Straße. Als der Trauerzug mehrere Stunden später schließlich den Ostfriedhof erreicht, liegen hinter ihm auf den Straßen mehr als zwanzig Tote.

»Sie dürfen nicht so unbesorgt sein, Don Ignacio. Wenn Sie erlauben, sorge ich dafür, dass ein paar Genossen von der Gewerkschaft Sie auf Ihren Inspektionsgängen begleiten.« Eutimio, der Vorarbeiter auf der Baustelle der Medizinischen Fakultät, hatte Ignacio Abels Büro mit der Mütze in der Hand betreten und bevor er sprach die Tür hinter sich zugemacht. »Da draußen laufen viele Verrückte herum, Don Ignacio, kein Mensch kann sich in Sicherheit wiegen.«

Nach der Beerdigung des Leutnants geht ein Großteil der Trauergäste über die Calle de Alcalá zurück, und als die Menge die Plaza de Manuel Becerra erreicht, verstellt ihnen eine Abteilung mit Gewehren bewaffneter Polizisten den Weg. »Es lebe …«- und »Tod den …«-Rufe ertönen, dazu Hymnen und fromme Gesänge. Die Menge stürmt gegen die uniformierte Barriere, und die Polizisten beginnen zu schießen. Ein schmächtiger blasser Leutnant mit runder Brille und auffallend taillierter Uniform zieht seine Pistole und schießt einem jungen Mann, der wie ein faschistischer Student aussieht und mit vom Hymnenschmettern geröteten Gesicht auf ihn zumarschiert, mitten in die Brust.

Es herrscht jedoch Ausnahmezustand, die Zeitungen unterliegen der Zensur, und am nächsten Tag erfährt man weder was genau passiert ist, noch wie viele Tote es gegeben hat. Oder man berichtet von einer Beerdigung, aber kein Mensch versteht etwas, weil die Nachricht von dem Mord einen Tag zuvor unterbunden wurde. Außerdem hat man es eilig, die Zeit drängt, da will man gar nicht sehen, was sich direkt vor den Augen abspielt. Man fährt im Taxi, will so schnell wie möglich zum Treffen mit der Geliebten kommen, achtet nicht auf die Menge, die einen am Weiterfahren hindert, ist nicht einmal neugierig, zu erfahren, wer da beerdigt wird, nur verärgert, weil man zu spät kommt, weil man wegen des Menschenauflaufs wertvolle Minuten des Zusammenseins mit ihr verliert. Im Halbdunkel des Schlafzimmers, hinter den zugezogenen Vorhängen, den geschlossenen Fensterläden und der dichten Vegetation des Gartens von Madame Mathilde könnten die Schießerei und die Panik am Ende der Beerdigung von Leutnant Reyes für Ignacio Abel nur ein fernes Hintergrundgeräusch sein, als er Judith Biely umarmt, die nackt auf der roten Bettdecke liegt. Man macht sich morgens um halb neun auf den Weg zur Arbeit, ist in Eile, achtet nicht auf das Auto, das auf der anderen Straßenseite parkt und trotz der Kälte die Seitenscheiben heruntergedreht hat, hört auch nicht, dass der Motor angelassen wird, oder wenn man es hört und aufschaut, blickt man in die Mündungen der Pistolen, die abgefeuert werden. Der als Leibwächter abgestellte Polizist wirft sich auf Professor Jiménez de Asúa, um ihn aus der Schussrichtung zu bringen, wird selbst von den Kugeln getroffen und stirbt im Rinnstein, während die Mörder zu Fuß flüchten, weil ihr Fahrer zu ungeschickt oder nervös ist und den Motor abwürgt.

Wie lange brauchte Adela, nicht um zu ahnen, nicht um kleinste Beweise zu sammeln, Spuren, sondern zu akzeptieren, was sie wusste, sich zu trauen, zu sehen, was sie vor Augen hatte. Wie oft betrat sie sein Arbeitszimmer und sah, dass er vergessen hatte, die Schreibtischschublade abzuschließen, und entschloss sich nicht, hineinzuschauen. Nur wenige Meter von der Stelle, an der der Polizist stirbt, nachdem er einen Blutschwall erbrochen hat, der die Hände und Hemdmanschetten von Jiménez de Asúa beschmutzt, haben die Gäste einer Bar, die am Tresen über Fußball diskutieren, oder der Obsthändler, der gerade das Metalltor seines Ladens hochschiebt, nichts bemerkt.

Einen Monat nach der Verurteilung der falangistischen Pistolenschützen, die gleich nach der Tat verhaftet werden konnten, weil sie zu Fuß geflohen waren, verließ der Richter, der sie verurteilt hatte, seine Wohnung und wollte auf der Straße gerade ein Taxi heranwinken, als er von einer Garbe aus einer Maschinenpistole niedergestreckt wurde. Bei dem Anwalt Eduardo Ortega y Gasset gibt ein Junge einen Korb mit Eiern ab, dessen Deckel die Form eines Huhns hat; geschickt würde er von einem dankbaren Klienten, sagt er. Als der Anwalt den Deckel abnimmt, explodiert eine Bombe, die das halbe Haus einstürzen, ihn selbst aber vollkommen unversehrt lässt.

»Kein Mensch will etwas gesehen haben, mein Freund, und wer etwas gesehen hat, tut alles, um es zu vergessen«, sagte Professor Rossmann eines Abends im Café Aquarium in Madrid, nachdem man auf der Straße Schüsse gehört hatte und ein junger Mann, dem der halbe Kopf weggeschossen worden war, mit verrenkten Gliedern auf dem Gehweg der Gran Vía lag und Blut und Hirnmasse langsam an der Schaufensterscheibe eines Hutgeschäfts hinabrannen, »und wenn er doch den Mund aufmacht, nennt man ihn einen Narren oder beschuldigt ihn, die Katastrophe erst heraufzubeschwören, indem er die Leute verärgert, auf die er mit dem Finger zeigt. Machen Sie halblang, sagt man zu ihm, und übertreiben Sie nicht, mit Ihren Übertreibungen und Ihrem Alarmgeschrei bringen Sie uns noch alle in Gefahr. Ich selbst wollte auch nicht sehen und verstehen, glauben Sie nicht, dass ich klüger wäre als Sie. Ich sah erst, als ich meinen Blick nicht mehr abwenden konnte. Da sah ich, handelte und konnte entkommen, aber geblendet war ich damals trotzdem noch; wusste, dass ich einen noch größeren Fehler beging, aber unternahm nichts, sagte mir, dass ich mich vielleicht irrte, dass meine Tochter recht hätte und nicht ich, meine Tochter und ihre Genossen. Zu der Zeit, vor drei Jahren, hätten wir ohne große Schwierigkeit nach Amerika emigrieren können. Sie wissen, dass einige berühmte Kollegen schon dort sind. Oder wir hätten nach Prag gehen können, nach Paris, oder direkt hierher kommen ins schöne Madrid. Ich dachte damals daran, Ihnen zu schreiben, mein lieber Schüler, ich hatte gelesen, dass die Regierung der Spanischen Republik Professor Einstein einen Lehrstuhl anbot und andere aus Deutschland Verbannte mit offenen Armen aufnahm. Aber ich unternahm nichts, vertraute nicht auf meinen Instinkt, schlimmer noch, auf meinen Verstand, der mich warnte. Ich traute mich nicht, meiner Tochter zu widersprechen. Und um ihr nicht zu widersprechen, wollte ich nicht sehen, was sie nicht sah. An der sowjetischen Grenze stieg ein offizielles Empfangskomitee zu uns in den Zug. Sie umarmten uns, machten Wodkaflaschen auf, um mit uns anzustoßen, uns, den Vertretern des antifaschistischen deutschen Volkes, übergaben meiner Tochter einen großen Strauß roter Rosen. Aber ich hielt die Augen offen und sah, selbst in diesem Moment, die Bettler auf dem Bahnhof, spürte die Angst der übrigen Reisenden, wenn die Genossen meiner Tochter, die zu unserem Empfang in den Zug gestiegen waren, sich ihnen näherten, spürte den Groll in ihren Blicken, wenn sie uns ansahen, die Panik, wenn sie von einem von denen angesprochen wurden. Aber ich wollte nicht wahrhaben, was ich sah. Entschuldigen Sie, wenn ich als Ausländer Ihnen das sage: Aber auch Sie wollen nicht sehen, tun so, als hörten Sie nichts.«

Vielleicht war das auch der Tag, an dem er zum ersten Mal einen Toten sah. Darum war ihm dessen Gesicht in Erinnerung geblieben – oder was davon noch übrig war –, genauer als fast alle Gesichter von Toten, die er im Verlauf des Sommers und der ersten Wochen jenes goldenen und blutigen Herbstes von Madrid gesehen hat, vor seiner Flucht, der angstvollen und beschämenden Desertion. Ignacio Abel hatte den ersten Schuss gar nicht gehört; hatte ihn nicht als solchen erkannt, obwohl er in großer Nähe abgefeuert worden war, draußen vor dem Fenster des Cafés, wo er sich mit Professor Rossmann unterhielt, inmitten des Verkehrslärms, dort, wo die Calle de Alcalá auf die Gran Vía traf, zur Feierabendzeit, als die Menschen aus den Büros strömten.

Das Gehör muss sich daran gewöhnen; anfangs erkennt man gar nicht, dass es sich um Schüsse handelt. Sie klingen eher nach kleinen Feuerwerkskörpern, nach Knallfröschen, wie Fehlzündungen eines Autos. Unter den Sonnenschirmen einer Kneipe in der Calle Torrijos schießen ein paar junge Männer auf eine Gruppe von Falangisten, die dort ihr Bier trinken, und in dem Kugelhagel stirbt eine junge Frau, die allein an einem Tisch in der Nähe saß und die niemand kennt. Ein kurzes trockenes Krachen, das sich überhaupt nicht anhört wie das Schießen in einem Film, und schon gar nicht wie der pathetische Knall, wenn jemand auf einer Theaterbühne eine Waffe abfeuert. Als Rache für den Anschlag in der Calle Torrijos hält ein Wagen vor dem Eingang der Gesamtgewerkschaft der Arbeiter, und als ein paar Milchmänner herauskommen, werden sie erschossen, und aus den umgekippten Kannen rinnt die Milch und bildet auf der Straße eine große, mit Blut vermischte Pfütze.

Ignacio Abel wusste, dass etwas passiert war, als an den anderen Tischen des Cafés Aquarium die Köpfe hochfuhren. Die nächsten Schüsse waren deutlicher als solche zu erkennen, weil sie von unverständlichem Geschrei begleitet wurden und einen Moment später alle Geräusche erstarben: Automotoren, das Hupen der Taxis, das schrille Bimmeln der Straßenbahnen. An den Tischen draußen saß plötzlich niemand mehr: als wäre ein Schwarm kreischender Vögel beim Geräusch eines Knalls aufgeflattert und eilig davongeflogen. Umgestürzte Stühle, Biergläser und volle Kaffeetassen auf den Marmortischen, Mineralwasserflaschen, die im Schatten der Markisen das Licht auf sich zogen, Zigaretten in Aschenbechern. Aus den Fenstern des Cafés und geöffneten Fenstern umliegender Gebäude starrten die Leute schweigend nach draußen. Auf dem Gehweg ein menschlicher Körper, noch zitternd, eine Hand ausgestreckt, als kratze sie über den Boden, ein zuckendes Bein. Er hatte etwas von einem Putzlumpen oder einer Kleiderpuppe; einer aus dem Schaufenster irgendeines der umliegenden Läden gefallenen Kleiderpuppe im korrekten Anzug aus einem hellen leichten Stoff, mit einem guten Schuh am zuckenden Fuß, eine Socke mit Rautenmuster. Auf der einen Hälfte des Kopfes war noch der gerade Scheitel im brillantineglänzenden Haar zu sehen, die andere Hälfte war ein Brei aus Blut und Gehirn, der bis an ein Schaufenster gespritzt war, in dem lächelnde Pappmascheeköpfe auf winzigen Körpern die Hutmode des bevorstehenden Sommers zeigten.

Die abendliche Brise der ersten Junitage zerfledderte die auf dem Gehweg verstreuten blutbefleckten falangistischen Zeitungen, die der junge Mann vor dem Café ausgerufen hatte, als ein Auto neben ihm gerade so lange hielt, dass die Seitenfenster heruntergedreht und die Läufe von zwei Pistolen sichtbar werden konnten, wie einer der wenigen Zeugen später berichtete, ein Mann, der totenblass geworden war und dessen Stimme zwischen Schlucken von Cognac immer noch zitterte, als er, von Kellnern und Gästen umgeben, berichtete. »Heute hat es einen von denen erwischt«, bemerkte ein Gast in der Nähe von Ignacio Abel; »gestern haben ein paar Bürschchen von der Falange einen erschossen, der die kommunistische Zeitung verkauft hat.« »Eins zu eins, wie beim Fußball.« »Morgen wird bestimmt ein weiteres Tor geschossen.«

Mittlerweile hatte eine Ambulanz den Leichnam abgeholt, städtische Straßenkehrer hatten den Gehweg abgespritzt und gefegt, und eine Verkäuferin des Hutgeschäfts wischte die Scheibe des Schaufensters mit einem feuchten Lappen ab, wobei sie von einem Mann in gestreiftem Anzug beaufsichtigt wurde, der eine Zigarette rauchte und sich zur Fensterscheibe vorbeugte, um sicherzugehen, dass nicht die kleinste Spur zurückblieb. Zwei Polizisten in blauen Uniformen patrouillierten lustlos auf dem Gehweg, auf dem schon wieder Leute unterwegs waren, zahlreicher jetzt und besser gekleidet, auf dem Weg ins Kino oder herauskommend, im Schein der eben entzündeten Straßenlaternen, unter Markisen und an beleuchteten Schaufenstern und bunten Kinoplakaten vorbei.

Ignacio Abel und Professor Rossmann nahmen ihre Plätze am Fenster wieder ein. Unter dem elektrischen Licht wirkte Professor Rossmann mit einem Mal älter und ärmlicher gekleidet in seinem schwarzen Anzug, den er schon den ganzen Winter über getragen hatte, noch eigenartiger in seinem Unglück, seiner Heimatlosigkeit, seiner stürmenden Hellsichtigkeit, von der niemand etwas wissen wollte und die auch ihn selbst nicht davor bewahrt hatte, irgendeinen Fehler nicht zu begehen, um kommendes Unheil zu verhindern. Auf dem Gehweg und zwischen den wieder besetzten Tischen riefen junge Falangisten ihre Zeitungen aus, manche von ihnen fuchtelten, nachdem die beiden Polizisten verschwunden waren, herausfordernd mit Pistolen und riefen Parolen, die im Verkehrslärm untergingen und die die vor dem Café sitzenden Menschen nicht zu hören schienen, die auch die blauen Hemden, die Koppel und Schulterriemen und das metallische Schimmern von Waffen ignorierten. An der Ecke der Calle de Alcalá und der Gran Vía beobachtete eine Gruppe von Falangisten den Strom der Menschen und des Autoverkehrs, bereit, einen weiteren Angriff zu verhindern. Selbst aus der Entfernung erkannte Ignacio Abel unter ihnen Adelas Bruder.

Vielleicht war dies auch das erste Mal gewesen, dass er Schüsse aus direkter Nähe gehört hatte, und nie zuvor hatte er einen Toten auf der Straße liegen sehen, so plötzlich aus dem Leben gerissen, erledigt, und nicht starr und feierlich im schwarzen Anzug auf einem Bett, umgeben von brennenden Kerzen, mit einem Sack zugedeckt auf den Brettern eines Karrens. Ignacio Abel bezahlte die Kaffees, die beiden Gläser Anis, die Professor Rossmann getrunken, das Schinkenbrötchen, das er dabei verschlungen hatte, mit offenem Mund kauend, sodass er beim Sprechen Brotkrümel und Speicheltröpfchen versprühte. Ignacio Abel beobachtete jedes einzelne Stadium im fortschreitenden Verfall seines ehemaligen Lehrers; jedes weckte in ihm körperliche Abneigung und auch ein schlechtes Gewissen, ein bedrückendes Gefühl von Verantwortlichkeit. Eine Hitze von vorzeitigem Sommer verstärkte die Anzeichen noch (in Madrid kam der Sommer schlagartig, wurde Anfang oder

Mitte Mai unerträglich, nachdem ein unerfreulicher Frühling nur Regen und Kälte gebracht hatte): Schweißperlen auf dem kahlen Schädel, der Geruch von altem Schweiß und Harnsäure, der aus seiner Kleidung drang, sein nach bitterem Kaffee und süßem Anis riechender Atem.

Vielleicht hatte er nichts wirklich Wesentliches getan, um Professor Rossmann zu helfen, außer seinem Gefasel zuzuhören; aus Nachlässigkeit, aus Bequemlichkeit tut man nichts, was einen keinerlei Mühe kosten würde, für jemanden, der Hilfe bitter nötig hätte. Sie verließen das Café, und draußen auf der Gran Vía war die samtene Dichte des Maiabends fast mit Händen zu ertasten. »Sie alle verschließen die Augen vor dem, was in ihrem Land vor sich geht«, sagte Professor Rossmann wie ein Prophet oder Erleuchteter, dem die sinnlichen Empfindungen der Wirklichkeit gleichgültig sind, das süße Aroma der Luft, die Schönheit der Frauen auf den Straßen, die Schriftzüge der Leuchtreklamen, die überall aufflammten, ein Wort nach dem anderen, der Name eines Geschäfts, einer Seifenmarke. Gestikulierend blieb er vor dem Schaufenster stehen, in dem alle gleich lächelnde Pappmascheeköpfe auf winzigen Körpern helle Sommerhüte trugen. Er selbst hatte sich, ohne es recht zu bemerken, an die Normalität der Verbannung gewöhnt, daran, ein Niemand zu sein, der einmal einen respektierten Namen und eine vorzügliche Professorenstelle gehabt hatte und jetzt mit seiner Tochter in einer schäbigen Pension wohnte, die er nicht immer pünktlich bezahlen konnte.

»Sie denken immer, alles sei stabil, was bis jetzt gehalten hat, wird immer so bleiben. Sie wissen nicht, dass die Welt untergehen kann. Wir wussten es auch nicht, als 1914 der Krieg begann; wir waren noch blinder, abgestumpft und freudetrunken stürmten wir jubelnd die Rekrutierungsbüros, marschierten im Gleichschritt hinter Militärkapellen, die patriotische Hymnen schmetterten, geradewegs dem Schlachthof zu, und

Väter drängten ihre Söhne, sich mustern zu lassen, Frauen warfen Blumen aus den Fenstern. Unsere berühmtesten Schriftsteller verherrlichten den Krieg in allen Zeitungen, den *großen Kreuzzug deutscher Kultur!*« Er sprach Deutsch mit deklamierender Stimme, Passanten starrten ihn an: den eiförmigen Kahlkopf, den unzeitgemäßen, mehr speckigen als förmlichen Traueranzug, die heisere, fremd klingende Stimme, die schwarze Aktentasche, die er fest an die Brust drückte, als enthielte sie etwas überaus Wichtiges, seine Diplome und Zertifikate in gotischen Lettern, Empfehlungsschreiben in verschiedenen Sprachen, den ungültigen Pass mit einem roten Stempel auf der ersten Seite *(Jude – Juif),* maschinengeschriebene Passierscheine oder Transitpapiere in kyrillischer Schrift, Kopien von Visaanträgen, die ablehnenden Bescheide der amerikanischen Botschaft in Madrid, gebündelte Zeitungsausschnitte aus allen möglichen Ländern, voller Unterstreichungen, Rufzeichen und Fragezeichen, an den Rand gekritzelter Bemerkungen. Ignacio Abel bereute, so leichtsinnig gewesen zu sein, ihn zu zwei Gläsern Anis einzuladen: Wahrscheinlich hatte er außer dem Schinkenbrötchen den ganzen Tag über kaum etwas oder gar nichts gegessen.

»Auch Sie, mein lieber Freund, wollen die Augen verschließen; aber Sie sehen dennoch. Sie wollen auch nichts hören, genau wie die Leute im Café, als die Schüsse fielen. Aber Ihre Sinne sind wach. Ich rede und rede, obwohl ich es gar nicht will, und Sie sind der Einzige, der mir zuhört. Ich rufe an, und der Einzige, der mir antwortet, sind Sie. Wenn ich eine Dienststelle aufsuche, ist immer gerade geschlossen oder wird gerade geschlossen, und wenn ich jemand sprechen will, kann er mich gerade nicht empfangen oder gibt mir einen viel späteren Termin, und wenn ich zu dem erscheine, heißt es, er oder sie ist nicht da, oder ein Irrtum liegt vor und ich muss in einer Woche wiederkommen. Mit Ausnahme von Ihnen ist nie jemand zu Hause oder im Büro, wenn ich anrufe. Sie glauben, ich gebe irgendwann auf und komme nicht mehr oder werde krank, aber ich komme immer wieder, pünktlich auf den Tag und zur Stunde, die man mir genannt hat, und das nicht, weil ich besonders hartnäckig bin, sondern weil ich nichts anderes zu tun habe. Sie, mein lieber Freund, sind ein viel beschäftigter Mann und können mich nicht verstehen. Sie wissen nicht, was es heißt, morgens aufzuwachen und den ganzen Tag vor sich zu haben, ein ganzes Leben ohne eine andere Beschäftigung, als Dinge zu beantragen, die mir zu gewähren niemand verpflichtet ist, Menschen aufzusuchen, die mich nicht sehen wollen. Oder, schlimmer noch, Dinge an den Mann zu bringen versuchen, die niemand kaufen will, außer Ihnen, mein guter Freund, der mir aus lauter Mitleid schon ich weiß nicht wie viele von diesen Füllfederhaltern abgekauft hat, die das Papier zerkratzen und überall Tintenflecke hinterlassen. Meine Tochter kann wenigstens Deutschunterricht geben, und das habe ich Ihnen und Ihrer Frau Gemahlin zu verdanken, Ihren bezaubernden Kindern und den Freunden Ihrer Kinder, die Sie und Ihre Frau Gemahlin ich weiß nicht wie dazu überredet haben, Deutsch zu lernen. Ich selbst sollte auch lieber unterrichten, anstatt gefälschte Markenfüller zu verkaufen, Büros aufzusuchen und Papiere zu beantragen; aber Sie waren mein Schüler, Sie kennen mich, ich habe nicht die Geduld für etwas so Langwieriges, wie eine Sprache zu unterrichten. Das waren noch Zeiten damals! Sie erinnern sich: zuerst in Weimar und später dann in dem neuen Gebäude in Dessau. Ich wollte nichts wissen von dem, was außerhalb unserer schönen neuen Welt aus klaren Linien, weißen Wänden und großen Fenstern geschah. Die Schönheit der nützlichen Dinge. Wissen Sie noch? Die Schlichtheit des Materials, die reine Form zur Verrichtung einer exakten Aufgabe! Ich weiß nicht einmal mehr, ob ich es in der Zeitung gelesen habe, als Hitler zum Reichskanzler ernannt wurde. Wieder mal eine Regierungskrise, eine von so vielen, immer dieselben Politiker kamen und gingen, sogar ihre Namen glichen sich, und ich hatte weder Zeit noch Lust, Zeitung zu lesen oder mir die Reden anzuhören. Es gab Wichtigeres zu tun, praktische Dinge, die drängten, der Unterricht, die Verwaltung der Schule, technische Probleme mussten gelöst werden, meine Frau war krank, meine Tochter machte mir Sorgen, weil sie so schüchtern war, sich nicht traute, mit fremden Menschen zu sprechen, keinem in die Augen sehen konnte, und dann plötzlich Kommunistin wurde, ohne dass ich eine Ahnung hatte, von wem sie dazu angestiftet worden war. Ich habe nie verstanden, wie Menschen sich für Politik begeistern können, so wenig, wie ich verstehen kann, dass man sich für Sport oder Pferderennen begeistert. Es war, als wäre meine Tochter um den Verstand gebracht worden, vergiftet von den Büchern, die sie immer las, von den sowjetischen Filmen, den ewigen Versammlungen, die oft in unserer Wohnung stattfanden, auf denen stundenlang diskutiert, Unmengen von Zigaretten geraucht und jeder Artikel ihrer Zeitung diskutiert wurde, nachdem er laut vorgelesen worden war. Ihr ganzes Leben drehte sich um nichts anderes mehr, vom Aufstehen bis zum Schlafengehen, und dabei wurde sie immer blasser, wirklichkeitsfremder, sah mich an, als käme ich von einem anderen Planeten oder wäre der Klassenfeind, der sozialfaschistische Vater, schlimmer als ein Nazi, der Kollaborateur, heuchlerischer Helfer bei der Ausbeutung der Arbeiterklasse, korrumpierter Bourgeois, Befürworter des imperialistischen Krieges. Von ihrer Mutter hatte sie das musikalische Talent und die Stimme geerbt. Sie besuchte das Konservatorium, und dann hörte sie mit dem Singen auf, weil klassische Oper elitäre und dekadente Unterhaltung war. Das war meine Tochter. Sie pflegte sich nicht mehr und wurde hässlich. Sie haben sie ja gesehen: Es ist ihr gelungen, hässlich zu werden und älter auszusehen, als sie ist. Heute sieht sie aus wie eine der Fluraufseherinnen in den sowjetischen Hotels oder wie ein Tippfräulein der Komintern. Was können wir dagegen tun, mein

Freund? Wie wenig liegt in unserer Hand! Redlich unsere Pflicht und gut unsere Arbeit tun. Und wozu? Sagen, was unser Gewissen uns zu sagen befiehlt, obwohl niemand es hören will und wir uns den Hass nicht nur unserer Feinde zuziehen, sondern auch den jener unserer Freunde, die die Wahrheit nicht wissen und nicht sehen wollen, was vor ihren Augen passiert. Meine Tochter wollte nicht sehen, was jedem ins Auge fallen musste, als wir die Grenze zur Sowjetunion überschritten. Ich auch nicht, ihretwegen, denn wenn ich es sähe, wäre das illoyal ihr gegenüber, und schließlich hatten diese Leute uns Asyl geboten, als wir aus Deutschland fliehen mussten. Aber wie sie uns ansahen auf den Bahnhöfen, uns, die von Parteifunktionären in Empfang genommenen Ausländer, wie sie uns heimlich anschauten, aus den Augenwinkeln, furchtsam und hasserfüllt, weil es für uns immer freie Sitze gab im Zug und ein Gedeck in der Kantine, vor der sie in der Eiseskälte Schlange standen, proletarische Genossen in der sowjetischen Heimat. Und jetzt sehe ich diese Plakate in Madrid und bekomme Angst, die Hämmer und Sicheln, die riesigen Porträts, als wäre ich wieder in Moskau, oder als wären sie hierher gekommen, hinter uns her, auf der Suche nach uns. Ich habe die Parade zum 1. Mai gesehen, die roten Hemden, uniformierte Milizen, im Gleichschritt marschierende Kinder mit erhobenen Fäusten, Bildnisse von Lenin und Stalin, das riesige Plakat mit Hammer und Sichel über den Köpfen der Menge und dem Meer von roten Fahnen. Diese Leute können sich nicht vorstellen, was sie erwartet, wenn sie einmal das Unglück haben sollten, dass der Traum, den zu träumen man sie gelehrt hat, Wirklichkeit wird. Ich blieb bei meiner Tochter, aber am liebsten wäre ich davongelaufen. Sie war wie hypnotisiert. Sie hätten es nicht geglaubt, wenn Sie sie gesehen hätten. Und das nach allem, was man ihr in Moskau angetan hat. Still und ergriffen stand sie neben mir, hielt sich an meinem Arm fest, und ihre Augen füllten sich mit Tränen, als die Musikkapelle vorbeizog und die *Internationale* spielte, schrecklich misstönend natürlich, ihre Augen füllten sich mit Tränen, und sie streckte die geballte Faust nach oben, sie, die von den eigenen Genossen beinahe umgebracht worden wäre, von denselben, die sie mit einem Strauß roter Rosen begrüßt hatten, als wir über die Grenze fuhren. Es hilft alles nichts, niemand kann sich in Sicherheit wiegen, so weit man auch geflohen ist. Hören Sie auf mich, mein Freund, auch von hier muss man fliehen. Die Blauhemden und die Braunhemden und die Schwarzhemden und die Rothemden sind alle schon da, und es ist nur eine Frage der Zeit, bis sie alles überrannt haben werden. Werfen Sie einen Blick auf die Landkarte, sehen Sie sich an, wo sie überall schon sind. Für Leute wie uns ist gar kein Platz mehr. Kein Mensch wird uns zu Hilfe kommen. Hitler hat den Versailler Vertrag gebrochen und die entmilitarisierte Zone besetzt, und weder die Briten noch die Franzosen haben aufgemuckt. Ich erwarte Post aus Amerika, nicht aus den Vereinigten Staaten, das noch nicht, obwohl Mies van der Rohe und Gropius schon dort sind, Breuer ebenfalls. Ich habe ihnen geschrieben, aber es dauert, bis Antwort eintrifft. Sie tun, was sie können, sagen sie, aber es ist schwierig, Sie wissen ja, wegen meiner Tochter, weil in unseren Pässen vermerkt ist, dass wir die Sowjetunion bereist haben, da sind sie natürlich misstrauisch. Vielleicht könnten wir erst einmal nach Kuba oder Mexiko ausreisen, von dort ist es einfacher, in die Vereinigten Staaten zu gelangen. Sie denken, es sei noch Zeit genug, geben Sie es zu, Sie hören, was ich sage, und denken, dass ich übertreibe oder vielleicht dabei bin, den Verstand zu verlieren. Sie fühlen sich sicher, weil Sie in Ihrer Stadt, in Ihrem Land sind, und eigentlich glauben Sie, dass ich und meinesgleichen eine Rasse für sich sind, eine eigene Spezies. Aber die Uhr tickt, mein Freund, und zwar immer schneller, auch für Sie, nicht nur für meinesgleichen …«

Manchmal wurde Professor Rossmanns Stimme vom Lärm der Stadt übertönt. Der Verkehr; die angeregten Gespräche der Leute, die ihnen entgegenkamen; die Musik eines Leierkastens oder aus einem Radio in einer der Bars; die Sirene einer Ambulanz oder eines Streifenwagens; das Beben des Straßenpflasters, wenn eine U-Bahn unter ihnen durchfuhr; der Singsang eines Straßenhändlers, der Zigaretten und Krawatten feilbot; der träge Rhythmus der hereinbrechenden Nacht in der Madrider Innenstadt, als Gerüche in der Luft und der sinnliche Hauch einer Brise, die von wer weiß woher kam, den nahenden Sommer ankündigten; Kirmesstaub und frisch gewässerte Geranien; Straßenstände, an denen Eis und Waffeln und Fruchtmilchgetränke angeboten wurden. Über der Straße und dem Verkehr, über der elektrischen Straßenbeleuchtung und den Dächern, hoch über den in der lauen Abendluft geöffneten Fenstern leuchtete die Uhr am Turm der Telefongesellschaft. Die Nacht und das Rumoren der Stadt verstärkten seine Sehnsucht nach Judith Biely, die mit amerikanischen Studentinnen eine Bildungsreise nach Toledo oder Ávila unternahm. Ignacio Abel wollte Professor Rossmann zuhören und ihn folgsam zu dessen Pension begleiten, doch im Grunde empfand er nur unsäglichen Widerwillen. Eigentlich stand ihm der Sinn nach Alleinsein, wollte er sich von den visuellen Reizen der Straßen anregen und mit dem menschlichen Strom dahintreiben lassen, stets in der Hoffnung, an der nächsten Straßenecke Judith zu erblicken, die auf der Suche nach ihm der obligaten Ekstase der Touristen und ihren studentischen Begleiterinnen vorzeitig entflohen, ihrem strengen nordamerikanischen Pflichtgefühl, ihrer methodischen Begeisterung für die spanische Kunst aus Liebe untreu geworden war.

Aber ihm war die Zeit davongelaufen; die rötlich schimmernden Zeiger der Uhr am Gebäude der Telefongesellschaft zeigten acht Uhr. Jetzt fiel ihm wieder ein, dass er Adela versprochen hatte, nicht viel später als halb neun zu Hause zu sein, um am Abendessen mit der ganzen Familie teilnehmen zu können; eine Aussicht, die ihm plötzlich so öde erschien wie die auf einen Geburtstag oder eine Namenstagsfeier im Familienkreis. Im Fahrstuhl roch er schon das schwere Parfüm von Adelas Mutter und das Muskelöl, mit dem sich ihr Vater einzureiben pflegte. Auf dem Treppenabsatz hörte er schon das Geplapper der ihm vertrauten Stimmen, das kollektive Ergötzen der Ponce-Cañizares Salcedos, wenn sie alle zusammenklumpen konnten. Bevor Ignacio Abel ins Wohnzimmer ging, schlich er über den Flur zum Schlafzimmer, doch als er in dem seiner Kinder noch Licht sah, ging er hinein, um ihnen einen Gutenachtkuss zu geben. Da sah er zum ersten Mal in seinem Haus eine Pistole: Sein Sohn hielt sie mit zwei schwachen Händchen, visierte mit einem zugekniffenen Auge und zielte auf den Spiegel, folgte den leutseligen Anweisungen seines Onkels Victor, der unter der Sportjacke noch das blaue Hemd samt Schulterriemen trug.

15 Onkel Victor stand hinter ihm und hielt seine Handgelenke, weil die Pistole so schwer war, dass er sie nicht gerade halten konnte. Im Brustton des selbst ernannten Ausbilders befahl er ihm, sich breitbeinig hinzustellen, erklärte ihm, dass er einen festen Stand haben müsse, um beim Rückstoß der Waffe nicht das Gleichgewicht zu verlieren, denn es sei nicht wie im Kino, wo die Cowboys aus der Hüfte schossen, sondern man müsse die Pistole auf Augenhöhe heben, um zielen zu können, sie fest mit beiden Händen halten, einen Zwölfjährigen damit beeindruckend, wie vertraut ihm der Umgang mit Feuerwaffen war.

Onkel Victor: Miguel bewunderte ihn, sah in ihm eine Art romantische Verkörperung von Männlichkeit, besonders in letzter Zeit, seit bei Victor eine Veränderung sichtbar wurde, deren Ursprünge wohl weiter zurücklagen, die Ignacio Abel jedoch entgangen war, weil er seinem Schwager einfach nicht die Aufmerksamkeit schenkte, um Veränderungen in dessen wechselhafter Unfähigkeit zu bemerken. Vielleicht hatten sie sich anfangs aber auch eher unauffällig oder sogar verschwiegen entwickelt, was mit heimlichen politischen Aktivitäten zu tun haben mochte oder auch nur mit der Verdrucksheit eines willensschwachen jungen Mannes: Seinem wechselnden Ehrgeiz haftete stets etwas Suchendes, Unbestimmtes an, und die einzige Konstante, die man darin entdecken mochte, war neben einem Mangel an praktischer Substanz die schier endlose und bis zu einem gewissen Punkt illusorische Langmut, die Adela dafür aufbrachte. Er hatte zu viel Fantasie, aber früher oder später würde er seinen Weg finden; als Kind war er immer schwächlich gewesen und hatte längere Zeit in einem Sanatorium in den Bergen verbracht, was sich auf seinen Charakter ausgewirkt und ihn in der Schule zurückgeworfen hatte, was man ihm ja nicht anlasten konnte. Und war es nicht ganz natürlich, dass Eltern und ältere Schwester manchmal nachsichtiger und fürsorglicher als nötig mit einem Jungen waren, der wegen seiner schwachen Lungen so lange bettlägerig gewesen und der Einsamkeit eines Sanatoriums anheimgegeben war?

Er hatte dann Jura studiert, aber keinen Abschluss gemacht oder länger als normal studiert, weil er irgendwann der Meinung gewesen war, Jura allein sei zu trocken und besser mit Philosophie zu ergänzen, was nach Meinung der Schwester seinem literarischen oder in einem ganz allgemeinen Sinn künstlerischen Temperament auch viel mehr entgegenkam, wenngleich Don Francisco de Asís in seinem »tiefsten Innern«, wie er es ausdrückte, argwöhnte, dass dieses besonders von jungen Damen bevorzugte Studium doch etwas wenig Männliches hatte. Da seine Genesung stagnierte, fand Victor schon früh zum Lesen und Träumen. Theater und Poesie passten besser zu seinem fantasievollen Wesen als die Paragrafen eines Gesetzeswerks. Dieses Studium würde er zweifellos mit glänzenden Noten abschließen, sich danach vielleicht für einen Lehrstuhl bewerben, sodass er seine künstlerischen Vorlieben pflegen konnte, ohne Not leiden zu müssen. Schmale Gedichtbändchen, getippt und zusammengeheftet, von *Índice* oder von der *Revista de Occidente* nahmen in der literarischen Unordnung seines verrauchten Zimmers mehr Platz ein als die reichlich vorhandenen juristischen Texte, die er anfangs so eifrig studiert hatte, dass seine Mutter, Doña Cecilia, einigermaßen dramatisch ihrer Sorge Ausdruck verlieh, die Tausende von Seiten mit der winzigen Schrift durchzustudieren könnte seine Gesundheit schädigen und seine Augen ruinieren, so wie sie auch fürchtete, durch seinen maßlosen Zigarettenkonsum könnten die Lungen in Mitleidenschaft gezogen und er wieder in das unselige Sanatorium zurückgeschickt werden, in dem er traurigerweise schon einen beträchtlichen Teil seiner Kindheit verbracht hatte.

Er hatte offenbar angefangen, Gedichte zu schreiben, war aber so schüchtern und so perfektionistisch, dass er sie nicht einmal seiner älteren Schwester zeigen mochte. Einige wurden wohl in *Cruz y Raya* veröffentlicht, weil sie Bergamín gefallen hatten, oder in der *Gaceta Literaria,* wo sie bei Giménez Caballero einen wahren Begeisterungstaumel ausgelöst haben sollten. In diesen Zeitschriften zu veröffentlichen war höchst schwierig, wenn man keinen Fürsprecher hatte. Auf alle Fälle war es für einen jungen Dichter besser, sich mit scheinbar bescheidenen, eigentlich aber substanzielleren Ansprüchen zufriedenzugeben, mit nicht sehr bekannten, dafür aber umso angeseheneren Zeitschriften, in einem vornehmeren Ambiente. Man sagte ihm zu, ein Gedicht von ihm zu veröffentlichen, aber es dauerte so lange, bis es dann tatsächlich erschien, dass Victor des Wartens und der Poesie überdrüssig wurde und ein leidenschaftliches Interesse fürs Theater entwickelte, wenn man auch nicht genau erfuhr, für welche Art von Theater; natürlich konnte es nichts mit dem einfallslosen Kommerztheater zu tun haben, natürlich hatte er es mit den neuen poetischen Strömungen, mit Beleuchtungstechnik und verwegener Musik, mit überraschenden Bühneneffekten.

Mit einer angesichts seiner stets prekären Gesundheit tollkühn zu nennenden Entschlossenheit zog er sich im Winter für mehrere Wochen in das Landhaus in den Bergen zurück, um dort ein zwischen Symbolismus und Sozialkritik angesiedeltes Drama zu schreiben, dessen ersten Entwurf er Adela zu lesen gegeben hatte, wobei er sie nur um zwei Dinge bat: dass sie ehrliche Kritik übe und dass sie den Entwurf nie ihrem Mann zu lesen gäbe, dessen literarische Sensibilität gleich null sei und der, als aufgestiegener Maurer, der er war, keine anderen

Interessen habe, als seine Häuser zu bauen. Zugleich teilte er ihr ganz im Vertrauen mit, dass möglicherweise Cipriano Rivas Cherif das fertige Werk eventuell aufführen würde.

Der Entwurf war wenig präzise, und die Böe der theatralischen Inspiration hielt nicht lange an, was vielleicht an dem harten Winter in einem abgelegenen Dorf und einem schwer warm zu bekommenden Haus lag, oder weil die Aussichten, das Drama auf die Bühne zu bringen, plötzlich gar nicht mehr aussichtsreich waren, was wiederum der Ungeschliffenheit des Publikums und der Blindheit der Theaterleiter zuzuschreiben war, die nur an Gewinn interessiert waren, aber kein Risiko eingehen wollten und nur eingeführte Autoren spielten. Hatte García Lorca sich nicht mit diesem überpoetischen Stück lächerlich gemacht, bei dem als Schmetterlinge, Grashüpfer und Grillen verkleidete Schauspieler auf die Bühne kamen und das Parkett sie verspottet und sich über sie vor Lachen ausgeschüttet hatte? Und überhaupt, ein Theaterstück schreiben, war das nicht das Antiquierteste am Theater, das Vorhersehbarste? Victor kam zu seiner Schwester zum Essen und hatte einen Stoß Theaterzeitschriften in Deutsch und Französisch dabei, voll mit Fotos von Licht und Schatten, von Schauspielern mit bemalten Gesichtern, und dann ließ er sie einfach da und holte sie auch nie wieder ab.

»Na ja, er verstand die Sprache ja auch gar nicht«, bemerkte Ignacio Abel trocken, und sein Sarkasmus schmerzte Adela umso mehr, als sie im Grunde wusste oder ahnte, dass er gerechtfertigt war. Sie sah ihren Bruder an und hätte lieber nicht bemerkt, was ihrem Mann mit Sicherheit nicht verborgen blieb, eine gewisse Schlaffheit in den Bewegungen, die zu seiner Charakterschwäche passte, zu der allzu bedingungslosen Faszination für immer neue Dinge, ohne dass daraus eine erkennbare Tätigkeit erwuchs, ein halbwegs realisierbares Projekt. In dieser Hinsicht, erkannte Don Francisco de Asís mit genealogischer Betrübnis, war sein einziger männlicher Nachkomme mehr nach den Salcedos als nach den Ponce-Cañizares geschlagen. Als es dann trotz allem so aussah, als würde er beide Studiengänge gleichzeitig abschließen, nachdem er sich ein paar Monate lang nur in seine Bücher vergraben hatte und wegen Schlafmangel und übertriebenem Zigarettenkonsum beinah wieder lungenkrank geworden wäre, stellte sich heraus, dass er mit dem Jurastudium eine Zeit lang ausgesetzt hatte, weil er so von der Philosophie berauscht war, dass er darüber auch vergessen hatte, der Familie seinen Entschluss mitzuteilen. Vor allem aber wollte er seinen eigenen Lebensunterhalt verdienen – mit fast dreißig Jahren erschien es ihm unter seiner Würde, von Vaters Geld zu leben. Er würde in der Fakultät Abendkurse besuchen und tagsüber in der Beratungsfirma für Patente arbeiten, deren Besitzer ein Freund von ihm war – Besitzer oder zweiter Mann an Bord, das war nicht ganz klar, ein vertrauenswürdiger Freund jedenfalls, was man schon daran sah, dass er ihm, obwohl er ein Neuling war, ein gutes Gehalt und eine Stellung in verantwortlicher Position anbot. Ignacio Abel saß mit gesenktem Kopf am Tisch und hörte sich Adelas Ausführungen an, und er musste seine ironische Bemerkung noch nicht einmal aussprechen, damit Adela sich gereizt fühlte, ihr beschützendes Wohlwollen vergiftet sah. Wenn sie ihm von den neuen Perspektiven ihres Bruders erzählte, fiel ihr selbst deren haltlose Vagheit auf, was aber nur dazu führte, dass sie ihn umso heftiger in Schutz nahm.

»Ist es wahr, dass Onkel Victor Erfinder wird?« Miguels naive Frage ließ den Anflug eines Lächelns um seines Vaters Lippen spielen, kaum mehr als ein Zucken der Mundwinkel, und schon fürchtete Adela, er könne sich zu einer Bemerkung hinreißen lassen, die ihren Bruder vor den Kindern der Lächerlichkeit preisgeben würde. Andere Male wurde er ein Anwalt der Entrechteten, so wie Perry Mason, oder ein Drehbuchschreiber, für den es ein Leichtes sein würde, seine Nichte und seinen Neffen zu Filmaufnahmen mitzunehmen und ihnen sogar leibhaftige Schauspieler zu zeigen. Ignacio Abel verkniff sich seine verletzende Bemerkung, ohne dass dadurch der Nadelstich dessen, was er nicht sagte, gemildert worden wäre; es war eine Art instinktive Durchtriebenheit bei ihm, nicht wirklich boshaft, Teil des unpersönlichen Repertoires häuslichen Zusammenlebens. »Nein, kein Erfinder«, sagte Lita und verstärkte mit ihren Worten ungewollt noch die Beschämung der Mutter. »Onkel Victor ist ja beinahe Rechtsanwalt, und darum soll er den Erfindern helfen, damit sie nicht betrogen werden und keiner ihnen die Erfindungen stiehlt.«

Von seiner unverbesserlichen Gutgläubigkeit geleitet, schenkte Victor den Versprechungen von Freunden oft mehr Glauben, als ihm guttat, und musste immer wieder bittere Enttäuschungen einstecken. Der Beinaherechtsanwalt hatte Freundinnen, mit denen er sich beinahe verlobte, und eine von ihnen konnte ihm möglicherweise dazu verhelfen, vorübergehend für die Theatertruppe La Barraca zu arbeiten oder beinahe zu arbeiten. Deren Repertoire bestand hauptsächlich aus klassischen Stücken und Stücken der Dichtkunst, für die seine Kenntnisse in Bühnenbild und Beleuchtung nützlich sein konnten, die er sich in ausländischen Theaterzeitschriften angelesen hatte, deren Sprachen Victor anscheinend in irgendwelchen Kursen mit fremdsprachigen Lehrern näher gekommen war (die lockere Lebendigkeit der Konversation war der Routine des Auswendiglernens oder der Mühsal der Grammatik allemal vorzuziehen) und so die legendäre Fremdsprachenhemmung überwunden hatte, mit der beide Zweige der Familie – »in größter Offensichtlichkeit!«, wie Don Francisco de Asís zugab – gleichermaßen geschlagen waren.

Da er als Bühnenbildner oder Beleuchter mit der Truppe unterwegs war – von deren politischer Ausrichtung sein Vater aus naiver Ignoranz oder weil er selbstverständlich annahm, dass Theaterleute, die Mantel-und-Degen-Dramen und Mysterienspiele aufführten, auf eine ebenso grundsolide Art reaktionär waren wie er selbst, nichts ahnte –, hatte er das Abschlussexamen in einer der beiden Fakultäten, in denen er noch eingeschrieben war, oder vielleicht in beiden, verpasst. Das machte aber nichts, denn wenn er erst einmal eine Arbeit hatte, war der Studienabschluss nicht mehr das Wichtigste, um seinen Platz im Leben zu finden. Und in dem unwahrscheinlichen Fall, dass es mit der praktisch sicheren Stelle im Patentrechtsbüro nichts würde, konnte Ignacio Abel ihm dann nicht übergangsweise etwas im Baubüro der Universitätsstadt besorgen, oder bei einem seiner Architektenfreunde oder Dr. Juan Negrín mal fragen oder sonst ein Mitglied der republikanischen Regierung, mit denen er Umgang hatte? Zählten in Spanien heutzutage politische Verbindungen nicht mehr als selbst höchste persönliche Verdienste, und sollte dies dann nicht besonders für eine Familie mit langer monarchistischer Tradition gelten, »mit tiefster spanischer und katholischer Verwurzelung«, deklamierte Don Francisco de Asís mit seiner dröhnenden Bassstimme am abendlichen Tisch, und das mit solcher Vehemenz, dass er, da er gleichzeitig kaute und sprach, Speisereste und Speicheltröpfchen in alle Richtungen schleuderte?

Adela wusste jedoch, dass ihr Mann nicht reagieren würde und dass sie wieder ihren Mut zusammennehmen musste, um zuerst indirekt die Lage ihres Bruders zur Sprache zu bringen, die weit weniger glorreich war, als es den Anschein hatte, da er durch gewisse Unbesonnenheiten in Schulden geraten war. Natürlich würde er verstehen, worauf Adela hinauswollte, aber er würde weiterhin so tun, als fühlte er sich nicht angesprochen, würde ihr keinen Schritt entgegenkommen, ihr die Erniedrigung des Bittstellens nicht ersparen. Er würde mit höflicher Stimme irgendetwas Beleidigendes sagen, das er sich schon im Voraus zurechtgelegt hatte. Wenn Victor so viele Sprachen beherrschte und all diese Begabungen hatte, wie kam es dann, dass er nicht einmal eine einfache Bürostelle fand? Hatte ihn Don Francisco de Asís in keinem der Provinziallandtage unterbringen können, nicht einmal als Laufbursche?

Ignacio Abel sah die Veränderungen nicht, die sich anfangs unauffällig und nicht allein in Äußerlichkeiten bemerkbar machten. Er hörte nicht auf das nach wie vor vage Gerede seines Schwagers, das jedoch zunehmend eine politische Tönung bekam, einen Anflug von verhaltener Hysterie. In Madrid waren es immer dieselben, die das Sagen hatten. Um etwas zu erreichen, musste man auf der politischen Linie einiger Intellektueller sein, die in Zeitschriften, Theatergruppen, Zeitungen und sogar in den Hörsälen das Regiment führten, wenngleich kaum noch jemand die Vorlesungen besuchte, weil diese von notorischen Sowjetenthusiasten agitiert wurden. Die Frauen lehnten sogar ihre Weiblichkeit ab. Manche kamen mit Baskenmützen und klobigen Männerjacken in die Universität, wo sie mit der Zigarette im Mundwinkel lauter diskutierten als ihre männlichen Genossen. Wie lange würde es noch dauern, bis sie wie in Russland riefen: »Kinder ja, Ehemänner nein!«?

Victor wurde ein weiteres Mal Opfer seiner Schwärmerei: Er wusste noch nicht, welchen Preis er würde zahlen müssen, wenn er sich offen zu den neuen Erlösungsideen bekannte, die ihn neuerdings begeisterten, welche Türen sich ihm vielleicht für immer verschlossen. Enttäuscht von der Armseligkeit der literarischen Zirkel, hatte er aufgehört, die Treffen in der Druckerei Altolaguirre zu besuchen oder die sonntäglichen Teegesellschaften im Haus von Maria und Araceli Zambrano, auf denen sich immer fragwürdigere Gestalten ein Stelldichein gaben. Andere hielten sich bedeckt, doch er verfocht seinen neuen Glauben rückhaltlos, besonders nachdem er im Theater der Komödie der Gründungsveranstaltung der Falange beigewohnt hatte und von der Sprachgewalt und der Mannhaftigkeit José Antonios wie geblendet war. Dieser Mann sprach nicht wie ein Politiker, sondern wie ein Dichter. Und es waren nicht Politiker, die ein Volk in tiefster Krise bewegten, sondern die Dichter und Visionäre.

Dass sein Schwager sich jetzt manchmal im blauen Hemd zeigte, hielt Ignacio Abel für eine ebenso vorübergehende Inkonsequenz wie dessen früheren Hang zu schwarzem Cape und langer Künstlermähne und später zum absurden Mechanikeroverall, mit dem sich die studierten jungen Leute von La Barraca als Arbeiter verkleideten. Die Prosa der politischen Manifeste, die er jetzt nach seinen Besuchen liegen ließ, war genauso blumig und inhaltsleer wie die der Literaturzeitschriften, die er Jahre zuvor so andächtig gelesen hatte. Am auffälligsten war der Übergang vom diffusen künstlerischen Schmachten zu einem halb martialischen, halb sportlichen, immer noch mit einem beträchtlichen Maß an Illusion verbundenen Dynamismus. Er trug jetzt keine Ringe mehr, lümmelte nicht mehr zigarettenrauchend auf dem Sofa. Er war jetzt Motorradexperte geworden – wenn er die feste Anstellung bekam, die man ihm versprochen hatte, würde er anfangen zu sparen, um sich eine Maschine kaufen zu können – und brachte seinem Neffen Sammelbilder von Fußballspielern und Motorradrennfahrern mit, erzählte ihm so begeistert von Sportarten, in denen er plötzlich zum großen Kenner geworden war, dass Lita ein wenig grollte, weil ihr schmerzlich bewusst wurde, dass sie zu diesen reinen Männerthemen keinen Zugang hatte.

Beim Gehen knallte Victor jetzt die Absätze aufs Pflaster, kämmte sich das Haar straff nach hinten, sodass seine Schädelform deutlich hervortrat, allerdings auch der beginnende Haarausfall sichtbarer wurde, den er von der mütterlichen Seite der Familie geerbt hatte, die schon seit mindestens einem Jahrhundert auf Porträts in Öl und auf Daguerreotypien unsterblich gemachten Salcedo-Glatzen. Er lachte jetzt aus vollem Halse und gewöhnte sich einen männlichen Händedruck an, wobei er die Handfläche halb schräg nach unten hielt. Zum Essen setzte er sich mit aufgekrempelten Ärmeln an den Tisch, Messer und Gabel hielt er lotrecht in den Fäusten; er war jetzt braun gebrannt von den Leibesübungen an der frischen Luft, von Märschen und dem Militär nachempfundenen Manövern, zu denen er an Wochenenden in die Berge fuhr und wohin er Miguel einmal mitzunehmen versprach – ohne dass sein Vater davon erfahren musste, flüsterte er mit verschwörerischer Miene.

Wenn er durch den Flur ins Haus kam, hörte man seine Stiefelabsätze knallen und roch auch bald das eingefettete Leder. Die Kinder sprangen ohne um Erlaubnis zu bitten vom Tisch auf und rannten ihm entgegen, Adela erhob sich ebenfalls und konnte vor Freude kaum an sich halten, als sie den unerwartet sich einfindenden Bruder begrüßte, und überwand auch den unausgesprochenen Tadel Ignacio Abels, der allein zurückblieb im Esszimmer, am gedeckten Tisch, vor der kalt werdenden Suppe. Es gehörte zu den Privilegien des einzigen Bruders, unangemeldet bei seiner Schwester aufzutauchen und so zu tun, als könne ihn der stumme Ärger ihres Mannes nicht erschüttern.

»Du brauchst dich gar nicht zu verstellen, Schwager. Ich weiß, dass dir meine Ideen nicht behagen.«

»Welche Ideen? Ich wusste gar nicht, dass Ideen im Spiel sind. Uniformen, ja. Die scheinen für euch alle viel wichtiger zu sein als Ideen.«

»Darf man erfahren, wen du mit ›alle‹ meinst?«

»Euch alle. Rothemden, Blauhemden, Braunhemden, Schwarzhemden. Gibt es nicht in Katalonien auch Grünhemden? Das goldene Zeitalter für die Hemdenindustrie. Habt ihr euch mit den Kommunisten abgesprochen, dass sie hellblaue und ihr dunkelblaue Hemden tragt? Von den Koppeln, Schulterriemen, Halstüchern, Fahnen und Paraden im Gleichschritt wollen wir gar nicht reden.«

»Papa, die Uniformen sehen doch schön aus.«

»Du hältst den Mund, wenn die Erwachsenen sprechen. Oder spielt ihr auf dem Schulhof auch Uniform tragen? Spielt ihr auf der Straße Hymnen schmettern und mit Knüppeln aufeinander losgehen?«

»Ignacio, das ist keine Art, mit deiner Tochter zu sprechen.«

»Man muss schon geistig zurückgeblieben sein, um freiwillig eine Uniform anzuziehen. Um Soldat zu spielen.«

»Sag nicht so was, Schwager, da werden wir ganz ärgerlich.«

»Ich bleibe bei dem, was ich gesagt habe.«

»Bestimmt ärgerst du dich nicht so, wenn du die Jungen Pioniere nach einem Arbeitseinsatz über die Calle de Argüelles paradieren siehst.«

»Das finde ich genauso beschämend. Genauso widerwärtig. Im Gleichschritt marschieren, die Faust hochrecken, das Kinn vorstrecken, darin sind sich alle gleich. Die Farbe des Hemdes interessiert mich überhaupt nicht. Ich mag nicht, wenn Kinder mit gefalteten Händen Gebete nachplappern wie Papageien, und ich mag nicht, dass sie mit hochgereckten Fäusten die *Internationale* singen, so wie sie wenig später *O Maria hilf* singen. Anständige Menschen verstecken sich nicht in einer uniformierten Menge.«

»Wie du dich aufführst, sollte man dich besser allein lassen.«

Adela, die sein Schweigen so fürchtete, war jetzt erschrocken über die kalte Wut seiner Worte, hervorgestoßen in dem konzentrierten Bemühen, nicht laut zu werden, keinen anzusehen.

»Gar keine schlechte Idee.«

»Das ist ein Generationenproblem, Adela.« Der Ästhet wurde auf einmal zum Philosophen, entdeckte den mäßigenden Ton für sich, bediente sich der verbalen Mannschaftskost, die ihn seit einiger Zeit nährte. »Dein Gatte ist ein intelligenter Mann, aber noch der alten Zeit verhaftet. Ich weiß das zwar, aber ich halte es ihm nicht vor. Man muss jung sein, um eine Zeit würdigen zu können, die sich das Jungsein auf die Fahnen geschrieben hat, wie José Antonio immer sagt. In einer Sache hast du recht, Ignacio, Ideen ändern sich, genau wie die Mode. Es gibt immer noch Leute, die altmodische Überröcke tragen, Bart und hohe Schuhe und Kneifer auf der Nase. Sie leben noch in der Zeit der Kutschen und haben nicht mitbekommen, dass die Zeit der Automobile und Flugzeuge angebrochen ist. Du kannst nichts dafür, du kommst aus dieser Zeit. Aber wir leben jetzt im 20. Jahrhundert ...«

»Das ist ja großartig.« Ignacio Abel sprang auf und verscheuchte mit einer herrischen Handbewegung das Dienstmädchen, das den Nachtisch servieren wollte. »Jetzt bin ich also der alte Reaktionär und du der Fortschrittliche. Das ist wirklich großartig.«

»Reaktionär oder fortschrittlich, links oder rechts, das sind überholte Begriffe, Schwager. Man ist entweder für die Jugend oder das Alter, für das Entstehen oder das Sterben, für die Kraft oder die Schwäche.«

»Nun, Uniformen sind eine ziemlich veraltete Mode ...«

»Die alten Uniformen mit Orden und Federbüschen, mit denen die Mächtigen ihre Vorrangstellung demonstrierten! Unsere Uniformen heute verkörpern die Gleichheit aller, überwinden den ganzen schwächlichen Unsinn von Individualität. Das Arbeiterhemd, die praktische Bekleidung des Sportlers, der Stolz aller, einen gemeinsamen Herzschlag zu haben!«

»Und die Pistolen?«

»Zu unserer Verteidigung, Schwager, denn wir wären friedliebende Leute, wenn man uns nicht den Krieg erklärt hätte. Wir grüßen mit der offenen Hand, nicht mit der geschlossenen Faust. Wir reichen jedem die Hand, denn wir glauben weder an Parteien noch an Klassenunterschiede. Die jungen Männer, die unsere Zeitungen verkauften, wurden von Kommunisten niedergeschossen, bis wir auch schießen gelernt haben. Diese ruchlose Regierung überfällt unsere Versammlungslokale und sperrt Falangisten ein, während sich die roten Milizen straflos austoben können.«

»Die republikanische Regierung handelt nach dem Gesetz und sperrt Mörder und Verbrecher ins Gefängnis.«

»Die republikanische Regierung ist eine Marionette des Marxismus.«

Mit einem Mal sah Ignacio Abel, wie lächerlich das Gespräch war und er mit unnötiger Vehemenz noch zu dieser Lächerlichkeit beigetragen hatte. Allein sich dieses Wortgeklingel anzuhören entwürdigte einen schon. Er sah seinen Schwager nicht als Faschisten, sondern als etwas Schlimmeres, das ihm aber immerhin schon vertraut war, für das er ihn immer schon gehalten hatte: einen Idioten. Einen Idioten im blauen Hemd und schwarzen Koppelzeug, mit absurden, an Reiterei erinnernden Stiefeln, so berauscht von billiger Journaillelyrik, wie er von einem gewöhnlichen Branntwein schlimmsten spanischen Verschnitts gewesen wäre, Brandy Picador oder Anís del Mono, krank von rüden Ansprachen und poetisierender Prosa, die schlecht aus dem Deutschen oder Italienischen übersetzt worden war. Einen Idioten, der im Grunde vielleicht kein schlechter Mensch war, der aufrichtige Zuneigung zu seiner Schwester und zu seiner Nichte und seinem Neffen empfand, denen er immer Geschenke mitbrachte, Soldaten- oder Cowboyfiguren für den Jungen und Prinzessinnen für das Mädchen, einen Ball, eine Puppe mit Schlafaugen; denen er, als sie noch klein waren, Geschichten erzählt und für die er jedes Opfer gebracht hatte, um zu helfen, wenn sie einmal krank gewesen waren. Oder er war wirklich ein Schuft, und Ignacio Abel beging den Fehler, seine Gefährlichkeit nicht ernst zu nehmen, weil er ihn wegen seiner mangelnden Intelligenz verachtete.

Jetzt hatte der verdammte Idiot oder der verdammte Schuft die Arme von hinten um seinen Sohn gelegt und brachte ihm bei, mit einer Pistole zu zielen, die in den kleinen Händen besonders groß und obszön wirkte; Händen, so durchscheinend wie die Haut an den Schläfen, zu schwach, einen Ball zu halten oder sich in der Turnstunde am Seil hinaufzuziehen, die gleich nach Miguels Geburt so substanzlos, so zart und weich waren wie die Extremitäten eines Lurchs. Wenn er in Fiebernächten zugesehen hatte, wie die schwache Brust seines Sohnes sich hob und senkte, hatte er immer gleich gefürchtet, er könne Lungenentzündung oder Tuberkulose haben. Er hatte auch erfahren, dass andere, stärkere Jungen ihn in den Pausen auf dem Schulhof schlugen, wenn seine Schwester nicht in der Nähe war, um ihn zu beschützen. So unbeholfen beim Sport, und bei Schulausflügen dazu neigend, mit einem Sonnenbrand oder mit blauen Flecken nach Hause zu kommen, weil er gestürzt war oder andere ihn geschubst hatten und er sich nicht zu wehren wusste. So verträumt einzelgängerisch, so abhängig von Lita, mit der er noch in Kinozeitschriften blätterte und die meisten anderen Interessen teilte, als er eigentlich schon mit gleichaltrigen Jungen hätte spielen sollen. Allzu angelockt von den Zimmern im hinteren Teil der Wohnung, in denen die Dienstboten regierten und ihn mit ihren Geschichten und flamencoseligen Liedern bezauberten, die durch die Innenhöfe schallten, während er sie zugleich im Radio hörte.

Nicht einmal vor sich selbst konnte er zugeben, wie sehr sein Ärger darüber die Liebe zu seinem Sohn beschmutzte. Dessen Schwächlichkeit erregte seinen Widerwillen und weckte zugleich den ungesunden Wunsch in ihm, ihn vor allem zu beschützen. Er beobachtete ihn stets aus den Augenwinkeln, weil er in Sorge um ihn war, ohne dass er hätte sagen können, vor was. Und in einer Art wechselseitiger Telepathie wusste Miguel um die sorgende Aufmerksamkeit seines Vaters, und je mehr er sich beobachtet fühlte, desto unsicherer und ungeschickter wurde er, oder er gab aus einer Laune heraus irgendeiner Verwegenheit nach, die, als wäre er für Katastrophen besonders anfällig, genau darauf abgestimmt zu sein schien, seinem Vater die Geduld zu rauben. Anstatt also die Pistole zu senken, als er ihn im Spiegel auftauchen sah, oder sie dem Onkel zurückzugeben, um das Unheil zu vermeiden, das sich über ihm zusammenzog, drehte er sich zu seinem Vater um und zielte auf ihn, dann trat er einen Schritt zurück und sank zitternd zusammen, schloss die Augen und fühlte schon jetzt die enorme Wucht der Ohrfeige, die sein bleiches Gesicht, das jetzt jäh errötete, aufglühte wie unter einem Fieberschub, noch nicht getroffen hatte.

Als er die Gesichter seines Sohnes und seines Schwagers so nah vor sich sah, erkannte Ignacio Abel die unangenehme Ähnlichkeit zwischen beiden. Nicht nur bestimmte Züge, bei dem Jungen angedeutet, bei dem Erwachsenen deutlich hervortretend, sondern auch eine tiefere Ähnlichkeit, die charakterliche Schwäche, verbunden mit einem Groll auf ihn, den anspruchsvollen Vater und herablassenden, sarkastischen Schwager, Ehemann der Mutter und Schwester, dem nicht über den Weg zu trauen war, der sich zwischen sie gedrängt hatte genau wie bei dem Spiel heute Abend, zu dem er so unpassend aufgetaucht war.

Ignacio Abel wollte nicht hinnehmen, dass Miguel seinem Onkel mit der gebogenen Adlernase, dem kräuseligen Flaum auf der Oberlippe, dem ausweichenden oder etwas kurzsichtigen Blick, als ob ein Teil von ihm sich ganz nach innen verziehen wollte, immer ähnlicher wurde. Victor hatte dem Jungen die Pistole abgenommen, ohne dass der es bemerkte, und sagte etwas, das Ignacio Abel nicht hörte. »Mann, stell dich nicht so an. Wir spielen doch bloß.« Ignacio spürte, wie die Wut in ihm hochkroch, die heiße Wut, die gleichzeitig so kalt wie seine Handflächen war. Kalt und ohne Gefühl sah er schon, wie er seinem Sohn eine Ohrfeige geben würde, und ein Teil von ihm schämte sich deswegen, doch ein anderer Teil wollte weitermachen, wie von der Angst des Jungen angestachelt, aber auch beleidigt von dessen unwillkürlicher Flucht zum Onkel, gekränkt davon, dass er diesen erwählte, um sich vor dem eigenen Vater in Sicherheit zu bringen. Er war sich seiner Drohgebärde bewusst, die den Zorn wachhielt, ihn sogar beförderte, doch er unternahm nichts, um ihn zu bändigen. Die offensichtliche Schwachheit seines Sohnes, sein rot angelaufenes Gesicht, die bebende feuchte Unterlippe machten ihn nur noch wütender, anstatt ihn zu besänftigen.

Miguel ging einen oder zwei Schritte zurück, suchte mit den Augen seinen Onkel Victor, der, nachdem er die Pistole im Schulterhalfter verstaut und die Jacke zugeknöpft hatte, als wollte er sie noch unsichtbarer machen, von ihm zurücktrat, weil ihn der Mut verließ oder weil er ahnte, dass der Zorn des Vaters umso größer würde, je mehr der Sohn seinen Schutz suchte. »Mann«, begann er wieder, doch Ignacio Abel hieß ihn mit einer abrupten Geste schweigen, und so trat er zur Seite, seine ganze Männlichkeit dahingeschmolzen, zerkrümelt trotz der Stiefel, der Lederriemen und der Pistole im ledernen Halfter, als wäre er nicht sicher, ob die Bestrafung nicht auch ihn treffen könnte.

Er schaute Miguel in die Augen, und der Junge hielt dem Blick stand, während er an den Schrankspiegel zurückwich, in dem er sich Sekunden zuvor als Filmheld gesehen hatte, oder als etwas Besseres noch, weil die Filmpistolen ja nicht echt waren. In welchem Augenblick überschreitet man die Grenze, nach der es definitiv zu spät ist, die schändliche Tat nicht mehr rückgängig zu machen? Mit der erhobenen Rechten ragte er vor seinem Sohn auf, stand einen Moment lang im Begriff, sie wieder sinken zu lassen, sich umzudrehen und türenknallend aus dem Zimmer zu gehen, seine Miene zu glätten, während er durch den Flur ging, um sich mit misslauniger Ergebenheit dem Familienessen zuzugesellen.

Er hätte seinen Schwager Victor anschreien und ihm sagen können, er solle verschwinden, und wenn er die Wohnung wieder betreten wolle, dann ohne Blauhemd und Pistole. Aber das tat er nicht. Er sparte sich weder die künftige Beschämung noch die Würdelosigkeit, diesen Ausbruch von Gewalt vor Judith Biely zu verheimlichen, die ihn ihm nie verziehen, der ihr die Schattenseite eines Menschen gezeigt hätte, den sie nicht kannte. Er hob die Hand und hielt nicht inne. Er sah sie hinabfahren, die Luft durchschneiden, die offene, gewalttätige Hand, schwer wie eine Waffe, die Handfläche viel breiter und härter als das Gesicht des Jungen. Er schlug zu und spürte das Brennen in seiner Hand und zugleich die Hitze, die die Scham ihm ins Gesicht trieb. Das seines Sohnes drehte sich unter der Einwirkung des Schlages zur Wand. Seine mit Tränen gefüllten Augen schauten ihn von unten her an wie aus dem Innern einer Höhle: Die Panik war einer grollenden Verletztheit gewichen, die Wange gerötet, und in der Mitte seiner kurzen Hose breitete sich ein nasser Fleck aus, und ein Urinbächlein rann an einem seiner dünnen Beine hinunter. Als Ignacio Abel sich umdrehte, um aus dem Zimmer zu gehen, sah er, dass seine Tochter alles beobachtet hatte, starr und still von dem Tischchen aus, auf dem ihre Bücher und Schulhefte lagen.

16 Vereinzelte Schüsse am frühen Morgen, in der Luft, die noch von den Wilddüften der Berge erfüllt war, von Thymian, blühendem blauen Rosmarin, breiten weißen Blüten mit gelben Stempelbünden zwischen den glänzenden Blättern der Zistrosen. Der Wald, der vor einigen Jahren abgeholzt worden war, damit das Gelände für die Universitätsstadt eingeebnet werden konnte, wuchs auf den Brachflächen und an den Böschungen der Baugruben schon wieder nach, auf den gerodeten Flächen, die noch keine Sportplätze waren. Das Schwirren verirrter Kugeln hätte man auch für das Zirpen von Schwalben halten können; Schüsse wie hohler Widerhall von Feuerwerkskrachern, aus der Ferne, weit fort vom Klappern der Schreibmaschinen und den offenen Fenstern des Baubüros, aus denen Zeichner und Sekretärinnen eher neugierig als besorgt nach draußen schauten, um festzustellen, woher das Schießen kam.

Die Luft war noch rein, voll der Gerüche des bergigen Landes, Aschenbecher und Papierkörbe waren noch leer, das Rot auf den Lippen und Fingernägeln der Sekretärinnen noch frisch. Er mochte diese Morgenstunden: Der ganze Tag lag vor einem, man ging mit Schwung an die Arbeit, war noch nicht ausgelaugt oder gelangweilt. Der Angestellte, der die Post verteilte, war durch den Tumult vielleicht abgelenkt worden und kam etwas später: Mit seinen bedächtigen Schritten, seinem feierlichen Ausdruck im Gesicht, in dem auch Unterwürfigkeit spielte, würde er mit dem Postkorb in beiden Händen das Büro betreten und umständlich um Erlaubnis bitten, und Ignacio Abel würde unter all den amtlichen Schreiben vielleicht

Judiths Handschrift erkennen. Kaum waren sie voneinander getrennt, schrieben sie sich Briefe, wollten mit geschriebenen Worten die leere Zeit ausfüllen, in der sie nicht zusammen waren, ein Gespräch weiterführen, dessen sie nie überdrüssig wurden, die beklemmende Frist, die ihnen bis zum Ende ihres Zusammenseins blieb, auslöschen.

Wieder schnelle Schüsse hintereinander, nicht von Pistolen, sondern von Gewehren. Wann war der Moment, in dem das Gehör sich daran gewöhnte; zu unterscheiden lernte? Am besten machte man weiter, als habe man nichts gehört: nicht den Kopf vom Schreibtisch heben, vom Zeichenbrett, immer beschäftigt bleiben, Briefe diktieren, Anrufe entgegennehmen, sich gegen alle Widrigkeiten stemmen, für den Fortgang der Arbeiten sorgen. Er würde die Sekretärin anweisen, wieder an ihre Schreibmaschine zurückzukehren, anstatt Gerüchte über die Schießerei durch die Büros zu tragen. Er würde in der Polizeikaserne anrufen und um Verstärkung bitten, obwohl es einfacher wäre, Dr. Negrín anzurufen, der mit unerschöpflichem Tatendrang sogleich seinen Einfluss geltend machen würde. Die Bauarbeiten mussten Tag und Nacht bewacht werden, da die Anarchisten von der CNT nichts unversucht ließen, um die Arbeiter wieder zum Streik zu bewegen.

Aber Negrín hätte er schon längst anrufen sollen und verschob es immer wieder. Er hätte ihm sagen müssen, dass er für das kommende Semester nach Amerika eingeladen war, hatte es aber nicht getan. Er hätte seine Meinung einholen sollen, bevor er die Einladung annahm, hatte ihm aber nichts davon gesagt. Jetzt hätte er ihm sagen müssen, dass er angenommen hatte, und verharrte immer noch in Schweigen, hatte nicht einmal seine Zustimmung gesucht. Aber auch Adela und den Kindern hatte er noch nichts gesagt. Die offizielle Einladung von Burton College war in einem länglichen, elfenbeinfarbenen Umschlag eingetroffen, und als er ihn in der täglichen Korrespondenz entdeckt hatte, hatte er ihn schnell eingesteckt und später in die verschließbare Schublade gelegt, in der er auch Judiths Briefe und Fotos aufbewahrte. Er gab nur vage Antworten, wenn die Kinder ihn nach der versprochenen Reise fragten, nach der Fahrt im Schlafwagen nach Paris, der Überfahrt über den Atlantik, den Hochbahnen und Wolkenkratzern in New York, den Schnellrestaurants, über die Lita sich ausführlich in Nachschlagewerken und Illustrierten informiert hatte.

Er schob den unbehaglichen Moment hinaus, in dem er würde erklären müssen, was er sich seit Langem zurechtgelegt hatte, wohl wissend, dass er in diese peinliche Lage nur geraten war, weil er vor Monaten etwas versprochen hatte, worum er gar nicht gebeten worden war. Für die Kinder wäre es nicht gut, sie so lange aus der Schule zu nehmen; er würde weniger Honorar bekommen, als er anfangs gedacht hatte; es war nicht einmal sicher, dass er den Auftrag für den Bau der Bibliothek bekam (eine Waldlichtung auf der anderen Seite des Ozeans: ein paar Striche auf den breiten Blättern seines Skizzenblocks, die Andeutung einer Form, die vielleicht niemals Gestalt annehmen würde, so unsicher wie die eigene Zukunft).

Er stellte fest, dass die Lüge ein Darlehen war, für das in sehr kurzer Zeit Wucherzinsen zu entrichten sein würden; weitere Lügen verlängerten die Laufzeit, doch der Preis dafür wurde immer höher, und sie lieferten ihn Gläubigern aus, die immer ungeduldiger wurden. Die Bauarbeiten gingen viel langsamer voran als vorgesehen (alles war so schwierig, so zäh, in den Amtsstuben stapelten sich unbearbeitete Anträge, Maschinen waren defekt und nicht in ausreichender Zahl verfügbar, die Transportmittel waren primitiv, die Arbeiter lustlos, Taschentücher mit verknoteten Zipfeln zum Schutz gegen die Sonne auf dem Kopf, feuchte Kippen im Mundwinkel, weshalb sie mühevoll durch die Nase atmeten, ständig um sich blickend aus Angst vor bewaffneten Angreifern), und obwohl der Bauarbeiterstreik nicht umfassend war, würde die Universitätsstadt nie bis zum Oktober eingeweiht werden können.

Sich vor dem Ende aus dem Staub machen: Wäre das nicht ein Verrat an Negrín? Außerdem ging Judith Biely davon aus, dass er allein nach Amerika reiste. Ignacio Abel hatte nicht gelogen, als er ihr sagte, das wünsche er sich ebenso wie sie; wohl hingegen, indem er sie in der Annahme beließ, Adela und die Kinder wüssten von seinem unwiderruflichen Entschluss. Es war ja auch keine richtige Lüge, eher eine hinausgeschobene Wahrheit. Früher oder später würde er das schwierige Familiengespräch schon führen müssen; es stand ihm so deutlich vor Augen, als hätte es schon stattgefunden (Miguels beleidigtes Gesicht, Adelas Miene bestätigter Enttäuschung, Litas unerschütterlicher, etwas ins Wanken geratener Glaube an ihn), wie wenn der Wecker klingelt und man träumt, man sei schon aufgestanden und hätte geduscht, und der Traum einem den Vorwand für ein paar weitere Minuten unruhig wälzender Faulheit liefert.

Dass die Tage und Wochen vergingen, ohne dass er etwas sagte oder unternahm, und der Sommer näher kam und die Zeit bis zur Abreise immer kürzer wurde, war kein allzu gravierender Umstand, da nur er allein davon wusste; wie ein Kassierer, dem der Griff in die Kasse nicht als Vergehen erscheint, weil er noch nicht entdeckt worden ist (aber genauso war es gewesen, als er vor zwölf Jahren nach Deutschland gegangen war: der Junge krank, gerade erst geboren, Adelas Zusammenbruch nach der Geburt, und er unterdessen mit dem Bestätigungsschreiben seines Reisestipendiums in der Tasche, ohne ein Wort darüber zu verlieren, wartend auf was?).

Allein der solide Anschein von Normalität würde die Katastrophe nicht abwenden. Jeden Tag arbeiten, sich nach außen untadelig darstellen, dafür sorgen, dass die draußen entstehende Stadtlandschaft dem großen utopischen Modell der Universitätsstadt immer ähnlicher wurde, die abstrakten Gebäude zwischen Baumpflanzungen und Sportplätzen, geraden Alleen und gewundenen Wegen, über die einmal lärmende Gruppen von Studenten gehen würden, trotz des langsamen Voranschreitens der Arbeiten, der ständigen Finanzierungslücken und bürokratischen Verzögerungen, der apokalyptischen Propagandisten von Streiks und anarchistischer Revolution, die mit ihren roten und schwarzen Fahnen und ihren automatischen Pistolen die Baustellen unsicher machten. Jeden Morgen aufstehen und mit Adela und den Kindern frühstücken, die Zeitung lesen und sich in der Straflosigkeit seiner Gedanken die nackte Judith Biely vorstellen, während durch die offenen Fenster die frische Mailuft mit ihrem Duft nach den Blüten junger Akazien hereinwehte, während sein Verlangen nach Judith sich heftiger zu regen begann (er würde sie anrufen, sobald er aus dem Haus war, von der nächsten Telefonzelle aus, besser gleich von seinem Arbeitszimmer, wo er sie mit Flüsterstimme bitten würde, sich so schnell wie möglich mit ihm zu treffen, egal wo, im Stundenhotel, in irgendeinem Café oder im Retiro) und die Last der hinausgeschobenen Entscheidungen, die Wucherzinsen, weiter wuchsen wie ein unentdeckter Tumor.

Je größer das Chaos wurde, desto mehr lag ihm daran, sich nichts davon anmerken zu lassen; nicht die Kontrolle über das zu verlieren, was die Leute sahen. Das Haus verlassen und nicht daran denken, dass ein gedungener Mörder auf ihn warten könnte. Im Baubüro so mit einer Kalkulation oder der Korrektur einer Zeichnung beschäftigt sein, dass nicht einmal in der Nähe abgefeuerte Schüsse ihn länger als einen Moment aufblicken lassen. Nicht auf den Korridor hinaustreten und nach dem Postverteiler mit dem feierlichen Gehabe Ausschau halten. Nicht aufs Telefon starren, als könnte geballte Konzentration den Apparat klingeln lassen, und es wäre ein Anruf von Judith. Er nahm seinen Mut zusammen, um Dr. Negrín im Kongress anzurufen, und eine Sekretärin gewährte ihm die Erleichterung, ihm mitzuteilen, dass Don Juan nicht dort sei, sie ihn aber gern von seinem Anruf unterrichte, sobald er komme. Das Schießen hatte aufgehört; jetzt schrillte in der Ferne die Sirene einer Ambulanz oder eines Mannschaftswagens der Polizei. Die Sekretärin trat ohne anzuklopfen ein, war sehr erregt und berichtete überstürzt, und Ignacio Abel hatte kaum Zeit, den Brief, den er an Judith Biely zu schreiben begonnen hatte, unter einem Aktenstoß verschwinden zu lassen.

»Die Anarchisten, Don Ignacio, ein Streikposten. Wie im Kino sind sie mit einem Auto vor der Medizinischen Fakultät vorgefahren und haben auf die Arbeiter der Morgenschicht geschossen, sie Faschisten und Verräter der Arbeiterklasse genannt. Aber einige Jungen von den sozialistischen Milizen, die zum Aufpassen da waren, haben aus den Fenstern zurückgeschossen ...«

»War denn die Polizei nicht da?«

»Die Polizei! Die ist wie immer erst gekommen, als die Pistoleros längst weg waren. Sie hätten die Jungs von der Miliz sehen müssen, wie die es denen gegeben haben! Alle Autofenster haben sie zerschossen. Eine Pfütze von Blut haben sie zurückgelassen, als sie davongefahren sind. Der eine oder andere von denen wird seinen Teil abgekriegt haben.«

Sie standen in Grüppchen beisammen und sprachen aufgeregt über die Schießerei, wie sie montagmorgens über die Fußballspiele des Sonntags oder einen Boxkampf diskutierten: Aufseiten der Arbeiter hatte es nur einen Leichtverwundeten gegeben, trotz des anhaltenden Schusswechsels und all der zerschossenen Fensterscheiben; von denen aber hatte es bestimmt einen oder zwei übel erwischt, bei dem ganzen Blut, das von dem Auto getropft war, in dem sie geflohen waren – glänzendes rotes Blut, nicht die schwarze Flüssigkeit, die man in Filmen sah, schwer und dunkel dann, als es im Boden versickerte, die Reste von Arbeitern mit Besen weggekehrt und mit Zement überstreut, bevor sie wieder auf die Baustelle zurückkehrten, beschützt von den jungen Männern der Miliz, die sie ehrfurchtsvoll »Die Motorisierten« nannten, eine fantastische Bezeichnung, die daher rührte, dass einige von ihnen bei Paraden auf Motorrädern mit Beiwagen patrouillierten.

»Einer von denen ist mit Sicherheit tot«, sagte der Postverteiler, dessen Korb mit Briefen vergessen auf einem Tisch stand, darin vielleicht einer, den Judith Biely erst gestern geschrieben und frankiert hatte, nur eine Stunde nachdem sie auseinandergegangen waren, die Wärme ihrer Nähe noch darin, aber auch schon die Sorge um die Ungewissheit des nächsten Treffens, »sie haben ihn zu zweit ins Auto getragen, sein Gesicht und sein Hemd waren voller Blut«. Falls er wirklich starb, würden sie ihn unter einem Wald von Fahnen zu Grabe tragen, den Sarg mit einem rot-schwarzen Banner bedeckt, hoch über den Köpfen der Menge, gereckte Arme, um ihn zu berühren, um ihn wie ein Boot über einen reißenden Fluss zu balancieren, der sich durch die Straßen ergoss. Sie würden Hymnen schmettern und Fäuste schütteln, sich heiser schreien nach Rache und Vergeltung und Verwünschungen ausstoßen, die zu den verrammelten Fenstern der Bürgerhäuser emporbrandeten. Ein einzelner Schuss oder der Knall einer Fehlzündung konnte in der Masse eine Welle von Zorn oder Panik auslösen, die sie aufwühlen würde wie ein Wirbelsturm ein Getreidefeld: weitere Schüsse, jetzt aber richtige, Wiehern von Polizeipferden, berstendes Glas, umstürzende Straßenbahnen und Autos. Am Ende würde jemand tot auf der Straße liegen, und die kollektive Liturgie des Todes würde, noch heftiger jetzt, aufs Neue beginnen: Einer der Teilnehmer des Trauerzuges oder jemand, der das Pech hatte, in die Schussbahn einer Kugel zu geraten; ein falangistischer Schütze, der aus einem langsam fahrenden Auto geschossen hatte, das jetzt von einer wachsenden Menschenmenge eingekreist wurde. Auch dieser

Tote würde seine Beerdigung bekommen, mit genauso vielen Trauergästen, mit anderen Hymnen und anderen Fahnen, mit Ansprachen aus heiseren Kehlen, mit »Es lebe …«- und »Tod den …«-Rufen am offenen Grab. Bei den Begräbnissen der Linken gab es ein Meer von roten Fahnen und erhobenen Fäusten, Aufmärsche von uniformierten jungen Milizionären; bei den anderen Beerdigungen stiegen der von Priestern geschwenkte Weihrauch und das Rosenkranzgemurmel der Menge gen Himmel.

Erstaunlich war, dass die außergewöhnliche Ähnlichkeit der Begräbnisfeiern derer, die sich als Feinde betrachteten, niemandem auffiel, das übertriebene Zelebrieren von Wut und Opferwillen, die giftige Ablehnung der wirklichen und gegenwärtigen Welt im Namen des Paradieses auf Erden oder des Himmelreichs: als wollte man übereilt das Jüngste Gericht herbeiführen, als sei der Hass auf die Ungläubigen und Lauen viel größer als der auf die Erleuchteten der gegnerischen Seite. Nach der Beerdigung des Polizisten, der Jiménez de Asúa als Leibwache zugeteilt war, stürmt die vom Friedhof zurückkehrende Menge eine Kirche und setzt sie in Brand; die herbeigerufene Feuerwehr wird mit einem Kugelhagel empfangen; ein Feuerwehrmann wird erschossen, und am nächsten Tag gibt es wieder eine Beerdigung, diesmal mit blauen Hemden, mit Priestern in Messgewändern, mit Weihrauch und Rosenkranzgebeten. In diesen Tagen des Mai (nur wenige Monate her, und doch eine ganz andere Welt), an die Ignacio Abel sich jetzt erinnert, ist Madrid eine Stadt der Begräbnisse und der Stierkämpfe. Über die Calle de Alcalá ziehen fast täglich Menschenmengen zur Stierkampfarena oder zum Ostfriedhof. Trauerzüge und Stierkampfbegeisterte wirbeln die gleiche Menge Staub auf, das Geschrei ist bei beiden gleichermaßen erschreckend. Am Tag nach einem Stierkampf findet in derselben Arena eine politische Veranstaltung statt, und das metallische Echo der Lautsprecher, der Hymnen, der »Es lebe …«

und »Tod den ...« dringt aus derselben Ferne bis in Ignacio Abels Wohnung und in das gemietete Zimmerchen, in dem er sich mit Judith Biely trifft.

»Sie können da draußen nicht unbewaffnet herumlaufen, Don Ignacio«, sagte Eutimio, und seine Stimme klang besorgt, als er ihm abends von der morgendlichen Schießerei vor der Baustelle der Medizinischen Fakultät berichtete. Eutimio war nur wenige Jahre älter als er, sah aber viel älter und auch viel stärker aus mit seiner aufrechten, kräftigen Gestalt und seinen großen Händen, mit dem gebräunten Gesicht voller horizontaler Fältchen, wie Axthiebe in einem Hauklotz. »Sie sind sehr gefährdet, wenn Sie morgens allein mit dem Auto zur Arbeit kommen und abends zurückfahren, wenn niemand mehr da ist.«

Die Pistole, die Eutimio ihm zeigte, nachdem er die Bürotür geschlossen hatte, war viel größer als die von Negrín und primitiver oder gröber als die von Adelas Bruder. Sie sah aus wie ein solides Stück Eisen, das man auf einem Amboss in eine rudimentäre Form gehämmert hatte. Eutimio war mit der Mütze in der Hand in einiger Entfernung vom Schreibtisch stehen geblieben. Ignacio Abel wusste, dass es nutzlos sein würde, ihn aufzufordern, Platz zu nehmen. Also stand er auch auf, lehnte sich ans Fenster, fühlte sich unwohl in seinem eigenen Büro und in seinem Maßanzug, mit seinen weichen Händen, diesem Mann gegenüber, der ihn schon als Kind gekannt hatte, als sein Vater ihn an Wochenenden und in den Ferien auf die Baustellen mitnahm, wo er den Maurern helfen musste. Eutimio, der damals Stuckateur lernte, passte auf ihn auf: Er rieb seine von Gips und Kalk zerfressenen und von der ungewohnten Arbeit mit Blasen bedeckten Hände mit fetten Salben ein, zeigte ihm, sich auf die zusammengelegten Fingerspitzen zu hauchen, wenn sie an eisigen Wintermorgen steif vor Kälte waren. Er hegte für ihn die etwas furchtsame

Bewunderung, die ein Kind für den Jungen aufbringt, der nur wenige Jahre älter ist und sich schon wie ein Erwachsener unter Erwachsenen bewegt. Eutimio hatte das Gesicht seines Vaters gesehen, bevor man einen Sack darüberlegte, auf dem sich schnell ein Blutfleck auszubreiten begann.

»Ich bin kurzsichtig, Eutimio. Ich habe in meinem ganzen Leben noch keine Waffe abgefeuert.«

»Haben Sie denn nicht in Marokko gedient?«

»Ich war so untauglich, dass man mich in die Schreibstube gesteckt hat.«

»Untauglich nicht, Don Ignacio, sondern auf ein Pöstchen gehoben, wenn Sie mir das offene Wort gestatten.« Dem braven Eutimio, mit seiner Mütze in der Hand und dem leicht gesenkten Kopf, stand ein Glanz in den wachen Augen, der von Sympathie und Sarkasmus sprach. »Die Untauglichen, die nicht Studierte waren und auch keine Beziehungen hatten, wurden trotzdem an die Front geschickt und waren die Ersten, die starben.«

»Wenn ich eine Pistole hätte, wäre ich für alle eine Gefahr außer dem, der mich umbringen wollte.«

»Eine Pistole kann Ihnen das Leben retten.«

»Hauptmann Faraudo hatte eine, und sie haben ihn trotzdem umgebracht.«

»Die Feiglinge haben sich von hinten angeschlichen. Obwohl auch noch seine Frau bei ihm war.«

»Das Gesetz muss zu unserem Schutz ausreichen, Eutimio.«

»Sagen Sie mir nicht auch noch, dass das Auge um Auge, Zahn um Zahn nichts gilt. Wenn sie uns umbringen, müssen wir uns verteidigen. Einen von denen für jeden von uns. Sie wissen, dass ich kein Hitzkopf bin, aber wir haben keine andere Wahl mehr.«

»Dasselbe sagen die anderen auch.«

»Verzeihen Sie, wenn ich offen spreche, Don Ignacio, aber vom Klassenkampf verstehen Sie nichts.«

»Mann, Eutimio, jetzt sagen Sie mir nicht, dass Sie über Nacht ein Anhänger Lenins geworden sind, so wie Largo Caballero.«

»Es gibt Dinge, die können Sie nicht verstehen, bei allem Respekt.« Eutimio sprach langsam und sehr artikuliert. Als junger Mann hatte er die Reden Pablo Iglesias' gehört, und er las täglich die Hintergrundberichte von *El Socialista* mit deutlicher Stimme laut vor, damit seine Frau sie verstand und damit er sich selbst der korrekten Aussprache jedes Wortes versichern konnte. »Sie werden den Mitgliedsausweis der Sozialistischen Partei und der Arbeitergewerkschaft haben, so wie Ihr Vater, möge er in Frieden ruhen; aber im Klassenkampf zählt nicht, was einer gelesen hat, sondern was für Schuhe er trägt oder wie seine Hände aussehen. Ihr Vater hat als Maurergehilfe begonnen, und als ihm das Unglück zustieß, war er schon Baumeister; aber wir haben ihn Herr Miguel genannt, nicht Don Miguel. Sie, Don Ignacio, verzeihen Sie, aber Sie sind ein Herrensohn. Kein Parasit und auch kein Ausbeuter, denn Sie verdienen Ihren Lebensunterhalt durch Ihre Arbeit und Ihr Talent. Aber Sie tragen Lederschuhe und keine Bastsandalen, und wenn Sie mit Hacke oder Schaufel arbeiten müssten, wären Ihre Hände in fünf Minuten voller Blasen, so wie als Kind, wenn Ihr Vater Sie mit auf die Baustelle nahm.«

»Aber Eutimio, ich dachte, der Klassenkampf spiele sich zwischen Arbeitern und Fabrikanten ab und nicht zwischen Arbeitern und Arbeitern, wie bei der Schießerei heute Morgen. Wenn ihr schon schießt, warum auf welche, die auch Bastsandalen tragen?«

Eutimio schaute ihn etwas erstaunt, aber auch mitleidig an, als wäre er immer noch das ungelenke, dickliche Kind, das er anschubsen musste, damit es den ersten Schritt aufs Gerüst tat.

»Wie gesagt, Don Ignacio, Sie verstehen das nicht. Wenn die Leute verzweifelt sind, schalten sie vielleicht ihren Verstand aus.

Fürs Diskutieren eigne ich mich nicht, aber mit diesem Ding in der Hand nimmt mir keiner mehr meine Stimme.«

»Die Stimme nicht, Eutimio, aber, viel schlimmer, das Leben. Auch wenn Sie eine Pistole tragen – sind Sie so schnell wie diese Gangster? Wenn einer verzweifelt ist, weil er keine Arbeit hat und weil seine Kinder hungern, dann verstehe ich, dass er einen Laden ausraubt oder eine Bank überfällt oder was immer. Ich verstehe die Leute, die draußen die Nacht abwarten, um Baumaterial zu stehlen, oder die morgens auf den Baustellen erscheinen, obwohl sie keinen Arbeitsvertrag haben, und darauf hoffen, dass wir sie doch noch als Tagelöhner verpflichten. Ich könnte aus der Haut fahren, wenn ich sehe, wie die Polizisten sie in Handschellen abführen oder andere Arbeiter sie mit Steinwürfen vertreiben, damit sie das bisschen, was sie haben, nicht noch mit ihnen teilen müssen. Aber sagen Sie mir, was diese Pistoleros heute wollten, oder die, die morgen vielleicht kommen, um Rache zu nehmen.«

»Sie wollen die Revolution, Don Ignacio. Keine Lohnerhöhungen für die Arbeiter, sondern dass die Arbeiter auf der Welt das Sagen haben. Dass das ganze Blatt sich wendet, um es einfach auszudrücken. Dass es keine Ausbeuter und keine Ausgebeuteten mehr gibt.«

Auch Eutimio, der immer die zupackende, vom Leben auf den Straßen und dem Lesen von sozialkritischen Romanen durchwirkte Sprache der Madrider Arbeiterviertel gesprochen hatte, klang jetzt nach Flugblatt und Pamphlet. Es klopfte an der Tür, und die Sekretärin trat mit einer Unterschriftenmappe ins Büro; der Vorarbeiter senkte den Blick, nahm unwillkürlich eine unterwürfige Haltung ein, wich zur Tür zurück, als wolle er jeden Verdacht ungebührlicher Annäherung an Ignacio Abel zerstreuen. »Verzeihung«, sagte er mit einer leichten Verbeugung, die Mütze mit beiden Händen haltend. Jeder Ausdruck von Vertraulichkeit war aus seinem Gesicht gewichen: Von einem Moment auf den anderen hatte er jede mögliche

Verbindung mit dem Büroleiter gekappt, und es war, als hätte er das Bild des kleinen Jungen, dem er die kältestarren Finger gerieben und Salbe auf die wunden Handflächen gestrichen hatte in jenen fernen Zeiten Anfang des Jahrhunderts, als man vor Tagesanbruch aufstand und sich mit Gaslaternen den Weg zur Arbeit leuchtete, aus seinem Gedächtnis gelöscht.

Als er nach Feierabend mit dem Wagen nach Hause fuhr, sah er ihn mit gesenktem Kopf und kraftvoll ausschreitend zur Straßenbahnhaltestelle gehen, den Beutel mit dem Essgeschirr über der Schulter, die Hände in den Hosentaschen, allein unter den Grüppchen von Arbeitern, die von den Baustellen kamen, auf denen nur ein paar bewaffnete Wachen zurück-blieben: die Abendsonne in den frisch eingesetzten Fenstern, ruhende Baumaschinen, Kräne, die in der von Schwalben und Mauerseglern durchkreuzten Luft schwankten. An manchen Straßenkreuzungen standen Polizisten, ließen sich Ausweise zeigen und filzten die vom Baugelände der Universitätsstadt kommenden Arbeiter.

»Steigen Sie ein, Eutimio, ich fahre Sie nach Hause.«

Er hatte die Geschwindigkeit gedrosselt und fuhr neben ihm her, doch der Vorarbeiter wandte kaum den Kopf und beschleu-nigte seine Schritte. Vielleicht widerstrebte es ihm, dass andere Arbeiter ihn in das Auto des Bauleiters steigen sahen.

»Ich mache nur Ihre Sitze schmutzig, Don Ignacio.«

»Reden Sie keinen Unsinn, Mann. Haben Sie mir nicht gesagt, ich dürfe nicht zu vertrauensselig sein? Nun, ich will Sie auch nicht allein in dieser Gegend herumlaufen sehen.«

»Keine Angst, Don Ignacio, mit mir legen sie sich nicht an.«

Er hatte sich mit der Müdigkeit eines alten Mannes in den Beifahrersitz sinken lassen, die Pistole in der Hand, die Mün-dung auf Ignacio Abel gerichtet. »Und wenn jemand nicht weiß, mit wem er es zu tun hat, habe ich diese hier, um mich vorzustellen.«

»Drehen Sie die Waffe lieber zur Seite, sonst machen Sie mir womöglich nicht nur die Sitze schmutzig, sondern blasen mir auch noch das Gehirn weg, wenn Ihnen bei einem Schlagloch unversehens ein Schuss losgeht.«

»Sie haben Einfälle, Don Ignacio! Jetzt, im Alter, werden Sie Ihrem verstorbenen Vater immer ähnlicher. Das ist meine Rede seit Langem; wenn es mehr Herren Ihres Kalibers gäbe, wäre die Welt eine andere.«

»Hören Sie heute überhaupt nicht mehr auf, mich als Herrn zu bezeichnen? Bin ich nicht ein Werktätiger? Sie wissen doch, in der Verfassung heißt es, Spanien sei eine Republik der Werktätigen.«

»Schön wäre es ja.« Eutimio lehnte sich zurück und strich mit seinen breiten Fingerkuppen anerkennend über den Lederbezug des Sitzes, fuhr über das Armaturenbrett, betastete die Elfenbeinknöpfe des Autoradios, alles sehr behutsam, als fürchte er, aus Ungeschicklichkeit Schaden anzurichten. »Aber die Verfassung kann man nicht essen. Sie wissen ja, was die Großgrundbesitzer sagen, die lieber eine Ernte verlieren, als ihren Arbeitern anständige Löhne zu zahlen ...«

»Esst eure Republik.«

»Genau. Sie treten die Menschen und empören sich, wenn der Getretene sich aufrichtet und sie beißt.«

»Darüber haben wir aber nicht geredet.«

»Jetzt sind Sie ärgerlich auf mich, Don Ignacio, weil ich Sie einen Herrensohn genannt habe, aber das brauchen Sie nicht. Ich habe Sie nicht Ausbeuter genannt, das würde ich nie tun. Sie haben nie einen Menschen bestohlen oder betrogen, und Sie sind ebenso sehr Sozialist wie ich, oder zumindest wie Don Julián Besteiro und Don Fernando de los Ríos, die auch keine Schwielen an den Händen haben, soweit ich weiß. Die Massen, mit denen Sie es am liebsten zu tun haben, sind die Gehirnmassen, wie Prieto sagt. Aber die Dinge sind, wie sie sind, und wenn ich das richtig verstanden habe, lehren Karl

Marx und Friedrich Engels uns, sie auch so zu sehen, ohne uns den Blick trüben zu lassen, im Einvernehmen mit den Prinzipien des Materialismus ...«

»Jetzt hören Sie sich aber an wie Besteiro, mit dieser Sprache.«

»Und nach denen, nehmen Sie es mir nicht übel, Don Ignacio, ist ganz klar, dass Sie Auto fahren und ich zu Fuß gehe oder höchstens mit der Straßenbahn fahre, dass Sie einen Hut tragen und ich eine Mütze, und wenn es regnet, werden Sie nicht nass, weil Sie nicht nur im Auto fahren, sondern auch neue Schuhe tragen, deren Sohlen kein Wasser aufsaugen, und Ihre Füße werden nicht kalt wie die von denen, die Bastsandalen oder alte Stiefel mit Löchern in den Sohlen tragen. Sie arbeiten viel, keine Frage, aber unter einem Dach und mit Heizung, und wenn es heiß wird, arbeiten Sie im Schatten und nicht in der Sonne. Wenn eines Ihrer Kinder krank wird, was Gott verhüten möge, muss es nicht ins Krankenhaus der Fürsorge, in dem es so nach Armut und Tod riecht, dass es gleich noch kränker wird; zeigen sich Anzeichen von Schwindsucht, ist gleich ein guter Arzt zur Stelle und verschreibt die richtigen Medikamente, die Sie auch bezahlen können, und wenn nötig, ist sofort ein Platz im Sanatorium frei, wo die Lungen allein vom guten Essen und der Bergluft heilen. So ist die Wirklichkeit, Don Ignacio, und Sie wissen das. Sie möchten, dass sich das ändert? Klar. Aber es ist ganz natürlich, dass es für Sie nicht so dringend ist und Sie es längst nicht so eilig damit haben wie ein Arbeiter. Verzeihung, ein Werktätiger, um mich korrekt auszudrücken. Und fest steht, dass ich mich nie über Sie beschweren konnte und nie zulassen würde, dass jemand in meiner Gegenwart schlecht über Sie spricht. Schließlich kenne ich Sie seit Kindestagen und weiß, welche Mühen Sie das Studium gekostet hat, so allein, wie Sie und Ihre Mutter waren, nachdem das Unglück mit Ihrem Vater passiert ist, der in Frieden ruhe. Es ist Ihr Verdienst und Ihr Talent, aber auch

das Ihres Vaters, der sich aufgeopfert hat, um Sie studieren lassen zu können, anstatt Sie zum Arbeiten mit auf die Baustellen
zu nehmen, wie ein anderer, weniger gebildeter Vater es getan
hätte, und auch einer, der weniger erfolgreicher ist in seinem
Beruf. Ich sage immer, wenn dem Herrn Miguel nicht passiert
wäre, was ihm passiert ist, wäre er einer der größten Baumeister Madrids geworden. Wie auch immer, Don Ignacio, Sie
sind ein herzensguter Mann und haben nicht vergessen, was
es heißt, mit den Händen zu arbeiten; aber Sie stehen auf der
Herrenseite und ich auf der Arbeiterseite, das ist so klar, wie
Sie im Salamanca-Viertel wohnen und ich in Cuatro Caminos.
Fest steht aber auch, dass ich nicht wie die anderen bin, Sie
kennen mich, ich hasse niemanden und glaube auch nicht, dass
für die Herstellung von sozialer Gerechtigkeit Köpfe rollen
müssen wie in Russland. Ich hätte mir einen Vater wie den
Ihren gewünscht und nicht einen armen ungebildeten Maurer, der mich mit acht Jahren in die Lehre gesteckt hat. Wenn
einer meiner Söhne nur so viel Talent hätte, wie der liebe
Gott Ihnen mitgegeben hat, oder die natürliche Auslese, da
hat jeder seine eigene Meinung. Aber wenn ich jetzt Spanien
so sehe, da können noch furchtbare Dinge passieren, und ich
frage mich oft, auf welche Seite Sie sich schlagen, wenn die
Dämme einmal brechen.«

»Sie müssen nicht brechen, Eutimio.«

»Das glauben Sie und ich, jeder von seinem Platz im Leben
aus, weil wir vernünftige Leute sind. Verzeihen Sie, dass ich
mich mit Ihnen vergleiche. Aber auch wenn ich längst nicht so
eine Leuchte bin wie Sie, habe ich doch etwas gelernt, indem
ich Zeitung lese und alle Bücher, die mir in die Hände fallen,
und mir alles vom Leben abschaue, seit ich angefangen habe,
bei Ihrem Vater auf dem Bau zu arbeiten. Aber nicht alle sind
wie wir, Don Ignacio. Machen wir uns nichts vor, Sie leben,
wie Sie leben, wie ein Bourgeois, und ich konnte mich bisher
zum Glück einigermaßen durchschlagen. Wir beide sind fried-

liche Menschen, will mir scheinen; aber andere, die hinter uns Druck machen, sind sehr viel hitzköpfiger, und Besonnenheit ist weder auf Ihrer noch auf meiner Seite dicht gesät.«

»Sind wir denn nicht auf derselben Seite? Sogar in derselben Partei?«

»Sie sehen doch, wie wir uns innerhalb der Partei zerfleischen. Ich schlage *El Socialista* oder *Claridad* auf und lege sie gleich wieder zur Seite, um nicht all die Ungeheuerlichkeiten lesen zu müssen, die die einen Genossen über die anderen schreiben. Wenn wir so viel Zorn aufwenden, um uns gegenseitig zu bekämpfen, wie viel bleibt uns dann noch, um uns gegen den Feind zu stellen? Es gibt viel böses Blut, Don Ignacio. Das Korn verfault auf den Feldern, weil es in diesem Jahr so viel geregnet hat wie nie, und weil die Landbesitzer es lieber verfaulen lassen, als die Erntearbeiter anständig zu bezahlen. Es gibt Menschen, die werden als Schmarotzer geboren, und andere, die dazu werden, weil sie nie genug kriegen können oder weil sie von Geburt an als Ungeziefer behandelt worden sind.«


Eutimio erregte sich zusehends, sein Atem ging schwer, die Augen hielt er starr nach vorn gerichtet. Dieser Mann weckte eine Art von Zärtlichkeit in Ignacio Abel, die er für keinen anderen Menschen mehr empfand: Er brachte ihn in eine Zeit und zu einem Teil seiner selbst zurück, die ihm ohne Eutimio verschlossen blieben. Dessen archaische Sprache war genau dieselbe, die er früher oft bei den Männern gehört hatte, die sich an Samstagabenden im Wohnzimmerchen der Pförtnerwohnung trafen, die dann voller Stimmen und Tabaksqualm war. Eutimios Worte brachten ihm seinen vor vielen Jahren verstorbenen Vater auf eine so merkwürdig intensive Art nahe, wie ihm das vorher nur wenige Male im Traum passiert war: sein Vater, und er, zum späten Ende einer überbehüteten Kindheit immer noch ein Kind, jetzt einige Jahre älter als der Vater zum Zeitpunkt seines Todes. Eutimio gehörte in diese Zeit (Aufstehen vor Tagesanbruch, Erschöpfung am Ende eines Arbeitstages, die grobe Feierlichkeit der sozialistischen Versammlungen, auf denen Männer in Hemden und dunklen Westen sich mit Sie anredeten und die Hand hoben, wenn sie ums Wort baten), die ihm, wenn sie ihm so lebendig vor Augen geführt wurde, seinen Platz in der Gegenwart streitig zu machen drohte, jenes gesicherte Leben, das so unvermeidlich erschien, doch ebenso gut auch nicht hätte stattfinden können, da es überhaupt keinen Bezug zwischen diesem und jenem gab; das er zu der Zeit geführt hatte, deren einziger Zeuge noch Eutimio war.

Damals hatte nichts auf das Heute hingewiesen. Der Junge, der im Schein einer Petroleumlampe am Klapptisch saß und lernte, als die Räder eines Karrens vor dem Fensterchen auf Bodenhöhe hielten, hatte nichts gemein mit dem Mann mit dem grauen Haar und dem sicheren Auftreten, der jetzt sein Auto über die Ausfallstraße von Madrid zur Calle Santa Engracia und dem Kreisel von Cuatro Caminos lenkte. Doch Eutimio, an seiner Seite, wusste Bescheid. Mit seiner klaren Erinnerung und seinem wachen Verstand konnte er Verbindungen herstellen und im ernsten Profil Ignacio Abels Züge erkennen, die in dessen Kindheit wurzelten, und andere, die später, als ein fernes Echo der Zeit, diejenigen der Eltern hervortreten ließen, von denen nur noch ein feierliches, unscharfes Foto mit verblassten Farben existierte, so anachronistisch wie die Haltung der beiden oder der Spitzenkragen und der Haarknoten der Mutter und das mit einem Mittelscheitel straff nach hinten gekämmte Haar des Vaters, sein Schnurrbart mit den gezwirbelten Enden. »Das sind eure Großeltern väterlicherseits«, hatte er einmal seinen Kindern erklärt, die das Foto mit einem Befremden betrachteten, als sähen sie nicht nur Menschen aus einem anderen Jahrhundert und einer anderen Gesellschaftsschicht, sondern einer ganz anderen Rasse.

Aber Eutimio brachte nicht nur Erinnerungen, sondern auch körperliche Eindrücke, welche die Gegenwart des Vaters sofort wieder lebendig werden ließen: seine rauen Hände, seine Bewegungen, der Geruch der groben Manchesterhose.

»Sie können mich da vorne absetzen, Don Ignacio. Sie fahren dann einfach geradeaus weiter; ich kann die nächste Straßenbahn nehmen.«

»Lieferung frei Haustür«, sagte er lächelnd, mit einem Schulterzucken, von einer schamhaften Rührung ergriffen, die er niemandem gestehen würde, nicht einmal Judith Biely. »Mal sehen, ob ich Sie mit den Annehmlichkeiten des bürgerlichen Lebens korrumpieren kann.«

»Streikbrecher nennen mich die von der CNT ja schon.«

»So schlimm wird's wohl nicht sein.«

Sie bogen in die Calle Santa Engracia ein und passierten den Wasserturm, der vor der horizontalen Landschaft Madrids und dem bläulichen Hintergrund der fernen Berge wie ein persischer Grabtempel in die Höhe ragte. Ignacio Abel fuhr schweigend, hörte Eutimio zu, beobachtete aus den Augenwinkeln, wie sich seine Haltung unmerklich änderte, je näher sie seinem Viertel kamen: unbehaglich den Rücken gestrafft, die Knie zusammengedrückt, misstrauisch einer Vertraulichkeit gegenüber, die ihm so schnell entzogen werden konnte, wie sie ihm gewährt worden war. Am Stadtrand dehnte sich Madrid zu ländlicher Weite mit niedrigen Reihenhäusern, vor denen Frauen auf kleinen Korbstühlen saßen und nähten, mit leeren Grundstücken hinter Bretterwänden, an denen noch verblichene Wahlplakate hingen. Über dem Kreisel von Cuatro Caminos lag ein staubiges, dörfliches Licht: Lumpensammlerkarren, Ziegenherden, Viehglocken und Straßenbahngebimmel rund um einen Springbrunnen ohne Wasser, der aus einer viel lebhafteren Umgebung herausgelöst und hergebracht worden zu sein schien; aus unerfindlichem Grund der bürgerlichen Promenade entrissen, für die er gebaut worden war.

Die kräftigsten Farben waren das Grün und Rot der Geranien vor den Fenstern. Ein paar Jungen, die mit einem Ball aus zusammengebundenen Lumpen mitten auf der Straße Fußball spielten, kamen angerannt und liefen neben dem Auto her. Sie zogen Grimassen und drückten ihre Gesichter gegen die Fensterscheiben. Aus der Nähe offenbarten sich die Zeichen des Elends: Einer hinkte und stützte sich auf eine Krücke, auf dem Kopf eines anderen pustelte die Krätze.

»Vorsicht, Don Ignacio, die sind imstande und kommen Ihnen unter die Räder.«

Hinter Gittern und Balkongeländern, aus den Eingängen von Werkstätten, Tavernen und kleinen Gemischtwarenläden verfolgten argwöhnische, wachsame Blicke das vorüberfahrende Auto. Drei Männer kamen ihnen entgegen, mit weißen Hemden und abgetragenen Jacken, mit tief ins Gesicht gezogenen Mützen und eigentümlich breitbeinigem Gang. Im Hosengürtel eines der Männer war der schwarze Kolben einer Pistole zu sehen. Vor dem Auto blieben sie stehen, ohne ein Zeichen gegeben zu haben, dass es anhalten sollte. Sie standen unbeweglich mitten auf der Straße und beobachteten Ignacio Abel, der mit durchgetretener Kupplung den Motor laufen ließ, beide Hände gut sichtbar auf dem Lenkrad, die Augen wachsam auf die Männer gerichtet, deren herausfordernden, fragenden Blicken er jedoch auswich.

»Keine Sorge, Don Ignacio, die Burschen sind in Ordnung.«

»Wissen Sie, was sie wollen?«

»Sie halten hier Wache.«

Eutimio drehte das Seitenfenster herunter und grüßte einen der Männer, den mit der Pistole, der mit ernstem Gesicht das Innere des Wagens inspizierte, mit einem verächtlichen Zug um den Mundwinkel, in dem eine Zigarettenkippe glomm. An jedem Fenster die platt gedrückte Nase eines Kindes, der Atembeschlag von offenen Mündern, große, staunende Augen, die ins Innere starrten, als schauten sie in ein Aquarium.

»Der Herr ist vertrauenswürdig, Genosse«, sagte Eutimio, dem Blick des Mannes ausweichend, der so nah war, dass ihm der Zigarettenqualm ins Gesicht schlug. »Er ist mein Chef auf der Baustelle, ich verbürge mich für ihn.«

Die Männer beratschlagten kurz und ließen sie fahren, blickten dem Auto nach, der mit der Pistole steckte sich die Waffe wieder in den Hosenbund, die Kinder standen jetzt bei ihnen, machten enttäuschte Gesichter wie jemand, der einem sich entfernenden Zug oder Dampfer nachschaut. Mit einem erleichterten Seufzer, der nicht so lautlos war, wie er glaubte, sah Ignacio Abel sie im Rückspiegel zurückbleiben.

»Sie haben einen Schrecken bekommen, Don Ignacio; Sie sind ganz blass geworden. Aber so schlimm war es nicht. Sie müssen das verstehen; wenn in diesem Viertel ein Auto wie Ihres auftaucht, passiert meistens etwas Schlimmes.«

»Falangisten?«

»Oder Monarchisten. Oder die von der Völkischen Jugend. Sie kommen über die Santa Engracia gerast und fahren alles um, was ihnen im Weg steht, schießen um sich, egal wen es trifft. Vorige Woche haben sie eine Frau erschossen, die vor ihrer Tür den Gehweg fegte. Klassenkampf, Don Ignacio. Sie stecken den Kopf zum Seitenfenster hinaus und rufen mit hochgerecktem Arm: ›Es lebe Spanien!‹. Dann drehen sie eine Runde um Cuatro Caminos, und weg sind sie.«

Jetzt sah er Gesten und Mienen mit schärferem Blick, bemerkte auch, wie Eutimio zwischen Unbehagen und Selbstzufriedenheit schwankte, als er von den Nachbarn erkannt wurde. Die Enge im Auto und die körperliche Nähe hatten zu einem ungezwungenen Umgang geführt, der beendet sein würde, wenn Eutimio aus dem Auto stieg und sich mit einer Geste verabschiedete, die den Wunsch erkennen ließ, ihm die Hand zu schütteln, anstatt einfach die Mütze zu ziehen und sich mit einem Kopfnicken zu bedanken. Hinter einem Balkonfenster wurde ein Vorhang zur Seite geschoben, eine von Arbeit gerötete grobporige Frauenhand bewegte eine Gardine, zwei bockspringende Jungen unterbrachen ihr Spiel, und derjenige, der sich gebückt hatte, drehte den Kopf und starrte mit plötzlich ernst und erwachsen gewordener Miene auf das haltende Auto; das Seil, über das ein paar Mädchen mit bunten Bändern im Haar gesprungen waren, lag schlaff auf der ungepflasterten Straße; junge Männer mit aufgekrempelten Hemdsärmeln erschienen in der Tür einer Taverne.

»Ich lade Sie zu einem Glas Wein ein, Don Ignacio, damit der Schrecken verfliegt.«

»Mann, Eutimio, jetzt übertreiben Sie mal nicht.« Dass seine Besorgnis so offensichtlich gewesen war, beschämte Ignacio Abel; und obwohl sich Eutimio wohlwollend, fast väterlich zeigte, genoss er doch die Schwäche seines Vorgesetzten, die jetzt besonders auffällig war, weil er sich beim Aussteigen wehrlos auf fremdem Terrain befand und ganz auf ihn angewiesen war. »Ich trinke ein Glas mit Ihnen, aber die Einladung geht auf mich.«

Zeit hatte er genug. Er war nicht mit Judith Biely verabredet und hatte auch noch keine Lust, nach Hause zu fahren an diesem schönen Maiabend, der der Dämmerung so strahlend widerstand. Zu Hause würde er die Erleichterung genießen, Adela einmal wieder die Wahrheit zu erzählen – was sein Gewissen des frischgebackenen, unerfahrenen Lügners aufheiterte –, obwohl sie die Geschichte von einem Gläschen Wein mit seinem Vorarbeiter in einer Kneipe von Cuatro Caminos für eine Lüge halten würde, eine von vielen, die zu glauben vorzugeben sie sich schon lange keine Mühe mehr gab. Ausschweifend, nahezu virtuos und so mit sich zufrieden, als könnte die diesmalige Wahrheit den Betrug der anderen Male auf irgendeine Weise ausgleichen, würde ihm Adelas Ungläubigkeit nicht einmal auffallen.

»Um den Wagen brauchen Sie sich keine Sorgen zu machen, Don Ignacio, der ist hier sicher. Sie brauchen ihn nicht einmal abzuschließen. Wir sind hier vielleicht arm, aber ehrlich, wie in den Zarzuelas auf der Bühne.«

Sie schauten nicht nur das Auto an, das sanfte Grün der Lackierung, das beige Lederverdeck, das Chrom der Kurbel und der Radkappen; vor allem schauten sie ihn an, als wäre er ein Wesen von einem anderen Stern mit seinen weißen Händen, seinem Maßanzug mit dem Spitzentüchlein in der Brusttasche, der glänzenden Seidenkrawatte und den zweifarbigen Schuhen. Die schwarzen Kinderaugen waren ein Spiegel, in dem er das Zerrbild seiner selbst erblickte, den großen fremden Mann, den sie sahen, der aus dem Auto gestiegen war und hinter sich die Tür zugeschlagen hatte, der mit wachsamer Miene um sich blickte wie ein Kolonialherr auf Kontrollbesuch, der zwar wohlmeinend sein mochte, aber immer unerreichbar blieb und eine Arroganz an den Tag legte, die nicht unbedingt seine persönliche Haltung widerspiegeln musste, sondern einfach zur Natur seines Standes gehörte.

Er dachte an seine eigenen Kinder, als er in diese Kindergesichter schaute, aus denen eine innere Würde strahlte, die auch die Zeichen der Armut nicht überschatten konnten: ihre alte, zerschlissene, nicht zueinander passende Kleidung, die ausgetretenen Bastsandalen, kurze Hosen mit einem Stück Seil als Gürtel; die kleinen Krücken, an denen verkrüppelte Kinder lachend hinter den anderen herhinkten. Aus der Ferne dieser Kinderblicke sah er nicht den Mann, der er jetzt war, sondern das Kind, das vor vielen Jahren nur hin und wieder furchtsam zum Spielen auf die Straße ging; auf eine Straße, die dieser ganz ähnlich war, drüben in seinem Viertel am anderen Ende von Madrid. Für ein paar Sekunden klangen die Stimmen der Kinder wie in einem Hohlraum der Ewigkeit, in einem zeitlosen Reich von Spielen und Liedern der Straße, die er selbst so oft im Schatten des Hauseingangs gehört hatte, wo die Pförtnerwohnung seiner Mutter lag, durch das Fenster hoch über seinem Kopf auf der Höhe des Gehwegs. Er hatte nie zu diesen Kindern gehört, nicht einmal damals. Ein reiner Augenblick wiedergefundener Zeit ließ ihn glücklich und verloren auf der Schwelle der Taverne innehalten, erfüllt von einem Glücksgefühl, das von Furcht nicht frei war, blinzelnd, als hätte ihn beim Aussteigen aus dem Auto das Licht der tief stehenden Sonne geblendet.

»Das ist Ihnen als Kind auch immer passiert«, sagte Eutimio, sein Gesicht ganz nahe und etwas unscharf. »Sie waren ganz in Gedanken, und Ihr Vater, möge er in Frieden ruhen, sagte: ›Dieser Junge, hoffentlich wird mir der kein Schlafwandler.‹«

Die Taverne, eher eine Art Weinkeller, war tief und dunkel, roch nach Sägemehl und saurem Wein, nach feuchten Fässern und eingelegtem Hering. Sie zu betreten war ein Weitergehen auf dem dämmrigen Weg der Vergangenheit: In eine Taverne wie diese schickte ihn sein Vater, um ihm ein Viertel Wein zu holen oder einem seiner Maurer oder Handwerker eine Nachricht zu überbringen. Heute hingen Plakate von Fußballern, Boxern und Stierkämpfen an den gekalkten Wänden, und hinter der Theke stand ein wuchtiger Radioapparat. Über einem grellbunten Kalenderbild stand in großen Lettern EIN GLÜCKLICHES 1936!, und die Republik war eine nackte junge Frau mit einer schräg aufgesetzten phrygischen Mütze, ihre Nacktheit notdürftig bedeckt von der republikanischen Flagge, unter der sich ihre Brüste rundeten und ein strammer Oberschenkel sichtbar war.

Die Männer am Zinktresen und an den Tischen grüßten Eutimio und musterten Ignacio Abel von oben bis unten, unverhohlen und ohne Sympathie. Es waren nicht viele, aber ihre Körper und ihre Stimmen füllten den Raum so ganz und gar aus wie der Qualm ihrer Zigaretten, vermittelten ein Gefühl von roher Kraft und von Müdigkeit nach der Arbeit. Sie setzten sich an einen Tisch etwas abseits, und der Wirt brachte ihnen eine eckige Karaffe Rotwein und zwei niedrige

Gläser aus dickem Glas, von denen noch das Spülwasser tropfte. Als Eutimio Platz nahm, beulte die Pistole seine Jackentasche sichtbar aus.

»Man glaubt es nicht, Don Ignacio, dass Sie und ich hier an einem Tisch sitzen, während ich mir auf der Arbeit die Mütze abnehmen muss, wenn ich mit Ihnen spreche, und Ihnen dabei am besten nicht direkt in die Augen schaue.«

»Nun übertreiben Sie nicht, Eutimio. Hat sich das Leben seit den Zeiten meines Vaters denn nicht verändert? Und ab jetzt, mit der Volksfrontregierung, wird es sich noch mehr verändern.«

»Eine Regierung von Bürgersöhnchen, Don Ignacio, die dank der Stimmen der Arbeiter an die Macht gekommen sind.«

»Schuld daran ist unsere Partei, Ihre und meine, die nicht zugelassen hat, dass ein Sozialist Regierungspräsident wird. Es war so schwer, die Republik zu bekommen, und jetzt will sie keiner mehr, jetzt ist sie ihnen nicht mehr genug. Jetzt wollen sie eine russische Revolution. Waren Sie auf der Demonstration zum 1. Mai? Da marschierten die Sozialisten, und man glaubte, auf dem Roten Platz in Moskau zu sein. Rote Fahnen mit Hammer und Sichel, große Plakate mit Bildern von Lenin und Stalin. Der einzige Unterschied zu den Kommunisten war der, dass unsere Leute rote Hemden trugen, und die anderen hellblaue. Nicht eine einzige republikanische Fahne, Eutimio; dabei haben wir Sozialisten dafür gesorgt, dass die Republik kam, denn Republikaner gab es ja so gut wie gar nicht. Aber diese Sozialisten am 1. Mai ließen nicht die Republik hochleben, sondern die Rote Armee. Zur großen Freude der Rechten, wie Sie sich vorstellen können.«

»Wie ich schon sagte, Don Ignacio, die Republik ist schön und gut, aber man kann sie nicht essen.«

»Und Streiks und Schießereien und brennende Kirchen wohl?«

»Das müssen Sie mir nicht sagen, Don Ignacio, dafür bin ich der Falsche. Sie wissen, wie alt ich bin, und in all den Jahren habe ich viele Farben gesehen, aber bis heute ist es mir nicht schlecht ergangen. Ich habe ein anständiges Häuschen gleich hier um die Ecke, und ein Gärtchen im Dorf; meine Frau und meine Töchter haben Singer-Nähmaschinen und verdienen damit so viel wie ich auf dem Bau. Da ich lesen und schreiben kann und ein gutes Gedächtnis für Zahlen habe, konnte ich es bis zum Vorarbeiter bringen. Bei mir zu Hause kennen wir zwar die Not, aber kein Elend. Meinen Jüngsten habe ich mit Ihrer Hilfe hier nebenan in den Canal-Büros unterbringen können, da verdient er zwar nicht viel, aber er ist fleißig und bildet sich abends zum technischen Zeichner weiter, und wenn Sie mir ein bisschen behilflich sind, findet er vielleicht sogar Arbeit im Baubüro der Universitätsstadt. Anderen aber geht es viel schlechter, Don Ignacio, und die haben weder Geduld noch Verstand, und falls doch, können sie beides leicht verlieren, wenn es keine Arbeit und keine Gerechtigkeit für sie gibt und sie deswegen mit ansehen müssen, wie ihre Kinder verhungern oder ihnen das Haus weggenommen wird, weil sie es nicht mehr bezahlen können, und sie auf die Straße geworfen werden und nachts in Hauseingängen schlafen müssen.«

»Man kann nicht alles auf einmal machen, Eutimio.« Jetzt war seine Stimme es, die falsch klang, obwohl er etwas Vernünftiges sagte; etwas so Vernünftiges wie Nutzloses wahrscheinlich. »Wir haben die Republik erst seit fünf Jahren, die Volksfront hat vor drei Monaten gewonnen.«

»Und wer sind Sie, oder wer bin ich, um anderen zu sagen, sie sollen sich gedulden? Sie sollen noch ein paar Monate warten, bis sie ihren Kindern etwas zu essen geben oder sie zum Arzt bringen? Weder Sie noch ich gehen diese Nacht ohne Abendessen zu Bett, und verzeihen Sie mir den Vergleich mit Ihnen.«

»Aber was hilft es denn, wenn man Bomben wirft und Leute umbringt? Einen bewaffneten Aufstand gegen die Republik anzettelt wie in Asturien? Jeden Tag damit droht, die Karten hinzuwerfen und eine Diktatur des Proletariats zu errichten?«

»Die Arbeiterklasse muss sich wehren, Don Ignacio.« Eutimio bedeutete ihm mit einer Handbewegung, die Stimme zu senken. »Wenn die jungen Männer da draußen nicht aufpassten, würden wir hier nicht in Ruhe unseren Wein trinken können.«

»Ihr wollt offenbar nicht verstehen, Eutimio.« Kaum hatte er die Worte ausgesprochen, wurde ihm klar, dass dieser Plural beleidigend gewesen war; aber er geriet allmählich in Rage, und ein unangenehmes, doch machtvolles Gefühl von Überlegenheit durchflutete ihn. »Es gibt schließlich Gesetze, es gibt eine Polizei, es gibt Richter. Wir sind hier nicht im Wilden Westen oder in Chicago, wie alle Welt zu glauben scheint. Man zettelt keinen bewaffneten Aufstand gegen eine gewählte Regierung an, weil einem das Wahlergebnis nicht gefällt. Man läuft nicht mit einer Pistole durch die Straßen und nimmt das Recht in eigene Hände.«

»Ich bin nicht blöd, Don Ignacio.« Eutimio hatte das leere Weinglas auf den Tisch gestellt und sah jetzt sehr ernst, sogar beleidigt aus, während er zugleich den Kopf etwas zur Seite drehte, um sich zu vergewissern, dass niemand sie hören konnte. »Was Sie da von den Gesetzen sagen, ist alles schön und gut, aber daran glaubt mittlerweile doch niemand mehr. Sagen Sie das lieber dem aufständischen Militär, das gegen die Regierung konspiriert, oder den Richtern, die Falangisten freilassen, die Arbeiter ermorden.«

»Und was machen wir also? Bewaffnen wir uns alle? ›Ein Mensch, eine Waffe‹ anstatt ›ein Mensch, eine Stimme‹?«

»Ich weiß nicht, was wir machen können, Don Ignacio. Vielleicht finden die jüngeren Leute einen Ausweg, die haben stärkere Ideale als wir. Als ich jung war und Pablo Iglesias und andere Redner von der klassenlosen Gesellschaft sprechen hörte, sind mir die Tränen gekommen. Was daraus geworden ist, sehen Sie ja: Anstatt auf die klassenlose Gesellschaft, freue ich mich heute auf mein Gärtchen und darauf, nicht arbeitslos zu sein. Als junger Mann haben Sie sich vielleicht auch nicht vorstellen können, dass es Ihnen solchen Spaß machen würde, ein Auto zu fahren und in einem Haus mit Fahrstuhl im Salamanca-Viertel zu wohnen.«

»Jetzt geht das wieder los.«

»Verlieren Sie mir nicht die Geduld, Don Ignacio. Und auch nicht den Respekt, mit Verlaub. Und sprechen Sie nicht so laut, denn vielleicht rutscht Ihnen etwas heraus, was andere nicht gerne hören. Die jungen Leute gehen mit einem Elan an die Dinge heran, der uns fremd geworden ist. Mein eigener Sohn, der nie einen Teller kaputt gemacht hat, der immer auf direktestem Weg zur Arbeit ging und auf direktestem Weg nach Hause kam, wird im vergangenen Jahr Mitglied der Kommunistischen Jugend. Enttäuschend für einen Vater; aber stellen Sie sich vor, jetzt haben sie sich mit unserer Jugendbewegung zusammengetan, das ist beruhigend. Sie und ich, wir müssen uns vielleicht damit zufriedengeben, dass die Welt, die wir kennen, ein bisschen besser geworden ist, es ist schließlich die einzige, die wir haben. Die anderen wollen aber eine ganz neue Welt. Haben Sie gelesen, was sie auf ihre Plakate schreiben? ›Wir tragen eine neue Welt in unseren Herzen ...‹«

Wieder Literatur, dachte er, sagte es aber nicht, weil er fürchtete, Eutimio zu beleidigen. Schundliteratur, Zeitungsmoralin, drittklassige Verse, die man als Hymne singen konnte, damit sie wenigstens etwas Wirkung entfalteten. Ein ganzes Land, ein ganzer Kontinent von mittelmäßiger Literatur verseucht, mit Gassenhauermelodien betrunken gemacht, mit Marschmusik und Stierkampfgetöse. Und plötzlich dachte er in dieser Kneipe mit dem funzeligen elektrischen Licht und dem Geruch von schlechtem Wein, dem feuchten Sägemehl und den Zigarettenkippen auf dem Boden, dass er im Grunde seiner Seele keine allzu große Sympathie für seine Mitmenschen empfand, dass er Unverbindlichkeit und den Schutz einer gewissen Distanz brauchte, um es mit ihnen auszuhalten, um sich von emanzipatorischen Worten und Prinzipien ergreifen zu lassen, wie er sie als Kind auf den Versammlungen gehört hatte, zu denen sein Vater ihn mitnahm.

Am liebsten, dachte er, würde er aus Spanien verschwinden: ohne Vorbereitung, ohne Ankündigung, ohne schlechtes Gewissen; sich aus dem Staub machen, mit Judith Biely einen Nachtexpress besteigen und in einer Hafenstadt aufwachen, von der am selben Tag ein Dampfer nach Amerika abführe; spurlos verschwinden, frei von allen Bindungen, so losgelöst von der Welt um ihn herum und von all den Verpflichtungen im Leben, wie wenn er Judith entkleidete und umarmte und sein Gesicht in ihren Hals vergrub und ihren Geruch einatmete, ihn tief in seine Lungen sog, als rieche er mit geschlossenen Augen schon die Luft eines anderen Landes und eines anderen Lebens, während sich die erste Helligkeit eines neuen Arbeitstages durch die Fensterläden stahl und die Geräusche der Stadt gedämpft in die der Zeit geraubte Intimität eindrangen, die sie im Haus von Madame Mathilde umfing.

Als Eutimio ihn am nächsten Morgen vor dem Büro aus dem Auto steigen sah, grüßte er ihn mit einem kurzen Nicken, ohne ihm in die Augen zu schauen.

17 *Time on our hands,* sagte Judith, bevor sie den Telefonhörer auflegte, den Zeitpunkt des Treffens bestätigte, den Beginn der Reise – der erträumten Flucht beinahe –, damit es keinen Zweifel und keine Unsicherheit mehr gab; und ihm gefiel die Poesie, die in der Redewendung mitschwang, wie immer, wenn er eine neue Formulierung von ihr lernte oder ihr eine auf Spanisch erklärte. Hände voll Zeit; so überreich wie das frische Wasser eines mächtigen Pumpenstrahls, der in die gehöhlten Hände platscht, in die man lustvoll das Gesicht eintaucht oder der Dürstende seine Lippen. Vier ganze Tage und Nächte allein für sich, mit niemandem zu teilen, nicht vergiftet von unwürdigem Versteckspiel; nicht in Minuten oder Stunden gemessen: ein Zeitschatz, dessen Größe sie sich noch gar nicht vorstellen konnten. Aber sie konnten sich auch nicht vorstellen, fern von Madrid zusammen zu sein, in einer anderen Umgebung als der Stadt, die sie zusammengeführt hatte, sie aber auch unter Zwang stellte, den unheilvollen Zwang der Hast und der Heimlichkeit, der geraubten Stunden und zusammengekratzten Minuten für einen Anruf oder eine Postkarte, ein Telegramm; um einen Brief anzufangen und ihn schnell zu verstecken, weil jemand hereinkam oder anklopfte, ihn zwischen die Geschäftspost zu schieben oder zu Hause in die Schreibtischschublade zu legen, die Ignacio Abel jedes Mal mit einem kleinen Schlüssel verschloss.

*Time on our hands,* denkt er jetzt, spricht die Worte leise nach. Die Hände liegen schlaff auf seinen Oberschenkeln, auf den Falten des Übergangsmantels, den er nicht ausgezogen hat, als er in den Zug stieg; Hände, die zu nichts anderem mehr taugen, als seine Taschen abzutasten auf der Suche nach einem Ausweis oder das Gesicht nach der morgendlichen Rasur, den vom Schweiß dunkel gewordenen Griff des Koffers zu umklammern oder Knöpfe zu schließen und vielleicht festzustellen, dass einer abgegangen ist und an seiner Stelle nur noch lose Fäden aus dem Stoff hervorschauen, oder dass die Schnürsenkel bald durchgescheuert sind oder die rechte Jackentasche abzureißen beginnt. Wenigstens das haben wir gehabt, denkt er, dieses Geschenk, nicht den Vorgeschmack auf etwas, das noch kommen sollte, sondern eine letzte Gunst, bevor das Unvermeidliche geschah, drei ganze Tage, fast vier, wenn man die Reisezeit mitrechnete, von Donnerstag bis Sonntag, das gerade weiße Band der Straße vor dem Auto, als sie von Madrid in Richtung Süden aufbrachen, vor Tagesanbruch noch, und am Ende der Reise das Haus hoch über dem Strand, durchweht vom Geruch des Atlantiks so wie jetzt das Zugabteil von dem des Hudson.

Die Hände voll Zeit, voller Verlangen nach dem anderen, sich unter die Kleider wühlend, kaum dass sie ein paar Schritte in das dunkle Haus getan, bevor sie noch ein Fenster geöffnet und die Koffer aus dem Auto geholt hatten, erschöpft nach der langen Fahrt und doch voller Begierde, die nicht mehr warten konnte. *Zeit im Überfluss* zu sagen wäre nicht dasselbe gewesen; wenn sie noch so viel davon besäßen, würden sie keine Minute übrig haben, sich nicht den Luxus leisten können, sie zu verschwenden, und ohnehin würden diese Worte nicht das sinnliche Gefühl eines unverdienten, mit vollen Händen zu greifenden Überflusses wiedergeben können, des Wühlens in den Münzen oder Juwelen eines Märchenschatzes, *Hände voll Zeit.*

Doch sosehr man die Finger aneinanderpresst und die gehöhlten Hände zusammendrückt, das Wasser rinnt immer zwischen ihnen hindurch; Sekunde um Sekunde verrinnt die Zeit gleich winzigen, wie Diamanten glitzernde Sandkörnchen im Morgenlicht am Strand, den sie über ein paar Holzstufen erreichten und auf dem weit und breit kein Mensch zu sehen war, sie beide die einzigen Überlebenden eines Weltbebens, die alles hinter sich gelassen hatten, ihre Leben und sogar ihre Namen, die ihnen darin eine Identität gegeben hatten; Verräter jeglicher Bindung und Loyalität außer der zueinander, zu Eltern, Kindern, Gatten, Freunden, Verpflichtungen und Prinzipien, Abtrünnige eines jeden Glaubens.

Wenn er wenigstens wirklichen Mut gehabt hätte, denkt er jetzt und schaut auf seine untätigen Hände, die niemanden berühren, Hände mit verschlungenen Adern, mit schlecht geschnittenen und nicht ganz sauberen Fingernägeln; wenn er den Mut zum wirklichen Renegaten gehabt hätte, anstatt ihn nur zu spielen, zu einer wirklichen Flucht und nicht nur einer Fiktion. Sogar die vier ganzen Tage und Nächte zerrinnen den Liebenden, die bis dahin keine vier Stunden am Stück zusammen sein konnten, nicht wussten, was es heißt, bei Tagesanbruch die Augen aufzuschlagen und den anderen neben sich zu sehen, seinen geruhsamen Schlaf mitzuerleben und sein Aufwachen. So wenig Zeit immerzu, gezählte Stunden, die zu Sandkörnern von Minuten und flüchtigen Sekunden werden, zum Schlagen der Uhr, zum lauten Ticken des Weckers auf dem Nachttisch oder dem unhörbaren Fortschreiten der Zeiger auf der Armbanduhr, die sich wie ein Fangeisen um sie schließt; Sekunde um Sekunde untergraben die winzigen Zähne das Haus der Zeit, in dem sie sich verstecken, um zusammen sein zu können, in steter Gefahr jedoch, entdeckt zu werden, so tief sie sich auch zurückziehen miteinander und einer in den anderen, die Welt ringsum zerfließen lassen in einer fanatischen Umarmung mit geschlossenen Augen. Schritte auf dem Flur des Privathotels, Türen, die jederzeit aufgestoßen werden können, dünne Wände, durch die man die Stimmen der anderen hört, das Stöhnen der Liebespaare, Bewohner der geheimen Stadt, wie sie selbst, des dunklen, käuflichen Madrid der Separees, der stundenweise vermieteten Zimmer und nächtlichen Parks, jenes trüben Grenzlands, in dem Ehebruch und Prostitution nicht mehr auseinanderzuhalten sind.

Sie wurden bedrängt von Händlern und Dieben der Zeit, von gierigen Verleihern und Gläubigern von Stunden. Die Zeit leuchtete auf den Phosphorzeigern des Weckers auf dem Nachttisch im Zimmer des Hauses von Madame Mathilde, im gezwungenen Halbdunkel der zugezogenen Vorhänge am späten Morgen. Das Ticktack klang wie die Zeituhr eines Taxis: Wenn sie das gemietete Zimmer nicht pünktlich räumten, hörten sie bald Schritte auf dem Flur und Pochen an der Tür, und wollten sie mehr Zeit für sich, mussten sie sie zu Wucherpreisen kaufen. Die Zeit floh in numerischen Sprüngen wie die Entfernung auf dem Kilometerzähler des Autos, während sie nach Süden fuhren, als müssten sie nie mehr zurückkehren und könnten alles hinter sich lassen in diesen vier Tagen. Die Zeit jedes Wartens dehnte sich und stand sogar still wegen der Ungewissheit, der Angst, der andere könne nicht kommen. Der Blitzeinschlag der Ankunft war dann wie eine Fata Morgana des Überflusses. Die verbotene Zeit musste Minute für Minute erkauft werden, wie eine Dosis Opium oder Morphium empfangen werden aus der Hand eines Kellners mit Fliege und schwarzem Jäckchen, der ihnen unauffällig den Schlüssel für ein Separee übergab und mit der anderen Hand das Trinkgeld entgegennahm. Das wertvolle Gut Zeit glitt ihnen davon, wenn sie auf ein Taxi warteten; endlos lange in einer durch den dichten Verkehr kriechenden Straßenbahn saßen; eine Telefonnummer wählten und auf das Zurückdrehen der Wählscheibe warteten, damit sie die nächste Zahl wählen konnten. So viel vergeudete Zeit beim Warten auf Antwort, wenn am anderen Ende der Leitung das Telefon klingelt, die Geduld strapaziert wird, weil eine Telefonistin den Anruf nicht durchstellt, beide ungeduldig mit den Fingern auf eine Tischplatte trommelnd, Ausschau haltend, ob nicht jemand um die Ecke des Korridors biegt; verblutende Zeit, Tropfen für Tropfen oder in einem einzigen Schwall. Philip Van Doren hatte ihnen die vier Tage geschenkt, als er ihnen sein Haus an der Küste von Cádiz anbot, das er gekauft hatte oder zu kaufen im Begriff stand, ohne es je gesehen zu haben, und nur von Plänen und Fotos kannte. Er hatte offenbar seine Freude daran, ihr Verhältnis zu decken, es aus wohlwollender Distanz zu fördern, den hilfreichen Zufall zu spielen, wie er es schon getan hatte, als er sie an jenem Abend im Oktober in seinem Arbeitszimmer allein ließ.

Das Haus aus Zeit, das Ignacio Abel allein für sich und Judith gern gebaut hätte, existierte tatsächlich nur vier Tage lang: vom Donnerstagnachmittag bis zum Montagmorgen. Ein weißes Haus aus würfelförmigen Elementen, das flach auf einem Steilhang lag, seine unterschiedlichen Ansichten auf den Fotos, die Van Doren auf einem Tisch im Ritz ausbreitete, wohin er sie zum Abendessen eingeladen hatte, in einen separaten Raum; damit zu erkennen gebend, dass er Ignacio Abels unausgesprochenen Wunsch berücksichtigte, mit seiner Geliebten nicht in der Öffentlichkeit gesehen werden zu wollen, während von der Straße und der Plaza de Neptuno der gedämpfte Lärm eines Zusammenstoßes zwischen Polizei und streikenden Bauarbeitern hereindrang: Schüsse, Pfiffe, berstende Fensterscheiben, Sirenen. Er hatte sich die Pulloverärmel mit ungeduldigen Bewegungen hochgeschoben und breitete die Fotos auf dem Tischtuch aus wie bei einem Kartenspiel, die gezupften Augenbrauen in die Höhe gezogen und genüsslich eine Zigarre paffend, ein Lächeln auf den fleischigen Lippen seines zu klein geratenen Mundes, der zum kantigen Kinn und den behaarten Fingern nicht recht passen wollte.

»Mein lieber Professor Abel, fühlen Sie sich nicht verpflichtet, Nein zu sagen. Ich erweise Ihnen keinen Gefallen, sondern bitte Sie um Ihre fachkundige Meinung. So als würde ich Sie um ein Gutachten für ein Gemälde bitten, bevor ich es kaufe. Sehen Sie sich das Haus an und berichten Sie mir, in welchem Zustand es sich befindet. Wohnen Sie ein paar Tage darin. Man hat mir versichert, dass alles Nötige vorhanden ist, aber ich glaube nicht, dass schon jemand darin gewohnt hat. Ein reicher Bekannter aus Deutschland hat es sich bauen lassen und ist plötzlich nicht mehr sicher, ob er weiterhin in Spanien wohnen und Geschäfte machen soll. Ich wage die Vermutung zu äußern, dass Judith nichts dagegen hat, Sie zu begleiten. Es tut Ihnen bestimmt gut, der Hitze hier in Madrid und dem noch stickigeren politischen Klima zu entfliehen. Da jetzt wieder gestreikt wird, wäre es auch nicht sehr sinnvoll, wenn man Sie jeden Morgen in die Universitätsstadt fahren sähe. Sagen Sie, Professor Abel: Glauben Sie, dass das Militär einen Aufstand plant? Oder kommt ihm die Linke mit einer neuen General-probe der bolschewistischen Revolution zuvor? Oder passiert gar nichts, und alle Welt geht in die Sommerferien, wie der Verkehrsminister vor einigen Tagen gesagt hat?«

Gib mir Zeit. Ich brauche Zeit. Es ist eine Frage der Zeit. Die Zeit wird knapp. Es ist keine Zeit mehr. Im reservierten Speisezimmer des Ritz betrachtete Philip Van Doren sie mit der selbstgefälligen Generosität eines Potentaten, eines Zeitoligarchen, der ihnen das verlockende und vielleicht beschämende Almosen dessen anbot, was sie am heftigsten ersehnten, und der so mächtig war, dass er keinerlei Gegenleistung forderte, nicht einmal Dankbarkeit, möglicherweise nur das Schauspiel der Not, die er ihnen ansah, des zunehmenden Verlusts von Würde und Selbstachtung, wie bei Ehrenmännern mit geheimen Lastern, Morphium oder Alkohol, die den Punkt erreicht haben, an dem ihr Verfall nicht mehr zu übersehen ist. Sie aßen im Ritz, und keiner der drei ließ erkennen, dass er den Tumult draußen hörte, der durch die Vorhänge und die Bäume im Garten gedämpft zu ihnen drang. Ich brauche Zeit. Wie viel

Zeit soll ich dir noch geben. So viel Zeit wie der dicke Block von Blättern eines Wandkalenders; jeder Tag ein unmerklich dünnes Blatt Papier, eine Zahl in Schwarz oder Rot, der Name eines Wochentages. Judith Biely, die Ausländerin, die Besondere, auf unerklärliche Weise Seine, tastete unter dem Tisch nach seinem Fuß, führte lächelnd ihr Weinglas an die Lippen, *playing footsie,* hatte sie ihm erklärt, hieße das.

Die schwerfällige, fossile, festgefahrene, feierliche Zeit der Wanduhr am Ende des Flurs, deren Glanz Ignacio Abel sieht, während er im Stehen den Telefonhörer ungeduldig und immer noch verstohlen ans Ohr drückt; die die Stunden mit bronzenem Hall in die Schlaflosigkeit der dunklen Wohnung schlägt, wenn er glaubt, dass eine Ewigkeit vergangen sein muss, und die Schläge zählt und es erst zwei Uhr morgens ist. Das Gesicht ins Kopfkissen vergraben, das Herz aufgeregt pochend, die rhythmischen Wellen des Blutes in den Schläfen, während Adela neben ihm schläft oder wach ist und nur so tut, als würde sie schlafen, genau wie er, und weiß, dass auch er nicht schläft; beide still, ohne sich zu berühren, ohne Worte, die Gedanken so nah beisammen wie die beiden Körper und doch Welten voneinander entfernt, verschlossen und von der gleichen Unruhe gequält, von der Marter der Zeit. Der nicht vergehenden Zeit, die wie Ballast auf ihnen liegt, wie ein Schrankkoffer oder ein Grabstein; der Zeit eines Abendessens, bei dem alle vier schweigen und nur das Schaben des Löffels auf dem Suppenteller zu hören ist sowie Miguels Schlürfen und das leise Klappern, wenn sein Schuhabsatz auf den Boden tippt.

Die Zeit, die mir bleibt, bis die Frist für den Antrag bei der Bauverwaltung der Universitätsstadt abläuft oder um das Visum bei der amerikanischen Botschaft zu beantragen. Die köstliche Zeit, die Judith für ihren Orgasmus braucht, wenn er sie ausgiebig streichelt, alle fünf Sinne nur auf sie gerichtet, auf Judiths halb geöffneten Mund, ihre halb geschlossenen Augen, wenn sie durch die Nase atmet, ihr langer nackter Leib sich streckt, die Hände auf den Oberschenkeln liegen, das Knacken ihrer Kiefer, auf das als gutes Zeichen er zu warten gelernt hat, als Hinweis auf die baldige Erfüllung ihrer Lust. Die Zeit, die immer endet, obwohl sie in der ersten Hitze des Zusammenseins so endlos schien. Der Krawattenknoten im Spiegel, der rasch durchs Haar fahrende Kamm, Judith auf dem Bett, sie zieht sich die Strümpfe hoch, beobachtet seine Eile, seinen verstohlenen Blick auf die Uhr.

Die Zeit der Rückfahrt im Taxi oder in Ignacio Abels Auto, beide schweigsam jetzt und im Schweigen bereits weit fort in einer Ferne, die sie noch nicht voneinander trennt, beleuchtete Zifferblätter am nächtlichen Himmel von Madrid, die für ihn immer eine viel zu späte Uhrzeit zeigen (aber er denkt nicht an die andere Zeit, die Judith erwartet, wenn sie ihr Zimmer in der Pension betritt und die Schreibmaschine sieht, auf der sie schon lange nicht mehr geschrieben hat, die Briefe ihrer Mutter, die sie nur dann und wann beantwortet und einen Teil ihres Lebens in Madrid dabei verschweigt, neu erfindet, weil sie ihr nicht sagen will, dass sie die Geliebte eines verheirateten Mannes geworden ist).

Die Zeit, bis der Nachtwächter erscheint, nachdem er mit hallendem Händeklatschen in die nächtliche Calle Príncipe de Vergara gerufen worden ist; immer unruhiger, ängstlicher, als hätte sich ein schlimmes Schuldgefühl an seine Fersen geheftet; die Zeit, bis der Fahrstuhl unten ankommt und dann langsam nach oben fährt und er wieder auf die Armbanduhr schaut und ungläubig denkt, Adela könnte ja bereits schlafen, den Geruch von Tabak und dem Parfüm einer anderen Frau nicht bemerken und auch nicht den kruden Geruch von geschlechtlichen Sekreten; die Zeit, den Fahrstuhl zu verlassen und mit möglichst leisen Schritten auf dem Marmorboden zur Wohnungstür zu gehen, den Schüssel zu suchen und vorsichtig im Schloss zu drehen, in der Hoffnung, dass die ganze Wohnung dunkel ist, bis auf das Altärchen Unseres Herrn Jesus von Medinaceli mit seinem Vordächlein und den beiden winzigen elektrischen Laternen.

Alles zu seiner Zeit. Die Zeit heilt alle Wunden. Es ist an der Zeit, Spanien vor seinen Erbfeinden zu schützen. Die goldenen Zeiten kehren zurück. Wenn die Regierung wirklich wollte, wäre noch Zeit, die Verschwörung des Militärs zu unterbinden. Siegesbanner kehren zurück. Wenn nur die Zeit nicht verginge. Die Zeit unserer Geduld ist zu Ende. Die Zeit für lauwarme Kompromisse mit den Feinden Spaniens ist vorbei. Zeit, die ich mit Nichtstun verloren, wichtige Entscheidungen, die ich auf später verschoben habe in der Hoffnung, die Dinge erledigten sich von allein.

Die Zeit, die es braucht, bis Judith sich entschließt, nach Amerika zurückzufahren, oder ihr eine Arbeit angeboten wird, oder sie einfach in eine andere europäische Hauptstadt weiterreist, die weniger provinziell und weniger unsicher ist, ohne Schießereien in den Straßen und politischen Morden auf den Titelseiten der Zeitungen. Die Wochen und die Tage, bis vielleicht der Militäraufstand losbricht, von dem alle Welt ganz offen und mit selbstmörderischem Fatalismus redet, voller Ungeduld, die Katastrophe möge endlich eintreten, die Revolution, die Apokalypse, was auch immer, nur nicht mehr diese Zeit des Wartens, der mit Fahnen bedeckten Särge auf den Schultern von Genossen mit versteinerten Gesichtern, mit roten oder blauen Hemden und soldatischen Koppeln, mit ausgestreckten Armen oder geschlossenen Fäusten, die Parolen brüllen, »Es lebe …« und »Tod den …«, bevor sie nach stundenlangem Marsch den Friedhof erreichen (schartige Zähne in aufgerissenen Mündern, Schweißflecken unter den Achseln martialischer Hemden).

Die Zeit, bis ein Briefkasten geleert und die eingeworfene Post sortiert, gestempelt und an der auf dem Umschlag angegebenen Adresse ausgehändigt wird; bis der devote Bürobote jeden Morgen die Briefe verteilt hat, wenn er mit seinem Korb zwischen den Tischen der Sekretärinnen und Zeichner umhergeht, mit unakzeptabler Trägheit innehält, um ein Schwätzchen zu halten, eine Zigarette anzunehmen; die Zeit, die die begierigen Finger brauchen, um den Umschlag aufzureißen und die Blätter herauszunehmen, die Augen, um von links nach rechts über die Linien zu fliegen und dann wieder zum Anfang zurückzukehren, wie der Wagen einer Schreibmaschine, das Schiffchen eines Webstuhls, jedes Wort so schnell in sich aufsaugend, wie es geschrieben wurde, jeden Tintenkringel der ersehnten Schrift, die ihm so vertraut ist wie die Züge ihres Gesichts, wie die Hand, die schreibend über das Papier geglitten ist: *Du kannst es mir nicht verweigern. Stell dir vor, wir in diesem Haus, das können wir Phil nicht abschlagen, ich habe ein Recht, dich darum zu bitten, nur für ein paar Tage.*

Er schaut auf die Uhr und stellt fest, dass es eine ganze Weile her ist, seit er zum letzten Mal darauf geschaut hat; wie ein Raucher, der seiner Sucht entsagen will und entdeckt, dass er so lange wie nie zuvor nicht daran gedacht hat, sich eine Zigarette anzuzünden: Einige Minuten nach der Abfahrt war es gewesen, kurz nachdem sie die George-Washington-Brücke passiert haben. *Time on our hands.* Deutlich hat er Judith Bielys Worte am Telefon gehört, ihre Verlockung, ihr Versprechen, ihre Mahnung, *We're running out of time.* Wie wenig Zeit ihnen blieb! Viel weniger, als er sich vorgestellt hatte, noch weniger, als die Angst ihn abzuschätzen verleitet hatte: Die Hände sind mit einem Mal zeitentleert, die nutzlosen Finger krümmen sich, um die Luft auszupressen, erahnen hin und wieder wie eine fühlbare Erinnerung den Körper, den sie schon ganze drei Monate nicht mehr berührt haben, die leere Zeit ohne Judith.

Im ruhelosen Lauf, *running out of time,* sagte sie auch; und er hatte die Warnung nicht verstanden, nicht erkannt, mit welcher Geschwindigkeit sie in den Sog der Zeit geraten waren. Wie lange ist es her, dass diese Hände niemanden mehr berührt, sich nicht über die sanfte Rundung von Judith Bielys Brust gewölbt haben, ihre rosigen Höfe liebkost, nicht seine Kinder an sich gedrückt haben, die über den Flur der Madrider Wohnung gerannt kommen, um sich in seine Arme zu werfen, oder über den Kiesweg im Garten des Hauses in den Bergen; diese rechte Hand, die zornig in die Höhe flog und wie ein Blitz auf Miguels Gesicht niederfuhr (wäre sie doch, von Schmerz gelähmt, in der Luft erstarrt; wäre sie doch verdorrt, bevor sie seinem Sohn Schmerz und Schmach zufügte; dem Sohn, der vielleicht nicht weiß, ob sein Vater noch lebt oder schon tot ist, der wahrscheinlich schon angefangen hat, ihn zu vergessen).

Die Kinderhände voller Blasen, weil das Baumaterial so rau ist, im Winter starr vor Kälte, dass Eutimio sie in seinen harten, vom Gips verbrannten Händen wärmte. »Bemitleidenswert haben Ihre Hände ausgesehen, Don Ignacio. Ich habe sie in meinen gerieben, damit sie warm werden, und sie haben sich angefühlt wie zwei tote Spatzen.« Mit diesen Händen hätte er nicht die Pistole halten können, die Eutimio ihm eines Morgens im Büro gezeigt hatte; dieselbe, die er einem der Männer auf die Brust drückte, die Ignacio Abel an eine Backsteinwand hinter der Philosophischen Fakultät gedrängt hatten.

Voller Unbehagen dachte er an den Schweiß in seinen Handflächen, so schmachvoll wie die Feuchtigkeit zwischen seinen Hosenbeinen. Die Zeit in unseren Händen: Zeit vergeht nicht langsam und allmählich wie ein Fluss, der zu einem Rinnsal wird und tröpfelnd verdunstet. Zeit endet mit einem Schlag, und von einem Augenblick zum nächsten liegt man tot auf der Erde; nach einer Begegnung, von der man nicht weiß, dass es die letzte ist, sagt jemand Lebewohl, und du siehst ihn nie mehr wieder. Ein Zusammensein ist wie jedes vorher, und keiner der beiden Liebenden weiß oder ahnt, dass es das letzte sein wird. Oder einer der beiden weiß es und schweigt und

denkt sich schon die Worte aus, die er in einem Brief nieder-
schreiben wird, die auszusprechen er sich nicht traut.

Er legte den Hörer auf, und der Ausdruck, den Judith Biely
benutzt hatte, schwang in seinem Geiste nach wie der Klang
der Stimme, die er in wenigen Stunden erneut hören würde,
diesmal ganz nah, spürbar in dem Atem, der ihren Worten
Gestalt verlieh, *time on our hands,* diesmal nicht in abgezähl-
ten Stunden, Minuten, die wie Wasser oder Sand zwischen
den Fingern zerrannen, sondern Tage, vier ganze Tage ohne
Abschiede und auf später verschobene Begierden, geheime
oder gestohlene Zeit, grenzenlos, überquellend, gnädig sie
aufnehmend wie ein freundliches Land, dessen Grenze sich
öffnete, indem man sich einer Lüge bediente, eines falschen
Passes mit begrenzter, aber sofortiger Gültigkeit, einer Lüge,
die nur zum Teil eine war: *Am Donnerstag fahre ich in die Provinz
Cádiz und komme am Montagvormittag zurück.*

Für Wahrheit und Lüge benutzte man exakt die gleichen
Worte, die so schwer voneinander zu scheiden waren wie die
chemische Zusammensetzung einer Flüssigkeit. *Ein amerikanischer Kunde will ein Haus an der Küste kaufen und hat mich gebeten,
es anzuschauen, bevor er sich entscheidet.* Es war so einfach, und
die Belohnung so unermesslich, dass es ihn schon im Voraus
wie ein Rausch überkam, ihm fast schwindlig wurde in der
dumpfen Routine des Abendessens mit der Familie, bei dem
die Zeit nicht vergehen wollte, wie Blei auf den Schultern lag,
im Leichenzugtempo der großen Wanduhr verstrich, die ein
pompöses Geschenk von Don Francisco de Asís und Doña
Cecilia war, mit ihrem Pendel aus Bronze in dem sargförmigen
Uhrenkasten und dem Sinnspruch in gotischen Lettern um
das goldene Zifferblatt, *tempus fugit.*

»Immer jammerst du, dass du keine Zeit hast«, sagte Adela,
kaum aufblickend und ganz auf ihren Teller konzentriert, weil
sie Miguels ängstliche Wachsamkeit spürte, sein unter dem
Tisch auf und ab wippendes Knie, »und jetzt lädst du dir eine

neue Verpflichtung auf, anstatt den Streik zu nutzen, um ein paar Tage auszuruhen und mit uns in die Berge zu fahren.«

»Ich kann es ihm nicht abschlagen«, improvisierte er, von der Leichtigkeit ermutigt, nicht lügen zu müssen, sondern nachprüfbare Tatsachen als das fügsame Material benutzen zu können, das seiner Lüge Wahrheit verlieh. »Es handelt sich um den Unternehmer, der mir die Stelle in den Vereinigten Staaten angeboten hat.«

Die Täuschung wurde jedoch zur Falle. Kaum waren die Worte Vereinigte Staaten gefallen, mischten sich Miguel und Lita ins Gespräch, überboten sich gegenseitig mit Fragen, ob sie wirklich alle zusammen nach Amerika führen, und wann, und auf welchem der Dampfer, die in den Schaufenstern der Reisebüros in der Alcalá und der Calle Lista standen, detailgetreu ausgeführte Modelle mit Bullaugen und Rettungsbooten und aufs Deck gemalten Tennisplätzen oder auf Plakaten abgebildete Ozeanriesen, die mit scharfem Bug durch die Wellen pflügten, mit rot und weiß gestrichenen Schornsteinen, aus denen Rauchsäulen in den blauen Himmel stiegen, mit lockenden internationalen Namen, in Großbuchstaben auf den schwarzen Rumpf gemalt. Genau wie seine Mutter gewahrte auch Miguel die verdrießliche, fast ängstliche Miene, in die sich sogleich eine Verärgerung mischte, die nicht offen zutage trat, der Verdruss darüber, keine Antwort parat zu haben, da das Lügen ja bisher so ausgesprochen bequem gewesen war.

Doch Miguel konnte die Flut von Informationen, die seiner Aufmerksamkeit zugeführt wurden, nicht deuten; für ihn verdichteten sie sich nur zu einem konfusen Zustand ängstlicher Besorgnis, einer Ahnung von Gefahr, die er aber nicht erkennen konnte: Es war wie in seinen geliebten Abenteuerfilmen aus Afrika, wenn ein Forscher nachts in seinem Zelt erwacht und nach draußen geht, weil er etwas gehört hat und weiß, dass ein wildes Tier oder ein Feind ums Lager schleicht, aber er hört nur die gewohnten Geräusche des Urwalds, während der Leopard schon ganz in der Nähe lautlos durchs hohe Gras schleicht, den langen muskulösen Leib dicht an den Boden gepresst, oder der mit Kriegsfarben bemalte verräterische Eingeborene sich mit erhobener Lanze von hinten nähert, während Miguel mit angezogenen Beinen auf seinem Sitz zitternd und mit starrem Blick nach vorn an seinen Fingernägeln kaut und Litas Arm drückt, dass es sie schmerzt, und er am liebsten aufschreien würde und sich in die Hosen machen könnte, nicht vor Angst, sondern vor lauter Aufregung. Er sieht den Muskel, der sich am glatt rasierten Kinn seines Vaters bewegt wie ein hektischer Puls, der den aufkeimenden Ärger verrät, der so unkontrolliert zuckte, als er mit der Hand zum Schlag ausholte und Miguel das Brennen und die Demütigung der Ohrfeige fühlte, noch bevor die flache Hand auf seine Wange traf. »Dies ist nicht der Moment, Papa mit euren Fragen zu belästigen. Er hat schon Ärger genug bei der Arbeit. Fährst du mit dem Auto? Ich bitte dich nur, uns anzurufen, sobald du angekommen bist. Du weißt ja, wenn du unterwegs bist und nicht anrufst, finde ich keinen Schlaf.«

So einfach war alles wieder nach dem Ausrutscher, dass er Adela fast dankbar war, und spurlos verflogen der Zorn auf seinen Sohn, dessen begierige Frage ihn ausgelöst hatte; diese maßlose Erwartung, die er allerdings selbst gesät hatte, und die er jetzt weder zu nähren noch zunichtezumachen verstand. Jetzt, nach drei Monaten Abwesenheit und schlechtem Gewissen, in dem Zug, der ihn jede Minute weiter von seinen Kindern entfernt, begreift er mit einem Mal, dass Miguels Erwartung, diese unvernünftige, vom Übermaß an Enttäuschung schon verurteilte Hoffnung ihn deshalb so geärgert hat, weil sie allzu sehr seiner eigenen glich, weil die Schwäche und Nervosität des Jungen ihm einen Spiegel vorhielt, in den er vielleicht lieber nicht geschaut hätte. Auch er wurde von Ungeduld gequält, das inszenierte Familienleben am Abendtisch so schnell wie möglich zu beenden; auch er wurde verrückt gemacht von Wünschen, die er nicht kontrollieren konnte und wollte, von Erwartungen geblendet, die sich nie erfüllten. Was er greifbar vor sich hatte, wusste er nicht zu schätzen und sah es nicht einmal, nur darauf bedacht, die Gegenwart baldmöglichst hinter sich zu lassen und in die Zukunft einzutauchen, ganz gleich was sie brachte, irgendeine der Zukünfte, die er wie aufeinanderfolgende Luftspiegelungen sein Leben lang verfolgt hatte, ohne dass Alter oder Erfahrung oder die Gewöhnung an Enttäuschung diese Gier gedämpft, ihre scharfe Schneide schartig gemacht hätten.

Wenn das förmliche Abendessen doch endlich vorbei wäre, die ärgerliche Routine, sich zum Zeitunglesen in den Sessel zu setzen und nicht einmal die Schlagzeilen zu überfliegen, während Adela sich im anderen Sessel die Brille aufsetzte, die sie noch älter aussehen ließ, und in einer Zeitschrift oder einem Buch las und dabei das Konzert klassischer Musik hörte, das jeden Abend von Union Radio übertragen wurde. Durch das nur angelehnte Balkonfenster kam ein wenig frische Luft herein und auch die fernen Geräusche von der Straße. Von diesem Balkonfenster aus hätten sie, wenn sie aufmerksam gewesen wären, am 7. Mai die Schüsse hören können, unter denen Hauptmann Faraudo sein Leben gelassen hatte. Wenn doch endlich die Kinder kämen, um jedem seinen Gutenachtkuss zu geben; Lita schon in Nachthemd und Pantoffeln und mit gebürstetem Haar, Miguel insgeheim empört über den Zubettgehzwang, mit seinem nutzlosen sechsten Sinn, seinem Seismografen für unheilvolle Unterströmungen: die Eltern, die sich kaum ansahen, wenn sie miteinander sprachen; die Mutter, die bald aufstehen und ins Schlafzimmer gehen würde, und der Vater, der, anstatt mit ihr zu gehen, sich mit seinen Bauplänen und Modellen, die sein ganzes Leben in Anspruch nahmen, ins Arbeitszimmer zurückziehen würde, wo er manchmal Briefe schrieb oder las und schnell in eine Schublade steckte, wenn jemand hereinkam; die Schublade, die er nie mit dem kleinen Schlüssel abzuschließen vergaß, den er immer in seiner Westentasche aufbewahrte.

Weil er die Filme von Arsène Lupin und Fantomas mochte (in Wirklichkeit gab es keine Filme, die er nicht mochte), fantasierte sich Miguel eine weltumspannende Karriere als Gentlemangauner herbei, sobald er erwachsen wäre, ein Spezialist für das Öffnen von Schatztruhen, Banktresoren und Schreibtischschubladen genau wie die seines Vaters, in denen, mit einem kleinen Schlüssel unter Verschluss gehalten, das zu finden wäre, was in Filmen und Romanen kompromittierende Dokumente genannt wurde, vielleicht die geraubten Briefe, mit denen ein skrupelloser Erpresser eine schöne Dame aus den besten Kreisen unter Druck setzt. Anstatt der Bücher, die man ihm in der Schule zu lesen auftrug, die kastilischen Klassiker, deren triste Rücken in Litas Buchregal aufgereiht waren, las Miguel die Bildromane, die in *Mundo Gráfico* abgedruckt wurden. Zurzeit raubte ihm die Überschrift eines von ihnen den Schlaf: *Hinter einer Fassade scheinbarer Normalität verbirgt diese Familie ein schändliches Geheimnis.* Als das Licht schon lange gelöscht war, wälzte er sich immer noch grübelnd im Bett.

Hinzu kam die lästige Hitze und auch die Sorge um noch nicht gemachte Hausaufgaben und nicht einmal angefangene Vorarbeiten für die Jahresabschlussprüfung, die sich mit albtraumhaften Riesenschritten näherte. Wenigstens verschwand sein Vater morgen in die Provinz Cádiz und kehrte nicht vor Montag zurück. Die Aussicht auf Vaters Abwesenheit erfüllte Miguel mit einer unbändigen Mischung aus Erleichterung und Zweifel. Er würde ihn nicht mehr bei Tisch beobachten, nicht mehr zur Ordnung rufen, wenn er seine Suppe schlürfte oder mit dem Bein wippte, nicht mehr in seiner wohlwollend sarkastischen Art nach Arbeiten oder Prüfungen fragen. Aber wenn er bei einem Autounfall ums Leben kam? Und wenn er hinter seiner Fassade scheinbarer Normalität ein so schändliches Geheimnis verbarg wie die Familie aus der Fortsetzungsgeschichte in *Mundo Gráfico?* »Lita«, flüsterte er in der Hoffnung, seine Schwester könne noch wach sein, »Lita, glaubst du, dass es in unserer Familie irgendein schändliches Geheimnis gibt?«

Aber Lita schlief schon, und so blieb ihm nichts als die gewaltige Ereignislosigkeit der Dunkelheit und der nächtlichen Junihitze, die Stundenschläge der Uhr auf dem Flur, die auch sein Vater hören würde, dessen Ungeduld das Warten noch verlängerte und sich mit der Furcht vermischte, einzuschlafen und den Wecker zu überhören. Der würde um fünf Uhr klingeln, und um sechs, kurz vor dem Hellwerden, würde Judith Biely auf der Plaza de Santa Ana am Eingang ihrer Pension auf ihn warten, reisefertig wie für eine nächtliche Flucht mit dem Auto, in der einen Hand eine kleine Reisetasche und in der anderen das Köfferchen mit ihrer Reiseschreibmaschine, zitternd, den Jackenkragen hochgeschlagen gegen die feuchte Kälte der zu Ende gehenden Nacht.

Er erinnerte sich an das Klappern der Tasten, das in seinen Traum eindrang wie das prasselnde Geräusch von Regen auf Dachziegeln oder Wellblechdächern. Er hatte geträumt, er sei im Büro und höre das Schreibmaschinengeklapper der Sekretärinnen. Er schlug die Augen auf, und es war schon Tag; Judith lag nicht mehr neben ihm im Bett. Durch die angelehnten Holzläden des Fensters fiel ein Sonnenstrahl herein und das machtvolle Brausen des Meeres. Lieber wäre ihm nicht plötzlich eingefallen, dass dies der letzte Tag, der Sonntag, war. Dass er früh am nächsten Morgen den Rückweg nach Madrid antreten musste. Sein Körper schmerzte von den Verwüstungen der Liebe: Es gab Bereiche, die waren etwas angeschwollen; zarte, feuchte Hautstellen waren gereizt, gerötet. Das Haus wurde nur unregelmäßig mit elektrischem Strom versorgt.

Ihm stand wieder das Bild von Judiths schweißglänzendem Körper vor Augen, im Licht der Petroleumlampe auf dem Boden, eine feuchte Haarsträhne klebte ihr im Gesicht, ihr Mund halb offen, die Lippen leicht geschwollen, sie schaute über die Schulter zurück, um seinen Blick aufzufangen, Knie und Ellenbogen auf dem zerwühlten Bett aufgestützt, *on all fours*. Allein schon die Worte erregten ihn. *Sag mir, wie das heißt, was du mit mir machst.* Sie lernten voneinander die Namen der Dinge, die gewöhnlichen Wörter für Kleidungsstücke und intimere für die Akte und Empfindungen der Liebe und die Körperteile ihres größten Verlangens. Sie zeigten darauf, als müssten sie alles neu benennen in der neuen Welt, in die sie sich zurückgezogen hatten, und der forschende Zeigefinger wurde zur Liebkosung. Lippen drückten, Zähne bissen sanft zu, und die Zunge erkundete die Stelle, deren Namen er wissen wollte. Neue Wörter, wie sie nie zuvor auf einen Körper angewendet worden waren, der in einer anderen Sprache auf die Welt gekommen und herangewachsen war; kindliche Wörter, vulgäre, schamlose, liebevoll-gewöhnliche mit subtilen Abstufungen, die dem, was sie bezeichneten, eine fleischliche Dimension verliehen. Sie tauschten Wörter wie Flüssigkeiten und Zärtlichkeiten aus, lernten neue Empfindungen, von denen sie nicht gewusst hatten, dass es sie gab. Der Körper war eine Landkarte, bevölkert von Namen, die entdeckt werden mussten und die sie später flüsternd wiederholten, wenn jeder für sich war und die Erinnerung daran ihn aufs Neue erregte. Wer das Wort aussprach, wurde an der genannten Stelle liebkost.

Und es war gut, dass die Dinge Namen bekamen, die sie bislang nicht hatten, weil so das Neue der frisch erlernten Sprache mit dem neuen Leben korrespondierte, das sie nicht kennengelernt hätten, wenn sie einander nicht begegnet wären, und jedes Wort bezeichnete eine exakte Stelle des geliebten Körpers und keine andere. Ignacio Abel hätte sich gewünscht, dass jede einzelne Zärtlichkeit, jedes Wagnis der Liebe sich seinem Verstand ebenso eingeprägt hätte wie die Wörter, die er nie mehr vergessen würde, die er auswendig lernte, indem er sie bat, sie ihm langsam vorzusagen und zu buchstabieren: Spanische Wörter, die laut auszusprechen er sich nie hatte vorstellen können, wurden zu schamlosen Parolen, die nur ausgesprochen werden mussten, um zu bekommen, was unter weniger eindeutigen sexuellen Umständen einen anderen Namen gehabt hätte, was wahrscheinlich keiner von ihnen einem anderen zu sagen sich getraut hätte, der mit derselben Sprache aufgewachsen war.

Das Klappern der Schreibmaschine hatte ihn geweckt. Er war nackt und trug nicht einmal die Armbanduhr am Handgelenk. In dieser wenig vertrauten Helligkeit vermochte er nicht zu bestimmen, wie spät es war. Neun Uhr morgens, mittags, zwei Uhr nachmittags. Seit sie in dem Haus waren, hatte sich die Zeit ausgedehnt, als wollte sie den Horizont des Meeres und die ganze Unendlichkeit des Strandes umfassen, dessen Enden in einem rötlichen Dunst jenseits der Steilküsten verschwammen und den im Westen, wo der Tag endete, das rotierende Licht eines Leuchtturms begrenzte. Bei ihrer Ankunft waren sie an einem flach in der Landschaft liegenden Fischerdorf vorbeigekommen. Er hatte Judith auf die Schönheit der Architektur hingewiesen, die Häuser weiß wie Salzquadern vor dem grünlichen Blau und dem Silberglanz des Meeres. Rostfarbene Steilhänge sahen aus wie von der Kraft der Wellen angefressene Dünen. Er hörte die Wellen auch jetzt, wie sie an den Strand schlugen, an den Füßen des Steilhangs nagten, übertönt vom Geschrei der Möwen und dem fleißigen Klappern der Schreibmaschine im Nebenzimmer, dem großen Wohnzimmer mit dem sich über die ganze Breite ziehenden Fenster, durch dessen exakte Mitte die Linie des Horizonts verlief, und vor dem bei ihrem Eintreffen ein unerklärlicher Strauß frischer Rosen gestanden hatte.

Die Räume des Hauses waren eine Mischung aus ursprünglicher Einfachheit und schlichter Moderne: Fliesen aus rötlichem Ton, weiß gekalkte Wände, breite Fensterfronten, Geländer aus Edelstahlröhren. Erst jetzt dringen der Geruch des Meeres und das Klappern von Judith Bielys Schreibmaschine in sein Bewusstsein ein, und das bringt ihm ein unwillkürliches und daher wahres Bild von ihr vor Augen, ganz ins Schreiben vertieft, eingehüllt in einen seidenen, mit großen Blumen bedruckten Morgenmantel, der ihr ein Stück von der Schulter geglitten ist und einen Teil ihrer weißen Brust sehen lässt, das Haar nachlässig mit einem blauen Band zusammengehalten, damit es ihr nicht ins Gesicht fällt. Sie schreibt schnell, ohne auf die Tasten zu sehen, und nur selten wirft sie einen Blick auf das Blatt, der Wagen flitzt ans Seitenende und lässt einen Glöckchenton hören, mit einer instinktiven Bewegung schiebt sie ihn an seinen Ausgangspunkt zurück.

Er betrachtet sie ausgiebig, solange sie seine Anwesenheit noch nicht bemerkt hat. Ihre vollkommene Konzentration, die Schnelligkeit, mit der sie schreibt, der Ausdruck vergnügter Intelligenz in ihrem Gesicht machen sie für ihn noch begehrenswerter. Ungekämmt und barfuß, hat sie sich dennoch die Lippen geschminkt, nicht für ihn, sondern für sich selbst. So wie sie sich das Gesicht mit kaltem Wasser gewaschen hat, um ganz und gar wach zu sein, wenn sie sich an die Schreibmaschine setzt, die stille Morgenstunde nutzend, das klare Licht, welches das ganze Haus durchdringt, in dem sie seit Donnerstagnachmittag wie auf einer Insel leben, einer Insel in der Zeit, umgeben vom gleichmäßigen Horizont der ganzen Tage, die sie zum ersten Mal für sich gemeinsam haben, weit wie die Räume, die sie durchstreifen, ohne sich schon an den Gedanken gewöhnt zu haben, dass keine anderen Stimmen, Schritte und Wörter als die ihren zu hören sein werden, die zum Teil noch unbekannt klingen in einem hallenden Haus, in dem außer ihnen, so scheint es, noch niemand gewohnt hat und niemand je wohnen wird, so plötzlich ist es ihnen zu eigen geworden, nur für sie gemacht – wie jeder von ihnen für den anderen gemacht ist.

So wie dieser Augenblick, in dem Judith Biely, mit dem Profil zum Fenster, auf ihrer tragbaren Smith Corona schreibt, dafür gemacht ist, dass Ignacio Abel ihn mit allen Einzelheiten in sich aufnimmt, wie er da auf der Türschwelle steht und sie wieder begehrt, darauf wartet, dass Judith den Kopf hebt und seine Gegenwart bemerkt, schon das Lächeln sieht, das sich auf ihren Lippen formen wird, den Glanz, der in ihre Augen tritt. Er erinnert sich, dass er kalkuliert hatte, noch einen ganzen Tag vor sich zu haben (immer noch dieses Besessensein von Zeit), einen Tag und eine Nacht, und danach das, was er jetzt noch nicht sehen wollte, was hinter dem Dunst und den sumpfigen Ebenen lag, durch die die Landstraße eine gerade Linie zog, die Strafe des Montagmorgens und der Heimfahrt, die vermutlich schweigend vonstattengehen würde, mit ihm am Steuer und Judith gedankenverloren am heruntergedrehten Seitenfenster, durch das der Fahrtwind ihr ins gebräunte Gesicht weht, das hinter der Sonnenbrille verschlossen wirkt, während ihr die letzten Überbleibsel der Zeit aus den schon fast leeren Händen rinnen.

Judith hob den Blick und musste lachen, als sie ihn sah, wie ihn wahrscheinlich noch nie ein Mensch gesehen hatte: noch benommen vom Schlaf, unrasiert, mit ungekämmtem Haar, obszön wie ein brünstiger Affe, dieser so zurückhaltende Mann, der die ersten Male zurückgewichen war, wenn sie sich ihm genähert hatte, ganz nackt jetzt, *wie seine Mutter ihn zur Welt gebracht hatte,* so diese spanische Redensart, die sie an Adam denken ließ, jetzt schamlos und sogar ein bisschen angeberisch in seiner maskulinen Bravour, zu der imstande zu sein er sich nie hatte vorstellen können, weil sie von Judith erst geweckt worden war und ohne sie nicht existierte. Erst jetzt hatte sie das Gefühl, ihn richtig zu kennen, nachdem er ganze Nächte lang neben ihr geschlafen hatte, den Arm um sie gelegt und mit offenem Mund schnaufend, breitbeinig ausgestreckt auf dem Bett liegend, dem einzigen Möbelstück im Schlafzimmer neben einem hohen, an der Wand lehnenden Spiegel, denn das ganze Haus atmete eine Vorläufigkeit, die es umso einladender machte.

Manchmal hatten sie sich aus den Augenwinkeln im Spiegel betrachtet und waren überrascht von dem, was sie sahen, kannten sich kaum wieder, waren nicht sicher, sie selbst zu sein, der Mann und die Frau, die sich umarmten, untersuchten, sich zeigten, sich über den Mund oder den Schweiß aus dem Gesicht wischten oder eine Haarsträhne aus den Augenwinkeln, um besser sehen zu können, um nichts unbetrachtet zu lassen, geleckt und gebissen, der Spiegel dabei ein tieferer Raum, in den sie eingetaucht waren und in dem nur Platz für sie beide war, das geheimste Zimmer im Labyrinth des Hauses ohne Fenster und jeglichen Schmuck, ohne irgendetwas, das sie von sich selbst ablenken konnte.

Zum ersten Mal war die Liebe keine ausgeklammerte, von Hast entwürdigte Zeit. Als sie erschöpft und befriedigt nebeneinanderlagen, hatten sie sich zum ersten Mal das Privileg gegönnt, sich vom Schlaf sanft übermannen zu lassen, feucht und klebrig, wie sie waren, die vom übermächtigen Verlangen mitgenommenen Leiber von der milden Brise umweht, die vom offenen Balkon hereinkam, den sie nie betraten. Das Haus war die unbewohnte Insel nach dem Schiffbruch, auf der es genügend Proviant gab, wie in den Seeabenteuerromanen, die Ignacio Abel in jungen Jahren gelesen hatte. In der Kühltruhe in der Küche lagen zwei Blöcke Eis, die noch nicht zu schmelzen begonnen hatten, so als hätte sie jemand dort abgelegt, als sie gekommen waren, derselbe unsichtbare Besucher, der einen Strauß frischer Rosen auf den Wohnzimmertisch gestellt hatte, auf dem Judith ihre Schreibmaschine aufgebaut hatte.

Während der vier Tage sahen sie keinen Menschen. Ab und zu verspürte Ignacio Abel den Drang, ins Dorf zu gehen und dort ein Telefon zu suchen, um nach Madrid zu telefonieren, doch dann fürchtete er, Judith könne eine solche Störung ihres anderen Lebens irritieren oder mutlos machen. Denn in der schamlosen Hitze der gegenseitigen Hingabe gab es noch ein Körnchen von Zurückhaltung, so wie es im Verlangen eine Spur von Erbitterung gab. Jeder enthüllte dem anderen, was er niemandem je gezeigt hatte, und tat oder ließ sich tun, was die Scham ihm nie erlaubt hätte, sich überhaupt vorzustellen; dennoch gab es Gewissensbisse oder Groll oder verschwiegene Befürchtungen, die sie voreinander verbargen. In der zweiten Nacht erwachte Ignacio Abel, und Judith saß auf dem Bett, mit dem Rücken zu ihm, sehr aufrecht, den Blick aufs Fenster gerichtet. Er wollte schon ihren Namen sagen oder seine Hand nach ihr ausstrecken, doch die Ahnung von völliger Selbstvergessenheit, die von ihrem reglosen Körper ausging, von ihrer Atmung, die er nicht hörte, ließ ihn innehalten. Was wird, wenn wir zurückfahren. Wie viel Zeit bleibt mir noch. Wie würde man mich benachrichtigen, wenn etwas passierte, falls einem meiner Kinder ein Unglück zustieße, ein Autounfall auf dem Schulweg, die schrecklichen Gefahren, die überall lauern und die man sich gar nicht vorstellen mag, ein jähes Fieber, eine verirrte Kugel im Tumult einer Demonstration. Adela, auf den erbetenen und versprochenen Anruf wartend, der ihn nicht viel gekostet hätte und den er nicht tätigen würde. Vier Tage und vier Nächte, für immer andauernd und in nichts zerfließend.

Er lehnte am Schlafzimmerfenster, genoss die frische Nachtluft nach der langen Hitze des Sonntags, sah dem Vollmond zu, der wie ein dicker gelber Ball dem Meer entstiegen war, als ihm auffiel, dass er das Klappern der Schreibmaschine nicht mehr hörte, auf der Judith den größten Teil des Tages geschrieben hatte. Er ging ins Wohnzimmer und sah mit Schrecken, dass Judith nicht da war. Insekten schwirrten um die brennende Lampe auf dem Tisch, neben der Schreibmaschine und dem Stoß beschriebener Blätter, die der Wind bewegte. Sie schrieb eine Chronik, hatte sie ihm in einem Moment sexueller Erfüllung anvertraut; eine Chronik der Dinge, die sie auf der Fahrt von Madrid gesehen hatte, über die atemberaubende Schönheit, die ihr das Gefühl gab, tatsächlich in den fantastischen Landschaften von Irving und Dos Passos zu leben und denen der romantischen Lithografien; des jäh sich offenbarenden Elends, von dem die Augen abzuwenden unmöglich war, in Orten, an denen menschliche Wesen wie Tiere in ihren Höhlen hausten, in Hütten mitten in Einöden ohne Wasser und ohne Bäume, und aus Löchern alterslose Menschen mit dunkler Haut und finsteren Blicken starrten, mit offenen Mündern, kropfgeschwulstigen Hälsen und schielenden Augen.

Im Morgengrauen von Madrid nach Süden aufbrechen war wie eine Irrfahrt in eine andere Welt gewesen, auf die niemand sie vorbereitet hatte, obwohl sie ihre literarische Entsprechung wiedererkannte. Die trockene baumlose Weite der Mancha in der ersten Frische und später sengenden Hitze des Junimorgens entsprach genau den Beschreibungen Azoríns und Unamunos und den farbigen Illustrationen eines *Quijote* von 1905, den sie mit fünfzehn oder sechzehn Jahren in der Stadtbücherei gefunden hatte. Sie hatten sie umso mehr beeindruckt, als sie damals kaum ein Wort Spanisch verstand und sich nur auf die Bilder konzentrierte, um etwas von der Geschichte zu verstehen. Er jedoch, den Blick starr auf die staubige Straße gerichtet, versuchte sie von diesen Träumen abzubringen: Die kastilischen Schwärmereien Azoríns und Unamunos sowie Ortegas Verschwommenheiten sollte sie vergessen; da war nichts Mystisches, nichts Schönes an den eintönigen öden Weiten, die diese Typen so feierten, nichts Geheimnisvolles, das das Wesen Spaniens ausmachen sollte. Was es gab, waren Unwissenheit und unverantwortliche wirtschaftliche Entscheidungen, massenhaftes Abholzen von Bäumen, Vorherrschaft von Großgrundbesitz und riesige Schafherden, die Feudalherren gehörten, reichen Parasiten, die von der Arbeit darbender Campesinos lebten, denen Armut und Unwissenheit, Mangelernährung und kirchlicher Aberglaube jede Zukunft verwehrten. Was sie jetzt sah, war nicht die Natur, sagte er, eine Hand vom Lenkrad nehmend und nach draußen zeigend mit einer Empörung, die schon ein Wesenszug von ihm war: Diese menschenleeren Weiten, endlosen Weizenfelder und Ölbaumplantagen, kargen Einöden, an deren Horizont sich ein Kirchturm über geduckte erdbraune Häuser erhob, waren eine Folge fruchtloser Arbeit und der von der Kirche abgesegneten Ausbeutung des Menschen durch den Menschen.

Die Schluchten von Despeñaperros brachten Judith die Bilder von gefährlichen Reisen in Postkutschen und der fantastischen Lithografien von Gustave Doré in Erinnerung. Ignacio Abel fuhr auf der schmalen Landstraße sehr langsam, die Reifen des Wagens schnarrten über den Schotter, manchmal hart am Rand der Abgründe entlang, und dabei dozierte er, wie viel besser es wäre, wenn die Republik weniger literarisches Wortgeklingel förderte als den Straßenbau, Eisenbahnen, Kanäle und Häfen. Er sah sie aus den Augenwinkeln mit der kleinen Leica fotografieren, die sie um den Hals hängen hatte, und versuchte sie mit spanischem Ungestüm davon zu überzeugen, nicht den trügerischen Lockungen malerischen Lokalkolorits zu erliegen: Dieser barfüßige Junge mit dem ausgefransten Strohhut, der auf einem winzigen Esel ritt und ihnen zuwinkte, würde wahrscheinlich nie eine Schule von innen sehen; und die Schafherde, die sie zum Anhalten zwang, als sie, in eine Staubwolke gehüllt, gemächlich über die Straße trottete, mochte Judith zwar vielleicht an eines der Abenteuer von Don Quijote erinnern, der in seinem Wahn Herden mit Armeen verwechselte (und sie – die in New York geboren und aufgewachsen war – auf die einnehmende Idee von einem Land bringen, in dem die Zeit stehen geblieben war, in dem Dinge, die vor über dreihundert Jahren in einem Buch beschrieben worden waren, immer noch zur täglichen Realität gehörten: Schäfer, die nach ihren Hunden pfiffen und Hirtenstäbe schwenkten, an denen geflochtene Beutel und Kürbisse hingen, in denen sie ihr Trinkwasser aufbewahrten; barfüßige Burschen, die Schleudern durch die Luft zischen ließen und mit der Treffsicherheit biblischer Hirten ihr Ziel trafen), aber wäre es nicht besser, wenn dieses Brachland, durch das die Schafe trappelten, mit dem nötigen technischen Verständnis kultiviert würde, mit Traktoren anstatt mit Holzpflügen umgebrochen würde, in ausreichender Größe unter denen verteilt würde, die darauf arbeiteten? Zweifellos würden die Hirten, wenn die Dunkelheit hereinbrach, ein Feuer entzünden und sich uralte Geschichten erzählen oder seit Mittelalterzeiten überlieferte Lieder singen, sehr zur Freude von Don Ramón Menéndez Pidal und der Gelehrten des Zentrums für Historische Studien, die Judith so bewunderte. Aber vielleicht wäre es ganz nützlich, wenn sie anstatt romantischer Weisen Lieder aus dem Radio hörten und Gelegenheit bekämen, in einem Bett zu schlafen und sechs Tage in der Woche für einen anständigen Lohn zu arbeiten.

Judith hörte aufmerksam zu. Sie war eine gute Zuhörerin. Und sie stellte Fragen, wollte sich die Bedeutung keines Wortes entgehen lassen, so wie sie in einem Notizbuch auch die herrlichen arabisch oder römisch klingenden Namen der Orte notierte, durch die sie fuhren. Der Drang, zu schreiben, flammte wieder in ihr auf; die Ahnung von etwas, das anders war als das, was sie bislang getan hatte, Versuche, die sie eigentlich nie zufriedengestellt, sondern ein Gefühl von Schummelei hinterlassen hatten; der Verdacht, die Motivation, mit der sie nach Europa gekommen war, aus irgendeinem Grund verraten zu haben, den Vorsatz, sich zu bilden, sich des Geschenks, das die Mutter ihr gemacht hatte, würdig zu erweisen. Die körperliche Erregung, an seiner Seite im Auto zu fahren und vier ganze Tage mit ihm vor sich zu haben, war eng mit dem bevorstehenden Schreiben jenes Buches verknüpft, das ihr als Ahnung schon oft vor Augen gestanden, sie geblendet, sich ihr aber nie in seiner vollständigen Form gezeigt hatte. Die Kühnheit der Liebe würde ihr helfen, wenn sie sich vor das leere Blatt setzte und mit den Fingerkuppen über die glatten runden Tasten der Schreibmaschine führe; weiße Buchstaben auf schwarzem Grund, das leichte Gehäuse und die schnelle Mechanik, zusätzlicher Antrieb für die Geschwindigkeit ihres Schreibens, das ebenso von Klarheit und scharfer Beobachtung geprägt sein würde wie ihr aufmerksamer Blick aus dem Fenster während der Reise.

Was sie sah, würde sie so flüssig erzählen müssen, dass die Flüchtigkeit der Bilder und Gefühle darin zu erkennen wären: die trockene Hochebene mit dem bläulichen Hintergrund der Berge, die immer so wirkten, als würden sie sie nie erreichen; die Schluchten, auf deren Grund die Wildwasser tobten und über denen große Adler gemächlich ihre Kreise zogen; die geraden Reihen der Olivenbäume, die sich wellten wie ein statisches Meer aus rötlichen Hügeln und sich an einem noch blaueren, noch ferneren Horizont verloren. Im Fluss des Erzählens müsste sich der karge Glanz der Landschaft mit schmachvoller Rückständigkeit und menschlicher Armut verbinden, mit der Würde verhärmter Gesichter, die am Autofenster vorbeizogen und unvergessen blieben vor dem Hintergrund weißer Mauern, hervorlugend aus den Schatten von Torwegen.

Am Ende einer Ortschaft, die nicht einmal einen Namen zu haben schien, keine Bäume und so gut wie keine Bewohner, nur auf der staubigen Straße in der Sonne hechelnde Hunde, trat Ignacio Abel abrupt auf die Bremse und zwang sie damit, ihren Blick nach vorn zu richten. Auf die halb eingefallene Mauer einer Viehtränke hatte jemand mit groben Pinselstrichen einen Hammer und eine Sichel gemalt. Vor ihnen stand eine Reihe Männer unbeweglich auf der Straße und versperrte ihnen den Weg. Sie trugen schmutzige Baskenmützen oder Strohhüte zum Schutz gegen die Sonne, Bastsandalen an den Füßen und Cordhosen, die von einem Stück Seil oder von Lederriemen gehalten wurden. Einer oder zwei trugen eine rote Armbinde mit politischen Initialen, vielleicht UHP, Vereint Euch Proletarische Brüder. Zwei von ihnen, die an den äußeren Enden standen, hielten Jagdflinten in der Hand, ohne auf sie zu zielen. In ihren Blicken lag keine Feindseligkeit, höchstens Neugier wegen des ausgefallenen Automodells, seiner metallisch grünen Lackierung, des glänzenden Chroms der Lampen und der Kurbel, des halb zurückgeschobenen Lederverdecks; besondere Neugier wegen Judiths deutlich ausländischer Erscheinung. Aber auch finsterer Trotz, unwillkürliche Abneigung gegen den beleidigenden Glanz dieses Autos inmitten der staubigen Trostlosigkeit am Rande des Ortes; ein Zorn wegen nie erfüllter Versprechungen und auf die messianischen Illusionen der sozialen Revolution.

»Sie werden uns nichts tun«, sagte Ignacio Abel mit Blick auf den Mann, der sich ihnen nun näherte, dabei Judiths Hand drückend, die tastend nach der seinen gesucht hatte. Sie verstand nicht, was der Mann sagte; er sprach einen seltsamen Dialekt, sprach mit heiserer Stimme und bewegte kaum die Lippen. Das Dorf hatte keine Arbeit, sagte ihm der Mann; der Großgrundbesitzer hatte sich geweigert, die Saat auf die Felder zu bringen, und auch als Erntehelfer konnten sie nicht arbeiten, da derselbe Herr sich weigerte, die karge Gersten- und Weizenernte einzubringen. Wir sind keine Banditen, hatte der Mann gesagt, aber auch keine Bettler. Damit ihre Kinder nicht verhungern mussten, erbaten sie eine freiwillige Spende.

Während er mit Ignacio Abel sprach, starrten die anderen auf Judith. Sie würde vom Glanz dieser dunklen Augen in den ledernen Gesichtern erzählen müssen, den von Bartschatten verdüsterten Wangen, vom zahnlosen Grinsen eines der Männer, dessen verschleierter Blick von geistiger Zurückgebliebenheit kündete; von der rohen Beschaffenheit aller Dinge unter einer senkrecht herabbrennenden Sonne; vom Stoff der Hosen und Baskenmützen; von Händen, Flintenläufen und deren Kolben; vom Gefühl einer ungewissen Bedrohung; von der Art, wie aller Augen die Aktentasche aus weichem Leder fixierten, Ignacio Abels weiße Stadtmenschenhände und seine goldene Armbanduhr. Einer kam heran und griff nach seinem Handgelenk, betrachtete die Uhr aus der Nähe, als Ignacio Abel schon ein paar Scheine herausgerückt hatte. Voller Schrecken erkannte er, dass die direkte Aktion der anarchistischen Proklamationen in einen Raubüberfall ausartete. Er unternahm jedoch nichts, versuchte nicht, seine Hand aus dem Klammergriff zu befreien. »Wir sind Revolutionäre, keine Banditen«, verstand Judith die Worte dessen, der als Erster zu ihnen ans Auto gekommen war und die Flinte jetzt geschultert hatte, den anderen am Ärmel zerrte, damit er Ignacio Abels Handgelenk losließ. Sie glaubte, wahrgenommen zu haben, dass er in einem spaßigen Ton gesprochen hatte, aber auch nicht ganz, eine unterschwellige Drohung war durchaus herauszuhören. Das entrückte Grinsen des Zahnlosen zog sich über das ganze Gesicht.

Sie würde von der Angst berichten müssen und auch von dem schlechten Gewissen, sie empfunden zu haben; dem unbehaglichen Wissen von der eigenen Privilegiertheit und der Beleidigung, die sie für diese Männer bedeutete, sowie dem gleichzeitigen Wunsch, möglichst umgehend von hier zu verschwinden. Aber wie konnte sie niederzuschreiben wagen, dass ihre abstrakte Gerechtigkeitsliebe weniger stark war als die unwillkürliche Abscheu, die diese Männer in ihr hervorriefen;

als die Erleichterung, die sie empfand, als der Wagen anfuhr und die Männer den Weg freigaben und in einer Staubwolke hinter ihnen zurückblieben, in ihrer trostlosen Armut, in der Verzweiflung, die sie zu Wegelagerern machte, deren einzige Würde in ihren roten Armbinden mit schwarzen Lettern und ihrem rudimentären Anarchistenvokabular bestand.

Aber er hatte die Schreibmaschine schon länger nicht mehr gehört, und erst jetzt fiel es ihm auf. Er rief sie, ihr herrlicher Name klang durch das Haus, in dem bislang vielleicht noch niemand gewohnt hatte, in dem keine Spur von ihr zurückbleiben würde, wenn sie ginge, morgen schon, innerhalb weniger Stunden. In der Schreibmaschine steckte ein leeres Blatt, unmerklich von der nach Algen riechenden Brise bewegt, die durch den offenen Balkon hereinkam. Die schon beschriebenen Blätter stapelten sich ordentlich auf der einen Seite der Schreibmaschine, die leeren Blätter auf der anderen. Er rief sie noch einmal, und seine Stimme klang ihm seltsam fremd, ihr Echo in den großen, fast leeren Räumen. Das elektrische Licht funktionierte nicht. Er suchte sie mit hoch erhobener Petroleumlampe im ganzen Haus, rief ihren Namen wieder, bemerkte den fast stufenlosen Übergang im Klang seiner Stimme von Befremden zu Bangen.

Weit konnte sie nicht sein, ihr konnte nichts zugestoßen sein, doch ihre Abwesenheit machte mit einem Mal alles so unwirklich, die weißen Wände und die Treppe im Lampenlicht, die Einsamkeit des Hauses über dem Steilhang, ihrer beider Anwesenheit darin, das Rauschen des Meeres. Er hatte keine Vorstellung mehr davon, wie viel Zeit vergangen war, seit er sie zum letzten Mal gesehen hatte, seit er das Klappern der Schreibmaschine zuletzt gehört hatte, als er am Fenster lehnte und die weiße Schlangenlinie der Wellen betrachtete, das Licht des Leuchtturms am westlichen Himmel, wo die letzten Rottöne in einem violetten Dunst erloschen wie Glut in der Asche. Er lief durch alle Zimmer und fand Judith nirgends. Seine bloßen Füße glitten lautlos über die breitflächigen Tonfliesen. In der Küche stand ein halb geleertes Glas Wasser auf dem blanken Holztisch, ein Teller mit einem Messer darauf und der Haut eines Pfirsichs.

Durch das Fenster sah man im Licht des Vollmonds den Strand und das Meer jenseits der hohen trockenen Sträucher, die am Rand des Steilhangs wuchsen. Unten, am Fuß der hölzernen Treppe, erkannte er ungläubig und unendlich erleichtert die Gestalt von Judith Biely, mit dem Rücken zu ihm, ihren deutlichen Schatten, den das Mondlicht auf den flachen, feuchten Sand warf, als die Wellen ins Meer zurückflossen. Er rief sie, während er nach draußen lief, von der unter seinem Gewicht knarrenden und bebenden Holztreppe, doch der Wind und das Tosen der Wellen verwischten seine Stimme. Er wollte zu ihr, bei ihr sein, doch wie im Traum hatte er das Gefühl von unendlicher Langsamkeit, das sich noch verstärkte, als seine Füße tief in dem trockenen, mehlweichen Sand am Fuß des Steilhangs versanken. Er fürchtete, Judith könne erschrecken, wenn sie seine Stimme nicht hörte, bevor er bei ihr war.

Er bewegte sich und kam doch kaum vorwärts. Er rief sie und hörte nicht einmal seine eigene Stimme, die gegen das zunehmende Brausen des Meeres machtlos war. Als er bereits etwas feuchteren und kühleren Sand erreicht hatte, drehte sich Judith langsam zu ihm um, gar nicht überrascht, als hätte sie gewusst, dass er kam, seine Schritte gehört. Der Wind blies ihr das Haar aus dem Gesicht, machte ihre Stirn frei, presste den Seidenstoff des Morgenmantels an ihre schlanke Gestalt oder wehte ihn auseinander, sodass im hellen Mondlicht ein weißer Oberschenkel zu sehen war. In ihrem Willkommenslächeln lag etwas von Zerbrechlichkeit und Ferne, das vor einer Stunde oder zwei noch nicht da gewesen war, als sie sich ihm hingab und ihn mit wilder sexueller Entschlossenheit forderte:

eine Art von Kapitulation oder überstandener Krankheit, von Entfernung, als sähe sie diesen Augenblick bereits in der Vergangenheit.

Unbeholfen und in typisch männlicher Verwirrtheit stand Ignacio Abel vor ihr, immer noch erleichtert, weil er sie endlich gefunden hatte. Er wagte erst, sie an sich zu ziehen, als er die Gänsehaut auf ihren Armen bemerkte und sie im feuchtkalten Nachtwind zittern sah. »Wo sind wir wohl morgen um diese Zeit«, sagte Judith und zitterte noch mehr, als sie sich an ihn drückte, ihr kaltes Gesicht an sein Gesicht, die hohen Beckenknochen an seinen Bauch, »wo sind wir wohl morgen und übermorgen und überübermorgen ...« In seiner Sprache gesprochen, hätten die Wörter wohl nicht diese Monotonie eines Richterspruchs gehabt, *tomorrow and the day after tomorrow and the day after the day after tomorrow.*

18 »Woher kommen Sie denn, so gebräunt?«, fragte Negrín.
Er lachte. »In dieser Stadt voller blutarmer Bleichgesich-
ter sehen Sie gesünder aus als ein Bergbauer.«

Man sah einen Menschen anders an, wenn man wusste, dass
er eine Pistole trug – in einem Halfter an der linken Seite, das
sichtbar wurde, wenn die Jacke sich bei einer ungewohnt heftigen Bewegung öffnete, oder an einer Ausbeulung, die man
nicht bemerken würde, wenn man nicht wüsste, dass dieser
gut gekleidete Mann eine Feuerwaffe bei sich trug; einfach
zwischen Hose und Hemd in den Gürtel gesteckt; oder wie
ein Backstein in der rechten Jackentasche hängend, wie bei
dem Vorarbeiter Eutimio Gómez, zusammen mit Tabaksbeutel
und Benzinfeuerzeug. Oder nachlässig irgendwo eingesteckt,
wie bei Dr. Juan Negrín, der sich die Taschen und die Weste
abklopfte, um Ignacio Abel seine kleine Pistole zu zeigen,
nachdem er sich mit einer Serviette den Sud von Langusten
und Muscheln von den dicken Fingern gewischt hatte.

»Eine tschechische«, sagte er mit Kennermiene und erzeugte
ein metallisches Klacken, indem er einen Hebel oder Ähnliches einrasten ließ. »Neuestes Fabrikat.«

Danach vergaß er sie wie ein Streichholz, mit dem man sich
eine Zigarette angezündet hat, ließ sie zwischen Essensresten,
Biergläsern, vollen Aschenbechern und zerknüllten Servietten
auf dem nassen Marmor der Theke liegen, die er mit seiner ausufernden Geschäftigkeit sofort umfassend in Beschlag
genommen hatte, wie er alles in Beschlag nahm: Dr. Juan
Negrín lebte in einer ununterbrochenen physischen Dishar-
monie mit einer Welt, deren mittelmäßige Dimensionen seiner

eindrucksvollen Körperlichkeit einfach nicht genügten, deren lahmer Rhythmus im Vergleich zu seiner unerschöpflichen Energie unannehmbar war. In Negríns Gegenwart fielen Ignacio Abel stets falsche Größenverhältnisse auf, wie in einer Bauzeichnung, in der die Proportionen irgendeines Elements nicht stimmten. Normale Uhren gingen viel zu langsam, um die Dynamik dieses Mannes anzuzeigen. Es hätte einer Stoppuhr bedurft, um die Geschwindigkeiten seiner aufeinanderfolgenden Tätigkeiten und seine ruhelosen Bewegungen von einem Ort zum anderen festzuhalten. Mäntel in Übergröße saßen knapp, wenn er sie anzog, maßgeschneiderte Anzüge schnürten ihn ein, ein Hut sah in seiner Hand oder am Kleiderhaken passend oder sogar zu groß für ihn aus, doch auf seinem Kopf wirkte er klein.

Er erhob sich, um Ignacio Abel in einem reservierten Raum des Café Lion zu begrüßen, und die gewölbte Kellerdecke, bis dahin ganz akzeptabel, war für seine Statur so niedrig, dass er den Kopf einziehen musste. Seine großen schwarzen Schuhe schienen unter einer derartigen Anspannung zu stehen, dass die Schnürsenkel rissen. Unter dem Marmortisch musste er die Knie aneinanderdrücken, damit seine Beine überhaupt Platz hatten. Seine hallende Donnerstimme verlangte nach größeren Räumen. Seine Finger ließen die harten Schalen der Muscheln krachen, als hätten sie mit weit größerem Widerstand gerechnet.

Wenn er in Madrid unterwegs war – zu seinem ehemaligen Labor, zum Café Lion, zur Abgeordnetenkammer, zur Universitätsstadt –, stemmte er sich gegen die allzu kleinen Maße der Dinge, gegen all die Hüllen, die seine Bewegungsfähigkeit einschränkten: den zu engen Anzug, die drückenden Schuhe, den Hemdkragen und den Krawattenknoten, die ihm die Luft nahmen; den Mantel, dem er sich nur mühsam entwinden konnte; das Auto, aus dem man ihn langsam und mit großer Anstrengung aussteigen sah, wenn er seinen unmäßigen Leibesumfang zwischen Lenkrad und Fahrersitz nach draußen zu hieven suchte. Er kaute seine Zigarren zu Fetzen und knallte den Telefonhörer viel zu heftig auf die Gabel. Im Kino wurde er ungeduldig, weil die Filme zu lange dauerten; auf Konzerten langweilte er sich. Bei Parlamentsreden gähnte er ungeniert und rutschte auf dem unter seinem Gewicht knarrenden Sessel hin und her. Er spielte mit einem Bleistift zwischen den Fingern und merkte gar nicht, dass er ihn zerbrach.

Er hätte eigentlich in einem größeren Land leben müssen, unter größeren Menschen, mit breiteren Straßen, schnelleren Zügen, weniger zähen offiziellen Zeremonien, eifrigeren Angestellten, geschwinderen Kellnern. Wann immer es ging, reiste er im Flugzeug, obwohl er dabei meistens die winzigen Maschinen des Spanischen Luftpostdienstes in Anspruch nahm, die eine weitere Herausforderung für seine Körperfülle darstellten. Er häufte Arbeit und politische Verantwortlichkeiten mit demselben Pantagruelismus an, wie er Platten mit Meeresfrüchten, Teller voll Schinken, flaschenweise Wein und überschäumende Krüge mit Bier bestellte. Er klatschte laut in die Hände und bestellte beim Kellner mehr Bier für Ignacio Abel und für sich gebackenen Fisch. Als der Kellner die Muschelschalen und die leeren Bierkrüge abgeräumt hatte, fiel die Pistole auf dem Marmortisch noch deutlicher ins Auge, trivial wie ein Feuerzeug, so unpassend und giftig wie ein Skorpion.

»Da wollen Sie also an eine dieser reichen Universitäten in Amerika wechseln«, sagte er ohne Vorrede, die kümmerliche Zeitverschwendung des spanischen Herantastens vermeidend. »Das kann ich Ihnen nicht verdenken.«

»Es ist nur für ein Semester. Und auch nur, wenn Sie mir Ihre Einwilligung geben.«

»Bei mir müssen Sie sich nicht verstellen, Abel. Tun Sie nicht so, als wäre Ihnen das nicht wichtig. Sie wollen raus hier, wie jeder, der seinen Verstand beisammenhat. Eine Zeit lang

439

verschwinden, sich die Dinge aus der Ferne ansehen, die Familie in Sicherheit bringen. In der Lage müsste man sein. Gute Arbeit tun, vom Wind auf günstigen Kurs gebracht, anstatt gegen ihn ankämpfen zu müssen, und dazu noch der kleine Vorteil, auf die Straße gehen zu können, ohne Angst haben zu müssen, dass ein Verrückter einen im Namen der Revolution oder des hl. Herzens Jesu niederschießt, oder dass man in eine Kugel läuft, die für einen anderen bestimmt war, oder die ein übernervöser Polizist abgeschossen hat, was auch vorkommen kann.«

»Es wird schon wieder ruhiger werden, nehme ich an.«

»Oder auch nicht. Oder es kommt noch schlimmer. Haben Sie im Radio die Rede von Prieto in Cuenca zum Ersten Mai gehört?«

»Ich fürchte nein.«

»Auch nicht in der Zeitung gelesen?« Negrín brach in Gelächter aus. »Mein lieber Abel, selbst für einen Architekten ist dieser Aufenthalt im Elfenbeinturm ein bisschen viel. Oder in einem dieser Badeorte, an denen man so eine gesunde Farbe bekommt – Sie werden doch nicht mit einem Liebchen für ein paar Tage nach Biarritz entwischt sein? Wie Don Indalecio neben vielen anderen vernünftigen und ziemlich traurigen Dingen sagte, kann ein Land viel aushalten, sogar eine Revolution, aber keine dauernde, sinnlose Unordnung. Natürlich musste er dazu nach Cuenca gehen, und ich mit ihm, als wäre ich sein Schildknappe, denn hier in Madrid hätten unsere lieben Genossen vom bolschewistischen Parteiflügel ihn gelyncht. Haben Sie immer noch Ihren sozialistischen Parteiausweis, Abel?«

»Alle Beitragsmarken eingeklebt.«

»Und Sie sind nicht versucht, ihn zu zerreißen?«

»Um ihn gegen welchen einzutauschen?«

»Abel, Sie sind sentimental. Genau wie ich. Nur mit dem Unterschied, dass Sie viel klüger sind und sich nicht in den

Mahlstrom haben hineinreißen lassen, in dem ich mich jetzt befinde und von dem ich, ehrlich gesagt, nicht weiß, wie ich da wieder herauskommen soll. Ich weiß nicht einmal mehr, wie ich hineingeraten bin. Sogar mit dem Redenfieber habe ich mich angesteckt, wie es scheint. Das Wort ›Mahlstrom‹ wäre mir früher nie über die Lippen gekommen.«

»Sie sind zur Politik berufen, Don Juan.«

»Zur Politik berufen? Das Einzige, wozu ich berufen bin, ist die Wissenschaft, mein lieber Freund. Das, was man Politik nennt, bringt mich entweder zur Verzweiflung oder vor Langeweile um, sonst gar nichts. Azaña ist zur Politik berufen, oder Indalecio Prieto, oder der arme Don Niceto Alcalá-Zamora, den wir freilich mit einem unfeinen Tritt von seinem Präsidentenstuhl befördert haben. Nein, ich mag es, wenn etwas bewerkstelligt wird, *to get things done,* wie die Amerikaner mit ihrem Sinn fürs Praktische sagen, der sich sogar in ihrer Sprache niederschlägt. Aber hier besteht Politik nur aus Wörtern, aus Wörterdschungeln, aus Hektaren von Reden mit gefügigen Sätzen. Haben Sie mal gesehen, wie Azaña sich selbst dabei zuhört, wie er einen Absatz rundet? Als würde er einem Stier ganz langsam das Tuch über die Hörner ziehen. Wie er sich gleichzeitig mit einem Satz auch selbst aufbläst, sodass er noch mehr wie ein Ballon aussieht? Der Satz wird immer länger, und er selbst schwillt immer mehr an, wie ein Ballon kurz vorm Platzen. Da fehlt nur noch, dass man ihm von den Rängen des Abgeordnetenhauses nicht Bravo!, sondern Olé! zuruft, mit lang gezogenen Vokalen: Oooooleeeeeé, damit er Zeit hat, seinen Satz wirklich zu Ende zu bringen; und verzeihen Sie den Stierkampfjargon. Dabei sagt Azaña manchmal durchaus gehaltvolle Dinge. Nicht wie Don Niceto, der in seinen kilometerlangen Ansprachen mit andalusischem Lispeln kaum mehr als ein paar Zitate von Klassikern hervorgebracht hat. Oder der vortreffliche Don José Ortega y Gasset: An wie vielen Nachmittagen hat er uns mit seiner blumigen Prosa zum Einschlafen gebracht? Zum Glück hat er der Republik den Rücken gekehrt und sich nicht ein weiteres Mal als Abgeordneter aufstellen lassen, denn wenn er das getan hätte, hätte ich wohl kaum der Versuchung widerstehen können, sehr viel weiter fortzugehen, als Sie das beabsichtigen, nur um ihn nicht mehr hören zu müssen. Für Don José Ortega besteht, genau wie für Don Miguel de Unamuno, der größte Fehler der Republik darin, dass sie ihn nicht zum Präsidenten auf Lebenszeit ernannt hat. Ich habe ihn im Parlament reden gehört, als würde er seinen Studenten im ersten Semester Philosophie erklären, und ich stellte mir vor, wie sein Gehirn von innen von kleinen elektrischen Blitzen erleuchtet wurde, von außen mit diesen quer über den Kopf gekämmten Haaren abgedeckt, die sich dieser eitle Mensch hat wachsen lassen, um seine Glatze zu verbergen. Glauben Sie, dass man einem Philosophen trauen kann, der sein Haar mit billigem Färbemittel misshandelt und ohne jede Aussicht auf Erfolg solche Mühe darauf verwendet, seine Kahlheit zu verbergen?«

»Er scheint auch Schuhe mit hohen Absätzen zu tragen.«

»Als Architekt fallen Ihnen die strukturellen Kleinigkeiten auf. Ich bleibe an Äußerlichkeiten haften.«

Negrín konnte gleichzeitig sprechen und essen, lachen und ein ernstes Gesicht, wie aus Vulkangestein gemeißelt, aufsetzen, wenn er eine finster dräuende Zukunft beschwor. Solche Schwarzseherei konnte seinen Tatendrang jedoch nicht schmälern, seine pralle Lebenslust nicht mindern: Eher schien sie sie anzuregen, wirkte wie angereichertes Heizmaterial im Druckkessel seiner Vitalität. Neben ihm fühlte sich Ignacio Abel oft unbeholfen, passiv, zaudernd. Dieser Mann, der ein weltweit anerkannter Wissenschaftler war und irgendwann ein Vermögen erben würde, widmete sein ganzes Leben, sein ganzes Talent und seine ganzen erstaunlichen Kraftreserven dem Wohl eines armen, zurückgebliebenen Landes, das es ihm wohl kaum jemals vergelten oder danken würde. Zweifellos war dieser Großherzigkeit auch eine beachtliche Portion Überheblichkeit beigemischt, eine Art Reagens, das ihn in Aktion hielt; und seine Charakterstärke war vielleicht ebenso erblich bedingt und willensunabhängig wie seine kolossale Körperlichkeit und der grenzenlose sexuelle Appetit, über den in Madrid Gerüchte zirkulierten. Trotzdem fand Ignacio Abel in Negrín eine unverrückbare moralische Überzeugung, an der es ihm selbst mangelte, eine Art, aus sich herauszugehen, die ihm manchmal aufgesetzt vorkam, im Grunde jedoch gesünder erschien als seine eigene Neigung zum Vertuschen und Zurückhalten, zu stillem Beobachten und boshafter Ironie, bei denen man keinen Widerspruch riskierte, aber auch keinerlei Einfluss auf den Lauf der Dinge nahm.

»Glauben Sie mir, wenn es nach mir ginge, würde ich vierzehn Stunden täglich in meinem Labor sitzen und forschen. Wie oft gehe ich daran vorbei und nicht hinein, weil mir das Herz brechen würde! Dann sehe ich Sie in der Universitätsstadt in Ihrem Büro sitzen, so selbstvergessen über den Zeichentisch gebeugt, dass Sie nicht einmal aufschauen, wenn ich an die Fensterscheibe klopfe... Beneidenswert, mein Freund, welch ein Privileg. Sich einer einzigen Sache widmen können, sie mit allen fünf Sinnen angehen und gut machen! Don Santiago Ramón y Cajal mit seiner Leichenbittermiene hat mir einmal gesagt, und mir dabei mit seinem wachsbleichen Zeigefinger vor der Nase herumgefuchtelt, ›Negrín, Sie haben die Hände in zu vielen Sachen gleichzeitig. Und Sie wissen ja: Wer viel beginnt, zu nichts es bringt.‹ Das hat mich natürlich wütend gemacht; aber er hatte ja recht. Obwohl einige Sachen, in denen ich meine Hände hatte, ihm zu verdanken sind.«

»Früher oder später werden Sie zur Forschung zurückkehren. Ich glaube nicht, dass Sie Ihr Leben lang bei der Politik bleiben.«

»Ein Wissenschaftler ist wie ein *sportsman,* mein Freund, machen wir uns nichts vor. Er hat ein paar glanzvolle Jahre, und danach nichts mehr, nur noch Routine. Eine Zeit lang verfolgt er nicht mehr die neuesten Publikationen, und schon ist er aus dem Rennen. Wie der Boxer, der nicht mehr trainiert; der Athlet, der nicht mehr läuft. Er wird fett, so wie ich. Wollen Sie nicht Ihr Bier austrinken, und wir bestellen eine neue Runde? Haben Sie gar keine Schwächen? Wie man hört, soll Hitler überhaupt keine haben. Wussten Sie, dass er Vegetarier ist und in seiner Gegenwart nicht geraucht werden darf? Bei uns wäre ein Politiker, der nicht raucht und nicht geräuschvoll abhusten kann, als Weichling verschrien. Apropos Hitler: Soll ich Ihnen sagen, was laut Madariaga, dem einzigen internationalen Experten, den wir haben, das Geheimnis seines Erfolgs ist? Das heißt, abgesehen von der erbärmlichen Feigheit der Alliierten und der aufgeblasenen Deppen des Völkerbunds, die ihn in aller Ruhe die entmilitarisierte Zone haben besetzen lassen? Das Flugzeug. Andere sind mit der Eisenbahn oder höchstens noch mit dem Auto zu ihren Wahlveranstaltungen gefahren. Das Ergebnis war, dass man sie während des ganzen Wahlkampfes kaum gesehen hat. Hitler kam immer mit dem Flugzeug und hatte so viel mehr Zeit, sich überall blicken zu lassen. Flugzeug, Radio und Film haben das Wunder der Allgegenwärtigkeit vollbracht! Unser armer Präsident Azaña dagegen wird schon blass und hält sich an den Sitzlehnen fest, wenn die Staatslimousine schneller als dreißig fährt. Gar nicht zu reden davon, wenn er in ein Flugzeug steigt und ihm derart die Knie zittern, dass sein Adjutant ihn hineinschieben muss. Die spanische Politik bewegt sich im Tempo von Maultierkarren vorwärts. Und was können wir dagegen tun? Die Elektrizitätsversorgung verbessern! Das hat Genosse Lenin gesagt, der von großen Teilen unserer Partei heute so bewundert wird.«

»Aber Sie glauben doch nicht, dass dieser ganze Leninismus von Largo Caballero und seinesgleichen ernst gemeint ist?«

»Wahrscheinlich nicht, aber darauf kommt es nicht an. Die verrücktesten und absurdesten Ideen werden wahr, wenn nur ein paar Narren an sie glauben und bereit sind, dafür einzutreten. Nimmt es jemand ernst, wenn es heißt, Largo Caballero sei der spanische Lenin? Nun, er selbst vermutlich. Und diese drittklassigen, Milchkaffee trinkenden Literaten, die ihm den marxistischen Unfug in den Kopf setzen. Und natürlich all die erschröcklichen katholischen Gemüter, die ihn in den Stierkampfarenen seine furchtbaren Ansprachen über die bevorstehende proletarische Revolution halten hören ...«

»Die andere, sehr viel Klügere für ihn schreiben.«

»Die aber auch sehr viel finsterere Gestalten sind, vergessen Sie das nicht. Sie erinnern sich an die Ungeheuerlichkeiten, die er im Wahlkampf von sich gegeben hat oder man ihn von sich geben ließ: dass wenn die Rechten gewännen, der Bürgerkrieg unvermeidlich sei ... Largo hat sich auf die Seite der proletarischen Diktatur geschlagen, weil man ihn glauben lässt, dass er der Diktator würde, wenn diese dann käme. Alles nur Gerede, klar. Aber ein Gerede, das unserer Sache nicht sehr dienlich ist und zu nichts anderem führt, als den Feind noch weiter zu reizen. Diese Leute leben in einer Fantasiewelt, glauben Sie mir, in einer Welt voller Schimären. Am Wochenende wandern sie in die Berge, um ein paar Schüsse aus alten Pistolen abzufeuern, die *Internationale* zu singen und mehr schlecht als recht im Gleichschritt zu marschieren; dabei fühlen sie sich wie die Rote Armee und glauben, sie könnten die Macht übernehmen, wann immer sie wollten. Was den einen der Winterpalast, ist den anderen El Pardo: Der Präsident konnte ja gar nicht schnell genug dorthin in die Sommerfrische entwischen, weil die politische Lage ja so entspannt ist. Sie lernen nichts dazu. Sie lernen nichts aus der Katastrophe des Aufstands von 1934. Sie haben nur politische Parolen und russische Filme in ihren Köpfen. Uns wenige, die wir dagegenhalten und bitten, doch etwas Vernunft walten zu lassen, guckt man an, als wären wir schlimmer als die Faschisten. Sehen Sie dieses wenig vertrauenerweckende Pistölchen? Vorige Woche habe ich Prieto in meinem Auto zu einer Veranstaltung nach Écija mitgenommen. Grauenhafte Straßenverhältnisse, wie man sich vorstellen kann, eine Hitze wie in Afrika, dazu eine wahre Fliegenplage. Wir beiden Dicken, Prieto und ich, passten kaum ins Auto, und hinter uns fuhr ein klappriger Autobus voller bewaffneter junger Leute, für alle Fälle. Die Veranstaltung begann ganz gut, aber nach ein paar Minuten fingen sie schon an, uns auszupfeifen ...«

»Fand sie in der Stierkampfarena statt?«

»Wo sonst, Abel? Das mit dem Stierkampf scheint bei Ihnen zur fixen Idee zu werden.«

»Die Architektur färbt auf die Stimmung der Leute ab, Don Juan. Schauen Sie sich nur die riesigen Stadien an, in denen Hitler seine Reden hält. In einer Stierkampfarena weicht die Sonne den Leuten das Hirn auf, da will das Publikum Blut sehen, da sollen Ohren abgeschnitten werden.«

»Was sind Sie doch deterministisch ... Jedenfalls mussten wir die Veranstaltung abbrechen und uns im Krankenrevier in Sicherheit bringen, sonst hätten uns die eigenen Genossen gelyncht. Als wir wegfuhren, rottete sich ein mit Stöcken und Steinen bewaffneter Mob zusammen und ließ Russland und den Kommunismus hochleben. Unsere eigenen jungen Leute waren das, die sich zur Freude der schwachsinnigsten Geister unserer Partei mit der Kommunistischen Jugend zusammengetan haben. Sie werden es nicht glauben, aber ich musste mit diesem Pistölchen in die Luft schießen, damit unsere Genossen uns durchließen und wir auf der Holperstraße Hals über Kopf davonrumpeln konnten. Wäre uns nicht die Guardia Civil zu Hilfe gekommen, hätten sie uns fertiggemacht. Ironie der Geschichte ...«

Negrín trank sein Bier aus, wischte sich mit einer heftigen Handbewegung den Schaum von den Lippen und knallte das leere Glas auf die Marmortheke neben die kleine Pistole, an die er schon gar nicht mehr dachte. Der Spott nistete noch in seinen Mundwinkeln, doch die Augen hatten plötzlich einen anderen Ausdruck angenommen, ganz unvermittelt, so wie er das Gesprächsthema wechselte beziehungsweise das Thema seines Monologs.

»Die Leute hassen uns, mein Freund. Es wundert mich nicht, dass Sie abhauen wollen. Die Leute hassen uns, Sie und mich. In der Partei hassen sie uns und außerhalb der Partei. Die Reaktionäre hassen uns, weil sie sich immer noch nicht mit der Wahlschlappe vom Februar abgefunden haben, und ein Großteil von denen, die wir für die Unseren hielten, weil sie die Volksfront unterstützt haben. Sie hassen Leute wie uns, die nicht glauben wollen, dass man die Welt in Trümmer legen muss, um darauf eine bessere errichten zu können; dass durch Zerstörung und Mord Gerechtigkeit einziehen kann. Das ist keine Frage von Ideen, wie manche meinen, weder auf unserer Seite noch auf der anderen. Wir beide wissen, dass große Ideen im praktischen Leben nicht viel wert sind. Jeder Einzelfall hat seine eigene Problematik, die nicht mit luftigen Einfällen bewältigt wird, sondern mit unserem Wissen und unserer Erfahrung. Ich in meinem Labor, Sie an Ihrem Zeichentisch. Wenn wir aus der Stratosphäre der Ideen herabsteigen, sehen wir die Dinge ziemlich klar. Was braucht ein Gebäude, damit es nicht zusammenfällt? Was brauchen unsere Landsleute? Man muss sich nur in ein Straßencafé setzen und die Leute beobachten. Sie brauchen bessere Ernährung. Sie brauchen besseres Schuhwerk; die Kinder brauchen mehr Milch, damit ihnen nicht die Zähne ausfallen. Die Menschen brauchen mehr Sauberkeit und nicht so viele Kinder. Sie brauchen gute Schulen und anständig bezahlte Arbeit und, wenn möglich, eine Heizung im Winter. Es kann doch nicht so schwer sein, ein Land so zu organisieren, dass dies alles bewerkstelligt wird. Wenn erst einmal alle regelmäßig zu essen haben, wenn es überall Strom und fließendes Wasser gibt, dann kann man sich immer noch zusammensetzen und über die Klassengesellschaft oder den Ruhm der spanischen Rasse diskutieren, über Esperanto, das ewige Leben, was auch immer. Sie sehen, dass ich nicht von Sozialismus rede, nicht von Emanzipation und auch nicht von der Ausbeutung des Menschen durch den Menschen. Ich will kein Glaubensbekenntnis ablegen, genauso wenig wie Sie es wohl wollen. Ob man nach Mekka pilgert oder nach Moskau, zum Vatikan oder nach Lourdes, das macht für mich keinen großen Unterschied. Einen gläubigen Menschen ärgert nicht der Andersgläubige oder der Atheist, sondern vor allem der Skeptiker, der Laue. Ist Ihnen aufgefallen, dass das Wort ›lau‹ in Reden und Zeitungsartikeln zu einem Schimpfwort geworden ist? Natürlich bin ich lau, obwohl mir manchmal das Blut in den Kopf steigt. Ich will mich nicht verbrennen und auch nichts und niemand sonst brennen sehen. Während der Inquisition hat es genug Scheiterhaufen gegeben. Heute sagen mir viele, sie hätten den Glauben an die Republik verloren. Den Glauben an die Republik! Als hätten sie einen Heiligen oder die Heilige Jungfrau um ein Wunder angefleht, und es wäre ihnen nicht gewährt worden! Sie beten zur Volksfront, damit sie ihnen nicht nur die Amnestie bringt, sondern auch die Landreform, den Kommunismus, die Glückseligkeit auf Erden, und da jetzt schon einige Monate vergangen sind und sich immer noch kein Wunder ereignet hat, verlieren sie den Glauben an die Republik und wollen ihre Rechtmäßigkeit aufheben, wie man einen Götzen von seinem Sockel stürzt, weil der Regen, um den man gebetet hat, nicht kommt … Und dabei reden wir noch nicht von den anderen, die weit mehr im Sinn haben als Beten und Meuterei. Hilf dir selbst, so hilft dir Gott. Dreist wie nie treiben sie ihre Verschwörung voran, jeder kann es sehen, nur die Regierung sieht nichts. Die Monarchisten fahren nach Rom und lassen sich vom Papst segnen, drücken ihre Hochachtung für seine Majestät Alfons XIII. aus und nehmen danach den Scheck, den Mussolini ihnen gibt, damit sie Waffen kaufen können. Die Rückeroberung Spaniens nennen sie das. Sie sind wahnsinnig geworden. Wütend, weil die Republik ihnen ein paar unbewirtschaftete Landgüter enteignet hat oder ihnen verbietet, in staatlichen Schulen zu predigen, oder weil sie zulässt, dass sich ein Mann und eine Frau, die sich seit Jahren hassen, trennen und jeder seiner Wege geht. Zu Tode getroffen, weil die arme Republik, die nicht einmal ihre Lehrer bezahlen kann, Tausende von Offizieren, die in den Kasernen herumgehangen haben und sich längst hätten pensionieren lassen sollen, mit vollem Sold aufs Altenteil geschickt hat, ohne von ihnen die geringste Gegenleistung zu fordern, nicht mal einen Treueschwur. Wissen Sie, warum ich mir diese Pistole kaufen musste und warum der gute Mann dort, der so gelangweilt auf seinem Zahnstocher kaut, mich nicht aus den Augen lässt? Bestimmt nicht, weil die Pistole oder der Leibwächter so aussehen, als könnten sie mir meine Sicherheit garantieren. Obwohl, Jiménez de Asúa hat seinem das Leben zu verdanken ...«

Der Leibwächter, der mitbekommen hatte, dass von ihm geredet wurde, kaute seinen Zahnstocher jetzt aufrechter sitzend und nickte bestätigend zu Negríns Ausführungen.

»Nun, dies ist das Land, in dem wir leben müssen, mein Freund, und von nichts kommt nichts, weder Gutes noch Schlechtes. Die Hälfte des Landes lebt noch in feudalen Verhältnissen, und unsere Freunde von der Zeitung *Claridad* wollen mit der Bourgeoisie aufräumen, die es kaum gibt. Selbst Verschwörungen werden wie Halbstarkenstreiche ins Werk gesetzt. Es gibt da eine Studentin, nicht gerade brillant, aber sehr anstellig, die bei mir im Labor gearbeitet hat, bevor ich den Verstand verloren und alles hingeworfen habe, um in die Politik zu gehen. Dieses Mädchen, ganz modern, aber ein bisschen einfältig, hatte einen etwas altmodischen Freund, der sie jeden Tag vom Labor abholte und mich immer wohlerzogen grüßte; einer dieser blutarmen Anwärter auf einem Posten als Zoll- oder Notariatsangestellter, die allein wegen ihrer schwachen Konstitution schon in einem Lungensanatorium in den Bergen enden. Nichts dagegen einzuwenden. Nach der Verlobung hörte sie auf, im Labor zu arbeiten, weil es sich für eine junge Dame, um deren Hand angehalten wurde, wie es in diesen Kreisen heißt, nicht ziemt, weiterhin mit Männern zusammenzuarbeiten. Anstatt der Biochemie, in der sie mit der Zeit etwas Sinnvolles hätte zuwege bringen können, würde sie sich nun dem Kinderkriegen und Rosenkranzbeten widmen, und das in der tiefsten Provinz, in die ihr Mann zweifellos geschickt werden würde, wenn er irgendwann einmal so viel Kraft gesammelt hätte, dass er sich auf eine Stellenausschreibung melden könnte. Ich habe sie in der letzten Zeit noch ein paarmal gesehen, und sie vergisst nie, mir zum Namenstag ein Kärtchen zu schreiben und mir zu Weihnachten Grüße zu schicken. *Am Tage Ihres Namensfestes wünsche ich Ihnen alles Gute im Kreise Ihrer Lieben und bete für Sie,* schrieb sie mir letztes Jahr. Doch vor Kurzem rief sie mich mitten in der Nacht an, ganz verängstigt, als fürchte sie, jemand könnte sie erwischen. Ich fragte sie, ob was passiert sei, und sie sagte, nein, aber sie müsse unbedingt mit mir sprechen, und ich solle um Himmels willen keinem Menschen sagen, dass sie mich angerufen habe. Am nächsten Morgen, einem Sonntag, kam sie noch vor der Messe zu mir, das Schleierchen im Haar und noch unscheinbarer, als wenn sie im Labor den weißen Kittel trug. Sie wagte nicht, mir in die Augen zu sehen, und ich dachte, sie sei vielleicht schwanger und ich solle ihr unter maximaler Verschwiegenheit eine Abtreibung besorgen. Aber wollen Sie wissen, mit welcher Geschichte sie' mir kam?«

Negrín trank einen großen Schluck von seinem Bier und wischte sich diesmal den Schaum mit einem Taschentuch ab, mit dem er sich danach den Schweiß von der Stirn tupfte.

»Ihr altmodischer Verlobter hatte seine Zeit nicht nur im Lungensanatorium und mit Anwartschaften beim Zoll oder als Notariatsgehilfe verbracht, sondern mit ein paar Freunden auch einen falangistischen Aktionstrupp gegründet, der schon seit einer ganzen Weile einen Anschlag auf mich plante. ›Alles schon festgelegt‹, sagte mir die Ärmste mit diesem Stimmchen, das kaum zu hören war, wie wenn sie mir früher eine Prüfungsfrage beantworten musste: Tag, Uhrzeit, Ort, Waffen, Fluchtauto, wie im Film. Politische Ideen in Verbindung mit Kinofantasien sind ja besonders gefährlich. Ich weiß nicht, ob Sie mir da zustimmen. Jedenfalls wollten sie mich hier umbringen, wenn ich das Café verließe, direkt vor der Tür auf der Calle de Alcalá. Man muss ihnen allerdings zugutehalten, dass sie erst zuschlagen wollten, nachdem ich zu Abend gegessen hätte.«

»Haben Sie sie nicht verhaften lassen?«

»Konnte ich sie denn anzeigen, ohne die Kleine zu kompromittieren?« Negrín lachte. »Vielleicht haben sie mitgekriegt, dass ich eine Pistole habe oder dass ich mich der Begleitung des guten Schutzengels dort drüben erfreue. Vielleicht haben sie auch einfach die Lust verloren oder Angst vor der eigenen Courage bekommen.«

»Und was ist aus Ihrer Studentin geworden?«

»Das werden Sie nicht glauben. Am nächsten Tag rief sie mich wieder an, mit noch dünnerem Stimmchen, ›zwischen widerstreitenden Gefühlen hin- und hergerissen‹, wie es in den Herzschmerzblättern für die Hausfrau heißen würde. ›Lieber Dr. Negrín, ich flehe Sie an, bei allem, was Ihnen lieb ist, vergessen Sie, was ich Ihnen gestern gesagt habe, das waren nur Hirngespinste, ein Dummejungenstreich ...‹ Ihr Verlobter sei in Wirklichkeit ein herzensguter Mensch, könne keiner Fliege was zuleide tun, er habe nicht einmal eine richtige Pistole, außerdem sei er krank, denn die Zulassungsprüfungen seien im nächsten Frühjahr, und vor lauter Auswendiglernen des ganzen ungeheuerlichen Themenkomplexes habe er sich so verausgabt, dass er einen leichten Rückfall gehabt hatte und möglicherweise wieder ins Sanatorium müsse. Ein großes menschliches Drama und so spanisch wie die Dramen von Calderón. Schlimmer noch. Wie die von Jacinto Benavente.«

»Sie sind zu gutgläubig.«

»Was soll ich machen? Zu Hause bleiben? Mich einschließen wie Azaña, der, seit er Präsident ist, nur noch im Garten des Pardopalasts spazieren geht und vor dem Schlafengehen darüber nachdenkt, was er diesem Tagebuch anvertraut, das er angeblich führt? Ich brauche Leute um mich und Bewegung, mein lieber Abel, ich muss den Weg vom Kongress zum Café zu Fuß zurücklegen, so bekomme ich mehr Hunger und mehr Durst und kann das Essen und das Bier noch mehr genießen. Ich bin übrigens schon bei meinem zweiten, und Sie haben Ihres kaum angerührt. Haben Sie wirklich gar keine Schwächen?«

Negrín pflanzte die Ellenbogen in das Durcheinander auf der Theke, streckte die breiten Finger der einen Hand aus und zählte mit dem Zeigefinger der anderen ab; dabei fixierte er Ignacio Abel mit ironischem Blick, der diesen mit einigem Unbehagen erfüllte.

»Sie rauchen nicht. Das scheint mir in Ordnung. Als Kardiologe habe ich dagegen nichts einzuwenden. Sie trinken nicht, oder so gut wie nicht. Sie mögen keinen Stierkampf. Eine wohlgefüllte Tafel macht Sie nicht schwach wie mich. Sie sehen auch nicht aus, als ob Sie zu Huren gingen … Verstecken Sie etwa irgendwo eine heißblütige Geliebte, von der niemand etwas weiß?«

Negrín war möglicherweise über Judith Biely im Bilde, da er vom Tratsch über die Schwächen anderer ebenso wenig genug kriegen konnte wie vom Essen, von den Frauen und von der großen Politik. Vielleicht hatte er etwas gehört und hatte deswegen die ganze Zeit dieses schmale Lächeln im Gesicht, als hege er den Verdacht, Ignacio Abel wolle nicht nur an eine ausländische Universität gehen, um der katastrophalen Situation in Spanien zu entkommen, sondern hätte einen weniger honorigen Grund, folge vielleicht einer Leidenschaft, die sein würdiges Auftreten als unbescholtener, fast puritanischer Bourgeois Lügen strafte. Als er sich von Negríns Augen hinter den Brillengläsern so intensiv gemustert sah, fürchtete Ignacio Abel beinahe zu erröten; er fühlte eine Hitze an seinem Hals hochsteigen, die ihn beschämte und hinter dem Krawattenknoten vollends unerträglich wurde. Im Geiste hörte er Negrín laut auflachen, sah ihn mit wohlwollender Miene eine menschliche Schwäche zur Kenntnis nehmen, die seine eigenen etwas weniger unmäßig machte. Doch Negrín trank glücklicherweise nur sein Bier aus und hatte es plötzlich eilig, steckte die Pistole ein, tupfte sich mit einem Taschentuch die Stirn ab, warf einen Blick auf seine Armbanduhr und rief den Kellner, indem er zwei Mal so laut in die Hände klatschte, dass es in dem Gewölbe widerhallte und die Trommelfelle beben ließ.

»Was immer Sie brauchen, Abel, zählen Sie auf mich«, sagte er, als sie sich vor dem Café verabschiedeten, und warf rasch einen wachsamen Blick nach beiden Seiten. »Wenn Sie wollen, sorge ich dafür, dass Sie schnellstmöglich ein amerikanisches Visum bekommen. Warten Sie mit der Abreise nicht zu lange und lassen Sie sich Zeit mit dem Zurückkommen.«

Er sah ihm nach, wie er die Calle de Alcalá überquerte: Seine breiten Schultern überragten die Köpfe der Leute, die helle Sommerjacke spannte sich um seine Taille, während er mit ausgreifenden Schritten einen Weg durch den dichten Verkehr suchte, weil er nicht gewartet hatte, bis der Polizist den Weg für die Fußgänger freigab, so rasch, dass der Leibwächter ihm kaum folgen konnte.

19 Er ist schon immer auf dem Sprung gewesen; nicht erst seit den drei Wochen, die er jetzt schon unterwegs ist. Seit wer weiß wie vielen Jahren schon ist er nur Gast in seinem eigenen Leben; diese Gestalt auf einem Bild, die als einzige in einer Gruppe den Blick von dem, was die Aufmerksamkeit der anderen fesselt, abwendet und den Betrachter ansieht, als wollte sie sagen, ich bin keiner von denen, ich weiß, dass du uns anschaust. Eine nebulöse Erscheinung, die auf Fotografien unscharf oder gar nicht vorhanden wäre (Mutter, Kinder, lächelnde Großeltern, nur der Vater ist unsichtbar: entweder mit den Gedanken woanders oder vielleicht auch einen Vorwand für körperliche Abwesenheit nutzend), die sich vielleicht sogar, sekundenlang, nicht einmal in einem Spiegel reflektierte.

*Du hast gedacht dass man dir nichts anmerkt wenn dir etwas nicht behagt was du doch nicht verheimlichen kannst wenigstens nicht vor mir die ich dich besser kenne als sonst jemand auch wenn du das nicht glaubst.* Eigentlich ist diese geschriebene Stimme die einzige, die tatsächlich an ihn gerichtet ist, seit er seine Reise angetreten hat; diese zornige, anklagende Stimme, die nicht mehr verletzt, nur noch wütend ist, von einer durch die Distanz und den Akt des Schreibens erkalteten Wut, erkaltet vielleicht auch durch das Wissen um die Möglichkeit, dass der Empfänger nicht mehr dazu kommen wird, den Brief zu lesen, weil er gestorben ist, weil der Postdienst, der ebenso unzuverlässig geworden ist wie alle anderen Dienste, den Brief verschlampt, in irgendeinem alten Postsack vergessen hat.

Wie viele Briefe sind in ganz Spanien während der letzten Monate wohl verloren gegangen, wie viele werden noch geschrieben werden. *Du warst immer nur auf dem Sprung und hast mir nie etwas gesagt erst im letzten Moment morgen muss ich verreisen oder heute kann ich nicht zum Abendessen kommen oder wie damals als du eine ganze Woche nach Barcelona gefahren bist und mir gesagt hast es gehöre zu deiner Arbeit die Weltausstellung zu besuchen obwohl Miguel hohes Fieber hatte und die Gefahr bestand dass etwas mit seinen Lungen nicht in Ordnung war da hast du mich alleingelassen lange schlaflose Nächte am Bett des im Fieber fantasierenden Kindes glaube bloß nicht dass ich das vergessen habe.*

Er könnte den Brief jetzt noch zerreißen, fortwerfen wie all die anderen Dinge, die er im Lauf der Reise hinter sich gelassen hat, nachdem er die Tür seiner Wohnung in Madrid hinter sich ins Schloss gezogen hatte und aus Gewohnheit abschließen wollte, sich dann jedoch entschied, es nicht zu tun, wozu auch, wenn er die Wohnung wahrscheinlich doch nie mehr betreten würde, wenn die Tür jederzeit, vielleicht in derselben Nacht noch, von einem Trupp Milizionäre eingetreten werden konnte. Er hätte den Brief noch im Hotelzimmer zerreißen oder besser gar nicht erst aufmachen sollen, als er ihn an der Rezeption in Empfang genommen hatte, nach einem ersten Moment des Erstaunens, dann aufkeimender Hoffnung und schließlich vorauseilender Enttäuschung eine allzu vertraute Schrift erkannte, die nicht Judiths war. *Fast schlimmer war es aber noch wenn du zu Hause geblieben bist und es genauso war als wärest du gegangen oder würdest gleich sagen dass du gehen müsstest weil du immer den Eindruck machtest gar nicht in deinen eigenen vier Wänden zu sein sondern in denen anderer Leute oder in einem Wartesaal oder einem Hotel vor allem wenn meine Eltern oder mein Bruder oder sonst jemand aus meiner Familie zu Besuch kam da hättest du dein Gesicht sehen sollen das du dann immer gemacht hast.*

So viele Kränkungen, alle archiviert in einem Brief, aufgelistet wie auf den dicht beschrifteten Seiten einer Anklageschrift, die ihm die müde und beleidigte Stimme Adelas wieder zu Gehör bringt, als würde sie unablässig durch einen Telefonhörer summen, den er sich nicht vom Ohr reißen kann. *Fortgehen oder Alleinsein war alles was du wolltest und was du auch erreicht hast.* Er, der ein Eindringling oder vorübergehender Gast im eigenen Haus gewesen war, wurde für mehrere Monate dessen einziger Bewohner; von dem Samstag im Juli, an dem er aus den Bergen zurückkam und Judith in einem nächtlichen Madrid suchte, das von Menschenmassen überschwemmt, von Autoscheinwerfern und lodernden Bränden erleuchtet war, bis zur mitternächtlichen Stunde drei Monate später, als Madrid bereits eine Stadt verlassener dunkler Straßen war, von Furcht und Sirengeheul diszipliniert, gelähmt vom täglich näher kommenden Krieg, der ebenso unvermeidlich schien wie der bevorstehende Winter.

Viel früher, Ende Juli, Anfang August, in den Monaten der Hitze und Gefahr, als es nicht ratsam war, sich auf den Straßen blicken zu lassen, war Ignacio Abel ziellos durch die Wohnung gestrichen, allein wie ein Schiffbrüchiger auf einsamer Insel, durch den langen Flur, von einem Zimmer zum anderen, hatte verglaste Türen geöffnet, die von einem Salon in den anderen führten, mit viel zu hohen Stuckdecken und eingerichtet mit einer Opulenz, die ihm jetzt plötzlich besonders zuwider war, so als habe er sie zuvor nie richtig wahrgenommen. Er schrieb Briefe, schrieb sie im Geiste, formulierte mit lauter Stimme mühsam englische Sätze, die er zu Judith Biely sagen würde, wenn er sie wiedersähe. Er zog die Uhr im Korridor auf, und immer weniger Zeit verging zwischen dem Aufziehen; die meisten Möbel und Lampen, die von den Dienstboten im Frühsommer mit Laken zugedeckt worden waren, hatte er immer noch nicht abgedeckt, und so sahen sie jetzt wie Gespenstermöbel und Geisterlampen aus. Hilflos und unwillig sah er mit an, wie schnell der Schmutz das Badezimmer eroberte, ohne dass jemand dort putzend einschritt. In die Küche verirrte er sich nur, um sich ein karges Abendbrot zu machen, ein Eremitenmahl, irgendetwas, das die Frau des Portiers ihm hochbrachte oder das er selbst an einem der immer schlechter bestückten Marktstände aufgetrieben hatte, oder im Gemischtwarenladen an der Ecke, dessen Schaufenster bis vor Kurzem noch wohlgefüllt gewesen und jetzt so gut wie leer war, was zum Teil an der tatsächlichen Knappheit lag, zum Teil aber auch daran, dass der Besitzer seine Waren lieber im Keller versteckte, weil er Angst hatte, dass eine der in den Straßen patrouillierenden Milizen sie mit vorgehaltener Waffe beschlagnahmte.

Seltsam, dass man ein solches Heim akzeptierte, sich mit ihm abfand, zugelassen hatte, dass es mit Mobiliar überladen wurde, das genauso protzig war wie die ganze Wohnung mit ihren marmornen Balkongeländern, ihren Vorhängen und Teppichen, ganz zu schweigen von den Zeugnissen des abartigen Geschmacks von Don Francisco de Asís und Doña Cecilia, ihrer grauenhaften Großzügigkeit und ihrer Neigung zu falschen oder abscheulichen echten Antiquitäten, Kommoden im altspanischen Stil, die Wanduhr mit ihrem lateinischen Spruch in gotischer Schrift, der Christus von Medinaceli mit seinem maurischen Altardächlein und schmiedeeisernen Laternchen. *Ich bin Architekt und lebe in einer Wohnung, die die eines anderen zu sein scheint; ich bin achtundvierzig Jahre alt und habe plötzlich das Gefühl, irrtümlicherweise das Leben eines anderen Mannes zu führen,* hatte er Judith in einem seiner ersten Briefe geschrieben, als er ungläubig festgestellt hatte, wie einfach es war, gleichsam unwillkürlich, in wenigen Minuten die unsichtbare Grenze zur anderen Identität und zum anderen Leben zu überschreiten, seinem einzig wirklichen.

Was er Judith verschwiegen hatte oder woran er sich nicht erinnern wollte, war, wie geschmeichelt er sich gefühlt hatte, als er die Wohnung mit Adela und den noch kleinen Kindern zum ersten Mal sah und sich ausrechnete, dass er den Kaufpreis würde aufbringen können; ein ganz neues Gebäude im Salamanca-Viertel, in der Nähe des Retiro-Parks, mit einem Eingang ganz aus Marmor und zwei Karyatiden, die den großen Bogen des Portals hielten, durch das man über geschwungene Stufen den Fahrstuhl erreichte, mit einem Portier in Livree und weißen Handschuhen, der die Tellermütze zog, wenn er die Herrschaften begrüßte. »Das ist eine wahrhaft prachtvolle Wohnung!«, hatte Don Francisco de Asís mit seiner Baritonstimme gerufen, die von den Marmorwänden der Diele widergehallt hatte, und Ignacio Abel, weit davon entfernt, sich zu ärgern, hatte einen gewissen Stolz empfunden, der durch Adelas Begeisterung noch gestärkt wurde, als sie staunend durch die Zimmer und Salons lief und alles bewunderte – die Weiträumigkeit, den Stuck an den Decken – und noch gar nicht glauben konnte, dass eine solche Wohnung ihr gehören sollte, eingeschüchtert fast und jünger geworden, derweil die Kinder in den hinteren Zimmern Versteck spielten und ihr Trappeln und ihre hellen Stimmen in den leeren Räumen hallten. *Unfassbar ist nicht dass du mich nicht mehr liebst sondern dass du vollkommen vergessen hast wie sehr du mich einmal geliebt hast.*

Die Schlafzimmertür ließ er immer angelehnt, damit er Schritte im Morgengrauen auf der Treppe hören konnte (der Fahrstuhl war nicht mehr repariert worden, seit ihn ein paar Streikende Anfang Juli zerstört hatten). Er hörte Schritte oder träumte, sie zu hören, und fuhr erschrocken auf, wartete auf Schläge oder Kolbenhiebe an der Wohnungstür. Er träumte von Judith Biely: detaillierte erotische Träume oder, öfter noch, wiederbelebte Erinnerungen, die in nichts zerflossen, noch ehe es ihm kam, oder wenn sie zu einer Fremden wurde und ihre abweisende Kälte ihn in eine Trostlosigkeit stürzte, die noch anhielt, wenn er erwachte. Er masturbierte ohne Lust, wie in einer nervösen Gereiztheit, sodass er sich hinterher bedrückt fühlte anstatt erleichtert und sich nach ihrer sanften, wissenden

Hand sehnte. Er wusch sich im Bad, bemüht, sich nicht im Spiegel anzusehen, und trocknete sich die Hände mit einem schmutzigen Handtuch ab.

Aus einer Schrankschublade brachte er Fotoalben zum Vorschein, die er seit Jahren nicht mehr angeschaut hatte, von Adela treu und zuverlässig auf dem neuesten Stand gehalten. Stundenlang saß sie im Lesezimmer vor den aufgeklappten großen Blättern, Stapel von Fotografien neben sich, Kleber und eine Schere, mit der sie kleine Etiketten ausschnitt. Mit dem Füllfederhalter hielt sie in ihrer Schulmädchenschönschrift Daten, Namen und Orte mit einer Hingabe fest, die weniger auf das Bewahren von Erinnerungen abzuzielen schien als darauf, auf der Grundlage unbezweifelbarer Zeugnisse ein solides Gebäude von Familienleben zu errichten. Die Alben selbst bildeten stabilere Fundamente als die auf den Fotos dargestellten Ereignisse. Wenn sie sie beschriftete und die schöne Regelmäßigkeit sah, mit der sie von Hochzeiten, Taufen, Erstkommunionen, Weihnachtsessen, Geburts- und Namenstagen, Reisen ans Meer und Sommerfrischen in den Bergen kündeten, konnte sich Adela das behagliche Gefühl gönnen, ein Leben zu führen, wie sie es sich zwar immer gewünscht, zu ersehnen aber nicht gewagt hatte, als sie noch jung war und zu argwöhnen begann, dass sie vielleicht keinen Mann finden würde, der sie heiratete, und dass auch ihre Eltern diesbezüglich wenig Hoffnung hegten.

Die Aussicht, unverheiratet zu bleiben, machte sie zwar traurig, doch als demütigend, als einen Angriff auf ihr natürliches Selbstwertgefühl empfand sie nur die gemeinhin übliche Vorstellung, dass ein Frauenleben gescheitert war, wenn sich kein Verehrer fand. Ein Mann hatte sein Schicksal vollständig in der Hand, eine Frau das ihre nicht einmal zur Hälfte. Ohne den Beistand eines Mannes blieb ihr nur das Leben einer unverheirateten Tante oder Nonne, da ihr der Beruf der Gouvernante oder Lehrerin aufgrund ihrer gesellschaftlichen Stellung nicht zugänglich war. Dass sie sich so fürsorglich um den kleinen Bruder kümmerte, gab ihr etwas Mütterliches jenseits von Ehe und Mann; und so sah sie sich schon in der wenig glanzvollen Rolle einer stellvertretenden Mutter, der noch weniger persönliche Erfüllung vergönnt war als einer Ehefrau.

In der Familie gab es auf beiden Seiten eine reichliche Auswahl unverheirateter Frauen, schicksalsergebene, fromme, freundliche Tanten, die sich sehr schnell bereit zeigten, sie in ihrer zwar etwas verblühten, aber doch nicht von Trübsinn beherrschten Schwesternschaft aufzunehmen. Eine alte Nonne im Kloster unterstrich noch diesen Hang zum Jungferntum in der Familie. Adela weigerte sich zwar, ein solches Schicksal frühzeitig zu akzeptieren, aber gleichwohl gebrach es ihr an der Courage, ihre Eltern zu enttäuschen und dem extravaganten Beispiel jener jungen Damen aus gutem Hause zu folgen, die die Universität besuchten und dabei die Schmach hinnahmen, durch eine spanische Wand von ihren männlichen Kommilitonen getrennt zu sitzen, und wenn nicht offener Verachtung, so doch einem beißenden Spott ausgesetzt waren, der sie allein deshalb überspannt nannte, weil sie im Leben männliche Positionen zu besetzen gedachten.

Davon abgesehen: Was hätte sie studieren sollen? Von den vielen Jahren im Nonneninternat hatte sie kaum mehr mitgebracht als ihre exquisite, wenngleich völlig veraltete Schönschrift sowie unzureichende Vorstellungen von Schneiderei und Französisch. Während der Sommerferien in den Bergen als junges Mädchen hatte sie Gefallen an langen Spaziergängen und am Lesen gefunden; doch bei den Spaziergängen war sie nie allein, wie sie sich gewünscht hätte, sondern stets in Begleitung von Angehörigen oder Bediensteten, und zu lesen gab es nur die schwülstigen Dramen des Goldenen Zeitalters, aus denen ihr Vater so gern deklamierte. Wenn selten einmal ein moderner Roman darunter war, so musste dieser vom

Priesteronkel abgesegnet werden (noch so ein vertrockneter Zweig des Familienbaums, dazu so ultrakonservativ, dass er nicht einmal die ranzigen Bände von Ricardo León und José María de Pereda von allen Bedenken freisprechen mochte).

Adela empfand es als überaus demütigend, tatenlos warten zu müssen und sich bei gesellschaftlichen Anlässen und auf Familienfesten als junge Frau im heiratsfähigen Alter präsentieren zu lassen, ohne dass sich ein Verehrer blicken ließ, wie ein Papagei im Käfig, wie eine Missgeburt in einer Kirmesbude. Ihr Gefühl von persönlicher Erniedrigung fand sich jedoch aufgehoben in der Liebe zu ihren Eltern und ihrem insgesamt wohlwollenden, auf Harmonie bedachten Wesen, das einem passiven Gehorsam mehr abzugewinnen wusste als irgendeinem in Tränen und Gewissensbissen endenden Widerspruch, mit dem sie ohnehin nichts erreichen würde.

Ihr inneres Aufbegehren trübte nie die sanfte Oberfläche, die sie nach außen hin zeigte und die als Zeichen dafür gewertet wurde, dass sie sich in christlicher Demut mit einem Schicksal abgefunden hatte, das sie mit der Zeit der Lächerlichkeit preisgeben würde. Als sie einundzwanzig oder zweiundzwanzig war, hatte das Winkelkonzil ihrer Tanten und Mutter bereits beschlossen, dass sie ledig bleiben würde, hatte in langen Sitzungen nach einer Erklärung für diese unabweisbare Tatsache gesucht, die umso rätselhafter war, als alle sie für ausgemacht hielten, seit Adela den Kinderschuhen entwachsen war, ohne dass es erkennbare Gründe dafür gegeben hätte. Adela war nicht hässlich, nicht dick und auch nicht dürr, hatte schöne Zähne, war sympathisch und angesehen. Vielleicht war sie ein wenig traurig, vielleicht etwas zu ernst, um unterhaltsam zu sein. Dieser Ernst ließ sie immer älter erscheinen, als sie war, stets Kleider wählen, in denen sie wenig vorteilhaft aussah oder ihre kleinen Mängel unnötig zur Geltung kamen, welche von Tanten und Cousinen so feinsinniger Betrachtung unterzogen wurden, wie es einer Vorlesung über die Mikrostrukturen des

Nervensystems würdig gewesen wäre, jener Wissenschaft, die von Don Santiago Ramón y Cajal in Mode gebracht worden war. Hatte sie nicht immer schon einen Ansatz zum Doppelkinn gehabt? Zu dichte Augenbrauen und eine Neigung zu Hängeschultern, sodass sie kleiner aussah, als sie war?

Von den Mädchen ihrer Generation war sie eine der letzten, die sich nach der neuen europäischen Mode kleidete, die nach dem Ersten Weltkrieg auch Spanien erreichte. Der Grund war diesmal nicht die Furcht vor dem Widerspruch ihrer Eltern, sondern etwas, das man als die Nachlässigkeit einer Frau interpretieren konnte, der nichts mehr daran liegt, attraktiv zu erscheinen. 1920 war sie bereits vierunddreißig Jahre alt und trug das Haar immer noch lang wie die Frauen einer anderen Generation und einer anderen Epoche, so wie sie auch immer noch Korsetts trug und komplizierte Haarknoten, die sie ihren ledigen Tanten ähnlicher machten als ihren nicht zum weiblichen Zölibat bestimmten Cousinen. Innerhalb der Familie Ponce-Cañizares Salcedo war sie so etwas wie die bei manchen Religionen anzutreffende Erbpriesterin, die die Geschlechterfolge infrage stellte. Den neuen Zeiten passte sie sich nur zögernd an, da Vorsicht und Zurückhaltung ihre bestimmenden Wesenszüge waren.

Irgendwann begann in dem mitfühlenden Ton, in dem man in der Familie von ihr sprach, ein Hauch von Besorgnis mitzuschwingen; ihre Schüchternheit schrieb man nicht mehr allein dieser Mischung aus Liebreiz und Kleinmut zu, sondern vermutete einen Kern von Arroganz dahinter. Hatte man ihr vor Kurzem noch nachgesehen, dass sie nicht allzu oft an den von den Tanten ausgerichteten Damenkränzchen teilnahm, weil man ihre gesellschaftliche Unbeholfenheit und ihre Neigung zur Zurückgezogenheit kannte, die von Romantik geprägt war, aber auch von Traurigkeit ob der Liebe, die nicht kam, und der Jugend, die verging, so stellte sich jetzt nicht nur einmal heraus, dass sie bei einer Novene oder Wohltätigkeitstombola gefehlt hatte – nicht weil sie zu Hause bei ihren Eltern geblieben wäre oder auf ihren kleinen Bruder aufgepasst hätte, sondern weil sie mit fragwürdigen Freundinnen einen Vortrag besucht hatte oder ins Theater gegangen war. Es stimmte, dass sie zu Hause eine Brille trug und Zeitungen und zeitgenössische Romane las, ohne sie allzu sorgfältig vor dem Priesteronkel zu verstecken, der als einer der Ersten ihre schockierende Hinwendung zum Irrglauben verbreitete; es stimmte aber nicht (was auch keiner, der sie wirklich kannte und ihr nicht böse gesinnt war, geglaubt hätte), dass sie das Zigarettenrauchen angefangen und damit ihrem Vater großen Kummer bereitet hatte. Ebenso wenig stimmte es, dass durch den Einfluss der neuen Zeit ihr katholischer Glaube geschwächt worden wäre. Sie ging immer noch jeden Sonntag am Arm der Mutter zur Kirche und betete mit ihr in der kleinen Kapelle des Jesus von Medinaceli, sie beichtete und empfing die hl. Kommunion aus einer tiefen inneren Überzeugung, die ihr Gemüt aufheiterte und nichts von Frömmelei an sich hatte.

Die Anzeichen weiblicher Überspanntheit hätte man leicht als tolerierbare Auswüchse der Launenhaftigkeit einer Frau gewertet, die schon früh zu einem Leben als Jungfer abgerichtet worden war, wenn diese nicht völlig gegenstandslos geworden wären durch den unglaublichen Schock der Ankündigung ihrer Verlobung, die nicht nur gegen alle Gesetze der Wahrscheinlichkeit, sondern gegen die Naturgesetze selbst zu verstoßen schien. Wer hätte geglaubt, dass sie mit über dreißig Jahren noch einen Mann finden könnte! Weniger unwahrscheinlich wäre es gewesen, dass ihr ein Bart wuchs wie diesen Frauen in Zirkussen und auf Jahrmärkten, mit denen sie sich in ihren Jahren sanftmütiger Wehmut und dumpfer Erniedrigung oft verglichen hatte. Und der Verlobte war nicht irgendwer, obwohl auch er von verdächtigen Eigenschaften nicht frei war, angefangen mit einer Abkunft, die vielen in der Familie suspekt erschien. Don Francisco de Asís jedoch nahm diesen Umstand besser auf als jeder andere, und das nicht, weil er zu diesem Zeitpunkt jeden Kandidaten akzeptiert hätte, sondern wegen seiner menschenfreundlichen Vorurteilslosigkeit, die oft genug sogar mit jenem paläontologischen Stumpfsinn konkurrierte, den er »mein Idearium« nannte. Der Verehrer der immer noch »die Kleine« Genannten war Architekt, etwas jünger als sie, ohne eigenes Vermögen, doch mit einer vielversprechenden Zukunft, wenn man Don Francisco de Asís glauben durfte, frisch bei der Stadtverwaltung angestellt, einziger Sohn einer Witwe, der seinen Vater im Alter von fünfzehn Jahren verloren hatte.

Dass die verwitwete Mutter Pförtnerin in einem Wohnblock der Calle Toledo gewesen war und der Vater kaum mehr als ein rühriger, ehrgeiziger Maurer, waren nur aus der Sicht von Don Francisco de Asís zusätzliche Verdienste; nach Meinung anderer Familienangehöriger waren es bedauerliche Schattenseiten, was zur Folge hatte, dass sie der frisch Verlobten und ihren Eltern gratulierten, als würden sie ihnen ihr Beileid aussprechen. Für sie war es nun bittere Pflicht, von einem Tag auf den anderen jemanden beneiden zu müssen, für den man bislang ein komfortables Mitgefühl hatte aufbringen können; für das Drama der armen Adela, die die dreißig überschritten hatte, ohne das Interesse eines Mannes wecken zu können. *Ich weiß nicht wie sehr du diese Frau liebst und ich will es auch gar nicht wissen aber ich weiß wie sehr du mich geliebt hast und ich habe auch noch alle Briefe die du mir geschrieben hast.* Aber man durfte die Hoffnung nicht aufgeben, noch konnte die freudige Nachricht kippen. Vielleicht war der Verlobte ja nicht ganz lupenrein. Hieß es nicht, er sei Republikaner oder, schlimmer noch, Sozialist, wenn nicht gar Bolschewist, genau wie sein Vater einer gewesen war, der verstorbene, zum Baumeister aufgestiegene ehemalige Maurer, und dass er die Anstellung in der Stadtverwaltung nicht seinem beruflichen Können, sondern

Beziehungen verdankte, den Machenschaften linker Abgeordneter, die dort einen der Ihren hatten unterbringen wollen?

Doch dann stellte sich heraus, dass der Paria oder Mitgiftjäger ausgezeichnete, man wusste nicht wo erworbene Manieren hatte und eine merkwürdig leutselige Art, seine linke Gesinnung zu demonstrieren oder vielmehr unter dem Teppich zu halten, denn zur großen Zufriedenheit selbst des kritteligsten Beobachters hielt er sich von Anfang an peinlich genau an alle Familienregeln und -rituale und hatte ausdrücklich nichts dagegen, dass seine Kinder, sobald sie denn auf der Welt wären (aber war Adela nicht schon zu alt, um noch Kinder gebären zu können, und musste man nicht damit rechnen, dass eine Frau, die über dreißig und keineswegs ein Ausbund an Gesundheit war, eine Fehlgeburt erlitt oder irgendeine Abnormität zur Welt brachte?), vom Priesteronkel mit allem kirchlichen Pomp getauft und später katholisch erzogen würden. Und war nicht, ideologisch gesehen, Jesus Christus der erste Sozialist gewesen, wie Don Francisco de Asís in einem Augenblick polemischer Verwegenheit argumentiert hatte? War nicht die Botschaft des Evangeliums – wohlverstanden und im Rahmen der kirchlichen Gesellschaftslehre angewandt – das beste Gegenmittel gegen die gottlose Revolution?

Hinzu kam, dass die Eltern des Bräutigams passenderweise tot waren und dieser keine Geschwister hatte, sodass allen die peinliche Prozedur erspart blieb, mit Personen offensichtlich minderen Standes Umgang pflegen zu müssen, deren mutmaßlich pittoreskes Auftreten schlicht schockierend sein würde bei der Verlobungsfeier und vor allem bei einer der Familie würdigen kirchlichen Trauung, über die sehr wahrscheinlich im Gesellschaftsteil von *ABC* berichtet werden würde, obwohl vermutlich nur in einer bescheidenen Notiz und natürlich ohne Foto, man kannte ja die Vornehmtuerei der *ABC,* dafür brauchte es schon eines Adelstitels, vor allem seit der Gründer selbst einen bekommen hatte, dabei hatte er als Seifenfabrikant angefangen. War Seife etwa vornehmer als Backstein und Zement?, fragte sich Don Francisco de Asís mit bebender Stimme. Ohne Vater und Mutter und nähere Angehörige verlor Ignacio Abels Herkunft einen Großteil ihrer Gewöhnlichkeit, warf sogar einen gewissen Schatten von Geheimnis auf ihn, einen dunklen Hintergrund, vor dem seine stattliche Gestalt noch besser zur Geltung kam, umflort von einem Anflug von Distanziertheit, hinter der sich die Erinnerung an jene zähen und entbehrungsreichen Jahre verstecken mochte, die es ihn gekostet hatte, sein Studium zu beenden und sich Manieren anzugewöhnen, die selbst dem argwöhnischsten und anspruchsvollsten Blick als untadelig gelten mussten.

In den Augen der Familie gewann Adela ein so kraftvolles Strahlen, dass man gar nicht wusste, wie einem geschah; von den ersten Tagen ihrer Verlobung an trug sie eine Glückseligkeit zur Schau, die fast schamlos war. Sie wirkte jetzt zehn Jahre jünger. Unter Tanten und Cousinen hieß es, sie sei so liebesselig wie die Schauspielerinnen im Film, die mit zum Himmel verdrehten Augen und mit an die Brust gedrückten Händen tiefe Seufzer ausstießen und in den Wolken das Gesicht ihres Liebsten erblickten; ein optischer Effekt, der damals viel auf Postkarten zu sehen war. *Du weißt selbst wie sehr du hinter mir her warst und was du mir für Sachen gesagt hast das kann unmöglich gelogen gewesen sein.* Die schmachtende Langsamkeit ihres Werdegangs als ledige Jungfer wich nun einer Geschwindigkeit, die zu den neuen Zeiten passte, die angebrochen waren, sowie zu der technischen Kompetenz des Bräutigams, der neben seiner Beschäftigung in der Stadtverwaltung nach und nach bedeutende Aufträge bekam, nicht ohne ein gewisses Maß an Übertreibung stets hochgelobt von Don Francisco de Asís, der sich im Grunde immer schon als naiver Schwärmer erwiesen hatte, wenn er sich von seiner allzu leichtfertigen Begeisterung mitreißen ließ.

Nach etwas weniger als einem Jahr Verlobung wurde geheiratet, auch wenn diese Eile, die ohne bösen Willen als überstürzt bezeichnet werden konnte, einigen Argwohn hervorrief, welcher sich erst zerstreute, als eine genaue Berechnung der Zeit zwischen besagtem Ereignis und der Geburt des ersten Kindes die zweifellose Legitimität des neuen Erdenmenschen belegte. So schwerfällig Adela wirken mochte, so eilig hatte sie es in der Tat, die verlorene Zeit aufzuholen, und sie betrieb dies mit einer Ungeduld und sogar Leidenschaft, die man eher bei der jungen Heldin eines pikanten Liebesromans gesucht hätte als bei einer Frau ihres Alters. Sie scheute nicht einmal davor zurück, mit ihrem Ehemann in eine kleine Wohnung in einem nicht besonders angesehenen Viertel zu ziehen, ohne andere Hilfe als die eines Dienstmädchens. *Ich jedenfalls weiß noch wie glücklich wir waren obwohl ich die Treppen bis in den vierten Stock hinaufsteigen musste in der Hitze jenes Sommers und so schwanger dass ich glaubte runder nicht mehr werden zu können.*

Voller Bewunderung ließ Don Francisco de Asís verlauten, sein Schwiegersohn habe die Hilfe nicht in Anspruch nehmen wollen, die er ihm angeboten hatte, damit sie eine etwas zentraler gelegene und besser ausgestattete Wohnung mieten konnten. Daran gewöhnt, alles aus eigener Kraft zu erreichen, dankte er für jede angebotene Hilfe, zog es jedoch vor, sie nicht in Anspruch zu nehmen, solange nicht das Wohlergehen seiner Frau oder seines Erben auf dem Spiel stand, dessen Ankunft Don Francisco de Asís schon bald voller Stolz (und Erleichterung) verkünden konnte, wenngleich seine Gattin, Doña Cecilia, die etwas zurückhaltender und weniger schwärmerisch veranlagt war, es lieber gesehen hätte, wenn zwischen Hochzeit und Schwangerschaft etwas mehr Zeit vergangen wäre, wie es sich für Leute ziemte, die in die ehelichen Pflichten mit nicht mehr Temperament investierten, als für die Erfüllung des Sakraments erforderlich war. *Du weißt so gut wie ich auch wenn du dich nicht erinnern willst wie ich gezittert habe wenn ich dich zwei Stufen auf einmal nehmend die Treppe heraufkommen hörte weil du nicht schnell genug bei mir sein konntest.*

Dass zuerst ein Mädchen geboren wurde, war eine Widrigkeit – schließlich war ein Sohn von Don Francisco de Asís dazu ausersehen, den Familiennamen am Leben zu halten –, aber keine Enttäuschung. Das Mädchen kam groß und stark und gesund zur Welt, wenn auch nach einer schwierigen Geburt, in deren Verlauf sich ein paar Tage lang die schlimmsten Ahnungen in Bezug auf Adelas Alter zu bestätigen schienen. Mutter und Tochter erholten sich jedoch bald, und dann sah man, dass die wer weiß wo entstandenen und von wer weiß welchem Schandmaul in die Welt gesetzten Gerüchte über eine mögliche Zurückgebliebenheit unter derartigen Umständen zur Welt gekommener Neugeborener jeder Grundlage entbehrten, wenngleich die eine oder andere Tante bei Besuchen immer noch mit einem Ausdruck vorauseilenden Beileids zur Wiege schielte. Der stolze Vater, wie es in den Geburtsanzeigen der Zeitungen hieß, bat Don Francisco de Asís, Taufpate seiner ersten Enkelin zu werden. Unter den stets wachsamen Augen der Familie (und unter direkter Beobachtung durch den Priesteronkel, der das Sakrament der Taufe zelebrieren würde) folgte er der Zeremonie mit der gleichen Hochachtung, wie er es am Hochzeitstag getan hatte, wo alle ihn die hl. Kommunion mit vorbildlicher Inbrunst hatten empfangen und sich danach niederknien sehen, um mit gesenktem Kopf und geschlossenen Augen die geweihte Form auf der Zunge zergehen zu lassen (was eine kindliche Erinnerung in ihm lebendig werden ließ, als die Oblate unter seinem Gaumen kleben blieb und sich der eigenartige, lange vergessene Geschmack von ungesäuertem Teig in seinem Mund ausbreitete).

Das Mädchen wurde Adela genannt, wie ihre Mutter. *Du hast darauf bestanden dass sie so heißen sollte wie ich weil du meinen Namen so mochtest das hast du mir damals ins Ohr geflüstert.* Dass der Junge, als er zur Welt kam, nach dem Großvater väterlicherseits Miguel getauft wurde und nicht nach Francisco de Asís, war für diesen zwar eine Enttäuschung, die er allerdings ritterlich überspielte, indem er sich in die schon etwas schwächelnde Hoffnung flüchtete, dass der eines Tages von seinem Sohn geborene Enkel nicht nur den Familiennamen, sondern auch seinen Vornamen tragen würde, sowie in die um einiges solidere Aussicht, dass, wenn sein Schwiegersohn und Adela fortführen, die Familie zu vergrößern, sie einem weiteren männlichen Nachkommen zweifellos den Namen Francisco gäben. Er kannte sogar Fälle, in denen das Standesamt einer Änderung in der Reihenfolge der Nachnamen zugestimmt hatte, damit irgendein berühmter Zweig nicht in Vergessenheit geriet.

Auf den Fotos von der Tauffeier lächelte er mit dem Enkel im Arm, wenngleich nicht ganz so strahlend wie bei der Taufe des Mädchens, was wohl daran lag, dass die Sorge um die schwächliche Konstitution des Säuglings immer noch anhielt. Sorgfältig beschriftet hatte Adela sie Album für Album eingeklebt; von den formellen Studioaufnahmen der ersten Jahre bis zu Fotos, die mit der kleinen Leica aufgenommen worden waren, die sie ihrem Mann zu einem seiner letzten Geburtstage geschenkt hatte und die er hauptsächlich benutzte, um laufende Projekte zu fotografieren (die er aber auch auf die dreitägige Fahrt mit Judith Biely in den Süden mitgenommen und mit der er die Aufnahmen gemacht hatte, die er hinterher in der abschließbaren Schublade seines Schreibtisches verwahrte).

Vielleicht hatte Adela erst spät bemerkt, was Ignacio Abel jetzt auffiel, als er die kartonierten Seiten der Fotoalben im schwachen Lichtschein der Lampe umblätterte, in der Wohnung, deren einziger Bewohner er jetzt war und in der die Gestalten auf den Fotos mit einem Mal wie Geister wirkten, wie die Schatten vor langer Zeit Gestorbener – so wenig passten sie in diese Zeit, in das in die Finsternis des Krieges versinkende Madrid (nur noch beleuchtet von huschenden Scheinwerfern der Autos, die am Ende einer Straße auftauchten, mit laufendem Motor vor einem Hauseingang hielten, aus dem man wenig später einen Mann in Unterhemd oder Schlafanzug stolpern sah, barfuß manchmal, einen Ausdruck schläfriger Verwirrung im Gesicht und von Panik, die Hände gefesselt und mit Kolbenstößen vorwärtsgetrieben von Männern mit Pistolen und Gewehren).

Blind vor Liebe, war Adela anfangs nicht der Gesichtsausdruck aufgefallen, den er auf allen Fotos zeigte, schon auf den ersten, die er ihr als Erinnerung an die Verlobung schickte, oder auf den Hochzeitsfotos und auch jenen, die sie kurz nach der Hochzeit aus einer Laune von ihr in einem Studio auf der Gran Vía hatten machen lassen, wo sie nebeneinander auf altmodischen Sesseln vor einem Landschaftsgemälde saßen, er mit übereinandergeschlagenen Beinen, sodass man seine hohen Schuhe sehen konnte, sie mit einem Buch in der Hand und das Kinn auf den Rücken der anderen Hand gestützt, ein versonnenes Lächeln auf den Lippen, das schon ahnen ließ, was zu diesem Zeitpunkt beide noch nicht wussten, nämlich dass sie schwanger war. In seinem Gesicht lag ein Zug, als wäre er nicht ganz da: In dem zur Seite oder auf einen imaginären Punkt in der Luft gerichteten Blick lag eine Geistesabwesenheit, die auch ihm nie aufgefallen war, die plötzlich aber schon einen Anstrich von Widerwillen trug.

Vielleicht täuschte er sich aber auch jetzt beim Betrachten der Fotos fünfzehn Jahre später; weil es ihm an konkreter Erinnerung oder an Vorstellungskraft mangelte, sich in ein ganz anderes Leben zurückzuversetzen, schrieb er dem viel jüngeren Mann von damals einen Hader zu, der erst später deutlich werden und in seinen Gesichtszügen hervortreten sollte, je weiter er durch die Alben blätterte. Das ganze Leben in Gewahrsam genommen von Adela, von ihrer Neigung, alles aufzubewahren, säuberlich geordnet und an seinem Platz, nicht nur die Fotografien, sondern auch die Briefe, die er ihr in der

Verlobungszeit geschrieben und die er ihr während seiner Zeit in Deutschland geschickt hatte, chronologisch geordnet und in handlichen Päckchen mit Gummiband zusammengehalten. Er ließ sie in den Umschlägen, um in floskelhaften Formulierungen nicht die falschen Töne entdecken zu müssen und um sich nicht dem verspäteten Unbehagen auszusetzen, Liebesschwüre in seiner eigenen Handschrift geschrieben zu sehen.

*Du weißt schon gar nicht mehr wie du dich immer beschwert hast wenn du zu lange auf einen Brief von mir warten musstest.* Er starrte gebannt auf die Fotos, während man in der Ferne Gewehrfeuer knattern hörte oder das Dröhnen eines Flugzeugs, aber noch keine Bombenexplosionen, blätterte sich durch das Heranwachsen seiner Kinder und die erdrückende Abfolge von Familienfesten, durch die Veränderungen in Adelas Gesicht und Figur, die schlanker gewesen war, als er in Erinnerung hatte (aber wer konnte sich schon auf seine Erinnerung verlassen: Wie würde ihn Judith Biely in Erinnerung behalten, die die Vergangenheit vielleicht schon umsortierte, Hingabe ausblendete und keinen Platz mehr für ihn hatte in ihrem neuen Leben, das sie mit wer weiß welchen jüngeren Männern wer weiß wo, vielleicht in Paris oder in Amerika, führte?).

Auf vielen Fotos war er nicht zu sehen (weil er verreist oder auf der Arbeit war oder einen Vorwand gefunden hatte, der seine Abwesenheit rechtfertigte), auf anderen wohl, aber mit einem neuen Gesichtsausdruck, abwesend, leicht ungehalten, zu Boden schauend, als wollte er einen Platz fixieren, der ihn von den Übrigen abschnitt, abweisend gegenüber der allgemeinen Fröhlichkeit oder dem feierlichen Anlass, der die Familie zusammengeführt hatte, eine Taufe oder Erstkommunion oder ein Familienessen zum Namenstag, zu Weihnachten oder Neujahr. Adela war fast immer an seiner Seite, manchmal an seinem Arm oder sich an ihn drückend, stolz auf seine männliche Gegenwart, vollkommen arglos, vor allem am Anfang, auf den ältesten Fotos, vielleicht erst später begreifend, beim

Sortieren der Fotos, die sie in die Alben kleben wollte, oder noch später, als sie sie erneut anschaute und nach Hinweisen von etwas suchte, das immer schon da gewesen war, oder um sich über die zunehmende Einsamkeit hinwegzutrösten oder das Gefühl, betrogen worden und gescheitert zu sein, und eine Zeit wiederzubeleben, die sie als glücklich in Erinnerung hatte: die ersten Jahre, Litas Geburt, die beiden Tage, an denen sie das Gefühl gehabt hatte, das Kind, das nicht kommen wollte, würde sie von innen zerreißen, der Umzug in die neue Wohnung, der Neubau in der Calle Príncipe de Vergara mit seinen Balkonen, von denen der Blick über das endlose Häusermeer von Madrid schweifen konnte, das »weiße, moderne Madrid« aus einem Gedicht von Juan Ramón Jiménez, das ihr so gefiel.

Das heimliche Unbehagen ließ sich noch zerstreuen, konnte eine vorübergehende Erscheinung sein, der übermäßigen Arbeitsanforderung an ihren Mann geschuldet, dem immer viel daran lag, allen zu zeigen, was er zu leisten vermochte, der für jeden Auftrag seine geballte Intelligenz mobilisierte, als hinge sein Leben davon ab, vielleicht weil er sich seiner gesellschaftlichen Stellung nicht sicher war und fürchtete, sie könnte ihm wegen irgendeiner herkünftigen Unzulänglichkeit streitig gemacht werden, sodass er ständig beweisen wollte, dass er auch ohne den Einfluss der Familie seiner Frau weiterkommen konnte. Dieser gegenüber wurde er immer abweisender, was Adela vor allem deswegen so schmerzte, weil sie ihre Eltern liebte und ständig fürchtete, ihr Mann könne sie mit einer Ungehörigkeit oder einer bissigen Bemerkung verletzen oder einfach nur durch seine offensichtliche Gleichgültigkeit, die auf den Fotos besonders zum Ausdruck kam: sogar auf den Hochzeitsfotos, wie sie sehr viel später erkannte, und selbst auf denen, wo Ignacio Abel seine neugeborenen Kinder auf dem Arm hielt oder ihnen am Tage ihrer ersten Kommunion die Hand auf die Schulter legte. Er blickte nicht in die Kamera, als fürchtete er, ein Geheimnis preiszugeben, wenn er es täte, und vermied auch jede Hinwendung zu den Umstehenden, sogar zu seinen Kindern, sogar zu Adela. Er hob prostend sein Glas und schaute dabei in eine andere Richtung. Auf dem Gruppenfoto einer Hochzeit war er der Einzige, der nicht zur Familie zu gehören schien. Auf einem Foto von der Erstkommunion seiner Tochter strahlte diese vor Stolz, neben ihrem Vater stehen zu dürfen, und er hielt sich steif und distanziert, als wäre es ihm unangenehm, als könne er es nicht abwarten, dass der Fotograf mit seiner Arbeit fertig wurde.

Trotzdem hatte Adela nicht aufgehört, die Alben auf dem neuesten Stand zu halten, Ort und Datum und Anlass einzutragen in ihrer Schrift, die auch nach Jahren noch immer dieselbe war, so unveränderlich wie ihr eigenes Aussehen auf den Fotos, das eine Mischung aus Passivität und kindlicher Hoffnung vermittelte, als könnten trotz allem die alten Versprechungen noch in Erfüllung gehen. Als bräuchte sie, um die Katastrophe zu umschiffen und sich von Enttäuschung und grober Lüge nicht unterkriegen zu lassen, nur heiter in die Welt zu schauen, das Kinn vorzustrecken und sich aufrecht zu halten (allein schon, um nicht die alte Familienklage zu bestätigen, sie ließe schon seit Kindertagen die Schultern hängen), nur so zu tun, als könne ihr die Gefühlskälte nichts anhaben, als könne ein Verdacht ihr nicht den Schlaf rauben, als sei es am besten, weder nach links noch nach rechts zu schauen.

Auf der ersten Seite eines jeden Albums hatte Adela die Zeit eingetragen, die es umfasste. Im letzten stand nur das Datum des Beginns: September 1935. Auf diesen Fotos sah Ignacio Abel nicht nur das, was die Kamera eingefangen hatte, sondern auch das, was insgeheim an anderer Stelle stattfand. Adela, die Kleine und er am Tag des Vortrags in der Residencia, die Familie am Namenstag von Don Francisco de Asís im Wochenendhaus in den Bergen. Das erste Foto war aufgenommen worden, kurz nachdem er Judith Biely zum ersten Mal gesehen und ihre Stimme gehört hatte; auf dem zweiten suchte er nach Hinweisen der Erinnerung an sie, an die seine Gedanken zurückgewandert waren, als jemand auf den Auslöser drückte. Der lange Tisch mit all den Menschen und dem aufgetragenen Essen unter der warmen Oktobersonne, die Gesichter schon sehr weit fort, das Familienleben, das zu jener Zeit eine Art lebenslänglicher Strafe gewesen und von dem jetzt nichts mehr übrig war: Don Francisco de Asís; Doña Cecilia; die ledigen Tanten mit ihrem welken Lächeln, vom Alter und vom Jungferndasein kindisch geworden oder verblödet; der Priesteronkel, der in seiner Soutane wie eine überstopfte Wurst in ihrer Pelle aussah (was mochte aus ihm geworden sein; vielleicht hatte er Zeit gehabt, sich zu verstecken, denn wenn er bei Ausbruch des Bürgerkriegs noch in Madrid gewesen wäre, hätte man ihn, faulend und von Fliegen bedeckt, in irgendeinem Straßengraben finden können); Schwager Victor mit seiner ewig beleidigten Miene; die beiden Kinder, Lita lachend in die Kamera blickend und Miguel mit seinem Ausdruck von Zerbrechlichkeit und Schüchternheit; daneben Adela, eine reife Frau jetzt plötzlich, älter und breiter auf diesem Foto als in der Erinnerung, sich an ihn, ihren Ehemann, schmiegend wie schon auf den älteren Fotos. Jetzt allerdings war die Pose eher angedeutet, eine Gewohnheit geworden, die sich gehalten und alle Entwicklungsstadien überdauert hatte, als habe der Körper noch nicht erfasst, was der Verstand schon weiß: dass die gesuchte Anlehnung und scheinbar gefundene Stütze längst illusorisch ist, dass die Dinge sich unwiderruflich geändert haben, obwohl der Anschein noch gewahrt bleibt. Und er selbst am Rand, diesmal lächelnd, nicht wachsam, nicht gänzlich abwesend wie auf den meisten Fotos, sondern trotz des Schattens, der die Hälfte seines Gesichts bedeckt, deutlich sichtbar lächelnd, träge, etwas schläfrig nach dem Essen und dem Wein und der warmen Oktobersonne, vor allem jedoch, weil er in der Nacht zuvor, berauscht von seinem ersten Zusammensein mit Judith Biely, kaum geschlafen hat.

Doch was eine Fotografie wirklich zeigt, erkennt fast niemand. Hatte Adela (als sie das Foto studierte, nachdem sie es ins Album geklebt und auf dem Etikett darunter Ort und Datum eingetragen hatte) herausgefunden, dass ihr Mann auf diesem Foto schon das Gesicht der Unaufrichtigkeit trug, dass die Entspanntheit und sogar Zuneigung, die in ihm zu lesen und für die sie so dankbar war, nicht daher rührte, dass die Liebe zurückgekehrt, sondern er endgültig für sie verloren war?

Es gab noch ein weiteres Foto in dem Album, das aber weder eingeklebt noch beschriftet war, obwohl es am selben Tag am alten Stausee aufgenommen worden war. Miguel und Adelita stritten sich um die Leica, und es war Miguel, der am Ende gewann, doch Ignacio Abel erinnerte sich nicht mehr, wann genau er das Foto gemacht hatte, weil weder er noch seine Frau etwas davon bemerkt hatten. Vielleicht war er hinter den Bäumen versteckt gewesen und hatte sich vorgestellt, er wäre ein reisender Reporter. Das Foto war unscharf, weil der Tag sich dem Ende zuneigte und es vielleicht nicht mehr hell genug war, oder weil Miguel im Umgang mit Apparaten unbesonnen war, immer zu hastig, immer zu ungeduldig, weil er den großen Moment nicht erwarten konnte: seine Eltern nahe am Ufer im Gras sitzend, einander zugewandt, in eine leichte, angenehme Unterhaltung vertieft, die gehabt zu haben Ignacio Abel sich nicht erinnern konnte, mit angezogenem Knie und aufgestütztem Arm, zwei Gestalten so still wie das von den langen Schatten der Bäume verdunkelte Wasser, in dem sich ihre Silhouetten spiegelten.

20 Auch er hatte sich ein Archiv angelegt, hatte fast von der ersten Begegnung an nicht nur alle Briefe und Fotos gesammelt, sondern jeden erdenklichen Gegenstand, der darauf hindeutete, dass Judith in sein Leben getreten war: das Plakat von seinem Vortrag in der Residencia; der Zeitungsausschnitt mit dem deutlich sichtbaren Datum in einer Ecke, ein Tag wie jeder andere, und dennoch hatte er für sie beide einen Glanz, der für andere unsichtbar war; ein Kalenderblatt, noch aus dem Papierkorb seines Büros gerettet, wo er es am anderen Morgen hineingeworfen hatte, als er noch nicht wusste, nicht ahnte, was mit ihm geschehen war. Jeder Liebende sucht eine Genealogie seiner Liebe anzufertigen, weil er Angst hat, etwas zu vergessen, zu verlieren, davor, dass nichts bleiben könnte von dem, was ihm so wichtig ist, dass jede denkwürdige Minute sogleich unter die Räder der vorbeisausenden Zeit kommen könnte. Er wollte alles behalten, keine Begegnung mit einer anderen verwechseln, so wie er auch keines der englischen Wörter und keine der Redensarten vergessen wollte, die Judith ihm beibrachte.

Er notierte sie in einem kleinen, in Wachstuch eingeschlagenen Notizbüchlein, das er stets in der Jackentasche bei sich trug, in der er auch den kleinen Schlüssel für die Schublade seines Schreibtisches verwahrte. Er konnte Judiths Briefe ohne Gefahr vor Entdeckung im Büro lassen, doch das bedeutete, sich von ihnen zu trennen, von den Briefen und von den Fotos, von den Telegrammen, die in einem Anfall von Sehnsucht oder aus einer Laune heraus aufgegeben worden waren, mit obszönen Ausdrücken auf Englisch, die der Telegrafist voller Fehler in das Formblatt eingetragen hatte; aufgegeben an einem Morgen in Toledo, wohin sie mit amerikanischen Studentinnen einen Ausflug unternommen hatte, oder direkt auf dem Hauptpostamt an der Plaza de Cibeles, an dem Judith vorbeigegangen war und der Versuchung nicht hatte widerstehen können, hineinzugehen und ihm eine spontane Nachricht zu übermitteln.

Das Wunder elektrischer Impulse in den Telegrafenleitungen, kleiner Klopfzeichen, aus denen Worte werden, auf ein bläuliches Blatt Papier gedruckt, eine Stunde später im Büro abgegeben, wo Ignacio Abel eine wichtige Besprechung unterbrechen musste, als der salbungsvolle Bürobote die Milchglasfenstertür öffnete, mit einem Telegramm in der Hand und einer so ernsten Miene, als habe er möglicherweise eine schlimme Nachricht zu überbringen (der Bürobote war ein noch junger Mann, bewegte sich aber schon auf so würdige Weise, als stünde er am Ende seiner Laufbahn, überreichte das Telegramm mit feierlich geneigtem Kopf wie ein diensthabender Haushofmeister). Obwohl kein äußeres Anzeichen darauf hindeutete, wusste er schon, dass das Telegramm von Judith war. Er entschuldigte sich bei den anderen – er war ein überaus beschäftigter Mann, der sich um so viele Dinge gleichzeitig kümmern musste – und trat einen Schritt zur Seite. Ungeduldig zuckten die Fingerspitzen; sie verloren die Geschicklichkeit, den Umschlag zu öffnen, ohne ihn aufzureißen.

Die Lust, ihre Worte vor Augen zu haben, wurde noch dadurch gesteigert, dass er sie im Beisein der anderen las, sich nichts anmerken lassen durfte, sich zusammenreißen musste, um nicht zu lächeln, um eine besorgte Miene aufzusetzen oder wenigstens eine, die hohe Verantwortlichkeit erkennen ließ: *I'll be waiting for you at Old Hag's 4 p.m. please don't let me down please.*

Bis vor Kurzem hätte er noch nicht gewusst, was dieser Ausdruck bedeutete, *Old Hag*. Jetzt fand er sich mit winziger Schrift in seinem Notizbuch, eingetragen als idiomatische Wendung und zugleich als Erkennungszeichen, denn so nannte Judith die Frau, die sich ihnen als Madame Mathilde vorgestellt hatte, die Besitzerin oder Betreiberin der Gartenvilla am Ende der Calle O'Donnell, die sie stets mit einer aufgesetzten Vornehmheit und Gastlichkeit empfing, als führte sie einen literarischen Salon und kein verschwiegenes Haus. In dem Notizbuch fanden sich Ort und Datum und oft sogar die Uhrzeit eines jeden Treffens mit Judith in diesem Etablissement, zusammen mit einem Schlüsselwort, das auf etwas Besonderes bei jeder dieser Begegnungen hinwies. Auf denselben Seiten fanden sich auch Einträge zu Verabredungen dienstlicher Art, technische Anmerkungen, Skizzen von architektonischen Details, die er irgendwo gesehen oder sich ausgedacht hatte. Aber er wusste zu unterscheiden, war alleiniger Herr seiner geheimen Aufzeichnungen, nie nachlassender Archivar. *Überall Zettel von dir die ich zwangsläufig fand wenn ich die Taschen deiner Hosen und deiner Jacke leerte bevor ich sie in die Reinigung gab.*

Vergessen war Verschwendung, ein Luxus, den er sich nicht leisten konnte. Vergessen war so, als würde er Judith gar nicht richtig wahrnehmen, wenn er mit ihr zusammen war, ihre Eigenheiten, die er liebte und die ihn erregten, nicht im Gedächtnis zu behalten versuchen, sodass es ihm nie möglich wäre, sie wiederzubeleben, nicht einmal mithilfe von Fotografien. Welche Augenfarbe hatte sie tatsächlich, welchen Klang ihre Stimme, welche Form ihr Kinn, welche die beiden Linien an den Seiten ihres Mundes, wenn sie lachte? Wenn er sie ein paar Tage nicht sah, genügte diese kurze Zeit, trotz Briefen und Telefongesprächen, um alles wieder auszulöschen; die nächste Begegnung war dann immer eine Offenbarung und das Warten darauf so schmerzvoll und so spannend, dass die tatsächliche Erscheinung niemals an das Traumbild heranreichen zu können schien, oder die Gier nach Belohnung für so langes Warten den Genuss zunichtezumachen drohte. Sie nackt zu sehen nahm ihm den Atem.

Wenn er ihren lustvoll geöffneten Mund küsste, durchfuhr ihn jedes Mal ein Blitz des Verlangens und des Staunens, genau wie am ersten Abend in der Bar des Florida-Hotels, als ihre schamlose Zunge nach der seinen suchte. Aber der Dürstende schmeckt nicht das Wasser der ersten Schlucke auf seinen Lippen, er hält nicht inne, um die Form des Glases zu bewundern, noch wie das Licht sich darin spiegelt. Er war vielleicht nicht ganz bei der Sache, sie möglicherweise nervös, noch mitgenommen von einer schlecht durchschlafenen Nacht, betäubt von dem Lärm, der sie in einem Café umgab, beschämt, sich mit der Geliebten in diesem gemieteten Zimmer aufhalten zu müssen, in dem ein trauriger Paravent ein nach Desinfektionsmittel riechendes Bidet verbarg, dessen Gestank sich mit dem Rosenduft vermischte, der ihn erträglicher machen sollte und den Madame Mathilde verstäubte, indem sie, Zigarette in der anderen Hand, auf einen roten Gummiball drückte, der über einen umhäkelten dünnen Schlauch mit einem Flakon verbunden war.

In Madame Mathildes Villa hörte man die Vögel im Garten zwitschern, das Bimmeln der Straßenbahnen, Geräusche oder Lachen oder Stöhnen aus einem der benachbarten Zimmer. Andere Liebespaare hatten sich in dem ein wenig trüben Spiegel mit dem abblätternden Goldrahmen betrachtet, der am Fußende des Bettes stand. Für Judith fühlte sich das Bettlaken auf der nackten Haut unangenehm an; die Bettwäsche war zwar sauber, aber verschlissen, zu oft gewaschen, zu oft von Schweiß getränkt oder von anderen Körpersäften gleich ihren eigenen, in einem allgemeinen Paarungstrieb, der jede Einzigartigkeit, jeden Ansatz von Romantik zerstörte.

Auf kryptische Kritzeleien reduzierte Begegnungen: M. Mat. Fr. 7. 6:30; Kinokarten zwischen den Notizbuchseiten, die einen bestimmten Nachmittag in Erinnerung riefen, Judiths zarte, zielstrebige Hand, die im Kinodunkel seine Hose aufknöpfte; Clark Gable auf einem Segelschiff ein Meer durchpflügend, das genauso unwirklich ist wie sein Matrosenhemd; Handzettel von Filmen, die gesehen zu haben er sich nicht erinnerte; gekritzelte Botschaften auf Blättern mit Briefköpfen von Hotels, auf dem Papier der Residencia und dem des Baubüros der Universitätsstadt; die kurze Archäologie einer gemeinsamen Vergangenheit mit ihrer chronologischen Spur von Stempeln und dem Datum am Beginn von Briefen, ihrem langen, verschlungenen Fluss von Wörtern, Widerschein und Verlängerung gesprochener Worte, die sich in Luft aufgelöst haben, verloschen, kaum dass sie artikuliert worden waren.

Die Zeit des Zusammenseins war immer viel zu kurz, viel zu angstbesetzt, um das, was sie erlebten, ganz erfassen zu können. So ersetzten und gestalteten sie es in der Erinnerung und in Briefen. Schmale hellblaue Umschläge, die Judith in einem Papierwarengeschäft in Paris gekauft hatte, Blätter in einem noch helleren Blau, beidseitig beschrieben in einer großen, vorwärtsdrängenden Schrift, beflügelt von der Eile und der Bereitschaft, hemmungslos zu sein, die Buchstaben sich bauchend wie chinesische Schriftzeichen vom Schwung der schreibenden Hand. Die Erwartung eines Briefes von Judith war fast so erregend wie ihr persönliches Erscheinen, wenn er im Café saß und auf sie wartete, die Augen fest auf die Tür gerichtet, in der ihre Gestalt plötzlich zu sehen war, ohne dass er ihr Kommen bemerkt hatte, weil er geblinzelt hatte oder kurz abgelenkt gewesen war. Dass es wieder einen Generalstreik gab, als sie von der Küste zurückkamen, und nur Mannschaftswagen der Bereitschaftspolizei durch die leeren Straßen fuhren, war vor allem eine Unannehmlichkeit, weil es das Eintreffen eines Briefes von ihr an seine Dienstanschrift verhinderte. Zu der Zeit, wenn der Bürobote am Vormittag seine Runde begann, war Ignacio Abel schon angespannt vor Erwartung, schaute ab und zu von den Papieren auf seinem Schreibtisch oder dem Zeichentisch auf, warf einen Blick in den Korridor zwischen den Schreibmaschinentischen im Saal der utopischen Stadt mit dem großen Modell des zukünftigen Campus.

Welch ein Wunder, dass unter den Tausenden von Briefen der eine von Judith nicht verloren ging, schon auf dem Weg zu ihm war, versteckt unter den anderen, doch sichtbar für das geübte Auge, das ihn am blauen Rand des Umschlags erkennen konnte, während der Bürobote keine Ahnung hatte, welchen Schatz er in seinem Postkorb beförderte, den er wie ein Kellner balancierte, feierlich und gemessenen Schritts, wie es sich für einen Möchtegernbeamten im gepaspelten Überrock gehörte. Wenn er in seinem Arbeitszimmer allein war, schloss Ignacio Abel die Tür mit dem Milchglasfenster, die nur seine Sekretärin ohne anzuklopfen öffnen durfte, und wenn er Besuch hatte oder ein wichtiges Telefonat zu führen, verwahrte er den Brief in der Jackentasche oder in der Schreibtischschublade für später, hatte ihn aber schon abgetastet und dankbar festgestellt, dass er viele gefaltete Blätter enthielt, die, sichere Wonnen verheißend, sich deutlich zusammendrücken ließen.

All die Worte, für die bei ihrer letzten Unterhaltung keine Zeit mehr gewesen war, oder die mit der Flüchtigkeit ihrer Telefonstimmen verloren gegangen waren, sie alle besaß er jetzt ohne jede Ungewissheit und auch ohne Hast, so wie er gern einmal mit ihr zusammen gewesen wäre, um die Langsamkeit des Aufknöpfens und Entkleidens zu genießen, ihr jedes Kleidungsstück auszuziehen, so behutsam, wie er den Briefumschlag öffnete und die gefalteten Blätter herausnahm, die nach Judith rochen, nicht weil sie einen Tropfen ihres Kölnischwassers darauf geträufelt hatte, sondern weil dieses Papier einen eigenen Geruch mitbrachte, der keinem anderen glich und ganz allein mit ihr in Verbindung zu bringen war. Manchmal aber war die Ungeduld zu groß, dann riss er den Umschlag auf und hatte hinterher Mühe, ihn wieder so herzurichten, dass er den Brief zurückstecken konnte, denn er gehörte in diesen Umschlag, den Umschlag dieses Tages, der auf dem Stempel abzulesen war, zu einer bestimmten Zeit, einer unverwechselbaren Stimmung, welche die Schrift aufrührte oder besänftigte wie eine mehr oder weniger starke Brise die Wasserfläche eines Sees.

Die Minuten des Zusammenseins gingen vorbei, verkürzt durch die Nervosität des ersten Mals, durch die Schnelligkeit, mit der das Ende immer schon näher kam; im Brief war die Zeit aufgehoben, der Geisterdialog von Papier und Tinte ließ eine Gelassenheit durchscheinen, die der einzige Füllstoff für die Abwesenheit war, ihr wirksames Beruhigungsmittel, wenn der Brief nach dem ersten zweimaligen Lesen zusammengefaltet und in den Umschlag zurückgesteckt wurde, damit er gut in die Innentasche der Jacke passte. Der Moment war flüchtig und konnte nicht wieder eingefangen werden; für seine annähernde Wiederholung musste man mehrere Tage warten. Der Brief war immer zur Stelle, fügte sich den suchenden Fingern und dem forschenden Blick, konnte, wenn man ihn oft genug las, sogar mühelos dem Gedächtnis anvertraut werden. *Ich ging über den Flur und obwohl ich gar nicht hinsehen wollte sah ich deine Jacke am Haken hängen und den Briefumschlag aus der Tasche lugen was hätte es dich gekostet ihre Briefe im Büro zu lassen wohin sie sie ja auch geschickt hatte aber man sah schon dass du dich keine Minute von ihnen trennen wolltest.*

Der Nährstoff war eher eine Droge, Tintennikotin, Wortopium, langsam berauschender Alkohol, der die Welt ringsum gegenstandslos machte. Was würde er tun, wenn plötzlich keine Briefe mehr kämen? Wenn Judith dessen überdrüssig wurde, was sie so lange nicht beim Namen zu nennen wagten (aber letzten Endes war es dann sie, die sich traute): die Geliebte eines verheirateten Mannes zu sein; wenn sie einem anderen, jüngeren, zugänglicheren Mann begegnete, mit dem sie sich nicht heimlich treffen musste, was sie im Grunde nämlich beschämend fand; wenn sie beschloss, nach Amerika zurückzukehren oder ihre Reise durch Europa fortzusetzen, die ja noch nicht beendet war, eine Bildungsreise, für die sie nicht lernen musste, einen Ehebruch nach altspanischer Art zu begehen (aber er fragte sie nie nach ihren Plänen, schien damit zu rechnen, dass sie immer bei ihm blieb, verfügbar, nur vorübergehend inexistent, wenn sie sich von ihm trennte, und wieder zu existieren beginnend, wenn er das stundenweise gemietete Zimmer betrat und sie auf dem Bett sitzen sah, entblättert und wohlgeformt wie eine exotische Blume)?

Schon von klein auf war ihr Wunsch, sich zu erklären, mindestens so stark wie ihr Wunsch, zu lernen. Briefe schreibend zeigte sie ein überragendes Talent, das sich bislang weder in ihren literarischen Versuchen, die sie keinem Menschen zeigte, noch in ihren Tagebuchaufzeichnungen hatte entfalten können, und schon gar nicht in den Artikeln, die sie an eine Zeitung in Brooklyn schickte, die mehr Wert auf politische Analysen als auf Beobachtungen aus dem täglichen Leben der Bewohner Spaniens legte. Briefe schreiben war für sie so aufregend, weil sie jetzt ein Gegenüber hatte, mit dem es keine Missverständnisse gab, weil seine Intelligenz eine schmeichelhafte Herausforderung für ihre eigene war, und weil sie beide sich im Grunde so ähnlich waren, dass sie nur wenige Minuten gebraucht hatten, um einander zu erkennen.

Alles war denkwürdig und neu und musste gefeiert werden. Durch Madrid zu wandern war ähnlich euphorisierend wie ein Spaziergang durch Manhattan über die Grenzen ihres Wohnviertels hinaus, oder wie das laute Lesen eines Gedichts von Walt Whitman. Allein diesem Mann, den sie bis vor Kurzem noch gar nicht gekannt hatte, die geheimsten Wünsche ihres Lebens zu offenbaren und ihn in die feinsten Nuancen sexueller Leidenschaft einzuweisen, die bei ihnen beiden zum ersten Mal erwacht zu sein schien, war eine erhebende Erfahrung voller Sinnlichkeit. Ihre Hand flog über das Papier, die aus dem Füller fließende Tinte bildete Wortspiralen, an denen ihr Wille kaum einen Anteil hatte; Worte, hervorgebracht von Erinnerungen an etwas, das vor wenigen Stunden erst passiert war, und von dem Verlangen, das durch sie wieder geweckt wurde, so wie manchmal auch durch ein gedankenverlorenes Streicheln, das sie unerwartet vom Rand der Erschöpfung zurückholte (auch das Buch, das sie schreiben wollte, verbarg sich irgendwo in diesen Briefen und überhaupt in allem, was sie tat, und dennoch entglitt es ihr, sobald sie sich darauf konzentrierte, sich an die Schreibmaschine setzte und nach einem ersten Wort suchte, das alle Dämme einreißen würde, nur auf sie wartete).

Sie schrieben sich, was sie getan hatten und was sie gefühlt hatten und was sie tun und fühlen würden, wenn sie wieder zusammen wären, was vorzuschlagen oder um was zu bitten sie sprechend sich nicht getraut hatten, nicht einmal in der anderen Sprache, die das Obszöne dämpfte und seine Wirkung zugleich steigerte. Ein Brief war Beichte und Aufzählung von Verlangen und auch eine unverhohlene Form, selbiges beim anderen zu wecken: Tu, während du dies liest, was ich mir vorstelle, dir zu tun, lass meine Hand die deine führen und dich mit Zärtlichkeit beglücken, obwohl ich nicht bei dir bin. Seltsam, dass sie so lange brauchten, um die Gefahr zu erkennen; zu entdecken, dass es einen Preis gab und einen Schaden, und die Kränkung, einmal vollzogen, nie mehr rückgängig zu machen war. Jedes Wort eine Beleidigung, die Tinte das Gift.

»Wo verwahrst du meine Briefe?«

»Das hast du mich schon einmal gefragt. In meiner Schreibtischschublade.«

»Bei dir zu Hause oder im Büro?«

»Da, wo sie mir am nächsten sind.«

»Deine Frau könnte sie finden.«

»Ich schließe sie immer weg.«

»Irgendwann vergisst du es einmal.«

»Adela schnüffelt nicht in meinen Papieren. Sie betritt nicht einmal mein Arbeitszimmer.«

»Seltsam, dass du zum ersten Mal ihren Namen nennst.«

»Mir ist gar nicht aufgefallen, dass ich ihn noch nie genannt habe.«

»Dir fällt vieles nicht auf. Sag noch einmal den Namen deiner Frau.«

»Meine Frau bist du.«

»Wenn du geschieden bist und mich geheiratet hast. Bis dahin ist Adela deine Frau.«

»Du hast ihren Namen jetzt auch zum ersten Mal ausgesprochen.«

»Versprich mir, dass du meine Briefe verbrennst oder sie im Tresor deines Büros aufbewahrst. Nur, bitte, verwahre sie nicht bei dir zu Hause.«

»Nenn es doch nicht mein Zuhause.«

»Anders kann ich es nicht nennen.«

»Ich will deine Briefe in meiner Nähe haben. Keinen einzigen werde ich verbrennen, keine Postkarte und keine Kinokarte.«

»Die Kinokarten verwahrst du auch?«

»Na, endlich sehe ich dich lachen.«

»Ich will nicht, dass sie all das liest, was ich dir schreibe. Da schäme ich mich. Das macht mir Angst.«

»Ich trage den Schlüssel immer bei mir.«

»Wenn sie misstrauisch wird, bricht sie das Schloss auf. Aber das wird gar nicht nötig sein. Sie zieht die Schublade einfach auf, denn irgendeines Tages wirst du vergessen, sie abzuschließen.«

»Ich kenne sie doch, sie ahnt nichts.«

»Du kennst sie nicht. Ich frage dich was über sie, und du weißt nicht, was du antworten sollst. Du windest dich.«

»Sie auf der einen Seite, wir auf der anderen. Wir haben immer gesagt, dass dazwischen eine Grenze verläuft.«

»Du hast das gesagt.«

»Wir waren zufrieden mit dem, was wir hatten.«

»Eine Zeit lang. Jetzt bist nur noch du damit zufrieden.«

»Du weißt, dass ich immer mit dir zusammen sein will.«

»Ich weiß, dass du es mir sagst. Ich weiß aber auch, dass du es nicht tust.«

»Nach den Sommerferien gehe ich mit dir nach Amerika.«

»Hast du das auch deiner Frau und deinen Kindern gesagt?«

»Das weißt du doch.«

»Weil du es mir gesagt hast. Und wenn du mich belügst?«

»Du vertraust mir nicht mehr.«

»Ich kenne den Klang deiner Stimme mittlerweile, die Art, wie du mich ansiehst, wenn dir unbehaglich zumute ist. Ich sehe dein Gesicht, und ich sehe, dass du dieses Gespräch am liebsten nicht weiterführen willst.«

»Ich werde mit dir nach Amerika gehen.«

»Und wenn ich so bald noch gar nicht zurückwill? Wenn ich noch eine Weile in Spanien bleiben möchte?«

»In Spanien wird es immer gefährlicher.«

»Ich habe noch etwas Geld. Ich könnte weiter durch Europa reisen.«

»Du willst offenbar nicht mehr mit mir zusammen sein.«

»Und wenn du im Burton College bist, wirst du mich dann auch verstecken? Muss ich warten, bis du mich in New York besuchst?«

»Du wolltest, dass ich dorthin fahre.«

»Und du nicht?«

»Ich will bei dir sein, wo oder wie, ist mir egal.«

»Mir nicht. Entschieden nicht.«

»Du hast gesagt, du würdest mich nie um etwas bitten.«

»Ich habe meine Meinung geändert.«

»Deine Gefühle haben sich geändert.«

»Ich will dich nicht heimlich sehen müssen. Ich will dich mit niemand teilen müssen.«

»Du musst mich nicht teilen.«

»Jeden Abend gehst du mit Adela ins Bett, nicht mit mir.«

»Ich kann mich nicht erinnern, wann ich sie das letzte Mal angefasst habe.«

»Ich schäme mich für sie. Und auch wenn sie es nicht weiß, ist es demütigend für sie, dass ich mich für sie schäme.«

»Sie weiß doch nichts von dir.«

»Sie hat mich damals in der Residencia angesehen und etwas gemerkt. Sie brauchte mich nur zu sehen und wusste schon, da stimmt etwas nicht.«

»Wir waren uns doch gerade erst vorgestellt worden.«

»Egal. Eine liebende Frau spürt die Gefahr.«

»Hattest du den Eindruck, sie sei eine liebende Frau?«

»Ich habe gesehen, wie sie dich während deines Vortrags angeschaut hat. Ich saß ja neben ihr. Unglaublich, wenn ich jetzt darüber nachdenke. Neben deiner Frau und deiner Tochter.«

»Sie ist nicht so misstrauisch, wie du glaubst.«

»Ihr ist nicht verborgen geblieben, wie du mich angesehen hast. Verwahre meine Briefe nicht bei dir zu Hause, ruf mich nicht von dort aus an.«

»Du hast mich dort angerufen.«

»Ja, ein einziges Mal, aus der Not heraus. Ich hatte Angst.«

»Du hast mir an dem Abend das Leben gerettet.«

»Aber hinterher bist du wieder zurückgegangen. Wir waren bei Madame Mathilde und lagen im Bett, da habe ich im Spiegel gesehen, wie du auf deine Uhr geschaut hast.«

»Du hast mir nicht gesagt, dass du gern die ganze Nacht mit mir zusammen gewesen wärst.«

»Ich wollte nicht dein Nein hören.«

»Hättest du es mir doch nur gesagt!«

»Sie weiß, dass du mit mir zusammen bist. Sie beobachtet dich. Bitte verbrenn die Briefe, versteck sie woanders.«

»Ich will sie nicht weggeben.«

»Und was tust du nach deinem Semester in Amerika? Fährst du dann nach Madrid zurück, und ich muss warten, dass du mir schreibst?«

»Darüber brauchen wir jetzt nicht zu reden. So weit ist es noch nicht.«

»Ich will nicht, dass mein Leben ganz und gar von dir abhängt.«

»Du wusstest, wie mein Leben war, als das mit uns anfing.«

»Ich wusste nicht, dass ich mich so verlieben würde.«

Doch schon bevor die Scham und die Schuldgefühle kamen, wussten sie, dass sich das Paradies vor ihnen verschlossen hatte; dass sie, ohne es zu merken, einen Zustand der Gnade verloren oder zu verdienen aufgehört hatten, für den sie aber auch nichts konnten, solange er währte, da er von ihrem Willen so wenig abhängig war wie ein günstiger Wind, der sie über alle Widrigkeiten des Alltags und Beschränkungen des Lebens hinweggehoben hatte und jetzt, genauso wie er gekommen war, wieder abflaute. Das Verlangen war nicht weniger geworden, hatte jetzt aber einen Ruch von Verbitterung; kaum war es gestillt, wurde Einsamkeit daraus, nicht Dankbarkeit; es war wie verunreinigt, nicht von Überdruss, sondern von insgeheimer Enttäuschung, einer Art Reputationsverlust.

Der aus der Zeit gefallene Raum, der sie bei ihrem Zusammensein umgab, war nicht mehr das gewohnte Heiligtum; jetzt sahen sie den Bordellluxus des Zimmers von Madame Mathilde als Affront: die vulgären Tapeten, die Fadenscheinigkeit des Teppichs, der Geruch von billigem Desinfektionsmittel, die unzureichende Hygiene im Bad hinter dem notdürftig mit einem Manilatuch verhängten orientalischen Paravent. Von den viel zu schnell vergangenen Tagen im Haus am Meer kehrten sie zurück in die Junihitze von Madrid mit ihrer trockenen Luft wie aus einem Feuerschlund, die das Atmen unmöglich machte, in den endlosen Überdruss stickiger, bewölkter Tage, feindseliger Blicke der Leute auf den Straßen, grober, schwitzender Körper in den Straßenbahnen.

Zum ersten Mal konnte sich jeder von ihnen eine Zukunft vorstellen, die nicht im Licht der Liebe erstrahlte. In flüchtigen Momenten von Erkenntnis und Bedauern sahen sie einander wieder als Fremde, schämten sich insgeheim voreinander, ausgelaugt von einer rastlosen Erregung, die schon zu lange gedauert hatte. Vielleicht sollten sie sich eine Atempause gönnen; sich vom obsessiven Zusammensein vielleicht für eine Weile frei machen, vom Schreiben all der Briefe und dem ewigen Warten darauf.

An einem heißen Abend Ende Juni ließ ihn das Klingeln des Telefons zusammenfahren. Schon den ganzen Tag über hatte er ein Unwohlsein verspürt, das in der Erinnerung den zweifelhaften Anschein einer Prophezeiung bekam. Das Wort »Unfall« fiel bereits von Anfang an, wenngleich es den seltsamen Beiklang von etwas Unschlüssigem hatte, das man lieber nicht anspricht, einer unterschwelligen Schuldzuweisung, etwas Rätselhaftem, nicht ganz Sauberem. »Komm so schnell du kannst, Adela hat einen Unfall gehabt.« Es war die feindselige Stimme des stets lauernden Bruders, des selbst ernannten Wächters der Familienehre, die von diesem hergelaufenen Eindringling gefährdet wurde, diesem jämmerlichen, für die Erhaltung des Geschlechts zeitweilig zwar notwendigen, dennoch sowohl hinsichtlich seiner Ideen als auch seines Verhaltens stets fragwürdigen Ehemann.

»Sie ist zwar nicht in Lebensgefahr, aber es geht ihr sehr schlecht.« Viel mehr sagte er nicht, verriet anfangs nicht einmal, was passiert war und wohin er kommen sollte. Ihm lag daran, mit seinem Tonfall und der geringstmöglichen Information zu verstehen zu geben, dass sie, die Familie, der Tochter und Schwester zu Hilfe geeilt waren, und er, der Ehemann, wieder einmal nicht nur unwichtig, sondern auch verdächtig war, weshalb man ihm lieber nur das Notwendigste mitteilte. Adela sei gestolpert oder ausgeglitten, sie hätte tot sein können, sie hätten sie ins nächstgelegene Hospital gebracht, das Lungensanatorium. Das Lungensanatorium wo?

Diese Angst mit einem Mal, diese Schuldgefühle; unter der jähen seismischen Erschütterung der Furcht brach jeglicher Anschein von Stabilität jetzt zusammen. Als das Telefon klingelte, saß Ignacio Abel in seinem Arbeitszimmer am Schreibtisch mit der herausgezogenen Schublade, die er am Morgen abzuschließen vergessen hatte, weil er nach einem wichtigen Anruf überstürzt aufgebrochen war. Das Fenster stand offen, und nicht der leiseste Hauch eines Windes bewegte die Gardinen, die heiße Luft drang wie Gluthauch ins Zimmer, ohne von der hereinbrechenden Nacht gemildert zu werden.

Er war nach Hause gekommen, als schon die Straßenlaternen angingen, und als seine Tochter den Schlüssel im Türschloss hörte, sprang sie von den Schularbeiten auf und lief ihm entgegen, sagte ihm, sie wisse nicht, wo die Mutter sei, aber keiner von ihnen machte sich Sorgen, weil sie zur Kirche oder jemand besuchen gegangen oder auf einer Versammlung ihres Lesezirkels sein konnte. Sie gingen ins Wohnzimmer, und die ihn umschmeichelnde Tochter brachte ihm die Zeitung, die er lieber nicht gelesen hätte wegen ihrer täglichen Dosis alarmierender Schlagzeilen, aber vor allem wegen der weißen Stellen der von der Zensur gestrichenen Nachrichten, all der Katastrophenmeldungen und nichtssagenden Hintergrundberichte. Die Regierung bestritt energisch, dass sich in den Ambulanzen der Krankenhäuser die Zahl der Kinder gehäuft hatte, die Opfer vergifteter Süßigkeiten geworden sein sollten, welche, wie in jeder Grundlage entbehrenden Gerüchten verbreitet wurde, von Nonnen vor Kirchen in den Arbeitervierteln verteilt worden waren. Wer im Baugewerbe arbeitete, konnte auf jeder Baustelle Arbeit finden, ohne um seine Sicherheit fürchten zu müssen, da die Polizei nicht den kleinsten Gesetzesbruch durch bewaffnete Kräfte dulden würde. Er zog die Jacke aus und löste die Krawatte, knöpfte den verschwitzten Hemdkragen auf, von der Hitze und Müdigkeit eines langen Arbeitstages vollkommen erschöpft. Der Junge kam aus seinem Zimmer und gab ihm einen Kuss mit dieser etwas übertriebenen Förmlichkeit, die er sich in der letzten Zeit angewöhnt hatte, je mehr er die Kindheit hinter sich ließ. Vielleicht grollte er ihm immer noch wegen der Ohrfeige nach dem Vorfall mit der Pistole.

Er fragte ihn, ob er ihm bei seinen Geometrieaufgaben helfen solle. Für Ignacio Abel war es eine Erleichterung, seinem Sohn bei Dingen zu helfen, die nicht zu gefühlsmäßigen Spannungen führten, bei denen er sich ohne Mühe großzügig zeigen konnte, weil er wohl ahnte, dass er keinen besonders großen Schatten auf seinen Sohn warf. Miguel war leicht eingeschüchtert, fühlte sich unfähig, seiner Schwester unterlegen, der ohne Schwierigkeit gelang, wofür er sich so anstrengen musste, gute Noten in der Schule, die sichtbare Zustimmung des Vaters. Er gab seinem Sohn einen Kuss, strich ihm zerstreut übers Haar und schlug lustlos die Zeitung auf. »Lass mich ein paar Minuten lesen, dann sehen wir uns in meinem Arbeitszimmer dein Heft an.«

Das Laufrad der täglichen Gewohnheiten, ihre behagliche, langweilige Wiederholung, wie der Blick auf die Möbel im Wohnzimmer und die Bilder an den Wänden, die Uhr über dem Kaminsims; wie das Eintreten des Dienstmädchens, das aus der Küche kam und sich die Hände an der Schürze trocken rieb, ihn fragte, ob er vor dem Abendessen etwas zu trinken wünsche, einen fettig wirkenden Glanz von Schweiß auf dem Gesicht.

Er hätte Judith Biely nie gesagt, dass er diese Alltagsroutine im Grunde seines Herzens nicht als bedrückend empfand.

»Weißt du, wo meine Frau hingegangen ist?«

»Nein, der Herr; sie hat nichts gesagt, und ich habe gar nicht mitgekriegt, dass sie gegangen ist.«

»Wie lang ist das her?«

»Schon eine Weile. Die Kinder waren noch nicht aus der Schule zurück.«

Die Besorgnis um Adelas Abwesenheit tröpfelte nur langsam in sein Bewusstsein. Er war müde, und eigentlich gefiel es ihm, dass sie gegangen war, denn so brauchte er sich zu keiner Unterhaltung zu zwingen oder auf mögliche Anzeichen von Unglücklichsein oder Argwohn bei ihr zu achten. Durch das offene Fenster drang eine Luft ins Zimmer, die wie heißer Dampf war und nach Geranien und Akazienblüten roch, die Straßengeräusche von mehreren Stockwerken tiefer hereinbrachte, die Unterhaltung von Männern vor einer Kneipe, aufheulende Motoren und Autohupen, Radiomusik; der Klangteppich von Madrid, den er eigentlich mochte, obwohl er ihn selten so bewusst zur Kenntnis nahm, und der nur gedämpft in dieses noch neue Wohnviertel drang, das noch im Entstehen begriffen war, mit breiten, geraden Straßen und frisch gepflanzten Bäumen an den Rändern.

Es wurde neun, und Adela war noch nicht zurück. Sein Sohn erwartete ihn mit seinem Geometriebuch und dem Übungsheft in der Hand an der Tür, wagte aber noch nicht, ihn zu rufen. Auf dem Weg zum Arbeitszimmer legte er ihm die Hand auf die Schulter und wunderte sich, wie groß er geworden war. Er machte das Licht an und begriff sofort, warum Adela gegangen war, ohne jemandem Bescheid zu sagen, und noch nicht zurückgekommen war. Die Schreibtischschublade, die er stets abzuschließen pflegte, lag ausgekippt auf dem Boden. Umschläge und Briefe lagen verstreut um sie herum, blaues Papier, dicht beschrieben mit der engen, geneigten Schrift Judith Bielys, Fotos, eine Handvoll ganz neuer, die sie während ihrer Reise nach Cádiz voneinander gemacht hatten. Er herrschte den Jungen an, er solle hinausgehen und warten, hatte jedoch gemerkt, dass dieser dasselbe gesehen hatte wie er. Wahrscheinlich hatte er es auch verstanden, mit diesem ausgeprägten Sinn für jede Art von Fehl und Tadel, den Ignacio Abel so oft in seinen Augen gesehen hatte und dem er eine Schärfe beimaß, die man einem Jungen seines Alters schwerlich zusprechen konnte, und die in Wirklichkeit nichts anderes war als kindliche Angst vor den unerklärlichen Ausbrüchen der Erwachsenen.

Er schloss die Tür hinter ihm und besah sich die Katastrophe, niedergedrückt mit einem Mal vom Überfall des nicht wieder Gutzumachenden. Sämtliche Briefe, vom ersten an, mit Datum vom letzten Sommer, Ansichtskarten, triviale Einzelheiten, ebenso verräterisch wie die obszönen, ungeduldig aufgerissene Umschläge, vollgeschriebene Blätter mit Anmerkungen und Rufzeichen an den Rändern, jede freie Stelle des Papiers begierig ausgenutzt. Und die Fotos von Judith in Madrid und New York und an der weißen Reling auf dem Deck eines Schiffes. Eines auf dem Boden, mit einem deutlich sichtbaren Fußabdruck darauf; ein anderes mit der Rückseite nach oben zwischen den Papieren auf dem Schreibtisch, zwei weitere auf der Erde, direkt neben der Schublade, als hätte Adela sie übersehen oder des Aufhebens nicht für wert befunden. In der Mitte durchgerissen, lag auch der Brief auf dem Boden, den er in der vergangenen Nacht zu schreiben begonnen und hastig in der Schublade verschwinden lassen hatte, als Adela hereingekommen war, um ihm eine gute Nacht zu wünschen. Er starrte auf ihn hinunter und schämte sich plötzlich seiner Leidenschaft, die ihm mit einem Mal verlogen und forciert erschien. Liebesbriefe schreiben konnte eine in vielerlei Hinsicht aufreibende Angelegenheit sein.

Er fasste sich ans Gesicht und spürte, dass er rot geworden war. Er schwitzte, dass ihm das Hemd am Rücken klebte; seine Handflächen waren unangenehm feucht. Er sammelte die Briefe und Fotografien ein, warf sie in die Schublade, schob diese in den Schreibtisch und schloss sie ab. Wie in einem verspäteten und nun vollkommen irrelevanten Erkenntnisblitz sah er noch einmal eine Szene vom Morgen dieses Tages vor sich, als er die Unterlagen sortierte, die er in der Aktentasche mit zur Arbeit nehmen wollte, dabei den im Schloss der Schreibtischschublade steckenden Schlüssel bemerkte und sich vornahm, diese auf jeden Fall abzuschließen und den Schlüssel wie immer in der kleinen Innentasche seiner Jacke zu verwahren. Manchmal vergewisserte er sich tagsüber, dass er noch an Ort und Stelle war, indem er über die Jacke tastete.

Plötzlich schrillte das Telefon und er riss den Hörer von der Gabel: Wahrscheinlich Adela, die ihn von ihrem Elternhaus aus anrief; er musste sich auf die Schnelle eine unwahrscheinliche Erklärung ausdenken, die die Niederträchtigkeit noch verschlimmern und nichts helfen würde. Noch bevor er ein Wort herausbringen konnte, erkannte er die Stimme des Schwagers, den die Kleine am anderen Apparat begrüßte. Der Bruder Aufpasser, der eine Erklärung fordern würde, der fahrende Ritter in Sachen Familienehre. Seine Tochter klopfte an die Tür des Arbeitszimmers, ohne sie zu öffnen: »Papa, Onkel Victor, er will mit dir sprechen.«

21 Sie tat alles mit großer Sorgfalt, ohne Hast, als setze sie einen Plan in die Praxis um, den sie schon vor langer Zeit ausgearbeitet hatte. Das einzige Zeichen von Nachlässigkeit war die Unordnung der auf den Boden gekippten Briefe und der herausgefallenen Schublade, in deren Schloss immer noch der kleine Schlüssel steckte, den Adela am Morgen wahrscheinlich bemerkt hatte, als sie die Sauberkeit des Arbeitszimmers überprüfte. Die Dienstmädchen hatten die Angewohnheit, nur oberflächlich Staub zu wischen und Dinge zu verlegen, worüber sich Ignacio Abel stets ärgerte, weil er in seinem Arbeitszimmer ein eigenwilliges Gleichgewicht zwischen Disziplin und Unordnung wahrte und oft genug lose Blätter oder aus internationalen Zeitschriften ausgeschnittene Artikel oder Fotos vergaß und später dringend brauchte.

Frühmorgens hatte sie den Schlüssel vermutlich gesehen, als die Dienstmädchen das Zimmer sauber machten und lüfteten, aber dann hatte es doch noch lange gedauert, bis sie sich entschloss, die Schublade zu öffnen, die er stets verschlossen hielt; und tatsächlich hätte es auch sein können, dass sie den Schlüssel zunächst nicht bemerkt hatte, so winzig, wie er war, ein kleines metallisches Aufblitzen in dem Zimmer mit seinen geöffneten Fenstern. Vielleicht war sie noch nicht einmal zusammengezuckt, oder sie hatte der Versuchung anfangs widerstanden, weil sie noch nicht sehr stark oder zumindest noch nicht in ihr Bewusstsein vorgedrungen war, jedenfalls nicht so weit, dass sie sich wie ein Steinchen im Schuh oder sonst eine körperliche Unannehmlichkeit bemerkbar gemacht hätte. Aber sie hatte ihn nicht vergessen; nicht einmal, wenn andere Dinge ihre ganze Aufmerksamkeit beanspruchten, wie die Speiseplanung für die kommenden Tage mit der Köchin oder ein Telefonat mit ihrer Mutter – tief besorgt sei sie gewesen, sagte Doña Cecilia, und der Körper machte auch nicht mehr mit, dazu noch all die schrecklichen Nachrichten, als ehrbarer Mensch konnte man nicht mehr auf die Straße gehen, ohne angepöbelt zu werden, in die Kirche schon gar nicht, sogar die armen Nonnen wurden beschimpft wegen dieser Lügengeschichten mit den vergifteten Bonbons, man rief ihnen Grobheiten hinterher und drohte, ihre Klöster anzuzünden.

Sie hörte die jammernde Stimme ihrer Mutter im Telefonhörer, aber sie vergaß den Schlüssel nicht. Sie glaubte, ihn winzig und gemein im Halbdunkel glitzern zu sehen, als sie sich bei zugezogenen Vorhängen und offenen Fensterläden aufs Bett legte, um den Kopfschmerz zu lindern, der sie an schwülen Tagen wie diesem mit besonderer Heftigkeit überfiel, wenn alles grau war und sie jedes Zeitgefühl verlor. Würden doch nur die Tage schneller vergehen, bis die Sommerferien der Kinder anfingen, damit sie alle ins geliebte Ferienhaus in den Bergen fahren könnten, wo abends eine nach Pinien und Zistrosen riechende Brise aufkam, die ihr die bedingungslose Glückseligkeit einer paradiesischen Kinderzeit zurückbrachte, die nicht aus Erinnerungen bestand, sondern aus spürbaren Empfindungen wie dem Zirpen der Grillen in der feuchten Dunkelheit des Gartens, wenn das Abendessen noch nicht vom Tisch auf der Terrasse abgeräumt war, dem Knarren der Baumschaukel, in der ihre Kinder hin und her schwangen und in dem sie wie in einem Echo der Zeit dasselbe Knarren und ihre eigene Kinderstimme und die ihres Bruders hörte; wie viele Jahre war das jetzt her.

Sie musste die durch körperliche Vernachlässigung noch gesteigerte Lustlosigkeit überwinden, den jährlich anstehenden Umzug in die Berge in Angriff zu nehmen (»Bald habt ihr Madrid hinter euch, mein Kind, das ist auch besser so; dein Vater ist der Meinung, dass bald etwas Schlimmes passiert, und ich sage ihm immer, er soll den Mund halten und mir nicht mehr aus der Zeitung vorlesen, du weißt ja, wie ich darauf reagiere, ins Bad schaffe ich es dann kaum noch«), der wie ein militärischer Feldzug organisiert werden musste: die Teppiche aufrollen, die ganze Weißwäsche waschen, die Schränke aufräumen, das Parkett bohnern, die Möbel wachsen und die Lampen putzen, bevor alles mit Bettlaken abgedeckt wurde gegen den Staub, der sich trotz der geschlossenen Fenster überall niederließ, der Staub des Madrider Sommers.

Doch woher sollte sie nur die Kraft nehmen, den Dienstmädchen Anweisungen zu erteilen und mit wachsamer Autorität alles nachzuprüfen, wenn sie zu jeder Tageszeit in Morgenmantel und Pantoffeln ungekämmt durch die Wohnung schlurfte, sich nicht im Spiegel betrachten mochte und sich nicht aufraffen konnte, mit der Köchin zu schimpfen, weil diese das Radio mit seinem Flamencogepolter und Reklamegeschrei, das ihren ganzen Kopf dröhnen ließ, nicht leiser stellte. Wie das Pochen des Schmerzes in ihren Schläfen, so war auch der kleine Schlüssel in allen ihren Gesprächen und Verrichtungen vorhanden. Manchmal versuchte sie, nicht mehr daran zu denken, und dann wieder bedauerte sie den dummen Zufall, ihn überhaupt entdeckt zu haben, schalt sich ihrer Neugier und zugleich ihrer Feigheit, ihrer Ungeduld, die Schublade zu untersuchen, und ihrer Furcht vor dem, was sie darin vorfinden mochte. Es konnte natürlich sein, dass sich nichts darin befand, was ihre Unruhe rechtfertigte, und das Gesündeste würde sein, sich in Ruhe vor den Schreibtisch zu setzen und den Schlüssel zu fassen, zu hören, wie er sich im Schloss drehte, und eine Minute später von aller Ungewissheit befreit zu sein, sich ein bisschen sogar ein schlechtes Gewissen zu machen, weil sie einer Tratschweiberneugier nachgegeben hatte, in einen privaten Bereich eingedrungen war, der sie nichts anging.

Sie war nicht blind, und sie war nicht dumm; sie hätte nicht keinen Argwohn hegen können. Nicht weil sie misstrauisch war, sondern seiner Nachlässigkeit wegen, die allzu männlich war; seiner mangelnden Aufmerksamkeit für das, was er durch sein Verhalten selbst zutage förderte, ohne dass es strenger Beobachtung bedurfte. Wenn er nicht da war, betrat Adela sein Arbeitszimmer nur, um nachzusehen, ob ordentlich geputzt worden war. Sie bewegte sich respektvoll und vorsichtig, um nichts zu verändern, gleichzeitig aber dafür zu sorgen, dass das Durcheinander nicht überhandnahm, in einer Art unsichtbarem Wirken. Sie sah sich um und rührte nichts an, betrachtete ein Blatt Papier, auf dem etwas gezeichnet war, dann legte sie es genauso wieder hin, wie es gelegen hatte, oder sie brachte die Gegenstände und Papiere auf dem Schreibtisch in eine gewisse geometrische Harmonie. (Wie hatte sie Zenobia Camprubí beneidet, als diese ihr erzählte, sie sei die rechte Hand, die Sekretärin, fast so etwas wie die Verlegerin von Juan Ramón; er läse ihr alles vor und sähe nichts als endgültig an, würde nicht einmal etwas in die Maschine tippen, bevor Zenobia es nicht für gut befand.)

Sie stellte Bleistifte und Pinsel in eine Tasse, sammelte umherliegende Notizzettel auf, Visitenkärtchen und aus einem Heft gerissene Seiten und legte alles unter einen Briefbeschwerer, bemühte sich nicht besonders, die winzige Schrift zu entziffern, die ihr so vertraut war und die im Lauf der Jahre immer hastiger und fast mikroskopisch geworden, für sie deswegen aber nicht schwieriger zu lesen war. (Besonders schmerzlich war es für sie, wenn Zenobia aufzählte, was sie alles zu tun hatte – dabei lächelnd, mit dieser für sie typischen Mischung aus Klagen und Geschmeicheltsein, mit ihrem strahlenden Lächeln, ihrer hellen Haut und dem amerikanischen Gebiss –, weil sie selbst es früher ebenfalls genossen hatte, wenn sie die Artikel und Aufsätze ihres Mannes ins Reine tippte, glücklich, ihm helfen zu können, etwas Nützliches zu tun, das sie aktiv an seiner Arbeit teilhaben ließ.)

Die immer kleiner werdende Schrift schien eigentlich unsichtbar werden zu wollen. Es war eine Art Vorsichtigkeitsreflex, der sie davor bewahrte, sie zu lesen; der ihr die Möglichkeit ersparte, etwas zu entdecken, was schmerzlich hätte sein können. Sie klopfte zwar die Taschen seiner Jacken ab, bevor sie sie in die Wäscherei gab, las aber nie, was auf einem eventuell vergessenen Zettel stand, fragte sich nicht, warum er zwei abgerissene Kinokarten für eine Vormittagsvorstellung an einem Wochentag aufbewahrte, oder wem die am Rand einer Zeitung notierte Telefonnummer gehörte. Was man nicht weiß, macht einen nicht heiß, ist vielleicht sogar überhaupt nie da gewesen.

Neugier hieß von vornherein Kapitulation, war ein Hinweis auf Gefahr, auf Panik. Adela war dazu erzogen worden, keine Fragen zu stellen und das Verhalten der Männer jenseits der häuslichen vier Wände nicht in Zweifel zu ziehen. Die Ehrenhaftigkeit der Menschen musste man nicht allzu gründlich überprüfen. Denn sonst ließ man zu, bereitete gleichsam den Boden dafür, dass das Unflätige und Unannehmbare durchbrach, das, wenn es sich einmal im hellen Tageslicht gezeigt hatte, nicht mehr als nicht existent abgetan werden konnte. Jetzt war der Unflat immer zu sehen in Spanien, zeigte seine anstößige Fleischlichkeit, ohne dass es jemand kümmerte. Eine so verantwortungsvolle Stelle beim Bau der Universitätsstadt nahm die gesamte Tageszeit eines intelligenten und tatkräftigen Mannes in Anspruch, der darüber hinaus versuchte, andere Projekte nicht aus den Augen zu verlieren, und dem erste internationale Arbeiten angetragen wurden. Da sie ein gutes Herz und einen passiven Charakter besaß, mochte es Adela, wenn die Dinge so waren, wie sie aussahen. Sagte nicht auch ihr Mann immer, dass ein Gebäude ehrlich zeigen soll, was es ist, woraus es gemacht ist, wozu und für wen?

An manchen Morgen war die Unordnung besonders groß, weil er bis spät in die Nacht gearbeitet hatte. Um sie nicht aufzuwecken, hatte er dann auf dem gewöhnlich mit Büchern und Bauplänen bedeckten Sofa geschlafen. Mit der Zeit kam es immer öfter vor, dass er im Arbeitszimmer schlief. Das Sofa war groß und bequem, und Adela sorgte dafür, dass in einem Schrank stets eine Decke und ein sauberes Kissen bereitlagen. Manchmal war sie auch krank, dann war es für sie beide unbequem, zusammen in einem Bett zu schlafen. Ab und zu, im letzten Jahr besonders, stand er bei der Arbeit unter solchem Druck, dass er erst gegen zwei oder drei Uhr morgens nach Hause kam. Selbst wenn er noch so leise die Tür aufschloss und lautlos über den Flur schlich, merkte sie, wenn er kam. Sie lag wach und sah die Uhrzeit auf den phosphoreszierenden Zeigern des Weckers auf dem Nachttisch, oder sie war eingeschlafen, und ihr Schlaf war so leicht, dass das ferne Geräusch des sich in Bewegung setzenden Fahrstuhls sie weckte, oder das leichte Schaben des äußerst behutsam ins Schloss geschobenen Schlüssels. Dann kamen die Schritte näher, Adela schloss die Augen, lag regungslos im Bett und versuchte so gleichmäßig zu atmen, als ob sie schliefe. Er sollte nicht wissen, dass sie wach gelegen und auf ihn gewartet hatte, sollte sich nicht überwacht fühlen.

Doch die Schritte hielten am Schlafzimmer nicht an, setzten sich in Richtung Arbeitszimmer fort. Wie deutlich alles in der stillen Wohnung, trotz ihrer Größe, zu hören war, all die familiären Geräusche, die im Gedächtnis abgespeichert wurden: die Tür des Arbeitszimmers, die geöffnet und dann wieder geschlossen wurde, das Klicken der Lampe, wenn er sie anschaltete, das Ächzen der Sofafedern, wenn sein erschöpfter

Körper darauf niedersank. So ausgelaugt nach all den Stunden pausenloser Arbeit, Tag um Tag nicht loskommen von seinen Sorgen und Obsessionen, ablaufende Fristen, zahllose Kleinigkeiten, auf die er achten musste, Unfälle auf den Baustellen, Gerüste, die zusammenbrachen, weil sie hastig und nachlässig hochgezogen worden waren, Streiks, verlorene Tage, telefonische Drohungen, anonyme Briefe. *Wie gern hätte ich dir geholfen wenn du es mir erlaubt hättest und Vertrauen zu mir gehabt hättest wie am Anfang und mir genug Intelligenz zugetraut hättest zu verstehen was du von mir wolltest.*

Immer mehr war es die Angst, dass etwas passiert sein könnte, die sie nachts wach hielt. Morgens schaute sie aus dem Fenster, um zu sehen, wie er das Haus verließ und zur Garage ging, in der er sein Auto untergestellt hatte. Einem Ingenieur der Firma Canal de Lozoya hatten sie vor der Haustür aufgelauert, gar nicht weit entfernt, noch in der Calle Príncipe de Vergara, und hatten ihn an der Straßenbahnhaltestelle niedergeschossen, ihm noch den Gnadenschuss gegeben, als er bereits am Boden lag, vor all den Wartenden, die einfach weggeschaut hatten. Zenobia hatte ihr erzählt, dass sie und Juan Ramón an dem Abend, als Hauptmann Faraudo erschossen worden war, an der Ecke Lista und Calle Alcántara die Blutlache gesehen hatten, die noch nicht aufgewischt worden war und durch die die Leute einfach hindurchliefen, sodass sie blutige Fußabdrücke auf dem Gehweg hinterließen.

An andere Dinge dachte sie möglichst nicht, wenn es sich vermeiden ließ. Wenn man nicht daran dachte, war es so, als würde es nicht existieren. Um ihren Mann hatte sie fast genauso viel Angst wie um ihren Bruder, um den sie sich besonders sorgte, seit dieser Vernunftlose sich die Extravaganz leistete, Uniform und Pistole zu tragen; er, der so kurzsichtig und unbeholfen war, dass er sich als Kind vor Feuerwerkskrachern und den Riesenköpfen der Straßenumzüge gefürchtet hatte. Wenn mitten am Vormittag das Telefon klingelte, blieb ihr fast das Herz stehen. Hörte man Schüsse oder Geschrei auf der Straße, rannten die Dienstmädchen mit der gleichen leichtfertigen Neugier zu den Fenstern, um hinauszusehen, wie sie es taten, wenn eine Hochzeitsgesellschaft oder eine Prozession vorbeizog.

An dem Tag, als der Ingenieur erschossen wurde, kam die Köchin vom Einkaufen zurück und versicherte allen, sie habe mit eigenen Augen die Leiche auf dem Gehweg liegen sehen; zweifellos der Grund dafür, dass sie über zwei Stunden fortgeblieben war. »Er zuckte noch mit dem Fuß, ganz genauso wie ein Karnickel«, sagte sie immer wieder, »ganz genauso wie ein Karnickel.« Aber am besten hielt man den Mund und mischte sich nicht ein, denn sagen ließen sie sich ja doch nichts, brummelten nur, wenn sie sich in die Küche verzogen, was die sich schon wieder einbildet, nur weil sie die Herrin ist und wir die Bediensteten. Die Leute waren nicht bei Verstand. Die Bediensteten und der Pförtner des Hauses und der Verkäufer aus dem Gemischtwarenladen standen an der Straßenecke beisammen und sprachen über ein Attentat mit Toten, als unterhielten sie sich über das letzte Fußballspiel.

Ignacio Abel kam spätnachts nach Hause, und sie lag im Bett und dachte an die Schießereien und Morde, über die täglich berichtet wurde, wenn auch wegen der Zensur immer nur andeutungsweise, was das Ganze noch besorgniserregender machte. Es erschreckte sie, wie selbstverständlich ihr Vater oder ihr Bruder voraussagten, dass es zu einer Katastrophe kommen würde, das Land könne nicht immer weiter in den Abgrund stürzen, ein großes Blutbad sei vonnöten, damit es in Spanien wieder zu Recht und Ordnung käme. Diese trivialen Wörter ließen sie allein deshalb erschauern, weil sie sich immer wiederholten; Blutbad, das war für sie nichts Abstraktes: Sie stellte sich die Badewanne ihrer Wohnung vor, voll mit Blut und dann überlaufend, sodass sich der rote Fleck dickflüssig auf den weißen Bodenfliesen ausbreitete.

Sie fragte ihren Mann, obwohl sie ihn eigentlich nicht damit belästigen wollte und fürchtete, dass sie etwas sagte, was seine Gereiztheit und Erschöpfung noch verschlimmern könnte, die in den letzten Monaten, und je näher der Sommer kam, immer deutlicher zutage getreten waren. »Was soll denn passieren; nichts wird passieren, alles ist wie immer. Nur viel Lärm um nichts. Spanien ist ein Land von Marktschreiern und Mauldreschern.« Er sah sie nicht an bei diesen Worten.

Er war so müde, wenn er nach Hause kam, dass er beim Lesen der Zeitung vor dem Abendessen einschlief. So mit Arbeit überhäuft, dass er nach dem Essen in sein Arbeitszimmer verschwand, um noch am Zeichentisch zu arbeiten, Briefe zu schreiben oder Telefonate zu führen. Es dauerte lange, bis sie etwas argwöhnte. Sie konnte sich nicht vorstellen, dass er sie hinterging, sich eine Geliebte hielt, wie so viele andere Männer. Von Anfang an hatte ihr an ihm gefallen, dass er nicht so war wie andere Männer: dass er nicht nach Tabak roch, aufmerksam zu ihr war, liebevoll zu den Kindern, nie laut wurde, nie die Hand gegen sie hob (nur ein Mal gegen den Jungen, im Mai, als er völlig verstört aus dem Zimmer gerannt kam, ihr im Flur begegnete und kein Wort zu ihr sagte, der Junge wie erstarrt dastand, das Blut war ihm ins Gesicht gestiegen, und er zitterte, der Mund stand ihm offen, als wollte er gleich in Tränen ausbrechen, als müsse er nach Luft schnappen, wie als er noch ein Säugling gewesen war und sein Weinen aufhörte und seine Brust anschwoll, als müsse er ersticken). Wenn Vater und Bruder, sobald es um Politik ging, die Stimmen erhoben, hielt er sich mit seiner Meinung zurück oder brachte sie in sanft ironischem Ton vor; er ging nicht in Cafés, sein ganzes Leben war so auf die Arbeit konzentriert, dass die Menschen und die Dinge um ihn herum dagegen verblassten, was Adela mit wehmütiger Bewunderung seiner hohen Berufung zuschrieb.

In ihr Zusammensein drängte sich immer häufiger ein Gefühl von Abwesenheit; dass die Abwesenheit einen Kern von Kälte umhüllte, war eine Entdeckung, die Adela lieber nicht machte. Ihrer unzureichenden Bildung einer typischen spanischen Dame aus gutem Hause verdankte sie ein intellektuelles Minderwertigkeitsgefühl, das umso deutlicher ausgeprägt war, als ihr scharfer Verstand sie das Ausmaß dessen ahnen ließ, was sie alles nicht gelernt hatte. Wie sollte sie die ungeheuren Energien abwägen können, die ein Mann seiner Willenskraft und seines Talents bei der Ausübung eines Berufes freizusetzen vermochte, in dem es so viele Schwierigkeiten zu bewältigen wie mögliche Belohnungen zu verdienen gab, so viele verschiedene Disziplinen mit genügend Raum für den Erfindungsgeist wie für mathematische Strenge, für das geheime und handwerkliche Gestalten von Form (die Arbeit am Zeichentisch jeden Morgen, die kleinen Modellbauwerke, mit denen später die Kinder spielten), für den Mut, klare Anweisungen zu geben und Maschinen und Bautrupps zu befehligen. Ein Mann zahlte einen Preis für das Privileg, aktiv zu sein, eine sichtbare Spur auf der Erde zu hinterlassen.

Er, ihr Mann, hatte am Anfang vielleicht noch nicht absehen können, was er würde zahlen müssen. Er hatte sich so gewünscht, auf diesen Posten berufen zu werden. Vielleicht wusste nur sie allein, weil sie besser als jeder andere die äußeren Zeichen dessen erkannte, was er lieber verborgen hielt, wie viel ihm dies bedeutete, obwohl er in seiner männlichen Unsicherheit so tat, als würde es ihn kaltlassen; mit welcher Ungeduld er auf Anrufe gewartet hatte, die nicht kamen, auf Briefe mit offiziellem Briefkopf, die auf sich warten ließen. Es war ihm wichtig, unter so vielen Architekten ausgewählt zu werden, Gelegenheit zu bekommen, an einem Projekt zu arbeiten, das in seiner Originalität und Größe in Europa einzigartig war; aber es war ihm auch wichtig, das wusste sie ebenfalls, andere zu überragen: solche, die bessere Ausgangsbedingungen gehabt hatten, klingende Familiennamen und mächtige Beziehungen.

Er hatte seine eigenen spielen lassen. Während er sich Dr. Negrín als Republikaner und Sozialist andiente, lehnte er auch die Hilfe von Freunden seines Schwiegervaters, die den letzten monarchistischen Regierungen nahestanden, nicht ab. Er selbst merkte es in diesen Zeiten lodernden Ehrgeizes vielleicht nicht einmal. Männer, hatte Adela beobachtet, waren hinsichtlich eigener Schwächen nicht besonders sensibel; schon gar nicht, wenn eine gewisse Schamlosigkeit bei der zeitweiligen Aussetzung ihrer Prinzipien im Spiel war. Ihr waren die ausdrücklichen Prinzipien ihres Mannes nicht so wichtig, deshalb konnte sie auch mit entspannter Nachsicht seine vorübergehende Sympathie für zwei oder drei Tattergreise aus der Kamarilla des Königs beobachten, die Ehrenämter im Baupräsidium der Universitätsstadt bekleideten und alte Bekannte von Don Francisco de Asís waren.

Der wohlwollende und der Regierung, deren baldiges Ende niemand ahnte, verbundene Schwiegervater schrieb Briefe, fädelte Begegnungen ein und konnte die Verdienste des Mannes seiner Tochter gar nicht hoch genug preisen. Sie sah alles ganz aus der Nähe, sah, was ihm nicht auffiel: den begehrlichen Glanz in seinen Augen, eine bis zu einem gewissen Grad ehrlich empfundene Lobhudelei; brennender Ehrgeiz war immer ein Teil von ihm gewesen, war die Ursache und nicht die Folge stets unbefriedigt bleibender Wünsche, die in seinen Gedanken nicht einmal immer Gestalt angenommen hatten und schon gar nicht seiner Frau anvertraut worden waren. Was konnte sie ihm also schon geben, welche Art von Befriedigung oder wenigstens Erleichterung, wenn sie dazu erzogen worden war, ein Geschöpf mit verkrüppeltem Intellekt zu sein, wie diese chinesischen Frauen, denen man von Kindestagen an die Füße zusammenschnürte?

Ja, wenn sie hätte studieren können; wenn sie nur ein paar der Vorteile hätte haben können, die ihre eigene Tochter erwarteten, sich schon bei ihr bemerkbar machten, schon mit vierzehn Jahren. Oder wenn sie den Mut gehabt hätte, mit dem An- und Verkauf von Dingen eigenes Geld zu verdienen, oder Wohnungen einzurichten und zu vermieten, wie Zenobia Camprubí es tat, ohne Rücksicht auf die Meinung der anderen, die Missbilligung der eigenen Familie. Wie oft hatte Zenobia ihr nicht angeboten, ihr in ihrem Laden für spanisches Kunsthandwerk zu helfen! Sie würde eigenes Geld verdienen, der eintönigen Hausarbeit entfliehen, jetzt, da die Kinder sie nicht mehr ununterbrochen brauchten. Natürlich hätte sie gewollt, aber getraut hätte sie sich das nie. Dass ihr Sohn nicht der Hellste war oder sich nicht besonders geschickt anstellte, beunruhigte sie nicht. Männer fanden immer ihren Platz im Leben. Aber die Kleine, Lita, für sie war es wichtig, dass sie studierte, in der Öffentlichkeit auftreten konnte, sich nicht von der Schüchternheit ihrer Mutter lähmen ließ, sich nicht immer nur willfährig zeigte, weder eindeutigen Befehlen gegenüber noch tadelnden Blicken oder sogar unausgesprochenen Wünschen, getrieben von dem krankhaften Bedürfnis, Wohlgefallen durch Wohlverhalten zu erzielen, immer wissen zu wollen, was andere von ihr dachten. Wie bewunderte sie die Fähigkeit ihres Mannes, sich andere Meinungen nur so weit anzuhören, wie er es für nötig hielt.

Und dann hatte sie ihn als Bittsteller gesehen, hatte ihn schmeicheln sehen, sich irgendwann einmal sogar so erniedrigen, dass ihr der Anblick unangenehm war. Natürlich konnte ein Mann, der eine so hohe Meinung von sich hatte, derartiges Verhalten nicht zugeben. Also musste er seinen eigenen Lügen glauben, während er sie erzählte, und dann so schnell wie möglich vergessen, dass er sie ausgesprochen hatte. Sie urteilte nicht darüber. Dass sie diese Schwächen überhaupt wahrnahm, lag an der unermüdlichen liebenden Aufmerksamkeit, die sie ihm zuteilwerden ließ. In Zeiten der Ungewissheit spendete sie ihm Trost; sie lag wach an seiner Seite, wenn er aus dem Schlaf schreckte oder nicht einschlafen konnte, weil er einer wichtigen Entscheidung harrte, die viel zu lange auf sich warten ließ.

Niemand wusste besser als sie, wie schamlos Ignacio Abel die Ernennung herbeigesehnt hatte, der er anderen gegenüber schon bald eine höfliche Skepsis entgegenbrachte, die Verzagtheit des gebildeten Spaniers angesichts der ungeheuren Aufgabe, sich für die Stärkung des Gemeinwohls einzusetzen. Selbstloser Idealismus musste ja mit Eitelkeit nicht unvereinbar sein. Doch das so sehr Erhoffte wurde nach erstaunlich kurzer Zeit zur Last, zu einer selbst gebauten Falle, in die man später hineintappt und in der man dann gefangen ist. Das Begehren, kurzfristig besänftigt durch das Gelingen dessen, wodurch es anscheinend erst geweckt worden war, lebte wieder auf wie ein Krankheitserreger, der sich angepasst hat, um in einem neuen Umfeld agieren zu können. Ein Mann hatte eine solche Fülle von Möglichkeiten, seinen Ehrgeiz zu befriedigen, dass, was immer er wählte, unterhöhlt wurde von dem Bewusstsein um all die, die er nicht wahrgenommen hatte.

Das Sehnen ihres Mannes würde nie befriedigt sein. Seine Begeisterung und seine Enttäuschung rasten auf einer Parallelbahn dahin. Um für das Bauprojekt der Universitätsstadt zu arbeiten, hatte er seine Karriere als selbstständiger Architekt vernachlässigt. Gebäude, die er nicht baute oder die er zurückstellte, waren vertane Chancen, die seine Unrast erhöhten, sodass er das, was er täglich tat, nicht genießen konnte: das gute Leben, das er führte; alles, was er sich in vielen Jahren so hart erarbeitet hatte; und vor allem die Kehrseite, die anderen Leben, die auch auf ihn hätten warten können. Davor hatte Adela immer am meisten Angst gehabt; nicht vor der Versuchung anderer Frauen, sondern vor der Gier nach mehr, der dumpfen, sich als Unzufriedenheit mit sich selbst verkleidenden Klage, dem Wunsch nach Dingen, die er nur deshalb besitzen wollte, weil er sie nicht hatte, oder weil andere, die nicht besser waren als er, sie hatten; nach Orten, deren größter Reiz darin bestand, dass er noch nicht dort gewesen war. In den Architekturzeitschriften schaute er sich Gebäude an, die Kollegen von ihm geplant und ausgeführt hatten und die er hätte bauen können, wenn er nicht im Sumpf der nicht enden wollenden Bauarbeiten der Universitätsstadt festgesessen hätte.

Jetzt hatte man ihn eingeladen, diese Bibliothek in den Vereinigten Staaten zu entwerfen, und nicht einmal das konnte seinen Unmut mildern; vielleicht weil sich dieses Angebot nicht mit den großen internationalen Aufträgen messen konnte, die Lacasa oder Sánchez Arcas oder Sert bekamen, die jünger waren als er. Vielleicht wurde ja auch nichts daraus, oder die Regierung würde ihn nicht für ein ganzes Jahr freistellen; vielleicht würde er die Familie gar nicht mitnehmen und hatte sich nur noch nicht dazu durchringen können, es ihr zu sagen, darum wechselte er auch das Thema, wenn die Kinder ihn danach fragten, und wich ihrem Blick aus. Das war bei ihm schon zur Gewohnheit geworden: Er schaute ihr nicht in die Augen, und wenn, dann nur einen unbehaglichen Moment lang, ohne dass er sie wirklich sah.

Nichts von dem, was er suchte, konnte sie ihm geben. An das, was sie ihm in einer anderen Zeit einmal gegeben hatte, erinnerte er sich nicht mehr. Vielleicht schämte er sich, sie einmal geliebt, oder zumindest, sie einmal gebraucht zu haben. Er schrieb seine Notizen in winziger Schrift nieder und hielt sie in der Schreibtischschublade unter Verschluss, so wie er seine Gedanken unter Verschluss hielt, wenn er mit ihr und den Kindern zusammen war und sein Blick abschweifte und sich einen Moment lang im Nichts verlor; wenn er bestätigend nickte, obwohl er gar nicht zugehört hatte; wenn ihm plötzlich einzufallen schien, dass er noch einen wichtigen Anruf zu erledigen hatte oder zur Unzeit zu einer Versammlung musste.

Sie lag im Halbdunkel des Schlafzimmers, in der drückenden Hitze des Junimorgens auf dem Bett und lauschte dem geschäftigen Tun der Bediensteten in der Wohnung (sie würden sich wieder über sie das Maul zerreißen: Die Señora hatte es gut, die konnte bis Mittag im Bett liegen mit ihrer angeblichen Migräne, mit der schlaflosen Nacht, die sie verbracht hatte, was wohl nicht daran lag, dass ihr Mann sie so rangenommen hatte, wie sollte er auch, sie könnte ja seine Mutter sein, wo mochte er wohl finden, was er, so viel war ja klar, zu Hause nicht bekam; sie hatte Angst vor ihnen, denn sie sprachen absichtlich lauter, wenn sie an der abgeschlossenen Schlafzimmertür vorbeigingen; auch sie sagten, dass die Nonnen und die frommen Betschwestern vergiftete Süßigkeiten an die Kinder der Armen verteilten).

Mit geschlossenen Augen sah Adela den kleinen Schlüssel im Schloss stecken und sah sich selbst die Schublade öffnen, und dann erblickte sie etwas oder bildete es sich ein, das viel schmerzhafter war, als betrogen zu werden: Vielleicht war es gar nicht so, dass er sie nicht mehr liebte, sondern dass er sie noch nie geliebt hatte; dass er sich an sie herangemacht hatte, weil andere Frauen des Typs und der gesellschaftlichen Stellung, die für ihn attraktiv waren, ihn abgewiesen hatten; dass er sie genauso berechnend und mit demselben Anschein von Aufrichtigkeit hofiert hatte, wie er Jahre später jene hofierte, die Einfluss auf seine Ernennung nehmen konnten; dass die über das Scheitern ihrer Prophezeiung von Adelas Zukunft als alte Jungfer enttäuschten Tanten und Cousinen, die sich gar nicht genug wundern konnten, dass ein wohlerzogener und gut aussehender, wenn auch leider erbärmlich armer, junger Mann sie heiraten wollte, am Ende doch recht behalten hatten mit ihrem anfänglichen Argwohn, der sich im Lauf der Jahre zwar gelegt hatte, aber nie ganz ausgeräumt worden war.

Für sein ehrgeiziges Ziel, eine respektable Persönlichkeit zu werden, gab es keinen Mittelweg. Alles war von Anfang an berechnet, seit er als junger Mann entdeckt hatte, dass der Tod des Vaters nicht das Ende seines Studiums bedeutete, dass ihm aber auch nichts geschenkt werden würde außer der bescheidenen Summe, die sein Vater für ihn gespart hatte und die ihm erlaubte, das Studium zu beenden, vorausgesetzt, er lebte in einer Kargheit, die dem Elend nahekam. Er gönnte sich keine Schwächen, kein einziges Laster. Mit Intelligenz und Hartnäckigkeit erwarb er zwar alle erforderlichen Qualifikationen, nicht jedoch das Recht auf sozialen Aufstieg, der ihm so wichtig war, wenngleich er sich selbst als jemanden sah, dem bürgerliche Normen absolut gleichgültig waren, der eine gesunde Abneigung gegen diese Form von Kastenwesen entwickelt hatte, das er aus erster Hand kannte, da er buchstäblich auf einer der untersten Stufen, im Souterrain einer Pförtnerwohnung, aufgewachsen war. Aber wie konnte man hinnehmen, dass das ganze Leben eine Täuschung gewesen war?

Adela stand auf und aß eine Kleinigkeit, obwohl die Mittagshitze und die Kopfschmerzen ihr den Appetit nahmen. Das Telefon klingelte, und sie hatte das Gefühl, das Herz bliebe ihr stehen. Ihm war etwas passiert; eine Schießerei oder eine Bombe auf der Baustelle; oder jemand hatte auf ihren Bruder geschossen.

Herminia, die Hermi, wie Miguel sie nannte, nahm ab. Sie sagte, sie wisse von nichts, sie werde fragen, wo die Señora sei, was Schlimmes werde wohl nicht passiert sein. »Doña Zenobia Camprubí, ob Sie ans Telefon kommen können.« – »Sagen Sie ihr, ich bin nicht da. Ich käme erst am Nachmittag zurück, und Sie würden mir ausrichten, dass sie angerufen hat.«

Ihre Freundinnen wunderten sich schon, dass sie nicht mehr zu den Vorträgen im Lyzeumsclub kam, dass sie nie mehr Zeit fand, mit ihnen ins Theater oder zu Konzerten zu gehen, oder auch nur zum Nachmittagstee bei Margarita Bonmatí, die nur ein paar Häuser weiter wohnte, oder bei Zenobia, noch näher, gleich an der Ecke Príncipe de Vergara und Padilla. Aber sie ging immer seltener aus, und ihr war bewusst, dass sie Angst vor den Menschen hatte; vor feindseligen, lauten Menschen, aber auch vor den vertrauten, die ihr mit Zuneigung begegneten. Sie fühlte sich plötzlich von einer Scham überwältigt, die sie erstarren ließ, dass sie am liebsten unsichtbar wäre, nicht einmal ihr Abbild im Spiegel sehen müsste. Sie wollte nur in Ruhe gelassen werden, keinen Menschen sehen, im Halbdunkel auf dem Bett liegen, doch auch dorthin verfolgte sie die Angst, die Furcht vor näher kommenden Schritten, vor dem Klingeln des Telefons, die Beunruhigung, wenn die Kinder verspätet aus der Schule kamen, oder ihr Mann spätnachts noch nicht nach Hause gekommen war. Am besten schloss man die Augen, hörte nichts und fühlte nichts, starb nicht direkt, aber war doch sicher vor Überraschungen.

Hinterher erzählten die Dienstmädchen, die Señora sei schon vormittags so seltsam gewesen, irgendwas sei mit ihr passiert. Als sie nach dem Essen aufstand, merkte sie nicht, dass ihr die Serviette herunterfiel, und die Köchin sah, dass sie sich nicht wie gewöhnlich ins Näh- und Lesezimmer zurückzog, sondern in das Arbeitszimmer ihres Mannes ging und die Tür hinter sich schloss.

Niemand sah sie, als sie wieder herauskam. Sie verließ das Haus, ohne zu sagen, wohin sie ging, ohne die Schublade aufzuheben, die ihr entglitten war, als sie die Briefe und Fotografien gesehen hatte. Nur einige waren ihren Umschlägen entnommen, als wäre Adela nicht neugierig genug gewesen, sie alle zu lesen, oder kaltblütig genug, die meisten wieder in die Umschläge zu stecken und dahin zurückzulegen, wo sie sie gefunden hatte. Die Schublade lag umgekippt auf dem Boden, das Schlüsselchen steckte immer noch im Schloss. Was sie am meisten verletzte, war nicht das junge Gesicht und der schlanke Körper der Geliebten, sondern sein Gesicht auf einigen der Fotos, das offene, entspannte Lächeln, das er für sie nie gehabt hatte, der anderen aber schenkte, wenn er in die Kamera schaute.

Adela musste dann in ihr Schlafzimmer zurückgegangen sein, wo sie sich umzog, und die Wohnung verlassen haben, ohne dass die Dienstmädchen sie sahen, die sie erst vermissten, als die Kinder aus der Schule gekommen waren und ihre Mutter nicht im Nähzimmer fanden, wo sie nachmittags meistens saß und aus dem Fenster schaute, weil sie sich auf ihre Kinder freute und sich gern versicherte, dass sie korrekt die Straße überquerten und dass kein Auto kam. So hatte sie auch auf ihren Mann gewartet, als sie beide noch jünger waren, als dieser noch bei der Stadt angestellt war und regelmäßigere Arbeitszeiten hatte (sie schaute aus dem Fenster, und er sprang an der Straßenecke aus der Bahn, hob den Kopf und blickte zu ihr nach oben). Wahrscheinlich wollte sie eine Begegnung mit den Kindern vermeiden, damit diese sie nicht an ihrem Vorhaben hinderten, falls sie beim Verlassen des Hauses schon einen Vorsatz gefasst hatte und wusste, wohin sie wollte.

Der Portier war der Einzige, der sie aus dem Haus gehen sah und der hinterher erzählte, er hätte den Eindruck gehabt, Señora Abel sei geistesabwesender als sonst gewesen, habe nicht wie üblich ein paar Worte mit ihm gewechselt, sondern ihm nur kurz zugenickt, als habe sie es eilig gehabt, so wie sie sonntags aus dem Haus hastete, um rechtzeitig zum Hochamt zu kommen. Der Besitzer des Gemischtwarenladens an der Ecke sah sie über die Straße gehen und auf ein Taxi warten. Wenn sich eines näherte, hob sie jedes Mal zaghaft die behandschuhte Hand in dieser Art von vornehmer Schüchternheit, die in ihren Gesten lag, als wäre sie nicht sicher, ob es sich für eine Dame ziemte, an einem heißen Mittag im Frühsommer allein an der Straße zu stehen und nach einem Taxi zu winken. Sie trug ein Hütchen mit kurzem Schleier, eine Handtasche, ein helles Kostüm, weiße Schuhe, kurze gehäkelte Handschuhe.

Die drückende Diesigkeit des Tages schwächte die Schatten aller Gegenstände ab, ohne sie jedoch ganz aufzulösen: die Silhouetten der Bäume auf dem Straßenpflaster, ihr eigener befremdlicher Schatten, der ihr vorauseilte. Der Ladenbesitzer sah sie in ein Taxi steigen, und wenig später sah er ihre Kinder aus der Schule kommen, streitend und sich schubsend, wie so oft, der Junge ernst, der Mutter sehr ähnlich, das Mädchen etwas älter, lachend und wild, mit zerzaustem Haar, unordentlicher Schuluniform und aufgeschlagenen Knien.

An einer Ecke der Calle de Alcalá, direkt an der Umzäunung des Retiro-Parks, bat Adela den Taxifahrer plötzlich, anzuhalten. Sie reichte ihm einen Geldschein und sagte, er könne die Uhr laufen lassen, sie sei gleich zurück. Das Gesicht dieses Mannes ängstigte sie, seine brüske Art, sich umzudrehen und sie zu fragen, wohin sie wolle. Es gab überhaupt keinen Menschen mehr, der sie nicht ängstigte. Vor dem Eingang der kleinen Kirche, die sie oft besuchte, nicht um zu beten, sondern um im kühlen, vom bunten Glas der Kirchenfenster gefärbten Halbdunkel zu sitzen, stand immer ein blinder Geigenspieler mit seinem Hund. Wenn junge Mädchen auf ihren hohen Absätzen vorbeiklapperten, spielte er flotte Weisen oder Musichall-Melodien; hörte er jedoch die gemessenen Schritte einer Dame oder roch ihr Parfüm, machte er ein frommes Gesicht und spielte tief vorgebeugt das *Ave Maria* von Schubert oder von Gounod an, den Hund zwischen seinen Beinen, als wache der über den Karton, in dem er seine Almosen empfing.

Auch jetzt stand er wieder da, trotz der Mittagshitze, obwohl um diese Zeit so gut wie kein Mensch kam. »Gegrüßet seist Du, Maria«, sagte er zu Adela, deren Schritte oder Parfüm er vielleicht erkannte, und sie antwortete: »Gebenedeit unter den Weibern«, erschrak über die jähe Geste, mit der er ihr die Hände mit der Geige entgegenstreckte und sich auf übertriebene Weise vor ihr verbeugte, dachte aber nicht daran, ihm eine Münze in den Karton zu werfen, so verwirrt war sie, so ungeduldig, endlich ins Innere der Kirche zu kommen und die wohltuende Kühle und das Halbdunkel zu genießen, das Gefühl von Zuflucht und Stille, das in den nächsten Minuten nicht gestört werden würde.

Sie besuchte diese Kirche so gern, weil sie dort meistens allein war und weil der Priester sie nicht kannte. Der in ihrer Pfarrei nannte sie Doña Adela oder Señora Abel und hatte ihr schon öfter vorgeschlagen, dem Zirkel der frommen Damen oder der mildtätigen Kleidersammlung oder den Gebetskreisen beizutreten. In seinen Predigten wetterte er gegen die gottlosen Zeiten und beschwor die Gläubigen, für die Rettung des gepeinigten Vaterlands zu beten. Im Februar, am Sonntag vor den Wahlen, hatte der Pfarrer sie nach der Messe angesprochen, hatte Briefumschläge in der Hand gehalten und geheimnisvoll getan. Er wisse, dass sie eine vorbildliche Katholikin sei, sagte er, und dass er daher im Vertrauen zu ihr sprechen könne. Im Evangelium heiße es ja, man solle dem Kaiser geben, was des Kaisers sei, und Gott, was Gottes sei, nach dieser Doktrin habe sich die Kirche zu richten und sich nicht in weltliche Geschäfte einzumischen. Während er sprach, schob sich die Hand mit den Briefumschlägen näher an sie heran, doch nicht so weit, dass Adela sich verpflichtet fühlte, sie zu ergreifen. In Zeiten aber, in denen die Kirche verfolgt würde, sei es da nicht die Aufgabe jedes guten Katholiken, aktiv für sie einzutreten?

Jetzt verstand Adela, immer noch lächelnd und zustimmend nickend, noch ganz getröstet von der Liturgie und der hl. Kommunion, von dem schwarzen Häkelschleier vor ihrem Gesicht. Sie als gute Katholikin werde sich zweifellos von ihrem Gewissen leiten lassen können bei der kommenden Wahl; aber wer konnte sicher sein, dass ihre Bediensteten, junge Mädchen ohne nennenswerte Bildung, nicht der demagogischen Propaganda, den Einflüsterungen der Kräfte des Bösen erlagen? Oder sie in ihrer Unwissenheit, in ihrer Naivität gar nicht wählen gingen und so den Helfern der Kirche und ihrer Soziallehre eine zwar bescheidene, aber dennoch unverzichtbare Hilfe vorenthielten? Mit ihrem sanftesten Lächeln schob Adela die rechte Hand ein wenig vor, und der Pfarrer die seine in dem Glauben, Adela werde die Umschläge mit den Wahlzetteln entgegennehmen, doch sie berührte die ihr entgegengestreckte Hand nur ganz leicht und sagte mit größter Liebenswürdigkeit und einer angedeuteten Verneigung: »Seien Sie unbesorgt, Vater, ich bin sicher, dass wir mit der Hilfe Gottes alle so abstimmen werden, wie unser Gewissen es befiehlt.«

Was hätte der Herr Pfarrer wohl gedacht, wenn er gewusst hätte, dass sie einen Kandidaten der Volksfront gewählt hatte, einen Sozialisten auch noch, Julián Besteiro, und es keinem Menschen gesagt hatte, weder ihren Eltern noch ihrem Bruder, nicht einmal Ignacio, der sie auch nicht gefragt hatte, weil er es wahrscheinlich als selbstverständlich betrachtete, dass sie die Rechten wählte. *Du denkst nicht so uneinsichtig zu sein wie andere bist aber auch der Meinung dass ein gläubiger Mensch reaktionär und sicher auch geistig ein bisschen zurückgeblieben sein muss.*

Sie benetzte ihre Finger im Weihwasserbecken – der Stein so kalt und Feuchtigkeit ausdünstend – und kniete kurz vor dem Allerheiligsten nieder, wobei sie sich bekreuzigte; dann setzte sie sich ganz ans Ende in die letzte Bankreihe. Ihr kraftloser Körper fühlte sich in der Hitze so schwer an, die geschwollenen Knie schmerzten. Die Kirche war klein, nichts Besonderes, gotisch anmutend, Ende des vergangenen Jahrhunderts erbaut, mit blassblau gestrichenen Wänden und gefühlvollen Darstellungen von Christus, der Jungfrau Maria, dem hl. Josef mit seinem Stab und dem gutmütigen, hinter krausem Bart versteckten Gesicht sowie von einer Heiligen in Nonnentracht mit zum Himmel verdrehten Augen.

Das größte Bild war das des Gekreuzigten, vor dem immer Kerzen brannten. Adela mochte den vornehmen Ausdruck menschlichen Leidens auf seinem Gesicht, des Annehmens von

Schmerz und Ungerechtigkeit, die sich an seinem sterblichen Leib ausgetobt hatten. Und ihr gefiel der Name, der unter dem Kreuz geschrieben stand: *Heiligster Christus des Vergessens.* Sie konnte sich die sarkastischen Bemerkungen ihres Mannes vorstellen, wenn er dieses spitzbogige Kirchlein mit seiner goldfarbig bemalten Decke und diesen Heiligenbildnissen sähe. Sie aber mochte die Bodenfliesen, die sie an das Wohnzimmer eines bürgerlichen Haushalts erinnerten; diesen Geruch von Kerzen und Weihrauch, der in der Luft lag; das feine Zwielicht, das die Gesichter der Heiligen noch blasser aussehen ließ und ihre verzückten Glasaugen zum Glänzen brachte; den zitternden Schein des ewigen Lichts, das am Hauptaltar über dem Tabernakel aus vermutlich unechtem Gold hing.

*Gegrüßet seist Du, Maria, voll der Gnade.* Sie betete mit leiser Stimme und in dem Gefühl, von einer wehmütigen Mitleidigkeit umfangen zu sein, die sie als ebenso versöhnlich empfand wie das Halbdunkel. *Du bist gebenedeit unter den Weibern, und gebenedeit ist die Frucht Deines Leibes.* Der Schmerz, der für sie nicht mehr zu ertragen war, würde ausreichen, um die Vergebung der Sünden zu erlangen. Sie wollte nur, dass die friedfertige Stille niemals mehr aufhörte, das grelle Sonnenlicht draußen nie mehr in ihren Augen schmerzte, die Erinnerung an das glänzende Schlüsselchen ausgelöscht würde, an das junge Lächeln der Ausländerin auf den Fotos, an diese mutwillig dahinfliegende Schrift, die so ganz anders war als ihre eigene Klosterschülerinnenschönschrift, in der sie vor vielen Jahren ebenfalls Liebesbriefe geschrieben hatte.

Ruhe finden war das Einzige, um das sie bat; Erlösung von dieser tiefen Erschöpfung, von der sie sich in vielen Jahren noch nicht erholt haben würde. Eintauchen in das Vergessen, das der Gekreuzigte auch für sich zu erhoffen schien; in das Vergessen, welches die einzige Absolution des Schmerzes war. Die Worte der Gebete kamen ihr wie von selbst über die Lippen, so selbstverständlich, wie ihre Finger das Weihwasser und danach Stirn, Kinn und Brust gefunden hatten. *Und vergib uns unsere Schuld, wie auch wir vergeben unseren Schuldigern.*

Aber noch gab es keine Ruhe, kein Vergessen. Der Taxifahrer hupte schon ungeduldig. Jeder Hupton, obwohl durch die dicken Mauern und den steifen Vorhang an der Tür gedämpft, ließ sie erzittern, als wäre er ein Schrei. Auf keinen Fall durfte sie das Taxi davonfahren lassen, denn um diese Siestazeit würde sie kaum ein anderes finden. Unendlich schwerfällig kam sie auf die Beine und bekreuzigte sich wieder vor dem Allerheiligsten. Vor der großen Gipsfigur der Jungfrau Maria – mit einem Hauch von Rosa auf den wachsbleichen Wangen – zündete sie ein Öllämpchen an und ließ eine Münze in den Schlitz des Opferstockes gleiten. Der metallische Aufschlag im Innern des Blechkastens klang durch die Stille. *Bitte für uns Sünder, jetzt und in der Stunde unseres Todes.* Für etwas musste sie um Vergebung bitten; nicht für den Wunsch, sich in der süßen Dunkelheit des Vergessens zu verlieren, sondern für den Groll, den sie gegen ihre Tochter gehegt hatte, weil diese den Vater so bedingungslos anhimmelte, was Adela ungerechterweise als Verrat angesehen hatte. Wie hatte der Schmerz dazu führen können, dass sie ihre Würde verlor (es stimmte nicht, dass einen der Schmerz edelmütig machte)? Und zwar in einem Maße, dass sie auf ihre Tochter eifersüchtig wurde, ihr grollte, wenn sie sie dem Vater entgegenlaufen sah, sobald sein Schlüssel sich im Türschloss der Wohnung drehte oder die rostigen Angeln des Gartentörchens am Wochenendhaus quietschten.

Ihre geschwollenen Füße in den hochhackigen Schuhen schmerzten. Als er sie aus der Kirche kommen hörte, drückte der Blinde die Kippe aus, die er gerade rauchte, und klemmte sie sich hinters Ohr, bevor er ein verworrenes *Ave Maria* zu spielen begann. Der Taxifahrer, der sich die Tellermütze in den Nacken geschoben und den Unterarm im offenen Seitenfenster aufgestützt hatte, sah sie herankommen und schaute ihr mehr mit nachsichtigem Spott als mit Ungeduld entgegen. Er sollte bloß nicht so laut mit ihr sprechen, wenn sie eingestiegen war; bloß den Mund halten, bis sie am Nordbahnhof angekommen waren. Sie hatte schon die hintere Tür geöffnet, als ihr einfiel, dass sie dem Bettler mit der Geige auch diesmal nichts gegeben hatte. Sie machte auf dem Absatz kehrt, ging zurück, öffnete ihre Handtasche und dann ihre Geldbörse, nahm eine Münze heraus, zeigte sich großzügiger als sonst. Der Blinde riss sich die Mütze vom Kopf, als er nach dem Klang der Münze deren Wert erkannte, und machte eine übertriebene Verbeugung, vergaß diesmal aber, die Kippe aus dem Mund zu nehmen.

Zwei Stunden später, gegen sechs Uhr, sah man sie am Bahnhof des Örtchens in den Bergen, wo die Familie ihr Wochenend- und Ferienhaus hatte, aus dem Zug steigen. Der Himmel war genauso bedeckt wie in Madrid, aber die Hitze war weniger drückend. Der Bahnhofsvorsteher, der Adela kannte, seit sie ein Kind war, wunderte sich, sie so städtisch gekleidet zu sehen und vor allem ohne jedes Gepäck, mit diesen Stöckelschuhen, mit denen sie nur schwer vorwärtskommen würde auf dem abkürzenden Weg, der vom Bahnhof direkt zu ihrem Haus führte, gleich am Ortsende in den Kiefernwald hinein. Einige der Männer, die in der Bahnhofskneipe saßen, Karten spielten und Wein tranken und jedes Mal, wenn ein Zug kam, für einen Moment ihre Unterhaltung unterbrachen und aus dem Fenster schauten, mussten sie ebenfalls gesehen haben.

Es war zwar schon sehr heiß draußen, aber für die Familien, die zur Sommerfrische kamen, war es noch zu früh. Zuletzt sah man sie dann unsicheren Schritts auf dem holprigen Kie- selsteinpfad zwischen den Zistrosensträuchern, die gerade zu blühen begonnen hatten, die gelben Blütenstände umgeben von weißen, matt glänzenden Blättern. Wahrscheinlich dachten die Leute, sie sei gekommen, um das Haus in Augenschein zu nehmen, bevor die ganze Familie anrückte, obwohl es sehr ungewöhnlich war, dass sie allein kam, ohne die Dienstmädchen, die ihr sonst zur Hand gingen, und dann auch noch so förmlich gekleidet. Am Gartenzaun blieb sie vielleicht stehen und ging gar nicht ins Haus. Oder sie ging hinein, kam aber gleich wieder heraus, ließ drinnen alles so, wie es war, öffnete noch nicht einmal die Fensterläden, als hätte sie sich entschlossen, nichts anzurühren und den Frieden der den ganzen Winter über im Dunkeln ruhenden Dinge nicht zu stören.

Dann ging sie auf dem Weg weiter, mit schmerzenden Füßen, aber immer noch aufrecht, mit ihrem städtischen Sommerhütchen und der Handtasche, die sie fest an die Brust gedrückt hielt, obwohl man hinterher sah, dass gar nicht viel darin war: neben der Geldbörse, die nach dem Almosen für den blinden Bettler und dem Geld für das Taxi leer war, nur noch die Zugfahrkarte, vom Wasser völlig aufgeweicht, wenngleich nicht so sehr, dass man nicht hätte sehen können, dass sie nur ein Billett für eine einfache Fahrt gekauft hatte.

Der Weg führte sanft ansteigend nach Westen, zu den Pinien- und Steineichenwäldchen und den von niedrigen Natursteinmauern voneinander getrennten Weiden, auf denen die Kühe grasten. Es war der Weg zum Stausee, den sie nahmen, seit die Kinder klein waren. Morgens nach dem Frühstück, oder nach der Siesta, wenn die Hitze ein wenig nachließ, obwohl in dieser Höhe meistens ein leises Lüftchen wehte. Die Kinder anfangs an der Hand, dann Jahr um Jahr vor ihnen herspringend, voller Ungeduld, zum Stausee zu kommen und sich ins eisig klare Wasser zu stürzen. Die Sommerferien schienen immer gleich zu sein, nichts schien sich zu verändern, und doch entwuchsen Lita und Miguel ihrer Kinderzeit mit einer Geschwindigkeit, die nicht bemerkt zu haben man sich heute gar nicht vorstellen konnte.

Und sie, Ignacio Abel und Adela, ließen ihnen immer mehr Spielraum, vervollkommneten sich jeden Sommer in der Aufgabe, viel Zeit miteinander zu verbringen, ohne viel zu sprechen, jeder seinen Gedanken nachzuhängen, sich auf unpersönliche Weise über neutrale Dinge zu unterhalten, den Picknickkorb zu tragen und die Klappstühle, auf denen sie im Schatten der Pinien am Ufer des Stausees saßen und vor sich hin dösten, während die Kinder im Wasser planschten oder von der Staumauer sprangen und tief nach unten tauchten. Jetzt waren die Kinder groß und schwammen und tauchten und kamen prustend und spritzend wieder an die Oberfläche, waren flink wie Delfine. Adela war trotzdem den ganzen Sommer über Tag für Tag mit ihnen zum Stausee gegangen, bis Anfang September, als die Tage kürzer zu werden begannen und die traurige Rückkehr nach Madrid sich ankündigte, das Wasser schon so kalt geworden war, dass der ganze Körper schmerzte, wenn man nur kurz hineinging. Sie erinnerte sich nicht mehr, in welchem Sommer ihr Mann sie zum letzten Mal regelmäßig auf diesen Ausflügen begleitet hatte. Von Jahr zu Jahr hielten ihn mehr Verpflichtungen in Madrid fest, und wenn er samstagmorgens kam, fuhr er am Sonntagnachmittag schon wieder zurück.

Hurtig, trotz der Hitze, als hätte sie einen Teil des Gewichts abgelegt, das sie in den letzten Jahren immer schwerfälliger gemacht hatte, schritt Adela auf dem zwischen den Pinien immer undeutlicher zu erkennenden Pfad voran, erfreute sich am Harzgeruch und am heiteren Fortbestand der Dinge, die von den Schrecknissen der Menschen unberührt blieben. Außer sich und zugleich vollkommen beherrscht, hatte sie endlich ein Ziel vor Augen, schritt dahin mit ihrer Handtasche, in der sich nur ein Billett für eine einfache Fahrt und eine leere Geldbörse befanden; so wie eine dieser Frauen, die resoluten Schritts auf den Straßen von Madrid unterwegs sind. Die Bergluft umfing sie mit ihrem leisen Wehen von Erinnerung, ihrer warmen Dünung vieler vergangener Sommer, die weiter zurückreichten als bis zu der Zeit, in der die Kinder noch klein waren, bis in die Ferne ihrer eigenen Kindheit.

Sie erreichte den Stausee, und ihr war, als mache die Tiefe des unberührten Wassers die Stille ringsum noch undurchdringlicher. Auf der glatten Oberfläche spiegelten sich die dunklen Bögen der Baumkronen und darüber das helle Grau des Himmels. Einen Moment lang fürchtete sie, nicht allein zu sein, doch da war niemand hinter den Fenstern ohne Läden im alten Turbinenhaus. Weit im Süden, noch jenseits der sommerlichen Dunstglocke, lag Madrid. Im Westen konnte sie zwischen Felsen und Steineichen die verschwommenen Formen der Kuppeln des Escorial erkennen. Nicht die geringste Kleinigkeit hatte sich in dieser Landschaft von zarten Linien und gedämpften Farbtupfern geändert, die sie als Kind schon genauso gesehen hatte. Sie ging ein paar Schritte auf der Staumauer, drehte sich dann zum Wasser um und betrachtete traurig ihr Spiegelbild, ihre groben Knie, die in die Breite gegangenen Hüften, das helle Sommerkostüm, das mit der nötigen Eleganz zu tragen sie nie verstanden hatte, das Hütchen. Sie schloss die Augen, sprang nicht ins Wasser, sondern tat nur einen Schritt nach vorn, ins Leere, die Handtasche mit beiden Händen umklammernd, als fürchte sie, sie zu verlieren.

22 Er sah sie am selben Tisch wie immer ganz hinten im Café sitzen und erkannte sofort, dass ihr Gesichtsausdruck anders war, dass ihre Augen ihn nicht so anschauten wie gewohnt. Judith hatte nicht bemerkt, dass er gekommen war. Sie hatte nicht danach gefiebert wie sonst, ungeduldig, unfähig, sich auf die Zeitung oder das Buch oder die Notizen, die vor ihr lagen, zu konzentrieren, den Blick unverwandt auf das lichte Rechteck des Eingangs gerichtet, dessen Helligkeit weiter drinnen, in den Ecken, wohin sie sich zurückzuziehen pflegten, immer schummriger wurde. Sie hatte vorgeschlagen, sich im Café zu treffen; die Vorstellung, an diesem Vormittag zu Madame Mathilde zu gehen, hatte körperlichen Abscheu in ihr hervorgerufen. Sie schaute auch nicht auf, obwohl sie in dem so gut wie leeren Café hören musste, dass die gläserne Tür geöffnet wurde. Sie las nicht in dem Buch, das aufgeschlagen vor ihr lag, und sie rauchte, was zu dieser Tageszeit ungewöhnlich war. Den Milchkaffee, der vor ihr stand, hatte sie nicht angerührt, er dampfte nicht einmal mehr, als Ignacio Abel zu ihrem Tisch ging. Einen schmerzlichen Moment lang war sie eine Fremde: eine Frau, die er nicht erkennen würde, wenn sie zu ihm aufblickte, bei der er sich mit gemurmelten Worten entschuldigen würde, weil er sie mit einer anderen verwechselt hatte.

Bis Judith schließlich den Kopf hob, hatte Ignacio Abel noch Zeit, sich im Spiegel zu sehen, der hinter dem roten Sofa hing, auf dem sie Platz genommen hatte. Auch sein Gesicht war nicht mehr dasselbe und das nicht nur, weil er die ganze Nacht im Krankenhausflur schlaflos vor einer geschlossenen

Tür gesessen hatte, hinter der kein Geräusch zu hören gewesen war, so aufmerksam er auch gelauscht hatte. Er lief auf dem verwaisten Flur auf und ab, hörte Stimmengemurmel, unbestimmte, im Schlaf von sich gegebene Klagelaute von Kranken. Ab und zu ging die Zimmertür auf, und eine Krankenschwester kam heraus, die sie sogleich wieder hinter sich schloss, damit er nicht hineinging, oder der Arzt mit der finsteren Miene, der ihm anfangs keinerlei Hoffnung gemacht hatte und ihm viel später erst, als es schon hell wurde, gesagt hatte, dass die Patientin nach den Wiederbelebungsversuchen erste Reaktionen zeige. Man könne es zwar noch nicht mit Sicherheit sagen, aber wahrscheinlich werde sie keine Folgeerscheinungen zurückbehalten.

Er hatte nie gefragt, was passiert war; hatte nicht einmal das Wort »Unfall« ausgesprochen. Er schaute ihn nur mit dieser Distanziertheit an, hinter der sich vielleicht eine Anklage verbarg, die auch in den übermüdeten Augen der Krankenschwester zu lesen war, die sich in der Art äußerte, wie ihm die Zimmertür vor der Nase zugemacht und er nicht ins Zimmer, nicht in ihre Nähe gelassen wurde. In der nächtlichen Stille glaubte Ignacio Abel lautes Würgen und kehlige Rachengeräusche zu hören, die ihm später, unter dem Eindruck der schlaflosen Nacht in einem gekachelten Korridor mit nummerierten Zimmertüren und grellem Neonlicht, eher als Ausgeburten seiner Fantasie vorkamen. Aber als sich die Tür das nächste Mal öffnete, kam die Krankenschwester mit einem Behältnis heraus, das halb gefüllt war mit etwas, das wie Spülwasser aussah und nach Abflussrohr und Erbrochenem roch, und mit einem Gerät, das in einem Schlauch aus schwarzem Gummi endete.

»Der Doktor hat ihr ein Beruhigungsmittel gespritzt. Sie braucht jetzt vor allem Ruhe.«

»Wann kann ich zu ihr?«

»Da müssen Sie den Doktor fragen.«

Das Licht des neuen Tages schien schon durch die Fenster, als man ihn endlich ins Zimmer ließ. Nicht ohne Überraschung sah er sich dort Adelas Bruder gegenüber, der am Kopfende ihres Bettes Wache hielt; blass, mit glänzenden Augen, geröteten Lidern, das Kinn kantiger denn je, mit schwarzem Bartschatten, mit vorwurfsvoller Miene und anklagendem Blick, den er starr auf ihn geheftet hielt; dabei schien sich der Vorwurf oder die Anklage gar nicht auf das konkrete Unglück (»Unfall« sollte es künftig genannt werden) der Schwester zu beziehen, sondern eher auf eine grundsätzliche Gemeinheit, die älter war als die mehr oder weniger tadelnswerten Einzelheiten seines Verhaltens ihr gegenüber, einen unheilvollen Wesenszug, den er, jüngerer Bruder und dennoch Beschützer, schon von Anfang an erkannt hatte, seit dem Tag, an dem dieser zweifelhafte Verehrer in Adelas Leben getreten war. Arzt und Krankenschwester steckten also mit ihm unter einer Decke.

»Du wirst mir erklären müssen, wie du es angestellt hast, dass sie mich nicht hereingelassen haben.«

»Du bist es, der mir das hier erklären muss.«

Er deutete auf seine schlafende Schwester. Adelas breites Gesicht wirkte grau im Kontrast zum weißen Bettbezug, und besonders bleich im goldenen Licht des frühen Tages. Ihr Mund stand offen, die Lippen waren geschwollen und violett angelaufen. Das immer noch feuchte Haar lag wirr und von grauen Strähnen durchwirkt auf dem Kissen. Ignacio Abel stand stumm am Bett, genauso wie in der Nacht am Telefon, als Victor ihn wegen etwas beschimpfte, von dem er nicht wusste, was es war, und ohne ihm zu sagen, was Adela zugestoßen war und wo sie sich aufhielt.

»Du trägst die Schuld. Mir machst du nichts vor.«

»Die Schuld für was?«

»Meine Schwester wäre fast ertrunken.«

Mit einem Gefühl aufsteigender Übelkeit, die ihm einen eisigen Schauer über den Rücken laufen und die schweißnasse Hand, die den Telefonhörer hielt, in dieser brütend heißen Juninacht kalt werden ließ, dachte er: Er weiß, was passiert ist; er weiß, dass Adela die Briefe und die Fotos gefunden hat. Aber das war unmöglich, erkannte er wenig später, als er erfahren hatte, dass sie bei ihrer Einlieferung ins Lungensanatorium bewusstlos gewesen war.

Der Wärter des verlassenen Turbinenhauses, der um diese späte Nachmittagsstunde seine Runde machte, hatte das Geräusch eines ins Wasser fallenden Körpers gehört und aus dem Fenster geschaut. Zuerst sah er niemanden, nur die konzentrisch sich ausbreitenden Wellen auf dem meistens unbewegten Wasser. Jemand oder etwas, vielleicht ein Tier, das sich zum Trinken hinuntergebeugt hatte, war am tiefen Ende des Stausees ins Wasser gefallen; seltsam nur, dass es nicht planschte, um sich über Wasser zu halten. Der Wärter lief am Ufer entlang auf eine Stelle zu, an der eine senkrechte Reihe von Luftbläschen an die Oberfläche stieg. Eine diesige Nachmittagssonne sandte ihr Licht schräg bis in die mittleren Wasserschichten, und da sah er die untergehende Frau; oder sie war schon untergegangen und stieg wieder nach oben, bewegungslos, wie von Unterwasserpflanzen festgehalten, das Haar wie Algen ihren Kopf umwehend, die Arme regungslos zu beiden Seiten des Körpers. Er sprang ins Wasser, um sie nach oben zu ziehen, aber sie war schwer, und er hatte das Gefühl, sie zöge ihn nach unten, halte sich nicht an ihm fest, sondern kämpfe dagegen an, gerettet zu werden. »Fast wären wir beide ertrunken«, erzählte er hinterher in der Bahnhofskneipe denselben Leuten, die Adela zur heißesten Stunde des Tages mit ihrer Handtasche und den Häkelhandschuhen, ihrem schrägen Hütchen, dem vornehmen Kostüm und hochhackigen Schuhen über den Bahnsteig hatten eher stolpern als gehen sehen.

Zuerst hatte er nicht gewusst, um wen es sich handelte, hatte die Frau nicht erkannt, die er seit vielen Sommern am Stausee sah: das Gesicht blau angelaufen, die Augen geschlossen, das nasse Haar am Kopf klebend. Er rannte zum Weg, ohne genau zu wissen, was er tun sollte, und es grenzte an ein Wunder, dass ihm gerade zu dieser Zeit der Lieferwagen der Forstaufsicht entgegenkam. Der einzige Ort, an dem ihr schnelle Hilfe zuteilwerden konnte, war das Lungensanatorium. Ein Arzt, der schon früher mit der Familie zu tun gehabt hatte, erkannte sie, als sie auf der Trage ins Gebäude geschoben wurde; ein Arzt, der Victor bei einem seiner Erholungsaufenthalte betreut hatte und mit ihm befreundet war. Vielleicht hatte er auch eine Verbindung zur Falange, dachte Ignacio Abel, der argwöhnisch das etwas aufgeblasene, fast schon herausfordernde Gehabe des Arztes beobachtete und sich ein blaues Uniformhemd unter dem weißen Kittel vorstellte.

Das Telefon schrillte auf dem Schreibtisch seines Arbeitszimmers, in dem er immer noch stand und auf die umgekippte Schublade und das Durcheinander von Papieren und Fotos auf dem Fußboden starrte, ohne sich bisher gebückt zu haben, um alles aufzusammeln. Er ließ es klingeln und nahm den Hörer nicht ab, weil er sich feige vorstellte, es wäre Adela, die vielleicht von ihren Eltern aus anrief, würdevoll und rachsüchtig, mit bebender Stimme, immer wieder unterbrochen von den Tränen ihrer ultimativen Erniedrigung. Lita nahm das Telefon im Flur ab, öffnete die Tür des Arbeitszimmers (Miguel stand mit seinem Hausaufgabenheft neben ihr) und sah ihren Vater am Schreibtisch stehen, leichenblass, mit einem beunruhigenden Ausdruck von Hilflosigkeit im Gesicht, als hätte er gerade festgestellt, dass eine Naturkatastrophe in seinem Zimmer gewütet und alles durcheinandergewirbelt hatte.

Von wo immer der beschützende Bruder anrief, er behielt sich vor, bestimmte Fragen nicht zu beantworten: wo man

Adela gefunden hatte und wer, und warum sie in diesem Sanatorium war. »Sie schwebt zwischen Leben und Tod. Wenn meiner Schwester etwas zustößt, mache ich dich verantwortlich. Ich werde dich persönlich zur Rechenschaft ziehen.« Zwanghafte Großsprecherei; schlechte Literatur; der edle Ritter, der die schwesterliche Ehre beschützt, sie rächt, wenn sie beleidigt wird: die eiserne Rüstung unter dem bis zur Brust aufgeknöpften Blauhemd. Oder umgekehrt: die geschwellte Brust, die trotz angeberischer Entblößung und körperlicher Ertüchtigung schwach ist; in der Sonne glänzt die Rüstung.

Briefe und Fotos auf dem Boden verstreut, die Schublade ausgeleert, ihr Inhalt, all die süßen Worte, mit einem Mal vergiftet. Die Wirklichkeit weniger Minuten zuvor war plötzlich ferne Vergangenheit. Ignacio Abel umklammerte den Telefonhörer und stellte Fragen, die sein Schwager nicht beantwortete, seine Hand war so schweißnass, dass ihm der Hörer zu entgleiten drohte. Von draußen wehte Kirmesmusik von einer der vielen Jahrmärkte herein, die es im Frühsommer in Madrid gab und für die Judith sich so begeisterte (erst vor wenigen Tagen war er mit ihr auf der Kirmes von San Antonio gewesen, hatte endlich sein altes Versprechen wahr gemacht und ihr die Fresken von Goya unter der Kuppel der Wallfahrtskapelle gezeigt, hatte sie in einem dunklen Winkel an sich gedrückt und gierig geküsst).

Sein Hemd war durchgeschwitzt und klebte kalt am Rücken. Er schaute auf, und Miguel und Lita standen in der Tür seines Arbeitszimmers, blickten besorgt und argwöhnisch auf den Vater, als wüssten auch sie Bescheid und klagten an, als hätten sie sich der Wachsamkeit ihres Onkels angeschlossen. Auch sie sahen das Durcheinander von Papieren und Fotografien auf dem Fußboden, jedes einzelne Stück ein Geschenk (die hellblauen Umschläge; die Schrift, die ihm so vertraut war wie ihr Lächeln, das er schon von ferne erkannte; jedes Foto, das ihn tröstete, wenn er nicht mit ihr zusammen war und ihr

Gesicht nicht vor sich sah) und jetzt Teil einer Krankheit, der Adela – er wusste nicht, wie oder wo – zum Opfer gefallen war, die sein ganzes zukünftiges Leben irreparabel zu beschädigen, ihn in den tödlichen Strudel der Folgen seines Tuns zu reißen drohte.

»Wo ist sie«, fragte er noch einmal und fürchtete, die Kinder könnten Verdacht schöpfen, »von wo aus rufst du an?« Er glaubte, die Leitung sei unterbrochen, doch Victor war immer noch da, schwieg, zwang ihm sein eigenes Zeitgefühl auf, den Beginn der Strafe, der man ihn zweifellos zuführen und die ihn umso härter treffen würde, als er nicht darauf vorbereitet war. Lieber hatte er geglaubt, endlos ungestraft bleiben zu können, und dass die Welt, in der er mit Adela und den Kindern lebte, von der anderen Welt, die er mit Judith teilte, so deutlich getrennt bleiben würde wie diese Paralleluniversen, über die die Wissenschaftler so viel spekulierten. Jetzt erlebte er fassungslos das ganze Ausmaß der Katastrophe, weigerte sich noch, wirklich daran zu glauben, erlebte sie als ein Erdbeben, als völligen Zusammenbruch, den niemand vorhersehen und später als reales Geschehen einordnen konnte.

»So oft habe ich es dir gesagt«, sagte Judith und schaute zur Seite. Ihre Blicke hatten sich nur kurz getroffen, und ihrer war irgendwie anders gewesen hinter dem Qualm der Zigarette, die sie nicht zum Mund führte, und dem Milchkaffee, der noch unberührt auf dem Tisch stand; eine unsichtbare Mauer, die sie selbst errichtet hatte. »Ich habe dir gesagt, du solltest die Briefe zerreißen oder mir zur Aufbewahrung geben. Du solltest sie nicht bei dir zu Hause aufbewahren. Das war völlig unnötig. Das war nicht anständig.«

Sie beschuldigte ihn also auch. Ungehalten saß sie ihm gegenüber, ganz nah und dennoch außerhalb seiner Reichweite, des Hauses aus Zeit, das er im Geiste für sie errichtet hatte, in derselben Ecke, in der sie schon so oft gesessen hatten, unauffällig, aber nicht versteckt, so, dass man noch sehen konnte, wer hereinkam. Unter dem Tisch hatten sie sich oft mit den Händen gesucht und mit den Knien berührt. Hier hatten sie großzügige Trinkgelder gegeben, damit der zuständige Kellner ihnen das Sofa frei hielt und dafür sorgte, dass andere Gäste sich nicht in ihre Nähe setzten; der ihnen den Kaffee brachte und erst wiederkam, wenn sie nach ihm riefen; der schon geübt war im Umgang mit heimlichen oder jedenfalls fragwürdigen Liebespaaren, reifen Herren mit jungen Mädchen, die sie über Kontaktanzeigen kennengelernt hatten, ewigen Verlobten oder in trostlosen Ehen gefangenen Paaren, die kein Geld hatten, um sich ein Zimmer in einem Stundenhotel zu mieten.

Eines Tages ist derselbe Ort wie immer dann ein anderer; das bekannte und geliebte Gesicht ist dasselbe und zugleich das einer Fremden. Ignacio Abel hatte sein Gesicht im Spiegel am Eingang des Cafés gesehen, und es war das Gesicht einer schlaflosen Nacht im Sanatorium, der Scham und der Reue; das Gesicht, das seine Kinder letzte Nacht gesehen hatten, bevor sie die Briefe und die Fotos von jemandem sahen, den sie nicht kannten; das sein Schwager im Krankenhaus gesehen und darin die Zeichen seiner Untreue erkannt hatte, die jetzt offenbar geworden war nach all der Zeit, in der er in seiner Wachsamkeit nie nachgelassen hatte und sich nicht hatte täuschen lassen von der Aura der Rechtschaffenheit, die alle anderen akzeptierten und die eigene Schwester arglos bewunderte.

Er streckte die Hand über die Marmorplatte des Tisches aus, und Judith zog ihre zurück. Sie hatte nicht aufgeschaut, als er durch das Café auf sie zugegangen war, oder sie hatte ihn nicht bemerkt, so sehr war sie mit ihren eigenen Gewissensbissen beschäftigt. Sie war nicht aufgestanden, um sich an ihn zu schmiegen und ihm die Lippen zum Kuss hinzuhalten, verführerisch ein Bein vorzuschieben, das er dann eine

Sekunde lang zwischen seinen Schenkeln hielt. Eine Zeit war zu Ende gegangen, eine Art Unschuld, von der sie sich jetzt fragten, wie sie so lange hatte halten können und welches der Preis dafür gewesen war. Das Gesicht, das er viele Monate lang gesehen hatte, so rein von Schuld wie von allen Schatten der Welt um sie herum, in das er vielleicht nie wieder schauen würde, in dessen Augen jetzt dieser neue Ausdruck stand. An diesem Ort, an dem sie als Liebende Zuflucht gefunden hatten, schauten sie sich nun mit den unsteten Blicken von Komplizen an; in einem weitab vom Zentrum gelegenen Café, im Halbdunkel dieses Eckplatzes, notdürftig beleuchtet von einer schwachen Lampe mit gelblichem Licht, kaum heller als ein Gasflämmchen.

Judith schämte sich genauso; sie war nach unumstößlichen moralischen Prinzipien erzogen. Und jetzt überfiel sie schlagartig das Entsetzen über ihre eigene Inkonsequenz, ihre freiwillige Blindheit, die sie so lange und scheinbar ohne Schaden hingenommen hatte, ohne dass die eigene Rechtschaffenheit ihre anklagende Stimme erhob und mit ihrer Empörung das ganze Potemkinsche Gebäude aus Worten und Wünschen, in dem sie die letzten Monate gelebt hatte, zum Einsturz brachte. In einem anderen Land und einer anderen Sprache schien die Wirklichkeit wohlwollenderen Gesetzen unterworfen zu sein. Was sie sich wünschte und zu tun sich traute, hatte dort immer auch etwas verträumt oder spekulativ Fiktives (das Buch, das zu schreiben anzufangen ihr nie gelang, obwohl es auf eigenem Erinnern oder Erleben zu beruhen schien). Sie nahm Zeichen wahr, Hinweise, und hatte es vorgezogen, sie nicht zu sehen. Sie hatte beschämende Regeln in Kauf genommen – Verstellung, Heimlichkeit, Lüge – und hatte sie mit Literatur umgeben, um ihre eigene Kapitulation erträglich zu machen. Leichtfertig hatte sie ihre Prinzipien einer emanzipierten Frau für die kindische Vorstellung von märchenhafter Liebe aufgegeben, hatte sich immer tiefer in einen finsteren Wald begeben, der voller Schemen und Geräusche war, so wie ein dunkler Kinosaal, so fern der Wirklichkeit wie sie selbst.

Und plötzlich waren die Deckenleuchten angegangen, sodass sie blinzeln musste, nicht glauben konnte, wieder im fahlen Tageslicht auf der Straße zu stehen. An diesem Vormittag im Juni, an dem sie angerufen worden war – schon als sie den Hörer abgenommen und seine Stimme gehört hatte, hatte sie gewusst, dass er ihr etwas zu sagen hatte, das nicht wiedergutzumachen war – und im Taxi quer durch Madrid zu diesem menschenleeren, trostlosen Café gefahren war, wo sie bestätigt fand, was sie schon geahnt hatte, und wo nebenbei alles entzaubert wurde, was sie früher als anheimelnd empfunden hatte, eine Bühnendekoration, die, versehentlich in helles Tageslicht getaucht, nur noch aus falschen und nachlässig bemalten Bögen, verstaubten Podien, künstlichen Blumen und fadenscheinigen Vorhängen bestand.

In einem Sanatorium lag eine Frau im Koma, die sie, Judith, langsam bis an den Rand des Stausees gedrängt hatte, in dem sie dann untergegangen war, ohne sich dagegen gewehrt zu haben. Sie erinnerte sich genau an das einzige Mal, an dem sie sie gesehen, sie so aufmerksam gemustert hatte, als könnte das für die Zukunft wichtig sein. Ihr war aufgefallen, dass sie älter wirkte als ihr Mann, dass weder ihre Figur noch ihr Alter so recht zu der lebhaften Tochter passten, die zu ihrem Vater lief, als der von dem Podium kam, auf dem er seinen Vortrag gehalten hatte, und ihre Arme um seine Taille schlang. So lang zurückliegende Tage, Anfang Oktober, die ihr heute nur noch verschwommen in Erinnerung sind als eine Zeit, in der eine Grenze überschritten wurde, als man auf einer Schwelle stand und es noch nicht wusste, nicht gemerkt hat, wann man den ersten Schritt darüber hinaus tat.

Irgendetwas war unstimmig zwischen dieser Frau und diesem Mann, dessen lebhafter Blick ihn jünger aussehen ließ; der Blick und die sichtbare Sorgfalt, die er auf seine äußere

Erscheinung legte, sein lebhaftes Temperament, das verriet, dass er sich mit dem, was er erreicht hatte, nicht zufriedengab, sich standhaft weigerte, seine jetzige Lebensweise als endgültig zu betrachten. Das war die Unstimmigkeit: ihr Fatalismus, gemildert durch ihre Leutseligkeit, genährt von ihrer Schwermut; das gespannte Abwarten bei ihm, als Bestandteil seines Wesens, ein eher instinktiver als bewusster Dünkel, das prekäre Zusammenspiel von Unsicherheit und Arroganz bei einem Mann, der noch nicht oder nicht mit allem fertig war, der sich unbehaglich auf dem ausruhte, was er schon erreicht hatte, und sogleich wieder aufsprang, wie ein nervöser Gast, der auf etwas oder jemanden wartet, aber nicht weiß, auf was oder wen.

Und die Tochter, fast schon eine junge Dame, aber noch kindlich in ihrem Verhalten, auf halbem Weg von einem Leben zum anderen, die sich ihrem Vater mit der Unbekümmertheit eines Kindes in die Arme wirft, mit einer natürlichen Erotik, die die Mutter nie haben wird. Als er den Kopf seiner Tochter streichelte, suchte er bereits Judith mit der Vorsicht dessen, der die Bewegung seiner Augen lieber nicht beobachtet wissen will. Etwas Schamloses und Verstohlenes lag in diesem Blick, eine rasche und dennoch umfassende Musterung, von der sie sich körperlich berührt fühlte, wie von einer Hand oder einem Atemhauch auf ihrer Haut. Alles schien unausweichlich, schon bevor es geschah.

Alles war irgendwie unwirklich, Teil eines Lebens in der Schwebe, das sie ihrem Dasein als Ausländerin verdankte, die sich vom Kraftfeld des eigenen Landes frei gemacht hatte und im rauschhaften Eintauchen in eine fremde Sprache manchmal selbst ins Schweben geriet, als sei die Luft über alle Maßen mit Sauerstoff angereichert und so rein von Erinnerung, dass alles in den hellsten Farben glänzte. Noch bevor sie ein Wort auf der nagelneuen Reise-Smith-Corona geschrieben hatte, die immer auf dem Tisch ihres Pensionszimmers bereitstand, hatte sie schon wie in einem Traum mit allen Einzelheiten einen ganzen Roman erlebt: den der Europareise einer Heldin von Henry James, die sie selbst war, die in ihrer Fantasie alle in der städtischen Bibliothek vorhandenen Romane las, an einem offenen Fenster, durch das die Geräusche und Stimmen ihres Viertels hereindrangen, die sie aber gar nicht mehr hörte, die Rufe der Straßenverkäufer auf Jiddisch, auf Russisch und Italienisch, das Wiehern der Pferde, das Hupen der Autos. Aber im Unterschied zu den klugen und großherzigen Damen von James konnte sie allein reisen, ohne jemandem Rechenschaft ablegen zu müssen, konnte für sich selbst sorgen, sich allein in ein Café setzen, ohne dass jemand auf sie zeigte, ohne dass jemand hätte kommen und sie in ihre Grenzen weisen können.

Doch was hatte sie mit ihrer so hart eroberten Freiheit gemacht, mit dem von ihrer Mutter delegierten Traum, mit ihrem europäischen Roman? Sie sah sie unter ihren Händen zerrinnen an diesem Morgen in dem großen, trostlosen Café am Stadtrand von Madrid, mit seinem von Sägemehl und Zigarettenkippen verdreckten Boden und einem vagen Geruch von Pissoir und saurer Milch, mit verschlissenen Plüschsofas und halb blinden Spiegeln, wo sie einem verheirateten älteren Mann gegenübersaß, mit dem sie nicht das Liebesverhältnis einer kühnen Henry-James-Heldin unterhalten, sondern schnöden Ehebruch getrieben hatte. Schon als kleines Mädchen hatte sie sich eine Vorstellung von Freiheit gemacht, die genau das Gegenteil der apathischen Verbitterung ihrer Mutter war; und während der letzten Monate hatte sie ohne Gewissensbisse bei der Täuschung einer Frau mitgemacht, in der ihre Mutter sich wiedererkannt hätte. Vielleicht war es diese Ähnlichkeit, die sie – als sie Adela zum einzigen Mal sah – ganz unbewusst hinter dem Äußeren einer kultivierten Bürgersfrau erkannte, die nicht mehr so jung aussah, wie man es dem Alter ihrer Tochter nach hätte erwarten können, oder der latenten Eitelkeit ihres Mannes nach, zu dem die Zeit weniger grausam war als zu ihr.

Sie hatte das Klirren der schlecht eingepassten Scheiben der Eingangstür gehört und sofort gewusst, dass er es war, aber nicht aufgeschaut, weil sie sich einbildete, in seinen Augen das schlechte Gewissen und die Übermüdung nach einer durchwachten Nacht sehen zu müssen, vor allem aber das Erkalten einer Leidenschaft, die sie im Grunde schon seit einiger Zeit nicht mehr verspürt hatten, obwohl keiner von ihnen es wahrhaben wollte. Die Kehrseite ihrer gegenseitigen sexuellen Hingabe war ein Menschenopfer gewesen. Ihre Zeit war abgelaufen, zusammengestürzt wie eine zu hoch gebaute Sandburg nach ihrer letzten Nacht in dem Haus am Meer. Die Flucht aus der Enge ins aufflammende Verlangen, vom Verlangen in die Schlaflosigkeit, zum Warten auf den Montagmorgen, an dem der Abschied grausamer sein würde als an anderen, eben weil sie so lange zusammen gewesen waren. Bezahlt werden musste; aber sie wussten nicht, wie viel. Ihre Liebe war auf die Vernichtung eines anderen gebaut.

Sie saß in dem Café und hielt den Blick starr auf den Marmor des Tisches gerichtet, der Qualm der Zigarette stieg neben ihrem Gesicht in die Höhe, und Judith stellte sich den Schmerz der anderen Frau vor wie von einem Messer, das sie ihr rücksichtslos in den Bauch stieß. Ignacio Abel stand vor ihr, mit verdrehter Krawatte, den Hut in der Hand, als wage er nicht, sich zu setzen, als sei er nicht mehr sicher, ob ihm dieses Recht noch zustand. Wie gewonnen, so zerronnen. Nachdem er die Nacht am Bett seiner Frau gewacht hatte, war er nach Madrid zurückgefahren und hatte weder Zeit zum Duschen noch zum Umziehen gefunden. Sein Haar klebte ungewaschen am Kopf, seine Wangen waren von Bartschatten verdunkelt, die Haut unter dem Kinn hing schlaff herab, die Druckstelle des Hutbandes auf seiner Stirn war von der Hitze gerötet.

»Wartest du schon lange?«

»Ich weiß nicht. Ich habe nicht auf die Uhr gesehen.«

»Früher konnte ich es nicht schaffen.«

»Hättest du nicht bei deiner Frau bleiben sollen?«

»Sie ist außer Gefahr. Ich fahre heute Nachmittag wieder zu ihr. Sie ist noch bewusstlos.«

»Wir haben sie beinahe umgebracht, du und ich. Wir haben sie ins Wasser gestoßen.«

»Man weiß noch nicht, ob es nicht doch ein Unfall war. Niemand hat sie ins Wasser springen sehen. Sie hatte Schuhe mit hohen Absätzen an, und der Stein war nass. Sie wird ausgerutscht sein.«

»Das willst du wirklich glauben?« Jetzt schaute Judith ihn an; ihre hellen Augen weit offen, ohne zu blinzeln, jung und ihm fremd, ohne jede Geduld, die Lüge zu akzeptieren, das Zerreden der verdienten Schande.

»Willst du dir das selbst einreden, oder sagst du das, um mich zu überzeugen?«

Diese Stimme war ebenfalls neu: spitzer, mit einem Anflug von Schrillheit oder Sarkasmus, so kalt wie der fremde Glanz ihrer Augen, wie ihre neue körperliche Härte, die jede Nähe ausschloss. Aber gehört hatte er diesen Ton schon bei anderen Gelegenheiten, wenn sie einmal verärgert war, und auch diesen Blick kannte er: die plötzliche Abwesenheit alles Vertrauten bei einer Frau aus einem anderen Land und mit einer anderen Sprache, hinter die sie sich zurückzieht, als schlösse sie eine Tür hinter sich ab. Vielleicht war es nicht gerecht gerade jetzt, da das passierte, wovor er sich so gefürchtet hatte; da sie ihm verloren zu gehen drohte wegen seiner Schuld an Adelas Unglück. Vielleicht hatten sie schon vorher begonnen, einander zu verlieren, verschlissen von all der Heimlichkeit und Verstellerei, einfach nur abgenutzt, einer Liebe nicht mehr länger würdig, die sich so grundlos von ihnen abwandte, wie ein Vogel sich an einem Sommernachmittag plötzlich in die Luft schwingt und davonfliegt; einer Liebe, die sich Monate zuvor bei ihnen niedergelassen hatte, ohne dass sie sie gesucht oder irgendetwas getan hatten, um sie sich zu verdienen. Das

Weiterleben war mit einem Mal unerträglich geworden: wie zwei Unbekannte aus dem Café zu gehen, sich dem unwirtlichen Madrider Morgen zu stellen, um eine Straßenecke zu biegen und sich vielleicht nie wiederzusehen.

»Dich trifft überhaupt keine Schuld.«

»Sie trifft mich genauso wie dich. Sogar noch mehr, weil ich eine Frau bin. Sie hat mir nichts getan, und ich habe sie beinahe umgebracht.«

»Sie ist freiwillig in den Zug gestiegen und dann in den Stausee gesprungen. Das war keine Reflexhandlung. Sie hatte Zeit, genau darüber nachzudenken. Sie hat sich umgezogen. Sie hat Handschuhe angezogen und ihre Perlenkette angelegt. Sie hat sich die Lippen geschminkt.«

»Wäre es weniger schlimm gewesen, wenn sie sich im Morgenmantel vom Balkon gestürzt hätte?«

»Sie hätte an die Kinder denken können.«

»Hast du an sie gedacht?«

»Ich habe nichts getan, dass sie ohne Vater weiterleben müssen.«

»Wissen sie, was passiert ist?«

»Ihre Großeltern sind gestern Abend noch gekommen und bei ihnen geblieben. Wir haben ihnen erzählt, ihre Mutter sei auf der Straße ohnmächtig geworden, und sie könnten sie im Moment nicht besuchen, weil die Ärzte sie noch unter Beobachtung haben.«

»Sie sind nicht dumm. Sie werden etwas ahnen. Was hast du mit den Briefen gemacht?«

»Keine Sorge, ich habe sie weggeschlossen.«

»Das hast du vorher auch gesagt.«

»Es wird nicht wieder vorkommen.«

»Ich will, dass du sie verbrennst. Versprich mir, dass du sie verbrennst. Die Briefe und die Fotos.«

»Und was bleibt mir dann von dir?«

Er hörte sich sprechen, und es klang, als hätte er sie bereits verloren. Er streckte seine Hand aus, und Judith zog die ihre instinktiv zurück. Wenn er sie jetzt gehen ließ, würde er sie nie wiedersehen. Wenn sie jetzt vom Sofa aufstand und er sie nicht festhielt, würde er sie für immer verlieren. Er sah sie einen verstohlenen Blick auf ihre Armbanduhr werfen, die Zeit bemessen, die sie ihm noch zugestand, die Flucht ins Auge fassen. *Time on our hands.* In der nächsten halben Stunde musste er nach Hause, musste im Büro anrufen, mit seinen Kindern sprechen, sich den fragenden und beleidigten Blicken der Schwiegereltern stellen, duschen, saubere Sachen anziehen, zurück in die Berge fahren, ins Sanatorium, wo Adela inzwischen vielleicht aufgewacht war und ihr Bruder immer noch Wache hielt, der Müdigkeit trotzte mit seinen schwachen Lungen unter der trainierten Brustmuskulatur, immer noch grollend, auch er hin und wieder auf die Armbanduhr blickend, um die auflaufende Kränkung zu ermessen.

»Ich muss gehen. Meine Studenten erwarten mich. Sie wollen ihre Semesterscheine.«

»Wann sehe ich dich wieder?«

»Du musst dich um deine Frau kümmern.«

»Nenn sie nicht meine Frau.«

»Solange du mit ihr verheiratet bist, nenne ich sie so.«

»Sie hat sich rächen wollen. Sie hat uns wehtun wollen.«

»Sie ist verrückt nach dir. Hast du keine Augen im Kopf? Du hast gesagt, ihr läge nur daran, verheiratet zu sein, sie interessiere nur der äußere Schein. Du merkst überhaupt nichts.«

»Wenn du mich verlässt, sterbe ich.«

»Sei nicht kindisch.«

Sie sagte *childish.* Die zweiunddreißigjährige Frau schaute den fast fünfzigjährigen Mann mit derselben ironischen Ungläubigkeit an, die sie für den theatralischen Auftritt eines ihrer Studenten gehabt hätte, der ihr seine Liebe erklärte. Sie zog sich in ihre Muttersprache zurück, in die hastigen

Gesten ihres anderen Lebens, in dem er nicht existierte: *I really have to go*. Sie drückte ihre Zigarette im Aschenbecher aus, raffte ihre Sachen zusammen, als wäre sie schon nicht mehr in Madrid, sondern in New York, schon wieder an den schnelleren Rhythmus dort gewöhnt, der keine Langsamkeit und Beschaulichkeit kannte, an die trockene und manchmal ungeschminkte Offenheit, die zu den vielen Eigenarten gehörte, die sie in der letzten Zeit abgelegt hatte, genau wie die schleifende Gossensprache, auf die sie verzichtete, damit er sie verstand.

Er verlor sie, als er sie so energisch aufstehen sah, dass sich jeder Versuch, sie aufhalten zu wollen, von vornherein erledigte; das Haar über ihre Wangen fliegen sah, als sie das Gesicht abwandte, damit er sie nicht küssen konnte, ihn ebenso ignorierte wie die traurige Atmosphäre des Cafés, wie die Kellner, die ihr nachstarrten, als sie mit der Entschlossenheit des Schrittes, die man in der Großstadt lernte und für eine verschlafene Provinzhauptstadt nicht brauchte, das Lokal durchquerte, wie die blassen Angestellten und die schüchternen Paare oder Pärchen der bezahlten Liebe an den anderen Tischen.

Als sie sich zum Gehen wandte, schenkte sie ihm ein Lächeln, das besonders verletzend war, weil es nur für die Lippen reichte und nicht mehr für die Augen; ein Lächeln, das sie als Geliebte so unzugänglich machte wie die Möglichkeit, sich mit ihr am Nachmittag bei Madame Mathilde zu treffen oder sie im jetzt smaragdgrünen Schatten der Bäume im Botanischen Garten auf sich zukommen zu sehen.

»Wann sehe ich dich wieder?«

»Lass mir ein bisschen Zeit. Ruf mich nicht an. Lauf mir nicht nach.«

»Ich kann ohne dich nicht leben.«

»Sage keine Dinge, die nicht wahr sind.«

»Sag mir, was ich tun soll.«

»Fahr zum Sanatorium und kümmere dich um Adela.«

Der laut ausgesprochene Name verdeutlichte noch einmal die Gegenwart, von der sie nicht mehr tun konnten, als gäbe es sie nicht. Er sah Judith hinausgehen, ihren gestreckten Rücken, das ihre schlanke Gestalt umschmiegende Kostüm, von dem sich nur der Rocksaum kurz unterhalb der Knie etwas weitete, ihren gesenkten Kopf, die Absätze ihrer schwarzweißen Schuhe, die auf dem schmutzigen Bretterboden des Cafés hallten. Aber er sah weder das bebende Kinn noch die Hand, die das Haar aus dem Gesicht strich, die Tränen in den Augen, die nach dem schummrigen Halbdunkel drinnen vom grellen Licht der Sommermorgensonne getroffen wurden, dem Ende und der Katastrophe so nah, denkt er jetzt im Zug, der den Hudson aufwärts fährt, so unwiderruflich; und keiner von ihnen wusste, dass dieser bittere, umstandslose Abschied endgültig sein sollte.

23 Warten und auf der Durchreise sein, das würde von jetzt an wohl zum natürlichen Zustand seines Lebens werden. Er hat schon nicht mehr das Gefühl, die Reise sei etwas Vorübergehendes, eine von Haltepunkten öfter oder seltener unterbrochene Linie zwischen einem Ausgangs- und einem Ankunftsort, auf der Landkarte deutlich zu sehen, wenngleich weit voneinander entfernt – Madrid und diese Kleinstadt, die in weniger als einer Stunde aufhören wird, nur ein Name zu sein, Rhineberg, wo unbekannte Menschen ihn am Bahnsteig erwarten werden, bereit, ihn bei sich aufzunehmen, wenn auch nur vorübergehend, ihm einen Teil der Identität zurückzugeben, die fadenscheinig geworden ist, verschlissen von der langen Zeit unterwegs wie ein Stoff von minderer Qualität.

In einem dieser Schulatlanten, die seine Tochter Lita so aufregend fand, hatte Ignacio Abel für sie und Miguel den Weg eingezeichnet, den sie auf ihrer Abenteuerfahrt, die er ihnen für das kommende Jahr versprochen hatte, zurücklegen würden. Dabei wusste er schon, dass er, wenn er nach Amerika führe, dies allein tun würde, um sich dort mit Judith Biely zu treffen; doch war er unfähig, die Lüge aus der Welt zu schaffen, die er selbst so lange genährt hatte. Beide Kinder waren über ihn gebeugt, sich gegenseitig seine Nähe streitig machend, in dem großen Wohnzimmer mit den weit geöffneten Balkonfenstern, durch die die Abendluft und die Straßengeräusche hereindrangen, während er mit dem Zeigefinger eine gerade Linie über das glatte Atlaspapier zog, die Entfernung von Madrid nach Paris, von Paris nach Saint Nazaire oder Bordeaux. Von beiden Städten am Atlantik aus fuhren regelmäßig Schiffe nach

NewYork ab, deren Namen Lita und Miguel auswendig kannten, nachdem sie sie in den nahe gelegenen Reisebüros – der Agentur Cook in der Calle de Alcalá und der anderen in der Calle Lista, beinahe an der Ecke zur Alcántara – so oft gelesen hatten: die Île de France und die S. S. Normandie, beide so verlockend wie der Name des Zuges, in dem sie bis nach Paris fahren würden, in einem der dunkelblauen Waggons mit der goldenen Aufschrift L'Étoile du Sud, was fast nach dem Titel eines Buches von Jules Verne klang. Und der große Scheinwerfer der Lokomotive würde die Nacht durchbohren.

Im Schaufenster der Agentur Cook gab es neben Plakaten von Küstenlandschaften Nordspaniens und der Côte d'Azur auch ein großes Modell von einem Ozeandampfer, das genauso detailgetreu war wie seine eigenen Modellbauten der Universitätsstadt, und Miguel und Lita drückten sich oft die Nasen an der Schaufensterscheibe platt, um alles genau sehen zu können: Rettungsboote, Schornsteine, die Liegen auf dem Deck der ersten Klasse, das Schwimmbassin, die Tennisplätze mit ihren auf dem grünen Boden akkurat gezogenen Linien und winzigen Netzen.

Den Moment, ihnen die Wahrheit zu sagen, schob Ignacio Abel immer wieder hinaus und ließ seine Kinder damit an einen Traum glauben, der ein einziger Betrug war und in einer Enttäuschung enden würde, die er unmöglich würde aushalten können. Die Kuppe seines Zeigefingers fuhr mühelos über glatte, farbig bemalte Flächen, ließ Grenzen hinter sich, die mit Tusche gezogene Linien waren, und Städte, die nur aus einem winzigen Kreis und einem Namen bestanden, kreuzte zick und zack über das leuchtende Blau des Atlantischen Ozeans. Die große Welt war damals eine verlockende Geografie von Ansichtskarten mit exotischen Briefmarken und bunten Plakaten von internationalen Eisenbahnen und transatlantischen Schifffahrtslinien im Schaufenster des Reisebüros. Lita, die immer alles genau wissen musste und eine große Kennerin von Abenteuerromanen war, maß mit einem Lineal nach und rechnete nach dem Maßstab wirkliche Entfernungen aus, und das zum außerordentlichen Ärger von Miguel, der sich bei dieser arithmetischen Abschweifung des Spiels nicht nur langweilte, sondern auch noch mit ansehen musste, wie die Schwester dem Vater genüsslich ihr Wissen vorführte. Wenn ihm die Streberin jetzt zeigte, dass sie nicht nur in Literatur und Geschichte gut war, sondern auch in Mathematik, was kam dann wohl als Nächstes?

Diese Landkartenentfernung legt Ignacio Abel jetzt seit über zwei Wochen zurück. Als hätte er eine Wüste zu durchqueren, wird er von Traumbildern und Stimmen heimgesucht, vom Verlangen nach einer Frau, die er unter all den fremden Gesichtern nicht zu suchen aufhört und die er vielleicht schon verloren hat; tief im Innern gequält von dem Wissen, nicht sein Möglichstes getan zu haben, um mit Adela und den Kindern in Verbindung zu treten, mochten sie sich auch auf der anderen Seite der Front befinden. Er hätte durch die Linien kommen können, zumindest während der ersten Tage, als alles noch im Ungefähren war, als man noch relativ einfach von einer Zone in die andere gelangte, bevor der Frontverlauf endgültig war und der Krieg plötzlich etwas mehr als Terror, Ungewissheit und Konfusion; als man das Wort in seiner primitiven Obszönität noch nicht einmal in den Mund nahm: Krieg. Kriege passieren den anderen, genau wie Unglücke. Kriege findet man in Geschichtsbüchern oder auf den Auslandsseiten der Zeitungen, nicht auf der Straße, auf die man jeden Morgen hinausgeht und auf der man jetzt einen Toten vorfindet oder einen Bombentrichter oder die geschwärzten Mauern eines abgebrannten Hauses.

Er drückt sein Gesicht an die Fensterscheibe und spürt in den Augenhöhlen die Müdigkeit all der Landschaften, die er hat vorbeiziehen sehen, seit er in Madrid losgefahren ist; alle verbunden jetzt zu einer einzigen endlosen Filmsequenz, die nicht einmal in seinen Träumen aufhört. Er sieht die herbstlichen Wälder, von denen ihm Judith so viel erzählt hat, kann sich aber nicht aufraffen, seine ganze Aufmerksamkeit auf sie zu richten: auf das Rot und das Gelb, das in der Sonne vibriert wie unbeweglich züngelnde Flammen; die von der Lokomotive aufgewirbelten Blätter, die wie wahnsinnig gewordene Schmetterlinge durch die Luft taumeln, gegen die Fensterscheibe prallen und verschwinden; die Schilfdickichte, die dem kobaltfarbenen Wasser entsprießen, und die aufstiebenden Schwärme von Wasservögeln mit ihren metallisch glänzenden Flügeln.

Er erinnert sich an etwas, das Judith ihm an dem Tag erzählt hat, als sie zum ersten Mal zusammen waren, tranken, sich in der Bar des Hotels Florida unterhielten, jedes Zeitgefühl verloren: dass sie diese amerikanischen Farben am meisten vermisse im spanischen Herbst von Madrid. Durch ihre Erzählungen sind sie ihm so vertraut geworden, dass sie ihm jetzt, da er sie mit eigenen Augen sieht, vorkommen, als gehörten auch sie zu all den Dingen, die ihm abhandengekommen sind. Das andere Flussufer ist von hügeligen Wäldern bedeckt, die sich bis zum Horizont erstrecken und auf deren Kuppen er manchmal ein Landhaus erkennen kann, einsam und feierlich wie ein antiker Tempel auf einem Gemälde von Poussin, in dessen Fenster sich das weiche Licht der Oktobersonne bricht. Wie wäre es wohl gewesen, mit Judith eine Zeit in einem solchen Haus zu verbringen, nicht nur vier Tage, sondern viel länger, ein Leben lang; und wie wird wohl von Weitem das Gebäude der Bibliothek des Burton College aussehen, falls es wirklich gebaut werden wird (in den letzten Briefen und Telegrammen ist von dem Auftrag jedoch nie mehr die Rede gewesen; vielleicht unternimmt er die lange Reise für nichts und wieder nichts und hat am Ende nicht einmal eine Entschuldigung, die seiner Flucht wenigstens einen Rest von Würde erhält).

Er hat seinen Bestimmungsort bald erreicht und kann sich das sesshafte Leben gar nicht mehr vorstellen, sich nicht einmal mehr zuverlässig an etwas erinnern, das vor dieser Zeit lag, in der er immer nur auf dem Sprung gewesen ist; als sein Dauerzustand nicht die Einsamkeit war und sein natürliches Umfeld nicht Züge, Bahnhöfe, Grenzübergänge, anbrechende Tage in fremden Städten, Hotelzimmer, immer neue Provisorien, das Leben jeden Tag ungewiss, fast jede Minute. Wie befremdlich es werden würde, wieder in seinem Beruf zu arbeiten, einen festen Tagesablauf zu haben, ein Büro, einen Zeichentisch.

Noch befremdlicher aber war es, dieser Mann gewesen zu sein, der jeden Tag zur ungefähr gleichen Zeit von der Arbeit nach Hause kam und sich zum Zeitunglesen immer in den Sessel setzte, der von der Form und dem Gewicht seines Körpers schon ausgebeult war, dessen Armlehnen vom Aufstützen seiner Ellenbogen verschlissen waren, in dem er eines Tages einen Atlas auf seinen Knien aufgeschlagen und sich mit seinen Kindern den Verlauf einer zukünftigen, aber auch fiktiven Reise vorgestellt hatte, mit An- und Abfahrtszeiten und einem festen Datum für die Rückkehr.

Ebenso bestürzend wie die Leichtigkeit, mit der alles, was er für dauerhaft gehalten hatte, im Verlauf dieser zwei oder drei Tage im Juli zusammengebrochen war in Madrid, war die eigene Geschmeidigkeit, mit der er sich ohne Jammern und ohne große Hoffnung mit diesem Zustand des andauernden Übergangs abgefunden hatte. Wie schnell man sich daran gewöhnte, ein Niemand zu sein und so gut wie nichts mehr zu besitzen, nur ein Gesicht und ein Name in einem Reisepass und auf einem Visum zu sein, nichts mehr zu haben als das, was sich in den Jacken- und Hosentaschen befindet, und das, was er im Koffer mit sich führt, einen Wust von Papieren und schmutziger Wäsche nach einigen Tagen, aber auch das Waschetui, einziger zweifelloser Hinweis auf eine frühere

Existenz, auf eine andere Art zu reisen, entspannt und gutbürgerlich, eine Klammer komfortabler Beweglichkeit zwischen zwei festen Punkten.

Das Lederetui, ein Geschenk von Adela, passt zum Koffer, der ebenfalls aus Leder ist, mit verchromten Schlössern, mit Fächern, in denen die Hygieneartikel mit Riemen befestigt werden, der Rasierpinsel aus Dachshaar, die versilberte Seifenschale, der Rasierer mit seinem Elfenbeingriff und den Ersatzklingen aus rostfreiem Stahl, das Fläschchen Kölnischwasser, Kamm, Schuhanzieher, Kleiderbürste. Jedes Teil am vorgesehenen Platz, in seiner Tasche oder seinem Lederfach; die sorgfältige Ordnung der alten Zeit, des hinfällig gewordenen Lebens, das nur noch undeutliche Erinnerung ist.

So kurz vor dem Ende seiner Reise empfindet er nicht Erleichterung, sondern Furcht; Furcht und Erschöpfung, als würden die in den vergangenen Wochen zurückgelegten Entfernungen, die Anstrengung des Kofferschleppens, die schlaflosen Nächte, das Rütteln der Züge, das Brummen der Schiffsturbinen, die Übelkeit in einer unzureichend gelüfteten Kabine, in der er die heiße Luft als stickig und ölig empfunden hatte, sich mit einem Mal wie eine unmenschliche Last auf seinen Schultern zusammenballen. Nicht eine ungeduldige Neugier des Ankommens befällt ihn, sondern wieder die Angst vor dem Unbekannten, davor, sich neuen Umständen anpassen zu müssen, die auch wieder nur vorübergehend sein werden; beschwerliche Unterhaltungen mit Fremden führen, Interesse heucheln, sich für die prekäre Gastfreundschaft dankbar zeigen zu müssen, die im Grunde beschämend ist, weil er ihr nichts entgegensetzen kann (vielleicht hat Van Doren gar nicht so viel Einfluss, wie er gesagt hat; vielleicht wird aus dem Auftrag auch gar nichts, weil er nur ein wohlgemeinter Vorwand war, ihm eine Zeit lang Zuflucht zu gewähren, um aus der Ferne sein Leben zu beeinflussen, so wie er Judith und ihm – gleich einem huldvollen Gott, der über die Zeit gebietet – die einzigen vier Tage geschenkt hatte, die sie am Stück hatten zusammen sein können).

Es ist dieselbe Angst, die ihn stets überfiel, wenn das Ende eines Reiseabschnitts näher kam; der Unmut dessen, der unter grellem Licht aus einem Traum gerissen wird und viel lieber weiterschlafen würde. Der Nachtzug bei der Anfahrt auf Paris, während über einer grauen Industrielandschaft mit Schornsteinen und rußgeschwärzten Mauern der Tag anbricht; das befremdliche Gefühl des Erwachens in der Schiffskabine und allmählichen Begreifens, dass er nach sieben Tagen unablässigen Maschinenlärms von der Stille der abgestellten Motoren geweckt worden war; und, viel früher noch (oder gar nicht einmal, zwei Wochen nur, aber die Tage des Unterwegsseins sind in der Erinnerung unterschiedlich lang, zerfallen in Momente oder ziehen sich in ewige Länge), nach der ersten Nacht die Überraschung, in Valencia anzukommen und vom gleißenden Licht der Morgensonne geblendet zu werden, als hätte man es mit einem übermütigen Oktoberfrühling zu tun, den die Ordnung der Kalender so wenig kümmerte wie das verfrühte Winterdunkel des Krieges in Madrid.

In Valencia waren die Cafés voller Leute und die Straßen voller Autos, und hätte man nicht hin und wieder Uniformen – noch lumpigere als in Madrid – gesehen und die verlogenen, von den Zeitungsverkäufern hinausgebrüllten Schlagzeilen gehört, hätte man denken können, der Krieg finde in einem anderen Land statt oder sei nur ein Albtraum, der mit dem ersten taufeuchten Licht des Tages verflöge. In Valencia schrieb er seinen Kindern die erste Ansichtskarte: eine pastellfarbene Strandansicht mit weißen Häusern und Palmen. Er schrieb sie an einem Kaffeehaustisch, mit einem kühlen Bier vor sich, im Schatten der Markise und in der Nähe des Bahnhofs, von dem in wenigen Stunden sein Zug nach Barcelona und weiter zur Grenze abfuhr. Er klebte eine Briefmarke auf die Karte und warf sie in einen Briefkasten, dachte lieber nicht daran, dass sie wahrscheinlich nie ankommen und mit Sicherheit nicht beantwortet werden würde.

Im Wartesaal und auf den Bahnsteigen sah man überall schwarz-rote Fahnen und anarchistische Spruchbänder, aber in den Waggons der ersten Klasse waren die Schaffner so zuvorkommend und trugen ihre blauen Uniformen so zugeknöpft, als gäbe es weder Krieg noch Revolution. Selbst die Milizionäre, die mit herrischen Gesten die Ausweise verlangten, hatten immer noch den Reflex, ihre Mütze zu ziehen, wenn sie einem gut gekleideten Reisenden gegenüberstanden, den sie im nächsten Moment verhaften oder mit ihren Gewehrkolben aus dem Zug stoßen konnten. Inmitten des Zusammenbruchs gab es noch unerwartete Erscheinungen früherer Normalität; so wie den Balkon, den er an einem bombardierten Haus gesehen hatte, der fast frei schwebend in der Luft hing, gehalten nur von einer unsichtbaren Strebe an der einzigen Mauer, die von dem Haus noch stand. Das schmiedeeiserne Geländer des Balkons war gänzlich unversehrt, genauso wie die Blumentöpfe mit den Geranien, die daran hingen. War es nicht Negrín gewesen, der gesagt hatte, Spanien mangele es sogar an dem nötigen Ernst, eine Revolution zu machen? Dass alles nur halb oder irgendwie oder grauenhaft schlecht gemacht wurde, ob nun die Oberleitung einer Straßenbahn oder die Erschießung eines Unglücksrabens?

Jetzt erkennt Ignacio Abel, dass er sich an jenem ersten Morgen der Fahrt nach Valencia noch nicht von seiner alten Identität gelöst hatte, die auf so erstaunliche Weise erhalten geblieben war wie der in der Luft hängende Balkon mit den Geranien an der einzigen stehen gebliebenen Mauer eines von Bomben zerstörten Hauses. Er war noch jemand; seine Schuhe glänzten noch, seine Hosen hatten scharfe Kniffe, er sprach deutlich und bestimmt mit Schaffnern und Gepäckträgern, mit den Fahrkartenverkäufern hinter ihren Schalterfenstern, denen

er sich schon bald so verzagt nähern würde wie den Grenzbeamten, die seine Papiere kontrollierten. In seinem Koffer lag
die Wäsche noch sauber und ordentlich gefaltet; noch hatte
er sich nicht die nervöse Geste angewöhnt, alle paar Minuten
die Innentasche seiner Jacke abzutasten, um festzustellen, ob
Pass und Brieftasche noch an Ort und Stelle waren. Immer
noch war die Brieftasche angenehm prall mit den Geldscheinen gefüllt, die er kürzlich abgehoben und zum Teil in Francs
und Dollars gewechselt hatte in der Zweigstelle in der Calle
de Alcalá, wo man ihn gleich erkannt und mit einer gewissen
Ehrerbietung behandelt hatte.

Während er darauf wartete, dass der Direktor mit seinem diskret
in einem Umschlag verstauten Geld von der Kasse zurückkam,
schaute Ignacio Abel sich um und dachte an die unveränderte
Archaik spanischer Revolutionen. So viele Kirchen waren in
Madrid in Flammen aufgegangen; aber kein Mensch wäre auf
die Idee gekommen, eine dieser pompösen Bankniederlassun-
gen in der Calle de Alcalá, deren Architektur ihn mit Grausen
erfüllte, niederzubrennen oder auch nur zu überfallen. Der
Eingang war mit Sandsäcken gesichert, die Fassaden hatte man
mit trügerischen Revolutionsplakaten behängt. Auf der Straße
fuhren mit Milizionären vollgepackte Lastwagen vorbei und
Karren voller Flüchtlinge aus Städten und Dörfern im Süden,
die von den feindlichen Truppen erobert worden waren. Im
Innern der Bank aber herrschte immer noch das etwas kirch-
lich anmutende Halbdunkel, in dem die Angestellten an ihren
Schreibtischen saßen oder vor einem Hintergrund gedämpften Schreibmaschinengeklappers halblaut miteinander sprachen.
Der Kleidungsanarchie zum Trotz, die draußen Madrider Alltag
geworden war, trug der Direktor seinen gewohnten grauen
Anzug mit schwarzer Krawatte und gestärktem Hemdkragen.
»Dann wollen Sie uns also verlassen, Señor Abel. Auch
andere sehr geschätzte Kunden haben verreisen müssen, wie

Sie wissen werden. Hoffen wir, dass das hier bald vorüber ist. Und dass sich Ihre Abwesenheit nicht allzu sehr in die Länge ziehen muss.« Er lächelte und rieb sich die blassen Hände, die durch die Berührung mit den Geldscheinen einen gewissen Glanz bekommen zu haben schienen. Als er »wie Sie wissen werden« sagte und »hoffen wir, dass das hier bald vorüber ist«, hatte er Ignacio Abel einen vorsichtig verschlagenen Blick zugeworfen, als versuche er, eine mögliche ideologische Übereinstimmung mit diesem Kunden auszumachen, der seit Jahren ein stetig anwachsendes Konto bei ihnen unterhielt und ebenfalls eine Krawatte trug.

»Das wird nicht lange so weitergehen«, hörte Ignacio Abel sich mit einem Ton militanter Überzeugung sagen, die ihm in Wirklichkeit abging; beleidigt durch die Unterstellung des Bankdirektors, die schamlos geäußerte Hoffnung auf einen baldigen Einmarsch von Francos Truppen in Madrid. »Die Republik wird mit diesen Faschisten bald aufgeräumt haben.«

Das angedeutete Lächeln des Bankdirektors erstarrte in seinem wächsernen Kirchenmännergesicht. »Hoffen wir es. Sie wissen jedenfalls, wo Sie uns finden.« Er begleitete ihn zur Tür, misstrauisch jetzt, aber immer noch ehrerbietig und zufrieden, ihm seinen Einfluss selbst in diesen neuen Zeiten unter Beweis gestellt zu haben, indem er, mit aller gebotenen Diskretion, einen sehr viel höheren Geldbetrag hatte auszahlen lassen, als im Ausnahmezustand des Krieges aus dem Land zu bringen erlaubt war.

Er band sich die Krawatte ab, als er auf die Straße trat. Es war nicht ratsam, Aufmerksamkeit zu erregen und eine Durchsuchung zu riskieren, wenn man so viel Geld in der Brieftasche hatte, ein Visum im Pass und dazu noch die Einladung des Burton College; wenn man die unsicheren Beglaubigungen einer Flucht bei sich trug, die umso unwirklicher wurde, je näher sie heranrückte. Wie eine Strömung, die sich auf einer abfallenden Fläche beschleunigt, ließ die bevorstehende Abreise die Zeit schneller und überstürzter vergehen, einen schmerzhaften Druck auf seine Brust ausüben, seine Knie weich werden und ihn all die alltäglichen Dinge aufmerksamer betrachten, die er bald nicht mehr sehen würde: die Straßen von Madrid, den Eingang seines Hauses, wo der Fahrstuhl schon lange nicht mehr funktionierte. Der Portier hatte seine mit Goldknöpfen verzierte Livree durch einen Blaumann ersetzt, obwohl er sich weiterhin dienstbeflissen und rückgratlos verbeugte, unverhohlen ein Trinkgeld erwartend und vielleicht die Möglichkeit erwägend, einen Bewohner, mit dem er schon lange auf Kriegsfuß stand, zu denunzieren.

In jedem noch so banalen Detail erblickte Ignacio Abel die unauslöschlichen Zeichen der bis zu seiner Rückkehr vergehenden Zeit; dessen, was er vielleicht nie mehr wiedersehen würde. Er war weder erregt noch traurig, nur unsäglich erschöpft, mit diesem Druck auf der Brust, dieser Last auf den Schultern, dem hohlen Gefühl im Bauch und den kraftlosen Beinen. Er wanderte wie ein Gespenst durch die leere Wohnung, als sähe er die Zimmer und die Möbel nicht im gegenwärtigen Moment oder schon als Erinnerung, sondern in der zukünftigen Zeit seiner Abwesenheit, die genau in jenem Moment beginnen würde, wenn er die Wohnungstür zum letzten Mal von außen abschloss, im zähen Überdauern einer Schattenwelt, die niemand beachtet.

Bevor er die Lichter anmacht, schließt er die Fensterläden. Von seinem Schlafzimmerfenster aus hatte er zum letzten Mal die schwarze Silhouette der Dächer von Madrid betrachtet, die dunklen Abgründe der Straßen, von denen nur das Sausen der Wagen patrouillierender Milizen und das ferne Gewehrfeuer von Exekutionen heraufdrang; und gegen Mitternacht vielleicht das Brummen unsichtbarer feindlicher Flugzeuge, die allmächtig und gefahrlos eine Stadt ohne Suchscheinwerfer und Flugabwehrkanonen überflogen. Es war kühl geworden, und die Heizung funktionierte nicht. Die Stromversorgung war so schwach, dass die Glühbirnen nur noch gelblich flackerten und nicht die Kraft besaßen, die in den Zimmerecken und am Ende des Korridors sich ballenden Schatten zu vertreiben, von dort, wo das Plappern der Dienstmädchen und deren geschäftiges Treiben aus der Küche schon so lange nicht mehr zu hören war wie die Musik und die Reklamesendungen aus ihrem Radio.

Während der letzten Nacht in seiner Wohnung, in der er so lange ganz allein gehaust hatte, lief Ignacio Abel benommen durch die Zimmer, hörte die eigenen Schritte auf dem Parkett und sah sein Gesicht in den trüben Spiegeln. Der Koffer stand offen auf dem Bett, das er seit Tagen nicht mehr gemacht hatte (aber er hatte noch nie ein Bett gemacht, so wenig wie er je die Küche betreten und nur eine ungefähre Vorstellung davon hatte, wie man den Gasherd anzündete). Seine Anzüge und Adelas Kleider im dunklen Kleiderschrank waren Gespenster oder nebeneinanderhängende Inkarnationen eines früheren Lebens, die zwar an ihren Formen erkennbar, aber so inhaltlos und wirklichkeitsfern waren wie dieses selbst. Er faltete die Kleidung ungeschickt zusammen, als er sie in seinen Koffer packte. Dazu wählte er Skizzenblöcke, das eine oder andere Buch, ein Foto von den Kindern, das im vorigen Sommer oder dem davor aufgenommen worden war, nahm sein Architektendiplom aus dem Rahmen und verwahrte es in einer Papprolle.

Ihm war geraten worden, nicht zu viel Gepäck mitzunehmen; Dokumente und Passierscheine konnten sich als wirkungslos erweisen, und er würde die französische Grenze vielleicht auf geheimen Pfaden zu Fuß überqueren müssen. Sicher war nichts mehr. Nicht einmal vom Atocha-Bahnhof fuhren noch Züge (in den Zeitungen hieß es dennoch, die wie immer siegreichen Milizen hätten einen feindlichen Versuch abgewehrt, die Eisenbahnverbindung zwischen Madrid und der Mittelmeerküste zu unterbrechen). Er würde auf einem Lastwagen nach Alcázar de San Juan fahren müssen, wo irgendwann der Schnellzug nach Valencia durchkommen sollte. Er klappte den Koffer zu, löschte das Licht und beschloss, sich noch einen Moment lang aufs Bett zu legen, um für ein paar Minuten die Augen zu schließen. Wegen der Alarmsirenen und der Bombardierungen und überhaupt der Nervosität ob der bevorstehenden Reise hatte er die letzten zwei oder drei Nächte kein Auge zugetan. Kaum lag er auf dem zerwühlten Bett, das ungemacht zurückbleiben würde, wenn er das Haus verließ, sank er in den Schlaf wie ein Stein im Wasser. Er wusste, dass er geschlafen hatte, weil er vom Klopfen an der Tür aufgewacht war, von der Stimme, die im Dunkeln seinen Namen rief.

*Ignacio, um Himmels willen, lass mich herein!*

Wie viel Entfernung fasste die kolorierte, glatte Oberfläche einer Landkarte, über die der Zeigefinger fuhr: die Kälte auf der Ladefläche des Lastwagens, der hochgeschlagene Mantelkragen und der tief in die Stirn gezogene Hut, der hustende Motor, die kurz von der Glut einer Zigarette beleuchteten Gesichter, die weite Ebene ohne Lichter, auf der man manchmal den undeutlichen weißen Fleck eines Dorfes erkannte. Irgendwann hörte man das Gebrumm von Flugzeugen, und der Lastwagen fuhr sehr langsam und mit ausgeschalteten Scheinwerfern. Ignacio Abel brauchte eine ganze Weile, bis er sich über die tatsächliche Weiträumigkeit der Welt klar wurde, die er auf seiner Reise zu durchqueren hatte und die ihm noch unermesslicher vorkam, weil ihm die Bezugspunkte Judith Biely und seine Kinder fehlten.

Vielleicht ahnte er sie, nicht mit der Kraft seines Verstandes, sondern mit der vorweggenommenen Angst am Vorabend seiner Abreise, der letzten Nacht, während er seinen Koffer packte, während er im Zimmer oder mitten im Flur stehen blieb, weil ihm entfallen war, wohin er gehen wollte in der viel zu großen Wohnung, die er eigentlich nie als sein Heim empfunden hatte, während er ein ums andere Mal seine Dokumente und das Geld überprüfte, sich aber nicht entschließen konnte, einen Teil davon ins Mantelfutter einzunähen oder im doppelten Boden des Koffers zu verstecken. Mit einem Mal war er illegal, bedroht, erschrocken, ein Deserteur, der aus seiner Stadt, seinem Land floh, vor dem Krieg, in dem andere kämpften und starben, und das für eine Sache, die auch die seine war, die er nur nicht mehr benennen konnte, ohne das Gefühl zu haben, dass die Wörter ein Betrug waren und er sich mit ihrer Verlogenheit ansteckte, wenn er sie in den Mund nähme, ganz gleich ob mit oder ohne Großbuchstaben: Republik, Demokratie, Sozialismus, Antifaschistischer Widerstand.

Das alles klang so falsch, so willkürlich; nicht wie bei den anderen, beim Feind, der von Süden, von Westen und von Norden her auf Madrid marschierte, und zwar nicht mit Fahnen und großen Worten und zerlumpten Fantasieuniformen, sondern mit tödlicher Entschlossenheit, mit mordenden Söldnern in seinen Reihen, mit Militärgeistlichen, die in einer Hand die Pistole und mit der anderen das Kreuz hochhielten, mit gut eingefetteten Mausergewehren, der mitleidlosen Disziplin von Maschinen. Es waren jene, die zu Pferd die Landarbeiter über die Felder jagten und wie räudige Hunde totschlugen; die hinterher die Frauen der Erschossenen vergewaltigten und ihnen die Schädel kahl schoren; die die Arbeiterviertel von Granada und Sevilla zuerst bombardierten und dann die Überlebenden mit Bajonetten niedermachten; die aus ihren Flugzeugen heraus mit Maschinengewehren auf die Kolonnen der Flüchtlinge schossen, die alles aufgegeben hatten und Hals über Kopf flohen, um nicht in ihre grausamen Hände zu fallen.

Die Zeitungen in Madrid verkündeten täglich triumphalere Lügen, und im Radio bejubelte man die Unerschrockenheit der Volksmilizen, doch die einzige Wahrheit war, dass die anderen weiter vorrückten. In den letzten Nächten trug der Wind manchmal das Donnern der Geschütze der immer näher kommenden Front heran. Schicksalsergeben, mit einem schmerzlichen Gefühl von Scham, von Erleichterung auch, fliehen zu können und seine Kinder wahrscheinlich außer Gefahr zu wissen, packte Ignacio Abel seinen Koffer, sah in seiner überschäumenden Erwartung bereits den Zug vor sich, der ihn zur Grenze bringen würde, den er nehmen würde, um nach Paris zu gelangen, der ihn zu der Hafenstadt brächte, wo der bauchige Schiffsrumpf eines Ozeandampfers am Ende einer Allee aufragte, gigantischer als die Geschäfte und Bäume auf dieser Straße, strahlender als die in der beginnenden Dunkelheit aufleuchtenden Schriftzüge eines Hotels oder Cafés.

Sein Wille war außer Kraft gesetzt. Mechanisch legte er Hemden in den Koffer, Krawatten, Unterwäsche, Socken, Dinge, auf die er noch nie sein Augenmerk gerichtet hatte, die er wie durch ein Wunder stets gebügelt und gefaltet in seinen Schubladen vorfand, in den Koffern seiner Reisen in einer anderen Zeit. Er hatte nicht zu Abend gegessen und er verspürte keinen Hunger. Die gefüllten Teller erschienen nicht mehr wie von Zauberhand vor ihm auf dem Tisch, und er hatte keine Lust, hinunterzugehen und irgendwas in einem billigen Restaurant in der Nähe zu sich zu nehmen, wo das Essen auf jeden Fall viel schlechter sein würde und sicher auch schon knapp zu werden begann. Er trank lustlos ein paar Schlucke Cognac, und sogleich wurde ihm übel; er fühlte sich noch benommener, noch mehr von Gespenstern belagert in dieser Wohnung, die er in wenigen Stunden vielleicht für immer verlassen würde, wenn das Geräusch der ins Schloss fallenden schweren Wohnungstür ein letztes Mal durch die verdunkelten Zimmer hallte.

Ach, meine Liebe, meine Tochter, mein Sohn, meine betrogene und gedemütigte Frau, vergessene Schatten meiner verstorbenen Eltern. Der Alkohol im leeren Magen steigerte die

Benommenheit. Er legte sich aufs Bett und sank minutenlang in tiefen Schlaf, und was danach geschah, als das Klopfen an der Tür ihn weckte, hatte die Qualität eines Albtraums, an den er lieber nicht zurückdachte, obwohl er die Stimme im Geiste immer noch hörte. *Ignacio, um Himmels willen, mach auf!* Um Mitternacht würde der Lastwagen am Atocha-Bahnhof auf ihn warten. Er wusste, dass es leichtsinnig war, und dennoch durchquerte er die Stadt zu Fuß auf Seitenstraßen, wo die Wahrscheinlichkeit, von einer Patrouille aufgegriffen zu werden, geringer war. Als der Koffer schon gepackt an der Tür stand und er bereits den Mantel angezogen und den Hut aufgesetzt hatte, ging er ein letztes Mal durch alle Zimmer, löschte die Lichter, vergewisserte sich, dass die Wasserhähne zugedreht waren; als führe er in die Ferien.

Man glaubt, etwas dauere ein ganzes Leben und halte für immer, und dann ist es von einem Tag auf den anderen zu Ende und hinterlässt nicht die geringste Spur. Im Kinderzimmer lag auf Litas Schreibpult noch der Atlas, den er Ende Mai oder Anfang Juni mit ihnen durchgeschaut hatte, als es schon heiß war in Madrid und alle Fenster aufgemacht wurden, um die abendliche Kühle hereinzulassen und mit ihnen die Geräusche von der Straße, die hellen Kinderstimmen, die die Abendzeitungen ausriefen, das Zwitschern der unter den Dachrinnen nistenden Schwalben. Im Spiegel des Kleiderschranks erblickte er sich plötzlich wie einen Eindringling, dachte voller Reue an die Ohrfeige, die er Miguel gegeben hatte. Mein Sohn, meine Schande.

Litas Bücher und Hefte standen ordentlich in einem Wandregal über dem Schreibpult. An den Titeln konnte man ihre Laufbahn als Leserin verfolgen: die Celia-Bücher von Elena Fortún, dann Verne und Salgari, bald schon *Jane Eyre* und *Sturmhöhe*. Er fuhr mit dem Finger über die Buchrücken, das Holz der beiden gleich aussehenden Schreibpulte. Er zog die kleinen Schubladen auf, und lang eingeschlossene schulische Gerüche von Tinte, Holz und Bleistiften stiegen ihm in die Nase. In der Schublade von Miguels Pult deutete ein Durcheinander von Heften und losen Blättern auf die Hast, mit der er vor der Abfahrt zum Ferienhaus alles hineingestopft hatte. Ganz hinten in der Schublade fand Ignacio Abel Handzettel mit Kinoprogrammen und aus Zeitschriften ausgeschnittene Fotos von Filmschauspielern, eines vom jungen Sabu mit nacktem Oberkörper und einem Turban wie aus *Arabische Nächte.*

SKANDAL IM MEKKA DES FILMS: ALLES ÜBER DEN MYSTERIÖSEN TOD DER THELMA TODD. Mit dem Ausschneiden von Schauspielerfotos und dem Anschauen der Handzettel von Filmen, die zu sehen sein Vater ihm nicht erlaubt hatte, hatte Miguel viele der Stunden verbracht, in denen er zur Strafe in seinem Zimmer hatte lernen sollen. SHIRLEY TEMPLE FEIERT IHREN SIEBTEN GEBURTSTAG, SIE VERDIENT ZWEI MILLIONEN PESETEN IM MONAT. Er dachte daran, wie oft er ins Zimmer gekommen war und der Junge hastig etwas in der Schublade oder zwischen den Seiten eines Buches verschwinden ließ, den Kopf tief über das Pult gebeugt in dem wenig überzeugenden Versuch, konzentriert und lerneifrig zu wirken, mit dem rechten Bein unter dem Pult wippend. Wie grob hatte er ihn oft behandelt, wie unnötig grausam, vor allem im Vergleich zur Tochter, deren offene Bevorzugung völlig unakzeptabel gewesen war.

Aber vielleicht erinnerte sich sein Sohn, an den er so viel denken musste, gar nicht mehr besonders an ihn; vielleicht hatte er sich schon an seine Abwesenheit gewöhnt, an das neue Leben in der Familie und der Schule auf der anderen Seite der Front, im Feindesland, wo seine Briefe und Ansichtskarten nur schwerlich hinfinden würden. Vielleicht schmerzte das uneingelöste und von Anfang an verlogene Versprechen der gemeinsamen Reise nach Amerika ihn selbst viel mehr als seine Kinder, die eigentlich Betrogenen.

Er knipste die Zwillingslampen der beiden Lernpulte aus und schloss die Zimmertür so leise hinter sich wie früher, wenn er hoffte, dass die Kinder schon eingeschlafen waren. Mit einem Mal wurden alle die Abwesenheiten, die sich in den letzten Minuten vor Verlassen der Wohnung um ihn her aufbauten, ihn hinausstießen und ihm gleichzeitig den Weg versperrten, so dicht, dass er kaum noch Luft bekam; wurden sichtbar wie die Formen der Möbel und Stehlampen unter den Bettlaken, die sie bedeckten. Während der letzten Monate war die Wohnung eine leblose Landschaft gewesen, eine verlassene, von Einsamkeit und Unordnung beherrschte Bühne, durchdrungen von Staub und stickiger Luft. Jetzt wurden ihre Schatten lebendig, wuchsen ins Riesenhafte und bewegten sich wie Silhouetten, die vom Licht einer Lampe an die Wand geworfen wurden.

Leise wie ein Dieb verließ er sie jetzt mit dem unguten Gefühl, etwas Entscheidendes vergessen zu haben, schloss die Tür langsam und lautlos, sperrte aber nicht ab, stieg in fast vollkommenem Dunkel die Marmorstufen des Treppenhauses hinunter, weil die Beleuchtung schon lange nicht mehr funktionierte und niemand kam, um sie zu reparieren, genauso wenig wie den Fahrstuhl. Er fürchtete, jemandem zu begegnen oder vom Portier gesehen zu werden, der sich wundern würde, ihn um diese Zeit mit einem Koffer das Haus verlassen zu sehen, vielleicht einer der Patrouillen einen Wink geben würde, die ab und zu vorbeikamen und die Wohnungen nach Verdächtigen oder Heckenschützen durchsuchten, und das in diesem gutbürgerlichen Haus, dessen Bewohner zum großen Teil das Glück gehabt hatten, in den Ferien zu sein, als die Revolution ausbrach.

Eine einsame Gestalt, die im diffusen Licht einer mondhellen Nacht dicht an den Hauswänden entlanggeht in dieser Stadt der verrammelten Fenster und gelöschten Straßenlaternen, die sich vor der Gefahr duckt und in einer feindseligen, spannungsgeladenen Stille auf die Kälte wartet, vielleicht auch auf das Eintreffen des Feindes. Den Hut in die Stirn gezogen, den Regenmantel für die Reise am Körper, den Koffer in der Hand, entschlossenen und dennoch vorsichtigen Schritts, wachsam jedes beunruhigende Geräusch wahrnehmend, die Glockenschläge der Turmuhr, die ihm verraten, dass er noch Zeit genug hat, den Atocha-Bahnhof zu erreichen, wo ein von Dr. Juan Negrín unterzeichneter Passierschein ihm einen Platz auf dem Lastwagen sichert, der eine Ladung nicht näher bezeichneter behördlicher Dokumente nach Valencia bringt, bewacht von uniformierten Männern.

Es dauerte eine Weile, bis er sich an die permanente Ungewissheit gewöhnt hatte, an die Unbequemlichkeit, in jeder nur denkbaren Lage zu schlafen, sich gegen die Kälte zu wappnen, den Kopf auf den Koffer gelegt, ständig durchgeschüttelt und gestoßen, oder auf einer Holzbank ausgestreckt oder auf dem kalten Marmor der Wartehalle eines Bahnhofs, an dem kein Zug hielt; daran, die Augen aufzuschlagen und nicht zu wissen, wo er war; nicht zu wissen, ob seine Papiere den Schaffner, den Polizisten, den Zollbeamten oder den Grenzsoldaten überzeugten, der sie so unendlich lange kontrollierte. Jeder Aufbruch war Erleichterung, das Ende eines meist unvorhersehbar langen Wartens. Jede Ankunft, jede Annäherung an einen neuen Bestimmungsort war Beunruhigung; eine Sorge, die sich nach und nach in Furcht verwandelte. Geduld war reines körperliches Erschlaffen, gesteigert noch durch Übermüdung. Lange Menschenschlangen, die darauf warteten, dass ein Schalterfenster geöffnet wurde; dass die Befragung eines Reisenden endete und der nächste an die Reihe kam; dass ein Zöllner aufhörte, jedes Wäschestück in einem Koffer zu untersuchen, jedes einzelne Teil des Inhalts eines Waschbeutels, jedes noch so banale Souvenir.

In Wartesälen, vor Kontrollhäuschen und an Grenzschranken wurde Ignacio Abel Teil einer neuen Spezies, die ihm bis dahin fremd gewesen war, mit Ausnahme von Professor Rossmann, die der Transitreisenden mit abgeschabten Koffern und fragwürdigen Papieren, Nomaden mit schief gelaufenen Absätzen und Ausweisen voller Stempel, die schon so aussahen, als ob sie gefälscht wären. Der Zug, der ihn nach Barcelona gebracht hatte, hielt am Abend des zweiten oder dritten Tages seiner Reise in Portbou, wo die Fahrgäste ausstiegen und sich schweigend in einer Reihe vor der Grenzbaracke aufstellten. Auf der anderen Seite des Schlagbaums ging ein französischer Gendarm auf und ab, der sich mit einem kurzen Wachstuchcape gegen den Nieselregen schützte. Ein paar Schritte vor der französischen Flagge hing nicht die der Spanischen Republik am Mast, sondern eine riesige schwarz-rote Fahne mit den anarchistischen Initialen in der Mitte. Wie würde Negrín sich fühlen, wenn er diese Anmaßung sähe, wenn er seinen Abgeordnetenausweis und seinen Diplomatenpass den beiden mit Mausergewehren und Pistolen bewaffneten Milizionären aushändigen müsste, die mit Munitionsgurten über der Brust, mit schwarz-roten Halstüchern und breiten Koteletten wie Wegelagerer auf romantischen Stichen jeden einzelnen Fahrgast verhörten.

Zur Vorsicht hatte sich Ignacio Abel im Zug schon die Krawatte abgebunden und den Hut im Koffer verstaut. In der neuen Tätigkeit des geduldigen Wartens und der gehorsamen Demut war er noch nicht sehr geübt. Er übergab den auf der Seite mit dem Foto aufgeschlagenen Pass und schaute dem Milizionär einen Moment lang in die kleinen, geröteten Augen. Der Mann war so gelangweilt oder übermüdet, dass er die Zigarette in seinem Mundwinkel hatte erlöschen lassen und sich nicht die Mühe machte, sie wieder anzuzünden. Auf einer Bank an der Barackenwand saß eine weinende Frau, der man den Übergang verweigert hatte, über ihr ein Plakat, auf dem ein mit einer Bastsandale bekleideter Fuß eine Schlange zertrat, deren drei Köpfe die Gesichter Hitlers, Mussolinis und eines Bischofs trugen.

Die anderen Reisenden starrten sie wortlos an, in keinem Gesicht die geringste Spur von Sympathie; die Blicke wandten sich ab, wenn die Frau den Kopf hob, als wollte man von ihrem Unglück nicht angesteckt werden. Der übermüdete Milizionär spuckte die Kippe aus und blätterte durch Ignacio Abels Pass, indem er sich die Daumenkuppe mit der Zungenspitze befeuchtete. Noch konnte er sich nicht vorstellen, wie viele solcher Überprüfungen er in den nächsten Wochen würde über sich ergehen lassen müssen, wie viele forschende Blicke sich vom Passfoto auf sein Gesicht richten würden, als müsse jeder Gesichtszug genauestens untersucht werden, als könnten ein deutliches Foto und klare Angaben in einem noch nicht von unachtsamen oder schmutzigen Händen begrapschten Dokument eine Fälschung oder die Notwendigkeit einer Verhaftung nicht definitiv ausschließen, oder vielleicht auch nur die Verzögerung unnötig machen, die dazu führte, dass der verdächtige Reisende seinen Anschlusszug verpasste oder einfach nur aufgehalten und noch etwas mehr zermürbt wurde auf seiner Flucht.

Mit der Zeit beobachtete er Varianten, wiederkehrende Verhaltensweisen: vorgeführte Müdigkeit, die bedrohlich wirkte; genussvoll zelebrierte Langsamkeit; unverhohlene Gewalt, mit der ein Stempel auf ein Schriftstück geknallt wurde; eine Art, ein Verhör mit leiser Stimme zu führen, damit die Sprachschwierigkeit verschärfend wirkte. Bei jedem Grenzübergang hatte er das Gefühl, sein Gesicht verändere sich, wenn ihn wieder ein Uniformierter anstarrte; dass sich sogar sein Gesicht auf dem Passfoto veränderte, das ursprüngliche Gesicht in immer weitere Ferne rückte, jemandem gehörte, der törichterweise bereit war, die Qualen der allernächsten Zukunft nicht wahrhaben zu wollen.

Die mürrische, aggressive Grobheit der spanischen Milizionäre war nicht so verletzend wie die kalte Unnahbarkeit der französischen Gendarmen mit ihren blitzsauberen Uniformen, die sich mit ordinären Gemeinheiten an den spanischen Bauersfrauen ausließen, die sie fürchteten und ihre Befehle nicht verstanden. Größer als die Menschen um ihn herum, besser gekleidet, imstande, den Gendarmen auf Französisch zu antworten, sah sich Ignacio Abel dennoch derselben Verachtung ausgesetzt, was ein bitteres Gefühl von brüderlicher Verbundenheit in ihm weckte. Auch er war ein *sale espagnol;* mit dem einzigen Unterschied, dass er die Beleidigungen verstand, deren größte von allen gar nicht ausgesprochen werden musste, sondern gleich ins Auge stach, wenn man die Grenze hinter sich hatte: der große saubere Bahnhof, gut rasierte Polizisten mit makellosen steifen Krägen, dem Glanz von guter Ernährung auf den Wangen, Plakate von den Stränden der Côte d'Azur und von Überseereisen anstelle von revolutionären oder kriegerischen Parolen, die Fensterfront eines Restaurants oder der leuchtende Schriftzug eines Hotels.

Beim Grenzübertritt wurde ihm jäh die lehmige Schwere seiner spanischen Krankheit bewusst, vor der er vielleicht davonlaufen konnte, für die es aber wahrscheinlich keine Heilung gab, obwohl er ja wenigstens die Symptome unterdrücken konnte, wenn er sich nur möglichst bald von seinen Landsleuten entfernte, denen es nicht gegeben war, ihre feindseligen Blicke zu vermeiden und die Kainszeichen armer Ausländer zu verbergen: die speckigen Baskenmützen, unrasierten Gesichter, schwarzen Schultertücher und gerafften Trauerröcke, die dicken Kleiderbündel auf den Rücken, an baumelnden Brüsten saugende Kinder, wenn sie aus den Abteilen der dritten Klasse strömten und wie Zigeuner auf den Bahnsteigen lagerten. Er hingegen war in der ersten Klasse gereist, er konnte in ein Restaurant am Platz gehen und sich zum Essen einen Fensterplatz aussuchen, eine Flasche ausgezeichneten Weins dazu trinken; er konnte sich die Zeit bis zur Abfahrt des Zuges nach Paris mit einem Glas Cognac verkürzen oder durch die Jalousien seine Landsleute beobachten, die auf den Stufen der Bahnhofstreppe saßen und Speckstücke, Schwarzbrot und Büchsen mit Sardinen untereinander teilten.

Er hatte im Laufe der Jahre seinen Sinn fürs frugale Mahl verloren, und keine Sorge ums Morgen ließ ihn ängstlich das Geld zusammenhalten. Er konnte auf die Privilegien nicht mehr verzichten, die ihm das Leben so viele Jahre lang komfortabel gemacht hatten. Noch schützte ihn der gesellschaftliche Abstand. Dessen Verlust bekam er jedoch schon in der Nacht, im Schnellzug nach Paris, zu spüren, für den es keine Fahrkarten erster Klasse mehr gegeben hatte und in dem er mit einem nicht reservierten Platz in der zweiten Klasse vorliebnehmen musste, von dem er beim nächsten Halt unwirsch verjagt wurde, als der verärgerte Fahrgast beim Schaffner seinen reservierten Platz reklamierte und ihm einen verächtlichen Blick zuwarf, als Ignacio Abel sich ungekämmt und mit seinem Koffer in der Hand an ihm vorbei in den Gang quetschte; aus dem Schlaf gerissen und des Platzes verwiesen, der ihm nicht zustand, auf den ein französischer Staatsbürger mit quer über den kahlen Schädel gekämmten Haarsträhnen und einem Abzeichen am Revers einen unantastbaren Anspruch besaß.

Er hatte da noch nicht gelernt, sich durch derartige Widrigkeiten nicht verletzt zu fühlen; wenn er auf erstbeste Art und Weise irgendwo schlafen musste; wenn er nicht so ehrerbietig behandelt wurde, wie es in seinem vorigen Leben selbstverständlich gewesen war. Der Gang vor dem Abteil war überfüllt, und es dauerte Stunden, bevor er sich auf den Boden setzen und über seinem Koffer in unruhigen Schlummer fallen konnte. Der Fußtritt, mit dem ihn ein Gendarm aufweckte, machte sich noch tagelang schmerzhaft in seinem Selbstwertgefühl bemerkbar und war vielleicht die erste wirkliche Lektion seines neuen Lebens. Aber noch immer hatte er nicht gelernt, Demütigung zu akzeptieren, statt sich dagegen aufzulehnen; für die Gewogenheit dessen dankbar zu sein, der ihm schaden konnte, statt sich über seine armselige Tyrannei zu empören.

Und in den ersten Nächten seiner Reise lernte er etwas, das er sich auch nicht hatte vorstellen können: dass seine Liebe zu Judith Biely, die in Madrid durch die Schicksalhaftigkeit des Verlustes, durch die auf den Kopf gestellte Welt des plötzlichen Krieges gefühllos geworden war, unversehrt wieder auflebte, kaum dass er Spanien verlassen hatte. Nicht schlagartig – zuerst in Träumen, dann ganz bewusst, im melancholischen Erwachen ohne sie, wenn er sie eine Sekunde zuvor noch in den Armen gehalten hatte, sie schlank und nackt vor ihm gestanden, seine Haut zuerst mit ihrem gelockten Haar, dann mit ihren Lippen berührt hatte. In diesen Zügen, in denen er jetzt reiste, war sie durch Europa gefahren, als sie ihn noch nicht kannte, und soviel er wusste oder auch nicht wusste, war es durchaus denkbar, dass er ihr im Menschengewimmel eines Bahnhofs oder einer Straße in Paris oder im Café eines Hafens, von dem aus Dampfer nach Amerika abfuhren, unversehens gegenüberstünde. Judith Biely vollführte einen Sprung von der Trostlosigkeit der Erinnerung zur unmittelbar bevorstehenden Zukunft, die sich jetzt vor ihm auftat, aber auch zu der schimärischen Zukunft, die noch nicht stattfand, der Zukunft der Reise nach Amerika, die sie zusammen geplant hatten und die nie zustande gekommen, die zwischen Erinnerung und Traum hängen geblieben war wie eine zeitlose Fata Morgana.

Das in Träumen wiederbelebte Verlangen brachte wie einen zerstörerischen Nebeneffekt die Eifersucht ins Spiel. Mit welchen Männern war sie zusammen gewesen, bevor sie ihn kennengelernt hatte? Eine junge, ungebundene Frau, geblendet von Europa, die an die eigene Attraktivität so wenige Gedanken verschwendete wie an das Bild, das die Männer sich von ihr machen mochten, die ihre amerikanische Natürlichkeit für sexuelle Verfügbarkeit hielten. Mit welchen Männern würde sie jetzt zusammen sein, nachdem sie Madrid verlassen hatte; glücklich, nicht nur der Liebe, sondern auch dem Schuldgefühl und der Niedertracht der Täuschung entgangen zu sein? *Ich hätte es mir nie verziehen, wenn deine Frau gestorben wäre, wenn sie unseretwegen in diesem Stausee ertrunken wäre.*

In den lichten und zerbrechlichen Träumen der Reise begegnete Ignacio Abel ihr wieder in der paradiesischen Unschuld der ersten Tage, als sie geglaubt hatten, die Welt sei ein Garten Eden und sie die einzigen Menschen darin. Je mehr er alles verlor, sein Geld zu Ende ging, seine Kleidung verschliss und er sogar die anspruchsvolleren hygienischen Gewohnheiten aufzugeben begann, je mehr er sich an den Gedanken gewöhnte oder der Einsicht ergab, dass die Reise niemals enden würde, desto deutlicher wurde die geisterhafte Gegenwart Judith Bielys für ihn. Er erwachte aus einem unruhigen Minutenschlaf in einer Bahnhofshalle oder in der Schiffskabine mit der unbezahlbaren Trophäe ihrer soeben vernommenen Stimme oder dem exakten Gefühl der rosigen Knospen ihrer Brüste, die über seine Haut strichen; für einige Sekunden sah er sie in zwei Zeiten gleichzeitig auf sich zukommen, in der Gegenwart und der darüberliegenden Erinnerung, wie auf einer doppelbelichteten Fotografie.

Eines Nachts wachte er auf und wusste nicht, wo er war. Sanft schwankend in der stillen Dunkelheit und mit der Gewissheit, kurz vorm Ejakulieren aufgewacht zu sein, weil er sich noch an einen ihrer Wortwechsel in zwei Sprachen erinnerte, der für ihn so erregend war wie die Vermischung von Speichel, Schweiß und Sekreten: »*I'm coming,* komm jetzt!, oder wie sagst du dazu, *I'm coming now.*«

Das fahle Licht des Bullauges über seiner Koje brachte ihn wieder in den Raum zurück, aber nicht in die Zeit. Er hätte ebenso gut nach mehreren Stunden Schlaf aufgewacht sein können wie nach wenigen Minuten erst. Er war nicht müde und fühlte sich nicht schläfrig. Zum ersten Mal vibrierten die Stahlplatten des Schiffsrumpfes nicht, drang nicht das rhythmische Wummern der Maschinen an sein Ohr. Er zog seinen Mantel über den Schlafanzug und ging an Deck, schlurfte durch enge, schwach erleuchtete Korridore, in denen er keiner Menschenseele begegnete. Ein Gefühl von hellem Wachsein und körperlicher Leichtigkeit war so intensiv wie in einem Traum und wurde von der Stille und Einsamkeit ringsum noch verstärkt. Er stützte sich auf die Reling und sah nichts, nur die Lichtgirlanden, die sich über das Deck schwangen, verschwommen in einem dichten, doch keineswegs kalten Nebel, der sich in der windstillen Nacht nicht bewegte. Manchmal vernahm man das Schwappen des Wassers unten am Rumpf und aus der Ferne das dumpfe Tuten eines anderen Schiffs, eine akustische Demonstration von der Weite des unsichtbaren Raums. Von näherbei hörte er einen Klang wie von einem Kirchenglöckchen, ein eintöniges Bimmeln in immer derselben Tonlage, wie eine Glocke, die zur hl. Messe ruft oder zur Rosenkranzandacht in einem spanischen Städtchen auf dem Land.

Das Gehör passte sich den fernen Klangeindrücken an wie das Auge an die langsam heraufziehende Helligkeit. Ganz in der Nähe hörte er Stimmen, sah jedoch keinen Menschen. Erst ein wenig später nahm er Umrisse an der Reling wahr, die Nebel und Dunkelheit bisher verborgen gehalten hatten. Über Nachthemden und Pyjamas geworfene Mäntel, Hände, die sich in eine Richtung streckten, in der er nichts erkennen konnte. Nach und nach drang ein anhaltender heiserer Klang, der aus den Laderäumen des Schiffes zu kommen schien, in sein Bewusstsein. Doch er erstarb, Stille breitete sich wieder aus, und mit ihr jetzt deutlicher vernehmbare Worte und wieder das Schwappen des Wassers an den Rumpf. Die Stimmen wurden unterscheidbar wie von aufflammenden Feuerzeugen oder von der aufleuchtenden Glut einer Zigarette beschienene

Gesichter; Gesichter, die ihm nach einwöchiger Überfahrt vertraut vorkamen.

Auf einer Seite blickte man auf eine lange Reihe flackernder Lichter, auf der anderen sah man einen kompakten hoch aufragenden Schatten wie von einer Steilküste aus Basalt, der im Nebel jedoch nur undeutlich zu erkennen war und fast schwarz vor dem dunklen Grau, in dem er sich auflöste und in dem jetzt Sternbilder sichtbar zu werden schienen, während auch das Rumoren wieder hörbar wurde, lauter jetzt und immer misstönender. Das Gehör verriet ihm eher als das Auge, dass die Stadt New York hinter dem Nebel lag. Er hörte den hellen Klang von Autohupen aus dem allgemeinen Großstadtlärm heraus, das Rattern von Zügen über Eisenbrücken, Sirenen von Schiffen und Fabriken. Im sich lichtenden Nebel erblickte er das vertikale Profil der Stadt wie die sich herausschälenden Formen einer lang ersehnten Gestalt.

Die Ankunft in New York ließ ihn kindischerweise noch einmal die Erregung der körperlichen Nähe Judith Bielys spüren, entgegen aller Vernunft sich vorstellen, dass sie am Ende des Kais auf ihn wartete, in einer Hotelhalle auf ihn zukäme, am Ende einer Straße oder auf dem Weg eines Parks vor ihm auftauchte, wie so oft in Madrid. Die Stadt war so unauflöslich mit ihr verbunden, dass es unmöglich war, in New York anzukommen und Judith Biely nicht zu begegnen. Und mit dem Verlangen kam die Angst vor diesem gewaltigen Schlund, in dem man sich so leicht verirren konnte, vor dem Maßstab einer Welt, die immer größer wurde, je mehr der Dunst sich lichtete. Das Kirchenglöckchen gehörte zu einer auf den Wellen schwankenden Boje, einer Warnung im Nebel. Diese aus dem Wasser aufragenden Steilwände von turmhohen Häusern waren eine Stadt; dieses Meer von stahlgrauem Wasser und in der Ferne verschwimmenden Ufern war ein Fluss. Nun galt es wieder, die Dokumente zu überprüfen, sich auf neue Durchsuchungen einzustellen, auf geringschätzige und vielleicht feindselige Blicke, ordinäre Gesten möglicherweise, auf langes Warten und entwürdigende Behandlung.

In den übernächtigten Gesichtern an Deck erkannte Ignacio Abel schon seinesgleichen: die schlecht rasierten Flüchtlinge aus Europa, deren Koffer mit Schnüren zusammengebunden waren, die nervös nach ihren Brieftaschen tasteten. So wie er auch die anderen erkannte, die Weltreisenden und Geschäftsleute, die seriöse Pässe besaßen und über jeden Zweifel erhabene Beglaubigungsschreiben. Vielleicht gab es, wenn man einmal die Grenze von den einen zu den anderen überschritt, kein Zurück mehr.

Vielleicht würde er, wenn er seine Papiere den prüfenden Blicken der amerikanischen Zollbeamten überließ, erfahren, dass die Spanische Republik während seiner Reise untergegangen und er daher Bürger eines nicht existierenden Landes war. Er ging in seine Kabine hinunter, um sich anzukleiden und wieder einmal seinen Koffer zu packen, und als er danach an Deck kam, hatte sich der Nebel verzogen. Staunend sah er die noch blassen Farben überall: die Bronze der Gesimse, das Blau des Himmels, das dunkle Grün des Wassers an den Kais, das Rot und Ocker der Mauersteine, im ersten Tageslicht schimmernde Kacheln an den Balustraden von Dachgärten auf den höchsten Gebäuden, auf denen man auch grüne Flecke von Bäumen und das Gold und Dunkelrot herbstlicher Ranken erkennen konnte. Judith Biely hatte ihn nicht darauf vorbereitet, und er selbst hatte nicht darüber nachgedacht, dass New York natürlich keine Stadt in Schwarz und Weiß wie im Kino war.

24 Der Schaffner ist hereingekommen und hat mit einer tief dröhnenden Stimme, die das Rattern des Zuges übertönte, den Namen des nächsten Bahnhofs ausgerufen. Andere Fahrgäste erheben sich schon, setzen Hüte auf und ziehen Mäntel und Trenchcoats an, beugen sich gewohnheitsmäßig zu den Fenstern hinunter und werfen einen Blick nach draußen; müde Männer, die am Ende eines anstrengenden Arbeitstages nach Hause fahren, ihre Aktentaschen und Zeitungen zusammensuchen und auf eine Landschaft blicken, die so vertraut ist, dass sie sie kaum noch wahrnehmen: den endlos breiten Fluss, die Schienen, die so nah am Ufer verlaufen, dass die plätschernden Wellen bis ans Gleisbett fluten. Die bedrückende oder beruhigende Landschaft des alltäglichen Lebens, das sich nie zu verändern scheint, oder höchstens in dem vorhersehbaren Maße, in dem sich die Jahreszeiten verändern, in dem es früher oder später dunkel wird oder Rot und Ocker an die Stelle des leuchtenden Grüns der Baumkronen tritt, wenige Wochen bevor die Zweige ihre Blätter abwerfen.

Jede Reise findet einmal ein Ende, und sogar jedes Davonlaufen; aber eine Fahnenflucht, wo und wann endet die? Das Wasser des Flusses sieht ölig aus und zeigt im Licht der sinkenden Sonne rote Tupfen. Vor Unheil und Furcht kann man fliehen, so weit man will; doch wo versteckt man sich vor dem schlechten Gewissen? Auf den Hügeln am anderen Ufer haben die Wälder einen dunkleren, dichteren Rostton angenommen, gesprenkelt mit weißen Flecken von Häusern, in denen schon die ersten Lichter angehen, obwohl es noch eine Weile dauern wird, bis es ganz dunkel geworden ist. Oasen der Ruhe, wo zwei Liebende vor neugierigen Blicken sicher sein können, wohin man müde und friedvoll heimkehrt, wo man nicht einmal die Türen abschließt und keine Angst vor nächtlichen Geräuschen hat.

Mit ihren Aktentaschen oder kleinen Koffern in der Hand, sich gegen die feuchte Kälte der Wälder und des Flusses mit hochgeschlagenen Mantelkrägen wappnend, werden die sich zum Aussteigen anschickenden Fahrgäste über Kieswege gehen, dem Licht einer Lampe entgegen, die hinter einem großen Fenster ohne Gardinen brennt. Ignacio Abel ist selbst über solche Wege gegangen, früher, wenn er an einem Spätnachmittag Ende September oder Anfang Oktober mit dem Zug aus Madrid gekommen und aus dem kleinen Bahnhof des Örtchens in den Bergen auf die Straße getreten ist. Es ist dies keine konkrete Erinnerung, sondern ein allgemeiner, jedoch deutlicher Eindruck von beginnendem Herbst: das frühe Dunkelwerden, der neue Geruch von feuchter Erde und feuchten Bäumen nach dem gerade erst zu Ende gegangenen Sommer, das Kreischen des Gartentörchens, wenn er es aufschob, und die Kälte an den Händen, wenn er die Eisenstäbe anfasste, während er aus dem Haus jenseits des bereits im Schatten liegenden Gartens die Stimmen seiner Kinder hörte, gedämpft, wie vom Rauch des im Kamin brennenden Eichenholzes umhüllt, der durch den Schornstein in den noch hellblauen Himmel stieg, wo Zugvögel in großen Schwärmen gen Süden flogen. Die Sommerferien waren schon zu Ende, aber die Familie zögerte die Rückfahrt nach Madrid noch hinaus, aus purer Faulheit oder weil eines der Kinder krank geworden und es ratsam war, es in der guten Bergluft zu belassen, oder in Madrid war eine dieser meist eingebildeten Kinderkrankheiten im Umlauf, und Ignacio Abel hatte angeordnet, dass es besser sei, die Kinder nicht in die Schule zu schicken.

Das musste zu der Zeit gewesen sein, als er noch kein Auto hatte. Er war mit dem Zug gefahren und hatte die Fahrt genossen, Papiere durchgesehen oder einfach nur aus dem Fenster geschaut, auf die Steineichenwäldchen, die im nachmittäglichen Sonnenlicht wie unter Goldstaub schimmerten (zwischen den Bäumen sah er manchmal die scheue Silhouette eines Rehs oder das Aufblitzen eines hakenschlagenden Hasen). Auf dem Kiesweg des Gartens ging er über erstes Herbstlaub auf das erleuchtete Fenster zu, gegen dessen Scheibe sich ein Kindergesicht drückte, dann ein zweites, beide ganz nah beieinander und rund wie Pfirsiche oder Äpfel, die Nasen platt gedrückt. Sein Kommen war den Kindern und Adela vom Pfiff der Lokomotive angekündigt worden, die sie nun samt den beleuchteten Waggons vom Verandafenster aus vorbeifahren sehen konnten, so nah, dass der Boden des Hauses erzitterte.

Jetzt bereitet er sich auf eine weitere Ankunft vor, eingeschüchtert von der Uniform des Schaffners, der den Namen des nächsten Bahnhofs ruft und dabei die erste Silbe in die Länge zieht wie ein Marktschreier oder Straßenhändler: *Rhine… berg!* Leutselig drängt er die Fahrgäste, sich fertig zu machen, nichts liegen zu lassen; ein Angestellter in Uniform mit Tellermütze, der einmal keine Befehle brüllt und keinen Ausweis sehen will. Der Koffer steht bereit, die Brieftasche befindet sich an ihrem Platz sicher in der Innentasche, der Reisepass in der anderen, er kann ihn durch den Mantelstoff ertasten, das linke Knie zuckt in nervöser Erwartung, die rechte Hand streicht übers Gesicht, fühlt die kratzenden Bartstoppeln, die Ignacio Abel wieder unsicher werden lassen, was sein Äußeres angeht, das den objektiven Blicken derer ausgesetzt sein wird, die ihn am Bahnhof abholen werden: der ungebügelte Anzug, der verknitterte Mantel, das Hemd mit dem nicht ganz ausgewaschenen Kaffeefleck, die Schuhe, die er am Morgen hätte putzen lassen sollen, als ihm beim Verlassen des Hotels ein schwarzer Schuhputzer in den Weg getreten war und mit breitem ironischen Lächeln etwas zu ihm gesagt hatte, dessen

Sinn ihm nicht gleich aufgegangen war: *You should be ashamed of them shoes, man.*

Einige der Fahrgäste sind aufgestanden und gehen zum Ausgang am Ende des Waggons, doch andere bleiben noch sitzen, als hätten sie Zeit in Fülle, oder vielleicht steigen sie gar nicht an diesem Bahnhof aus, sodass es am sichersten ist, auch schon aufzustehen, weil die Aufenthalte immer sehr kurz sind. Mit einem Mal wieder der Überdruss, die Müdigkeit in den Schultern, im Nacken und in den Fingern, die sich wieder um den Koffergriff schließen müssen, in den Füßen, die nach über zwei Stunden Stillhaltens geschwollen sind und kaum noch in die rissigen Schuhe passen (die er in seinem früheren Dasein nicht wiedererkennen würde, obwohl sie nach Maß gemacht und handgenäht sind), die Mutlosigkeit bei dieser so oft verschobenen Ankunft, die das vorläufige Ende seiner Reise bedeutet, wenn auch vielleicht nicht seiner Flucht, und ganz gewiss nicht seines feigen Davonlaufens.

So viel Aufwand, um hierherzukommen, und jetzt möchte er am liebsten, dass die Reise noch ein Weilchen andauerte, ein paar Stunden, vielleicht sogar eine ganze Nacht, um sich so jede Bewegung zu ersparen, die Notwendigkeit zu sprechen, wieder mit Menschen umzugehen, sich wieder in den zurück-zuverwandeln, der zu sein er in den vergangenen Wochen, den letzten Monaten, fast aufgegeben hat; die Qual, Fragen zu beantworten – wie war Ihre Reise, Sie werden jetzt müde sein, wie lebte es sich zuletzt in Madrid, besuchen Sie die Vereinigten Staaten zum ersten Mal?

Was gäbe er darum, wenn dies noch nicht sein Bestim-mungsort wäre, wenn er noch ein wenig sitzen bleiben könnte, mit dem Nacken an der Rückenlehne und dem Gesicht am Fenster die herbstlichen Wälder und den Fluss vorüberziehen sehen, mehr nicht, ab und zu ein Licht an einem Schiffsanleger erkennen oder im Fenster eines einsam gelegenen Hauses, das trotz seiner großen Fenster ohne Gitter und sogar ohne Gardinen vor der Welt geschützt ist; ein Haus, in dem Liebende sich verstecken können oder eine Frau und ihre Kinder den Pfiff einer Lokomotive gehört haben und jetzt wissen, dass der Vater in wenigen Minuten auf dem Weg unter den Bäumen auftauchen wird.

Er kann nachrechnen, wie viele Tage die Reise gedauert hat, die Flucht. Aber er weiß, dass das feige Davonlaufen nicht erst vor drei Wochen in Madrid begonnen hat, als er die Wohnungstür hinter sich zuzog, ohne sie abzuschließen – der Schlüssel klimpert jetzt in einer seiner Hosentaschen mit spanischen, französischen und amerikanischen Münzen, in derselben Hosentasche, in der er auch die Fahrkarte und die Quittung aus der Cafeteria aufbewahrt, in der er am Morgen eine Tasse Kaffee und ein Stück Kuchen zu sich genommen hat –, sondern schon viel früher, über zwei Monate früher, am Sonntag, dem 19. Juli, um genau zu sein, ein paar Minuten vor fünf Uhr nachmittags, exakt in dem Moment, als seine rechte Hand das heiße Metall des Eisentörchens vor dem Garten des Wochenendhauses berührte, um es hinter sich zuzuziehen, exakt in dem Moment, als man von ganz nah den Pfiff der Lokomotive hörte. Ein kläglicher Pfiff war es gewesen, eher ein Winseln, der Bahnstation entsprechend, der spanischen Jämmerlichkeit in allen Dingen, nicht das Vibrato einer Schiffssirene, mit dem dieser amerikanische Zug sein Kommen ankündigt, das über den Fluss und die Wälder hallt, die schon einen Schritt neben den Gleisen so undurchdringlich wie ein Urwald sind.

Er schaute auf die Uhr, zwei Minuten vor fünf; dieses eine Mal würde der Zug pünktlich sein. Er schritt eilig den Feldweg entlang, an den Zäunen anderer Ferienhäuser vorbei, unter der senkrechten Sonne der Siesta dieses heißen Julitages. Er hatte noch Zeit genug, der Bahnhof war ganz nah; die kleine Bahnstation, an der Adela vor zwei oder drei Wochen zu etwa der gleichen Zeit mit dem Zug aus Madrid angekommen war, als die kartenspielenden Männer in der Bahnhofskneipe sich gewundert hatten, sie ganz allein dort auf dem Bahnsteig zu sehen, städtisch gekleidet, mit Stöckelschuhen und dem schräg aufgesetzten Hütchen mit dem kurzen Schleier.

Dieselben Männer würden sich jetzt wundern, ihn hier zu sehen in der Siestazeit auf dem menschenleeren Bahnsteig, wo die Ausflügler erst später eintrafen an diesem Sonntag, der sich von keinem anderen unterschied, obwohl im Radio schon seit Samstag von einem Militäraufstand berichtet wurde, und auch die von den Zeitungsverkäufern ausgerufenen Schlagzeilen davon kündeten. Aber im Dorf gab es nur wenige Radios, und der Empfang war schlecht: Wortfetzen und verzerrte Musik zwischen einer Kakofonie von Pfeifen und statischem Rauschen.

Zwei Zivilgardisten in alten Uniformen patrouillierten lustlos über den Bahnsteig, grobe Schießprügel geschultert, die dunklen Bauerngesichter unter den lackledernen Dreispitzen von der Hitze verzerrt. Einer von ihnen wollte Ignacio Abels Ausweis sehen und fragte ihn, ob er nach Madrid führe. Er versuchte sie nach Neuigkeiten auszufragen, doch sie gaben nur ausweichende Antworten, und als er sich bereits abgewandt und ihnen den Rücken zugekehrt hatte, sagten sie etwas zueinander und deuteten auf ihn.

Die Uhr unter dem Bahnhofsvordach war stehen geblieben, und ihr Glas war zerbrochen. Die Liste der Abfahrten und Ankünfte, die mit Kreide auf eine Schiefertafel geschrieben worden war, wies zwei oder drei Rechtschreibfehler auf. Die Julihitze lähmte den Willen und ließ die Gegenstände vibrieren, betäubte den Verstand mit grellem Licht und dem Zirpen der Grillen. Der Zug kam, und die Lokomotive tauchte den ganzen Bahnsteig in schwarzen Qualm und einen rußigen Geruch, der sich nach wenigen Minuten in der Kleidung festgesetzt hatte. Er zitterte innerlich vor Ungeduld, vor Verlangen, vor Bangigkeit, schaute auf die Uhr, während er sich auf der Holzbank zurechtsetzte, und hatte Mühe, die aufgeregte Unterhaltung der Leute zu verstehen, die Gerüchte und die fantastischen Geschichten, die sie sich erzählten wie Kinder, die atemlos einen Film nacherzählen.

Nach vielen Tagen würde er sich erstmals wieder mit Judith Biely treffen, und zwar nicht in einem Café oder dem verschwiegenen Winkel eines Parks, sondern im Haus von Madame Mathilde, in dem gemieteten Zimmer, wo sie die Vorhänge zuziehen würden, um das Tageslicht auszusperren, wo er sie nackt sehen würde, wie sie zu ihm kam, sich im Halbdunkel über ihn beugte, die zurückgewonnene Judith, die sich darbot, sich weigerte, ihrer eigenen Entscheidung zu folgen, sich zu ihm hingezogen fühlte mit einer Macht, die stärker war als Reue oder Anstand. *Obwohl du wusstest was in Madrid passierte konntest du es nicht abwarten zurückzufahren und es kümmerte dich nicht was aus deinen Kindern und erst recht nicht was aus mir wurde und dazu hattest du noch großes Glück denn das war der letzte Zug der nach Madrid durchgelassen wurde. Seltsam sie nicht mehr hinterm Haus vorbeifahren zu hören und bestimmt erinnerst du dich auch nicht mehr wie gern die Kinder ihnen hinterhergeschaut haben als sie noch kleiner waren auch wenn es jetzt den Vorteil hat dass sie nicht mehr denken ihr Vater könne mit einem von ihnen zurückkommen. Und so schwer es mir fällt weiß ich doch dass dir Schlimmes zugestoßen wäre wenn du nicht gefahren wärst du weißt schon was ich meine das brauche ich dir nicht zu erklären.*

Den Hut in die Augen gezogen und die fettigen Blätter der Zistrosen streifend, war er auf dem Gartenweg davongegangen, hatte der Versuchung widerstanden, noch einmal auf die Uhr zu schauen, seinen Schritt zu beschleunigen, solange er noch von allen zu sehen war, von der versammelten Familie, die in das Gesumm ihrer Unterhaltung im Schatten der Weinlaube zurückfallen würde, sobald er außer Sicht wäre: er, der Passant oder Gast, den man nur selten auf Familienfotos sah, der seine Ungeduld und seine Eile unterdrückte, bis er das Gartentörchen erreicht und es von außen geschlossen hatte, bis ein weiteres Mal das Pfeifen des Zuges ertönte, der hohlbrüstige Pfiff der Lokomotive.

Als er schon die Klinke des Gartentörchens in der Hand hielt, drehte er sich noch einmal um und sah sie einen Moment lang alle zusammen, als hätten sie bereits vergessen, dass es ihn gab, als wäre seine Anwesenheit unter ihnen ausgelöscht, als er sich zum Gehen gewandt hatte. Die Familienszene hätte nicht ferner, nicht unzugänglicher sein können, wenn er sie auf einem Foto gesehen hätte, dem Foto irgendeines Sommers vor vielen Jahren, des zeitlosen Sommers einer Familie von Unbekannten in einem Haus in den Bergen. Wie auf einem Foto aus früherer Zeit verharrte jede Gestalt unbeweglich in einer zufälligen und dennoch bezeichnenden Haltung, die sie von den anderen abgrenzte und zugleich ihre Stellung im Familienverband erkennen ließ: der ältere Mann im Trägerunterhemd, der nur zu reden aufhören muss, um – einen Strohhut oder ein Taschentuch über den Augen – im Schaukelstuhl einzuschlafen; die Frau mit dem weißen Haar und der dunklen Schürze, offensichtlich die Matriarchin des Hauses, die stopfend oder stickend auf einem niedrigen Stuhl sitzt oder etwas in den Händen hält, das ein Rosenkranz sein könnte; der fettleibige Priester, die Beine weit auseinandergestellt und den Kragen seiner Soutane aufgeknöpft; die hageren ledigen Tanten mit den melancholischen Frisuren einer längst vergangenen Mode; die andere Frau, jünger, aber nicht mehr die Jüngste, immer noch wohlgeformt trotz erster grauer Strähnen im Haar und der in ihrem breiten, sanften Gesicht viel zu ernst wirkenden Brille, die sie nicht zum Stopfen oder Nähen, sondern zum Lesen eines Buches aufgesetzt hat.

Sie gibt vor, in die Lektüre des Buches vertieft zu sein und nicht hinter dem Mann im hellen Anzug herzuschauen, der jetzt über den Gartenweg davongeht, ihr den Rücken zuwendet und versucht, nicht allzu offensichtlich in Hast zu verfallen auf seinem Weg wohin, zu wem, trotz seiner unbeholfen formulierten Versprechungen, seiner Zerknirschung, die nicht deswegen falsch ist, weil er sie nur vorspielt, sondern weil alles schon zu spät ist, weil das nicht wieder Gutzumachende bereits geschehen ist. Sie hat ihm nachgeschaut, als er gegangen ist, und da sie ihn gut kennt und jede seiner Bewegungen vorhersagen kann, weiß sie, dass er sich noch einmal umdrehen wird, wenn er das Gartentörchen erreicht, und in diesem Moment senkt sie den Blick auf das Buch.

Halb im Licht, halb im Schatten eine Gestalt mit dem Rücken zu ihm, mit einem Tablett in den Händen: Für jemanden, der das Foto nach Jahren betrachtet, wird dieses Gesicht immer unerkannt bleiben; das junge Dienstmädchen mit der weißen Schürze über einem dunklen Kleid und dem weißen Häubchen, worauf die Dame des Hauses besteht, sogar hier in den Bergen, das einen Krug frischer Limonade und Gläser bringt. So wie sich das Mädchen durch die Licht- und Schattenzonen unter dem Laubendach bewegt, schimmert die Flüssigkeit sekundenlang gelb und grünlich, dann wieder golden, bevor sie im nächsten Schatten trüb und durchsichtig erscheint. Er hätte ein Glas Limonade trinken sollen, bevor er aufgebrochen ist. Adela hatte sie ihm angeboten, hatte mit einem Seitenblick zu ihm gesagt, sie sei jeden Augenblick fertig, aber er wollte nichts riskieren, er hatte den Pfiff des Zuges schon gehört, hatte die Aktentasche schon gepackt und die Schüssel der Madrider Wohnung eingesteckt. Jetzt hatte er Durst, und als er sich am Gartentörchen umdrehte, hatte er das Gefühl, der weiche Kragen des Sommerhemdes schnüre ihm den Hals ein (er würde nach Schweiß riechen, wenn er Judith in die Arme nahm, und nach dem Ruß der Lokomotive).

Die Gestalt seiner Tochter würde auf dem Foto wahrscheinlich unscharf zu sehen sein, wie ein weißer Wisch, Lita, die, nachdem sie den Vater bis zur Gartenmitte begleitet, ihn auf beide Wangen geküsst und ihm gesagt hatte, er solle aufpassen und bald wiederkommen, sich auf die Schaukel gesetzt und aus eigener Kraft zum Schwingen gebracht hatte. Im Wochenendhaus in den Bergen wirkte sie jünger als in Madrid, weil ihr die Kindheitserinnerungen hier näher waren, der Erinnerungsschatz so vieler identischer Sommer, derselbe Garten, dieselbe Schaukel mit ihren rostigen Scharnieren, der über den Gartenweg fortgehende Vater mit seiner Aktentasche in der Hand und zügig ausschreitend, da sie den Pfiff des nahenden Zuges schon gehört haben, die schläfrigen Stimmen der Familie hinter ihr, die dunkle Stimme des Großvaters, das Vogelgezwitscher der ledigen Tanten, während sie auf ihrer Schaukel vor- und zurückschwingt. Sie wird ihren Bruder rufen, damit er kommt und sie anschubst, denn darum streiten, wer schaukeln darf, tun sie schon seit ein paar Jahren nicht mehr, und sie zählen auch nicht mehr laut ab, wie oft jeder den anderen anschubst, so wie auch weder Vater noch Mutter eingreifen müssen, damit keiner länger als der andere schaukelt.

Auf dem Foto, in der Erinnerung, ist der Junge die Gestalt, die etwas abseits von den Übrigen auf der obersten Treppenstufe neben einem der gedrungenen Granitpfeiler steht, die den darüberliegenden Balkon des ersten Stocks abstützen, noch vor dem tiefen Schatten des Eingangsbereichs, wo die Fliegen summen. Der Junge steht einfach nur da und schaut dem enteilenden Vater nach, blickt in Richtung des zukünftigen Betrachters; er hat einen Wachstumsschub erlebt, ist schweigsam geworden, auf seiner Oberlippe zeigt sich ein dunkler Flaum, er ist jetzt in einem Alter, das düsterer ist als die Kindheit.

Er schaut sehr ernst, wie immer, wenn er dem Vater nachblickt, vor allem deshalb, weil dieser einem Leben entgegeneilt, das er nicht kennt und an dem auch Mutter und Schwester keinen Anteil haben. Er sieht ihn halb erleichtert, halb grollend und auch mit einer vorweggenommenen Sehnsucht davongehen, der Junge, der nicht aufgehört hat, seine Mutter zu beobachten, seit sie aus dem Sanatorium heimgekehrt ist, wo sie eine Woche wegen eines Unfalls zubringen musste, der niemals näher erklärt worden ist und von dem er nur weiß oder ahnt, dass er mit seinem Vater zu tun hat, mit dessen befremdlichem, entsetztem Gesicht an jenem Abend, als er ihn inmitten der verstreuten Fotos und Papiere vor der herausgerissenen Schublade in seinem Arbeitszimmer stehen sah. Es gibt Dinge, die er überdeutlich sieht und die andere nicht zu bemerken scheinen. Das verunsichert ihn und verleiht ihm diesen Anschein von verdüsterter Geistesabwesenheit, die auf den Fotografien früherer Sommer nicht zu erkennen ist, welche insgesamt jedoch diesem letzten so ähnlich sind, dass sich besagter Anschein wohl nur in Ignacio Abels schlechtem Gewissen festgesetzt hat.

Ein Junge in diesem Alter verändert sich so schnell, er bekommt unreine Haut, seine Stimme wird dunkler, und würde sein Vater sie jetzt hören, er würde sie vielleicht nicht einmal erkennen, nach Ablauf dreier Monate nur. Auf welche Schule mochte er nach dem Ende der Sommerferien wohl gehen, falls es auf der anderen Seite, in der feindlichen Zone, überhaupt noch Schulunterricht gab, sein fauler und so leicht ablenkbarer Sohn, den Kino und Illustrierte viel mehr bewegten als die Schule, an der er im Juni nicht mehr versetzt worden war, wenngleich dieses Missgeschick, das zu einer anderen Zeit für großen Ärger im Haus gesorgt hätte, weder den Vater noch die Mutter übermäßig beunruhigt hatte; die Mutter in diesem Sanatorium und später als Genesende von etwas, das nie genau benannt wurde, zu Hause im Schlafzimmer mit den Vorhängen, die stets zugezogen waren, damit kein Tageslicht hereindrang, und der Vater, der nur von seiner Arbeit in der Universitätsstadt in Anspruch genommen war, bei Tagesanbruch das Haus verließ und manchmal erst heimkam, wenn es schon hell wurde, vor der Haustür von einem Wagen abgeholt, den ein Mann seines Vertrauens fuhr, von dem Miguel und Lita wussten, dass er eine Pistole bei sich trug, ein Leibwächter wie im Film, allerdings mit einer Maurermütze auf anstatt einem Gangsterhut, und mit einer Zigarettenkippe im Mundwinkel.

Wie muss es wohl gewesen sein, diesen Sonntag, diese ganze Woche erlebt zu haben? Wie viele Menschen gibt es wohl, die sich noch daran erinnern, die wie eine zarte Reliquie ein präzises Bild im Gedächtnis bewahren, das nicht später eingefügt worden ist, nicht aus dem Wissen um das, was geschehen würde? In seinem ungeheuren Ausmaß, seiner blutrünstigen Sinnlosigkeit konnte es kein Mensch vorhersehen, und so lange hat es angedauert, dass niemand sich mehr an das normale Leben vorher erinnern, es nicht einmal vermissen konnte. Das Leben war unwiderruflich aus den Fugen geraten, obwohl keinerlei Veränderungen zu sehen waren, als Ignacio Abel das Haus verließ, das in den Angeln kreischende Gartentörchen hinter sich schloss und sich mit dem Taschentuch die Handfläche abwischte, in der wegen des Schweißes etwas Rost zurückgeblieben war. Ich versuche mir vorzustellen, als ob ich es selbst erlebt hätte, was zwanzig Jahre bevor ich geboren wurde passiert ist und woran sich in nicht sehr vielen Jahren kein Mensch mehr erinnern wird; an den lebendigen Glanz dieser paar Tage im Juli aus dem Dunkeln der Erinnerung, genau dieses Nachmittags und der Tage, die ihm vorausgegangen sind. Um das tun zu können, bräuchte ich etwas so Unmögliches wie das Realitätsgefühl einer Vergangenheit, die weit über das eigene Erinnern zurückreicht. Ich bräuchte die Unschuld an der Zukunft, das absolute Unwissen über das unmittelbar Bevorstehende, genau wie die Menschen damals, ihre unglaubliche und einmütige Blindheit, vergleichbar mit einer dieser frühzeitlichen Epidemien, die Millionen von Menschen hinwegrafften.

Aber wer könnte die Hand ausstrecken und die Grenze der Zeit durchbrechen; die Dinge berühren, sie sich nicht nur vorstellen, nicht nur in Museen betrachten oder mit der Lupe auf alten Fotografien. Das kühle Glas dieses Wasserkrugs, den ein Kellner soeben auf den Tisch eines Cafés in Madrid gestellt hat; auf dem Bürgersteig der Gran Vía oder der Calle de Alcalá entlangschlendern, aus der hellen Sonne in den Schatten der gestreiften Markisen, deren Farben auf dem Schwarz-Weiß-Foto nicht zu erkennen sind; die pelzigen Blätter der Geranien auf einem Fensterbrett, die man auf dem Foto einer Bahnstation in den Bergen sieht, ganz ähnlich der in der Nähe des Ferienhauses, in dem Ignacio Abels Familie den Sommer verbringt. Noch die banalste Handlung wäre ein Schatz: in ein Taxi steigen, zum Beispiel, die Gerüche im Innern eines Taxis in Madrid an einem Tag im Juli des Jahres 1936 wahrnehmen; Gerüche von verschlissenem und zweifellos auch schweißfeuchtem Leder; von der Brillantine, die sich die Männer ins Haar strichen und von der bestimmt Spuren an den Rückenlehnen zu finden sind; von Tabak, der aber ganz anders riecht als der von heute, weil alles ganz genau wie damals ist und nichts davon mehr existiert, oder fast nichts, so wie fast alles verschwunden ist von dem, was ich sehen könnte, wenn mir die Gabe zuteilgeworden wäre, in diesem Taxi zu fahren und aus dem Fenster zu schauen.

Mit Ausnahme der Straßen und der Architektur einer gewissen Anzahl von Gebäuden ist alles niedergerissen und zerstört von einer gewaltigen Katastrophe, die minütlich passiert und wirksamer und beharrlicher ist als der Krieg, die alle Autos mit sich gerissen hat, alle Straßenbahnen samt ihren von Wind und Wetter verblassten Werbebotschaften, alle Markisen und Ladenschilder, die das Kopfsteinpflaster in Asphalt ertränkt und vorher noch die Straßenbahnschienen herausgerissen hat, alle Schaufensterpuppen mit ihren Sommerkleidern und Badeanzügen und die grinsenden Köpfe aus den Schaufenstern der Hutgeschäfte, all die von Regen und Sonne verblichenen Plakate an den Hauswänden bis auf Fetzen abgerissen – Plakate von politischen Veranstaltungen und Stierkämpfen und Fußballspielen, von Boxkämpfen und Schönheitswettbewerben, auf denen das schönste Mädchen des Volksfestes zu Ehren der hl. Carmen gewählt wurde, Wahlplakate, die noch vom Februar dort hingen und auf denen Kandidaten mit strahlenden Gesichtern lächelten, die längst zu den Wahlverlierern zählten.

Sehen, berühren, riechen: An einem diesigen Vormittag Ende Mai gehe ich am Zaun einer halb verfallenen Stadtvilla vorbei und rieche das dichte Aroma einer blühenden Riesenpappel, die inmitten des Unkrauts und Gerölls gediehen ist, und dieser Geruch ist zweifellos der gleiche, den jemand gerochen hätte, der vor dreiundsiebzig Jahren hier vorbeigegangen wäre. Ich fasse die Seiten einer Zeitung an – eine gebundene Sammlung der Tageszeitung *Ahora* vom Juli 1936 –, und mir scheint, dass ich jetzt wirklich etwas berühre, das Bestandteil jener Zeit war. Aber das Papier hinterlässt auf den Fingerkuppen ein pulveriges Gefühl, wie von trockenem Blütenstaub, und die Blätter brechen an den Ecken, wenn ich sie nicht ganz vorsichtig umschlage. Es fällt mir leicht, mir vorzustellen, dass Ignacio Abel diese Zeitung liest, die republikanisch ist und modern, politisch gemäßigt, mit ausgezeichneten informativen Grafiken, ein wahrer Bienenkorb kurzer Meldungen in winzigen Lettern, ein nach einem fast Dreivierteljahrhundert immer noch machtvolles fernes Gesumm fast vergessener Wörter, lange verloschener Stimmen.

Er kaufte die Zeitung vom Sonntag, dem 12. Juli, als er am Spätnachmittag im Bahnhof aus dem Zug stieg, mit dem er vom Dorf aus den Bergen gekommen war, warf wahrscheinlich einen kurzen Blick darauf und steckte sie dann in die Tasche oder vergaß sie im Taxi, mit dem er in die Innenstadt zur Plaza de Santa Ana fuhr. Er ging so sorglos damit um, wie man mit alltäglichen Dingen eben umgeht, die man immer um sich hat und die man trotzdem leicht verliert, von denen schon nach kurzer Zeit keine Spur mehr zu finden ist, oder die durch Zufall überdauern, weil jemand mit den Blättern der Zeitung dieses Tages eine Schublade ausgelegt hat, oder weil die Zeitung in einem Koffer landete, den siebzig Jahre lang niemand mehr aufmacht, zusammen mit einem Kalender mit Eintragungen an einigen Tagen, einem Packen Postkarten, einer Schachtel Zündhölzer, einem Untersetzer aus einem Cabaret mit dem Emblem einer roten Eule darauf, fruchtbare Samenkörner jener Zeit, die einmal aufgehen werden in der Fantasie eines Menschen, der noch nicht einmal geboren ist.

Er fuhr zur Plaza de Santa Ana in der Hoffnung, Judith zu sehen. Drei Tage zuvor hatte sie sich am Telefon bereit erklärt, sich mit ihm zu treffen, sobald sie von ihrer so oft verschobenen Reise nach Granada zurück war; aber nur unter der Bedingung, dass er sie nicht suchte, nicht anrief und nicht schrieb. Sie hatte nicht gesagt, wann sie nach Granada fuhr und wann sie zurückkommen würde; sie sagte, sie wisse nicht, warum sie ihm diese Information geben solle. Sie würde ihn am Sonntag, dem 19., bei Madame Mathilde erwarten, hinterher würde sie vielleicht nach Santander fahren, um an der Internationalen Universität einen Literaturkurs zu belegen.

Ignacio Abel akzeptierte die Abmachung mit der Gier eines Süchtigen, der für eine Dosis gesicherten Glücks bereit ist, sein Leben zugrunde zu richten. Er legte den Telefonhörer auf und rechnete nach, wie viele Tage bis zum Treffen mit ihr noch fehlten. Am Samstag, dem 11., brachte er das Auto morgens in die Werkstatt in der Calle Jorge Juan und fuhr mit dem Zug zum Dorf in den Bergen. Er unterhielt sich mit Don Francisco de Asís, mit dem Priesteronkel, mit den ledigen Tanten, erklärte ihnen, der Bauarbeiterstreik könne nicht mehr allzu lange dauern und dass es nicht wahr sei, dass militante Streikende Lebensmittelläden überfielen. Er leugnete auch, selbst in

Gefahr zu sein; er hatte, wie so viele andere, ein paar anonyme Drohungen bekommen, aber die Polizei hatte ihm versichert, er brauche sich keine Sorgen zu machen. Deswegen hatte er auch auf den bewaffneten Leibwächter verzichtet, der ihn morgens von zu Hause abgeholt hatte, was besonders Miguel enttäuschte, für den der ernste junge Mann, von dem kein Mensch vermutet hätte, dass er eine automatische Pistole unter seiner Jacke trug, so etwas wie ein Romanheld war.

Schwager Victor hatte ausrichten lassen, dass er an diesem Sonntag unmöglich zum Familienessen kommen könne, sodass Doña Cecilias Reis mit Hühnchen – von Don Francisco de Asís als unvergleichlich eingestuft – ohne die Ungewissheiten und Aufregungen fast aller anderen Sonntage im Sommer genossen werden konnte, wenngleich Doña Cecilia sich nicht ohne Sorge immer wieder fragte, wo der Junge denn wohl essen würde, wahrscheinlich in irgendeiner Kneipe oder Bar, wobei er ihren Reis doch so über alles liebte, der Don Francisco de Asís zufolge keinen Vergleich mit dem der besten Restaurants von Madrid zu scheuen brauchte.

Adela wirkte wie geistesabwesend und ein wenig schläfrig wegen der Tabletten, die man ihr verschrieben hatte, als sie aus dem Sanatorium entlassen worden war. Mit schmalem Lächeln nahm sie die neue Zuvorkommenheit ihres Mannes hin, und Miguel, der sie beobachtete, war überrascht, wie gekünstelt dieses Lächeln wirkte, in dem der Wille, einen Anschein von Glaubhaftigkeit aufrechtzuerhalten, noch weniger vorhanden war als in der Ehegattenaufmerksamkeit seines Vaters, der ihr das Kissen im Rücken des Korbstuhls zurechtrückte und das Wasserglas nachfüllte.

Als Ignacio Abel am Samstag gekommen war, hatte er ihr einen Blumenstrauß mitgebracht. Adela bedankte sich und sagte, die Blumen seien sehr schön, und Miguel bemerkte, dass sie keinen einzigen Blick darauf geworfen hatte, als sie sie dem Dienstmädchen gab, damit es sie in eine Vase stellte. Unter ihrem Anschein von Normalität verbarg diese Familie ein unaussprechliches Geheimnis. Nach dem Reis und dem Kaffee auf der schattigen Terrasse schien Ignacio Abel ein Weilchen im Schaukelstuhl eingeschlafen zu sein, doch in Wirklichkeit fanden die auf den Armlehnen liegenden Hände keine Ruhe. Miguel sah die angespannten Knöchel unter der Haut, die Bewegung der Augen unter den geschlossenen Lidern. Wie einer der Detektive von Scotland Yard, die scheinbar unlösbare Rätsel lösten, indem sie selbst die nebensächlichsten Kleinigkeiten an einem Tatort genau untersuchten, sah er, dass man bloß einen Zug ankommen zu hören brauchte, und schon begann sein Vater zu blinzeln und verstohlen auf die Uhr zu schauen.

Erstaunlich, wie wenig die Erwachsenen fähig waren, sich zu verstellen. Sie waren so vorhersehbar und dabei noch so aufgeblasen; immer so sicher, mit ihrem Tun keinen Argwohn zu erregen. Einige Minuten bevor der Fünfuhrzug nach Madrid eintraf, sah Miguel seinen Vater im hellen Anzug, mit dem Sommerhut auf dem Kopf und der Aktentasche unter dem Arm zum Gartentörchen gehen, wo er sich umdrehen und zum Abschied winken würde, bevor er für fünf ganze Tage verschwand. Er hält die Aktentasche fest unter den Arm geklemmt, um uns glauben zu machen, dass es sehr wichtig ist, was er darin hat, und er deswegen unbedingt gehen muss. Er dreht sich um, als er das Gartentörchen bereits geöffnet hat, und dann ist er noch nicht einmal den Blicken entschwunden, als schon nichts mehr in seinem Gesicht darauf hindeutet, dass er noch hier ist.

Im Wochenendhaus in den Bergen war Judiths Abwesenheit erträglicher, weil sie einfach zur Ordnung der Dinge gehörte. Kaum hatte er in Madrid den Bahnhof verlassen und die warme Luft des Juliabends eingeatmet, konnte er gar nicht mehr anders, als sie zu suchen. Nie könnte er die Geduld aufbringen, die Zeitung zu lesen, deren Sonntagsausgabe besonders dick war. An der Ecke der Calle del Prado und der Plaza de Santa Ana stieg er aus dem Taxi und hatte das sichere Gefühl, eine der Frauen mit den kurz geschnittenen Haaren und den geblümten Sommerkleidern werde Judith sein, er werde sie sehen, wie sie aus der Tür ihrer Pension trat, vielleicht auch hinter der Fensterscheibe der Eisdiele, in die sie so gerne ging, um Mandelmilch oder Eiskaffee zu trinken, ihre beiden neuen spanischen Leidenschaften.

Sie intensiv zu suchen war eine Form, ihr Erscheinen zu begünstigen. Die Sinnlichkeit der streichelnden warmen Abendluft hatte bereits etwas von ihr; auch der immer noch strahlend blaue Himmel über dem fantastischen Turm des Hotels Victoria, das sie deshalb so mochte, weil es das Erste war, das sie gesehen hatte, als sie an ihrem ersten Morgen in Madrid das Fenster aufgemacht hatte. Vielleicht war sie aber in Granada, und das Gefühl von Unmittelbarkeit war nur ein Trugschluss, die Suche sinnlos. Ignacio Abel umrundet die Plaza de Santa Ana, wo die Leute vor den Cafés sitzen, Bier und Limonade trinken und dankbar sind für die abendliche Frische nach dem glutheißen Sonntag. Durch die offenen Fenster sieht man ins beleuchtete Innere der Wohnungen, Familiengespräche am Abendtisch, und das Klappern von Geschirr geht manchmal unter in der Musik aus den Radios, die die Direktübertragung eines Konzerts des städtischen Orchesters von Madrid ausstrahlen, das von Maestro Sorozábal dirigiert wird.

Die angeregte Fantasie verbindet sich mit der Kenntnis der exakten Daten, und einige fast hellsichtige Sekunden lang ist eine Sommernacht vor dreiundsiebzig Jahren genau jetzt und hier. Das städtische Orchester spielt auf dem Paseo de Rosales, und wer es dort hört, kann zugleich die Feuchtigkeit des frisch gesprengten Rasens im Parque del Oeste riechen. Wenn man in der Zeitung das Programm von Union Radio für den Abend des 12. Juli nachschlägt, könnte man erfahren, welches Musikstück Ignacio Abel aus den offenen Fenstern hört, während er sich entmutigt auf einer noch sonnenwarmen Steinbank der Plaza de Santa Ana niederlässt, die zusammengefaltete Zeitung auf den Knien, die Hand, in der er sie gehalten hat, von der Hitze klebrig und fleckig von Druckerschwärze.

In seinem Haus in der Calle de Velázquez Nr. 89 hört der Abgeordnete José Calvo Sotelo, der den Tag ebenfalls in den Bergen verbracht hat, das Radiokonzert mit seiner Frau und den Kindern in einem Wohnzimmer, das ich mir groß und überladen vorstelle; ein Wohnzimmer mit alten religiösen Gemälden und Möbeln im antikisierenden spanischen Stil, wie sie Don Francisco de Asís gefallen würden. Leutnant José Castillo in seiner schwarzen Uniform eines Offiziers der Stadtpolizei geht sehr aufrecht und ausgreifenden Schritts über die Calle de Augusto Figueroa, wobei er leicht mit den Armen schlenkert, sodass die rechte Hand dabei die Pistolentasche streift. Es ist eine Geste unwillkürlicher Wachsamkeit, denn in den letzten Monaten hat er immer wieder anonyme Todesdrohungen erhalten, seit er auf der Plaza de Manuel Becerra auf die Faschisten geschossen hat, die den Sarg des jungen Fähnrichs Reyes zur letzten Ruhe begleiteten.

Calvo Sotelo trägt stets einen Ausdruck feierlichen Stolzes in seinem breitflächigen, fleischigen Gesicht, und seine Haltung lässt keinen Zweifel daran, dass er stets einen vorrangigen Platz im Leben eingenommen hat. Seine ganze Erscheinung ist die des vorbildlichen Sohnes oder Schwiegersohnes einer katholischen Dame aus dem vornehmen Salamanca-Viertel. Seine Stimme hat einen angenehmen dunklen Klang, und er spricht mit einer Rhetorik zwischen Leidenschaft und Apokalypse, welche die Damen begeistert und Don Francisco de Asís, der Doña Cecilia die Parlamentsreden Calvo Sotelos aus der Zeitung vorliest, grenzenlose Bewunderung abnötigt. Leutnant Castillo ist schlank und zierlich, hält sich sehr gerade, beinahe steif, in seiner Uniform, trägt eine Brille mit runden Gläsern, sein spärliches schwarzes Haar klebt am Kopf. Vor der Tür des Hauses in der Augusto Figueroa hat er sich von seiner Frau verabschiedet, mit der er dort bei ihren Eltern wohnt, da sie sich als frisch verheiratete junge Leute noch keine eigene Wohnung leisten können.

Allein inmitten des Trubels am Sonntagabend auf der Plaza de Santa Ana, gibt Ignacio Abel auf und beschließt, nach Hause zu gehen, einen langen Spaziergang durch die Stadt zu machen. Wenn er müde in seiner Wohnung ankommt, wird er besser schlafen, wird irgendwas im Stehen in der Küche essen, und auf dem Weg ins Schlafzimmer wird er einen Blick in alle Räume werfen, in denen die Möbel und Lampen mit weißen Tüchern abgedeckt sind, seit die Familie Anfang Juli in das Ferienhaus in den Bergen übergesiedelt ist. Leutnant Castillo überquert die Augusto Figueroa, und während er in Richtung Calle de Fuencarral weitergeht, wirft er einen Blick auf die Armbanduhr, um sich zu vergewissern, dass er rechtzeitig zum Dienstantritt in der Polizeikaserne sein wird, die hinter dem Innenministerium liegt. Wenn er danach die Puerta del Sol überquert, wird die große Uhr am Gebäude des Ministeriums kurz vor zehn anzeigen. Im Wohnzimmer der Calvo Sotelos hat jemand die Lichter gelöscht, damit die Hitze ein wenig erträglicher wird und man dem Konzert des städtischen Orchesters im Westpark etwas entspannter lauschen kann. Im Halbdunkel des Wohnzimmers leuchtet hell die Senderleiste des Radios und bescheint die Gesichter, das derbe Gesicht mit den schweren Lidern von Don José Calvo Sotelo. Als Leutnant Castillo die Straße überquert, gerät er in einen jähen Tumult, der ihn völlig überrascht, weil alles so schnell passiert und er gar nicht mehr weiß, wo ihm die Sinne stehen, er hat nur das Gefühl, dass ihm sein Herz in der Brust zusammenschrumpft, die rechte Hand tastet nach der Pistole, aber er schafft es nicht mehr, sie zu ziehen. Er ist wie betäubt von dem Wirbel menschlicher Körper und harter Schläge, die sich aus solcher Nähe gar nicht wie Schüsse anhören, und als er die Augen öffnet, sieht er nur verschwommene Gestalten, die gänzlich verschwinden, weil er seine Brille verloren hat und am Verbluten ist und der Benzingestank des Taxis, in dem man ihn ins nächste Krankenhaus schafft, ihn ohnmächtig werden lässt.

Als das Publikum am Ende des Konzerts applaudiert und die Musiker nach getaner Arbeit ihre Noten und Instrumente einpacken, ist Leutnant Castillo tot. José Calvo Sotelo ist Leutnant Castillo nie begegnet und wird auch nicht erfahren, dass er ermordet worden ist, und dass er selbst anlässlich dieses Verbrechens in wenigen Stunden sterben wird. Bevor sich Calvo Sotelo schlafen legt, kniet er im Schlafanzug vor dem Kruzifix nieder, das über seinem Bett hängt. Das Haus von Calvo Sotelo in der Calle de Velázquez und die Wohnung von Ignacio Abel in der Príncipe de Vergara liegen nur fünfzehn Gehminuten auseinander. Um zwei Uhr morgens wälzt Ignacio Abel sich schlaflos im Bett, hört durch das offene Fenster hin und wieder Motorengeräusche von Autos, die durch die menschenleeren Straßen fahren, denkt an Judith Biely und zählt die Tage, bis er sie wiedersehen kann (nur eine Woche noch), und stellt sich vor, welche Briefe er ihr schreiben würde, wenn sie es ihm nicht verboten hätte. »Besser, wir hören eine Zeit lang nichts mehr voneinander. Wir haben uns schon viel zu viel gesagt, viel zu viel geschrieben.«

Mitten in der Nacht, im Rumoren der Stadt jenseits der Fensterläden, die halb geöffnet sind, damit ein eventueller Lufthauch ins Zimmer wehen kann, scheint jedes Leben weit entfernt von allen anderen seinen Platz in der Umlaufbahn des eigenen Sonnensystems zu haben. José Calvo Sotelo lag in seinem Ehebett unter dem großen Kruzifix in so tiefem Schlaf, dass er die Gewehrkolbenhiebe gegen die Tür und die Stimmen, die befahlen, diese aufzumachen, zuerst gar nicht hörte. Am Dienstag, dem 14. Juli, kauft Ignacio Abel morgens die Zeitung *Ahora,* und die ganze erste Seite ist ausgefüllt von dem Gesicht José Calvo Sotelos; dem breitflächigen, würdevollen Gesicht, das jetzt das Gesicht eines Toten ist. In dieser Woche kauft er sich jeden Tag eine Zeitung, hört jeden Tag erregte Gespräche in Cafés und nichtssagende Meldungen im Radio und zählt die Tage, die noch fehlen, bis er Judith Biely wiedersehen kann.

In den Geschichtsbüchern sind Namen stets von einer erdrückenden Bestimmtheit, Ereignisse erscheinen als unvermeidliche Folge von Ursache und Wirkung. In der reinen Gegenwart, in die man sich hineinversetzen möchte, ist der tatsächliche Puls der Zeit ein wildes Brodeln, ein Gewirr sich überlagernder Stimmen, von hastig durchgeblätterten Zeitungsseiten, kurz angelesenen Artikeln, die gleich darauf wieder vergessen sind, durcheinandergeraten, wenn man gerade glaubt, einen Sinn aus ihnen herausgelesen zu haben, Tag für Tag, Wellen von Wörtern, die die Grenzen des Unbekannten aushöhlen, dessen, was morgen passieren wird und niemand voraussagen kann.

Zwei abscheuliche Verbrechen im Verlauf weniger Stunden. Ein Polizeileutnant und Señor Calvo Sotelo in Madrid ermordet. Leutnant Castillo wurde angegriffen, als er am Sonntagabend um zweiundzwanzig Uhr aus dem Haus ging. Der Anführer der Spanischen Erneuerung wurde in den frühen Morgenstunden entführt und später erschossen, seine Leiche auf dem städtischen Friedhof abgelegt. Der Leichnam von Leutnant Castillo wird ins Polizeihauptquartier gebracht. Die Angehörigen Señor Calvo Sotelos beschreiben, wie dieser unter Vorspiegelung falscher Tatsachen aus dem Haus gelockt wurde. Den ganzen Sonntag hatte Señor Calvo Sotelo in Galapagar verbracht. Nur Minuten vor seiner Ermordung hatte sich Leutnant Castillo vor der Haustür von seiner jungen Frau verabschiedet. Eine große Zahl deutscher Touristen besucht

Ceuta und Tétouan. Beim Zusammenstoß eines Autos mit einem Motorrad werden Fahrer und Beifahrer des Motorrads schwer verletzt. In Detroit und Michigan sind die Leichenschauhäuser überfüllt mit Opfern der Hitzewelle, die die Vereinigten Staaten derzeit heimsucht; Gerichtsmediziner versichern, dass es so viele Hitzetote nie zuvor gegeben hat. In Murcia wurden zahlreiche rechtsgerichtete Personen festgenommen. Ein Lumpensammler wird von den Flammen seiner niederbrennenden Hütte verletzt. Ein Mann springt von einem Sprungbrett in einen Badesee und schlägt mit dem Kopf auf einem Felsen auf. Rafael Díaz Rivera, dreizehn Jahre alt, erhängt sich aus Verzweiflung darüber, beim Spiel neunzig Centavos verloren zu haben, für die er hätte einkaufen sollen. Hunderte von Sportlern aus zweiundzwanzig Ländern werden am Sonntag, dem 19. Juli, an der großen Volksolympiade in Barcelona teilnehmen. Ein elfjähriger Junge verletzt Gleichaltrigen durch einen Messerstich lebensgefährlich. Das Gespenst, das Einwohner von Tarragona zu sehen glaubten, entpuppte sich als eine geistig verwirrte alte Frau. Vier Bewaffnete überfallen eine Radiostation in Valencia, knebeln den Sprecher und halten eine Ansprache, in der sie mitteilen, dass die Zeit für den Aufstand gekommen sei und der Tag der Bewegung zur Rettung der Nation nahe. Zigeuner schießen auf einen Bauern, um ihn auszurauben, und lassen ihn schwer verletzt liegen. In einer bewegenden Feierstunde versöhnen sich deutsche und französische Veteranen in Verdun vor dem Denkmal der Gefallenen des Weltkriegs. Ein kleiner Junge wird von einem Lastwagen überfahren, und der Vater des Jungen verletzt daraufhin einen der beiden Fahrer so schwer, dass dieser ins Krankenhaus eingeliefert werden muss. Der deutsch-österreichische Friedensvertrag kann den Weg zu einer Allianz zwischen Deutschland, Österreich und Italien ebnen. Mussolini sagt, das Abkommen müsse von allen friedliebenden Menschen begrüßt werden. Auf dem Fest zum fünften Jahrestag der Gründung des Schwimmvereins von Sevilla wurden von den Vereinsmitgliedern lustige und ausgefallene Badeanzüge vorgeführt. Am Sonntag vergangener Woche fand in der brasilianischen Botschaft ein Essen zu Ehren des Präsidenten der Republik, Dr. Manuel Azaña, und seiner Gattin statt, an dem neben hochrangigen Diplomaten auch ausgewählte Persönlichkeiten des öffentlichen Lebens teilnahmen. Vor dem Eingang des Polizeihauptquartiers bilden sich lange Schlangen von Menschen, die vom Leichnam Leutnant Castillos Abschied nehmen wollen. Beim Jungstierkampf in Madrid zugunsten der Witwen- und Waisenkasse der Eisenbahner trat erstmals die Torera Julita Alocén an. Alle parlamentarischen Splittergruppen der Volksfront verurteilen gemeinsam die Morde an den Herren Castillo und Calvo Sotelo und bekennen sich einmütig zur Spanischen Republik. Ein Landarbeiter wird von drei Unbekannten überfallen und betäubt, die ihm dann Blut abnehmen. Anlässlich seines Geburtstages wird Maxim Litwinow der Leninorden verliehen. Lidia Margarita Corbette, Schweizer Staatsbürgerin, hat sich in ihrem Zimmer der Pension, in der sie abgestiegen war, mit einer Pistole das Leben zu nehmen versucht. Der Präsident der Republik wird seinen Sommerurlaub in Santander verbringen. Die Friedensmission des Duce, heißt es, bestehe in der Organisation Europas. Bei einem Zugunglück mit vier entgleisten und einen Abhang hinuntergestürzten Waggons gibt es vier Tote und sechzig Verletzte. Die Polizei in Barcelona lässt eine geheime Versammlung der spanischen Falange auffliegen. Drei Tote beim Fischen von Forellen. Sowjetische Expedition in der kasachischen Wüste vermisst. Der Direktor der Nationalen Sicherheit erklärt, man arbeite mit absolutem Vorrang an der Aufklärung der Morde an Leutnant Castillo und dem Abgeordneten Calvo Sotelo. Betrunkener Motorradfahrer fährt mit überhöhter Geschwindigkeit frontal gegen eine Mauer. Der Schmied von Coria del Río, José Palma León, genannt »Oselito«, will anlässlich der Volksolympiade die Strecke von Sevilla nach Barcelona in einem eisernen Karrenreifen laufend zurücklegen. Bei der Autopsie des Leichnams von Don José Calvo Sotelo enthüllte die Rasur des Hinterhauptes die Einschusslöcher von zwei aus nächster Nähe abgefeuerten Kugeln. Das Patronatsfest der hl. Carmen in dem malerischen Örtchen Santurce wurde ausgelassen gefeiert, unter anderem mit einem Jungstierkampf. Der mit dem Habit eines Franziskanermönchs bekleidete und ein Kruzifix in den Händen haltende Leichnam Don José Calvo Sotelos wird in einem Mahagonisarg mit silbernen Beschlägen im Schein zahlloser Kerzen in der Kapelle aufgebahrt. Eine dreiunddreißigjährige Mutter von fünf Kindern wurde in London hingerichtet, weil sie ihren Ehemann vergiftet hatte. Das Nilpferdweibchen des Zoologischen Gartens von Barcelona hat einen gesunden Sprössling zur Welt gebracht. Die ständige Abgeordnetenversammlung der Cortes vertagt die Ausrufung des Ausnahmezustands. Auf der Terrasse des Hotels Nacional fand ein Bankett zu Ehren des berühmten Kinderarztes Dr. Don Guillermo Angulo statt, der das Auswahlverfahren um die Stelle des Direktors der Abteilung Säuglingspflege am Staatlichen Institut für Öffentliche Fürsorge mit sehr knappem Vorsprung für sich entscheiden konnte. Die Untersuchungen des Todes von Leutnant Castillo sind dem Sonderermittler Señor Fernández Orbeta übertragen worden, der sich diesem Fall in aller Ausschließlichkeit widmen wird. Ein Landarbeiter steigt durch ein Fenster in das Schlafzimmer einer jungen Frau ein und wird von dieser erschossen. Die Entführer von Don José Calvo Sotelo haben nach neuesten Erkenntnissen die Telefonleitung seiner Wohnung durchtrennt. In Hitlerdeutschland finden Mittelalterfeste großen Zuspruch. Stadt in Anatolien ein Raub der Flammen. Ab der kommenden Woche werden die Audienzen im Nationalpalast ausgesetzt, bis Seine Exzellenz, der Präsident der Republik, aus der Sommerpause zurückgekehrt ist. Die Angehörigen Señor

Calvo Sotelos berichten, dass dieser unter dem Vorwand einer offiziellen Untersuchung aus dem Haus gelockt worden war. Der berühmte Astronom Señor Comas y Solá will die Möglichkeit großer elektromagnetischer Störungen im Jahr 1938 nicht ausschließen. Der Direktor der Nationalen Sicherheit beglückwünscht die Polizei von Murcia zur Festnahme eines aus dem Gefängnis entflohenen gefährlichen Faschisten. Leutnant Castillo und seine junge Gattin hatten erst im vergangenen Mai in Madrid geheiratet. Der berühmte spanische Professor Señor García y Marín hält die Eröffnungsrede bei der feierlichen Veranstaltung zum Beginn des Internationalen Kongresses für Verwaltungswissenschaften in Warschau. Als der Militärkommandant von Las Palmas, General Balmes, seine Pistole untersucht, weil der Abzug klemmte, löst sich ein Schuss; das Projektil dringt im Bauch ein und tritt am Rücken wieder aus. Ein katalanischer Ingenieur entdeckt einen Brennstoff auf der Grundlage von Wein, der einen vorteilhaften Ersatz für Benzin bietet. Aufgrund der Maßnahmen des Sonderermittlers konnte die Identität des Anführers der Entführer festgestellt werden, die am vergangenen Sonntag in das Haus von Señor Calvo Sotelo eingedrungen sind. An Bord einer vor Gibraltar ankernden spanischen Yacht ist eine junge Frau beim Hantieren mit einem Revolver schwer verletzt worden. Kurz vor der im Hyde Park stattfindenden Übergabe der neuen Fahne des Wachregiments durch den König von England durchbrach ein mit einem Revolver bewaffneter Mann die Polizeiabsperrung und stürzte sich auf den Monarchen. Die Mörder Hauptmann Faraudos sind noch immer nicht gefasst, die Staatsanwaltschaft fordert sieben Jahre Haft für die festgenommenen Mittäter. In Begleitung seiner Familie ist der erlauchte Dr. Gregorio Marañon mit dem Postflugzeug von Madrid nach Lissabon geflogen. Der des Attentats auf König Edward VIII. von England verdächtige Attentäter ist ein militanter Sozialreformer, der schon an Kampagnen gegen die

Todesstrafe teilgenommen hat. Im beliebten Teatro de la Latina ist mit außergewöhnlichem Erfolg das tief im Volksbrauchtum verwurzelte und in seinem sozialen Ambiente hervorragend recherchierte Melodram *Verbrechen in der Unterstadt* der bekannten Autoren Antonio Casas und Manuel García Nogales uraufgeführt worden. Ein Mann aus Barcelona, der seine Mutter und seine Tante ermordet hat, ist zu sechzig Jahren Gefängnis verurteilt worden. Die Witwe Señor Calvo Sotelos ist gestern in Lissabon eingetroffen und will den Sommer mit ihrer Familie in Estoril verbringen. Ein Teil der in Marokko stationierten spanischen Armee hat sich gegen die Republik erhoben und sich so in beschämender Weise gegen das eigene Vaterland gewendet. Die Zahl der Hitzewellenopfer in den Vereinigten Staaten ist auf 4600 gestiegen. Die Land-, See- und Luftstreitkräfte stehen – mit der erwähnten traurigen Ausnahme – treu zur Republik und werden den schändlichen Aufstand der Aufrührer niederschlagen. Die Regierung der Republik hat die Situation unter Kontrolle und verspricht innerhalb der nächsten Stunden einen Bericht zur Lage der Nation.

»Ich komme Donnerstagabend, spätestens Freitagmorgen zurück«, hatte er gesagt, nicht direkt zu Adela, sondern in ihre Richtung, obwohl sie ganz in seiner Nähe stand. Seit sie aus dem Sanatorium nach Hause gekommen war, schaute sie ihn nicht mehr an, ignorierte seine Anwesenheit, und wenn sie ihn ansprach, tat sie es in einem unpersönlichen Ton, aus dem jedes Gefühl verbannt war. Nur er und vielleicht noch sein übersensibler und stets argwöhnischer Sohn bemerkten diese abweisende Haltung, diese Art von Vergeltung, die keine Spuren hinterließ; eine Wunde, verursacht von einem so scharfen Messer, dass der Schnitt nicht zu sehen war. Es war, als ignorierte sie einfach alles, was er tat oder sagte, der ehebrecherische Ehemann, dessen Verrat nur sie allein kannte, dessen Schuldgefühle sie allein orchestrierte, da sie weder melodramatisch wurde noch sich empörte, weder öffentlich noch im Kreise der Familie. Entgegen dem, was Ignacio Abel feigerweise erwartete, sagte Adela niemandem etwas, flüchtete sich weder in die Arme ihrer Eltern noch ihres Bruders, der sein Misstrauen nie verloren hatte und der sie aushorchte in der gierigen und rachsüchtigen Gewissheit, dass der Grund für ihren Selbstmordversuch in der Treulosigkeit des Ehemannes zu finden war, dem er noch nie über den Weg getraut hatte.

Nicht einmal dem Bruder gestand sie, dass dies ihre Absicht gewesen war. Im Krankenbett kam sie wieder zu Bewusstsein, erinnerte sich jedoch an nichts und wusste nicht, wo sie war. Und während ihr Gedächtnis allmählich wieder einsetzte, ihr in wahllos aufblitzenden Szenen die Briefe und die Fotos ins Bewusstsein rückten, der Schlüssel im Schloss der Schublade, sie sich wieder daran erinnerte, wie sie mit ihren hochhackigen Schuhen über den weichen Waldboden gegangen war, ihr das Wasser in die Nase drang und sie glaubte, ersticken zu müssen, da beschloss sie, niemandem etwas zu sagen; anfangs nur, weil es ihr viel zu anstrengend schien, und später, damit kein anderer an ihrer Erniedrigung teilhatte, für die sie sich allein an dem rächen wollte, der dafür verantwortlich war. Dies gehörte zu ihrer ehelichen Intimität wie die Liebe früherer Zeiten, wie ihre Sexualität einer schüchternen, nicht mehr jungen Frau, der kein Mensch Leidenschaft zutraute.

Sie würde nicht laut werden. Sie würde nicht anklagen. Sie würde kein tränenreiches Drama aus der Kränkung machen, die dieser Mann, dem sie sechzehn Jahre lang vertraut hatte (trotz seiner Eigenarten, seiner Distanziertheit, seiner langen Phasen von Gefühlskälte), ihr zugefügt hatte. Nur ihm und niemandem sonst würde sie Gelegenheit geben, Mitleid mit ihr zu haben. Sie würde auch nicht hysterisch werden und ihm damit die Rechtfertigung geben, einer Situation zu entfliehen, die er als bedrückend und unerträglich empfinden konnte. Nicht einmal die Erleichterung, seine verlogenen Erklärungen erst rundweg zurückzuweisen, später aber nach und nach anzunehmen, würde sie ihm gewähren; seine Besserungsversprechen, die allein der männlichen Feigheit geschuldet wären, einem mehr oder weniger vorübergehenden Bedauern. Sie schwieg, das war alles. Nickte zerstreut, wenn er sie ansprach, oder sah weg, oder gab ihm mit irgendeiner subtilen Geste zu verstehen, dass sie nichts mehr glaubte von dem, was immer er sagte; stufte ihn auf die Kategorie treuloser Ehemann, heuchlerischer Betrüger, billiger Komödiant oder sonst etwas Ehrloses herab.

Am Sonntagmittag, als der Tisch schon gedeckt war und das Mittagessen sich verzögerte, weil sie und ihre Eltern noch hofften, dass Victor halbwegs rechtzeitig käme (schließlich hatte er es Don Francisco de Asís und Doña Cecilia versprochen), sah sie Ignacio Abel auf sich und die Kinder zukommen und begriff, dass er ihnen sagen würde, er werde schon nach dem Essen nach Madrid zurückfahren und nicht erst am Abend oder am nächsten Morgen, wie er es am Samstag bei seiner Ankunft versprochen hatte (das Auto war in der Werkstatt, und man hatte ihm gesagt, es könne am Montag oder Dienstag abgeholt werden; man macht sein Leben lang Pläne, weil man die nächste Zukunft als gegeben ansieht). Sie sah ihn herankommen, aber sie sah auch, dass er sich noch nicht traute. Mit einiger Schadenfreude, mit kalter Nüchternheit, sogar mit einem bisschen Mitleid (in letzter Zeit sah er so eingefallen, immer so beklommen aus) bemerkte Adela, die ihn so gut, die ihn besser als jeder andere kannte, seine Nervosität, wie seine Gesten ihn verrieten, ohne dass er es merkte; er konnte ja auch nicht lügen und nie den Mut aufbringen, deutlich zu sagen, was er wollte. Sie tat, als ob sie nichts merke, schaute mit prüfender Miene nach, wie die stets unaufmerksamen Dienstmädchen Besteck und Servietten neben den Tellern angeordnet hatten. Der Tisch war unter der Laube an der Nordseite des Gartens gedeckt worden, wo es nicht ganz so heiß war und über einen moosbedeckten Stein rinnendes Wasser das Gefühl von Frische noch unterstrich.

Wenn sie allein waren, war es noch unangenehmer, die Fiktion aufrechtzuerhalten, die sie gewöhnlich den anderen vorspielten. Ohne Zeugen wussten sie nicht, wie sie sich ansprechen sollten. Er schob den Moment, sie von seiner Abreise zu unterrichten, bis nach dem Essen hinaus, und Adela erriet, wie er darunter litt, dass das Essen sich verzögerte, weil ihr Bruder nicht kam. Die Zeit blieb stehen und eilte gleichzeitig davon. Die Ankunft seines Zuges rückte näher, ohne dass das Essen aufgetragen wurde, ohne dass er ein Wort darüber verlor. Erleichtert nahm Ignacio Abel zur Kenntnis, dass Don Francisco de Asís seine antiquierte Taschenuhr in die Hand nahm, um sich zu vergewissern, dass sie nicht nachging. Auch er fragte sich schon ungeduldig und besorgt, warum sein stets unbesonnener Sohn so lange ausblieb. »Wo er doch weiß, wie seine Mutter sich sorgt«, sagte Don Francisco de Asís schon ganz untheatralisch und plötzlich gealtert, den steifen Hemdkragen abgeknöpft, die Hosenträger schlaff zu beiden Seiten der Hose.

»Was soll sein? Er kommt ja immer zu spät. Am besten, wir fangen ohne ihn an zu essen.« Adela sprach zu ihrem Vater gewandt, doch ihre Worte waren an Ignacio Abel gerichtet, den sie nicht einmal eines Blickes würdigte. Sie machte es ihm leichter in seiner Ungeduld, gab ihm zu verstehen, dass es sie nicht kümmerte, wenn er schon am frühen Nachmittag fuhr, dass es ihr so egal war, dass sie selbst dafür sorgte, dass das Essen bald auf den Tisch kam und ihm somit ausreichend Zeit blieb, den Zug zu erwischen, mit dem nach Madrid zurückfahren zu wollen er ihnen immer noch nicht mitgeteilt hatte.

Sie setzten sich ohne Victor zu Tisch. Sein leerer Teller stand vor seinem angestammten Platz, die Serviette war gefaltet, Löffel und Gabel lagen bereit, das Glas für den Wein.

»So was Ärgerliches. Ich weiß doch, wie gern er meinen Reis mit Hühnchen mag. Wenn ihm nur nichts passiert ist!«

»Ich habe ihn gezwungen, mir sein Wort als Sohn und Ehrenmann zu geben, nicht am Begräbnis von Calvo Sotelo teilzunehmen.«

»Gott hab ihn selig.«

»Den armen Polizeileutnant aber auch.«

»Vor allem seine Witwe, so jung noch, die konnte doch nichts dafür.«

»Sie soll schwanger sein, wie man hört.«

»Großartig, so ein Verbrechen zu begehen, ein ungeborenes Kind schon zur Waise zu machen.«

»Er hat mir versprochen, dass er heute kommt. Irgendwas muss dem Jungen passiert sein.«

»Ihm ist passiert, was ihm jeden Sonntag passiert, Mama. Er hat sich in der Stadt verbummelt und kommt wie immer zu spät.«

»Vielleicht fahren die Züge ja nicht mehr. Bei dem, was in Madrid los ist.«

»Klar fahren die. Ich habe sie den ganzen Morgen über gehört.«

»Das ist doch ein Zeichen, dass nichts Ernstes passiert ist und dass du dir keine Sorgen zu machen brauchst.«

»Mit dem Reis hätten wir noch ein bisschen warten können. Es gab keinen Grund zur Eile.«

»Aber Mama, wir waren alle am Verhungern.«

»Der Junge isst nicht vernünftig, wenn er sich allein in Madrid herumtreibt. Wenn ich sehe, dass er wenigstens sonntags anständig isst, bin ich schon viel ruhiger.«

»Wir stellen ihm einen Teller zurück, und wenn er kommt, wirst du ja sehen, mit welchem Heißhunger er sich darüber hermacht.«

»Aber Adela, du weißt doch, dass der Reis dann nicht mehr schmeckt.«

»Dein Reis mit Hühnchen ist ein Klassiker, Mama. Der wird mit der Zeit immer besser.«

»Papa, was du für Einfälle hast!«

Don Francisco de Asís und Doña Cecilia sagten Mama und Papa zueinander. Ignacio Abel lauschte den Tischgesprächen und konnte jede Antwort unfehlbar vorhersagen, Wort für Wort sogar, genau wie den immer sehr safranhaften Geschmack von Doña Cecilias Reisgericht und die verschiedenen Essgeräusche der Tischgäste, angefangen beim Pater familias, wie Don Francisco de Asís sich selbst nannte. All diese Sonntage, einer nach dem anderen, alle gleich, all die Sommer an diesem selben Tisch, die Gegenwart vollkommen identisch mit der Vergangenheit und zweifellos auch mit der Zukunft, die hartnäckige Eintönigkeit erstickte jede Möglichkeit von Variation. Im letzten Moment würde Victor eintreffen, und auf Doña Cecilias Befehl hin würde das Dienstmädchen ihm eilig seinen Reis bringen, viel zu spät leider, würde Doña Cecilia jammern, Reis kann man nicht warten lassen. Und Victor würde, ihre Worte mit vollem Munde Lügen strafend, den Reis hinunterschlingen und sagen, er sei mehr als lecker, ein bisschen über die Zeit, so möge er ihn am liebsten. Doña Cecilia würde sagen, siehst du, er ist über die Zeit, du gibst es selbst zu, aber wer hat dir auch befohlen, so spät zu kommen, wer weiß, was du in Madrid wieder angestellt hast. Don Francisco de Asís würde hinzufügen (mit einem hoffnungsvollen Unterton in der Stimme, von dem er selbst wusste, dass er unbegründet war, und einem Argwohn, den auszusprechen er niemals wagen würde), der Junge sei eben in einem Alter, in dem man sich für junge Damen interessiere, das sei Gesetz der Natur, die süße Tyrannei der Liebe. An diesem Sonntag jedoch endete das Mittagessen, ohne dass Victor gekommen war, und Doña Cecilia beauftragte wie jedes Mal das Dienstmädchen, einen Teller Reis für den jungen Herrn in der Speisekammer zurückzustellen, wobei sie wieder lamentierte, dass der Reis genau zum richtigen Zeitpunkt gegessen werden müsse, weil er sonst nicht mehr schmecke, aber genau hörte, wenn ein Auto den Weg heraufkam oder der Pfiff der Lokomotive die Einfahrt eines Zuges ankündigte.

»Bestimmt ist er das. Hätten wir noch ein bisschen gewartet, wäre der Reis jetzt genau richtig gewesen.«

Er denkt an seine vorgezogene Flucht, unberührt von der Notwendigkeit eines Verdauungsschläfchens, vom Erschlaffen in der Julihitze nach Doña Cecilias fettem Reishühnchen, das die Bewohner des Hauses jeden Sonntag nach dem Mittagessen heimsucht. »Wenn es hier schon so heiß ist«, stöhnte immer jemand fächerwedelnd und schon halb eingeschlafen, »möchte ich nicht wissen, wie es denen geht, die in Madrid geblieben sind.« »Es sind immer mindestens drei Grad Unterschied.« Am Samstag hatte er sich, bevor er losgefahren war, am Bahnhof eine Zeitung gekauft, doch in dem Bericht über die Ministerratsversammlung war von Putschgerüchten nicht die Rede gewesen.

»Die ganze Welt beneidet Spanien um die noble Einrichtung der Siesta.« »Es will mir nicht aus dem Kopf, wie der Junge so dumm sein kann, sich heute den Reis entgehen zu lassen.« Nach einer so langen Zeit der Entbehrung konnte er sich gar nicht vorstellen, dass er in wenigen Stunden Judith in den Armen halten, ihren Mund und ihre Augen sehen, ihre Stimme hören würde. »Er kann ja immer noch kommen, dann isst er ihn zur Vesper.« Bebend vor Ungeduld, würde er bei Madame Mathilde die Klingel drücken, die im Innern des Hauses wie Glockenläuten klang. »Das ist nicht dasselbe. Dann ist der Reis über die Zeit und schmeckt nicht mehr.« Er würde durch einen warmen, dunklen Korridor gehen, in dem es nach Desinfektionsmitteln roch, die Tür aufstoßen. »Dein Reis ist über allem erhaben, Mama.« Die Stimmen klangen so matt wie das Zirpen der Grillen in dieser Stunde der größten Hitze.

Ignacio Abel betrat das kühle Halbdunkel des Schlafzimmers, zog ein sauberes Hemd an, die Krawatte und wusch sich die Hände gründlich mit Lavendelseife, die Hände, die in weniger als zwei Stunden Judith Biely streicheln würden. Immer wieder warf er, unwillkürlich, einen Blick auf die Uhr. Durch das angelehnte Fenster hörte er das Kreischen der rostigen Schaukel, in der seine Kinder sich vergnügten. War das nicht, weit entfernt noch, der Pfiff der Lokomotive gewesen? Nein, unmöglich, der Zug kam in frühestens einer halben Stunde. Er würde ausgiebig Zeit haben, lustvoll allein auf einer Bank auf dem Bahnsteig zu warten. Im Moment sorgte er sich um nichts. Er war nur durchdrungen von der sicheren Erwartung der körperlichen Vereinigung mit Judith, die immer gewisser wurde, je näher die Zeit sie heranrückte. Wenn er in Madrid ankam, würde die erdrückende Spannung des Freitagabends verflogen sein, aufgelöst von der Julihitze, von der unüberwindlichen Gletscherkälte der Normalität. In Madrid würde er auf dem verlassenen Bahnhofsvorplatz ein Taxi nehmen und vor Verlangen bebend durch die menschenleere Stadt dieses Sommersonntags zu Madame Mathildes Villa fahren. Jemand kam ins Schlafzimmer, und er wandte sich mit düsterer Miene um in der Erwartung, dem gleichgültigen oder anklagenden Gesichtsausdruck Adelas zu begegnen. Aber es war Don Francisco de Asís mit seinem kragenlosen Hemd, seinen alten Hausschuhen und den herabbaumelnden Hosenträgern. Ignacio Abel kannte dieses sorgenvolle Gesicht eines hilflosen Greises kaum wieder. Das war nicht der Mann, der eben noch laut seine Hühnerbrühe mit Reis geschlürft und das Fleisch von den Knöchelchen gesaugt hatte.

»Ignacio, du solltest heute nicht nach Madrid fahren. Meine Tochter sollte dir das eigentlich sagen, aber jetzt sage ich es dir. Fahre nicht. Warte ein paar Tage.«

»Ich muss morgen früh arbeiten. Sie wissen, dass ich nicht warten kann.«

»Aber jeder weiß doch, was morgen passiert.«

Er verschloss den Koffer, der auf dem Bett lag, steckte die Geldbörse in die Hosentasche, den Schlüssel der Madrider Wohnung. Er hatte noch etwas Zeit, aber er konnte keine Minute verschwenden. Zeit in unseren Händen. Er wollte aus dem Zimmer gehen, doch Don Francisco de Asís stand vor der Tür, fremd, keine Spur von Pomp mehr in seinem schlaffen Gesicht, kleiner als Ignacio Abel, bittend. Nichts war mehr übrig von der Persönlichkeit, die er jahrelang dargestellt hatte; stattdessen sah Ignacio Abel einen angstschlotternden alten Mann, dessen sonst dröhnende Stimme nicht mehr als ein flehendes Flüstern war.

»Du kannst auf dich selbst aufpassen, aber mein Sohn nicht. Mein Sohn wird in sein Unglück laufen, wenn er es nicht schon getan hat und deshalb heute nicht gekommen ist. Du hast einen klaren Verstand, er nicht, das weißt du. Versprich mir, dass du ihm hilfst, wenn ihm etwas zustößt. Du bist genauso mein Sohn wie er. Du bist mein Sohn, seit du zum ersten Mal mein Haus betreten hast. Was jeder von uns denkt oder nicht denkt, ist mir ganz egal. Du bist ein guter Mensch. Du weißt so gut wie ich, dass niemandem damit geholfen ist, wenn Menschen wie Tiere abgeknallt werden. Ich bitte dich nur: Wenn du in Madrid bist und hörst, dass mein Sohn in der Klemme ist, hilf ihm. Du wirst schon einen Weg finden. Wann kommst du zurück?«

»Donnerstagabend. Spätestens Freitag.«

»Du bist ein guter Mensch. Bring Victor mit. Mein Sohn wird bald vierzig und ist schlimmer als ein Kind. Er hat keinen Verstand. Machen wir uns nichts vor. Er wird nie irgendetwas Vernünftiges zustande bringen. Aber wenn ihm wenigstens nichts passiert! Wenn er nur nicht umgebracht wird! Oder wenn er selbst nur nichts Schlimmes anstellt! Lass das nicht zu.«

»Was kann ich denn tun?«

»Du kannst mir dein Wort geben, Ignacio. Nur darum bitte ich dich. Gib mir dein Wort, dann bin ich beruhigt und kann seine Mutter beruhigen.«

»Ich gebe Ihnen mein Wort.«

Ignacio Abel, mit dem Koffer in der einen und dem Hut in der anderen Hand, machte eine ungeduldige Bewegung zur Tür, doch Don Francisco de Asís rührte sich nicht von der Stelle. Er legte beide Hände in Ignacio Abels Nacken und drückte ihn an sich, sodass dieser den Altmännergeruch und das Rheumaöl seines Schwiegervaters riechen konnte, danach gab es zwei feuchte Küsse ins Gesicht. Auf dem Weg zum Bahnhof wischte sich Ignacio Abel unwillkürlich noch einmal über die Wangen, dann beschleunigte er seine Schritte, denn der Pfiff der Lokomotive hatte schon sehr nah geklungen.

25 Er würde sie nie mehr wiedersehen. Es war eine Gewissheit, körperlich spürbar wie ein Nadelstich oder ein Magenkrampf, einhergehend mit einem abgründigen Gefühl, wie wenn man im Dunkeln die nächste Treppenstufe nach unten nicht findet oder im Moment des Einschlafens das Gefühl hat, das Herz setze einen Schlag lang aus. Er wusste es, je mehr das sicher geglaubte Verlangen in Zweifel umschlug, als der Zug bereits in Madrid einfuhr; als er auf den Bahnsteig sprang, kaum dass die Bremsen kreischten, und er sich einen Weg durch die drängenden Menschen zum nächsten Ausgang bahnte, dort wo die Taxis standen. Judith hatte versprochen, sich mit ihm zu treffen, und er wusste nicht, ob es ein Abschied oder eine Versöhnung sein sollte, und bis wenige Minuten vor der vereinbarten Zeit kam es ihm gar nicht in den Sinn, dass sie möglicherweise nicht erscheinen könnte.

Sein Verlangen nach ihr war nach so langer Zeit der Trennung, nach vergeblichen Telefonanrufen und unbeantworteten Briefen so groß, dass er den unerträglichen Gedanken, sie nicht zu sehen, gar nicht zuließ. In der Bahnhofshalle mit den großen Deckenventilatoren, die die schwüle Luft kaum auseinandertrieben, wurde er angerempelt. Der Tumult der jeden Sonntag sich hier drängenden Wochenendausflügler hatte etwas von der Rohheit und Gewalt einer Meuterei: rote Halstücher, militärisch wirkende Hemden mit großen Schweißflecken unter den Achseln bei jungen Männern und Frauen, die in einer rücksichtslosen, revolutionär und sexuell anmutenden Brüderlichkeit vereint Parolen riefen und sich im Bewusstsein ihrer Masse hitzig gebärdeten. Er bemerkte herausfordernde

Blicke, die sich auf seine Krawatte oder Schuhe richteten, den sichtbaren Attributen des Bourgeois. Selbst sein Alter machte ihn für sie verdächtig. Wie fern war er diesen jungen Leuten, die an jedem Bahnhof zugestiegen waren! Fern nicht nur ihren Prahlereien und ihrem politischen Radikalismus, sondern ihrer Jugend.

Auf dem Weg durch die Halle hörte er die Pfiffe von Lokomotiven, Rufe von Verkäufern, Hymnen, Gesprächsfetzen. Alles war vager, weniger eindeutig als die Stiche in der Magengrube und in der Seite, der Druck auf den Schläfen, der Schweiß, der seinen Hemdkragen aufweichte, der auf die Stirn drückende Hut, der Krawattenknoten, der ihm die Luft abschnürte. Jungen mit Mützen und zerlumpten Kleidern riefen die Abendzeitungen aus, wedelten mit den breiten, frisch gedruckten Seiten. Druckerschwärze in riesige Schlagzeilen gebannt. Aus den Lautsprechern hallten die Aufrufe zur Abfahrt der Züge. Verschwommen nahm er in Grüppchen beisammenstehende Polizisten und bewaffnete Zivilisten wahr. Wenn sie ihn anhielten und seine Papiere sehen wollten, würde er kein Taxi mehr bekommen. Wenn es zu Tumulten kommt, sind Taxis immer das Erste, was verschwindet.

So viele Bewaffnete, und die wenigsten von ihnen trugen eine Uniform. Männer in Bastsandalen und mit Gewehren riefen Befehle, ohne ihre Zigaretten aus dem Mund zu nehmen. Junge Männer hielten Gewehre in der Hand und hatten Pistolen im Hosenbund, trugen rote oder schwarz-rote Halstücher. Der Zug war so langsam gefahren, dass es jetzt schon nach sieben war, und Judith würde bereits ungeduldig werden. Wenn er ein Taxi fand, würde er mit etwas Glück bis halb acht bei Madame Mathilde sein können. Vielleicht sollte er von einer Telefonzelle oder vom Bahnhofscafé aus anrufen, dass er später kam, aber schon auf dem Weg war. Er suchte in seiner Hosentasche nach Münzen und tastete nach seiner Brieftasche, während er weiter auf den Ausgang zuhielt. Doch wenn er eine Pause einlegte, um zu telefonieren, und das Telefon wäre besetzt oder außer Betrieb, würde er wertvolle Zeit verlieren. Ein korpulenter, gut gekleideter Mann, der vor ihm ging und im selben Abteil wie er gesessen hatte, war angehalten worden und wurde herumgeschubst, als man ihn durchsuchte. Eine Brieftasche, lose Münzen und ein Schlüsselbund fielen ihm aus den Händen und klimpernd zu Boden, woraufhin sich eine ganze Bande herumlungernder Kinder darauf stürzte und sich darum balgte. Die bewaffneten Männer lachten. Polizisten, die ganz in der Nähe standen, schauten zu und unternahmen nichts. »Das ist ein Gewaltakt!«, rief der Mann mit hochrotem Kopf, als Ignacio Abel an ihm vorbeiging, darum bemüht, niemanden direkt anzusehen. »Ein unbeschreiblicher Gewaltakt!«

Er beschleunigte den Schritt, presste die Zähne zusammen, sein Herzschlag hallte in der Höhle der Brust. Wenn sie ihn jetzt anhielten, würde er Judith Biely für immer verlieren; wenn er jetzt kein Taxi fand. Das ganze Leben kann von einer einzigen Minute abhängen. Von einem Lieferwagen, der vor dem Bahnhof abrupt zum Stehen gekommen war, warfen hektische junge Männer Packen von Zeitungen auf die Erde. Es gelang Ignacio Abel, eine zu kaufen, und er überflog die Titelseite, während er hastig weiterlief. Die Regierung der Republik ist Herr der Situation und versichert, schon in wenigen Stunden einen Bericht zur Lage der Nation abzugeben, sobald die Lage unter Kontrolle sei. Im Moment schien sie nicht einmal den Satzbau unter Kontrolle zu haben. Aber vielleicht war Judith auch nicht pünktlich. Vielleicht saß sie an einem anderen Ende der Stadt fest, ohne Straßenbahnen, ohne Taxis, musste zu Fuß gehen und wurde von einem dieser bewaffneten Trupps aufgehalten, ängstigte sich vielleicht. *Sicherheitskräfte und Guardia Civil in den Straßen von Madrid stürmisch bejubelt.* Aber sie kannte keine Angst, und außerdem war sie Ausländerin. Sie würde alles genau sehen und dann über das schreiben wollen, was hier passierte. Oder sie hatte Madrid bereits verlassen. Ihre Freunde in der Botschaft hatten ihr gesagt, es werde in nächster Zeit zu gefährlich sein in Spanien. Philip Van Doren hatte sie für Ende Juli zu sich nach Biarritz eingeladen. *Ich wäre gern mit dir zusammen fortgegangen, aber ich muss aufhören, mir Dinge zu wünschen, die nicht zu haben sind.* Van Doren lächelte und wischte jede ernsthafte Gefahr mit einer abfälligen, nicht unbedingt sehr männlich wirkenden Handbewegung beiseite, als würde er lästigen Zigarettenqualm fortwedeln. »Solange sie sich abwechselnd gegenseitig umbringen, wird nichts passieren. Ein Kommunist, ein Falangist, eine Arbeiterin, ein Fabrikant; katholische Länder haben ein besonderes Talent für bedeutungsvolle Begräbnisse. Sogar die Anarchisten imitieren den katholischen Pomp, wenn sie einen der Ihren beerdigen. Und reden nicht beide Seiten von Märtyrern, Professor Abel? Gut dosiertes Blutvergießen gewährleistet den sozialen Frieden.«

Er dachte an das vergossene Blut des Falangisten oder Kommunisten, der an einem Nachmittag im Mai auf dem Bürgersteig der Calle de Alcalá seine Zeitungen verkaufte; an die im Sonnenlicht glänzende scharlachrote Pfütze, klebrig und schmierend, aus einem schwarzen Loch hervorquellend. Das Blut der Märtyrer. Bis zum letzten Blutstropfen. Das Blut, das die Schmach abwusch. Er verließ den Bahnhof, ohne von irgendwem aufgehalten zu werden, mit gesenktem Blick, die Aktentasche unter den Arm geklemmt, die Zeitung in der schweißfeuchten Hand. In Sevilla hat sich General Queipo de Llano den Meuterern angeschlossen und das Kriegsrecht verhängt. Kein einziger Wagen am Taxistand. Im Morgengrauen werden an Orten, wo aufständische Gruppen vermutet werden, Säuberungsaktionen durchgeführt. Die Zeit läuft davon, Minute um Minute, Judith wartend auf dem Stuhl im Schlafzimmer, nicht auf dem Bett, nicht nackt wie sonst, wenn sie, um keine Minute ihrer kostbaren Zeit zu verlieren, sich schon ausgezogen hatte, wenn er das Zimmer betrat, vom

Halbdunkel überrascht. Nie mehr würde er sie nackt sehen. Der Gedanke traf ihn wie ein harter Schlag, wie ein zuckender Schmerz. Die UGT ruft den Generalstreik für alle Gebiete aus, über die das Kriegsrecht verhängt worden ist. Die Vorstellung quälte ihn mit den visuellen Einzelheiten dessen, was er nicht vorfinden würde. Judiths blonde Haarpracht im Gegenlicht des Fensters mit den angelehnten Läden, ihre Gestalt in dem großen Spiegel vor dem Bett, die übereinandergeschlagenen Beine und der aufkräuselnde Rauch der Zigarette, die sie ohne nachzudenken angezündet hat, aber nicht raucht, missmutig wegen der Hitze, müde vom Warten. Eine Yacht gerät in Brand und soll von einem U-Boot versenkt werden, um zu verhindern, dass das Feuer sich ausbreitet. Sie wird in ihrer amerikanischen Ungeduld auf die Uhr schauen und bereuen, dass sie zu diesem Treffen gekommen ist, das sie vielleicht gar nicht wollte.

Auf dem von der nachmittäglichen Julisonne durchglühten Bahnhofsvorplatz hörte man plötzlich ein Knattern wie von Feuerwerkskörpern, und jemand schrie Ignacio Abel etwas zu und machte ihm aus einem Eingang heraus heftig Zeichen. Ohne nachzudenken, warf er sich zu Boden, ohne seine Tasche loszulassen, landete bäuchlings auf den glühend heißen Steinen. Vor ihm schlug ein Mann beide Hände über den Kopf. In seiner Brust spürte er das Beben einer vorbeifahrenden U-Bahn. Weiter hinten drängten sich im Schatten der Markise eines Cafés mehrere Menschen hinter einen Mann im Unterhemd, der mit einem Gewehr auf die gegenüberliegende Terrasse zielte. Sie schauten, als hätten sie sich vor einem unerwarteten Regenguss in Sicherheit gebracht und suchten jetzt am Himmel nach Zeichen baldigen Aufklarens. Einzelne Schüsse verdichteten sich zu Salven, dann wurde es still. Wie auf ein geheimes Zeichen hin erhoben sich Ignacio Abel und der Mann, der vor ihm gelegen hatte, und klopften sich den Staub von den Kleidern. Die Leute, die unter der Markise Schutz gesucht hatten, verliefen sich, ließen nur den mit dem Gewehr zurück, der jetzt in eine andere Richtung zielte. Autos fuhren wieder vorbei.

Eine Frau war auf dem Bahnhofsvorplatz liegen geblieben. Sie lag nicht auf dem Bauch, sondern auf der Seite, als hätte sie sich zu einem Schläfchen hingelegt. Der andere Mann ging zu ihr, neugierig, aber ohne ein Zeichen von Besorgnis. Es war der Dicke, der im Bahnhof angehalten und durchsucht worden war. Neben der Frau blieb er stehen und zog ein weißes Taschentuch hervor. Absurderweise dachte Ignacio Abel, er wolle sich damit den Schweiß abwischen; dabei versuchte er mit dem Taschentuch Hilfe herbeizuwinken, doch keines der ganz nah an der am Boden liegenden Frau vorbeifahrenden Autos hielt an. Sein Blick traf den von Ignacio Abel: Er erkannte ihn aus dem Zug wieder, dachte wohl, dass er es mit seinesgleichen zu tun hatte; einem, der Anzug und Krawatte trug, ungefähr in seinem Alter war, dass er von ihm Hilfe erwarten konnte. Ignacio Abel aber wandte den Blick ab, hielt ein Taxi an, das gerade vorbeigefahren kam, sagte dem Fahrer, er solle Gas geben. Er sah die Augen, die ihm im Rückspiegel nachschauten. Er betastete sein Gesicht und hatte ein bisschen Blut an den Fingern, von einem Kratzer an der Wange. Beim Hinwerfen auf die Steine hatte er sie sich wohl aufgeschlagen. Er musste aufpassen, dass keine Flecken aufs Hemd und den hellen Sommeranzug kamen. Die Aktentasche hatte er noch, Hut und Zeitung waren verloren. Der dicke Mann hatte enttäuscht die Arme sinken lassen, als er ihn ins Taxi steigen und davonfahren sah, das Taschentuch baumelte nutzlos in seiner Rechten.

»Hätten Sie sich mir nicht vors Auto gestellt, hätte ich nicht angehalten. Diese Fahrt mache ich noch für Sie, danach verdrücke ich mich. So wie die Dinge stehen, muss man ja damit rechnen, dass sie einen abknallen oder den Wagen stehlen; man weiß nicht, was schlimmer ist. Aber Sie sind ein ordentlicher Mensch, das habe ich gleich gesehen, und Sie haben mir leidgetan ... umfahren konnte ich Sie ja schlecht.« Für Ignacio Abel war das Gerede des Taxifahrers eine auseinandertreibende Wolke in der Luft, genau wie die Bilder, die am Seitenfenster vorbeizogen, oder der Eindruck von der Schießerei und davon, wie er schutzlos mitten auf dem großen Platz gelegen hatte. »... genauso wie '32 das mit Sanjurjo; und '34, als das mit Asturien war. Das geht alle zwei Jahre von Neuem los ...« Der Taxifahrer hörte nicht auf, suchte im Rückspiegel das Gesicht des Fahrgasts, der hartnäckig schwieg, der so gut gekleidet war, dass er möglicherweise mit den Aufständischen sympathisierte und deswegen den Mund hielt. »Zur O'Donnell hin wird es wohl ruhiger sein, aber man weiß ja nie. Ich mache heute für alle Fälle Schluss, und morgen Gott befohlen, vielleicht ist dann schon alles vorbei, obwohl, wenn Sie mich fragen, sieht das ganz schön düster aus, was meinen Sie?«

Wörter, die gar nicht bis zu ihm durchdrangen; zerbröselnde Empfindungen, derweil er ein ums andere Mal auf die Uhr schaute und zusammenschrak, wenn das Taxi plötzlich bremste und im Verkehr stecken zu bleiben drohte. Sie waren von einer undeutlichen Menge umzingelt, der Taxifahrer drückte auf die Hupe und zur Antwort hagelte es wütende Schläge auf Dach und Kotflügel. Ein offener Lastwagen voller fahnenschwenkender Männer versperrte ihnen den Weg (sie winkten so müde, als säßen sie auf einem Faschingswagen, der durch wenig belebte Seitenstraßen fuhr); nie würden sie aus der Innenstadt herauskommen und die freieren Straßen des Salamanca-Viertels erreichen, den Retiro-Park und dahinter die kleinen Hotels mit den Vorgärten auf der Calle O'Donnell, die seit letztem Herbst immer der sichtbare Vorgriff auf seine Begegnungen mit Judith Biely waren, das dünn besiedelte Grenzland am Rande Madrids, wo es höchst unwahrscheinlich war, dass jemand sie überraschte, wenn sie verstohlen und einzeln das Haus von Madame Mathilde betraten oder verließen, von Verlangen getrieben oder verwirrt vom hellen Tageslicht nach ein oder zwei Stunden künstlicher Dämmerung.

Je näher er kam, desto größer wurde seine Furcht. Er wollte der Zeit zuvorkommen und beugte sich im Taxi nach vorn, das rechte Bein wippte rhythmisch, und die warme Luft, die durchs offene Seitenfenster hereinwehte, als sie endlich schneller fahren konnten, traf sein Gesicht. Er suchte nach Hinweisen auf das, was ihn in wenigen Minuten erwarten mochte, Prophezeiungen des unmittelbar Bevorstehenden. Seine Fantasie spielte alle denkbar möglichen Ausgänge durch. Er betrat Madame Mathildes Haus, und Judith war gerade gegangen. Er folgte dem Hausmädchen durch den spärlich beleuchteten holzgetäfelten Flur, und im letzten Moment überholte er sie und öffnete die Tür, weil er es nicht mehr aushielt, weil er Judith auf dem Bett sitzen sehen wollte mit ihren hochhackigen Schuhen und dem hellen Sommerkleid, als wäre sie soeben in einem Hotel eingetroffen. Er stieg aus dem Taxi, und als er, wie sonst auch, das Tor aufdrücken wollte, war es verschlossen. Er drückte auf die Klingel, und in dem leisen Glockenklang drinnen, der so oft Auftakt seiner Begegnung mit Judith gewesen war, lag heute etwas Neues, das er nicht zu benennen wusste, das ihm aber jetzt schon verriet, dass er sie nicht antreffen würde. Das Hausmädchen öffnete ihm die Tür, und ehe sie etwas sagen oder den Kopf schütteln konnte, wusste er schon, dass Judith nicht gekommen war.

Panik und Verlangen überboten sich gegenseitig und zeigten ihm Albtraumbilder von dem, was noch nicht geschehen war. Eine allein gehende junge Frau, die ihnen entgegenkam, war einen Moment lang Judith, die von Madame Mathilde kam, nachdem sie dort über eine Stunde gewartet hatte. Die ersehnten Gesichtszüge lösten sich ebenso schnell auf wie das Geschwätz des Taxifahrers oder das verschwommene Geschehen der Tumulte in der Innenstadt. Er bezahlte hastig mit einem zerknitterten Geldschein und brauchte eine Weile zum Aussteigen, weil er erst noch seinen Hut suchte, bis ihm einfiel, dass er ihn ja verloren hatte. Am Ende der Calle O'Donnell, wo sie weit und zum Horizont hin offen war, sodass sich die Bäume an den Straßenrändern und die Schienen und Oberleitungen der Straßenbahn in der Ferne verloren, war Madrid wieder die menschenleere Stadt eines Sonntagnachmittags im Sommer, erstarrt in staubiger Hitze, die auch die Reihen viel zu junger Bäumchen nicht zu lindern vermochten, in der Stille fest verschlossener Fenster und Balkone.

Ohne Hut fühlte er sich unsicher und schutzlos auf der Straße. Er fuhr sich mit der Hand übers Haar, richtete den Krawattenknoten, klopfte sich die Hose ab, die schmutzig geworden war, als er sich auf die Erde geworfen hatte. Wenn ihn Madame Mathildes Hausmädchen so sah, ohne Hut und mit einem Kratzer auf der Wange, würde sie unwillkürlich eine missbilligende Miene aufsetzen und ein paar Sekunden länger brauchen, bis sie ihn einließ.

Jeder Schritt brachte ihn einer unwiderruflichen Enthüllung näher, wie immer sie aussehen mochte, und der letzte würde die lange Qual der Ungewissheit für immer ausräumen. Das Tor gab seinem viel zu heftigen Druck sofort nach. Im Vorgarten stand ein Springbrunnen ohne Wasser, gekrönt von einer Nymphe aus Gips. Die Fensterläden starrten ihn in der hellen Nachmittagssonne feindseliger denn je an, genau wie mögliche Passanten auf der Straße, welche im Vorbeigehen der Verdacht beschleichen mochte, dass die vornehm aussehende Villa nicht das Heim einer glücklichen Familie war.

Wenn er die wenigen Treppenstufen hinaufstieg und an der Tür klingelte, was gedämpftes Glockengeläut im Innern des Hauses zur Folge hätte, würde er erfahren, wie sein weiteres Leben definitiv aussähe. Aber er verlangte ja gar keine unbekümmerte Zukunft; nur eine einzige Stunde, einen kurzen

Blick, um Judith Biely aus der Nähe zu betrachten, ihre Stimme zu hören. Je weniger er erbat, desto größer war vielleicht die Wahrscheinlichkeit, dass es ihm gewährt wurde. Wenn er sich erniedrigte, begünstigte das vielleicht die Wohlgesonnenheit des Zufalls. Er würde nicht einmal versuchen, sie in die Arme zu schließen; es würde ihm genügen, so lange bei ihr sein zu dürfen, dass er ihr sagen könnte, was notwendig war und was er ihr noch nie deutlich gesagt hatte.

Er klingelte, und niemand kam, um zu öffnen. Das Glockengeläut, das Madame Mathilde wohl als vornehm empfand, verhallte ohne Antwort. Es war aber jemand im Haus, denn von irgendwoher hörte man undeutlich ein Radio. Er drückte den Klingelknopf noch einmal, und da erschien das Gesicht des Hausmädchens in einem Türspalt, der schmaler war als gewöhnlich. Wenn sie nichts sagte und ihn zum gewohnten Zimmer mitnahm, hieß das, dass Judith ihn erwartete. Das Hausmädchen trug ein schwarzes Kleid und ein Häubchen, und auf ausdrückliche Anweisung von Madame Mathilde schminkte sie sich weder Lippen noch Augen. Sie schloss die Tür und bedeutete ihm mit gewohnt artigem Lächeln, ihr zu folgen, obwohl er den Weg zum Zimmer zur Genüge kannte. Er fragte nicht, ob Judith schon da war; jetzt zu sprechen hätte vielleicht bedeutet, den Keim einer schwachen Hoffnung zu ersticken. Das Hausmädchen öffnete die Tür und trat mit gesenktem Kopf zur Seite. Während er sich noch nicht traute, einen Blick ins Zimmer zu werfen, schloss ihre Stimme schon jede Möglichkeit aus, dass Judith drinnen auf ihn wartete. »Wenn Sie etwas trinken möchten, während Sie auf die Dame warten, brauchen Sie es mir nur zu sagen.«

Das Eis in dem Whiskyglas war schon geschmolzen, als sich Schritte näherten, die nicht Judiths Schritte waren, und zögernd an die Tür geklopft wurde. Er hatte in dem roten Sessel am Fenster gesessen und gewartet, dem fortschreitenden Dunkelwerden zugeschaut und sich nur so viel bewegt, wie nötig war, um hin und wieder einen Schluck zu trinken, wobei er unwillig festgestellt hatte, dass der Whisky bei jedem Mal wärmer war und er den alkoholischen Nachgeschmack nicht mochte. So wie das Eis im Glas hatte sich auch seine Erregung nach und nach aufgelöst und war einer Niedergeschlagenheit gewichen, die nichts anderes war als simple Trägheit, weil er nicht mehr auf etwas warten musste, das niemals eintreten würde. Er brauchte nur noch still dazusitzen und zu warten, da er ohnehin nichts anderes tun konnte, als mit dem Glas in der Hand in diesem Sessel zu sitzen und mit der zunehmenden Dunkelheit zu verschmelzen, sich manchmal von der Seite im Spiegel zu sehen, wenn er den Kopf ein wenig drehte.

Er hätte auf die Klingel am Nachttisch drücken können, um sich Eis bringen zu lassen oder zu fragen, ob es einen Anruf gegeben hatte, eine Nachricht von Judith. Er tat jedoch nichts, wartete nur, wartete darauf, annehmen zu können, was er eigentlich schon gewusst hatte, nicht weil sein Verstand es ihm verraten hätte, sondern der Stich in seine Eingeweide, die Beklemmung in seiner Brust, die Symptome der Angst, die ihm die Kehle zuschnürte, der Hinweis auf das Unannehmbare. Er wartete mit einer Starrsinnigkeit, als wäre das reine Beharren ein Magnet, der Judiths Tun und Willen beeinflussen könnte.

Steif und aufmerksam saß er neben dem Bett und lauschte den Geräuschen im Haus, in dem es stiller war als je zuvor; es war die Stille eines verlassenen Hauses, die ganz anders war als die übliche Verschwiegenheit konspirativen Ehebruchs und erotischer Begegnungen von festgelegter Dauer. Er hörte kein gedämpftes Bimmeln, kein kurzes Läuten, keine Schritte vor der Tür oder im Stockwerk über sich. Aus den Nebenzimmern drangen kein allzu nahes Stöhnen, kein aufbrandendes Gelächter, keine Wortfetzen oder unterdrückten

Schreie. Nur das Radio irgendwo im Haus mit undeutlichen Stimmen, mit Musik und Reklamegedudel. Und im Hintergrund das ferne Großstadtbrausen von Madrid, davor das Vogelgezwitscher im Gezweig des Gartens, das zusammen mit einer Brise durch die angelehnten Fenster drang, die, warm wie Atemluft, von der Erde und vom Straßenpflaster aufstieg, als die Sonne unterging.

Auf der dunkelroten Bettdecke, dem Spiegel, dem Porzellan von Bidet und Waschbecken blieben fahle Lichtinseln zurück. In seiner Erinnerung war Judiths biegsamer nackter Leib genauso geisterhaft wie dieses vergehende Licht. Wie armselig, sie immer wieder an einen Ort wie diesen gebracht zu haben, nicht die Schäbigkeit fast jeden Gegenstands in diesem Zimmer erkannt zu haben, die offensichtliche Geschmacklosigkeit eines protzigen, großbürgerlichen Schlafzimmers der Jahrhundertwende, das in einem Bordell gelandet war! Ihre glatte Haut hatte sich an den speckigen und fadenscheinigen, nach Tabak und billigem Parfüm riechenden Stoffen reiben müssen; ihre nackten Füße waren über den Teppich mit der verschlissenen Landschaftsidylle gegangen; wenn sie auf dem Bett gesessen und das Haar zurückgeworfen hatte, hatte ihr Kopf an dieser Blümchentapete gelegen, dort, wo der dunkle, fettig glänzende Fleck zu sehen war. Gegen den hinfälligen Luxus in Madame Mathildes Haus war Judith Biely eine Lichtgestalt, der die verdämmernde Dekadenz nichts anhaben konnte.

Er sah sie auf sich sitzen, das Haar fiel ihr ins Gesicht, ihr ganzer Körper glänzte von Schweiß im rötlichen Licht eines Lämpchens, das der Arbeitszeit des Montagmorgens einen nächtlichen Anschein gab. Er sah sie, noch angezogen, niederknien und ihm die Schuhe ausziehen; er in diesem Sessel sitzend an einem der Tage, an denen er erschöpft von der Arbeit zu ihr kam. Seine Füße schmerzten, und die Schuhe waren staubig von seinen Rundgängen über die Baustellen. Judith band ihm die Schnürsenkel auf, zog ihm langsam einen Schuh aus, ließ ihn zu Boden fallen, dann den anderen. Sie zog ihm die Socken aus und streichelte seine Füße, linderte die Müdigkeit mit der Berührung ihrer Hände. Mit beiden Händen hob sie einen durch Hingabe und Entspannung schwer gewordenen Fuß in die Höhe, drückte ihn an ihre Brüste und beugte sich vor, um ihn zu küssen. Er wollte etwas sagen, doch Judith legte ihm einen Zeigefinger auf die Lippen.

Die sich nähernden Schritte, die nicht Judith gehörten, weckten ihn aus seiner Versunkenheit. Wie lange hatte er schon im Dunkeln gesessen? Benommen stand er auf und machte Licht, zog sich mit tastenden Fingern Krawatte und Hemdkragen zurecht. Nach einigen kurzen Klopfern mit den Fingerknöcheln gegen die Tür erschien das geschminkte alte Gesicht von Madame Mathilde, doch was Ignacio Abel als Erstes sah, war der Briefumschlag in ihrer Hand. Auf dem Blatt Papier, das darin steckte, das die faltige Hand mit ihren Ringen und Reifen hielt, würde sein Urteil geschrieben stehen. *Sosehr ich auch möchte, kann ich doch nicht deine gehorsame Geliebte sein, kein spanisches Liebchen, das du dir irgendwo hältst, während du mit deiner Familie das normale Leben weiterführst; daher gehe ich besser und versuche dich stark in Erinnerung zu behalten.* (Der Zorn hatte ihre sorgfältige Grammatik verdorben und auch ihre Schrift, die immer so zielstrebig gewesen war wie ihr Gang.)

In einer Sekunde inspizierte Madame Mathilde mit kaltem sachkundigen Blick das Zimmer, dann setzte sie wieder ihr leutseliges Gesicht diskreter Verschwiegenheit auf, schmerzlich verzogen jetzt, weil sie sehr zu ihrem Leidwesen wohl traurige Nachricht brachte, den Brief in ihren krummen Fingern mit den lackierten Fingernägeln, vom selben Rot wie die welken Lippen. »Verzeihen Sie bitte die Ungeschicklichkeit des Hausmädchens, es hat sich immer noch nicht eingewöhnt.« Madame Mathilde sprach, als führe sie ein ehrbares Etablissement mit Hausmädchen anstatt gewöhnlichen Zimmermädchen, in dem Wert auf Stil gelegt wurde, ein Internat oder einen Club, wo möglichst keine Namen, schon gar keine Nachnamen genannt wurden. »Sie hatte Anweisung, mich sofort zu benachrichtigen, wenn Sie kämen, damit Sie nicht unnötig warten müssten. Die junge Dame hat mir heute Nachmittag diesen Brief für Sie übergeben und mich gebeten, Ihnen auszurichten, dass sie es sehr bedaure, nicht noch einmal wiederkommen zu können, aber sie müsse dringend verreisen. So wie sich die Dinge hier entwickeln, wundert mich das gar nicht, wenn Sie mir die Bemerkung gestatten.«

Ignacio Abel starrte sie fassungslos an, nickte, merkte nicht, dass sie ihm den Brief hinhielt, der den aufdringlichen Duft ihres schweren Parfüms annahm, welcher allein schon die vorgebliche Vornehmheit ihres Stundenhotels Lügen strafte, genauso wie das viel zu dick aufgetragene Rot ihrer runzligen alten Lippen. Später las er ihn, auf dem Bett sitzend, im funzeligen Licht der Nachttischlampe, an einem Whisky mit Soda und Eis nippend, den bestellt zu haben er sich nicht erinnern konnte, dem Spiegel gegenüber, in dem er Judith Biely so oft nackt gesehen hatte, ihren weißen Körper schimmernd im Halbdunkel auf der roten Decke über dem Bett. *Da wir nicht zusammen sein können, ohne uns immer verstecken zu müssen, und weil ich dich teilen muss mit der, die du nicht liebst, für deren Leid wir aber verantwortlich sind und beinahe auch für ihren Tod, bleibe ich lieber allein.*

Von ferne war Autohupen und Geschrei zu hören, wie von einer Kirmes in einem der Vorortviertel, Militärmusik und das Geschnatter von Reklamesendungen aus einem Radio irgendwo im Haus, das er seines Wissens noch nie zuvor gehört hatte. Das Eis war geschmolzen, der Whisky wieder warm und wässrig. Die Abendluft stand still zwischen den angelehnten Fensterläden. Sein Hemdkragen war feucht von Schweiß und scheuerte am Hals; der Whisky, anstatt ihn betrunken zu machen, verursachte ein schmerzhaftes Pochen in den Schläfen. *Was nützt es mir, wenn du sagst, du hast an mich gedacht, wenn du die Nacht über mit ihr in einem Bett geschlafen und ihr heute Nachmittag einen Abschiedskuss gegeben hast, als du losgefahren bist, um dich mit mir zu treffen.*

Sie würde heute Abend in einen Zug steigen und Madrid verlassen, dachte er und sah es mit der blendenden Klarheit einer Erscheinung. Während er voller Ungeduld und Verlangen bei Madame Mathilde auf sie gewartet hatte und noch nicht wusste, dass sie nicht kommen würde, und im trüben Schein der rosaroten Lampe, deren warmes Dämmerlicht sie so oft umfangen hatte, mühsam ihre Zeilen entzifferte, bestieg Judith Biely im Atocha-Bahnhof oder im Nordbahnhof einen Zug nach La Coruña oder Cádiz, weil das die beiden einzigen Häfen waren, von denen aus Schiffe nach Amerika fuhren, es sei denn, sie nahm den Zug zur Grenze nach Irún, um an der französischen Atlantikküste ein Schiff zu nehmen. Madame Mathilde hatte ihn absichtlich aufgehalten, hatte ihn warten lassen, bevor sie ihm den Brief aushändigte, um Judith einen Vorsprung zu verschaffen, damit er keine Zeit mehr hatte, ihr zu folgen. *I can't manage to keep on writing in Spanish so I'll do it faster and clearer in English.* Sie hatte sehr hastig geschrieben, wusste schon, dass sie abreisen würde, kalt entschlossen, einen Plan umzusetzen, den sie vielleicht schon vor einer ganzen Weile gefasst hatte. *I'll miss you but I will eventually get over it provided I don't have a chance to meet you.*

Er faltete den Brief blicklos zusammen und stopfte ihn in eine Jackentasche, klingelte nicht, um aus dem Haus geführt zu werden, ohne einem anderen von Madame Mathildes Geistergästen zu begegnen, und trat auf den Flur, wo die Alte aus einem Schatteneck auftauchte, als ob sie auf ihn gewartet hätte. »Das Getränk geht auf Kosten des Hauses, seien Sie unbesorgt, ein wirklicher Herr soll sich hier immer wohlfühlen, es gibt ja nicht mehr viele, und es werden wohl noch weniger werden, wenn das hier nicht bald ein Ende findet, haben Sie die Nachrichten gehört?« Ignacio Abel stieß die beflissene Madame fast von sich und hielt ihr ein paar Geldscheine hin. »Nein, sonst hat die junge Dame nichts gesagt, aber wenn ich jetzt darüber nachdenke, war sie gekleidet, als ob sie verreisen wollte.« Während sie die Geldscheine einsteckte, drückte sie verständnisvoll und puffmütterlich seine Hand, kam ihm mit ihrem Schminkgesicht ganz nahe. »Und im Vertrauen, der Herr, wenn die junge Dame für einige Zeit verreist, wie es aussieht, und Sie die Stelle sozusagen nicht unbesetzt lassen wollen, diskret und hygienisch, versteht sich, dann brauchen Sie es mir nur zu sagen, ich kann Ihnen da ein sauberes und hübsches Mädchen vorstellen, das die Freundschaft eines Kavaliers Ihrer Güte sehr zu schätzen weiß. Und es erübrigt sich wohl zu sagen, dass Ihnen dieses Haus jederzeit offen steht.«

Als Ignacio Abel auf die Straße trat, hielt er immer noch Judiths Brief in der Hand. Er sah wieder das Lächeln vor sich, das Madame Mathildes Mund etwas schief aussehen ließ, sah das Glitzern in ihren listigen kleinen Augen unter schattigen Lidern. Da hatte er eine jähe Eingebung, die fast eine Gewissheit war und auch eine Kränkung, die das spöttische Glimmen in den Augen der Bordellwirtin erklärte. Undeutlich erinnerte er sich, die Türklingel gehört zu haben, als er im Zimmer gewartet hatte und sich in dumpfer Lethargie langsam von der Dunkelheit umfangen ließ. Es war Judith gewesen, die da geläutet hatte, die ins Haus gekommen war und wusste, dass er schon im Zimmer war; die im Vestibül gestanden hatte, von wo aus man die Tür des Zimmers sehen konnte, in dem er auf sie wartete. Judith hatte Madame Mathilde den Brief persönlich ausgehändigt, hatte leise mit ihr gesprochen und war dann wieder gegangen, war ihm so nah gewesen und doch entschlossen, sich so weit von ihm zu entfernen, dass er jetzt das Gefühl hat, sie niemals wiederfinden zu können, obwohl er bis in ihr Land gefahren ist, was er nicht getan hat, um aus Spanien zu fliehen oder um eine Bibliothek über dem Ufer des großen Flusses zu bauen, an dem der Zug jetzt hält, sondern um weiter nach ihr zu suchen.

26 Er stand jetzt auf der Straße und hatte mit einem Mal das Gefühl, nicht mehr in derselben Stadt zu sein, in der er an diesem Sonntagnachmittag, vor wenigen Stunden erst, eingetroffen war. Wenn Judith vor knapp einer Stunde so nah bei ihm gewesen war, war jetzt vielleicht noch Zeit, sie wiederzufinden und zu verhindern, dass sie endgültig ging. Jetzt war es Nacht geworden, und auf den Straßen zur Cibeles hinunter sowie dem Paseo del Prado stauten sich Autos und Menschen, in erleuchteten Häusern drang aus offenen Fenstern, durch die man in Schlafzimmer und Wohnzimmer schaute, der vervielfacht misstönende Lärm von Radios, schauten schattenrisshafte Menschen nach draußen.

Aus dem Verdacht wurde anklagende Wahrheit; der Groll des abgewiesenen Liebhabers machte aus den Vermutungen fassbare Realität: Judith war bei Madame Mathilde gewesen und hatte gewusst, dass er dort auf sie wartete; sie war so kaltblütig gewesen, ihr den Brief auszuhändigen und wieder zu gehen, war klug genug gewesen, leise zu sprechen und sich vielleicht sogar mit etwas Geld die Komplizenschaft der ehrwürdigen Puffmutter zu sichern. In der Tasche des wallenden Hausmantels, in die die Alte das Geld verschwinden ließ, das Ignacio Abel ihr gegeben hatte, war auch das Geld von Judith gewesen. Auf der Calle de Alcalá wurde er von einer barschen, aufrührerischen Menge vorwärtsgeschoben, Fäuste wurden gereckt und Spruchbänder hochgehalten, rote und schwarz-rote Fahnen. Am Ende, zu den Kuppeln der Gran Vía hin waberte rötlicher Lichtschein wie bei einem dramatischen Sonnenaufgang. Es roch nach Qualm und Asche und verbranntem Benzin, und ein Regen von Ascheflocken ging auf barhäuptigen Köpfen nieder.

Vielleicht hatte Judith den Taxifahrer, der sie zu Madame Mathilde gefahren hatte, gebeten, vor der Tür zu warten, sie würde nur wenige Minuten brauchen. Ignacio Abel glaubte sich jetzt auch daran zu erinnern, das Motorengeräusch des wartenden Taxis gehört zu haben, und er war sich sicher, das Öffnen und Schließen der Haustür gespürt zu haben. Hatte er nicht in der Diele einen schwachen Duft von Judiths Parfüm wahrgenommen? Vergebens stocherte er in der unmittelbaren Vergangenheit, und das nur, um sich abergläubisch zu versichern, dass sie ganz nah bei ihm, fast mit den Händen zu greifen gewesen war, als würde das die völlig inakzeptable Wirklichkeit ihres Verschwindens auf irgendeine Weise erträglicher machen.

Ohne Hut und, absurderweise, mit der Aktentasche in der Hand sehe ich ihn auf der anderen Straßenseite hastig die Alcalá hinuntergehen, ohne einen Blick für das Schaufenster des Reisebüros mit dem maßstabsgetreuen Modell des Ozeandampfers darin, das seine Kinder sich immer anschauten, als hätte er ein festes Ziel, als müsse er zu einer dringenden Verabredung, mögliche Wege verwerfend, die Judith vor wenigen Minuten genommen haben könnte, weil er jetzt überzeugt ist, dass sie ganz nah bei ihm war und er, wenn er sich beeilt und keinen Fehler macht, sie noch aufspüren kann. Sie war zurückgefahren, war jetzt schon im Atocha- oder im Nordbahnhof oder in der Pension an der Plaza de Santa Ana, wo das Taxi mit laufendem Motor vor der Tür wartete, während sie ihre Koffer packte, die Fenster zum Platz hin alle erleuchtet und die Bars zum Bersten voll waren.

Jede Möglichkeit, für die er sich entschied, eliminierte unwiderruflich alle anderen. Wenn er jetzt sein Auto hätte, wenn ein freies Taxi käme, wenn der Verkehr nicht so chaotisch wäre, nicht so viele Menschen auf den Gehwegen wären, die ihn aufhielten, fast auf die Straße gedrückt wurden. Ohne Taxis und Straßenbahnen dehnten sich die Entfernungen in Madrid. In zwanzig oder fünfundzwanzig Minuten könnte er den Atocha-Bahnhof erreichen. Er sah die eisernen Bögen schon vor sich, die gläserne Kuppel, die wie ein großer Lichtballon den Platz erhellte. Wie im Traum sah er sich mit zähen Schritten durch die Bahnhofshalle kämpfen, einer Judith entgegen, die Reisekleidung trug und im Begriff stand, in den Zug einzusteigen.

Wahrscheinlicher aber war es, dass er die falsche Entscheidung traf und von Bahnhof zu Bahnhof lief, sich nutzlos verausgabte, während Judith Madrid längst verlassen hatte. Vor dem Café Lion hatte man Lautsprecher auf den Bürgersteig gestellt, und die Leute blieben stehen, stiegen auf die eisernen Stühle und Tische, um die wirren Proklamationen zu hören, die eine metallisch scheppernde Stimme verkündete, den schwachsinnigen Optimismus der offiziellen Stellungnahmen. Die Regierung ist sicher, ausreichend Mittel mobilisieren zu können, um dem verbrecherischen Versuch der Feinde der Republik und der Arbeiterklasse den Todesstoß zu versetzen. Er warf einen Blick ins Innere, weil er dachte, Negrín könne vielleicht dort sitzen, doch ein Drängen, das seinem Willen entzogen war, schob ihn weiter.

Wie im Fieber tranken die Leute Bier aus großen Krügen, rauchten und aßen Portionen von Meeresgetier, während schwitzende Kellner mit hoch über den Köpfen erhobenen Tabletts sich nur mühsam ihren Weg zu bahnen vermochten. Gerötete Gesichter und elektrische Lampen verdoppelten sich in den Spiegeln. Die der Republik treu ergebenen Kräfte schlagen sich kühn und unerschrocken, um die Aufständischen ein für alle Mal in den Staub zu treten. Die Stimme des Radiosprechers bebte mit dem Tremolo der Begeisterung eines Sportkommentators. Eine heldenhafte Abordnung asturischer Bergleute erreicht in diesen Augenblicken Madrid, um den Bewohnern der Hauptstadt ihre Hilfe anzubieten. Dann stimmte es also, dass sie putschten, dachte Ignacio Abel vollkommen gefühllos, fast erleichtert, erfüllt von einer unwirklichen, wie weit entfernten Abneigung gegen die Stimmen, die er hörte, gegen die verschwitzten Leiber, durch die er sich hindurchzwängen musste, um weiterzukommen. Nach dem offiziellen Kommuniqué wurde die Riego-Hymne gespielt, und danach begann eine spitze Frauenstimme, begleitet von rasendem Händeklatschen und Gitarrengeschrammel, den Gassenhauer »Perlen vor die Säue« zu singen. Die lauthals weitergegebenen Nachrichten von der Niederschlagung des Aufstandes oder von anderem fantastischen Kriegsgeschehen vermischten sich mit dem ungenierten Geschrei der Gäste, die neue Runden Bier oder Knoblauchgarnelen oder gebratene Calamares bestellten. Hier kommen die Garnelen. Der treuebrüchige Queipo de Llano flieht vor den bewaffneten Einwohnern von Sevilla, und seine Soldaten desertieren unter Hochrufen auf die Republik.

Wieder dieses unheilvolle spanische Geschwätz, dachte er, dieser Kasernenhofton, Militärparaden im Rhythmus der Paso dobles, das verstaubte Nationalfest in der Arena. Lastwagen voll bewaffneter Zivilisten zogen langsame Kreise durch die Menge am Cibeles-Brunnen und verschwanden dann wie eine ablaufende Flut über die andere Seite der Alcalá in Richtung Puerta del Sol. Hinter den Vorgartenbäumen glänzten wie in einer Ballnacht die Lichter in den Fenstern des Kriegsministeriums. Vor dem Gartentor war ein kleiner Panzer mit lachhaftem Kanonenrohr aufgefahren. Die Wachsoldaten standen jedes Mal stramm und grüßten, wenn ein Dienstwagen herauskam oder hineinfuhr. Irgendwo krachten Feuerwerkskörper oder Schüsse, und die Menge wogte vor und zurück wie Getreide im Sturm.

Über den Gebäuden der Gran Vía konnte Ignacio Abel die Kuppel einer brennenden Kirche sehen. Rote Flugasche sank wie verglühendes Feuerwerk auf die Dächer nieder. Am Postamt bog er auf den Paseo del Prado ein, wo ein Bereitschaftswagen der Polizei stand, daneben angetreten die Bereitschaftspolizisten, steinerne Mienen unter den Tellermützenschirmen, die im schwindenden Tageslicht wie Lackleder glänzten. Er wurde fast gestreift von einem am Rinnstein vorbeibrausenden Auto, aus dem Warnrufe und Gelächter junger Männer drangen, die Gewehre und Pistolen aus den Fenstern streckten. Eine riesige schwarz-rote Fahne knallte im Wind wie ein flatterndes Segel. Jedes Auto, jeder mit Fahnen und gereckten Fäusten und Gewehren gespickte Lastwagen, jede Gruppe von Menschen schien sich zielstrebig in eine Richtung zu bewegen; aber die Richtung eines jeden war ganz anders als die aller anderen, sodass es aussah, als kämen sich mehrere Paraden in die Quere, verkeilten sich und führten zu einem Verkehrsstau, zu einem Scharmützel der Musikkapellen.

Aus dem Strudel von Cibeles erhob sich ein Misston von Motoren und Hupen, von verwehenden Hymnen, von wütendem Geschrei und Pfiffen. In sämtlichen Fenstern der Bank von Spanien brannte Licht. Gleich würde etwas passieren, nur wusste man noch nicht, was. Vielleicht war schon etwas passiert und war nicht wiedergutzumachen, etwas lang Ersehntes und etwas Gefürchtetes. Judith Biely war für immer verschwunden oder konnte an der nächsten Straßenecke unter den Leuten auftauchen. Begeisterung und Panik wogten wie parallele Wellen durch die Hitze der Nacht, in einem Fieber von Karneval und Katastrophe.

Der Paseo del Prado aber war dunkel und still. Es war, als wäre man plötzlich in einer anderen Zeit in eine andere Stadt gekommen, mit großen dunklen Bäumen und klassischen Fassaden mit Säulen und Granitgesimsen; eine Stadt, der die Umwälzungen einer fernen, ordinären Zukunft gleichgültig waren. Ignacio Abel ging auf dem Mittelweg, mit einem Auge stets die Straße im Blick für den Fall, dass eine Straßenbahn oder ein Taxi kam. Er ging so schnell auf dem Weg zum Bahnhof, dass sein Hemd schon durchgeschwitzt war. Judith konnte schon im Nordbahnhof sein, und wenn das so war, dann hätte er die Gelegenheit, sie zu treffen, verpasst. Sie konnte auch mit einem Auto gefahren sein.

Ein Einfall ließ ihn abrupt innehalten: Vielleicht hatte Judith bei Philip Van Doren Unterschlupf gefunden. Wäre es nicht besser, auf der Stelle umzudrehen und zur Gran Vía zu gehen? Oder sollte er sie in der Pension an der Plaza de Santa Ana suchen? Der ganze Stadtplan von Madrid dehnte sich zu einem endlosen Labyrinth möglicher Wege, Abfahrtsorte. Über die Ausfallstraßen nach La Coruña und nach Burgos machten sich die mit Koffern bepackten Limousinen, an denen die Gardinen der Seitenfenster zugezogen waren, jener auf den Weg, die zu den herrschaftlichen langen Sommerfrischen gen Norden aufbrachen; jener, die in vorauseilender Furcht die Stadt und das Land verließen und von denen viele mit absoluter Sicherheit wussten, was andere gerüchteweise hörten und fürchteten: dass etwas passieren würde, schon passiert war, der Sturm, der bei seinem ersten Anprall die Luft knistern lassen würde, ohne dass jemand den genauen Moment vorhersagen könnte, an dem die Sündflut kommen und alles hinwegschwemmen würde.

Aber kein Mensch kann sich vorstellen, was kommen wird; niemand sagt das Ausmaß der Katastrophe voraus, nicht einmal die, die mitgeholfen haben, sie herbeizuführen. Ignacio Abel ging jetzt nach Atocha, geleitet allein von der Trägheit seines grundlosen Entschlusses – der Schnellzug im Begriff loszufahren, der Pfiff und der zischende Dampf der Lokomotive, Judith Biely schön, groß und schlank auf dem Trittbrett, mit ihrem Reisekleid und dem Sommerhut, die, als der Zug sich schon in Bewegung setzte, auf den Bahnsteig sprang und in seine Arme sank. Sein wirrer Verstand zuckte in einem Zwist von Eindrücken und Vorstellungen: Judith auf der Flucht vor ihm und Madrid in dieser Nacht stiebender Feuersbrünste und aufgebrachter Menschenmengen; Adela und seine Kinder abgeschnitten im Ferienhaus auf der anderen Seite der Berge, auf der Suche nach Nachrichten in einem Dorf, in dem um elf Uhr nachts der Strom abgestellt wurde und die Radiosender nicht mehr klar empfangen werden konnten, wo es nur ein einziges Telefon gab, das im Bahnhof; er selbst, der in seiner Hosentasche den Abschiedsbrief von Judith Biely befingerte, der dadurch schon ganz feucht geworden war, der sich zwischen den über die Plaza de Neptuno rasenden Autos durchdrängte, die ihre Hupen im skandierenden Rhythmus der erregten, schwitzenden Menge betätigten, die die ganze Breite der Carrera de San Jerónimo vor der Abgeordnetenkammer ausfüllte, deren Fenster wiederum alle erleuchtet waren und offen standen, während das Tor verschlossen blieb.

Er verstand nicht, was sie riefen, das einmütig wiederholte Wort aus allen Kehlen, das mutmaßliche physische Prinzip, nach dem sich die Bewegungen der Menge richtete, das ihre mächtigen Strömungen lenkte, die Springflut, die alles überschwemmte. Im Neptunbrunnen planschten junge Männer, kletterten auf die Figur und versuchten eine rote Fahne am Dreizack zu befestigen. Die Wirklichkeit zerbrach in unwahrscheinliche Einzelbilder, die gleich darauf wieder ganz normal aussahen, ruckend wie ein Film, aus dem einzelne Bilder herausgeschnitten sind. Woher kamen die Waffen, die plötzlich jeder besaß und schwenkte, sodass es eher nach Fiesta als nach Krieg aussah; oder die Luxuslimousinen mit den in groben Pinselstrichen auf die Seitentüren gemalten Sigeln der Arbeitergewerkschaften, die jetzt nicht mehr von feierlichen Chauffeuren mit Tellermützen und Uniformen gefahren wurden, sondern von jungen Männern in offenen Hemden oder einteiligen Monteursanzügen, die auf Kippen kauten und mit gellenden Schreien das Gaspedal durchtraten wie losgaloppierende Reiter.

Doch wenn man auf dem Paseo del Prado blieb, war man sogleich wieder von Dunkelheit und Stille umgeben. Im Licht der Straßenlaternen schälten sich undeutlich das massige Bauwerk und die Säulenreihe des Museums heraus. Hier war er mit Judith auf den von Myrtenhecken und Rasenrändern begrenzten Wegen oft spazieren gegangen, unter den gewaltigen Zedern, hatte ihr den Botanischen Garten gezeigt, der jetzt in einem zaunbewehrten Dunkel lag, das nach feuchter Erde und Vegetation roch. Zwischen den Blumenbeeten des Paseo gewahrte er huschende Schatten, die aufleuchtende Glut von Zigaretten. Billige Huren und arme Kunden suchten passende Plätzchen für die Geilheit am Abend.

Der breite Bogen über dem Haupteingang des Bahnhofs wurde hinter einem staubigen Vorplatz sichtbar, auf dem sich die leeren Karussells einer verlassenen Kirmes drehten. Bunte Glühbirnen und dreifarbige Papierfähnchen; Holzbuden in grellen Farben und primitiv bemalt; Schießbuden, deren Besitzerinnen traurig ins Nichts starrten oder sich die runzeligen Lippen nachzogen; Lautsprecher, aus denen für niemanden Stierkampf-Paso-dobles und Leierkastenmusik erklang. Auf einem Plakat wurde das Wunder der mit den Köpfen zusammengewachsenen siamesischen Zwillinge und der Schildkrötenfrau angepriesen, die zwar Hände und Füße, aber weder Arme noch Beine hatte. Unter dem Zeltdach eines Getränkekiosks standen düster dreinblickende Männer rauchend um einen Radioapparat, der Militärmärsche und Tanzmusik übertrug. Die Glas- und Eisenfassade des Bahnhofsgebäudes leuchtete wie ein Fanal an der Grenze der Nacht, hinter der sich das Brachland und die letzte Stadtrandbebauung Madrids erstreckte, schwach glitzernde Lichtstreifen vor dem nahen ländlichen Horizont. Mit ihren erleuchteten Fenstern waren die Gebäude Stellwände aus schwarzem Karton vor dem tiefen Dunkelblau der Julinacht.

Über die Calle de Atocha kam eine brennende Straßenbahn gefahren, die über ihrer wehenden Feuermähne eine schwarze Qualmwolke hinter sich her zog und einen Sprühregen blauer Funken entlang der Oberleitung. Ein anderer Brandherd leuchtete über den Dächern, eine Rauchsäule, von innen beleuchtet durch die Flammen, die das Dach einer Kirche verzehrten. Wenn Judith den Zug nehmen wollte, würde er sie nicht mehr aufhalten können. Die Uhr am Fuß des Spitzbogens über dem Eingang zeigte zehn nach zehn. Aber vielleicht fuhren diese Nacht gar keine Züge, oder nur mit großer Verspätung, festgehalten von der in Krämpfen liegenden Stadt. Sollte er selbst nicht den Zug nehmen, in das Dorf zurückfahren, wo Adela und die Kinder auf ihn warteten, vollkommen isoliert in dem Haus, in dem bald der Strom abgestellt würde und nur noch Kerzen und Petroleumlampen Licht spendeten?

Zu viele Wünsche, zu viele Loyalitäten und Notwendigkeiten, das Denken losgelöst vom Tun, der Verstand zersplitternd wie die Scherben eines zerbrochenen Spiegels, während er durch die Halle und über die Bahnsteige des Bahnhofs eilte, dem der Tumult und das Chaos auf den Straßen nichts anhaben zu können schien, auf dem die Nachtzüge sich so gleichgültig in Bewegung setzten, wie die Pferdchen und Kutschen des Karussells sich auf dem Kirmesplatz drehten. Gut gekleidete Menschen schauten aus den Fenstern der blauen Waggons der Gesellschaft *Wagons-Lits,* uniformierte Angestellte schoben hoch bepackte Karren mit opulentem Gepäck, großen Koffern mit metallverstärkten Ecken, mit Aufklebern internationaler Hotels.

Für die Zeit der Sommerferien hat die Eisenbahngesellschaft des Nordens wie jedes Jahr vielfältige Kombinationen von Hin- und Rückfahrscheinen für jeden Geldbeutel im Angebot. Die vornehmsten Familien Madrids nahmen den Nachtexpress nach Lissabon. Er suchte unter den Leuten, schaute in jedes Gesicht, das er hinter den Abteilfenstern sah, auf den beleuchteten Gängen erblickte, hinter den Fenstern der Cafeteria. In einiger Entfernung sah er eine Gestalt von hinten, die einen Augenblick lang Judith war und dann eine Fremde, die keinerlei Ähnlichkeit mit ihr hatte. »Sie ist noch nicht fort, sie hat noch keine Zeit gehabt, hat nicht den Mut aufgebracht, hat keinen Fahrschein mehr bekommen, wenn ich jetzt nach Hause gehe, werde ich eine Nachricht von ihr finden, das Telefon wird klingeln, und sie wird gewagt haben, mich anzurufen, weil sie weiß, dass ich allein bin.«

Drei mit Gewehren bewaffnete Zivilisten kamen auf ihn zu. Das metallische Ratschen eines Verschlusses, dann die kalte Mündung eines Gewehrlaufs auf seiner Brust. Einer der Männer trug eine schief in die Stirn gezogene Militärmütze. Der auf ihn zielte, hatte eine brennende Zigarette im Mundwinkel und blinzelte, um den Qualm aus den Augen zu bekommen. Der dritte hatte sich einen Pistolengurt um die Jacke geschnallt.

»Die Papiere.«

Zuerst verstand Ignacio Abel nicht: Wer waren diese bewaffneten Männer ohne Uniform, aus welchem Grund forderten sie in diesem herrischen Ton seine Papiere? Zufällig hatte er seinen Ausweis in der Aktentasche; Ausweis und Mitgliedskarte der Gewerkschaft.

»Ein vornehmer Herr mit Gewerkschaftsausweis.« Sie studierten das Kärtchen im Licht einer Lampe, zweifelten an seiner Echtheit. Der auf ihn gezielt hatte, hielt das Gewehr weiterhin auf ihn gerichtet, ein riesiges, grobes, schweres Ding, ein Holzprügel mit eisernen Beschlägen. Die Waffe konnte diesem nervösen, in ihrer Handhabung offensichtlich ungeübten jungen Mann unvermutet losgehen, und die Kugel würde ihm die Brust aufreißen oder den Kopf zerschmettern. Er könnte hier, an dieser Stelle, sterben, ohne Ankündigung, in dieser Sommernacht, nur einen Schritt von den gut gekleideten Reisenden entfernt, die ungeduldig auf die Uhr schauten und darauf warteten, dass der Zug nach Lissabon endlich abfuhr, und die Tat wäre vollkommen losgelöst von diesem Moment seines Lebens auf einem Gleis des Atocha-Bahnhofs. Ganz in der Nähe waren plötzlich Schreie und Schüsse zu hören, Kugeln prallten kreischend von den Eisenträgern ab, und von der Deckenkuppel regneten Glasscherben herunter. Die drei Männer verloren jedes Interesse an Ignacio Abel und hetzten davon, ihre Bewegungen voller Dramatik, als spielten sie in einem Film mit, sich duckend, mit den Gewehren im Anschlag mal hierhin, mal dorthin zielend.

Er verließ den Bahnhof und wischte sich mit einem Taschentuch den Schweiß vom Gesicht. Der Taxistand war verwaist. Seine Beine zitterten, sein Herz pochte wie rasend, doch diese instinktiven körperlichen Alarmsignale erreichten seinen Verstand nur zum Teil. Vielleicht klingelte in dieser Minute das Telefon in der leeren Wohnung, und es war Judith, die anrief, weil sie wusste, dass nur er den Hörer abnehmen konnte, da die Familie im Ferienhaus in den Bergen war; vielleicht bereute sie, vielleicht war sie verängstigt und suchte Schutz. *Zu oft hat mir die Kraft gefehlt, zu tun, was ich hätte tun müssen, mich von dir zu trennen.* Hastig würde er die Tür aufschließen, denn auf der Schwelle hatte er das Läuten des Telefons gehört, und als er schließlich atemlos den Hörer ans Ohr hielt, vernahm er Adelas Stimme, die ihn aus der Bahnhofskneipe in den Bergen anrief und sich ängstigte, weil sie nichts von ihm hörte.

Die brennende Straßenbahn war am Ende der Atocha aus den Gleisen gesprungen und lag jetzt, immer noch brennend, in der Nähe der Karussells und Kirmesbuden. Kinder sprangen um sie herum und warfen Sachen in die Flammen, hüpften vor Vergnügen, als hätten sie ein Osterfeuer vor sich. Über einer der Kirmesbuden verkündete eine große, von Glühbirnchen ringsum beleuchtete Plakatleinwand mit roten Lettern das sensationelle Spektakel der Spinnenfrau und des Kaimanmannes. Jetzt sah er Judith, wie sie telefonierte, beharrlich, obwohl sie keine Antwort erhielt, den schwarzen Hörer an ihrem ernsten Gesicht. Das Telefon klingelte für niemanden in dem dunklen Flur, in den der Lärm der Stadt nur als fernes Rauschen drang. Er sah, was er nicht vor Augen hatte, während die von der brennenden Straßenbahn beleuchteten Gesichter zu undeutlichen, geisterhaften Masken gerannen, die Gesichter hinter den Fenstern der Bars, in den dunklen Tiefen der Säuferkneipen, auf den Gehwegen, wo die Leute lautstark diskutierten, um das misstönende Konzert von Autohupen und plärrenden Radios zu übertönen. Er sah es wie eine Erscheinung, wie eine Gewissheit, dass Judith ihn anrief; aber nicht aus ihrer Pension an der Plaza de Santa Ana und auch nicht aus der Telefonzelle eines Cafés, sondern aus der Wohnung von Van Doren, am großen Fenster, von dem aus man einen weiten Blick über die Dächer und brennenden Gebäude von Madrid hatte.

Sie war bei ihm, daran konnte es keinen Zweifel geben. Er sah alles ganz klar vor sich: Van Doren bei der Vorbereitung seiner Abreise, der sie sich anschließen wollte; seine teuren Koffer, die mitten im Salon standen; die Bediensteten, die sich um die letzten Details kümmerten, und Judith, die plötzlich entschlossen war, ihn anzurufen und zu bitten, mit ihnen zu kommen, ihrer Liebe wegen und weil sie fürchtete, dass ihm etwas zustoßen könnte. *Es ist schmerzhaft für mich, als würde mir ein Teil meiner selbst entrissen, but this is the only decent sensible thing for me to do.* Die Buchstaben waren kaum leserlich, so hastig hatte sie geschrieben; nicht weil die Abreise drängte, sondern weil sie so schnell wie möglich eine schmerzliche Angelegenheit hinter sich bringen wollte.

Mit heulenden Motoren bahnten die Einsatzwagen der Polizei einem Feuerwehrauto mit frenetisch bimmelnder Glocke und gleißenden Scheinwerfern einen Weg über die Calle de Atocha. Je näher Ignacio Abel kam, umso dichter wurden der Qualm und der Geruch von Benzin und verbranntem Holz. Kinder huschten durch die Beine der Erwachsenen, aufgeregt wie an einem Kirmesabend, an dem sie länger als gewöhnlich auf der Straße bleiben durften. Etwas weiter die Atocha hinauf würde er diagonal durch die Innenstadt gehen und die Gran Vía erreichen, den Palacio de la Prensa, wo er Judith zum zweiten Mal begegnet war und sich in sie verliebt hatte. Aber er wurde eingekeilt, auf dem Bürgersteig hin und her geschoben, gegen eine Wand gedrückt, als das Feuerwehrauto in eine Seitenstraße einbog und nicht weiterkonnte, weil zu viele Menschen auf der Straße waren oder sich vor dem Auto aufbauten, um es an der Weiterfahrt zu hindern.

Auf einem Balkon lehnte ein dicker Mann in Pyjamahose und Unterhemd am Geländer, rauchte eine Zigarette und fächelte sich mit einer Zeitung Kühlung zu. Schreie von Frauen vermischten sich mit dem Aufheulen des Motors, wenn der Fahrer des Feuerwehrautos Gas gab, mit dem nutzlosen Bimmeln seiner Glocke. Ein junger Mann mit einem Holzgewehr oder Besenstiel in der Hand sprang aufs Trittbrett und schlug gegen die Scheiben des Fahrerhauses, die splitternd zu Bruch gingen. Das Feuerwehrauto machte einen Satz nach vorn, und der junge Mann landete rücklings auf der Erde. Der Lärm der Motoren und der Feuerwehrglocke übertönte die Stimmen: Ignacio Abel sah aufgerissene Münder, die sich vor dem Feuerschein der in der Nähe brennenden Kirche bewegten.

Wenn er sich nicht bald befreite, würde er von der Menschenmenge zwischen Hauswand und Feuerwehrauto eingeklemmt werden. Er schluckte und hatte einen Geschmack von Benzin und Asche im Mund, und auf der Haut fühlte er die Hitze der nahen Flammen. Aber er kam nur in Richtung des Feuers voran. *Wenn ich in dieser Nacht stürbe, wenn ich dich nie mehr wiedersähe.* Er zwängte sich an dem immer noch festsitzenden Feuerwehrwagen vorbei, an den Polizisten, die von ihren Motorrädern gestiegen waren und durch die Menge ruderten, auf Trillerpfeifen bliesen und Befehle brüllten, die niemand hörte und kein Mensch befolgte.

Vom eingeatmeten Qualm wurde ihm übel, und so erkannte er erst jetzt den Ort, an den es ihn verschlagen hatte. Durch einen Riss, der sich plötzlich in der Zeit auftat, blickte er in seine Kindheit zurück: In dieser von Flammen umzüngelten Kirche hatte er seine erste hl. Kommunion empfangen; in dem dunklen Kirchenschiff hatte im Schein einiger Kerzen der Sarg seines Vaters gestanden. In dem nebenan gelegenen Gymnasium hatte er sein Abitur gemacht; die traurige Zeit wurde in der Erinnerung länger, so lang wie die endlosen Flure, über die er gegangen war auf dem Weg ins Klassenzimmer, in die Kirche oder zum Pausenhof, bedrückt, weil er ein bevorzugter Schüler war, Sohn einer Witwe.

In den Dachfenstern, den Balkonen und auf den Platz gehenden Fenstern leuchtete das Feuer so rot, dass die starrenden Gesichter wie hypnotisiert und verzaubert wirkten. Die Flammen schlugen bis zur Kuppel. Ströme von geschmolzenem Blei rannen wie Lava die Dachziegel hinab. An einer Ecke des Platzes lag eine Frau im Nachthemd auf der Erde und bedeckte ihr Gesicht mit blutigen Händen. Aus dem Feuerwehrauto schoss jetzt ein Wasserstrahl, der an der Kirchenfassade verdampfte. »Vom Kirchturm aus ist geschossen worden«, sagte jemand neben der verletzten Frau, die jetzt an der Wand lehnte und die blutigen Hände am Nachthemd abwischte. »Die gehören alle umgebracht!«

Von einem Balkon schossen mehrere Männer auf den Kirchturm und verursachten wildes Glockengeläut. Die Glasscheiben der oberen Fenster des Gymnasiums platzten, und Flammen schlugen heraus. Nicht nur die verstaubten Barockaltäre brannten, die Heiligenfiguren aus bemaltem Gips, die Beichtstühle mit ihren unheimlichen Gittern, vor denen Ignacio Abel vor langer Zeit so oft gekniet hatte; auch die Bibliothek brannte, die Bänke in den Klassenzimmern, die langen

Tische im Labor, die Weltkarte aus Wachstuch, die Glaszylinder und -kolben würden platzen und in Tausend Stücke zerspringen (einmal, an einem sonnigen Wintermorgen, hatte er mit Judith auf diesem Platz gestanden und ihr das Fenster gezeigt, aus dem er immer hinausgeschaut hatte; einen Moment lang waren sie ganz still gewesen und hatten die Stimmen der Kinder im Pausenhof gehört, so fern, als kämen sie vom Ende der Zeit).

Das Feuer würde auf die alten Holzbalken und das Rohrgeflecht der Wände der in diesem Viertel eng beieinanderstehenden Häuser übergreifen, wenn nur ein Funke zu weit übersprang, wenn nur ein wenig Wind aufkam. Die Leute aber scharten sich um das Feuerwehrauto, um zu verhindern, dass es zur Kirche vorfuhr, schlugen mit Knüppeln und Steinen die Scheiben des Fahrerhauses ein und kletterten auf den Anhänger, um die Schläuche mit Messern aufzuschlitzen. Auf dem Dach des Autos stand ein Junge, dessen Kopf fast ganz unter einem Feuerwehrhelm verschwand, der einen Besen über der Schulter trug und auf der Stelle paradierte. Neben ihren umgestürzten Motorrädern schwangen die Polizisten vergebens Gummiknüppel und Pistolen, obwohl sie viel größer und kräftiger waren als jene, die um sie herumsprangen und ihnen die Waffen zu entreißen suchten.

Doch in der Erinnerung geraten Orte und Zeiten durcheinander, die Gesichter dieser Nacht, unzusammenhängende Fotosequenzen aus der gespenstischen Stadt, in der er Judith sucht, wie in den unwirklichen Landschaften eines Traums. Feuerschein von Bränden und leere Straßen wie dunkle Tunnel; Sirenen und Schüsse, Glocken von Feuerwehr- und Notfallwagen; an die Türen der Cafés gehängte Radios, die die neuesten Triumphmeldungen der Regierung senden oder unermüdlich »Perlen vor die Säue« spielen und das Flamencogesülz von »Mein Pferdchen«. Mein Pferdchen galoppiert so schnell wie der Wind am Hafen vorbei auf dem Weg nach Jerez. Alle Mitglieder der Arbeitergewerkschaften werden dringend aufgerufen, sich unverzüglich am Sitz ihrer Organisationen einzufinden. Er würde galoppieren, wenn er könnte. Er beschleunigte seinen Schritt, wollte aber nicht zu eilig ausschreiten, um keinen Verdacht zu erregen; ein gut gekleideter Mann, der sicher nicht in dieser Gegend wohnte, zur Nachtzeit mit einer schwarzen Aktentasche unterwegs.

Schließlich gelang es ihm, mit vor Mund und Nase gepresstem Taschentuch den Platz mit der brennenden Kirche zu verlassen. Übelkeit stieg in ihm hoch, und er taumelte durch Gassen, die ihm bekannt vorkamen, die er aber nicht wiedererkannte in dieser Träumen ähnelnden realen Nacht auf der Suche nach Judith Biely. Auf einer plötzlich menschenleeren Straße kam ihm ein Blinder mit Hund entgegen, der sich an den Hauswänden mit einem Stock entlangtastete, welcher sich beim Näherkommen als Geigenbogen entpuppte. Knatternde Schüsse waren zu hören, der Hund krümmte den Rücken und begann ängstlich zu winseln, zerrte an der Leine, die als roher Strick um seinen Hals lag. Von der Plaza de Jacinto Benavente aus konnte man über den Dächern schon die beleuchtete Uhr am Hochhaus der Telefongesellschaft erkennen. Eine berittene Abteilung der Guardia Civil trabte die Calle de las Carretas hinunter, die Hufe klapperten auf den Pflastersteinen wie der unerwartete Klang von Einsamkeit und Stille, hinter dem tumultartiger Lärm hörbar wurde, der zweifellos von der Puerta del Sol her kam.

Die Schaufensterscheibe eines Buchladens mit Devotionalien war eingeschlagen worden. Bücher, Heiligenbildchen und Gipsfiguren wurden von einem Mann und einer Frau zusammengesucht, die wie in Trauer wirkten und verängstigt aufschauten, als sie hörten, dass sich jemand näherte. Die Gehwege der Calle Carretas füllten sich jetzt mit Leuten, die der Puerta del Sol zustrebten, die aussahen, als wären sie aus viel ärmeren und heißeren Gegenden frisch in Madrid eingetroffen, Bewohner der letzten Stadtrandsiedlungen, von Hütten und Höhlen in der Nähe von Müllkippen und stinkenden Flüssen und Gruben eines vorzeitlichen Elends, die jetzt in Gruppen und ganzen Familienverbänden ins Stadtzentrum wanderten, wo man sie früher nie geduldet hätte, speckige Mützen, grindige Köpfe, zahnlose Münder, schielende Augen, nackte oder mit Lappen umwickelte Füße, eine barsche Menschheit *avant la politique,* so geblendet von den Lichtern der Großstadt und von den Bränden, als käme sie aus dem Herzen Afrikas. Wo sie vorbeiliefen, rasselten die Metalltore der Stierkampf- und Flamencokneipen herunter.

Die jungen Leute, die in Trauben an den Lastwagen hingen, die sich mit kreischenden Bremsen und bedrohlich schwankend in die Kurven legten, grüßten mit wehenden Fahnen und geballten Fäusten, doch diese Menschen, jeder Beeinflussung unzugänglich, starrten sie nur ungläubig an, beobachteten mit höhnischem Argwohn die kindischen Gewohnheiten der Zivilisierten. Sie waren den Abgründen ihrer Hütten und Höhlenbehausungen entstiegen, als folgten sie einem kollektiven archaischen Trieb, der vom Widerschein der Feuersbrünste geweckt worden war. Sie kamen zerlumpt wie Zigeuner, mit Bündeln und Meuten von Hunden, die Frauen mit Kindern auf dem Rücken oder saugend an der Brust. Nie zuvor hatten sie sich so zahlreich und sichtbar in diese, ihnen verbotenen, Straßen gewagt.

An der Ecke der Calle de Cádiz entstand plötzlich eine panische Fluchtbewegung, die Ignacio Abel mit sich riss. Magere Frauen und eine Horde von Kindern stürmten einen Gemischtwarenladen, dessen Tür sperrangelweit offen stand. Ein hohes Regal voller Gläser und Konservendosen wurde gegen die Theke gekippt. Frauen stopften sich händeweise Linsen und Erbsen in die Schürzentaschen, rafften Weißbrotstangen und Wurstzöpfe an sich und stürmten nach draußen.

Jemand schleuderte mit einem Hieb die Waage zu Boden. Ein Messer schlitzte einen Mehlsack auf, und die Kinder warfen das Mehl in die Luft, wälzten sich darin mit großen Augen in weißen Gesichtern. Ignacio Abel spürte eine Hand, die in seine Hosentasche glitt; andere Hände zerrten an seiner Aktentasche, wollten sie ihm entreißen. Oben auf der Treppe erschien der Ladenbesitzer, laut fluchend und beide Fäuste ans Gesicht gedrückt. Der Lauf einer Flinte wurde ihm vor die Brust gehalten. Neben dem Laden gab es einen schmalen Durchgang, in dem es nach Urin und altem Fett roch und in dem die Abfalltonnen eines Restaurants standen. Ignacio Abel wischte sich gerade den Schweiß vom Gesicht und klopfte sich das Mehl von den Kleidern, als er direkt hinter sich eine Stimme vernahm.

»Schwager, welch eine Freude.«

Adelas Bruder ergriff ihn am Arm und führte ihn, beinahe tastend, eine schlecht beleuchtete schmale Treppe hinauf. Sie mündete in einen Flur, an dessen Ende sich ein Saal befand, aus dem grünliches Licht und das trockene Klacken von Billardkugeln drangen. Jemand erschien in der Tür, als er näher kommende Schritte hörte: ein Mann, viel jünger als Victor, mit einer ölglänzenden Pistole in einer Hand, und in der anderen den Lappen, mit dem er sie putzte.

»Ignacio, was machst du ausgerecht in dieser Nacht auf der Straße?«

»Deine Eltern und deine Schwester haben dich heute zum Essen erwartet.«

»Wie redest du mit mir? Ich bin kein Kind.«

»Wen hast du da bei dir, Kamerad?«

»Meinen Schwager. Alles in Ordnung. Komm rein und trink was mit uns, Ignacio. Jetzt ist nicht die richtige Zeit, um draußen herumzulaufen.«

»Ich bin in Eile. Du solltest in die Berge fahren, zur Familie. Und hör auf mit deinen Pistolen und Fantastereien. Heute

Nachmittag noch hat dein Vater mich gebeten, ein Auge auf dich zu haben.«

Sie sprachen leise, die Köpfe dicht beisammen, im Flur, nahe der angelehnten Tür, durch die jetzt neben dem Klacken der Billardkugeln die Erkennungsmelodie eines Radiosenders zu hören war. Es war aber kein Madrider Sender, sondern einer aus Sevilla. Durch das Knistern der Störgeräusche hindurch hörte man ein Hornsignal und dann eine Befehlsstimme. Ignacio Abel wollte etwas sagen, doch Victor bedeutete ihm mit dem Zeigefinger, zu schweigen. Ignacio Abel verstand nicht jedes Wort.

»Dieser Offizier ist noch ein richtiger Mann, Schwager. In zwei Tagen haben wir das hier hinter uns. Die Besten sind auf unserer Seite. Sieh dir doch den Pöbel an, der eure Republik verteidigen will. Die Republik verteidigen, indem man Kirchen niederbrennt und Geschäfte überfällt.«

»Wenn du beim Hören dieses Senders erwischt wirst, kommst du in große Schwierigkeiten. Du und deine Freunde.«

»Wie sprichst du mit mir, Schwager? Das kann doch nicht wahr sein. Ich bin kein Kind mehr.«

»Sie bringen dich um, wenn sie die Pistole finden.«

»Welche Pistole?«

»Die du in der Jackentasche hast. Trägst du den Mitgliedsausweis der Falange auch mit dir herum?«

»So viele Fragen, und du sagst nichts?«

»Fahr diese Nacht noch rauf in die Berge. Bleib da bei der Familie, bis sich hier alles beruhigt hat.«

»Das hier beruhigt sich nicht, Schwager. Es gibt kein Zurück mehr. Hast du nicht Queipo im Radio gehört? In zwei Tagen werden die Legionäre Madrid gesäubert haben, so wie '34 Asturien gesäubert worden ist. Es gibt gar nicht genug Laternen, um all die Verbrecher aufzuhängen. Das Wasser des Manzanares wird rot von Blut sein. Denk an meine Worte. Spanien kann nur durch ein Blutbad gereinigt werden.«

»Sind das deine Worte?«

»Wären die Dinge nicht so, wie sie sind, würde ich dir auf der Stelle eine Kugel verpassen.«

»Tu dir keinen Zwang an.«

Derselbe junge Mann wie zuvor erschien in der Tür, immer noch Lappen und Pistole in der Hand. Er trug Schaftstiefel unter seiner Anzugshose.

»Ist was, Kamerad?«

»Nichts, Kamerad. Ich unterhalte mich nur mit meinem Freund hier.«

»Mach's kurz, wir haben viel zu tun.«

»Glaubst du, nur weil du der Mann meiner Schwester und der Vater meiner Neffen bist, kannst du mich wie einen Dummkopf behandeln?«

»Geh zur Seite. Ich muss los.«

»Los, wohin? Meiner Schwester Hörner aufsetzen?«

»Wenn du was brauchst, komm in die Wohnung. Da bist du jedenfalls sicher.«

»Du meinst, wenn ich Angst habe, kann ich mich in deiner Wohnung verstecken?«

»Wenn es nur meine wäre, nicht, aber es ist auch Adelas Wohnung.«

»Wenn du mich bloß nicht bitten musst, dich zu verstecken.«

»Das glaube ich kaum. In Barcelona haben sich eure Leute schon ergeben.«

»Glaubst du immer noch, was die Regierung sagt?«

»Eine rechtmäßig gewählte Regierung. Sie ist immer noch vertrauenswürdiger als eine Bande wortbrüchiger Militärs.«

»Eine rechtmäßige Regierung verteilt weder Waffen an Verbrecher, noch öffnet sie die Gefängnisse und lässt alle Mörder laufen. Sieh dir doch an, was deine Freunde von der Volksfront anrichten. Sie knallen die Leute auf den Straßen ab wie Hunde. Setzen Kirchen in Brand. Nutzen das Durcheinander für bewaffnete Überfälle.«

»Ich muss jetzt gehen, Victor.«

»An deiner Stelle würde ich mich diese Nacht nicht auf der Straße sehen lassen. Glaub bloß nicht, dass dir als Sozialist nichts passieren kann. Sozialisten wie dich stellen sie auch an die Wand. Eure eigenen Leute halten euch doch für Verräter.«

»Verräter sind die, die der Republik Treue schwören und sich dann gegen sie erheben.«

»Geh nach Hause und lass dich nicht auf der Straße blicken. Das Spiel deiner revolutionären Freunde wird bald ausgespielt sein. Die Guardia Civil ist auf unserer Seite. Die besten Teile der Armee. Noch vor Mitternacht werden sämtliche Garnisonen Madrids aus den Kasernen kommen.«

»Nimmst du den Mund nicht ein bisschen zu voll?«

Victor, schwitzend, das dünne Haar straff über den Schädel gekämmt, verstellte ihm den Weg. Sein erregtes Atmen war viel zu laut für seine schwachen Lungen. Die Pistole beulte eine Brustseite seiner Sommerjacke aus. Er deutete eine Bewegung an, sie zu ziehen, weil er vielleicht dem Spott des Mannes seiner Schwester einen sichtbaren Beweis seiner Mannhaftigkeit entgegenzusetzen gedachte. Ohne ihn anzufassen, drängte Ignacio Abel ihn zur Seite und suchte im trüben Licht nach dem Ausgang. Er hörte, wie hinter ihm eine Pistole entsichert wurde, und widerstand der Versuchung, sich umzudrehen. Er stieg tastend die Treppe hinunter, und als er zum Tor kam, trat er auf herumliegende Erbsen oder Linsen oder Reiskörner, auf die Scherben zerbrochener Flaschen und Krüge, die einen strengen Essiggeruch verströmten. Der eiserne Rollladen des Gemischtwarenladens war jetzt heruntergelassen, die Plünderer waren verschwunden.

Er trat auf die Straße und fand keinerlei Erleichterung in der heißen Nachtluft, in der Menschenmenge, die sich immer noch in Richtung Puerta del Sol bewegte. Er hätte auf der Stelle umkehren oder eine Seitenstraße nehmen sollen, doch das war schon nicht mehr möglich. Er wurde mehr geschoben und gezerrt, als dass er ging, und das Ziel war offenbar der Lärm, der vom Platz aufbrandete; kein Geschrei von menschlichen Stimmen, sondern ein anhaltender Gewitterdonner, das Brausen einer sich lösenden Lawine, die alles mit sich riss, nur übertönt wurde von den Sirenen der Ambulanzen, Feuerwehren und Einsatzfahrzeugen der Polizei.

Er hatte jedes Zeitgefühl verloren. Die Begegnung mit Adelas Bruder, das absurde Gespräch im Zwielicht, beides hatte bei ihm ein Gefühl von klebriger Verzögerung hinterlassen. Er zählte die nahen Glockenschläge der Uhr am Innenministerium, und es war erst elf. In spätestens zehn Minuten konnte er die Puerta del Sol hinter sich gelassen haben, die Calle del Carmen oder de Preciados bis zur Plaza del Callao hinaufgegangen und am Haus von Van Doren angekommen sein (er würde nicht auf den Fahrstuhl warten, sondern die Treppen hinauflaufen und außer Atem den langen Korridor durchqueren, in dem er einmal die Musik gehört hatte, die ihm Judiths Anwesenheit ankündigte, ohne dass er davon wusste).

Mit schlafwandlerischer Entschlossenheit setzte er sich eine Frist bis Mitternacht, um Judith zu suchen. Wenn er so lange durchhielt, hatte er noch eine Chance, sie zu finden. Wenn es ihm jetzt gelang, sich einen Weg zu bahnen zwischen den Kopf an Kopf stehenden Menschen mit ihren verzerrten Gesichtern und aufgerissenen Mündern, die schrien und gleichzeitig die geballten Fäuste rhythmisch in die Luft stießen, dazu die immer gleichen Silben skandierten, als wären ihre Stimmen ein hämmerndes Schlaginstrument, dessen Hall sich am konkaven Fassadenwall der den Platz umstehenden Häuser brach wie eine stürmische Brandung, am kubischen Klotz des Innenministeriums, dessen sämtliche Fenster weit offen standen und Säle mit großen Kristalllüstern und Salons mit roten Tapeten zeigten.

Waffen, Waffen, Waffen, Waffen, Waffen, Waffen. Die Scheinwerfer der von der Menschenmenge eingekeilten Autos und

Lastwagen beleuchteten Gesichter auf dramatische Weise; Fahrer drückten hilflos auf die Hupen. Waffen, Waffen, Waffen, Waffen, Waffen. Es gab Leute, die auf die Dächer der festsitzenden Straßenbahnen und auf die Querstreben der Straßenlaternen geklettert waren, die sich an den vergitterten Fenstern im Erdgeschoss des Innenministeriums hochhangelten, als wollten sie sich vor steigendem Hochwasser in Sicherheit bringen. Auf den Dächern blinkten die Leuchtreklamen von Anís del Mono und Tío Pepe, der in Flaschen gefüllten Sonne Andalusiens, die Flasche mit einem breitrandigen Hut bedeckt und angetan mit dem kurzen Jäckchen eines Toreros oder Zigeuners.

Ein einziger Schrei brandete einstimmig durch die Nacht, unterstützt von rhythmischem Füßestampfen und wütend hochgereckten Fäusten, einige mit Pistolen bewaffnet, mit Gewehren, Knüppeln, Vogelflinten, mit Säbeln, die sie wer weiß wo gestohlen hatten, jedenfalls nicht in Waffengeschäften, sondern in Läden mit falschen Antiquitäten für Touristen. *Waffen,* schrien die aufgerissenen Münder, trennten die Silben und ließen sie zu einem heiseren Getöse anschwellen, das die Luft über dem Platz vibrieren ließ wie die Züge unter dem Straßenpflaster die Erde. Das Wort klang wie eine Forderung, aber auch wie eine Beschwörung. Waffen, Waffen, Waffen, Waffen. Der Rhythmus wurde immer schneller, klang wie zorniges Getrampel, eine Silbe hinter der anderen, verlangsamte sich dann wieder, wurde feierlich, eine stete Brandung gegen die Granitfassade des Ministeriums, auf dessen Balkon Gestalten zu sehen waren, von denen eine wie bei einer Ansprache gestikulierte, mitgerissen von einer vergeblichen Rede, die niemanden erreichen konnte, obwohl es von ferne so aussah, als wäre am Geländer ein Mikrofon befestigt.

Ignacio Abel in seinem hellen Sommeranzug und der fest an die Brust gedrückten Aktentasche verliert sich jetzt im Meer der Köpfe und hochgereckten Fäuste auf dem Platz der Puerta del Sol, einem Gewoge, das manchmal in tiefe

Nachtschatten versinkt, dann wieder beleuchtet wird vom bläulichen Licht der Laternen oder den Scheinwerfern der Autos, die nicht weiterkommen. Ebenso wenig wie die Stimmen sind auch die Gesichter nicht zu unterscheiden. Er drängt sich mit der Schulter durch, kommt ein paar Schritte voran, dann schwappt die menschliche Flut zurück und reißt ihn wieder mit, zehrt an seinen Kräften, als schwimme er auf eine Küste zu, die sich immer weiter zu entfernen scheint, die Ecke der Calle del Carmen, obwohl gerade jetzt eine Art Wirbel entsteht, der ihn genau dorthin befördert, während aufbrausender Applaus den ganzen Platz erbeben lässt, offenbar von der Gestalt ausgelöst, die jetzt den Balkon des Ministeriums betreten hat und genauso den Mund aufreißt und gestikuliert wie die vorige, ohne dass jemand etwas hört.

Der Applaus steigert sich zu einem gewaltigen Beben, und darüber hebt sich ein neuer Ruf in die Nacht, der keine zwei Silben mehr hat, sondern drei, UHP, die donnernd in die Bauchhöhle fahren wie das Dröhnen der Räder eines Zuges unter einem eisernen Gewölbe, *U, Ha, Pe.* Aber vielleicht ist es gar nicht der Mann auf dem Balkon, dem sie zujubeln, sondern es sind die zwei oder drei Polizisten, die auf Schultern gehoben worden sind und jetzt in schwankendem Triumph über den Köpfen schweben wie Toreros, die kurz zuvor noch in der Arena im Staub gelegen haben, die Dienstmützen schief auf dem Kopf, die Uniformjacken weit offen über verschwitzten Hemden.

Jetzt rufen sie etwas, das niemand hören kann, und einen Moment später hat man sie schon wieder heruntergelassen, oder sie sind bei einer plötzlichen Erschütterung der schwankenden Schultern einfach heruntergefallen. Zugleich öffnet sich der an Ignacio Abel zerrende Wirbel und bildet in seiner Mitte eine freie Fläche, auf der gerade ein von einem Balkon geworfener Schrank oder Sekretär splitternd zerbirst, und dies so nah an der Straßenecke, dass es nur noch eines kleinen bisschens rücksichtslosen Schiebens bedürfte, dann könnte er sie mit der Hand berühren. Der Aufprall der Möbel auf das Pflaster erweitert die kreisrunde Fläche, auf die weitere Gegenstände fallen und zerbersten, jedes Mal begleitet von Jubelrufen und einer Runde Applaus. Über das Geländer eines Balkons im zweiten Stock wuchten Männer in blauen Monturen und spitzen Soldatenkäppis, mit Gewehren und Patronengurten über den Schultern, einen Schreibtisch, aus dem sich eine Wolke flatternder Papiere löst und auf die Menge hinuntertrudelt. Sie werfen Stühle und Kleiderständer und ein riesiges Sofa hinunter, das sich auf dem Balkon verklemmt und von mehreren Männern unter anfeuernden Rufen schließlich über den Rand gestoßen wird. Ein Milizionär hält ein großes Porträt von Alejandro Lerroux in die Höhe, und die Leute auf dem Platz empfangen es mit »Faschist!«- und »Verräter!«-Rufen, und als es schließlich unten landet, balgen sie sich darum, es mit den Füßen zu treten.

Ignacio Abel hat jetzt die Straßenecke erreicht und will schon erleichtert aufatmen, als er von den Scheinwerfern eines Lastwagens geblendet wird, der direkt vor ihm bremst. Dann setzt der Laster mit heulendem Motor zurück und wendet, die Menge stürzt herbei und umringt ihn, schneidet Ignacio Abel wieder den Weg ab. An der Rückseite des Wagens wird eine Plane hochgeschlagen, und Männer in Zivil mit Soldatenmützen und Helmen fangen an, lange Holzkisten aufzuheben. Jetzt wird Ignacio Abel gegen den Lastwagen gedrückt, und als er zur Seite ausweichen will, wird er von gierigen Gesichtern und ausgestreckten Händen daran gehindert. *Waffen,* sagen sie, brüllen jetzt nicht mehr, das Wort macht die Runde, verbreitet sich, und jedes Mal, wenn es einer ausspricht, wird die Menge kompakter, vergrößert sich der Druck.

Er muss da weg, wenn er nicht erdrückt werden will. Er hört das Knirschen der sich lösenden Bretter, und eine befehlsgewohnte Stimme ruft: *Ohne Gewerkschaftsausweis kriegt keiner was,* aber die Worte sind so leer wie die Gesichter. Der da im

Brustton der Überzeugung gesprochen hat, dass ihm gehorcht werden wird, stolpert jetzt und fällt fast hin, kann gerade noch seinen viel zu großen Helm festhalten. Die Menge erklimmt den Lastwagen, hebelt die Kisten auf, holt Gewehre, Pistolen, Handgranaten heraus, und der Wagen scheint sich zu bewegen, scheint dem Druck der Leiber nachzugeben und ein wenig nach vorn zu rollen, den drückenden Händen und Schultern derer entgegen, die auch hinaufwollen, die an die Kisten wollen. Sie kippen sie einfach um, sodass die Waffen mit metallischem Klirren und Klappern auf dem Pflaster landen; auf Pistolen und Gewehrverschlüsse und abgebrochene Latten wird mit Füßen getreten, Schachteln mit Munition kullern auf die Erde, huschende Hände suchen sie zu ertasten. Ignacio Abel hat auf etwas getreten, das unter seinen Schuhen knirscht; er dreht sich aber nicht um, um zu sehen, was es ist, vielleicht die Hand von einem, denn jetzt hat er sich frei gemacht, lässt den Lastwagen hinter sich, und vor ihm liegt die plötzlich menschenleere Calle del Carmen.

Er wird es nie schaffen. Neben dem offen stehenden Tor der Carmenkirche errichten bewaffnete Milizionäre eine Barrikade oder Kontrollbarriere aus langen Sitz- und Kniebänken. Zu mehreren versuchen sie unter gegenseitigen anfeuernden Rufen, einen Beichtstuhl die Stufen nach unten zu zerren. Es sieht wie eine Barrikade oder eine Kontrollschranke aus, vielleicht aber häufen sie nur Bänke und vergoldete Altaraufsätze auf, um ein großes Feuer zu machen. »Wohin so eilig? Die Papiere, Genosse.« Über Nacht scheinen strikte Regeln eingeführt worden zu sein, die es gestern noch nicht gab und die heute von allen mit gesenktem Kopf hingenommen werden, so automatisch, als wäre es alte Gewohnheit. Wieder mit tastenden Händen den Ausweis gesucht, die Ungeduld gezügelt, die Angst vor den Gewehrläufen in unerfahrenen Händen, vor den Blicken aus schmalen Augen.

Wenn sie ihn gehen lassen, könnte er in weniger als fünf Minuten auf den Klingelknopf von Van Dorens Wohnung drücken. Der, der sich jetzt im Licht einer Laterne den Gewerkschaftsausweis anschaut, kann weder lesen, noch ist er es gewohnt, Papiere in der Hand zu halten. Möglicherweise erkennt er den Stempel, die roten Großbuchstaben UGT. Eine kleine Frau im blauen Monteursanzug, einen Patronengurt über der Schulter, fordert ihn auf, die Aktentasche zu öffnen: Dokumente, Pläne. »Ich bin Architekt«, sagt Ignacio Abel und schaut ihr kurz in die Augen, nicht zu lange, aus Angst, sie zu provozieren. »Ich arbeite in der Universitätsstadt.« Wie wenig es braucht, seine Würde zu verlieren; dass man eifrig nickt und lächelt und innerlich vor Dank vergeht, weil der, der einen verhaften oder erschießen könnte, einem den Ausweis zurückgibt und mit einer Handbewegung bedeutet, weiterzugehen.

Auf der Plaza del Callao stehen Lastwagen mit laufenden Motoren, die Seitenwände mit provisorisch befestigten Blechen gepanzert, auf den Dächern mit Seilen festgebundene Matratzen. Am Kino Callao blinkt die Leuchtreklame einer Filmpremiere. 18.45 Uhr und 22.45 Uhr, nummerierte Plätze, Welterfolg, *Das Geheimnis des Edwin Drood*. Im Eingang des Hotels Florida steht ein ausländisches Touristenpaar und betrachtet mit freundlicher Neugier das Kommen und Gehen der Milizionäre, die in Richtung Plaza de España rasenden Autos, die in der Dunkelheit des letzten Stücks der Gran Vía verschwinden, wo sich geisterhafte Rohbauten erheben und große unbebaute Grundstücke mit über und über mit Wahlplakaten und Flugblättern beklebten Bretterzäunen abgeriegelt sind. Gruppen von Menschen mit Fahnen auf dem Weg zur Puerta del Sol, die mit müden, heiseren Stimmen Arbeiterlieder singen, treffen auf andere, ohne sich mit ihnen zu vermischen, die etwas benommen aus der letzten Vorstellung des Kinos de la Prensa kommen. Klimatisiert, 14. Woche! *Morena Clara,* mit Imperio Argentina und Miguel Ligero. Vor dem

Eingang des Gebäudes auf dem Bürgersteig bilden zwei quer gestellte Autos einen Korridor zu einem auf der Straße parkenden Lieferwagen, dessen rückseitige Türen weit offen stehen. Auf den Kotflügeln der beiden Autos sind amerikanische Standarten befestigt. Die Autos und die Fähnchen begrenzen einen Raum stiller Geschäftigkeit, die niemand stört.

Zwischen Lieferwagen und Eingang laufen Hausmädchen mit Häubchen und die livrierten Angestellten Philip Van Dorens hin und her, transportieren eingepackte Sachen, Schachteln und Koffer, tragen stoßfest verpackte Bilder in ihren behandschuhten Händen, ganz ohne Eile, als besorgten sie die Abreise der Herrschaften an der Auffahrt eines Landsitzes. In der Eingangshalle stehen neben dem Fahrstuhl zwei durchtrainiert wirkende junge Männer in Zivil, die Arme vor der Brust verschränkt, die Beine leicht gespreizt. Sie mustern Ignacio Abel mit raschen, fachmännischen Blicken von oben bis unten und bedeuten ihm mit einem Nicken, dass er den Aufzug nehmen kann, der von einem anderen Amerikaner mit sehr kurz geschnittenem Haar bedient wird. Der Fahrstuhlführerstreik zeigt hier keine Wirkung. Mit diesem Aufzug ist er hinaufgefahren, ohne zu wissen, dass er Judith Biely wiedersehen würde; in diesem Korridor hat er schon von ferne die Klarinetten- und Klaviermusik gehört.

Angestellte und Dienstmädchen kommen und gehen mit methodischer Lautlosigkeit, tragen vorsichtig die eingepackten Gegenstände, Gemälde, Skulpturen, Lampen, ein jeder sich seines Tuns so gewiss, dass fast keine Anweisungen gegeben werden müssen. Über die Wohnungstür ist eine amerikanische Flagge an die Wand geheftet worden. Ignacio Abel tritt ein, ohne dass ihn jemand daran hindert oder seine Anwesenheit auch nur zu bemerken scheint. Der fast leer geräumte Raum ist größer und weißer, als er ihn in Erinnerung hat. An dem großen Fenster stand Judith neben dem Grammofon, eine glänzende Schellackplatte in der Hand. Das Grammofon ist gerade eingepackt worden, auf dem Teppich kniet eines der Dienstmädchen und verstaut einen Stapel Platten in eine dafür bemessene Kiste. Ein Mann im Mechanikeroverall baut eine komplizierte Stehlampe aus verchromten Stangen und einem runden Schirm aus weißem Glas ab. Die Fenster stehen offen, doch der Lärm der Straße dringt nur wie eine ferne Brandung herein.

In jeder der Türen könnte jetzt Judith erscheinen. Unverhofft sieht Ignacio Abel sich in einem der hohen Spiegel und erkennt sich kaum wieder: das verschwitzte Gesicht, die lose Krawatte, die an die Brust gepresste Aktentasche. Am Ende des Salons, an einem Fenster, aus dem man den wie einen Schiffsbug aufragenden Turm des Capitolgebäudes mit der diagonal darüberlaufenden Leuchtschrift *Paramount Pictures* direkt vor sich sieht, schaut Philip Van Doren durch ein Fernglas und spricht in schnellem Englisch in ein Telefon. Er trägt ein kurzärmeliges Hemd, eine helle Hose und weiße Sportschuhe, sein rasierter Schädel glänzt unter den Deckenleuchten. Er hat Ignacio Abel im Spiegel der Fensterscheibe gesehen und wendet sich ihm lächelnd zu, als er den Telefonhörer auflegt. Das Fernglas hält er immer noch in der Hand. Er riecht frisch geduscht, nach Seife und Kölnischwasser. Er weiß nicht, wo Judith ist, oder wenn doch, dann verschweigt er es, weil er ihr versprochen hat, es nicht zu verraten. Er sieht die Enttäuschung in Ignacio Abels Gesicht, die dessen Erschöpfung mit einem Schlag noch stärker hervortreten lässt; dasselbe fremde Gesicht, das Abel gerade selbst im Spiegel gesehen hat. Van Dorens Spanisch ist in den letzten Monaten noch präziser und geschmeidiger geworden.

»Professor Abel, Sie kommen gerade richtig. Kommen Sie mit mir. Ich fahre in einer halben Stunde nach Frankreich. Leider müssen wir einen Umweg machen und Madrid auf der Straße nach Valencia verlassen, da um diese Zeit der Weg nach Norden oft gesperrt ist. Aus dieser Richtung werden die

Aufständischen erwartet. Die Frage ist, ob die Regierung über genügend loyale Kräfte verfügt, um die Guadarrama-Pässe halten zu können. Sind Sie heute aus den Bergen gekommen, wie immer sonntags? Fuhren die Züge noch?«

Ohne eine Antwort abzuwarten, wandte er sich wieder dem Fenster zu und winkte Ignacio Abel zu sich. In der Frage nach den Bergen hatte eine Anspielung auf mögliche Vertraulichkeiten Judiths gelegen, vielleicht das ehebrecherische Doppelleben betreffend, bei dem er nicht mehr als Kuppler auftreten würde, weil er wusste, dass sie damit Schluss gemacht hatte. Das eitle Vorzeigen oder Andeuten von Wissen über andere, ohne preiszugeben, woher dieses Wissen stammte, bereitete ihm zutiefst sinnliche Befriedigung. Er schaute durch das Fernglas und deutete auf den langen, fast schwarzen Tunnel des letzten Stücks der Gran Vía, von dem jetzt näher kommende Autoscheinwerfer zu sehen waren. Ganz am Ende, noch hinter dem vage zu erkennenden, nur schwach beleuchteten Rechteck der Plaza de España war die Montaña-Kaserne, ein großer schwarzer Block mit leuchtenden Punkten kleiner Fenster. Van Doren reichte Ignacio Abel das Fernglas. Weit draußen, in einer Distanz, die durch die Winzigkeit der Personen endlos fern erschien, sah er bewaffnete Männer an den Straßenecken hinter Laternen in Stellung gehen und dort reglos verharren wie Bleisoldaten.

»Die andere Frage ist, warum die Aufständischen nicht aus ihrer Kaserne gekommen sind, als es noch möglich gewesen wäre, die Stadt zu besetzen. Jetzt ist es dafür zu spät. Haben Sie an der Ecke das Geschütz gesehen, auf der rechten Seite? Sie passen auf, dass keiner herauskommt, und sobald es Tag wird, werden sie stürmen. Das wird wie ein Schießen auf Forellen in einem Fass. Wofür unsere gute Judith sicher eine bessere Redewendung gefunden hätte.«

Judiths laut ausgesprochener Name ließ Ignacio Abels Herz heftiger klopfen. Er war auf der Suche nach ihr zu Van Doren gegangen, und jetzt traute er sich nicht, nach ihr zu fragen.

»Wenn man Sie hört, könnte man glauben, Sie bedauern, dass der Aufstand fehlgeschlagen ist.«

»Was lässt Sie auf einen solchen Gedanken kommen? Glauben Sie wirklich, diese mit alten Flinten bewaffneten Milizen könnten die Armee besiegen? Wie Sie sehen, machen sie erst einmal Revolution. Erstaunlich ist nur, wie viel Mühe sie darauf verwenden, all diese aus architektonischer Sicht so jämmerlichen Kirchen niederzubrennen. Das Militär wird gewinnen, aber es stellt sich sehr ungeschickt an und wird eine Weile brauchen; in dieser Zeit haben Leute wie Sie und ich hier nichts verloren. Ich stehe unter dem Schutz meiner Botschaft; aber Sie, Professor Abel, was wird aus Ihnen? Würden Sie es noch schaffen, zu Ihrer Familie in den Bergen zurückzukehren? Besser, Sie kommen mit mir, bis die Gefahr vorbei ist. In Madrid sind Sie nicht sicher. Sie hätten bloß Ihr Gesicht sehen müssen, als Sie hier hereinkamen und bestätigt fanden, was Sie schon wussten. Von Biarritz aus können wir mit der Botschaft und dem Burton College alle Formalitäten klären, die für Ihre Reise nach Amerika erforderlich sind. Sie müssten uns nur sagen, wer mit Ihnen fährt.«

Das Telefon schrillte in dem leeren Salon, in dem Arbeiter in blauen Overalls die als Teppich ausliegenden Kuh- und Zebrafelle zusammengerollt hatten. Der Horizont über den Dächern war von Bränden erleuchtet. Eine Angestellte reichte Van Doren das Telefon. Er wandte sich von Ignacio Abel ab und lauschte mit gesenktem Kopf, antwortete einsilbig auf Englisch. Das war sicher Judith, die anrief, und er verheimlichte es vor ihm, bestimmt warnte er sie, heraufzukommen, sagte ihr, sie solle irgendwo unten auf ihn warten. Van Doren legte auf und schaute auf seine Armbanduhr, machte die automatische Bewegung des Ärmelhochschiebens, als müsse jetzt angepackt werden.

»Hier werden Dinge passieren, die kein Mensch je gesehen hat, Professor. Jetzt ist die Reihe an denen, die sich zu den Herren von Madrid aufgeschwungen haben, danach aber werden die anderen kommen, und damit meine ich nicht die alten Militärs, die sich nicht aus ihren Kasernen getraut haben und jetzt da sitzen und warten, dass man sie umbringt. Ich meine die afrikanischen Bataillone, Professor Abel. Weder Sie noch ich würden sehen wollen, was sie in Madrid anrichten, wenn sie hier einmarschieren, falls wir dann noch lebten. Sie werden hier einmarschieren wie die Italiener in Abessinien. Sie werden noch unbarmherziger sein als die anderen, mit dem Unterschied, dass sie das Handwerk des Tötens verstehen. Und es gerne tun.«

»Die afrikanischen Bataillone kommen aus Marokko nicht heraus. Die Marine hat sich dem Aufstand nicht angeschlossen. Mit welchen Schiffen wollen sie also die Meerenge überwinden?«

Philip Van Doren stand mitten im leer geräumten Salon und schaute Ignacio Abel an, als bemitleide er die unheilbare Naivität dieses Mannes, seine Unfähigkeit, die wirklich wichtigen Dinge in Erfahrung zu bringen, welche er selbst von Quellen bezog, die er niemandem verraten würde. Der einzige Gegenstand, der in dem großen weißen Raum zurückblieb, war das Telefon auf dem Boden. Ein Angestellter schloss die Fenster und ließ die Jalousien herunter, dann trat er zu Van Doren und flüsterte ihm etwas ins Ohr, schaute dabei aus den Augenwinkeln zu Ignacio Abel.

»Zum letzten Mal, Professor, kommen Sie mit mir. Warum wollen Sie bleiben? Sie haben doch niemanden mehr in Madrid.«

27 In seiner Erinnerung sind diese Tage ein anhaltendes Gefühl der Unwirklichkeit, der gescheiterten Unternehmungen; Madrid eine turbulente Glasblase voller schreiender oder fett gedruckter Wörter, greller Musik und knatternder Salven von Schüssen. Eine eingetrübte Blase, durch die man nicht sehen konnte, was draußen war, jenseits von ihr, die sich schlagartig von der Außenwelt abschloss, ein spekulatives Land, dessen Städte von Aufständischen besetzt und eine Minute später von loyalen Kräften zurückerobert wurden, nach einer Weile wieder verloren, aber dann kurz vor dem Fall gerettet von unseren immer heldenhaften Milizen. Und er selbst von einen Tag auf den anderen zerbrochen von den Schicksalsschlägen seines Lebens, Adela und die Kinder in den Bergen, Judith wer weiß wo, die Arbeiten in der Universitätsstadt unterbrochen, leer stehende Büros mit zerschossenen Fenstern oder eingedrückt durch Detonationen, die Staub auf die Schreibtische geweht und vergessene Pläne und Dokumente auf den Boden gefegt haben.

Der Fall Sevillas steht unmittelbar bevor. In Barcelona ist der Aufstand niedergeschlagen, die loyalen Truppen Kataloniens stehen vor Saragossa. Er schrieb Briefe, die er nicht abschickte, weil er nicht wusste, wohin, oder weil er feststellte, dass es nicht mehr möglich war. Regierungstruppen schließen Córdoba ein, rechnen mit einer baldigen Aufgabe der aufständischen Kräfte. Er stellte das Radio an und schaltete es wieder ab, ohne auch nur einen Ansatz von zuverlässiger Information bekommen zu haben unter dieser hin und wieder von Meldungen und Marschmusik unterbrochenen Flut von

Wörtern, die mit einem Mal auch sämtliche Zeitungen überschwemmte. Die Regierung behauptet ihre Autorität auf der gesamten Halbinsel mit Ausnahme einiger weniger Städte, in denen die Aufständischen noch Widerstand leisten, und bestätigt, dass der von Anfang an zum Scheitern verurteilte Aufstand niedergeschlagen ist.

Der Tabakladen, in dem er sein Briefpapier und seine Briefmarken zu kaufen pflegte, hatte eine eingeschlagene Schaufensterscheibe und war geplündert worden. In einem anderen Tabakladen, einige Straßen weiter, bediente ihn ein kahlköpfiger, buckelnder Angestellter als sei nichts gewesen, obwohl er stets im Halbdunkel hinter der Theke Deckung zu suchen schien und verlauten ließ, dass keine Briefmarken mehr geliefert würden und warum die Tabaklieferungen denn ausblieben, wenn die Kanarischen Inseln wieder in der Hand der Regierung seien. Die Regierung bestätigt, dass die aufständische Bewegung in Katalonien schon in ihren Anfängen besiegt worden sei. Die Topografie des täglichen Tuns war zum Teil zerstört, zum Teil aber auch unversehrt, genau wie die Geografie des gesamten Landes trügerisch geworden war, mit ganzen Regionen, die schlagartig unzugänglich waren, wie vom Meer verschlungen, und mit so wechselhaften Frontverläufen, dass kein Mensch sich mehr damit auskannte. Die verräterischen Anführer dieses ruchlosen Putsches, der nur scheitern konnte, würden die volle Macht der Volksjustiz zu spüren bekommen. An der Ecke der Calle de Alcalá war das Kirchlein, vor dem immer ein blinder Bettler Geige gespielt hatte, in Brand gesetzt worden, und von der gegenüberliegenden Straßenseite aus bellte der Hund des Blinden die Männer an, die immer weiter Bänke und Altaraufsätze auf den brennenden Haufen warfen.

Manchmal hat man den Eindruck, die dramatischen Geschehnisse, die wir seit letztem Sonntag miterleben, erreichen allmählich ihr Ende. Er wählte eine Telefonnummer, und das Freizeichen wiederholte sich endlos, ohne dass jemand abnahm; nach einer Weile wählte er noch einmal, und es gab gar keine Leitung mehr. Radio Sevilla sendet die letzten Aufrufe der Meuterer, aus denen Falsch und Verzweiflung sprechen und die nur noch die darniederliegende Moral derer aufrichten sollen, die sich mit Waffengewalt gegen das Volk und seine gewählte Regierung erhoben haben. Er begann Briefe, und nach wenigen Zeilen glitt ihm der Füllfederhalter aus den Fingern, weil es so heiß war, und dann schrieb er sie nicht mehr weiter; andere schrieb er von Anfang bis Ende im Geiste, brachte sie aber nicht zu Papier. *Liebe Lita, lieber Miguel, mir geht es gut, und ich hoffe euch wiederzusehen, sobald sich die Lage beruhigt, was anscheinend wohl schon in wenigen Tagen der Fall sein wird.*

Mehrere Verbände regierungstreuer Truppen und Milizen rücken auf Sevilla vor, die ersten Soldaten der Aufständischen desertieren. Er durchforschte die Zeitung und suchte in den Nachrichten über die Kämpfe in den Bergen nach dem Namen des Dorfes, fand ihn jedoch nirgends erwähnt. Der Sturm der republikanischen Milizen auf Córdoba steht unmittelbar bevor. So wie die Zensur ganze Zeitungsspalten in Weiß erscheinen ließ, so gab es von der Landkarte getilgte Städte und Provinzen, deren Namen nicht mehr ausgesprochen und geschrieben wurden. Mehrere Truppenverbände aus Katalonien stehen vor Saragossa, die Aufständischen dort befinden sich in einer verzweifelten Lage. Er hockte still in seiner Wohnung, die jetzt viel größer wirkte, weil außer ihm keiner mehr dort wohnte, und quälte sich mit dem schlechten Gewissen, nichts zu unternehmen, seine Kinder allein zu lassen, nicht ausdauernd und umsichtig genug nach Judith zu suchen. Unsere heldenhaften Kämpfer unter Führung des ruhmreichen Obersten Mangada überrennen den Feind in der Sierra de Guadarrama und stoßen unaufhaltsam auf Ávila vor. Wenn er ohne besonderen Grund das Haus verließ, fürchtete er, während seiner Abwesenheit könne das Telefon klingeln, weil ihm jemand etwas Dringendes mitzuteilen hatte. Nach den letzten Meldungen, die unsere Redaktion gestern Abend erreichten, stehen die Verbände von Oberst Mangada vor den Toren Burgos' und bereiten den Sturmangriff auf die von den Aufständischen gehaltene Stadt vor.

Auf einer Bank auf der Mittelpromenade der Calle Príncipe de Vergara saß Professor Rossmann an diesem Julinachmittag schwitzend im kurzen Schatten der Akazien und kramte in seiner Aktentasche zwischen Zeitungsseiten und ausgeschnittenen Artikeln, die ihm immer wieder durcheinandergerieten. »Ich wollte Ihnen nicht die Zeit stehlen, lieber Professor Abel, sondern mich nur vergewissern, dass es Ihnen gut geht und Sie rechtzeitig aus den Bergen zurückgekommen sind. Wie erklären Sie es sich, dass in der Zeitung von gestern die Truppen Oberst Mangadas auf Ávila marschieren und sie in der von heute vor den Toren von Burgos stehen?«

Mit gepanzerten Fahrzeugen und Kanonen wird der Sturm auf den bereits in Flammen stehenden Alcázar von Toledo vorbereitet. Er rief den Bahnhof an, um zu erfahren, ob die Zugverbindungen immer noch unterbrochen waren, und niemand nahm ab, oder wenn jemand antwortete, wusste er keine zuverlässige Auskunft zu geben. Regierungstruppen schließen Córdoba ein und beschleunigen so die Aufgabe der demoralisierten Kräfte der Aufständischen. Die Telefonleitung des Bahnhofs war entweder frei oder blieb stumm. In Madrid werden zahlreiche Verhaftungen von Faschisten, Ordensleuten und Offizieren der Verräterarmee vorgenommen. Er wollte ein Telegramm schicken und fand das Postamt geschlossen; aber selbst wenn er es hätte aufgeben können, wie sollte er wissen, ob es ankam. Die Regierung ist zuversichtlich, den subversiven Aufstand schnell beenden zu können.

*Liebe Judith, ich weiß nicht, wo du dich aufhältst, aber ich kann nicht aufhören, dir zu schreiben, und ich kann ohne dich nicht leben.* An der Aragónfront mussten die Aufständischen auf ihrer kopflosen Flucht zahlreiche Tote und Verwundete sowie Lastfahrzeuge, Gewehre und Maschinengewehre zurücklassen. Im totalen Chaos des Hauptpostamtes war kein einziger Telegrafenschalter besetzt, und das unablässige Schrillen der Telefone, die niemand beachtete, vermischte sich mit dem Geschrei und Befehlsgebrüll der Milizionäre und dem Lärm repetierender Gewehre, da die Halle des Gebäudes zu einem Rekrutierungsbüro der Milizen umfunktioniert worden war. Saragossa spürt die Auswirkungen der Belagerung durch die Regierungstruppen. Schließlich konnte er mit einem Angestellten sprechen und in Erfahrung bringen, dass die Leitung auf die andere Seite der Berge bis auf unbestimmte Zeit unterbrochen war und dass sich die weißen Flecke auf der Landkarte Spaniens, mit denen jede Kommunikation verboten oder unmöglich war, täglich und beinahe stündlich veränderten, je nach Gerücht oder Fantasiemeldung von Siegen und Offensiven.

Eine Gruppe heimtückisch mit Messern bewaffneter Mönche attackiert Milizionäre, die eine Durchsuchung vornehmen wollen. *Liebe Adela, bitte sag deinen Eltern, dass ich vor einigen Tagen deinen Bruder getroffen habe und den Eindruck hatte, es ginge ihm gut.* Die Lage der Aufständischen in Sevilla ist so hoffnungslos, dass der verräterische General Queipo de Llano seine Flucht nach Portugal vorbereitet. Vor dem Morgengrauen stand er auf und ging zur amerikanischen Botschaft, und obwohl es noch dunkel war, wartete vor dem Eingang bereits eine Schlange finsterer Flüchtlingsanwärter, die ihre gesellschaftliche Stellung möglichst zu verbergen trachteten: Damen der Oberschicht ohne Ringe und sonstigem Schmuck, Männer ohne Krawatte oder mit Mützen oder Kappen und abgetragenen Jacken, die ihre Abkunft nicht verhehlen konnten, weil, ohne dass sie sich dessen bewusst waren, ihre glatt rasierten Wangen, maßgeschneiderten Hosen oder manikürten Fingernägel sie verrieten.

In der Nähe von Pozuelo de Alarcón wird in einem Gebüsch die Leiche einer jungen Frau gefunden, bekleidet mit einem eleganten schwarzen Seidenkostüm, hellen Seidenstrümpfen, schwarz geränderten weißen Lederschuhen und teurer Unterwäsche. Für das Visum musste er die Einladung und den Vertrag des Burton College vorlegen, aber der Überseepostdienst funktionierte nicht; oder die Briefträger hatten sich bei den Milizen einschreiben lassen, und die Ersatzleute waren noch nicht eingearbeitet. Republikanische Truppen besetzen die Vororte von Huesca und unterbrechen die Stromzufuhr nach Saragossa, wo die Lage der Rebellen immer verzweifelter wird. *Dear Mr. President, Burton College, Rhineberg, N.Y., it is an honor for me to accept your kind invitation and as soon as current circumstances improve in Spain I will send you the documents you have requested from me.* Unsere hoch motivierten katalanischen Verbände setzen ihren siegreichen Vormarsch durch Aragón fort und stoßen unaufhaltsam auf Saragossa vor, das erneut von unserer Luftwaffe bombardiert wird. Er wollte nur fort, Land gewinnen und nie zurückkommen, sich in eine Stille verkriechen, in der er nicht nur täglich keine Schüsse und Explosionen, sondern auch nicht immer die gleichen Worte mehr hören müsste, die stumpfsinnig und triumphant, rachsüchtig und vergiftet bis zum Erbrechen wiederholt wurden und genauso beängstigend waren wie die Taten.

Die monarchistischen Bestien marschieren wie Herden blutrünstiger Hyänen, begleitet von den Pfaffen in ihren furchtbaren Soutanen. Immer dieselben Wörter in pausenlosem Angriff auf allen Sendern, den loyalen wie denen des Feindes, auf Zeitungsseiten und auf Plakaten an allen Wänden und Mauern, immun gegen die Offensichtlichkeit der Lüge, sich Gehör verschaffend allein durch die brutale Gewalt der ewigen Wiederholung. Tag für Tag wächst die Begeisterung unter den Kämpfern, die an den Fronten dieses Krieges die Sache der Republik und der Freiheit verteidigen und alle

Anstrengungen des Feindes zunichtemachen. Es war unmöglich, ihnen aus dem Weg zu gehen, nicht angesteckt zu werden von diesen betrunkenen Worten, die den kollektiven Wahn aufrechterhielten. Bedauerlicherweise führt die überhöhte Geschwindigkeit der von den Milizen und anderen Kräften der Volksfront beschlagnahmten Autos in Madrid zu zahlreichen Unfällen, die vermieden werden könnten, wenn sich die Fahrer derselben an die Straßenverkehrsordnung hielten.

Jeden Morgen und jeden Abend wartete er auf das Klingeln des Briefträgers, der oft gar nicht kam, und am nächsten Morgen wartete er mit der gleichen schmerzhaften Intensität auf einen Brief von Judith, von seinen Kindern, des Burton College oder der amerikanischen Botschaft. In Lérida wird eine Parade unserer Milizen auf dem Weg zur Wiedereroberung Saragossas von der Bevölkerung mit unbändigem Applaus begrüßt. Er ging nach unten, um den Portier zu fragen, ob ein Brief für ihn abgegeben worden war, und sah, dass dieser seine blaue Uniform mit den goldenen Tressen gegen einen über dem Unterhemd offenen Overall getauscht und sich länger nicht mehr rasiert hatte. Es ist nur noch eine Frage kürzester Zeit, dass die Aufständischen im Alcázar von Toledo sich ergeben. Auf Rat eines Chauffeurs aus der Nachbarschaft hatte sich der Portier bei der Nationalen Arbeitergewerkschaft CNT eingeschrieben, trug aber weiterhin die Tellermütze, auf die er so stolz war, weil sie ihn ein bisschen wie einen Polizisten aussehen ließ, dazu aber jetzt ein schwarz-rotes Tuch um den Hals, und an der rechten Seite baumelte eine Pistole an seinem Gürtel, die mindestens so dick auftrug wie der dicke Schlüsselbund, der immer an seiner linken Seite gehangen hatte.

Die auf Saragossa marschierenden Verbände stoßen auf keine Gegenwehr. Er erzählte, die Pistole stamme aus den erbeuteten Waffen, die den faschistischen Soldaten beim Sturm auf die Montaña-Kaserne abgenommen worden seien. Panzer der loyalen Kräfte haben sich von Guadalajara aus in Richtung Saragossa in Bewegung gesetzt, um den unaufhaltsamen Vormarsch der Infanterie zu decken. Der Portier putzte seine Pistole genauso gewissenhaft, wie er früher die Schuhe des einen oder anderen vermögenden Hausbewohners geputzt hatte, aber Munition hatte er für die Waffe noch nicht bekommen, obwohl er seinen Freund, den anarchistischen Chauffeur, jeden Tag darum bat und als Grund dafür ins Feld führte, dass er schließlich auch eine Autorität sei und erfolgreich ein Haus bewache und dafür sorge, dass eventuelle Heckenschützen oder Saboteure darin keinen Unterschlupf fanden.

In Fünferreihen und mit erhobenen Armen verlassen die geschlagenen Aufständischen den Alcázar von Toledo. Ignacio Abel verließ morgens das Haus, und der Portier mit seinem proletarischen Overall und der Pistole am Gürtel hielt ihm die Tür auf und verbeugte sich mit gezogener Mütze, wobei er diskret die andere Hand ausstreckte, um ein Trinkgeld in Empfang zu nehmen. »Sie brauchen sich keine Sorgen zu machen, Don Ignacio, die Arbeiter in diesem Viertel kennen Sie, und falls es doch einmal nötig sein sollte, halte ich für Sie die Hand ins Feuer.« Granada steht kurz davor, sich den Regierungstruppen zu ergeben, und wie aus höchst zuverlässigen Quellen verlautet, desertieren die Soldaten in der Stadt oder erheben sich gegen ihre Vorgesetzten, die sie in die Ehrlosigkeit und Niederlage geführt haben.

In der unvernünftigen Hoffnung, Judith möge nicht abgereist sein, rief er in der Pension an der Plaza de Santa Ana an, und eine zornige Stimme, die gegen einen unbeschreiblichen Tumult anschrie, versicherte ihm, sie hätten keinen Gast dieses Namens, aber ihn hatte es schon tief bewegt, ihren Namen laut am Telefon zu sagen, als könne er dadurch ihre Gegenwart herbeibeschwören. Das Geschwader der Flugzeuge, die heute Morgen von Barcelona aus gestartet sind, erkundet das Gelände und sichert den Vormarsch der loyalen Truppen, die Saragossa einnehmen sollen und sich der Stadt schon fast auf

Sichtweite genähert haben. Schauen Sie bitte noch einmal nach, Judith Biely, mit B, eine ausländische junge Dame, Amerikanerin. Er fuhr mit der Straßenbahn zur Plaza de Sevilla, und auf dem Turm mit der bronzenen Minerva am Kreisel von Bellas Artes wehte eine riesige rote Fahne. Die Belagerungstruppen erwarten den entscheidenden Moment des Sturmangriffs auf Córdoba. Als er schon fast da war – nicht bei Judith, aber wenigstens bei dem Haus und dem Zimmer, in dem sie gewohnt hatte –, ging es nicht mehr weiter, weil es an der Ecke der Calle del Príncipe zu einer Schießerei kam, die so plötzlich entstanden war, wie sommerliche Staubteufel entstehen, und genauso schnell wieder vorbei war. Als er aus dem Hauseingang trat, in dem er Zuflucht gesucht hatte, glaubte er im hellen Sonnenlicht auf der Plaza de Santa Ana Judith vorübergehen zu sehen. Allen Fahrern beschlagnahmter Autos wird ans Herz gelegt, die Verkehrszeichen auf den Straßen zu beachten und so dazu beizutragen, die vielen Unfälle zu vermeiden, die täglich in Madrid passieren.

Er erinnert sich, dass er sich anfangs beharrlich weigerte, es zu glauben; an das Gefühl, etwas Bekanntes und Festes zu berühren und es sogleich wie Sand zwischen den Fingern zerrinnen zu spüren. Am Montag, dem 20. Juli, einen Tag nach seiner fehlgeschlagenen Verabredung mit Judith, verließ Ignacio Abel um halb neun Uhr morgens das Haus in der absurden Überzeugung, wenn er diesen Montag genauso gestaltete wie alle anderen Montage zuvor, würde eine erkennbare Form von Normalität wiederhergestellt. Von Westen hörte man gedämpften Geschützdonner. Ein kleines Flugzeug überflog die Stadt mit der lästigen Hartnäckigkeit und sichtbaren Planlosigkeit einer Schmeißfliege. In die Siegesmeldungen aus dem Radio mischte sich ein hysterischer Unterton, schrill wie die zu laut aufgedrehten Hymnen und Paso dobles und Musiken der Reklamesendungen, denen zwischen Nachrichten und wüsten Drohungen viel Platz eingeräumt wurde. Muh, sagt die lachende Kuh und gibt uns den Käse dazu. Mit dem Blut der heroischen Milizionäre und der loyalen bewaffneten Kräfte der Republik, mit dem Mut und dem Opfer aller Antifaschisten und dem begeisterten Beitrag unserer mutigen Piloten werden in diesen Tagen die ruhmreichsten Seiten der Geschichte unseres Volkes geschrieben.

Er trat auf die Straße, und es hatte sich ein wenig abgekühlt. In den auseinandergezogenen Detonationen der Geschütze lag etwas Lustloses, so als könnte jede von ihnen die letzte sein. So war es auch 1932 und 1934 gewesen. Schießereien und leere Straßen und Läden mit herabgelassenen Eisenrollos und Leute, die aus Vorsicht mit erhobenen Armen um die Straßenecken bogen, und dann nichts. Aus allen Landesteilen unseres spanischen Vaterlandes machen sich starke Verbände von Freiwilligen auf, die Aufständischen zu bekämpfen. Frisch geduscht, aber noch ein wenig benommen von der schlaflosen Nacht, ohne Frühstück auch noch (die Dienstmädchen waren nicht da, und er hatte sich noch nie selbst Frühstück gemacht) und sich wie an einen Traum an seine Wanderung durch Madrid letzte Nacht erinnernd, schloss Ignacio Abel seine Hand fest um den Griff der Aktentasche, als er die Príncipe de Vergara überquerte und den Weg zur Werkstatt einschlug, wo an diesem Morgen sein Auto repariert und abholbereit sein sollte. Der Inhaber des Milchgeschäfts an der Ecke der Calle de Don Ramón de la Cruz winkte ihm von drinnen freundschaftlich zu (vielleicht sollte er, wenn er das Auto abgeholt hatte, wieder zurückfahren und dort frühstücken); ein Verkäufer von Eisblöcken fuhr dösend auf seinem von einem mageren Gaul gezogenen Karren vorbei, der eine dünne Wasserspur hinter sich zurückließ; der Gemischtwarenladen war verschlossen, aber möglicherweise – weil Sommer war und dies ein Wohnviertel, in dem fast alle in der Sommerfrische waren – öffnete er etwas später am Nachmittag.

Die kopflose Flucht der Rebellen in der Sierra de Guadarrama ist ein Vorzeichen des mit dem Blut und dem mutigen Einsatz der Volksmilizen erfochtenen Sieges. Wenn man seinen gewohnten Tagesablauf nachvollzieht, wird das Leben, das ja immer damit verbunden war, automatisch genauso weitergehen. Wenn er sich vor dem Spiegel ankleidete und kämmte und den Knoten seiner Krawatte richtete und das Radio nicht einschaltete und wie jeden Morgen schnellen Schritts die hallenden Marmortreppen hinunterging, würde die mächtige Gletschermasse der Normalität wohl kaum beeinträchtigt werden können. Ungewöhnlich, wenn auch irrelevant, waren nur der ferne Kanonendonner, der in gemächlichen Intervallen herüberklang, und der altmodische kleine Flieger, der manchmal, wenn die Morgensonne ihn direkt traf, schillernd wie ein Insektenflügel in der Ferne blinkte.

Mit dem siegreichen Sturm auf die Montaña-Kaserne, in der sich die feigen Verschwörer verschanzen wollten, hat die republikanische Luftwaffe ein weiteres Ruhmesblatt aufgeschlagen. »Sie sind vernichtet«, sagte ihm der Portier, ganz nah an ihn herankommend, um ihm die Tür aufzuhalten, aber auch, um so leise sprechen zu können, dass andere Hausbewohner ihn nicht hörten, die vielleicht aufseiten der Aufständischen waren, in diesem bürgerlichen Viertel. »In Barcelona haben sie sich ergeben müssen; und in Madrid, das wissen Sie ja, haben sie sich nicht mal auf die Straße getraut. Aber seien Sie vorsichtig, Don Ignacio, es heißt, dass Faschisten von den Dächern feuern, diese Drecksskerle.«

Wie ein wiedergefundenes Detail des Albtraums der letzten Nacht sah er das schwitzende Gesicht seines Schwagers Victor im funzeligen Licht eines Flurs glänzen, an dessen Ende ein verschwörerisches Gemurmel von bewaffneten Männern zu hören war. In einer mitreißenden Radioansprache fordert die beim Volk beliebte Abgeordnete der Kommunistischen Partei, Dolores Ibárruri, die arbeitende Bevölkerung Madrids auf, gnadenlos Jagd auf die Schakale der Reaktion zu machen, die von Balkonen und Glockentürmen auf die Arbeitermilizen schießen. Er hatte das Haus in einem makellosen Anschein von Zielstrebigkeit verlassen, doch eigentlich wusste er nicht recht, wohin er sich wenden sollte, wenn er das Auto abgeholt hatte. Zur Universitätsstadt; zur Plaza de Santa Ana; zur Ausfallstraße nach La Coruña, wenn es stimmte, dass ein heldenhaftes republikanisches Fliegergeschwader von der Basis Cuatro Vientos aufgestiegen war und die faschistischen Truppenverbände in die Flucht geschlagen hatte, die, von Norden kommend, vergeblich versucht hatten, die Höhen und Pässe der Sierra de Guadarrama zu besetzen. Doch kurz bevor er die Wohnung verließ, hatte er eine Telefonverbindung mit dem Posten der Guardia Civil in dem Dorf in den Bergen bekommen, und eine Stimme dort hatte das Gespräch mit dem Ruf »Hoch lebe Spanien!« beendet. Stunde um Stunde wird die baldige Wiederherstellung der republikanischen Rechtsordnung landauf und landab verkündet sowie die demütigende Niederlage der Aufständischen, die dieses Mal keine Gnade zu erwarten haben werden. Auf dem Weg zur Autowerkstatt in der Calle de Jorge Juan kam er am Hotel Wellington vorbei, wo ein Portier von imposanter Statur in einem Uniformmantel, der ihm fast bis zu den Knöcheln reichte, mit einer Trillerpfeife im Mund die Straße nach einem Taxi für ein ausländisches Touristenpärchen absuchte, das neben einem ganzen Stapel von Taschen, Koffern und Hutschachteln unter der Markise wartete. Vierzig aufständische Offiziere begehen in Burgos Selbstmord, als sie die Unvermeidlichkeit ihrer Niederlage erkennen.

Als er unter der doppelten Baumreihe auf dem Mittelweg der Calle Velázquez dahinging, hörte er mit einem Mal aufgeregtes Vogelgezwitscher und spürte eine fast morgendlich frische Brise, die sich im Schatten der Akazien eine Weile hielt. Ohne die Trillerpfeife aus dem Mund zu nehmen, hatte der Hotelportier seine behandschuhte Hand über die Augen gehoben, um das Flugzeug zu beobachten, das jetzt sehr viel tiefer und schneller flog. Als er in die Jorge Juan in Richtung Alcalá einbog, kam so plötzlich eine Reihe hupender Autos vorbeigebraust, dass Ignacio Abel zurückspringen musste, um nicht umgefahren zu werden. Er sah die Gesichter lärmender junger Männer in den offenen Autofenstern. Der letzte Wagen war ein grüner Fiat mit offenem Verdeck, genau so einer wie sein eigener.

Es war fast neun Uhr morgens, und die meisten Läden in der Jorge Juan waren noch geschlossen: Milchläden, kleinere Geschäfte, das Kohlenlager, die Bäckerei. Wenigstens bei der Autowerkstatt war das Metallrollo ganz hochgezogen. In der Ferne hörte man wieder das Donnern der Kanone, gefolgt von einem Knattern wie von Feuerwerkskörpern, das der Wind von einer Kirmes in einem anderen Stadtviertel herüberwehte. Neben dem Eingang zur Werkstatt hockte ein vierzehn- oder fünfzehnjähriger Junge in einem Monteursoverall, der Sohn des Inhabers, mit dem Rücken an der Wand auf der Erde, den Kopf zwischen den Knien, als ob er, nachdem er schon früh aufgestanden war, jetzt ein Schläfchen hielte.

Als er näher kam, sah Ignacio Abel, dass die Knie des Jungen aneinanderschlugen und der von den Händen bedeckte Kopf haltlos zitterte, vor- und zurückgeworfen wurde wie in den Zuckungen eines würgenden Erbrechens. Tatsächlich hingen Schleimfäden vom Kinn des Jungen herab, und zwischen seinen Beinen breitete sich eine Pfütze von Erbrochenem aus. In der von einem großen schmutzigen Dachfenster erhellten Werkstatthalle roch es nach Benzin und Abgasen, vermischt mit dem Geruch des Erbrochenen, aber kein einziges Auto stand dort. Auf dem ölfleckigen Zementboden lag der Werkstattbesitzer mit gespreizten Beinen und ausgestreckten Armen auf dem Rücken, das frische Rot des Blutes am Mund und auf der Brust bildete einen auffälligen Kontrast zur aschgrauen Farbe seines Gesichts, das in der schmutzigen Helligkeit des

Dachfensters noch bleicher aussah. Auf seiner Brust lag ein blutverschmiertes Stück Pappe, *Faschist* stand darauf. »Er wollte nicht, dass sie die Autos mitnahmen«, sagte der Junge, der hinter ihn getreten war, immer noch zitternd, mit zuckendem Mund, sodass er kaum ein Wort herausbekam, »sie gehörten ihm nicht, und was sollte er später den Kunden sagen. Ich musste heute extra früh aufstehen, damit Ihr Wagen gewaschen war, wenn Sie kämen.«

Er erinnert sich an die archaische Angst, die Angst vor der Nacht, vor der Finsternis, die dunkler und gefährlicher ist als in den Märchen, die man ihm als Kind erzählt hat. Es reichte nicht, nur nach Hause zu gehen, wenn es dunkel wurde, und die Türen abzuschließen und die Riegel vorzuschieben, sondern man musste sich auch die Bettdecke über den Kopf ziehen wie ein furchtsames Kind und die Augen fest zukneifen und sich die Ohren zuhalten, um nichts zu hören, als reichte es schon, etwas gehört oder gesehen zu haben, um das Unheil anzuziehen. In den Zimmern, in denen die Nachbarn ihre Radioapparate stehen haben, müsste die Lautstärke voll aufgedreht und müssten die Fenster aufgerissen werden. Ferne Schreie; vereinzelte Schüsse; näher kommende Autos, die anzuhalten schienen, dann aber doch weiterfuhren, bis sich das Motorengeräusch in der Ferne verlor; die Haustür, die geöffnet wurde, und das heftige Vibrieren, wenn sie wieder ins Schloss fiel; der Widerhall von Schritten und Stimmen in der marmornen Eingangshalle, dann im Treppenhaus; das Klirren der Metallringe der Gewehrriemen und des Schlüsselbunds des Portiers.

Nachtwächtern und Pförtnern von Wohnhäusern wird hiermit mitgeteilt, dass Hausdurchsuchungen ausschließlich von Mitgliedern der Ordnungskräfte und Volksmilizen vorgenommen werden dürfen, die offiziell mit einer derartigen Aufgabe betraut worden sind und sich jederzeit entsprechend ausweisen müssen. Durch den Türspion sah er eines Nachts, wie bewaffnete Männer den Nachbarn von gegenüber aus dessen Wohnung zerrten. Das Innenministerium erinnert daran, dass Verhaftungen einzig und allein von der Verkehrspolizei, der Schutzpolizei und der Guardia Civil vorgenommen werden dürfen. Der Nachbar war im Schlafanzug und leistete keinerlei Widerstand. Er kannte ihn nur vom Sehen und empfand nicht Mitleid, sondern Erleichterung. Wenige Tage später sah man seine Frau in Schwarz.

Das Leben in Madrid verläuft wieder in geordneten Bahnen, die Zuversicht in der Bevölkerung wächst mit jeder Nachricht vom Vormarsch der Verteidiger der Republik und von den unaufhörlichen Niederlagen der Aufständischen. Auf den verwaisten Straßen der Stadt konnte man nach Einbruch der Nacht schon weit im Voraus jedes Auto sehen, das sich näherte. Er saß in seinem Arbeitszimmer und sah nutzloserweise Baupläne durch, als genau vor der Haustür ein Auto hielt. Wer die vorübergehende Ungewissheit der aktuellen Lage ausnutzt und sich an fremdem Leben oder Eigentum vergeht, wird als Aufrührer betrachtet und bekommt die ganze Härte des Gesetzes zu spüren. Er legte den Bleistift auf das bläuliche Planpapier und nahm seine Brille ab. Er vergewisserte sich, dass die Fensterläden fest geschlossen waren, so wie es offiziell befohlen worden war, und kein Licht auf die Straße drang. Es ist Pflicht aller Milizen und loyalen Bürger, jeden feigen Hinterhalt zu melden, mit dem aufständische Heckenschützen dem arbeitenden Volk den auf Straßen und Schlachtfeldern heldenhaft errungenen Sieg zu entreißen suchen.

Er ging auf den Flur hinaus und spürte auf dem Boden das vertraute Vibrieren, das durch die ins Schloss fallende Haustür entstand. Er erinnerte sich, dass der Portier gesagt hatte, im ganzen Haus seien nur noch wenige Wohnungen bewohnt. Mitten in der Diele, in ihrer pompösen Weitläufigkeit, blieb er stehen. Die Schritte konnten in einem der unteren Stockwerke anhalten oder bis zu diesem Treppenabsatz kommen und dann weiter treppauf verklingen, weil die Milizionäre sich vielleicht nur vergewissern wollten, ob die Anweisungen befolgt wurden, die Dachterrassen verschlossen zu halten, damit kein feindlicher Heckenschütze von dort aus die Straße unter Feuer nahm. Schreie, Flehen, Befehle, Schluchzen, Hiebe mit Gewehrkolben hallten mit aller Deutlichkeit durch das mit Marmor verkleidete Treppenhaus.

Doch diesmal waren nur Schritte zu hören, und er wartete mit einem entrückten Gefühl, heiter fast, den Mitgliedsausweis der Sozialistischen Partei und den der Gewerkschaft griffbereit, auf dem Tisch in der Diele gut sichtbar die gerahmten Fotos mit Fernando de los Ríos, mit Präsident Azaña, mit Don Juan Negrín, aber auch das Hochzeitsfoto mit Adela, im Silberrahmen, und die beiden Fotos von Miguel und Lita zur Erstkommunion. Ohne sich von der Stelle rühren zu müssen, konnte er am Ende des Flurs den Christus von Medinaceli mit seinem andalusisch anmutenden Altardächlein und den beiden schmiedeeisernen, jetzt erloschenen Laternchen sehen. Im Kinderzimmer hing ein Bild vom Schutzengel auf der Brücke, auch das ein Geschenk von Don Francisco de Asís und Doña Cecilia. Nicht um der Würde willen, sondern aus reiner Sorglosigkeit hatte er sich nicht darum gekümmert, den religiösen Schmuck verschwinden zu lassen. Jetzt könnte es gefährlich sein, ihn zu verstecken zu versuchen.

Vor der Wohnungstür nun Stimmen in normaler Lautstärke, kein Geschrei. Unter ihnen erkannte er auch die des Portiers, der seinen großen Schlüsselbund klirren ließ. »Sie können absolut unbesorgt sein, Don Ignacio. Es gibt genügend Leute, die einen früher nicht mal gegrüßt haben, die sich jetzt wünschen würden, unter den Arbeitern in diesem Viertel einen solchen Ruf zu haben wie Sie. Und falls es einmal nötig werden sollte, was es aber nicht wird, dann bin ich für Sie da, um für Sie zu bürgen.« Aber wenn sie ihn, aus welchem Grund auch immer, mitnähmen, würde der Portier nichts unternehmen, um sie davon abzuhalten, würde ihnen vielleicht sogar dabei zur Hand gehen, stets dienstfertig, die Tellermütze nach Art der Milizen schräg übers Ohr gezogen, instinktiv sich vorbeugend, um Türen zu öffnen und Trinkgelder in Empfang zu nehmen, die geschlossene Faust grüßend an die Schläfe gedrückt, »Sehr gut, Genossen, wurde auch Zeit, in diesem Haus mal aufzuräumen, in dem es von Monarchisten und Faschisten nur so wimmelt, wie im ganzen Viertel hier.«

Ignacio Abel stand abwartend vor der Wohnungstür unter dem riesigen, von einem weißen Laken umhüllten Kronleuchter, und sein Atem ging erstaunlich ruhig, während er die Stimmen hörte, das Klirren des Schlüsselbunds. Er erwartete, dass sie mit Fäusten und Gewehrkolben an die Tür hämmern würden; stattdessen klingelten sie, einigermaßen drängend, aber nicht übertrieben, so wie ein Bote, der es eilig hatte. Er beschloss, mit dem Öffnen noch ein wenig zu warten. Besser, wenn sie nicht auf den Gedanken kamen, er hätte ängstlich an der Tür gewartet, könnte Gründe haben, zu wissen, dass sie seinetwegen gekommen waren, als er gehört hatte, dass das Auto unten hielt, in dieser seltsam stillen Sommernacht, in der man weder Musik von Straßenfesten oder von Radios aus offenen Fenstern noch Stimmen von Leuten auf der Straße hörte.

Andererseits durfte er nicht so lange warten, dass sie ungeduldig wurden und dachten, er wolle Zeit gewinnen, um Sachen zu verstecken oder zu verbrennen, um durch den Dienstboteneingang über die Dächer zu verschwinden. Er öffnete nach dem zweiten Klingeln, das anhaltender und fordernder geklungen hatte als das erste, und beschloss, sie nicht zu bitten, sich auszuweisen. Es waren außer dem Portier nur drei Männer, auf unbestimmte Art uniform gekleidet, jung, mit Gewehren und Pistolen bewaffnet, rasch individualisiert durch Ignacio Abels wache Aufmerksamkeit, der sogleich den Anführer erkannte, den kleinsten von ihnen, mit runder Brille und sauberem Hemd anstatt einem Unterhemd von zweifelhafter Farbe unter dem Overall, der einzige, der kein Gewehr, sondern nur eine Pistole trug, der mit kurzen Zügen rauchte und die Zigarette dann auf halber Höhe von sich hielt, damit er keinen Qualm in die Augen bekam. Von den anderen beiden sah einer ziemlich weggetreten aus, als erfreue er sich an etwas, das nur unter seinen halb geschlossenen Lidern zu sehen war; auf dem Kopf trug er ein kakifarbenes Schiffchen mit rotem Bommel, der auf seiner Stirn baumelte und fast bis zwischen die Augenbrauen reichte. Der Dritte kam Ignacio Abel sofort bekannt vor, das große, schlaffe Gesicht von jemandem, den er kannte, den er oft gesehen hatte, jetzt jedoch nicht einordnen konnte, ein junger Mann zwar, aber träge und fettleibig, der beim Gehen kaum die Füße vom Boden bekam – jetzt erinnerte er sich wieder, und er wusste nicht, ob das ein Grund zur Erleichterung oder Besorgnis war: Es war der Bürobote, der jeden Morgen im Baubüro die Post verteilte, der zu ihm ins Büro geschlurft kam, dessen erfahrene Augen unter den Stapeln von Briefen die blauen Umschläge von Judith Biely bemerkten.

Sie sind also nicht zufällig hier; sie wissen, wer ich bin, wessen Wohnung sie durchsuchen. Der Bürobote trug jetzt jedoch lange Koteletten, und auf seinen schlaffen Wangen spross ein mehrere Tage alter Bart. Sein Doppelkinn, das nicht mehr vom gepaspelten Kragen seiner Anzugsjacke zusammengehalten wurde, sank auf eine behaarte Brust herab, die der Halbmond eines schmierigen Unterhemds begrenzte, über dem er eine wohl wegen der Hitze aufgeknöpfte Uniformjacke mit den Insignien der Infanterie am Ärmel trug. Der Portier, hinter den Dreien, grüßte ihn mit einer etwas verstohlenen Herzlichkeit.

»Don Ignacio, die Genossen hier wollen nur eine Routinedurchsuchung durchführen.«

Der Anführer warf ihm aus den Augenwinkeln einen missbilligenden Blick zu: Es war nicht an dem Portier, zu beurteilen, welcher Art die Durchsuchung sein würde.

»Papiere«, sagte er. Aber der Bürobote oder Exbürobote würde sie über seine Identität und seine Arbeit längst aufgeklärt haben.

»Ich habe euch doch gesagt, der Herr ist vertrauenswürdig«, hörte er den Portier sagen.

»Der Herr, der Herr… Mit den Herren ist es jetzt vorbei, wann begreifst du das endlich?«

Voller Staunen betrachteten sie die Weitläufigkeit des Raums, als hätten sie eine Kirche betreten; die hohen Türrahmen, die hintereinanderliegenden Zimmertüren, die sich in den Tiefen des Korridors verloren, die hohen Zimmerdecken mit den Stuckornamenten. Mit Bastsandalen und abgetretenen Schuhen traten sie auf das Parkett, das immer noch glänzte, obschon es bereits Wochen her war, dass die Dienstmädchen es mit Wachs gebohnert hatten. Der Exbürobote hatte mit einer kleinen Geste zu verstehen gegeben, dass er Ignacio Abel wiedererkannte, hätte sich fast verneigt, wie wenn er ihm die Post auf den Schreibtisch legte und dienstbeflissen fragte, ob er sonst noch etwas tun könne. Der offenbar direkter unter dem Befehl des Anführers Stehende nahm sein Käppi mit dem Bommel ab, um sich den Schweiß abzuwischen, und als er den Kopf drehte, sah Ignacio Abel, dass er sich in den kurz geschorenen Nacken die Initialen der Federación Anarquista Ibérica hatte einrasieren lassen. So wie die drei Milizionäre sich umschauten, sah er die eigene Wohnung jetzt mit Unbehagen, voller Abneigung, ja ängstlich fast, die unnötige Weitläufigkeit der Diele, des Empfangsraums, in dem in Wirklichkeit nie ein Empfang stattgefunden hatte, die üppigen Faltenwürfe der opulent bis auf den Boden fallenden Vorhänge, all die Zimmer, eines hinter dem anderen, wenn man durch die weiß gestrichenen, doppelflügeligen, verglasten Türen schritt. Es hatte aber nicht den Anschein, als suchten sie sehr genau oder als hätten sie es eilig, etwas Kompromittierendes zu finden.

»Du bleibst hier«, sagte der Anführer des Kommandos zum Portier, der in der Diele stehen blieb wie ein ungebetener Besucher und sich die Bilder anschaute, die Lampen, seine Pistole, die genauso nutzlos war wie sein Schlüsselbund, derweil Ignacio Abel den Milizionären die Zimmer zeigte, Einbauschränke öffnete, die sie ob ihrer Größe und Tiefe erstaunten und in deren hinterste Winkel hinter den aufgehängten Kleidern sie mit Taschenlampen leuchteten.

»So eine große Wohnung für dich allein?«

»Ich lebe nicht allein hier. Meine Frau und meine Kinder verbringen die Sommerferien in den Bergen.«

»Auf unserer Seite oder auf der der anderen?«

»Auf der anderen, glaube ich.«

»Keine Sorge, du wirst sie früh genug wiedersehen. Das hier ist bald vorbei.«

»Das hoffe ich.«

»Du hoffst aber doch wohl nicht, dass die anderen gewinnen.«

»Sie haben meine Mitgliedsausweise gesehen.«

»Einen Gewerkschaftsausweis kann sich heutzutage jeder besorgen. Eine Wohnung wie diese schon weniger.«

Es war der Kleine, der sprach, der mit den runden Brillengläsern und dem sauberen Hemd, der beim Rauchen die Zigarette in der linken Hand und die rechte in der Hosentasche hielt. Die anderen schauten sich um und nickten. Ignacio Abel suchte den Blick des Büroboten und war beunruhigt, dass er ihm auswich. Er versuchte sich an seinen Namen zu erinnern, aber es gelang ihm nicht. Absurderweise ärgerte es ihn, dass sie die Unordnung in der Küche sahen, die aufgestapelten Teller in der Spüle. Er aß immer das Erstbeste, das er fand, und machte sich nie die Mühe, hinterher die Teller abzuwaschen, solange es in der Speisekammer noch saubere gab. In den Ecken roch es muffig, und wenn er nachts aufstand und in der Küche Licht machte, weil er ein Glas Wasser trinken wollte, sah er große hellbraune Kakerlaken still auf dem Boden sitzen und nur ihre Fühler bewegen.

Die drei durchsuchten jetzt das Dienstbotenzimmer. Der Anführer überwachte die Aktion von außen, deutete den anderen mit Gesten an, unter die Matratzen zu schauen, einen Koffer zu öffnen, der an der Wand stand. Soweit Ignacio Abel wusste, war er noch nie in diesem Zimmer gewesen. Als die nackte Glühbirne anging, die an einem Kabel von der Decke hing, war er überrascht, wie schmal es war. Zwei Betten übereinander, der Kleiderkoffer, ein mit Zeitungspapier ausgeschlagenes Regal, ein Fensterchen mit einer geblümten Gardine davor, an der Wand Fotos von Filmstars, Handzettel mit Kinoprogrammen, ein altes Nachtschränkchen, das vor vielen Jahren wohl einmal von Don Francisco de Asís und Doña Cecilia ausgemustert worden war, und darauf eine kleine Kupferfigur der hl. Jungfrau Maria. Er war eher beschämt, als dass er ein schlechtes Gewissen hatte; aber er wusste auch, dass er nicht so empfunden hätte, wenn er keine Angst gehabt hätte. Der Anführer der drei schaute zu und sagte nichts, rauchte. Nach dem letzten Zug trat er die Kippe auf den Küchenfliesen aus. Als Ignacio Abel sie zu seinem Arbeitszimmer führte, Licht machte und zur Seite trat, hatte er schon wieder eine neue Zigarette im Mund.

»Und dies Zimmer, wem gehört das?«

»Das ist mein Arbeitszimmer.«

»Sieht aus wie das Arbeitszimmer eines Ministers.«

»Das ist mein Büro. Hier arbeite ich.«

»Was man so Arbeit nennt!«

»Und die da auf dem Bild? Alte Dienstboten des Hauses?«

»Das sind meine Eltern.«

»Wer hätte das gedacht? Sind sie auch in den Bergen bei den Aufrührern?«

»Sie sind schon viele Jahre tot.«

»Und die Karten da? Um zu sehen, wie weit der Feind vorgerückt ist?«

»Das sind keine Karten. Das sind Baupläne. Ich arbeite in der Universitätsstadt. Das wissen Sie doch.«

»Uns brauchst du nicht zu siezen; hier herrscht Vertrauen.«

Sie wurden ungeduldig oder langweilten sich, wenigstens die beiden Untergebenen, der Exbürobote und der andere, der mit den Initialen im Nacken, aus dem er sich mit einem verknitterten Taschentuch immer mal wieder den Schweiß abwischte. Es war heiß in der Wohnung, alle Fensterläden waren geschlossen. Mit einem berechnenden Zug von Unverschämtheit stöberte der Exbürobote in den Papieren, die auf dem Schreibtisch lagen, und ließ sie langsam zu Boden fallen. Als Ignacio Abel ihn anschaute, wich er dem Blick aus und wechselte mit dem anderen ein Grinsen. Dann zog er eine nach der anderen die Schubladen auf und ließ sie ebenfalls auf den Boden fallen, ohne nachzusehen, was sie enthielten. Als er sah, dass die letzte verschlossen war, meldete er es seinem Chef.

»Und die da, warum ist die abgeschlossen?«

»Aus keinem besonderen Grund. Hier ist der Schlüssel.«

»Du wirst doch nicht nervös?«

»Dazu habe ich keinen Grund.«

»Eine Zigarette?«

»Nein, vielen Dank.«

»Du bist sicher feineren Tabak gewöhnt.«

»Nein, ich bin Nichtraucher.«

»Los jetzt, wir gehen.«

Einen Moment lang fühlte er sich erleichtert, ein allgemeines Erschlaffen der Muskeln, deutlicher wahrnehmbar, als seine Würde es eigentlich zugelassen hätte. Dann sah er die Augen des Anführers und das Grinsen des Exbüroboten, der seinem Blick wieder auswich, und begriff, dass der Plural ihn mit einschloss. Los jetzt, wir gehen. Die drei Männer unternahmen nichts. Sie kamen nicht drohend auf ihn zu. Der mit dem

Bommelkäppi trat auf etwas, und man hörte splitterndes Glas und Holz. Das gerahmte Foto von Lita und Miguel auf der Schaukel stand nicht mehr auf dem Schreibtisch.

»Moment mal«, sagte er, bemerkte unwillig die von Angst verursachte Veränderung in seiner Stimme, »hier muss ein Missverständnis vorliegen.«

»Überhaupt kein Missverständnis«, sagte der Anführer, die Zigarette in der Linken, die Rechte in der Hosentasche, am Handgelenk eine teure Uhr, die Ignacio Abel bislang noch nicht aufgefallen war. »Glaub nicht, dass du uns übertölpeln kannst mit deinen Mitgliedsausweisen und all den Fotos von republikanischen Reaktionären. Uns hat keiner was zu sagen. Für uns bist du ein Nichts. Weniger als ein Nichts. Die Genossen vom Bau erinnern sich genau an dich. Dir konnte es gar nicht schnell genug gehen, Streikbrecher einzustellen und die Berittenen zu rufen, sobald gestreikt wurde. Dafür bezahlst du jetzt.«

Seine Stimme klang unangenehm brüchig, als er sagte, sie hätten keinerlei Recht und auch nicht die Autorität, ihn zu verhaften, worauf der Anführer antwortete, die Autorität seien sie, und der Exbürobote seinen linken Arm und der mit dem Bommelkäppi seinen rechten Arm packte. Unter diesen großen fremden Händen fühlte er beschämt die schlaffe Muskulatur seiner Arme. Ohne ihn zu schieben oder an ihm zu zerren, führten sie ihn durch die Diele, wo immer noch der Portier stand wie ein demütiger Besucher. Er dachte an Calvo Sotelo, den man erst vor wenigen Wochen in einer Nacht wie dieser abgeholt hatte, über den es voller Befremden geheißen hatte, er habe sich nicht gewehrt, habe nicht einmal seine Immunität als Abgeordneter geltend gemacht; und ihm fiel der Nachbar von gegenüber ein, der durch den Türspion winzig ausgesehen hatte in seinem Schlafanzug, und seine Frau, die auf die Knie gefallen war und sich verzweifelt an die Hose von einem derer klammerte, die ihn abführten.

Er war zwar noch in seiner Wohnung, und doch war er schon weit fort. Als sie den Treppenabsatz eines der unteren Stockwerke erreichten, hörte er das leise Schließen einer Wohnungstür und begriff, dass einer der Nachbarn jetzt durch den Türspion schaute und dankbar war, nicht selbst abgeführt zu werden, berauscht vom Gefühl des Davongekommenseins. Die schwarze Limousine, in der sie ihn fortbringen würden, wurde angelassen, sobald sich die Haustür öffnete. Es war eher ein kleiner geschlossener Lieferwagen mit einem Schild über dem Führerhaus, auf dem ein Stück Seife gemalt war, von dem Bläschen aufstiegen: SEIFEN-LÓPEZ. Der Exbürobote drückte ihm den Kopf nach unten, damit er ins Auto stieg; drückte die gespreizten Finger seiner breiten Hand so fest auf den Schädelknochen, dass es schmerzte. *Lieber Miguel, liebe Lita; liebe Judith; liebe Adela.* Mit ihren erloschenen Straßenlaternen und den verdunkelten Fenstern war die Calle Príncipe de Vergara ein dunkler Tunnel, der sich vor den Autoscheinwerfern auftat. Ignacio Abel saß auf dem Rücksitz; niemand würde ihm ins Genick schießen, ohne dass er es mitbekam, ohne dass er wüsste, dass er jetzt sterben musste, so wie es Calvo Sotelo ergangen war. Er fragte, wohin sie ihn brächten. Er fragte es aber so leise, dass das Motorengeräusch seine Stimme übertönte und er schlucken und sich räuspern musste, bevor er seine Frage wiederholen konnte.

»Du warst doch immer so stolz, in der Universitätsstadt zu arbeiten. Der Bau konnte dir gar nicht schnell genug vorangehen. Gibt es also einen besseren Platz?«

Er saß eingeklemmt zwischen den beiden Milizionären, dem Exbüroboten mit einem Grinsen auf den schlaffen Lippen zur Linken, dem anderen, dessen Mützenbommel bei der Fahrt über holperigen Wegen ihm über den Augen hin und her baumelte, zur Rechten. Nach einer Fahrt über dunkle Straßen und Brachland, deren Dauer er nicht abzuschätzen vermochte, erkannte er voraus die Umrisse der ersten Gebäude der Universitätsstadt.Vor dem Campus war ein Kontrollposten. Milizionäre mit Gewehren und Taschenlampen gaben Zeichen, dass der Wagen anhalten solle.

»Was sind das für welche?«

»So wie die aussehen und nach den neuen Gewehren, die sie haben, sind die von der UGT.«

»Du hältst jetzt den Mund, das ist gesünder für dich.«

Sie hatten den Weg mit langen Bänken aus den Hörsälen verstellt. An ihrer Form erkannte er die Bänke aus der Philosophischen Fakultät. Der Anführer des Kommandos zeigte einen Ausweis vor, und die Wachen begutachteten ihn im Schein ihrer Taschenlampen. Ignacio Abel wollte um Hilfe rufen, aber seine Kinnladen waren wie verkantet, seine an den Körper gezogenen Beine gelähmt, die auf den Oberschenkeln liegenden Hände eiskalt. Der Lichtstrahl einer Taschenlampe traf ihn voll ins Gesicht, verharrte einen Moment, zwang ihn, die Augen zuzukneifen. So kurz vom Tod entfernt zu sein war unvorstellbar. Beschämender war jedoch die Vorstellung, sich vor Angst in die Hose zu pinkeln, und die anderen würden es merken, oder, schlimmer noch, dass er sich in die Hose schiss und sie es röchen in der Enge des Autos und in Gelächter ausbrechen und angewidert mit den Händen wedeln würden. Genau diese Worte dachte er: sich vor Angst in die Hose scheißen. Judith war in diesem Augenblick an einem bestimmten Ort, sagte etwas zu jemandem. Seine Kinder waren schon im Bett, schliefen aber wohl noch nicht, lebten nach wie vor in einer Welt, in der ihr Vater nicht existierte.

»Wer ist das, den ihr da bei euch habt?«

»Ein Faschist. Um den kümmern wir uns.«

Sie zögerten noch einen Moment, doch dann gab der, der ihn mit der Taschenlampe angeleuchtet hatte, ein Zeichen, und die Bänke wurden zur Seite geschleift, wobei sie Staubwölkchen aufwirbelten, die wie schwebende Schleier im Scheinwerferlicht ihres Autos wogten. Etwas später bremste der Wagen so scharf, dass Ignacio Abel mit dem Knie an eine metallene Kante stieß und ein greller Schmerz ihn durchzuckte. Als sie ihn aus dem Auto zerrten, hinkte er. Er wollte weitergehen, doch seine Beine versagten. Sie schleiften ihn zu einer Mauer, und verwundert erkannte er eine Seitenwand der Philosophischen Fakultät, die Backsteinreihen, zerlöchert von Schüssen und voller Flecken von getrocknetem Blut. Sie hatten ihm nicht einmal die Hände gebunden. Ihm ging der Gedanke durch den Kopf, dass wenn der Staatsanwalt und der für die Feststellung der Leichen zuständige Beamte ihn – noch bevor die Wagen der städtischen Müllabfuhr vorbeikamen – in der Frühe fänden, sie keinerlei Schwierigkeiten hätten, ihn zu identifizieren, da er wohlweislich sowohl seinen Ausweis von der UGT als auch den der Sozialistischen Partei eingesteckt hatte. Jetzt kam ein anderes Auto mit noch helleren Scheinwerfern, die ihn zwangen, sich die Augen zuzuhalten, und wirbelte beim Bremsen so viel Staub auf, dass er glaubte ersticken zu müssen. Er hörte wütendes Geschrei um sich herum, verstand aber nicht, worum es ging. Er hatte nicht gemerkt, dass er an der Wand zu Boden gesunken war, als zwei harte Hände ihm die seinen mit Mühe vom Gesicht zogen und er in dem Wirrwarr von huschenden Schatten und Geschrei und blendenden Autoscheinwerfern die Stimme von Eutimio Gómez erkannte, seine magere Gestalt, die sich über ihn beugte.

»Ganz ruhig, Don Ignacio, kommen Sie, es ist alles vorbei.«

28 Bevor man den Zug in der Kurve, die der Biegung des Flusses folgt, auftauchen sieht, hat man den dunklen Ruf seiner Sirene gehört, die wie das Nebelhorn eines Dampfers klingt, haben die Kabel der Oberleitungen zu vibrieren begonnen, die metallenen Planken und die eisernen Pfeiler des Übergangs über die Bahnsteige, hinter dessen Glas man eine menschliche Gestalt erkennen kann. Das Hauptgebäude des Bahnhofs, welches der unruhige Reisende erblickt, sobald der Zug aus der Kurve hervorkommt, wirkt wie eine Alpenfestung auf einem Felsengipfel, zu dessen Füßen die Gleise so nah am Wasser verlaufen, dass die kleinen, von einem Motorboot verursachten Wellen fast an sie heranschwappen.

Rhineberg: Jemand muss an die bewaldeten Steilhänge über dem Rhein gedacht haben, als er diesen Namen wählte, und diese Nostalgie hat später in den spitzen Burgtürmen des Bahnhofsgebäudes überdauert. Der wie eine überdachte Brücke über die Gleise führende Übergang und eine eiserne Treppe verbinden das Hauptgebäude des Bahnhofs mit den Bahnsteigen. Auf einem davon, dem, der dem Fluss am nächsten ist, hat ein Mann, der gerade seinen Mantelkragen hochgeschlagen hat, auf die Uhr geschaut, als er den Zug nahen hörte, und einen Blick zur Fußgängerbrücke hinaufgeworfen, wo sich der andere befindet, wie er weiß, der mit ihm gekommen ist, der die Dinge aber lieber von ferne beobachtet, möglichst von oben, und mit raschen und entschiedenen, wenngleich nicht immer ganz eindeutigen und manchmal sogar schwer zu interpretierenden Gesten Anweisungen gibt. Er kann ihn nicht sehen, weil er geblendet ist vom Widerschein der untergehenden Sonne, die aber noch eine Weile brauchen wird, bis sie hinter den bewaldeten Hängen auf der anderen Uferseite verschwindet, die unendlich fern scheinen, weil der Fluss hier so breit ist.

In der Mitte des Flusses liegt eine längliche, baumbestandene Insel, die einen kleinen Bootsanleger hat. Im schwächer werdenden Abendlicht strahlt das Gelb und Rot der Bäume wie loderndes Feuer. Ein feuchter Wind vom Fluss trägt plötzlich winterliche Kälte in den bis jetzt milden Spätnachmittag und weht mit trockenem Scharren Schübe von Laub über Bahnsteige und Gleise. Der Boden bebt unter den Füßen, wenn der Zug mit dem gleißenden Scheinwerfer oben am Bug der Elektrolok einfährt und mit kreischenden Bremsen zum Stehen kommt. Die Sekunden ziehen sich hin, während er stillsteht, unzugänglich, so lang wie der ganze Bahnsteig, geballte Kraft im Ruhezustand, ohne dass eine Tür aufgeht; die tief stehende Sonne trifft blendend auf die Abteilfenster der dem Fluss zugewandten Seite. Der einzige Fahrgast, der schließlich aussteigt, trägt einen dunklen, europäisch geschnittenen Mantel und einen viel zu kleinen Koffer für jemanden, der von so weit her gekommen ist. Als der Zug sich langsam wieder in Bewegung setzt, steht er noch etwas verwirrt auf dem Bahnsteig, den Koffer in der einen, den Hut in der anderen Hand, beunruhigt, weil er niemanden sieht und schon fürchtet, trotz aller Vorsichtsmaßnahmen auf dem falschen Bahnhof ausgestiegen zu sein, vor sich die endlose Verlassenheit des Flussufers und um sich herum die Stille der Wälder, die sich über ihn legt, kaum dass der Zug verschwunden ist. Hinter sich hört er die Stimme, die seinen Namen ausspricht, und fürchtet, sie sich nur eingebildet zu haben und niemanden zu sehen, wenn er sich umdreht.

Hinter dem Fenster auf dem Übergang lächelt Philip Van Doren, als er Ignacio Abel erkennt, der sich zu dem anderen umdreht, zu Professor Stevens, Direktor der Abteilung

Architektur und Kunst, der ihm seinen Namen und Titel in Erinnerung ruft (sie hatten sich im vergangenen Jahr kurz in Madrid kennengelernt), ihn mit einem kräftigen Händedruck willkommen heißt, der erste Mensch seit er weiß nicht mehr wie vielen Tagen, mit dem er richtig reden kann, das erste Mal, dass jemand ihn empfängt und anschaut und ihm eine vollgültige Existenz zugesteht, die für alle Orte gilt, an denen er in den vergangenen Wochen angekommen ist. Zwei von ferne, von oben gesehene Männer, verbunden durch eine vage Ähnlichkeit ihrer Zeit, auf einem kleinen Bahnhof am Hudson, an einem Oktobernachmittag vor dreiundsiebzig Jahren.

Kaum ist der Zug aus dem letzten Bahnhof losgefahren, hat er sich schon auf den Ausstieg an seinem Zielbahnhof vorbereitet, so nervös, wie er ist, denn jetzt ist die Ankunft so nahe, dass es keine Verzögerungen mehr geben wird. Nach der kurzen Ruhepause der Zugfahrt wird er jetzt wieder aufgeregt, spürt die Unlust des Ankommens, einen fast instinktiven Widerwillen, der noch verstärkt wird durch die Erschöpfung, die seine Muskeln schlaff macht, seine Hände schwer werden lässt und seine geschwollenen Füße in Schuhen, deren Sohlen aus Blei zu sein scheinen. Noch bevor er aufsteht, hat er schon alle Taschen abgetastet, sich neurotisch ihres Inhalts vergewissert, der Liste all der kleinen Dinge, die jetzt seine Identität ausmachen, der Pass, die Brieftasche mit Dokumenten und Fotografien, der letzte Brief von Judith Biely, der Brief von Adela, *ich weiß zwar nicht wo du gerade bist und was du tust obwohl ich es mir ausmalen kann doch wenn du zu mir und zu deinen Kindern zurückkommen willst wenn das hier alles vorbei ist weil es ja einmal vorbei sein wird dann steht die Tür für dich offen.*
Er hat die Toilette aufgesucht und sich unter den Erschütterungen des Zuges mehr schlecht als recht vor dem kleinen Spiegel gewaschen, gekämmt und die Krawatte gerichtet, sich Haare und Schuppen von den Revers geklopft und sich den

Mund ausgespült, weil er fürchtet, der, der ihn am Bahnhof abholen wird, könnte seinen Atem riechen, hat einen prüfenden Blick auf die Fingernägel geworfen, die nicht sauber sind und die er sich besser hätte schneiden sollen. Er hat seine geränderten Augen gesehen und die schlaffe Haut unter dem Kinn, die bei den Vibrationen des Zuges mitzittert und vor wenigen Monaten natürlich noch nicht so schlaff war, obwohl er damals nicht darauf geachtet hat und es wohl nicht bemerkt hätte. Er denkt daran zurück, wie er sich vor einem Spiegel rasiert, vom Wasserhahn aufschaut, unter dem er das Rasiermesser abgespült hat, und neben seinem Gesicht das junge Gesicht Judiths im Spiegel erblickt, ihr Haar seine Wange streift und ihr nackter Körper sich an seinen Rücken schmiegt in jenem Haus am Meer, in dem sie zum ersten Mal zusammen aufgewacht sind.

Doch dieser Gedankenblitz der Erinnerung erlischt so schnell, dass er keine Verbitterung hinterlässt, keine wirkliche Verbindung zwischen Vergangenheit und Gegenwart herzustellen vermag. Weder existiert dieser Augenblick, noch ist er der Mann, der sich halb rasiert der nackten Frau zuwendet in jenem Badezimmer mit den roten Steinfliesen und gekalkten Wänden, durch dessen offenes Fenster man den Atlantik riechen kann. Er untersucht die Stelle, an der der abgenutzte und etwas angeschmutzte Hemdkragen die schlaffe Haut zusammendrückt, und bedauert, dass er kein sauberes mehr hat, um es anzuziehen, nicht früher bemerkt hat, dass ein Knopf fehlt (doch wenn er achtgibt, kann er dies mit der Krawatte verbergen). Diese Einzelheiten werden ihnen auffallen, so wie er selbst sie mit insgeheimer Abscheu vor wenigen Monaten erst bei anderen beobachtet hat, bei Professor Rossmann beispielsweise, der stundenlang über die feine Linienführung einer Nähnadel referieren und dabei in der Geschichte bis zu Knochennadeln zurückgehen konnte, die man aus altsteinzeitlichen Ablagerungen zum Vorschein gebracht hatte und die zum Zusammennähen von Fellen benutzt wurden, um in einem plötzlichen Zeitsprung die Arbeitsgeschwindigkeit von Singer-Nähmaschinen zu loben, der aber unfähig war, selbst einen Faden einzufädeln, sodass es für seine Knopflöcher in der letzten Zeit keine Knöpfe mehr gab und seine Taschen ausgerissen waren.

Die Vorstellung, in wenigen Minuten einem Fremden gegenüberzustehen, sich einem forschenden Blick aus allzu großer Nähe ausgesetzt zu sehen und sich auf Englisch unterhalten zu müssen, ist nach einer so langen Zeit des Schweigens mit Angst besetzt; doch mehr noch ängstigt ihn der Gedanke, dass er am nächsten Bahnhof aussteigt und niemand dort ist, der ihn erwartet. Der Schaffner hat den Namen des nächsten Bahnhofs mit vibrierender Bassstimme ausgerufen und ihm mit einer Geste zu verstehen gegeben, dass er diesmal aussteigen muss. Unter immer lauterem Rattern der Räder und Knirschen von Metallteilen hat der Zug auf seiner Fahrt am Ufer entlang beschleunigt und Schwärme von Vögeln aus den gelben Schilfdickichten aufgescheucht. Vor einer lang gezogenen Kurve verringert er seine Geschwindigkeit wieder, und durch das Türfenster kann Ignacio Abel in großen schwarzen Lettern den Namen Rhineberg lesen, als der Zug auch schon zum Stehen kommt.

Zuerst sieht er niemanden. Er steigt aus und findet sich am Ende eines langen Bahnsteigs wieder, direkt neben dem breiten Fluss, und am anderen Ende eine Reihe von eisernen Pfeilern und Bögen, die einen bedachten Übergang tragen, auf dem jemand steht und nach unten schaut und ihm möglicherweise ein Zeichen gibt. Der Meeresgeruch des Flusses und der feuchten Blätter und Erde füllt seine Lungen, und zugleich fühlt er eine Stille auf sich niedersinken, in der das ferne Rattern des Zuges und der hallende Pfiff der Lokomotive endgültig verklingen. Dann sagt jemand seinen Namen, den er fast nicht versteht, sodass er eine Sekunde lang glaubt, seine

Einbildung hätte ihm einen Streich gespielt, seinen Vor- und Zunamen so unwahrscheinlich ausgesprochen, mit so etwas wie bewundernder Ehrerbietung.

*Professor Ignacio Abel, it's great to have you here with us at long last.* Er nickt unbeholfen, muss sich erst an menschliche Nähe gewöhnen, versucht allzu schnell gesprochene englische Worte zu verstehen, wirkt unwillkürlich abweisend, wie er seine Hand von Professor Stevens festgehalten sieht, der dieser sich ebenso entschlossen bemächtigt hat wie seines Koffers. Ein großer Mann mit langen Armen und Beinen und etwas unsortierten Bewegungen, einer Haarsträhne, die sich ebenso verhält und ihn jünger wirken lässt, als er ist; vor allem im Gesicht sieht er älter aus, mit feinen Fältchen überall und der rötlichen Farbe eines gebrannten Ziegels, mit vorstehenden hellblauen Augen hinter den Brillengläsern. Stevens verwirrt ihn mit seiner überschwänglichen Energie, der Geschwindigkeit, mit der er ihn lobt und Fragen stellt, um Verzeihung bittet für Verzögerungen und Missverständnisse, deren Erklärungen Ignacio Abel nicht versteht (Sekretärinnen, Büros, Telegramme, das falsche Hotel, unverzeihliche Nachlässigkeiten), welche unglaubliche Ehre, ihn endlich bei sich zu haben nach all den Ungelegenheiten, wie war denn die Zugfahrt, er wird sehr erschöpft sein, nach der langen Reise von Europa bis hier her.

Er kann gar nicht glauben, dass er die Person sein soll, an die Stevens all die Komplimente und Entschuldigungen richtet, als würde man ihn aufgrund eines Irrtums für jemand anderen halten, und er wäre der Sprache nicht mächtig genug, um das Missverständnis aufzuklären, oder ihm fehlte schlicht die Kraft, sich über die sprudelnde Energie seines Gegenübers hinwegzusetzen, des Fakultätsleiters in seinem karierten Pullover unter dem Jackett und mit der gelben, gepunkteten Fliege, mit den langgliedrigen Händen, die sich weigern, ihm den Koffer zurückzugeben, *don't even mention it,* und mit ihm so kraftvoll die Treppen zum Gleisübergang emporsteigt, dass die eisernen Stufen unter seinen sportlich aussehenden Schuhen mit den dicken Gummisohlen erzittern. Während Ignacio Abel ihm die Treppen hinauffolgt, den breiten Hudson vor sich, den das Licht der untergehenden Sonne stellenweise rötlich schimmern lässt, spürt er eine Art von Müdigkeit, die jemals zuvor empfunden zu haben er sich nicht erinnern kann, die noch deutlicher wird im Vergleich zur Kraft von jemand Jüngerem (als er mit Judith zusammen war, ist ihm der Altersunterschied nie aufgefallen; merkwürdig, so lange Zeit in einem Zustand vollkommener Besinnungslosigkeit gelebt zu haben, sich gegen Alter, Verfall und Tod gefeit zu fühlen).

An die Glaswand gelehnt, von der aus man die Gleise überblicken kann, mit vor der Brust verschränkten Armen und in der gleichen Haltung wie vor drei Monaten am Fenster des obersten Stockwerks eines Hauses in Madrid erwartet ihn Philip Van Doren. Er lächelt ruhig, bevor er ihm die letzten Schritte entgegenkommt, mustert ihn von oben bis unten, als beobachte er etwas, die Anzeichen einer rascher über seinen Gast hinweggegangenen Zeit, das Ergebnis eines Experiments. Doch gleich darauf ist er wie ausgewechselt, bedeutet Stevens mit einer kurzen Bewegung des Kinns, zurückzubleiben. Dann löst er sich vom Fenster, und einen Moment lang hat Ignacio Abel das unbehagliche Gefühl, er könne ihn umarmen wollen; doch ihm entgeht nichts, nicht die geringste Begleiterscheinung seines Experiments. Vielleicht muss er sein Erstaunen zurückhalten, will nicht zeigen, dass ihm der Zustand der Schuhe, des Hemdes und der Krawatte seines Gastes auffällt, der Unterschied des Gesichts, das er jetzt vor sich sieht, zu dem des Mannes, den er vor etwas über einem Jahr in Madrid kennengelernt hat, den er vor drei Monaten gegen Mitternacht auf dem Gehweg der Gran Vía hat davongehen sehen. Er umarmt ihn nicht, streckt aber beide Hände aus und ergreift die von Ignacio Abel. Er hat sich kaum merklich verändert hier, wo er kein Fremder ist, wo seine Gestalt nicht vor einem fremdartigen Hintergrund auffällt, etwas fülliger geworden vielleicht, aber noch immer der glänzende kahle Schädel und das kantige Kinn über dem Rollkragenpullover.

»Lieber Ignacio, wie freue ich mich, Sie zu sehen«, sagt er auf Spanisch, lässt mit seinem Lächeln erkennen, dass er stolz ist, diese Redewendung anbringen zu können, er, der immer Judith um Rat fragen musste, wenn es galt, die richtige Entsprechung für einen englischen Ausdruck zu finden. »Sie müssen mir so viel erzählen. Wir dachten schon, Sie könnten nicht kommen. Ich habe jeden Tag unserer Botschaft in Madrid telegrafiert. Habe angerufen. Habe versucht, Sie in Ihrer Wohnung zu erreichen, aber es war unmöglich, eine Verbindung zu bekommen. Lieber Ignacio. Mein lieber Professor. Herzlich willkommen jetzt endlich. Stevens wird sich um alles kümmern. Er kann noch gar nicht glauben, dass Sie jetzt bei uns sind. Er kennt alles, was Sie gemacht haben, was Sie geschrieben haben. Er war der Erste, der mir von Ihnen erzählt hat.« Er gibt Befehle, genau wie in Madrid. Kurze Gesten, Blicke: Stevens geht mit Ignacio Abels Koffer in der Hand vor, öffnet ihnen die Türen, tritt zur Seite, damit sie vorbeigehen können, überholt sie wieder, bleibt zurück; linkisch zwar, aber immer in Bewegung, sich seiner Stellung stets bewusst, Van Doren mehr untergeordnet als dem ausländischen Gast, den er so bewundert.

Mit gleichbleibend sanfter Stimme gibt Van Doren ihm Anweisungen in einem schnell gesprochenen Englisch, und Stevens hört zu und nickt, kümmert sich um alles, errötet. Auf dem Rücksitz des Autos ist es angenehm geräumig, und es riecht dezent nach Leder. Es ist eine andere Geruchswelt, in der Ignacio Abel sich jetzt fremd vorkommt und in der selbst einmal gelebt zu haben er sich kaum noch erinnern kann, obwohl es noch gar nicht so lange her ist. Er fühlt sich unbehaglich, sitzt steif auf der Rückbank, ohne sich anzulehnen, hält die Knie zusammen und den Hut im Schoß. Dem Komfort ist er so gründlich entwöhnt wie den schmeichelnden Worten. Van Doren zieht eine Zigarette aus der Packung, und Stevens, der den Motor bereits angelassen hat, stellt ihn wieder ab, tastet nach seinem Feuerzeug und zündet sie ihm an. Van Doren lehnt sich zurück, bewegt kaum merklich die rechte Hand, um den Rauch fortzuwedeln oder um Stevens etwas ungeduldig zu bedeuten, endlich loszufahren.

»Wenn es Sie nicht stört, werden Sie die ersten Tage im Gästehaus der Universität wohnen. Spätestens in einer Woche werden Sie aber Ihre eigene Wohnung bekommen, an einem sehr passenden Ort, ganz in der Nähe des Campus und der Stelle, wo die Bibliothek gebaut werden soll. *Within walking distance.* Wie sagt man das in Ihrer Sprache? Warten Sie, sagen Sie es nicht. Einen Steinwurf entfernt? Unsere liebe Judith hätte es sofort gewusst. Aber ›Ort‹ ist vielleicht auch nicht die richtige Übersetzung für *site*...« Nach wie kurzer Zeit er schon ihren Namen genannt, sie in Erinnerung gerufen hat! Er liest in Ignacio Abels Gesicht, sucht darin nach Hinweisen von Bestürzung, weil er den Namen plötzlich laut ausgesprochen hat. Wahrscheinlich wartet er, dass Ignacio Abel sich zu fragen traut, ob er etwas von ihr weiß, genau wie damals nachts in Madrid am Fenster, in dem sich der Feuerschein der Brände spiegelte.

Es ist sein kleines Experiment; er lässt einen Namen fallen, wie man einen Tropfen einer bestimmten Substanz in eine Flüssigkeit fallen lässt. Er hat sich jetzt bequem in dem Ledersitz zurückgelehnt und schaut aus dem Fenster. Er holt Luft, wird gleich etwas sagen, vielleicht, dass er weiß, wo Judith ist. »Ich nehme an, Sie haben keine Zeit gehabt, die neuesten Nachrichten aus Spanien zu hören. Die anderen haben gestern Navalcarnero eingenommen. Ich glaube nicht, dass die Zeitungen darüber berichten werden. Welch schöne Namen die spanischen Dörfer haben, und wie schwer sie auszusprechen sind! Ich schaue mir die Landkarte an und lese sie mir laut vor. Am schwierigsten ist es, herauszufinden, wo bei diesen langen Wörtern der Akzent hinkommt. Ich lese die Namen und vermisse die Autofahrten über die Landstraßen. Illescas haben sie vor drei Tagen erst eingenommen. Wie weit ist Navalcarnero wohl von Madrid entfernt? Fünfzehn Meilen, zwanzig? Was glauben Sie, wie lange sie noch brauchen werden?«

Das Auto fährt über eine schmale, von gewaltigen Bäumen flankierte Landstraße, dahinter sieht er herbstliche Wälder, Weiden mit grasenden Pferden, vereinzelte Farmhäuser und weiß gestrichene Zäune, die im Abendlicht leuchten. Über den hügeligen Weiden schwebt im schrägen Licht ein zarter Bodennebel von regenfeuchter, fruchtbarer Erde, bedeckt von einer Schicht herbstlichen Laubes, das langsam verfault und zu Dünger wird. Er denkt an seine erste Fahrt über die fruchtbaren und regnerischen Ebenen Europas, an nebelverhangene Morgendämmerungen jenseits des Abteilfensters eines Zuges, ans erste Tageslicht, in dem lange Baumreihen an den Ufern breiter Bäche sichtbar werden, bebautes Land. Welch eine Schande dagegen, aus der spanischen Wüstenei zu kommen, den öden Ebenen, den Bergen mit ihrem nackten Fels, wo nur Ziegen und Menschen wohnten, die in Höhlen hausten, Männer und Frauen mit so dunkler und rissiger Haut wie das Land ringsum, dem sie ihren Lebensunterhalt abtrotzten, die Gesichter von Kröpfen deformiert, von schielenden Augen, ein einziges Unrecht, das ihre Körper verkrümmte und verkümmern ließ wie ein Fluch, gegen den es kein Mittel gab. »Kein Grund, zu verzweifeln, Freund Abel, wie diese mit Spinnweben behangenen Herren der Generation von 98, Unamuno und Baroja und all die anderen«, hatte Negrín lachend gesagt. »Zwei Generationen werden reichen, um das Volk wieder auf die Beine zu bringen; da braucht es weder Eugenik noch Fünfjahrespläne. Agrarreform und gesunde Ernährung.

Frische Milch, weißes Brot, Orangen, fließendes Wasser und saubere Unterwäsche... Wenn sie uns dafür nur Zeit ließen, die anderen und unsere eigenen Leute.«

Aber sie haben sie uns nicht gelassen. Vielleicht hat es nie Zeit gegeben; eine wirkliche Möglichkeit, die Katastrophe zu umgehen, gab es nie. Die Zukunft, die sich '31 vor uns aufzutun schien, war eine Fata Morgana, ebenso unvernünftig wie unsere Illusion von Rationalität. In den Straßengräben der frisch asphaltierten Alleen der Universitätsstadt liegen haufenweise Leichen; in die Hörsäle, bei denen wir uns so beeilt haben, damit sie zu Semesterbeginn fertig waren, kommt kein Mensch, um sich Vorlesungen anzuhören. Alles ist bereit, neue Bänke, Tafeln, die noch keine Kreide je berührt hat, hallende Korridore, auf denen schon die ersten Fenster eingeworfen sein werden, wo bald schon die Kanonen des vorrückenden Feindes donnern werden, genau wie jetzt zwischen Mitternacht und Morgengrauen die Gewehrsalven der Exekutionen. Schon morgen, in wenigen Stunden, sobald es hell wird auf der Ebene, werden sie weiter auf Madrid vorrücken, genau wie den ganzen Sommer über, von Süden werden sie heraufkommen, über die endlosen leeren Landstraßen, wie eine üble Seuche, gegen die es kein Mittel gibt, kein Widerstand möglich ist, nur Ausrottung oder Flucht, kopflose und schlecht ausgerüstete Milizionäre, die sich ins Maschinengewehrfeuer werfen oder querfeldein fliehen, die Gewehre fortwerfen, um schneller rennen zu können, obwohl sie den Feind noch nicht einmal gesehen haben, voller Entsetzen vor schattenhaften Reitern zwischen Rauchschwaden oder vor den panischen Schreien anderer, die genauso verloren sind wie sie.

Mit dem manikürten Nagel seines Zeigefingers (desselben, der jetzt gedankenlos auf die Zigarette klopft, um die Asche abzuschütteln, während draußen am Autofenster eine ordentliche Landschaft von Weiden, Häusern und weißen Gatterzäunen vorbeizieht, rote, ockerfarbene und gelbe Flecken von Gebüschen) ist Philip Van Doren auf einer Landkarte den Orten gefolgt, deren Namen er in der Zeitung oder in wer weiß welchen Meldungen gelesen hat, die er schon kennt, bevor sie veröffentlicht worden sind, klingende, abstrakte Namen, Badajoz, Talavera de la Reina, Torrijos, Illescas, die mit ihren harten Konsonanten und kantigen Vokalen aus der Musik der englischen Sprache ebenso herausstechen wie ihre exotische Schreibweise aus den kleinen Buchstaben der Zeitungskolumnen oder den Riesenlettern der Schlagzeilen. Aber was weiß er, was sich hinter diesen Namen verbirgt; wie viel weniger noch kann sich Professor Stevens darunter vorstellen, wenn er sie in der Zeitung liest oder im Radio hört, während er an einem dieser großen Fenster sitzt und frühstückt; Fenster ohne Jalousien und Fensterläden, die auf Landschaften ohne schroffe Kanten, ohne Spuren von Armut und Trockenheit, auf die Narben ausgetrockneter Flussbetten hinausgehen, auf Landschaften, die in einem weichen Licht gebadet sind, das alle Gegenstände zart zu streicheln scheint, genau wie eben jetzt, als der Tag sich auf der Erde langsam dem Ende zuneigt, im hellen Blau des Himmels und der fernen Berge sich noch hält, im staubigen Gold der von Ahornbäumen und Eichen bestandenen Hügel, an den Westseiten der weiß gestrichenen Häuser. Namen, an die er sich erinnert, Orte, durch die er selbst einmal gefahren ist, Dörfer, in denen er angehalten hat, um einen Kirchturm zu betrachten oder ein einfaches Wohnhaus zu fotografieren, eine Mühle, einen Waschplatz, ein Gehöft, oder nicht einmal das, einen abgedeckten Reisighaufen, den Bogen einer einen Bach überspannenden Brücke.

Tag für Tag, von frühmorgens bis zur schrecklichen Hitze der sommerlichen Siestas und zu den etwas kühleren Abenden sind die bewaffneten Eindringlinge durch diese baum- und strauchlosen Landschaften, in denen sich niemand verbergen kann, vormarschiert, haben die Dörfer überfallen, jedes von ihnen ein Name, der bald darauf von den Landkarten verschwunden war, haben mit Methode ihre Ernte des Todes hinterlassen, einen Horizont brennender Häuser entlang des weißen Bandes der Landstraße mit ihrer endlosen Linie von Pfosten und Telegrafenleitungen. Der Vormarsch findet statt in Militärkonvois und beschlagnahmten Autos, in säbelschwingenden Reiterschwadronen, deren vorzeitliches Kriegsgeschrei den unbewaffneten Fliehenden das Blut gefrieren lässt. Turbane und Krummsäbel und Maschinengewehre, Trophäen von abgeschnittenen Händen und Ohren und Zielvorrichtungen auf den Geschützen der Artillerie, die den Turm einer Kirche zerschießen, in der sich mit alten Flinten bewaffnete Bauern verschanzt haben, bereit, dem Tod ins Auge zu sehen; eine mit der zuverlässigen Planung eines modernen Projekts ausgeführte Barbarei. »So wie Sie das Projekt der Universitätsstadt gern realisiert hätten«, sagt Philip Van Doren, unsicher, ob das Verb, das er benutzt hat, nicht zu schwach, zu allgemein ist.

»Wie sagt man in Ihrer Sprache für *to carry out?*«, fragt er, geht sich selbst um Rat an, ohne Ignacio Abel anzuschauen, oder wirft ihm höchstens einen kurzen Seitenblick zu, gibt ihm zu verstehen, dass die, die jeden Zweifel ausräumen könnte, nicht anwesend ist, wenngleich sie beide an sie denken. »Durchführen«, sagt er, zufrieden diesmal, erleichtert, Judiths Schatten zwischen ihnen beiden heraufbeschworen wie der Krieg durch die Namen der Orte, die der Feind eingenommen hat, die morgen fallen werden, in wenigen Stunden schon, wenn es hier noch Nacht ist, in Spanien jedoch schon der Tag anbricht: Motoren werden angelassen, das Wiehern von Pferden, das Scheppern von Waffen, knirschende Soldatenstiefel auf dem Schotter der Landstraße (aber die anderen haben auch keine Stiefel, höchstens die Offiziere, sie tragen Bastsandalen genau wie die Unseren, in der Not mit ihnen vereint, in dem mehr als wahrscheinlichen Schicksal, Kanonenfutter zu sein); das Morden als eine ebenso aufreibende wie berauschende

Tätigkeit, wie eine Menschenjagd, auf der sich die erstaunliche Zahl der erlegten Strecke mühelos vervielfacht, weil sich in ihrer entsetzten Flucht und Hilflosigkeit alle gleichen.

Die klangvollen Namen auf der Landkarte bezeichnen jetzt Friedhöfe. Das andere Land, das jetzt vom Feind besetzte, breitet sich aus wie ein Fleck, je weiter die Truppen vorstoßen, verstärkt von Schlächtern in blauen Hemden, die mit ordentlichen, maschinengeschriebenen Listen mit Namen von Verurteilten durch die Dörfer ziehen und eine Spur von Leichen hinter sich lassen. Während er nichts tuend in Madrid saß und wartete, kamen sie immer näher; während er mit dem Zug nach Paris fuhr und so tat, als wäre es keine Flucht, während er auf dem Schiff wie hypnotisiert auf den stahlgrauen Ozean starrte, Postkarten schrieb, die nie ihren Bestimmungsort erreichen würden, sich Briefe ausdachte, die er nie schreiben würde. Von Navalcarnero aus führte die Landstraße in gerader Linie bis zum Stadtrand von Madrid; schon weit im Voraus würden die Eindringlinge hinter den Schluchten des Manzanares den weißen Fleck des Nationalpalasts erblicken, das dörflich wirkende rotbraune Profil der Dächer, unterbrochen vom Hochhaus der Telefongesellschaft unter dem weiten Himmel von Kastilien.

»Der Präsident der Republik hat Madrid verlassen, wie Sie wohl schon wissen werden«, sagt Van Doren und beobachtet Ignacio Abel, um seinen Verdacht bestätigt zu sehen, dass er es nicht gewusst hat.

»Die Regierung wird wahrscheinlich auch gehen, wenn sie es nicht schon getan hat, heimlich. Ihre Familie ist in Sicherheit, weit genug fort von Madrid? Ich glaube mich zu erinnern, dass Sie sagten, als wir uns das letzte Mal gesehen haben, Sie hätten sie in den Bergen zurückgelassen. Wenn Sie es wünschen, können wir vielleicht etwas arrangieren, damit sie nach Ablauf einer gewissen Zeit hierher nachkommt. Andere Professoren, die wir aus Europa geholt haben, aus Deutschland vor allem, befinden sich in einer ähnlichen Lage wie Sie. Was ist übrigens aus Ihrem Freund geworden, Professor Rossmann?«

Als Stevens den Namen hört, schaut er sich zu ihnen um, sein Gesicht ist gerötet.

»Professor Karl Ludwig Rossmann? Er ist ein Freund von Ihnen, Professor Abel?«

»War«, sagt er so leise, dass Stevens ihn nicht hört, da das Motorengeräusch lauter ist, wohl aber Van Doren, der sogleich etwas wittert, aufgeregt wird, weil er eine Möglichkeit sieht, etwas herauszufinden, zu erfahren.

»Ist er gestorben? Vor Kurzem? Ich wusste nicht, dass er krank war.«

»In unserer Abteilung haben wir ihn verehrt wie Breuer, wie Mies van der Rohe.« Stevens wendet nervös den Blick von der Straße, dreht den Kopf zu Ignacio Abel, mit schnellen Rucken wie ein Vogel. »Sie haben tatsächlich mit ihm gearbeitet? Wie aufregend. In Weimar, in Dessau? Was er damals geschrieben hat, ist unvergleichlich. Seine Objektanalysen, seine Zeichnungen. Wenn ich jetzt darüber nachdenke, Professor Abel, mit allem Respekt, in manchen Ihrer Arbeiten merkt man den Einfluss von Rossmann.«

Van Doren lässt Stevens reden, hört ihm nicht einmal zu. Er mustert Ignacio Abel mit etwas zur Seite gelegtem Kopf, hochgezogener Augenbraue, die Zigarette zwischen den ausgestreckten Fingern; er weiß es schon.

»Haben sie ihn umgebracht? In Madrid?«

Widerwillig erkennt er, dass er es erzählen kann und es wahrscheinlich vergebens sein wird; ahnt schon (gerade erst angekommen und noch nicht einmal in seine vorübergehende Bleibe eingezogen, in der er zumindest die ersten Monate zubringen wird, jenen unsicheren Teil seiner Zukunft, der vom Visum abgedeckt ist) die ermüdende Nutzlosigkeit seiner Erklärungen, die Unmöglichkeit, dass andere verstehen, sich vorstellen können, was er gesehen hat, was seine unbeholfenen englischen Worte niemals werden vermitteln können und weniger noch die Berichte, die in den Zeitungen abgedruckt werden, die verwirrenden Fotos, auf denen alles so fern und abstrakt ist. Was soll Stevens denn verstehen, mit seinem freundlichen, aus der Entfernung immer noch jung wirkenden Gesicht, mit seiner ermüdenden Bewunderungsbereitschaft! Wie soll er ihm oder Van Doren die Angst vorm Sterben verständlich machen, die einen dazu bringt, sich in die Hosen zu nässen; oder die Übelkeit, wenn man zum ersten Mal einen Toten sieht, mit aufgerissenen Augen und geschwollener, schwarz angelaufener Zunge, die zwischen seinen Zähnen hervorschaut. Gesehen haben oder nicht gesehen haben, das macht den Unterschied aus: davongehen und immer noch sehen; die Augen schließen und die Lider zusammenkneifen, ohne dass es etwas nutzt; mit geschlossenen Augen immer noch das Gesicht eines unbekannten Toten sehen, das nach und nach zu dem von Professor Rossmann wird, allerdings nur annähernd, sodass es einfacher ist, ihn anhand seines halb abgerissenen steifen Kragens zu identifizieren oder des Abzeichens seines Kavallerieregiments am Revers, als der unkenntlichen, auf aberwitzige Weise verzerrten Gesichtszüge. »Wahrscheinlich ein Irrtum«, sagt er. »Sie werden ihn mit jemand verwechselt haben.«

Professor Rossmann lag in der Leichenhalle, die in der Hitze des frühen Septembers nach Formol und Fäulnis stank, ein Stück Karton mit einer Nummer von seinem Halse baumelnd wie ein plumpes Medaillon; aber nicht auf einem der von Leibern überquellenden Marmortische, über deren Ränder starre Arme und Beine wie kahle Äste ragten, sondern auf der Erde, in einer Art Hinterhof, wo es von Fliegen summte und alles voller Ameisen war. Er sieht ihn wieder vor sich, und der auflebende Gestank ist stärker als der Geruch der herbstlichen Erde und des abgefallenen Laubes, der durch das offene Autofenster dringt und sich mit dem süßlichen Geruch von Van Dorens Zigarette vermischt. Was er mit zusammengekniffenen Augen sieht, ist wirklicher als dieser Moment, als diese Autofahrt durch hügelige Wälder und Weiden; so nah er Professor Stevens und Philip Van Doren auch ist im begrenzten Innenraum des Autos, so ist er doch durch eine Grenze von ihnen getrennt, einen unsichtbaren Graben, der sich nicht durch Worte überwinden lässt.

Mit einem Mal hat er das Gefühl, seit der Nacht, in der er Madrid verließ, in einer unwirklichen Welt gelebt zu haben. Die Welt der anderen ist für ihn eine Luftspiegelung; wirklich ist das, was er immer noch sieht, obwohl er fortgegangen ist, was ihn hier zum Fremden macht, nicht die Daten in einem Pass, der von einer Republik ausgestellt worden ist, die von einem Tag auf den anderen zu existieren aufhören kann, nicht das vor mehreren Monaten aufgenommene Foto von einem Mann, der er gar nicht mehr ist. Er sieht, was die beiden Männer sich niemals werden vorstellen können: die bräunlich grauen Gesichter der Toten vor den Toren der Stadt, in den Baugruben der Universitätsstadt, vor dem Zaun des Naturwissenschaftlichen Museums, auf dem Gehweg der Calle Príncipe de Vergara, neben dem Eingang des Hauses, in dem er wohnt, unter den Bäumen des Botanischen Gartens, wo er sich einige Monate zuvor noch mit Judith Biely verabredet hatte, in den Straßengräben am Stadtrand von Madrid; die Toten so unterschiedlich und so einzigartig wie die Lebenden, eingefroren in einer letzten Geste, wie im Blitzlicht einer Fotografie erstarrt, dennoch ihrer Individualität nach und nach beraubt und nur noch nach allgemeinen Merkmalen zu unterscheiden: alt oder jung, Mann oder Frau, erwachsen oder Kind, dick oder dünn, Angestellter oder armer Schlucker, mit Schuhen oder Bastsandalen, mit Lücken von ausgefallenen Zähnen oder von Goldzähnen, ausgerissen von Leichenfledderern, die sich im Morgengrauen über die Toten hermachen, von denen manche noch ihre Brillen tragen, mit gefesselten Händen oder mit ausgestreckten und verrenkten Armen wie die einer zerbrochenen Puppe, mit einer Kippe im Mundwinkel oder einem gebackenen Ölkringel, den ein Spaßvogel ihnen zwischen die Zähne gedrückt hat, mit wirr abstehendem Haar, wie in heller Panik, oder einfach nur, weil zu nachtschlafender Zeit aus dem Bett geholt, oder mit Brillantine flach über den Schädel gekämmt, Tote im Pyjama, Tote im Unterhemd, Tote mit Krawatte und steifem Kragen, Tote mit geschlossenen Lidern oder weit aufgerissenen Augen, manche mit ausgerenkten Kinnladen wie in grauenvollem Gelächter, andere mit einer Art verträumtem Lächeln, auf dem Rücken liegende Tote oder Tote, die mit dem Gesicht im Dreck liegen oder auf der Seite mit angewinkelten Beinen, mit einem Loch im Nacken oder von Schüssen zerfetzter Brust, Tote in einer Pfütze von Blut oder so sauber, als wären sie vom Blitz getroffen oder von einem Herzschlag niedergestreckt worden, Tote mit aufgedunsenen Bäuchen wie Esel oder Maultiere, einzeln oder übereinandergestapelt, makellos saubere Tote oder welche mit von Urin und Scheiße verdreckten Hosen und eingetrocknetem Erbrochenen auf den Hemden, allen gleich nur die stumpfe, bräunlich graue Färbung der Haut.

Unbekannte Tote, von vorn fotografiert und im Profil, einsortiert in den Registern des Polizeihauptquartiers, wo jeden Nachmittag ein Fotograf und sein Gehilfe die frisch entwickelten Fotos, die sie seit Tagesanbruch vor den Toren der Stadt aufgenommen hatten, auf große kartonierte Blätter klebten. Mit Schere und Leimtopf bewaffnet, schnitt der Gehilfe die Fotos aus und klebte sie auf die Albumblätter in ein vorgezeichnetes Rechteck mit gestrichelten Linien darunter, die nie ausgefüllt wurden: Name, Anschrift, Todesursache. Ängstliche Menschen drängten sich über den Registern, betrachteten Fotos, blätterten Seiten um, bahnten sich mit den Ellenbogen einen Weg durch den viel zu kleinen, schlecht gelüfteten

Raum voller Zigarettenqualm und Kippen auf dem Boden. Nach einer Weile wurde ihr Blick stumpf, und die Gesichter auf den Fotos begannen alle gleich auszusehen, so allgemein in ihrer Wirkung von Schwarz-Weiß-Porträts, dass es schwierig war, jemanden zu identifizieren. Ein Hintergrundrumoren von leise geführten Gesprächen, hin und wieder ein Aufschrei, eine Frau war ohnmächtig geworden, jemand brach mit animalischer Haltlosigkeit in Tränen aus, rief immer wieder einen Namen, ein Schrei des Protests.

Er war den ganzen Tag auf den Straßen unterwegs gewesen, und um zehn Uhr abends hatte er immer noch nichts über den Aufenthalt von Professor Rossmann herausgefunden. Da sein Auto beschlagnahmt worden war und Straßenbahnen nur unregelmäßig fuhren, musste er in der Sommerhitze kreuz und quer durch Madrid laufen oder in vollgestopften U-Bahn-Zügen fahren. In seiner Wohnung wartete das Fräulein Rossmann auf ihn, das viel zu verängstigt war, um in ihre Pension zurückzukehren. Sie hatte schon früh am Morgen, noch vor acht, an seiner Tür geklingelt. »Sie müssen mir bitte helfen, Professor Abel. Gestern Nachmittag haben einige Männer meinen Vater mitgenommen und gesagt, er käme zurück, nachdem er ein paar Fragen beantwortet habe. Sie wollten mir aber nicht sagen, wohin sie ihn brachten. Sie kennen doch viele Leute in Madrid, sicher können Sie erfahren, was aus meinem Vater geworden ist. Sie wissen ja, wie er ist; er spricht jeden an. Er ging in das Café unten neben der Pension und erzählte herum, was ihm durch den Kopf ging. Er sagte den Leuten Dinge wie, ein Krieg sei keine Fiesta, und wenn es nicht bald mehr Disziplin und weniger Ansprachen und Paraden gäbe, würden die Faschisten Madrid erobert haben, bevor der Sommer vorbei sei. Sie kennen ihn ja, Sie haben es selbst tausendmal gehört. Die Leute im Café verstanden ihn kaum, und er erzählte ihnen von Marc Aurel und den Barbaren, von den Barbaren draußen und denen von drinnen, diese Theorien von ihm. Er stritt sich mit der Pensionswirtin, deren Sohn Anarchist ist. Vielleicht hat jemand seinen Akzent gehört und gedacht, er sei ein Spion.«

Aber sie hatte auch Angst um sich selbst; dass die Männer, die ihren Vater mitgenommen hatten, zurückkämen und sie ebenfalls holten. Sie hatte die ganze Nacht wach in ihrem Zimmer verbracht. Sie erinnerte sich noch, dass es sehr heiß war und Professor Rossmann sich den Zelluloidkragen seines Hemdes aufgeknöpft hatte und in einem Schaukelstuhl am Fenster eingeschlafen war. Das Fenster ging auf die Calle de la Luna, in der sich eine Kaserne der Milizen oder ein Anarchistenlokal befand. Als sie ihn holen kamen, war ihm nichts Besseres eingefallen, als sie zu bitten, sich den Kragen zuknöpfen, eine Krawatte umbinden und sich die Jacke anziehen und sich statt der Pantoffeln seine Schuhe anziehen zu dürfen. Sie nahmen ihn aber mit offenem Hemd, ohne Jacke und in seinen alten Cordpantoffeln mit. Wenigstens hatte er noch Zeit gefunden, sich die Brille aufzusetzen, die er vor dem Einschlafen auf einem Tischchen neben dem Schaukelstuhl abgelegt hatte.

Es waren drei Männer gewesen, die sich manierlich benommen hatten, mit Pistolen bewaffnet gewesen waren und eine gewisse polizeiähnliche Sachlichkeit an den Tag gelegt hatten. Des Weiteren erinnerte sich Fräulein Rossmann noch, dass weder sie noch ihr Vater auf irgendeine Weise vorgewarnt gewesen waren, weil sie weder das übliche Poltern auf der Treppe noch das Hämmern der Gewehrkolben und das gleichzeitige hartnäckige Klingeln an der Tür der Pension gehört hatten. Sie begriff zuerst gar nicht, was geschah. Sie wusste nur noch, dass ihr Vater still und bleich im Schaukelstuhl gesessen und heftig geblinzelt hatte, als einer der Männer den Fenstervorhang zur Seite riss und anfing, das Zimmer zu durchsuchen. Die drei Männer bewegten sich mit gelassener Gleichgültigkeit in dem kleinen Raum, in dem sich Fräulein Rossmann und ihr Vater alles genau eingeteilt hatten, um jede Handbreit Platz auszunutzen: die beiden Einzelbetten mit den eisernen Kopfenden, das Waschbecken mit dem ovalen Spiegel, der Kleiderschrank, das kleine Regal mit den paar Büchern, die sie nach Jahren überstürzter Abreisen noch hatten retten können, das Abstellbord, an dem sie abwechselnd ihre Briefe schrieben und Formulare ausfüllten und an dem Fräulein Rossmann ihre Deutschstunden vorbereitete.

In wenigen Minuten waren die Betten durchwühlt, die Matratzen herausgerissen, die Bücher auf dem Boden verstreut, Professor Rossmanns geliebte Dokumente, Formulare und Diplome, der ganze Inhalt seiner unergründlichen Aktentasche, die Kleider aus dem Schrank. Fräulein Rossmann saß, die knochigen Knie eng zusammen, ebenso die großen Füße, die Ellenbogen auf die Oberschenkel gestützt und das magere Gesicht in den Händen vergraben, auf einem Stuhl und begann plötzlich zu zittern, wie sie manchmal in ihrem fast ebenso kleinen Zimmer im Hotel Lux in Moskau gezittert hatte, als sie und ihr Vater niemals Besuch erhielten und keine Menschenseele von ihnen Notiz zu nehmen schien und sie nicht wussten, ob man sie je wieder aus der UdSSR würde ausreisen lassen. Als sie ihn abführten, sagte er etwas auf Deutsch zu ihr, woraufhin einer der Männer ihm eine Pistole in die Rippen drückte. »Obacht, keine Vertraulichkeiten, die man nicht versteht.«


»Er hat mir gesagt, ich solle zu Ihnen gehen, Sie würden uns helfen, so wie Sie uns immer geholfen haben. Sie sind der Einzige, der uns geholfen hat, seit wir hier angekommen sind. Ich kenne sonst niemanden.« Die farblosen Augen von Fräulein Rossmann, die sich hinter ihren Brillengläsern nicht bewegten, waren so rot wie ihre Nasenspitze, die sie ab und zu mit einem Taschentuch abtrocknete, das sie dann wie in automatischer

Korrektur jedes Mal in den Ärmel steckte. Langgliedrig, nicht groß, gekleidet mit jenem eigenartigen Mangel an Anmut der Nonnen, die ihr Heil jetzt darin suchten, sich weltlich zu kleiden, war irgendetwas an ihr, das sich gegen jeden Anflug von Attraktivität sperrte, eine Anlage zu Unglück und falschen Entscheidungen, die sich schon in ihrer körperlichen Erscheinung ausdrückte, eine Art von Hilflosigkeit, die eher Unbehagen als Sympathie auslöste. Er hatte sie bitten müssen, einzutreten, nicht vor der Tür stehen zu bleiben als hätte sie Angst, ihn mit ihrem Unglück anzustecken. Sie setzte sich auf einen der über den Sommer mit weißen Laken abgedeckten Stühle im Speisezimmer, das Ignacio Abel nie betrat und in dem die Unordnung der Wohnung daher am wenigsten auffiel. Sie war noch außer Atem, da sie die fünf Stockwerke über die Treppe hinaufgegangen war. Ignacio Abel brachte ihr ein Glas Wasser, das sie vorsichtig am Tischrand abstellte, aber nicht weiter beachtete, als bewege sie sich durch einen Traum, in dem sie nur einzelne, isolierte Dinge wahrnahm.

Die großen Füße und die Knie aneinandergedrückt und immer noch zitternd, während sie sprach, wich sie Ignacio Abels fragenden Blicken aus, sobald sie sich begegneten. Verängstigt, aber auch voller Schuldgefühle, niedergeschlagen nicht allein wegen der Verhaftung ihres Vaters, sondern auch bedrückt von der Gewissenslast, dass sie es gewesen war, die ihn mit in die Sowjetunion geschleppt hatte, als sie Deutschland verlassen mussten; die fast ihre Gefangennahme und vielleicht sogar ihre Exekution heraufbeschworen hätte und letzten Endes dafür verantwortlich war, dass Professor Rossmann verweigert wurde, was er sich am meisten wünschte: ein Visum für die Vereinigten Staaten, wo er hätte weiterarbeiten können wie so viele seiner Kollegen, heimatlos wie er, die in Universitäten und Architekturbüros untergekommen waren, während er durch Madrid irrte, wo sein Prestige nichts galt, seine Referenzen nicht zählten, wo er in Straßencafés Füllfederhalter auf

Kommission verkaufte und in Vorzimmern von Büros wartete, deren Türen sich nie für ihn öffneten, Pläne schmiedete, die nirgendwohin führten: eine Reise nach Lissabon, wo man leichter ein Visum für Amerika bekam, wie man ihm gesagt hatte, oder wo er und seine Tochter eine Überfahrt zu einem Zwischenhafen irgendwo in Südamerika finden konnten, eine Passage nach Rio de Janeiro, Santo Domingo oder Havanna, wo sich jemand finden ließe, der unaufmerksam oder korrupt genug war, die Stempel mit Hammer und Sichel in seinem Nansenpass zu übersehen, der im Übrigen so wertlos war wie der entwertete deutsche Pass mit den roten Lettern quer über der Seite mit dem Foto: *Jude – Juif.*

»Wir haben uns vorige Tage noch gesehen«, sagte Ignacio Abel, als wäre das eine beruhigende Information. Er saß Fräulein Rossmann auf der anderen Seite des Esstisches gegenüber, unter dem mit einem Laken umwundenen Kronleuchter. »Er sagte mir, er sei sehr zufrieden, Sie hätten eine gute Arbeit gefunden.«

»Lieber hätte ich Ihren Kindern weiter Deutschunterricht gegeben.« Fräulein Rossmann blickte auf, als wäre sie ein Stück weit aus ihrem Traum erwacht, wenn auch noch nicht ganz, und bemerke erst jetzt die abgedeckten Möbel und die Atmosphäre von verlassener Wohnung, die so gar nicht ihrem gewohnten Eindruck entsprach. »Ihre Gattin und die Kinder sind nicht hier?«

Er hatte Professor Rossmann auf der Calle de Bravo Murillo schon von Weitem gesehen und wie so oft der Versuchung widerstehen müssen, die Straßenseite zu wechseln oder an ihm vorbeizugehen, ohne ihn zu grüßen. Er würde ihn nicht bemerken, so kurzsichtig, wie er war, so zerstreut zwischen den anderen Fußgängern auf dem Gehweg vor dem Kino Europa, unter den riesigen schwarz-roten Fahnen und Plakaten, die

die gesamte Fassade bedeckten, knallbunt und übermanns-
große Gestalten bei heldenhaften Verrichtungen darstellend,
aber nicht nur von Propagandafilmen, sondern auch ganze
Heerscharen von muskelbepackten Milizionären, Arbeitern
mit Hämmern und Gewehren, Landarbeitern mit Sicheln vor
einem roten Himmel voller Flugzeuggeschwader. DIE ANAR-
CHISTISCHE REVOLUTION WIRD DIE HYDRA DES
FASCHISMUS ZERTRETEN! KLIMATISIERTER SAAL,
DIE NEUESTEN PREMIEREN, BESUCHEN SIE UNSER
ERLESENES BUFFET! (Im Kino Europa hatte er sich an
einem Nachmittag im Juni mit Judith getroffen. Aus der Ofen-
hitze und der blendenden Helligkeit der menschenleeren
Straße kommend, hatte er im Schutz des Halbdunkels und
der wohltuenden Kühle eines künstlichen Klimas nach ihrer
Hand getastet.) Milizionäre mit geschulterten Gewehren saßen
unter der gestreiften Markise eines Straßencafés und tranken
Bier aus Karaffen. Sie waren von der Sonne in den Bergen
gebräunt und unterhielten sich lärmend, gekleidet in einer
vagen Uniformität von bis zur Taille aufgeknöpften blauen
Overalls, militärisch anmutenden Jacken und Uniformhosen,
mit Bastsandalen an den Füßen und in den Nacken geschobenen Käppis, alle jung und alle sonnenverbrannt, mit langen
Koteletten, verschwitzte Halstücher umgebunden, und außer
Rand und Band, wenn eine junge Frau vorüberging, trunken
vom Rausch eines Allmachtsgefühls, das ihnen der Zusammenbruch der alten Ordnung gab, der Besitz von Waffen, die
Mischung aus Karneval und Katastrophe des Krieges.

Über vier Stunden zieht sich eine ansehnliche Demonstration der Volksfrontjugend durch die Innenstadt von Madrid,
bejubelt und angefeuert von einer unüberschaubaren Menge.
Aus dem Kino hörte man Fetzen von Musik einer Kapelle,
die wild drauflos Militärmärsche spielte. Auf den Tischen des
Cafés blinkten das Metall der Pistolen und das Glas der Karaffen. Der Krieg schien nichts weiter zu sein als diese barsche,

nervöse Überspanntheit, die allgemeine Verwahrlosung und die Gleichgültigkeit der Leute an diesem heißen Augustmorgen, die epische Riesenhaftigkeit der Gestalten und Abbildungen auf den Plakaten an der Fassade des Kinos, die aber kein Mensch zu beachten schien. In den Bergen der Sierra von Córdoba bereiten unsere Truppen den Sturm auf die Stadt der Mezquita vor, warten ungeduldig auf den Angriffsbefehl, um sie zu erstürmen. Der Krieg, das waren triumphalistische und verlogene Schlagzeilen in den Zeitungen, Begräbnisse mit erhobenen Fäusten und düsteren Trauermärschen, bei denen der Tod immer abstrakt und glorreich war; Paraden mit Fahnen und Transparenten, bei denen kein Mensch den Gleichschritt hielt und die wie bei den früheren und jetzt verbotenen Prozessionen angeführt wurden von einer possenhaften Vorhut von kleinen Jungen mit Holzgewehren und geistig Zurückgebliebenen mit stolz gereckten Hälsen und Helmen aus gefaltetem Zeitungspapier auf den Köpfen. Der unaufhaltsame Vormarsch unserer Truppen in dem zerklüfteten Gelände der Sierra de Guadarrama geht weiter und vertreibt den Feind Tag um Tag aus seinen Stellungen.

»Mein Freund, mein lieber Professor Abel, welch eine Freude, Sie zu treffen.« Professor Rossmann, die schwarze Aktentasche mit einer Hand an die Brust gedrückt, wischte sich die verschwitzte andere am Rockzipfel ab, bevor er sie ihm entgegenstreckte. Er wirkte, als hätte er es eilig, wisse aber nicht recht, wohin er wollte, so wie er auch überaus hastig sprach und von einem Thema zum anderen sprang, als vergäße er jedes, sobald er es angeschnitten hatte. »Haben Sie die Zeitungen von heute schon gelesen? Der Feind wird an allen Fronten zurückgeschlagen, aber die Linien, die von unseren glorreichen Milizen verteidigt werden, rücken immer näher an Madrid heran. Glauben Sie mir, ich weiß, wovon ich rede, ich habe vier Jahre lang die Stellungen der Westfront studiert. Ist Ihnen aufgefallen, dass in den Nachrichten nicht darüber berichtet wird, was passiert ist, sondern nur über das, was passieren soll? Granada steht im Begriff, sich den Regierungstruppen zu ergeben; jeden Moment wird der Fall des Alcázars von Toledo erwartet; die Einnahmen Oviedos und Córdobas stehen unmittelbar bevor. Und was sagen Sie zu Saragossa? Seit wie vielen Wochen marschieren unsere Truppen darauf vor und schlagen den Feind in die Flucht oder treffen auf keinerlei Widerstand, marschieren aber nie in die Stadt ein? Ich sitze fast den ganzen Tag mit einem spanisch-deutschen Wörterbuch vor der Landkarte. Ich muss mir immer neue spanische Wörter aneignen, die ich schon zu wissen glaubte. Geht es Ihnen gut, macht die Arbeit Fortschritte? Haben Sie Nachrichten von Ihrer Frau Gemahlin und den Kindern? Sie sind das Alleinsein nicht gewohnt; man sieht, dass Sie abgenommen haben. Wie wär's mit einer Limonade, oder einem Bier? Die Revolution hat gesiegt, aber die Cafés haben immer noch geöffnet, genau wie in Berlin, als der Krieg zu Ende ging. Ich lade Sie diesmal ein. Wir müssen die großartige neue Arbeit meiner Tochter feiern ...«

Sie suchten sich einen Tisch im Inneren. Kaum saßen sie, öffnete Professor Rossmann seine Aktentasche und begann, einen Wust von Zeitungsausschnitten mit blau und rot unterstrichenen Zeilen auszupacken, ausgeschnittene Landkarten mit den neuesten Frontverläufen, wie sie täglich veröffentlicht wurden, auf denen das Gebiet der Rebellen immer kleiner wurde, wenn man den Meldungen glauben durfte, die Verteidigungsstellungen den Stadtgrenzen aber immer näher kamen. Der machtvolle Vormarsch der republikanischen Truppen an der Aragónfront bringt die Aufständischen in Saragossa in eine nahezu aussichtslose Lage. Regierungstreue Truppen stehen nur noch sechs Kilometer vor Teruel und erobern täglich neue strategische Stellungen. Die unter dem Befehl unseres Kriegshelden Hauptmann Bayo stehenden Verbände in Mallorca sind kurz davor, die Insel zurückzuerobern. Verzweifelte Lage der Aufständischen in Huesca.

Ignacio Abel schaut sich unbehaglich um, ob jemand versteht, was Professor Rossmann ihm erklärt, ob dessen fremdartiges Aussehen und die Leidenschaft für Kriegsschauplätze vielleicht Verdacht erregen.

»Sie müssen sich in Acht nehmen, Professor«, flüstert er. »Wenn man nur ein bisschen Argwohn erregt, wird man schon denunziert.«

»Sie sind es, der sich in Acht nehmen muss, mein lieber Freund. Sie sehen ein wenig ungesund aus, wenn Sie mir die Bemerkung erlauben. Was machen Sie den ganzen Tag? Stimmt es, dass die Arbeiten in der Universitätsstadt zurzeit ausgesetzt sind? Jemand hat mir erzählt, die Aufständischen planten, Madrid von dort aus anzugreifen, was strategisch gesehen ja auch einen Sinn ergibt. Nun sehen Sie mich nicht so erschrocken an! Ich persönlich habe keine Angst. Ich bin ein alter Mann und schon einmal vor den Faschisten geflohen. Die mich aus meinem Land vertrieben haben, sind dieselben, die die Aufrührer mit Waffen und Flugzeugen unterstützen. Warum sollte ich mich wohl auf deren Seite schlagen? Und welcher Fluchtweg bleibt mir, wenn sie Madrid einnehmen? Aber ich wollte Ihnen ja erzählen, dass es gute Neuigkeiten für uns gibt, für meine Tochter vor allem, ausgezeichnete Neuigkeiten.«

»Haben Sie endlich Ihre Visa für Amerika bekommen?«

»An Visa ist noch nicht zu denken. Dazu muss erst einmal wieder Ruhe einkehren in Spanien. Frühestens Ende des Sommers, wenn Sie mir den Pessimismus erlauben, da können die Zeitungen schreiben, was sie wollen. Die Engländer und Franzosen drängen Hitler und Mussolini, die Hilfe für Franco auszusetzen? Das würde mich wundern. Ihre Regierung will der Welt klarmachen, dass sie ganz allein der Invasion von Barbaren standhalten muss; aber die Zeitungen überall in Europa sind voll mit Fotos von brennenden Kirchen und ermordeten Priestern und Nonnen. Die anderen sind noch barbarischer? Kann sein; aber das schadet ihnen weder bei Hitler noch bei Mussolini. Und wie wollen Sie sich der Welt mitteilen, wenn niemand in der Regierung eine Fremdsprache spricht? Ich kann mich nicht beklagen, denn gerade deswegen hat meine Tochter doch noch eine sehr gute Arbeit gefunden, jetzt, wo alle Kinder, denen sie Deutschunterricht gegeben hat, in den Sommerferien sind. Besser bezahlt auch, wenn ich das so sagen darf. Sie ist als Übersetzerin bei der für die internationalen Korrespondenten zuständigen Zensurbehörde eingestellt worden. Sie spricht Englisch und Russisch fast so gut wie Deutsch, wie Sie wissen, und ihr Spanisch ist hervorragend, besser, als meines je sein wird. Sie arbeitet in einem Büro im Gebäude der Telefongesellschaft, ganz in der Nähe der Pension. Sie hat einen Passierschein und Lebensmittelkarten. Ich helfe ihr, wo ich kann, wie Sie sehen, suche für sie nach Meldungen in den Zeitungen, ich bringe sie ins Büro und hole sie ab, wenn sie Feierabend hat. Sie nimmt immer meinen Arm, die Ärmste, hat nie gelernt, allein klarzukommen, nicht mal als fanatische Kommunistin. Sie ging zu ihren endlosen Versammlungen, und meine Frau, die damals schon sehr krank war und starke Medikamente nahm, schlief dann bereits; aber ich blieb wach, bis sie zurückkam. Meine arme Tochter, regelrecht verliebt war sie in Lenin und Stalin, so wie sie früher in Douglas Fairbanks und Rudolpho Valentino verliebt war. Aber jetzt muss ich gehen, wenn Sie mich entschuldigen. Ich muss nach Hause und mit ihr die Tagespresse durchsprechen, bevor sie ins Büro geht. Meine Tochter denkt, sie wäre Kommunistin, aber im Grunde ist sie eine Romantikerin aus der Zeit der Großeltern. Anstatt Heine liest sie jetzt eben Karl Marx. Aber wissen Sie, wovor ich mich heute besonders fürchte? Dass sie sich in einen dieser amerikanischen Korrespondenten verliebt, die täglich in Madrid eintreffen, um vom Bürgerkrieg zu berichten, und immer etwas von Cowboys oder Filmschauspielern an sich haben. Meine Tochter ist dazu bestimmt, an der Liebe zu leiden. An der Liebe zu einem Mann, der sie ignoriert oder sie ausnutzt und mit einer anderen betrügt, oder an der Liebe zu einer Sache, die ihr die Erklärung der Welt und das Paradies auf Erden verspricht. Am schlimmsten war es, als beides zusammenkam. Wissen Sie, warum sie nach Russland wollte, als wir in Deutschland nicht mehr bleiben konnten? Sie wäre auf jeden Fall gegangen, und so ging ich mit, voller Entsetzen bei dem Gedanken, sie in diesem schrecklichen Land allein zu lassen. Sie wollte nach Russland, um die Heimat der Proletarier aus der Nähe zu erleben, und weil sie wie ein Hündchen diesem Führer der KPD gefolgt ist, in den sie sich verliebt hatte, weil er mit ihr ins Bett gegangen war, obwohl er verheiratet war und Kinder hatte. Revolutionäre Moral. Meine Tochter bekam einen Posten als Stenotypistin in einem Büro der Komintern, und der Heldengenosse besuchte sie ab und zu in unserem Zimmer im Hotel Lux, sodass ich dann ein paar Stunden runter auf die Straße musste, auch wenn es schneite und ich fast erfroren wäre. In Moskau gibt es ja keine Cafés wie dieses hier, mein Freund. Keine Kellner in weißen Jacken, die einen bedienen wie vor der Revolution. Irgendwann kam der Genosse dann nicht mehr, und meine Tochter weinte die Nächte durch, das Gesicht ins Kissen gedrückt, damit ich es nicht hörte. Die neue Sowjetfrau weint wie ein Fräulein aus dem vorigen Jahrhundert, weil ihr Verehrer sie nicht mehr besucht. Aber der Held kam auch nicht mehr ins Büro, wo meine Tochter ihm mit Leib und Seele im Propagandakampf gegen Hitler beigestanden hatte, den sie in einer internationalen Flut des Abscheus über seine Verbrechen hatten ertränken wollen. Nicht dass er sie wegen einer anderen Stenotypistin oder Sekretärin verlassen hatte; er war auch nicht zu seiner Frau zurückgekehrt, über deren Verbleib man gar nichts wusste. Eines Tages erfuhren wir, dass er verhaftet worden war. Dass man ihn der Komplizenschaft mit den Mördern Kirows in Leningrad beschuldigte. Aber er war nie in Leningrad gewesen, nicht einmal in der UdSSR, als Kirow ermordet wurde. Im Büro wurde meine Tochter von den Genossinnen geschnitten, und nach einer Woche würdigten sie sie nicht mehr eines Blickes. Mich auch nicht. Wir waren wie zwei Gespenster in den Fluren und den Räumen des Hotels Lux. Aber auch wir beiden sprachen nicht mehr miteinander, wenn wir allein im Zimmer saßen. Sie hat es mir nie gesagt, aber ich weiß, was sie gedacht hat, wenn sie auf dem Stuhl neben dem Telefon saß. Dass ihr Geliebter näm-lich etwas Schlimmeres getan hatte, als sie zu betrügen; dass er die Revolution oder die Partei oder das Proletariat betrogen hatte. Wieso hätte man ihn anklagen sollen, wenn er nicht schuldig gewesen wäre? Andererseits wusste sie nicht, wessen man ihn beschuldigte. Ich kann in ihren Gedanken lesen, auch wenn sie mir nichts sagt. Und wenn er ihretwegen verhaftet worden war, wegen einer Indiskretion, die sie begangen hatte, ohne dass es ihr bewusst gewesen war? Meine Tochter trägt ständig an der Schuld der ganzen Welt. Darum geht sie auch so etwas gekrümmt. Sie hofft immer noch, dass er irgendwann wieder auftaucht, dass das Missverständnis ausgeräumt und er wieder rehabilitiert wird. Von einem Tag auf den anderen sprach man nicht mehr mit uns, aber es passierte auch nichts, sie wurde nicht entlassen, und wir wurden nicht aus dem Hotel geworfen oder verhaftet. Das Telefon im Zimmer war abgestellt worden, aber vielleicht enthielt es ein Mikrofon. Wenn ich den Hörer abnahm, konnte ich manchmal jemand husten hören. Der arme Spion, der uns überwachte, litt an Bronchitis. Und dann, plötzlich, holten sie uns eines Tages ab. Nicht nach Mitternacht, wie gewöhnlich. Wir hatten jeder schon einen kleinen Koffer mit dem Nötigsten gepackt unterm Bett stehen. Wenn wir verhaftet wurden, würden wir die mitnehmen können; meine Tochter ihren Koffer, ich meine Aktentasche. So machten die Leute das. Sie packten eine Tasche mit den nötigsten Sachen und verstauten sie unter dem Bett; dann warteten sie Monate, manchmal Jahre, dass irgendwann mitten in der Nacht die Polizei in den blauen Uniformen oder den dicken Lederjacken kam. Uns aber haben sie um acht Uhr abends abgeholt, kurz nachdem meine Tochter aus dem Büro gekommen war. Wir hörten die Schritte auf der Treppe, dann im Korridor, dann klopften sie an die Tür, und meine arme Tochter blieb mit zitternden, aneinanderschlagenden Knien einfach sitzen. Ich war richtig erleichtert, wenn ich ehrlich sein soll. Wenn passierte, was passieren musste, dann lieber so bald wie möglich. Es waren wohlerzogene junge Männer mit sauberen Uniformen und glänzenden Stiefeln; nicht solche wie die, die man heute in Madrid herumlaufen sieht. Sie sagten, wir müssten mitkommen, und draußen auf dem Flur musste ich meine Tochter stützen, weil ihr die Beine versagten. Aber ich dachte, seltsam, dass sie uns so früh abholen, uns im Hotel abführen, sodass uns alle sehen können, und nicht erst nach Mitternacht, wenn kein Mensch mehr auf den Fluren ist und alle wach in ihren verschlossenen Zimmern sitzen. Sie ließen uns in einen dieser schwarzen Lieferwagen steigen, vor denen die Leute sich so fürchteten, aber ich merkte schon bald, dass wir nicht zum Lubjankagefängnis fuhren, weil das nicht weit vom Hotel entfernt lag. Als der Lieferwagen anhielt, sah ich, dass wir am Bahnhof waren. Man zerrte uns über den Bahnsteig, sodass wir Leute anrempelten, und stieß uns dann in ein Abteil, übergab uns wortlos einen Umschlag, in dem sich unsere Pässe befanden. Sie hätten uns umbringen oder nach Sibirien schicken können, aber sie verwiesen uns des Landes. Ich verstehe bis heute nicht, warum; warum sie uns am Leben gelassen haben …«

Er hatte die Wiederholung des Ganzen wohl als etwas Schicksalhaftes erlebt, dem er diesmal nicht entrinnen konnte, fern von Moskau, in dieser sommerlichen und chaotischen Stadt am anderen Ende von Europa: die Schritte auf der Treppe, die Schläge gegen die Tür, die aneinanderschlagenden Knie seiner Tochter, in einem fast identischen, mit Sachen vollgestellten Zimmer auf dem Bett sitzend, unter dem derselbe Koffer stand, den sie schon in Moskau gepackt gehabt hatte. Das Geräusch der Knie, der Sprungfedern des Bettes. Aber es war nicht seine Tochter, die das Unglück treffen sollte, wie er immer befürchtet hatte, sondern ihm selbst; und nach so langer Zeit der Flucht von hier nach dort, immer in der Furcht vor dem Unvermeidlichen, das ihn verfolgte, so weit er auch floh, kam die Stunde der Wahrheit überraschend, unerwartet, wie unverhoffter Besuch. Über drei Jahre hatte er darauf gewartet, dass das Unheil über ihn hereinbräche; seit er in Berlin die Männer mit den braunen Hemden und Fackeln in der Hand über das widerleuchtende Kopfsteinpflaster der Straßen hatte marschieren sehen. Und als es endlich so weit war, wurde er schlummernd im Schaukelstuhl überrascht, als er in der nachmittäglichen Hitze eines Augusttages seine Siesta hielt, in Pantoffeln, mit aufgeknöpftem Kragen und offenem Hemd, zu verschlafen, um gleich zu begreifen, dass diese planmäßig vorgehenden Männer, die mit ruhigen Stimmen sprachen und weder die blauen Overalls der Milizionäre noch irgendwelche schrecklichen Gewehre trugen, ihn wahrscheinlich umbringen würden.

»Sie haben sicher getan, was Sie konnten, um ihn zu retten«, sagte Van Doren. »Vielleicht sogar Ihr Leben aufs Spiel gesetzt.«

»Rossmann ist gestorben?« Stevens warf ihm einen Blick im Rückspiegel zu, die langen Hände auf dem Lenkrad, das Gesicht gerötet, nervös, weil er dem auf Spanisch geführten Gespräch nicht recht hatte folgen können. »In Madrid? Ich habe nichts darüber in der Zeitung gelesen.«

»Ich habe nichts aufs Spiel gesetzt. Er war schon tot, als ich noch nach ihm suchte.«

29 Er war schon tot, und Ignacio Abel suchte noch mehrere Tage vergebens nach ihm. Anfang September war das, als er ziellos durch Madrid irrte, selbst verdächtig in seinem hellen Anzug mit Krawatte und gefaltetem Einstecktüchlein in der Brusttasche unter lauter unrasierten Männern in offenen Hemden und blauen Overalls, die die Straßen und Kaffeehausterrassen füllten; junge Männer mit Gewehren über der Schulter, Pistolen im Gürtel und umgebundenen Patronentaschen, die sich nicht die Mühe machten, die Zigarette aus dem Mund zu nehmen, wenn sie einem Passanten befahlen, sich auszuweisen oder die Hände hoch zu nehmen. Er hatte dem Fräulein Rossmann am Morgen gesagt, sie solle in der Wohnung auf ihn warten, wenn er etwas in Erfahrung brächte, würde er anrufen (sie fürchtete sich vor allem: auf die Straße zu gehen, in das immer noch durchwühlte Pensionszimmer zurückzukehren oder ins Büro zu gehen, wo jemand sie vielleicht denunzieren oder verhaften könnte). Er zeigte ihr die Küche, falls sie etwas essen wollte, obwohl kaum noch Vorräte in der Speisekammer und in dem elektrischen Kühlschrank waren, den er unter großem Jubel von Adela und den Kindern gekauft hatte, als die heißen Sommertage kamen (vor zwei Monaten erst, und doch in einer ganz anderen Zeit), der jetzt aber fast leer war und schlecht roch (die Stromzufuhr war häufig unterbrochen, Wasser gab es manchmal stundenlang nicht, in den Läden wurden die Lebensmittel knapp).

Im Lauf des Tages dachte er öfter an sie, stellte sich vor, wie sie genauso am Esstisch saß, wie er sie verlassen hatte, unter der großen, mit einem Laken umwickelten Deckenlampe, vor sich das Glas Wasser, das sie nicht angerührt hatte (die Knie zusammen, die Hände im Schoß, den Blick zu Boden gerichtet, so wie ihr Vater sie in dem Zimmer im Hotel Lux in Moskau gesehen hatte), auf seine Rückkehr wartend oder auf den versprochenen Telefonanruf, so niedergeschlagen, dass das Bild Schuldgefühle in ihm wachrief, das schlechte Gewissen, ihr und Professor Rossmann nicht so geholfen zu haben, wie es nötig gewesen wäre, mit wirklicher Überzeugung und nicht aus einem vagen Mitleidsempfinden, ohne das Unbehagen angesichts eines Unglücks, das er hätte lindern können, wenn er sich ein wenig mehr angestrengt, beizeiten vielleicht einflussreiche Freundschaften mobilisiert hätte.

Das verzweifelte Vertrauen, mit dem Fräulein Rossmann zu ihm gekommen war, verleitete ihn zu einer Entschlossenheit, die so gut wie jeder Substanz entbehrte. Er blätterte sein Notizbuch auf der Suche nach Namen, Adressen und Telefonnummern durch, rief in ihrem Beisein an, erreichte aber niemanden (die Leitungen waren oft unterbrochen, oder es klingelte in leeren Wohnungen oder unbesetzten Büros). Mit entschlossenen Bewegungen zog er seine Jacke an und band sich die Krawatte um, steckte Brieftasche und Hausschlüssel ein, wusste aber weder, wohin er gehen, noch, wen er fragen sollte.

Seit der heißen Julinacht, in der er Judith Biely vergebens in einem Madrid gesucht hatte, das im Schein der Feuersbrünste nicht wiederzuerkennen gewesen war, hatte er in einem Zustand lethargischer Passivität, einer Rekonvaleszenz ähnlich, in der großen leeren Wohnung gelebt, in der die meisten Möbel immer noch mit Laken abgedeckt waren, war fast täglich in sein Büro in der Universitätsstadt gegangen, wo er keinen Menschen mehr angetroffen hatte, höchstens eine Patrouille von Milizen hin und wieder, die mit ihren requirierten Autos über die geraden, leeren Alleen sausten, oder Baumaterialräuber, die niemand aufhielt, oder furchtsame Gruppen,

meistens von Frauen, die im ersten Tageslicht die Baugrundstücke nach den Toten der letzten Nacht absuchten.

In einigen der Rohbauten kampierten seit etwa Mitte
August vielköpfige Familien, die vor dem anrückenden Feind
in die Hauptstadt geflohen waren. Wellen von Flüchtlingen
wie Nomadenvölker mit ihrer befremdlichen Kleidung und
mit ihren wettergegerbten Gesichtern, mit hochrädrigen Esels-
und Maultierkarren, die unter der Last all der Dinge, die sie
vor den plündernden Eindringlingen in Sicherheit zu bringen suchten, bald zusammenbrachen: Matratzen, die unwahrscheinlichsten Möbel, auseinandergenommene eiserne Bett-
gestelle, Käfige mit Hühnern. Sie entzündeten Lagerfeuer und
kochten ihr Essen in den Eingangshallen der noch nicht fertiggestellten Fakultäten, aber auch in den innerstädtischen Parks
und unter den Bögen der U-Bahn-Stationen. Ihre Schaf- und
Ziegenherden weideten auf den von Unkraut überwucherten
zukünftigen Sportplätzen, auf denen manchmal die Leichen
von Erschossenen lagen, denen man die Hände mit Stricken
oder Draht oder Schnürsenkeln auf den Rücken gebunden
hatte. In den zweckmäßigen Fensterreihen noch nicht ganz
fertiggestellter Gebäude hängten Frauen Wäsche zum Trocknen auf. Horden kahl geschorener Kinder spielten in hallenden Treppenhäusern und auf Baugerüsten Fangen, standen in
schweigendem Kreis um Leichen, denen die kühnsten die
Taschen durchsuchten oder ein noch gut erhaltenes Kleidungsstück auszogen.

Wie an all den anderen Vormittagen, an denen er sich in
sinnloser Beharrlichkeit auf den Weg ins Büro machte, und sich
so wenigstens das Gefühl einer gewissen Normalität einstellen
konnte, sagte Ignacio Abel auch an diesem Tag zu Fräulein Rossmann, sie solle sich nicht sorgen, und ging schneidigen Schritts
aus dem Haus, als wüsste er genau, wohin er ging, als erfüllte
die Fiktion an sich schon einen praktischen Zweck. Obwohl
er jetzt den proletarischen Overall und eine Baskenmütze trug,

begrüßte ihn der Portier so salbungsvoll wie zu den Zeiten, als er noch in blauer Livree und Tellermütze herbeigeeilt kam. Die Hand, die gelernt hatte, sich kriegerisch zur Faust zu schließen, wenn eine Parade oder eine Beerdigung mit roten Fahnen und Musikkapelle vorweg am Haus vorbeizog, öffnete sich jetzt mit derselben zögerlichen Gerissenheit wie früher, um ein Trinkgeld in Empfang zu nehmen. »Immer noch keine Nachricht von der Frau Gemahlin und den Kindern, Don Ignacio? Ich würde mir an Ihrer Stelle aber keine Sorgen machen. In den Bergen, auch auf der anderen Seite, ist es ruhiger und gesünder für die Kleinen. Und der Dame tut es bestimmt gut, den Sommer außerhalb von Madrid zu verbringen.«

Er wusste Bescheid. Irgendwie hatte er herausbekommen, warum Adela die letzten beiden Juniwochen so unerwartet in einem Sanatorium in den Bergen verbracht hatte, obwohl ihren Lungen nichts fehlte. Er verbeugte sich lächelnd und dachte vielleicht schon über eine Denunzierung nach, da er jetzt wusste, dass Ignacio Abel, der sich zwar einmal hatte retten können, nicht unverwundbar war.

»Ich habe gesehen, dass Sie Besuch bekommen haben«, sagte der Portier in seiner unterwürfigen Art, während er im blauen Monteursanzug hinter ihm herscharwenzelte. »Die ausländische junge Dame hat nach Ihnen gefragt, und ich habe sie hinaufgehen lassen, da ich sie ja schon kannte, weil sie Ihren Kindern Privatstunden gegeben hat. Ehrlich gesagt, hat sie ein Gesicht gemacht, als sei sie ziemlich in Aufregung; aber wer ist das dieser Tage nicht.« Die Andeutung kam genauso vorsichtig, wie die sich vorschiebende Hand die hingehaltene Münze ergriff; wie er eine vertrauliche Information aufgreifen würde, die ihm nützlich und dem, der sie ihm gegeben hatte, zum Schaden sein könnte, so wie sein früherer Ruf als Schwatzmaul ihn unter den derzeitigen Gegebenheiten zum Anschwärzen prädestinierte.

Er suchte Negrín im Café Lion, wo man ihm sagte, der habe zurzeit alle Hände voll zu tun, und am besten frage er im Haus des Volkes in der Calle Piamonte oder im Kriegsministerium nach ihm. In dem ihm üblichen, durch den Krieg noch beschleunigten Aktionismus war Negrín immer gerade fort, wenn Ignacio Abel ihn irgendwo anzutreffen geglaubt hatte. »Er kommt und geht«, sagte der Schuhputzer vorm Lion, der den Mann verehrte. »So wie er heute in die Berge fährt und seinen Wagen mit Stangenweißbrot und Konservendosen für die Jungs von den Milizen vollpackt, geht er morgen ins Lazarett und erklärt den Krankenschwestern, wie man Wunden versorgt. Sie kennen ihn ja, der Mann ist nicht zu bremsen. Und wenn er zwischendurch mal Zeit hat, kommt er hierher, um sich die Schuhe putzen zu lassen und ein Bockbier zu trinken. Ein Jammer, dass es keine frischen Garnelen mehr gibt, die hat er immer so gerne gegessen. Was für ein Mann! Wäre er Präsident gewesen, als die Aufständischen losgeschlagen haben, würde es uns jetzt besser gehen. Aber es gibt ja Gerüchte, dass er für irgendwas Großes vorgeschlagen werden soll, mindestens Minister. Ein großer Mann! Ich habe ihm gesagt, wenn ich zwanzig Jahre jünger wäre, würde ich mich sofort an die Front melden, und er antwortet mir: ›Agapito, Sie sind ein guter Schuhputzer, also putzen Sie Schuhe, das ist ein ehrbarer Beruf. Uns Spaniern ginge es besser, wenn alle weniger redeten und jeder seine Arbeit besser machte …‹ Soll ich ihm etwas ausrichten von Ihnen?«

An der Fassade der Post hing ein riesiges, vom Wind halb abgerissenes Plakat von marschierenden Milizionären im Profil, Gewehre mit aufgepflanzten Bajonetten geschultert, vor einem Horizont von brennenden Häusern. Die Revolution war ein typografischer Höhepunkt an leuchtenden Farben, der Krieg ein Katalog von angekündigten und prophezeiten Siegen, in den Zeitungen mit schlecht gedruckten Schlagzeilen, die immer mit einem Ausrufezeichen endeten, mit Tiefdruckfotos von stets siegreichen Freiwilligenverbänden, die auf Felsengipfeln oder den Mauern von frisch eroberten Dörfern ihre Gewehre schwenkten. Der Ring der republikanischen Truppen um Teruel zieht sich immer enger zusammen, und der baldige Fall der Stadt wird den Aufrührern den Todesstoß versetzen. Der Vormarsch unserer Verbände an der Granadafront lässt es nur noch als eine Frage der Zeit erscheinen, bis sich die Stadt der Alhambra ergibt und die verängstigten Rebellen erlöst. Auf der Plaza de Cibeles hatte eine Kuhherde für einen Stau von Straßenbahnen und Armeelastwagen gesorgt. Vor den Kühen marschierte eine kleine Kapelle mit Trommeln und Trompeten, allen voran ein Spruchband, und dahinter im Gleichschritt marschierende Kinder, die so taten, als schlügen sie Trommeln oder bliesen Trompeten, einige von ihnen mit Papierhelmen auf den Köpfen. Unter dem Hupen der Autos und dem Bimmeln der Straßenbahnen grüßten die Kuhtreiber mit geschlossener Faust an der Schläfe in die Kameras der Fotografen, die auf den Cibelesbrunnen geklettert waren, um abenteuerliche Blickwinkel zu finden. Heldenhafte Arbeiter kollektivierter Güter versorgen die antifaschistische Bevölkerung Madrids mit frischem Fleisch.

Mit einem Taschentuch vor Mund und Nase überquerte Ignacio Abel die nach Misthaufen riechende Castellana, auf der Kuhfladen in der Sommerhitze gärten. Unter den Bäumen auf dem Mittelweg der Allee hatten die Flüchtlinge aus den Dörfern ihre Zeltbahnen aufgespannt und Feuer entfacht, ihre Esel an die Bäume gebunden, derweil die Ziegen an den harten Stängeln der Hecken knabberten. Wohin werden sie gehen, wenn es kälter wird, bevor das alles aufgehört hat; wie will man sie alle unterbringen und verpflegen, wenn sie in immer größerer Zahl und immer abgerissener über die Einfallstraßen des Südens in die Stadt kommen, auf der Flucht vor dem Feind, den niemand aufhält außer in den Schlagzeilen der Zeitungen und den von Hymnen untermalten Nachrichten im Radio? Woher sollten die Decken, die Winteruniformen und Stiefel kommen, mit denen die Milizionäre ausgerüstet werden mussten, die jetzt mit bloßem Oberkörper kämpften und Bastsandalen trugen?

Staunend stellte er fest, dass er ohne die Bekanntschaften, die sich durch seine Ehe mit Adela und die Liebe zu Judith ergeben hatten, über so gut wie keine sozialen Kontakte verfügte, isoliert war wie ein Einsiedler, der aus seiner Höhle kommt und nichts von der Außenwelt weiß. Die intensiven Beziehungen im Berufsleben gingen über dieses nicht hinaus und hatten sich nicht zu Freundschaften entwickelt. Mit Ausnahme von Judith kannte er keinen Menschen, mit dem er je über intime Dinge gesprochen hätte. Die Herzlichkeit, die ihn mit Moreno Villa oder Negrín verband, war durch respektvolle Zurückhaltung begrenzt. Eine Mischung aus verborgener Arroganz und akuter Standesunsicherheit hatte ihm den leichtfüßigen Umgang mit den meisten seiner Architektenkollegen stets verwehrt. Als er auf der Suche nach Professor Rossmann durch Madrid irrte, aller Gewissheiten beraubt, welche die Arbeit, die Familie und sogar die verlorene Geliebte ihm gegeben hatten, empfand er seine Isolation als eine Art von Impotenz, als mangelnde Verankerung, die ihn allem entfremdet hatte, längst bevor die Stadt und das ganze Land aus der Bahn geworfen worden waren durch die Katastrophe des Militärputschs, durch das, was man nicht mehr anders als Krieg bezeichnen konnte, obwohl Cafés und Kinos nach wie vor gut besucht waren, obwohl die Aufmärsche der Milizen immer noch so wenig kriegerisch wirkten, dass es an Parodie grenzte (aber von den Fronten kamen Lastwagen voller Toter, und die Flüchtlinge kamen aus immer näher gelegenen Orten; in der Gerichtsmedizin in der Calle Santa Isabel stapelte sich jeden Morgen eine neue Fuhre von Leichen, die von städtischen Müllwagen an den Friedhofsmauern, aus Straßengräben und auf den Feldern am Stadtrand von

Madrid eingesammelt worden waren). Wie einsam hatte er gelebt, wie abgetrennt von anderen, er, einziges Kind und dann plötzlich Waise, Vormündern anheimgegeben, an die er sich nur noch verschwommen erinnern kann, vorangekommen weniger durch Verstandesleistung und fleißiges Studieren als durch die Weitsicht seines Vaters, der wusste, wie krank er war, und Geld sparte und notwendige Maßnahmen ergriff, damit er ihn weiterhin beschützen konnte, auch wenn er nicht mehr wäre: damit er das Abitur ablegen und studieren konnte, gestützt allein von den anspruchsvollen Schatten der Toten, von ihnen beobachtet bei der Erarbeitung einer Zukunft, die sie ihm durch ihr Opfer ermöglicht hatten.

»Wie allein du sein wirst, mein Sohn«, hatte seine Mutter in dem Provinzkrankenhaus, in dem sie dem Tod entgegendämmerte, zu ihm gesagt, und mit ihrer steifen, abgearbeiteten Hand sein Gesicht gestreichelt; der Hand, die die seine umklammert hielt, sodass er Finger um Finger lösen musste, ehe er sie auf der Bettdecke zur Ruhe legte. Erst jetzt und genauso unberührt wie damals erlebte Ignacio Abel durch eine zufällige Erinnerung noch einmal jenen Nachmittag vor über dreißig Jahren, an dem er nach der Beerdigung seiner Mutter vom Nordfriedhof zur dunklen, jetzt unbewohnten Pförtnerwohnung in der Calle Toledo zurückgelaufen war. Er ging eilig und mit gesenktem Kopf, achtete nicht auf den Weg, ließ sich vom Instinkt seiner Schritte leiten. Als er in die Calle Toledo einbog, brannten bereits die Gaslaternen.

Wenn er sich jetzt beeilte, wenn er Glück hatte oder Geschick bewies, konnte er Professor Rossmann vielleicht noch retten. Er klopfte an die Türen von irgendwie offiziell aussehenden Gebäuden oder beschlagnahmten Villen, in denen sich jetzt geheime Gefängnisse befinden sollten, wie man ihm gesagt hatte. Vor den Häusern standen Autos mit laufenden Motoren, und Männer mit Gewehren und großen Pistolen im Hosenbund stellten sich ihm in den Weg und unterwarfen ihn Verhören, die sie nicht immer abbrachen, wenn er die Brieftasche zückte und ihnen seine Papiere zeigte: den Mitgliedsausweis der Sozialistischen Partei und den von der Arbeitergewerkschaft, den Passierschein, der ihm ausgestellt worden war, damit er gefahrlos die Baustelle der Universitätsstadt besuchen konnte, auf der jetzt nicht mehr gearbeitet wurde. Er nannte Professor Rossmanns Namen, erklärte ihnen, dass er ein nach Spanien geflohener europäischer Antifaschist war, zeigte ihnen das Foto, das die Tochter ihm gegeben hatte, eines von denen, die er sich hatte machen lassen für den Fall, dass ihm das amerikanische Visum bewilligt würde.

Er beobachtete Blicke möglichen Erkennens, verschwörerische Mienen. Er steckte das Foto ein, wenn er eine negative Auskunft bekam, und ging wieder, folgte einem mürrisch gegebenen Hinweis: Vielleicht fragte er einmal im Madrider Kunstverein, im Hauptquartier der Polizei oder im Geheimgefängnis in der Calle Fomento. »Der sieht mir ganz nach einem Toten aus«, sagte ihm jemand lachend, »vielleicht finden Sie ihn in der Leichenhalle, oder im San-Isidro-Park, da kommen sie die ganze Nacht lang hingepilgert.«

Er trat durch die Gittertore von Stadtpalästen, auf deren Dächern jetzt rote oder schwarz-rote Fahnen wehten und deren Fassaden von Schichten übereinandergeklebter Propagandaplakate bedeckt waren. GEMEINSAM WERDEN WIR SIEGEN! VORWÄRTS! UNSER IST DER SIEG! GRANDIOSES STIERKAMPFFESTIVAL! AUF ZUR FRONT! TRITT EIN INS STAHLHELMBATAILLON! Die Milizionäre auf den Plakaten waren immer groß und muskulös, mit kühnem Profil und kantigem Kinn. In den Büros, zu denen er sich durch enge Gänge voller Geschrei und Zigarettenqualm einen Weg bahnte, traf er auf unrasierte Männer mit erschöpften Gesichtern oder ungestüme Gruppen voller Tatendrang, die scheinbar grundlos in lautes Gelächter ausbrachen und in der nächsten Minute aufsprangen und die Treppen hinunterstürmten, die Marmorstufen mit roten Läufern, auf denen jetzt staubige Spuren von Bastsandalen und Löcher von Zigarettenglut zu sehen waren. Andere, von ernsthafterem Aussehen, aber ebenso übermüdet, durchforsteten Dokumente in großen holzgetäfelten Arbeitszimmern mit Adelswappen, alten Waffen und pompösen Porträts an den Wänden. Sie schrien in Telefone und diktierten Namen, die von Sekretärinnen an Schreibmaschinen flink getippt wurden, alle miteinander von einer nervösen Hast getrieben, in der Ignacio Abels Anwesenheit nur störte, seine Beharrlichkeit, nach jemandem zu fragen, den keiner kannte und von dem niemand etwas wusste, einen Namen zu nennen, den er immer wieder buchstabieren musste, und ein Foto zu zeigen, auf das mit automatischem Kopfschütteln reagiert wurde.

In einem Salon mit großen Balkonfenstern zum Paseo de la Castellana hinaus näherte er sich mit instinktiver Demut einem Schreibtisch mit geschnitzten Füßen in Form von Löwenpranken, an dem zusammengedrängt mehrere Männer saßen und richteten oder Audienz gaben, flankiert von Stenotypistinnen an kleineren Tischen, rauchend und in Unterlagen blätternd, einige von ihnen in Anzug und Krawatte, die etwas Offizielles ausstrahlten. Sie reichten einander Professor Rossmanns Foto weiter, als glaubten sie nicht recht an dessen Echtheit. Sie besprachen sich flüsternd. Einer von ihnen reichte ihm das Foto zurück, schüttelte den Kopf und rief einen der bewaffneten Zivilisten, die wartend oder bewachend auf dem Balkongeländer saßen und die Beine über der Straße baumeln ließen. Seit einigen Wochen galten neue Regeln im Land, von denen offenbar nur er noch nichts wusste. Der Milizionär ergriff seinen Arm, schob ihn gewaltsam aus dem Saal und befahl ihm, schnellstmöglich zu verschwinden. »Ich an deiner Stelle würde mich mehr zurückhalten, anstatt überall Fragen zu stellen. Wer weiß, ob dein Freund nicht zu den Aufständischen gehört und dich in eine unerfreuliche Lage bringt.«

Mindestens so sehr wie der Zangengriff um seinen Arm beleidigte ihn das Duzen desjenigen, der ihn hinausgeworfen hatte. Als er die Treppe hinunterging, kamen ihm Milizionäre entgegen, die einen mit Handschellen gefesselten Mann die Stufen hinaufstießen. Eine Sekunde lang traf ihn der Blick des Mannes, in dem er ein Flehen um Hilfe zu erkennen glaubte, woraufhin er den Kopf in eine andere Richtung drehte. Der Mann hatte wie Professor Rossmann ausgesehen, doch einen Moment später war er wieder ein Unbekannter. Er wehrte sich und wurde festgehalten und vorwärtsgestoßen, sodass er auf den letzten Stufen ins Stolpern geriet. Im Hof sah Ignacio Abel andere, die sich gefügig abführen ließen: Sie wurden mit Kolbenhieben von einem Lastwagen gestoßen, gaben keinen Ton von sich, bleich, mit gefesselten Händen, wirren Haaren, aufgerissenen Hemden und einer Art mutlosen Gehorsams im Blick, fügsam wie Rinder.

Er kehrte zum Haus des Volkes zurück, und die Wache am Tor sagte ihm, Negrín sei schon wieder gegangen, aber nicht weit, nur zur Sozialistischen Konsumgesellschaft in der Calle Gravina. Als er Negrín schließlich sah, trug dieser gerade Kartons mit Lebensmitteln und Getränken in sein Auto. Zwischendurch wischte er sich den Schweiß mit einem Taschentuch ab, das er dann irgendwie zusammengefaltet wieder in die Brusttasche seiner Jacke stopfte.

»Helfen Sie mir, Abel, stehen Sie nicht herum«, sagte er mit auffordernder Geste, nicht im Mindesten überrascht, ihn zu sehen.

Zu zweit füllten sie den Kofferraum mit Konservendosen, Würsten und Säcken mit Kartoffeln. Auf den Rücksitzen waren Bierkisten und in Decken gewickelte Korbflaschen mit Wein verstaut.

»Denken Sie nur nichts Schlechtes von mir, Ignacio, ich beschlagnahme die Lebensmittel nicht, und ich werde die

Genossen vom Konsumverein auch nicht mit Gutscheinen bezahlen, wie unsere heldenhaften revolutionären Patrouillen das tun.«

Der Geschäftsführer übergab Negrín eine lange Rechnung, die dieser, Zahlen und Warennamen murmelnd, rasch mit einem zwischen seinen dicken Fingern winzig wirkenden Bleistift abhakte. Aus einer mit Gummiband zusammengehaltenen Brieftasche zog er eine Handvoll Geldscheine und bezahlte den Mann. Er saß schon im Wagen und ließ den Motor an, als er Ignacio Abel bedeutete, einzusteigen. Vom Geschäftsführer verabschiedete er sich, indem er den Arm mit zur Faust geballter Hand zum Seitenfenster hinausstreckte, alles in einer fließenden Bewegung, so wie er mit der Hand auf eine Baustelle gezeigt hätte.

»Soll ich Sie irgendwo absetzen, Abel? Ich fahre in die Berge und bringe den Jungs von der Kolonne, in der mein Sohn Ramón dient, etwas zu essen und zu trinken. Es gibt ja keinen regelmäßigen Nachschub, eine Schande ist das. Sie schicken diese tapferen Jungs an die Front, und dann denken sie nicht daran, ihnen Munition nachzuschicken, ebenso wenig wie Verpflegung und Decken für die Nacht. Es gibt keine Lastwagen, heißt es, aber für die Paraden in Madrid sind immer genügend da.« Hinterm Steuer eingeklemmt, gestikulierte Negrín vor der Windschutzscheibe herum, bremste abrupt in engen Seitenstraßen und fuhr wieder an, aufgeputscht von einer Mischung aus Zorn und Begeisterung. »Bevor ich mich aber der Verzweiflung hingebe oder meine Zeit damit vertue, Telefonate zu führen und die zuständigen Stellen zu bitten, etwas zu unternehmen, ergreife ich lieber selbst die Initiative. Es ist nicht viel, aber mehr als nichts, und ich langweile mich nicht. Da fällt mir ein, Sie könnten mir mit Ihrem Auto eine Hilfe sein.«

»Es ist beschlagnahmt worden, Don Juan. Ich habe es in die Werkstatt gebracht, ein paar Tage bevor das hier anfing, und es nicht wiedergesehen.«

»Sie haben die richtige Formulierung benutzt: ›das hier‹. Was haben wir denn eigentlich? Einen Krieg, eine Revolution, ein einziges Chaos, eine neue Variante der traditionellen spanischen Sommerfiesta? ›Das hier.‹ Wir wissen nicht mal, wie wir es benennen sollen. Haben Sie gelesen, wie Juan Ramón Jiménez es genannt hat? Als er sicher in Amerika war, versteht sich. Eine ›verrückte tragische Fiesta‹, so nennt es Juan Ramón. Der große Sieg des Volkes. Aber er und Zenobia haben sich für alle Fälle aus dem Staub gemacht. Haben Sie gewusst, dass man im Begriff stand, einen Spaziergang mit ihm zu machen, wie wir heute alle sagen? Eine Schande, nicht wahr, wie sie uns die Worte vergiften.«

»Juan Ramón Jiménez sollte umgebracht werden? Wessen sollte er denn verdächtig sein?«

»Gar nichts. Er hatte nur den gleichen Namen wie einer, der gesucht wurde, oder sah ihm ähnlich. Sein Gebiss hat ihn gerettet.«

»Er hat um sich gebissen? Bei seinem üblen Charakter ...«

»Nein, im Ernst. Anscheinend wussten die Milizionäre nur eines ganz sicher von dem Mann, den sie suchten: dass er ein Gebiss trug. Als Juan Ramón ihnen immer wieder sagte, sie hätten den Falschen, bekamen sie Zweifel, und einem fiel ein, wie man die Wahrheit herausfinden könnte. Er fasste ihm in den Mund und riss an den Zähnen. Und Sie wissen ja, Juan Ramón hat das beste Gebiss in diesem ganzen faulzahnigen Madrid. Don Antonio Machado wäre beinahe von einer Patrouille verhaftet worden, weil er ihnen wie ein Pfaffe aussah. Wann, sagten Sie, hat man Ihren Freund verhaftet? Es wäre eine internationale Schande für uns, wenn ihm etwas zustieße. Eine mehr.«

»Ich weiß nicht, wo ich mit dem Suchen anfangen soll.«

»Nicht nur Sie, keiner weiß das. Sieht aus, als hätten wir den bürgerlichen Staat abgeschafft; und jede Partei und jede Gewerkschaft hätte in Madrid ihr eigenes Gefängnis und ihre eigene Polizei, und ihre eigenen Milizen natürlich. Ein Riesenfortschritt. Ich nehme an, unsere Feinde sind begeistert von uns. Bei den anarchistischen Milizen wird darüber abgestimmt, ob man den Feind angreifen soll, und bei unseren werden die paar Offiziere, die wir noch haben, als Saboteure erschossen, wenn eine Offensive zusammenbricht. Es grenzt an ein Wunder, dass wir die Rebellen in der Sierra aufhalten konnten und dass sie von Süden her noch nicht bis Madrid vorgestoßen sind. Und was sagen Sie zur Aragónfront? Wenn die tapferen Einheiten der katalanischen Anarchisten eine Verteidigungsstellung des Feindes nach der anderen überrennen, warum kommen sie dann trotzdem nie in Saragossa an? Und wenn wir jeden Tag im Begriff stehen, den Alcázar von Toledo einzunehmen, warum haben wir ihn am nächsten Tag dann immer noch nicht eingenommen? Aus dem, was Sie mir erzählt haben, schließe ich, dass die, die Ihren Freund abgeholt haben, Kommunisten sein können. Das heißt, dass sie ihn wahrscheinlich nicht sofort umgebracht haben. Sie werden ihn zuerst verhören wollen. Hat er nicht eine Zeit lang in der Sowjetunion gelebt? Gehen Sie zur Allianz Antifaschistischer Intellektueller und sprechen mit Bergamín. Sie wissen ja, er hat immer die besten Verbindungen zu allen möglichen Leuten. Wenn ich heute Nacht aus den Bergen zurückkomme, helfe ich Ihnen bei der Suche.«

»Und wo finde ich diese Allianz?«

Negrín brach in Gelächter aus, riss an der Ecke der Plaza de Santa Barbara das Steuer herum und bog nach Westen in Richtung der großen Boulevards ab.

»Mein Gott, Abel, es ist wirklich bemerkenswert, wie Sie absolut gar nichts mitkriegen. Die Crème der antifaschistischen Intelligenz hat sich im Palast des Marquis de Heredia Spínola eingerichtet, der einer der pompösesten in ganz Madrid sein soll. Sie führen Krieg, indem sie ein Blättchen mit revolutionären Gedichten herausgeben, und um sich davon zu erholen, veranstalten sie zwischendrein Kostümbälle mit den Kleidern von Adeligen, die, ich weiß nicht, entweder geflohen oder verstorben sind, der Exadligen muss man ja heutzutage wohl sagen… Sie müssen entschuldigen, dass ich Sie nicht hinfahre, aber ich muss in die entgegengesetzte Richtung und will zur Essenszeit in den Bergen sein.«

Seit Langem war er nicht mehr so weite Strecken durch Madrid gelaufen; seit er klein war und sich ganz bewusst die Münzen für die Straßenbahn gespart hatte. Vielleicht hatte er sich deshalb an den langen Fußmarsch von der damals noch unbewohnten Stadtgrenze erinnert, wo der Friedhof lag, auf dem seine Mutter begraben worden war. Ein Schritt nach dem anderen, genau wie jetzt, mit gesenktem Kopf und der einsamen Entschlossenheit, irgendwo anzukommen, etwas zu erreichen. Erschöpfung, aber auch Kraft: die wahnsinnige Euphorie des Sauerstoffs, allein durch die Betätigung der Muskeln ins Hirn gepumpt und den Rhythmus der Schritte; das Gefühl, ein Passant zu sein, den nichts mit den Leuten verband, die ihm entgegenkamen und ihn nicht sahen, da er jetzt ganz allein auf der Welt war, mindestens so wie damals, wieder durch eine Stadt wanderte, durch seine Stadt, die ihm zugleich so fremd war, wie als er an den Schaufenstern der Spielwarengeschäfte oder der Buchläden oder der Bekleidungsgeschäfte vorbeiging und all die Dinge sah, die er sich wünschte, die aber unerreichbar für ihn waren. So wie die Hungernden durch die Fenster der Restaurants oder der Lebensmittelläden auf die dargebotenen Speisen starrten; wie sie im Winter durch die Fenster der Cafés spähten, deren warmes Innere so nah und doch verboten für sie war.

Als Kind hatte er mit Schrecken auf die so nahe und entsetzliche Welt der Hungerleider geblickt, der vom Elend Gezeichneten, derer, die im Winter barfuß liefen und deren Köpfe grindweiß waren, die mit einem Buckel oder Klumpfuß zur Welt gekommen waren, die zu einer anderen Spezies zu gehören schienen und doch gar nicht weit von der behüteten Pförtnerwohnung seiner Mutter am Ende der Calle Toledo entfernt wohnten, dort, wo Madrid endete, jenseits der Rondelle, in Hüttendörfern oder Höhlen in den Straßenböschungen, wo der Abfall landete und Abwasserbäche flossen. Mit einem vagen kindlichen Gefühl von schlechtem Gewissen, aber auch von Erleichterung, war er sich seiner Zartheit im Vergleich zu diesen wild wirkenden Horden, die manchmal aus den Hüttendörfern kamen, ebenso bewusst wie seiner Bevorzugung, die ihm ihr Schicksal ersparte.

Nicht weniger fern fühlte er sich jedoch denen, die elektrische Eisenbahnen, Bleisoldaten mit bunten Uniformen, Meccano-Baukästen und Laterna magica geschenkt bekamen. Es waren dieselben, die er in den Parkanlagen des Königspalasts spielen sah, bewacht von uniformierten Kindermädchen, oder in kleinen Kutschen fahren, gezogen von Ziegen mit bimmelnden Glöckchen am Geschirr; die, die ihn später mit neugierigem oder geringschätzigem Lächeln ansahen, als er im Piaristenkolleg mit ihnen im selben Klassenzimmer saß, und hinter seinem Rücken flüsterten, er sei der Sohn einer Pförtnerin. Einige von ihnen traf er später in der Architektenschule wieder, und ihr Lächeln war immer noch das gleiche, war jedenfalls sofort wieder zur Stelle, wenn jemand einem anderen die alte Vertraulichkeit über seine Herkunft zuflüsterte, die an den Irrungen und Verzerrungen der mündlichen Überlieferung litt: Seine Mutter war Pförtnerin gewesen oder, schlimmer noch, Wäscherin am Ufer des Manzanares (als junges Mädchen war sie das gewesen, lange bevor er geboren wurde); sein Vater ein Baumeister oder Maurer oder einer dieser Maultiertreiber, die den Schutt von Abrisshäusern zu den Müllhalden transportierten.

Baugerüstdeserteur hatte ihn einer von Adelas Verwandten genannt. Jetzt war er ein Deserteur von er wusste nicht was oder wem auf dem Gehsteig des Bilbaokreisels, an dem Negrín ihn abgesetzt hatte, von den Umständen gebeutelt wie so viele andere in Madrid und in ganz Spanien, hin und her gestoßen zwischen den Fronten, die so zufällig wie die Risse eines Erdbebens waren. Er wurde von Menschenmassen die Treppe hinunter in den Tunnel einer U-Bahn geschoben, in einen Waggon, als die Türen sich öffneten, in eine Menge schwitzender Gesichter in verbrauchter Luft, unter funzeligen Glühbirnen an der Decke, die Leiber abstoßend dicht aneinandergedrängt, zwangsweise zusammengequetscht in feindseligem Schweigen mit misstrauischer Besorgnis, unempfänglich für die Begeisterung der Propaganda, die in der unterirdischen Welt noch weniger glaubhaft wirkte als im Tageslicht auf der Straße. Er wurde von Kräften entführt, die er nicht unter Kontrolle hatte, ausgeübt von Menschen und von der U-Bahn-Lok, und dennoch hatte er nicht das Gefühl, entschuldigt zu sein oder seine Machtlosigkeit als Vorwand benutzen zu können. Einmal Deserteur, immer Deserteur, aber diesmal mehr denn je: begierig, seine Kinder wiederzusehen (die er am Nachmittag des 19. Juli verlassen hatte), auch wenn er dafür auf die andere Seite der Front wechseln müsste; Spanien zu verlassen und der großen Katastrophe zu entkommen, oder wenigstens dem gemeinen Verbrechen, dem andere zum Opfer fielen – Professor Rossmann vielleicht, wenn er ihn nicht rechtzeitig fand – wie in einer grausamen Lotterie.

Sein Verstand drehte sich wie in einem rasenden Monolog, der von einem Fieber angeheizt wurde; der Körper ermüdete von der fruchtlosen Suche in den Straßen von Madrid, die ihn dorthin zurückführte, wo er schon gewesen war, denn als er die U-Bahn verließ, kam er am Ausgang der Bank von Spanien heraus, wo er vor einer Stunde erst an der bis über Zaunhöhe mit Plakaten und Spruchbändern bedeckten Granitfassade gestanden hatte. SCHREIBT EUCH EIN IN DAS GLORREICHE, UNBESIEGBARE BAUERNBATAILLON, UND

ES WIRD EUCH DEN SIEG BRINGEN! Silhouetten von sowjetischen Hochöfen, Hämmern und Sicheln; eine geballte Faust zerquetscht ein Flugzeug mit aufgemalten Hakenkreuzen; ein mit der Bastsandale des Landarbeiters bekleideter Fuß tritt einen fetten Priester, einen Offizier mit Orden und Tressen und einen Falangisten mit dem Maul eines Menschenfressers von der Landkarte Spaniens. ARBEITER! TRITT DER EISERNEN BRIGADE BEI, UND DU STÄRKST DIE REVOLUTION! Am U-Bahn-Ausgang lungerte eine Meute von Bettlern und Straßenhändlern mit Lotterielosen, Zigaretten, Feuersteinen, kitschigen Revolutionsbildern, unter denen sich noch alte Heiligenbildchen befanden, Ansichtskarten und abgegriffenen Pornoheftchen und von barfüßigen Jungen herum, die die ersten Abendzeitungen mit der üblichen Schlagzeile von der unmittelbar bevorstehenden Einnahme des Alcázars von Toledo ausriefen. ANGREIFEN HEISST SIEGEN! ALLE WIE EIN MANN ZUM ANGRIFF! MIT UNSEREM BLUT WERDEN WIR DIE RUHMREICHSTE SEITE DER GESCHICHTE MADRIDS SCHREIBEN!

In der Menge, die zur Stunde des Aperitifs zwischen Parks und Cafés unter den Platanen umherschlenderte, erkannte er den gestrafften Rücken und Nacken seines Schwagers Victor. Einen Moment lang verlor er ihn aus den Augen und glaubte schon, sich geirrt zu haben. Doch dann bog er nicht in die Straße ein, in der sich die Allianz der Intellektuellen befinden sollte, wie Negrín gesagt hatte, sondern schritt schneller aus, um Victor einzuholen, der kurz den Kopf zur Seite gedreht hatte, als spürte er, dass ihm jemand folgte. Aus der Nähe war er gar nicht so leicht zu erkennen: braun gebrannt, mit mehrere Tage altem Bart, offenem Hemd und aufgekrempelten Ärmeln, mit Cordhose, Bastsandalen und Sonnenbrille.

»Du hast mir einen Schrecken eingejagt, Schwager. Bleib nicht stehen. Sprich mit mir.«

»Was machst du noch in Madrid?«

»Und du?«

»Ich suche einen Freund.«

»Geh ein bisschen schneller. Du wirst mich nicht verraten?«

»Ich dachte, du wärst rübergegangen.«

»Das lohnt nicht mehr. Die Unseren werden bald hier sein. Und wir hier haben auch genug zu tun.«

»Du bist ein Kindskopf. Du hättest dich wenigstens verstecken können.«

»Genau das tue ich ja gerade, wenn du mich nicht daran hindern würdest. Am helllichten Tag und mitten unter den Leuten bin ich ziemlich sicher. Du glaubst doch wohl nicht, dass ich wie ein Kaninchen im Bau sitzen bleibe und warte, dass man mich rausholt.«

»Hast du was von der Familie gehört?«

»Bleib nicht stehen, verdammt, geh weiter. Sieh nicht geradeaus. An der Ecke steht eine Patrouille und kontrolliert Papiere.«

»Hast du welche?«

»Du hast bestimmt welche, wo deine Leute noch das Sagen haben. Noch.«

Aus den Augenwinkeln sah Ignacio Abel die Milizionäre am Ende des Weges. Jetzt umzukehren wäre für Victor gefährlich. Wenn sie einfach weitergingen und er seine Ausweise vorzeigte, würden sie seinen Begleiter vielleicht für unverdächtig halten. Eine Horde Kinder sprang um den von einem winzigen Esel gezogenen Wagen eines Erdnussverkäufers herum. Aus einem dünnen Ofenrohr aus Blech drang der betörende Geruch von frisch gebrannten Erdnüssen. Der Verkäufer pries seine Ware in einem Singsang holpriger Reime an, während er mit einem Holzlöffel in dem fahrbaren Öfchen rührte oder spitze Papiertütchen mit Erdnüssen füllte. Einer der Milizionäre hielt ein Gewehr waagerecht vor sich. Der andere überprüfte die Papiere eines Arm in Arm vor ihm stehenden Pärchens. Ignacio Abel bekam den Qualm vom Erdnusskarren ins Gesicht, als er vorsorglich nach seiner Brieftasche griff. Er kniff die Augen zusammen, und als er sie wieder öffnete, war Victor nicht mehr an seiner Seite.

»Die Revolution ist ein notwendiger chirurgischer Eingriff«, sagte Bergamín, die langen Hände vor seinem eingefallenen, sehr glatt rasierten oder bartlosen Gesicht aneinandergelegt. Er saß in einem düsteren Arbeitszimmer mit Dekorwaffen an den Wänden und großen, in Leder gebundenen Büchern in dunklen Holzregalen, in dem, als die Tür geschlossen war, das Stimmengewirr und Schreibmaschinengeklapper aus den Büros und das ununterbrochene Rattern der Druckerpressen kaum noch zu hören war.

Ich habe die Adresse auf einem Stadtplan gefunden und bin eine enge Gasse hinter der Plaza de Cibeles, die Marqués de Duero, bis zur Nr. 7 hinaufgegangen: ein Gitterzaun, ein Backsteingebäude mit andalusisch anmutendem Dach, eine Markise aus Glas und Eisen über der Eingangstreppe. Dort erblickte Ignacio Abel mitten im Gewirr von Leuten, die Pakete mit Zeitungen auf einen Lieferwagen luden, einen blonden, etwas fülligen, breit grinsenden Mann, der ihm bekannt vorkam, wenngleich ihm sein Name nicht einfallen wollte, was vielleicht daran lag, dass er sich wie ein Milizionär herausgeputzt hatte mit seinem makellosen Blaumann und glänzenden Lederkoppel und, anstelle eines Gewehrs, einem Fotoapparat über der Schulter. Bei näherem Hinsehen kam er darauf, dass es der Dichter Alberti war. Einen Moment lang verweilten Albertis helle Augen auf ihm, dann schweiften sie wieder ab, vielleicht, weil er zwar vage wusste, wer Ignacio Abel war, es aber nicht für nötig hielt, ihn zu grüßen. Als er an ihm vorbeiging, roch er den Duft von Brillantine und Rasierwasser. Er fragte nach Bergamín und log, dessen Bruder, der Architekt, habe ihn geschickt, woraufhin eine kleine Sekretärin mit einer ledernen Pistolentasche am Gürtel ihn zu ihm brachte. Bergamín wusste sehr wohl, wer er war. Er hatte in den letzten Jahren ein paar Artikel von ihm in seiner Zeitschrift *Cruz y Raya* veröffentlicht. Ich sehe ihn vor mir, als wäre ich es selbst, der vor ihm Platz genommen hat, sich räuspert und schluckt, bevor er, noch den richtigen Ton suchend, den Grund seines Besuchs erklärt, den Besuch der methodisch vorgehenden Männer, die Professor Rossmann mitgenommen haben, nachdem sie dessen Zimmer gründlich durchsucht haben. Bergamín ist noch magerer als sonst, die Gesichtszüge eingefallen, mit spitzer Nase, die gerötet ist und feucht, die er sich wegen einer Erkältung ab und zu putzen muss, die Augen verschwinden fast unter den buschigen Augenbrauen, seine Stimme klingt schwach, nasal, erkältet eben, der gerade Scheitel teilt das volle schwarze Haar.

»... der Schnitt muss zwangsläufig bluten«, sagt er und holt, durch die Nase atmend, Luft, »aber es kommt nicht auf das vergossene Blut an, sondern auf die sauber ausgeführte Operation. An Blut herrscht kein Mangel, daran erinnern uns unsere Feinde immer wieder, die es hemmungslos vergießen. Sie haben ja wohl gehört, wie blutig es dort zugeht, wo sie gesiegt haben, in Sevilla, in Granada, in Badajoz. Sie haben einfach nicht die moralischen Bedenken, die uns immerzu lähmen. Was uns in dieser ruhmreichen und tragischen Zeit zu interessieren hat, ist nicht die Menge des im Namen der Revolution vergossenen Blutes, sondern das, was es bewirkt, und da darf man allerdings seine Zweifel haben. Das spanische Volk lebt einen Gerechtigkeitssinn aus, der ganz typisch für den Volkscharakter ist; aber auch eine Anarchie, die ebenso ursprünglich ist und sich gegen es richten kann, wenn wir sie nicht kanalisieren. Welch ein Talent zur Improvisation wird da sichtbar, welch ein unübertroffener Instinkt, sogar für die Sprache! Mit einem Mal haben wir neue Wörter und Redewendungen, die so selbstverständlich klingen, als hätten wir sie immer schon benutzt. Welchem noch so genialen Komödienschreiber käme ein so herrlicher Ausdruck wie ›einen Spaziergang machen‹ in den Sinn, wenn es zur Friedhofsmauer geht? Oder jemanden ›aufpicken‹, aus dem unerschöpflichen Steinbruch des Stierkampfjargons, der aus dem tiefsten Herzen des Spanischen kommt. Nun schauen Sie mich bloß nicht so an! Ich bedaure genau wie Sie die Exzesse, die stattgefunden haben, aber wie unbedeutend sind sie im Vergleich zum alles übertreffenden Heldenmut des Volkes. Außerdem sind nicht wir es gewesen, die den Krieg angefangen haben; daher ist es nur gerecht, wenn das Blut über die Komplizen jener kommt, die dafür verantwortlich sind. Empören Sie sich nicht über das viele Blut, über all das Feuer! Es war notwendig. Zwangsläufig. Verteidigung, nicht Angriff von unserer Seite. Denken Sie an Ihren Artikel, in dem Sie die großartige Anpassungsfähigkeit der spanischen Volksarchitektur gepriesen haben. Passiert jetzt nicht genau das Gleiche? Das spanische Volk, an Kargheit und Mangel gewöhnt, hilft sich mit dem, was es zur Hand hat. Die abtrünnige Armee putscht? Das Volk mobilisiert Milizen und kämpft in Guerillagruppen, genau wie 1808 gegen die Franzosen, weckt in sich einen seit hundert Jahren eingeschlafenen Instinkt und nimmt, was es findet. Das Allergebräuchlichste bekommt eine epische Bedeutung, der blaue Overall der Arbeiter wird zur neuen Uniform, ohne dass sie den Widerwillen gegen militärische Uniformität weckt. Deshalb wollte ich, dass wir unserer Zeitschrift diesen Namen geben. *Der Blaumann.* Ist der nicht viel besser als der, den Neruda seiner Zeitschrift gab, *Grünes Pferd?* Wenn Sie mal darüber nachdenken, ist ein grünes Pferd kompletter Blödsinn. Der Blaumann ist etwas sehr Ernsthaftes. Wenn ich jetzt so darüber nachdenke, wäre es nicht schlecht, wenn Sie wieder einmal etwas für uns schrieben. Sie sollten nicht durch die Stadt laufen und sich nach dem Verbleib eines verdächtigen Individuums erkundigen, ohne etwas sichtbar Verdienstvolles zu leisten, Sie wissen schon, was ich meine, ohne dass man Ihre klare Bereitschaft erkennt, sich auch ins Zeug legen zu wollen. Die Zeit des reinen Intellektuellen ist vorbei, wenn es sie denn je gegeben hat. Wie Ortega, Marañón, Baroja und dieser elende Verräter, als der Don Miguel de Unamuno sich herausgestellt hat, sich verhalten, ist beschämend. Ich gehe davon aus, dass er weiß, was man dem armen Lorca in Granada angetan hat ...«

»Ich habe was gehört, konnte es aber nicht glauben. Man hört so vieles, was sich als Wahrheit ausgibt, und dann stellt sich heraus, dass doch alles nur Geschwätz ist.«

»Ich sehe schon, Sie gehören zu den ewigen Zweiflern. Zu denen, die unsere Propaganda für übertrieben halten und nicht glauben wollen, dass der Feind wirklich so blutrünstig ist, wie wir sagen. Sie haben noch menschliche Skrupel, eine endgültige Trennlinie zwischen ihnen und uns zu ziehen. Sie wollen nicht wahrhaben, dass wir im Recht sind und die anderen nur Tiere und Barbaren. Wie lautete diese *boutade* von Unamuno? Die Hunnen und die Dummen? Er, der über allem erhaben schien, geifert jetzt in Salamanca gegen die Republik, leckt die Sporen der Militärs und die Ringe der Bischöfe, die für ihn mit einem Mal die Verteidiger der Christlichen Zivilisation sind, und zwar großgeschrieben. Sehen Sie sich doch an, wie sie in der Extremadura vorgehen, dort die Dörfer überrennen. Die Beschützer des Vaterlands jagen ihre eigenen Landsleute dort wie die Italiener die Neger in Abessinien. Sie sind nicht auf militärische Siege aus, sondern auf Vernichtung. Und wir sollen immer noch ein schlechtes Gewissen haben, weil das Volk, in Notwehr, das Gesetz in die eigene Hand nimmt?«

»Mein Freund hat nichts getan, da bin ich sicher. Sie haben ihn mitgenommen, wie sie jeden anderen auch mitnehmen können. Ich glaube nicht, dass das gesetzlich ist.«

»Wenn er unschuldig ist und wenn Sie für ihn bürgen, reicht mir das als Garantie völlig aus, dann können Sie sicher sein, dass er wieder freigelassen wird.«

»Sie wissen nicht, wo ich ihn finden kann?«

Bergamín schaute ihn nachdenklich an; die Ellenbogen auf der großen Schreibtischplatte aus Mahagoniholz, die Hände zusammengelegt, sodass die Fingerspitzen die etwas feuchte Nasenspitze berührten, die Augen zusammengekniffen, eine Haltung von fast religiöser Andacht.

»Sind Sie vollkommen sicher, dass Ihrem Freund absolut nichts nachzusagen ist? Hat er nicht vielleicht Kontakt zur deutschen Botschaft gehabt?«

»Er musste Deutschland verlassen, als Hitler an die Macht kam. Dass man ihn nicht ins Gefängnis geworfen hat, hat er nur dem Eisernen Kreuz zu verdanken, das ihm im Krieg verliehen wurde.«

»War er eindeutig antifaschistisch eingestellt?«

»Warum sagen Sie ›war‹?«

»Nur so. Irgendein besonderes Kennzeichen an dem Auto, mit dem sie ihn weggebracht haben?«

»Keines. Seiner Tochter wurde auch kein Ausweis gezeigt.«

»Wer denkt in diesen Zeiten an Ausweise! Sie haben keine Vorstellung von der Dringlichkeit unseres Kampfes. Wir können nicht zulassen, dass im Namen einer Legalität, die vollkommen zusammengebrochen ist, ein Feind entkommt.«

»Professor Rossmann ist kein Feind.«

»Wenn er wirklich keiner ist, warum ist er dann verhaftet worden?«

Ignacio Abel schluckte, bewegte sich unbehaglich auf seinem Stuhl mit pseudoantiken Schnitzereien in dem mit vornehmen Möbeln und Waffenpanoplien überladenen Arbeitszimmer, das der Traum seines Schwiegervaters, Don Francisco de Asís, gewesen wäre. Er spürte die Gefahr, die das Weiterreden bedeutete, und konnte doch den Mund nicht halten. Er hörte sich sagen: »Weil sie jeden Erstbesten verhaften. Sie rasen in ihren beschlagnahmten Autos durch die Stadt und fühlen sich wie Gangster aus dem Kino, mit diesen Namen aus drittklassigen Filmen, die sie sich geben: Jungadler der

Republik, Patrouille der Morgenröte, Rote Rächer. Erzählen Sie mir nicht, dass das korrektes Verhalten ist, Bergamín. Gibt es keine Polizei, keine Ordnungshüter? Sie halten einen auf der Straße an, halten ihm ein Gewehr, mit dem sie kaum umgehen können, vor die Brust, und manchmal können sie noch nicht einmal den Namen lesen, der auf dem Ausweis steht ...«

»Fühlen Sie sich einem Soldaten aus dem einfachen Volk überlegen, weil Sie das Privileg hatten, lesen und schreiben zu lernen? Heute ist das Volk das Gesetz, und wir, Leute wie Sie und ich, haben die Wahl, uns ihm anzuschließen oder von der Bildfläche zu verschwinden, zusammen mit der Klasse, der wir angehören. Das Volk ist so großherzig in seinem Sieg, dass es uns eine Möglichkeit zur Erlösung gibt, die genauso radikal ist wie seinerzeit die von Jesus Christus.«

»Was für ein Sieg? Der Feind kommt Madrid jeden Tag näher.«

Er wollte hinzufügen, hörte es sich beinahe schon sagen: Ich bin nicht in dieselbe Klasse hineingeboren wie Sie; Ihr Vater war Minister unter König Alfons XIII., meiner war Baumeister; Sie sind in einer Beletage an der Plaza de la Independencia zur Welt gekommen, ich in einer Pförtnerwohnung am Ende der Calle Toledo. Aber er schwieg. Er musste noch einmal schlucken, der Krawattenknoten drückte am Hals, steif und abwartend saß er auf seinem gedrechselten Stuhl. Bergamín putzte sich die Nase mit einem schon zerknitterten Taschentuch, rieb sich aufreizend langsam die Hände und musterte Ignacio Abel schweigend über der barocken Weitläufigkeit des Schreibtisches mit der ledernen Schreibunterlage, der pseudoantiken Schreibgarnitur, dem falschen Tintenfass, dem silbernen Füllfederhalter, dem Brieföffner in Form eines Zierdolches und dem Stapel Druckfahnen mit den großen Lettern des Titels auf dem Deckblatt: *Der Blaumann.* Er sprach, als zitiere er aus einem der Hintergrundberichte, die er täglich einer Sekretärin diktierte, wobei er im Arbeitszimmer auf und ab ging, zufrieden dem Knarren seiner Lederschuhe lauschend und manchmal gedankenverloren am bleiverglasten Fenster stehen bleibend, das auf den Hof hinausging, die langen Hände vorm Gesicht zusammengelegt, sodass er an seinen Fingerspitzen riechen konnte.

»Ich hege große Wertschätzung für Sie, Abel. Mir gefallen die Artikel, die Sie für uns geschrieben haben, und mein Bruder hat mir über Ihre Arbeit nur Gutes erzählt und mir versichert, dass Sie mit Herz und Seele Republikaner sind. Aber vertrauen Sie nicht allzu sehr darauf. In den neuen Zeiten ist kein Platz mehr für die Zimperlichkeiten und Rücksichtnahmen der alten bürgerlichen Politik mit ihren Lauheiten und ihrem Legalismus. Nicht das Volk hat den Scheiterhaufen angezündet, auf dem heute ganz Spanien brennt; aber das Volk wird siegreich aus dieser Schlacht hervorgehen und die Bedingungen des Sieges diktieren. Jetzt ist kein Platz für Defätisten, und es kann keine Rücksichtnahme geben für die Lauen. Irrtümer werden begangen? Exzesse finden statt? Selbstverständlich. Das ist unvermeidlich. In der Französischen Revolution hat es sie gegeben und auch in der russischen. Wenn ein großer Fluss über die Ufer tritt, reißt er auf seinem Weg alles mit sich. Die großen Kanäle und die Wasserkraftwerke, die gerade jetzt in der Sowjetunion gebaut werden, können nicht entstehen, ohne dass dafür etwas zerstört wird. Und welche Opfer werden noch nötig sein, um die Kollektivierungen in der Landwirtschaft zu Ende zu bringen, die wir uns hier nicht einmal vorzustellen vermögen. Hier hat die Republik eine bescheidene Landreform versucht, und gleich gibt es einen Riesenaufstand der Großgrundbesitzer und ihrer ewigen Helfer, des Militärs und der Pfaffen. Aus Egoismus geborene Blindheit hat ihren Ruin herbeigeführt. Sie haben mit dem Blutvergießen angefangen, und jetzt kommt das Blut über sie selbst. Wie heißt es in der Bibel? ›Sein Blut komme über uns und unsere Kinder.‹«

»Aber man verhilft nicht dem Gesetz zu seinem Recht, indem man Unschuldige tötet.«

»Sie sprechen von einer legalistischen Gesetzgebung mit individueller Schuld und Unschuld. Die Kräfte der Geschichte handeln aber auf einer viel höheren Ebene, und das ist die des großen Zusammenstoßes der Klassen. In der Natur zählt nicht der Einzelne, sondern die Gattung. Sie und ich sind jeder für sich genommen nichts, und unser persönliches Schicksal bedeutet sehr wenig, es sei denn, wir lassen es einfließen in eine der großen Strömungen, die jetzt in Spanien um die Macht ringen. Was haben wir alle vor dem April '31 gemacht, jeder mit sich selbst beschäftigt, mit Flausen im Kopf, uns gegen den König zu verschwören? Wir haben uns am 14. April auf die Seite des Volkes geschlagen und waren Teil der gewaltigen Strömung, die die Monarchie vom Sockel riss. Entweder sind wir das Volk, oder wir sind gar nichts; die letzten Überbleibsel einer aussterbenden Art ...«

Das Telefon klingelte. Bergamín wandte sich ab, als er in den Hörer sprach, lauschte nickend und hielt sich die Hand vor den Mund, als er antwortete. Als er nach einigen Minuten auflegte, schien er sich nur mit Mühe daran zu erinnern, wer dort vor ihm saß. Er stand auf, dünn und etwas gebeugt, wie eingelaufen in seiner ledernen Flieger- oder Panzerjacke, die weder in das Arbeitszimmer noch zur spätsommerlichen Hitze passte.

»Wollen Sie mir helfen, Professor Rossmann zu finden?«

»Seien Sie unbesorgt. Wenn Ihr Freund sich nichts zuschulden hat kommen lassen, wird er bald wieder auftauchen. Ich kann zwar nichts dazu tun, aber ich gebe Ihnen mein Wort darauf.«

Bergamín musste auf eine verborgene Klingel gedrückt haben, denn die uniformierte Sekretärin mit der Pistole am Gürtel öffnete die Tür.

»Abel«, sagte Bergamín, ohne die Stimme zu heben, immer noch stehend, die mageren Hände mit weit gespreizten Fingern auf die Tischplatte gestützt. »Kommen Sie bald wieder. Wir brauchen Männer wie Sie. Sie müssen uns helfen, das künstlerische Erbe des spanischen Volkes zu retten. Die Barbaren vernichten ja mit Feuer und Schwert, was ihnen in den Weg kommt. Und in diesen unsicheren Zeiten ist es gut für Sie, wenn man weiß, dass Sie aufseiten der Loyalen sind.«

30 Vielleicht war er schon tot, als ich mit Bergamín sprach, denkt er jetzt, erinnert sich an die helle, eintönige Stimme im gedämpften Licht der Bleiverglasung, erinnert sich an die lange, kalte, und dennoch vielleicht wegen der Erkältung etwas schweißfeuchte Hand, knochig und zugleich schlaff, die Hand des frierenden, in die Lederjacke eines Fliegers oder Abenteurers gehüllten Mannes, der ihm einen Moment lang in die Augen schaute, dann den Blick wieder senkte und weitersprach, in seinen dürren Fingern den Zierdolch drehend, der den enteigneten und geflohenen Besitzern des Palais gehört haben durfte. Vielleicht war Professor Rossmann schon tot oder erwartete, jeden Moment ermordet zu werden im dunklen, feuchten Keller eines jener Stadtpaläste, die jetzt als Kerker und Unterkünfte für Milizionäre dienten, in denen sogar Leute exekutiert wurden, und aus denen ich ihn rechtzeitig hätte befreien können, wenn ich es schlauer angestellt oder nachdrücklicher gesucht hätte, wenn mir zwischendurch nicht der Mut gesunken wäre oder ich nicht so fest mit Bergamíns Hilfe gerechnet und stattdessen mehr Druck auf Negrín ausgeübt hätte, der so viele Menschen gerettet hat, darunter seinen eigenen Bruder, einen Mönch, dem er zur Flucht nach Frankreich verholfen hatte, »was nicht so einfach war«, hatte er ihm gesagt, »weil sie taten, als wäre er ein Verschwörer, einer aus der fünften Kolonne, mein Bruder, der seit zwanzig Jahren nicht aus seinem Kloster herausgekommen war«.

Man müsse warten, hatte Bergamín gesagt und ihn einen Moment lang aus seinen von dichten Brauen überschatteten tief liegenden kleinen Augen, die wegen der Erkältung feucht schimmerten, angeschaut, aber nicht zur Tür seines pseudogotischen und pseudoandalusischen Arbeitszimmers gebracht; man müsse Vertrauen haben und nicht den Lügen der feindlichen Propaganda glauben, die es geschafft hatte, ausländische Zeitungen mit Nachrichten von Verbrechen und Ausschreitungen in der republikanischen Zone zu beliefern, mit getürkten Fotos von geschändeten Kirchen und Milizionären, die ihre Gewehre auf unschuldige Priester richteten, als wären diese Märtyrer einer neuen Christenverfolgung, dabei waren sie doch die Ersten gewesen, die die Botschaft des Evangeliums verraten, zum Blutvergießen an Unschuldigen ermuntert und ihren Segen dazu gegeben hätten, sagte Bergamín.

Jetzt sprach er ein wenig lauter, nicht viel, weil seine Stimme belegt war, und wies die Sekretärin an: »Mariana, nehmen Sie Adresse und Telefonnummer des Genossen Abel auf und stellen Sie mir so schnell wie möglich eine Verbindung zum Sicherheitschef her.« Ein angedeutetes Lächeln hinter dem riesigen Schreibtisch mit den gedrechselten Beinen, dem abartigen Luxus der reichen Spanier, der brutalen spanischen Art, sein Geld zur Schau zu stellen, dann putzte er sich wieder die Nase mit dem zerknitterten Taschentuch, dürr wie eine Vogelscheuche, niesend hinter der Tür, die jetzt geschlossen war, als Ignacio Abel seine Anschrift und Telefonnummer diktierte, die die Sekretärin aufschrieb, eine hübsche junge Frau mit hellen Augen und kurz geschnittenem, gescheiteltem Haar. Vielleicht hatte er sie in früheren Zeiten gekannt und erinnerte sich nicht mehr; vielleicht ließen Hose und Hemd der Milizionäre und die Pistole im Gürtel sie fremd aussehen. »Fragen Sie nach mir, wenn Sie anrufen. Mariana Ríos. Hier, ich schreibe Ihnen meine Telefonnummer auf. Aber Sie wissen ja, dass man oft nicht durchkommt.« Auf der Suche nach dem Ausgang hatte er sich offenbar verlaufen, denn unverhofft fand er sich in einem Saal mit lauter Wappenschilden und Fahnen an den Wänden wieder, mit einem gewaltigen, mittelalterlich anmutenden Kamin, mit vermutlich echten Rüstungen in den Zimmerecken, denen man zum Teil Militärmützen über die Visiere gestülpt hatte. Auf einem langen Esstisch, den man an die Wand gerückt und zu einer Bühne umfunktioniert hatte, probte eine Musikkapelle einen burlesken Walzer mit synkopischen Blaseinlagen von Saxofon und Trompete und mit Trommelwirbeln. Junge Arbeiter schleppten Schrankkoffer herbei und stellten sie auf dem Parkettboden ab, lachten und scherzten mit den jungen Frauen, denen sie von ihren Zigaretten gaben und die sich mit theatralischen Gesten über die Koffer hermachten, Abendkleider, alte Galauniformen, Fracks mit langen Schößen und Hüte mit Pfauenfedern herausholten. Ein Milizionär mit einer Hellebarde über der Schulter und einem Dreispitz auf dem Kopf, der ihm bis zu den Augenbrauen reichte, marschierte mit qualmender Zigarette im Mund im Stechschritt durch den Saal. Die Kapelle spielte jetzt einen Foxtrott, und zwei der jungen Frauen sprangen auf den Tisch und stampften den Rhythmus mit klackenden Sohlen, dass es von den holzgetäfelten Wänden widerhallte; eine von ihnen mit einer Krone aus Federn und falschen Brillanten im Haar, mit kleinem, rundem, strahlendem Gesicht.

Von irgendwoher drang das Klappern von Schreib- und Setzmaschinen herein. Der Geruch von Druckerschwärze vermischte sich mit dem von Kampfer und staubigen Kleidern aus den Koffern, die vergoldete Schließen hatten und beklebt waren mit Etiketten von Schifffahrtslinien und internationalen Hotels. Auf den Korridoren herrschte das Durcheinander von Umzügen, mit an den Wänden lehnenden Bildern, umgekippten Bücherbergen und Stapeln von Zeitungen und frisch gedruckten Plakaten. Ein Milizionär brach mit Hammer und Stemmeisen die Tür eines Schranks auf, und heraus quoll eine Flut von Schuhen aller Art, Männerschuhe, Frauenschuhe, Lederschuhe, Lackschuhe, Stiefel und Pantoffeln, alle nagelneu, als wären sie nie getragen worden, ergossen sich über das staubige Parkett voller Zigarettenkippen und Papier.

In der Auffahrt des Palais, vor der großen Freitreppe, richtete der Dichter Alberti seine kleine Fotokamera gerade auf eine Gruppe von Leuten, die wie ausländische Intellektuelle aussahen: runde Brillen, gestutzte Kinnbärte, ungehaltene oder ungeduldige Blicke. Er bat sie in radebrechendem Französisch, ein wenig zusammenzurücken, und unterstrich seine Anweisungen mit fuchtelnden Handbewegungen. Einer von ihnen hob die geballte Faust, als es so aussah, als würde Alberti auf den Auslöser drücken, und ließ sie wieder sinken, als er feststellte, dass es doch noch nicht so weit war.

Gegen Abend kehrte Ignacio Abel in seine Wohnung zurück, nachdem er vorher noch im Haus des Volkes und im Café Lion vergebens nach Negrín gefragt hatte (ihm wurde gesagt, er sei noch nicht wieder zurück; jemand kolportierte wieder das Gerücht, es würde eine neue Regierung geben und Negrín Minister von irgendwas werden). Todmüde öffnete er die Tür, und Fräulein Rossmann saß immer noch am Tisch, als hätte sie sich nicht von der Stelle bewegt, seit er sie am Morgen verlassen hatte, auf der Kante des Stuhls, die knochigen Knie zusammen und die Hände im Schoß, das Glas Wasser vor sich, in das schwindende Licht im verlassenen Speisezimmer starrend, während durch die offene Balkontür Straßengeräusche und das Pfeifen der Schwalben hereindrangen, ein Knattern, das von einer fernen Schießerei, aber auch von den Fehlzündungen eines Autos stammen konnte. Ignacio Abel erfand für sie vielversprechende Hinweise, Anfragen bei unbestimmten Behörden, die bestimmt zu einem günstigen Ergebnis führten. Er erbot sich, das Fräulein Rossmann zur Pension zu begleiten, falls sie nicht doch lieber bleiben wollte, Betten gab es ja genug. Fräulein Rossmann sagte Nein und errötete leicht. Dank ihrer neuen Arbeit verfügte sie über einen Passierschein, mit dem sie sich gefahrlos in der Stadt bewegen konnte, und noch war ja Zeit, bevor es ganz dunkel wurde.

»Machen Sie sich keine Sorgen«, sagte Ignacio Abel und hörte selbst, dass seine Stimme nicht überzeugend klang. »Es scheint wirklich nichts Ernstes zu sein.«

»Aber haben Sie erfahen, wo man ihn festhält?«

Er musterte sie, bevor er antwortete, und suchte nach dem passenden Ton, damit seine Verneinung nicht allzu entmutigend klänge.

»Sie wissen, dass in Zeiten, wie wir sie gerade durchmachen, alles ziemlich kompliziert ist. Mit Sicherheit können wir wenigstens sagen, dass sich Ihr Vater nicht in den Händen von unkontrollierten Elementen befindet. Einflussreiche Persönlichkeiten haben mir versichert, dass sie alles tun werden, um ihn zu finden. Bedenken Sie, dass Ihr Vater eine internationale Berühmtheit ist.«

»Das war García Lorca auch.«

»Aber García Lorca haben die anderen umgebracht. Das ist ein Unterschied.«

Jetzt war es Fräulein Rossmann, die ihn wortlos ansah. Sie streckte ihm ihre männlich wirkende, kräftige Hand hin; sie fühlte sich rau an. Mit gesenktem Blick ging sie davon, das glatte Haar, das aussah, als hätte sie es mit einem einzigen Scherenschnitt auf Kinnhöhe abgeschnitten, wippte an beiden Seiten ihres Gesichts vor und zurück. Mit ihren flachen Schuhen ging sie lautlos die Treppen hinunter, den Blick wahrscheinlich immer noch zu Boden gerichtet, als sie durch die Empfangshalle ging (ohne zu merken, dass der Portier sie hinter seinem Fensterchen beobachtete, wachsamer denn je jeden im Auge behaltend, der kam oder ging, immer freundlich zu den patrouillierenden Milizen, die dieses Viertel politisch Verdächtiger kontrollierten, das wegen der Sommerferien, vor allem aber aus Gründen der Angst so gut wie ausgestorben war, voller verschlossener, dunkler Wohnungen, in denen sich vielleicht Feinde eingenistet hatten oder heimlich Messen gelesen wurden oder man des Nachts versuchte, feindliche Sender zu hören), und erst auf der Straße argwöhnisch um sich blickend, ob sie verfolgt wurde, auf eine Straßenbahn hoffend, die sie in die Innenstadt brächte; eine Frau, eine Ausländerin, ohne Begleitung, auffällig trotz des gesenkten Kopfes und der flachen Schuhe, ihrer demutsvollen Haltung und des erkennbaren Wunsches, unsichtbar zu sein. Und während Ignacio Abel ihr vom Balkon aus nachschaute (die vertrockneten Pflanzen darauf, die harte Erde in den Blumentöpfen, die Adela immer so liebevoll versorgte), war Professor Rossmann vielleicht schon tot, lag auf dem Zementboden eines Kellers oder im Rinnstein oder Straßengraben oder an irgendeiner Mauer am Stadtrand von Madrid, ein namenloser Toter ohne irgendein Ausweispapier in den Taschen, nur das, was jeder mit sich herumträgt und vergisst und später voller Verwunderung wiederentdeckt, wenn er nach einer gewissen Zeit die Hose oder Jacke wieder anzieht, die kein Mensch einer Leiche rauben würde: die abgerissene Hälfte einer Eintrittskarte fürs Kino; eine Kupfermünze, die sich in einer unzugänglichen Stofffalte verkrochen hat; oder eine Schachtel Streichhölzer oder ein einzelnes Streichholz oder ein kleiner Doppelbleistift, rot und blau, schon reichlich kurz, aber immer noch brauchbar zum Unterstreichen, einer von denen, die man an beiden Enden anspitzt; irgendeines dieser trivialen Dinge, deren bescheidenes Geheimnis ihrer Nützlichkeit Professor Rossmann immer noch faszinierend findet.

Doch er, dessen Finger dauernd in Bewegung waren und tastend Dinge untersuchten, die sein kurzsichtiger Blick ihm nicht mehr zeigen konnte, der unwillkürlich nach allem griff, was auf einem Tisch lag oder er in der Hosentasche bei sich trug (die Fingerkuppen taktile Verlängerungen, die sich ununterbrochen und wie von selbst bewegten, wie die von Blinden, die Gegenstände berühren oder über Oberflächen streichen), er starb mit auf dem Rücken gefesselten Händen, zusammengebunden mit einem groben Stück Seil, das sich in die geschwollene, violett verfärbte Haut eingeschnitten hatte. Schon seltsam, dass er zum Sterben in ein solches Land gekommen war, würde er mit dem ihm eigenen sanftmütigen Fatalismus denken, gleichsam hypnotisiert wie jene, die sich auf einen Lastwagen schieben lassen und später folgsam herunterklettern, ohne Widerstand zu leisten, zu einer Mauer geführt werden, die schon mit Löchern von eingeschlagenen Kugeln und Blutflecken übersät ist, oder zum Rand einer Grube, die ins gleißende Licht von Autoscheinwerfern blinzeln, vor denen sich schattenrissartige Gestalten bewegen und Gewehre in Anschlag bringen. An welchem ihm fremdartigen Ort war er gelandet, der das Letzte sein würde, was er sah: die Baumsilhouetten der Casa de Campo vielleicht, oder der sternenübersäte blauschwarze Himmel einer Nacht Anfang September, in der es bereits recht frisch geworden war.

»Wenn er nichts verbrochen hat, gibt es keinen Grund zu Befürchtungen«, hatte Bergamín mit seiner hellen, gleichmütigen Stimme gesagt. Er rieb sich die Hände, als er hinter seinem Schreibtisch aufstand und Professor Rossmann vielleicht schon seit Stunden tot war. Oder er lebte noch und wurde erst in der Nacht getötet, als seine Tochter zur Pension zurückging und sich in ihrem Zimmer einschloss, das während ihrer Abwesenheit nicht aufgeräumt worden war, und Ignacio Abel die Balkontür schloss, nachdem er sie hinter der Ecke der Calle O'Donnell hatte verschwinden sehen. Jetzt wurde ihm bewusst, dass er den ganzen Tag lang noch nichts gegessen hatte, mit Ausnahme einer Tüte gerösteter Erdnüsse, die er einem Straßenhändler auf dem Paseo de Recoletos abgekauft hatte, als er aus dem Palais der Antifaschistischen Intellektuellen gekommen war.

Heißhunger überkam ihn. In der Küche fand er eine Dose Ölsardinen und setzte sich mit ihr an den Küchentisch. Er legte eine gefaltete Zeitungsseite unter die Dose und tunkte Stücke harten Brotes in das dickflüssige Öl, stocherte mit der Gabel bis in die hintersten Tiefen der Dose und bemerkte nicht die dicken Tropfen Öl, die auf das bedruckte Papier fielen, beschienen von der nackten Glühbirne, die in anderen Zeiten das geschäftige Treiben der Köchin und des Dienstmädchens beleuchtet hatte, in einem Teil seiner Wohnung, in dem er vorher noch nie gewesen war. Etwas Primitives lag in dem Akt des Alleinessens, in der Unlust, eine Tischdecke aufzulegen, sich eine saubere Serviette zu suchen und hinterher den Tisch abzuräumen. Er wischte die Finger an der ölfleckigen Zeitung ab, ließ die leere Dose darauf stehen und legte die Gabel daneben, deren Zinken ölig glänzten und an denen er am nächsten Morgen hart gewordene Bröckchen von Fisch und Teile von Gräten entdecken würde.

Das Einzige, auf das er wirklich achtete, war seine Kleidung, die er der Frau des Portiers einmal in der Woche zum Waschen und Bügeln gab. Der Portier hatte ihm auch angeboten, dass seine Frau ab und zu zum Putzen der Wohnung kommen könne – vorübergehend, bis wieder normale Verhältnisse herrschten, was gewiss nicht mehr lange dauern würde, in zwei, drei Wochen wäre sicher alles vorbei, und die Frau Gemahlin und die Kinder und die beiden Dienstmädchen könnten wieder zurückkommen –, doch Ignacio Abel behagte der Gedanke nicht, die beiden in seiner Wohnung herumschnüffeln zu haben, wer wusste, wem sie hinterher berichteten. Oder vielleicht schämte er sich auch nur der Unordnung, die so rasend schnell um sich gegriffen hatte, seit er allein war, des Staubs überall, der herumliegenden Zeitungen, des schmutzigen Lakens und Bezuges auf dem ungemachten Bett, des Geruchs und Schmutzes in der Küche und im Bad (wenn Adela plötzlich hereinkäme und das alles sähe, wenn die Dienstmädchen alles aufräumen und putzen müssten, was gäbe das für ein Gemaule).

Vom Telefon in seinem Arbeitszimmer aus versuchte er Negrín zu erreichen, und es klingelte endlos, ohne dass jemand abnahm. Dann wählte er die Nummer, die Bergamíns Sekretärin ihm gegeben hatte, und als er gerade wieder auflegen wollte, weil auch hier niemand antwortete, vernahm er plötzlich eine Frauenstimme, die in den Hörer schrie und fragte, wer anrufe, und ihn nicht verstand in dem Geschrei ringsum und der Musik, die die Kapelle am Morgen eingeübt hatte. Nein, Mariana Ríos war nicht da, Genosse Bergamín auch nicht, am besten rief er morgen früh wieder an, sie müsse jetzt auflegen, weil nichts zu verstehen war. In diesem Telefonhörer hatte er Judith Bielys Stimme gehört. An diesem Schreibtisch hatte er oft gesessen und ihr geschrieben oder ein ums andere Mal ihre Briefe gelesen, und da er meistens vergaß, die Zimmertür abzuschließen, waren manchmal Adela oder Miguel oder Lita unerwartet ins Zimmer gekommen, und er hatte kaum Zeit gefunden, den Brief unter ein Dokument zu schieben, das zu studieren er vorgab, oder in die Schublade mit dem kleinen Schlüssel zu stecken. Jetzt stellte er sich vor, er würde ihr einen Brief schreiben, von dem er gar nicht wüsste, wohin er ihn hätte schicken sollen, und er konnte sich nicht aufraffen, die Schreibtischplatte freizuräumen, Schreibpapier zu suchen und Tinte in den Füllfederhalter zu ziehen.

Voller Groll spürte er, wie das Vergessen ihn bereits aus ihrem Leben zu streichen begann. Genau in diesem Augenblick, in dieser Nacht, während Professor Rossmann in einem dunklen Kellerverlies mit anderen Verurteilten darauf wartete, abgeholt zu werden, vielleicht aber auch schon tot war, ohne dass jemand seine Leiche identifiziert, einen Namen unter das Foto von der Größe eines Visum- oder Passfotos geschrieben hatte, das ein Angestellter säuberlich in die Totenlisten einkleben würde. Er stellte das Radio an und hörte einen Sprecher mit bebender Stimme wieder einmal die Rückeroberung Aragóns verkünden und den unaufhaltsamen Vormarsch der Volksmilizen auf Saragossa. Er drehte den Ton etwas leiser, und auf der Suche nach einem feindlichen Sender hörte er bei Radio Sevilla eine ähnliche Stimme, nur weiter fort und vor einem Hintergrund von pfeifenden Störgeräuschen, die den heldenhaften Widerstand des Alcázars von Toledo verkündete, gegen dessen numantinisches Bollwerk die marxistischen Horden vergebens anrennen würden. Wenn das alles einmal vorüber war, würde ein großes Aufräumen stattfinden müssen, nicht nur von Schutt und halbherzig vergrabenen Leichen, sondern auch von Wörtern, eine nationale Enthaltsamkeit von Adjektiven: unaufhaltsam, unwiderstehlich, unvergänglich, unverzeihlich, unerträglich, glühend, fiebernd, heldenhaft.

Plötzlich hörte er draußen Schritte und schaltete, vor Angst erschauernd, schnell das Radio aus. Er löschte das Licht und blieb still in der Dunkelheit sitzen. Er hörte Stimmen, darunter die des Portiers. Wenn sie wieder jemanden abführten, würde er mit denselben Bücklingen neben den Milizionären herlaufen, mit denen er auch um ihn herumscharwenzelte, wenn er durch die Halle ging. Auf der anderen Seite des Treppenhauses wurde an eine Tür geklopft. Auf leisen Sohlen lief er durch den langen Flur. Unterwegs fiel ihm auf, dass die Wanduhr stehen geblieben war. Er hatte sie auch schon lange nicht mehr aufgezogen. Er näherte sich der Wohnungstür und spähte durch das Guckloch, sah aber weder Licht im Treppenhaus, noch hörte er etwas außer den Stimmen der Abwesenden, gespenstische Geräusche, die ihm die Nacht und die Einsamkeit vorgaukelten: Geschirrklappern im Speisezimmer am Ende des Flurs, das Radio, die Stimmen und das Trappeln der Dienstmädchen in der Küche am anderen Ende der Wohnung.

Durch die Ritzen der wegen Fliegeralarms geschlossenen Fensterläden waren die Calle Príncipe de Vergara und die Dächerlandschaft von Madrid ein großes, beängstigendes Dunkel, wie die Wälder in den Märchenbüchern, die er seinen Kindern vorgelesen hatte, als sie klein waren. Hypnotisierendes Aufblitzen von Autoscheinwerfern, Sirenen. In der nächtlichen Stille drangen die Schritte von jemandem, die Worte eines Gesprächs, sogar das Klicken eines Feuerzeugs so deutlich in sein Schlafzimmer wie bei einem akustischen Experiment. Ohne sich auszuziehen, warf er sich auf das ungemachte Bett, sogar die Schuhe ließ er an. Nach einer Weile fuhr er auf und hatte einen grauenhaften Geschmack von Ölsardinen im Mund, das Herz klopfte ihm bis zum Hals. Das Bett bebte, und die Lampe auf dem Nachttisch, das ganze Haus, und er, verwirrt und schlaftrunken, verstand nicht, woher das Beben kam, dieser anhaltende Donner, der ganz nah war. Die Sirenen gaben die Erklärung: feindliche Flugzeuge im Tiefflug, die sich in aller Ruhe ihre Bombenziele suchten über einer Stadt, die keine andere Luftabwehr hatte gegen die deutschen Junkers als von Dächern und Balkonen sinnlos abgefeuerte Gewehre und sogar Pistolen.

Unbeweglich auf dem Rücken liegend und mit einem Gefühl des Ekels, das noch stärker war als die Angst, spürte er aufeinanderfolgende Erschütterungen, die weniger schlimm waren als das Donnern der sich bereits wieder entfernenden Motoren. Sie bombardieren die ärmeren Viertel; nicht dieses, von dem sie wissen, dass viele ihrer Anhänger hier wohnen. Und das Einzige, was wir an Luftwaffe haben, sind ein paar abgewrackte französische Maschinen aus dem Ersten Weltkrieg; nicht einmal richtige Alarmsirenen haben wir, die in der ganzen Stadt zu hören sind, sondern nur armselige Heuler wie auf Jahrmärkten, die bei einigen Polizeimotorrädern an den Lenkern montiert und von den Polizisten mit einer Hand zu kurbeln sind, während sie mit der anderen Hand lenken und dabei aufpassen müssen, auf den dunklen Straßen nicht irgendwo gegenzufahren.

In das Pfeifen und tiefe Donnern der explodierenden Bomben mischte sich das Knattern von Gewehrfeuer. Danach herrschte eine lange Stille, in die die Sirenen von Ambulanzen und das Bimmeln von Feuerwehrglocken drangen. Im Halbschlaf wurde eine unerwartete Erinnerung an Judith lebendig, die ihn sofort in Erregung versetzte; das Geräusch ihres knackenden Kiefers kurz bevor sie kam, von ihm erregt, angespannt, fast starr, und nackt an seiner Seite, die Augen geschlossen, die Fersen fest auf dem Laken, ihn mit einer Hand führend, sodass er seinen Rhythmus verlangsamte, seine Finger fassend, damit sie sich mit dem richtigen Druck an genau der richtigen Stelle bewegten, sie mit den eigenen Körpersäften befeuchtend. Sie öffnete dabei den Mund ein wenig, obwohl sie durch die Nase atmete, sehr heftig sogar, beinahe schnaufend, mit angespannten Muskeln seine Finger umklammernd, die Fußspitzen nach vorn gestreckt. Jetzt, in der Dunkelheit des Schlafzimmers, in dem Judith nie gewesen war, auf dem verknitterten, schmutzigen Laken, auf dem nichts von Adelas Geruch zurückgeblieben war, versuchte er sich vorzustellen, dass es Judiths Hand war, die ihn berührte, dass ihr nackter Körper neben ihm lag, als er unwirsch und mechanisch masturbierte. Doch vergebens, ein nutzloses Zucken, und alles war vorbei, hinterließ nur ein zorniges, fruchtloses Verlangen, ein Gefühl von Lächerlichkeit, ja der Scham, ein fast fünfzigjähriger Mann, der in schlafloser Nacht auf dem Bett lag und onanierte, während seine Stadt bombardiert wurde. Es wurde bereits hell, als er merkte, wie der Schlaf ihn übermannte, mit einem Tropfen kalter Feuchtigkeit auf dem Bauch, mit dem Schuldgefühl, noch nicht aufgestanden zu sein und weiter nach Professor Rossmann zu suchen.

Er wurde wach und dachte, es sei schon spät. Der Groll auf sich selbst lag ihm so schleimig im Mund wie der immer noch vorhandene Nachgeschmack der Ölsardinen. Es war aber noch nicht einmal acht. Er duschte, putzte sich zornig die Zähne, rasierte sich die grauen und weißen Bartstoppeln und versuchte, nicht dem eigenen Blick im Spiegel zu begegnen. Wenigstens gab es noch fließend Wasser, und er hatte noch saubere und gebügelte Wäsche in den Schubladen des Kleiderschranks (der Portier protestierte jedes Mal, wenn er ihn mit dem Beutel schmutziger Wäsche herunterkommen sah: Seiner Frau würde es nichts ausmachen, sie zu holen, er selbst könne das auch tun). Er würde noch einmal zu Bergamín gehen. Er würde weiter in Dienststellen und beschlagnahmten Gebäuden und in den Kasernen der Milizen vorstellig werden, in denen er gestern schon gefragt hatte. Er würde ins Hauptquartier der Polizei gehen, ins Haus des Volkes, in den Madrider Kunstverein, ins Kino Europa und ins Kino Beatriz, dessen Keller voller Gefangener sein sollte, wie man ihm gesagt hatte, einige würden sogar gefesselt im Kinosaal bewacht.

Er richtete sich gerade die Krawatte vor dem Spiegel im Flur, als das Telefon klingelte. Es war Fräulein Rossmann, die sich entschuldigte, weil sie schon so früh anrief, und dann schwieg, während ihr erklärte, dass er noch nichts wisse, sie sich aber keine Sorgen machen solle, er just im Moment im Begriff stehe, das Haus zu verlassen und mit der Suche fortzufahren. Dann rief er Bergamíns Sektretärin an, doch niemand nahm ab. Der Krieg führte nicht dazu, dass die Öffnungszeiten der spanischen Büros vorverlegt wurden. Er erinnerte sich an ein Plakat, das ihm in der U-Bahn aufgefallen war: AUF ZUR FRONT! LIEBER STERBEN ALS WEICHEN! DAS REGIMENT DER ROTEN KUGELN RUFT AUCH DICH! (Rekrutierungszeiten: 9–13 und 16–19 Uhr). Nicht einmal zum Lieber-sterben-als-Weichen wurden die Bürozeiten verlängert.

Er frühstückte in einer nahe gelegenen Milchbar, in der Calle Don Ramón de la Cruz, mit glänzender Marmortheke und weißen Kacheln. Sie sah aus, als wäre sie geschlossen, doch er klopfte auf eine bestimmte Weise an den Metallrollladen, und der Inhaber, der ihn kannte, ließ ihn eintreten, nachdem er einen raschen Blick die Straße hinauf- und hinuntergeworfen und die Jalousie wieder heruntergelassen hatte. In der alten Zeit, die ja noch nicht so lange her war, hatte er jeden Morgen die Milch und die Lieblingsbutter der Kinder über die Dienstbotentreppe in die Wohnung gebracht, und im Sommer kauften sie leckeres Milcheis bei ihm. Die Verkaufstheke und die Wände waren makellos weiß wie immer, verschwunden waren jedoch der Kalender mit dem Bildnis der Jungfrau von Almudena und ein gerahmtes Bild des Christus von Medinaceli.

»Ihnen öffne ich, weil ich Sie kenne und Sie vertrauenswürdig sind, Don Ignacio, aber was mache ich, wenn eine dieser Patrouillen mit ihren Gewehren vor meiner Tür steht und mir die Bestände von mehreren Tagen beschlagnahmt? Die nehmen einen Hundertlitertank Milch mit und sagen, das wäre für die Milizionäre an der Front oder für die Waisenkinder und bezahlen mit einem Gutschein, der nicht mehr als ein handgeschriebener Zettel ist, oder nicht mal das, die strecken die Faust in die Luft und brüllen ›UHP!‹. Damit hätten sie dann bezahlt, meinen sie; und was glauben Sie, wer dagegen protestiert. Sie sagen, wir sind alle proletarische Brüder; und ich, was bin ich, ein Bourgeois? Bin ich etwa nicht jeden Tag um drei oder vier Uhr morgens aufgestanden, seit ich mit dem Kopf über die Theke gucken konnte? Wer nicht arbeitet, soll auch nicht essen, sagen sie immer. Und wenn sie mir alles wegnehmen, was soll ich dann essen? Ich schufte mich doch schon zu Tode. Aber was arbeiten die? Wenn sie wenigstens an die Front gingen. Und welches Komitee oder Internationales Rotes Kreuz gibt meinen Kindern zu essen, wenn ich den Laden dichtmachen muss, weil sie mir alles gestohlen haben, oder wenn ihnen einfällt, mich zu enteignen oder mich als Aufrührer zu beschuldigen, und man mich eines Tages mit ein paar Löchern im Kopf an der Friedhofsmauer oder im San-

Isidro-Park findet oder wo immer sie die Leute erschießen? Entschuldigen Sie, wenn ich mich in Rage rede, Don Ignacio, aber von Ihnen habe ich nichts zu befürchten, und wenn ich den ganzen Tag den Mund halten muss und mit keinem reden kann, dann habe ich das Gefühl, mir platzt noch der Kopf… Glauben Sie, dass das noch lange so weitergeht? Denn wenn das hier nicht bald aufhört, habe ich in ein paar Tagen keine Milch und keinen Kaffee mehr, sogar die Zuckertütchen sind bald alle. Möchten Sie noch einen Kaffee? Geht aufs Haus.«

Er war ein sanftmütiger dicker Mann mit einem doppelten Butterkinn und fetten Armen, als würde er sich ausschließlich von der guten Butter und der dicken Sahne ernähren, die er sich rühmte, seiner erlesenen Kundschaft zu verkaufen, von der kaum noch jemand im Viertel geblieben war. Fast alle waren geflohen oder hielten sich versteckt, einige waren auch nachts aus ihren Häusern gezerrt und nicht weit entfernt, an den Baugruben und Abraumhalden, erschossen worden, gleich hinter den letzten Straßenlaternen, wo das Viertel endete. Der freundliche dicke Mann, der die Damen des Viertels mit formvollendeter Höflichkeit grüßte und alle Dienstmädchen mit Namen kannte, lebte jetzt hinter die Verkaufstheke seines Ladens geduckt, den er nicht hatte aufgeben und nicht schließen wollen, in seinem weiß gekachelten Refugium, in das er die Arbeitskraft eines ganzen Lebens gesteckt hatte, das Aufstehen zu unmenschlichen Zeiten, das Sparen jedes Céntimos, die Unterwürfigkeit den Herrschaften gegenüber, die mit Don oder Doña angeredet werden wollten oder mit Frau von oder sogar Frau Gräfin, und trotzdem manchmal ihre Milchrechnungen nicht bezahlten. Und jetzt musste er, der nie politisch gewesen war, sich nie eingemischt hatte, völlig unbegreiflicherweise in Furcht und Schrecken leben, sagte er, und senkte die Stimme, in der Angst, dass irgendwelche Dahergelaufenen ihm sein Eigentum nahmen oder ihm eine Kugel verpassten.

Die Angst stand in seinen etwas vorquellenden Augen, schwang in seinem bebenden Doppelkinn mit: Er sprach mit Ignacio Abel, und plötzlich sah man ihm an, dass das Vertrauen zu seinem Nachbarn, den er seit Jahren als respektablen Menschen kannte, nicht ausreichte, der Furcht den Stachel zu nehmen, denn es gab ja Leute, die andere verrieten, um sich selbst zu retten, um sich mit den patrouillierenden Henkersknechten gut zu stellen; und wer wusste, ob dieser Mann nicht nur deshalb weiter unbehelligt im Viertel wohnen konnte, weil er in Wirklichkeit ein Komplize der Pistoleros war, die nachts kamen und Häuser durchsuchten und Leute mitnahmen, die man nie wiedersah. Seine leutselige Miene war zwar noch die gleiche, doch die Angst war wie eine dunkle Wolke über seinen Blick gehuscht, der unstet geworden war, als er den Kaffee kassierte und sich für das Trinkgeld bedankte. Man musste genau hinsehen, um die Angst zu entdecken, denn sie offen zu zeigen war verräterisch, besonders in diesem Viertel, ebenso wie der Kauf von Zündkerzen einer bestimmten Stärke, mit denen man in geschlossenen Innenräumen feindliche Sender auf Empfang bringen konnte, oder sich am Sonntag frühmorgens durch die Seitentür in eine Kirche zu schleichen, aus der noch keine Garage oder Lagerhalle gemacht worden war, in der noch Messen gelesen wurden.

Aber wenn man genau hinschaute, konnte man die Angst auch in Gesichtern entdecken, die noch Sicherheit oder gar Anmaßung ausstrahlten. In dem des Portiers, zum Beispiel, der jetzt zwar blauen Overall, Pistolengurt und Baskenmütze trug, sich jedoch trotzdem noch wie zu den Zeiten von Livree und Tellermütze vor den reichen Hausbewohnern verbeugte, aber auch vor denen, die er nicht einschätzen konnte und als Nächstes vielleicht anschwärzen würde; der jetzt zwar die geballte Faust in den Himmel streckte, wenn eine Parade am Haus vorbeizog, aber, wie Ignacio Abel sich noch gut erinnerte, in einer Gruppe von Zeitungsausträgern und Dienstmädchen aus der Nachbarschaft vehement jene Parteien verteidigt hatte, die er als die Garanten der Ordnung bezeichnete, und der in der Milchbar oder im Gemischtwarenladen auch schon mal von den Heldentaten der Legion gegen die aufständischen Bergarbeiter 1934 in Asturien geschwärmt hatte.

Irgendjemand konnte sich erinnern. Irgendjemand nannte einen Namen, in der Hoffnung, die Gefahr von sich auf einen anderen zu lenken. Ignacio Abel sah ein bekanntes Gesicht auf sich zukommen (vielleicht ein Nachbar, der sich auf die Straße getraut und ungeschickt sein bürgerliches Aussehen zu verändern versucht hatte, indem er unrasiert ging, keine Krawatte trug und eine Mütze statt des Huts aufgesetzt hatte) und erkannte die Angst in den Augen, die seinem Blick auswichen. Er konnte sie dem Gesicht zwar nicht ansehen, spürte aber ihre Wirkung und stellte es sich fremd und erschrocken vor, sich mit der Unmöglichkeit abmühend, gleichgültig zu wirken, wenn eine bewaffnete Patrouille auftauchte und mit kreischenden Bremsen zum Stehen kam, oder wenn des Nachts Schritte die Marmortreppen des viel zu luxuriösen Hauses hinaufstürmten. Und auch wenn er seinem Schwager Victor nie zuvor begegnet wäre, hätte am Vortag auf dem Paseo de Recoletos ein Blick genügt, um das Stigma der Angst zu erkennen, das ihn von den anderen unterschied, mit denen er eins werden wollte, als er sich am helllichten Tag in der Menschenmenge verbarg. Die Angst stand in seinen Augen, in der Art, wie er sie nach links und nach rechts schweifen ließ, die Flanken überwachend, in der Art, wie sich die Haut über den Wangenknochen spannte, in den unkontrollierten Bewegungen seines Unterkiefers. Aber wer hätte schon zugeben können, dass er Angst hatte; nicht einmal sich selbst konnte man ja den ganz persönlichen Anteil an der universalen, namenlosen Angst eingestehen, die man am helllichten Tag zwar überspielen konnte, die sich aber unweigerlich bemerkbar machte, wenn die Nacht hereinbrach und die Straßen sich leerten, vor allem jetzt, da es früher dunkel zu werden begann und man in der Frische des frühen Morgens ahnte, dass der Sommer dem Ende zuging, der Krieg aber andauern und im Winter noch grausamer werden würde. Erst dann würde er auch für jene wirklich werden, die ihn bisher nur von Fotos aus den im Café gelesenen Zeitungen kannten, oder von Paraden und Aufmärschen, die immer eher festlich oder theatralisch als militärisch wirkten und denen – wie früher bei Schützenfesten – oft Kinder mit Papierhüten, Holzgewehren und Blechbüchsentrommeln voranmarschierten.

Auf der Suche nach Professor Rossmann war er nun den zweiten Tag auf der Straße und erkannte in jedem Gesicht eine andere Ausdrucksform, ein unterschiedliches Ausmaß von Angst, die umso deutlicher sichtbar wurde, je mehr sie versteckt werden sollte, je mehr sie von Begeisterung umhüllt wurde oder von Zynismus oder Angeberei oder schlicht Verschlossenheit. Er sah die Angst in den Gesichtern der geflohenen Landarbeiterfamilien, die über die Calle Toledo in die Stadt kamen, voller Schrecken immer noch über das, was sie gesehen hatten, und noch erschrockener über den Lärm und die schiere Größe Madrids. Er sah sie in den Gesichtern der Menschen, die aus der U-Bahn kamen oder an den letzten Haltestellen der Straßenbahnen ausstiegen, wo auch er an diesem Morgen zu suchen begann, über Brachen und Baugrundstücke irrte und unter den Leichen nach dem Gesicht von Professor Rossmann Ausschau hielt. Nur aus den Gesichtern der Toten war die Angst verschwunden, oder sie hatte sie zu grotesken Fratzen verzerrt. Er wunderte sich, dass so viele von ihnen auf der Seite lagen, mit angewinkelten Beinen, die Hand wie ein Kissen unter dem Kopf, als wäre plötzlich eine große Müdigkeit über sie gekommen, und sie hätten sich einfach unter freiem Himmel zum Schlafen hingelegt.

Angst stand aber auch in den Gesichtern jener, die gekommen waren, sich die Toten anzusehen, zwischen ihnen herumzuspazieren, mit dem Finger auf einen zu zeigen, der ihnen eine besonders komische oder lächerliche Stellung einzunehmen schien, oder mit dem Fuß umzudrehen, wenn er mit dem Gesicht im Dreck lag. Angst lag in ihrem Gelächter und in ihrem Schweigen, in der müden Gleichgültigkeit der städtischen Arbeiter, die die Leichen zu den Lastern der Müllabfuhr trugen, und in der Sorgfalt, mit der Justizangestellte die Protokolle aufnahmen und auf die Uhr schauten, um die Zeit des Auffindens einzutragen. *Nicht identifizierte männliche Person, Einschusslöcher in Kopf und Brust, Täter unbekannt.* Er ging noch einmal zu Bergamín, der aber noch nicht im Büro war, und eine andere Sekretärin als die vom Vortag war da und wusste nicht, was im Fall des verschwundenen Professors Rossmann unternommen worden war, schrieb aber für alle Fälle noch einmal Ignacio Abels Adresse und Telefonnummer auf. Er sprang auf eine in Richtung Castellana fahrende Straßenbahn auf und stieg auf Höhe des Naturwissenschaftlichen Museums und des Zufahrtsweges zur Residencia wieder aus. War es Negrín gewesen, der ihm mit beschämter Niedergeschlagenheit gesagt hatte, dass dort auch jeden Morgen Leichen gefunden wurden? »Auf unseren Sportplätzen, mein lieber Abel, direkt an der Museumsmauer, einen Schritt von meinem Labor entfernt, das schon seit ich weiß nicht wann geschlossen ist.«

»Ich höre sie jede Nacht, gleich hier um die Ecke«, sagte Moreno Villa, totenbleich, gealtert, eingefallen, unrasiert, da er sich den Bart stehen ließ, wie ein Bettler oder einer jener Märtyrer auf den Bildern von Ribera, die er so liebte. Die Residencia de Estudiantes diente jetzt als Kaserne für Milizen und Schutzpolizei. Die Eingangshalle war jetzt Wachabteilung, ein Gewimmel von kommenden und gehenden Männern mit Gewehren über den Schultern. Auf dem Boden lagen Matratzen, und es roch nach Tabak und Mannschaftskost. Die Wände waren voller Plakate mit handgeschriebenen Parolen, der Boden voller Kippen. Auf dem Korridor, der zu Moreno Villas Zimmer führte, standen Krankenbetten mit verwundeten Milizionären, und hier roch es nach Blut und Desinfektionsmitteln, überall hörte man das Gesumm von Fliegen und leise Unterhaltungen. Unrasierte, gelbliche Gesichter drehten sich nach ihm um, Blicke voller Angst, wie man sie sonst nirgends sah, der schlichten, unzugänglichen Angst jener, die das Sterben gesehen haben.

»Ich höre ein Auto den Hügel heraufkommen, dann die Türen schlagen, Befehle, manchmal Gelächter, als gäbe es was zu feiern. Danach die Salve und die einzelnen Gnadenschüsse. Wenn ich die Gnadenschüsse zähle, kann ich mir ausrechnen, wie viele sie erschossen haben. Manchmal sind sie aber auch ungeschickt oder betrunken, dann dauert alles viel länger.«

Moreno Villa in seinem asketisch eingerichteten Zimmer, der Zelle eines Einsiedlers, der er geworden war, so lange, wie er keinen Menschen mehr gesehen und nicht einmal einen Fuß vor die Tür gesetzt hatte, wo jetzt die Mannschaftswagen und Motorräder der Polizei parkten. Er verließ das Haus nur, um regelmäßig und pünktlich wie ein gewissenhafter Angestellter zur Arbeit im Archiv des Nationalpalasts zu erscheinen, was niemand von ihm verlangte. Der Präsident der Republik, dessen Arbeitszimmer in der Nähe von Moreno Villas Büro lag, hatte ihm angeboten, im Nationalpalast zu schlafen. Er aber zog es vor, jeden Abend zur Residencia zurückzugehen, wo er unter all den Milizionären und Verwundeten ebenso fehl am Platz wirkte wie an jedem anderen Ort in Madrid, mit seinem altmodischen Anzug, den hohen Schuhen und der Schnürsenkelkrawatte, die er trug, seit er aus den Vereinigten Staaten zurückgekommen war, von jener Reise, über die er ein dünnes, aufwendig gedrucktes Büchlein geschrieben hatte, verschwiegen fast, wie alles von ihm; das Buch eines Autors, der zwar ein unbestimmtes Ansehen genießt, aber von niemandem gelesen wird. Es war alles genauso wie vor knapp einem Jahr, als Ignacio Abel ihn zum letzten Mal gesehen hatte, überall Bücher und Zeichenblätter mit Entwürfen oder Vor-arbeiten, und er am Fenster vor einem unvollendeten Stillleben sitzend, vielleicht demselben, das er damals begonnen hatte, Ende September, in der fernen Vergangenheit nicht einmal eines ganzen Jahres.

»Um diese Zeit haben sie die Leichen schon abgeholt. Es kommt immer eine Kolonne von Müllmännern in einem lah-men Lastwagen, den ich schon am Motorengeräusch erkenne. Sie kommen kurz nach Tagesanbruch; ich vermute, sie sind dann schon auf dem Rückweg. Wenn sie Ihren Freund heute Nacht hergebracht haben, ist er jetzt schon im Leichenschau-haus. Rossmann hieß er, nicht wahr? Oder heißt er noch, der arme Kerl, wer weiß. Ich erinnere mich, dass ich einmal mit ihm gesprochen habe.«

»Vergangenes Jahr, im Oktober. Er war bei meinem Vor-trag.«

»Seltsam, nicht, sich an Sachen zu erinnern, die passiert sind, bevor das alles hier losging. Da passieren Dinge, und schon glaubt man, sie wären unvermeidlich gewesen und jeder hätte sie vorhersagen können. Aber wer hätte geglaubt, dass unsere Residencia eines Tages eine Kaserne sein würde! Kaserne und seit ein paar Tagen auch Lazarett. Jetzt müssen wir nachts nicht nur die Schießereien hören, sondern auch noch die Schmerzensschreie dieser armen Jungs. Sie können sich nicht vorstellen, wie sie schreien, Abel. Es gibt offenbar nicht genügend Medikamente, keine Schmerztabletten, keine Nar-kosemittel, gar nichts. Nicht einmal saubere Verbände für diese schrecklich blutenden Wunden. Ich sehe Blutlachen auf dem Boden, wenn ich einen Fuß vor die Tür setze. Wir haben gar nicht gewusst, wie klebrig Blut ist, wie entsetzlich viel Blut ein menschlicher Körper enthält. Wir hielten uns für gestandene Männer mit Erfahrung und Verstand, aber wir waren nichts und hatten keine Ahnung. Und das wenige, was wir gewusst haben, ist lächerlich und gut für nichts. Ein paar Wochen lang war Don José Ortega hier untergebracht, bevor er wie so viele andere das Land verlassen hat. Er war krank. Es tat weh, ihn im Liegestuhl in der Sonne sitzen zu sehen wie einen Greis mit bebendem Kinn, bleich und gelb und mit diesen Haarsträhnen, die er sich immer so sorgfältig über die Glatze kämmte, dass sie aussahen wie mit Spucke angeklebt. Unser großer, wortgewaltiger Philosoph, stumm wie eine Leiche, ins Leere starrend, schlotternd vor Angst, genau wie wir alle, oder noch mehr, weil er fürchtete, seine Berühmtheit könnte sich nachteilig auswirken und man ließe ihn nicht aus dem Land. Ich weiß nicht, ob Sie wissen, dass welche kamen, um ihn zu fragen, ob er das Bekenntnis der Intellektuellen zur Republik unterzeichnen wolle. Bergamín, Alberti, noch ein paar, alle schon mit Stiefeln und Patronentaschen und Pistolen. Aber Don José hat nicht unterschrieben. Er war viel zu krank, hatte Fieber, hatte Angst. Nachdem sie wieder gegangen waren, ging es ihm noch schlechter. Ich ging zu ihm und fragte ihn, wie er sich fühle, aber er hat gar nicht geantwortet. Seine Söhne sind nach dem Frühstück losgerannt und haben an der Museumsmauer und auf den Sportplätzen nach Leichen gesucht.«

»Hat man Sie nicht aufgefordert, das Bekenntnis zu unterschreiben?«

»Ich bin nicht berühmt genug. Das ist der Vorteil, wenn man unsichtbar ist.«

»Der arme Lorca hat diesen Vorteil nicht gehabt.«

»Er hat Madrid verlassen, weil er Angst hatte, dass ihm hier etwas zustößt. Einen Tag nach der Ermordung von Leutnant Castillo und Calvo Sotelo, am 13. Juli, hat er den Schnellzug genommen. Ein paar Tage vorher habe ich noch mit ihm gesprochen. Er war völlig verschreckt. Da er sich nicht schämte, seine Angst zu zeigen, sah er überdeutlich, was passieren würde.«

»Ich habe ihn vom Taxi aus gesehen. Er saß vor einem Café in der Recoletos. Er trug einen hellen Anzug und rauchte eine Zigarette, als ob er auf jemanden wartete. Ich habe ihm gewinkt, aber ich glaube nicht, dass er mich gesehen hat.«

»Jetzt verbringen wir unser Leben damit, uns zu erinnern, wann wir zum letzten Mal etwas getan oder einen Freund gesehen haben. Und wir haben Angst, dass es wirklich das letzte Mal gewesen sein könnte. Früher verabschiedete man sich, ohne einen Gedanken daran zu verlieren, als würden wir ewig leben, als würde immer alles bleiben, wie es ist, bis in eine grenzenlose Zukunft. Wie oft haben wir uns voneinander verabschiedet, Sie und ich, Freund Abel, wie oft sind wir uns auf der Straße begegnet und haben uns nur an die Hutkrempe getippt, wenn wir in Eile waren. Wenn wir uns heute Auf Wiedersehen sagen, wissen wir, dass wir uns möglicherweise nicht mehr wiedersehen.«

»Für Sie ist es nicht ungefährlich, so abgeschieden von allem zu wohnen. Kommen Sie zu mir. Ich habe die ganze Wohnung für mich allein. Eines der Dienstmädchen ist bei der Familie in den Bergen, und von dem anderen haben wir kein Lebenszeichen. Bei mir wären Sie sicherer, und wir könnten uns gegenseitig Gesellschaft leisten.«

»Machen Sie sich um mich keine Sorgen, Freund Abel. Wer will einem alten Mann wie mir schon ans Leder?«

»So alt sind Sie noch nicht, und auch nicht außer Gefahr. Ich selbst bin nur im letzten Moment gerettet worden.«

Was mochte aus dem hartnäckigen, nicht fortzubewegenden Moreno Villa geworden sein, der bis zuletzt so tat, als würde um ihn herum nicht die Welt zusammenbrechen; der weiterhin allein in der Residencia wohnte und durch die Flure und Hörsäle geisterte, in die die ausländischen Studenten des Sommersemesters, die Ende Juli gegangen waren, nicht zurückkehren würden, in denen er all die fremden Sprachen nicht mehr hören würde, die er so geliebt hatte. Jetzt lag er nachts wach und hörte in der Dunkelheit Schüsse, näher kommende Autos, knappe Befehle, manchmal Gelächter.

»Wissen Sie, woran ich in der letzten Zeit öfter denken muss, Moreno? An den Artikel, den Sie letztes Jahr veröffentlicht haben und in dem Sie schrieben, heutzutage schiene es jeder darauf abgesehen zu haben, Andersdenkende gleich umzubringen. Ich hielt das für übertrieben.«

»Ich habe auch daran gedacht. ›Ich habe sie alle umgebracht‹, lautete die Überschrift. Als ich das später in *El Sol* las, habe ich mich fast geschämt, weil ich dieselben Worte verwendet hatte, gegen die ich eigentlich zu Felde ziehen wollte. Es gibt Wörter, die man weder schreiben noch aussprechen sollte. Man sagt etwas so dahin und meint es eigentlich gar nicht oder misst ihm keine besondere Bedeutung bei; aber dadurch, dass man es ausgesprochen hat, beginnt es schon zu wirken.«

Eine unbehagliche Stille machte sich zwischen ihnen breit, die sie nicht zu durchbrechen wussten. Aus dem Garten der Residencia erklang ein Hornsignal. Auf den Sportplätzen gegenüber machten Milizionäre Formalausbildung und marschierten im Gleichschritt zum monotonen Schlagen einer Trommel.

»Und Sie, Abel, denken Sie auch daran, das Land zu verlassen?«

Er antwortete nicht gleich. Wie sollte Moreno Villa glauben, dass er seine Reise schon lange vor dem geplant hatte, was Krieg zu nennen den Menschen immer noch schwerfiel, weil man ihn in der Zeit davor – jetzt fern wie ein Traum – eingeladen hatte, ein Semester an einer amerikanischen Universität zu unterrichten und vielleicht eine Bibliothek zu entwerfen. Andere waren schon gegangen, hatten Privilegien genutzt, internationale Aufträge vorgeschützt oder Krankheiten, die nur im Ausland behandelt werden konnten. Sogar von Ortega hieß es jetzt, er sei gar nicht so krank gewesen, hätte im Grunde mit den Faschisten sympathisiert oder sich sogar mit ihnen eingelassen und Repressalien befürchtet. Ignacio Abels Worte sagten zwar die Wahrheit, klangen aber falsch, sogar in seinen eigenen Ohren; sie klangen wie die Lüge eines Mannes, der desertiert und sich dafür eine Erklärung zurechtgelegt hat, einen akzeptablen Vorwand, vor allem, als er sich sagen hörte, das Schlimmste sei, dass er nichts von seiner Frau und seinen Kindern wisse, die auf der anderen Seite der Front in den Bergen seien, so nah und doch in einer anderen Welt, in dem anderen Land, das jetzt die Kehrseite von ihrem hier war, obwohl Wahnsinn und Wirklichkeitsverlust dort dasselbe Ausmaß erreicht hatten. »Ich hatte vor, sie mitzunehmen«, sagte er und wusste, dass es nicht ganz stimmte; wusste, dass er den ehrlichen Schmerz über die Trennung von seinen Kindern mit einer Lüge verunreinigte.

Möglicherweise ahnte Moreno Villa andere Gründe als nur mutmaßliche Feigheit und den daraus resultierenden Wunsch, aus Spanien zu fliehen. Möglicherweise hatte man es ihm zugetragen, oder er war selbst darauf gekommen, zumal er ja in der Residencia wohnte und Judith kennengelernt hatte, bei ihrer ersten Begegnung dabei gewesen war und sie mit seinem wachen Blick eines leicht entflammbaren Junggesellen beobachtet hatte. Aus Eitelkeit oder mangelndem Vorstellungsvermögen glaubt man immer, die anderen bemäßen nur das, was man selbst von sich gab, oder wären von denselben Dingen bewegt. Moreno Villas Frage und sein traurig wachsamer Blick beunruhigten Ignacio Abel, als könnten sie die Geheimnisse seines Gewissens ans Tageslicht bringen; dabei war es viel wahrscheinlicher, dass, während er redete und in seiner Stimme einen Ton von Verlogenheit oder Schuldgefühl heraushörte, Moreno Villa an ganz andere Dinge dachte, von den eigenen Sorgen und Ungewissheiten ebenso gefangen genommen war wie Ignacio Abel, genauso fassungslos darüber, dass plötzlich eine schwindelerregende, blutige Wirklichkeit über ihn hereingebrochen war, die er nicht mehr verstand, der er unmöglich entfliehen und nicht einmal einfach den Rücken kehren konnte.

Er verabschiedete sich und versprach wiederzukommen, und auf dem schattigen Hang des Hügels, auf dem sich die Residencia wie ein Wachtturm über den Randgebieten von Madrid erhob, hielt er Ausschau nach den Spuren von Leichen, von Autoreifen, nach irgendwelchen Hinweisen, dass Professor Karl Ludwig Rossmann zu den Erschossenen der letzten Nacht oder einer der vorangegangenen Nächte gehörte. Der Geruch von Petersilie, Salbei, Rosmarin und Thymian brachte ihm schmerzhaft seine Kinder in Erinnerung, den Garten vor dem Haus in den Bergen und den Waldweg zum Stausee. Er sah mehr Tote als Lebende um sich, und sowohl nachts wie tagsüber fühlte er sich von Abwesenheiten verfolgt, die er deutlicher wahrnahm als die Gegenwart lebendiger Menschen.

Adela und die Kinder waren in der halb dunklen Wohnung viel wirklicher zu Hause als er selbst. Als er Moreno Villa in der Residencia besuchte, hatte er in der zu einem Wachlokal umfunktionierten Eingangshalle und im Treppenhaus die abwesende Gestalt Judith Bielys buchstäblich spüren können. Jetzt suchte er im dürren Gras nach Spuren von Leichen, doch im Geiste sah er Judith, die im Dunkel der anbrechenden Nacht auf einer von bunten Glühbirnen erhellten Baumallee sich ihm mit anmutigen Schritten näherte, während aus einem Radio Tanzmusik erklang; Judith, die sich ihm hingegeben hatte und ihm insgeheim immer noch gehörte, in einem Kreis ausländischer Schüler, die an den Metalltischen saßen und sich angeregt unterhielten, während sie ihm einen vielsagenden Blick zuwarf, den nur er allein bemerkte.

Hinter dem Naturwissenschaftlichen Museum floss ein Bewässerungsgraben, der Canalillo genannt wurde. Im Frühling wurden hier Metalltische und -stühle aufgestellt, und die Lichterketten eines Kiosks leuchteten im Geäst der Bäume. An einer Wand des jetzt geschlossenen Kiosks hatten Kugeleinschläge den Putz abgesprengt und waren noch frische Spuren von Blut zu sehen, das bis auf die Erde geronnen war.

Im trockenen Gesträuch lagen weggeworfene Schuhe, verwaiste Schuhe, die nicht zueinander passten, Frauenschuhe darunter, einige rissig von Wind und Wetter, andere – viel beunruhigender – noch glänzend und frisch geputzt. Er trat auf Gegenstände, die knirschten: eine Patronenhülse von einer Jagdflinte, eine Brille. Er schaute sich die Brille genau an, doch sie ähnelte der von Professor Rossmann nicht im Geringsten. In der frischen Morgenluft des späten August vermischte sich das Zirpen der Grillen mit dem Plätschern des Baches. Hinter der schwarzen Silhouette der Pappeln dehnte sich Madrid wie eine von der Trägheit des Sommers besänftigte Stadt, die keine Verbrechen kannte und keinen Krieg, von welchem aus dieser Entfernung, von der Anhöhe der Residencia aus, auch nichts zu sehen war, nicht einmal die Rauchsäule eines brennenden Gebäudes.

31 Er träumt manchmal, dass ein Telefon klingelt und er zu langsam wach wird und nicht schnell genug aus dem Bett kommt, um den Hörer abzunehmen. Es klingelt weiter und wird jedes Mal schriller, und jedes Klingeln scheint das letzte zu sein. Wegen einiger weniger Sekunden erfährt er nicht, wer ihn anrufen wollte, ihn um Hilfe bitten oder warnen wollte, oder ob es Judith Biely war, die zurückgekehrt ist und, weil keiner abnimmt, jetzt denkt, dass er nicht mehr in Madrid ist, und sie sich, nur weil er ein paar Sekunden zu spät den Hörer abgenommen hat, nie mehr wiedersehen werden. Der Traum stellt das Erwachen wirklichkeitsgetreu nach: das erste Klingeln, das zweite, die Unmöglichkeit, sich zu bewegen, weil der Körper noch nicht darauf eingestellt ist, dem Willen zu gehorchen, die Holzbretter, die Fliesen oder der Teppich unter den bloßen Füßen, die Verwirrung, erst nicht zu wissen, wo sich das Telefon befindet, und dann die Hast, es zu erreichen, die ausgestreckte Hand, die den Hörer just in dem Augenblick berührt, als das Erzittern des letzten Klingelns vergeht.

Obwohl sie in seinen Träumen so gut wie nie mehr erscheint, ist Judith Biely in ihnen als die große Abwesende gegenwärtig, die für die hinterlassene Leere so eindeutig verantwortlich ist wie die Schneide einer Klinge für die klaffende Schnittwunde, oder ein Fremder für die Fußspuren im feuchten Sand. Ignacio Abel geht im Traum über irgendeine Straße, und das demütigende Gefühl, welches ihm die Brust zuschnürt, rührt daher, dass sie auf dieser Straße nicht erscheinen wird, dass er ihr nicht einmal mehr im Traum begegnen kann, so wie man jemandem definitiv nicht mehr begegnet, der gestorben ist; und diese Abwesenheit ist die ultimative Form von Ferne. Wäre er schneller wach geworden und ohne zu zögern zum Telefon gelaufen, hätte er ihre Stimme gehört. Wäre seine Müdigkeit nicht so allumfassend gewesen, hätte er noch rechtzeitig den Hörer abnehmen können, bevor das Klingeln verstummte, und die Stimme eines seiner Kinder hören können; die von Lita oder Miguel, aus weiter Ferne und von Störgeräuschen verzerrt, aber immer noch erkennbar, etwas fremd nach so langer Zeit, denn in dem Alter verändern sich die Stimmen der Kinder genauso schnell wie ihre Gesichtszüge (vielleicht klingen sie auch nur deshalb so fern, weil sie die ganze beträchtliche Länge eines transatlantischen Seekabels durchmessen müssen).

Manchmal ist es ein auf dem Hotelflur klingelndes Telefon gewesen, das den Traum hervorgerufen und ihn wenig später wirklich aufgeweckt hat; oder die Klingel, die jemand in der Nachbarkabine auf dem Dampfer drückte, um den diensthabenden Steward zu rufen. Im Hotel in Paris war das Klingeln besonders schrill und vielfach, weil es sich als die Trillerpfeifen von Polizisten herausstellte, die steile Treppen hinauf- und durch schmale Flure stürmten, wenn sie wieder einmal eine Razzia unter Ausländern veranstalteten. Die Stiefel auf der Treppe waren ebenso laut wie das Hämmern an der Tür. Ein Gendarm stand in Ignacio Abels Zimmer, bevor dieser aufstehen konnte, sodass er seinen Pass, der auf dem Nachtschränkchen lag, im Bett liegend vorzeigte. Auf dem Flur war ein lärmendes Durcheinander von hastenden Schritten und Schreien, Fluchen auf Französisch und in anderen Sprachen. Er öffnet die Augen in jähem Erschrecken, das sein Herz heftiger schlagen lässt, und stellt dann fest, dass das Telefon, von dem er aufgewacht ist, nur im Traum geklingelt hat, und er weiß nicht, als er die Stille um sich her wahrnimmt, ob er enttäuscht oder erleichtert ist.

Nur einmal hat das Telefonklingeln ihn auch in Wirklichkeit aufgeweckt, und das hat sich nachhaltig auf seine

Nerven ausgewirkt. Er schlug die Augen auf und wusste, dass das Telefon schon viele Male geläutet hatte. Er lag im unaufgeräumten Schlafzimmer auf dem großen Ehebett mit den schmutzigen Laken, die er niemals wechselte. Dieselbe Zähigkeit, die ihn in seinem Traum zur Verzweiflung getrieben hatte, lastete jetzt auch im Wachzustand auf ihm. Durch die geschlossenen Fensterläden drangen zwar Lichtstrahlen ins Zimmer, doch im Haus war es zu dunkel, um zu erkennen, wie spät es war. Der Flur war genauso lang wie in dem Traum, den er bis vor einem Moment gehabt hatte. Er hatte das Telefon an der Wand schon fast erreicht, als er erkennen musste, dass die Stille nach dem letzten Läuten zu lange dauerte, dass die Leitung tot war, als er den Hörer endlich abnahm. Es war wie ein Band, das reißt, und etwas fällt zu Boden. Alle möglichen oder unmöglichen Stimmen gingen ihm durch den Kopf, als er den Hörer ans Ohr hielt und fragte, wer anrief. Eine Mischung von Aufregung und Schläfrigkeit führte dazu, dass er die Stimme von Bergamín nicht gleich erkannte, die schwach und rau zugleich klang und sich wegen der Erkältung ein wenig nasal anhörte.

»Abel, warum dauert das so lange, bis Sie rangehen? Kommen Sie zur Allianz, so schnell Sie können. Ich nehme nicht an, dass ich Sie geweckt habe ...«

»Wissen Sie, wo Professor Rossmann ist?«

»Beeilen Sie sich. Ich muss gleich verreisen.«

Jetzt begreift er, dass sich die Angst in Bergamíns Stimme eingenistet hatte, verborgen hinter der Dringlichkeit, so wie sie später auch in seinen tränenden Äuglein gestanden hatte, die feucht von der Erkältung waren, genau wie die Spitze seiner schmalen Nase, die zudem noch gerötet war von all dem Putzen mit dem zerknitterten Taschentuch, das er dann verschwiegen in die Brusttasche seiner Jacke zurücksteckte, als wäre das etwas Ungehöriges. Vielleicht war es nicht direkt

Angst, sondern eine Art Beunruhigung, die er selbst nicht erkannte; eine Beunruhigung wegen so vieler verschiedener und subtiler Gefahren, dass man sie sich gar nicht immer alle vergegenwärtigen konnte: dass der feindliche Vormarsch auf Madrid schneller vonstattenging, als man sich hatte vorstellen können; dass jemand trotz seines unermüdlichen Einsatzes für die Allianz, trotz der glühenden Artikel voll eines unbeugsamen gerechten Zorns, die er schrieb, seine orthodoxe Zuverlässigkeit in Zweifel ziehen könnte; dass es kompromittierend für ihn sein könnte, mit Ignacio Abel an diesem Morgen im Hof der Allianz gesehen zu werden oder Nachforschungen über den Verbleib von dessen deutschem Freund angestellt zu haben; dass er zu spät zum Flughafen von Barajas kam, wo das Flugzeug bereitstand, das ihn nach Paris bringen sollte und von dort aus gleich weiter nach Genf, wo er als Vertreter der spanischen Intellektuellen am Internationalen Friedenskongress teilnehmen würde.

In einem förmlichen, englisch wirkenden Anzug anstelle des offenen Hemds und der Flieger- oder Panzerjacke stand er jetzt auf der Freitreppe des Palais Heredia Spínola und blinzelte in die Morgensonne, an die seine Augen nicht gewöhnt waren, die wegen der unzeitigen Erkältung zudem noch tränten, übermüdet von der unaufhörlichen Arbeit im Lampenlicht des verdunkelten Arbeitszimmers, in dem er ganze Nächte hindurch in seiner kleinen gestochenen Schrift Artikel und Gedichte verfasste, Druckfahnen ihrer Zeitschrift *Der Blaumann* korrigierte. Nach dem Anruf bei Ignacio Abel war er nachdenklich am Schreibtisch sitzen geblieben, die mageren Hände vor dem Gesicht zusammengelegt, sodass seine Fingerspitzen die feuchte Nase berührten (mit vorhersehbarer Unvernunft hatte Abel am Telefon gefragt, was er nicht hätte sollen, was nur im Flüsterton unter vier Augen besprochen werden durfte). Er hatte auf seine Armbanduhr geschaut und festgestellt, dass die große barocke Wanduhr nachging, die von den Waffen des Marquis de Heredia Spínola eingefasst war, die das Grunddekor des gesamten Palastes bildeten; man sah sie an den Rückenlehnen der Stühle und Sessel und an den falschen Renaissancesekretären, an den Deckenfresken und Kaminsimsen.

Um elf sollte das Flugzeug nach Paris abfliegen. An seinem Rumpf war deutlich die französische Trikolore aufgemalt, sodass sie keine Angst haben mussten, von feindlichen Jägern angegriffen zu werden. Er vergewisserte sich bei seiner Sekretärin, dass der Wagen, der ihn zum Flugplatz bringen würde, im Hof bereitstand und die Aktentasche mit den Reisedokumenten, Pass, Visum, Passierscheine, sich schon drinnen befand. Mit geistesabwesendem Vergnügen roch er an seinen Fingerspitzen, während er die Zeitungen überflog, die aufgeschlagen auf seinem riesigen Schreibtisch lagen, eine jede mit der ihr eigenen Anzahl stets vorteilhafter, zumeist jedoch vollkommen frei erfundener Meldungen, die zu keiner Zeit die Beunruhigung, die verhohlene Beklemmung zu lindern vermochten, die man nicht einmal vor sich selbst zeigen durfte, die Angst, die sich unbemerkt einschlich in die verstohlenen Seitenblicke, das übermäßige Blinzeln, das Trommeln der Finger, die nicht stillhalten konnten, nach einer Zigarette griffen oder nach Zündhölzern oder Verszeilen abzählten. Er schaute noch einmal auf die Uhr, dann zog er seine Tweedjacke für die Reise an, raffte Papiere zusammen und verstaute sie in seiner Aktenmappe, den Füllfederhalter in das Brusttäschchen seiner Jacke, voller Ungeduld jetzt, beunruhigt und verärgert über Ignacio Abel, dessen Stimme am Telefon verschlafen geklungen hatte, der so bald noch nicht eintreffen würde, obwohl er ihn zur Eile gemahnt und gesagt hatte, er solle so schnell wie möglich kommen.

»Mariana, ich fahre jetzt los. Wenn der Architekt Abel kommt, geben Sie ihm selbst die Anweisungen. Und richten Sie ihm von mir aus, dass es für ihn dienlich sei, den Auftrag zuverlässig auszuführen.« Mariana schrieb so eifrig auf der Maschine, riss die Seiten mit ihren Durchschlägen heraus, sobald sie vollgeschrieben waren, und spannte neue ein, dass dabei der oberste Knopf ihrer Kampfbluse aufgegangen war und Bergamín, als er sich zu ihr hinabbeugte, den Ansatz ihrer Brüste sehen konnte. Im Saal nebenan probte die Kapelle für den Maskenball, den der Dichter Alberti und seine Frau für die französischen Schriftsteller gaben, die nach Madrid gekommen waren, und den sie schon seit Tagen vorbereiteten, wobei ihnen all die Festgewänder und Kostüme zustattenkamen, die man in den Schränken des geflohenen Marquis und dessen Familie gefunden hatte. Bergamín war froh, dass er die Reise als Vorwand nutzen konnte, um bei dem Fest nicht mitmachen zu müssen. Er war ein zurückhaltender, spröder Mensch, den kollektiver Gefühlsüberschwang, wie Alberti und Maria Teresa León ihn liebten, ebenso abschreckte wie öffentliche Lesungen vor einem sich begeisternden Publikum oder die Reden nach einem Bankett zu Ehren von jemandem.

Alberti hatte das etwas ölige Profil eines Filmstars und das Timbre eines Schlagersängers; seine Frau, blond und mollig, mit einem herrlichen Mund mit karminrot geschminkten Lippen und blendend weißen Zähnen, hatte die Hände in die Hüften gestemmt und wiegte sich leicht in den Schultern, als wolle sie gleich ein Schunkelliedchen zum Besten geben und nicht eine Proklamation verlesen oder ein romantisches Kriegsgedicht rezitieren. Er konnte ihre laute Stimme jetzt über den Misstönen der probenden Instrumente hören, wie sie Anweisungen gab. Wenn er, Bergamín, vor Publikum sprach, brachte er kaum die Zähne auseinander, sprach viel zu nah ins Mikrofon und ließ unwillkürlich die Schultern hängen, anstatt sich in die Brust zu werfen und das Kinn vorzustrecken, wie Alberti das tat. Sogar wenn er beim Singen der Hymnen die Faust reckte, war es, als würde seine Hand zusammenschrumpfen, anstatt sich zur Faust zu ballen. Er war sich seiner Haltung ebenso bewusst wie seiner schwachen Stimme, wenn er unmelodisch die *Internationale* mitsang und von der Stimmgewalt der anderen übertönt wurde. Wirkte er nicht gar ein wenig lächerlich, wie er jetzt aus der Eingangshalle auf die Freitreppe trat und von der Sonne geblendet wurde? Wenigstens in den Augen der Milizionäre und Chauffeure, die zwischen den hereinkommenden und abfahrenden Lieferwagen hin und her eilten, der Arbeiter, die mit unterschiedlichster Behutsamkeit Gemälde, Skulpturen, Bücherkisten und sonstige Wertgegenstände verpackten und aufluden, die aus Kirchen gerettet worden waren, die in Brand gesetzt zu werden drohten, aus verlassenen Palästen, die zum Plündern einluden, nachdem ihre Besitzer verhaftet oder hingerichtet worden waren?

*Der kalte, chirurgische Eingriff der Volksjustiz.* Diesen Satz hatte er selbst geschrieben in seiner winzigen säuberlichen Schrift, die gar nicht gut für seine Augen war. An ihn musste er denken, als er – nicht ohne Widerwillen – Ignacio Abel durchs Tor kommen sah, sehr erregt, sogar ohne Krawatte, wohl fürchtend, dass er schon gegangen sein könnte. Lieber wäre er ihm nicht begegnet. Nur eine Minute später, dann hätte er ihn aus dem Seitenfenster des Autos beobachten können, das am Fuß der Treppe auf ihn wartete, ein chromglänzender Hispano-Suiza, der vielleicht auch den Eigentümern dieses Stadtpalais gehört hatte und auf dessen Türen man nicht mit groben Pinselstrichen irgendwelche Parteisigeln gemalt hatte, sondern in einem dezenten Halbkreis die Worte *Allianz Antifaschistischer Intellektueller – Präsidium.* Ignacio Abel hatte ihn bereits gesehen. Bergamín winkte ihm, zu ihm in die Empfangshalle zu kommen, in die matte Helligkeit der Bleiverglasung mit ihren roten, gelben und blauen Farben.

»Wissen Sie jetzt, wo ich Professor Rossmann finden kann?«

»Nicht so laut, Abel, sprechen Sie leiser! Leise und in wohlgewählten Worten, wie das spanische Sprichwort sagt. Sonst kompromittieren Sie sich und mich dazu. Es ist unvorsichtig, laut nach jemandem zu fragen, der nicht ganz astrein zu sein scheint. Viel habe ich nicht herausfinden können, aber immerhin. Sowohl Ihr Freund als auch Sie selbst sollten allzu viel Lärm in dieser Angelegenheit vermeiden.«

»Er ist irrtümlich verhaftet worden, da bin ich mir sicher.«

»In diesen Zeiten können Sie sich keiner Sache sicher sein. Unsere sowjetischen Freunde waren sich Bucharins, Kamenews und Sinowjews auch sicher, und sehen Sie nur, was für eine Verschwörung sie angezettelt haben, sie haben es selbst gestanden. Wir haben es mit einem Gegner zu tun, der kein Mitleid kennt und leider nicht allein ist auf der anderen Seite der Front. Er hat seine Helfer auch hier in Madrid. Sie kennen ja den Ausspruch von diesem großspurigen General Varela; dass er vier Kolonnen hat, die Madrid angreifen, und eine fünfte, die die Stadt von innen erobern wird. Sie sind mitten unter uns und nutzen die Verwirrung aus, für die sie selbst gesorgt haben mit ihrem Putsch, und auch die Moral und die Gesetzestreue, die uns hemmen ...«

»Von welcher Gesetzestreue sprechen Sie, Bergamín? Auf dem Weg hierher habe ich Leichen am Zaun des Retiro-Parks gesehen. Sie werden wie Abfallsäcke auf Mülllaster geladen, und die Leute stehen daneben und lachen.«

»Und Sie fragen sich nicht, was sie getan haben, um so zu enden? Lesen Sie keine Zeitungen, hören Sie kein Radio? Diese Menschen glauben, die Ihren seien schon nah vor Madrid, und sie tun alles, um ihnen den Einmarsch zu erleichtern. Wissen Sie nicht, dass Heckenschützen von Dächern und Kirchtürmen auf Zivilisten schießen? Sie fahren mit Autos an Kasernen vorbei und mähen mit Maschinenpistolen die wachhabenden Milizionäre nieder, schießen auf alles, was sich ihnen in den Weg stellt. Sie bombardieren die Armenviertel, und es kümmert sie überhaupt nicht, dass Frauen und Kinder dabei umkommen. Ich habe es Ihnen schon einmal gesagt, und ich wiederhole es: Nicht das Volk hat diesen Krieg begonnen. Wir können uns keine Schwäche, keine Unvorsichtigkeit leisten. Nicht einmal unseren Schatten können wir trauen. Tun Sie mir und sich selbst einen Gefallen. Ich kann Ihnen das jetzt nicht alles erklären, in einer halben Stunde muss ich am Flughafen sein. Ihretwegen bin ich Risiken eingegangen und habe Nachforschungen angestellt, und ich kann Ihnen versichern, dass Ihr Freund in keiner unmittelbaren Gefahr schwebt ...«

»Sagen Sie mir, wo er ist. Wessen wird er beschuldigt?«

»Sie verlangen zu viel von mir. Ich weiß es selbst nicht.«

»Dann sagen Sie mir wenigstens, in wessen Händen er sich befindet. Sitzt er in einem Kerker der Kommunisten?«

»Wägen Sie Ihre Worte, Abel! Man hat mir versichert, er sei wegen einer begründeten Anzeige verhaftet worden, aber es sei nichts wirklich Schlimmes. Das Normale ist, dass sie ihn morgen oder übermorgen gehen lassen. Vielleicht sogar schon heute, wer weiß. Unsere Leute handeln nicht so blind, wie Sie sich das vorstellen, Sie ungläubiger Mensch.«

»Sagen Sie mir, wohin ich gehen muss, und ich bürge für ihn. Negrín ist bereit, sich ebenfalls für ihn einzusetzen.«

»Negrín ist in der neuen Regierung zum Minister ernannt worden. Haben Sie das nicht im Radio gehört?«

»Ich werde die Tochter von Professor Rossmann anrufen. Sie hat nächtelang nicht mehr geschlafen.«

»Sie gehen nirgendwo hin, Abel; nur dahin, wo ich es Ihnen sage. Heute Morgen hat mich der Ausschuss zur Rettung der Nationalen Kunstschätze angerufen und mich um einen Gefallen gebeten. Ich habe gleich an Sie gedacht. Wir ertrinken in Arbeit, das können Sie sich sicher vorstellen.«

»Das würden Sie nicht, wenn nicht alle Kirchen in Brand gesetzt würden.«

»Ist Ihnen schon mal aufgefallen, Abel, dass Sie immer nur uns die Schuld an allem geben? Dass Sie immer nur unsere Fehler sehen?«

»Die ganze Welt sieht sie.«

»Die ganze Welt sieht, was sie sehen will!« Bergamíns Stimme wurde etwas schriller. »»Denn mit sehenden Augen sehen sie nicht, und mit hörenden Ohren hören sie nicht‹, heißt es im Evangelium. Die ganze Welt verschließt den Blick davor, dass es die Luftwaffe der Aufständischen war, die den Palast dieses Verräters, des Herzogs von Alba, bombardiert hat, und dass es die Volksmilizen waren, die sich unter Einsatz ihres Lebens in die Flammen geworfen haben, um die Kunstschätze zu retten, die diese Familie von Großgrundbesitzern und Parasiten im Lauf der Jahrhunderte an sich gerissen hat.«

Bergamín warf einen Blick auf seine Uhr. Er fühlte sich unbehaglich und war in Eile. Von der Ecke der Empfangshalle aus, wo er mit Ignacio Abel sprach, warf er immer wieder verstohlene Blicke in den Hof, um André Malraux nicht zu verpassen, der in derselben Maschine wie er nach Paris flog.

»Da wir gerade von Schätzen reden … Sie haben sicher schon von dem Hauptaltar der Wohltätigkeitskapelle in Illescas gehört. Er enthält nichts weniger als vier Gemälde von El Greco. Die vom Ausschuss haben uns gebeten, sie in Sicherheit zu bringen …«

»Der Feind steht bereits kurz vor Illescas?«

»Ganz ruhig, Abel. Wenn jemand Sie hört, könnte er Sie glatt für einen Defätisten halten.«

»Wenn es nicht dieses ist, ist es jenes. Ich werde aus Ihnen nicht schlau, Bergamín.«

»Nicht ärgerlich werden, Abel. Ihre politische Naivität macht mir Sorgen; ich würde Sie gerne wachrütteln, möchte Sie zumindest aber beschützen. Wie Sie wissen, schlagen unsere Milizen den Feind an allen Fronten zurück, einschließlich der von Talavera. Wenn die Faschisten also, obwohl sie in der Überzahl und besser bewaffnet sind, nicht imstande waren, Talavera zu erobern, wie also sollen sie schon vor Illescas stehen, was viel näher an Madrid ist? Das Problem ist ein anderes. Man hat uns informiert, dass diese etwas überdrehten jungen Leute von der FAI in Illescas den Anarchokommunismus ausgerufen haben. Bis jetzt haben sie das Privateigentum und das Geld abgeschafft, benutzen die Wohltätigkeitskapelle als Lagerhaus für beschlagnahmte Lebensmittel. Ein sozialistischer Stadtrat konnte gestern vom einzigen noch funktionierenden Telefon im Ort den Ausschuss für Kunstschätze anrufen. In der Gemeinde wird diskutiert, was mit dem Altar geschehen soll, ob man ihn veräußern und von dem Erlös Waffen kaufen soll, was die Gemäßigten bevorzugen, oder ob man gleich ein großes Feuer mit ihm macht. Schauen Sie mich nicht so an, Abel. Wir können es dem Volk nicht verübeln, dass es nicht wertschätzt, was man es zu bewundern gelehrt hat. Mit unseren Freunden vom Fünften Regiment haben wir eine kleine Rettungsexpedition organisiert. Diskret, aber mit allem Nachdruck. Ein paar gut bewaffnete Milizionäre im offiziellen Auftrag des Ausschusses zur Rettung der Nationalen Kunstschätze holen die Grecos vom Altar und bringen sie vorübergehend im Tresor der Bank von Spanien in Sicherheit, so wie es mit vielen anderen gefährdeten Kunstschätzen ebenfalls gemacht wird. Sie sind genau der Richtige, die Operation zu leiten. Protestieren Sie nicht! Ich habe es Ihnen schon öfter gesagt: Zeigen Sie Bereitschaft, machen Sie sich nützlich. Beweisen Sie Ihre Loyalität durch Taten, nicht nur mit Worten. Mit Worten allerdings auch. Warum haben Sie eigentlich nicht das Bekenntnis der Intellektuellen zur Republik unterschrieben?«

»Man hat mich nicht gefragt.«

»Dazu ist es noch nicht zu spät. Schreiben Sie mir etwas für die nächste Nummer von *Der Blaumann;* ein paar Seiten über ein Thema Ihrer Wahl, die Architektur in der neuen Gesellschaft, oder so was, wie Sie für *Cruz y Raya* geschrieben haben, das ist auch gut angekommen. Die Meister der Volksarchitektur, so namenlos wie die Verfasser der alten Volkslieder. Und tun Sie mir den Gefallen und brechen so schnell wie möglich nach Illescas auf. An der Ecke Recoletos wartet schon ein Lastwagen auf Sie. Die Zeit drängt, Abel.«

»Geben Sie mir Ihr Wort, dass Professor Rossmann nichts geschehen wird.«

»Ich kann doch nichts versprechen. Wer bin ich denn? Tun Sie, wozu ich Ihnen rate, dann ist keinerlei Versprechen nötig. Wenn Sie sich beeilen, können Sie mit den Gemälden am Abend schon wieder zurück sein. Fragen Sie Mariana. Sie wird sich um alles kümmern. Sie hat die Instruktionen für Sie.«

Diesmal gab er ihm zum Abschied nicht die Hand. Er erblickte einen hochgewachsenen Mann mit forschem Profil, der Lederjacke, Reithosen und Stiefel trug und soeben die Freitreppe hinunterging. Um ihn nicht zu verpassen, ließ er Ignacio Abel einfach stehen; allerdings nicht, ohne ihn vorher zu informieren: »Da geht Malraux.«

Warum war er so unvernünftig gewesen, sich da hineinziehen zu lassen; ein Versprechen von Bergamín anzunehmen, das nicht einmal eines war (die kleinen feuchten Augen unter den buschigen Brauen waren seinem fordernden Blick ausgewichen, der notwendigen Gewissheit); warum suchte er nicht weiter nach Professor Rossmann, der an diesem Morgen möglicherweise noch lebte, anstatt in den Lieferwagen zu steigen, der ihn einem ungewissen und wahrscheinlich gefährlichen Schicksal entgegenführen würde? Die Milizionäre, die sich Ohrensessel aus dem Palais geholt hatten und plaudernd und rauchend, die Gewehre auf dem Schoß, im Hof in der Sonne saßen, würden nichts unternehmen, um ihn zurückzuhalten.

Es gibt Dinge, die lassen sich während einer gewissen, meist sehr kurzen Zeit noch ändern, doch dann passieren sie und sind unabänderlich. Aber Ignacio Abel verzettelt sich leicht, wenn es dringend oder hektisch wird; ist wie gelähmt, wenn es gilt, unverzüglich zu handeln. Als er im Hof stand, war ein Milizionär zu ihm gekommen und hatte gemeldet, dass der Lieferwagen mit laufendem Motor warte und die Männer aufgesessen seien. Bergamíns Sekretärin kam die Marmortreppe herunter, um ihm eine Aktenmappe mit Dokumenten zu übergeben, die sie vor ihm hastig durchblätterte und aufzählte, ohne dass er ein Wort von allem verstand. Seltsam, wie leicht er das fast arrogante Gefühl von Selbstsicherheit verloren hatte, das ihn ausgezeichnet hatte, als er noch im Baubüro der Universitätsstadt Entscheidungen traf und Anweisungen erteilte. Hinter sich hörte er die Musik der Kapelle und das hydraulische Rattern der Setzmaschinen; um ihn herum laute Stimmen und gebrüllte Befehle; Hupen und aufheulende Motoren im Hof; klackende Stiefelabsätze und Scheppern von Waffen. In den Zimmern und Sälen, in denen vor zwei Monaten noch Dienstmädchen in schwarzen Kleidern und weißen Häubchen geschäftig hin und her geeilt waren, herrschte jetzt ein brodelndes Durcheinander von unrasierten Männern mit Bastsandalen an den Füßen, die meisten von ihnen in blaue Overalls gekleidet und mit Gewehren über der Schulter; von Frauen mit Soldatenmützen auf dem Kopf und Pistolen im Gürtel. Der Krieg war ein Zustand von unüberlegter Hektik und verkrampfter Theatralik, die sich verselbstständigt hatten und ihn in ihrem Strudel mit sich rissen, obwohl er verschwommen wusste, dass er das nicht zulassen durfte, aber auch, dass es ihm an Mut oder schlicht an Geschick mangelte, sich dagegen zu wehren. In Ausnahmesituationen hatte er noch nie reagieren können. Er war wie gelähmt, wie ein Tier im Licht von Autoscheinwerfern, und indem er nichts tat, erhöhte er die Gefahr noch; und wenn er etwas unternahm, war es belanglos und falsch, und obwohl er das wusste, gelang es ihm nicht, gegen die eigene Inkompetenz etwas zu unternehmen. In irgendeinem der improvisierten Gefängnisse in Madrid, in einem finsteren Kellerverlies, in dem die Gefangenen einander kaum erkennen konnten, hoffte Professor Rossmann vielleicht immer noch, dass sich eine Tür auftat und jemand seinen Namen rief, wohl wissend, dass in ganz Madrid Ignacio Abel der einzige Mensch war, der ihn retten konnte. Er hätte noch einmal zu Negrín gehen müssen, der jetzt einflussreicher und umtriebiger war denn je, seit er am Morgen zum Minister ernannt worden war.

In einem der Säle mit Türen, die nur angelehnt waren (große Türen mit vergoldeten Rahmen, poliertem Holz mit eingravierten herzoglichen Wappen der Heredia Spínola), erklang das Hornsignal aus dem Radio, das die neuesten Meldungen von der Front ankündigte, und von überallher kamen Männer und Frauen gelaufen und versammelten sich um einen Apparat, der ebenso pompös war wie die Kommoden und Ziertische im ganzen Palast. Milizionäre, Sekretärinnen und Arbeiter, die die gerahmten Bilder und die Bücherkisten stehen ließen; Musiker, die ihre Proben unterbrachen; mit Ballkleidern und Perücken aus dem 18. Jahrhundert verkleidete junge Frauen. Neben sich erkannte Ignacio Abel das aufmerksame Profil von Bergamíns Sekretärin. Die ersten Takte des feierlichen Brausens der *Hymne der Republik* erklangen, dann die melodramatische Stimme des Sprechers. »Achtung, Spanier! Heute Morgen wurde die neue Regierung des Sieges gebildet!« Begeisterte Stimmen und brausender Applaus brandeten nach jedem Namen der neuen, jetzt sozialistischen und kommunistischen Minister auf. Doch kaum jemand klatschte, als der Name Juan Negrín López als neuer Finanzminister genannt wurde, weil ihn wahrscheinlich keiner der Anwesenden kannte.

Nur mit Mühe konnte die Ruhe wiederhergestellt werden, als der Radiosprecher den neuen Ratspräsidenten Francisco Largo Caballero ankündigte. Wie schon so oft, sah sich Ignacio Abel von einer inbrünstigen Begeisterung umgeben, an der er gern teilgehabt hätte, die ihm zugleich aber seinen instinktiven Wunsch nach Abstand, nach Beobachtung von außen, deutlicher ins Bewusstsein rückte. Merkwürdig, dass die trockene Rede Largo Caballeros, seine unsichere Art, in ein Mikrofon zu sprechen – ein von den modernen Erfindungen verunsicherter alter Mann –, in den Gesichtern dieser jungen Menschen eine so einmütige Aufmerksamkeit und Begeisterung zu wecken vermochte. Die unverbrüchliche Einheit aller Volksfrontorganisationen war der Garant für die unmittelbar bevorstehende Niederlage der faschistischen Aggressoren. Der Feind befand sich an allen Fronten auf dem Rückzug, widerstand nur mit Not den ungestümen Angriffen der heldenhaften Arbeitermilizen. Das spanische Volk würde die maurischen Söldner und die vom deutschen Nazismus und vom italienischen Faschismus bezahlten Eindringlinge ebenso aus dem Land jagen, wie es im Unabhängigkeitskrieg die Truppen Napoleons aus dem Land gejagt hatte.

Nach jedem Heldenruf Largo Caballeros antworteten die um das Radio versammelten jungen Menschen mit einem »Viva!«, das die Wände des Saals erzittern ließ. Mit hochgereckten Fäusten sangen sie die *Internationale,* die von den Musikern der Kapelle intoniert worden war. Auch Ignacio Abel reckte seine Faust und fühlte eine Ergriffenheit, die seinem Willen fremd und dennoch aufrichtig war, geweckt von der Musik und den herrlichen Worten, die er als Kind auf den sozialistischen Versammlungen gelernt hatte, zu denen ihn sein Vater mitzunehmen pflegte: *Uns aus dem Elend zu erlösen, können wir nur selber tun.* »Sie glauben tatsächlich, sie hätten eine Revolution gemacht und schon gesiegt, weil sie die Paläste der Hauptstadt besetzt haben, Paraden mit Musikkapellen und roten Fahnen abhalten. Sie berauschen sich an Wörtern und Hymnen, als hätten sie reinen Sauerstoff eingeatmet.« Aber vielleicht lag der Irrtum bei ihm, und seine Unfähigkeit zur Begeisterung war kein Beweis für besondere Klugheit, sondern für eine schäbige Verhärtung im Alter, begünstigt durch Privilegien, durch die Angst, sie zu verlieren. Es passte ihm ja schon nicht, dass der Milizionär, der zu ihm getreten war, ihn duzte: »Wo hast du gesteckt, Genosse, wir haben dich überall gesucht. Wir dachten schon, du kneifst.«

Er folgte dem Milizionär mit den schlechten Manieren, aber eigentlich hätte er Negrín aufsuchen sollen, der im Regierungspräsidium sein würde, ganz am Anfang der Castellana, so nah, dass er zu Fuß keine Viertelstunde gebraucht hätte. Negrín kannte kein Zaudern. In Ausnahmesituationen sprühte sein Tatendrang Funken. Aber es war zu spät. Sie hatten den Lieferwagen erreicht, der mit laufendem Motor auf sie wartete, und der Milizionär, der ihn hergebracht hatte, sprang mit einem Satz auf die Ladefläche, wo seine Genossen schon unter der Plane im Schatten saßen, lachten und rauchten und einen Weinschlauch herumgehen ließen. Sie hockten auf Reservekanistern mit Benzin und zündeten sich unbekümmert ihre Zigaretten an. Krieg war etwas für junge Leute. Die Alten, die sich daran beteiligten, taten es mit der kalten Grausamkeit von Anstiftern oder waren in einem Wahn von schwachsinniger Rhetorik und entsetzlichem Dünkel gefangen. Vorne neben dem Führerhaus wartete der Fahrer, der noch jünger war als die anderen, mit einem runden Kindergesicht, ohne Mütze, mit runder Brille und krausem Haar, das er offensichtlich zu glätten suchte, indem er es mit Festiger straff nach hinten kämmte. Als er Ignacio Abel erblickte, riss er zum Gruß die Faust an die Schläfe; zu einem Gruß, der für seine rundliche Gestalt und das breite, kindlich wirkende Gesicht allzu energisch ausfiel. Der Krieg war ein Schlachthaus für wehrlose Menschen und viel zu junge Männer. In wahres Räuberzivil gekleidet – Straßenschuhe, Maurerhose, Anzugsjacke, Patronengurt, Pistole –, sah er aus wie ein Rekrut des Bataillons der Unbedarften.

»Don Ignacio, erinnern Sie sich nicht an mich?«

In dem jungen Gesicht erkannte er die überdauernden Merkmale einer Kindheit, die ihm vertraut gewesen war. Der

Fahrer lächelte schüchtern und wurde rot, als er sich so gemustert sah.

»Miguel Gómez, Don Ignacio. Der Sohn von Eutimio, dem Vorarbeiter an der Medizinischen Fakultät.«

»Der Kommunist?«

»Hat mein Vater Ihnen das gesagt? Von der Vereinigten Sozialistischen Jugend erst mal noch.«

»Miguelito …«

Ignacio Abel legte ihm die Hände auf die Schultern und überwand die Versuchung, ihn an sich zu drücken, wie er das vor nicht allzu vielen Jahren noch getan hätte. Er dürfte jetzt einundzwanzig sein, höchstens zweiundzwanzig, und war immer noch moppelig und auch nicht viel gewachsen. Nur in seinen Augen stand bereits die Intensität des erwachsenen Lebens und seiner Sorgen, von intellektuellen Fiebern, genährt von durchlesenen Nächten und erschöpfenden Debatten über Philosophie und Politik. »Der Junge ist genauso eine Leseratte, wie Sie es waren, wenn man Ihrem Herrn Vater glauben darf; möge er in Frieden ruhen«, hatte Eutimio zu ihm gesagt. Der Gedanke, dass der Junge den Namen seines Vaters und seines Sohnes trug, ging Ignacio Abel zu Herzen; er war sein Taufpate gewesen, und Eutimio hatte ihn gebeten, ihn nach seinem Vater benennen zu dürfen. Der letzte Zweifel schwand, als er ihn unbeholfen einsteigen und hinter dem Lenkrad Platz nehmen sah, wobei sich seine Pistolentasche am Türgriff verhakte. Der Junge war ein Nachkömmling, das jüngste von Eutimios fünf oder sechs Kindern. Als Säugling war er immer sehr schwach gewesen, und mehrmals hatte man gedacht, er würde am Fieber sterben oder etwas an den Lungen zurückbehalten.

Beim Losfahren trat er zu heftig aufs Gas, und der Lieferwagen machte einen Satz nach vorn, was Gelächter und Gepolter auf der Ladefläche zur Folge hatte. Er war vielleicht eingeschüchtert durch die unmittelbare Nähe Ignacio Abels, der in seiner Kindheit stets eine beschützende und geheimnisvolle Erscheinung gewesen war, der Pate, den sie manchmal besuchten in einem Haus mit Fahrstuhl und Treppen aus Marmor, die ihm gewaltig vorgekommen waren, die sein Vater und er aber niemals betreten hatten, so wie sie auch nie den Fahrstuhl benutzten, sondern über die schmale, dunkle Dienstbotentreppe hinaufgingen; der ferne Beschützer, der ihm zu seinen Namenstagen Spielsachen und Bücher schickte; der sich für ihn eingesetzt hatte, als er schon größer war, damit er nicht auf dem Bau arbeiten musste, wie seine Brüder, sondern aufs Gymnasium gehen konnte (der vielleicht auf die Priester des Kollegs eingewirkt hatte, damit sie ihn gratis aufnahmen; oder er hatte die Kosten selbst übernommen und keinem Menschen etwas davon gesagt). Ein Dienstmädchen hatte sie etwas herablassend hereingebeten und in ein Zimmer mit einem Fenster geführt, das auf einen Innenhof hinausging. Sie warteten schweigend, sein Vater steif auf einem Stuhl, unbehaglich in seinen Straßenschuhen, die er nur selten anzog und die beim Gehen knarrten und drückten. Er selbst saß auf einem so hohen Stuhl, dass seine Füße mit den Spitzen kaum den Fußboden erreichten. Eine Frau mit einer weißen Schürze kam herein, und er dachte blöderweise, das wäre die Dame des Hauses, und wollte, mit der Mütze in der Hand, aufstehen, dabei war es nur ein weiteres Dienstmädchen.

Noch als Junge fiel es Miguel schwer, dem Blick seines Patenonkels standzuhalten und unbefangen mit ihm zu sprechen. »Bedank dich bei Don Ignacio. Und halt dich gerade, damit deine Stimme nicht so gequetscht klingt.« Er fuhr vorsichtig, achtete auf die Straße, war sich Ignacio Abels Blick bewusst und fürchtete, ungeschickt zu wirken oder einen Fehler zu begehen, saß vorgebeugt über dem Lenkrad, die Brille mit den runden Gläsern für Kurzsichtige rutschte ihm bei jedem Rumpeln des Lasters nach vorn auf die Nase. Das Kind aus früheren Zeiten war jetzt ein Mann mit bartschattigem

Kinn und einer Pistole am Gürtel, mit einem eigenständigen, unbekannten Leben, das mindestens so unverständlich war wie seine festgefahrenen ideologischen Überzeugungen. Er spricht stolz seinen Namen aus, Miguel, wie mein seit vielen Jahren verstorbener Vater, wie mein Sohn, von dem ich nicht weiß, wann ich ihn wiedersehen werde, und wenn ich ihn wiedersehe, wird er einen großen Zeitsprung aus der Kindheit heraus getan haben, der ihn mir noch unwiderruflicher entfremdet als die räumliche Entfernung.

»Ihr Miguelito ist sicher schon ein richtiger junger Mann.«

»Zwölf wird er in diesem Jahr.«

»Unglaublich. Ich weiß noch, wie Sie ihn und seine Schwester zur Universitätsstadt mitgebracht haben. Mein Vater hat mich dann auch mitgenommen, damit ich auf die beiden aufpasse und mit ihnen spiele. Sie haben sich immer gezankt; sind aufeinander los wie zwei junge Katzen.«

»Als dein Vater noch für meinen Vater gearbeitet hat, hat er immer auf mich aufgepasst.«

Sie hatten die Toledo-Brücke hinter sich gelassen und fuhren jetzt den staubigen Weg nach Carabanchel hinauf. Beim Anblick der roten Fahne des Fünften Regiments, die am Lastwagen wehte, ließen die Milizionäre an den Kontrollpunkten sie passieren und hoben grüßend die Fäuste. Trupps von Männern hoben lustlos Schützengräben aus, die eher flache Bodenwannen waren, an denen sie zu beiden Seiten der Straße herumschaufelten. Mit ihren Zigaretten im Mundwinkel und in den Nacken geschobenen Soldatenmützen sahen sie ganz wie Stadtmenschen aus, die an solche körperlichen Arbeiten nicht gewöhnt waren. Ignacio Abel musste an ein Plakat denken, das man jetzt überall sah und das als riesige Zeltbahn eine ganze Fassade an der Puerta del Sol bedeckte, auf der mit roten Lettern die Worte BEFESTIGT MADRID! standen.

»Stimmt es, dass Ihr Vater einer der Gründer der Sozialistischen Partei war?«

»Ganz so war es wohl nicht; aber er war einer der Ersten, der ihr beigetreten ist, und auch der Gewerkschaft. Pablo Iglesias hatte viel für ihn übrig. Einmal hat er ihn mit einer kleinen Arbeit in seinem Haus beauftragt.«

»Mein Vater hat mir erzählt, er wäre zur Beerdigung Ihres Vaters gekommen. Erinnern Sie sich noch daran?«

»Pablo Iglesias? Dein Vater hat eine rege Fantasie. Nein, er hat meiner Mutter einen Brief geschrieben, den ein Gewerkschaftskollege auf dem Friedhof vorgelesen hat. Die Calle Toledo war voller Menschen, die nach Berufsgruppen aufgeteilten Bauarbeiter, das Präsidium der UGT. Die Frauen der Nachbarschaft tratschten, weil es ein weltliches Begräbnis war. Meine Mutter war zwar sehr religiös, aber als der Pfarrer von San Isidro auftauchte, bedankte sie sich und sagte ihm, er könne wieder gehen, sie werde schon für meinen Vater beten, aber beerdigt würde er, wie er es sich gewünscht hätte.«

Sie schwiegen, starrten auf die gerade Straße vor ihnen, die verdorrte, horizontale Landschaft, benommen vom Motorenlärm und dem Holpern des Lieferwagens. Über eine lange Strecke gab ihnen das menschenleere Land ringsum ein bedrückendes Gefühl von Zeitlosigkeit, in der die tumultöse Gegenwart des Krieges und Madrids nicht existierte. Sie kamen an Gehöften mit großen umzäunten Weidegrundstücken vorbei, die einen verlassenen Eindruck machten, an abgeernteten Weizenfeldern und Stoppeläckern, auf denen die Arbeiten des Herbstes noch lange auf sich warten lassen würden. Auf eine niedrige, weiß gekalkte Friedhofsmauer hatte man mit großen roten Pinselstrichen die Losung HOCH LEBE RUSLAND UHP gemalt. An der Abzweigung eines Feldweges, der vermutlich zu irgendeinem unsichtbaren Dorf führte, war ein Kontrollposten errichtet worden, bewacht von zwei Landarbeitern mit Strohhüten und Jagdflinten und theatralisch über der Brust gekreuzten Patronengurten. Sie hatten einen Eselskarren quer auf den Weg gestellt und mit zwei Figuren eskortiert; auf der einen Seite einen gekreuzigten Christus mit wehendem Naturhaar und auf der anderen eine Jungfrau Maria mit üppigen Röcken und Faltenumhang, mit gläsernen Tränen und einem silbernen Herzen, das schon von Weitem in der Sonne glänzte. Der Eindruck von Menschenleere hielt jedoch nicht lange an, denn gleich darauf wurden sie unter großem Getöse von Hupen, übermütigem Geschrei und Schüssen in die Luft von einem Lastwagen und einem Linienbus voller Milizionäre überholt, die in Richtung Toledo unterwegs waren und sie in eine dichte Staubwolke hüllten. Ein Stück weiter überholten sie selbst eine Kolonne uralter Militärfahrzeuge und Limousinen mit auf den Dächern festgebundenen Matratzen und Lieferwagen, die mit absurden Blechbeschlägen gepanzert waren.

»Wenn die in Toledo ankommen, hat sich der Alcázar längst ergeben«, sagte Miguel Gómez und konnte über die eigene Ironie nicht einmal lächeln, »vor Langeweile.« Lange Phasen des Schweigens hatten die Befremdlichkeit zwischen den beiden noch verstärkt: die des Altersunterschieds und der politischen Überzeugung; Miguels Schwanken zwischen Dankbarkeit und stillem Groll gegenüber dem Mann, der ihm das Abitur ermöglicht hatte und wahrscheinlich auch noch ein Studium finanziert hätte, wenn der Wunsch, nicht mehr dankbar sein zu müssen, und die daraus folgende Anerkenntnis einer schmerzenden Minderwertigkeit nicht stärker gewesen wäre als sein zögerlicher Ehrgeiz in Bezug auf eine akademische Laufbahn oder auf sozialen Aufstieg. Trotzdem hatte er sich einer Schuld nicht entziehen können, die ewig unbezahlt bleiben würde: Im Abendstudium hatte er sich zum technischen Zeichner ausbilden lassen und auch die Prüfung mühelos und ohne fremde Hilfe geschafft; aber die Stelle im technischen Büro von Canal de Lozoya hätte er trotz seiner hervorragenden Qualifikation nicht ohne die diskrete Intervention des Patenonkels bekommen, den er schon seit Jahren nicht mehr besucht, ja nicht einmal mehr gesehen hatte. Die Legitimation dazu hatte sein Vater geliefert:»Wenn die Söhne der Reichen und Mächtigen ihre Pöstchen durch Beziehungen kriegen, warum sollen wir uns dann weigern, wenn Don Ignacio dir unter die Arme greifen will; du hast es schließlich mehr verdient als die alle zusammen.«

Gegenwärtig nagte die Befürchtung an ihm, dass Ignacio Abel glauben könnte, er hätte sich in den Büros der Rettung der Nationalen Kunstschätze versteckt, um nicht an die Front zu müssen; er trüge, wie so viele andere, Pistole und Koppel zur Schau, um von seinem Druckposten in der Etappe abzulenken. »Wenn sie mich nur an die Front ließen«, sagte er mit einer verächtlichen Kopfbewegung zu dem Konvoi, den sie hinter sich gelassen hatten.

»Du kannst ja nichts dafür, dass du kurzsichtig bist«, sagte Ignacio Abel. »Dein Vater hat es immer auf deine Leidenschaft für Bücher geschoben.« »Außerdem habe ich noch Plattfüße«, murmelte Miguel Gómez weniger resigniert als zornig auf sich selbst, während er das Lenkrad fest in den Griff und eine Kurve um einen kahlen, von Erosion zerfurchten Kalkhügel nahm. Fahren konnte er wenigstens, und er war jetzt auch nicht mehr so nervös, weil er sich von Ignacio Abel beobachtet fühlte. Er hielt das Lenkrad fest umklammert, obwohl seine Handflächen sich feuchter anfühlten, als ihm lieb war, und ihm der Schweiß auch über den Rücken rann; dabei war dies kein ausgesprochen heißer Morgen. Unbewusst beugte er den Oberkörper weit nach vorn über das Lenkrad, um die Straße besser zu sehen, und ärgerte sich darüber, dass seine fleischigen Wangen jedes Mal bebten, wenn der Wagen über Unebenheiten holperte.

Es roch nach Qualm, nach Verbranntem. Vielleicht hatte sich der Motor überhitzt, weil der Lieferwagen alt und in letzter Zeit über die Maßen beansprucht worden war, oder weil er so schlecht fuhr, zu viel Gas gab und immer viel zu heftig bremste. Es roch zwar verbrannt, aber nicht nur nach Öl oder Benzin; die Luft war diesig geworden, und je weiter sie den Hügel umrundeten und die Landschaft sich wieder flach vor ihnen ausbreitete, umso deutlicher sah man den Dunst. Etwas bebte jetzt, dröhnte dumpf, als käme es aus den Tiefen der Erde, ein Donnern, als würde eine U-Bahn direkt unter ihnen fahren, als würde ein riesiger Gong geschlagen, weit entfernt und doch ganz nah, unter ihnen und unter den Rädern des Lasters; aber es ließ auch die Luft erzittern, wie sie es beide noch nie erlebt hatten und wie es auch die Bomben, die nachts auf Madrid fielen, nicht zustande brachten. Das Dröhnen ging über in die Stille der Landschaft ringsum und in den Rauchgeruch, von dem sie noch nicht wussten, woher er kam, ein Geruch von verbranntem Benzin und etwas anderem, das dichter und stickiger war, von heißem Metall, von verbranntem Gummi.

Einer der Milizionäre auf der Ladefläche klopfte an das Rückfensterchen der Fahrerkabine und sagte etwas, das sie nicht verstanden. »Die Front kann hier noch nicht sein«, sagte Miguel Gómez, dessen schweißnasse Hände jetzt über das Lenkrad rutschten, dem der Schweiß in Strömen über den Rücken rann, »so weit können sie unmöglich vorgestoßen sein.«

»Vielleicht haben wir uns verfahren?« Ignacio Abel hielt Ausschau nach Verkehrsschildern, irgendeinem Hinweis auf die Entfernung nach Toledo, sah aber nichts, nicht einmal Häuser in der Nähe, kein Dorf weit und breit. Der Brandgeruch wurde stärker, je weiter sie fuhren; aber sie sahen noch nichts, und dieses Fehlen sichtbarer Anhaltspunkte beunruhigte sie noch mehr. Es roch immer stärker nach verbrannten Reifen und nach etwas anderem, und sie beide starrten mit zusammengekniffenen Augen auf die Straße, die jetzt etwas anstieg und ihr Sichtfeld einschränkte. Der Milizionär klopfte jetzt mit dem Gewehrlauf an das Fensterchen und gestikulierte, doch Miguel Gómez drehte sich nicht um, konnte sich zu keiner Entscheidung durchringen und trat einfach das Gaspedal durch, solange es bergauf ging – ein nutzloser Kraftakt, da aus dem Motor nicht mehr herauszuholen war und das Kühlwasser wahrscheinlich schon kochte. Jetzt sah man den Rauch: Der Geruch, der nicht von verbrannten Reifen stammte, war der von verbranntem Fleisch, und das Dröhnen war jetzt noch stärker zu spüren, nicht unbedingt näher, sondern als käme es noch tiefer aus der Erde.

Auf dem Kamm der Steigung war der Qualm so dicht, dass sie nichts mehr sahen. Ignacio Abel schrie Miguel Gómez zu, er solle bremsen, und warf sich selbst über das Lenkrad, um den Lieferwagen in eine andere Richtung zu bringen. Das wüste Land wurde mit einem Schlag zu Katastrophe, Chaos, Panik. Vor ihnen war ein Flammenmeer und etwas, das wie ein Gebirge aus Blech aussah, und es war der Autobus, der sie vor weniger als einer Stunde überholt hatte, mitten auf der Straße umgekippt und brennend. Verbrannte Körper hingen aus den Fenstern: halb geschmolzene Gesichter, deren noch erkennbare Reste aussahen, als wären sie aus Gummi. Aus den schwarzen Rauchschwaden kam ihnen auf ganzer Straßenbreite eine wilde Flucht menschlicher Gestalten entgegen, und noch darüber hinaus, wie ein über die Ufer getretener Fluss. Sie gestikulierten und rissen die Münder auf, ohne dass Ignacio Abel und die Milizionäre etwas hören konnten in dem Krachen von Explosionen und dem Hupen von Motorrädern, Autos und festgefahrenen Lastwagen, die zwischen den fliehenden Menschen und dem brennenden Bus keine Möglichkeit zum Wenden hatten.

»Rückwärtsgang rein und Lenkrad einschlagen«, sagte Ignacio Abel, derweil die Milizionäre immer noch gegen das Fenster schlugen, ihre angstverzerrten Gesichter gegen das

Glas drückten. Miguel Gómez würgte den Motor ab und bekam ihn nicht wieder in Gang, drehte immer wieder den Zündschlüssel und rutschte mit seinen schweißfeuchten Fingern von ihm ab, war so kopflos, dass seine Füße flatterten und er nicht mehr wusste, ob er aufs Gaspedal oder auf die Bremse trat. Jetzt vernahmen sie das Heulen von Granaten, und Sekunden später riss auf den umliegenden Feldern die Erde auf, wie herausbrechende Lava bei einer Eruption. Durch den Qualm erkannten sie näher kommende Gesichter, Milizionäre in kopfloser Flucht, die ihre Waffen wegwarfen, um schneller rennen zu können, alte Männer, Frauen mit Kindern im Arm, unter unwahrscheinlich aufgetürmten Lasten schwankende Tiere, Matratzen und ganze Betten, Stapel von Säcken und Koffern, Stühle, Nähmaschinen, die großen Augen der Maultiere in ihrer Panik noch weiter aufgerissen, die offenen Mäuler nach Luft schnappend und giftigen Qualm einatmend, stoßende, rempelnde Leiber, und ganz am Ende der Straße blitzten unter einer Baumreihe rote Feuer und stiegen weiße Wölkchen auf. Die helle Morgenluft war jetzt eingetrübt wie bei einer Sonnenfinsternis.

Der Lieferwagen sprang wieder an, doch anstatt rückwärtszufahren, machte er einen Satz nach vorn, weil Miguel Gómez aufs Gaspedal trat und nicht nur geradewegs auf den brennenden Bus, sondern auch auf das Durcheinander von Fahrzeugen, fliehenden Milizionären, Tieren und Landarbeitern zuraste. Am Straßenrand stand breitbeinig und barhäuptig, die Hacken seiner Stiefel fest in den Staub gedrückt, ein Offizier und schrie und fuchtelte mit seiner Pistole, drohte den Milizionären, die ihn im Stich ließen und von der Straße rannten, um schneller vorwärtszukommen, und nicht nur ihre Waffen, sondern zum Teil auch ihre alten französischen Stahlhelme aus dem Ersten Weltkrieg, ihre Feldflaschen und Munitionsgurte fortwarfen, über Leichen und aufgeplatzte Koffer sprangen, über liegen gelassenes Gepäck anderer Fliehender, durch die trockenen Furchen der Äcker davonrannten und sich auf die Erde warfen, den Kopf einzogen und die Hände in den Nacken legten, wenn sie das Heulen einer weiteren Granate hörten.

Wir werden jemanden überfahren und es nicht einmal merken; die verzweifelt Fliehenden werden sich an die Seiten des Lieferwagens klammern und ihn umkippen, und dann sitzen wir hier fest; der noch unsichtbare Feind wird jeden Moment hinter der Baumreihe hervorbrechen, und wir werden gebannt und wie gelähmt die Reiter herankommen sehen, die maurischen Söldner, die ihre Säbel schwingen und ihr gellendes Geschrei ausstoßen, in berauschendem Galopp zum Schlachtfest reiten oder in den eigenen Tod. Die Legionäre wissen, wie man mit aufgepflanztem Bajonett angreift oder auf einem Hügel ein Maschinengewehr in Stellung bringt und mühelos die ebenso verwegenen wie unbesonnenen Milizionäre niedermäht, die vom Krieg keine Ahnung haben, die denken, der Krieg, das wären die Paraden in Madrid, bei denen man mit dem Gewehr über der Schulter und der Faust an der Schläfe im Gleichschritt marschiert, auch wenn es nicht die Stiefel von Soldaten sind, die über das Straßenpflaster dröhnen, sondern die Bastsandalen von Arbeitern.

Ignacio Abel nahm seine Gedanken wie im Traum wahr, wie die Fetzen von Bildern, die vor ihm aufblitzten und ihm ein Gefühl von Unwirklichkeit gaben, das alle Furcht auslöschte und die Zeit innehalten ließ. Neben ihm, stark nach Schweiß riechend, vielleicht auch nach Urin, nach unzureichender Hygiene jedenfalls, riss Miguel Gómez am Lenkrad, bremste und gab Gas, wischte sich den Schweiß von der Stirn und mit den dicken Fingern hinter den Brillengläsern aus den Augen. Ein von einem durchgehenden Maultier mitgerissener Karren kam auf sie zu, ein Bauernkarren, von dessen beiden Seiten Koffer und alte Möbel auf die Straße fielen, den niemand mehr lenkte und der von einer Meute wütend bellender

Hunde verfolgt wurde, die sich zwischen den Rädern und den Beinen des Maultiers verhampelten.

Wir werden umkippen, und dann kommen wir hier nie mehr fort. Unter den Bäumen erkannte man jetzt Silhouetten von Reitern und entsetzt vor ihnen davonlaufende Milizionäre. Niemand kommandiert sie mehr, kein Mensch hat ihnen gezeigt, wie man sich in Sicherheit bringt und einen geordneten Rückzug antritt, wahrscheinlich haben viele von ihnen noch nicht einmal schießen gelernt, dazu fehlt die Zeit, ebenso wie Waffen und ausreichend Munition. Man hat ihnen das Hirn mit Parolen und Hymnen gefüllt und sie dann auf einen Lastwagen gesetzt, und wer nicht von den Maschinengewehren des Feindes niedergemäht worden oder vor Angst zur Salzsäule erstarrt ist, flieht jetzt über die Äcker, hört das Donnern der Hufe der Pferde hinter sich, das Heulen der Granaten, den Sturm der Maschinengewehre, die Staubfontänen vor ihnen und neben ihnen aufwirbeln und die Zweige der Bäume zerfetzen.

»Nach rechts!«, hörte er sich selbst schreien, dabei ins Steuer greifend und es herumreißend, »Vollgas jetzt, und auf keinen Fall anhalten.« Rechts von der Straße brannte ein Haus, und davor lag ein Pferd mit aufgerissenem Bauch und herausquellendem Gedärm, ein Hund bellte und riss an der Leine, mit der er an einem Baum festgebunden war, und kurz dahinter, einen Moment lang zu sehen und dann wieder von Qualmwolken verborgen, ein fast rechtwinklig abzweigender Weg. Der Lieferwagen neigte sich gefährlich auf die Seite, als sie die Abzweigung nahmen, und drohte einen Augenblick lang umzukippen und im Graben zu landen, doch dann fand er sein Gleichgewicht wieder und rollte jetzt ungehindert durch eine neuerlich unbewohnte Landschaft, hinter der der Krieg so unvermittelt zurückblieb, wie er vor ihnen in Erscheinung getreten war. Das Beben der Erde wurde schwächer, das Heulen der Granaten immer leiser. Hinter der Kuppe eines nahen Hügels zeichneten sich eine Reihe erdfarbener Häuser und der Turm einer Kirche ab. Aus der zerbeulten Kühlerhaube des Lieferwagens quoll Dampf.

»Wir müssen irgendwo anhalten, Don Ignacio. Wir müssen Kühlwasser nachfüllen. Der Motor glüht schon.«

»Hast du eine Ahnung, wo wir sind?«

»Ich bin eine glatte Katastrophe. Ich habe mich völlig verfahren.«

»Keine Sorge. Wir fragen dort im Dorf. Von hier aus gibt es bestimmt einen Weg zurück nach Madrid.«

»Aber wir müssen doch nach Illescas, Don Ignacio. Wir haben einen Auftrag.«

»Zuerst einmal müssen wir dafür sorgen, dass wir nicht umgebracht werden.«

»Haben Sie die Faschisten gesehen? Wie die Säbel der Mauren geglänzt haben?«

»Fahr langsamer jetzt. Am Ortseingang scheint niemand zu sein.«

»Vielleicht sind sie evakuiert worden.«

Den Namen des Ortes nicht in Erfahrung gebracht zu haben verstärkt in Ignacio Abels Erinnerung noch den Eindruck einer Geisterstadt. Am Eingang gab es einen Brunnen mit mehreren Auslaufrohren, und Miguel Gómez hielt den Lieferwagen dort an. Die drei Milizionäre sprangen von der Ladefläche, dehnten und streckten sich, rissen Witze und boten sich gegenseitig Zigaretten an. Wer war bloß auf die Idee gekommen, sie Gemälde abholen zu lassen, als würden sie für ein Umzugsunternehmen arbeiten, anstatt sie an die Front zu schicken, um Faschisten umzubringen? Sie waren jung und hatten die Angst, die sie eben noch ausgestanden hatten, längst vergessen; die offensichtliche Gefahr und die Bilder von Tod und Verderben schienen keine nachhaltigen Eindrücke hinterlassen zu haben. Der Krieg war jetzt wieder ein unterhaltsamer Ausflug, ein aufregendes Abenteuer.

Miguel Gómez stand verzagt etwas abseits; der unbehol-
fene Dicke, gegen den die anderen sich gern zusammentaten,
der leicht zur Zielscheibe ihres Spottes wurde. Sie hielten
sich zurück, weil Ignacio Abel dabeistand. »Was machen wir
jetzt, Genosse? Fahren wir ohne die Bilder nach Madrid
zurück, und ohne wenigstens ein paar Faschisten kaltgemacht
zu haben?« Sie zielten mit ihren Gewehren, fuchtelten mit
ihnen in der Luft herum wie übermütige Komödianten,
die Schützengraben oder Wilder Westen spielten. Jeder von
ihnen war auf eine eigenwillige Weise militärisch gekleidet:
Einer mit einem vollständigen blauen Overall trug zweifar-
bige Schuhe dazu; ein anderer war wie ein Angestellter mit
einer Kombination von Hose und Jacke bekleidet, hatte sich
dazu aber ein Soldatenschiffchen mit rotem Bommel aufgesetzt; und der vor wenigen Minuten noch in Panik gegen das
Fensterchen zum Führerhaus geklopft hatte, kaute jetzt nachdenklich auf einem Zahnstocher, gestützt auf einen Karabiner, der wahrscheinlich schon im Ersten Weltkrieg zum alten
Eisen gehört hatte.

Hinter dem Brunnen beschrieb die einzige Straße des
Ortes einen Bogen und führte zu einem von Kolonnaden
umgebenen kleinen Platz, an dem auch die Kirche stand. Es
gab keinen einzigen Baum und keinen Schatten. Ignacio Abel
wusch sich das Gesicht am Brunnen und trocknete sich mit
dem Taschentuch ab, das er heute Morgen nicht vergessen
hatte, sauber gefaltet in die Brusttasche seiner Jacke zu stecken. Miguel Gómez hatte den Deckel vom Kühler abge-
schraubt und ließ den Motor noch abkühlen, bevor er Wasser
einfüllte. Sein Rücken war ein einziger großer Schweißfleck.
Die Milizionäre hatten ihre Essgeschirre hervorgeholt und
ließen einen Weinschlauch herumgehen. Ihre Gewehre lehnten sie an den Brunnen und setzten sich zum Essen auf den
Mauerrand, stießen sich mit den Ellenbogen und grapschten
nach dem Weinschlauch, von dem Miguel Gómez nicht trin-

ken wollte. Vielleicht würde er sich ja verschlucken, wenn er es versuchte.

Ignacio Abel entfernte sich von ihnen, wollte endlich allein sein, jemanden finden, der ihm sagen konnte, wo sie waren und wie man am besten zurück nach Madrid kam. Er schlenderte davon und hörte in der mittäglichen Stille weiterhin nur das Plätschern des Brunnens und das Lachen der drei Milizionäre. Mitten auf der Straße lag etwas: eine Nähmaschine. Etwas weiter ein Frauenschal, ein offener Koffer voller Besteck, das aus Silber zu sein schien, und Aktenbündel, die nach offiziellen Urkunden aussahen. Er schob eine angelehnte Tür auf, nachdem er angeklopft hatte, und fand sich in einer höhlenartigen Küche mit rauchgeschwärzter Decke und einem Herd, in dem noch ein paar Holzscheite glühten und auf dem ein Suppentopf stand. In der Luft hing noch ein schwacher Geruch von gekochten Bohnen und ranzigem Speck. Im Augenwinkel nahm er eine Bewegung wahr und zuckte zusammen. Es war ein Kanarienvogel, der unruhig und staksig im Käfig umherflatterte und dabei immer wieder an die Gitterstäbe stieß. Als er wieder auf die Straße trat, blendete ihn die senkrecht stehende Sonne nach dem Halbdunkel drinnen. Die Stimmen der Milizionäre hörte er jetzt nicht mehr. Entweder unterhielten sie sich jetzt leiser, oder sie schwiegen, ruhten aus nach dem Essen und dem Wein, schläfrig geworden und an die Brunnenmauer gelehnt, während Miguel Gómez Wasser in den Kühler füllte oder Benzin in den Tank, emsig und beschämt wegen seiner Unfähigkeit und in stillem ideologischen Groll gegen die leichtfertige Faulenzerei der anderen.

Ignacio Abel wollte schon wieder umkehren, als er hinter der nächsten Ecke etwas auf die Straße ragen sah: eine Bastsandale und den Rand einer Cordhose. Er ging hin und wusste, dass er es bereuen würde; aber er konnte nicht anders. Die Sandale gehörte zum Fuß eines Mannes, der längs an der von zahlreichen Einschusslöchern aufgerissenen und mit Blut besprizten Hauswand lag. Der Mann trug eine mit einem Strick zugebundene Cordhose und ein weißes Hemd, mitten auf der Brust hatte er ein schwarzes Loch von zerfetztem Fleisch und geronnenem Blut. Er lag auf dem Rücken, doch direkt neben ihm lag ein anderer mit dem Gesicht im Staub, und etwas weiter zwei oder drei wie Säcke übereinander und daneben eine Frau ohne Schuhe, mit dicken bleichen Oberschenkeln, das Kleid über ihrem Bauch ein blutiger Klumpen. Fliegen summten um Wunden, Münder und Augen, dass es sich anhörte wie an einem Wespennest. Die harten Gesichter und abgearbeiteten Hände hatten einen blassen Grauton angenommen. Der Gestank von Kot und Gedärm war stärker als der des Blutes; so bestialisch wie bei den Gerberbaracken am Ende des Rastro an der Stadtgrenze von Madrid. Ein senkrechter, schwankender Schatten auf einer gekalkten Hauswand: ein Mann, aufgehängt am Hebebalken einer Heuscheuer. Seine offenen Augen schienen ihm aus den Höhlen zu quellen, und die Zunge hing ihm aus dem Mund. Sie hatten ihm beide Ohren abgeschnitten. Zu seinen Füßen trocknete eine Urinpfütze im Staub. Offensichtlich war der Urin bis vor wenigen Minuten noch von seinem Hosenbein getropft.

Sein Gedanke war, wie von jemandem ins Ohr geflüstert: *Sie sind hier, sie haben das Dorf noch nicht verlassen.* Er drückte sich instinktiv an die Wand, direkt neben den Beinen des Erhängten. Seine Hand fühlte rohes Holz: eine Tür. Er glitt in eine Toreinfahrt. Es war ein Stall. Er trat auf Mist. Auf einem Weizensack hockte eine fette Henne auf einem Nest aus Stroh und schaute ihn ungnädig an. *Wir haben uns verfahren und sind jetzt hinter den Linien.* Nicht ein Hinweis, nicht eine Front. Madrid war mit einem Mal so unerreichbar wie Amerika. Sie töten methodisch und allumfassend, mit einer Effizienz ohne Mitleid und ohne Pause, niemand kann sie aufhalten. Sie werden

den Lieferwagen entdecken und innerhalb von Sekunden die drei Krieg spielenden Jungen erschießen sowie den armen Miguel Gómez, der nicht einmal Zeit haben wird, seine Pistole zu ziehen. Ein Sonnenstrahl zog sich schräg über den Stallboden; ein Schatten überquerte ihn, danach ein weiterer. Ganz deutlich vernahm Ignacio Abel das unverkennbare metallische Geräusch eines geschulterten Gewehrs. Danach einen startenden Motor, das Wiehern eines Pferdes, das Schlagen von Hufen, zuerst auf Kopfstein, dann trappelnd über offenem Land. In der Stille darauf waren die Minuten so hohl wie die Zeit in einem Traum.

Ihn überfiel die Angst, der Motor, den er gehört hatte, könnte der des Lieferwagens gewesen sein. *Aber Miguel würde niemals ohne mich verschwinden.* Er trat auf die Straße, hielt sich dicht an der Lehmziegelwand, an der das Blut bereits dunkel geworden war. Als er die Ecke erreichte, an der die Füße des einen der toten Männer auf die Straße ragten, hörte er, wie hinter ihm ein Gewehr entsichert wurde und eine raue Stimme ihm befahl, stehen zu bleiben. Die Angst war ein Nadelstich im Zentrum der Wirbelsäule. Er wandte langsam den Kopf, und wer da auf ihn zielte, war einer der drei Milizionäre, der mit dem Blaumann und den zweifarbigen Schuhen. Im grellen Licht der Mittagssonne sah er genauso bleich aus wie die Toten auf der Straße, genauso fremd, genauso erschrocken wie Ignacio Abel. »Don Ignacio«, sagte Miguel Gómez, »wo haben Sie gesteckt?«

Sie fuhren richtungslos über die Landstraße und wussten nicht, ob sie dem Feind in die Arme fuhren oder ob sie sich bereits auf der anderen Seite der sich unablässig verändernden Front befanden und jeden Moment in einen Hinterhalt gerieten. Das offene Feld an sich war schon gefährlich. An den Straßenkreuzungen gab es keinerlei Hinweisschilder. Sie versuchten, sich am Sonnenstand zu orientieren und sich nördlich zu halten, doch der Verlauf der Wege führte sie stattdessen immer weiter nach Westen und Süden. Das war die Richtung, in der Talavera de la Reina lag und wohin sich mit Sicherheit der feindliche Vormarsch richtete. Aber wo lag dann dieses namenlose Dorf? Wahrscheinlich war es keine Abteilung regulärer Truppen gewesen, mit der sie um ein Haar zusammengestoßen wären, sondern eine Vorhut, oder ein Trupp, der sich ebenfalls verirrt hatte. »Der Frau haben sie die Nase und die Ohren abgeschnitten«, sagte Miguel Gómez. Bevor oder nachdem sie sie vergewaltigt hatten.

Ignacio Abel fuhr jetzt. Miguel hatte es widerstandslos hingenommen, beschämt, im Grunde erleichtert. Jetzt hielt er sich am Türgriff der Beifahrerseite fest, um die Stöße der harten, staubigen Wege abzufangen, die nie auf eine nach Madrid führende Landstraße mündeten, mit immer wieder aufwallender Übelkeit das plane Gesicht der nasenlosen Frau vor Augen, die großen Füße des am Hebebalken aufgehängten Mannes. Der Motor zitterte und röhrte unter dem Fuß, der das Gaspedal durchtrat. Es würde nicht lange dauern, dann würde er wieder zu qualmen beginnen. Noch ein bisschen schneller, das Letzte an Kraft aus dem Lieferwagen herausholen, was möglich war: ein bisschen schneller; aber wohin in dieser unwirtlichen flachen Landschaft, in der man keiner Menschenseele begegnete und die aussah wie ein Land, in dem eine Seuche gewütet hatte oder das kurz vor einer Katastrophe verlassen worden war, mit brachliegenden Äckern und vereinzelten Häusern mit eingesunkenen Dächern, in der Ferne verschwimmenden Weinbergen, mit seiner braunroten Erde und Sträuchern von derselben Farbe?

»Ein reines Wunder, dass sie uns nicht gesehen haben. Und die drei Idioten da hinten lärmen und machen Witze, als wäre nichts gewesen.«

»Vielleicht haben sie gedacht, wir wären mehr, und haben sich verdrückt. Viele können es nicht gewesen sein.«

»Sie glauben gar nicht, wie erschrocken ich war, als ich Sie plötzlich nicht mehr gesehen habe, Don Ignacio. Wie soll ich meinem Vater unter die Augen treten, wenn Ihnen hier was zustößt?«

Ein in einen Findling gemeißelter Hinweis zeigte ihnen endlich den Weg. *Madrid 10 Std.* Sie wollen den Anarchokommunismus einführen, dabei sind wir noch nicht einmal beim Dezimalsystem angekommen. Sie erreichten die Nationalstraße, und der Strom der in Richtung Madrid ziehenden Flüchtlinge zwang sie, die Geschwindigkeit zu drosseln. Sie schauten stumpf auf die rote Fahne mit dem Emblem des Fünften Regiments und reagierten nicht auf die Hupe. Sie schritten dahin in der erschöpften, feierlichen Armut eines biblischen Exodus, einer Völkerwanderung aus einem verwüsteten Land. Maultiere, Esel, Karren mit klobigen Holzrädern, alte Männer mit den Gesichtern beleidigter Patriarchen, Männer mit Kindern auf den Schultern, Frauen mit bunten Röcken und schwarzen Schultertüchern wie geschmückte Dörflerinnen aus dem Norden Afrikas, Ziegenherden, geschulterte Säcke, auf Köpfen getragene Körbe, das krähende Geschrei eines von der schlaffen Mutterbrust gerissenen Säuglings und das Krächzen eines Mulis, der klappernde Lärm von Schritten, Hufen, Rädern; Staub und Stille über allem, die Einmütigkeit der Flucht, das stumpfe Warten auf die totale Erschöpfung, weil man schon vor Tagesanbruch aufgebrochen ist, alles oder fast alles hinter sich gelassen hat, was sich als zu schwer oder unnötig herausstellte, am Wegesrand zurückgelassen, gleich einer Müllhalde entlang der Straße, die Wellenlinie der Hinterlassenschaft von Schiffbrüchigen im schmutzigen Schaum, den das Meer hinterlässt, wenn es sich zurückzieht.

Sie fliehen vor einem Heer von Legionären, Mauren und Falangisten, die seit Ende Juli auf Madrid marschieren, ohne dass jemand sie aufhalten kann, die nicht erschöpft sind von den Schlachten, die sie immer gewinnen, sondern von der reinen Routine des Mordens. Was sie jedoch dazu getrieben hat, über Nacht ihre elenden Behausungen und ihr ödes Land zu verlassen, scheint einer viel älteren Angst zu entspringen, der der biblischen Plagen oder mittelalterlichen Seuchen, eingeschleppt durch Kriege und verbreitet von den Knochenmännern mit ihren Sensen auf den Kapitellen der Kirchen. Und jetzt schauten sie auf und sahen zum ersten Mal Madrid in der Ferne, so ungeheuer wie die am Himmel sich ballenden Wolken, die hohen Häuser, die sie schwindlig werden lassen würden, wenn sie von unten an ihnen hinaufschauten; diese entsetzlich breiten Straßen, über die zu gehen sie sich nicht trauen würden aus Angst vor den Automobilen, den Hochhausturm der Telefongesellschaft, den Ignacio Abel und Miguel Gómez unsäglich erleichtert im gelblichen Sonnenlicht über den Dächern erkannten.

Es war Abend, als sie in die Stadt hineinfuhren, und die Tische der Cafés unter den Bäumen des Prado und in der Calle de Recoletos waren alle schon besetzt. Vor Kurzem hatte es einen Regenschauer gegeben, und die Luft war rein, die Blätter an den Bäumen glänzten, und auf dem feuchten Straßenpflaster schimmerten silbrig die Straßenbahnschienen. Die sinkende Sonne tauchte die Calle de Alcalá in ihrer ganzen Breite in ein diesiges, golden violettes Licht, das in den obersten Fenstern der Häuser flammend aufleuchtete. Vor dem Gebäude der Allianz verabschiedete sich Ignacio Abel von Miguel Gómez, enttäuschte ihn vielleicht ein wenig durch die brüske Art, mit der er sich abwandte. Er starb zwar vor Hunger, Durst und Müdigkeit, eilte aber, zwei Stufen auf einmal nehmend, die Treppe auf der Suche nach Bergamíns Sekretärin hinauf, begegnete jungen Männern und Frauen in gebügelten Miliz uniformen oder vornehmen Kleidern.

Aus dem großen Salon, den er diesmal nicht betrat, scholl festlicher Lärm von Paso dobles mit klingenden Becken und krächzenden Saxofonen und Trompeten. Er stand schon vor der Pseudorenaissancetür des Büros von Bergamín, als der Dichter Alberti herauskam, angetan mit einem Dompteurskostüm, einem roten Uniformrock mit goldenen Litzen und Epauletten, einer weißen Hose und hohen Schaftstiefeln, mit einem Stoß frischer Druckfahnen in den Händen. Er schaute Ignacio Abel mit seinen hellen Augen an und nickte zerstreut, was als Gruß oder Wiedererkennen gedeutet werden konnte. Im Vorzimmer saß die Sekretärin und tippte etwas auf der Schreibmaschine, das ein hochgewachsener Mann ihr diktierte, der hinter ihr stand.

Aus den Augenwinkeln bekam Ignacio Abel mit, dass der Mann, als er ihn eintreten sah, die Hand anhob, die auf der Schulter der Sekretärin gelegen hatte, zumindest jedoch sehr nahe, auf der Rückenlehne ihres Stuhls. Im Blick von Mariana Ríos sah Ignacio Abel, dass sie ihm sagen würde, Professor Rossmann sei tot. Sie hörte auf zu tippen, suchte in einer Schublade und reichte ihm einen verschlossenen Umschlag. Sie sagte, er würde Professor Rossmann im Leichenschauhaus der Polizeidirektion finden, in der Calle Victor Hugo. Er verließ den Palast der Heredia Spínola, ließ die erleuchteten Fenster und die Tanzmusik hinter sich, riss den Umschlag auf, um im Licht einer Straßenlaterne zu lesen, was darin stand. Es war ein in blumiger Handschrift aufgesetztes gerichtsmedizinisches Protokoll mit der detaillierten Beschreibung des Fundes einer *männlichen Leiche mit Schusswunden, dessen oder deren Verursacher unbekannt ist oder sind, und die allein durch einen Leseausweis der Nationalbibliothek identifiziert werden konnte, der auf den Namen Carlos Luis Rossmann ausgestellt war.*

Auf dem Marmortisch des Leichenschauhauses trug Professor Rossmann seine Brille nicht mehr, wohl aber einen seiner Filzpantoffeln, der mit einem Gummiband über dem Spann am rechten Fuß festgehalten wurde. Ein Auge stand offen, das andere war fast geschlossen, das Gesicht zur Seite gedreht, die Oberlippe zurückgezogen, sodass das Zahnfleisch mit einigen wenigen unregelmäßigen Zähnen zu sehen war, dass es aussah, als wäre ein ungläubiges Lächeln auf seinem Gesicht mit in die Totenstarre hinübergenommen worden. Hunger und Erschöpfung und die zunehmende Unwirklichkeit des Geschehens hielten Ignacio Abel in einem Zustand zwischen Wachen und Träumen. Durch das Gewirr enger Straßen um die Polizeidirektion erreichte er die Gran Vía und ging zur Pension von Fräulein Rossmann, die einen weiteren ganzen Tag lang auf seinen Anruf gewartet hatte. Das zum Schutz gegen nächtliche Bombenangriffe blau angemalte Glas der Straßenlaternen tauchte die Ecken in ein kränkliches Licht von Kulissenbeleuchtung. Auf der Plaza de Vázquez de Mella wurde er von Milizionären angehalten, die ihn aufforderten, sich auszuweisen, und von denen er nicht mehr sah als den Glanz ihrer Pistolen und die Glut ihrer Zigaretten. Aus einer angelehnten Tür drangen rötliches Licht, kreischendes Gelächter, Drehorgelmusik, ein Geruch von Desinfektionsmittel und billigem Bordellparfüm. Was sollte er dem Fräulein Rossmann sagen, was konnte er anderes tun, als stumm in der Tür des Zimmerchens stehen zu bleiben, das so klein war, dass ihr Vater auf die Straße gehen oder sich die Zeit in einem Café vertreiben musste, damit seine Tochter ab und zu allein sein und sich der Trauer um den in Moskau verschwundenen Geliebten hingeben konnte oder der Reue um den Verlust ihres kommunistischen Glaubens.

Fräulein Rossmann war jedoch nicht in der Pension, und die Wirtin sagte ihm, sie sei schon seit einigen Tagen nicht mehr gekommen, man habe aus dem Büro bei der Telefongesellschaft, in dem sie arbeitete, bereits nach ihr gefragt, und sie habe denen gesagt, sie wisse nichts und habe weiß Gott andere Sorgen, als sich um das zu kümmern, was ein Gast tat oder nicht tat. Vielleicht sei die Deutsche verschwunden, um die ausstehende Miete nicht zahlen zu müssen, und wenn sie in den nächsten zwei oder drei Tagen nicht wiederkomme, würde sie, so leid es ihr tue, irgendeinen Wertgegenstand des Fräuleins einbehalten müssen, und wenn es nur der Koffer sei, der oben auf dem Schrank lag. Ignacio Abel verließ die Pension, gefolgt von dem dreisten Gejammer der Pensionswirtin, das kein Ende fand. Ab und zu denkt er noch an das Fräulein Rossmann; wenn ein Telefon klingelt, denkt er, sie könnte es sein, die ihn anruft, und noch bevor das Läuten aufhört, wird ihm klar, dass er geträumt hat. Bevor er Madrid verließ, rief er mehrere Male bei der Zensurstelle der Telefongesellschaft an, und anfangs sagte man ihm, Fräulein Rossmann sei krank oder dem Büro unentschuldigt ferngeblieben, und irgendwann fertigte ihn jemand mit den Worten ab, dass niemand dieses Namens dort arbeite, und er rief dann auch nicht mehr an.

32 Ignacio Abel steht mitten im Zimmer, durch das Fenster sieht er die Rücklichter des Autos, das ihn zum Gästehaus gebracht hat, zwischen den Bäumen verschwinden. Das Motorengeräusch verliert sich nach und nach in der Stille des Waldes, aus dem er jetzt das trockene Klopfen eines Spechts vernimmt. Unter den dichten Baumkronen ist es bereits dunkel. Über ihnen hält sich am Himmel noch ein blasses Blau, in dem schwach der Abendstern zu erkennen ist. Es sind immergrüne Bäume, Pinien und Tannen mit nach oben strebenden Kronen, viel höher als das Haus. Er kann sich nicht erinnern, jemals von einer so tiefen Stille umgeben gewesen zu sein. In einem Zustand von Betäubung, Erleichterung, Erschöpfung und Gebanntheit steht er reglos vor dem Fenster. Er hat noch nicht einmal den Mantel ausgezogen und auch den Hut hält er noch in der linken Hand, der Koffer steht auf dem Boden, und er hat sich unwillkürlich hinabgebeugt; in der Handfläche seiner Linken spürt er jetzt den Schmerz, der daher rührt, so lange Zeit den Koffergriff umklammert zu haben, was zu einem Reflex geworden ist während seiner langen Reise, ebenso wie das Abtasten der Taschen nach dem Reisepass oder das plötzliche Umschauen, weil er glaubt, dass jemand seinen Namen gerufen hat oder ihn verfolgt.

Er kann es noch nicht fassen, dass er an seinem Ziel angekommen ist. Er ist unfähig, zu sagen, wie viele Tage genau vergangen sind, seit er Madrid verlassen hat. Er weiß nicht einmal mehr, welcher Wochentag ist und welches Datum man schreibt an diesem Tag Ende Oktober. Züge, Hotels, Schiffskabinen,

Grenzposten, Namen von Bahnhöfen sind in seiner überforderten Erinnerung nur eine endlose Aneinanderreihung von Örtlichkeiten, Empfindungen, Gesichtern, Tagen und Nächten, die jedoch keinerlei Bezug zueinander haben. Nicht einmal er selbst ist noch ganz der, der er zu Beginn seiner Reise war. Was so lange Zeit nur der Klang eines Namens und ein kleiner schwarzer Kreis auf einer Landkarte waren, ist jetzt das, was seine Augen erblickt haben, seit er am Bahnhof ausgestiegen ist, was er immer noch durch das große Fenster sieht: Weiden mit grasenden Pferden oder Kühen, weiße Häuser und Gatterzäune aus Holz, Silos, schmale Landstraßen, herbstliche Wälder mit einem zitternden Rest von Tageslicht zwischen den Bäumen, obwohl die Sonne schon lange untergegangen ist.

Auf diesen Straßen wird er keine zerlumpten Flüchtlinge sehen, in den Straßengräben keine toten Pferde mit aufgeblähten Bäuchen und steif abstehenden Beinen, schwarzen Qualm von Bränden am Horizont, aufgeplatzte Koffer auf der Straße, deren Inhalt geplündert oder von darüberrollenden Rädern, Hufen von Tieren oder schlurfenden Füßen weit verstreut worden ist. Rhineberg war ein Versprechen, ein Rätsel, ein unerreichbarer Ort, den man sich in Madrid kaum vorstellen konnte, und jetzt ist er dieses Haus mit einer von Holzsäulen getragenen Veranda auf einer Waldlichtung, mit großen, rechteckigen Fenstern ohne Läden und Jalousien, wahrscheinlich um die Jahrhundertwende von einem Magnaten erbaut, dessen Geschmack eher klassizistisch als viktorianisch war.

Er hatte an eine der Säulen geklopft, als sie angekommen waren – Stevens hatte ihnen die Türen aufgehalten, erst seine, dann die von Van Doren, der keine Anstalten gemacht hatte, sich zu bewegen, bevor die Wagentür auf seiner Seite geöffnet wurde –, und zufrieden festgestellt, dass sie unter der glatten weißen Farbe aus massivem Holz war, hergestellt aus einem Baumstamm so dick und hoch wie die Bäume, die die Waldlichtung umstanden. Wie einer, der nach einer langen Schiffsreise an Land geht und das Festland unter seinen geschwollenen Füßen, die viel zu lange nicht aus den Schuhen gekommen sind, schwanken fühlt, so wirkt in seinem Körper noch die Trägheit der unablässigen Beförderung und hält sich in seinen Ohren das dumpfe Dröhnen von stampfenden Maschinen, ratternden Zügen auf eisernen Brücken und Kolben von Turbinen.

Wie weit zurück lag die Nacht, in der er Madrid auf der Ladefläche eines Lastwagens verlassen hatte, der mit abgeblendeten Lichtern auf der Landstraße nach Valencia fuhr, umgeben von den Schattengestalten anderer Männer, die in der Dunkelheit rauchten oder, über Bündel zusammengesunken, schliefen, zugedeckt mit Mänteln oder alten Decken, genau wie er die Griffe ihrer Koffer umklammernd. Im überfüllten Nachtzug nach Paris war er auf dem Gang sitzend eingeschlafen, und ein Zivilpolizist hatte ihn mit einem Fußtritt geweckt, weil er den Durchgang behinderte, und in rüdem Ton aufgefordert, sich auszuweisen. Starr vor Kälte und schlaftrunken noch, konnte er zuerst seinen Pass nicht finden, klopfte sich in wachsender Panik alle Taschen ab, während die ruppige Stimme drängte, *papiers, papiers.* Dann hatte der Polizist ihm die Laterne dicht vors Gesicht gehalten, um es mit dem Foto zu vergleichen, und sein Haar hatte nach Brillantine und sein Atem nach Tabak gerochen.

Kaum sind die einer unmittelbaren Gegenwart enthobenen Dinge passiert, da ziehen sie sich mit hoher Geschwindigkeit in eine ferne Vergangenheit zurück. Die letzten Stunden in der schon so gut wie verlassenen Wohnung, die Abreise aus Madrid, die nächtliche Fahrt durch Frankreich, die sechs Tage vor dem unveränderlichen Horizont des Meeres, die vier Tage fast unbeweglichen Wartens und zunehmenden Bangens in New York, die zweistündige Zugfahrt heute Nachmittag am Ufer des Hudson entlang. Unwillkürlich tastet die Hand nach dem

Reisepass in der Innentasche des Mantels, als fühle er seinen Herzschlag. Niemand wird ihn sehen wollen in dieser Nacht. In Amerika wird niemand Ihren Pass sehen wollen, hatte Van Doren lächelnd gesagt, als sie die Eingangshalle des Gästehauses betraten und er eine Rezeption erwartet und seinen Reisepass hervorgeholt hatte. Er kann unbesorgt seine Taschen ausleeren und den Inhalt in den Schubladen des Schreibtisches oder des Nachtschränkchens verwahren, ohne Angst haben zu müssen, dass ihm etwas Wichtiges gestohlen wird und er keine Möglichkeit mehr hat, zurückzukehren. Er kann seinen Ersatzanzug in den Kleiderschrank hängen, sodass er nicht verknittert ist, wenn er ihn morgen bei seinen ersten – und gefürchteten – gesellschaftlichen Verpflichtungen tragen muss, nachdem er sich aber zuerst seit er weiß nicht wie langer Zeit in das heiße Wasser einer Badewanne hat sinken lassen, sich vor dem Spiegel über dem Waschbecken rasiert und gekämmt hat und wieder respektabel aussieht, ein Architekt mit Gastprofessur, ein *visiting professor.*

Aber noch tut er nichts. Physisch ist er zwar am Ziel, aber in seinem Körper hält sich noch immer die Anspannung der Reise, der tief sitzende Instinkt, keinem zu vertrauen, wachsam zu bleiben. Ignacio Abel steht mitten im Zimmer und nimmt die für ihn ganz neue Ruhe und Stille in sich auf, während die Rücklichter des Autos wie Zigarettenglut in der tiefer werdenden Dunkelheit der Bäume verlöschen. Fürs Erste ist er vor unmittelbaren Unwägbarkeiten gefeit. Kein dringender Termin, kein Zug, den er erwischen muss. Auf der Treppe aus massivem Holz, die zu seinem Zimmer führt, wird er diese Nacht keine polternden Schritte hören, und wenn er schon schläft, wird niemand ihn durch lautes Pochen an der Tür aufwecken.

Das ganze Haus hat ihn von Anfang an mit einer herzlichen Schlichtheit empfangen: weite Räume, nackte Wände, hellbeige gestrichen, die solide Anmutung der Materialien, die sich seinem Tastsinn mitteilt, wenn seine Hände über ein Geländer

streichen, und dem ganzen Körper durch die über den Bretterboden gehenden Füße. Massive Balken und starke Stützpfeiler,
aus großen Baumstämmen gefertigt; das steinerne Fundament
in schwarzer, fruchtbarer Erde und gewachsenem Fels verankert. Vom Auto aus hat er dieses aus der Erde entwachsende
Steinhaus betrachtet, und ihm hat die Tönung gefallen; es ist
nicht so dunkel wie die Schieferfelsen im Central Park, sondern von einem grünlichen Grau, wie alte Bronze, das sehr
subtil mit den Farben der Bäume korrespondiert.

Immer noch spürt er in den Beinen einen Rest von Vib-
ration und Schwanken; in den Schläfen ein Surren wie von
Stromkabeln. »Sie haben das ganze Haus für sich«, hat Philip
Van Doren gesagt, als er sich mit der umfassenden Geste des
Eigentümers (der er vermutlich ist oder war: Jemand aus sei-
ner Familie hatte der Universität das Gebäude gestiftet) emp-
fiehlt. »Ich habe mich vergewissert, dass Sie in den nächsten
Tagen der einzige Gast sein werden. Machen Sie den Kamin
an, benutzen Sie die Bibliothek, spielen Sie Klavier, bereiten
Sie sich zum Abendessen, was Sie wollen. Kühlschrank und
Speisekammer sind reich bestückt. Es gibt Briefpapier und
Umschläge und Tinte in den Tintenfässern. In der Bibliothek
finden Sie eine Schreibmaschine und ein gutes Grammofon,
dazu eine Auswahl von Platten. Auf diesem Flügel hat vor einigen Monaten noch Rubinstein gespielt. Im Moment haben
Sie vielleicht den Eindruck, dass wir im Burton College wie
die frühen Pioniere mitten im Wald leben; aber Sie werden
erleben, wie viele herausragende Persönlichkeiten bei uns
zu Gast sind. Wir haben hier auch einen guten Radioapparat,
wenngleich nicht so gut, fürchte ich, dass er spanische Sender
empfangen kann.«

In der Ferne hört er das anhaltende Rattern eines offenbar
sehr langen Zuges, der vielleicht am Ufer des Hudson flussauf-
wärts fährt und dabei dieses dröhnende Tuten amerikanischer

Züge ausstößt, das wie das Nebelhorn eines Dampfers klingt. Die untergehende Sonne wird in den Fenstern der Waggons aufleuchten und vom Bug der Lokomotive reflektiert werden, die gewölbt ist, wie die Nase eines Flugzeugs. Er kann nicht glauben, dass er nicht in diesem Zug sitzt und auch in keinem anderen, dass die Hast und Unsicherheit einer noch bevorstehenden Reise endgültig Vergangenheit sind. Er wird sich dankbar daran gewöhnen, mitten in der Nacht diese Züge zu hören, die lange brauchen, bis sie vorbeigefahren sind, mehrere Minuten manchmal, endlose Güterzüge, die von den äußersten Rändern des Kontinents kommen und deren fernes Rattern von den unendlichen Weiten kündet, die sie durchqueren.

Es ist ein seltsames Gefühl, nicht mit Unannehmlichkeiten rechnen und sich nicht verloren vorkommen, sich nicht als ein Niemand begreifen zu müssen. Wohl um ihm zu schmeicheln, hat Stevens auf der Fahrt Arbeiten von ihm und Artikel zitiert, die er in internationalen Architekturzeitschriften veröffentlicht hat, und als er ihn so reden hörte, war ihm, als wäre die Rede von jemand anderem. All die Jahre des Studierens und Arbeitens, des Ehrgeizes und der Eitelkeit, lösen sich unter seinen Händen in nichts auf; den Händen mit den unsauberen Fingernägeln, die aus den verschlissenen Ärmeln eines Hemdes schauen, das er schon mehrere Tage nicht mehr gewechselt hat; die Tage, die er durch New York gelaufen ist, bis seine Füße schmerzten und er sich am Union Square auf einer Bank in die Sonne gesetzt und gedacht hat, nichts unterscheide ihn mehr von den anderen einsamen und würdevollen Armen, die die Stellenanzeigen in der Zeitung lasen oder unauffällig in Abfallkörben stocherten (als er aufschaute, sah er zwischen zwei Laternen ein im sanften Oktoberwind schwankendes Spruchband: SUPPORT THE STRUGGLE OF THE SPANISH PEOPLE AGAINST THE FASCIST AGGRESSION).

Es ist eine große Erleichterung, dass sie ihn im Haus allein gelassen und nicht für den Abend gleich etwas vorbereitet

haben. An die Laternenmasten auf dem Union Square gehef-
tete Plakate kündigten für den Nachmittag eine Solidaritätsveranstaltung für die Spanische Republik an. Falls Judith in
New York war, war es nicht unwahrscheinlich, dass sie daran
teilnahm. Morgen früh wird Stevens ihm den Campus zeigen
und, wenn er nicht zu müde ist, auch den Hügel mit der
Waldlichtung, wo in nicht allzu langer Zeit, so hoffen alle im
*college,* das neue Gebäude der Van-Doren-Bibliothek stehen
wird (am Ende vielleicht doch nicht weiß, weil es zu auffällig
ist: vielleicht in der Farbe des Felsens, der hier auf manchen
Feldern und im Wald aus dem Boden kommt, und in der
auch manche Weidezäune gestrichen sind). Abends wird der
Präsident des *college* zu seinen Ehren ein Abendessen für einen
sehr erlesenen Kreis von Gästen geben (Stevens lächelt, als ob
er noch unsicher ist, ob er dazugehört).

In ein paar Tagen wird ihm für die ganze Dauer des
Semesters eine eigene Wohnung zugewiesen werden, die
viel näher am Campus liegt. Aber heute brauche er sich um
nichts zu kümmern, hat Stevens gesagt, sich zu ihm umdrehend und einhändig weiterfahrend auf dieser Landstraße, die
er auswendig kennt; er solle sich nur ausruhen nach so einer
langen Reise (Stevens sieht ihn an und spricht zu ihm wie
zu einem Kranken, denkt er, weiß nicht recht, welchen Ton
er einem Mann gegenüber anschlagen soll, der gerade einem
Krieg entkommen ist, einer fernen europäischen Leidens-
geschichte, die für ihn einigermaßen exotisch sein dürfte).
Und er solle sich nicht erschrecken, wenn er des Nachts
seltsame Geräusche höre, sagt er dann, als sie sich bereits
verabschieden, und Ignacio Abel erkennt nicht allein an Van
Dorens ungeduldiger Miene, dass dies ein Scherz ist, den Stevens auch bei anderen Gästen anbringt. Das Haus sei alt, und
nachts knarre es im Gebälk, aber er könne ihm versichern,
dass es nicht spuke, *It is not a haunted house as far as we know,*
allerdings könne es vorkommen, dass er ein Tier höre, ein

Wiesel, einen Hirsch. Im Winter strichen nachts manchmal Bären und Wölfe ums Haus.

Welch eine Erholung, die Tür ins Schloss fallen und das Auto fortfahren zu hören; zu sehen, wie die Rücklichter immer schwächer werden. Er steht still im Zimmer, die Müdigkeit der vergangenen Stunden und der letzten Tage löst sich auf in einem langsamen Erschlaffen der Muskeln, die Augen wie verzaubert vom Wald hinter dem großen Fenster, den riesigen Nadelbäumen, unter denen es bereits dunkle Nacht geworden ist, während ihre Kronen sich vor dem noch dunkelblauen Himmel über der Lichtung abzeichnen, ihre nach oben gebogenen Äste wie die Dächer von Pagoden. Eine Stille wie diese hat Ignacio Abel noch nie erlebt. Die Stille ist eine gläserne Glocke, eine Kuppel, unter der der leiseste Schritt, die sanfteste Berührung einen Widerhall gibt. Sein Hotelzimmer in New York ging auf einen düsteren Hinterhof, in dem Tag und Nacht irgendwelche Maschinen lärmten, und in regelmäßigen Abständen begannen Wände und Boden zu zittern, wenn die nahe gelegene Hochbahn vorbeifuhr (in diesen Zeiten der Schlaflosigkeit zählte er die Tage des Wartens, das Geld, das er seit seiner Abreise aus Madrid ausgegeben hatte, das, welches ihm noch blieb). Die Stille ist so weit und so tief wie das Meer, so endlos wie diese Wälder, die sich bis an die Kälte des Polarkreises heranschieben, bis zu den großen Seen und den Niagarafällen, stellt er sich vor, bis zu den Ufern, an die die Wellen des Atlantiks schlagen. Die Stille lastet so schwer auf ihm, dass sie sogar die Stimmen dämpft, die in der letzten Zeit unablässig in seiner Erinnerung klingen. Aber sein Geist hat sich noch nicht beruhigt, kann die Spannung des Körpers nicht abgeben. Er hat noch immer nicht den Mantel ausgezogen, nicht einmal den Hut aufs Bett geworfen. Bevor er ihn allein gelassen hat, hat Stevens die Nachttischlampe angemacht, wie der Zimmerjunge eines Hotels, der dem eben eingetroffenen Gast das Zimmer zeigt, das Bad, die Hähne für heißes und kaltes Wasser. Kaum fließt das heiße Wasser in die Wanne, steigt Wasserdampf auf. Er hat den Kleiderschrank geöffnet, in dem es nach Firnis und Pinienholz riecht.

Stevens bewegt sich flink und geschmeidig, etwas zu aufgedreht, wie ein Tänzer im normalen Straßenanzug in einem Musical. Mit gerötetem Gesicht und seinen auffallend hellen Augen hinter der Goldrandbrille ist er sich der ironischen oder kritischen oder auch nur herablassenden Gegenwart Philip Van Dorens stets bewusst, vor dem er agiert, als wäre er unentwegt einem Eignungstest unterworfen, auf den er im Grunde nicht genügend vorbereitet ist. Wenn Van Doren schweigt, ist Stevens beunruhigter, als wenn er redet; wenn er, ohne den Mund zu öffnen, seine Missbilligung oder Zustimmung mit einer kleinen Geste zum Ausdruck bringt, die der unerfahrene Zuschauer vielleicht nicht einmal bemerkt. Professor Stevens geht beschwingt durch die Zimmer, erklärt den Tagesablauf des Gästehauses und in der Küche das Funktionieren der Kaffeemaschine und des Toasters, wobei Ignacio Abel benommen und todmüde nickt, ohne allzu viel zu verstehen, und es nicht abwarten kann, endlich allein zu sein, seine schmerzenden Füße den auf dem Fleck verharrenden Körper kaum noch tragen können.

Nachdem er so viele Tage mit keinem Menschen geredet hat, kostet es ihn einige Mühe, Stevens' hervorsprudelnde Worte oder Van Dorens Bemerkungen aufzunehmen und auf Englisch und einigermaßen wohlformuliert ihre Fragen zu beantworten, obwohl Stevens meistens gar nicht mehr hinhörte, wenn er endlich einen Satz formuliert hatte, oder weil er zu leise sprach, da er noch nicht gelernt hatte, seiner Stimme die für ein Gespräch erforderliche Lautstärke zu geben. Sobald Van Doren etwas sagte, traten hektische rote Flecken auf Stevens' Pferdegesicht, und er strich sich öfter als nötig seine Haarsträhne aus der Stirn.

Er schaut sich im Zimmer um, nimmt es erst jetzt richtig wahr, während es draußen ganz dunkel geworden ist und sich dem Klopfen des Spechts der methodische Ruf einer Eule hinzugesellt hat. Das hohe Bett mit dem Kopfende aus glattem Holz, mit weichen Kopfkissen und einer weißen Überdecke, auf die er seinen Koffer gelegt hat, immer noch ungeöffnet, mit den metallbeschlagenen Ecken, die nach dem vielen Hin und Her so vieler Tage jetzt verbeult und zerkratzt sind. Die Weichheit der Matratze befühlen ist wie die Hand in tiefes, warmes, ganz stilles Wasser tauchen. Er findet den verlorenen Genuss an weißer, frisch gebügelter Wäsche wieder, an duftenden Laken, an der wohligen Wärme einer häuslichen Einrichtung. Als er über den Stoff der Tagesdecke streicht, merkt er, wie schmutzig seine Fingernägel sind. Wie schnell alles verloren geht, zerfällt, vergessen wird! Wie es wohl wäre, Judith Biely bei sich in diesem Zimmer zu haben: Judith, die gerade jetzt vielleicht irgendwo auf diesem Kontinent dunkler Wälder ist, die sich jenseits des Fensters erstrecken (nachmittags war er zum Union Square zurückgegangen, als die Solidaritätsveranstaltung begann; eine Menge Leute drängten sich vor einem Podium voller amerikanischer Fahnen, roter Fahnen und Fahnen der Republik; er bahnte sich einen Weg durch die Menge, schaute in jedes Gesicht, hörte die Reden aus den Lautsprechern, ohne allzu viel zu verstehen, das altbekannte hingebungsvolle Brüllen von Hymnen). Wie sich die Kinder das Haus erobert hätten! Miguel und Lita über die Treppen hintereinander herjagend, dann in den Wald rennend und sich vorstellend, in einem Roman von Fenimore Cooper zu sein, in einem Film mit Soldaten mit bunten Uniformen und Dreispitzen, mit Tomahawks schwingenden Rothäuten mit bemalten Gesichtern und wilden Irokesenschnitten.

Vor dem Fenster steht ein breiter, solider Schreibtisch aus gebeiztem Holz. Als er die Schreibtischlampe aus Messing und mit einem Schirm aus grünem Glas anschaltet, wird die Dunkelheit draußen zum Spiegel, in dem er unverhofft sein Gesicht sieht, halb im Schatten, so wie der Rest des großen Zimmers. Wer dich gestern gesehen hat und dich heute sieht! Wer würde dich wiedererkennen, wenn er dich jetzt sehen könnte! Harte Bartstoppeln stehen in seinem Gesicht, der Hemdkragen hat einen schmutzigen Rand, der Krawattenknoten ist verdreht. Das Gesicht, das Van Doren und Stevens gesehen haben, das er in ihren Blicken erkannt hat, hinter der etwas übertrieben ehrerbietigen Höflichkeit und Herzlichkeit von Professor Stevens. Er findet noch immer keine Ruhe, öffnet nicht einmal den Koffer. Von ferne dringt das Rattern eines Zuges an sein Ohr, und es dauert lange, bis es verklingt: erleuchtete Fenster zwischen den Bäumen, die sich im ozeanweiten Wasser des Flusses spiegeln. In Madrid ist schon vor vielen Stunden die Nacht hereingebrochen, und doch dauert es noch lange, bis der neue Tag anbricht. Das Dröhnen der Schlacht ist aus der Ferne und in der Dunkelheit zu hören, genau wie hier das Rattern des Zuges. *Rebel Forces Expected to Tighten their Grip over Loyalist Capital* hieß es gestern oder vorgestern in der Zeitung.

Ignacio Abel steht immer noch am Fenster, als er seine Taschen von dem Plunder befreit, der sich im Lauf seiner Reise darin angesammelt hat, und alles auf den Tisch legt: Fahrkarten, Hotelrechnungen, französische und spanische Münzen, amerikanische Cents, Kassenzettel von Schnellrestaurants in New York, Bleistiftstummel, Stevens' Telegramm, das nach drei Tagen im Hotel eintraf, als er schon befürchtete, hinausgeworfen zu werden, weil er nicht bezahlen konnte, einzelne Einfrancscheine und ein zerknitterter von fünf Pesos, ein paar Dollars, die sein ganzes derzeitiges Vermögen darstellen. Dinge, die er schon vergessen hat, wie archäologische Fundstücke einer vergessenen Zeit: die Schlüssel der Wohnung in Madrid, so vertraut wie nutzlos jetzt; zwei Kinokarten für eine Nachmittagsvorstellung Anfang Juni; der Brief, den er schon mehrmals zerreißen wollte und doch immer noch bei sich trägt,

*Lieber Ignacio du musst mir schon erlauben dich so anzusprechen da ich trotz allem immer noch deine Frau bin und das Recht dazu habe und dich immer noch liebe.* Adelas Brief und Judiths Brief, die pralle und vom vielen Gebrauch etwas unförmig gewordene Brieftasche mit den Fotos von Judith und den Kindern, der Mitgliedsausweis der Sozialistischen Partei und der Arbeitergewerkschaft, sein Personalausweis, der Skizzenblock mit den ersten Entwürfen der Bibliothek, willkürliche Striche und Schraffuren mit Blei, willkürliche Versuche einer Formgebung, die im Vergleich zur Macht und Größe der umgebenden Natur vollkommen unbedeutend werden.

Was kann er mit seiner zaghaften spanischen Fantasie schon zustande bringen, das nicht banal und lächerlich wirkte im Vergleich zur grenzenlosen Unermesslichkeit, die sich hier, wie in New York, nicht nur im Menschenwerk, sondern auch in der Natur selbst zeigt, die eine Kraft und einen Schneid und eine Maßlosigkeit erfordert, auf die er nicht vorbereitet ist. Jetzt ist er schon so lange allein in seinem Zimmer und hat sich immer noch nicht eingerichtet, die Weitläufigkeit und Stille machen ihn noch immer fassungslos. Er nimmt sich selbst als einen Fremdkörper wahr, als Überträger einer möglichen Krankheit, von Unordnung jedenfalls, der Gerüche, die sich im Laufe der Reise an seine Kleider geheftet haben, an den Kleinkram auf dem Tisch. Die Stille lähmt ihn, die Dunkelheit draußen, der Eindruck von Ferne wird unerträglich.

Ein metallisches Geräusch weckt ihn auf, Hämmern oder Schläge mit einem Schraubenschlüssel, das Zischen von Dampf. Sein angespannter, aber immer noch benommener Verstand schließt nacheinander Örtlichkeiten aus: sein Schlafzimmer in Madrid; die winzige Kabine auf dem Schiff, in der metallisches Scheppern und Brodeln von heißem Dampf alltäglich waren; das Hotelzimmer in New York, in Paris. Unter dem Schüttern von alten Leitungsrohren ist die Heizung angesprungen. Er erinnert sich, im Traum Stimmen gehört zu haben, die jedoch entschwanden, bevor er sie zuordnen konnte. Eine von ihnen nannte seinen Namen inmitten lärmender Leute, flüsterte ihn in sein Ohr; eine andere bat ihn durch eine verschlossene Tür um Hilfe. *Ignacio, um Himmels willen, mach auf!*

Er kann sich nicht mehr daran erinnern, sich aufs Bett gelegt zu haben. Ohne die Schuhe auszuziehen, hat er sich auf die Matratze gelegt und sich mit dem Mantel zugedeckt, als müsste er auf der Bank eines Wartesaals übernachten. Er spürt seinen Körper, aber wie von außen. Wenn er wollte, könnte er seine Hände bewegen, die auf der Brust liegen, oder die Augenlider noch ein wenig heben oder wieder ganz schließen, oder ein Bein anziehen; aber er tut nichts von alledem, und in diesem Nichtstun liegt eine Form von Trennung oder physischer Distanz, als hätte er die Nervenverbindungen zwischen Hirn und Muskeln zeitweilig unterbrochen. Es ist aber keine Gefühllosigkeit wie bei einem eingeschlafenen Fuß oder Arm. Er spürt den Druck des Körpers auf der weichen Matratze, die Wärme der übereinanderliegenden Hände, sogar das sanfte Gewicht der Lider auf den Augäpfeln. Der Körper lastet und schwebt zugleich auf der Daunendecke, die leicht ist und dennoch wärmt. Der Körper lastet, aber nicht das Denken, nicht der Fluss des Bewusstseins und nicht die Wahrnehmung der Dinge.

Irgendwann, während er schon schlief und die Nacht noch dunkler wurde, hat das Klopfen des Spechts aufgehört, aber nicht der Ruf der Eule, der, in größeren Abständen zwar, jetzt immer noch zu hören ist. Ob es so ist, wenn man tot ist? Wenn das Herz bereits stillsteht, aber im Hirn, wie es heißt, noch ein letzter Funken Verstand erhalten ist; wenn die Kugel die Brust zerfetzt und der abgetrennte Kopf in den Korb vor der Guillotine fällt? Wenn wenigstens Professor Rossmann einen letzten Augenblick der Barmherzigkeit wie diesen erlebt hätte, als sein schlaffer Leib auf dem breiten Rücken der Erde landete, jenseits aller Furcht und allen Schmerzes, unter einem Sommerhimmel, an dem sich das erste Tageslicht zeigte, was er aber nicht sehen konnte, weil man ihm die Brille abgenommen oder er sie verloren hatte.

Beide Füße sind schwer, eingeschnürt von den Schuhen, angeschwollen jetzt, da sie ruhen, schmerzender auch, als trügen sie in ihren Sohlen den Bruchteil der Erschöpfung eines jeden Schritts, der Millionen von Schritte, die er im Lauf seiner Reise zurückgelegt hat, und davor noch in den letzten Monaten in Madrid, seit er kein Auto mehr hatte, in den durchgelaufenen, von Kopfsteinpflaster und Gehwegfliesen zerfressenen Schuhsohlen, von der trockenen Erde des Brachlands am Stadtrand, von Staub und manchmal auch vom Blut einer Leiche, das noch nicht getrocknet war (er setzte sich auf die Bettkante, und Judith kniete vor ihn nieder und zog ihm langsam und bedächtig die Schuhe aus, löste die Schnürsenkel des einen und dann des anderen Schuhs, zog ihm die Socken aus und massierte mit wissenden Fingern seine schmerzenden Füße). Beim Einatmen spürt er die Luft an seinen Nasenwänden vorbeiziehen und einen Augenblick später, wärmer jetzt, mit der Temperatur von Atemluft, wieder entweichen. In einem Rhythmus, der nicht dem des Atmens entspricht, aber genauso unabhängig vom Willen ist, pocht das Herz in seiner Brust, und der Widerhall ist auf dem Kopfkissen zu spüren, das Branden des Blutes in den Ohren, der Pulsschlag in den Schläfen, ein Druck im Schädel, der noch nicht als Kopfschmerz durchgehen will.

Wer hat dich gesehen und sieht dich jetzt. Wer bist du diese Nacht, aufgehoben im Nichts eines Ortes, der viel zu fremd und zu fern ist, als dass er schon in dein Bewusstsein eingedrungen sein könnte; in diesem großen leeren Haus, in diesem Meer der Stille, diesem dunklen Wald, in dem jemand, der auf der Landstraße vorbeifährt, das Licht in deinem Fenster sehen kann. Im Schlaf hat er Züge vorbeifahren hören.

Sie haben sich in seine Träume eingeschlichen, in die Siestas und die Sommernächte in den Bergen, wenn die Züge nach Madrid und aus Madrid kommend durch den Ort fuhren, um Mitternacht die Schnellzüge in Richtung Norden, und die anderen, die nach einer durchfahrenen Nacht kurz vor Tagesanbruch Madrid erreichen würden. Und es gab noch weitere, die Bummelzüge des Nahverkehrs, die nur bis Segovia und Ávila fuhren, mit denen Familienväter im Sommer nach Madrid zur Arbeit fuhren und am Wochenende wieder zurück in die Berge. In ihren hellen Anzügen, mit ihren Strohhüten und ihren Aktentaschen unter dem Arm unterschieden sie sich deutlich von den Reisenden aus den Dörfern: Baskenmützen und Bauchbinden, dunkle, unrasierte Gesichter, Frauen mit schwarzen Umhängen und Kopftüchern, Straßenverkäufer mit rustikalen Waren, Töpfe mit Honig und Leinensäcke voller Käselaibe, die sie in den Straßen Madrids ausriefen, Hühner in Käfigen und sogar frisch der Muttermilch entwöhnte Ferkel. Es sah aus, als sei es immer schon so gewesen und als würde es immer so bleiben, das Rattern und Pfeifen der vorüberfahrenden Züge so zuverlässig wie der Lauf der Sonne und das Läuten der Kirchenglocken im Ort.

Doch jetzt fuhren wohl keine Züge mehr am Ferienhaus vorbei und ließen stündlich Fenster und Fußboden erzittern. Heute sind die alten Vorortzüge, mit denen früher Sommerfrischler und Landbevölkerung fuhren, vollgepackt mit lärmenden Milizionären, die Seitenwände der Waggons mit Losungen und Parolen bepinselt, die Lokomotiven mit Fahnen und Transparenten behängt, und sie erreichen nur die Hälfte ihrer alten Fahrstrecke, die letzten Stationen diesseits der Berge, wo fast schon die Front verläuft. Es ist erst Oktober, und doch zittern die Milizionäre vor Kälte, wenn es Nacht wird. Es gibt nicht genügend Decken, hatte Negrín gesagt, keine wollene Wäsche, keine Mützen, nicht einmal Stiefel; es gibt nicht genügend Lastwagen, um die vordersten Linien mit Lebensmitteln und

Munition zu versorgen, die Ablösung zu gewährleisten. Der unveränderliche Schmerz ungeschminkter spanischer Armut: Auf den Zeitungsfotos von menschlichem Heldentum sind die vorwärtsstürmenden oder sich zu Boden werfenden Männer in wahrem Räuberzivil zu sehen, mit Bastsandalen an den Füßen, mit Mützen oder Stahlhelmen, die aussehen wie der Ausschuss verschiedener Armeen, mit alten Lederjacken. Des Nachts liegen sie zitternd in Schäferhütten oder zusammengedrängt in den Spalten großer Granitfelsen. Was wird werden, falls der Krieg noch andauert, wenn der Winter kommt. Genau zu dieser Stunde ist es in den Bergen am kältesten, und es wird noch lange nicht hell. Sie können keine Feuer machen, weil sie damit ihre Stellungen verraten würden, denn der Feind ist ganz nah, obwohl sie ihn nicht sehen, höchstens ein Aufblitzen, den Lichtreflex auf einer Waffe weiter oben in den Felsen oder vorn unter den Bäumen, wenn die Sonne aufgegangen ist. Sie hören ein Geräusch, und schon schießen sie in die Dunkelheit, verschwenden knappe Munition; grundlos pflanzt sich die Schießerei über die ganze Frontlinie fort.

Seine Kinder werden es auf der anderen Seite hören können. Nach den detaillierten Karten, die in den Zeitungen veröffentlicht werden, befindet sich das Haus viel zu nah am Frontverlauf. Die altbekannten Namen jeden Sommers gehören jetzt zu einem anderen Land, zum Vokabular des Krieges. Zweifellos würde die Familie nach Segovia gegangen sein; ein anderes Land plötzlich, die Kehrseite gleichsam des Ende Juli über Nacht entstandenen bolschewistischen und anarchistischen Madrid: Militär und Priester auf den Straßen, Prozessionen mit Heiligenfiguren anstatt mit roten Fahnen, zum faschistischen Gruß ausgestreckte Hände statt geballter Fäuste, kirchliche Strenge spanischer Provinz vergangenen Jahrhunderts.

Meine Kinder in dieser Welt, rettungslos untergegangen in der klerikalen Schwärze, aus der ich sie nicht befreien kann, in dem Wachsgeruch von Kerzen, Andachten, Segnungen und

Soutanen, in den die Familie ihrer Mutter sie eingetaucht hat, sobald ich nicht aufgepasst habe oder einfach weggeschaut, weil mir der Wille fehlte, die nötige Unnachgiebigkeit, der Grad von Unnachgiebigkeit jedenfalls, der notwendig gewesen wäre, um den anderen die Stirn zu bieten, die noch auf Adelas Zuarbeit zählen konnten, auf ihre gehorsame Bereitwilligkeit zu allem, was von ihrer Familie kam, wenn sie es im Grunde nicht sogar selbst gutgeheißen und nur deshalb nicht offen gezeigt hat, um mich nicht zu verärgern, um die Kluft nicht noch deutlicher werden zu lassen, die uns von Anfang an getrennt hat. Dieses ungeheure Missverständnis, das keiner von uns wahrhaben wollte; zwei Fremde unter sich, die dennoch Kinder zeugen und jede Nacht in einem Bett schlafen, die das ganze Leben zusammen verbringen könnten, ohne dass es einen einzigen Tag gäbe, der keine Strafe wäre, ohne dass sie etwas anderes verbindet als eine von Überdruss nicht zu unterscheidende Resignation. *Es hat dich nie gekümmert dass ich dich geliebt habe und nie hast du dich dankbar gezeigt für die Zuneigung die meine Eltern dir entgegengebracht haben du hast sie immer nur verachtet.* (Der Brief liegt in Reichweite bei den anderen Sachen auf dem Tisch, seinen Inhalt kennt er fast auswendig, darum kann dieser Brief, obwohl im Umschlag verborgen, das Gift seiner Vorwürfe auch in so weiter Ferne noch durchsickern und ausstrahlen lassen, wie das Uranium im Labor von Madame Curie, und alles verunreinigen.)

In Segovia besitzt Don Francisco de Asís ein Haus mit einem in Stein gemeißelten Wappenschild über der Eingangstür. Er nennt dieses Haus »das Heim meiner Väter«, obwohl es in Wahrheit noch gar nicht so alt ist und vor Jahren durch eine Auktion in seine Hände kam; und das von einem Helm und einem Jakobskreuz gekrönte Wappenschild hat er selbst an einem Abrisshaus gekauft. Du gehst fort, und es nützt dir nichts; du läufst dir in allen möglichen Städten die Sohlen durch und verbringst eine Woche seekrank in einer engen Schiffskabine auf dem Atlantik, und es ist, als würdest du dich in einer rotierenden Tonne verausgaben, wie es sie auf Jahrmärkten gibt, in der du läufst und läufst, ohne vom Fleck zu kommen. Du gehst, und ein Teil von dir ist zerrissen von Schuldgefühl und unwiderruflicher Ferne; ein anderer jedoch leidet immer noch an der Unmöglichkeit, fortgehen zu können, Land zu gewinnen, Kontinente und Meere, die dann doch nicht der Ausweg aus einer Gefangenschaft ohne Flucht sind. *Da kannst du machen was du willst du bleibst mein Ehemann und der Vater deiner Kinder denn dieses Band kann der Mensch nicht lösen so wie die Tiere nicht den Verstand haben ihre Jungen zu verlassen.*

Aus der Ferne sieht er sie im Familienkreis beisammensitzen wie auf einem dieser Fotos, auf denen er nie in Erscheinung tritt, obwohl er ganz in der Nähe gewesen sein muss, im Wohnzimmer des Hauses in Segovia mit den düsteren Heiligenbildern an den Wänden; Don Francisco de Asís und Doña Cecilia und Adela und seine beiden Kinder, vielleicht noch der Priesteronkel, der, wenn er, Ignacio, nicht da ist, den Kindern wahrscheinlich religiöse Bildchen zusteckt und ihnen rät, ein Nachtgebet zu sprechen und zur Beichte zu gehen und zur Kommunion, wenn auch nur, um der Oma und dem Opa eine Freude zu machen. Er sieht sie wie ein Toter, der unsichtbar zurückkehrt, wie eine dieser Seelen aus dem Fegefeuer, an die Doña Cecilia glaubt und für die sie Öllämpchen anzündet, die verlöschen, wenn eine dieser Seelen vorüberschwebt, der Flügel eines Engels. *Das Heiligste von allem sind aber nicht die Sakramente und die Liebe zwischen dir und mir ist keine Täuschung denn dafür sind zwei Kinder wie zwei Sonnen der Beweis.*

Sie beten alle Rosenkränze mit murmelnden Stimmen und gesenkten Köpfen; Miguel und Lita zwinkern sich dabei heimlich zu oder stoßen sich unter dem Tisch mit den Füßen; Don Francisco de Asís und Doña Cecilia und Adela beten noch für den Sohn und Bruder, von dem sie nicht wissen, ob er noch lebt oder schon tot ist, und vielleicht beten sie auch für ihn, für den seit dem 19. Juli verschwundenen Schwiegersohn, nur vielleicht nicht mit voller Inbrunst, weil es sie verunsichert oder ihnen unpassend erscheint, für einen zu beten, der nicht gläubig ist. Sie müssen jedoch Vorbild für die Kinder sein, glaubwürdig in ihrer Halbtrauer für zwei Abwesende, von denen sie seit Monaten nichts mehr gehört haben, den Sohn und Bruder, den Gatten und Schwiegersohn, dem Adela diesen von Verbitterung diktierten Brief geschrieben hat, der so lange unterwegs war und trotzdem sein Ziel getroffen hat wie ein vergifteter Pfeil. *Was ist schlecht daran dass deine Kinder die auch meine sind oder sogar mehr noch meine weil ich sie geboren und aufgezogen habe und immer bei ihnen gewesen bin und nächtelang kein Auge zugetan habe wenn sie Fieber hatten was kann es ihnen schaden wenn sie im katholischen Glauben erzogen werden.* Sie werden sie unterrichten, sie werden wieder in die Hände von Mönchen und Nonnen fallen, die sie zwingen, samstags zu beichten und sonntags zur hl. Kommunion zu gehen, vielleicht mit Fingern auf sie zeigen in einer dieser finsteren Schulen, in der sie das neue Schuljahr begonnen haben werden, auf die weltlich erzogenen Kinder eines Feindes, die keine Gebete aufsagen und keine Kirchenlieder auswendig können und schon gar nicht die faschistischen Hymnen, die sie ihnen auch beibringen werden.

Er liegt auf dem Bett, wo Müdigkeit und Stille den Körper in einer verwunschenen Bewegungslosigkeit gefangen halten, während die Erinnerung von Sehnsucht und schlechtem Gewissen so geschärft ist, dass es fast an Hellsichtigkeit grenzt und Ignacio Abel leicht wie im Traum zum Haus in den Bergen zurückkehrt, wo längst keine Züge mehr vorbeifahren und wo man durch das Rauschen der Wälder und blühenden Sträucher vielleicht den Geschützdonner von der Front hören kann. Vielleicht ist das Haus verlassen oder zu einer Soldatenunterkunft umfunktioniert worden wie die Residencia in Madrid, zu einer Kaserne der anderen, dieser etwas unwirklichen und nicht ganz menschlichen Spezies, die in den

Zeitungen der Feind genannt wird; ein Wort, wie ihm jetzt auffällt, das einen theologischen Hintergrund hat: In seinem früheren Gymnasium – jetzt nur noch ein Grundstück mit verbrannten Mauern – war es der Teufel, der von den Priestern als der Feind bezeichnet wurde. Der Feind wird jetzt den verwilderten Garten besetzt haben, der für die Kinder immer ein Urwald war, in dem sie ihre aus Büchern nachgespielten Abenteuer erlebten und Pflanzen und Insekten für den Biologieunterricht in der Schule sammelten; den Garten mit der rostigen Schaukel, in der sie am Sonntag vor drei Monaten saßen, als er sie zum letzten Mal gesehen hat. Doch jetzt sind sie beide nicht mehr in dem Alter; Lita nicht, mit ihren ersten Rundungen, ihren trainierten Radfahrerbeinen und den modischen weißen Söckchen, und Miguel nicht, mit seiner kurzen Hose, die er in diesem Jahr zum letzten Mal angezogen haben wird. Er verändert sich so schnell, dass ich ihn nicht erkennen werde, wenn ich ihn wiedersehe. Seine Oberlippe wird von einem Schnurrbartschatten verdunkelt sein, er wird sich einen Scheitel zulegen und die Haarsträhne, die ihm immer in die Augen fiel, nach hinten kämmen. Ein heranwachsender junger Mann, der seinem Onkel Victor immer ähnlicher wird, seine Gesichtszüge werden, genau wie seine Seele, von diesen Leuten vereinnahmt, bis hin zu einem Erwachsenenalter, in dem ich, sein Vater, nicht mehr existieren werde.

Wenn ich für ihn nicht schon zu existieren aufgehört habe, ausradiert worden bin von der Entfernung, die mich von ihm trennt, von den ausbleibenden Nachrichten und wahrscheinlich auch Ansichtskarten, die ich ihm geschickt habe, seit ich Madrid verlassen habe, genau wie als sie kleiner waren und ich auf Reisen war: der Platz der Republik in Valencia, der Strand der Malvarrosa, der Eiffelturm, das frisch eingeweihte Trocadéro, Notre-Dame von einer Seine-Brücke aus, der Boulevard Saint Nazaire mit Blick auf den Hafen, die S. S. Manhattan auf der Reede mit erleuchteten Bullaugen und Lichtergirlanden über dem Deck, die Freiheitsstatue, die Arkaden der Pennsylvania Station, das Hotel in New York, in dem ich vier Tage zugebracht habe (die Zeit verging, und niemand ließ sich sehen oder rief an, es gab keine Nachrichten am Empfang, nicht einmal ein Telegramm, und der Rezeptionist warf ihm argwöhnische Blicke zu, als ahne er, dass er nur noch ein paar Dollars in der Tasche hatte), mit dem Namen über der ganzen Breite der Fassade und einem kleinen Bleistiftkreuz an einem Fenster im 14. Stock, *dies ist mein Zimmer,* das Empire State Building mit dem an seiner Spitze verankerten Zeppelin (diese Ansichtskarte hat er aber nicht abgeschickt: Er hat eine Briefmarke daraufgeklebt und sie dann vergessen, weil er so in Eile war und seinen Zug nicht verpassen durfte).

Lita hat eine Blechdose voller Ansichtskarten und Briefe, die nach Datum geordnet sind. Sie hat sie bei Ferienbeginn ins Sommerhaus mitgenommen, in dem Koffer, den sie als den ihren gekennzeichnet hat, um ihn vor Miguels Durcheinander zu bewahren, zusammen mit ihren Romanen und Tagebüchern. Miguel hat die Schulbücher für die Unterrichtsfächer mitgenommen, in denen er im Juni durchgefallen ist: die Hefte mit den Hausarbeiten, die er auf den letzten Drücker hingeschmiert hat, voll mit roten Korrekturen des Lehrers, unterstrichenen Rechtschreibfehlern und Tintenflecken. Aber im September hat er die Prüfungen nicht wiederholen können. In dieser Hinsicht hat ihm der Krieg eine willkommene Atempause beschert. Er wird das ganze Schuljahr wiederholen müssen, und Lita ebenfalls, wenn der Krieg nicht bald zu Ende geht.

Es ist nicht mehr möglich, das Wort zu vermeiden. Er hat es in den französischen Zeitungen gesehen, in den obszönen roten und schwarzen Lettern der Schlagzeilen, GUERRE EN ESPAGNE; in den New Yorker Zeitungen, die er manchmal begierig unten am Tabak- und Zeitschriftenkiosk kaufte, andere Male mied, es jedenfalls versuchte, LATEST NEWS ON THE WAR IN SPAIN. Wie eine unheilbare Krankheit, mit der er geboren ist, gegen die jene, die sie machen und die sie kaufen, jedoch immun sind, ebenso wie gegen unsere Armut, unsere pittoreske Rückständigkeit, unsere barocken Gottesmütter mit Tränen aus Glas und Herzen aus Silber, von Dolchen durchbohrt und vom selben blutigen Naturalismus wie unser barbarisches Nationalfest in der Arena. THE KILLINGS AT THE BULLFIGHTING RING IN BADAJOZ. Unsere klingenden Namen, die unter den Wörtern einer anderen Sprache wie Exoten ins Auge springen; die eingefallenen Mauern in öden Landschaften, Bastsandalen, Hosen, die mit Strohband festgebunden sind anstatt mit Gürteln, wie man es auf den Fotos unseres Armutskrieges sehen kann; unsere Frauen mit schwarzen Schultertüchern und Bündeln auf den Köpfen, wie man es von afrikanischen Frauen kennt, lange Flüchtlingskolonnen auf baumlosen Landstraßen, an den Grenzübergängen von französischen Gendarmen mit Kolbenstößen malträtiert, während ich zur Seite schaute und nichts unternahm und das schäbige Privileg meines teuren Anzugs und meiner ordnungsgemäß ausgefertigten Papiere in Anspruch nahm, ohne deswegen jedoch von meiner spanischen Krankheit befreit zu sein, denn die französischen Grenzbeamten untersuchten mit kalkulierter Unhöflichkeit meinen Koffer, betrachteten ausgiebig Zeichnungen, Entwürfe und Baupläne, um dann ein weiteres Mal meinen Pass zu studieren, das Foto, dem ich bereits nicht mehr ähnlich zu sein begann, die Seite mit dem Visum für die Vereinigten Staaten.

Wer würde auch diesen goldenen Schriftzug über dem Wappenschild mit der Krone aus Mauerzinnen auf dem Umschlag des Reisepasses ohne Argwohn betrachten, Republik Spanien, wenn diese Republik morgen vielleicht schon nicht mehr existierte, wenn ein paar Schritte weiter, auf der spanischen Seite der Grenze, keine uniformierten Grenzwachen standen, sondern Milizionäre mit buschigen Koteletten, die sie wie Wegelagerer aussehen ließen oder wie Statisten aus einer Theateraufführung von *Carmen,* die die spanische Trikolore eingeholt und dafür eine schwarz-rote Fahne am Mast aufgezogen hatten. Während er Haltung zu bewahren suchte, bis die Gendarmen ihm den Pass zurückgaben und ihm erlaubten, seinen Koffer zu schließen, war er einerseits stolz, Bürger einer spanischen Republik zu sein, und verfluchte die Franzosen und Engländer, die tatenlos zusahen, wie diese Republik sich ungeschickt und hilflos ihrer Angreifer zu erwehren suchte; aber andererseits fühlte er sich auch minderwertig, zu einem solchen Land zu gehören und keinen größeren Wunsch zu haben, als es endlich verlassen zu können, und wegen des schlechten Gewissens, einen solchen Wunsch zu haben, und tatsächlich zu fliehen und es nicht verstanden zu haben, sich nützlich zu machen, irgendetwas auszurichten.

Er muss an die Plaza de Oriente denken, an einem Morgen, dem letzten, als die Flucht schon gesichert war und er zu Moreno Villa ging, um sich von ihm zu verabschieden. Von Wind und Regen durchtost, wirkte der Platz weiter als gewöhnlich, der Nationalpalast ferner in seiner maßlosen Größe vor dem freien Horizont des Madrider Hinterlands, eher gräulich als weiß vor dem Hintergrund geballter Wolken, die von Westen kamen, vor dem dunklen Grün des Campo del Moro und der Casa de Campo, die im Nebel verschwammen. In den französischen Gärten lagerten Flüchtlinge, die sich unter ihren Karren oder zwischen Hecken und Bäumen aufgespannten Zeltbahnen vor dem Regen zu schützen suchten. Mitte Oktober zeigte der Winter seine verfrühte Ankunft, als wäre er vom Krieg mitgebracht worden, der von Südwesten her langsam über die Landstraße kam, die Straße nach Extremadura, die man von den Balkonen des Palasts aus sehen konnte. Sehr seltsam, sich in aller Deutlichkeit vorzustellen, was ich nie erlebt habe, was vor über siebzig Jahren geschehen ist, der belagerte Platz mit seinen Zelten und Hütten zwischen den Hecken und um die Reiterstatue Philipps IV. herum, die, nur auf den Hinterhufen seines Pferdes gestützt, beinahe schwerelos wirkte gegen den grauen Himmel und den Regen und eine durchnässte rote Fahne hielt.

Ignacio Abel schritt mitten durch diese Anlagen, eine bürgerlich aussehende Gestalt unter einem Regenschirm, die sich den Wachtposten nähert, Soldaten in den makellosen Uniformen der Präsidentengarde – Stahlhelme, Koppelzeug, glänzende Stiefel und glatt rasierte Gesichter –, die nur einen Blick auf eine maschinengeschriebene Liste werfen und ihn dann durchlassen werden. Schritte und Befehle hallten aus den granitenen Nischen der Eingangshalle wider. Durch ein Glastürchen hörte man aus einem Schalterraum ein Radio und eine klappernde Schreibmaschine, und es roch nach Frühstückspause. Ohne von irgendjemandem begleitet oder bewacht zu werden, stieg er eine breite Treppe aus Granitstufen und später aus Marmor hinauf, auf denen kein Läufer die Schritte dämpfte. Er ging durch Säle mit Wandteppichen und -uhren und schwindelerregenden mythologischen Deckengemälden, nackte Flure, die in Innenhöfe mündeten, mit steinernen Bogengängen rundum, die gewölbte Glasdächer trugen, auf die der Regen trommelte.

Moreno Villa fand sich in einem winzigen Büro wieder, hinter einer massiven Holztür mit niedrigem Sturz, einem Arbeitszimmerchen voller Bücher und Aktenordner mitten in dieser Endlosigkeit verlassener Räume. Während seines ganzen Lebens hatten sich Moreno Villas Arbeitszimmer nie verändert, dachte er, waren in ihrer Art immer gleich geblieben: ob im Nationalpalast oder in der Residencia, wo immer die Zufälligkeit eines Lebens ihn hingeführt hatte, dessen Zukunft jetzt mit einem Mal ungewiss geworden war. Es herrschte eine tückische Kälte, die nach und nach in den Körper drang; zuerst durch die Fingerspitzen und die Nase, durch die Fußsohlen. In einer Ecke des Zimmerchens stand ein kleiner elektrischer Ofen. Der Strom war aber schwach, und die Heizspirale hatte denselben kränklichen Glanz wie die Lampe auf dem Schreibtisch, an dem Moreno Villa, in seinen Akten vergraben, über Hofnarren und geistig Zurückgebliebene forschte, die zu Velázquez' Zeiten am Königshof dienten. Im Rausch seiner Gelehrsamkeit war er der Gegenwart so entrückt wie der Wirklichkeit Madrids außerhalb der Palastmauern, dieses verwunschenen Reiches, in dem es noch Saaldiener mit weißen Backenbärten und Kniebundhosen gab, in dem die Uhren durchaus ein- oder zweihundert Jahre nachgehen können. Sein weißer Bart lief spitz zu, wie bei einer Gestalt von El Greco. Er war dünner als das letzte Mal, im Sommer, und trug jetzt eine Lesebrille, die ihn älter machte.

»Sie verlassen uns also, Abel. Sie können wahrscheinlich selbst kaum glauben, dass Sie alle nötigen Papiere beisammenhaben. Man sieht Ihnen an, dass Sie gehen wollen und wissen, wie Sie es anstellen können, wenn Sie mir den Ausdruck gestatten. Selbst wenn ich könnte, würde ich mich nie von der Stelle bewegen.«

»Wohnen Sie immer noch in der Residencia?«

»Wo sonst, Abel? Es ist mein Zuhause. Mein vorübergehendes Zuhause, aber ich wohne jetzt schon so lange da, dass ich mir nichts anderes mehr vorstellen kann. Die Garnison ist verlegt worden, jetzt haben sie ein Lazarett daraus gemacht. Sie können sich nicht vorstellen, wie diese armen Jungs vor Schmerzen schreien. Welch entsetzliche Wunden sie haben. Man glaubt zu wissen, wie schrecklich der Krieg ist, aber man hat keine Ahnung, solange man es nicht selbst gesehen hat. Vorstellungskraft hilft da nicht, sie ist ohnmächtig und feige. Im Kino sehen wir Soldaten fallen und denken, dass es so ist, dass alles schnell vorbei ist, vielleicht noch ein Blutfleck auf der Brust. Aber es gibt Schlimmeres, als zu sterben. Sie sehen einen jungen Mann, der zwar noch lebt, dem aber das halbe Gesicht fehlt, der beide Beine verloren hat, beide Arme, der keine Nase mehr hat. Was ist das für eine Sinnlosigkeit, wozu dieses grauenhafte Leiden? Man wendet den Blick ab, denn wenn man hinsähe, würde einem übel. Und der Geruch, mein Gott. Der Geruch von Wundbrand und von Fäkalien in aufgeplatzten Eingeweiden. Der Geruch von Blut, wenn die Krankenschwestern Zeitungspapier darauflegen oder Sägemehl darüberstreuen. Manchmal sage ich mir, ich sollte diese Dinge zeichnen; aber ich wüsste nicht, wie ich das anstellen sollte, es nur zu versuchen, würde ich mich schon schämen. Ich glaube, noch kein Mensch hat es bisher getan, niemand hat es je gewagt, nicht einmal die Deutschen im Ersten Weltkrieg, nicht einmal Goya. Goya ist näher herangegangen als jeder andere, aber selbst er hat nicht den ganzen Mut aufgebracht. Ich muss oft an den Titel denken, den er einem der Bilder aus seiner Serie *Die Schrecken des Krieges* gegeben hat: *Man kann nicht hinsehen.* Sie werden es jedenfalls nicht mehr müssen.«

Warten musste er auch nicht mehr. Er verabschiedete sich von Moreno Villa, und es war, als hätte er die Reise schon begonnen, die aus allen möglichen Gründen so oft hinausgeschoben worden war – wegen umständlicher Formalitäten, wegen fehlender Unterlagen, Stempel oder Unterschriften, versprochener Briefe, die nicht kamen oder im Durcheinander des Krieges falsch zugestellt wurden und sich daher verspäteten. Bevor er zu Moreno Villa gegangen war, hatte er das letzte noch erforderliche Dokument abgeholt und trug es jetzt wie ein zerbrechliches Kleinod in der Innentasche seiner Jacke, einen Passierschein mit dem Briefkopf des Finanzministeriums, unterschrieben von Negrín in dessen neuer Eigenschaft als Minister, der ihm gestattete, in Ausübung einer nicht konkret benannten offiziellen Mission über Valencia nach Frankreich zu fahren. Es konnte zu unerwarteten Schwierigkeiten kommen, sodass der Reisepass mit dem amerikanischen Visum und dem französischen Transitvisum nicht ausreichte, weil der Lastwagen, in dem er bis Alcázar de San Juan fuhr, oder der Zug, den er von dort nach Valencia nehmen würde, unterwegs von Patrouillen angehalten werden konnte, die die Reisenden aufhielten oder zurückschickten, sie als Deserteure beschimpften, als privilegierte reiche Herren oder Bourgeois, die vor der Revolution davonliefen und zu feige waren, im Krieg zu kämpfen.

Es konnte auch passieren, dass er an der Grenze ankam und die anarchistischen Milizionäre, die dort kontrollierten, ihn nicht durchließen, wenn ihnen nicht danach war, hatte Negrín gesagt, trotz Pass und Visa und Passierschein, vor allem dann, wenn der Verdächtige damit herumwedelte. »Wir sind eine Regierung, die so gut wie nicht existiert«, hatte Negrín in dem großen Arbeitszimmer im Finanzministerium zu ihm gesagt, das endlich ein Raum war, der seinen Körpermaßen gerecht wurde: der riesige alte Schreibtisch, die auf die Calle de Alcalá hinausgehenden Fenster, der dicke Teppich, der die Schritte verschluckte (fadenscheinig an einigen Stellen, mit Brandspuren von Zigarettenglut).

»Wir befehligen eine Armee von Geisterdivisionen, in denen die wenigen republiktreuen Offiziere, die wir noch haben, über keine Truppen verfügen. Den armen Prieto haben sie zum Marineminister gemacht, aber die paar alten Kriegsschiffe, die wir noch haben, verschwinden, ohne dass wir wissen, wohin, weil die Matrosen alle Offiziere umgebracht und ins Meer geworfen haben und jetzt keiner mehr da ist, der noch eine Seekarte lesen oder einen Kurs bestimmen kann. Wir diktieren Dekrete, die kein Mensch befolgt. Nicht einmal über die eigenen Landesgrenzen haben wir Kontrolle. Die Regierungen, die unsere Verbündeten sein sollten, wollen nichts von uns wissen. Wir schicken Telegramme an unsere Botschaften oder halten Telefonkonferenzen ab, und unsere

Botschafter und Botschaftssekretäre laufen zum Feind über. Wir sind die rechtmäßige Regierung eines Landes, das Mitglied im Völkerbund ist, und sogar unsere französischen Genossen von der Volksfront behandeln uns, als hätten wir die Pest. Sie wollen nicht unseretwegen ihre guten Beziehungen zu Mussolini und Hitler aufs Spiel setzen, und schon gar nicht die zu den Briten, die uns aus ich weiß nicht welchem Grund mehr verabscheuen als die Faschisten. Sie wollen uns nicht einmal Waffen verkaufen. Wir haben keine Flugzeuge, keine Panzerwagen, keine Artillerie. Nur das alte Zeug aus dem Ersten Weltkrieg, das die Franzosen nicht mehr wollten und uns bis vor wenigen Monaten noch verkauft haben. Selbst das kriegen wir nicht mehr von diesen Dieben. Nicht einmal Stahlhelme von 1914, nicht einmal Karabiner aus dem Deutsch-Französischen Krieg ...«

Die weitsichtige Erkenntnis vom ganzen Ausmaß der Katastrophe machte Negrín aber erstaunlicherweise nicht mutlos, sondern ließ ihn nach einer Phase der Niedergeschlagenheit umso euphorischer und energischer agieren. Als Ignacio Abel sein Arbeitszimmer betrat, diktierte er einer Sekretärin gerade einen Brief auf Französisch, wobei er mit auf dem Rücken verschränkten Händen im Zimmer auf und ab lief, ab und zu in seine ausgebeulte Tasche griff und etwas in den Mund steckte, so rasch, dass Ignacio Abel nicht erkennen konnte, was es war, eine Pille oder ein Bonbon. Er unterbrach sich, um zu telefonieren, verlor die Geduld, weil die Verbindung nicht kam, und knallte den Hörer auf die Gabel. »Wir werden trotzdem nicht aufgeben«, sagte er mit dröhnender Stimme, sich in ganzer Größe und Breite vor Ignacio Abel aufbauend. »Wir werden die Armee von Grund auf erneuern. Eine richtige Armee daraus machen, tapfer, gut ausgerüstet, diszipliniert, kraftvoll, eine Armee des Volkes und der Republik. Wir müssen zusehen, dass das Delirium ein Ende nimmt, in dem wir uns derzeit befinden; aber die Realität ist das beste Mittel gegen Fieberfantasien. Wir leben zum Teil immer noch in einem Irrenhaus, und das ist keineswegs eine Metapher, wie sie unsere Redner so gerne benutzen, sondern ein klinischer Befund. In einem Irrenhaus ist jeder Verrückte auf seine eigene Form von Unwirklichkeit fixiert. Sie laufen umher und begegnen sich, aber jeder spricht nur mit sich selbst und fuchtelt mit den Armen, und keiner hört dem anderen zu, die Verrücktheit jedes Einzelnen schließt alle anderen aus. Wir wissen, wofür der Feind kämpft und warum das Militär geputscht hat; aber wir wissen immer noch nicht, für was wir selbst kämpfen. Oder ob es überhaupt ein Wir gibt, in dem wir uns alle wiederfinden, die wir exekutiert oder verbannt werden, wenn die anderen gewinnen. Jeder Irre mit seinem eigenen Spleen. Don Manuel Azaña will die Dritte Republik nach französischer Art. Sie und ich und ein paar andere würden uns mit einer sozialdemokratischen Republik wie die von Weimar begnügen. Aber unser jetziger Präsident und Parteifreund sagt, er will eine Union Iberischer Sowjetrepubliken, und Don Lluís Companys will eine katalanische Republik. Die Anarchisten vergessen gleich ganz, dass wir uns im Krieg befinden und es mit einem unbarmherzigen Feind zu tun haben, und versuchen in diesem ganzen Durcheinander noch, den Staat abzuschaffen. Und damit jeder seinen ureigenen Wahn auch in die Praxis umgesetzt sieht, hat sich jede Partei und jede Gewerkschaft als Erstes einmal ihre eigene Polizei, ihre eigenen Gefängnisse und ihre eigenen Henker geschaffen. Trotzdem weigere ich mich zu glauben, dass alles verloren sein soll. Unser Geld ist nichts mehr wert, aber wir haben noch jede Menge Gold und können gegen Barzahlung die besten Waffen einkaufen. Die Bruderdemokratien, wie sie in den Reden und Ansprachen genannt werden, wollen uns keine Waffen verkaufen? Dann kaufen wir sie eben von den Sowjets oder von internationalen Waffenhändlern, wem immer.«

Das Telefon klingelte, die angefragte Verbindung war jetzt hergestellt. Er forderte etwas mit entschiedener Stimme und großer Wohlerzogenheit, und als die Sekretärin, die seinen Brief getippt hatte, allzu lange brauchte, diesen aus der Maschine zu drehen, riss er das Blatt mit sicherem Griff heraus und sah es auf mögliche Fehler durch, wozu er sich die Brille hochschob und das Blatt nah vor seine übermüdeten Augen hielt.

»Aber wir haben da noch ein anderes Problem, mein Freund Abel, abgesehen von diesen Fotos, die unsere Milizionäre als Priester verkleidet in den Ruinen niedergebrannter Kirchen von sich machen und die uns in der Weltpresse so überaus positiv dastehen lassen. Dieselbe Weltpresse übrigens, die die Fotos, die wir ihnen von zerfetzten Kinderleibern schicken, die Opfer der Bombardements deutscher Flugzeuge geworden sind, nicht veröffentlichen, weil sie sagen, das sei Propaganda. Nein, das Problem ist, dass bei uns kein Mensch eine Fremdsprache spricht! Wir schicken loyale Republikaner und Sozialisten ins Ausland, die die Posten abtrünniger Diplomaten einnehmen und unsere Lage erklären sollen; aber wie wollen sie was erklären oder Verhandlungen führen, wenn sie bestenfalls einen Grundkurs Französisch in einem von Priestern geführten Gymnasium absolviert haben? Dieses hübsche Mädchen da, das bei mir arbeitet, ist ein Juwel, sie spricht und schreibt Französisch. Aber Briefe auf Englisch oder Deutsch muss ich eigenhändig schreiben; und wenn ausländische Gesandte oder Journalisten kommen und mit jemandem von der Regierung sprechen wollen, bin ich der Einzige, der als Dolmetscher dienen kann.«

Ein Beamter trat ins Zimmer, der Negrín mit »Herr Minister« ansprach und ihm mit feierlicher Geste eine Mappe mit einem Dokument überreichte. Negrín überflog das Papier, unterzeichnete es dann mit ausgiebigem Schnörkelwerk und reichte es an Ignacio Abel weiter. »Wenn man Sie damit nicht durchlässt, fällt mir nur noch ein extremes letztes Mittel ein«, sagte er lachend. »Nehmen Sie für alle Fälle eine Pistole mit, dann können Sie sich den Weg freischießen.«

Ignacio Abel faltete den Passierschein sorgfältig zusammen und steckte ihn in die Innentasche, sich vergewissernd, dass er nicht verknickte. Jetzt erinnert er sich, dass beim Verlassen von Negríns Arbeitszimmer die Erleichterung über das nun sichere Fortgehen stärker war als sein schlechtes Gewissen und sogar seine Dankbarkeit. Im Vorzimmer herrschte ein Durcheinander von Beamten, Milizionären und uniformierten Polizisten. Die Polizisten nahmen Haltung an, als sie den Minister sahen, der Ignacio Abels Arm nahm und ihn zum Ausgang begleitete, wobei ihm in seinem Trieb, Mängel aufzudecken und Lösungen dafür zu suchen, genauso wenig entging wie früher in seinem Labor in der Residencia oder bei den jetzt ruhenden Arbeiten in der Universitätsstadt. »Sehen Sie nur die Büros, die Schalter, die Beamten mit ihren Ärmelschonern, diese Gesichter! Schreibmaschinen gelten hier als neueste Erfindung. Hier ist noch so viel zu tun, was nie getan worden ist, und das müssen wir mitten in einem Krieg tun.«

Er wird mich bitten, zu bleiben, dachte Ignacio Abel voller Schrecken, voller Schuldgefühle, und spürte den Druck von Negríns riesiger Hand auf seinem Arm; er wird mich daran erinnern, dass ich Fremdsprachen beherrsche und mich in den Dienst der Republik stellen müsste, so wie er es tut, der eine weit glänzendere Karriere aufgegeben hat, als ich das täte, der, wenn er wollte, einen Ruf an jede Universität außerhalb Spaniens bekäme, wo er vor dem Krieg in Sicherheit wäre. Negrín bat ihn jedoch um nichts. Er ignorierte Abels ausgestreckte Hand und umarmte ihn, ermahnte ihn lachend, mit dem Bau jenes Gebäudes in Amerika nicht zu lange zu warten, er werde wieder gebraucht, um die Universitätsstadt fertigzustellen. So viele Ruinen gilt es wieder aufzubauen, sagte er, dass man euch Architekten in Gold aufwiegen wird. Einen Moment lang stand er noch in der barock verzierten Tür, dann wandte er sich um und verschwand zu dringenderen Aufgaben, der Stoff seiner Jacke im Rücken gespannt, die Taschen vollgestopft, die Schultern gewölbt von seiner beachtlichen Muskulatur.

Er verließ das Ministerium, und Wind und Regen schlugen ihm ins Gesicht, als er draußen den Schirm aufspannte. Ausgestreckt auf dem Bett, spürt er noch einmal die kleinen, eisigen Tropfen auf den Wangen, winzige Eiszapfen an einem Oktobermorgen, den man für Dezember halten konnte. Er hatte das Bild von Negrín vor Augen, wie er sich abwandte, um in sein Büro zurückzugehen, und plötzlich kam ihm der Gedanke, dass auch dieser Mann vielleicht schon dem allgemeinen Fieberwahn verfallen war. Der Regen strömte an den hohen grauen Fassaden der Calle de Alcalá herunter, weichte die dicke Schicht von Plakaten an den Wänden auf, die zum Teil schon in Fetzen hingen oder Papierbrei waren; nur noch weiche Unförmigkeit die roten Riesenlettern der Durchhalteparolen, die Profile der heldenhaften Milizionäre, die mit ihren Stiefeln Hakenkreuze, Mitren, bürgerliche Zylinder und Orden auf Uniformjacken zertraten, die ihre Ketten sprengenden Arbeiter, die vor fantastischen Horizonten rauchender Industrieschlote marschierten. Mit bewundernswertem Durchhaltevermögen gewinnen unsere Freiheitskämpfer Stück um Stück die Teile Spaniens zurück, die von den Faschisten überrannt worden sind, den Verrätern an einer rechtmäßigen Regierung und am Willen des Volkes.

An der Ecke Alcalá und Puerta del Sol hatte eine Bombe ein riesiges Loch in den Boden gerissen, an dessen Rand sich verdrehte Straßenbahnschienen in die Höhe reckten. Mit einem Regenschirm in einer Hand und mit einem Taschentuch in der anderen sich die Nase zuhaltend, schaute ein Verkäufer aus der benachbarten Apotheke auf die aus einem geplatzten Abwasserrohr in das Loch sprudelnde Jauche, die schon einen stinkenden See bildete. Die Straßenbahner verteidigen

Madrid hinter jeder Barrikade mit stählernen Bataillonen, die die faschistische Hydra endgültig vernichten werden. Straßenhändler, Schuhputzer und die üblichen Tagediebe an der Puerta del Sol hatten unter den Planen der Verkaufsstände und den Portalen der Häuser vor dem Regen Schutz gesucht.

Vor dem Innenministerium hingen die Fahnen der Republik wie nasse Lappen an ihren Stangen. Quer über der Calle Arenal hing ein Spruchband voller Großbuchstaben und Ausrufzeichen: !NO PASARÁN! EHER STERBEN ALS WEICHEN! Die Stadt war düster und winterlich geworden; schlecht gekleidete Männer schlichen mit gesenkten Köpfen an den Hauswänden entlang; vor einer Kohlenhandlung hatte sich eine Schlange von Frauen mit Kopftüchern und geflochtenen Kiepen gebildet. Madrid roch an diesem Morgen nach feuchtem Ruß und mit billiger Kohle geheizten Öfen, nach Bohnensuppe mit Kraut und der muffigen Warmluft aus den U-Bahn-Schächten. In einer flammenden und großartigen republikanischen Rede versichert der Bürgermeister von Madrid, Don Pedro Rico, die arbeitende Bevölkerung der spanischen Hauptstadt werde die Freiheit zu verteidigen wissen und den Faschismus zertreten. An den vier Ecken des Platzes legten sich die Straßenbahnen mit einem Kreischen von altem Eisen, Knirschen von gequältem Holz und Scheppern von zerbrochenen Fensterscheiben in die Kurven. Mit größtmöglicher Schnelligkeit sind unsere republikanischen Kämpfer mit allem Notwendigen versorgt worden, das sie in die Lage versetzt, den Härten des bevorstehenden Winters zu trotzen. Er rettete sich vor dem Regen in ein halb leeres Café und wartete, dass es hinter den beschlagenen Scheiben wieder aufklarte. Der Geruch des Sägemehls auf dem Boden erinnerte ihn an ein anderes, zur gleichen Morgenstunde ähnlich düsteres Café vor mehreren Monaten, an Judith Biely, die nicht den Kopf hob, als er auf sie zuging, und nicht aufstand, als er bei ihr war, das ersehnte Gesicht plötzlich das einer Frau, die er nicht kannte.

Auf keinen Fall durfte der gerade erst von Negrín unterzeichnete Passierschein nass werden. Von einem Blatt Papier mit offiziellem Briefkopf und einer Unterschrift in noch frischer Tinte, die ein bisschen Regen leicht zerlaufen lassen kann, hängt die ganze Zukunft eines Lebens ab. Wie an einen heimlichen Schatz dachte er an all die Dokumente, die er schon in seiner abschließbaren Schreibtischschublade verwahrte, derselben, in der er Judiths Briefe unter Verschluss gehalten hatte; Dokumente, die er unterwegs bei sich getragen hatte und so oft vorzeigen musste während seiner Reise; jedes von ihnen Ergebnis endloser Behördengänge, die sich dehnten wie ausgefeilte Folterqualen; lange Warteschlangen vor Botschaftstüren, zuerst der Vereinigten Staaten, dann Frankreichs, unter Menschen, die ihre Ungeduld nur schlecht unterdrücken und ihre Angst kaum verbergen konnten, die ihre gut betuchte Bürgerlichkeit mit abgetragener und möglichst unauffälliger Kleidung zu kaschieren suchten; dann Verhöre, langwierige Überprüfungen eines jeden Dokuments, jedes Stempels, jeder Unterschrift und jedes Briefes. Für das Transitvisum durch Frankreich mussten das amerikanische Visum und die Schiffspassage vorgelegt werden sowie eine Solvenzbescheinigung. Die Einladung des Burton College, die für das amerikanische Visum nötig war, kam mit monatelanger Verspätung, war im Chaos der ersten Tage im Hauptpostamt verloren gegangen, dann wieder aufgetaucht, hatte aber trotzdem nicht zugestellt werden können, weil der zuständige Briefträger sich freiwillig zu den Milizen gemeldet hatte und so schnell kein Ersatz für ihn gefunden wurde.

Die meisten Mitarbeiter der Botschaften hatten das Land verlassen; geblieben waren einige wenige Angestellte, überlastet, überfordert, grob zur immer noch wachsenden Menge jener, die schon frühmorgens kamen und stundenlang vor geschlossenen Toren warteten, jeder seine Aktentasche oder Dokumentenmappe fest an die Brust gedrückt, ängstlich auf die

Flucht hoffend, oder sogar – wenn die Angst besonders groß war – auf Zuflucht in der Botschaft. Nach außen hin gaben sie sich unbeteiligt, verfolgten aus den Augenwinkeln jedoch jedes Auto, das mit aus den Fenstern ragenden Gewehrläufen vorbeiraste, oder die Lastwagen voller Milizionäre. Er hätte Negrín schon viel früher um Hilfe bitten können, konnte sich aber nicht dazu entschließen: aus Scham, das Land verlassen zu wollen; um ihn jetzt, da er Minister war, nicht zu belästigen.

In den Menschenschlangen und Wartesälen traf er jetzt öfter auf vertraute Gesichter: Im Flur des französischen Konsulats traf er einen Architekten, den er als strammen Rechten kannte, und keiner von ihnen machte Anstalten, den anderen zu grüßen; eine russische Dame mit abgetretenen Schuhen zeigte ihm jedes Mal, wenn sie sich begegneten, einen zerfledderten Pass aus der Zarenzeit und ein Diplom in kyrillischer Schrift, ausgestellt, wie sie sagte, vom Zaristischen Konservatorium in Moskau. Sie würde in New York einen Vertrag bekommen, um an der Juilliard School Klavier zu unterrichten. Ob er, der doch offensichtlich ein Kavalier sei, sie nicht mit einem kleinen Betrag unterstützten könne? Sie habe alle Papiere für die Ausreise beisammen, ihr fehle nur noch ein Rest für die Schiffspassage dritter Klasse.

Moreno Villas knochige Hand fühlte sich kalt an, als sie sich verabschiedeten. Es war die gleiche schneidende und feuchte Kälte, die in den düsteren Fluren und Kapellen des Escorial herrschte. »Wie ich Sie beneide, Abel; jetzt nach Amerika zu fahren, in New York an Land zu gehen. So lange ist es her, dass ich dort war, und es kommt mir vor, als wäre es gestern gewesen. Als Sie mich anriefen, um mir zu sagen, dass Sie kämen, um sich zu verabschieden, habe ich mir erlaubt, Ihnen ein Geschenk bereitzulegen.« Er hatte ein Buch auf seinem Schreibtisch liegen, und bevor er es ihm aushändigte, schrieb er eine Widmung auf die erste Seite. Irgendwo wird dieses

Exemplar zu finden sein, wenn es nicht zerstört worden ist; im Regal einer Bibliothek oder eines Antiquariats, mit brüchigem Papier, und etwas staubig wird es sich anfühlen nach all den Jahren, die Widmung wird es etwas wertvoller machen, die der Linienführung seiner Zeichnungen ähnelnde, etwas zögerliche Handschrift Moreno Villas unter den roten Druckbuchstaben des Titels, VERSUCHE ZU NEW YORK: *für Ignacio Abel als Reiseführer gedacht, Oktober 1936, Madrid, von seinem Freund J. Moreno Villa.* »Es ist eines dieser Bücher, die veröffentlicht werden, damit kein Mensch sie liest«, sagte er wie entschuldigend. »Der Vorteil ist, dass es sehr dünn ist. Ich habe es auf dem Rückflug geschrieben. Sie können es auf Ihrem Hinflug lesen. Wenn Sie wüssten, wie ich Sie beneide.«

Man kann sich heute voneinander verabschieden und sieht sich möglicherweise nie wieder. Es wiederholt sich das wehmütige Ritual des Abschieds: So wie Negrín an diesem Morgen begleitete auch Moreno Villa ihn zum Ausgang, führte ihn durch kahle Korridore und opulente Rokokosäle, in denen manchmal hintereinander mehrere Wanduhren schlugen. Ihnen begegneten Lakaien in Kniebundhosen und Livree, die Kästen voller Papiere und Unterlagen trugen, gleich darauf ein Soldat in Uniform, der einen Schrankkoffer auf Rädern schob.

»Der Präsident verlässt uns«, sagte Moreno Villa. »Gegen seinen Willen, wie er sagt.«

»Er verlässt Madrid? So ernst ist die Lage?«

»Die Regierung will offenbar kein Risiko eingehen. Aber Don Manuel ist misstrauisch und denkt wohl, man wolle ihn sich vom Hals schaffen.«

»Es hat immer schon geheißen, er sei ein ängstlicher Mensch.«

»Ich glaube nicht, dass es diesmal Angst ist. Er macht eher den Eindruck von Erschöpfung. Manchmal kommt er mir entgegen und sieht mich gar nicht. Er hört nicht zu, wenn man ihm etwas sagt. Nicht weil ihm der Krieg egal ist, sondern weil er glaubt, dass ihm ohnehin keiner die Wahrheit sagt. Kennen Sie seinen Adjutanten, Oberst Hernández Sarabia? Ein kultivierter Mensch, sehr belesen. Er hat mir erzählt, dass der Präsident nächtelang wach liegt. Dass ihn die Schüsse der Exekutionen und die Schreie aus der Casa de Campo nicht schlafen lassen, genau wie mich bis vor Kurzem in der Residencia. Wenn es still ist und der Wind aus der richtigen Richtung kommt, sagt Hernández Sarabia, hört man sogar das Stöhnen derer, die im Sterben liegen. Im Sommer, wenn das Schießen aufhörte, konnte man kurz darauf das Quaken der Frösche aus dem Teich hören.«

Am Ende eines langen Korridors erkenne ich im Gegenlicht eines großen, nach Westen gehenden Fensters – so als hätte ich sie auch gesehen und könnte mich daran erinnern – eine unbewegliche Gestalt, umflutet von der grauen Helligkeit eines regnerischen Morgens. Es ist eine Gestalt, die ich schon oft auf alten Schwarz-Weiß-Fotos gesehen habe. Was Ignacio Abel aus dieser Entfernung als Erstes bemerkt, ist die barsche Bewegung einer Hand, die eine Zigarette hält, während die andere auf dem Rücken liegt; eine fleischige Hand auf dem schwarzen Stoff einer Anzugjacke, die an dem massigen Körper hinten etwas hochgerutscht ist. Der Präsident der Republik hatte sein Arbeitszimmer verlassen, wo er bei elektrischem Licht stundenlang geschrieben hatte, was er gerne tat, um eine Zigarette zu rauchen und seinen Blick aus dem Fenster über die fernen Steineichenwälder der Sierra de Guadarrama schweifen zu lassen, die bei diesem Wetter nicht zu sehen waren. Er stand in derselben Haltung wie vor Kurzem, an jenem Tag im Mai, als er das Amt des Präsidenten angetreten hatte und über die auf der Plaza de Oriente versammelte Menge blickte, die ihn hochleben ließ und die Silben seines Namens skandierte. Er hatte am Marmorgeländer des Balkons gestanden, der wogenden Menge und dem brausenden Lärm des Platzes zugewandt, und auch eine

Zigarette geraucht und ausgesehen, als sei er in der Betrachtung einer einzigartigen Natur versunken. Sein Gesichtsausdruck war entrückt und auch mitleiderregend gewesen. Als er Schritte hörte, wandte er langsam den Kopf.

»Kommen Sie, wir begrüßen den Präsidenten.«

»Lassen Sie, Moreno, ich will ihn nicht belästigen.«

»Hinterher wird er mich fragen, wer Sie waren, und es wird ihm nicht gefallen, dass ich Sie hinter seinem Rücken empfangen habe, dass auch ich ihm etwas verheimliche.«

Als der Präsident den Rauch ausstieß, ging sein knolliges Gesicht noch etwas mehr in die Breite.

»Don Manuel«, sagte Moreno Villa, »sicher erinnern Sie sich noch an Ignacio Abel.«

»Ich habe ihn einmal in meinem Auto mitgenommen, als ich die Bauarbeiten der Universitätsstadt inspiziert habe. Und dann waren wir noch einmal im Ritz, bei einem Abendessen nach dem Richtfest des Gebäudes der Philosophischen Fakultät.«

»Mit Negrín, nicht wahr? Sie beide wollten mich damals davon überzeugen, dass man den herrlichen Pinienwald des Moncloa hätte abholzen sollen.«

Azañas Augen waren von wässriger, blassblauer Farbe. Er streckte die rechte Hand aus (die Zigarette hielt er noch in der Linken), hielt sie Ignacio Abel schlaff hin, als der sie ergriff. Es war eine bleiche Hand, kälter noch als die von Moreno Villa. Aus der Nähe sah er älter aus als nur wenige Meter zuvor, etwas vernachlässigt auch, mit Schuppen und dem einen oder anderen weißen Haar auf dem breiten Revers seiner begräbnisschwarzen Jacke, die speckig glänzte. Ein Hauch von Schläfrigkeit oder extremer Erschöpfung ließ seine Gesichtszüge schlaff wirken, die Haut farblos und von fettiger Blässe.

»Wie geht es mit Ihrer Universitätsstadt voran? Ist wenigstens die Fakultät fertig geworden, bei der wir vor über drei Jahren mit solchem Pomp Richtfest gefeiert haben?«

»Ich fürchte, im Moment ruht alles, Don Manuel.«

»Elegant ausgedrückt. Negrín und der Architekt López Otero und sogar der Bildungsminister haben mir immer wieder versichert, diesen Oktober würden sie mich zur Einweihung der fertigen Universitätsstadt bitten. Aber das war vor dem Bauarbeiterstreik und bevor das hier alles angefangen hat.«

»Dr. Negrín ist immer schon ein Optimist gewesen.«

»Ich nehme an, dass er inzwischen genug Gründe gefunden hat, es nicht mehr zu sein. Ich weiß es nicht, er sucht mich ja nie auf. Jetzt, als Minister, wird er sehr beschäftigt sein …«

»Señor Abel fährt morgen in die Vereinigten Staaten. Er hat sich hier von mir verabschiedet und wollte Ihnen bei der Gelegenheit seinen Respekt bezeugen.«

Azaña schaute Ignacio Abel mit seinen hellen Augen hinter den Brillengläsern an, um seine Lippen spielte leichter Spott.

»Noch so eine offizielle Mission, die wir bezahlen, damit unsere besten Denker so schnell wie möglich das Land verlassen können, ohne sich schämen zu müssen? Kaum sind sie über die Grenze und fühlen sich in Sicherheit, fangen sie an, die Republik schlechtzumachen.«

»Señor Abel soll für eine Universität in den Vereinigten Staaten ein Gebäude entwerfen«, erwiderte Moreno Villa, als denke er sich auf die Schnelle eine Entschuldigung aus. »Eine große Bibliothek.«

Azaña schaute sie beide an, schien sie aber gar nicht zu sehen, oder ihnen kein Wort zu glauben. Der Fingernagel seines linken Zeigefingers war gelb von Nikotin, auf der Kuppe des rechten Zeigefingers war ein Tintenfleck.

»Wenn Sie der Meinung sind, dass ich etwas tun kann, wenn ich dort bin, wenigstens bekannt machen, was in Spanien vor sich geht …«

Der Blick war jetzt auf ihn gerichtet, fest, zugleich aber abwesend unter den schweren Lidern, die den Ausdruck von

Erschöpfung und Sorge, von ungläubigem Misstrauen noch verstärkten.

»Niemand kann etwas tun. Wir selbst sind unsere schlimmsten Feinde. Haben Sie eine gute Reise.«

Er nickte unmerklich und ging, ohne ihm die Hand zu geben, zurück in sein Büro; zurück zu dem aufgeschlagenen Heft, in das er mit winziger, regelmäßiger Schrift im Licht einer Lampe schrieb, selbst wenn es Tag war, in einem künstlichen Zwielicht, in dem er seine Zuflucht fand.

An den Rest des Tages hatte er kaum noch eine Erinnerung; nur an die Unwirklichkeit, in der angesichts der bevorstehenden Reise alles zu versinken schien; jede Bewegung, die gleich darauf schon zur Vergangenheit all der Dinge gehörte, die man zum letzten Mal getan hat. Er wollte nicht mehr an die ausufernde Einsamkeit seiner Wohnung in dieser letzten Nacht denken, an die Stunden, die ihn der Abreise entgegentrieben, an das flackernde Licht, dessen Ursache die vom letzten Bombardement verursachten und nicht reparierten Schäden an den Stromleitungen war, an den bitteren Geschmack des Cognacs, den er trank, um sich zu beruhigen, und den er immer noch im Mund hatte, als er sich angezogen aufs Bett legte, den gepackten Koffer davor auf der Erde, die Papiere zum letzten Mal überprüft in einer Mappe auf dem Nachttisch. Er zog sich die Schuhe aus, löschte das Licht, schloss die Augen und wollte versuchen, ein paar Minuten lang ruhig zu liegen und auszuruhen, merkte nicht, wie er einschlief. Er wachte in dem schrecklichen Gefühl auf, zu lange geschlafen zu haben und jetzt den Lastwagen zu verpassen. Ein Blick auf den Wecker zeigte ihm jedoch, dass nur wenige Minuten vergangen waren.

In der Dunkelheit vernahm er eine Stimme, die immer wieder seinen Namen nannte, am Ende des Flurs, von der anderen Seite der Wohnungstür, die zweimal abgeschlossen und mit einem Riegel gesichert war. Es klopfte an der Tür, behutsam, um ihn zu wecken, aber keine Nachbarn zu alarmieren, und zugleich wurde sein Name geflüstert von einem Mund, der an den Spalt zwischen Tür und Rahmen gedrückt wurde, der atmete und dann wieder den Namen aussprach, als könne der Ton das Hindernis der massiven Tür aus dickem, schwerem Eichenholz überwinden, den stählernen Riegel und das doppelte Schloss. »Ignacio«, sagte die Stimme, »Ignacio, mach auf.«

Diesmal hatten ihn keine polternden Schritte auf der Treppe aufgeweckt, keine quietschenden Bremsen eines um vier Uhr morgens vor dem Haus anhaltenden Autos oder das Licht der Scheinwerfer, das durch die Fensterläden ins dunkle Schlafzimmer fiel. Die Stimme sprach langsam, aber unaufhörlich, in einem bekannten Tonfall, den er identifizierte, sobald die Benommenheit des Schlafs gewichen war. Er setzte sich auf die Bettkante, und es war eine Weile still, als hätte er die Stimme nur geträumt. Dann wartete er aufmerksam, den Rücken gestrafft, die Hände auf den Knien, und wollte glauben, dass sein Name nicht noch einmal gerufen würde, das Klopfen an der Tür aufgehört hätte. Wäre es nicht so absolut still gewesen, Victors Stimme hätte nie so deutlich durch die Tür und die leeren Räume bis in sein Zimmer dringen können. Er stand auf und versuchte, nicht das geringste Geräusch zu machen, knipste nicht einmal die Nachttischlampe an, weil er fürchtete, das Klicken des Schalters könne ihn verraten. Behutsam setzte er einen Schritt vor den anderen, hielt inne, schritt im Halbdunkel weiter, von Zimmer zu Zimmer, an den weißen Flecken der die Möbel bedeckenden Laken vorbei. Noch bevor er die Diele erreichte, so geräuschlos, als würde er einige Millimeter über dem Boden schweben, erstarrte er beim neuerlichen Klang der Stimme, die er ohne jeden Zweifel erkannte, in der er die Ungeduld erkannte, die mit der Angst vermischte Wut, das heisere Krächzen eines Menschen, der lange ruft und dabei flüstern muss, vielleicht lange nichts getrunken, möglicherweise auch Fieber hat, verwundet ist.

»Ignacio, um Himmels willen, mach auf. Ich weiß, dass du da bist, ich höre dich atmen.« Doch das war unmöglich. Er selbst spürte die Stille der Nacht ja kaum an seinen Nasenwänden entlangstreichen, verhielt sich so leise, dass er das Pochen seines Herzen in den Schläfen und in seiner Brust hören konnte. »Ignacio, sie sind hinter mir her, ich weiß nicht, wo ich hinsoll, lass mich herein, ich werde vor Tagesanbruch wieder verschwinden, das verspreche ich dir. Niemand hat mich ins Haus gehen sehen. Ich werde dich nicht kompromittieren, Ignacio, niemand wird mich sehen, wenn ich wieder verschwinde, um Himmels willen, Ignacio!«

Er streckte die Hand aus und berührte die Tür. Mit extremer Vorsicht schob er das dünne Metallplättchen über dem Guckloch zur Seite, und es blieb an seinen schweißfeuchten Fingerkuppen kleben. Er schaute zögernd hinaus, als fürchte er, von draußen gesehen werden zu können. Aber er sah nichts. Das Treppenhaus war dunkel. Die Deckenlampe dort war seit Langem defekt, und der Portier hatte sie nicht repariert. Victor hätte sich aber ohnehin nicht getraut, Licht zu machen. Er hörte das Schaben des Körpers an der Tür, als er sein Ohr ans Holz legte, das heftige Atmen, das Schmatzen der Zunge im trockenen Gaumen. Die flache Hand klopfte drängend und zugleich übervorsichtig an das Türblatt. Das Atemgeräusch hörte auf, als er die Stimme wieder seinen Namen nennen hörte. »Ignacio, Ignacio, um Himmels willen, mach auf, wenn du mich nicht einlässt, bringst du mich um, ich weiß, dass du da bist, ich kann dich hören, auch wenn du es mir nicht glaubst, ich habe dich ins Haus gehen sehen und weiß, dass du es nicht wieder verlassen hast.« Jetzt hatte er die Hand zur Faust geballt und pochte mit den Knöcheln, mit der anderen Hand drückte er den bronzenen Türgriff hinunter, als wollte er prüfen, ob sie nicht doch nachgab, ihm nicht doch die Möglichkeit bot, so still und heimlich die Sicherheit der anderen Seite zu erreichen, wie seine Stimme dies vermochte.

Dann war es wieder eine Weile still. Es waren zwar keine Schritte zu hören gewesen, trotzdem bestand die Möglichkeit, dass er gegangen war. Auf der anderen Seite des Gucklochs war nichts als konkave Dunkelheit. Aber er war noch da, er hatte sich nur mit dem Rücken an die Tür gelehnt und langsam zu Boden sinken lassen. Wenn er gar nicht gehen würde, vielleicht das Bewusstsein verlor, wenn er so lange blieb, bis es für Ignacio Abel zu spät sein würde, den Lastwagen nach Valencia noch zu erreichen. Vielleicht war Victor verwundet und am Verbluten. Vielleicht hatte er nächtelang nicht mehr geschlafen, floh von einem Versteck zum anderen und war jetzt vor seiner Tür eingeschlafen.

Aber dann hörte er die Stimme wieder, noch näher sogar, heiserer, die Lippen an den Türspalt gepresst. »Ignacio, ich schwöre dir, ich habe niemanden umgebracht, keinem deiner Leute etwas angetan. Ignacio, mach auf. Was werden deine Kinder denken, wenn sie erfahren, dass du mich in den sicheren Tod geschickt hast.« Ihm war, als könne er den Atem seines Schwagers im Gesicht spüren, seinen Körper, der sich an ihn drückte, und den sauren Geruch der Angst in seinem Schweiß, in seiner Kleidung, die er sicher seit Tagen nicht gewechselt hatte. Er wartete auf Schritte, hörte aber keine. Auf seiner Armbanduhr vertickten die Sekunden. Irgendwo im Haus wurde eine Tür aufgerissen und wieder ins Schloss geschlagen, dann Schlüssel umgedreht und Riegel vorgeschoben. Still und starr, die Kälte im Gesicht und unter den nackten Fußsohlen, erkannte er, dass sich die Stimme jetzt etwas entfernt hatte, vielleicht nur einige Zentimeter, als gehörte sie schon zu einer anderen Welt, zum Reich der Toten. »Verflucht sollst du sein, Ignacio, verflucht. Du hast nie ein Herz gehabt. Weder um ein richtiger Roter zu sein, noch um ein richtiger Mann zu sein. Glaub nicht, dass ich nicht weiß, dass du mich hören kannst, Ignacio.«

33 Nach dem Essen hat er den Faculty Club verlassen, erleichtert, endlich allein zu sein, ohne weitere Verpflichtungen, nachdem er den ganzen Vormittag über Stevens' energischer Begleitung ausgesetzt war, seinen unerschöpflichen Reserven an praktischer Begeisterung, seiner fast bedingungslosen Bereitschaft zu allumfassender Freundlichkeit, zu der auch diese etwas übertriebene Nachsicht gehört, die man einem Kranken entgegenbringt, mit der man den anlächelt, dem man sein Mitgefühl schenkt, dessen Leiden direkt anzusprechen jedoch vermieden wird, als könnte allein schon die Erwähnung es verschlimmern. Um neun Uhr morgens, hatte Stevens ihm gesagt, werde er ihn abholen, und um fünf vor neun hörte er den Motor des vor dem Haus haltenden Autos und die Hupe. Inmitten der Stille hatte er ihn schon erwartet, am Fenster sitzend, die Baumwipfel betrachtend, die sich in der Ferne verloren, den Vögeln lauschend, die den Wald belebten und in hohen Dreiecksformationen über den klaren Himmel zogen und deren aufgeregtes Kreischen fernen Widerhall fand.

Er war früh aufgewacht, mit einem Gefühl, tief geschlafen zu haben, ohne Träume, in denen sein Name gerufen worden war oder Telefone geklingelt hatten. Eine Weile war er noch still im Bett liegen geblieben, hatte die weiche Wärme der Bettdecke und des Kissens genossen, die Reinheit des Lakens, das immer weißer wurde, je mehr das Licht des neuen Tages sich im Zimmer ausbreitete, kurz bevor sich die Sonne über den spitzen Kronen der Tannen erhob. Er sah seinen Mantel über dem Fußende des Bettes hängen, Schuhe und Socken auf der Erde liegen, Hose und Hemd über dem Stuhl, gleich den Spuren eines Fremden, die mitgenommene Kleidung eines Menschen, der lange unterwegs gewesen ist, denen der Geruch der Müdigkeit anhaftet, der Geruch von billigen Restaurants und Hotelzimmern. Er nahm ein langes Bad mit sehr heißem Wasser, tief eingetaucht in der Badewanne mit den gleichen ausladenden Maßen wie alles im Haus.

Als er die Augen schloss, die Luft anhielt und ganz ins Wasser eintauchte, erfüllte ihn ein Gefühl von entspannter Schwerelosigkeit, Behütetsein und Vergebung. Die Haut später mit Schwamm und Seife besänftigt, das Geschlecht wieder lebendig werdend wie eine zuckende Unterwasserpflanze, die ihm ohne Zuhilfenahme der Erinnerung die nackte Judith gegenwärtig werden ließ, nicht als Vorstellung, sondern als ein Körpergefühl, so intensiv und so flüchtig wie in einem Traum, in dem er sie verliert, sowie das Aufwachen beginnt, das Wasser in der Badewanne abkühlte, seine Traumgeliebte, die ihn an Orte begleitete, an denen er nie mit ihr gewesen war. Als er den beschlagenen Badezimmerspiegel abwischte, sah er immer noch das von der Reise erschöpfte Gesicht, die unsteten Augen dessen, der sein Ziel noch nicht erreicht hat. Er seifte sich langsam und gründlich Wangen und Kinn ein, machte ordentlich Schaum mit dem Dachshaarpinsel, der zu dem Schweinslederetui mit den eingeprägten Initialen gehörte, das Adela ihm zu seinem letzten Namenstag geschenkt hatte, als noch der Umzug der ganzen Familie nach Amerika geplant war. Das Rasiermesser glitt sanft über die im heißen Wasser weich gewordene Gesichtshaut. Er rasierte sich so ausgiebig wie in seinem Badezimmer in Madrid, nur dass jetzt die Eile von ihm abgefallen war, die ihn damals beherrscht hatte; die Eile, rechtzeitig ins Büro zu kommen oder sich frühmorgens schon mit Judith Biely zu treffen, zur aufregendsten ihrer heimlichen Verabredungen, weil sie in der größten Berufshektik des Tages stattfand.

Heute war es früh, und er hatte alle Zeit der Welt. Die Zeit war so weitläufig wie das Haus.

Die schlaffe Haut unter dem Kinn erschwerte die Rasur. Die Rundung des Kinns war nicht mehr so straff wie vor noch nicht allzu langer Zeit. Das Alter, das ihm selten einen Gedanken wert gewesen war – und wenn, dann aus Zufall, aus Selbstgefälligkeit, weil Judiths Liebe ihm schmeichelte –, ließ vormals straffe Muskeln schlaffer werden, das Gesicht weniger markant, das Kinn fast völlig verschwinden. Doch frisch rasiert und sorgfältig gekämmt, mit geradem Mittelscheitel und exakt gekürzten Koteletten, wirkte er jünger, auch respektabler, nicht wie ein fragwürdiger Flüchtling, ein honoriger Habenichts, einer von denen, die in New York am Tresen von Cafés oder auf den Bänken der Parks die Stellenanzeigen in den Zeitungen lasen, oder denen, die vor einigen Jahren von Deutschland nach Madrid gekommen waren, auf der Flucht vor Hitler. Wie dankbar wäre Professor Rossmann für ein solches Zimmer gewesen, für die Gelegenheit eines ausgiebigen Bades und sauberer Wäsche, für dieses angenehme Gefühl, das die Ungewissheit zwar nicht bannte, aber doch für eine Weile vergessen ließ.

Heute konnte er endlich die Kleidung anziehen, die er so sorgfältig für diesen Tag in Reserve gehalten hatte: das weiße Hemd, dessen Ärmelkanten nicht verschlissen waren und dessen Kragen keinen Schmutzrand aufwies; den zweiten Anzug, den er auf einen Bügel gehängt hatte, bevor er zu Bett gegangen war; Weste, Krawattennadel und Manschettenknöpfe. Er putzte die Schuhe, so gut er konnte, doch die Risse im Leder und die abgelaufenen Sohlen waren nicht zu verbergen, einen Schnürsenkel musste er sehr vorsichtig binden, da er auszufransen begann und jeden Moment reißen konnte. Am meisten lerne ich, wenn ich zusehe, wie sich alltägliche Dinge abnutzen, hatte ihm der Ingenieur Torroja in Madrid gesagt: wie sie sich abreiben, wie Zeit und Gebrauch ihnen ihre wahre Form geben und sie dann zerfallen lassen. Die Sohlen dieser Schuhe, aus Leder geschnitten und von Hand vernäht und jetzt völlig unkenntlich. Die Schnürsenkel, die in den Ösen scheuern und einem Abschürfen ausgesetzt sind, das für Torrojas wissenschaftlichen Verstand mit dem der Haltetaue eines Schiffs oder der Stahlseile einer Brücke vergleichbar war.

Seine schmutzige Wäsche könne er in einen Weidenkorb werfen, der im Badezimmer stand, hatte Stevens ihm erklärt. Nun schämte er sich für den Geruch, den er erst jetzt wahrnahm, das unfehlbare Anzeichen mangelnder Hygiene, der er im Verlauf seiner Reise, in den vergangenen Monaten, immer mehr entsagt hatte. In der Schranktür war ein mannshoher Spiegel: Er betrachtete sich darin prüfend, bürstete Anzug und Hut und gab der Krempe den richtigen Schwung. Zu förmlich, vielleicht, was aber möglicherweise auch daran lag, dass er sich seit seiner Abreise aus Madrid nicht mehr wirklich herausgeputzt hatte und am Ende befremdlich und sogar gefährlich aussah. Jetzt sah er im Spiegel nicht so sehr, wie er im Augenblick aussah, sondern wie er sich erinnerte, vor einem Jahr im selben Anzug ausgesehen zu haben, an jenem Tag Anfang Oktober, an dem er sich für seinen Vortrag in der Residencia besonders sorgfältig angekleidet hatte. So hatte Judith Biely ihn zum ersten Mal gesehen, und so würde sie sich daran erinnern, falls das Vergessen ihn nicht bereits vollständig aus ihrem Gedächtnis gelöscht hatte; das freiwillige Vergessen eines Menschen, der imstande ist, einen Teil seines Lebens für ungültig zu erklären und ihn sich aus der Seele zu reißen.

Zu förmlich: Der von einem modernen Schneider in Madrid gefertigte Anzug wirkt hier, in Burton College, plötzlich etwas altbacken, fast antiquiert im Vergleich mit der sportlichen Kleidung der Studenten, dem Flanell und den karierten Jacken der Professoren, die einen Hauch von englischem Landadel verströmen, der wiederum gut zur mittelalterlichen Anmutung der Architektur passt. Darum sticht Ignacio Abel aus den anderen heraus, als er den Faculty Club verlassen hat und über den Campus spaziert; er ist förmlicher und langsamer als die Übrigen, auch weniger beschäftigt, mit den Händen in den Hosentaschen und dieser auffälligen spanischen Blässe im Gesicht. Er genießt die Sonne des frühen Nachmittags, hat keinen Mantel angezogen und keinen Koffer in der Hand, begegnet Gruppen sehr junger Männer und Frauen mit Büchern und Kollegmappen unter dem Arm, die in die Hörsäle oder die Bibliothek strömen, dieses pseudogotische Gebäude, in dem kein Platz mehr für alle Bücher ist, denen außerdem die Feuchtigkeit zusetzt.

Sie wird aufgegeben werden, sobald die neue Bibliothek gebaut ist, die zunächst noch nur als Entwurf in seiner Fantasie, als Skizze in einem Heft existiert, das er in der Tasche bei sich trägt. Er beobachtet sehnige Körper und gesunde Gesichter, die offenbar noch nie ein Schatten von Angst gestreift hat, die noch nie das gewalttätige Einwirken von Zorn oder Grausamkeit gespürt haben. Die Mädchen tragen an diesem warmen Oktobermorgen leichte Kleider und flache Schuhe mit weißen Söckchen, die Studenten farbenfrohe Pullover, die meisten von ihnen sind barhäuptig, bewegen sich sorglos und unangestrengt zwischen den einen wie den anderen. Ihre gesunden Zähne erleichtern das Lachen. Er muss an Negríns Aussage denken, der mit seinen Medizineraugen die Gesichter der Menschen in Madrid betrachtete, die traurigen Anzeichen von Unterernährung und mangelnder Hygiene. Mit pasteurisierter Milch und Kabeljauleberfett würde der spanischen Rückständigkeit abgeholfen werden, reichlich Kalzium brauchten diese kranken Zähne!

Er hat Zeit, vor sechs werden sie ihn nicht abholen zu dem Abendessen, das der Präsident des *college* für ihn geben wird. Die Stunden scheinen sich mit fruchtbarer Weitläufigkeit zu dehnen, seit er sich am Morgen angezogen und noch reichlich

Zeit zum Frühstücken gefunden hat, sogar noch, um einen Brief zu schreiben und sich in der hallenden Einsamkeit des Gästehauses umzusehen. An den Wänden der Korridore hingen Ölbilder von Männern in Kolonialzeituniformen oder Gehröcken aus dem vorigen Jahrhundert, von Landschaften an den Ufern des Hudson, im Hintergrund die blauen Berge und von herbstlichen Wäldern bedeckten Hügel, Aquarelle von im Bau befindlichen Universitätsgebäuden. Auf einem recht plump ausgeführten Bild schwebte ein geschwungenes Band mit der Inschrift »Burton College, 1823« über der Ansicht eines gotisch anmutenden Turms auf einer Waldlichtung, versehen indes mit der lebendigen Detailfülle eines aufgeklärten Manuskripts aus dem Mittelalter. Er fühlte sich wie ein Eindringling oder Gespenst, als er die dicken Eichenstufen der Treppe zur Diele hinunterschritt. Bei Tageslicht war alles ganz anders, als er es am Abend zuvor gesehen hatte. Er kam durch eine große Bibliothek, in der die Hälfte der Bücherregale leer war, in der mitten im Raum ein Flügel stand und an der Wand gestapelte Klappstühle lehnten. In einem Salon, von dem aus man in den Garten sah, knisterte ein würzig riechendes Holzfeuer im Kamin, und neben tiefen Ledersesseln hingen Zeitungen in hölzernen Zeitungshaltern. Alles sah aus, als hätte ein unsichtbarer dienstbarer Geist nur auf Ignacio Abels Aufstehen gewartet.

Er vernahm das Klappern von Geschirr und Besteck. Am Ende des langen Tisches im Speisezimmer war ein Frühstücksgedeck aufgetragen. Eine korpulente Schwarze wünschte ihm fröhlich einen Guten Morgen und stellte ihm hintereinander mehrere Fragen, die er nicht gleich verstand, für deren Lautgruppen er erst Begriffe finden musste, was zu einer asynchronen Reaktion von einigen Sekunden führte. Dann bejahte er alles: Er wollte Kaffee, er wollte Zucker und Milch, er wollte Orangensaft, er wollte Butter und Marmelade und Roggenbrot. Die Frau war majestätisch und doch von freundlichem

Entgegenkommen: Sie sagte ihm Dinge, die ihm, kaum dass er sie zu verstehen glaubte, völlig entglitten, und sie betrachtete ihn mit nachsichtiger Geduld, wenn er ihr etwas zu erklären versuchte und ihm nur ein banaler Ausdruck herausrutschte, während er sich unbeholfen und langsam sprechen hörte, oder den Mund öffnete und kein Ton über seine Lippen kam.

Unter ihrer Schürze trug die Frau ein Straßenkostüm und auf dem Kopf einen mit glitzernden künstlichen Blumen geschmückten Hut. Manchmal sprach sie ihn mit *your excellence* an, dann wieder mit *your honor,* denn sie schien ihn für einen europäischen Präsidenten oder vor einer Revolution geflohenen Adeligen zu halten, der jedenfalls viel essen musste. Sie sah ihm respektvoll und zufrieden zu, schenkte ihm mehr Milch und mehr Kaffee ein, reichte ihm weitere Scheiben dunklen, schwammigen Brotes und bedeutete ihm mit Gesten, Butter daraufzustreichen und von allen Marmeladen zu probieren, die sie in kleinen Tiegeln auf den Tisch gestellt hatte. Rasch räumte sie dann die Frühstückssachen vom Tisch und bedeutete ihm unter Gefuchtel und Gestikulieren, dass er sich um nichts kümmern müsse, sie käme später zurück und würde im Haus sauber machen.

Sie hatte ein mitleidiges Gesicht gemacht, als sie ihm beim Essen zusah, und etwas über den Krieg gesagt und fehlende Lebensmittel und dann über ihren Mann oder Sohn, der in Europa im Krieg gekämpft hatte und mit einer Krankheit heimgekommen war, für die das Gas die Ursache war, aber Ignacio Abel war nicht sicher, ob er alles richtig verstanden hatte, und lächelte nur und nickte zustimmend. Alles hier wirkte so solide und handfest, die Konstruktion des Hauses ebenso wie die dicken Scheiben dunklen Brotes, der volle Milchgeschmack und die schwere Steinguttasse; alles war von einer robusten Herzlichkeit, die auch in der Anwesenheit dieser Frau zutage trat, in der Größe ihrer Hände mit den rosigen Fingernägeln und den sehr hellen Handflächen.

Als er allein war, wurden ihm wieder die Ausmaße und die Stille des Hauses bewusst. Die Dinge selbst und die Schärfe seiner Wahrnehmungen hatten etwas verschwommen Unwirkliches. Nach dem Frühstück durchschritt er frisch gestärkt weitere Räume, die nur für ihn geschaffen schienen, die so wenig mit seinem Leben zu tun hatten und dennoch eine so unmittelbare Gastlichkeit ausstrahlten, als hätte er lange in ihnen gewohnt und sei jetzt zurückgekehrt, heute Morgen, und hätte die Zimmer von Sonnenlicht durchflutet vorgefunden, das Kaminfeuer angezündet und die Zeitungen in ihren Haltern neben den abgeschabten Ledersesseln. Eine schlug er auf, voller Furcht, wie so oft, hin- und hergerissen zwischen dem Verlangen und der Abneigung, mit Meldungen über Spanien konfrontiert zu werden. Es war eine zwei Wochen alte *New York Times,* und als er das Datum sah, wollte er sie schon wieder zurückzulegen; doch dann war die Versuchung der breiten Seiten mit den winzigen Druckbuchstaben größer als der Widerwille, obwohl das, was er finden würde, nicht mehr von Bedeutung, von der Zeit längst überholt sein würde.

Und da war es, auf einer Innenseite, das ewige Hexenkarussell des Stierkampfgeschwätzes und seiner implizierten Grausamkeit: DEATH IN THE AFTERNOON – AND AT DAWN. Er las diese Zeile und wusste gleich, dass es nur um Spanien gehen konnte. Der Tod am Nachmittag durfte nicht fehlen, als ginge es um den Bericht eines Stierkampfes und nicht eines Krieges, und natürlich auch die Sonne nicht, die unbarmherzig vom Himmel schien und die Farben des Nationalfestes zum Vergnügen der Touristen grell ausleuchtete: DEATH UNDER THE SPANISH SUN – MURDER STALKS BEHIND THE FIGHTING LINES – BOTH SIDES RUTHLESS IN SPAIN. Für die Leute hier waren beide Seiten gleich exotisch und gleich in ihrem Blutrausch. ELIMINATION OF ENEMIES BY EXECUTION IS THE RULE. Wer mochte vor zwei Wochen diese Zeitung gelesen haben; wer hatte in einem dieser Sessel mit den abgeschabten breiten Armlehnen aus altem Leder gesessen, das so alt war wie das Holz, das im Kamin brannte, oder das Marmorsims darüber, und hatte sich für diese Meldungen über Exekutionen in einem von der Sonne verdorrten Land interessiert, während draußen im Garten ein leichter frühherbstlicher Wind wehte, der nicht nur die Blätter an den Bäumen rascheln, sondern auch die Gerüche der vom Regen fruchtbar gemachten Erde aufsteigen ließ, der klumpigen, fetten Erde, die unter vielen Lagen von Blättern langer, feierlicher Herbste entstanden war.

Wie stellte sich einer das Land im Krieg vor, der nach dem Frühstück davon in der Zeitung las: fern, blutig, grausam, für die Tragik wie geschaffen, vielleicht eine fromme Sympathie befördernd, die nichts kostet und einen in dem komfortablen Gefühl bestärkt, vor alldem in Sicherheit zu sein, geschützt durch große Entfernung und eine Zivilisation, die einem die Annehmlichkeiten des Morgens als selbstverständlich erscheinen lässt, die Körperpflege nach einer Nacht mit ausreichend Schlaf, das reichhaltige Frühstück in einem großen, hellen Zimmer, den Kaffeeduft und den Geruch der Druckerschwärze der Morgenzeitung und des getoasteten Brotes, auf dem die frische Butter zerläuft. So hatte er selbst vor nicht allzu langer Zeit die Berichte über Abessinien gelesen, in *Ahora* und *Mundo Gráfico* die Fotos von wehrlosen Äthiopiern mit ihren Lanzen und Lendenschurzen angeschaut, von anmaßenden italienischen Expeditionssoldaten in ihren aus Abenteuerfilmen abgekupferten Kolonialuniformen und ihren mit Maschinengewehren und Brandbomben bestückten Fiat-Flugzeugen. Jetzt sind wir die Abessinier, wir selbst die Opfer technisch überlegener Invasoren und derer, die das Abschlachten noch per Hand betreiben.

MURDER STALKS BEHIND THE FIGHTING LINES. Er legte die Zeitung beiseite, ohne den Artikel zu Ende gelesen zu haben, und verließ das Haus, blähte die Nasenflügel in der frischen, taufeuchten Morgenluft, die nach Erde und herabgefallenen Blättern roch, nach dem Harz und dem Saft der großen Zedern und Tannen, die die Lichtung begrenzten, deren Äste wie Dächer von Pagoden übereinander aufstiegen und deren Spitzen sich sanft in der Luft wiegten. Das Klopfen des Spechts klang so laut und deutlich durch den Wald wie Schläge oder Schritte unter einem Gewölbe, als würde der ganze Baumstamm erzittern, das feste, lebendige Holz. Der laubgepolsterte Boden lag weich und nachgiebig unter seinen Füßen, das taubedeckte Gras durchnässte seine Schuhe und die Umschläge seiner Hose. In einer Richtung verlor sich der Weg im Wald; in der anderen, auf der Seite des Hauses, die von der Sonne beschienen wurde, tat sich eine hügelige Landschaft mit Wiesen und Feldern auf, durchbrochen und aufgelockert von weißen Gatterzäunen und Gehöften, von hohen, in kräftigen Farben gestrichenen Kornspeichern. Am liebsten wäre er dem Weg in irgendeiner Richtung gefolgt. Doch dann überwog die Furcht, sich zu verlaufen oder zu spät zurückzukommen, und er ging zum Gästehaus zurück, nicht nur aus reiner Vorsicht, sondern auch, weil er sich in seinem europäischen Anzug und den Straßenschuhen falsch angezogen fühlte. Bewundernd betrachtete er das Gebäude von außen, wie es den Eindruck erweckte, mit der Erde verwurzelt zu sein und sich auf der Waldlichtung mit den Bäumen zu messen, die sich ringsum erhoben, fest stehend und in sich geschlossen, um den Winter zu überstehen und nicht von der weiten Landschaft aufgesogen zu werden, sich ihr dennoch öffnend mit der breiten Veranda, deren Säulen einen umlaufenden Balkon trugen, den großen Fenstern, die in alle vier Himmelsrichtungen gingen, auf den Wald und auf die Felder und dahinter den Fluss, über den sich die Kammlinie der blauen Berge erhob.

Er ging in sein Zimmer zurück, um noch einmal die Schuhe zu putzen, und da war das Bett schon gemacht, die Tagesdecke straff gezogen, das weiche Kopfkissen in seiner flaumfedrigen Schwerelosigkeit aufgeschüttelt, die perfekte Ordnung wiederhergestellt. Dann saß er auf dem rustikalen Stuhl mit geradem Rücken am Fenster, die Hand auf der Tischplatte, auf der Mappe mit den Skizzen und Aquarellen, die er schon in Madrid angefertigt hatte, und stellte sich vor, Briefe an seine Kinder und an Judith Biely zu schreiben, rechnete lustlos nach, wie spät es jetzt in Spanien war, lauschte dem näher kommenden Motorengeräusch von Stevens' Auto.

Seine Wangen waren gerötet, er war frisch geduscht und strahlte, als hätte er nicht nur den Goldrand und das Glas seiner Brille poliert, sondern auch seine wasserhellen Augen, die manikürten Fingernägel, sein Gebiss und die knarrenden Lederschuhe, in denen er sich fast so schnell bewegte wie mit dem Auto. Er roch nach Kölnischwasser und Pfefferminzzahnpaste. Er fuhr los, sobald Ignacio Abel auf dem Beifahrersitz Platz genommen hatte, warf ungeduldig einen Blick auf die Uhr, wollte endlich loslegen mit dem, was er sich für diesen Vormittag vorgenommen hatte, verwaltungstechnische Aufgaben zumeist. Willkürlich sprang er vom Englischen zu einem Spanisch mit so starkem Akzent, dass es kaum zu verstehen war, fuchtelte mit den Armen, um auf Bemerkenswertes am Wegesrand aufmerksam zu machen, insgesamt gelöster und selbstsicherer als am Vortag, weil er nicht der einschüchternden und gern auch spöttischen Beobachtung Philip Van Dorens ausgesetzt war.

Sie hielten an Gebäuden in ländlich-gotischem Stil, in denen sich unerwartete Büros befanden, die immer völlig überheizt waren und in denen Sekretärinnen oder Stenotypistinnen Ignacio Abel lächelnd die Hand gaben und aufmerksam hinhörten, wenn sein ausländischer Name genannt wurde; die mit spitzen Ausrufen kundtaten, wie begeistert sie waren, ihn kennenzulernen, vor allem, wenn Stevens bei jeder von ihnen wieder von vorn die Liste seiner Verdienste aufzählte, die dann in die entgegengesetzte Mimik von betrübtem Mitleid verfielen, wenn Stevens den Krieg in Spanien erwähnte und die Schwierigkeiten, die Professor Abel hatte auf sich nehmen müssen, um das Land verlassen zu können: aufgerissene Augen, vor den Mund geschlagene Hände, Seufzer. Er musste Formulare ausfüllen, Dokumente vorlegen, Fragen beantworten, zustimmend nicken, obwohl er nicht immer alles verstand, die Worte im Schreibmaschinengeklapper untergingen (er vertat sich, verstand Fragen nicht, fand seinen Pass nicht, das Visum, ein Blatt Papier, das er gerade eben erst eingesteckt hatte, in einem anderen Büro, in diesem selben).

Dann mussten sie zum Auto zurück, wieder über Landstraßen fahren und auf Wege abbiegen, was Ignacio Abel anfangs wie eine Irrfahrt durch immer neue und fremde Landschaften vorkam, die nach und nach jedoch das eingeschränkte Erscheinungsbild einiger weniger Fahrtrouten annahmen: Weiden, gotische Gebäude, Waldgebiete, Feldwege, Kirchen, Gebäudeflügel mit Hörsälen und Schlafunterkünfte, wieder stickig heiße Büros, wieder frische Luft, in der es nach Wald und Wiesen roch, das Auto, das heftig anfuhr und abrupt bremste, Stevens am Steuer, der auf die Uhr blickte, das Labyrinth von Ankommen und Wiederlosfahren, das beruhigenderweise allmählich überschaubarer wurde, sich auf einen einzigen Ort reduzierte, beinahe wenigstens, das unregelmäßige Rechteck mit den wichtigsten Gebäuden des Campus. Eine andere Universitätsstadt; nicht mitten in der Planung und aufgegeben, bevor sie überhaupt entstanden war, und auch nicht auf einem Reißbrett von Ödland und abgeholzten Pinienwäldern begonnen, sondern nach und nach gewachsen: erst als eine Niederlassung von Pionieren auf einer Lichtung inmitten dieser uralten Wälder, die später eine zufällige und organische Form annahm, mit sichtbaren Anleihen an englische Universitäten mit gotischen Türmen und Rasenflächen und efeuberankten Mauern, aber immer – dachte Ignacio Abel, der die Unsicherheiten und Erschütterungen Spaniens gerade erst hinter sich gelassen hatte und für den diese eigenartig verlangsamte Zeit, dieses Ambiente von Zuflucht und Insel ganz neu war – erfüllt von einer Gelassenheit, die den erhabenen Zyklen der Welt entsprach, dem Lauf der Jahreszeiten und dem Strömen des nahen Flusses, dem allmählichen Entstehen und nicht dem abrupten Aufbrechen, wie bei Katastrophen, dem ruhigen Bewusstsein von Sicherheit oder von einem Privileg, dem er allenthalben begegnete und zu dem er sich hingezogen fühlte, zu dem ihm aber jeder Bezug fehlte.

Als sie wieder einmal anhielten, eilte Stevens ihm voraus in ein Haus und ging vor ihm eine Wendeltreppe hinauf, dann durch einen Korridor mit niedriger Decke und Rippenwerk aus Stein und öffnete eine Tür, die in ein kleines, anheimelndes Zimmer führte, und sagte ihm zu seiner großen Verwunderung, dies sei ab jetzt sein Büro. In einem anderen Raum wurden ihm weitere Personen vorgestellt, und alle freuten sich, *how exciting it is finally having you here as part of our faculty,* und einen Moment später zog Stevens ihn ganz unzeremoniell am Ärmel eine Treppe hinunter in einen fensterlosen Raum, der sich als Fotostudio entpuppte. Die knapp bemessene Zeit bis zum nächsten Programmpunkt galt es zu nutzen, um das Passfoto für seinen Universitätsausweis zu machen.

Der Fotograf setzte ihn vor einem schwarzen Hintergrund auf einen Hocker und zupfte an ihm herum, bis er die richtige Position eingenommen hatte, wobei er Witze riss, die Ignacio Abel nicht verstand, bei ihm selbst jedoch für brüllende Heiterkeit sorgten, die von Stevens nicht so ganz geteilt wurde. Der schaute immer wieder auf die Uhr, weil sie in Kürze mit einigen Professoren im Faculty Club zum Essen verabredet waren, vorher aber noch ein Besuch auf dem Grundstück der künftigen Bibliothek vorgesehen war. Dies war ein ausdrücklicher Wunsch von Van Doren gewesen, der am Morgen angerufen und darauf bestanden hatte, das Professor Abel sich das Grundstück ansehen sollte, damit er sich gleich vor Ort schon die ersten Notizen machen konnte. Der Fotograf hatte ein vom Bluthochdruck gerötetes Albinogesicht und hielt Ignacio Abels Kinn fest, damit er in genau dem Winkel verharrte, den der Fotograf sich vorgestellt hatte, und als er im Begriff stand, auf den Auslöser zu drücken, sagte er ihm, er möge lächeln, zuerst ganz freundlich, in einem fast herzlichen Ton, dann ungeduldig, als wäre er enttäuscht von diesem ernsten spanischen Gesicht, das offenbar ungeeignet war für das breite Lächeln, das er verlangte und auf das er dann schließlich verzichtete, obwohl Stevens neben ihm Abel anschaute, als wollte er ihm Mut machen, indem er ihm sein breitestes Grinsen zeigte. Irgendwo in den Archiven des Burton College wird dieses Foto zu finden sein, auf der Karteikarte mit dem maschinengeschriebenen Namen, verblasst von der Zeit und mit abgestoßenen oder umgeknickten Ecken, das versuchte Lächeln eines ernsten Mannes, der an jenem Morgen älter aussah, als er war, und ein verwirrtes, erwartungsvolles Gesicht machte, das ihm selbst fremd oder wunderlich vorgekommen wäre, wenn er sich in dem Moment hätte sehen können, die Mundwinkel verbittert heruntergezogen.

Jetzt muss er nicht lächeln, zustimmend nicken oder sich zu verstehen bemühen, was sie sagen, oder Stevens' unermüdlichem Rhythmus folgen, seinen langen Schritten, unter die sich manchmal ein launiger Hüpfer zu mischen scheint, wie bei einem übermütigen Tanz. Stevens hat den letzten Bissen seines Sandwichs und den letzten Schluck Wasser hinuntergeschluckt und sich bei ihm entschuldigt, dass er ihn allein lassen muss, weil er gleich Unterricht hat. Bis zum Schluss hat seine Sorge um Ignacio Abel etwas Parodistisches gehabt. Würde er in den nächsten Stunden allein zurechtkommen? Wollte er wirklich keinen Studenten als Begleitung mitnehmen, der ihn hinterher auch mit dem Wagen zum Gästehaus zurückfahren könnte? Doch nichts ist ihm lieber, als allein zu sein, gehend die Weite der Natur zu erfassen, das verwirrende Hin und Her im Auto und die unaufhörlichen Begrüßungen endlich hinter sich zu lassen. Er hat herausgefunden, dass in Wirklichkeit alles recht nah beieinanderliegt, dass das Auto die Wege unzusammenhängend und die Entfernungen weit gemacht hat. Jetzt weiß er, dass er in weniger als einer Viertelstunde am Gästehaus sein kann, welches ihm heute Morgen abgelegen mitten im Wald zu liegen schien. Tannenzweige schlugen an die Seitenfenster des Autos, als Stevens ihn auf einem schmalen Weg, fast einem Pfad, zur Lichtung gefahren hat, wo die seit Jahren unterbrochenen ersten Ausschachtungen zum Bau der Bibliothek noch zu sehen sind.

Welch eine lange Reise, um an diese Stelle zu gelangen: eine Mulde im Erdboden, halb von Gestrüpp und umgekippten Baumstämmen und dem Laub mehrerer Jahre bedeckt, die Ränder angenagt von den Zähnen der Baggerschaufeln. Beobachtet von Stevens und im Bewusstsein von dessen aufgeregter, plappernder Nähe – er würde Van Doren haarklein von diesem Besuch berichten und aufschlussreiche Details über die Reaktion ihres Gastes erzählen oder erfinden –, hat Ignacio Abel nicht alles erfassen können, was sich schließlich seinen Augen darbot, nachdem er es sich so oft im Geiste vorgestellt hat. Um etwas wirklich sehen zu können, hat er immer allein sein müssen. Judith war die Einzige, die sein Sehvermögen zu weiten verstand, die ihn Dinge hat sehen lassen, die ihm ohne sie verborgen geblieben wären. Madrid wurde eine andere Stadt, als er sie mit ihren Augen sah.

Stevens ging an seiner Seite, und allein seine Gegenwart lenkte ihn ab und irritierte ihn, selbst wenn er schwieg. Das ausgeschachtete Areal erstreckte sich von der Hügelkuppe bis zur Hälfte des Abhangs. Auf der einen Seite lagen am Ende des Weges die Gebäude des Campus, ein letztes Bollwerk gegen die weite, sich bis zum Horizont erstreckende Landschaft, zugleich aber auch verstreut, wie zufällig hingewürfelt; und nur wenn man länger hinschaute, erkannte man eine Achse, ein organisatorisches Prinzip, um das Rechteck gruppiert, das Stevens *The Commons* genannt hatte. Nach Westen hin, hinter dem wogenden Meer der roten, gelben und ockerfarbenen Baumkronen, lag der Fluss als ein breites, metallisch glänzendes Band, etwas gedämpft von einem bläulichen Dunst, in dem die weiße Sonnenscheibe hing und die weißen Segel der Yachten wie unbewegliche Schmetterlinge oder Winddrachen standen. Stevens an seiner Seite deutete auf Berge oder ferne Gebäude, nannte ihre Namen, das Jahr ihrer Erbauung und die genauen Abmessungen des Grundstücks, auf dem die zukünftige Bibliothek stehen würde. »Und der Blick auf den Fluss«, sagte er wie ein Touristenführer, der seine Gruppe von den Vorzügen der Örtlichkeit überzeugen will, an die er sie geführt hat. Sein Blick ging jedoch auf die Armbanduhr, die den Zeitplan bestimmte, unwillkürlich und ungeduldig wie alle aktiven Menschen, die nicht einen Moment stillhalten und nicht schweigen können. Es sei Viertel nach zwölf, sagte er, um halb eins sei ein Tisch im Faculty Club reserviert, Professor Abel werde sicher entzückt sein, einige seiner zukünftigen Kollegen kennenzulernen.

Jetzt folgt er dem Weg hügelan im Schatten der gewaltigen Bäume, Ahorn und Eichen hauptsächlich, wie er zu erkennen glaubt, und andere, deren Namen er nicht kennt, weder die englischen noch die spanischen, und muss an die kleinen Schildchen denken, die die Bäume im Botanischen Garten von Madrid haben, und an die Überraschung, mit der Judith Biely einige von ihnen wiedererkannte, wie alte Freunde, denen man unerwartet in einem fremden Land begegnet, ihre satten Herbstfarben, die in der Stadt, in der erdiges Braun und staubiges Grün vorherrschten, besonders hervorstachen. Hier, auf dieser dunklen Erde, wachsen sie jedoch viel höher, auf den vom Regen und von vielen Lagen Laub, die in langen Wintern von Schnee bedeckt sind, fruchtbar gemachten Böden, unter denen dünne Wasserrinnsale zu fließen beginnen, wenn im Frühling das Tauwetter einsetzt.

Voller Sehnsucht und Wehmut denkt er an die Bäumchen, die an den Alleen der Universitätsstadt gepflanzt worden waren, von Anfang an bedroht von den extremen Temperaturen in Madrid, von der Kälte, die von den Schneegipfeln der Sierra de Guadarrama kam oder von der staubigen Hitze der Sommer, wenn sie nicht von Halbstarken einfach niedergetrampelt wurden. Ihre Stämmchen waren fast so dünn wie die aus Draht gebogenen Bäume, die er manchmal eigenhändig in die Modelllandschaft steckte, deren Kronen er aus Karton ausschnitt und mit Buntstiften grün bemalte. Manchmal, wenn er morgens ins Büro fuhr und noch eine Runde drehte, um die Baustellen zu inspizieren, fand er die Bäumchen ausgerissen, von nächtlichen Saboteuren platt getreten, von den Arbeitern aus dem trockenen Umland, die einen Groll gegen Bäume hegten, weil ihre Wurzeln ihnen das knappe Wasser entzogen. Mittlerweile weiß er aber, dass Schwäche allein schon ein Grund ist, der zur Zerstörung ermutigt, und vielleicht ist er deshalb so überwältigt von diesen Bäumen, die seit Jahrhunderten wachsen und älter sind als die Gebäude, die man hier und da sieht, die vielleicht länger überdauern werden als seine zukünftige Bibliothek, die noch nicht einmal im Geiste ganz Gestalt angenommen hat, mit Ästen, die so lang sind, dass sie sich hoch über seinem Kopf verschlingen wie die steinerne Maserung eines Deckengewölbes, durch das kaum ein Sonnenstrahl dringt und von dem beim leisesten Windhauch eine Lawine von trockenem Laub niedergeht; Zweige, die niemand beschneidet, jedenfalls nicht mit der wütenden Entschlossenheit zur Amputation, mit der man üblicherweise in Madrid die Axt an Bäume legte.

Zu viel trockenes Land, so viel zielloses Ungestüm, so viel zornige Kraft, die sich in Gesten und Worten erschöpft, in verzerrten, groben Gesichtern. Mich selbst hat es aber auch nicht gekümmert, dass die Bäume am Moncloa-Palast gefällt wurden, als die Bauarbeiten der Universitätsstadt begannen, die langstämmigen schrägen Pinien mit den runden Kronen, die den Äxten und Motorsägen zum Opfer fielen, die wirren Haarschöpfe des von Baggern der Erde entrissenen Wurzelwerks, die aufgrund der Erdbewegungen zugeschütteten Bachläufe, die später ihr Leben als unterirdische Kanalisation fristeten. Wir waren es, die alles niedergewalzt haben, um ganz von vorn anfangen zu können, auf den Narben dessen, was vorher gewesen war.

Als er den Weg zwischen den im Sonnenlicht rot und gelb lodernden Bäumen entlanggeht, muss Ignacio Abel plötzlich an das Gesicht von Manuel Azaña denken, nicht an das vom letzten Tag, als er sich von ihm verabschiedet hat, sondern an das eines viel früheren Nachmittags vor ungefähr vier Jahren. Ein kalter, bewölkter Nachmittag im November, die Berge im bläulich grauen Dunst heranziehenden Regens verschwunden. Azaña war damals Premierminister und hatte überraschend die Bauarbeiten inspiziert, angestiftet wahrscheinlich von Negrín, der ihn in seinem Auto mitgenommen hatte. Ignacio Abel hatte ihn zusammen mit dem Bauleiter der Universitätsstadt erwartet, dem Architekten López Otero, der ein Freund von König Alfons XIII. gewesen war und keine großen Sympathien für die Republik und schon gar nicht für deren Premierminister hatte. »Bleiben Sie heute unbedingt hier, Abel«, hatte er ihn gebeten, »wir bekommen hohen Besuch.«

Doch der hohe Besuch, zu dessen Empfang sie vor dem provisorischen Baubüro angetreten waren, kam mit großer Verspätung und bestand dann nur aus einem kleinen gelben Auto, das nach einer harten Bremsung vor ihnen zum Stehen kam, ohne dass anfangs jemand ausstieg, was vielleicht daran lang, dass die Insassen, die beide zu korpulent waren für so ein Auto, nur mit Mühe aus ihren Sitzen kamen. Zuerst stieg Negrín auf der Fahrerseite aus, lief um den Wagen herum und öffnete die Tür auf der anderen Seite, wobei er wie ein Chauffeur seinen Hut in der Hand hielt, während der Premierminister langsam und unbeholfen aus dem Wagen stieg, sein gewöhnlich farbloses Gesicht vor Anstrengung gerötet, eingezwängt in einem monströsen Wintermantel, der so dick und schwer war, dass er ohne Hilfe nicht aus dem Sitz kam.

Er hielt sich an Negríns starker Hand fest, und als er schließlich stand, fuhr er sich mit den Fingern durch das dünne Haar, bevor er seinen Hut aufsetzte und so allmählich wieder zu ministerieller Würde fand, ihnen allen kurz die Hand gab beziehungsweise hinhielt, damit sie sie ergreifen und drücken konnten, weich und fleischig und etwas feucht, wie sie war, so fleischig wie auch seine Lider oder die Wangen, die merkwürdige Wucherungen und Warzen hatten. Eine Weile gingen sie zwischen Baugruben und Rohbauten dahin, aus der Ferne still und verstohlen von ein paar verspäteten Bauarbeitern beobachtet, die von ihrer Schicht kamen. Während López Otero und Negrín dem Premierminister alles erklärten und gestikulierten, um inmitten des Nichts die vollendeten Bauwerke entstehen zu lassen, die sich eines Tages auf dieser noch recht gestaltlosen Fläche erheben würden, beobachtete Ignacio Abel, der sich etwas abseitshielt, Azañas Gesicht, das einen Ausdruck verdrossener Langeweile zeigte, den Blick der wässrigen Augen, der ohne großes Interesse den Hinweisen folgte und sich dann irgendwohin verlor oder seinem eigenen begegnete, auf der Suche vielleicht nach jemandem, der nicht redete und ihn nicht unbedingt von etwas zu überzeugen oder seine Aufmerksamkeit auf etwas lenken wollte.

Er blieb stehen und schaute sich um, und die anderen blieben mit ihm stehen, direkt neben der Baugrube mit dem Fundament dessen, was einmal die Philosophische Fakultät werden sollte. »Aber was haben Sie mit all den Pinien gemacht, die

hier standen. Das halbe Land ist eine Wüste. Warum haben Sie
die Universitätsstadt ausgerechnet auf einem Waldgrundstück
bauen müssen?« Der Architekt López Otero musste schlucken
und sich räuspern, bevor er sprechen konnte. »Wie Eure Exzellenz noch wissen werden, hat Seine Majestät, Don Alfons XIII.,
uns dieses Stück Land, das der Krone gehört, als Geschenk
überlassen.«

Ignacio Abel bemerkte die Spannung, die sich Negríns
bemächtigt hatte, das Beben seiner mächtigen Kiefer. Unter
den schweren Lidern, die seine Augen halb verdeckten, überlegte Azaña vielleicht, ob in López Oteros Worten eine Ungehörigkeit versteckt war, eine mögliche Respektlosigkeit. War es
nötig gewesen, »Seine Majestät« zu sagen anstatt »Alfons XIII.«
ohne das zeremonielle »Don«, oder einfach nur »der König«
oder »der Exkönig«?

»Unser Campus wird so wie der von amerikanischen Universitäten, Don Manuel. Hier werden die Menschen spazieren
gehen, wie sie früher unter den Pinien des Moncloa-Palasts
spazieren gegangen sind. Hier werden viel großartigere Baum-
alleen entstehen.« Azaña hatte eine Art, jemanden anzustarren,
wenn er zuhörte, und zugleich vollkommen unbeteiligt zu
wirken, als würde er seinen Gesprächspartner nur verschwommen wahrnehmen.

»Ich bleibe bei meinem Einwand, Don Juan, und glauben
Sie mir, mir liegt ebenso viel daran wie Ihnen, dass die Universitätsstadt fertig wird. Dass an ihrem Anfang eine Laune
Alfons' XIII. steht, Seiner Majestät, wie Herr López Otero ihn
nennt, schmälert ihre Bedeutung nicht im Geringsten. Aber
warum muss man die besten Bäume Madrids abholzen, um
dann neue zu pflanzen? Wahrscheinlich ist es reiner Egoismus meinerseits, denn so schnell die neuen Bäume auch
wachsen mögen, ich werde sie wohl nicht mehr zu sehen bekommen.«

Wie schwierig ist der erste Schritt bei der Konzeption dessen, was noch nicht existiert: der erste Strich einer Skizze, der möglicherweise schon den Kern des endgültigen Bauwerks enthält; ein Winkel oder eine Linie, woraus der gesamte Entwurf entsteht, der keiner Vorgabe gehorcht, sondern sich einzig und allein von einem Impuls zu organischem Wachsen leiten lässt. Wo nichts ist, muss etwas werden. Auf einem weißen Blatt Papier muss die Urform einer Bibliothek erstehen. Aus einer vor langer Zeit ausgeschachteten Grube am Hang eines Hügels, bald überwuchert von einer Vegetation, die jene ersetzte, der sie entrissen wurde, werden sich Mauern, Treppen, Balustraden und Fenster erheben. Die auf einem Block skizzierte Form wird man zwischen den Bäumen wiederfinden, und man wird sie von den Seglern oder den Lastkähnen mit stumpfem Bug und rostigem Rumpf sehen können, die den Fluss hinauffahren. Ignacio Abel hält den Skizzenblock auf den Knien und den Bleistift in der Hand, hat aber noch nichts gezeichnet. Er hat sich auf den teilweise hohlen Stamm eines vielleicht vor vielen Jahren umgestürzten Baums gesetzt, der seine Wurzeln jetzt in die Luft streckt und unter dessen Rinde man die Gänge von Insekten verfolgen könnte, die das Holz an einigen Stellen zu mürbem Staub gemacht haben. Er hört es in der Nähe knistern, hört Geräusche von Tieren, die er nicht zu Gesicht bekommt, das Flattern von Vögeln über seinem Kopf, dem ein kleiner Wirbel herabfallender Blätter folgt.

In dieser Gegend scheinen lange keine Waldarbeiter mehr tätig gewesen zu sein. Überall liegen umgestürzte Stämme, trockene Äste, große Placken von Rinde auf dem dichten Laubteppich, der sich im Verlauf vieler Jahreszeiten gebildet hat, dessen unterste Blätter schon die Farbe der Erde angenommen haben und zum Teil eins geworden sind mit ihr durch das Wirken der Insekten, die man bei näherem Hinschauen überall herumkriechen sieht, und dessen oberste und jüngste Blätter in Form und Farbe wie die unsortierten Teile eines Puzzles nebeneinanderliegen, mit unterschiedlichsten Maserungen und Symmetrien, denen er am liebsten auf den Grund gehen würde, indem er sie zeichnet oder, besser noch, aufsammelt und zwischen die Blätter seines Skizzenblocks legt. Vom Fluss herauf dringen das gedämpfte Rattern eines Zuges und ein Tuten wie von einem Nebelhorn, das er in der vergangenen Nacht schon in seinem Traum gehört hat.

Die umgestürzten, von Insekten zerfressenen, von Moos und Schlingpflanzen bedeckten Baumstämme erinnern ihn an das Forum Romanum: geborstene Säulen, der Marmor ihrer Kapitelle so erodiert und porös, dass er im Grunde nur noch Bauschutt ist, von Unkraut und Gestrüpp überwuchert, kalkig weiß wie ausgebleichte Tiergerippe. Hier wird ihm klar, dass die Skizzen, die er bisher angefertigt hat, untauglich sind. Das Gebäude kann nicht vorab schon in seinem Architektengeist eine Gestalt angenommen haben, die annähernd so vollkommen ist wie jener glanzvolle Diamant des Pavillons von Mies van der Rohe, der ihm eine fast schmerzhafte Bewunderung abnötigte, als er ihn in Barcelona sah: bewundert mit dem Neid auf etwas, von dem man weiß, dass man es selbst nie zustande bringen wird; mit dem bitteren Verdacht, mittelmäßig zu sein, beschränkt, provinziell. Wie wäre wohl ein Prisma aus Stahl und Glas, das sich unverhofft vor dem erhebt, der den Waldweg heraufkommt, das, von den anderen Gebäuden auf dem Campus gesehen, wie ein Leuchtfeuer in der Ferne glüht, wenn die Dunkelheit hereinbricht?

Die unmittelbar bevorstehende Arbeit erregt und entmutigt ihn; Zögern, Panik beinahe, der Schwindel vor einem Abgrund, den überwinden zu können er nicht sicher ist. Ein Eichhörnchen mit runden Formen und glänzendem Fell hat sich ihm vorsichtig huschend genähert und mit seinen Vorderpfoten eine Eichel aufgenommen, die es jetzt aufmerksam betrachtet. Er bewegt sich nicht, um es nicht zu verscheuchen, und das Eichhörnchen dreht ihm den Rücken zu, berührt seinen

Schuh mit dem buschigen Schwanz, entfernt sich dann mit lautlosen Sprüngen, schwerelos, rührt die Blätter auf der Erde kaum mehr als die feuchte Brise, die jetzt aufgekommen ist. Er war so in seinen Gedanken versunken, dass er nicht bemerkt hat, dass jemand gekommen ist. Der Himmel hat sich zugezogen, und es ist kühl geworden, die Blätter fallen jetzt in raschelnden Böen von den Bäumen. Ein runder Regentropfen ist mitten auf das Papier gefallen, auf das er noch keinen Strich gezeichnet hat. Als er den Kopf hebt, erblickt er Philip Van Doren, der mit verschränkten Armen an einem Baum lehnt und ihn lächelnd anschaut.

»Wie ich sehe, haben Sie Stevens entkommen können. Aber in den Wäldern hier müssen Sie vorsichtig sein, Ignacio. Als Stadtmensch kennen Sie deren Gefahren nicht.«

»Gibt es hier wilde Tiere?«

»Etwas Schlimmeres; das Sie in Spanien, glaube ich, nicht kennen: *poison ivy.*«

»Giftiger Efeu?«

»Sie sitzen direkt daneben. Sie können sich nicht vorstellen, wie die Vergiftung wirkt, wie das brennt. Aber es ist absolut fantastisch, Sie in Ihrem Madrider Anzug hier in unserer *American wilderness* zu sehen. Wenn Judith Sie so sehen könnte!«

Nun, da der Name ausgesprochen ist, wechseln sie stumme Blicke über die Lichtung hinweg. Es hat zu nieseln begonnen, so fein noch, dass auf den Blättern kein Laut zu hören ist. Von einem Sportplatz wehten vereinzelter Applaus und mehrmals das Schrillen einer Trillerpfeife herüber. Ignacio Abel hat seinen Skizzenblock zugeklappt und in die Jackentasche gesteckt, hoffnungsvoll, ohne dass es einen Grund dazu gibt, wachsam nur deshalb, weil er Judiths Namen gehört hat, die Beglaubigung ihrer objektiven Existenz.

»Sie wollen mich fragen, ob ich etwas von Judith weiß, können sich aber nicht dazu durchringen. Wie an jenem Abend in

Madrid, wissen Sie noch? Die Stadt brannte, und Sie dachten nur daran, wie Sie sie finden könnten. Sie sind ein sehr zurückhaltender Mensch, ich mag das. Da ich lutheranisch erzogen worden bin, bin ich genauso. Was mir nicht gefällt, ist, dass Sie mir nicht vertrauen. Ich habe Ihnen meine Loyalität doch bewiesen. Es war nicht leicht, Sie aus Spanien herauszuholen und nach Amerika ans Burton College zu bringen.«

»Ich bedaure, Ihnen dafür nicht gedankt zu haben.«

»Darum bitte ich Sie gar nicht.«

Aufkommender Wind hatte den Regen vertrieben und dafür gesorgt, dass jetzt Blätter von den Bäumen regneten, wobei ein raschelndes Geräusch entstand, als würde trockenes Laub über den Boden schaben. Der Himmel war dunkelgrau geworden und vertiefte die Schatten im Wald. Bald würde es richtig regnen. Bevor Ignacio Abel sprach, musste er schlucken, weil ihm die Kehle rau und eng geworden war.

»Waren Sie ihr Liebhaber, als Sie in Paris gewohnt haben?«

»Die spanische Eifersucht, wie sie leibt und lebt.« Van Doren lächelte ihn an, voller Sympathie, mitleidig fast. »Ich dachte immer, für Sie sei es eine ausgemachte Sache, dass mich Frauen nicht interessieren.«

»Vielleicht hat nur Judith Sie interessiert.«

»Sprechen Sie nicht in der Vergangenheit von ihr. Judith zieht mich sehr stark an, mehr als jede andere Frau und mehr als viele Männer. Sie hat mir auf den ersten Blick gefallen, von der ersten Minute an auf Deck jenes Schiffes, mit dem sie Amerika verlassen hat. Darin sind wir beide uns ähnlich. Mir gefiel, dass sie alles ausprobieren, alles sehen wollte, ganz ohne Ironie, wie eine vorbildliche Studentin, was sie ja wohl auch war. Es bedarf eines vornehmen Charakters, um sich vorbehaltlos begeistern zu können. Europa war Judiths Doktorarbeit. Alles, was Europa hergibt, die ganze Architektur, alle Museen und jedes einzelne Bild, das in ihnen hängt. Ich glaube, niemand hat im Louvre, im Jeu de Paume oder in den Uffizien oder im

Prado mehr Zeit verbracht und mehr Glück empfunden als Judith. Aber genauso aufregend fand sie es, in einem Café zu sitzen und eine Ansichtskarte oder einen Brief zu schreiben und als Absender eine Pariser Adresse anzugeben. Die Briefe, die sie ihrer Mutter immer geschrieben hat, Sie erinnern sich? Seite um Seite hat sie ihr alles berichtet, jede Kleinigkeit, wie in einer Klassenarbeit, bei der sie zeigen musste, was sie alles gelernt hatte. Wenn Amerikaner nach Paris kommen, setzen sie sich als Erstes in ein Café in Saint-Germain-des-Prés und machen ein gelangweiltes Gesicht, als hätten sie schon alles gesehen und den Status des Touristen hinter sich gelassen. Tourist zu sein ist beschämend, schrecklich. Aber Judith hatte diese Vorbehalte nicht. Sie wollte auf den Eiffelturm steigen, eine gregorianische Messe in Notre-Dame besuchen, in einem *bateau-mouche* eine Nachtfahrt auf der Seine unternehmen. Sie wollte auch ins Shakespeare and Company und dort stunden-lang in Büchern blättern und abwarten, ob nicht James Joyce oder Hemingway hereinkam. Judith ist die große amerika-nische Enthusiastin. So besonders amerikanisch ist sie, weil ihre Eltern russische Juden sind, die mit einem furchtbaren Akzent Englisch sprechen. Wie Sie wissen, hat die Mutter ihre gesamten Ersparnisse gegeben, damit Judith diese Europareise machen konnte, und Judith musste ihr zeigen, dass sie bis auf den letzten Cent Nutzen daraus gezogen hat. Man investiert sein schwer verdientes Geld unter großen Opfern und erwar-tet was dafür. *To squeeze dry every penny.* Sie wäre empört, wenn sie mich das sagen hörte, aber es ist eine sehr jüdische Vorstel-lung, dass Geld Nutzen bringen muss. Sehr jüdisch und sehr amerikanisch. Wir schämen uns des Geldes nicht so wie Sie in Europa, und vor allem in Spanien. Jeder Cent, den ihre Mutter in eine Blechdose gelegt und in der Küche versteckt hat, war eine großartige Leistung, wenn Sie daran denken, was die letzten Jahre hier für Leute aus der Gesellschaftsschicht, aus der Judith kommt, bedeutet haben. Cent um Cent, das Geräusch der Kupfermünzen in der Blechdose, die abgegriffenen und verknitterten Eindollarscheine. Aber ich glaube, Ihr Leben war gar nicht viel anders, als Sie klein waren. Ich besitze die Gabe, mich in das Leben anderer hineinversetzen zu können. Das ist mein einziges Talent. So wie Sie die Gabe besitzen, etwas vor sich zu sehen, was noch gar nicht existiert.«

»Sie haben meine Frage nicht beantwortet.«

»Ein Liebespaar, Judith und ich? Wenn das der Fall gewesen wäre, hätten Sie bestimmt nicht zu fragen brauchen. Judith hätte es Ihnen gesagt. Amerikanische Anständigkeit. *Full disclosure*, sagen wir hier. *Just to set the record straight.* Was mir in Paris an Judith so gefallen hat, war nicht sie selbst, sondern die Begeisterung, die von ihr ausging, wie sie strahlte. Sie ging immer so schnell, dass ihr die Haare aus dem Gesicht wehten. Sie betrat an einem dieser grauenhaften regendunklen Tage ein verräuchertes Café, und es war, als wäre das *search light* eines Theaters auf sie gerichtet. Noch verliebter aber war ich in Madrid. Nicht in Judith, sondern darin, wie Sie sie geliebt haben, was Sie gesehen haben, wenn Sie sie angeschaut haben, und was Judith sogleich in Ihnen gesehen hat. Ich hätte Sie sein mögen, wenn ich sah, wie sie Sie anschaute. Ich erinnere mich genau an alles. Sie haben mich nicht gesehen, aber ich sah, wie Sie in Madrid in meine Wohnung gekommen sind und fast erröteten, als Sie Judith unter meinen Gästen erkannten an jenem Nachmittag. Ein *coup de foudre*, wenn ich je einen gesehen habe. Sie meinen bestimmt, ich müsste zwangsläufig die große Oper lieben mit all ihren Vorspiegelungen, die umso wahrer sind, je übertriebener und unwahrscheinlicher sie sind. Sie waren Tristan in dem Moment, als er den Becher von den Lippen nimmt und Isolde anschaut. Opern müsste man in Straßenanzügen und an ganz alltäglichen Orten aufführen: Tristan und Isolde oder Pelleas und Melisande begegnen sich in einem Café, nachdem sie durch die Drehtür hereingekommen sind. Sie trinken einen gekühlten Martini anstatt einen mittelalterlichen Giftbecher. Ich würde es aber verstehen, wenn Ihnen das Beispiel Wagner nicht sehr sympathisch ist. Vielleicht wäre Debussy eher zu tolerieren. Ich habe *Tristan und Isolde* vor zwei Jahren in Bayreuth gesehen. Als alle schon saßen, um dem Vorspiel zu lauschen, gab es mit einem Mal ein lärmendes Geschiebe von Uniformen und Fracks, weil Reichskanzler Hitler offenbar gerade die Ehrenloge betreten hatte; ich habe ihn aber nicht zu Gesicht bekommen. Egal. Ich bin außerstande, etwas ohne Abschweifungen zu Ende zu erzählen. Man wird kein disziplinierter Erzähler, wenn man sein Leben lang Leute um sich hat, deren Aufgabe es ist, einem zuzuhören. Weder Sie noch Judith wussten es in dem Moment; aber als Ihre Blicke sich trafen, waren Sie beide verloren. Ich verging vor Neid. Der magnetische Strom, der von einem zum anderen übersprang, lief durch mich, lief quer durch meine Wohnung. Ich wollte Ihnen zuschauen, und ich wollte jeder von Ihnen sein. Mir ist im Leben wenig zugestoßen, das mich so erschüttert hat. Nichts, genau genommen. Manchmal ist mir, als wäre die Welt eine sündhaft teure Theaterproduktion, die nur auf die Beine gestellt wird, damit ich sie sehen kann. Ich allein in einer riesigen Loge, wie König Ludwig II. bei der Premiere einer Wagneroper. Er konnte sich das nicht leisten und ging bankrott. Ich kann es mir leisten. Ich möchte aber keine Aufführung sehen, sondern das wahre Leben. Schauspieler sind eitel und käuflich, und wenn man ihnen nahe kommt, sieht man diese widerwärtige Schminke, die sich in der Hitze der Scheinwerfer mit ihrem Schweiß vermischt und verflüssigt. Wenn ich das wahre Leben beobachte, tue ich keinem Böses und niemandem Gewalt an. Ich erniedrige mich auch nicht, indem ich bezahle, damit andere so tun, als liebten sie mich. Lieber schaue ich der nicht fingierten Liebe anderer zu, oder auch jeder anderen Leidenschaft, die sie veredelt. Judith in Paris, wie sie ganz nah an Manets *Olympia* herangeht, um sie zu betrachten; oder wie sie in Madrid bei einem dieser zermürbenden Flamencotänze ausharrt oder mir das Wüstenmuseum zeigt, zu dem Sie sie einmal mitgenommen hatten, die Akademie von San Fernando, glücklich, mir etwas zeigen zu können, das fast so etwas wie ein Geheimnis war, nicht diese von Touristen überlaufenen Säle des Prado. Oder Sie eben gerade, so versunken in Ihrem Heft, dass Sie mich nicht haben kommen hören. Ich habe nie irgendwas gelernt. Meine Leidenschaft ist es, die Leidenschaften anderer zu beobachten. Wenn sie nichts dagegen haben, oder nichts davon wissen, wem schadet es?«

»Sie haben uns in dem Strandhaus beobachtet. Sie haben es uns angeboten, um uns dann zu folgen.«

»Für wen halten Sie mich, Ignacio. Glauben Sie, ich stehe sabbernd im Nebenzimmer und beobachte Sie durch ein Loch in der Wand? Ich hatte in jenen Tagen genug damit zu tun, Sie mir vorzustellen. Sie mir aus einer gewissen Entfernung anzusehen. Das Fernglas ist eine ungemein nützliche Erfindung.«

Es fängt jetzt wieder an zu regnen. Winzige Tropfen glänzen auf dem rasierten Schädel von Van Doren, der sie gar nicht wahrzunehmen scheint und immer noch Ignacio Abel anschaut, während sich seine gleitenden Gesichtszüge von spöttischer Freundlichkeit zu sichtbarer Zuneigung oder Verbundenheit oder einer Art von Traurigkeit verändert haben.

»Ich hoffe, Sie sind nicht beleidigt. Judith hat mich nicht darum gebeten, aber ich habe alles getan, was in meiner Macht stand, um Sie herzubringen. Allzu schwer war es nicht. *Your name carries weight even this far into the woods.* Es musste eine Lösung gefunden werden, wenn auch nur eine vorübergehende, eine Atempause für Sie beide. Ich war schon mit Ihrer Arbeit vertraut, deshalb habe ich Sie an jenem Nachmittag zu mir eingeladen; aber damals war dies hier noch ein vages Projekt wie viele andere, aus denen häufig nichts wird. Judith musste auch ihre Rückkehr nach Amerika ins Auge fassen. Die

Ersparnisse ihrer Mutter gingen zu Ende. Es galt, Sie beide herzuholen.«

»Damit Sie uns weiter nachspionieren können?«

»Damit wenigstens ein Teil Ihres Lebens so wird, wie Sie es verdienten. Damit dank Ihres Talents Burton College eine wunderschöne moderne Bibliothek bekommt. Etwas, das ich tun konnte, wird objektiv die Welt bereichern.«

Unbeeindruckt vom heftiger werdenden Regen, wendet Van Doren sich um, als er das keuchende Motorengeräusch eines Autos hört, das den schon matschig gewordenen Waldweg heraufkommt. Mit einem Ausdruck von Fassungslosigkeit und unendlicher Erleichterung im Gesicht streckt Stevens den Kopf aus dem Fenster und hupt triumphierend, als ließe er die Trompeten von Jericho erschallen. Seit Ewigkeiten suche er sie beide schon, sagt er, während er aussteigt und einen Regenschirm aufspannt. Überall habe er nachgeschaut, befürchtete schon, dass etwas Schlimmes passiert sei, dass Professor Abel sich im Wald verlaufen habe. Zuerst eskortiert er Van Doren und hält ihm die hintere Wagentür auf, dann kehrt er zu Ignacio Abel zurück, erinnert ihn daran, dass sie in einer knappen Stunde vom Präsidenten des *college* erwartet werden, dass sie auf keinen Fall zu spät kommen dürfen.

Der Regen prasselt auf die Windschutzscheibe, als Stevens wendet und zum Campus zurückfährt, Blätter bleiben einen Moment lang haften, bevor sie von den Scheibenwischern beiseite geschoben werden. Dicke Tropfen poltern jetzt auf das Lederverdeck. Ignacio Abel wendet sich zu Van Doren um, der sich Kopf und Gesicht mit einem parfümierten Taschentuch abreibt und aus dem Fenster in den Wald starrt, als hätte er Abels Anwesenheit vergessen. Aber er muss sich jetzt durchringen, trotz des trockenen Halses, seiner Feigheit und auch seiner Angst vor der Unwissenheit, aber auch der Angst vor dem Wissen.

»Wissen Sie, wo Judith jetzt ist?«

»Endlich fragen Sie. Sie haben Ihren Stolz.«

»Ich bitte Sie darum, wenn Sie es wünschen.«

»Ich habe erfahren, dass ihre Mutter in diesem Sommer an Krebs gestorben ist. Später wurde mir berichtet, Judith habe eine Stelle als *assistant professor* am Wellesley College bekommen. Das ist nicht weit von hier, ein paar Stunden mit dem Auto. Ich habe ihr geschrieben, dass Sie hierherkommen; aber sie hat auf meinen Brief nicht geantwortet. Sie ist Ihnen sehr ähnlich. Hat auch ihren Stolz.«

34 Er wird den nächtlichen Sturm nicht vergessen; den Regen, der gegen die Windschutzscheibe prasselte und auf das Autodach hämmerte, als Stevens ihn nach dem Abendessen mit dem Präsidenten des Burton College zum Gästehaus zurückbrachte. Er hatte zu viel getrunken, aus Nervosität hauptsächlich, weil er nicht recht wusste, was er sagen oder was er mit seinen Händen anstellen sollte; um sich Mut zu machen, um Englisch zu sprechen und all den fremden Menschen entgegenzutreten. Er würde auch nicht vergessen, wie ihm in den Kurven übel wurde und wie die Scheibenwischer im nervösen Rhythmus hin und her huschten. Trotzdem sah er nur einen Vorhang aus Regen und den Widerschein der Autoscheinwerfer darin, und an den Seiten die vom Sturm zerzausten und verwirbelten Zweige der Bäume und über die Straße sich neigenden Baumkronen, wirbelnde Blätter im strömenden Wasser. Einen solchen Sturm hat er noch nie erlebt. Noch nie hat er Bäume gesehen, die stundenlang so vom Regen gepeitscht und durchgeschüttelt wurden; einem Regen, der die Tropfen mit solcher Gewalt gegen Fenster, Dachziegel und Holzwände schleudert und senkrechte Schneisen in das Blattwerk der Bäume schlägt.

Stevens fuhr äußerst behutsam: Manchmal schien eine Sturmbö das Auto umkippen zu wollen, dann umklammerte er das Lenkrad noch fester und beugte sich noch weiter vor, um in Dunkelheit und Regen die Fahrbahnbegrenzung nicht aus den Augen zu verlieren. Ignacio Abel erinnerte sich jetzt, gesehen zu haben, dass Stevens vor dem Abendessen ebenso gierig getrunken hatte wie er selbst und am Tisch hörbar seinen Wein schlürfte, weil er vermutlich auch nervös war, doppelt unsicher in Gegenwart nicht nur Van Dorens, sondern auch der anderen Maximumautorität, vor der er den Rücken nie gerade bekam; ein zur Unterwürfigkeit geborener Mann, der darunter litt, nie zu wissen, in welchem Maße sein Tun das unerforschliche Wohlwollen seiner Vorgesetzten weckte. *You take this from me,* sagte er, als sie zum Auto gingen und er Ignacio Abel seinen Schirm gab, und in einiger Entfernung vom Haus: *You have made quite an impression on the President.* Solidarisch; in einer unsicheren Position, die vom Wohlgefallen der Mächtigen abhing, identifizierte sich Stevens mit ihm, hatte fast das Gefühl, ihn beschützen zu müssen, vom reichlichen Alkoholgenuss gewiss beflügelt und auch von dem mächtigen Essen: rotes Fleisch und Saucen in einer Vielfalt, die Ignacio Abel nicht gewohnt war, Gerichte mit französischen Namen, welche die Gattin des Präsidenten spitzmündig korrekt auszusprechen wusste. Er hatte zu ihrer Rechten gesessen und nicht einmal die Hälfte verstanden von dem, was die Dame ihm erzählte, sein mangelndes Verstehen jedoch durch vehement zustimmendes Kopfnicken ausgeglichen, während die Fenster im Speisezimmer unter dem Ansturm des Windes erzitterten, unter den Wogen des Regens, die gegen das Haus brandeten.

Im Auto wurde ihm übel, wenn er nur an die Tischgespräche dachte, an all die fremden, aufdringlichen Gesichter, die sich ihm genähert hatten, die Namen, die er hörte und sofort wieder vergaß, falls er sie überhaupt verstand, es sei denn, jemand stellte sich ihm mit der Kurzform seines Namens vor, wie der Präsident es getan hatte, kaum dass er ihn erblickte – er trug den prachtvollen Namen Jonathan Joseph Almeida, bat ihn jedoch, ihn Jon zu nennen. Dabei drückte er ihm kraftvoll die Hand und legte seine andere wie zur Bekräftigung des Willkommens darauf, vielleicht als Ausdruck der Bewunderung für seine Arbeit, und möglicherweise auch als vorweggenommenes Beileid für das Trauerspiel der Spanischen Republik, der einer

der Gäste, ein melancholischer Professor für englische Medi-
ävistik, höchstens noch achtundvierzig Stunden gab. Er hatte
etwas im Radio gehört oder in der Zeitung gelesen, das er nun
wiedergab, als hätte er eine Schlagzeile auswendig gelernt: *The
Rebels Appear to Be within less than a Day's March from Madrid.*
Als er das sagte, starrte er Ignacio Abel mit vorgestrecktem
Kopf an, als zweifle er daran, den vor sich zu haben, der zu
sein dieser vorgab, oder als wolle er bis ins kleinste Detail das
Gesicht eines Menschen erkunden, der bald kein Heimatland
mehr haben würde, in das er zurückkehren konnte.

Zwischen Zigarettenqualm und Alkoholdünsten näherten sich Gesichter und wichen wieder zurück beziehungsweise verschwammen vor Ignacio Abels Augen, genau wie die
Namen und die freundlichen Worte, die sie ihm sagten und
die Visitenkärtchen, die sie ihm gaben, die er einen Moment
lang anerkennend betrachtete und dann in die Tasche steckte,
sich dafür entschuldigend, dass er sich nicht revanchieren
könne. Er habe seine Visitenkarten in Spanien zurückgelassen,
sagte er, ahnte jedoch im gleichen Moment, dass man ihm
nicht glauben würde, dass niemand – nicht nur der melancholische Mediävist – ihm die Rolle abnehmen würde, die er
an diesem Abend zu spielen hatte, so erkennbar unfähig mit
seinem schwerfälligen Englisch, das durch das Trinken nicht
geschmeidiger wurde, sondern immer nur verwirrender, sodass
er manchmal mitten im Satz abbrechen musste, weil er die
richtigen Worte nicht fand.

Auf der anderen Seite des Tisches, nah und doch so fern,
saß Van Doren und beobachtete ihn mit dieser Mischung aus
Ironie und Fürsorge, die ihn hin und wieder ins Gespräch
eingreifen ließ, wenn es galt, Ignacio Abel aus einer sprachlichen Klemme herauszuhelfen und dessen Qualifikationen
noch einmal herunterzubeten, als kämen auch ihm Zweifel an
deren Gültigkeit oder sogar an der Identität dieses möglichen
Schwindlers, der ja immerhin von weither kam, aus einem

vom Krieg zerrütteten Land, mit Papieren und Empfehlungen ausgestattet, deren Echtheit längst nicht bewiesen war: Professor Abel, erklärte Van Doren auf seiner Seite des Tisches und mit eifriger und wohl auch ein bisschen betrunkener Zustimmung von Stevens, hatte jahrelang das ehrgeizigste universitäre Bauprojekt von ganz Europa geleitet, hatte in Deutschland bei Bruno Taut und Walter Gropius studiert.

Und obwohl seine Worte annähernd der Wahrheit entsprachen, machte der Anteil berechnender Übertreibung sie verdächtig, zumindest in den wachsamen Ohren Ignacio Abels selbst, der besonders aufmerksam und besonders unsicher war, weil er sich in mehrere Gespräche gleichzeitig verwickelt fand und von mehreren Augenpaaren beobachtet, die Leuten gehörten, von deren Eindruck seine Zukunft abhing; von Präsident Almeidas Augen vor allem, die hinter der runden Schildpattbrille Macht ausstrahlten, deren Blick selbstsicher und gelassen war, jeglicher Ungewissheit so solide trotzte wie sein großer, gesunder Körper und sein Haus mit dem Fundament aus Stein und den massiven Wänden gegen den tosenden Sturm.

Er musste an eine Redewendung denken, die Judith Biely ihm beigebracht hatte, *to step on thin ice*. Er bewegte sich tastend und ging auf sehr dünnem Eis. Unter den prüfenden Blicken der anderen fürchtete er, seine im Innersten fehlende Substanz könne ans Tageslicht kommen, sie könnten das Unbehagen hinter seinem Lächeln entdecken oder die Angst, die mittlerweile sein natürlicher Zustand war. Der melancholische Mediävist und ein Pastor oder Kaplan in schwarzem Anzug und Kollar beäugten ihn, als argwöhnten sie in ihm einen Charaktermangel oder ein heimliches Laster oder irgendeine Verbindung zu der Brandschatzung von Kirchen und der Ermordung von Priestern während der ersten Kriegstage, über die sie bis in kleinste Detail unterrichtet waren, genaue Zahlen und blutige oder auch makabre Einzelheiten zu berichten wussten. Die Gemahlin des Präsidenten legte seufzend eine Hand auf die Brust, als sie an die Fotos von Kindern erinnerte, die bei der Bombardierung Madrids zu Tode gekommen waren. Der übertriebenen Mimik konnte er nur mit Lächeln begegnen, konnte nur den Rücken durchdrücken, um persönliche Integrität zu demonstrieren, das Mitgefühl als Almosen annehmen in dem Bewusstsein, dass Dankbarkeit irgendwann von Beschämung nicht mehr zu trennen sein könnte (wohin sollte er gehen, wenn die Gastprofessur zu Ende war und es stimmte, dass Madrid jeden Moment fallen konnte?).

Vergeblich suchte er nach deutlichen und nachdrücklichen Worten, um dem Geistlichen im schwarzen Anzug und mit hochrotem Gesicht klarzumachen, dass die republikanische Regierung keine Priester verfolgte und – auch wenn ihr ein paar kommunistische Minister angehörten – keineswegs die Absicht hatte, die Landwirtschaft zu verstaatlichen. Er merkte, wie ihm die Hitze ins Gesicht stieg, die Angst des Schwindlers, jeden Moment auffliegen zu können; er musste schlucken, und als er von seinem Wein trinken wollte, war das Glas leer. Von hinten trat eine schwarze Bedienstete an ihn heran und füllte sein Glas, und der Pastor und der Mediävist beobachteten, wie er trank, als wäre dies ein weiteres Zeichen seiner fragwürdigen Moral. Über das Stimmengewirr der Tischgespräche hinweg stellte Präsident Almeida mit seiner wohlklingenden Stimme eine Frage und sah dabei aus wie der Präsident einer Prüfungskommission: Wenn Hitler und Mussolini auf geradezu unverschämte Weise die Aufständischen unterstützten, glaubte Professor Abel da, dass die demokratischen Länder in letzter Minute eingreifen würden, um die Republik zu retten oder zumindest einen Waffenstillstand zu garantieren?

»Aber dazu ist es doch zu spät«, rief der mediävistische Gelehrte nicht ohne Zufriedenheit und riss sich mit einer Geste, die jeden Widerspruch unterband, die Serviette herunter, »die Republik ist längst verloren«, und wiederholte die auswendig gelernte Schlagzeile, die er in der Zeitung gelesen oder im Radio gehört hatte. Er hatte vergessen, sich die Sauce von den Lippen zu wischen, als er sich über den Tisch beugte, um Ignacio Abel näher zu kommen, um die Wirkung seiner Frage auf dessen Gesicht beobachten zu können: *Do you picture yourself being allowed to return to Spain any time soon, professor?*

Auf dem Grunde seines Bewusstseins wiederholten sich unterdessen einem geheimen Pulsschlag gleich die Worte, die Namen, die Van Doren vor ein paar Stunden ausgesprochen hatte und die danach nie wieder erwähnt worden waren, zwei oder drei Tropfen, die ausreichten, die Chemie einer Flüssigkeit zu verändern, unsichtbar, sobald sie aufgelöst waren, dennoch ihre Wirkung entfaltend: Judiths Name und der Name dieses Ortes, den man in wenigen Stunden erreichen konnte, nach einer nicht allzu langen Zugfahrt, wie ihm jemand beim Abendessen gesagt hatte, eines der Gesichter, eine der Personen, die präzise Umrisse gewannen in seiner ganzen, vom ungewohnten Alkoholgenuss noch verstärkten Benommenheit. Eine farblose Frau, die wie eine Amerikanerin aussah und mit einem seltsamen Akzent Spanisch sprach, aber Spanierin war. Miss Santos, hatte der stets dienstfertige Stevens gesagt und sich gleich berichtigt, Dr. Santos, Leiterin des Romanistischen Seminars, die sich so freute, sagte sie, einen Landsmann begrüßen zu können, obwohl sie schon so lange in Amerika lebte, dass sie gar nicht mehr sicher war, woher sie kam.

Van Doren hatte den Namen Judith Biely und den von Wellesley College in einem Ton ausgesprochen, als drücke er vorsichtig die Gummikappe einer Pipette, um nur einige wenige Tropfen hinauszulassen. Dann hatte er geschwiegen und Ignacio Abel aus sicherer Distanz beobachtet, im Salon des Hauses des Präsidenten, wo die Gäste Cocktails tranken, und später von seinem Platz am Esstisch aus, wo zu Ignacio Abels Rechter Dr. Santos saß, sparsamer und amerikanischer in ihrer Gestik als irgendwer sonst von den Gästen, die Schultern gestreckt, etwas eingesunken, mit ihrem Vogelmündchen kleine Schlucke Wasser trinkend, niemals Wein. Sie nannte dann diesen Namen, nicht weil Ignacio Abel sie danach gefragt hätte, sondern weil jemand die vielen europäischen Akademiker erwähnte, Deutsche vor allem, die in die amerikanischen Universitäten strömten. Sie sprachen über Einstein, der in Princeton war; über Thomas Mann, der sich in Kalifornien niedergelassen hatte; und die blasse Leiterin der Romanistik sagte, nur zu Ignacio Abel, da sie annahm, dass außer ihm keiner den Namen kannte, den sie nennen würde: »Wissen Sie eigentlich, dass Pedro Salinas hier ganz in der Nähe ist, am Wellesley College? Kennen Sie ihn vielleicht sogar persönlich?«

Die Wörter, die jetzt absichtslos ausgesprochenen Namen, sie entfalteten im gegenwärtigen Moment ihre durchschlagende chemische Wirkung. Ein paar Tropfen nur, und alles wird unwirklich, wie unscharf eingestellt, das Abendessen, der von einem großen Kronleuchter beschienene Speisesaal, die Gesichter und die Stimmen und der Sturm, der die Fenster erzittern lässt. Dagegen die Wirkung dieser Tropfen einer süchtig machenden Substanz, die umso stärker wirkt, als der Organismus lange Zeit ohne sie auskommen musste und schlagartig mit seinem ganzen großartigen Appetit reagiert, der nichts von seiner Unbändigkeit verloren hat, in wenigen Sekunden die Trägheit der in dieser langen letzten Zeit zur Gewohnheit gewordenen Monotonie von sich wirft, bis in die Nervenenden erschüttert ist; nicht durch die Erwartung auf baldige Befriedigung jedoch, sondern allein von der Erwähnung ihrer Möglichkeit: Judith Biely gehört nicht unwiderruflich der Vergangenheit an; ist keine von der Erinnerung erfundene Gestalt; lebt auch ohne ihn weiter; ist nach Amerika zurückgekehrt; hat vielleicht dem Sterben und Tod der Mutter beigewohnt; wäre auch bei einem offiziellen Essen wie diesem ein vorstellbarer

Gast, eine willkommene Abwechslung unter all den langweiligen Gesichtern und der akademischen Höflichkeit; befindet sich an einem Ort, den man mit der Eisenbahn oder dem Auto in wenigen Stunden erreichen kann; ist so wirklich, dass sie sich auf derselben Daseinsebene wie der Dichter Salinas befindet, den Frau Dr. Santos so selbstverständlich erwähnt hat, ohne zu ahnen, dass sie damit ein neues Band der Nähe zu Judith knüpft, die im vergangenen Semester in Madrid noch seine Vorlesungen besucht hat.

Sie besaß einen Gedichtband von ihm, den er signiert hatte, und sie hatte Ignacio Abel manchmal gebeten, ihr aus den Gedichten laut vorzulesen, damit sie die Betonung lernte und die Bedeutung schwieriger Wörter begriff. (Wie komisch, diese Gedichte zu lesen und zu denken, dass die Inspirationen dazu von Frau Salinas kamen, die mit Adela befreundet, allerdings nur einiges älter war, aber ebenso wie sie eine begeisterte Anhängerin englischen Fünfuhrtees und regelmäßiger Damenkränzchen im Lyzeumsclub. Und komischer noch, dass ihm jetzt der Lyzeumsclub einfiel, und zu glauben, dass es ihn tatsächlich einmal gegeben hatte, nicht in einem anderen Land in einer lange zurückliegenden Zeit, sondern vor einem Jahr noch, nicht einmal, einigen Monaten, in Madrid, in derselben Stadt, über die in dieser Nacht Hitlers und Mussolinis Flugzeuge fliegen, die im Morgengrauen vielleicht von einer feindlichen Armee gestürmt werden wird. *Franco's Rebel Troops Seem to Be Tightening their Grip around three Sides of Madrid* hatte es heute Morgen in der Zeitung geheißen, die Ignacio Abel im Faculty Club nervös durchgeblättert hatte, die nicht über ein Geschehen informierte, sondern trocken und sachlich den Lauf des Schicksals beschrieb.)

»Meine Frau und seine Frau sind gute Freundinnen«, nahm er den Faden des Gesprächs wieder auf, wohl wissend, dass Frau Dr. Santos seine Geistesabwesenheit nicht verborgen geblieben war. Zur Entschädigung bemühte er sich, das

Gespräch jetzt im Fluss zu halten, erleichtert darüber, nicht mehr Englisch sprechen zu müssen: Von seinem Fenster im Baubüro der Universitätsstadt habe er Professor Salinas jeden Morgen zur Philosophischen Fakultät fahren sehen, und mehr als einmal seien sie sich dort begegnet. Frau Dr. Santos hatte ihm ihr farbloses spanisches Gesicht mit der sehr amerikanischen Mimik zugewandt, während Messer und Gabel über ihrem Teller schwebten, in dieser sehr amerikanischen Haltung enthusiastischer Aufmerksamkeit, ohne jedoch zu ahnen, dass Ignacio Abel nicht für sie erzählte, sondern für sich selbst, um sich insgeheim in seiner wiedergewonnenen Abhängigkeit zu verlieren, Judiths Namen jetzt beinahe auf den Lippen, denn während er von seinen Begegnungen mit Pedro Salinas in der Philosophischen Fakultät berichtete, sprach er in Wirklichkeit über sie, ohne ihren Namen auszusprechen, erinnerte sich daran, wie die Resignation und die Anständigkeit und die Ordnung des normalen Lebens jäh aufgewühlt werden konnten, weil während der Arbeitszeit plötzlich das Telefon klingelte und es Judith war, die ihn anrief.

Es hatte ihn fast um den Verstand gebracht, als er hörte, dass sie ganz in der Nähe war, in der Fakultät. Sie war aus einer von Salinas' Vorlesungen gekommen, und als sie in der Eingangshalle die Reihe nagelneuer Telefonkabinen gesehen hatte, hatte sie der Versuchung nicht widerstehen können. Er sagte, er käme sofort zu ihr, und legte, um keine Sekunde zu verlieren, den Hörer so schnell auf, dass er zu fragen vergaß, wo genau sie auf ihn wartete. Der Sekretärin erzählte er irgendeine Geschichte, zog sich die Jacke an und eilte aus dem Büro, als hätte er einen dringenden Termin und daher auch keine Zeit für jene, die ihm mit Fragen in den Weg traten. Welche Entschuldigung würde er sich ausdenken müssen, wenn er einen Bekannten traf; er würde Judith in der überfüllten Eingangshalle treffen oder im Durcheinander der Cafeteria und sich zusammenreißen müssen, um sie nicht zu umarmen.

Die Geschwindigkeit, mit der er die Treppen hinunterstürmte, hatte nichts mit seinem Willen zu tun; die Art, wie die warme, vom Geruch der Berge erfüllte Frühlingsluft seine Nasenflügel blähte, gehörte zu einem anderen Leben als dem, aus dem er gerade fortgelaufen war, welches wie ein Standbild erstarrt war in dem Augenblick, als er in den Telefonhörer gesprochen hatte.

Mit dem Auto legte er die Entfernung zwischen seinem Büro und dem Fakultätsgebäude in wenigen Minuten zurück, und als er die Treppe hinaufeilte, sah er von fern García Morente, den Dekan, mit seiner riesigen Eulenbrille und den absurd langen Koteletten, die ihn wie einen Wegelagerer aussehen ließen, und er schaute einfach zur Seite, um nicht anhalten und ihn begrüßen zu müssen. Die durch die großen Fenster scheinende Morgensonne ließ die Eingangshalle in silbernem Licht erstrahlen, das sich in glänzenden Oberflächen spiegelte, den gekachelten Wänden und den Handläufen der Treppenaufgänge, den Marmorfliesen, auf denen die Schritte der Studenten widerhallten; das Hämmern der Arbeiter, das allgemeine Stimmengewirr mit der Überdeutlichkeit eines neu bezogenen Gebäudes, in dem es noch nach frischen Farben und Werkstoffen roch. Nachdem er Judith in der Cafeteria nicht gefunden hatte, suchte er noch einmal die Eingangshalle nach ihr ab, hatte dann einen Gedankenblitz und sprang in einen der automatischen Fahrstühle, die ihre endlosen vertikalen Runden drehten. Er fand sie auf der Dachterrasse am Geländer gelehnt, das Haar zurückgeworfen und das Gesicht der milden Märzsonne zugewandt, mit dem Rücken zu den Guadarrama-Bergen, die durch den optischen Effekt der Ferne riesig wirkten und deren Gipfel immer noch schneebedeckt waren, mit nackten Beinen und weißen Söckchen an den Füßen. *Ich mag es, wenn du mich suchst, aber nicht sicher sein kannst, mich auch zu finden.*

Er könnte jetzt sofort die Serviette falten, sich vom Tisch erheben und das Haus verlassen, um zu ihr zu gehen; hoffnungslos wäre das, und auch würdelos, durch kein Versprechen ermuntert, sondern allein durch das Einflößen von Worten, die auf ihn immer noch die Wirkung dieser Substanz haben, die in die Blutbahn eindringt und von dort ins Gehirn, während der, der sie verabreicht hat, auf die ersten Symptome wartet, die ihm anzeigen, dass die Wirkung einsetzt. Von der anderen Seite des Tisches her behält Philip Van Doren ihn im Auge. Er hat das Essen kaum angerührt, raucht, bewegt unbehaglich den kräftigen Hals unter dem lästigen Krawattenknoten, wacht über ihn und beobachtet ihn zugleich, gespannt, ob seine Worte Wirkung zeigen, das Quäntchen Information, das er ihm gegeben hat, bevor sie hergekommen sind, ungeduldig, weil er sich fragt, was die Gattin des Präsidenten wohl zu Ignacio Abel sagt, der sich nach den vorangegangenen Minuten seiner Unterhaltung mit Frau Dr. Santos jetzt ihr zugewandt hat.

Er könnte aufstehen und sie einfach sitzen lassen, und hätte kein schlechtes Gewissen; würde sich mit derselben Schamlosigkeit davonmachen und zu Judith fahren, mit der er früher Arbeitsgespräche oder ein Abendessen mit der Familie verlassen hatte: obwohl Judith ihn nicht gerufen hätte, obwohl sie ihn nicht sehen wollen würde, getrieben nicht vom Verlangen nach ihr, sondern allein von der Tatsache, dass er wusste, wo sie war. *Wenn du mich rufen würdest,* hatte sie mit lauter Stimme aus dem von Salinas signierten Buch mit dem schmucklosen Umschlag vorgelesen, in dem sie ihr unbekannte Wörter unterstrichen und an den Rändern Notizen gemacht hatte. Doch Ignacio Abel glaubte den Gedichten nicht; einmal, weil ihn Lyrik nicht interessierte, und dann, wenn er die Liebesschwüre schon nicht mit Frau Bonmatí de Salinas in Verbindung bringen konnte, kamen sie ihm als Ergüsse ihres Mannes noch unwahrscheinlicher vor, denn der sah wirklich nicht aus, als würde er nur darauf warten, dass eine Frau ihn lockte, oder alles hinter sich zu lassen, um ihr zu folgen, wie das Gedicht suggerierte. Viel zu akademisch, hatte er zu Judith gesagt, seine Skepsis in milde Worte kleidend, um sie nicht zu verärgern; viel zu selbstzufrieden, um wegen einer Frau den Kopf zu verlieren, gar keine Zeit bei all den offiziellen Aufgaben, die er immerzu wahrnimmt. *Ich ließe alles liegen, würfe alles von mir.* Und sie antwortete ihm, plötzlich verstimmt, »Du weißt nur deshalb so genau, dass Salinas nicht aufrichtig ist, weil du genauso bist wie er«; an einem warmen Morgen Ende Mai im Haus von Madame Mathilde, kurz vor dem Ende, sie hatte ihm den Rücken zugekehrt, ihre Haut glänzte vor Schweiß.

Jetzt hat er nichts, es gibt auch nichts, das er hinter sich lassen könnte, um mit ihr zu gehen. Die Gattin des Präsidenten macht ein mitleidiges Gesicht von fast verwegener Ergriffenheit, als sie ihn fragt, ob es stimme, dass der Krieg ihn von seiner Frau und seinen Kindern getrennt habe und er nicht wisse, was mit ihnen sei, ob sie vielleicht sogar in Gefahr seien. Er nickt und macht das erwartete zerknirschte Gesicht und spürt zugleich in seinen zuckenden Füßen, im Pochen des Herzens und dem Beben des Zwerchfells, dass er auf der Stelle losziehen und stundenlang fahren könnte, um zu Judith zu kommen, oder sich auf eine Bank im Bahnhof zu setzen und auf einen Zug zu warten, der ihn nach Wellesley College bringt. Ohne Hoffnung, ohne Vorsatz eigentlich, einfach sich treiben lassen, überwältigt allein von der Tatsache, dass Judith Bielys Vorhandensein auf der Welt nicht mehr zu leugnen ist.

»Ich bin sicher, dass wir einen Weg finden werden, sie bald wieder mit Ihnen zusammenzubringen. Wie müssen Sie sich fühlen, so lange Zeit Ihre Kinder, Ihre Gemahlin nicht mehr in den Armen gehalten zu haben!« Der Alkohol machte das Selbstmitleid leicht; den Teil des Schwindels, der Van Doren in seiner wohlwollenden Distanz nicht verborgen blieb, weil er Bruchstücke des Gesprächs mitbekam und sich lebhaft einmischte, die Hemdmanschetten über seine behaarten Handgelenke schob und die vom Krawattenknoten eingeschnürten Halsmuskeln spielen ließ: Man müsste beim Internationalen Roten Kreuz intervenieren, sagte er und sah Ignacio Abel dabei scharf an, Stevens stimmte begeistert zu, falls nötig, würde er seine Beziehungen zum Außenministerium spielen lassen. Und während er das alles sagte, fragte er Ignacio Abel im Stillen, ob er wirklich wieder mit seiner Frau und seinen Kindern zusammen sein wolle oder ob er sich selbst eingestehen könne, dass sein einziges Bestreben dahin ging, Judith Biely wiederzusehen.

Das Klingeln, als Präsident Almeida mit der Gabel den Rand seines Glases aus geschliffenem Kristall berührte, riss ihn aus seinen Gedanken. Van Doren warf ihm einen Blick mit hochgezogener Augenbraue zu, immer interessiert zwar, aber immer auch an der Grenze zum Gelangweiltsein: Jetzt kommt die unvermeidliche Ansprache, der Toast, Aufmunterung aus tischbreiter Entfernung. Nach und nach versiegten die Stimmen, das Klappern des Bestecks, und einen kurzen Moment lang hörte man nur das Brausen des Sturms im Rauchfang des Kamins. Der Präsident hatte sich eine Zigarre angezündet und nahm nachdenklich einen langen Zug, bevor er seine Rede begann, das Weinglas in der Rechten, die er in Ignacio Abels Richtung hob, satt und selbstgewiss in der Überlegenheit seiner Stellung. Er hatte dünnes blondes, beinahe weißes Haar, das Gesicht rot wie ein Apfel, mit feinen Äderchen auf Wangen und Nasenspitze, strahlte strotzende Gesundheit aus, der ganze Körper war von einer organischen Üppigkeit kurz vor der Kongestion, so wie der mit Speisen überladene Tisch, riesige Portionen, die kein Mensch hatte aufessen können, das ganze Haus opulent gefüllt mit kolonialen Möbeln, Bücherregalen mit wertvollen, in Leder gebundenen Bänden, mit Bildern, Leuchtern und Fotografien auf Kommoden und dem Kaminsims, auf denen Präsident Almeida mit hochrangigen

Persönlichkeiten posierte, Hände drückte und in die Kamera lächelte (darunter, gut sichtbar, eine mit der First Lady und Präsident Roosevelt anlässlich eines der gar nicht so seltenen Besuche der beiden in Burton College, das vom Wohnsitz des Präsidentenpaars in Hyde Park nicht weit entfernt lag). Ein Porträt in Öl von Präsident Almeida beherrschte die Stirnseite des Speisesaals. Im Flur hing zwischen alten Ansichten von den Ufern des Hudson eine Zeichnung, die eindeutig eine Vorstudie zu diesem Ölporträt war.

Man hatte der Rede mit angemessenem Gesichtsausdruck zu folgen, der Zustimmung, der Aufmerksamkeit, des Vergnügens, das Lachen stets in Bereitschaft für die eingestreuten Scherze, die der Präsident schon bei vielen ähnlichen Essen zum Besten gegeben haben würde, des notwendigen Ernstes, wenn er auf die dunklen Wolken am europäischen Horizont zu sprechen kam und die traditionelle Gastfreundschaft des *college* erwähnte, die der des Landes in nichts nachstand, das seit dreihundert Jahren Vertriebene aufnahm und von ihnen geprägt worden war, groß geworden war durch Geister, die es in den engen Grenzen der alten Länder nicht mehr gehalten hatte.

Er brauchte sich nur umzuschauen, hier am Tisch, sagte er und ließ den Kopf kreisen, die von den Brillengläsern vergrößerten Augen von einem zum anderen wandern, dann sah er da Söhne und Töchter oder Enkel oder Urenkel von Einwanderern mit Namen, die von den unterschiedlichsten Abstammungen kündeten, Holländer, Schotten, Hugenotten, Portugiesen, wie seine eigenen Vorfahren, die Almeidas. Und Spanier, sagte er, mit Blick zuerst auf Frau Dr. Santos; und da er schon eine ganze Weile ernst gewesen war, ließ er einen spöttischen Schlenker folgen, »Wobei wir bloß stark hoffen, dass Dr. Santos keinen Großinquisitor zu ihren Vorfahren zählt«, was allgemeines Gelächter und unbehagliches Erröten der Erwähnten zur Folge hatte.

Nachdem er den Kreis seiner Blicke und Anspielungen geschlossen hatte, wandte sich Präsident Almeida schließlich an Ignacio Abel, bewies dabei, dass er wusste, wie dessen Name korrekt auszusprechen und auf welcher Silbe der Akzent zu setzen war. Die Zigarre hielt er zwischen den dicken Fingern der einen Hand, in der anderen, etwas erhoben, das Weinglas. Der Schein des Feuers und des großen Lüsters fiel auf sein glattes, rosiges Gesicht, auf die glänzende Hemdbrust, die sich über die beachtliche Muskulatur seiner Brust und Schultern spannte. Er hält sich für unsterblich, dachte Ignacio Abel in aufblitzender Hellsicht, während er lächelnd auf das Ende der Rede wartete, um dann ein paar Dankesworte zu sprechen und sich an einige halbwegs auswendig gelernte Sätze zu wagen. Er glaubt, er muss nicht älter werden, kein plötzlicher Schicksalsschlag wird ihn treffen, sein Haus wird nie überfallen und nie in Brand gesetzt, er wird nie um Mitternacht aus dem Bett geholt und im Schlafanzug abgeführt, irgendwohin gefahren und im Licht von Autoscheinwerfern erschossen werden.

Er wandte seine Aufmerksamkeit wieder Präsident Almeida zu, der ihn gerade *our new colleague, distinguished guest, outstanding, leading, accomplished* nannte, dabei einen verstohlenen Blick zu Van Doren und Stevens werfend, als bräuchte er ihre Bestätigung, dass die benutzten Adjektive gerechtfertigt waren, und einmal vor der Nennung seines Namens kurz ins Stocken geriet. Nach der Ansprache und dem folgenden kurzen Applaus erhob sich der Gast, schluckte, benommen vom Wein, wieder Anfänger, und das in seinem Alter, ein Gast von fragwürdiger Reputation, der jetzt an Judith Bielys glockenhelle Stimme denken musste, dessen Verlangen nach ihr so urplötzlich wieder spürbar war wie Gelenkschmerzen, als er mit trockenem Mund nach Worten suchte, *stepping on thin ice.*

Er wird nicht vergessen, wie am Ende einer Kurve die Windschutzscheibe sekundenlang den Blick freigab und das Licht der Scheinwerfer auf ein Haus fiel, vor dem ein umgestürzter Baum ein Auto demoliert hatte: Vom Wind gezaust, stand im blinkenden Blaulicht einer Ambulanz eine Gruppe von Menschen und starrte offenbar fassungslos auf das Geschehen. Ohne den Blick von der Fahrbahn zu nehmen, redete Stevens unentwegt, um ihn abzulenken oder die eigene Furcht zu bekämpfen: Er habe ja gehört, was Präsident Almeida gesagt hatte, er müsse unverzüglich mit den Vorlesungen beginnen und so bald wie möglich das Bibliotheksprojekt in Angriff nehmen, sein Haus würde in ein paar Tagen fertig sein, verfügte über ein eigenes Büro und Atelier, Arbeit sei schließlich das beste Mittel gegen Mutlosigkeit. Wie man zu einem Kranken spricht, ohne ihm Hoffnung auf Genesung geben zu müssen, ihm über einen bestimmten Punkt hinaus nichts verspricht, schließlich soll er sich seines Zustandes bewusst bleiben, der Entfernung, die ihn von den Gesunden trennt, und auf die immer wieder hinzuweisen, diese nie vergessen (als würden sie selbst nie krank werden, als müssten sie nicht auch einmal sterben). Sie erreichten das Gästehaus, und als Ignacio Abel ausstieg, stellte er überrascht fest, dass der Regen ganz plötzlich aufgehört hatte. Der jetzt besänftigte Wind erzeugte in den Baumkronen ein atmendes Geräusch. Dienstbeflissen, unerbittlich, manchmal geradezu hassenswert erinnerte ihn Stevens daran, dass er ihn am nächsten Morgen um neun Uhr abholen werde, eifrig wie ein Signaltrompeter im Felde, *blowing off my bugle right under your window,* unbeeindruckt von Müdigkeit und vorhersehbarem Kater.

Er wird nicht vergessen, wie ihn beim Eintritt ins Haus Stille und Dunkelheit umfingen, als beträte er einen großen abstrakten Raum. Er tastete nach dem Lichtschalter aus Porzellan, und als er ihn endlich gefunden hatte, drehte er ihn mehrere Male, und nichts passierte. Der Sturm, der eine Stunde zuvor ganze Bäume umgerissen hatte, durfte mit Leichtigkeit einige Strommasten geknickt haben. Das Haus war viel größer, wenn man sich tastend hindurchbewegen musste. So wie die Madrider Wohnung in den Bombennächten. An Wänden entlanggleitende Hände, unsichere Schritte, sich allmählich eingewöhnende Augen, die Umrisse erkannten, hellere Flecken. In seinem Zustand akuter nervöser Erregung würde er die ganze Nacht nicht schlafen können: die Nerven, die schwere Verdauung, das Wirken des Alkohols in der inneren Höhlung des Nackens.

Ein Zug fuhr endlos lange am Fluss entlang. Vorausschauend, hellsichtig, jede Eventualität in Betracht ziehend, hatte Stevens ihm am Abend zuvor den Wandschrank neben der Küche gezeigt, in dem Besen, alte Haushaltsgeräte und eine Petroleumlampe sowie Kerzen und Streichhölzer aufbewahrt wurden. Stevens schien bezüglich der unmittelbaren Zukunft nicht die winzigste Unsicherheit zu dulden. Ignacio Abel tastete sich an Wänden und Bücherregalen durch die unbekannte Weitläufigkeit der Bibliothek, und als er die Küche erreicht hatte, versuchte er sich zu erinnern, an welcher Stelle sich der Besenschrank befand. Nach dem Abendessen – das zu seiner Überraschung um Punkt neun Uhr beendet wurde, indem die Gäste ihr angeregtes Geplauder umstandslos einstellten, aufstanden und sich verabschiedeten, ein kurzes Gewusel, als würden sie das Bühnenbild eines Theaterstücks abbauen, in dem sie selbst als Schauspieler mitgewirkt hätten, und Präsident Almeida den Blick gleich abwandte, nachdem er ihm die Hand gegeben hatte – hatte Philip Van Doren ihm *a good night's sleep* gewünscht und war daraufhin sogleich zu seinem Auto gegangen, neben dem ein uniformierter Chauffeur auf ihn wartete.

Hatte er enttäuscht gewirkt, hatte ihm die ganze Vorstellung zu lange gedauert? Vielleicht war er auch beleidigt, weil Ignacio Abel keine näheren Einzelheiten über Judiths Aufenthalt hatte wissen wollen, keine deutlicheren Zeichen seiner Schwäche gezeigt hatte, seiner ungeschützten Abhängigkeit.

Er wird lernen müssen, eine lange Zeit unter Fremden zu leben, deren Verhaltensweisen und Beweggründe er nie ganz verstehen und durchschauen wird, ebenso wenig wie ihre Gestik und die Sprache, die sie sprechen, das ganze Register von Zeichen, das man automatisch mitliest, wenn man in der Welt lebt, in der man aufgewachsen ist und der man angehört, so selbstverständlich, wie man deren Sprache spricht und jede Nuance heraushört und jeden Doppelsinn versteht. Hier wird es bei den offensichtlichsten Dingen immer einen verschwommenen Bereich der Unsicherheit und des Zweifels geben, so wie manchmal Worte plötzlich aufhören, Worte zu sein, und sich in sinnfreie Klänge verwandeln.

In einem Rest von Helligkeit vor dem Küchenfenster hat er tastend die Petroleumlampe entzündet. Der Sturm ist jetzt nur noch als fernes Rauschen zu hören – wie auch das dumpfe Brausen der Sirene eines Zuges dann und wann –, das sich über den hügeligen Wäldern und dem breiten Strom verliert. Als er wieder durch die Bibliothek geht, fährt er erschrocken zusammen, als er sich im Spiegel über dem Kaminsims sieht, einen Mann in mittleren Jahren, mit ergrautem Haar, die Gesichtszüge im Schattenspiel des Öllampenlichts übertrieben hart. Der Flügel mitten im Raum, die Bücher in den Regalen, an die Wand gelehnte Klappstühle, die am Morgen auf der Armlehne eines Sessels liegen gelassene Zeitung sind Botschaften einer begrenzten Erwartung, die ebenso gespannt verharrt wie die im Spiegel überraschte männliche Gestalt.

Ich habe diesen langen Weg zurückgelegt, um in der Nacht durch ein Haus zu laufen, das genauso leer und dunkel ist wie die Wohnung, die ich in Madrid zurückgelassen habe: In diesem Moment ist sie vielleicht leer geräumt, lautlos hat sich der Staub angesammelt, und sie ist der rätselhaften Hinfälligkeit überlassen, die unbewohnte Räume befällt; vielleicht ist sie auch von einer Bombenexplosion zerrissen worden und im Licht der Straße schamlos fremden Blicken ausgesetzt: Teil eines halb eingestürzten Hauses, zeigt sie ihr Innerstes her, das aber niemand sieht – das halbe Schlafzimmer, die verbogenen Eisenstäbe eines Bettgestells. Vielleicht ist sie auch geplündert oder von Milizionären besetzt worden, oder von Flüchtlingen aus den Dörfern um Madrid, aus den Arbeitervierteln, die jede Nacht mit klassenbedingter Treffsicherheit bombardiert werden.

Eines Nachts hatte er im dunklen Flur gestanden, als es plötzlich an der Wohnungstür klopfte. Jetzt hört er es wieder, ist jedoch so in Gedanken versunken, in der Zeit verloren, in dem Lichttunnel, den die Lampe im Spiegel aufgetan hat, dass er eine Weile braucht, bis er begreift, dass das Klopfen an der Haustür wirklich ist, nichts Vergangenes aus Madrid, sondern hier, an der Tür dieses Hauses, in der fast greifbaren Stille, die das Ende des Unwetters im Wald hinterlassen hat, wo ein leichter Wind die letzten Regentropfen von den Blattspitzen fallen, nasse Blätter auf dem fruchtbaren, regendurchtränkten Boden rascheln lässt. Und als das Klopfen an der Tür mit dem Pochen seines Herzens im Einklang ist und genauso laut, da überfällt ihn die unvernünftige Gewissheit, dass Judith Biely gekommen ist, dass sie es ist, die an die Tür klopft, nicht im Traum oder im Wahn seines Verlangens, sondern in der wortwörtlich schwindelerregenden Wirklichkeit, der gegenwärtigen Gegenwart, jetzt, in diesem Augenblick, nur wenige Schritte entfernt.

35 Im Licht der Lampe, die er in der linken Hand hält, steht sie vor ihm. Mit der Rechten hat er die Tür geöffnet, und als sie aufschwingt, schlägt ihm feuchte Waldluft ins Gesicht, und er ist geblendet von den Scheinwerfern des Autos, das mit laufendem Motor hinter ihr wartet, direkt vor der Treppe und den beiden Pfeilern der Veranda. Ignacio Abel hat das näher kommende Auto so wenig gehört wie anfänglich Judiths Klopfen an der Tür. Sie ist ohne Vorwarnung vor ihm aufgetaucht, im Blitz einer Sekunde, die mit einem Schlag die ganze Dauer der Abwesenheit vergessen macht und ihm nicht einmal Zeit für Hoffnung oder Furcht vor Enttäuschung lässt, sondern nur die Überraschung; ein paar Sekunden vorher, als er das Klopfen an der Tür dann doch hört, wittert er unwillkürlich Gefahr, zweifelt sogar, ob er öffnen soll oder nicht, ein Gefühl von Unwirklichkeit, verstärkt noch durch den Alkohol. Wer kommt in so einer Nacht zu einem so abgelegenen Haus mitten im Wald und klopft so dringlich an die Tür (aber er ist ja nicht mehr in Madrid, und mitternächtliches Klopfen an der Tür muss nicht gleich eine Bedrohung sein).

Er schaut sie jetzt an, sagt aber immer noch nichts, keiner von ihnen sagt etwas, während der Motor läuft und der Scheibenwischer schnalzt, obwohl es längst aufgehört hat zu regnen. Ihr Gesicht glänzt im Lichtschein, ihre Augen und das feuchte Haar, das sie jetzt anders trägt, viel kürzer und nicht mehr nach hinten gekämmt, sondern mit Scheitel. Eine Strähne streicht sie sich mit einer vertrauten Handbewegung aus der Stirn, wie um zu bekräftigen, dass sie es ist, Judith Biely, wiedererkannt und doch fremd, plötzlich aufgetaucht, um einiges verändert in wenigen Monaten – nicht vielen, drei nur, etwas mehr, und doch ist es, als wären in dieser Zeit mehrere ganze Leben vergangen: die feindseligen Leben, von denen er nichts weiß, die er selbst allein verbracht hat seit dem Abschied von ihr in jenem Café, das in seiner Erinnerung immer düsterer geworden ist, eingetrübt in ein unheilvolles Licht, welches das Ende von allem ankündigt, die Katastrophe schlechthin. Sie stehen voreinander und schauen sich an, beider Hände wissen nicht, wohin oder was tun, seine Linke hält die Lampe, die Rechte liegt noch auf dem Türknauf, die Hände, die in einer anderen Zeit so gewandt unter Kleidung glitten, während Judiths verlegene Finger die Haarsträhne zurückstreichen, als käme sie gerade vom Friseur und hätte sich noch nicht an die neue Frisur gewöhnt, als blicke sie in einen Spiegel, um zu sehen, wie sie ihr steht. Er richtet seinen Blick auf das Auto mit dem laufenden Motor und den eingeschalteten Scheinwerfern, fürchtet, jemanden zu sehen, einen Mann, der mit ihr gekommen ist und jeden Moment fordernd auf die Hupe drückt.

»Ich dachte, es wäre niemand zu Hause«, sagt Judith. »Ich habe nirgends Licht gesehen.«

Sie hat es auf Spanisch gesagt. Ihre Stimme ist etwas dunkler, als er sie in Erinnerung hat, und mit deutlicherem amerikanischem Akzent. *Ich dachte, es wäre niemand zu Hause.* So lange hat er sich nach dieser Stimme gesehnt, nach den Lippen, die diese Worte formen; aber er hat ihren Klang nicht mehr wachrufen können, obwohl er manchmal glaubte, sie seinen Namen sagen gehört zu haben auf einer belebten Straße, in einem Bahnhof, nah an seinem Ohr geflüstert, kurz vorm Erwachen. Er geht einen Schritt auf sie zu oder lässt nur die Hand vom Türgriff gleiten und merkt, wie Judith zurückweicht, eine kaum wahrnehmbare Bewegung. Er fürchtet sie zu verlieren, wenn er sich bewegt oder etwas sagt; er fürchtet, dass sie sich auf dem Absatz umdreht und wieder ins Auto steigt oder in die Nacht und in den Wald entschwindet, so wie sie daraus hervorgekommen ist in Begleitung jenes mutmaßlichen Fremden, der hinter den hellen Scheinwerfern hinterm Lenkrad sitzt und sie beobachtet.

Sie macht eine Bewegung, als wollte sie sich abwenden, bleibt jedoch stehen, den Blick weiterhin auf ihn gerichtet, ein Mundwinkel verzieht sich zu einem angedeuteten Lächeln. Im bleichen Licht der Petroleumlampe wirkt ihr Gesicht weniger vertraut, weil das kurze Haar ihre Züge deutlicher herausstellt: den großen Mund, das Dreieck von Kinn und Wangenknochen, die Linien des Unterkiefers. Ignacio Abel lässt die Hand ruhen, die sich am liebsten vorgestreckt hätte, um Judith zu streicheln, doch der Blick, der sie erfasst, übermittelt seinen Fingern das Gefühl, ihre Haut zu berühren. Judith deutet auf das Auto, und noch während sie spricht, diesmal Englisch, wird ihr klar, dass er sie nicht verstanden hat. *I'd better turn it off.*

Sie ist stundenlang auf Nebenstraßen unterwegs gewesen, hat sich auf der Suche nach Rhineberg, nach dem Campus von Burton College und dem Gästehaus hoffnungslos verfahren. Im immer heftiger werdenden Regen konnte sie keine Verkehrsschilder und keine Abzweigungen erkennen, und es gab niemanden, den sie hätte fragen können. Dass sie sich gründlich verirrt hatte, wusste sie, als sie zum zweiten Mal an einem von einem umgestürzten Baum demolierten Haus vorbeikam, eingetaucht in ein unwirkliches Licht von Autoscheinwerfern und blinkenden Leuchten einer Ambulanz und eines Feuerwehrautos. Sie hielt an und fragte. Ein Feuerwehrmann erklärte ihr, gegen den Sturm anbrüllend, den Weg, wischte sich dabei den Regen aus dem Gesicht und bedeutete ihr mit Handbewegungen, schnellstens zu verschwinden.

Sie hätte nicht fahren sollen, und doch war sie gefahren. Der Sturm wurde immer schlimmer, und ihr wurde klar, dass es vernünftiger war, nicht weiter auf unbekannten Straßen zu fahren, also nahm sie sich vor, bei der nächsten Tankstelle, beim nächsten heimeligen Licht eines Restaurants oder Motels anzuhalten. Sie war hungrig und durstig und hatte Angst, sich unwiderruflich zu verfahren oder von den Scheinwerfern eines entgegenkommenden Wagens geblendet zu werden, und sie musste aufs Klo. Doch als sie in Regen und schwarzer Nacht die Lichter einer Tankstelle auftauchen sah, schaute sie auf die Tankanzeige und fuhr weiter, sagte sich, sie würde bei der nächsten anhalten, oder nicht einmal das, lehnte sich nur zurück, um ihre verkrampften Muskeln zu entspannen, trat das Gaspedal durch, als gäbe es keine Verbindung mehr zwischen ihrem Willen und ihrem Handeln, zwischen den Gedanken und den Händen, die immer noch das Lenkrad umklammert hielten, oder dem rechten Fuß, der nicht den Weg aufs Bremspedal fand.

Auf dem ersten Teil der Strecke, noch bei Tageslicht, gab es keinen Grund, ein schlechtes Gewissen haben zu müssen, da sie ja auf dem Weg nach New York war und sich einreden konnte, nicht er sei das Ziel. Sie war von Wellesley College aufgebrochen, um nach New York zu fahren, und nicht, um an einer bestimmten Stelle in eine Nebenstraße abzubiegen, die sie sich vorher auf der Karte genau angesehen hatte, natürlich nur prophylaktisch, das Wollen strikt vom Tun getrennt oder es zumindest in der Schwebe lassend, während sie die Straßenkarte auf dem Tisch ausbreitete und mit einem Stift den Weg nachzeichnete, den sie nehmen müsste, falls sie sich zu einer Abzweigung nach Burton College entschlösse; so schimärisch das Ganze wie in ihrer Jugend, als sie, über Europakarten gebeugt, sich Reisen ausgedacht hatte. Ihr Reiseziel war New York, daran konnte es keinen Zweifel geben. Eben weil dies so unverrückbar feststand, konnte sie sich die Möglichkeit eines Umwegs einräumen, der keine Gefahr für sie sein, sie höchstens mit ein paar Stunden Verspätung an ihr Ziel kommen lassen würde.

Es gab Dinge im Leben, von denen sie wusste, dass sie sie nie wieder tun würde: Sie würde nie zu ihrem ersten Mann zurückkehren und sich auch von der Selbstverliebtheit keines anderen Mannes mehr mitreißen lassen; nie mehr würde sie so tief sinken, die Geliebte eines verheirateten Mannes zu werden. Weit über ihren Trieben und über ihren Erinnerungen, die auszulöschen sie keinen Grund hatte, rangierten ihre moralischen Überzeugungen, die gerade deswegen so unumstößlich waren, weil sie mit ihrem Stolz einer emanzipierten Frau in Einklang standen. Da sie sich ihrer selbst so gewiss war wie des unabänderlichen Laufs der nächsten Zukunft, für die sie sich entschieden hatte, riskierte sie nichts, falls sie im letzten Moment, wenn sie den Wegweiser nach Rhineberg sah, von der Hauptstraße abbog und einem Weg folgte, den sie sich beim Studium der Karte mehr unwillkürlich als mit Absicht gemerkt hatte, der jedenfalls keine Richtungsänderung, sondern höchstens einen Umweg darstellte.

Die verantwortungslose Zeit des Träumens und des Reisens auf der Suche nach einer vagen europäischen Bildung, die allzu sehr einer angelesenen literarischen Bestimmung glich, war für sie vorbei. Die letzten von den Ersparnissen ihrer Mutter übrig gebliebenen Dollars hatte sie für die Schiffspassage nach Amerika ausgegeben. Sie kehrte rechtzeitig heim, um in der Endphase einer Krankheit bei ihr zu sein, die sie verzehrte, während ihr Judith aus Madrid deutlich weniger Briefe schrieb als vorher, weil es ihr trotz aller Verliebtheit gar nicht behagte, etwas verschweigen zu müssen, was sie als Lügen empfand, als Betrug. Man konnte nicht in einem anderen Land und einer anderen Sprache leben, ohne sich an eine Fiktion zu gewöhnen, aus der man früher oder später unweigerlich erwachen würde, es sei denn, man verfügte über das unbegrenzte Vermögen einer Heldin aus einem Henry-James-Roman. Geld, Krankheit, Tod, das waren die allgegenwärtigen Botschafter der Wirklichkeit. Europa war kein Zauberland romantischer Träume und auch nicht der richtige Hintergrund für die Suche nach der Berufung, sondern eine zunehmend in Finsternis versinkende Region, in der es immer mehr Armeen, fanatisierte

Massen und geifernde Plakate in den Straßen gab. Der Ernst des Lebens, der für jeden gilt, der seinen Lebensunterhalt auf dieser Erde verdienen muss, erlaubt es nicht, endlos lang den Wahnbildern einer Berufung nachzujagen, die einfach keine Gestalt annehmen will. Was sie in Europa zu finden gehofft und was sie auf ihren gedankenvollen einsamen Wanderungen durch Madrid manchmal in greifbarer Nähe vor sich zu sehen geglaubt hatte, war jetzt bis auf Weiteres ausgesetzt. All die mit der Schreibmaschine getippten Seiten und die mit ihrer stürmischen Handschrift vollgeschriebenen Notizbücher wurden in einem Koffer verstaut, den zu öffnen sie keine Eile hatte. Wenn sie wirklich Talent hatte, würde die Rückkehr zu den Verpflichtungen der Wirklichkeit diesem nicht schaden, es vielleicht sogar stärken, ihm die Intensität des Verzichts, die Disziplin der Geduld hinzufügen.

Was sie ab jetzt tat, würde die Solidität des Notwendigen haben, des klar Durchdachten, des Unvermeidlichen. Neben der Straßenkarte auf ihrem Schreibtisch in dem kleinen Arbeitszimmer der Spanischen Abteilung, das sie vor weniger als zwei Monaten bezogen hatte und jetzt aufgeben würde – nicht aus einer Laune heraus, sondern nach reiflicher Überlegung –, lag die Ansichtskarte, die Phillip Van Doren ihr geschickt hatte und auf der man in pastellierten Farben das Gästehaus von Burton College mit seinen zwei weißen Säulen vor dem klassizistischen Eingang sah, im Hintergrund den dunkelgrünen Wald unter einem rosa getönten blassblauen Spätnachmittagshimmel. Es war nicht so groß, wie sie es sich vorgestellt hatte, als es schließlich im Scheinwerferlicht auftauchte, am Ende eines lehmigen Weges, auf dem die Räder des Autos durchdrehten, die niedrigen Zweige der Bäume Verdeck und Seitenfenster streiften. Es tröpfelte zwar nur noch, aber sie vergaß, den Scheibenwischer abzustellen. Als sie kein Licht sah, war sie einen Moment lang enttäuscht, aber auch ein wenig erleichtert. Wenn niemand da war, brauchte sie ihre

Verantwortungslosigkeit auch nicht bis zum Ende zu treiben. Da das Unwetter weitergezogen war, konnte sie ihren Weg nach New York fortsetzen, bräuchte nichts zu bereuen und wäre keiner Versuchung mehr ausgesetzt, keine Gefahr könnte ihr mehr etwas anhaben, und ihre Selbstachtung wäre ungebrochen, zumal kein Mensch wusste, dass sie hierher gefahren war, und die letzten Stunden daher keine Spuren hinterlassen würden, als wäre sie nie auf dieser Waldlichtung bei dem Haus gewesen, in dem niemand war, der sie hätte sehen können.

Die ersten Schritte eines Schwachwerdens, das zu nichts führt, hinterlassen noch keine Spuren. Mit Blick in den Rückspiegel zog sie sich die Lippen nach, strich sich das Haar zurück. Dann zog sie mit einem energischen Ruck die Handbremse an und stieg aus, ohne den Motor abzustellen. Der gelbe Lichtstrahl der Scheinwerfer fiel auf die steinernen Eingangsstufen und warf ihren langen Schatten auf die Tür, bevor sie diese erreicht hatte. Vom langen Sitzen taten ihr die Gelenke weh, ihr Mund war leicht geöffnet, ihr Atem ging ruhig, und sie hatte ein wenig das Gefühl, nicht wirklich an dem Ort zu sein, an dem sie war, als befände sie sich in einem Traum, wohl wissend, dass es keiner ist. Sie sah nirgends Licht, trotzdem würde sie klopfen. Eben darum. Ohne sich selbst zu betrügen, konnte sie Dinge tun, die keine Konsequenzen haben würden.

Sie zog an dem Ring einer alten Türglocke, doch nichts rührte sich. Es gab auch eine elektrische Klingel, aber auch als sie darauf drückte, hörte sie nichts. Sie klopfte an die Tür, doch das massive Holz erzeugte kaum einen Klang. Nach einer Weile schloss sie die Hand zur Faust, und als sie gerade wieder klopfen wollte, hielt sie inne. Im Spalt unter der Tür hatte sie Licht wahrgenommen. Sie blieb kerzengerade stehen, die feuchte Waldluft und der Geruch von nassem Laub und nasser Erde strichen an ihren Nasenflügeln entlang, die erhobene Hand öffnete sich.

Am meisten überrascht sie an Ignacio Abel der so europäisch und antiquiert aussehende dunkle Anzug, und wie schmal er geworden ist. Vielleicht liegt es am Licht der Lampe, das die Schatten hervorhebt und seine Augen so tief in den Höhlen liegend erscheinen lässt, wie sie es nicht in Erinnerung hat. Eine angedeutete Bewegung von dem einen lässt den anderen unmerklich zurückweichen. Nicht ganz einen Schritt zurück, aber doch der Ansatz einer Bewegung, etwas mehr als das Weiten einer Pupille, das Zucken einer Wimper. Seltsam der Gedanke, einmal intimen Umgang mit diesem ausländisch wirkenden Fremden mittleren Alters gehabt zu haben, nach dem sie sich kaum umschauen würde, wenn er ihr heute irgendwo in Madrid begegnete, irgendwo im fernen Europa. Judiths Hand, die nicht dazu gekommen ist, ein weiteres Mal an die Tür zu klopfen, streicht jetzt mit gespreizten Fingern die Haarsträhne aus der rechten Gesichtshälfte. Die unwillkürliche Bewegung ist so vollständig sie selbst wie der Anflug ihres Lächelns oder die rasche Unterschrift am Ende eines Briefes. Keiner weiß, wie er sich vor dem anderen bewegen, wie er zu einem natürlichen Tonfall finden soll. Nichts verflüchtigt sich schneller als die körperliche Intimität. Der Graben, der sich zwischen ihnen aufgetan hat in dem Café in Madrid, wo sie sich zum letzten Mal getroffen haben, ist an der Schwelle dieses Hauses noch genauso unüberwindlich, als wäre zwischen ihren beiden Körpern die Luft zerschnitten.

*I'd better turn it off.* Ignacio Abel hat die Bedeutung dieser Worte erst verstanden, als er ihre Handbewegung dazu sieht, ein paar Sekunden nachdem er sie gehört hat. Als Judith ihm den Rücken kehrt und zum Auto zurückgeht, erkennt er wieder die sportliche Lässigkeit ihrer Bewegungen, das Schwingen der Schultern, so wie kurz zuvor ihre Handbewegung. Judiths Gesicht und Anwesenheit dringen so langsam in sein Bewusstsein wie die Worte, die sie gesprochen hat. Die stolze Haltung ihrer Schultern, der leicht zur Seite geneigte Kopf, die von der Hose umspannten Hüften. Der neue Haarschnitt verändert ihr Gesicht so, wie als er sie einmal mit zusammengebundenem Haar gesehen hat, und sie zwar dieselbe war, aber zugleich eine mögliche andere Judith, die er noch begehrenswerter fand, weil sie so überraschend war.

Erst als sie den Motor abstellt und die Scheinwerfer erlöschen, schwindet seine Furcht vor der Gegenwart eines beobachtenden und hereinkommenden Mannes. Judith kehrt zurück, steigt die steinernen Treppenstufen hinauf und tritt wieder in den Lichtkreis der Petroleumlampe. Jetzt lächelt sie ihn beinahe an und sagt etwas, das er erst ganz gehört haben muss, um es für sich zu übersetzen: *Aren't you going to ask me in?*

Da fällt ihm auf, dass er bisher noch nichts gesagt hat. Er schaut sie an, als würde er erst nach und nach ihre Gesichtszüge erkennen, wie als er sie im Dunkeln ertastet, mit geschlossenen Augen ihren Atem, ihre Haut und ihr Haar gerochen hat. Jetzt riecht sie nach sich selbst, nach dem vertrauten Kölnischwasser, nach Müdigkeit und Anspannung nach stundenlanger Fahrt, nach Schweiß und nach dem Leder der Autositze. Und sie riecht nach dem Lippenstift, den sie vor einigen Minuten erst nachgezogen hat. Ignacio Abel betrachtet jeden Zug ihres vergessenen Gesichts, das, was der Erinnerung entfallen ist und was auch die teilweise Lüge eines Fotos nicht zeigt. Wie eine Kränkung sieht er auch das, was neu ist, die Anzeichen eines ihm unbekannten Lebens, das sie in diesen letzten Monaten geführt, den Affront eines erfüllten Daseins, in dem er keine Rolle mehr gespielt hat. Die Möglichkeit, dass Judith mit einem anderen Mann zusammen war, dass sie sich die Haare abgeschnitten hat, um von ihm betrachtet zu werden und seine Zustimmung zu finden, ist viel zu schmerzhaft, als dass sie die Gestalt eines klaren Gedankens annehmen darf.

Unter der Bluse und der eng anliegenden Hose mit den breit auslaufenden Beinen ist ihr herrlicher, jetzt müder Körper ganz nah bei ihm und doch für seine Hände und seine begehrlichen Blicke vollkommen unerreichbar. Der geöffnete Knopf ihrer Bluse, der im Schatten liegende Ansatz ihres Dekolletés, ihr sichtbar zitternder Atem, die leicht geöffneten Lippen, rot und schimmernd unter dem Licht, das müde Gesicht, das sie noch im Rückspiegel gesehen hat, kurz bevor sie ausgestiegen ist, als sie noch einen Moment lang still hinterm Steuer saß und die ganze Müdigkeit und Erschöpfung der langen Fahrt über sich hereinbrechen fühlte, nachdem sie endlich angekommen war an dem großen Haus ohne Licht, das gegen den dunklen Hintergrund des Waldes vor ihr aufragte. Sie ist von einem Gefühl des Mitleids für ihn überrascht worden, weil ihre Wachsamkeit nachgelassen hat; in einem Augenblick der Schwäche, begünstigt von der anstrengenden Fahrt. Ein peinliches Mitgefühl, das ihn beleidigen würde, wenn er es ahnte, und ein Anflug von Zärtlichkeit, die so ganz anders ist als jene von früher, der eher unerklärlichen Vergangenheit von vor erst wenigen Monaten.

Damals wirkte Ignacio Abel nicht älter als vierzig. Als er die Tür öffnete, und mehr noch, als sie vom Auto zurückkam, hat sie einen Mann gesehen, der viel älter ist als sie, hölzern, wie verängstigt, der ihr unter der hochgehaltenen Petroleumlampe ins Gesicht starrt. Der dunkle Nadelstreifenanzug, das doppelreihige Jackett mit den breiten Revers, an das sie sich so gut erinnert – trug er den nicht bei seinem Vortrag in der Residencia, oder war das, als sie ihn bei Van Doren wiedergesehen hatte? –, sieht jetzt aus wie aus dem Secondhandshop. Die Krawatte umschließt einen Hals, der der eines alten Mannes sein könnte. Sie sieht seine Plumpheit, sein unbedingtes, sorgenvolles Hoffen; anstelle der erwartungsvollen Nähe von früher aufdringliches männliches Verlangen und triebhafte Arroganz. Er kommt ihr sogar etwas kleiner vor; aber das liegt an den gebeugten Schultern oder einer resignierten Haltung, die er damals nicht hatte und die zweifellos von dem etwas zu weiten Anzug noch betont wird. Am liebsten würde sie ihm sagen, dass er sich nicht so hängen lassen, dass er die Schultern straffen soll. Sie könnte die Hand ausstrecken und sein Gesicht berühren, den kratzigen Bart spüren, der, wenn sie sich nachmittags trafen, sich schon nicht mehr glatt rasiert anfühlte. In ihren Fingerkuppen spürt sie wieder, wie es war, wenn sie die Finger in sein dichtes Haar gegraben hat, das jetzt grauer geworden ist und nicht mehr so glänzt, wie als er es straff nach hinten gekämmt hatte. »Darf ich hereinkommen?«, fragt sie jetzt, ins Spanische wechselnd, und das offene Lächeln in ihrem Gesicht ist eine Art Aufschub, fast ein Willkommen in diesem Teil der Welt, in dem er sich jetzt befindet. »Ich müsste dringend mal dein Bad benutzen.«

Er hört die Schritte im oberen Stockwerk, über seinem Kopf. Er lauscht: hört sie lange urinieren, dann das Wasser in den Leitungen rauschen und aus dem Wasserhahn plätschern. Wenn er auf dem Bett lag, hörte er zu, wie sie sich in dem schäbigen Badezimmerchen bei Madame Mathilde wusch, drehte dann den Kopf zur Seite, um sie nackt herauskommen zu sehen, nach der Seife und dem Parfüm duftend, die sie in ihrem Waschbeutel mitgebracht hatte, um nicht die Seife des Hauses benutzen zu müssen, obwohl Madame Mathildes Hausmädchen immer ein neues Stück Heno de Pravia bereitlegte, bevor sie das Zimmer betraten. Sie wollte die Gerüche dieses Hauses weder auf ihrer Haut noch an ihren Kleidern haben, wenn sie gingen. Bevor sie sich auf die Toilette setzte, schloss sie die Tür und drehte den Wasserhahn auf. Sie sagte, sie schäme sich, wenn er sie höre. Die sexuelle Erregung kommt überraschend, herbeigeführt durch die Erinnerung und durch Judiths Anwesenheit im Stockwerk über ihm, in diesem riesigen Haus, in dem vor wenigen Minuten noch eine andere menschliche Nähe undenkbar schien, es nur knarrende Dielen und gurgelnde Luft in Heizungsrohren gab, aber keinesfalls klappernde Absätze von Frauenschuhen oder der Klang einer menschlichen Stimme.

Sie hat gesagt, ihr sei kalt und sie komme um vor Hunger. Während er ihren Geräuschen im Badezimmer lauscht, hat er das Kaminfeuer in der Bibliothek wieder angefacht und aus Speisekammer und Kühlschrank etwas zu essen geholt. Trotz seiner Ungeschicklichkeit in diesen Dingen hat das Holz im Kamin schnell zu brennen begonnen, weil noch Glut unter der Asche des Feuers war, das die Putzfrau am Morgen angezündet hatte. Die Flammen erfüllen die Bibliothek mit einem rötlichen Schein, in dem die Schatten hin und her wogen wie Wasserpflanzen. Den Wald sieht man jetzt nicht mehr. Die Fensterscheiben sind Spiegel, in denen Ignacio Abel von seinem Schatten begleitet wird, als er mit dem für Männer typischen und im flackernden Licht noch deutlicher erkennbaren Mangel an Gleichmut Dinge herbeiholt: abgeschnittene Scheiben Salami und Roggenbrot, einen duftenden Apfel, die Tischdecke, die die Putzfrau für sein Frühstück aufgelegt hat, Messer und Gabel, eine Serviette, ein Glas Wasser. Im Kühlschrank entdeckt er auch noch ein kaltes Bier und wird nervös, als er in den Schubladen keinen Flaschenöffner findet. Aber die Verrichtungen haben seinen Kopf frei gemacht, ihm einen gewissen Sinn für die Realität zurückgegeben, während er darauf wartet, dass Judith herunterkommt, ihren Schritten lauscht: Zuerst hört das Wasser auf zu laufen, dann wird die Badezimmertür geschlossen, jetzt geht sie über den Flur, langsameren Schritts als gewöhnlich, da sie sich den Weg mit einem Kerzenlicht suchen muss, sie kommt die Treppe hinunter. Sie sieht ihn am Feuer stehen und möchte ihn am liebsten schütteln, damit er aufwacht, und sei es nur, um wieder den Mann zu sehen, von dem sie sich, ihren ganzen Mut und Stolz zusammennehmend, hat losreißen müssen, weil er ihr Lügen oder halbe Wahrheiten erzählt hat, die sie zu glauben beschloss, indem sie die Augen genauso vorsätzlich zumachte, wie sie sich von ihm in seinem Auto umherfahren ließ, ihr Schamgefühl genauso aussetzte wie die Planung ihres Lebens, sich im Autositz rekelte, während seine Rechte ihre Hand suchte oder sie zwischen den Schenkeln streichelte, dabei Musik aus diesem Radioapparat hörend, der ihn mit einem kindlichen Stolz erfüllte, genau wie die Pferdestärken des Motors oder die lederbezogenen Sitze, die er ebenso nach Maß hatte fertigen lassen wie seinen Anzug und seine Schuhe, wie seine Hemden mit dem aufgestickten Monogramm.

Der Zorn auf ihn hatte ihr damals eine Sicherheit verliehen, die sie jetzt vermisst. Wenn von ihm nicht die Spur einer Gefahr mehr ausgeht, bleiben ihr nur noch Verantwortung und Bedauern für das eigene Tun in der Vergangenheit, für das, was beinahe geschehen wäre. Die Frau mit den breiten Hüften und den grauen Strähnen im Haar, die freiwillig in das trübe Wasser eines Stausees gegangen war, tödlich beleidigt durch die Entdeckung eines Betrugs, an dem Judith beteiligt war; bei dem sie mitgemacht hatte, obwohl ihr trotz aller Verliebtheit immer klar gewesen war, dass sie einen Fehler beging. Als sie die beiden in der Residencia zum ersten Mal zusammen gesehen hatte, hatte sie gedacht, Ignacio Abel sei jünger als Adela. Jetzt betritt sie die Bibliothek und sieht ihn im Schein des Kaminfeuers so, als hätte die Zeit eine Abkürzung genommen und sein Alter dem seiner Frau angeglichen, und als gehörte auch er zur Welt der katholischen Mittelschicht von Madrid, die sie sonntagmorgens aus der Kirche strömen und in die Konditoreien der Carrera de San Jerónimo hatte einfallen sehen, die würdigen Ehepaare, dunkel gekleidete Männer und Frauen, sie mit Schleiern vor dem Gesicht und Heiligenmedaillons um den Hals.

Sie möchte ihn schütteln, um wieder die Gefahr zu spüren und dass sie immer noch fähig ist, ihn zurückzuweisen; oder um sich Anwandlungen von Mitleid zu ersparen, eine Ahnung von dumpfem Groll sexueller Resignation. Seine Beschämung, Judith verloren zu haben, von ihr nicht mehr begehrt zu werden; der dünne Faden, an dem die Fiktion seiner Männlichkeit gehangen hat, von der Furcht vor Entdeckung und dem Kriegsleid noch zusätzlich angegriffen. Der Krieg ist auch in seinen Augen zu sehen, denkt sie, in seiner Antriebs- und Glanzlosigkeit; demütigend auch dies. Dass er seinen Charme verloren hat, ist ebenso empörend wie die Kraftlosigkeit in seinen Schultern und Armen, der Ansatz von schlaffer Haut unter dem Kinn.

»Ich sehe dich an und kann nicht glauben, dass du hier bist.«

»Ich kann auch wieder gehen.«

»Warum hast du dann die Fahrt hierher auf dich genommen?«

»Es lag sozusagen auf dem Weg. Ich musste nur von der Hauptstraße abbiegen.«

»Du kannst über Nacht bleiben. Zimmer gibt es hier genug.«

»Was werden deine Kollegen denken, wenn sie mich morgen früh hier herauskommen sehen? Du weißt doch, wie das in diesen Kleinstädten ist. In Wellesley ist es nicht anders. Man erfährt alles, und man redet über alles. Wie in einem Roman von Pérez Galdós, nur mit Professoren.«

»Dann hättest du nicht zu kommen brauchen.«

»Ich fahre weiter, sobald ich etwas gegessen und mich ein wenig ausgeruht habe. In zwei Stunden kann ich in New York sein.«

»Musst du denn heute nicht unterrichten?«

»Ich habe gekündigt.«

»Aber du hast doch die Stelle erst seit Kurzem.«

»Phil Van Doren hält dich offensichtlich auf dem Laufenden.«

»Stimmt es, dass du für Salinas arbeitest?«

»Gearbeitet habe. Ich weiß, dass er dir nicht besonders sympathisch ist, aber er erinnert mich sehr an dich.«

»Lässt er seine Frau und seine Kinder nachkommen?«

»Das weiß er noch nicht. Er ist nicht sicher, ob im nächsten Jahr sein Vertrag verlängert wird. Er verzweifelt, wenn Briefe oder Nachrichten aus Spanien ausbleiben, und er verzweifelt noch mehr, wenn sie eintreffen. An Orten wie diesen vereinsamt man schnell.«

»Ich bin gestern erst gekommen und habe schon das Gefühl, lange hier zu sein.«

»Der arme Professor Salinas; er hat mir gesagt, wie sehr er Madrid vermisst. Wann immer er kann, entwischt er für ein Wochenende nach New York. Aber er meint, am schwersten fällt es ihm, zum Essen keinen Wein zu haben ...«

»Will er nach Spanien zurück?«

»Und du? Du bist doch gerade erst raus. Du hast mehr Informationen als er.«

»Ich lese die Zeitungen hier und höre Radio; alle Welt scheint ja überzeugt davon, dass Franco jeden Tag in Madrid einmarschiert.«

»Noch ist er es nicht. Mit etwas Glück wird er es auch nie.«

»Woher willst du das wissen? Was macht dich so sicher?«

»Ich glaube nicht, dass amerikanische Zeitungen und Radiosender die Wahrheit sagen. Sie gehören Großunternehmen, und die haben Franco vom ersten Tag an unterstützt, genau wie die katholische Kirche.«

»Das sind ja Töne, die ich gar nicht von dir kenne. Du sprichst genauso wie die auf dem *meeting* vor ein paar Tagen in New York.«

»Du warst da? Letzten Samstag? Auf dem Union Square?«

»Ich habe allen Frauen ins Gesicht geschaut, in der Hoffnung, dich dort zu finden.«

»Dich da anzutreffen wäre das Letzte, das ich erwartet hätte.«

»Ich habe die Hoffnung nie aufgegeben, seit du mich in dem Café zurückgelassen hast.«

»Es war bewegend, der ganze Platz voller Menschen, manche waren sogar auf die Bäume und die Statue von George Washington geklettert. Ich habe die Fahne der Republik gesehen, die Riego-Hymne gehört und die *Internationale* und habe geheult wie ein Kind.«

»Es war gut gemeint, aber niemand wird uns helfen. Sie behandeln uns, als hätten wir die Pest, als wären wir Aussätzige. In einem Hotel in Paris wollten sie mir kein Zimmer geben, als sie meinen spanischen Pass gesehen haben. Sie haben wohl gedacht, ich bringe Flöhe mit. Unter zivilisierten Menschen scheint es Konsens zu sein, dass am besten ist, die Spanier sich selbst zu überlassen, bis wir uns gegenseitig alle umgebracht haben. Sie schauen uns an wie früher die Touristen, als sie noch zu den Stierkämpfen kamen, um sich zu begeistern und zu gruseln und sich hinterher in dem Gefühl sonnen zu können, Gott sei Dank keine solchen Barbaren zu sein wie wir. Leider haben sie nicht einmal so unrecht, bei dem Spektakel, das wir ihnen heute bieten.«

»Es ist nicht recht, so etwas zu sagen. Das Militär und die Falangisten haben gegen die Republik geputscht. Und sie sind nur deshalb noch nicht geschlagen, weil Hitler und Mussolini ihnen helfen.«

»Du redest schon wieder wie auf einem *meeting*.«

»Ist es nicht die Wahrheit?«

»Die Wahrheit ist so kompliziert, dass niemand sie hören will.«

»Wenn du sie kennst, erkläre sie mir.«

»Vielleicht bin ich deshalb gegangen, um sie nicht sehen zu müssen. Aus der Nähe betrachtet, ist die Wahrheit eine hässliche Sache.«

»Ich glaube nicht, dass du mit geschlossenen Augen durchs Leben gehen könntest.«

»Wenn du dich da bloß mal nicht täuschst. Die meisten Menschen tun es, und es fällt ihnen nicht einmal schwer. Und damit meine ich nicht die Menschen außerhalb von Spanien, die letztlich nichts vom Krieg mitkriegen müssen, nichts über ihn in der Zeitung lesen, weil er sie weniger interessiert als ein Fußballspiel. Ich kenne sogar in Madrid eine ganze Menge Leute, die es geschafft haben, nichts von dem mitzubekommen, was um sie herum passiert, oder zumindest so tun, als wüssten sie es nicht. Sie leben einfach ihr normales Leben weiter, ob du es glaubst oder nicht. Sie kleiden sich nach der aktuellen Mode und unterhalten sich im neuesten Jargon. Und ich könnte mir vorstellen, dass ich mich auch daran gewöhnt hätte, wenn ich dageblieben wäre. Jedenfalls, wenn ich Glück gehabt hätte und nicht umgebracht worden wäre.«

»Warum sollte man dich umbringen wollen?«

»Aus einem nichtigen Grund, aus einer Laune heraus oder irrtümlich, oder auch einfach so, zufällig. Einen unbewaffneten, friedlichen Menschen zu töten ist das Einfachste der Welt. Du kannst dir nicht vorstellen, wie einfach. Niemand kann das, bis er es nicht selbst gesehen hat. So wie man diese Kerze ausmacht. Es sei denn, der, der einen umbringen will, stellt sich ungeschickt an oder ist nervös oder weiß gar nicht, wie sein Gewehr funktioniert. Dann kann es ewig dauern. Wie beim Stierkampf, wenn die Schlächter mit dem Degen nicht treffen und auch mit dem Dolch nicht.«

»Die Zeitungen hier veröffentlichen schreckliche Lügen über das, was in Madrid passiert.«

»Einige dieser Lügen sind wahr. Einige der schlimmsten.«

»Die anderen verüben noch schlimmere Verbrechen. Sie haben angefangen. Sie tragen die Schuld.«

»Sie tragen ihre Schuld, wir die unsere.«

»Vernunft und Gerechtigkeit sind auf eurer Seite.«

»Mit solchen abstrakten Begriffen kann ich nichts anfangen. Früher hast du sie nicht benutzt.«

»Aber du. An dem Nachmittag, als wir in der Bar des Hotels Florida gesessen und uns so lange unterhalten haben. Die Ernsthaftigkeit, mit der du gesprochen hast, ist mir aufgefallen. Du hattest dich darüber geärgert, dass Phillip Van Doren so abfällig über die Republik gesprochen und auf seine snobistische Art die Sowjetunion und Deutschland hochgelobt hatte. Du hast gesagt, du seist Republikaner, weil du an die Vernunft und die Gerechtigkeit glaubtest. Dein Ungestüm hat mir gefallen.«

»Ich kann mich gar nicht erinnern, dass wir über solche Dinge gesprochen haben.«

»Denkst du heute anders darüber?«

»Ich denke, dass man Vernunft und Gerechtigkeit nicht mit Mord und Totschlag durchsetzen kann.«

»Wer angegriffen wird, hat das Recht, sich zu wehren.«

»Auch das Recht, Unschuldige umzubringen?«

»Ich hatte Angst, dir könnte etwas zustoßen.«

»Dann hast du also nicht geglaubt, dass alles, was man erzählt hat, gelogen war.«

»Warst du in Gefahr?«

»Du hättest mir schreiben können, um mich zu fragen.«

»Ich frage dich jetzt.«

»Sie haben mich abgeholt und wollten mich umbringen. Durch Zufall bin ich im letzten Moment gerettet worden. Du wirst verstehen, dass ich nicht erpicht darauf bin, zurückzukehren.«

Sie müssen wieder lernen, miteinander zu sprechen, den richtigen Ton zu finden, der die Fremdheit glättet, sich auf natürliche Weise voreinander zu bewegen, langsam, wie man nach einem schweren Verkehrsunfall wieder laufen lernen muss, wenn man feststellt, dass nach so kurzer Zeit schon die Beinmuskeln schlaff geworden sind und man sich ans Gehen erst wieder gewöhnen muss. Die Augen haben verlernt, dem Blick des anderen standzuhalten; der Mund formt in der anderen Sprache mühsamer Wörter, die ganz gängig waren und jetzt, wenn man sie aussprechen will, nicht mehr zur Verfügung stehen. Es liegt vielleicht gar nicht einmal daran, dass sie beide sich in so kurzer Zeit fremd geworden sind, sondern dass sie sich zum ersten Mal in einem nüchternen Licht sehen, das nicht von blindem Verlangen getrübt ist. Was der eine vom anderen nicht kennt, ist die Wirklichkeit, die er nicht sah, als er sie beinahe täglich vor Augen hatte, und nicht die Veränderungen, die in Abwesenheit eingetreten sind.

Zuerst einmal mussten sie sich betasten, neutrale Fragen stellen. Wie ich sehe, hast du dir das Haar abgeschnitten; heute Morgen, bevor ich losgefahren bin, gefällt es dir?; sicher; nein, es gefällt dir nicht; ich muss mich noch daran gewöhnen; deines hast du immer länger getragen, es war welliger; ich hatte hier noch keine Zeit, zum Friseur zu gehen. Keiner von ihnen hat bisher den Namen des anderen ausgesprochen. Manchmal, so scheint es, kommt die Unterhaltung in Fluss, doch dann breitet sich ohne Grund wieder Stille aus; sie zählen fast die Sekunden, die es braucht, bis wieder Worte zu hören sind, als hätten sie beide keinen Einfluss auf sie. Eine Nuance, ein nur angedeuteter Klang von Vertraulichkeit, geht daneben. Ein einzelner Satz klingt wie auswendig gelernt, als sollte er auf einer Bühne gesprochen werden, wie eine allzu wörtliche Übung für gute Manieren im Sprachunterricht.

*May I use the bathroom?*, hatte sie gefragt, als sie ins Haus gekommen waren, als er die Tür wieder geschlossen hatte und sie allein in der Diele standen. Während sie aß, hat er sie von der anderen Seite des Tisches still beobachtet, immer noch mit dieser etwas unpassenden Förmlichkeit von dunklem Anzug und Krawatte, erleichtert, dass sie ihn nicht anschaut, eine junge, gesunde Frau, die mit Appetit ihren Hunger stillt, nachdem sie mehrere Stunden Auto gefahren ist, die ihr Bier direkt aus der Flasche trinkt, amerikanischer, als er sie in Erinnerung hat, jetzt, da er sie in ihrem eigenen Land sieht. Sie hat die geschnittene Salami zwischen zwei Scheiben Brot gelegt und schlingt sie mit entschlossenen Bissen hinunter. Sein Verlangen nach ihr ist dem körperlichen Schmerz näher als dem Sexualtrieb, den er im Moment auch gar nicht spürt. Ein Ansatz von Schmerz in den Gelenken und im Magen, der Stachel von etwas Unmöglichem. Da er ihr keine Serviette hingelegt hat, wischt sie sich mit dem Handrücken über die Lippen.

Was ihm unbekannt und fremd an ihr ist, muss an der vereinnahmenden Existenz eines anderen liegen. Das Empfinden von Eifersucht ist eine körperliche Qual, eine giftige Substanz, die sich durch den Blutkreislauf bewegt. Auf den Fotos und in der Erinnerung war Judiths Schönheit immer ein wenig verschwommen, als würde man sie durch einen Schleier sehen. Das Wort »Schönheit« ist nicht unbedingt auf die Frau anzuwenden, die Ignacio Abel jetzt vor sich sieht, mit ihrem etwas unordentlich geschnittenen Haar, dem schlichten Hemd, keine Ringe an den Fingern, die das Roggensandwich halten und ganz selbstverständlich die Bierflasche aufgemacht haben. Es ist jetzt etwas Unfertiges, Ursprüngliches in ihren deutlicher hervortretenden Gesichtszügen: die Nase, der große Mund, das ausdrucksvolle Kinn, die harte Rundung des Wangenknochens. So gefällt sie ihm noch mehr, mehr denn je. Am meisten gefällt ihm, was er nicht erwartet hat, weil er sich nicht daran erinnern konnte; was er früher nicht gesehen hat, jetzt jedoch sieht. Weil die Hoffnung fehlt und weil er weiß, dass er Judith Biely verloren hat, kann er sich in schmerzlicher Objektivität gefallen. Dass sie da ist, reicht ihm: das unerwartete Geschenk, ihr nah zu sein. Von so weit her ist er gekommen, nur um sie anzusehen.

»Sieh mich nicht so an.«

»Wie sehe ich dich denn an?«

»Als wäre ich ein Gespenst. Oder als würde ich beim Essen Geräusche machen.«

»Ich sehe dich an, weil ich nie müde werde, dich anzusehen. Weil ich dich so sehr vermisst habe, dass ich gar nicht glauben kann, dich wirklich vor mir sitzen zu sehen.«

»Ich bin gar nicht sicher, ob du wirklich mich siehst, wenn du mich ansiehst. Das war von Anfang an so. Du hast mir in die Augen geschaut, und ich hatte den Eindruck, du bist ganz woanders, irgendwo in deiner Welt, mit den Gedanken vielleicht bei deiner Arbeit oder bei deinen Kindern, die Fieber hatten, oder bei deiner Frau oder den Lügen, die du ihr auftischen würdest, wenn du nach Hause kamst, oder bei deinem schlechten Gewissen, weil du unaufrichtig zu ihr warst. Wenn du mich angeschaut hast, ist dein Blick manchmal abgeschweift, vielleicht nur für eine Sekunde, aber ich habe es gemerkt. Wir haben uns in diesem Zimmer von Madame Mathilde geküsst, und im Spiegel, der vor dem Bett stand, habe ich dich einen Blick auf die Uhr werfen sehen, die auf dem Nachttisch stand. Eine kleine Bewegung nur, aber mir ist sie nicht verborgen geblieben. Ich habe dich nie aus den Augen gelassen. Ich glaube an den, der du wirklich bist, nicht an den, den ich mir in meinen Träumen hätte vorstellen können. Und wenn ich deine Briefe gelesen habe, wäre ich am liebsten losgelaufen und mit dir ins Bett gegangen, ich fühlte mich dann genauso berauscht, wie wenn wir an einem Kiosk unser geliebtes eiskaltes Bier getrunken haben. Aber wenn ich sie später zum zweiten Mal gelesen habe, kamen mir Zweifel, genauso wie wenn du mich angeschaut hast; ich war mir nicht mehr sicher, ob du sie wirklich an mich geschrieben hast. Sie waren immer so beliebig. Du schriebst von deinen Gefühlen zu mir, von unserer Liebe, als würden wir in einer abstrakten Welt leben, in der es sonst nichts gab, niemanden außer uns. Über zwei Seiten hast du mir von dem Haus geschrieben, das du für uns bauen wolltest, und ich fragte mich: Wo? Wann? Versprich mir, dass du nicht ärgerlich wirst, weil ich dir das alles sage.«

»Versprochen.«

»Du wirst ärgerlich werden. Manchmal dachte ich, du würdest mir irgendwie lustlos schreiben, als würdest du dich dazu verpflichtet fühlen, als würde ich das erwarten. Du hast dich immer über die schwülstigen Artikel der Intellektuellen in *El Sol* lustig gemacht, aber deine Briefe waren auch nicht viel anders. Du hast mir erzählt, was du für mich empfindest, aber meine Fragen hast du mir nicht beantwortet. Ich musste oft an eine Redewendung denken, die du mir erklärt hattest: etwas auf die lange Bank schieben. Du hast deine Antworten immer auf die lange Bank geschoben, um dich nicht zu unserem Leben in der Wirklichkeit äußern zu müssen. Und es stimmt; soviel wir auch geredet und uns Briefe geschrieben haben, über konkrete Dinge haben wir nie gesprochen. Immer nur über uns beide, in den Wolken schwebend, in der Zeit. Nie über die Zukunft, und bald auch so gut wie nie über die Vergangenheit. Angeblich warst du total verliebt in mich; aber wenn ich dir etwas ausführlicher aus meinem Leben erzählt habe, warst du bald mit deinen Gedanken woanders. Und wenn ich meinen Exmann bloß erwähnt habe, hast du gleich das Thema gewechselt.«

»Der Gedanke, dass du mit einem anderen Mann zusammen warst, hat mich eifersüchtig gemacht.«

»Du wärst weniger eifersüchtig gewesen, wenn du mir Gelegenheit gegeben hättest, dir zu sagen, dass mein Ehemann und auch alle anderen Männer mir nicht halb so viel bedeutet haben wie du.«

»Es hat also noch mehr Männer gegeben.«

»Klar hat es das. Hätte ich in einem Kloster darauf warten sollen, dass du mir erscheinst?«

»Ich konnte den Gedanken nicht ertragen, dich mit einem anderen Mann zusammen zu wissen. Das kann ich immer noch nicht.«

»Ich musste nicht nur den Gedanken, sondern die Tatsache ertragen, dass du, nachdem du mit mir zusammen gewesen warst, kein Problem damit hattest, mit deiner Frau ins Bett zu gehen.«

»Wir haben uns schon seit Ewigkeiten nicht mehr angefasst.«

»Aber du warst bei ihr und nicht bei mir. Im selben Zimmer, im selben Bett. Während ich allein in mein Pensionszimmer zurückging und nicht einschlafen konnte, und wenn ich das Licht angemacht habe, konnte ich nicht lesen, und wenn ich mich an die Schreibmaschine gesetzt habe, konnte ich nicht schreiben, nicht einmal einen Brief. Und wenn ich meiner Mutter schrieb, konnte ich ihr nicht sagen, dass das ganze Opfer, das sie für mich gebracht hatte, nur dazu gut gewesen war, dass ein verheirateter Spanier eine amerikanische Geliebte bekommen hatte, die viel jünger war als er.«

»Van Doren hat mir gesagt, deine Mutter sei gestorben.«

»Seltsam, dass du nach ihr fragst.«

»Ich wollte immer, dass du mir alles aus deinem Leben erzählst.«

»Aber wenn ich zu erzählen begonnen habe, warst du schon bald nicht mehr bei der Sache. Es war dir nicht bewusst, und du erinnerst dich nicht mehr, aber du warst ein ungeduldiger Mann. Aus diesem oder jenem Grund warst du immer in Eile, nervös. Als wären deine Gedanken an mehreren Stellen gleichzeitig. Im Bett hast du dich manchmal auf mich geworfen, und dann konnte man den Eindruck haben, du hättest vergessen, dass ich bei dir war. Nachdem du gekommen bist, hast du die Augen aufgemacht, als wärst du gerade aufgewacht.«

»Das ist deine ganze Erinnerung?«

»Nicht nur. Du konntest auch sehr zärtlich sein. Andere Männer tun nichts, um dazuzulernen.«

»Ich war verrückt nach dir.«

»Oder nach jemandem, den du dir vorgestellt hast, die aber nicht ich war. Beim Lesen deiner Briefe bin ich oft ins Grübeln geraten und habe gedacht, dass sie ebenso gut an eine andere gerichtet sein könnten. Ich fühlte mich geschmeichelt, dass ich dich zu solchen Worten inspirierte; aber manchmal konnte ich sie auch nicht glauben. Du hast mich angesehen, und ich wusste nicht, ob wirklich ich es war, die du sahst.«

»Wen sonst sollte ich sehen?«

»Eine Ausländerin, eine Amerikanerin. Eine dieser Frauen, die man in Filmen und auf Werbeplakaten sieht, die immer schon deine Fantasie angeregt haben, wie du mir erzählt hast. Du hast mich immer gerne angeschaut, aber nicht immer den Eindruck gemacht, als müsstest du unbedingt auch mit mir sprechen. In deinen Briefen warst du viel sprachgewandter.«

»Sehe ich dich jetzt genauso an wie damals?«

»Deine Augen sind anders. Als du die Tür geöffnet hast, schienst du mir ein anderer Mann zu sein. Jetzt erkenne ich dich allmählich wieder, wenn auch immer noch nicht ganz. Ich sehe dich nicht mehr heimlich auf die Uhr schauen.«

»Was willst du eigentlich in New York?«

»Der spanische Mann mit seinen Fragen.«

»Triffst du da deinen Liebhaber?«

»Wie sprichst du eigentlich mit mir?«

»Du hast mir gesagt, du könntest dir nicht vorstellen, mit einem anderen Mann zu schlafen.«

»Wenn ich alles aufzählen wollte, was du mir gesagt hast.«

»Ich war nicht derjenige, der einfach verschwunden ist. Ich habe nicht versprochen, dich zu treffen, und bin dann nicht gekommen.«

»Willst du das jetzt wirklich diskutieren? Ich bin nicht einfach verschwunden. Ich habe dir einen Brief geschrieben und erklärt, wie ich mich gefühlt und was ich gedacht habe. Warum ich dich nicht wiedersehen konnte. Ich habe dir nichts verheimlicht, und ich habe dich nicht belogen.«

»Du hast den Brief dagelassen, obwohl du wusstest, dass ich im Zimmer auf dich warte.«

»Das hat jetzt nichts mehr zu bedeuten.«

»Du hättest wenigstens diesen Nachmittag noch mit mir verbringen können. Du hast gewusst, dass ich auf dich warte, und warst so gefühllos, mich dort sitzen zu lassen. Hast wahrscheinlich geflüstert, um von mir nicht gehört zu werden. Hast

Madame Mathilde sicher ein dickes Trinkgeld gegeben, damit sie mich hinhält.«

»Wäre ich zu dir ins Zimmer gekommen, hätte ich vielleicht nicht mehr die Kraft gefunden, dich zu verlassen.«

»Wärst du an diesem Nachmittag zu mir gekommen, hätte ich alles aufgegeben und wäre mit dir gegangen.«

»So wie in diesem Gedicht, das dir immer unglaubwürdig erschien? Sag mir keine Dinge, die nicht wahr sind. Das hat mich immer beleidigt: dass du mir Lügen erzählt hast. Dass du mir gesagt hast, Ja, obwohl wir beide wussten, dass es Nein war. Es gibt keinen Grund mehr zu lügen. Wir sind beide allein hier in diesem Haus, und ich werde bald gehen.«

»Hast du Madrid in der Nacht noch verlassen? Warst du bei Van Doren?«

»Ich hatte wirklich Angst. An beinahe jeder Straßenecke wurde ich angehalten und musste meine Papiere vorzeigen, aber ich hatte meinen Pass gar nicht dabei, warum auch. Es war unmöglich, die Pension zu erreichen. Irgendwie ist es mir gelungen, auf eine Straßenbahn aufzuspringen und auf dem Trittbrett mitzufahren. Ich wollte raus aus der Stadt, und ich wollte zu dir, damit du mich beschützt. Da siehst du, wie weit es her war mit meinem Entschluss, dich zu verlassen, und mit meiner Abenteuerlust. Als ich schließlich in meiner Pension war, wollte ich Phil oder die Botschaft anrufen, aber das Telefon funktionierte nicht, oder nur manchmal. Ich habe ein paarmal bei dir zu Hause angerufen, aber du hast nie abgenommen.«

»Ich habe ganz Madrid nach dir abgesucht.«

»Gut für mich, dass du mich nicht gefunden hast.«

»Wärst du wirklich bei mir geblieben?«

»Du bist immer noch derselbe. Du willst, dass ich Ja sage, damit du dich geschmeichelt fühlen kannst.«

»Jedenfalls sagst du mir nicht, warum du nach New York willst.«

»Ich verreise. Nach Übersee.«

»Du triffst dich mit einem anderen.«

»Ist das das Einzige, was du dir für mich vorstellen kannst? Interessiert dich gar nicht, was mich sonst noch bewegen könnte?«

»Und was ist mit deiner Arbeit in Wellesley?«

»Da habe ich gekündigt.«

»Um wohin zu gehen?«

»Nach Spanien.«

Sie hat so schnell geantwortet, dass sie selbst überrascht ist, diese Worte zu hören, die sie nicht sagen wollte, die sie bisher noch niemandem gesagt hat. Die Stille danach hat eine neue Qualität, von Widerhall und Warten, von Wachsamkeit, während ihre Blicke erstarren, ineinander verschlungen sind. Jeder nimmt das kleinste Zucken im Gesicht des anderen wahr, beide registrieren diese besondere Stille und die Geräusche dahinter, das Knistern des Feuers im Kamin, die ersten sporadischen Tropfen eines gleichmäßigen Regens, der wieder eingesetzt hat und die ganze Nacht anhalten wird, jedoch ohne das Heulen des Windes; beider Atmen. Jeder wartet darauf, dass der andere zu sprechen beginnt, wenn er Luft holt, wenn er schluckt. Unwillkürlich haben sie ihre Stimmen gesenkt und sitzen regungslos da, Judith hat nicht aufgegessen und rührt die Reste nicht mehr an, richtet sich entschlossen auf, jetzt, da sie gesagt hat, was sie vielleicht besser verschwiegen hätte, was besser erst bekannt geworden wäre, wenn aus der Absicht unumkehrbare Tatsache geworden wäre und jeder Versuch, sie davon abzubringen, zu spät käme. Ignacio Abel tiefernst, die Hände an der Tischkante übereinandergelegt, die knochigen Hände, die so wenig zur Zärtlichkeit geeignet erscheinen wie sein abgemagerter Körper, wie seine steife Haltung in würdevoller Kapitulation.

Ein Fahrgast in dem Zug, den sie – immer noch schweigend – endlos lange vorbeifahren hörten, hätte zwischen den abwechselnden Schatten der Bäume von ferne das erleuchtete Fenster sehen, aber nicht die beiden menschlichen Gestalten darin erkennen können. Jemand, der sich näherte im stetig fallenden Nieselregen, der durch sein Auftreffen auf die Blätter ein leises Rauschen erzeugte, hätte verwundert die beiden schweigenden Gestalten an dem großen, ehrwürdigen Tisch sitzen sehen, beide einander zugewandt, als stünde jeder im Begriff, etwas zu sagen oder ein Geheimnis zu erfahren. Er würde das Haus betreten und geräuschlos die dunkle Diele durchqueren, und selbst wenn er ganz nah an die angelehnte Tür der Bibliothek heranginge, durch die der vom Kaminfeuer ausgehende schwache Lichtschimmer und ein Hauch von warmer Luft dringt, würde er nichts anderes hören als ein immer wieder von Schweigen unterbrochenes Wispern von Stimmen, aus dem mit der Zeit einzelne Worte unterscheidbar wären, auf Spanisch oder Englisch, das Geheimnis ihres Lebens und ihres Zusammentreffens, mit dem bis vor ganz kurzer Zeit keiner von beiden gerechnet hat.

Die Mauern des Hauses, die Einsamkeit des Waldes und das Dunkel der Nacht beschützen sie jetzt in ihrer unverletzlichen Intimität, in der nur Platz für die beiden Liebenden ist und zu der sie zurückgekehrt sind, obwohl sie es jetzt noch nicht wissen, obwohl sie sich nicht berühren und im Glanz der Augen des anderen eine unüberwindbare Verschlossenheit erahnen, die nicht einmal das schamloseste Geständnis würde aufbrechen können. Sie umkreisen sich mit Blicken und Worten, belauern sich, warten ab, wer die Stille am längsten erträgt. Zwischen dem leicht schmatzenden Geräusch sich öffnender Lippen und dem Klang des ersten Wortes gibt es einen leeren Raum des Erwartens. Von dem, was im nächsten Augenblick gesagt wird oder ungesagt bleibt, hängt die nächste Zukunft deines Lebens ab, deine gesamte Zukunft. Judith hat tief eingeatmet und einen Moment lang die Augen geschlossen, als wollte sie Mut sammeln, die Luft horten, die nötig sein wird, um ihre Worte so deutlich und unverzagt klingen zu lassen, wie sie in ihren Gedanken klingen.

»Das hätte ich mir denken können.«

»Versuch nicht, es mir auszureden. Sag gar nichts. Jeden Grund, den du mir nennen könntest, nicht zu gehen, habe ich schon oft gehört und mir selbst schon genannt. Ich werde meine Meinung nicht ändern. Wenn du anfängst, mir zu sagen, was ich schon weiß, das du mir sagen wirst, stehe ich auf und gehe. Seinen Prinzipien muss man treu bleiben. Ich kann mein Gewissen nicht beruhigen, indem ich hin und wieder an einer Veranstaltung für die Spanische Republik teilnehme oder mit einer Sammelbüchse auf die Straße gehe, um Spenden für sie zu sammeln. Ich will nicht anders handeln, als ich denke. Ich will nicht in der Zeitung lesen oder im Radio hören oder im Kino in der Wochenschau sehen, was die Faschisten in Spanien anrichten, und hinterher mein Leben weiterleben, als wäre nichts passiert. So einfach ist das.«

»Aber was willst du tun? Madrid fällt.«

»Warum bist du da so sicher? Damit du weniger Gewissensbisse haben musst, weil du fortgegangen bist? Die Sowjetunion hat angefangen, Hilfslieferungen zu schicken. Heute Morgen habe ich im Radio gehört, dass die Franzosen ihre Grenze öffnen, damit die Waffenlieferungen durchkommen. Es passieren Dinge, über die die Zeitungen nichts berichten. Es gibt Tausende von Freiwilligen, die in diesem Moment auf dem Weg nach Spanien sind.«

»Und was tun sie, wenn sie da sind? Du weißt nicht, wie es da zugeht. Mein Land ist ein einziges Irrenhaus, ein Schlachthof. Wir haben weder eine Armee noch irgendeine Art von Disziplin. Wir haben kaum noch eine Regierung.«

»Ich habe dich noch nie in der ersten Person Plural reden hören, wenn es um Politik ging…«

»Das ist mir noch gar nicht aufgefallen. Damit muss ich wohl angefangen haben, nachdem ich aus Spanien raus bin.«

»Es ist noch nicht alles verloren.«

»Du weißt nicht, was Krieg heißt.«

»Hör auf, mir zu sagen, was ich alles nicht weiß. Ich werde hingehen und es herausfinden.«

»Du willst dich also den Milizen anschließen.«

»Sprich nicht in diesem Ton mit mir.«

»Ich weiß nicht, in welchem Ton ich mit dir spreche.«

»Als hätte ich von nichts eine Ahnung. Als würde ich aus einer Laune heraus handeln. Ich weiß ganz genau, was ich tue.«

»Niemand weiß das. Im Krieg weiß kein Mensch, was los ist. Die vorgeben, was zu verstehen, sind die größten Schwindler; die Verrücktesten oder die Gefährlichsten. Ich kenne den Krieg aus eigener Anschauung, nicht nur vom Hörensagen. Als junger Mann habe ich ihn in Marokko gesehen, und jetzt wieder in Madrid, es ist immer das Gleiche; von wegen eine Armee hier und eine Armee da, mit Angriffen und Rückzügen und dann ein Hornsignal und alles ist vorbei und man sammelt die Toten ein. Im Krieg weiß kein Mensch, was als Nächstes passiert. Die Militärs tun so, als ob sie es wüssten, aber das ist gelogen. Bestenfalls haben sie gelernt, ihr Unwissen zu verbergen oder andere vorzuschicken. Plötzlich explodiert eine Granate und du bist tot oder hältst deine Eingeweide in den Händen und verblutest, oder du bist blind oder hast keine Beine mehr oder dir fehlt das halbe Gesicht. Aber dazu brauchst du nicht einmal an die Front zu gehen. Du gehst in ein Café oder ein Kino auf der Gran Vía, und wenn du herauskommst, trifft dich eine Granate oder eine Bombe, und wenn du Glück hast, merkst du nicht einmal, dass du stirbst. Oder jemand denunziert dich, weil ihm deine Nase nicht gefällt oder weil er dich aus der Sonntagsmesse hat kommen oder *ABC* lesen sehen, dann nehmen sie dich mit auf einen Spaziergang zur Casa de Campo, wo Kinder am nächsten Morgen deine Leiche finden und sich einen Spaß damit machen, dir eine brennende Zigarette zwischen die Lippen zu stecken. Das ist der Krieg. Oder die Revolution, wenn dir das lieber ist. Alles, was man dir sonst darüber erzählt, ist gelogen. Diese Paraden, die im Kino und auf Illustriertenfotos gut aussehen, Transparente und Parolen, NO PASARÁN. Die Tapferen und die Wohlmeinenden schwingen sich auf einen Lastwagen und fahren an die Front, wo sie von den Maschinengewehren der anderen niedergemäht werden, bevor sie noch ihr Gewehr in Anschlag gebracht haben, das sie in den meisten Fällen ohnehin nicht bedienen können, für das sie keine Munition haben oder nur die falsche. Noch keine halbe Stunde, und sie können schon tot sein oder beide Arme oder beide Beine verloren haben. Die sich besonders mutig und besonders revolutionär geben, bleiben in der Etappe und benutzen ihr Gewehr und die geballte Faust, um in Bars und Bordellen nicht bezahlen zu müssen. Die Faschisten haben Maschinengewehre in ihren Flugzeugen und machen sich einen Spaß daraus, auf Bauern und Milizen zu schießen, die auf Landstraßen oder übers offene Feld nach Madrid fliehen. Die Milizionäre verschwenden ihre Munition, indem sie auf die Flugzeuge schießen, weil sie nicht wissen, dass sie, selbst wenn sie sie ins Visier bekämen, nicht treffen können, weil die Entfernung zu groß ist. Der Pilot wird ärgerlich, und anstatt weiterzufliegen, dreht er um, jagt sie über die Felder und knallt sie ab wie Hasen. In den Krieg, dahin, wo wirklich gestorben wird, ziehen nur die, die nicht anders können, weil sie dazu gezwungen werden, oder die der Propaganda glauben; die man mit Fahnen und Hymnen besoffen gemacht hat. Wer eben kann, verdrückt sich, oder man gehört zu den Einfältigen oder Verrückten, die als Erste sterben oder verstümmelt werden. Nicht am ersten Tag, sondern in der ersten Minute. Manche haben nicht einmal Zeit, sich darüber klar zu werden, dass sie an der Front sind. Manche haben nicht einmal eine Waffe. Sie glauben, man marschiert im Gleichschritt hinter einer Fahne und einer Musikkapelle her in den Krieg, zu den Klängen der *Internationale* und von »Auf die Barrikaden«. Sie sehen den Feind herankommen und können nicht einmal davonlaufen, weil ihnen die Beine versagen und sie sich vor Angst vollgeschissen haben. Das ist nicht bloß eine Redensart. Große Angst verursacht Durchfall. Die anderen werden gejagt wie die Kaninchen. Weißt du, was die Faschisten mit ihnen machen? Sie einfach nur umzubringen ist viel zu leicht und langweilt sie. Was sie mit den Frauen machen, kannst du dir vorstellen. Den Männern schneiden sie Nasen und Ohren ab und dann die Kehle durch. Sie schneiden ihnen auch die Hoden ab und stecken sie ihnen in den Mund. Einen abgeschlagenen Kopf stecken sie auf einen Besenstiel und tragen ihn durch die Straßen. Aber das tun unsere Leute auch manchmal. Du brauchst mich nicht so anzusehen. Das ist keine Feindpropaganda. Ich habe gesehen, wie sie den abgeschnittenen Kopf von General López Ochoa durch die Straßen von Madrid getragen haben. Er war der Erzfeind der Linken und der Gewerkschaften, weil er 1934 die Truppen in Asturien befehligt hat. Am 18. Juli lag er im Militärhospital von Carabanchel, weil an irgendwas operiert worden war, und irgendein besonders Mutiger kam auf die Idee, ihn gleich dort umzubringen. Sie töteten ihn, schleiften seinen Leichnam durch die Straßen und schnitten ihm den Kopf, die Ohren und die Hoden ab. Es war wie bei einem dieser Karnevalsumzüge mit den Riesenköpfen aus Pappmaschee. Eine Horde von Kindern lief johlend hinterher. Als ich es sah, wusste ich erst gar nicht, was das war. Augen und Mund waren voller Fliegen, und der Mund war wie aufgequollen, weil sie ihm die Hoden hineingestopft hatten. Das Blut lief am Besenstiel herunter und dem Träger über die Arme bis zu den Ellenbogen. Er musste sich dagegen wehren, dass andere ihm den Kopf weg-nahmen, weil sie auch mal tragen wollten. Du wirst mir sagen wollen, dass die anderen noch viel schlimmer sind. Das glaube ich sofort. Was sie machen, habe ich auch gesehen. Sie haben die Republik verraten und mit dem Morden angefangen. Sie hätten es verdient, zu verlieren; aber wir haben so viele Grau-samkeiten und so viele Dummheiten begangen, dass wir nicht verdienen, zu gewinnen.«

»Und du bist über allem erhaben?«

»Ich bin da, wo man mich hingeschoben hat. Sie hätten mich in Madrid umbringen können, und mit Sicherheit hät-ten mich die anderen getötet, wenn ich an jenem Sonntag bei meinen Kindern in den Bergen geblieben wäre. Ich bin kein mutiger Mann. Und auch nicht fanatisch. Starke Gefühle habe ich fast nie gehabt, nur wenn ich mit dir zusammen war, oder manchmal bei meiner Arbeit, wenn ich eine Vision von etwas hatte. Ich bin kein Revolutionär. Ich glaube auch nicht, dass die Geschichte in eine bestimmte Richtung gehen muss oder dass es ein Paradies auf Erden gibt. Aber selbst wenn man dahin kommen könnte, scheinen mir ein so unfassbares Blutbad und eine Tyrannei ein zu hoher Preis dafür zu sein. Doch wenn ich mich irre und Gerechtigkeit nur durch Mord und Revolution zu haben ist, dann halte ich mich möglichst davon fern und versuche wenigstens, mein Leben zu retten. Das einzige, das ich habe. Ich bin auch kein Mann der Tat, so wie mein Freund Dr. Negrín. Das ist mir in den letzten Monaten klar geworden, als ich so lange allein war. Ich habe da mit so gut wie keinem Menschen gesprochen und konnte oft nicht einschlafen, weil ich an die Dinge denken musste, die mir wirklich wichtig sind, die ich brauche. Ich muss etwas herstellen, was nützlich ist und haltbar und solide, und es muss gut werden. Menschen, die sich über Politik ereifern, machen mir Angst oder kommen mir lächerlich vor, genau wie die, die sich im Fußballstadion die Kehlen wund schreien oder auf der Pferderennbahn oder beim

Stierkampf. Jetzt widern sie mich auch noch an. Ich glaube, es gibt viel mehr Schurken, als ich mir vorstellen konnte. Die Alten stecken die Jungen an und schicken sie aufs Schlachtfeld, weil sie ihnen die Jugend missgönnen. Viele Menschen, die man für ganz normal hält, werden zu Barbaren, wenn sie Blut sehen und riechen. Sie sehen einen erschossenen Nachbarn, den sie bis gestern noch jeden Morgen gegrüßt haben, und sobald die Luft rein ist, stehlen sie ihm die Brieftasche oder die Schuhe. Mein armer Freund Professor Rossmann war ein Heiliger. Nie war er schroff zu einem Menschen oder hat einen auch nur schräg angesehen. Er stieg in eine Straßenbahn, und wenn da eine Frau war, zog er den Hut vor ihr. In seinem Pensionszimmer machte er jeden Morgen das Bett, um dem Zimmermädchen Arbeit zu ersparen. In Deutschland war er eine überragende Persönlichkeit, und in Spanien musste er durch die Bars ziehen und Füllfederhalter verkaufen, um sich seinen Lebensunterhalt zu verdienen, aber ich habe ihn nie die Geduld verlieren oder sich über das Land beklagen hören. Du hast ihn ja kennengelernt. Nun, sie haben ihn abgeholt und wie ein Tier abgeknallt, weil irgendein Kretin wahrscheinlich gedacht hat, er sei ein Spion, da er mit deutschem Akzent sprach und in seiner Aktentasche Unmengen Zeitungsaus- schnitte und Karten mit den neuesten Frontverläufen mit sich herumtrug. Bevor sie ihn umgebracht haben, haben sie ihm das Gesicht zu Brei geschlagen. Seine Tochter habe ich auch nicht wiedergesehen. Weder in der Pension noch in dem Büro, in dem sie arbeitete, wusste man, wo sie geblieben war. Es war, als hätte sich die Erde aufgetan und sie verschluckt. Keinem von beiden habe ich helfen können. Vielleicht hatte ich ein- fach kein Glück; oder ich hatte Angst, allzu sehr zu insistie- ren und mich damit auch in Gefahr zu bringen. Das ist die Wahrheit. Eines Nachts klopfte der Bruder meiner Frau an die Wohnungstür und bat mich, ihn zu verstecken, weil man hinter ihm her war, und ich habe ihm nicht aufgemacht. Hätte ich ihn eingelassen, wäre alles noch komplizierter geworden, als es ohnehin schon war, dann hätte ich meine Abreise eventuell ein weiteres Mal verschieben müssen, oder man hätte mich eingesperrt, weil ich ihm geholfen hatte. Möglicherweise ist er in jener Nacht umgebracht worden. Er war Falangist, und außerdem war er ein Idiot, aber niemand hat es verdient, sich wie ein gejagtes Tier in Hauseingängen verstecken zu müssen. Aber nicht nur das. Er hat meine Kinder wirklich gemocht, und sie ihn, besonders der Junge. Er hat seinen Onkel so sehr geliebt, dass ich eifersüchtig auf ihn war. Falls er trotz allem überlebt und es auf die andere Seite geschafft hat, dürfte er jetzt einen solchen Hass in sich haben, dass er bestimmt zu einem Schlächter geworden ist. Und wenn das so ist, bewundern ihn meine Kinder möglicherweise noch mehr als vorher, weil er jetzt ein Kriegsheld ist, und er erzählt ihnen, dass ihr Vater so herzlos war, ihm nicht einmal für eine einzige Nacht Zuflucht zu gewähren. Ich hätte ihn auch hereinlassen und dann anzeigen können. Dann hätte ich meine vaterländische Pflicht getan, denn mein Schwager gehörte zu einer falangistischen Gruppe von Heckenschützen, die von Hausdächern auf Milizionäre schossen oder aus vorbeirasenden Autos auf Leute, die in einer Schlange nach Brot oder Kohlen anstanden. Ein Aufrührer. Ein Saboteur. Aber es ist nicht so, dass ich Mitleid mit ihm hatte. Ich wollte seinetwegen nur nicht meine Abreise aufs Spiel setzen.«

Er spricht, ohne sich zu bewegen und seinen Blick von Judith abzuwenden. Die Worte quellen entschieden und ohne Pause aus seinem Mund, obwohl er die Lippen kaum bewegt. Er spricht und denkt nicht darüber nach, was er sagt, allein der Klang seiner Stimme treibt ihn an, weiterzusprechen. Der Zorn wohnt in seinen Worten, nicht in ihm. Er wahrt eine Art monotone Neutralität, als würde er vor Gericht aussagen und sich bemühen, nicht zu schnell zu sprechen, damit der

Protokollschreiber ihm folgen kann. Das Sprechen erleichtert und erhitzt ihn. Es bringt ihm in Wellen die Scham und die Erkenntnis zurück und lässt, ohne dass es ihm jetzt schon bewusst wird, ein arg ausgetrocknetes, doch nicht gänzlich verdorrtes Pflänzchen persönlicher Integrität wieder sprießen. Er kann nicht nur der sein, der geflohen ist, der sich hinter unterwürfiger Höflichkeit versteckt und immer Sorge trägt, dass er mit dem, was er sagt, niemanden kränkt und keinem zu nahe tritt.

Die Hände liegen immer noch eine über der anderen auf dem Tisch, die Muskeln in seinem Gesicht bewegen sich nicht, auch wenn das flackernde Licht des Feuers und der Petroleumlampe die Schatten unruhig darüberhuschen und diesen Eindruck entstehen lässt. Aber er hat sich während des Sprechens unmerklich aufgerichtet, seine Stimme ist etwas lauter geworden oder spricht die Wörter jetzt präziser und energischer aus, und sein Blick ist nach wie vor unverwandt auf Judith gerichtet, hat sich auch nicht gesenkt, als sie die Lippen geöffnet und Luft geholt und es so ausgesehen hat, als wollte sie etwas sagen. Er hat so lange geschwiegen, dass er, selbst wenn er es wollte, nicht mehr aufhören könnte zu erzählen. Erst jetzt, und angespornt durch seine eigenen Worte, wird ihm die Dauer seines Schweigens klar, das unermessliche Volumen an Nichtgesagtem, sein monströses Anwachsen. Ein zum Charakterzug verfestigtes Schweigen, in das er sich zuerst zurückgezogen hat und das mit der Zeit zu seiner natürlichen Umgebung geworden ist, die Zelle und die Kristallkugel, in der er während der letzten Monate gelebt hat.

Das Schweigen in der Wohnung in Madrid, in den schlaflosen Nächten gelöschter Lichter und geschlossener Fensterläden, in denen er durch die Räume mit den mit Laken verhängten Möbeln und Kronleuchtern gegeistert ist; die Stille im Baubüro der Universitätsstadt vor dem großen Modell, auf dem sich der Staub abzusetzen begann, genau wie auf den

Schreibmaschinen mit ihren übergestülpten Hüllen, und die Telefone, die nicht mehr klingelten; auf den Baustellen draußen vor den Fenstern, mit den stillstehenden Baumaschinen, den Rohbauten, die schon Schäden davontrugen, bevor sie ihrem eigentlichen Zweck übergeben worden waren; sehen und schweigen, die Augen abwenden, nichts sagen, in Zügen reisen und mit keinem Menschen sprechen, niemanden sprechen hören in den Zimmern der Hotels und in der Kabine des Dampfers, der über den Atlantik fuhr, in den Cafeterien von New York, in denen er durch bunt bemalte Fensterscheiben auf die Straße schaute. So lange hat er geschwiegen, und jetzt kommen ihm die Worte über die Lippen, ohne dass er über sie nachdenken muss; die einen bringen die anderen mit sich, genau wie die Bilder, die er sehen musste und die er Judith in aller Deutlichkeit nacherzählen will, obgleich er den Verdacht hat, dass ihm das nicht gelingen wird, dass keine Erklärung das Erlebte vermitteln kann, die schreckliche und absurde Wahrheit, die nur der kennt, der sie erlebt hat, sosehr er auch versucht, sie in Worte zu fassen, die Lippen bewegt, als würde er nach Luft schnappen, und sich bemüht, Judiths Blick festzuhalten.

Er schaut sie jetzt so offen an, wie er das zu Beginn nicht gekonnt hat, erfreut sich zunehmend an den Einzelheiten ihrer wiedererkennbaren Gesichtszüge, an ihrer Nähe, an ihrem bloßen Dasein, das allein schon ein Wunder ist, jetzt, da es Hoffnung nicht mehr gibt und körperliches Begehren geächtet zu sein scheint, was ihre abweisende Körpersprache nahelegt, aber auch seine spröde Trägheit, Folge verbitterter männlicher Kapitulation, verletzter Eitelkeit und sexueller Vorenthaltung. Doch ebendieses Fehlen von Hoffnung lässt ihn Judith jetzt klarer sehen als je zuvor; seine Aufmerksamkeit wird zum ersten Mal nicht mehr von traumhaften Wunschbildern, von der alten Atemlosigkeit des Verlangens abgelenkt, das immer ungestillt blieb, das noch auf der Höhe seiner Erfüllung untergraben wurde von der Furcht vor Vergänglichkeit und Verlust. Er sieht Judith jetzt, wie sie wirklich ist. Seine Stimme ist für sie so unmissverständlich, wie es das Gefühl ist, wenn sie sich die Augen reibt.

»Wenn du so viel weißt, dann sag mir, was zu tun ist. Vielleicht bin ich unbewusst nur hierhergekommen, um das zu erfahren. Sag mir, ob du glaubst, dass es ein richtiges Tun gibt.«

»Ich weiß nichts. Ich weiß nicht, ob ich genauso ein Schwindler bin wie die anderen. Jeder rechtfertigt sein schäbiges Verhalten, so gut er kann. Nur die unschuldigen Opfer trifft keine Schuld; aber zu denen möchte man auch nicht gehören. Professor Rossmann. Oder Lorca.«

»Ich habe es nicht glauben wollen, als ich in der Zeitung davon las. Professor Salinas war völlig außer sich. Er wollte es für ein Gerücht, für eine Falschmeldung halten. Warum haben sie ihn umgebracht?«

»Einfach so, Judith. Weil er zu den Unschuldigen gehörte. Hältst du das für ein geringes Vergehen? Keiner mag Unschuldige.«

»Nun hast du doch noch meinen Namen ausgesprochen.«

»Du meinen noch nicht.«

»›In den Vornamen leben‹. Weißt du noch? Ich hatte den Sinn dieses Gedichts nicht richtig verstanden, und du hast es mir erklärt. Für Liebende gibt es nur Du und Ich, wenn sie nicht entdeckt werden wollen.«

»Geh nicht fort. Bleib bei mir.«

»Ich habe die Überfahrt schon gebucht. Das Schiff geht morgen von New York. Wir sind über dreihundert. Und in den nächsten Tagen folgen noch viel mehr. In kleinen Gruppen, um keine Aufmerksamkeit zu erregen. Einige gehen zuerst nach Frankreich, andere nach England.«

»Man wird euch nicht über die Grenze lassen.«

»Wir gehen auf Schmugglerpfaden.«

»Das ist kein Roman, Judith. Kein Abenteuerfilm.«

»Du machst dich schon wieder über mich lustig.«

»Ich will nicht, dass sie dich umbringen.«

»Ich habe dich gefragt, was man tun soll, und du hast mir noch nicht geantwortet.«

»Es gibt nichts, was du tun kannst oder sollst. Du hast Glück, dass es nicht dein Land ist. Vergiss es; du kannst es. In Abessinien gab es viel mehr Tote als in Spanien, und weder dir noch mir haben sie den Schlaf geraubt. Weder den demokratischen Ländern noch dem Völkerbund. Hitler will alle Juden aus Deutschland vertreiben und hat Sozialisten und Kommunisten in Lager gesperrt, und kein Land der Welt hat dagegen protestiert. Glaubst du, jetzt empört sich jemand, weil er Franco hilft? In Russland verhungern Millionen Menschen, und niemand kümmert sich darum, aber alle wohlmeinenden und gerechtigkeitsliebenden Menschen begeistern sich an der sowjetischen Propaganda. Was auch nicht schwer ist. Von einigen Ausnahmen abgesehen, ist die Erde ein schrecklicher Ort, wo Leiden und Verbrechen der Normalfall sind. Werden im Süden deines Landes nicht Neger gehängt? Wie viele Tote hat es vor zwei oder drei Jahren während des Chacokrieges in Paraguay gegeben? Hunderttausende. Vielleicht hast du nicht einmal von diesem Krieg gehört. Bist du wirklich so eitel zu glauben, mit deinen Taten – ob sie recht oder unrecht sind, sei dahingestellt – etwas bewirken zu können? Wenn du dein Gewissen beruhigen willst, werde Mitglied in einem Solidaritätskomitee Spanische Republik. Geh mit der Sammelbüchse auf die Straße, sammle warme Kleidung. Die brauchen die Milizionäre jetzt in den Bergen. Wenn du ihnen von hier einen Pullover oder eine Decke schickst, warst du ihnen mehr von Nutzen, als wenn du dich dort erschießen lässt. Und wenn du nur eine einzige Dose Kondensmilch für sie sammelst oder eine Schachtel Zigaretten.«

»Ich höre, was du sagst, aber ich kenne dich nicht wieder.«

»Ich bin nicht hier, um dir zu sagen, was du hören willst.«

»Ich hätte nicht kommen dürfen. Jetzt könnte ich schon in New York sein.«

»Nur zu. Hoffentlich besteht die Republik noch, wenn ihr nach Spanien kommt. Dann werden sie euch mit Pauken und Trompeten empfangen. Sie werden für euch eine Führung an einen ruhigen Frontabschnitt organisieren, und in Madrid werden sie ein Bankett für euch veranstalten und einen Tanzabend im Palast der Allianz der Intellektuellen. Das Essen dort wird sehr viel üppiger sein als die Verpflegung der Soldaten an der Front, die sie aber auch nur bekommen, wenn es Lastwagen gibt, die sie dorthin bringen können, oder wenn es Benzin gibt; oft gibt es keine Lastwagen, weil sie für Umzüge und Paraden gebraucht werden oder um neues Kanonenfutter an die Front zu karren. Alberti und seine Dichterbande in ihren gebügelten Arbeitermonturen werden kilometerlange Gedichte rezitieren. Oder sie nehmen euch mit zum Stierkampf oder in einen Flamencokeller. Sie werden euch fotografieren, und dann kommt ihr in die Zeitung. Ihr werdet der Beweis für die weltweit wachsende Solidarität mit dem Kampf des spanischen Volkes gegen den Faschismus sein. Am Ende bringen sie euch zur Grenze, und dann könnt ihr ruhigen Gewissens in euer Land zurückfahren und euch darüber freuen, ein gefährliches und aufregendes Abenteuer bestanden zu haben. Ihr werdet sogar braun gebrannt zurückkommen, genau wie Urlauber.«

»Ich gehe, damit ich dir nicht weiter zuhören muss. Ich schäme mich für dich.«


Sie ist aufgestanden und schaut auf ihn herab, als wollte sie ihn herausfordern, weiterzureden oder ebenfalls aufzustehen und sich ihr in den Weg zu stellen. Ignacio Abel hatte vergessen, wie leicht ihre blasse Haut errötet. Seine Hände liegen jetzt nebeneinander auf dem Tisch, und das war die einzige

Bewegung, die er gemacht hat. Er hat zu ihr aufgeschaut und den Blick dann abgewandt in Richtung Feuer, auf die Stelle, wo sie vor einem Moment noch gesessen hat. Sie wird gehen, und jeder Schritt, den sie tut, wird ein endgültiger Abschied sein. Er denkt an Moreno Villa, im Sommer, in seinem Zimmer in der Residencia: Jetzt haben wir gelernt, dass es Dinge gibt, die uns zum letzten Mal passieren, dass es keinen beiläufigen Abschied gibt, der nicht vielleicht endgültig ist.

Sie wird die Bibliothek durchqueren, die dunkle Diele. Er wird die ins Schloss fallende Tür im ganzen Haus widerhallen hören, und dann muss er die Ohren spitzen und warten, bis sie den Wagen anlässt. Nervös und verärgert, wird Judith eine Weile brauchen, bis sie ihn in Gang gebracht hat. Nach zwei oder drei Versuchen wird der Motor rundlaufen. Ohne sich von der Stelle zu bewegen, ohne den Blick vom Feuer abzuwenden, wird er hören, wie das Geräusch des davonfahrenden Autos leiser wird, bis es gänzlich erstorben ist: Die Rücklichter verglimmen wie glühende Kohlen in der Dunkelheit am Ende des Weges, des Blättertunnels, den die ineinandergreifenden Zweige der Bäume beider Seiten bilden. In der dann folgenden Stille wird man wieder das Tröpfeln des Regens hören, das Knistern des Feuers, das leise Knacken von brennendem Holz. Nicht lange, und nichts wird mehr darauf hindeuten, dass Judith da gewesen ist: nur der nicht leer gegessene Teller, die halb leer getrunkene Bierflasche. Er wird ins Schlafzimmer hinaufgehen, sich dabei mit der Petroleumlampe den Weg leuchten und Judiths Geruch vergebens in einem Handtuch suchen. Er wird sich im Spiegel sehen, wenn er sich die Zähne putzt, das halbe Gesicht im Schatten, seine Augen dem eigenen Blick ausweichend. Er wird nicht die Hand heben, um sie zurückzuhalten, jetzt, da sie noch in seiner Reichweite ist. Judith spricht, eingerahmt von der Tür, die sie soeben geöffnet hat und durch die sie gleich hindurchgehen wird, und sie hebt im Zorn nicht ihre Stimme.

»Du glaubst, du weißt alles, und dabei weißt du nichts. Die Freiwilligen, die ich kenne, fahren nicht nach Spanien, um Urlaub zu machen, das kann ich dir versichern. Viele sind schon da und bekommen eine militärische Ausbildung. Viele weitere werden noch kommen, aus Amerika und aus der halben Welt. Wäre alles so hoffnungslos, wie du zu glauben vorgibst, wären wir nicht so viele. Wenn es wirklich kaum einen Unterschied gäbe zwischen der einen und der anderen Seite und das Ganze wäre nur ein sinnloses Gemetzel, dann wären nicht so viele intelligente und mutige Menschen bereit, in Spanien ihr Leben zu riskieren. Du weißt genau, dass ich keine Fanatikerin bin. Ich habe auch für Kommunisten nicht viel übrig. Aber sie sind es nun mal, die die Rekrutierung organisieren, deshalb gehe ich mit ihnen nach Spanien, zusammen mit vielen anderen, die auch keine sind. Wenn ich mich nicht in dich verliebt hätte, hätte ich mich vielleicht auch nicht so in Spanien verliebt. Aber es ist jetzt mein zweites Land, und was dort passiert, bricht mir das Herz. Ich brauche bloß in der Zeitung die Namen der Orte zu lesen oder unmöglich ausgesprochen im Radio zu hören. Wenn sie »Madrit« sagen. Es ist meine Stadt, weil du sie mir gezeigt und erklärt hast. Ich habe zwei Jahre in London und Paris gelebt und nie aufgehört, mich dort als Ausländerin zu fühlen. Eine Ausländerin, die weltberühmte Museen besuchte und ein schlechtes Gewissen hatte, weil sie sich so schnell darin langweilte und weil sie keine Europäerin war. Als ich nach Madrid kam und meinen ersten Rundgang auf der Plaza de Santa Ana machte, unter Schuhputzern und Gemüsefrauen, da fühlte ich mich wie in New York. Ich mag die Spanier. Sie gefallen mir gut, wie ihr sagt. Ich mag die lahmen, klapprigen Straßenbahnen, und ich mag die Blumenkästen mit roten Geranien auf den Balkonen. Ich mag den Flohmarkt genauso wie den Prado. Und das sind nicht bloß die romantischen Anwandlungen einer Amerikanerin, wie du glaubst. Es ist ein ganz normales Empfinden. Es hat mich gerührt, mit welcher Würde die armen Leute am Wahltag in langen Schlangen vor den Wahllokalen ausgeharrt haben. Es hat mir gefallen, durch dein Viertel zu wandern und die Menschen in der neuen, modernen Markthalle mit ihrer Fahne an der Fassade, die du ihnen gebaut hast, ein und aus gehen zu sehen. Wenn das Militär mit Hitlers und Mussolinis Hilfe in Spanien gewinnt, was wird danach dann in der Welt passieren? Ich will nicht, dass diese Leute in Madrid einmarschieren.«

»Und was willst du dagegen tun?«

»Was nötig ist. Was ich tun kann. Ich kann einen Krankenwagen fahren oder in einem Lazarett helfen. Ich spreche Französisch, Jiddisch und einigermaßen Russisch, neben Englisch und Spanisch. Ich kann dolmetschen. Jemand muss doch all den Leuten, die ins Land kommen, helfen, sich mit den Spaniern zu verständigen. Du sagst, du bist weder mutig noch ein Revolutionär; ich bin das auch nicht. Du sagst, was du vor allem willst, ist eine gute Arbeit zu machen; genau das will ich auch. Und genauso will ich auch nicht mit abstrakten Begriffen um mich werfen, die du so hasst. Ich will mit niemandem über Politik diskutieren. Seit meiner Heirat graut es mir vor diesen furchtbaren Diskussionen über Stalin, Trotzki, die Gulags und die Fünfjahrespläne, über die Weltrevolution und den Sozialismus in einem einzigen Land. Ich will für die Spanische Republik arbeiten. Ich will gut dolmetschen oder einen Krankenwagen fahren, so schnell ich kann, ohne dass es für die Verwundeten darin allzu schmerzhaft wird. Ich will jetzt in Madrid sein, so wie ich letztes Jahr da war.«

»Dieses Madrid existiert nicht mehr.«

»Es kann in so kurzer Zeit nicht verschwunden sein.«

»Wenn du hinfährst, wirst du es nicht wiedererkennen.«

»Das finde ich lieber selbst heraus.«

»Bleib bei mir. Wenn du jetzt gehst, weiß ich, dass wir uns nicht wiedersehen werden.«

»Jetzt hast du auch nicht damit gerechnet, mich wiederzusehen. Mir wird in Spanien nichts passieren.«

»Selbst wenn – wenn du jetzt gehst, wirst du nicht mehr zurückkommen. Denk daran, wie groß die Welt ist, wie schwierig es ist, dass zwei Menschen sich begegnen. Wir haben dieses Glück zweimal gehabt, ein weiteres Mal wird es nicht geben. Dass du heute Abend zu mir gekommen bist, hat seinen Grund.«

»Ich bin nur gekommen, um mich von dir zu verabschieden.«

»Du hättest es bleiben lassen können.«

»Es lag auf dem Weg.«

»Das stimmt nicht. Du hast einen großen Umweg in Kauf genommen. Ich habe es auf einer Straßenkarte gesehen.«

»Ich muss jetzt gehen.«

»Bleib nur noch diese Nacht. Um mehr bitte ich dich nicht.«

»Ich bin nicht mehr deine Geliebte.«

»Ich will ja nicht, dass du mit mir schläfst. Alles, worum ich dich bitte, ist, diese Nacht nicht weiterzufahren. Du musst doch irgendwo schlafen.«

»Was willst du von mir?«

»Ich will weiter mit dir reden. Ich bin hier mit dir zusammen und kann es gar nicht fassen. Wie oft habe ich mir vorgestellt, dass wir uns wiedersehen und miteinander reden und reden, ohne müde zu werden, ohne jemals zu schweigen. Ununterbrochen habe ich daran gedacht, was ich dir alles sagen würde, wenn wir uns wiedersähen, was ich dir alles zu erzählen hätte. Daran denken war dasselbe wie mit dir sprechen. Was immer ich sah oder mir passierte, sofort habe ich es dir erzählt. Ich weiß nicht, wie viele Briefe ich dir im Geiste geschrieben habe in diesen drei Monaten in Madrid und während der Reise. Auf dem Schiff und als ich in New York war. Unten an der Gangway warteten viele Menschen, und ein- oder zweimal habe ich geglaubt dein Gesicht zu sehen. Ich habe deine Stimme meinen Namen rufen hören.«

Sie ist aus dem Haus gegangen und nach ein paar Minuten mit einem Koffer zurückgekommen, der viel zu leicht aussieht für die lange Reise, die sie antreten will. Sie hat sich Zeit gelassen. Ignacio Abel hat schon gefürchtet, das Anlassen des Motors zu hören. Doch dann hat er nur den Regen an den Fensterscheiben, auf den Regenrinnen aus Zink, dem Schiefer des Vordachs und dem Glasdach des aufgegebenen Gewächshauses im Garten gehört. Judith hat sich hinters Steuer gesetzt und den Regentropfen zugeschaut, die an der Windschutzscheibe hinabrinnen und den Blick auf die Veranda und die Eingangstür verwischen, die sie beim Hinausgehen halb offen gelassen hat. Beide Hände hat sie auf das Lenkrad gelegt und den Nacken, in dem sie jetzt die Müdigkeit spürt, auf die Rückenlehne. Sie weiß, mit welcher Intensität er drinnen im dunklen Haus sitzt und wartet, wahrscheinlich immer noch unbeweglich am Tisch in der Bibliothek, die Kerze bald abgebrannt, das hagere Gesicht vom flackernden Kaminfeuer beschienen. Sie kennt ihn so genau, als wäre ihr alles von ihm geweissagt worden. Sie sieht seine schmalen Hände auf dem Tisch, die hervortretenden Knöchel, die Hände, die sich in keinem Moment zu ihr hinbewegt, nicht einmal einen Versuch unternommen haben, sie zu berühren.

Wenn sie jetzt bleibt, denkt sie, dann vor allem deswegen, weil die Vorstellung sie entmutigt, noch zwei Stunden Autofahrt vor sich zu haben und so spät in New York einzutreffen, dass sie sich nur noch ein Zimmer in einem billigen Hotel suchen kann. Ihm wird ihr Ausbleiben viel zu lang vorkommen, aber er wird sich nicht vom Fleck rühren, fatalistisch und mit gespitzten Ohren aufrecht am Tisch in der Bibliothek sitzen, dennoch wie geschrumpft wirken in seinem Anzug, dessen Schultern jetzt viel zu breit sind. Er wartet auf sie, ist aber nicht voller Erwartung. Die Erregung früherer Zeiten ist einer Selbstvergessenheit gewichen, die etwas von körperlicher Nachlässigkeit hat. Als sein Blick ihr zur Tür folgte, verrieten seine Augen Angst und Akzeptieren zu gleichen Teilen.

Dann geschieht etwas. In der Diele und hinter mehreren Fenstern des Hauses wird es hell. Judith kommt mit dem Koffer in der Hand herein, er scheint nicht schwer zu sein, Regentropfen perlen ihr von Gesicht und Haaren. Sie weiß, dass er auf die zurückkehrenden Schritte gewartet hat und auf die sich schließende Tür. Die Diele ist ihr jetzt fremd, viel größer. Das elektrische Licht glänzt auf den gebohnerten Fußbodenbrettern und auf dem Handlauf der Treppe. Der Flur, der zur Bibliothek führt, liegt immer noch im Dunkeln. Als Judith die Tür öffnet, hört sie Fetzen von Musik und Stimmen aus dem Radio. Ignacio Abel sitzt vor dem Empfänger, sein Gesicht wird vom Licht der Senderleiste beleuchtet. Wenn er an dem Elfenbeinknopf dreht, hört man abwechselnde Fetzen von Tanzmusik, Reklamesendungen, einem Klavierkonzert und Nachrichtenstimmen.

Einen Moment lang glaubt er, dass auf einem ganz schwach zu empfangenden kanadischen Sender von Spanien die Rede ist, weil er in einem rasch gesprochenen französischen Monolog das Wort »Madrid« verstanden hat. Judith stellt den Koffer ab und geht zu ihm. Er schaut zu ihr auf, und mit einem Erschauern von Unglauben und Zärtlichkeit entdeckt er in ihren Augen etwas, das einen Moment zuvor noch nicht da gewesen ist, einen unerwarteten Glanz, in dem er die frühere Judith wiedererkennt. Es macht ihm Angst, sie schlagartig wieder zu begehren, sich so rettungslos zu ihr hingezogen zu fühlen, die alte magnetische Kraft in voller Wirkung, obgleich ihm jede Berührung versagt oder untersagt ist. Vor einigen Minuten ist sie gegangen, und jetzt kommt sie wieder, eine korrigierte Rückkehr, nicht wie vorhin, als sie an die Tür geklopft und keinen Koffer in der Hand gehalten hat, nur vom Licht der Petroleumlampe beleuchtet wurde. Jetzt kommt es ihm vor, als käme sie aus dem Madrid vor einem Jahr zu ihm, aus der noch nicht so fernen Vergangenheit, in der er sich auf unerklärliche Weise glücklich gefühlt hat, auserwählt von ihr.

36 Bedächtig steigt er die Treppe hinauf, hält auf jeder Stufe einen Moment inne und lässt die ausgestreckte rechte Hand über das Geländer gleiten, das dem Schwung der Treppe folgt, die für wehende Abendkleider eines anderen Jahrhunderts gemacht ist. Bevor er hinaufgeht, hat er den großen Kronleuchter in der Diele ausgeschaltet, und jetzt führt seine Hand ihn präziser als die vage Helligkeit aus einem Flur oder Zimmer im oberen Stock, aus dem er seit einigen Minuten – verstärkt durch die unerklärlichen akustischen Gesetze des Hauses – das resolute Rauschen von Wasser hört, das eine Badewanne füllt. Am Klang kann er erkennen, wie voll die Wanne schon ist, und genauso aufmerksam lauscht er auch dem Geräusch der eigenen Schritte und dem Pochen seines Herzens, dem Atem, der an seinen Nasenwänden entlangstreicht, und der Luft, die seine Lungen nicht zur Gänze füllt und ihm das Gefühl gibt, ersticken zu müssen, was er mindestens so stark empfindet wie den Druck auf dem Magen und die gleichzeitige Leere darin. Wie im Licht eines Blitzes sieht er Judith im Geiste nackt hinter der vielleicht verschlossenen Badezimmertür, wie sie die Hand ausstreckt, um die Temperatur des Wassers zu prüfen. Er hat das Gefühl, im Halbdunkel der Treppe von uralten Toten aus den Ölgemälden an den Wänden angestarrt zu werden; ehrwürdige Tote, die von oben tadelnde Blicke auf einen Eindringling werfen, einen schleichenden Dieb, den sie nicht hinauswerfen können, so wie sie auch keinen Alarm schlagen können, um auf ihn aufmerksam zu machen. Tote, die vor fünfzig oder hundert Jahren diese Treppe hinauf- und hinuntergegangen sind, im Schein des

Kaminfeuers mit gedämpften Stimmen Konversation betrieben und sich mit Kerzen, Petroleumlampen oder Gaslaternen den Weg geleuchtet und mit ihren Schuhen die Kanten der Treppenstufen abgetreten haben.

In diesem gedämpften Licht haben auch Ignacio Abel und Judith Biely stundenlang gesessen, und als das blendend helle elektrische Licht wieder angeht, müssen sich ihre Augen erst daran gewöhnen. In dieser Nacht dehnt sich die Zeit, die so prallvoll mit Worten ist; was vorhin erst passiert ist, hat bereits die nebulöse Beschaffenheit von Erinnerung. Judith kam mit Regentropfen im Gesicht und auf den Haaren in die Bibliothek zurück, blieb auf der Türschwelle stehen, weil sie den Raum kaum wiedererkannte, den sie vor ein paar Minuten erst verlassen hatte, die für ihn eine Unendlichkeit waren. Die bis zur Decke reichenden Bücherregale, der Flügel, der lange Tisch, die an der Wand gestapelten Klappstühle und der große Standglobus waren das ungastliche Dekor einer Theaterbühne. Sie drehte den Lichtschalter aus Porzellan um, und dann befanden sie sich wieder in dem Raum, der von ihren Stimmen und ihren beiden Körpern gestaltet worden war, ebenso wie vom Kaminfeuer, von den Kerzen und vom Licht der Petroleumlampe; dem heimeligen Zimmer, das sich in den Fensterscheiben spiegelte, der Kehrseite von kalter Feuchtigkeit und Dunkelheit draußen.

Sie bat ihn, das Radio nicht abzuschalten, jetzt, da ein Sender gefunden war, der die schwachen Frequenzen einer von Klarinettensoli punktierten Tanzmusik übertrug, mit dem Gesang einer hohen, melodischen Frauenstimme, unterbrochen von Applaus und von dem Sprecher, der durch die Sendung führte und den nächsten Titel ankündigte. Als Gesprächshintergrund erklingen die Musik und die Stimmen im Radio weiter, ohne dass die beiden sich daran stören, so wie sie auch den Regen nur ab und zu wahrnehmen, wenn sie einen Moment schweigen, näher aneinandergerückt jetzt, die unsichtbare Kluft zwar nicht zugeschüttet, aber doch keine feindselige Grenze mehr, von deren beiden Seiten aus sie sich anschauten, Worte sich bildeten wie Eiskristalle im Niemandsland, in dem Raum zwischen zwei Menschen, die sich nicht mehr berühren.

Judith zitterte ein bisschen, als sie von draußen hereinkam, der dünne Blusenstoff feucht geworden auf ihrer Haut. Bei anderer Gelegenheit, in den Frühlingsnächten in Madrid, wenn es draußen plötzlich abgekühlt war, hatte sie genauso gezittert, wenn sie spazieren gegangen oder aus einem Ausflugslokal nach draußen getreten waren oder in der feuchten Luft am Ufer des Manzanares saßen, und sie hatte in seinen Armen Zuflucht gesucht, oder er hatte seine Jacke ausgezogen und sie ihr über die Schultern gelegt. Jetzt bemerkte er dieses leichte Zittern an ihr und tat nichts, saß am Feuer in der Nähe des Radios, das nicht auszuschalten sie ihn gebeten hatte und auf das er nicht achtete, seine Hände auf dem abgenutzten Leder der Sessellehnen, so unfähig, sich zu bewegen und zu ihr zu gehen, als hätte er den Gebrauch seiner Beine verlernt, so ohnmächtig, wie als er sie hinausgehen hörte und dachte, sie käme nie mehr zurück.

Wenigstens war Judith nicht gegangen. Sie warf ein paar Scheite ins Feuer und setzte sich mit untergeschlagenen Beinen auf den Boden, betrachtete die Flammen, wobei sie die Arme um sich schlang, um die Kälte zu vertreiben, schaute auf zu ihm, der steif in seinem Sessel saß, ernst und würdig wie der Geist eines der früheren Bewohner des Hauses, der eine winzige Veränderung an ihr wahrnahm, so wie man eine leichte Temperaturveränderung spürt oder eine Abstufung in der Helligkeit des Lichts, ohne dass er sich jedoch ein wenig Hoffnung zu schöpfen getraute.

Judith zog ihre Schuhe und die feuchten Strümpfe aus. Wie gern hätte er ihre Füße gestreichelt, bis sie wieder warm geworden wären. Die kräftige Ferse, die sanfte Höhlung unter dem Knöchel, der lange Spann mit den bläulichen Linien der

Adern, die Zehen mit den lackierten Nägeln. Er öffnete den Mund, wollte etwas sagen, um das Schweigen zu verkürzen, doch Judith unterbrach ihn. Jetzt, da sie sich ihm zugewandt hatte, konnte er einen köstlichen Moment lang den Ansatz ihrer Brüste im Schatten der klaffenden Bluse sehen. Der Schein des Feuers legte ihr einen ölig-goldenen Glanz aufs Haar und auf die Wangen.

»Warum sprechen wir miteinander, als würden wir uns nicht kennen?«, sagte Judith, und er musste seinen Blick abwenden, weil das Verlangen zu übermächtig war, weil es unmöglich war, dass er zu ihr ging und sie auf den Mund küsste, ihre Bluse ganz aufknöpfte und ihre beiden Brüste in seine Hände nahm, weil er sich seiner Erregung schämte, die sichtbar würde, sobald er sich bewegte, sein Körper längst nicht so feige wie er selbst.

»Ich höre deine Stimme, und mir ist, als spräche ein anderer. Und meine eigene ist mir noch fremder. In der vergangenen Zeit habe ich viel darüber nachgedacht, was ich dir sagen würde, wenn wir uns wiedersehen, doch jetzt hätte ich einiges davon lieber nicht gesagt. Wir beginnen zu reden, und die Worte werden zu Verrätern. Man formuliert sie in Gedanken, und wenn man sie dann ausgesprochen hört, haben sie plötzlich eine andere Bedeutung. Was die Worte sagen, hat mit einem Mal nichts mehr mit uns zu tun. Sie sind abweisender und weniger wahrhaftig. Auch wenn mit ihnen die Wahrheit gesagt wird, wäre es besser, sie nicht gesprochen zu haben. Du weißt, wer ich bin, und ich weiß, wer du bist. Wir haben miteinander gesprochen, als würden wir uns nicht kennen; aber was wir zusammen erlebt haben, kann so schnell nicht ausgelöscht werden, also lag etwas von Lüge in dem, was wir gesagt haben.«

»Aber du hast beschlossen, mich zu verlassen.«

»Ich habe das nicht beschlossen. Ich habe nur den Tatsachen ins Auge gesehen. Ich war bereit, mit dir zu gehen und mit dir zusammenzuleben. Das Einzige, was du tun musstest, um mich nicht zu verlieren, war, so zu handeln wie du angeblich gefühlt hast. Aber ich werfe dir nichts vor. Ich glaube dich gut genug zu kennen und die Dinge mit deinen Augen sehen zu können. Erinnerst du dich noch an das Gedicht von Salinas? Ich weiß nicht, wie lange ich gebraucht habe, diese Syntax zu verstehen: *Einen anderen gibt es, durch den ich die Welt sehe …«*

»*… weil seine Augen mir sagen, er liebt mich …«*

»Das ist das erste Mal, dass ich dich einen Vers aufsagen höre.«

»Nur diese Zeile. Weil ich sie so oft gelesen habe.«

»Ich habe dich gebeten, sie mir vorzulesen, um mir der Betonung sicher zu werden, weißt du noch?«

»Ich weiß noch alles. In einem Notizbuch habe ich jede Begegnung von uns festgehalten. Tag, Ort, Stunde.«

»Ich kann verstehen, wie sehr du deine Kinder liebst und wie schwer dir eine Trennung von ihnen fällt. Aber in deinem Land gibt es ein Scheidungsgesetz. Menschen, die sich lieben und sich ihrer Liebe sicher sind, heiraten. Aber um das tun zu können, müssen sie sich manchmal vorher scheiden lassen. Das ist schmerzlich, aber es ist richtig. Um etwas zu gewinnen, muss man vorher etwas verlieren. Der Schaden, den du angerichtet hättest, wenn du geblieben wärst, ist vielleicht größer als der, den du mit deinem Fortgehen verursacht hast. Ich mag gar nicht daran denken, was aus mir geworden wäre, wenn ich mich nicht hätte scheiden lassen; an das Gift, das ich jetzt in mir hätte. Viel schlimmer als das, was ohnehin schon in mir war. Ich will nicht auf eine Art denken und fühlen und auf andere Art handeln. Ich habe gern mit dir geschlafen, aber noch lieber hätte ich es getan, wenn ich, nachdem wir miteinander geschlafen haben, unbekümmert mit dir durch Madrid spazieren oder dich nach Feierabend im Baubüro hätte abholen können. Für dich waren unsere heimlichen Treffen romantisch. Du sagst, du hättest für Literatur nicht viel übrig; aber in dieser Hinsicht war dein

Empfinden viel mehr Literatur als meines. Ich fand es bemerkenswert, dass das, was wir taten, im Spanischen als ›ein Abenteuer haben‹ bezeichnet wird. Mir hat es keinen Spaß gemacht, mich zu verstecken. Für mich war es kein Abenteuer, in dieses Bumshaus zu gehen oder in die tristen Cafés am Stadtrand, in die du mich geführt hast, um sicher sein zu können, dass man dich dort nicht erkennt. Vielleicht am Anfang noch, weil das ja alles neu für mich war und ich so verliebt.«

»War.«

»Ich bin es immer noch. Mehr, als ich dachte. Das ist mir heute Abend klar geworden. Wenn ich gewusst hätte, wie anfällig ich bin, wäre ich nicht gekommen. Du siehst, ich verheimliche dir nichts. Aber mit der Zeit wird sich das legen. Anfangen sich zu legen wird es, wenn ich von hier fortgehe und keine Aussicht mehr besteht, dich wiederzusehen.«

»Also kannst du doch auf eine Art denken und fühlen und auf andere Weise handeln.«

»Ich denke und fühle, dass ich kein Abenteuer mit einem verheirateten Mann haben will, auch wenn ich in ihn verliebt bin. Aber ich will auch nicht die Erinnerung an das zerstören, was ich erlebt habe. Ich kann dir nichts vorwerfen. Du hast mich nichts tun lassen, was ich nicht gewollt habe. Wären wir noch etwas länger ein Liebespaar geblieben, wäre alles verunglimpft worden. Es hatte schon angefangen, und wir haben es beide gewusst. Denk nur an jenen Morgen in dem schrecklichen Café, als du aus dem Krankenhaus kamst und deine Frau noch bewusstlos war. Schon da waren wir unserer selbst nicht mehr würdig. Da waren wir schon genau wie diese erbärmlichen Pärchen, die wir manchmal an den anderen Tischen sitzen sahen. Alte Männer mit jungen Frauen. Liebespaare, schon so gelangweilt und so verbittert wie Ehepaare. Wir haben uns angeschaut wie vorhin auch, haben uns Vorwürfe gemacht. Es war schmutziger als bei Madame Mathilde, die sich zwar diesen französischen Namen gegeben hat, es aber nie für nötig hielt, mit entsprechendem Akzent zu sprechen. Wenn ich dich nicht für mich haben konnte, war es besser, zu gehen; dann hätte ich wenigstens eine schöne Erinnerung bewahrt.«

Als er wieder in ihre Augen schaute, begriff er, überrascht und seltsam erleichtert, dass Judith recht hatte. Dass es keinen Grund mehr gab, keinerlei Entschuldigung, nicht die Wahrheit auszusprechen. In dem Glauben, wachen Geistes die Vergangenheit zu erforschen, hatten sie sie in Wirklichkeit nur wieder lebendig gemacht, Unterschlupf in ihr gesucht. Was sie jetzt nicht sagten, würden sie wahrscheinlich nie mehr sagen. Und bevor sie etwas sagten, würden sie es gut abwägen müssen, damit ihre wahren Worte nicht eine Bedeutung bekamen, die nicht beabsichtigt war, oder aus sich selbst heraus eine Schärfe, die Groll erzeugte und Schaden anrichtete. Ihr Koffer stand neben der Tür zur Bibliothek auf dem Boden. So einfach, wie sie ihn hereingebracht hatte, würde sie ihn morgen wieder zum Rücksitz ihres Autos bringen können. Mit geradem Rücken und einer Lässigkeit, die er nie aufbringen könnte, wenn er sich auf den Boden setzte, umschlang Judith jetzt ihre Knie und legte das Kinn auf sie, ihre nackten, aus den weiten Hosenbeinen ragenden Füße nah beisammen.

Er kennt keinen anderen Menschen, der so aufmerksam schaut und zuhört, der so wissbegierig ist, den Wörtern die gleiche Aufmerksamkeit schenkt wie der Stille dazwischen und den winzigsten Gesten, der mit leidenschaftlicher Intensität sowohl die Intuition als auch den Verstand bemüht, fragt, errät und sich selbst beobachtet, und das mit einem Scharfsinn, der genauso unbestechlich ist wie ihre Neugier. Doch jetzt konnte ihr fragender Blick ihn nicht mehr einschüchtern. Ein Vorteil, alles verloren zu haben, war, dass man nichts mehr verbergen musste. Wie früher war ihre Unterhaltung nicht mehr nur aus Worten gemacht: Die Blicke spielten eine entscheidende Rolle, die Nähe der Körper, die reine physische

Anwesenheit, ihr Magnetismus, der Klang der Stimmen und das Halbdunkel um sie herum, die Bewegung, die um Judiths Mundwinkel spielte, die leise Musik aus dem Radio und des Regens an den Fensterscheiben, die fortschreitende Nacht, die jetzt jedoch stillzustehen schien, die lange Zeit vorher begonnen und kein erkennbares Ende hatte, keine Morgendämmerung, um sie zu tilgen.

Er erzählte ihr, dass während des Sommers in Madrid die Sehnsucht nach ihr viel unerträglicher gewesen war als die nach seinen Kindern; dass er jede ihrer Begegnungen in der winzigen Schrift seiner Notizen wiederfand, die er so chiffriert hatte, dass sie wie Einträge aus dem Büro aussahen, und er all die Orte aufgesucht hatte, an denen sie zusammen gewesen waren, und sich dabei wie ein armer Hund gefühlt hatte, der einer verlorenen Spur nachschnüffelt; dass es insgesamt trotz seiner Schuld eine große Erleichterung gewesen war, nicht immer Adelas aufopfernde und beleidigte Miene sehen zu müssen; dass er im Chaos und der Unverantwortlichkeit des Krieges eine unaussprechliche Freiheit gefunden hatte; dass er mit seinen achtundvierzig Jahren beinahe jede Nacht auf dem großen Ehebett mit den schmutzigen Laken in Gedanken an sie onaniert hatte, sich dabei die Fotos von ihr angeschaut und sogar ihre Briefe noch einmal gelesen hatte, um die Erregung zu halten (*to jerk off*, hatte sie ihm in ihren wechselseitigen sprachlichen Schamlosigkeiten beigebracht, und er hatte »sich einen runterholen« erwidert).

Er erzählte ihr, dass die Milizionäre, die ihn in die Universitätsstadt verschleppt hatten, ihn zur Wand des Gebäudes der Philosophischen Fakultät hatten schleifen müssen, weil seine Beine ihn nicht mehr trugen, dass er sich in die Hosen gepinkelt hatte und der Urin aus dem Hosenbein in einen Schuh gelaufen war und bei jedem Schritt ein schwappendes Geräusch gemacht hatte; dass er sich in seiner Wohnung unter die Dusche gestellt, sich eingeseift und abgeschrubbt hatte und der Geruch von Urin und Angst immer noch an ihm gewesen war; und als sie seine Tasche mit den Bauplänen und technischen Aufstellungen durchsuchten und ihn fragten, ob das Karten von der Front seien, die dem Feind den Vormarsch auf Madrid erleichtern sollten, da sei seine einzige Sorge gewesen, dass sie Judiths Briefe und Fotos finden und ihm wegnehmen könnten; dass er, obwohl er sich vollgepinkelt und keine Kraft mehr in den Beinen hatte, keine Angst vorm Sterben, sondern nur eine passive Gleichgültigkeit empfunden hatte, die nur noch von dem Kummer übertroffen wurde, Judith nicht mehr wiederzusehen und seine Kinder nicht mehr als erwachsene Menschen erleben zu können.

Judith, mit dem Profil zum Feuer, sah ihn mit glänzenden Augen an, das wechselnde Licht der Flammen auf ihrem Gesicht modellierte den zarten Knochenbau unter der Haut, und er schluckte und sprach weiter. Das Radio hinter ihm spielte leise seine Tanzmusik wie aus einem fernen, großen, fast leeren Saal, das Orchester strich, und die Klarinette brillierte, dazu die schlichte helle Stimme der Sängerin, dann vereinzelter Applaus und die überbordende Begeisterung des Sprechers, der Liedtitel und Markennamen krähte.

Er erzählte ihr, dass er selbstverständlich angenommen habe, der sexuelle Rausch, den er mit dreißig und noch was Jahren in Weimar mit jener ungarischen Geliebten erlebt hatte, werde sich niemals wiederholen; dass er sich bis zu dieser Zeit und auch nach dieser Zeit nie als sinnlichen Menschen betrachtet habe. Die blassen, geschminkten Frauen, die sich unter den Gaslaternen in manchen Madrider Gassen anboten, als er noch sehr jung war, hatten ihn erregt, zugleich aber auch in Panik versetzt und einen Widerwillen ausgelöst, der weniger gegen sie als gegen sich selbst gerichtet war, gegen das Verlangen nach ihnen und die Scham, die ihn erröten und seine Schritte beschleunigen ließ, wenn sie hinter ihm herriefen.

Er hatte auch nicht geglaubt, dass eine Frau mit ihm wirklich glücklich werden könnte; er hatte das nicht einmal für wichtig gehalten, gar nicht daran gedacht, dass diese Möglichkeit tatsächlich existieren könnte. Adela hatte ihn immer gebeten, das Licht auszumachen, und sich still hingelegt, in der lastenden Dunkelheit des ehelichen Schlafzimmers höchstens ein wenig gestöhnt. Die ungarische Geliebte hatte die Augen zugekniffen und sich rhythmisch liebkost, während er sich auf ihr abrackerte, bedeutungslos wie ein Insekt, das eine pralle Blüte bestäubt, beide Körper aneinanderklebend und jeder ganz für sich in die eigene Geilheit vertieft.

Er erzählte ihr, dass er, als er sie zum ersten Mal berührte, ein sanftes und zugleich mächtiges Erzittern bei ihr gespürt habe, von dem er nicht gewusst hatte, dass es das gab: Er suchte Judiths Hand, und sie schob sie nicht beiseite, sondern drückte sie fest, und schon war es, als würden sie sich umarmen (sie erinnerten sich beide: Sie fuhren in seinem Wagen auf der Castellana, im Radio spielte Musik, seine linke Hand am Steuer, die rechte streichelte ihre Schenkel, das Licht der Autoscheinwerfer strich über Bäume und Zäune und Häuserfassaden). So wie er Judith entdeckte, entdeckte er sich selbst, indem er von ihr berührt, geküsst, gebissen, erforscht und geführt wurde. Er hatte nie Freunde gehabt, sagte er, keine wirklichen Gespräche mit niemandem, und schon gar nicht über sexuelle Heldentaten, die, wie er beobachtet hatte, bei anderen Männern so überaus beliebt waren. Erst als er sie kennengelernt hatte, war ihm klar geworden, welch einsames Leben er bislang geführt hatte, schon als Kind, als seine Eltern ihn nie aus dem Haus gelassen hatten, außer um zur Schule zu gehen, weil sie Angst hatten, er könne sich im Tumult der Straße verlaufen, von den gewalttätigen Kindern aus den Vorstädten verprügelt werden, sich irgendeine Krankheit zuziehen.

Einziges Kind viel zu alter Eltern war er gewesen, mit dreizehn Jahren dann eine Halbwaise ohne Vater, und als er mit einundzwanzig auch seine Mutter zu Grabe getragen hatte, war er vom weit abgelegenen Ostfriedhof in die jetzt leere Pförtnerwohnung der Calle Toledo zurückgewandert, mit schmerzenden Füßen in zu engen Schuhen, mit dem steifen Filzhut und schwarzen Cape seines Vaters, so jung und schon eine Gestalt wie aus dem vorigen Jahrhundert, niedergedrückt von einer Last an Verantwortung, die niemals leichter wurde: die berufliche Laufbahn, die Entbehrungen bis zum Abschluss, das sichtbar dahinschmelzende Erbe des Vaters, dann die Ausschreibungen und Bewerbungen, die Verlobung, die neue Verantwortung für eine Familie, die noch größer wurde, als die Kinder kamen. Ausgerechnet in dieser Situation empfand er erstmals so etwas wie Erleichterung oder Erholung, untrennbar verbunden allerdings mit einem Gefühl von Entzug und Selbstverleugnung.

Er werde nichts mehr verschweigen, sagte er zu Judith, vor der er wie ein Invalide zusammengesunken im Sessel saß, die Handflächen flach auf das abgenutzte Leder der Armlehnen gelegt. Erst mit ihr hatte er entdeckt – und es heute wiedergefunden –, was es hieß, genussvoll mit jemandem zu reden, sich zu erklären, unmittelbare Verwandtschaft in Gefühlen und Gedanken zu finden, die er bis dahin für einsame Erscheinungen gehalten hatte. Immer die Angst, zur Last zu fallen; nie rechtzeitig die richtigen Worte zu finden und den Mut, sie auszusprechen; immer die Versuchung, zu schweigen und nicht anzuecken; die unablässige Frustration, sich wie ein Gast im eigenen Haus zu fühlen und in einem Leben, welches das einzige war, das er hatte, und das dennoch nie sein eigenes gewesen war.

Weil Judith ihm zugehört hatte, hatte er gelernt, sein Herz auf der Zunge zu tragen. Als sie aus seinem Leben verschwand, waren nicht nur ihre Abwesenheit und der sexuelle Entzug das Belastende gewesen, sondern mindestens ebenso die große Glocke des Schweigens, die sich wieder über ihn legte und unter der zu leben, alles durch das Glas der Gleichgültigkeit, Distanz und Missliebigkeit zu sehen, er nicht mehr gewohnt war. Doch jetzt hatte er sogar den mehr oder weniger unbewussten Skrupel verloren, die Dinge zu sagen, die sie gerne hören wollte, die sie dazu bringen könnten, sich zu verlieben.

Ohne die Hoffnung, sie noch einmal verführen zu können, überzeugt sogar von der Nutzlosigkeit und auch der moralischen Fragwürdigkeit eines solchen Versuchs, sagte er, was er dachte, was er war und was er oft nicht einmal vor sich selbst eingestanden hatte. Das schlechte Gewissen, sein Land verlassen zu haben, sei nicht so stark, dass er sich wirklich nach Spanien zurücksehnte, sagte er. Die Last der Verantwortung habe ihn jahrelang bedrückt und niedergeschlagen, genau wie die des Ehrgeizes und der trüben, nie eingestandenen Eitelkeit, und von diesen dreien – Eitelkeit, Ehrgeiz und Verantwortlichkeit – fühle er sich in diesem Augenblick, in dieser Nacht, befreit und entbunden, obwohl er natürlich nicht sagen könne, wie lange das anhalten werde, wann Schuldgefühle und Heimweh übermächtig werden und ihn dazu bringen würden, Erinnerungen mit Wünschen zu verwechseln. Er wollte kein Mitleid erwecken, nicht so tun, als wäre er jetzt lieber in Madrid und sähe hilflos der Zerstörung seiner Stadt zu, der Katastrophe einer wahnsinnigen Revolution, die Kirchen in Brand setzte und Banken verschonte, dem Karneval der Paraden und der Morde, der kaltblütigen Niedertracht, des verschwendeten Heldenmuts.

Er glaubte nicht, dass Salinas in seiner komfortablen Stellung als Gastprofessor am Wellesley College sich so zerrissen fühlte, wie er Judith gegenüber vorgab, sondern im Grunde eher geschmeichelt war, weil eine so junge und attraktive Frau, die Spanisch mit diesem klaren Madrider und leicht amerikanischen Akzent sprach, ihn bewunderte, seiner Eitelkeit als Professor und Dichter huldigte, dessen früherer Glanz in weiter Ferne lag. Selbstverständlich wollte er, dass die Republik gewann, sagte er, aber er sei nicht sicher, welche Art von

Republik es nach dem Bürgerkrieg in Spanien geben würde, und noch weniger sicher sei er, ob es ihm erlaubt sein würde, zurückzukehren, oder ob er das überhaupt wollte.

Alles, was mit solchem Grimm zerstört worden war, musste wieder aufgebaut werden. Bäume mussten gepflanzt werden, die durch die Bomben aus der Erde gerissen worden waren oder abgeholzt, um als Brennholz verwendet zu werden. Geplatzte Rohrleitungen mussten neu verlegt werden und die Bahngleise, deren verbogene Schienen über Schottersteinhaufen in die Luft ragten. Von Armeen auf dem Rückzug gesprengte Brücken mussten wieder aufgebaut, die Masten der so mühsam verlegten Telefonleitungen neu aufgerichtet werden. Doch wer erweckte die Toten wieder zum Leben? Wer gab den Verstümmelten Arme oder Beine zurück? Wer malte die Bilder, druckte die einzigartigen Bücher, die auf den Scheiterhaufen verbrannt worden waren? Wer milderte die Trauer, besänftigte den Hass, baute Bibliotheken, Kirchen, Laboratorien und Wohnhäuser wieder auf, die unter Mühen errichtet und an einem einzigen Nachmittag, in einer einzigen Nacht dem Erdboden gleichgemacht worden waren? Und sollte Spanien dann von denselben Wahnsinnigen, von denselben Verbrechern regiert werden, die das Land in die Katastrophe gerissen hatten? Deren jeder einzelne seinen Anteil an Verantwortungslosigkeit und Unvernunft zu tragen hatte; die aber alle, bis auf einige wenige, von Reue und von einsichtiger Vernunft nichts wissen wollten. Eines hatte er in seinem Beruf gelernt: Um ein Gebäude in seiner vollen Größe zu errichten, braucht es Zeit, weil Dinge mit organischer Langsamkeit wachsen, da mag man sich anstrengen, wie man will. Die Augenblicklichkeit der Zerstörung allerdings ist atemberaubend: das Benzin und die auflodernde Flamme, die alles verschlingt; der Schuss, der einen baumstarken Mann fällt.

Er sagte, am meisten habe ihn erstaunt, dass er sich in allen Dingen so gründlich habe irren können, besonders in denen, bei denen er sich am sichersten war. Alles, was er für solide und dauerhaft gehalten hatte, war von heute auf morgen zusammengebrochen, unspektakulär, fast wie nebenbei; sogar über sich selbst hatte er sich getäuscht. Er hatte sich immer für einen pragmatischen, rationalen Menschen gehalten, der nur bissigen Spott übrighatte für die ideologischen Wahnvorstellungen jener, die vollen Ernstes die Herrschaft des Proletariats oder des libertären Kommunismus proklamierten; die überzeugt waren, mit der Abschaffung des Geldes und der Einführung von Nudismus oder Esperanto oder freier Liebe könne das Paradies auf Erden errichtet werden; die Stalin oder Mussolini verehrten, mit geschlossener Faust oder ausgestrecktem Arm Parolen brüllten.

Er, der sich für einen Skeptiker gehalten hatte, war der Naivste von allen gewesen; er hatte sich eingebildet, sich nur mit Dingen zu beschäftigen, die berechnet und gemessen werden konnten, die einen zwar nur bescheidenen, aber unbestreitbaren Gewinn einbrachten, zu Fortschritt führten. Doch gerade der Fortschritt wurde in Spanien verleugnet. Nicht die Abschaffung des Eigentums und des Geldes, die in einigen Dörfern Aragóns anscheinend erfolgreich durchgeführt worden war; nicht das große Sowjetspektakel mit riesigen Bildnissen von Lenin und Stalin in den Straßen, mit Bataillonen von Proletariern, die mit einmütiger und arroganter Disziplin durch die Stadt paradierten. Der greifbare Fortschritt, die methodisch entwickelten technischen Erfindungen, alles, was er für so unbestreitbar irdisch gehalten hatte, dem geschwätzigen Wahn der Erleuchteten entrückt, was er so oft mit Negrín diskutiert hatte: gesunde Ernährung, Schulmilch, damit die Kinder der Armen kräftige Knochen bekamen, helle, luftige Wohnungen, Sexualaufklärung, damit die Frauen nicht unablässig Kinder bekommen mussten. Kein anderer Traum war so unvernünftig gewesen; der gesunde Menschenverstand war die anrüchigste aller Utopien geworden.

Doch wie hätte man nicht an den Fortschritt glauben können; daran, dass Gegenwart und Zukunft das verheißene Land waren, zu dem man im Gegensatz zu den traurigen Bewohnern der Vergangenheit gehörte, dieses absterbenden Reiches, das er selbst gut kannte, weil er den ersten Teil seines Lebens darin verbracht hatte. Du weißt nichts von den Dingen, an die ich mich noch erinnern kann, sagte er zu ihr: das Madrid des vorigen Jahrhunderts, Frauen mit schwarzen Schultertüchern und unrasierte Männer mit riesigen Schnauzbärten und Umhängen, die im Winter ihr halbes Gesicht bedeckten, und runden Filzhüten auf dem Kopf; von Maultieren gezogene Straßenbahnen und Karren mit großen, knarrenden Holzrädern, die über staubige Wege kamen und sich die Calle Toledo hinaufquälten. Fortschritt war keine Wahnvorstellung erhitzter Gemüter, die verbale Heißluft absonderten.

Er hatte gesehen, wie die Straßenbahnen elektrisch wurden und Autos die Pferdegespanne ersetzten, wie die Telefone kamen und Filmtheater entstanden, all die Dinge, die seine Eltern verwirrten und ängstigten, welche ja noch in der finsteren Vergangenheit zu Hause waren, seine Mutter vor allem, die ein paar Jahre länger gelebt und sich zum Schluss nicht mehr über die Straße getraut hatte, aus Angst vor den Straßenbahnen und Autos; die jedes Mal erschrak, wenn das in der Pförtnerwohnung installierte Telefon klingelte, die sich nicht weiter als bis zur Plaza Mayor in die Stadt traute, weil sie sich vor all dem Modernen fürchtete und sogar die Neonlichter der Leuchtreklamen sie schwindlig machten; die nie in ein Auto gestiegen war oder einen Fahrstuhl betreten hatte.

Der Fortschritt war so unaufhaltsam gewesen wie ein Hochwasser führender Fluss. Die Gebäude wurden immer höher, und dank des elektrischen Lichts war die nächtliche Finsternis aus den Städten verbannt. Der Fortschritt war umso mehr eine Gewissheit, als er ihn mit eigenen Augen gesehen hatte auf seinen Reisen in Europa. Was in Paris oder Berlin schon existierte, würde es auch in Madrid bald geben. Der visionäre politische Eifer einiger seiner Lehrer in Weimar hatte ihn nicht überzeugen können, umso mehr aber die strahlende Wirklichkeit der Architektur und Form, die er von ihnen lernte. Alle Möglichkeiten der menschlichen Intelligenz traten in dem schlichten Modell eines Hauses oder in einem der alltäglichen Gegenstände zutage, deren Gesetzmäßigkeiten ihnen Professor Rossmann enthüllte, oder in den Zeichnungen, die ihnen Paul Klee in seinen Vorlesungen erklärte; die wie Träume auszuufern schienen und doch von typografischer Präzision waren.

»Meine Kinder werden ein besseres Leben haben als ich, so wie ich ein besseres Leben als meine Eltern hatte«, sagte er. Die Republik war ja nicht durch Konspiration entstanden, sondern einfach durch den Druck des Zeitgeschehens, für das die Monarchie ein ebenso alter Hut war wie der Stummfilm oder die Maultierkarren der Fuhrleute, die mit dem Aufkommen von Lastwagen und Linienbussen von der Cava Baja gefegt wurden. Aber jetzt war Madrid, wenn die Nacht hereinbrach, dunkler und gefährlicher und menschenleerer als ein mittelalterlicher Wald, und die Menschen waren wie Schakale, primitive Horden, nicht mit Keulen oder Steinäxten bewaffnet, sondern mit Gewehren.

Er erzählte ihr von dem Gefühl, nach einer Bombardierung auf der Gran Vía aus der U-Bahn zu kommen und sich so verloren zu fühlen wie im Dunkel einer tiefen Schlucht, auf Glasscherben zu treten und über Trümmer zu stolpern, huschende Schatten zu sehen, die sich ängstlich in Hauseingänge drückten; wie befremdlich es war, mit anzusehen, wie aus ganz normalen Menschen, guten Bekannten, in die Enge getriebene Tiere geworden waren oder Jäger und Mörder. Er hatte sich in allem geirrt, am meisten aber in sich selbst, in seinem Platz in der Zeit. Sein Leben lang hatte er geglaubt, der

Gegenwart und der Zukunft anzugehören, und jetzt erst hatte er begriffen, dass er sich deswegen so fühlte, als sei er aus der Zeit gefallen, weil sein Land Vergangenheit war.

Er schluckte wieder, und als er in Judiths weit geöffnete Augen schaute, in denen sich der Feuerschein spiegelte, erinnerte er sich an etwas: Im Salamanca-Viertel, gegenüber dem Retiro, gab es eine Kirche, an der er fast jeden Morgen vorbeikam, erzählte er. Ein Blinder mit einem Hund spielte vor dem Eingang Geige, immer dieselben mühsam zum Klingen gebrachten Melodien, das *Ave Maria* von Schubert oder von Gounod, die *Hymne vom hl. Herzen Jesu,* eine Mütze zu seinen Füßen, damit die frommen Kirchgänger ihm ein Almosen hineinlegen konnten, bewacht von dem Hund, der mit dem Schwanz wedelte, wenn er das Klimpern von Münzen hörte. Wenn er am Klappern von Absätzen erkannte, dass sich kein frommes Mütterchen, sondern junge Frauen näherten, spielte er moderne Weisen. Eines Tages, Ende Juli, war die Kirche angezündet worden und bis auf die Mauern abgebrannt. Der Blinde verschwand, und er hatte schon geglaubt, ihn nie mehr wiederzusehen; doch eines Morgens hörte er das mitleiderregende Jaulen der Geige, noch bevor er die Kirchenruine erreicht hatte, und da stand der Blinde und spielte dieselben frommen Lieder, und der Hund zu seinen Füßen passte auf die Mütze auf, in die jetzt kaum noch jemand eine Münze warf.

Der Blinde aber stand wieder jeden Morgen vor den Überresten der Kirche, als hätte er von ihrer Zerstörung nichts mitbekommen oder als wäre sie ihm egal. Zwischen zwei *Ave Maria* spielte er jetzt mit derselben quälenden Schmalzigkeit die *Internationale* oder die Riego-Hymne oder »Auf die Barrikaden«. Als er sich eines Tages wieder dem Bettler näherte, auf der anderen Straßenseite noch, überholte ihn mit hoher Geschwindigkeit ein Auto, eine alte Luxuslimousine mit unbedachtem Vorderteil für den Chauffeur und chromglänzenden

Radkappen, aus deren Seitenfenster Köpfe und Gewehrläufe lugten. Er ging so natürlich wie möglich, auch noch, als ein wenig versierter Fahrer krachend den Rückwärtsgang einlegte und mit quietschenden Reifen zurücksetzte, ein Gewehrlauf sich auf den Bettler richtete und unter lautem Gelächter eine Salve abgefeuert wurde und der Hund durch die Luft flog, nur noch ein Bündel aus blutigem Fell. Mit der Geige in der einen und dem Bogen in der anderen Hand stand der Blinde zitternd da und verstand gar nichts, kniete langsam nieder und tastete mit ausgestreckten Fingern durch die Blutlache, während das Auto wie im Kino schleudernd wendete und am Ende der Straße verschwand.

»Ich erzähle dir das aber nicht, um dich zu entmutigen«, sagt er. »Du wirst tun, was du tun musst. Ich erzähle dir das, damit du dir eine Vorstellung davon machen kannst, wie es in Madrid zugeht.« Denn es stimmte, dass er sie jetzt nicht mehr von ihrem Plan abbringen wollte. Was ihn in diesem Moment an Judith erregte, war das, was er in ihr hatte aufblitzen sehen und was ihn so verwirrt und manchmal sogar erschreckt hatte, als er sie gerade erst kannte: der Anblick einer ungeheuer begehrenswerten Frau, die zugleich so souverän handeln und mit einer ironischen Intelligenz aufwarten konnte, wie er sie eher von Männern kannte – wie die Frauen, die er in Berlin mit kurzen Röcken und Stöckelschuhen die Hauptverkehrsstraßen überqueren oder in den Straßencafés hatte sitzen sehen, laut lachend und Zigaretten rauchend und sich einen Tabakskrümel von den rot geschminkten Lippen zupfend. Die Lebhaftigkeit, die sie von ihm trennt, ist das, was er am meisten an ihr liebt. Wäre sie gekommen, um bei ihm zu bleiben, würde er sie vielleicht nicht so sehr lieben. Jetzt spricht Judith und lächelt erstmals dabei, dieses unwillkürliche Lächeln, das eine Erinnerung wachruft und in den Mundwinkeln seinen Anfang nimmt, wenn die Lächelnde es noch gar nicht weiß.

»Ich habe meiner Mutter von dir erzählt, im Krankenhaus, wenige Tage bevor sie das Bewusstsein verloren hat. Manchmal waren die Schmerzen nicht so stark, dann brauchte sie weniger Morphium und war über Stunden ganz klar und wach. Sie war sicher, dass ich in Madrid jemanden kennengelernt hatte. Sie wusste es, weil nicht mehr so viele Briefe von mir kamen. Meiner Mutter konnte man nichts vormachen. Sie fragte mich etwas, und ehe ich mich's versah, erzählte ich ihr schon von dir. Ich dachte, sie würde ärgerlich werden, wenn sie es erführe. Meinen ersten Mann hat sie nämlich gar nicht gemocht. Sie hatte schnell rausgekriegt, dass ich ihn nur heiraten wollte, weil sie und mein Vater und meine Brüder dagegen waren. Sie fand es schrecklich, mich offenen Auges in mein Unglück laufen zu sehen und mich nicht davon abhalten zu können. Und im Grunde hatte sie nur Angst, dass ich in Europa wieder so einen Fehler begehen könnte. Meine Mutter war der Meinung, dass niemand aus Erfahrungen lernt. Sich abschrecken lässt. Dieser spanische Ausdruck hätte ihr gefallen, für den es im Englischen keine Entsprechung gibt. Als sie also bemerkte, dass meine Briefe seltener kamen und auch der Ton sich geändert hatte, wusste sie gleich, dass etwas passiert war. Deine Briefe waren wie Reiseführer, sagte sie mir. Diesmal wollte sie aber nicht nachfragen, wollte nicht zeigen, dass sie sich um mich sorgte, weil sie fürchtete, dass ich auf jede Art von Einflussnahme wieder genauso unvernünftig reagierte. Ich erzählte ihr von dir, und sie stellte Fragen. Dann habe ich ihr ein Foto von dir mitgebracht. Ich zeigte ihr das Foto und konnte gar nicht glauben, dass ich dazu imstande war. Als wären wir verlobt; als hättest du mir einen Ring geschenkt. Sie setzte ihre Brille auf, um besser sehen zu können, und sagte: *I'm glad to tell you this one is far more handsome than your former husband.* Sie sagte, du sähst aus wie ein Kavalier alter Schule. Sie betrachtete das Foto durch ihre Lesebrille, und ihre Hände waren so schwach, dass sie es kaum halten konnte. *He looks like a true gentleman to me,* sagte sie mir, und ich war stolz, zugleich ärgerte ich mich über mich selbst und wurde rot, als sie die Brille abnahm, mich anschaute und fragte, was ich schon erwartet hatte, dass sie es fragen würde, was sie gleich erraten hatte, als sie das Foto sah, oder viel früher schon, als meine Briefe seltener kamen. *Is he married by any chance?* Doch anstatt zu schimpfen oder ernst zu werden, als ich es ihr bestätigte, schüttelte sie nur den Kopf und lächelte, was ihr aber nicht gelang, da sie einen Hustenanfall bekam und beinahe daran erstickte, so winzig, wie sie da in ihrem Nachthemd im Bett lag, wie ein Vögelchen, nur Haut und Knochen, und ihre Hände, die so schön gewesen waren und auf die sie immer so stolz war, waren dürr wie bei einer Mumie. Wie sagt man auf Spanisch dazu? Wie Rebholzreisig. Aber man sah deutlich, dass du ihr gefallen hast, und ich musste denken, dass sie dir auch gefallen hätte. *A good man is hard to find,* sagte sie, und ich war erstaunt, dass sie nicht ärgerlich geworden war. *A good man is hard to find but it can get even harder once you have found him.* Sie fragte mich, wo du seist, ob du zu mir nach Amerika kommen wolltest oder ob ich vorhätte, wieder nach Spanien zu gehen, trotz der Dinge, die dort passierten, wie man aus Radio und Zeitungen erfahren konnte. Da hatte ich die ganze Zeit Angst gehabt, dass sie von deiner Existenz erfahren könnte, und jetzt bedauerte sie bloß, dich nicht kennenlernen zu können. Ich verließ sie dann und besuchte sie am nächsten Morgen wieder. Vielleicht hatte sie noch geschlafen, denn sie schlug die Augen auf, als ich ins Zimmer kam, und fragte nach dir – mit ihrem ironischen Ton in der Stimme: *Any news from the darkly handsome Spanish gentleman?* So viel Angst und schlechtes Gewissen wegen nichts.«

Vom Reden war sein Mund trocken geworden, und er war in die Küche gegangen, um ein Glas Wasser zu holen und den Teller mit den Resten von Judiths Abendessen abzustellen. Zurück in der Bibliothek, hat er sie dort nicht mehr angetroffen. Ihre Schuhe und Strümpfe lagen noch am selben Platz vor dem Kamin, aber der Koffer, den sie an der angelehnten Tür abgestellt hatte, war nicht mehr da. Die Kerze auf dem Tisch war bis auf einen Stummel heruntergebrannt, das geschmolzene Wachs zum größten Teil über den Fuß des Kerzenhalters gequollen. Die Flamme in der Petroleumlampe war nur noch eine flackernde bläuliche Zunge. Aus dem Radio klang immer noch Musik, weiter entfernt aber und von piependen Störgeräuschen durchsetzt.

Wenn Judith nach oben gegangen war, ging sie jetzt barfuß, und er konnte ihre Schritte nicht hören. Als er das Radio abschaltete, hörte er den Wind in den Bäumen wie nächtliches Wellenrauschen und kurz darauf in eine Badewanne platschendes Wasser. Der Beginn der Nacht schien ihm ebenso weit entfernt wie ihr mögliches Ende. Das Herz schlug ihm bis zum Hals und trieb ihn entschiedener voran als seine Schritte. Jetzt ist er oben angekommen, und da er das Geräusch des Wassers nicht mehr hört, kann er sich nur noch an dem Lichtstreifen orientieren, den er unter einer Tür am Ende des Korridors gesehen hat, auf dem sich sein Zimmer befindet. Die rechte Hand zittert ein wenig, als sie sich an der Wand entlangtastet. Seine Fingerkuppen sind kalt geworden. Er schluckt Speichel hinunter, und gleich darauf ist sein Mund wieder trocken, die Zunge fast so rau wie seine Lippen.

Jedes Mal, wenn er eine Tür anfasst, fürchtet er, sie könnte verschlossen sein. Er tritt in das Schlafzimmer, aus dem er das Licht gesehen hat, und sieht Judiths Koffer aufgeklappt auf dem Boden neben dem Nachttisch, auf dem die Lampe mit dem bläulichen Glasschirm brennt. Hinter der Badezimmertür hört er das Geräusch eines Körpers, der sich in einer vollen Badewanne bewegt. Wenn er sie öffnen will, wird er sie verschlossen finden; er wird versuchen, den Porzellanknopf zu drehen, und er wird sich nicht bewegen. Aber die Tür ist nur angelehnt, und als er dagegendrückt, kommt ihm ein warmer Schwaden von Wasserdampf entgegen. Mit dem nassen, nach hinten gestrichenen Haar ist Judiths Stirn größer, was ein wenig die Form ihres Gesichts verändert. Er erkennt die klaren Linien ihres in Wasser und Schaum versunkenen Körpers, wagt seinen Blick aber nicht zu senken. Er sieht die Schultern sich aus dem Wasser erheben und die beiden Knie nahe zusammen. Hose, Bluse und Unterwäsche liegen auf den feuchten Fliesen. Aus dem Augenwinkel sieht Ignacio Abel in dem vom Dampf beschlagenen Spiegel das verschwommene Abbild seines Gesichts. »Gib mir das Handtuch«, sagt Judith, und er schaut sich um und versteht nicht. »Es hängt hinter dir an der Tür.«

Sie hat ihm gesagt, wie sehr sie ein Bad gebraucht habe. Dass sie verschwitzt gewesen sei und in ihren Muskeln die ganze Müdigkeit der Autofahrt gespürt habe. Sie hat ihm gesagt, er solle auf sie warten. Er ist aus dem Badezimmer gegangen, ohne die Tür ganz zu schließen, und sitzt jetzt auf dem Bett, mit dem Rücken zum Fenster, hinter dem sich die Schatten der Baumkronen wiegen und in weiter Ferne die Lichterkette eines Zuges vorbeizieht, den er hören kann, ohne sich umzudrehen. Er hat sie ins Wasser tauchen und wieder hervorkommen hören, wobei der Schaum vielleicht über den Badewannenrand gequollen ist. Das Wasser tropft von ihrem glänzenden Körper, als sie aufsteht und mit geschlossenen Augen nach dem Handtuch tastet. Dann ist es fast still, nur das Reiben des Frottees auf der geröteten Haut. Er sieht, was er hört, die Augen starr auf die Badezimmertür gerichtet, in der jeden Augenblick Judith erscheinen wird. Er trägt immer noch seine Jacke und auch die Krawatte. So könnte er auch auf einem Hotelbett sitzen, gerade angekommen, noch etwas benommen und steif von der Reise, sich langsam an den Ort des Alleinseins und des Übergangs gewöhnend. Aus einem Heizkörper mit eisernen Füßen dringt eine trockene Hitze, doch die Kälte, die er vorhin nur in seinen Fingerkuppen gespürt hat, ist ihm jetzt in beide Hände gekrochen. Er zittert beinahe. Wenn er jetzt versuchte, aufzustehen, würde ihm schwindlig werden; er hätte Angst, ohnmächtig zu werden, aufzuwachen. Die Erregung hat etwas von grimmigem körperlichem Schmerz, von roher Panik. So tief er auch einzuatmen versucht, die Luft dringt nicht bis in seine Lungen. Er hört etwas an das Glas der Ablage stoßen, an die Keramik des Waschbeckens. Judith hat sich gekämmt und danach die Zähne geputzt. Ein Wasserhahn wird abrupt zugedreht. Aber er hört nicht, wie die Tür aufgeht. Als er aufschaut, steht Judith mit nackten Schultern vor ihm, das Handtuch unter der Achsel verknotet. *Long time no see,* wie lange hat er diesen Ausdruck nicht mehr von ihr gehört; diese mit süßer Ironie gesprochenen Worte jedes Mal, wenn sie einander nackt gegenüberstanden.

Er unternimmt einen unbeholfenen Versuch, auf die Beine zu kommen, doch mit einer weiteren vertrauten Geste hält sie ihn davon ab. Sie kniet vor ihm nieder und beginnt, ihm die Schuhbänder aufzubinden. Das ist schwierig, weil die Schnürsenkel fadenscheinig und die Knoten fest gebunden sind und sie keine langen Fingernägel hat. Sie zieht ihm einen Schuh aus, und als sie ihn fallen lässt, poltert er auf die Fußbodenbretter. Im Licht der Nachttischlampe sieht er ihre kräftigen, etwas sommersprossigen Schultern, das nach unten gewandte Gesicht, die Schlüsselbeinknochen, die vom Handtuch zusammengepressten Brüste. Sie zieht ihm den anderen Schuh aus, lässt ihn fallen, dann die Socken. Sie streichelt seinen großen, plumpen Fuß mit beiden Händen, und dabei löst sich das Handtuch. Ihr schlanker, wohlgerundeter Körper bietet sich seinen Augen dar, und sie unternimmt keinen Versuch, ihn wieder zu bedecken. Sie schaut zu ihm auf, sucht seine Augen, hält seinen Fuß in beiden Händen und drückt ihn gegen ihre Brüste, die breite, raue Sohle. Ebenso wie die Berührung mit der warmen Haut bewegt ihn die Intensität der Erinnerung.

Sie richtet sich auf, und da er den Mund geöffnet hat, um freier atmen zu können oder um etwas zu sagen, legt sie ihren Zeigefinger auf seine Lippen. Wir haben jetzt genug geredet.

Alles ist genau wie sonst und sogar noch viel besser als in der Erinnerung. Er will sich ausziehen, doch sie lässt ihn nicht. Er könnte gerade von seiner Arbeit in der Universitätsstadt gekommen sein, ungeduldig, noch mit Jacke und Krawatte, den Geruch eines langen Arbeitstages und der Erregung an sich, die Schuhe staubig vom Gang über den Bau. Wie damals reizt sie ihn auf und zügelt zugleich seine Hast. *There is time, plenty of it. We're not in a hurry, not anymore.* Und wie früher sagt sie: *Time on our hands.* Ihre Hände durchwühlen sein Haar und lösen die Krawatte, ziehen sie ab und knöpfen das Hemd auf, erreichen den Gürtel. Das Rattern eines Zuges dringt aus der Ferne herein, und er fragt sich verschwommen, wie lang es her ist, dass er auf diesem jetzt schon unwirklich weit zurückliegenden akademischen *dinner* war, leicht betrunken und mit einem Anflug von Übelkeit in Stevens' Auto über den Waldweg gefahren ist; wie lang, dass er das Klopfen an der Tür gehört hat und mit der Petroleumlampe in der Hand hinge-gangen ist und gedacht hat, wie unvernünftig es war, zu hof-fen, dass Judith vor ihm stünde, wenn er die Tür öffnete. Die Zeit in unseren Händen: In seinen liegen Judiths Brüste noch feucht und warm vom Bad, und ihre streicheln sein Gesicht, als müssten sie sich wieder mit ihm vertraut machen, streichen über die harten Stoppeln des Bartes. Angst und Schwindel sind jetzt verflogen, seine Hände fühlen sich nicht mehr kalt an. Sein Herz pocht kräftig, aber nicht mehr beschleunigt.

Sie wird die Herzschläge gehört haben, als sie sich hinunter-gebeugt und seine Brust geküsst, sie mit den Lippen beknab-bert und die Zähne nur leicht zusammengebissen hat. Judith schlägt auf der anderen Seite das Bett auf und legt sich hinein, Handtuch und Kleidung und Schuhe auf einem Haufen auf dem Boden, liegt lang ausgestreckt und rührt sich nicht, hat die Decke bis ans Kinn gezogen. Ihr ist kalt geworden, als sie unter die Laken kroch. Er legt sich neben sie auf die Seite, kann ob der eigenen Blöße ein Gefühl von Scham nicht ganz unterdrücken, und bevor er sie nicht in den Armen hält, kann er sich auch an das Gefühl für Judiths langen, weichen Körper nicht erinnern und sich darauf freuen. Doch dann hat er alles zugleich, den Geschmack ihrer Küsse und die sanften Rundungen des Bauches, der Hüften und Knie bis zu ihren Fersen und Fußspitzen, von einer harten Brustwarze bis zum spärlichen und etwas borstigen Haar ihres Schamhügels, borstig vor allem im Kontrast zur samtweichen Haut. Er lüftet die Bettdecke, um sie im Licht der Lampe besser zu sehen. Judiths Knie und Füße sind kalt, die Augen geschlossen, der Mund ist lustvoll geöffnet, und in seinem Geschmack findet er so ganz und gar sie selbst wie in ihrem Blick oder ihrer Stimme. Noch etwas unsicher hält er sie in seinen Armen, und nach einigen Minuten hat sie aufgehört zu zittern, schmiegt sich jedoch weiterhin an ihn, beider Beine ineinander verschlungen. Als seine Hand an ihrem Bauch hinuntergleitet, presst sie die Oberschenkel aneinander und hält sein Handgelenk fest. Wir haben keine Eile, flüstert sie an seinem Ohr, die Schenkel immer noch zusammen, du sollst meinen ganzen Körper streicheln und liebkosen.

**37** In der Dunkelheit hat Judith seinen Namen geflüstert, so nah an seinem Ohr, dass er ihren Atem und ihre Lippen gespürt hat. Aber er war noch im Halbschlaf und hat nicht genau verstanden, was die Stimme gesagt hat: drei Silben einer Liebeserklärung auf Spanisch oder Englisch oder nur die seines Namens, ausgesprochen, als wäre es der Schlüssel zu einem Geheimnis, mit einem gedehnten Akzent, der die Vokale leicht verändert, spröder klingen lässt als im Spanischen, mit kleinen Pausen dazwischen, deren jede von Zunge und Lippen neue Stellungen verlangt. Einen Moment lang war die Stimme – Ruf und Zärtlichkeit zugleich – das Einzige, was existierte in dieser Dunkelheit, von der er nicht weiß, ob sie zum Schlaf oder zum Wachsein gehört, zu dieser oder jener Seite des Erwachens, noch wann oder wo. Um ihn herum ist die Nacht eine schwarze Grenzenlosigkeit, ohne sicht- oder hörbare Bezugspunkte, nur die Stimme an seinem Ohr, die den Namen oder den Satz mit den drei Silben ausspricht, die im Spanischen dieselbe Betonung haben wie im Englischen.

Vielleicht aber war er auch eben erst eingeschlafen und hat genau das geträumt, was auch in Wirklichkeit passiert ist; sein Verstand und seine Gefühle – die angenehme Müdigkeit, der lange, nackte, an einigen Stellen noch feuchte Körper dicht an seinen eigenen gedrängt – als ebenso schwereloser Teil der Dunkelheit wie der Klang der Stimme, der in ihr Gestalt annimmt und wieder vergeht wie langsame, körperlose Schallwellen, von der gleichen Beschaffenheit wie die Geräusche des Regens und des Windes im Wald oder das nahe Pfeifen eines Käuzchens. Die Kleidung auf dem Fußboden, die geöffneten Koffer, die Brieftasche in einer der Manteltaschen, der Zeichenblock, die Blätter mit den Skizzen auf dem Tisch vor dem Fenster, der Pass mit dem Foto eines Mannes, den er selbst nicht mehr erkennt, die Quittungen aus den Restaurants, die Hotelrechnungen mit ihrem jeweiligen Datum, mit ihren Stempeln und den Spalten handgeschriebener Zahlen, die Ansichtskarte für seine Kinder, die er in den Briefkasten der Pennsylvania Station zu werfen vergessen hat, als er glaubte, seinen Zug nicht mehr zu erreichen, und die er auch morgen vergessen wird, selbst wenn er zufällig auf sie stößt, während er sich auf der Suche nach einem Bleistift die Jackentaschen abklopft.

Aller Dinge hat er sich vorübergehend entledigt in dieser schwebenden Zeit, die nur noch ein paar Minuten anhalten wird, vergeben sind ihm Vergangenheit und Zukunft, er gleicht einem Schwimmer, der auf dem Rücken liegend auf dem Wasser eines Sees treibt, in der tiefsten Tiefe einer Nacht ohne Lichter, die Arme um Judith geschlungen, die seinen Namen geflüstert hat, weil sie wissen wollte, ob er schläft oder wach ist, nur um sich seiner Anwesenheit zu versichern, seiner und ihrer eigenen, des Namens, der ein Anrufen ist und ein Anerkennen, eine Beschwörung, Luft, die über die Lippen kommt, eine Weile im Dunkeln schwebt und sich dann verflüchtigt. Beide Namen von Hand auf einen Briefumschlag geschrieben, Ignacio Abel, Judith Biely, mit Schreibmaschine auf die freie Stelle über der gestrichelten Linie eines Dokuments getippt, mit einem Kohlepapierdurchschlag, dessen Buchstaben im Lauf der Jahre verblassen, je weiter sich diese Nacht Ende Oktober 1936 in einer immer ferneren Vergangenheit verliert. Aber es ist schon so viele Stunden her, dass es dunkel wurde – als am späten Nachmittag der Tag sich neigte, saß er noch am Rand der mit Gestrüpp und Laub gefüllten Grube, an deren Wänden man die senkrechten Riefen der Baggerschaufeln erkennen konnte –, und obwohl Ignacio Abel die Augen jetzt weit offen hat, ist die ungemütliche Nähe des neuen Tages nicht einmal zu ahnen, und was er erlebt hat in dieser Nacht, und jetzt noch erlebt, ist schon halb Erinnerung, halb Traum.

Judiths Lippen, die sich gewölbt haben, um seinen Namen auszusprechen, streichen jetzt über seine Wange und seinen Hals, und die Hand, die seine festgehalten hat, führt sie jetzt den Bauch hinab über Spuren erkalteter Feuchtigkeit und lässt sie jetzt ruhen, drückt sie ein bisschen, als sie die Oberschenkel ein wenig spreizt, ihr Zeigefinger auf seinem Mittelfinger, dessen feucht gewordene Kuppe vorsichtig eindringt, so behutsam, wie ihre andere Hand seinen Körper abtastet, wiedererkennt und fest zudrückt, aufs Neue fordernd, ihn zu neuem Leben erweckt, obwohl seine Erschöpfung der Schmerzgrenze und einer Ohnmacht nahe ist. Wieder kleben die beiden Körper ekstatisch aneinander, Judith weit offen, die Beine um ihn geschlungen, die Fersen in seinen Rücken geschlagen und sich fast verrenkend, um ihn tiefer in sich zu bringen, ihm mit einer Hand den offenen Mund zuhaltend, der über ihrem Gesicht wimmernde Laute ausstößt, ihr süße, obszöne Worte auf Spanisch und Englisch ins Ohr haucht, die sie sich gegenseitig beigebracht haben und jetzt erstmals wieder einander zuflüstern. Judith beschleunigt den Rhythmus oder dehnt ihn unendlich lange aus, wobei ihr Unterkiefer dieses eigenartig knackende Geräusch von sich gibt, wenn sie keuchend die Luft einsaugt, ihr gespannter, biegsamer Körper schweißglänzend in der Dunkelheit, während sein Schatten sich auf ihr bäumt wie ein gewaltiger Buckel, er durch die Nase schnauft und aufstöhnt wie ein verwundetes Tier, dann neben ihr zusammenbricht, nicht mit einem Schlag, sondern langsam niedersinkend, kraftlos ihre Lider küsst, die Schläfen, die Wangen, die Lippen.

Er schläft wieder ein, und wenn er wach wird mit dem Gefühl, aus einem tiefen Traum aufzutauchen – und mit einem kurzen Schrecken, weil ihm kalt ist und er glaubt, von irgendwas geweckt worden zu sein –, wird die Morgendämmerung schon eingesetzt haben und Judith nicht mehr im Bett an seiner Seite liegen. Er wird wissen wollen, wie spät es ist, doch als Judith ihn am Abend ausgezogen hat, hat sie ihm auch die Armbanduhr abgenommen, und jetzt liegt sie wohl irgendwo unter den Kleidern am Boden, wahrscheinlich stehen geblieben. Er wird seine schmerzenden Knochen fühlen, die kraftlosen Muskeln, den erkalteten Geruch ihrer Körper riechen, der deutlich in der Luft wahrzunehmen ist und in den Laken. Wieder wird die Angst ihn erfassen, dass Judith gegangen ist, während er schlief, er wird vergebens die Ohren spitzen, die Stille im Haus wird seine Sorge noch steigern, der Regen, der beim Aufwachen so unvermindert anhält, wie er ihn beim Einschlafen begleitet hat oder wie sie ihn bei ihrem Gespräch am Kamin im Hintergrund gehört haben, dieser fulminante amerikanische Regen, der die ozeanischen Flüsse anschwellen und die Bäume in diesen Wäldern wie Kathedralen in die Höhe wachsen lässt.

Wegen dieser ersten schwachen Helligkeit, noch gedämpft von einem Nebel, der träge über den Baumkronen schwebt, ist die Nacht, die in den dunklen Zimmerecken noch andauert, dennoch schon die vergangene Nacht. Er wird aufstehen und mit der Angst zum Fenster gehen, Judiths Auto nicht mehr vor dem Haus stehen zu sehen. Auf der Fensterscheibe, die wegen der Wärme im Zimmer beschlagen ist, ziehen vereinzelte Tropfen krumme Bahnen. Dann wird er aber feststellen, dass das Auto noch da steht, schwarz und massig und im Regen glänzend. Und während er nackt am Fenster steht und das kalte Glas berührt, das sein Atem noch undurchsichtiger macht, dringt als Bestätigung, dass Judith nicht gegangen ist, das Klappern von Tellern und Tassen an sein Ohr, und aus der Küche riecht er den Duft von frischem Kaffee und geröstetem Brot. Zusammen mit Judith aufzuwachen und mit ihr zu frühstücken sind Geschenke, die er nur selten bekommen hat; eine häusliche Erweiterung der Liebe, die er nur während jener vier Tage in dem Haus am Strand kennengelernt hat, die ein Höhepunkt zu sein versprachen, in Wirklichkeit aber schon ein Epilog waren, angstvoll erwarteter Vorabend der Rückreise nach Madrid, in die Hitze und die Raserei des Frühsommers, zur Entdeckung der geöffneten Schublade und der auf dem Boden verstreuten Briefe und Fotos, zum rachsüchtigen Klingeln des Telefons.

Bevor er sich anzieht und zur Küche hinuntergeht, wird er sich vor dem Spiegel im Badezimmer waschen, wo Judith geduscht hat, ohne dass er aufgewacht ist, so tief hat er geschlafen. Er müsste sich auch rasieren: In der Nacht hatte sie über seine Bartstoppeln gestrichen und gesagt, er solle aufpassen, dass er sie nicht kratze. Aber er wird sich nur mit den Fingern durchs Haar fahren und schnell nach unten gehen, weiterhin besorgt, sie vielleicht doch nicht mehr anzutreffen. Wenn er sie dann in der Küche stehen sieht, wird Judith sich lächelnd zu ihm umdrehen, schon reisefertig gekleidet, mit heiterer, ausgeruhter Miene und voller Energie, obwohl sie kein Auge zugetan haben dürfte in der Nacht. Und er wird sich an die Bedingung halten, die sie gestern Abend gestellt hat, um nicht fortzugehen, wird nicht versuchen, sie zum Bleiben zu bewegen.

In der Diele wird er den gepackten Koffer neben der Haustür bemerkt haben. Während er zusieht, wie Judith Teller und Kaffeetassen auf den Tisch stellt und das getoastete Brot und die Rühreier verteilt, wird er daran denken, dass er jeden einzelnen Tag gebraucht hat, den er sie jetzt kennt, die ganze Zeit der Trennung und der Furcht, sie nie wiederzusehen, und die Gewissheit, dass sie jetzt im Begriff steht zu gehen, ohne dass es ihm möglich ist, diesen einfachen Augenblick zu genießen. Das Ganze wird für ihn eine gründliche Lehrzeit gewesen sein, die nicht erst begonnen hat, als Moreno Villa sie vor etwas über einem Jahr in der Residencia einander vorstellte, sondern ein bisschen früher, an dem Tag, an dem er sie an einem Klavier sitzen sah, ihm den Rücken zugewandt und sich halb zu ihm umdrehend, sodass er einen Moment lang ihr Profil sehen konnte: primitives sexuelles Begehren, schäbige Schlauheit beim Lügen und Verschleiern und Erfinden von Vorwänden, um mit Judith zusammen sein zu können, auch dann noch, als ihm wahrscheinlich schon längst nicht mehr geglaubt wurde; das unerträgliche Verlangen, das Gefühl, alles verloren zu haben, die quälenden Tage der Schmach, die Madame Mathildes raubgieriger Hand überlassenen Geldscheine, die Einsamkeit in New York.

Mit derselben Geduld, mit der sie intimes Vokabular und Redewendungen auf Englisch für ihn wiederholte, hatte Judith ihm auch gezeigt, wie er sie küssen und streicheln sollte, hatte seine Hand geführt, seine Finger gedrückt, sein Handgelenk festgehalten und ihm genau gezeigt, welchen Druck jede Liebkosung brauchte und welchen Rhythmus das Begehren. Aber sie hatte ihn auch gelehrt, leidenschaftlich und aufmerksam ein Gespräch zu führen, auf Dinge zu achten; das verlangte ihr wohlüberlegter und zugleich intuitiver Anspruch an Ästhetik, der in ihrer Art, sich zu kleiden, ihre Schuhe, einen Hut oder eine Brosche für ein Kostüm auszuwählen, ebenso zum Ausdruck kam wie in der Weise, in der sie jetzt den Frühstückstisch deckte, Teller und Tassen, Messer und Gabel und Kaffeelöffel symmetrisch ausgerichtet, die Marmeladentiegel, die sie in der Speisekammer gefunden hatte. Immer schnell und doch hoch konzentriert. Ohne Eile, so erinnerte er sich an sie während ihrer Zeit in Madrid, mit ihrer Liebe zu spanischen Redewendungen; oder mit einer Eile, die sich Zeit ließ.

Im Begriff, sich zu trennen und nicht zu wissen, ob sie sich je wiedersehen, werden sie nicht in Versuchung geraten, über endgültige Dinge zu sprechen, über den Kummer, der lautlos ihrer beider Inneres aushöhlt, während Minute für Minute die Zeitlinie näher rückt, die unwiderrufliche Grenze des Abschieds. Geständnisse werden in der versiegelten Kammer der vergangenen Nacht aufbewahrt bleiben, im Licht des Kaminfeuers, als sie sich noch nicht getraut haben, einander zu berühren, noch nicht einmal, einen weiteren Schritt zu tun oder die Hand auszustrecken, um dem Kreis der Einsamkeit näher zu kommen, der den anderen umgab. Während sie frühstücken, werden sie Einsilbigkeiten von fast häuslicher Trivialität wechseln, weil sie nicht mit Worten die Erinnerung an das herabsetzen wollen, was sie erlebt haben, seit sie im Schlafzimmer zusammengetroffen sind, im Halbdunkel des vom Licht aus dem Bad etwas erhellten Zimmers und später in der Dunkelheit, in der das Fenster nach und nach als verschwommenes Rechteck erkennbar wurde, kaum genug, um sich sehen zu können.

Überhaupt waren sie mit dem Dunkel und der Stille im Bund, mit ihren sich gegenseitig ins Ohr gehauchten Namen und den kleinen geheimen Wörtern, die das Verlangen noch steigerten. Sie werden sich fragen, wie sie geschlafen haben, werden um Zucker oder Milch bitten, eine weitere Tasse Kaffee anbieten. Er wird wissen wollen, wie lange sie mit dem Auto bis New York braucht, wann das Schiff ablegt, welchen Hafen in Frankreich es anläuft und wie lange die Überfahrt dauern wird. Judith wird ihm erzählen, dass sie seine Entwürfe für die Bibliothek gesehen hat, während er schlief, und er wird ihr erklären, was er sich dabei gedacht hat: Das Gebäude soll weithin zu sehen sein, aber jäh vor einem auftauchen, wenn man sich über den Waldweg nähert; man soll es vom Fluss aus sehen oder von einem vorüberfahrenden Zug, doch wer sich ihm zu Fuß nähert, wird es zwischendurch aus den Augen verlieren, und das nicht nur im Sommer, wenn die Bäume dicht belaubt sind, sondern auch wintertags, weil die Außenmauern aus dem Stein dieser Gegend gemacht sein werden, dessen Farbe zwischen Eisen und oxidiertem Kupfer changiert und von dem Farbton der mit Flechten überzogenen Baumstämme kaum zu unterscheiden sein wird.

Wenn jemand sie hörte, wenn jemand auf dem Weg vorbeiginge und sie durch das Küchenfenster sähe, würde er denken, dass sie früh aufgestanden sind, um das gemeinsame Frühstück zu genießen, dass ein langer Arbeitstag auf sie wartet und eine erschöpfte, dankbare Rückkehr am Abend, und dass sie schon viele solcher Tage erlebt haben wie den, der jetzt beginnt, in diesem Haus oder auch in einem anderen, und dass Zeit und Erfahrung ihre Liebe zu einem kameradschaftlichen Miteinander gedämpft haben, in dem das sexuelle Begehren jedoch immer noch lodert, was sie zwar nach außen hin nicht zeigen, doch in jeder ihrer Gesten deutlich wird. So gut kennen sie sich, dass es weder einen verborgenen Körperteil an ihnen gibt, den der andere nicht erforscht und geschmeckt hätte, noch eine Lust, die sie nicht sofort erraten würden. So wenig kennen sie sich als Liebende einer einzigen Nacht. Erst nach und nach, je heller der Tag wird und die Minuten verstreichen, merken sie, dass, obwohl sie es nicht wollen, die Trennung schon auf ihnen lastet, als würde der Boden unter ihren Füßen abnehmen und dünner werden, als würde die Schwerkraft zunehmen, sodass es ihnen schwerfällt, die Gabel in der Hand zu halten, die Tasse zum Mund zu führen, später die wenigen Schritte über den brüchigen Boden, *stepping on thin ice,* zur Diele zu gehen, zur Haustür aus massivem Holz, die aufzudrücken jetzt mehr Kraft erfordert, nachdem der Riegel zurückgezogen wurde, der über Nacht scheinbar viel schwerer geworden ist.

Mit dem Rücken zu ihm, das Gesicht dem Küchenfenster zugewandt und dem vernachlässigten, düster wirkenden Garten, durch den träge Nebelfetzen treiben, wird Judith mit ernster Miene der fortschreitenden Morgendämmerung zuschauen, in der erste gedämpfte Farben zu erkennen sein werden, rotes, gelbes, ockerfarbenes Laub auf der Erde, zu Haufen gewirbelt vom nächtlichen Sturm und glänzend vom Tau, Dachvorsprünge aus verfaulten Brettern und tropfende Zweige, Ecken voll glitzernden Farns, ein Werkzeugschuppen mit halb eingesunkenem Dach, eine niedrige Mauer, von den weinfarbenen Blättern einer wilden Ranke überwuchert. Ignacio Abel wird von hinten seine Arme um sie legen, und sie wird unter seiner Berührung erschauern, weil sie so in ihre Gedanken versunken war, dass sie ihn nicht hat herankommen hören. Er wird ihren Nacken küssen, sein Gesicht in ihrem Haar vergraben, mit dem Finger über ihre Lippen fahren, sie jedoch nicht bitten, zu bleiben, auch nicht nur ein paar Stunden länger, auch nicht, ihm zu schreiben, wenn sie in Spanien ist, oder viel früher schon, ihm während der Überfahrt auf dem Papier mit dem Briefkopf des Schiffes zu schreiben oder so eine bunte Ansichtskarte, wie die Reisenden sie von Überseedampfern schicken, mit rot-weißen oder schwarz-weißen Schornsteinen, aus denen Qualmwolken in den Himmel steigen und der scharfe Bug die Wellen durchpflügt.

Falls alles schon zu Ende ist, bevor sie Spanien erreicht, ganz gleich wer gesiegt hat, denkt er beschämt, der käufliche Liebhaber, dem jeder Preis recht ist, solange nur Judith nichts passiert und sie endgültig geläutert zurückkehrt, gewillt, sich an einem Ort niederzulassen, von dem er weiß, dass sie dort nicht mehr fortgehen wird, wo sie einer Arbeit nachgehen kann, die ihr gefällt und ihr genügend Zeit lässt, um herauszufinden, was sie gesucht hat, als sie vor nun fast drei Jahren nach Europa aufgebrochen ist, ihre Bestimmung; was sie jedes Mal als kurz bevorstehend erlebt hat, wenn sie sich vor die Schreibmaschine setzte, und ihr dann unter den Fingern zerronnen ist.

Hoffentlich verhaften die französischen Gendarmen sie, wenn sie über die Grenze will, und deportieren sie wie so viele andere, getreu dem demokratischen Motto, dass die Spanier sich gefälligst untereinander und gegenseitig umbringen sollen, bis sie in ihrem eigenen Blut ersaufen, das mit der fachmännischen Hilfe der Zenturionen Hitler und Mussolini vergossen wird, mithilfe deutscher Brandbomben und italienischer

Maschinengewehre, die schon so erfolgreich die abessinischen Ureinwohner ausgelöscht haben, und dank deren an den fast in Sichtweite von Madrid verlaufenden Fronten Spanier sterben, die genauso dunkelbraun sind, nur Baskenmützen und Soldatenkäppis tragen anstatt Muschel- und Perlenketten, alte Gewehre und keine Lanzen.

Er wird diese erbärmlichen Gedanken zu vertreiben wissen, die besonders illoyal sind, weil er sie in seinen Armen halten und noch nicht loslassen wird, wenn sie gehen will, da er immer noch die Hoffnung hegt, aus irgendeinem Grund könnte Judith von ihrem Vorsatz abgebracht werden, nach Spanien zu gehen und sich dort in einen Krieg zu stürzen, den sie sich gar nicht vorstellen kann.

Judith wird seine Hände von ihrer Taille lösen und ihm sagen, dass sie jetzt wirklich gehen muss, dabei mit einer Natürlichkeit auf die Uhr schauen, die ihn plötzlich verletzt, als würde sie nur ein paar Besorgungen machen oder einen Tag in New York verbringen und abends wieder nach Hause kommen. In der Diele wird er den Koffer in die Hand nehmen und den Riegel der Haustür zurückziehen. Auf dem Weg zum Auto werden seine Schuhe durchnässt werden, obwohl es schon seit einer ganzen Weile zu regnen aufgehört hat, ohne dass ihm oder ihr die damit einhergehende Stille aufgefallen ist. Sie wird tatsächlich gehen. Obwohl sie noch nicht ins Auto gestiegen ist und den Motor angelassen hat, lebt Ignacio Abel bereits in dem ungastlichen Land des Tageslichts und der beruflichen Pflichten, in dem es Judith nicht mehr gibt, in dem er vermutlich den Rest seines Lebens zubringen wird.

Ich sehe die schweigsame Szene deutlich vor mir; das Grau und die Feuchtigkeit der Morgendämmerung, Ignacio Abel – unrasiert, im weißen Hemd, barfuß in seinen Schuhen – auf der Veranda, klein im Vergleich zu den hohen Pfeilern, und Judith, die den Koffer auf den Rücksitz des Autos wuchtet, ohne sich einmal zu ihm umzudrehen, weil sie seinen Blick auf sich spürt, dann die Fahrertür öffnet, als wollte sie einsteigen und losfahren. Doch sie schließt sie wieder, als wäre ihr im letzten Moment eingefallen, dass sie etwas vergessen hat, und geht zu ihm zurück, steigt die Treppenstufen zur Veranda hinauf, von der Ignacio Abel sich nicht fortbewegt hat. Sie wird sein Gesicht in beide Hände nehmen, die kalt geworden sind, und ihm einen langen Kuss geben, ihm die Zunge in den Mund stecken und lustvoll mit der seinen spielen, und wenn sie sich von ihm löst, wird das Rot auf ihren Lippen ein wenig verschmiert sein.

Er streckt die Hand nach ihr aus, berührt sie aber nicht. Würde er es tun, könnte er nicht verhindern, dass es so aussähe, als würde er sie zurückhalten wollen. Dann wird er das Auto auf dem Waldweg davonfahren sehen. Er wird die feuchte Kälte wahrnehmen, die von der Erde aufsteigt, wird sich aber noch nicht aufraffen können, ins Haus zu gehen und sich der Einsamkeit der nun riesig wirkenden Räume zu stellen, der Fremdheit, die ihn überfallen wird, sobald er die Tür hinter sich schließt, und die ganze verhasste Lawine von Pflichten mit sich bringt, die unannehmbare Normalität, an die er sich nur schwer gewöhnen wird, wenngleich er nach und nach auf sie eingehen, ihrem Werben erliegen und sich an das tägliche Maß von Verspäten, Warten und simpler Routine gewöhnen wird; einer von vielen aus Europa vertriebenen Akademikern, die mit starkem Akzent Englisch sprechen, schreckhaft sind oder sogar immer noch starr vor Schreck, maßlos umständlich und überfließend vor Dankbarkeit, um ein Minimum an Sicherheit zu gewinnen, die sie für all das entschädigt, was sie verloren haben, die sich mit einer Förmlichkeit kleiden, der die lässige Kleiderordnung der Amerikaner nichts anhaben kann, die Briefe von in der Welt verstreuten Angehörigen oder spurlos Verschwundenen aufbewahren, über deren Verbleib ein Nachforschen ganz und gar unmöglich ist.

Doch dieser Augenblick ist noch nicht gekommen; er gehört einer nicht existierenden Zeit an, einer Zukunft, die erst in wenigen Stunden beginnt. In der Dunkelheit, in der sich Judiths Lippen seinem Ohr genähert und die Silben seines Namens geflüstert haben, hat Ignacio Abel nicht abschätzen können, wie spät es ist, wie lange es noch dauert, bis die Nacht zu Ende geht. Es gibt keine Wanduhren im Haus, und so aufmerksam er auch lauscht, er hört keine Kirchenglocken. In der ungewöhnlichen Stille seiner Schiffskabine hatte er davon geträumt, doch was er gehört hatte, war die Glocke einer Nebelboje. Als Kind war er nachts wach geblieben und konnte zu jeder vollen Stunde die verschiedenen Klänge der Glocken in den Kirchtürmen Madrids unterscheiden, und wenn er die Hufe der Pferde und Maultiere, die voll beladene Gemüsekarren über die Calle Toledo zogen, auf dem Kopfsteinpflaster hörte, wusste er, dass die Morgendämmerung nahte.

Unter der Bettdecke in seinem Zimmer, das so niedrig war, dass er die Decke aus kaltem Stein mit der Hand berühren konnte, hörte er seinen Vater, der lange vor Tagesanbruch aufgestanden war und sich auf den Weg zur Baustelle machte. In seinen Umhang gehüllt, die Mütze ins Gesicht gezogen, die Zigarette im Mundwinkel, freute er sich, dass sein Sohn wenigstens bis Tagesanbruch noch im Bett bleiben konnte, um dann seine Bücher und Hefte einzupacken und zur Schule zu gehen, angezogen und gekämmt wie ein Junge aus feinem Hause; sein Sohn, der nicht mehr so hart würde arbeiten müssen wie er, und als erwachsener Mann nicht mehr in den ungesunden Räumen einer Kellerwohnung hausen.

Als Miguel noch klein war, hatte er große Angst vor der Dunkelheit. Er fürchtete sich so sehr, dass er noch mit sechs oder sieben Jahren ins Bett nässte, dass er immer noch die Hand ausstreckte und nach Litas Hand tastete und sich daran festhielt wie in seinen ersten Lebenstagen. Er hatte oft Fieber, und wenn sie das Licht anmachten, klebte sein dünnes Haar schweißnass am Kopf, und seine schwache Brust hob und senkte sich zuckend wie die eines Vögelchens, die Rippen stachen unter der blassen Haut hervor, auf Magersucht oder Krankheit deutend. Wie fern das alles war, und wie nah dennoch. Eingetaucht in die Schwärze dieser Nacht, doch nicht ausgelöscht von ihr, überdauernd, wie unversehrte Gegenstände in einem schon lange verschlossenen Haus: die doppelt abgeschlossenen Türen, vorgeschobenen Riegel, Möbel und Kronleuchter mit Laken verhüllt, das Besteck ordentlich in Schubladen aufgereiht, die Anzüge auf Bügeln in den Schränken, Kakerlaken und Ameisen, die aus den dunkelsten Ecken hervorgekommen waren und sich auf den Küchenfliesen tummelten, sich sicher fühlten in dem Halbdunkel, das sich vom frühen Morgen bis zur Nacht nicht viel veränderte, obwohl die richtige Nacht sicher besser war, wenn die Bombeneinschläge nicht gewesen wären, die manchmal das ganze Haus erzittern und das Treppenhaus dröhnen ließen, wenn die Leute in die Schutzräume rannten.

Als er selbst noch ein kleiner Junge war, hatte er immer Angst gehabt, in den Keller mit der niedrigen gewölbten Decke ihres Hauses in der Calle Toledo hinunterzugehen. Man öffnete die Tür, und schon auf der ersten steinernen Stufe begann der Abstieg in eine dichte, feuchte Dunkelheit, in der die Schritte sich anhörten wie das Scharren von Ratten. In ebendiesen Keller, den er seit über dreißig Jahren nicht mehr betreten hat, sind die Bewohner des Hauses in dieser Nacht wohl geflüchtet, und als in der Nähe Bomben fielen, haben die Wände und der Boden gezittert, und das Licht der von der Decke baumelnden nackten Birne hat sich auf den roten Schein des Glühfadens reduziert, flackernd wie eine Kerze und dann endgültig verlöschend, verwischt in der Dunkelheit die aneinanderklumpenden Schatten, die Wörter murmeln und stöhnen wie Verwundete, die in ihren Träumen wehklagen, wenn im Lazarett das Licht ausgeht. Die Nacht ist ein bodenloser Schlund, in dem sich alles zu verlieren scheint und doch weiterlebt und überdauert, zumindest eine Zeit lang, solange die Erinnerung frisch bleibt und wach der Verstand dessen, der mit offenen Augen im Bett liegt und lauscht, den Geräuschen nachspürt, die in der scheinbaren Stille Gestalt annehmen, an der Atmung des anderen zu erkennen versucht, ob er noch wach ist oder sich von der Trägheit der befriedigten Lust in den Schlaf hat tragen lassen.

Im Krankenzimmer war Judith am Bett ihrer Mutter trotz des unbequemen Besucherstuhls eingeschlummert und im Augenblick des gänzlichen Einschlafens erschrocken aufgefahren, weil sie undeutliche Worte oder einen Klagelaut gehört hatte, der auf die nachlassende Wirkung des Morphiums zurückzuführen war, oder, schlimmer noch, weil sie über die Stille erschrocken war, das mühsame Atmen der Mutter vermisste und schon fürchtete, dass sie gestorben war, während sie geschlafen hatte, dass sie sie gerufen oder über Schmerzen geklagt hatte, ohne dass sie davon aufgewacht war.

Die Toten haben das Haus, in dem sie gelebt haben, noch nicht verlassen, doch ihr langsames Verschwinden in die Dunkelheit hat schon begonnen, schon sind sie Fremde. Ignacio Abel näherte sich dem offenen Sarg, in dem sein Vater lag, und als er hineinschaute, erkannte er ihn nicht. Im Schein der Kerzen sah das Gesicht seines Vaters gelb und aufgedunsen aus, als hätte man ihm mit einer Glasscheibe Nase und Lippen etwas eingedrückt; die aus den Manschetten ragenden und auf der Brust gekreuzten Hände waren die eines anderen: bleiche Greisenhände mit verkrümmten Fingern und gebogenen Nägeln, das Gegenteil der Hände seines Vaters, die breit und kräftig und sonnengebräunt waren, des Vaters, an den er so gut wie nie mehr denkt, da er ihm schon seit Jahren nicht mehr im Traum erscheint, der so weit fort ist wie die Gaslaternen, die die Calle Toledo erhellten, und wie dieses Madrid, an das Ignacio Abel jetzt nicht denken mag und das Judith nicht wiedererkennen wird, wenn sie dort ankommt, und kein einziges Licht sieht, ganz Madrid in einer Finsternis und Stille wie auf dem Meeresgrund, höchstens von huschenden Autoscheinwerfern durchzuckt und von Laternen, deren Strahlen die Dunkelheit durchbohren wie Stablampen in den Händen von Tauchern.

In New York war die nächtliche Dunkelheit voller Neonlichter, rosa, gelbe oder blaue Umrisse von dampfenden Kaffeetassen oder Zigaretten mit kringelndem Rauch oder von perlenden Bläschen, die in Champagnergläsern aufstiegen und im nächsten Moment verschwunden waren. Zwischen Schlafen und Wachen verschwimmen die Bilder, ohne ihre endgültige Form zu finden, und die Grenze zwischen Erinnerung und Einbildung ist so fließend wie die Grenzen zweier Körper in einer Umarmung zwischen Müdigkeit und Verlangen. Judiths Stimme, die ihm so deutlich seinen Namen ins Ohr geflüstert hat, hätte er ebenso gut im Halbschlaf oder im Traum hören können, genau in dem Moment, als Ignacio Abel eingeschlafen und in den wohligen Stillstand der Zeit entschwunden ist. Judith ist wach geblieben und wacht über ihn, der aufmerksamer geworden ist und verletzlicher, der beinahe ermordet worden wäre, ohne dass sie davon erfahren hätte.

Ich sehe sie im Profil, das mit zunehmendem Tageslicht immer deutlicher wird, an das Kopfende des Bettes gelehnt, unruhig jetzt, ängstlich, besorgt, ungeduldig, entschlossen, so klar, als hätte sie ein Bedürfnis nach Schlaf nie gehabt, lauscht sie den Güterzügen, dem männlichen Atmen an ihrer Seite, dem Wind in den Bäumen, dem Ruf eines Vogels; entdeckt in ihrer schlaflosen Wachsamkeit die ersten, noch ungewissen Anzeichen des nahenden Tages, den ersten grauen Schimmer des ersten Tages ihrer Reise, des unmittelbar bevorstehenden Morgens, den sie noch nicht heraufziehen sieht und den ich mir schon nicht mehr vorstellen kann, ihre unbekannte Zukunft verschollen im Dunkel der Erinnerung.

# Glossar

### Alberti, Rafael (1902–1999)

Spanischer Dichter und Dramatiker; Mitglied der Generation von 27 und einer der einflussreichsten spanischen Autoren des 20. Jahrhunderts. Mit seiner Lebensgefährtin, der Dichterin María Teresa León, ging er nach Ende des Spanischen Bürgerkriegs ins Exil, zunächst nach Argentinien, später nach Italien.

### Alcalá Zamora y Torres, Niceto (1877–1949)

Spanischer Rechtsanwalt und Politiker; beteiligt an der Gründung der Partei *Derecha Liberal Republicana* (Republikanische Liberale Rechte), dem späteren *Partido Republicano Conservador* (Konservativ-Republikanische Partei) und Gegner Primo de Riveras, war er entscheidend an der Beseitigung der Monarchie und der Gründung der Republik in Spanien beteiligt. Er wurde zunächst Chef der provisorischen Regierung, dann von 1931 bis 1936 erster Staatspräsident der Zweiten Spanischen Republik.

### Alfons XIII. (1886–1941)

König von Spanien, unter dessen Herrschaft es nicht gelang, die seit Ende des 19. Jahrhunderts in der spanischen Gesellschaft wachsenden politischen und sozialen Gegensätze zu lösen. 1923 übergab er die Regierungsgewalt an Primo de Rivera, unter dessen Herrschaft Spanien eine Militärdiktatur wurde. Nach dem Sieg der Republikaner bei den Kommunalwahlen 1931 und der Ausrufung der Republik ging Alfons XIII. ins Exil.

### Alocén, Julita

Torera (Stierkämpferin); wird auch in dem Roman *Vísperas, festividad y octava de San Camilo 1936 en Madrid* (1969) des Literaturnobelpreisträgers Camilo José Cela erwähnt, der die letzten Tage vor Ausbruch des Spanischen Bürgerkriegs in Madrid schildert.

### Amaya, Carmen (1913–1963)

Spanische Flamenco-Tänzerin, Sängerin und Schauspielerin; ging 1936 in die USA, wo sie in Flamenco-Shows am Broadway Erfolge

feierte und in mehreren Filmen mitwirkte. Für verschiedene Büh-
nenprojekte kehrte sie immer wieder nach Spanien zurück.

### Angelillo (Ángel Sampedro Montero, 1908–1973)
Spanischer Flamenco- und Copla-Sänger sowie Filmschauspieler;
musste wie viele seiner Kollegen nach Beendigung des Spanischen
Bürgerkriegs das Land verlassen, da er mit der Republik sympathisiert
hatte und vor den republikanischen Truppen aufgetreten war. Ende
der Fünfzigerjahre kehrte er für einige Auftritte nach Spanien zurück,
ließ sich jedoch bald endgültig in Argentinien nieder.

### Araquistáin Quevedo, Luis (1886–1959)
Spanischer Politiker, Journalist und Schriftsteller; seit seiner Jugend
im PSOE. Während des Spanischen Bürgerkriegs vertrat er die Spanische Republik als Botschafter in Paris. Nach Kriegsende ging er
erst nach England ins Exil, wo er für die BBC arbeitete, später in
die Schweiz.

### Argentina, Imperio (1906–2003)
In Buenos Aires geborene spanische Schauspielerin und Sängerin;
erlebte als einer der großen Stars des frühen spanischen Films sowohl
den Wechsel vom Stumm- zum Ton- als auch vom Schwarz-Weiß-
zum Farbfilm. Sie trat in zahlreichen Musikkomödien auf, u. a. mit
der argentinischen Tango-Legende Carlos Gardel. Auch als Sängerin
der spanischen Copla wurde sie geschätzt.

### Argentinita, La (Encarnación López, ca. 1895/98–1945)
In Argentinien geborene Flamenco-Tänzerin und Choreografin; vor
allem bekannt für ihre Zusammenarbeit mit Federico García Lorca.

### Azaña y Díaz, Manuel (1880–1940)
Mitbegründer der linksliberalen Partei *Acción Republicana;* ab 1934
Vorsitz im Parteienzusammenschluss der Republikanischen Linken
(*Izquierda Republicana*). Nach Ausrufung der Zweiten Spanischen
Republik zunächst Kriegsminister in der provisorischen Regierung,
von Juni 1931 bis September 1933 sowie von Februar bis Mai 1936
dann Premierminister. Vom Amt des Präsidenten, das er im Anschluss
innehatte, trat er 1939 im französischen Exil zurück.

### Azorín (José Martínez Ruiz, 1873–1967)
Spanischer Autor, Literaturkritiker und Politiker; Vertreter der Generation von 98 und der Erste, der die Gruppe als solche benannte.

Ab 1905 war Azorín politisch aktiv und mehrfach als Abgeordneter des konservativen Spektrums im spanischen Parlament vertreten. Bei Machtergreifung Primo de Riveras 1924 legte er sämtliche Ämter nieder. Während des Spanischen Bürgerkriegs ging er nach Frankreich ins Exil, kehrte nach Beendigung des Kriegs aber nach Spanien zurück.

### Baroja y Nessi, Pío (1872–1956)
Spanischer Schriftsteller; wird zur Generation von 98 gezählt; schrieb hauptsächlich Romane, so zahlreich, dass er sie häufig zu Trilogien bündelte. Obwohl er international nicht zu großer Bekanntheit gelangte, genoss er vor allem unter spanischen Autoren großes Ansehen.

### Bayo Giroud, Alberto (1892–1967)
Kubano-hispanischer Militär, der aufseiten der Republik im Spanischen Bürgerkrieg kämpfte. Später unterstützte er Fidel Castro und die kubanische Revolution.

### Bécquer, Gustavo Adolfo
### (Gustavo Adolfo Domínguez Bastida, 1836–1870)
Spanischer Schriftsteller der Spätromantik; wird als einer der ersten modernen spanischen Dichter angesehen.

### Benavente y Martínez, Jacinto (1866–1954)
Spanischer Journalist und Dramatiker; ab 1920 Intendant des spanischen Nationaltheaters. Er erhielt 1922 den Nobelpreis für Literatur und gilt als Begründer des modernen spanischen Theaters.

### Beneš, Edvard (1884–1948)
Tschechoslowakischer Politiker; Mitbegründer, Außenminister, Regierungschef und Präsident der Tschechoslowakei; während des Zweiten Weltkriegs Präsident der tschechoslowakischen Exilregierung in London. Ab 1945 erneut Staatspräsident der Tschechoslowakei.

### Bergamín Gutiérrez, José (ca. 1895–1983)
Spanischer Schriftsteller und Dramaturg; arbeitete eng mit den Autoren der Generation von 27 zusammen und hatte in der Zeit der Zweiten Spanischen Republik verschiedene Regierungsämter inne. Nach dem Sieg Francos im Spanischen Bürgerkrieg ging er ins Exil und kehrte zwar 1958 nach Spanien zurück, musste aufgrund seiner politischen Aktivitäten jedoch bald wieder das Land verlassen. Bergamín war bis zu seinem Tod politisch aktiv, zuletzt engagierte er sich für die baskische Unabhängigkeit.

### Besteiro, Julián Fernández (1870–1940)

Spanischer Politiker und Professor; zeitweise Vorsitzender des PSOE und der Gewerkschaft UGT *(Unión General de Trabajadores)* sowie Präsident des spanischen Abgeordnetenhauses. Nach der Flucht der meisten republikanischen Politiker musste er nach der Niederlage die Machtübergabe an die Putschisten durchführen. 1939 zu einer langjährigen Haftstrafe verurteilt, starb er nach einem Jahr in den Gefängnissen der Franco-Diktatur.

### Bonmatí Botella, Margarita

Ehefrau Pedro Salinas y Serranos; entstammte einer Industriellenfamilie aus der Nähe von Alicante. Salinas gesammelte Liebesbriefe an seine Frau sind in der Publikation *Cartas de amor a Margarita* (1912–1915) zusammengestellt.

### Breuer, Marcel Lajos (1902–1981)

Deutsch-Amerikanischer Architekt und Designer ungarischer Herkunft; langjähriger Mitarbeiter von Walter Gropius. Breuer wanderte als verfolgter Jude 1933 aus Deutschland über Ungarn und England in die USA aus, wo er gemeinsam mit Gropius die Fakultät Architektur der Harvard University aufbaute.

### Bucharin, Nikolai Iwanowitsch (1888–1938)

Sowjetischer Politiker, Ökonom und marxistischer Theoretiker; beteiligt an den russischen Revolutionen von 1905 und 1917; arbeitete u. a. die russische Verfassung mit aus, geriet aber in Konflikt mit Stalin und wurde in einem der von diesem initiierten Moskauer Schauprozesse 1938 zum Tode verurteilt und hingerichtet.

### Buñuel Portolés, Luis (1900–1983)

Spanischer Filmemacher; zählt zu den wichtigsten Regisseuren des 20. Jahrhunderts und ist vor allem bekannt für seine surrealistischen Arbeiten in der Frühzeit des Films. Buñuel arbeitete u. a. mit Salvador Dalí und André Breton zusammen. Zu seinen wichtigsten Filmen gehören *Un chien andalou* (1929, dt. *Ein andalusischer Hund)* oder *El ángel exterminador* (1962, dt. *Der Würgeengel).*

### Calderón de la Barca, Pedro (1600–1681)

Spanischer Dichter und Dramatiker; mit Lope de Vega der wichtigste Vertreter des Theaters des spanischen Siglo de Oro. Zu seinen bekanntesten Werken zählen *La vida es sueño (*1635, dt. *Das Leben ist Traum)* oder *El gran teatro del mundo* (1655, dt. *Das große Welttheater).*

## Calvo Sotelo, José (1893–1936)

Spanischer Politiker, Ökonom und Jurist; als Sympathisant der Diktatur Primo de Riveras floh er nach Ausrufung der Zweiten Spanischen Republik nach Portugal, kehrte jedoch bald nach Spanien zurück. Ab 1933 vertrat er im spanischen Abgeordnetenhaus für die Partei der Spanischen Erneuerung *(Renovación Española)* extrem rechte Positionen. Calvo Sotelo wurde 1936 von einer Gruppe der militanten Linken ermordet und später von den Putschisten um General Franco als »Märtyrer« instrumentalisiert.

## Camprubí Aymar, Zenobia (1887–1956)

Spanische Schriftstellerin und Übersetzerin; Ehefrau und wichtigste Mitarbeiterin des Literaturnobelpreisträgers Juan Ramón Jiménez.

## Castillo, José (José del Castillo Sáenz de Tejada, 1901–1936)

Spanischer Militär; entfernter Verwandter Primo de Riveras. Er sympathisierte mit den Sozialisten und wurde aufgrund seiner Aktivitäten während der Aufstände 1934 inhaftiert; trat nach seiner Freilassung 1936 und dem Wahlsieg der *Frente Popular* in die republikanische Sturmgarde *(Guardia de Asalto)* ein. Castillo wurde vermutlich von Falangisten oder Karlisten ermordet.

## Cervantes Saavedra, Miguel de (1547–1616)

Spanischer Schriftsteller; gilt als die bedeutendste Person der spanischen Literaturgeschichte. Mit seinem *Don Quijote* (1605/15) begründete er die Gattung des Romans.

## Chirico, Giorgio de (1888–1978)

Italienischer Maler; Mitbegründer der *Pittura metafisica* (Metaphysischen Malerei). Diese italienische Strömung wird als Vorläufer des Surrealismus angesehen.

## Companys i Jover, Lluís (1882–1940)

Katalanischer Rechtsanwalt, Politiker und Mitbegründer der Partei *Esquerra Republicana de Catalunya* (Republikanische Linke Kataloniens); zeitweise katalanischer Regierungspräsident. Companys war ab 1931 Bürgermeister von Barcelona. Aufgrund des Eintritts der rechtskonservativen CEDA *(Confederación Española de Derechas Autónomas)* in die spanische Regierung rief er am 6. Oktober 1934 den Staat Katalonien innerhalb einer Spanischen Bundesrepublik aus. Später organisierte er den Widerstand gegen die franquistischen Truppen in Barcelona. Er wurde im französischen Exil von der Gestapo festgenommen und an Spanien ausgeliefert, wo er durch ein Schnellgericht verurteilt und hingerichtet wurde.

**Corbusier, Le (Charles-Édouard Jeanneret, 1887–1965)**
Einflussreicher schweizerischer Architekt, Städteplaner, Maler, Bildhauer und Designer. In seinem Werk verbindet sich der Funktionalismus der Moderne mit expressionistischen Formen.

**Dalí, Salvador (Salvador Felipe Jacinto Dalí i Domènech, 1904–1989)**
Spanischer Maler und Grafiker; gilt als einer der Hauptvertreter des Surrealismus. Vor allem das Unbewusste war immer wieder Thema seiner Bilder.

**Darío, Rubén (Félix Rubén García Sarmiento, 1867–1916)**
Nicaraguanischer Dichter, Publizist und Diplomat. Gilt als Hauptvertreter des lateinamerikanischen Modernismo, der als erste originär amerikanische Literaturströmung angesehen wird.

**Doré, Paul Gustave (1832–1883)**
Französischer Maler und Grafiker, der vor allem als Illustrator sehr erfolgreich war.

**Dos Passos, John Roderigo (1896–1970)**
US-amerikanischer Schriftsteller; zusammen mit Ernest Hemingway und F. Scott Fitzgerald Hauptvertreter der sogenannten Lost Generation (US-amerikanische Autoren, die während und nach dem Ersten Weltkrieg nach Europa kamen).

**Fortún, Elena (Encarnación Aragoneses Urquijo, 1886–1952)**
Spanische Kinder- und Jugendbuchautorin; obwohl sie sich keiner Partei zugehörig fühlte, war sie überzeugte Anhängerin der Republik.

**García Lorca, Federico (1898–1936)**
Spanischer Dichter und Dramatiker; gilt als einer der wichtigsten spanischen Autoren des 20. Jahrhunderts. Zu seinen bekanntesten Werken gehören etwa die Gedichte des *Romancero gitano* (1928, dt. *Zigeunerromanzen)* sowie die Dramen *Bodas de sangre* (1933, dt. *Bluthochzeit)* und *La casa de Bernarda Alba* (1936, dt. *Bernarda Albas Haus).* García Lorca, der sich durch seine sozialkritischen Schriften – wie auch vermutlich durch seine Homosexualität – bei der politischen Rechten unbeliebt gemacht hatte, wurde kurz nach Ausbruch des

Spanischen Bürgerkriegs von Falangisten in der Nähe seiner Heimatstadt Granada erschossen.

## García Morente, Manuel (ca. 1886–1942)

Spanischer Philosoph; ab 1912 Inhaber des Lehrstuhls für Ethik an der Universidad Complutense de Madrid. Mit Beginn des Bürgerkriegs wurde er seiner Ämter enthoben und ging nach Frankreich ins Exil und später nach Argentinien, wo er lehrte. Dann kehrte er, mittlerweile zu einem strengen Glauben übergegangen, nach Spanien zurück, um in ein Priesterseminar einzutreten. Zwei Jahre vor seinem Tod wurde er zum Priester geweiht.

## Generation von 98

Gruppe spanischer Autoren, deren Name auf eine Artikelserie von José Martínez Ruiz alias Azorín zurückgeht, in dem er die Niederlage des Heimatlandes im Spanisch-Amerikanischen Krieg und den Verlust der letzten spanischen Kolonien 1898 behandelt; die Beschäftigung mit diesem Thema sowie die Auseinandersetzung mit den darauf folgenden politischen und sozialen Spannungen in Spanien eint die Autoren dieser Literaturströmung. Die bekanntesten Vertreter sind neben Azorín Pío Baroja, Antonio Machado, José Ortega y Gasset, Ramón del Valle-Inclán und Miguel de Unamuno.

## Generation von 27

Gruppe spanischer Autoren, die sich in den Zwanzigerjahren des 20. Jahrhunderts formierte. Zu ihren wichtigsten Vertretern zählen Rafael Alberti, Luis Cernuda, Federico García Lorca, Jorge Guillén und Pedro Salinas. Der Name ist auf die gemeinsame Bewunderung des spanischen Barockdichters Luis de Góngora zurückzuführen, dessen 300. Todestag 1927 begangen wurde. Thematisch einte die Gruppe das Interesse an Natur, Liebe und Tod sowie gesellschaftlichem und politischem Wandel. Auch wird den Autoren zugesprochen, den Pessimismus der Generation von 98 überwunden zu haben.

## Gil-Robles y Quiñones, José María (1898–1980)

Spanischer Politiker der Rechten und Jurist; als Befürworter Primo de Riveras trat er nach Ausrufung der Republik für konservative Werte wie Ordnung, Religion, Vaterland, Besitz und Familie ein. 1935 in der Regierung der CEDA *(Confederación Española de Derechas Autónomas,* dt. Spanische Konföderation der Autonomen Rechten) Kriegsminister. Er beförderte einige Generäle, die den Spanischen Bürgerkrieg auslösten, u.a. Franco, schlug sich jedoch nicht wie viele Mitstreiter auf die Seite der Franquisten. Nach dem Spanischen Bürgerkrieg vertrat er im Exil die Interessen der spanischen Monarchie.

### Goya, Francisco de (Francisco José de Goya y Lucientes, 1746–1828)

Spanischer Maler, Radierer und Lithograf; viele von Goyas Bildern spiegeln zeitgeschichtliche Begebenheiten. Die Serie *Desastres de la guerra* (1810–1814, dt. *Schrecken des Krieges)* etwa stellt schonungslos die Gräueltaten der französischen Besatzer an der Bevölkerung im Spanien des beginnenden 19. Jahrhunderts dar.

### Greco, El (Domenikos Theotokopoulos, auch Dominico Greco, 1541–1614)

Spanischer Maler griechischer Herkunft; gilt als wichtigster Künstler der ausklingenden Renaissance in Spanien.

### Gris, Juan (José Victoriano González Pérez, 1887–1927)

Spanischer Maler und Grafiker; schuf hauptsächlich Stillleben und gilt als Hauptvertreter des synthetischen Kubismus.

### Gropius, Walter Adolph (1883–1969)

Deutsch-amerikanischer Architekt und Industriedesigner, der vor allem als Direktor des Bauhauses (1919–1928) großen Einfluss auf die Entwicklung der modernen Architektur ausübte. Gropius emigrierte 1934 nach Angriffen der Nationalsozialisten zunächst nach England und dann in die USA, wo er an der Harvard University lehrte. Zu seinen wichtigsten Arbeiten, meist gemeinsam mit anderen Architekten durchgeführt, gehören das Hauptgebäude sowie die Meisterhäuser des Bauhauses Dessau (1925–1926) sowie das Graduate Center der Harvard University (1948–1950) in Cambridge, Massachusetts (USA).

### Hernández Saravia, Juan (1880–ca. 1974)

Spanischer Militär und Vertrauter Azañas; Kriegsminister der Spanischen Republik im Kabinett José Giral. Beteiligte sich als Befehlshaber an Schlachten im Spanischen Bürgerkrieg. 1939 ging er zunächst ins Exil nach Frankreich, später nach Mexiko, wo er bis zu seinem Tod lebte.

### Ibárruri, Dolores (Isadora Ibárruri Gómez, 1895–1989)

Spanische Revolutionärin und Politikerin; unterstützte als Mitglied der Kommunistischen Partei PCE *(Partido Comunista de España)* die

republikanischen Truppen während des Bürgerkriegs, u.a. durch
Reden im Radio. Ihr wird die Durchhalteparole der Republik »¡No
pasarán!« (»Sie werden nicht durchkommen!«) zugeschrieben. Nach
dem Bürgerkrieg ging sie ins Exil in die Sowjetunion, wo sie ebenfalls politisch aktiv war. Nach dem Tod Francos kehrte sie nach Spanien zurück und wurde wie zuvor Abgeordnete des PCE.

### Iberische Anarchistische Föderation
### (Federación Anarquista Ibérica [FAI])
Zusammenschluss der *Federación Nacional de Grupos Anarquistas de
España* (Nationalföderation der Anarchistischen Gruppen in Spanien)
und der *União Anarquista Portuguesa* (Anarchistische Portugiesische
Union). 1927 während der Diktatur Primo de Riveras als militanter
Arm der anarchistischen Gewerkschaft CNT *(Confederación Nacional
del Trabajo)* gegründet, gehörte die FAI im Spanischen Bürgerkrieg
zu den wichtigsten Kräften im Kampf gegen die Putschisten um
General Franco.

### Iglesias, Pablo (1850–1925)
Spanischer Politiker und Mitbegründer des PSOE sowie der Gewerk-
schaft UGT *(Unión General de Trabajadores);* ab 1885 Präsident des
Zentralkomitees des PSOE. 1910 erhielt er für den PSOE den ersten
Sitz im spanischen Parlament.

### James, Henry (1843–1916)
US-amerikanischer Schriftsteller; ab 1916 sesshaft in London, Annahme der englischen Staatsbürgerschaft. James' zentrales Thema ist
der Gegensatz zwischen der »Alten Welt« Europa mit seiner kulturellen Tradition wie auch Korruption und der unberührten Naivität der
»Neuen Welt« Amerika. Auch die Frauenporträts, wie etwa in *Daisy
Miller* (1879) oder *The Portrait of a Lady* (1881, dt. *Bildnis einer Dame),*
sind für sein Werk prägend.

### Jiménez de Asúa, Luis (1889–1970)
Spanischer Politiker und Jurist; gehörte dem PSOE an, war zeitweise
Vizepräsident des spanischen Parlaments und vertrat die Spanische
Republik vor den Vereinten Nationen. Nach Ende des Spanischen
Bürgerkriegs ging er ins Exil nach Argentinien, wo er u.a. die Fakul-
tät der Rechtswissenschaften der Universität von Buenos Aires lei-
tete. Von 1962 bis zu seinem Tod war er Präsident der spanischen
Exilregierung.

### Jiménez Mantecón, Juan Ramón (1881–1958)

Spanischer Schriftsteller und Dichter; Ehemann von Zenobia Camprubí Aymar. 1956 erhielt er den Nobelpreis für Literatur. Sein Werk wird häufig als Höhepunkt und gleichzeitig Überwindung des spanischen Modernismus angesehen. Während des Spanischen Bürgerkriegs hielt er sich in Amerika auf, hauptsächlich in Kuba, wo er große Erfolge feierte. Ab 1951 lebte er in Puerto Rico.

### Kamenew, Lew Borissowitsch
### (Lew Borissowitsch Rosenfeld, 1883–1936)

Russischer Politiker; enger Mitarbeiter Lenins und ab 1919 Mitglied des Politbüros. Nach Lenins Tod unterstützte er zusammen mit Sinowjew Stalins Machtkampf gegen Trotzki, später wurde er seiner Ämter enthoben, zum Tode verurteilt und hingerichtet.

### Kaplan, Fanny (oder Fanija, 1890–1918)

Russische Anarchistin; bekannte sich 1918 zu einem auf Lenin verübten Attentat, wobei aber nicht belegt ist, ob sie die Tat tatsächlich beging oder ob sie sie zugab, um andere zu schützen. Kaplan wurde erschossen, ohne ein formelles Gerichtsverfahren erhalten zu haben.

### Karl II. (1661–1700)

König von Spanien; Thronfolger Philipps IV.; weil er kinderlos blieb, wurde er »El Hechizado« (»Der Verhexte«) genannt. Er war der letzte Habsburger auf dem spanischen Thron. Sein Tod löste den Spanischen Erbfolgekrieg aus, in Folge dessen die Bourbonen an die Macht kamen, die bis heute das spanische Königshaus stellen.

### Kerenski, Alexander Fjodorowitsch (1881–1970)

Russischer Politiker und im Jahr 1917 zeitweise Chef der Übergangsregierung zwischen russischer Februar- und Oktoberrevolution; emigrierte 1918 nach Frankreich und später in die USA.

### Kirow, Sergei Mironowitsch (S. M. Kostrikow, 1886–1934)

Bedeutender sowjetischer Staats- und Parteifunktionär; Mitglied des Politbüros und enger Vertrauter Stalins. 1934 wurde er in Leningrad erschossen. Die Hintergründe des Attentats wurden nie ganz geklärt, der Mord an Kirow gilt aber als einer der Auslöser der von Stalin initiierten »Säuberungen« und Schauprozesse, in denen von 1936 bis 1939 hohe russische Parteifunktionäre der Konspiration angeklagt wurden.

## Klee, Paul (1879–1940)

Maler und Grafiker; gilt als einer der wichtigsten bildenden Künstler des 20. Jahrhunderts; ab 1911 Mitglied der Künstlergruppe »Der Blaue Reiter«. Sein Werk wird in vielen künstlerischen Strömungen verortet, u. a. im Expressionismus, Konstruktivismus, Kubismus, Primitivismus und Surrealismus.

## Lacasa Navarro, Luis (1899–1966)

Spanischer Architekt und Stadtplaner. Mitbegründer der *Asociación de Amigos de la Unión Soviética* (Vereinigung der Freunde der Sowjetunion). Ging nach dem Spanischen Bürgerkrieg ins Exil nach Moskau und China. Zu seinen bekanntesten Bauwerken gehört der gemeinsam mit Josep Lluís Sert geschaffene spanische Pavillon auf der Weltausstellung in Paris 1937.

## Largo Caballero, Francisco (1869–1946)

Spanischer Politiker und Gewerkschafter. Dem PSOE angehörend, bekleidete er während der Zeit der Zweiten Spanischen Republik mehrere Ministerämter und bildete von 1936 bis 1937 die Regierung. Als er am Ende des Spanischen Bürgerkriegs das Land verließ, wurde Largo Caballero von deutschen Truppen gefangen genommen und in das Konzentrationslager Sachsenhausen verschleppt, wo er bis zur Befreiung durch die Rote Armee 1945 gefangen war. 1946 starb Largo Caballero im Exil in Paris.

## León Goyri, Maria Teresa (ca. 1903/04–1988)

Spanische Schriftstellerin; während des Spanischen Bürgerkriegs aktiv in der *Alianza de Intelectuales Antifascistas para la Defensa de la Cultura* (Allianz der antifaschistischen Intellektuellen für die Verteidigung der Kultur). Mit ihrem Lebensgefährten, dem Autor Rafael Alberti, floh sie nach Ende des Spanischen Bürgerkriegs zunächst nach Argentinien, später nach Italien.

## León y Román, Ricardo (1877–1943)

Spanischer Schriftsteller; Mitglied der Real Academia Española. In seinem Roman *Cristo en los infiernos* (1943) beschreibt er die Schrecken des Bürgerkriegs in Madrid.

## Lerroux García, Alejandro (1864–1949)

Spanischer Politiker, der mehrere Ämter während der Zeit der Spanischen Republik innehatte; 1908 gründete Lerroux die *Partido Republicano Radical* (Radikale Republikanische Partei). Ab 1931 war er zunächst in der Republikanischen Koalition verortet, später verband er sich mit der rechten Opposition und bildete von 1933 bis 1936 drei Mal als Premierminister die Regierung.

### Ligero, Miguel (1890–1968)

Spanischer Bühnen- und Filmschauspieler; Ende der Zwanzigerjahre *die* männliche Hauptfigur des spanischen Kinos, spielte Ligero in den Dreißigerjahren in einigen Hollywoodproduktionen, außerdem häufig an der Seite der Schauspielerin Argentina Imperio.

### Litwinow, Maxim
### (Maxim Maximowitsch Litwinow, 1876–1951)

Russischer Diplomat und von 1930 bis 1939 Volkskommissar für auswärtige Angelegenheiten der Sowjetunion. Litwinow setzte sich für die Annäherung seines Landes an die Westmächte ein und bewirkte dessen Eingliederung in den Völkerbund (1934).

### López Otero y Bravo, Modesto (1885–1962)

Spanischer Architekt; Inhaber des Lehrstuhls für Architektur in Madrid. 1923 mit dem Bau der Ciudad Universitaria von Madrid beauftragt, in der Zeit des Spanischen Bürgerkriegs suspendiert. Nach dem Krieg setzte er diese Arbeit fort.

### Lupin, Arsène

Romanfigur des französischen Autors Maurice Leblanc (1864–1941); Meisterdieb, Gentleman und Meister der Verkleidung. Ständig im Katz-und-Maus-Spiel mit der Polizei, wird er manchmal zum heimlichen Helfer der Gesetzeshüter.

### Machado, Antonio (1875–1939)

Spanischer Dichter und Dramatiker; gilt als einer der einflussreichsten spanischen Autoren des 20. Jahrhunderts und einer der wichtigsten Vertreter der Generation von 98. Machado trat für die Republik ein und starb 1939 auf der Flucht, kurz nach Überquerung der Grenze im französischen Collioure. Zu seinen bekanntesten Werken gehören *Soledades* (1903, dt. *Einsamkeiten)* und *Campos de Castilla* (1912, dt. *Kastilische Landschaften).*

### Madariaga y Rojo, Salvador de (1886–1978)

Spanischer Schriftsteller und Diplomat; während der Spanischen Republik u.a. Botschafter in Washington, Paris und Mitglied der spanischen Gesandtschaft beim Völkerbund. Madariaga lebte nach dem Spanischen Bürgerkrieg in England, wo er u.a. in Oxford Literatur lehrte. Er kehrte erst nach dem Tod Francos besuchsweise nach Spanien zurück.

**Maeztu Whitney, María de (ca. 1881/82–1948)**
Spanische Intellektuelle, Feministin und Pädagogin; emigrierte 1937 nach Argentinien, wo sie eine Professur für Pädagogik innehatte.

**Malraux, André (1901–1976)**
Französischer Schriftsteller, Historiker und Politiker. Malraux nahm aufseiten der Republik am Spanischen Bürgerkrieg teil. Seine Erlebnisse verarbeitete er in dem Roman *L'Espoir* (1937, *Die Hoffnung*). Später hatte er in der Regierung Charles des Gaulles verschiedene Ämter inne.

**Mangada Rosenörn, Julio (1877–1946)**
Spanischer Militär, der in der damals noch spanischen Kolonie Kuba geboren wurde; in den Zwanzigerjahren im Widerstand gegen Primo de Rivera, kämpfte er während des Spanischen Bürgerkriegs aufseiten der Republik. Er floh 1939 mit seiner Familie, vermutlich auf dem englischen Schiff Stanbrook, von Alicante nach Mexiko.

**Marañón y Posadillo, Gregorio (1887–1960)**
Spanischer Mediziner, Schriftsteller, Philosoph und Historiker; Professor für Endokrinologie an der Universidad Complutense de Madrid; befreundet mit den bekanntesten Literaten und Philosophen der Zeit wie Azorín, Unamuno, Baroja und Ortega y Gasset. Obwohl er sich nicht als politischen Menschen betrachtete, war er in der Opposition zur Diktatur Primo de Riveras und später während der Republik kurzzeitig Abgeordneter. Während des Spanischen Bürgerkriegs hielt er sich hauptsächlich in Lateinamerika auf, wo er forschte und Vorträge hielt.

**Masaryk, Tomáš (Tomáš Garrigue Masaryk, 1850–1937)**
Tschechischer Philosoph, Soziologe und Politiker; Mitbegründer und erster Staatspräsident der Tschechoslowakei.

**Membrives, Lola**
**(Dolores Membrives Fernández, ca. 1888–1969)**
Argentinische Theaterschauspielerin, die lange Zeit in Spanien auf der Bühne stand. Wie Margarita Xirgú wichtige Interpretin der Werke García Lorcas. Später leitete sie verschiedene Theater in Buenos Aires.

### Mendelsohn, Erich (1887–1953)

Einflussreicher deutscher Architekt; sein Werk ist durch expressionistische und organische Formen charakterisiert. Besonders bekannt ist der von ihm entworfene Einsteinturm in Potsdam. Mendelsohn ging 1933 aufgrund der Machtergreifung der Nationalsozialisten ins Exil und lebte bis zu seinem Tod hauptsächlich in den USA.

### Menéndez Pidal, Ramón (1869–1968)

Spanischer Philologe und Historiker; sein wichtigster Forschungsgegenstand war die spanische Literatur des Mittelalters und das Heldenepos *El Cid*. Während des Spanischen Bürgerkriegs hielt sich Pidal im Ausland auf, u. a. in den USA und Frankreich. Danach kehrte er nach Spanien zurück.

### Mies van der Rohe, Ludwig (1886–1969)

Deutsch-amerikanischer Architekt; von 1930 bis 1933 Direktor des Bauhauses. 1937 emigrierte er in die USA und leitete das Illinois Institute of Technology in Chicago. Mit dem deutschen Pavillon auf der Weltausstellung in Barcelona 1929 verwirklichte er seine Vorstellung von »fließenden Räumen«.

### Moholy-Nagy, László (1895–1946)

Ungarischer Maler, Bildhauer, Grafiker, Fotograf, Kunsttheoretiker, Kunstpädagoge und Filmemacher. Von 1923 bis 1928 lehrte er am Bauhaus und war Assistent von Walter Gropius. Er wurde bei Machtergreifung der Nationalsozialisten mit Berufsverbot belegt und emigrierte zunächst nach Amsterdam und später in die USA, wo er in Chicago das New Bauhaus gründete, aus dem das heutige Institute of Design hervorging.

### Molina, Miguel de (ca. 1907/08–1993)

Spanischer Copla-Sänger; wurde im franquistischen Spanien aufgrund seines Einsatzes für die Republik – Molina hatte u. a. für die republikanischen Truppen gesungen – und seiner Homosexualität verfolgt. 1942 ging er ins Exil nach Buenos Aires, wo er als Sänger und Filmschauspieler Erfolge feierte.

### Moreno Villa, José (1887–1955)

Spanischer Universalgelehrter und Künstler; eine der wichtigsten Figuren der Generation von 27; während der Zweiten Spanischen Republik Direktor des Archivs des Palacio Nacional de España. Im

Spanischen Bürgerkrieg ging er ins Exil in die USA und später nach Mexiko, wo er bis zu seinem Tod lebte.

### Negrín López, Juan (1894–1956)
Als Mitglied des PSOE von 1937 bis 1939 letzter Premierminister der Zweiten Spanischen Republik. 1939 floh er nach Frankreich, wo er zunächst eine spanische Exilregierung bildete. Mit dem Einfall der Nazis 1940 in Frankreich floh Negrín nach England und kehrte erst nach dem Zweiten Weltkrieg nach Paris zurück.

### Onís Sánchez, Federico (ca. 1885/86–1966)
Spanischer Autor, Literaturwissenschaftler und Kritiker; lehrte ab 1916 an der Columbia University in New York spanische Literatur.

### Ortega y Gasset, Eduardo (1882–1964)
Spanischer Jurist und Politiker; älterer Bruder des Philosophen José Ortega y Gasset; hatte während der Republik verschiedene politische Ämter inne; gehörte zu den Anwälten, die die wegen der Aufstände von 1934 Angeklagten verteidigten. Er ging bereits 1937 aufgrund von Spannungen mit CNT-Funktionären ins Exil nach Paris und später nach Kuba und Venezuela, wo er starb.

### Ortega y Gasset, José (1883–1955)
Spanischer Kulturphilosoph, Soziologe und Essayist; studierte u.a. in Deutschland und wurde vom Neukantianismus beeinflusst. Sein zentrales Werk *La rebelión de las masas* (1929, *Der Aufstand der Massen)* verfasste er unter dem Eindruck der Weimarer Republik.

### Ossorio y Gallardo, Ángel (1873–1946)
Spanischer Politiker, Jurist und Schriftsteller; als Mitglied der konservativen Partei PC *(Partido Conservador)* war er Gegner der Diktatur Primo de Riveras und unterstützte die Abdankung König Alfons' XIII. sowie die Ausrufung der Zweiten Spanischen Republik. Nach Ende des Bürgerkriegs ging er nach Argentinien und war Mitglied der spanischen Exilregierung.

### Pereda, José Maria de (1833–1906)
Spanischer Schriftsteller; stand politisch den monarchistischen Karlisten nahe. In Peredas Romanen steht meist der Gegensatz von Stadt und Land im Mittelpunkt. Ein weiteres Charakteristikum seines Werks ist die nostalgische Verklärung patriarchalischer Lebensverhältnisse.

**Pérez Galdós, Benito (1843–1920)**
Spanischer Schriftsteller; gilt als bedeutendster spanischsprachiger Vertreter des realistischen Romans; wird häufig als wichtigster spanischer Romanautor seit Cervantes angesehen. Aufgrund seiner enormen Produktion von Kurzromanen, die die Geschichte und Gesellschaft des 19. Jahrhunderts widerspiegeln, wurde er häufig mit Honoré de Balzac und Charles Dickens verglichen.

**Philipp IV. (1605–1665)**
König von Spanien und Portugal, unter dessen Regentschaft ein enormer Abfall der Macht des spanischen Weltreichs zu verzeichnen war: Der König war eher den schönen Künsten zugewandt und überließ die Regierungsgeschäfte seinem Vertrauten, dem Grafen von Olivares.

**Picasso, Pablo (Pablo Ruiz y Picasso, 1881–1973)**
Spanischer Maler, Grafiker und Bildhauer; einer der bedeutendsten und einflussreichsten Künstler des 20. Jahrhunderts; gehörte mit Georges Braque zu den Gründern des Kubismus.

**Poussin, Nicolas (1594–1665)**
Französischer Maler, der als Begründer des französischen Classicisme (Barock-Klassizismus) gesehen werden kann; wirkte vor allem in Rom, wo er das Altertum, mythologische und biblische Motive abbildete.

**Prieto y Tuero, Indalecio (1883–1962)**
Spanischer Journalist und Politiker; vor und während der Zweiten Spanischen Republik einer der führenden Köpfe des PSOE. Während der Zweiten Republik hatte Prieto einige Ministerämter inne, u. a. war er ab 1936 unter Largo Caballero Außenminister. Er ging 1939 ins Exil nach Mexiko.

**Primo de Rivera, Miguel (Miguel Primo de Rivera y Orbaneja, Marqués de Estella, 1870–1930)**
Spanischer General und Diktator (1923–1930). Primo de Rivera errichtete in Absprache mit König Alfons XIII. eine als befristet geplante Diktatur. 1930 trat er aus Angst vor Unruhen früher als geplant zurück. Seine Kinder José Antonio (1903–1936) und Pilar (1912–1991) gründeten die faschistische Bewegung Falange.

**PSOE** *(Partido Socialista Obrero Español;* dt. **Spanische Sozialistische Arbeiterpartei)**
Mitte-links stehende politische Partei Spaniens, die seit 1879 (unter dem jetzigen Namen seit 1888) besteht. Bei den Parlamentswahlen von 1931 wurde der PSOE zur stärksten Partei im spanischen Abgeordnetenhaus gewählt und war von 1931 bis 1933 Teil der Regierungskoalition des linksliberalen Ministerpräsidenten Manuel Azaña. 1933 wurde die Koalition durch die konservative CEDA *(Confederación Española de Derechas Autónomas)* abgelöst. Im folgenden Jahr beteiligten sich große Teile des PSOE und der ihm nahestehenden Gewerkschaft UGT *(Unión General de Trabajadores)* an dem Arbeiteraufstand in Asturien. 1936 kam der PSOE zusammen mit der Volksfront *(Frente Popular)* erneut an die Regierung und stellte mit Francisco Largo Caballero (1936–1937) und Juan Negrín (1937–1939) Ministerpräsidenten der Spanischen Republik. Während der Franco-Diktatur war die Partei verboten und agierte im Untergrund.

## Queipo de Llano y Sierra, Gonzalo (1875–1951)
Spanischer Militär, der während des Bürgerkriegs aufseiten der aufständischen Generäle um Franco kämpfte. Als Kritiker Primo de Riveras war er während der Zweiten Spanischen Republik Leiter der Zollbehörde. Er stand aber der Volksfront vor allem aufgrund der Landreform ablehnend gegenüber und schloss sich deshalb mit den Generälen Mola, Franco und Sanjurjo zusammen, um die Militärrevolte durchzuführen, die schließlich in den Bürgerkrieg mündete.

## Ramón y Cajal, Santiago Felipe (1852–1934)
Spanischer Mediziner; erhielt 1906 gemeinsam mit dem Italiener Camillo Golgi den Nobelpreis für Medizin. Ramón y Cajal forschte hauptsächlich über die Feinstrukturen des Nervensystems.

## Residencia de Estudiantes
1910 gegründetes, bis heute bestehendes Kulturzentrum in Madrid; konzipiert als Wohn- und Begegnungsstätte von Künstlern und Wissenschaftlern; Treffpunkt der in- und ausländischen Avantgarde. Zu den Bewohnern zählten u.a. Federico García Lorca, Salvador Dalí und Luis Buñuel.

## Rico López, Pedro (1888–1957)

Spanischer Rechtsanwalt und republikanischer Politiker; Bürgermeister von Madrid, von 1931 bis 1934 und 1936. Pedro Rico war Mitglied der Partei Azañas, *Acción Popular*. Er starb im Exil in Mexiko.

## Riego, Rafael del (1785–1823)

Spanischer General und Revolutionär; war maßgeblich daran beteiligt, die Wiedereinsetzung der Verfassung von 1812 durch Ferdinand VII. und die Revolution von 1820 durchzusetzen.

## Ríos Urruti, Fernando de los (1879–1949)

Spanischer Politiker; als Mitglied des PSOE bekleidete er während der Zweiten Spanischen Republik verschiedene Ministerämter und wurde spanischer Botschafter in New York, wo er nach Ende des Spanischen Bürgerkriegs blieb und an der New School for Social Research lehrte.

## Sabu (eigentlich Säbü Dastagīr, 1924–1963)

Erster indischer Schauspieler, der es in britischen und amerikanischen Filmproduktionen zu Weltruhm brachte. Seine größten Erfolge waren Anfang der Vierzigerjahre *The Thief of Bagdad* (1940, *Der Dieb von Bagdad*) und *Jungle Book* (1942, *Das Dschungelbuch*).

## Salgari, Emilio (1862–1911)

Italienischer Schriftsteller; feierte mit Abenteuerromanen, etwa um die Figur des Piraten Sandokan, weltweit große Erfolge. Aus Kummer über die Geisteskrankheit seiner Frau sowie sein eigenes Erblinden nahm er sich in Form des japanischen Harakiri das Leben.

## Salinas y Serrano, Pedro (1891–1851)

Spanischer Schriftsteller, Dichter und Literaturwissenschaftler; gehörte der Generation von 27 an. Zunächst Lektor an der Pariser Sorbonne, hatte er ab 1918 den Lehrstuhl für Spanische Literatur an der Universität Sevilla inne, wo u. a. Luis Cernuda zu seinen Schülern zählte, später unterrichtete er in Madrid. Bei Ausbruch des Spanischen Bürgerkriegs hatte er eine Gastprofessur in den USA inne und kehrte nicht mehr in das vom Faschismus bedrohte Spanien zurück.

## Sánchez Arcas, Manuel (1897–1970)

Spanischer Architekt und Stadtplaner; arbeitete mit Luis Lacasa Navarro; außerdem beteiligt an der Ciudad Universitaria von Madrid. Nach dem Spanischen Bürgerkrieg ging er nach Russland und Polen ins Exil, später ließ er sich in Ostberlin nieder.

**Sánchez Cotán, Juan (1561–1627)**
Spanischer Barockmaler; gilt als Pionier des barocken Realismus; vor allem bekannt durch seine Stillleben.

**Sanjurjo Sacanell, José (1872–1936)**
Spanischer Militär und Verbündeter Molas und Francos beim Militärputsch 1936, der in den Spanischen Bürgerkrieg mündete. Bereits 1932 hatte Sanjurjo, der während der Republik des Amts der Leitung der Guardia Civil wegen Repressalien gegen die Arbeiterbewegung enthoben worden war, in Sevilla einen Staatsstreich angezettelt, der missglückte. Das über ihn verhängte Todesurteil wurde in lebenslängliche Haft umgewandelt, die konservative Regierung, die seit 1933 an der Macht war, ließ ihn frei. Aus der Verbannung in Portugal operierte er gegen die Republik.

**Sert i López, Josep Lluís (1902–1983)**
Spanischer Architekt und Stadtplaner; arbeitete viel in seiner Geburtsstadt Barcelona, aber auch in Amerika, u.a. in Havanna und Bogotá. Er war Gropius' Nachfolger als Dekan der Harvard Graduate School of Design. Zu seinen bekanntesten Werken zählt der spanische Pavillon auf der Weltausstellung in Paris 1937, den er zusammen mit Luis Lacasa schuf.

**Singerman(n), Berta (1901–1988)**
Russisch-argentinische Filmschauspielerin, Sprecherin und Sängerin; als Kind mit ihrer Familie aus Minsk nach Buenos Aires emigriert. Singerman feierte 1942 ihren größten Filmerfolg mit *Ceniza al viento* an der Seite der mexikanisch-argentinischen Schauspielerin Libertad Lamarque.

**Sinowjew, Grigori Jewsejewitsch (1883–1936)**
Russischer Politiker und enger Vertrauter Lenins und Stalins; in den Zwanzigerjahren eine der wichtigsten Führungspersönlichkeiten der Sowjetunion. U.a. gehörte er zeitweise mit Stalin und Kamenew einer kollektiven Führung der Partei an. Später geriet er wie Kamenew in Konflikt mit Stalin und verlor seine Ämter. 1936 wurde er im ersten Moskauer Schauprozess zum Tode verurteilt.

**Sorolla y Bastida, Joaquín (1863–1923)**
Spanischer Maler des Impressionismus; seine bekanntesten Bilder, lebendige Strandszenen, malte er unter freiem Himmel in Valencia.

**Sorozábal, Pablo (1897–1988)**
Spanischer Komponist und Dirigent; u.a. in Leipzig und Berlin
tätig; schuf vor allem sinfonische Musik und Zarzuelas. Zu seinen
wichtigsten Werken gehören *Katiuska, la mujer rusa* (1931) oder *Adiós
a la bohemia* (1933), an dem er mit dem Schriftsteller Pío Baroja
arbeitete.

**Spanische Erneuerung** *(Renovación Española)*
Politische Partei, die sich während der Zweiten Spanischen Repub-
lik für die Wiedereinführung einer autoritären Monarchie unter
Alfons XIII. einsetzte. Der bekannteste Politiker aus den Reihen der
*Renovación Española* war José Calvo Sotelo.

**Spanische Republik**
In der neueren Geschichte Spaniens wurde das Land während zwei
Perioden in der Staatsform der Republik regiert, bezeichnet als Erste
Spanische Republik (1873–1874) und Zweite Spanische Republik
(1931–1939). An den Spanischen Bürgerkrieg (1936–1939) schloss
sich die Diktatur unter Francisco Franco (1892–1975) an. Nach des-
sen Tod folgte die *Transición,* der Übergang zur parlamentarischen
Demokratie.

**Taut, Bruno Julius Florian (1880–1938)**
Deutscher Architekt und Stadtplaner. Als Vertreter des Neuen Bauens
plante er Großsiedlungen in Berlin-Britz (Hufeisensiedlung) und
Zehlendorf (Onkel Toms Hütte). Er arbeitete auch in Polen und
der Sowjetunion. Von den Nazis als »Kulturbolschewist« diffamiert,
wurde ihm die Mitgliedschaft in der Akademie der Künste entzogen.
Ab 1936 hatte er eine Professur in Istanbul inne, wo er starb.

**Torroja y Miret, Eduardo (1899–1961)**
Spanischer Ingenieur und Architekt. Er war maßgeblich an der Entwicklung des Betonschalenbaus beteiligt. Zu seinen wichtigsten
Bauwerken gehören die Zuschauertribünen der Madrider Pferderennbahn Hipódromo de la Zarzuela (1941).

**Unamuno, Miguel de (1864–1936)**
Spanischer Philosoph und Schriftsteller; gilt als wichtigster Vertreter
der Generation von 98. Bereits seit Beginn des 20. Jahrhunderts kam
er immer wieder mit den Mächtigen Spaniens in Konflikt, da er sich
für Landreformen einsetzte und Gegner der Monarchie war, was ihm
u.a. Strafen und Verbannung einbrachte. Als er nach der Diktatur

Primo de Riveras nach Spanien zurückkehrte, überwarf er sich auch mit der Republik. Er sympathisierte zunächst mit Franco, wandte sich aber von ihm ab, als ihm dessen Gräueltaten bewusst wurden.

**Varela Iglesias, José Enrique (1891–1951)**
Spanischer General, der während des Spanischen Bürgerkriegs aufseiten Francos kämpfte und den Putsch in einigen Teilen Andalusiens organisierte. Später war er für das Massaker bei der Einnahme Toledos verantwortlich. Nach dem Krieg wurde er Heeresminister und Hochkommissar von Spanisch-Marokko.

**Velázquez, Diego (Diego Rodríguez de Silva y Velázquez, 1599–1660)**
Spanischer Maler; gilt als einer der bedeutendsten Vertreter des höfischen Barocks. Der Künstler verewigte sich selbst in dem Gemälde »Las Meninas«, welches die königliche Familie zeigt.

**Viktor Emanuel III. (Vittorio Emanuele Ferdinando Maria Gennaro di Savoia, 1869–1947)**
König von Italien (1900–1946), Kaiser von Äthiopien (1936–1941) und König von Albanien (1939–1943); ernannte Mussolini zum Ministerpräsidenten, blieb aber in der Zeit des Faschismus de jure König. Nach Ende des Zweiten Weltkriegs übergab er das Amt an seinen Sohn Umberto II., der 1946 vor der Umwandlung Italiens in eine Republik noch 33 Tage König war.

**Xirgu i Subirà, Margarita (1888–1969)**
Katalanische Theaterschauspielerin und Dramaturgin, die sich für die Verbreitung der Dramen Federico García Lorcas stark machte. Die Franco-Diktatur zwang sie ins Exil. Sie setzte ihre Karriere in Lateinamerika fort.

**Zurbarán, Francisco de (1598–1664)**
Spanischer Barockmaler. Verarbeitete hauptsächlich christliche Motive.